JAHRMARKT DER EITELKEIT

William Makepeace Thackeray, geboren am 18. Juli 1811 in Kalkutta, ist am 24. Dezember 1863 in London gestorben.

»Ach! Vanitas vanitatum! Wer von uns ist auf dieser Welt glücklich? Wer von uns hat, was er wünscht, oder ist, wenn er es hat, zufrieden?«

In seinem Roman *Jahrmarkt der Eitelkeit* entlarvt Thackeray die kleineren und größeren menschlichen Schwächen. Das Motiv der Eitelkeit wird vor allem an den gegenläufigen Lebenswegen zweier ehemaliger Schulfreundinnen verfolgt: Amelia Sedley, gefühlvoll-naive Kaufmannstochter, und Becky Sharp, arm, aber raffiniert und ehrgeizig. Im kontrastierenden Auf und Ab ihrer Geschichten wird eine breite Satire nicht nur auf Englands Oberschicht entfaltet. Dabei ist Thackeray besonders mit Becky Sharp eine der ungewöhnlichsten und faszinierendsten Frauengestalten des englischen Romans gelungen.

Jahrmarkt der Eitelkeit begründete William Makepeace Thackerays Ruhm und gehört zu den großen Erzählwerken der Weltliteratur.

insel taschenbuch 485
William Makepeace Thackeray
Jahrmarkt der Eitelkeit
Erster Band

William Makepeace Thackeray

JAHRMARKT DER EITELKEIT

Ein Roman ohne Held

Herausgegeben und mit einem Nachwort
versehen von Norbert Kohl
Mit Illustrationen von W. M. Thackeray

Erster Band

Insel Verlag

insel taschenbuch 485
Erste Auflage 1980
Insel Verlag Frankfurt am Main und Leipzig
© Insel Verlag Frankfurt am Main 1980
Alle Rechte vorbehalten, insbesondere das der Übersetzung,
des öffentlichen Vortrags sowie der Übertragung
durch Rundfunk und Fernsehen, auch einzelner Teile.
Kein Teil des Werkes darf in irgendeiner Form
(durch Fotografie, Mikrofilm oder andere Verfahren)
ohne schriftliche Genehmigung des Verlages reproduziert
oder unter Verwendung elektronischer Systeme
verarbeitet, vervielfältigt oder verbreitet werden.
Hinweise zu dieser Ausgabe am Schluß des Bandes
Vertrieb durch den Suhrkamp Taschenbuch Verlag
Umschlag nach Entwürfen von Willy Fleckhaus
Druck: Nomos Verlagsgesellschaft, Baden-Baden
Printed in Germany

7 8 9 10 11 12 – 07 06 05 04 03 02

VOR DEM VORHANG

Während der Direktor des Marionettentheaters vor dem
Vorhang auf seiner Bühne sitzt und den Jahrmarkt über-
schaut, befällt ihn bei dem Anblick des bunten, geräusch-
vollen Treibens auf dem Marktplatz ein Gefühl tiefer Wehmut. Da wird gar viel gegessen und getrunken, geliebt und
kokettiert, gelacht und geweint, geraucht, betrogen, geprügelt, getanzt und gefiedelt; da drängen sich Raufbolde
umher, Stutzer liebäugeln mit den Mädchen, Spitzbuben
greifen in fremde Taschen, Polizisten spähen nach allen
Seiten, Marktschreier (Marktschreier von meiner eigenen
Art, hol sie der Kuckuck!) preisen vor ihren Buden ihren
Kram aus voller Kehle an, und Bauernburschen gaffen nach
den Tänzerinnen in ihrem Flitterstaat und nach den armen,
alten, geschminkten Akrobaten, während die Langfinger sich
hinten an ihren Rocktaschen zu schaffen machen. Ja, das ist
eben Jahrmarktstreiben, und ein Jahrmarkt ist sicherlich
nicht der Ort, wo die Gesetze der Moral herrschen, auch
nicht einmal ein besonders lustiger Platz trotz allem Lärm
und Spektakel. Man sehe sich die Gesichter der Künstler und
Possenreißer an, wenn sie von ihrer Arbeit kommen, und den
Hanswurst, der sich die Schminke von den Backen wäscht,
bevor er sich mit seiner Frau und den kleinen Hanswursten
hinter der Bühne zum Mittagessen hinsetzt. Gleich wird der
Vorhang wieder aufgehen, und dann wird der arme Kerl

wieder einen Purzelbaum schlagen und rufen: »Seid ihr alle da?«

Wenn ein Mensch von nachdenklicher Gemütsart zwischen solchen Schaustellungen umherwandert, so wird er, denke ich mir, weder in seinem eigenen Herzen noch bei anderen Leuten allzuviel Heiterkeit verspüren. Hier und da mag ihn wohl eine kleine Szene rühren oder belustigen, die etwas Humorvolles hat oder eine wahre Empfindung bekundet: etwa ein hübsches, kleines Kind, das in die Betrachtung einer Pfefferkuchenbude versunken ist, oder ein nettes junges Mädchen, das errötet, während ihr Schatz mit ihr spricht und ihr ein Jahrmarktsgeschenk aussucht, oder auch der arme Hanswurst, der dort hinter dem Wohnwagen im Kreis der braven Familie, die von seinen Purzelbäumen lebt, an einem Knochen herumnagt, – aber der Gesamteindruck ist mehr wehmütig als vergnüglich. Und wenn man dann nach Hause kommt, so setzt man sich in einer ernsten, beschaulichen, milden Stimmung hin und macht sich an seine Bücher oder Geschäfte.

Eine andere Moral als diese beabsichtige ich der vorliegenden Geschichte, die ich ›Jahrmarkt der Eitelkeit‹ betitele, nicht zugrunde zu legen. Manche Leute betrachten Jahrmärkte überhaupt als etwas Unmoralisches, besuchen sie nicht und verbieten es auch ihrer Familie und ihrer Dienerschaft: vielleicht tun sie recht daran. Aber Leuten, die anders denken und eine etwas beschauliche menschenfreundliche oder auch sarkastische Gemütsart besitzen, mag es vielleicht Freude machen, auf ein halbes Stündchen hinzugehen und sich im Marionettentheater die Vorstellungen anzusehen. Da gibt es Szenen jeder Art und Gattung: schreckliche Kämpfe, großartige Reiterkunststücke, Bilder aus dem Leben der vornehmen Welt und wiederum solche aus dem Leben von Leuten in sehr bescheidenen Verhältnissen, ein bißchen Liebelei für gefühlvolle Zuschauer und endlich auch komische Szenen. Und das Ganze ist mit entsprechenden Dekorationen ausgestattet und mit des Verfassers eigenen Lichtern glänzend beleuchtet.

Was hat der Direktor des Marionettentheaters sonst noch zu sagen? Er möchte seinen Dank aussprechen für das freundliche Wohlwollen, mit dem das von ihm Dargebotene in allen großen Städten Englands, die er mit seinem Theater besucht hat, aufgenommen worden ist; haben doch die hochachtbare Tagespresse sowie ein hoher Adel und ein verehrungswürdiges Publikum seinen Leistungen überall ihre geneigteste Beachtung geschenkt. Mit Stolz erfüllt ihn das Bewußtsein, daß seine Marionetten den Beifall der besten Gesellschaftskreise in diesem Königreich gefunden haben. An der berühmten kleinen Marionette Becky hat man gelobt, sie sei außerordentlich beweglich in den Gelenken und tanze sehr geschickt auf dem Drahtseil. Die Puppe Amelia besitzt zwar nur einen kleineren Kreis von Bewunderern, ist aber doch von dem Künstler mit der größten Sorgfalt geschnitzt und ausgeschmückt worden. Das Figürchen Dobbin führt, obwohl es einen etwas plumpen Eindruck macht, trotzdem seinen Tanz in einer sehr belustigenden und naturgetreuen Weise aus. Auch die Tanznummer der kleinen Knaben hat manchen Zuschauern gefallen. Und dann bitte ich noch die reich kostümierte Gestalt des sittenlosen Edelmanns zu beachten, bei der keine Kosten gescheut sind und die am Ende dieses merkwürdigen Stückes der Teufel holen wird.

Nach diesen Vorbemerkungen zieht sich der Direktor des Marionettentheaters mit einer tiefen Verbeugung vor seinen Gönnern zurück, und der Vorhang geht in die Höhe.

London, den 28. Juni 1848

ERSTES KAPITEL
Chiswick Mall

Im zweiten Jahrzehnt unseres Jahrhunderts, an einem sonnigen Junimorgen, fuhr an dem großen eisernen Tor von Miß Pinkertons Erziehungsinstitut für junge Damen in der Chiswick Mall in höchst gemächlichem Schritt eine große Familienkutsche vor, bespannt mit zwei wohlgenährten Pferden in glänzendem Geschirr, auf deren Bock ein dicker Kutscher mit Dreimaster und Perücke saß. Ein schwarzer Diener, der neben dem dicken Kutscher auf dem Bock thronte, tat seine übereinandergeschlagenen krummen Beine auseinander, sobald der Wagen bei Miß Pinkertons blankem Messingschild hielt, und als er die Klingel zog, konnte man wahrnehmen, wie mindestens zwanzig jugendliche Mädchengesichter aus den schmalen Fenstern des stattlichen alten Backsteingebäudes herausguckten. Ja, ein scharfer Beobachter hätte wohl bemerken können, wie sogar das rote Näschen der gutmütigen Miß Jemima Pinkerton im Fenster des Salons der Vorsteherin sich über einige Geranientöpfe emporreckte.

»Es ist Mrs. Sedleys Kutsche, Schwester«, sagte Miß Jemima. »Sambo, der schwarze Diener, hat eben geklingelt; und der Kutscher hat eine neue rote Weste.«

»Hast du alle für Miß Sedleys Abreise erforderlichen Vorbereitungen erledigt, Jemima?« fragte darauf die majestätische Miß Pinkerton selbst, die Semiramis von Hammersmith, die mit dem Lexikographen Doktor Johnson befreundet gewesen war und mit Mrs. Chapone, der bekannten Schriftstellerin, in Briefwechsel gestanden hatte.

»Die jungen Mädchen sind heute schon um vier Uhr aufgestanden, um ihr beim Packen der Koffer zu helfen, Schwester«, erwiderte Miß Jemima. »Wir haben ihr einen Blumenstrauß gebunden.«

»Sage lieber: ein Bukett, Schwester Jemima; das ist feiner.«

»Schön, ein Bukett, beinah so groß wie ein Heustaken. Ich habe auch zwei Flaschen Nelkenwasser und das Rezept dazu für Mrs. Sedley in Amelias Koffer gelegt.«

»Hoffentlich hast du auch Miß Sedleys Rechnung ausgeschrieben, Jemima. Ist es diese? Sehr gut – dreiundneunzig Pfund, vier Schilling. Sei so gut, sie an John Sedley, Esquire, zu adressieren und diesen Brief, den ich an seine Gemahlin geschrieben habe, zu versiegeln.«

In Miß Jemimas Augen war ein eigenhändiges Schreiben ihrer Schwester Miß Pinkerton ein Gegenstand ebenso hoher Verehrung, wie es ein Brief von einem regierenden Herrscher gewesen wäre. Nur wenn ihre Schülerinnen das Institut verließen, oder wenn sie vor der Hochzeit standen, und einmal, als die arme Miß Birch am Scharlachfieber starb, kam es vor, daß Miß Pinkerton persönlich an die Eltern ihrer Schülerinnen schrieb; und Jemima war überzeugt: wenn es etwas auf der Welt gab, was Mrs. Birch über den Verlust ihrer Tochter trösten konnte, so war es das tief religiöse, vorzüglich stilisierte Schreiben, in dem Miß Pinkerton ihr das traurige Ereignis angezeigt hatte.

Im vorliegenden Fall lautete Miß Pinkertons Brief folgendermaßen:

Chiswick Mall, den 15. Juni 181..

Madam! Nachdem Miß Amelia Sedley sich sechs Jahre lang in meinem Institut aufgehalten hat, habe ich die Ehre und Freude, sie ihren Eltern als eine junge Dame zurückzugeben, die durchaus würdig ist, in dem gebildeten, feinen Gesellschaftskreis, dem diese angehören, die ihr zukommende Stellung einzunehmen. Keine der Tugenden, die eine junge Engländerin von guter Familie auszeichnen, nichts von den Kenntnissen, die sie nach ihrer Herkunft und ihrem Stand besitzen muß, wird man an der liebenswürdigen Miß Sedley vermissen, deren Fleiß und Gehorsam sie ihren Lehrern und Lehrerinnen lieb und wert gemacht haben und deren entzückende Sanftmut ihre älteren sowie ihre jüngeren Kameradinnen bezaubert hat.

In der Musik, im Tanzen, in der Rechtschreibung sowie in jeder Art von Stick- und Näharbeit werden ihre werten Angehörigen finden, daß sie alles erreicht hat, was sie nur irgend haben wünschen können. In der Geographie sind allerdings noch einige Lücken vorhanden; und ein sorgsamer, unausgesetzter Gebrauch des Geradhalters (vier Stunden täglich während der nächsten drei Jahre) muß als dringend notwendig empfohlen werden, damit sie sich jene würdige Art der Haltung und der Bewegung zu eigen macht, die für jede vornehme junge Dame ein Erfordernis bildet.

In den Grundsätzen der Religion und der Moral wird Miß Sedley sich als würdiger Zögling eines Institutes erweisen, das der große Lexikograph mit seinem Besuch und die allgemein verehrte Mrs. Chapone mit ihrem Protektorat beehrt haben. Bei ihrem Ausscheiden aus der Anstalt nimmt Miß Amelia die Herzen ihrer Kameradinnen und die liebevolle Wertschätzung ihrer Direktorin mit sich, die die Ehre hat, sich zu unterzeichnen, Madame, als Ihre ganz ergebene Dienerin   Barbara Pinkerton

PS. Miß Sharp begleitet Miß Sedley. Ich spreche die ausdrückliche Bitte aus, daß Miß Sharps Aufenthalt am Russell Square einen Zeitraum von zehn Tagen nicht überschreiten möge. Die vornehme Familie, bei der sie antreten soll, wünscht von ihren Diensten so bald wie möglich Gebrauch zu machen.

Nach Beendigung dieses Briefes schrieb Miß Pinkerton ihren eigenen Namen sowie den Namen von Miß Sedley auf das vordere weiße Blatt eines Exemplars von Johnsons Lexikon, dem interessanten Werke, das sie jeder ihrer Schülerinnen bei deren Abgang zum Geschenk machte. Auf der Innenseite des Deckels war ein bedrucktes Blatt eingeklebt: ›Einige Worte, gerichtet an eine junge Dame bei deren Abgang von Miß Pinkertons Schule in Chiswick, von dem verewigten, hochverehrten Doktor Samuel Johnson.‹ In der Tat führt diese majestätische Dame den Namen des Lexikographen fortwährend im Munde, und ein Besuch, den er ihr gemacht hatte, war die Grundlage ihres Ruhms und ihres finanziellen Erfolges geworden.

Als Miß Jemima von ihrer älteren Schwester den Auftrag erhalten hatte, ›das Lexikon‹ aus dem Bücherschrank zu holen, hatte sie diesem Aufbewahrungsort zwei Exemplare des Buches entnommen. Nachdem Miß Pinkerton die Eintragung in das erste vollendet hatte, reichte Jemima ihr mit etwas unsicherer, ängstlicher Miene das zweite hin.

»Für wen ist dieses, Jemima?« sagte Miß Pinkerton mit eisiger Kälte.

»Für Becky Sharp«, antwortete Jemima, die heftig zu zittern begann und über deren runzliges Gesicht und mageren Hals sich eine dunkle Röte ausbreitete, während sie ihrer Schwester den Rücken zuwandte. »Für Becky Sharp; sie geht doch auch ab.«

»Jemima!« rief Miß Pinkerton mit einem solchen Nachdruck, als ob dieses Wort mit lauter großen Buchstaben geschrieben würde. »Bist du bei Sinnen? Stell das Lexikon wieder in den Schrank und erdreiste dich in Zukunft nie wieder, dir eine solche Eigenmächtigkeit herauszunehmen!«

»Aber Schwester, es kostet ja nur zwei Schilling und neun Pence, und die arme Becky wird unglücklich sein, wenn sie keins bekommt.«

»Schicke sofort Miß Sedley zu mir!« sagte Miß Pinkerton. Die arme Jemima wagte es nicht, ein weiteres Wort zu sagen, sondern trabte in großer Bestürzung und Aufregung davon. Miß Sedleys Vater war Kaufmann in London und ziemlich reich, während Miß Sharp eine Schülerin war, die nur unter der Bedingung von Gegenleistungen Aufnahme gefunden hatte und für die Miß Pinkerton völlig genug getan zu haben glaubte, auch wenn sie ihr beim Abschied nicht die hohe Ehre erwies, ihr das Lexikon zu schenken.

Nun ist es zwar richtig, daß Briefe von Schulvorsteherinnen nicht mehr und nicht weniger Glauben verdienen als die Grabschriften auf Kirchhöfen; aber wie es manchmal vorkommt, daß jemand das Zeitliche segnet, der wirklich all die Lobsprüche verdient, die der Steinmetz über seinen Gebeinen auf den Grabstein eingräbt – der tatsächlich ein guter Christ, ein guter Vater, ein gutes Kind, eine gute Ehefrau oder ein guter Ehemann war, der in Wahrheit eine untröstliche Familie hinterläßt, die um seinen Verlust trauert –, so kommt es auch in Erziehungsinstituten für das männliche und weibliche Geschlecht dann und wann vor, daß ein Zögling all der Lobsprüche durchaus würdig ist, die sein von egoistischem Interesse völlig freier Lehrer ihm erteilt. Nun also, Miß Amelia Sedley war eine junge Dame, die zu dieser seltenen Gattung gehörte. Sie verdiente nicht nur alles, was Miß Pinkerton zu ihrem Ruhme sagte, sondern sie besaß auch noch viele liebenswürdige Eigenschaften, die diese pomphafte alte Minerva infolge des Unterschieds, der zwischen ihr und ihrem Zögling in der Lebensstellung und im Lebensalter bestand, zu sehen unfähig war.

Denn sie konnte nicht nur singen wie eine Lerche oder wie Mrs. Billington, und tanzen wie die Hillisberg oder die Parisot, und reizend sticken, und so richtig schreiben wie das Wörterbuch selbst, sondern sie besaß auch als persönlichen Vorzug ein so freundliches, heiteres, zärtliches, sanftes, edel gesinntes Herz, daß es ihr die Liebe eines jeden gewann, der mit ihr in Berührung kam, von jener Minerva selbst angefangen bis herunter zu dem armen Abwaschmädchen und der Tochter der einäugigen Küchenfrau, die die Erlaubnis hatte, einmal in der Woche den jungen Damen im Institut ihre Waren zu verkaufen. Sie hatte unter den vierundzwanzig jungen Damen zwölf Busenfreundinnen. Selbst die neidische Miß Briggs sprach nie schlecht von ihr; die vornehme, stolze Miß Saltire (eine Enkelin von Lord Dexter) gab zu, daß sie eine vornehme Erscheinung sei; und was nun gar Miß Swartz, die reiche, wollhaarige Mulattin aus St. Kitts, anlangte, so zerfloß sie an dem Tage, an dem Amelia abreiste, dermaßen in Tränen, daß man Doktor Floß kommen lassen und sie mit Ammoniak halb betäuben mußte. Miß Pinkertons Zuneigung äußerte sich, wie es nach der hohen Stellung und den hervorragenden Tugenden dieser Dame nicht anders zu erwarten war, in ruhiger, würdiger Form; aber Miß Jemima hatte bei dem Gedanken an Amelias Abreise bereits mehrmals geschluchzt und würde, wenn sie sich nicht vor ihrer Schwester gefürchtet hätte, richtige Weinkrämpfe bekommen haben wie die reiche (und darum die doppelte Pension zahlende) Erbin aus St. Kitts. Jedoch, solchen Luxus mit seinem Kummer zu treiben, ist nur Pensionärinnen erlaubt. Die brave Jemima dagegen hatte alle Rechnungen zu führen und die Wäsche und die Ausbesserungen und das Puddingkochen zu leiten, auch hatte sie das Silberzeug und Porzellan unter sich und mußte die Dienerschaft beaufsichtigen. Aber wozu sollen wir noch weiter von ihr sprechen? Es ist wahrscheinlich, daß wir von diesem Augenblick an nie wieder etwas von ihr zu hören bekommen werden und daß, wenn sich jetzt vor dem Institutsgrundstück das große Gittertor mit dem eisernen Rankenwerk schließt, weder sie noch ihre gestrenge Schwester wieder herauskommen wird, um in der kleinen Welt dieser Geschichte eine Rolle zu spielen.

14

Aber da wir sehr viel mit Amelia zu tun haben werden, so
wird es nicht unpassend sein, wenn wir gleich hier beim Beginn unserer Bekanntschaft mit ihr sagen, daß sie eins der
besten, lieblichsten Geschöpfe war, die je gelebt haben; und
da es sowohl im Leben wie auch in den Romanen (und in diesen ganz besonders) von Schurken schlimmster Art wimmelt, so ist es ein rechtes Glück, daß wir ein so harmloses,
gutherziges Wesen zu unserer ständigen Begleiterin haben
werden. Da sie keine Heldin ist, brauchen wir ihr Äußeres
nicht zu beschreiben; ich scheue mich wirklich zu sagen, daß
ihre Nase eigentlich ein bißchen kurz war und ihre Wangen
viel zu rund und rot für eine Heldin; aber ihr Gesicht strahlte
von rosiger Gesundheit, um ihre Lippen spielte das lieb-
lichste Lächeln, und sie hatte ein Paar Augen, die von fröh-
lichster, herzlichster Heiterkeit leuchteten, ausgenommen
wenn sie sich mit Tränen füllten, was viel zu oft geschah;
denn das törichte Ding konnte über einen toten Kanarien-
vogel weinen oder über eine Maus, die die Katze glücklich
erhascht hatte, oder über das Ende eines Romans, wenn es
auch noch so albern war; und wer zu ihr ein unfreundliches
Wort sagte, falls überhaupt jemand hartherzig genug war,
das zu tun, der bereute es bald. Selbst Miß Pinkerton, diese
gestrenge, wie eine Göttin über allem thronende Dame, schalt
sie nicht wieder, nachdem sie es einmal getan hatte, und obwohl sie von der zarten Besaitung eines Gemütes nicht mehr
verstand als von der Algebra, gab sie allen Lehrern und Lehrerinnen die besondere Weisung, Miß Sedley mit größter
Milde zu behandeln, da sie unfreundliche Behandlung nicht
vertragen könne.
Als daher der Tag der Abreise kam, war Miß Sedley wirklich
in großer Verlegenheit, für welche ihrer beiden Gewohnheiten sie sich entscheiden, das heißt, ob sie lachen oder weinen sollte. Sie freute sich, wieder nach Hause zu kommen,
und war zugleich tieftraurig darüber, daß sie nun die Schule

verlassen mußte. Während der ganzen drei vorhergehenden
Tage war die kleine Laura Martin, eine Waise, immer wie
ein Hündchen hinter ihr hergelaufen. Miß Sedley hatte mindestens vierzehn Geschenke zu machen und zu empfangen
und mußte vierzehnmal feierlich versprechen, jede Woche
zu schreiben. »Schicke die Briefe, die du mir schreibst, in
doppeltem Umschlag an meinen Großpapa, den Grafen von
Dexter«, sagte Miß Saltire, die, beiläufig gesagt, etwas filzig
war. »Laß es Porto kosten, soviel es will; schreib nur alle
Tage, liebes Herz!« sagte die leidenschaftliche und woll-
köpfige, aber edel denkende und liebevolle Miß Swartz. Und
die kleine Laura Martin, die eben erst schreiben lernte, ergriff die Hand ihrer Freundin und sagte, indem sie ihr ernsthaft ins Gesicht sah: »Amelia, wenn ich dir schreibe, will ich
dich Mama nennen.« Von allen diesen Einzelheiten wird
Herr Jones, der dieses Buch in seinem Klub liest, sagen, sie
seien äußerst töricht und albern, leeres Geschwätz und über-
triebene Sentimentalität. Ja, ich sehe Herrn Jones in diesem
Augenblick vor mir, wie er, etwas gerötet von dem Genuß
einer Portion Hammelbraten und einer halben Flasche Wein,
seinen Bleistift herauszieht, die Worte ›töricht, leeres Geschwätz‹ usw. unterstreicht und seine eigene Bemerkung
›sehr richtig‹ hinzuschreibt. Nun ja, er ist ein geistig hochstehender, genialer Mensch und bewundert im Leben und
in Romanen nur das Große und Heldenhafte, und daher täte
er am besten, sich warnen zu lassen und zu anderer Lektüre
zu greifen.

Also weiter! Nachdem Miß Sedleys Blumen und Geschenke
und Koffer und Hutschachteln von Mr. Sambo im Wagen
untergebracht waren, desgleichen auch ein sehr kleiner, vom
Wetter arg mitgenommener, alter rindslederner Koffer, auf
dem Miß Sharps Visitenkarte sauber angebracht war (diesen
Koffer reichte Sambo mit spöttischem Grinsen hinauf, und
der Kutscher verstaute ihn mit einer ähnlichen höhnischen

16

Grimasse), – da kam die Trennungsstunde, deren Schmerz allerdings durch die herrliche Ansprache beträchtlich gemindert wurde, die Miß Pinkerton an ihre scheidende Schülerin richtete. Nicht als ob diese Abschiedsworte Amelia zu einer philosophischen Auffassung der Lage gebracht oder ihr durch Vernunftgründe zu einer ruhigen Festigkeit verholfen hätten; das nicht; aber sie waren in einem entsetzlichen Grade öde, hochtrabend und langweilig, und aus Furcht vor ihrer Schulvorsteherin wagte es Miß Sedley nicht, in deren Gegenwart irgendwelchen Ausbrüchen ihres persönlichen Kummers freien Lauf zu lassen. Ein Mohnkuchen und eine Flasche Wein erschienen im Salon, ganz wie das auch üblich war, wenn Besuche der Eltern einen feierlichen Anlaß dazu gaben; und nachdem Miß Sedley etwas von diesen Erfrischungen genossen hatte, stand ihrer Abreise nichts mehr im Wege.
»Du wirst doch hineingehen und Miß Pinkerton Lebewohl sagen, Becky?« sagte Miß Jemima zu einer jungen Dame, die mit ihrer Hutschachtel die Treppe herunterkam, ohne daß sich jemand um sie gekümmert hätte.
»Ich glaube, ich muß wohl«, erwiderte Miß Sharp mit großer Seelenruhe zu Miß Jemimas höchstem Erstaunen, und nachdem diese an die Tür geklopft hatte und »Herein!« gerufen worden war, trat Miß Sharp in sehr zwangloser Weise ein und sagte auf französisch mit vorzüglicher Aussprache: »Mademoiselle, je viens vous faire mes adieux.«
Miß Pinkerton konnte kein Französisch; sie war nur die Vorgesetzte von Leuten, die dieser Sprache mächtig waren. Sie biß sich auf die Lippen, warf ihr stolzes Haupt, das mit einer römischen Nase geziert war und auf dem oben ein großer, feierlicher Turban prangte, zurück und sagte: »Guten Morgen, Miß Sharp.« Während die Semiramis von Hammersmith diese Worte sprach, machte sie mit der einen Hand eine Bewegung, die einerseits als Abschiedsgruß dienen und andrerseits Miß Sharp eine Gelegenheit geben sollte, einen

Finger dieser Hand, den sie ihr zu diesem Zweck ausgestreckt hinhielt, zu schütteln.

Aber Miß Sharp faltete nur mit einem kühlen Lächeln und einer Verbeugung ihre eigenen Hände zusammen und lehnte es rundweg ab, die ihr angebotene Ehre anzunehmen, worauf Semiramis ihren Turban mit noch größerem Unwillen als vorher zurückwarf. Es war das tatsächlich ein kleiner Kampf zwischen der jungen und der alten Dame, und diese zog dabei den kürzeren. »Der Himmel segne dich, mein Kind!« sagte sie, während sie Amelia umarmte und gleichzeitig über die Schulter dieses jungen Mädchens hinweg Miß Sharp einen grimmigen Blick zuwarf. »Komm, Becky!« sagte Miß Jemima, indem sie höchst beunruhigt das junge Mädchen hinwegzog, und die Tür des Salons schloß sich hinter den beiden Scheidenden für immer.

Dann folgte eine aufregende Abschiedsszene im Erdgeschoß. Worte vermögen sie nicht zu schildern. Alle Dienstboten waren in der Halle anwesend, und alle die teuren Freundinnen, und überhaupt sämtliche junge Damen, und dazu der Tanzlehrer, der eben angekommen war; und nun gab es ein Durcheinanderdrängen, ein Umarmen, ein Küssen und Weinen, und dazwischen hörte man von Miß Swartz' Zimmer her deren hysterisches Kreischen, – keine Feder ist imstande, das zu beschreiben, und ein empfindendes Herz geht auch gern möglichst schnell darüber hinweg. Endlich war das Umarmen zu Ende; sie trennten sich, das heißt Miß Sedley trennte sich von ihren Freundinnen. Miß Sharp war schon einige Minuten vorher ruhig in den Wagen gestiegen. Die Trennung von ihr entlockte niemand Tränen.

Der krummbeinige Sambo schmetterte den Wagenschlag hinter seiner weinenden jungen Herrin zu und sprang dann hinten auf.

»Halt!« rief Miß Jemima, die mit einem Päckchen an das Tor gestürzt kam.

MISS
PINKERTON

»Da sind ein paar belegte Brötchen, liebes Kind«, sagte sie zu Amelia; »du könntest ja doch unterwegs Hunger bekommen. Und Becky, Becky Sharp, hier ist für dich ein Buch, das meine Schwester ... das heißt, ich ... Es ist Johnsons Lexikon, weißt du; du sollst uns doch nicht verlassen, ohne es bekommen zu haben. Lebt recht wohl! Fahr zu, Kutscher! Gott segne euch!«

Und von Rührung überwältigt, trat die gute Seele in den Vorgarten zurück.

Aber siehe da! Gerade als die Kutsche abfuhr, steckte Miß Sharp ihr blasses Gesicht aus dem Fenster und schleuderte das Buch in den Vorgarten zurück.

Vor Entsetzen über eine solche Handlungsweise fiel Jemima beinahe in Ohnmacht. »Nein, so etwas hätte ich doch nie...,« sagte sie, »was für ein freches...« Ihre starke Erregung machte es ihr unmöglich, diese Sätze zu Ende zu sprechen. Der Wagen rollte davon; das große Tor wurde geschlossen; die Glocke läutete zum Beginn der Tanzstunde. Die Welt liegt vor den beiden jungen Damen offen; so leb denn wohl, Chiswick Mall!

ZWEITES KAPITEL
*Worin sich Miß Sharp und Miß Sedley darauf vorbereiten,
den Feldzug zu eröffnen*

Als Miß Sharp die im vorigen Kapitel erwähnte Heldentat ausgeführt und sich überzeugt hatte, daß das Lexikon über das Steinpflaster des kleinen Gartens weg flog und vor den Füßen der erstaunten Miß Jemima niederfiel, da machte auf dem Gesicht der jungen Dame der Ausdruck grimmigen Hasses, den es bisher getragen hatte, einem Lächeln Platz, das kaum angenehmer anzusehen war; mit einem Gefühl der Erleichterung ließ sie sich in den Wagen zurücksinken und sagte: »Na, das Lexikon wäre ich glücklich wieder los, und Gott sei Dank, daß ich aus Chiswick heraus bin.«

Miß Sedley war über diese aufrührerische Handlung fast ebenso bestürzt wie Miß Jemima; denn man muß bedenken, es war erst eine Minute her, daß sie die Schule verlassen hatte, und die Einwirkungen eines sechsjährigen Aufenthaltes verschwinden nicht in so kurzer Zeit. Ja, bei manchen Leuten dauern die Ängste und Schrecken, die ihnen die Jugendzeit eingeprägt hat, lebenslänglich fort. Ich kenne zum Beispiel einen alten Herrn von achtundsechzig Jahren, der eines Morgens beim Frühstück mir mit sehr erregter Miene erzählte: »Ich habe heute nacht geträumt, daß ich von Doktor Raine durchgehauen wurde.« Die Phantasie hatte ihn im Laufe dieser Nacht um fünfundfünfzig Jahre zurückversetzt. Doktor Raine und sein Züchtigungsinstrument flößten ihm jetzt, im Alter von achtundsechzig Jahren, immer noch denselben Schrecken ein wie früher im Alter von dreizehn Jahren. Wenn der Doktor, mit einer tüchtigen Birkenrute bewaffnet, leibhaftig vor ihn, den bald Siebzigjährigen, hingetreten wäre und mit seiner furchtbaren Stimme gesprochen hätte: ›Junge, zieh die Hose herunter!‹, wer weiß, ob er nicht... Also Miß Sedley war im höchsten Grade erschrokken über diesen Akt der Auflehnung.

»Wie konntest du das nur tun, Rebekka?« sagte sie endlich, nachdem sie eine Weile geschwiegen hatte.

»Na, meinst du etwa, Miß Pinkerton wird herauskommen und mich zurückholen, um mich ins schwarze Loch zu sperren?« erwiderte Rebekka lachend.

»Nein, aber...«

»Ich hasse das ganze Haus«, fuhr Miß Sharp wütend fort. »Ich hoffe, daß meine Augen es nie wieder erblicken werden. Ich wünschte, es versänke in der Themse; ja, das wünschte ich! Und wenn Miß Pinkerton selbst da unten im Wasser wäre, ich würde sie nicht herausholen, ganz gewiß nicht. Oh, was für Vergnügen es mir machen würde, sie da im Wasser schwimmen zu sehen mit ihrem Turban und der übrigen Takelage, mit der hinterherwallenden Schleppe und mit der großen Nase, diesem Schiffsschnabel!«

»Still, still!« rief Miß Sedley.

»Ach was! Wird der schwarze Diener etwa klatschen?« lachte Miß Rebekka. »Meinetwegen kann er zurückgehen und Miß Pinkerton erzählen, daß ich sie von ganzer Seele hasse; ja, ich wünschte sogar, er täte es; und ich wünschte, ich hätte ein Mittel, meinen Haß durch die Tat zu bekunden. Zwei Jahre lang habe ich nichts als Beleidigungen und Beschimpfungen von ihr erfahren. Ich bin schlechter behandelt worden als eine Küchenmagd. Außer dir habe ich nie eine Freundin gehabt; von niemand habe ich ein freundliches Wort gehört als von dir. Ich habe für die kleinen Mädchen auf der Unterstufe sorgen und mit den größeren Schülerinnen Französisch sprechen müssen, bis mir meine eigene Muttersprache verleidet wurde. Aber daß ich vorhin Miß Pinkerton französisch anredete, war doch ein famoser Spaß, nicht wahr? Sie kann kein Wort Französisch, war aber zu stolz, es einzugestehen. Ich glaube auch, das ist der Grund gewesen, weshalb sie mich hat gehen lassen; und darum danke ich Gott dafür, daß ich Französisch verstehe. Vive la France! Vive l'empereur! Vive Bonaparte!«

»Aber Rebekka, Rebekka, schäm dich!« rief Miß Sedley; denn dies war das Allerschändlichste, was Rebekka jemals gesagt hatte. Wenn jemand damals in England sagte: ›Es lebe Bonaparte!‹ so bedeutete das ebensoviel, wie wenn er gesagt hätte: ›Es lebe der Teufel!‹ »Wie kannst du nur solche bösen, rachsüchtigen Gedanken haben?«

»Rachsucht mag etwas Böses sein, aber sie ist etwas Natürliches«, antwortete Miß Rebekka. »Ich bin kein Engel.« Und, um die Wahrheit zu sagen, das war sie auch wirklich nicht. Man wird im Verlauf dieses kurzen Gespräches (das geführt wurde, während die Kutsche gemächlich am Flußufer entlang dahinrollte) bemerkt haben, daß, wenn Miß Rebekka

Sharp zweimal Anlaß nahm, Gott zu danken, sie dies das erste Mal dafür tat, daß er sie von einer ihr verhaßten Person befreit hatte, und das zweite Mal dafür, daß er sie befähigt hatte, ihre Feinde in eine Art von Verlegenheit oder Beschämung zu versetzen, was beides keine löblichen Beweggründe zu frommer Dankbarkeit sind Menschen von sanfter, friedfertiger Gemütsart würden solche Beweggründe nicht aussprechen. Miß Rebekka war eben nicht im geringsten sanft und friedfertig. Alle Leute behandelten sie schlecht, behauptete diese junge Menschenfeindin (oder vielmehr Frauenfeindin; denn auf dem Gebiet der Männerwelt hatte sie bisher nur wenig Erfahrungen gemacht); aber wir können mit ziemlicher Gewißheit annehmen, daß diejenigen Personen beiderlei Geschlechts, die von allen Leuten schlecht behandelt werden, die Behandlung, die ihnen zuteil wird, vollkommen verdienen. Die Welt ist ein Spiegel, in dem jeder sein eigenes Gesicht erblickt. Mach ihr ein böses Gesicht, und sie wird auch ihrerseits dich mürrisch ansehen; lache sie an und lache mit ihr, und sie ist dir eine heitere, freundliche Gefährtin. Danach mögen sich alle jungen Leute für die eine oder die andere Art des Verhaltens entscheiden. So viel ist sicher, wenn die Welt Miß Sharp links liegen ließ, war auch von ihr nicht bekannt, daß sie jemals einem Menschen etwas Gutes erwiesen hatte; auch konnte man unmöglich erwarten, daß vierundzwanzig junge Damen sämtlich so freundlich sein sollten wie die Heldin dieses Buches, Miß Sedley (gerade aus diesem Grund haben wir sie uns zur Heldin ausgewählt, weil sie von allen den besten Charakter hatte; sonst wüßte ich nicht, was in aller Welt uns hätte hindern sollen, Miß Swartz oder Miß Cramp oder Miß Hopkins als Heldin an ihre Stelle zu setzen); man konnte nicht erwarten, daß eine jede von ihnen Miß Amelia Sedleys sanftes, bescheidenes Gemüt haben und jede Gelegenheit wahrnehmen sollte, Rebekkas Verbitterung und üble

Laune zu überwinden und durch tausend freundliche Worte und Gefälligkeiten wenigstens einmal deren Feindschaft gegen ihr eigenes Geschlecht zu besiegen.

Miß Sharps Vater war Künstler gewesen und hatte in dieser Eigenschaft an Miß Pinkertons Schule Zeichenunterricht erteilt. Er war ein gescheiter Mensch und ein angenehmer Gesellschafter gewesen und hatte wie ein sorgloser Student gelebt und eine große Neigung, sich in Schulden zu stürzen, und einen Hang zum Wirtshausleben an den Tag gelegt. Wenn er betrunken war, pflegte er seine Frau und seine Tochter zu prügeln, und tat ihm dann am andern Morgen der Kopf weh, so schimpfte er auf die Welt, die sein Genie nicht anerkennen wolle, und verspottete mit viel Witz und mitunter mit vollem Recht die anderen Maler als Narren. Da er, solange er noch Junggeselle war, sich nur mit knapper Not über dem Wasser halten konnte und bei allen möglichen Menschen im Umkreis einer Meile um Soho, wo er wohnte, Schulden hatte, so glaubte er seine Verhältnisse dadurch zu verbessern, daß er eine junge Französin heiratete, die von Beruf Tänzerin bei der Oper war. Des bescheidenen Standes ihrer Mutter tat Miß Sharp niemals Erwähnung, sondern pflegte später zu behaupten, die Entrechats seien eine vornehme Gaskogner Familie, und bekundete einen großen Stolz auf die Abstammung von ihnen. Und merkwürdig: als diese junge Dame im Leben emporkam, da wuchs auch der Rang und Ruhm ihrer Ahnen.
Rebekkas Mutter hatte irgendwo eine ziemlich gute Erziehung genossen, und ihre Tochter sprach ein reines Französisch, mit Pariser Aussprache. Das war in jenen Tagen eine seltene Fertigkeit, und sie verhalf ihr zu einer Anstellung bei der streng kirchlich gesinnten Miß Pinkerton. Denn als ihre Mutter gestorben war und ihr Vater fühlte, daß er sich von seinem dritten Anfall des Delirium tremens nicht

mehr werde erholen können, schrieb er einen ebenso mann-
haften wie rührenden Brief an Miß Pinkerton, in dem er die
Waise dem Schutze dieser Dame empfahl, und stieg dann ins
Grab, nachdem sich zwei Gerichtsvollzieher über seinem
Leichnam und den armseligen Nachlaß gestritten hatten.
Rebekka war siebzehn Jahre alt, als sie nach Chiswick kam, und
wurde als Schülerin auf Grund eines besonderen Vertrages angenommen: ihre Pflicht bestand, wie wir gesehen haben, darin,
Französisch zu sprechen, und ihre Rechte darin, daß sie freie
Wohnung und Beköstigung hatte, ein paar Guineen jährlich
erhielt und von dem Unterricht der Lehrer, die an der Schule
tätig waren, sich ein paar Wissensbrocken aneignen durfte.
Sie war klein und schmächtig von Gestalt, mit blassem Gesicht und sandfarbenem Haar. Die Augen hielt sie für gewöhnlich gesenkt; wenn sie sie aber aufschlug, so waren sie
groß, eigenartig und anziehend, so anziehend, daß der Reverend Mr. Crisp (er war frisch von Oxford gekommen und
versah beim Vikar von Chiswick, dem Reverend Mr.
Flowerdew, die Stelle eines Adjunkten) sich sterblich in
Miß Sharp verliebte; ein Blick ihrer Augen, den sie ganz von
weitem quer durch die Chiswicker Kirche von den Plätzen
der Schülerinnen nach dem Lesepult abgeschossen hatte,
hatte ihn getroffen und tödlich verwundet. Dieser betörte
junge Mann trank bei Miß Pinkerton, bei der er durch seine
Mama eingeführt war, mitunter eine Tasse Tee und machte
in einem aufgefangenen Brief, den die einäugige Küchenfrau
hatte überbringen sollen, Miß Sharp wirklich so eine Art
Heiratsantrag. Mrs. Crisp wurde aus Buxton schleunigst
herbeigerufen und nahm ihr geliebtes Söhnchen unverzüglich mit sich fort; aber schon der Gedanke, daß sich in dem
Chiswicker Taubenschlag ein solcher Adler befinde, rief in
Miß Pinkertons Brust die größte Beunruhigung hervor. Sie
würde Miß Sharp ohne weiteres entlassen haben, wenn sie
ihr dann nicht hätte eine vertraglich festgesetzte Abstands-

summe zahlen müssen. Und sie glaubte nie so recht den Versicherungen der jungen Dame, daß sie niemals auch nur ein Wort mit Mr. Crisp gewechselt habe, außer unter ihren eigenen Augen beidemal, als sie mit ihm beim Tee zusammengetroffen sei.

Neben den großen, kräftigen Gestalten vieler jungen Damen in diesem Institut sah Rebekka Sharp wie ein Kind aus. Aber sie besaß die traurige Frühreife der Armut. Mit gar manchem ungestüm mahnenden Gläubiger hatte sie schon verhandelt und ihn dazu gebracht, von ihres Vaters Tür wieder wegzugehen; gar manchen Geschäftsmann hatte sie durch Schmeicheleien und liebenswürdige Redensarten in gute Laune zu versetzen gewußt, so daß er ihnen noch einmal Lebensmittel lieferte. Sie war viel mit ihrem Vater zusammen, der auf ihre Klugheit sehr stolz war, und hörte die Reden seiner ausgelassenen Kumpane mit an, Reden, die oft für das Ohr eines jungen Mädchens recht wenig paßten. Aber sie war, wie sie sagte, eigentlich niemals ein junges Mädchen gewesen; sie war ein Weib gewesen schon von ihrem achten Lebensjahre an. Oh, warum hatte Miß Pinkerton einen so gefährlichen Vogel in ihren Käfig hineingelassen?

Aber das hing folgendermaßen zusammen. Die alte Dame hatte Rebekka für das sanftmütigste Geschöpf in der Welt gehalten; mit so bewundernswerter Kunst hatte diese, wenn ihr Vater sie ab und zu nach Chiswick mitbrachte, die Rolle der Naiven zu spielen verstanden. Sie hatte in ihr ein bescheidenes, unschuldiges kleines Kind gesehen, und noch ein Jahr vor der Abmachung, infolge deren Rebekka in ihr Haus aufgenommen worden war, zu einer Zeit, da Rebekka sechzehn Jahre alt war, hatte Miß Pinkerton mit majestätischer Würde und mit einer kleinen Ansprache ihr eine Puppe geschenkt; beiläufig gesagt: diese Puppe war das eingezogene Eigentum von Miß Swindle, die dabei ertappt worden war, daß sie während der Unterrichtsstunden heimlich mit ihr spielte. Wie

herzlich lachten der Vater und die Tochter, als sie nach jener
Abendgesellschaft zusammen nach Hause wanderten – (die
Abendgesellschaft hatte aus Anlaß einer Schulfeier stattgefunden, und alle an der Anstalt unterrichtenden Lehrer
hatten Einladungen zu ihr erhalten) –, und wie wütend wäre
Miß Pinkerton geworden, wenn sie gesehen hätte, mit
welcher Geschicklichkeit Rebekka die Puppe so ausputzte,
daß sie eine Karikatur von Miß Pinkertons eigener hoher
Person darstellte! Bei ihrer schauspielerischen Begabung
pflegte sie mit ihr Zwiegespräche zu führen; diese Zwiegespräche bildeten das Entzücken der Newman Street, der
Gerard Street und überhaupt des ganzen Künstlerviertels;
und wenn die jungen Maler kamen, um mit ihrem trägen,
liederlichen, witzigen, humoristischen älteren Kollegen ihren
Wacholderschnaps mit Wasser zu trinken, so pflegten sie
regelmäßig Rebekka zu fragen, ob Miß Pinkerton zu Hause
sei; sie kannten die arme alte Dame ebensogut, wie sie den
Maler Lawrence oder den Präsidenten der Kunstakademie
West kannten. Einmal hatte sie die Ehre, ein paar Tage in
Chiswick verleben zu dürfen; von diesem Aufenthalt brachte
sie die Rolle der Jemima mit nach Hause und staffierte eine
zweite Puppe als Miß Jemima aus; denn obgleich dieses gutherzige Geschöpf ihr so viel Kuchen und Gelee gegeben
hatte, daß es für drei Kinder gereicht hätte, und obendrein
beim Abschied noch ein Siebenschillingstück, so war bei
dem Mädchen die Spottlust doch weit stärker entwickelt
als die Dankbarkeit, und sie opferte ihr Miß Jemima geradeso
mitleidslos wie ihre Schwester.

Da trat die Katastrophe ein, und Rebekka wurde in Miß
Pinkertons Anstalt gebracht, die nun ihre Heimat sein sollte.
Sie erstickte fast unter der strengen äußeren Ordnung, die
hier herrschte: die Gebete und die Mahlzeiten, die Unterrichtsstunden und die Spaziergänge, sämtlich mit einer klö-
sterlichen Regelmäßigkeit eingerichtet, lasteten auf ihr mit

einem kaum zu ertragenden Druck, und sie dachte an die
Bettlerfreiheit des alten Malerateliers in Soho mit so viel Bedauern zurück, daß ein jeder, sie selbst mit inbegriffen, sich
einbildete, sie verzehre sich in Kummer um ihren Vater. Sie
hatte ein kleines Zimmerchen unter dem Dach, wo die
Dienstmädchen sie bei Nacht hin und her gehen und schluchzen hörten; aber das tat sie nicht aus Kummer, sondern aus
Wut. Sie hatte sich in früherer Zeit nicht viel mit Verstellung abgegeben, aber jetzt lehrte ihre Vereinsamung sie heucheln. Sie hatte sich nie in weiblicher Gesellschaft bewegt;
ihr Vater war bei all seiner Verkommenheit doch ein talent-
voller Mann, und seine Unterhaltung hatte ihr tausendmal
besser gefallen als das Geschwätz derjenigen von ihren Geschlechtsgenossinnen, mit denen sie jetzt zu tun hatte. Die
hochtrabende Eitelkeit der alten Schulvorsteherin, die einfältige Gutherzigkeit ihrer Schwester, das törichte Geschwätz und Geklatsche der älteren Mädchen und das kühle,
sittenstrenge Benehmen der Erzieherinnen, das alles war ihr
in gleichem Maße langweilig; und sie besaß kein weiches
mütterliches Herz, dieses unglückliche Mädchen; sonst
hätte das harmlose Geplauder der jüngeren Kinder, mit deren Pflege sie vorzugsweise betraut war, sie anziehen und
milder stimmen können; aber sie lebte zwei Jahre lang mit
ihnen zusammen, und keins der Kinder war traurig darüber,
daß sie wegging. Die sanfte, weichherzige Amelia Sedley
war die einzige, zu der sie sich einigermaßen hingezogen
fühlte; aber wer hätte sich zu Amelia nicht hingezogen gefühlt?
Die fröhliche Heiterkeit und die höhere gesellschaftliche
Stellung der jungen Mädchen, von denen sie sich umgeben
sah, bereiteten ihr unaussprechliche Qualen des Neides.
›Wie vornehm dieses Mädchen tut, weil sie die Enkelin
eines Grafen ist!‹ sagte sie bei sich von der einen. ›Wie sie
sich alle vor dieser Kreolin beugen und vor ihr kriechen, weil

sie ein Vermögen von hunderttausend Pfund besitzt! Ich bin tausendmal klüger und anziehender als dieses Geschöpf mit all seinem Reichtum. Ich bin ebenso gebildet wie die Enkelin des Grafen mit ihrem ganzen schönen Stammbaum, und trotzdem beachtet mich hier niemand. Aber als ich noch bei meinem Vater war, ließen da nicht die Männer ihre vergnügtesten Bälle und Gesellschaften im Stich, um den Abend mit mir zu verleben?« Sie beschloß, sich um jeden Preis aus dem Gefängnis zu befreien, in dem sie sich befand, und begann nun auf eigene Faust zu handeln und zum ersten Mal zusammenhängende Pläne für die Zukunft zu entwerfen.

Sie machte sich daher die Gelegenheit zum Lernen, die ihr Aufenthaltsort ihr bot, eifrig zunutze, und da sie es in der Musik und den Sprachen bereits recht weit gebracht hatte, so durchlief sie rasch auf den anderen Gebieten den wenig umfänglichen Lehrgang, der damals für junge Damen als notwendig galt. Ihre Musik betrieb sie dabei unausgesetzt weiter, und als eines Tages die jungen Mädchen ausgegangen waren und sie zu Hause geblieben war, spielte sie ein Musikstück so vorzüglich, daß Minerva, die es hörte, auf den klugen Gedanken kam, sich die Kosten eines Klavierlehrers für die jüngeren Schülerinnen zu ersparen, und unserer Rebekka ankündigte, sie solle in Zukunft den Klavierunterricht der Unterstufe erteilen.

Das Mädchen weigerte sich, und zwar zum ersten Mal und zum größten Erstaunen der majestätischen Schulvorsteherin. »Ich bin hier, um mit den Kindern Französisch zu sprechen,« erwiderte Rebekka in entschiedenem Tone, »nicht um sie in der Musik zu unterrichten und Ihnen Ausgaben zu ersparen. Geben Sie mir Geld, dann will ich sie unterrichten.«

Minerva sah sich genötigt nachzugeben und konnte sie selbstverständlich von diesem Tage an nicht leiden. »Während ganzer fünfunddreißig Jahre«, sagte sie, und das war

28

die volle Wahrheit, »ist mir nie jemand vorgekommen, der gewagt hätte, in meinem eigenen Hause meine Autorität in Frage zu stellen. Ich habe eine Natter an meinem Busen genährt.«

»Natter? Dummes Zeug!« erwiderte Miß Sharp der alten Dame, die vor Erstaunen fast ohnmächtig wurde. »Sie haben mich genommen, weil ich Ihnen nützlich war. Dankbarkeit kommt zwischen uns beiden nicht in Frage. Ich hasse dieses Haus und wünsche nichts sehnlicher, als es zu verlassen. Ich will hier nichts tun, wozu ich nicht verpflichtet bin.«

Vergebens fragte die alte Dame sie, ob sie auch wohl wisse, daß sie mit Miß Pinkerton spreche. Rebekka lachte ihr ins Gesicht auf eine so entsetzlich höhnische, teuflische Art, daß die Schulvorsteherin fast in Krämpfe fiel. »Geben Sie mir eine Geldsumme,« sagte das Mädchen, »wenn Sie mich los sein wollen. Oder, wenn Sie das vorziehen, verschaffen Sie mir eine gute Stelle als Gouvernante in einer adligen Familie; das steht in Ihrer Macht, wenn Sie es tun wollen.« Und bei ihren späteren Streitigkeiten mit Miß Pinkerton kam sie immer wieder auf diesen Punkt zurück: »Verschaffen Sie mir eine Stelle – wir hassen einander –, und ich bin bereit fortzugehen.«

Obgleich die würdige Miß Pinkerton eine römische Nase und einen Turban besaß und so groß wie ein Grenadier war und bisher eine unbestrittene Herrschaft ausgeübt hatte, kam sie an Energie und Kraft doch ihrer kleinen Schülerin nicht gleich und versuchte vergebens, gegen sie anzukämpfen und sie einzuschüchtern. Als sie es einstmals wagte, sie in Gegenwart anderer zu schelten, verfiel diese auf das schon vorhin erwähnte Mittel, ihr französisch zu antworten, wodurch die alte Dame vollständig aus der Fassung gebracht wurde. Um ihre Autorität in der Schule zu behaupten, fand sie für nötig, diese Rebellin, dieses Ungeheuer, diese Schlange, diesen Feuerbrand zu entfernen; und da sie um diese Zeit hörte, daß Sir Pitt Crawleys Familie eine Gouvernante suchte, so empfahl sie tatsächlich Miß Sharp für diese Stelle, mochte sie auch noch so sehr ein Feuerbrand und eine Schlange sein. ›Ich habe‹, schrieb sie, ›an Miß Sharps Benehmen schlechterdings nichts auszusetzen, ausgenommen mir selbst gegenüber, und ich muß zugeben, daß ihre Begabung und ihre Kenntnisse ganz hervorragend sind. In intellektueller Hinsicht jedenfalls macht sie dem an meinem Institut befolgten Erziehungssystem alle Ehre.‹

Auf diese Weise suchte die Schulvorsteherin die Empfehlung mit ihrem Gewissen zu vereinigen; der Vertrag wurde aufgehoben, und Rebekka war frei. Der Kampf, der hier in wenigen Zeilen geschildert ist, dauerte selbstverständlich ziemlich lange, mehrere Monate. Und da Miß Sedley, die jetzt siebzehn Jahre alt war, die Schule verlassen sollte und eine freundschaftliche Gesinnung gegen Miß Sharp hegte (»Das ist der einzige Punkt in Amelias Betragen,« sagte Minerva, »der nicht die Billigung ihrer Direktorin gefunden hat«), so wurde Miß Sharp von ihrer Freundin eingeladen, eine Woche mit ihr in ihrem Elternhaus zu verleben, ehe sie ihre Stelle als Gouvernante in der betreffenden Familie anträte.

So traten denn die beiden jungen Damen in die Welt ein. Für Amelia war es eine völlig neue, frische, glänzende Welt, auf der noch der ganze Hauch der Unberührtheit lag. Nicht ganz so neu war sie für Rebekka (in der Tat, wenn wir in bezug auf die Geschichte mit Mr. Crisp die Wahrheit sagen sollen, so müssen wir bekennen: die Küchenfrau machte jemandem gegenüber eine Andeutung, und dieser Jemand versicherte es einem Dritten eidlich als Tatsache, daß zwischen Mr. Crisp und Miß Sharp denn doch erheblich viel mehr vorgefallen sei, als was den Weg in die Öffentlichkeit gefunden habe, und daß sein Brief nur die Antwort auf einen andern gewesen sei). Aber wer kann meinen Lesern über den wahren Hergang in dieser Angelegenheit Mitteilung machen?

Jedenfalls trat Rebekka, wenn sie nicht zum ersten Mal in die Welt eintrat, noch einmal in sie ein.

Als die jungen Damen den Schlagbaum von Kensington erreichten, hatte Amelia zwar ihre Kameradinnen noch nicht vergessen, aber doch schon ihre Tränen getrocknet und war sehr rot geworden und erfreut gewesen, als ein junger Offizier von der Leibgarde, der sie im Vorbeireiten erspähte, ausrief: »Donnerwetter, ist das ein hübsches Mädel!« Und bevor der Wagen auf dem Russell Square ankam, hatten sie sich längere Zeit über den Empfang bei Hofe unterhalten, und ob junge Damen gepudert und in Reifröcken erschienen, wenn sie vorgestellt werden sollten, und ob ihr, Amelia, diese Ehre wohl auch werde zuteil werden; daß sie auf den Ball des Lord-Mayors gehen werde, glaubte sie ganz bestimmt. Und als endlich das Elternhaus erreicht war, hüpfte Miß Amelia Sedley, auf Sambos Arm gestützt, hinaus, eins der glückseligsten und hübschesten Mädchen im ganzen großen London. Darüber waren Sambo und der Kutscher einig, ebenso ihr Vater und ihre Mutter und nicht minder sämtliche Dienstboten des Hauses, die, sich verbeugend und knicksend und lächelnd, in der Flurhalle standen, um ihre junge Herrin zu begrüßen.

Natürlich zeigte sie ihrer Freundin Rebekka jedes Zimmer im Hause und jeden Gegenstand in ihren Schubladen, ihre Bücher, ihr Klavier, ihre Kleider und alle ihre Halsketten, Broschen, Spitzen und Nippsachen. Sie bestand darauf: Rebekka mußte eine Halskette von weißem Karneol und einen Ring mit einem Türkis annehmen sowie ein reizendes geblümtes Musselinkleid, das ihr selbst jetzt zu klein sei, ihrer Freundin aber ganz vorzüglich passen werde, und sie nahm sich im stillen vor, ihre Mutter um Erlaubnis zu bitten, daß sie ihrer Freundin ihren weißen Kaschmirschal schenken dürfe. Konnte sie ihn nicht entbehren? Und hatte ihr nicht ihr Bruder Joseph soeben zwei aus Indien mitgebracht?

Als Rebekka die beiden prachtvollen Kaschmirschals sah, die Joseph Sedley seiner Schwester mitgebracht hatte, machte sie die durchaus aufrichtige Bemerkung, es müsse doch eine große Freude sein, einen Bruder zu haben, und als sie hinzusetzte, sie stehe allein in der Welt, als Waise ohne Freunde und Verwandte, da regte sich in Amelias weichem Herzen sofort das Mitleid.

»Du stehst nicht allein«, sagte Amelia. »Du weißt, Rebekka, daß ich immer deine Freundin sein und dich wie eine Schwester lieben werde. Ja, das will ich.«

»Ach, aber Eltern zu haben wie du, gütige, reiche, zärtliche Eltern, die dir alles geben, was du nur wünschst, und dazu noch ihre Liebe, die mehr wert ist als alles andere! Mein armer Papa konnte mir nichts geben, und ich hatte immer nur zwei Kleider! Und dann, einen Bruder zu haben, einen lieben Bruder! Du hast ihn gewiß sehr lieb!«

Amelia lachte.

»Wie? Hast du ihn etwa nicht lieb? Und du sagst doch selbst, daß du alle Menschen liebst!«

»Ja, natürlich habe ich ihn lieb … nur …«

»Nur? Was meinst du?«

»Nur scheint sich Joseph nicht viel daraus zu machen, ob ich ihn liebe oder nicht. Als er nach zehnjähriger Abwesenheit zurückkam, hielt er mir zwei Finger hin, die ich drücken sollte! Er ist sehr gut und freundlich; aber er spricht kaum mit mir, und ich glaube, er hat seine Pfeife sehr viel lieber als seine…« Aber hier hielt Amelia inne; denn warum sollte sie von ihrem Bruder Schlechtes reden? »Er war sehr gut zu mir, als ich noch ein Kind war«, fügte sie dann hinzu. »Ich war erst fünf Jahre alt, als er wegging.«

»Ist er sehr reich?« fragte Rebekka. »Es heißt, alle indischen Nabobs wären enorm reich.«

»Ich glaube, er hat ein recht beträchtliches Einkommen.«

»Und ist deine Schwägerin eine nette, hübsche Frau?«

»O Gott! Joseph ist gar nicht verheiratet«, sagte Amelia und lachte von neuem.

Vielleicht hatte sie diesen Umstand schon früher einmal Rebekka gegenüber erwähnt; indessen erinnerte sich diese junge Dame offenbar nicht daran; sondern sie beteuerte mit großer Lebhaftigkeit, sie habe erwartet, daß sie eine ganze Menge Neffen und Nichten Amelias zu sehen bekommen werde. Sie war ganz enttäuscht, daß Mr. Sedley nicht verheiratet war; sie habe sicher geglaubt, von Amelia das Gegenteil gehört zu haben, und sie schwärme doch so für kleine Kinder!

»Ich sollte meinen, davon hättest du in Chiswick genug gehabt«, sagte Amelia, etwas erstaunt über diese plötzliche Zärtlichkeit ihrer Freundin für kleine Kinder; und in der Tat würde Miß Sharp sich in späteren Zeiten nie so verplappert haben, daß sie Behauptungen aufgestellt hätte, deren Unwahrheit so leicht nachzuweisen war. Aber wir dürfen nicht vergessen, daß sie erst neunzehn Jahre alt war, daß das arme unschuldige Geschöpf in der Kunst zu täuschen noch keine Übung besaß und jetzt seine ersten Versuche anstellte. Die vorstehende Reihe von Fragen bedeutete, in die Form eines Selbstgesprächs dieses gescheiten jungen Frauenzimmers übersetzt, ganz einfach folgendes: ›Wenn Mr. Joseph Sedley reich und unverheiratet ist, warum sollte ich ihn dann nicht heiraten? Ich habe freilich nur vierzehn Tage zur Verfügung; aber es kann ja nicht schaden, die Sache zu versuchen.‹ So faßte sie denn im stillen den Entschluß, diesen löblichen Versuch anzustellen. Sie verdoppelte ihre Zärtlichkeit Amelia gegenüber; sie küßte die weiße Karneolhalskette, als sie sie anlegte, und gelobte, sich nie, nie von diesem Andenken zu trennen. Als die Glocke zum Dinner läutete und sie beide die Treppe hinuntergingen, schlang sie, wie das junge Damen so zu tun pflegen, ihren Arm um die Hüfte ihrer Freundin. An der Tür des Salons war sie so aufgeregt, daß sie

kaum den Mut fand einzutreten. »Fühle nur mein Herz, wie
es klopft, Liebste!« sagte sie zu ihrer Freundin.
»Nein, ich fühle nichts«, erwiderte Amelia. »Komm nur herein und sei nicht ängstlich. Papa wird dir nichts zuleide tun.«

DRITTES KAPITEL

Rebekka steht dem Feinde gegenüber

Als die beiden Mädchen eintraten, sahen sie einen sehr
dicken, aufgeschwemmten Mann am Kaminfeuer sitzen, der
damit beschäftigt war, die Zeitung zu lesen. Sein Anzug bestand aus Lederhosen, Stulpstiefeln, verschiedenen gewaltigen Halstüchern, die ihm fast bis zur Nase hinaufreichten,
einer rotgestreiften Weste und einem apfelgrünen Rock mit
stählernen Knöpfen, die nahezu so groß wie Kronentaler
waren; es war dies zu jener Zeit das Morgenkostüm eines
jungen Stutzers. Bei ihrem Erscheinen sprang er hastig von
seinem Lehnstuhl auf, wurde dunkelrot und verbarg fast sein
ganzes Gesicht in seinen Halstüchern.
»Es ist nur deine Schwester, Joseph«, sagte Amelia lachend
und schüttelte die zwei Finger, die er ihr hinhielt. »Ich bin
jetzt für immer nach Hause gekommen, weißt du; und dies
ist meine Freundin, Miß Sharp, von der ich dir schon erzählt habe.«
»Nein, niemals, auf mein Wort«, sagte der Kopf, der hinter
den Halstüchern stak, mit starkem Schütteln. »Das heißt,
ja... Was für ein abscheulich kaltes Wetter heute, Miß!«
Und damit machte er sich eifrigst daran, das Feuer zu schü-
ren, obgleich es Mitte Juni war.
»Er ist sehr hübsch!« flüsterte Rebekka ihrer Freundin ziemlich laut zu.
»Findest du das?« antwortete diese. »Ich will es ihm sagen.«
»Um Gottes willen nicht, liebes Herz!« sagte Miß Sharp und
schrak zurück, schüchtern wie ein junges Reh. Sie hatte vor-
34

hin dem Herrn einen respektvollen, mädchenhaften Knicks gemacht, und ihre sittsamen Augen starrten mit solcher Beharrlichkeit auf den Teppich, daß man sich wundern mußte, wie sie eine Möglichkeit gefunden hatte, ihn zu sehen.

»Ich danke dir auch für die schönen Schals, Bruder«, sagte Amelia zu dem Feuerschürer. »Sind sie nicht schön, Rebekka?«

»O himmlisch schön!« erwiderte Miß Sharp, und ihre Augen wanderten von dem Teppich geradenwegs zum Kronleuchter.

Joseph vollführte immer noch mit dem Feuerhaken und der Zange ein gewaltiges Geklapper, wobei er schnaubte und pustete und so rot wurde, wie es sein gelbes Gesicht nur immer erlaubte. »So schöne Geschenke kann ich dir nicht machen, Joseph«, fuhr seine Schwester fort; »aber ich habe dir, als ich auf der Schule war, ein Paar sehr schöne Hosenträger gestickt.«

»Aber ich bitte dich, Amelia!« rief der Bruder in ernstlicher Verwirrung. »Was redest du da?« Darauf riß er aus Leibeskräften am Klingelzug, so daß dieser abriß und ihm in der Hand blieb, was die Verlegenheit des ehrlichen Burschen noch vermehrte. »Um des Himmels willen, sieh mal zu, ob mein Buggy vor der Haustür ist. Ich kann absolut nicht länger warten. Ich muß fort. Hol der Kuckuck meinen Kutscher! Ich muß fort.«

In diesem Augenblick trat, wie ein echter englischer Kaufmann mit seinen Petschaften klimpernd, der Hausherr ein. »Was gibt es denn, Emmy?« fragte er.

»Joseph sagt, ich möchte nachsehen, ob sein ... sein Buggy vor der Haustür ist. Was ist denn das, ein Buggy, Papa?«

»Eine einspännige Sänfte«, antwortete der alte Herr, der in seiner Art ein Spaßvogel war.

Joseph brach über diesen Witz in ein unbändiges Gelächter aus; da er aber dabei den Augen Miß Sharps begegnete, verstummte er plötzlich, als hätte ihn eine Kugel getroffen.

»Also diese junge Dame ist deine Freundin? Es ist mir eine große Freude, Sie bei uns zu sehen, Miß Sharp. Haben Sie und Emmy sich schon mit Joseph gezankt, daß er so schnell fort will?«

»Ich habe meinem Kollegen Bonamy vom indischen Dienst versprochen, mit ihm zu speisen«, sagte Joseph.

»O pfui! Hast du nicht zu deiner Mutter gesagt, du wolltest hier essen?«

»Aber in diesem Anzug ist das doch unmöglich.«

»Sehen Sie ihn mal an, Miß Sharp: ist er nicht hübsch genug angezogen, um an jedem Ort zu speisen?«

Hierauf blickte Miß Sharp natürlich ihre Freundin an, und beide brachen in ein Gelächter aus, das dem alten Herrn große Freude machte.

»Haben Sie jemals bei Miß Pinkerton ein Paar solche Lederhosen gesehen wie diese?« fuhr er, auf seinen Vorteil bedacht, fort.

»Barmherziger Himmel! Vater!« rief Joseph.

»Da haben wirs! Ich habe seine Gefühle verletzt. Mrs. Sedley, liebe Frau, ich habe die Gefühle deines Sohnes verletzt. Ich habe von seinen Lederhosen gesprochen. Frage Miß Sharp, ob ich das nicht getan habe. Komm, Joseph, schließe mit Miß Sharp Freundschaft, und dann wollen wir alle zu Tisch gehen.«

»Es gibt heute einen Pilaw, Joseph, ganz wie du ihn gern hast, und Papa hat den besten Steinbutt, den es in Billingsgate gab, mitgebracht.«

»Komm, komm, mein Junge, führe du Miß Sharp hinunter, und ich will mit diesen beiden jungen Damen folgen«, sagte der Vater, nahm an den einen Arm seine Frau, an den andern seine Tochter und ging munter hinaus.

Wenn Miß Rebekka Sharp im stillen den Plan gefaßt hatte, diesen dicken Dandy zu erobern, so möchte ich meinen, meine Damen, daß wir kein Recht haben, sie deswegen zu tadeln. Denn obgleich im allgemeinen die jungen Mädchen die Aufgabe des Männerfangs mit einer ihnen wohlstehenden Bescheidenheit ihren lieben Müttern überlassen, so müssen wir doch bedenken, daß Miß Sharp keine liebevolle Mama besaß, die diese delikate Sache für sie hätte in Ordnung bringen können, und daß, wenn sie sich nicht selbst einen Gatten verschaffte, niemand in der ganzen Welt ihr diese Mühe abgenommen hätte. Was veranlaßt denn die jungen Mädchen dazu, Gesellschaften mitzumachen, was sonst als der edle Ehrgeiz, unter die Haube zu kommen? Was treibt sie scharenweise nach den Badeorten? Was zwingt sie, eine ganze lange Saison hindurch wer weiß wie oft bis fünf Uhr morgens zu tanzen? Was bewegt sie, sich am Klavier mit Sonaten abzuquälen und sich von einem Gesanglehrer, der gerade Mode ist, zum Preis von einer Guinee die Stunde vier Lieder beibringen zu lassen, und Harfe spielen zu lernen, wenn sie schöne Arme und hübsche Ellenbogen haben, und grüne Jägerhüte mit Federn und Jagdemblemen zu tragen, was sonst als der Wunsch, mit diesen ihren tödlichen Bogen und Pfeilen irgendeinen erstrebenswerten jungen Mann zur Strecke zu bringen? Was veranlaßt achtbare Eltern dazu, ihre Teppiche wegnehmen zu lassen, das ganze Haus auf den Kopf zu stellen und ein Fünftel ihres Jahreseinkommens für Ballfestlichkeiten mit Soupers und Champagner auf Eis auszugeben? Tun sie das aus reiner Menschenliebe und aus dem wahren, lauteren Wunsch, die jungen Leute vergnügt herumtanzen zu sehen? Unsinn! Sie wollen ihre Töchter verheiraten; und wie die brave Mrs. Sedley in der Tiefe ihres liebevollen Herzens schon ein Dutzend Plänchen entworfen hatte, um ihre Amelia unterzubringen, so hatte auch unsere liebe, des elterlichen Schutzes ermangelnde Rebekka beschlossen, ihr Bestes zu tun, um sich einen Mann zu verschaffen, den sie ja auch weit mehr nötig hatte als ihre Freundin. Sie besaß eine lebhafte Einbildungskraft und hatte außerdem ›Tausendundeine Nacht‹ und ›Guthries Leitfaden der Geographie‹ gelesen; infolgedessen hatte sie, nachdem sie an Amelia die Frage gerichtet hatte, ob ihr Bruder sehr reich sei, während des Ankleidens zum Dinner sich ein prachtvolles Luftschloß gebaut, dessen Herrin sie war, mit einem Gatten irgendwo im Hintergrund (sie hatte ihn bisher noch nicht gesehen, und seine Gestalt konnte ihr daher noch nicht sehr deutlich sein); sie hatte sich im Geist mit einer unendlichen Menge von Schals, Turbanen und diamantenen Halsbändern geschmückt und unter den Klängen des Marsches aus dem ›Blaubart‹ einen Elefanten bestiegen, um dem Großmogul eine Staatsvisite zu machen. O ihr entzückenden Luftschlösser! Es ist das glückliche Vorrecht der Jugend, euch aufzubauen; wie viele phantasiebegabte junge Wesen haben schon, ebenso wie Rebekka Sharp, sich am hellen Tage solchen genußreichen Träumereien hingegeben!

Joseph Sedley war zwölf Jahre älter als seine Schwester Amelia. Er war Zivilbeamter bei der Ostindischen Kompanie, und sein Name stand zu der Zeit, von der wir berichten, in der bengalischen Abteilung des ostindischen Beamtenverzeichnisses als Steuereinnehmer von Boggley Wollah, was, wie jedermann weiß, ein ebenso ehrenvoller wie einträglicher Posten ist. Sollte jemand unter meinen Lesern zu erfahren wünschen, zu welchen höheren Stellen im Dienste Joseph noch aufrückte, so verweise ich ihn auf die späteren Jahrgänge dieser Rangliste.

Boggley Wollah liegt in einer schönen, einsamen, sumpf- und dschungelreichen Gegend, die wegen ihrer vorzüglichen Schnepfenjagd berühmt ist und wo man nicht selten einen Tiger aufstöbern kann. Ramgunge, der Sitz eines Friedensrichters, ist nur vierzig Meilen entfernt, und wieder dreißig Meilen weiter ist eine Kavallerieabteilung stationiert. Diese Angaben schrieb Joseph nach Hause an seine Eltern, als er seinen Einnehmerposten antrat. Er hatte etwa acht

Jahre seines Lebens ganz allein an diesem reizvollen Ort zugebracht, wo er nur selten das Gesicht eines Christenmenschen zu sehen bekam, außer zweimal im Jahr, wenn die militärische Abteilung ankam, um die von ihm gesammelten Steuern nach Kalkutta zu bringen.

Zum Glück bekam er um diese Zeit ein Leberleiden, zu dessen Heilung er nach Europa zurückkehrte und das ihm nun einen Anlaß bot, in seinem Heimatland ein sehr behagliches, vergnügliches Leben zu führen. Wenn er sich in London aufhielt, wohnte er nicht bei seinen Angehörigen, sondern hatte wie ein lebenslustiger Junggeselle eine eigene Wohnung. Vor seiner Übersiedlung nach Indien war er noch zu jung gewesen, um an den entzückenden Vergnügungen der jungen Lebemänner teilnehmen zu können; jetzt nach seiner Rückkehr stürzte er sich mit großem Eifer in dieses Treiben hinein. Er kutschierte mit seinen eigenen Pferden im Park, speiste in den vornehmsten Restaurants (denn der ›Orientalische Klub‹ existierte damals noch nicht), besuchte häufig, wie es damals Mode war, die Theater oder erschien in engen Hosen, in die er mühsam seine Beine gezwängt hatte, und mit einem Dreispitz in der Hand, in der Oper.

Nach seiner Rückkehr nach Indien und während seines ganzen folgenden Lebens pflegte er von den Freuden dieser Periode seines Daseins mit großer Begeisterung zu reden und anzudeuten, daß er und Brummel in jener Zeit die tonangebenden Lebemänner gewesen seien. Aber in Wirklichkeit lebte er hier ebenso einsam wie in seinen Dschungeln in Boggley Wollah. Er kannte kaum einen Menschen in der Hauptstadt, und wenn ihn nicht sein Arzt häufig besucht hätte und seine Quecksilberpillen und sein Leberleiden ihm Gesellschaft geleistet hätten, so hätte er vor Vereinsamung umkommen müssen. Er war träge, mürrisch und ein Bonvivant; das Erscheinen einer Dame erschreckte ihn über alle Maßen. Daher ließ er sich nur selten in seinem Elternhaus am Russell Square blicken, wo es sehr munter herging und die Späße seines jovialen alten Vaters seine Eitelkeit verletzten. Seine Korpulenz gab ihm Grund zu vielen ängstlichen Gedanken und ernsten Sorgen; ab und zu machte er einen verzweifelten Versuch, sich von seinem übermäßigen Fett zu befreien; aber seine Faulheit und seine Liebe zu gutem Essen und Trinken gewannen immer bald wieder die Oberhand über diese Ansätze zur Besserung, und er fand sich wieder zu seinen drei starken Mahlzeiten des Tages zurück. Er war niemals gut gekleidet; aber er gab sich die größte Mühe, seine dicke Figur zu schmücken, und verbrachte mit dieser Beschäftigung täglich viele Stunden. Aus der abgelegten Garderobe seines Herrn erwarb sich Josephs Kammerdiener geradezu ein Vermögen; auf seinem Toilettentisch standen ebenso viele Töpfe mit Pomaden und Flaschen mit Essenzen wie auf dem einer alternden Schönen; um eine Taille zu bekommen, hatte er alle damals existierenden Sorten von Gürteln, Korsetts und Hosenschnallen durchprobiert. Wie die meisten dicken Leute ließ er sich seine Kleider immer zu eng machen und trug dafür Sorge, daß sie auch ja die prächtigsten Farben und den jugendlichsten Schnitt aufwiesen. Wenn er nachmittags endlich mit seinem Anzug fertig war, so machte er, ganz allein in seinem Wagen, eine Spazierfahrt im Park und kam dann wieder heim, um sich umzukleiden und im Piazza-Café, ganz allein an seinem Tische, sein Dinner einzunehmen. Er war so eitel wie ein junges Mädchen, und vielleicht war seine außerordentliche Schüchternheit eine Folge dieser seiner außerordentlichen Eitelkeit. Wenn Miß Rebekka es fertigbringen sollte, über *diesen* Mann die Oberhand zu gewinnen, und noch dazu gleich bei ihrem ersten Eintritt ins Leben, so müßte man sie für eine ganz ungewöhnlich gescheite junge Person erklären.

Schon ihr erster Schachzug zeugte von einer bemerkenswerten Geschicklichkeit. Als sie Sedley einen sehr hübschen

Mann nannte, wußte sie, daß Amelia es ihrer Mutter berichten und diese es wahrscheinlich Joseph sagen oder doch jedenfalls durch das ihrem Sohn gespendete Kompliment sich sehr angenehm berührt fühlen werde. So sind alle Mütter. Hätte jemand zu Sycorax gesagt, ihr Sohn Caliban sei schön wie Apoll, so hätte sie sich darüber gefreut, mochte sie auch zehnmal eine Hexe sein. Rebekka rechnete auch damit, daß Joseph Sedley das Kompliment vielleicht mit eigenen Ohren hören werde (laut genug dazu sprach sie), und das tat er auch wirklich, und da er im stillen der Ansicht war, daß er ein schöner Mann sei, so zuckte ihm dieses Lob durch jede Fiber seines dicken Körpers und ließ ihn vor Wonne erschauern. Dann aber folgte ein Rückschlag. ›Macht sich das Mädchen über mich lustig?‹ dachte er, stürzte spornstreichs auf den Klingelzug zu und wollte, wie wir gesehen haben, sich schon davonmachen, als ihn die Scherze seines Vaters und die Bitten seiner Mutter doch noch veranlaßten, von diesem Vorhaben abzustehen und zu bleiben, wo er war. Von Zweifeln und Unruhe erfüllt, führte er die junge Dame hinunter zu Tische. ›Hält sie mich wirklich für hübsch,‹ dachte er, ›oder treibt sie nur ihr Spiel mit mir?‹ Wir haben von Joseph Sedley gesagt, daß er eitel war wie ein junges Mädchen. Guter Gott! Die jungen Mädchen brauchen nur den Spieß umzukehren und von einer ihrer Geschlechtsgenossinnen zu sagen: ›Sie ist eitel wie ein Mann‹, und sie werden vollkommen in ihrem Recht sein. Diejenigen menschlichen Wesen, die Bärte tragen, sind ebenso begierig nach Lob, ebenso zimperlich in ihrer Kleidung, ebenso stolz auf ihre persönlichen Vorzüge, ebenso überzeugt von ihrer Fähigkeit, andere zu bezaubern, wie nur irgendeine Kokette der Welt.

Sie gingen also zusammen die Treppe hinunter, Joseph sehr rot und verlegen, Rebekka in sehr bescheidener Haltung, die grünen Augen auf den Boden geheftet. Sie war weiß gekleidet, und auch ihre entblößten Schultern wetteiferten an

Weiße mit dem Schnee, – ein Bild lieblicher Jugend, schutzloser Unschuld, demütiger, jungfräulicher Schlichtheit. ›Ich muß mich sehr ruhig benehmen‹, dachte Rebekka, ›und sehr viel Interesse für Indien zeigen.‹

Nun haben wir gehört, daß Mrs. Sedley für ihren Sohn einen schönen Curry gekocht hatte, ganz so, wie er ihn gern hatte, und während der Mahlzeit wurde dieses Gericht auch Rebekka angeboten. »Was ist das?« sagte sie und richtete einen fragenden Blick auf Mr. Joseph.

»Vorzüglich!« erwiderte er. Er hatte den Mund voll Essen; sein Gesicht war ganz rot von der genußreichen Anstrengung des Schluckens und Schlingens. »Mutter, dieser Curry ist so gut wie mein eigener in Indien.«

»Oh, wenn es ein indisches Gericht ist, muß ich es doch auch kosten«, sagte Miß Rebekka. »Ich bin überzeugt, alles, was von dort herkommt, muß gut sein.«

»Gib Miß Sharp von dem Curry, liebe Frau«, sagte Mr. Sedley lachend.

Rebekka hatte dieses Gericht nie zuvor gekostet.

»Nun? Finden Sie es so gut wie alles, was aus Indien kommt?« sagte Mr. Sedley.

»Oh, ausgezeichnet!« antwortete Rebekka, die von dem Cayennepfeffer Höllenqualen ausstand.

»Versuchen Sie doch eine Chili[1] dazu, Miß Sharp«, sagte Joseph mit wirklichem Interesse.

»Eine Chili«, sagte Rebekka, krampfhaft atmend. »Ach ja!« Sie glaubte, eine Chili sei etwas Kühlendes, wie der Name anzudeuten schien, und es wurden ihr einige gereicht. »Wie frisch und grün sie aussehen!« sagte sie und steckte eine davon in den Mund. Aber sie brannte ärger als der Curry; Fleisch und Blut konnten das nicht länger ertragen. Sie legte die Gabel nieder. »Wasser! Um des Himmels willen, Wasser!« rief sie. Mr. Sedley lachte laut auf (er war ein etwas unfeiner

1. Eine Pfefferschote. Der Name klingt an chill ,kalt‘ an.

42

Mann, einer von der Aktienbörse, wo derbe Späße aller Art beliebt sind). »Ich versichere Ihnen, sie sind echt indisch«, sagte er. »Sambo, reiche Miß Sharp ein Glas Wasser.«
Joseph, der die Sache für einen Hauptspaß hielt, stimmte in das Gelächter seines Vaters mit ein. Die Damen lächelten nur ein wenig. Sie waren der Meinung, Rebekka habe doch gar zu sehr zu leiden. Diese hätte am liebsten den alten Sedley erwürgt; aber sie schluckte ihren Ärger ebenso hinunter, wie sie es vorher mit dem gräßlichen Curry getan hatte, und sobald sie wieder sprechen konnte, machte sie ein komisches Gesicht, als fasse sie die Sache mit gutem Humor auf, und sagte: »Ich hätte an den Pfeffer denken sollen, den in ›Tausendundeiner Nacht‹ die Prinzessin von Persien an die Sahnentörtchen tut. Tun Sie in Indien auch Cayennepfeffer an die Sahnentörtchen, Sir?«
Der alte Sedley lachte und dachte, Rebekka sei doch ein recht gutmütiges Wesen. Joseph antwortete ganz ernsthaft: »Sahnentörtchen, Miß? Unsere Sahne in Bengalen ist sehr schlecht; wir haben für gewöhnlich nur Ziegenmilch. Aber auf Ehre, ich bin schließlich dahin gekommen, sie der Kuhmilch vorzuziehen; können Sie sich das vorstellen?«
»Nun werden Sie wohl nicht mehr *alles* gern haben, was aus Indien kommt, Miß Sharp«, bemerkte der alte Herr. Aber als sich nach Tische die Damen zurückgezogen hatten, sagte der schlaue alte Patron zu seinem Sohn: »Nimm dich in acht, Joe; das Mädel angelt nach dir.«
»Ach, Unsinn!« erwiderte Joseph, höchst geschmeichelt. »Da fällt mir ein, da war ein junges Mädchen in Dumdum, eine Tochter Cutlers, Cutlers von der Artillerie; sie heiratete nachher den Militärarzt Lance; die machte im Jahre 1804 einen schlauen Angriff auf mich ... auf mich und Mulligatawney, von dem ich dir schon vor Tisch etwas erzählte ... ein sehr guter Kerl, dieser Mulligatawney ... er ist jetzt in Budgebudge Friedensrichter und wird in fünf Jahren sicher

Mitglied des Rates sein. Na also, die Artillerie gab einen Ball, und Quintin vom vierzehnten Königsregimente sagte zu mir: ›Sedley,‹ sagte er, ›ich wette mit Ihnen dreizehn gegen zehn, daß Sophy Cutler entweder Sie oder Mulligatawney kapert, noch ehe die Regenzeit anfängt.‹ ›Angenommen‹, sagte ich ... aber auf Ehre, dieser Rotwein ist sehr gut. Ist er von Adamson oder von Carbonell?«

Ein leises Schnarchen war die einzige Antwort: der brave Börsenmakler war eingeschlafen, und so konnte Joseph seine Geschichte an diesem Tage nicht zu Ende erzählen. Männern gegenüber war er immer außerordentlich gesprächig und hatte seine köstliche Geschichte seinem Arzt Doktor Gollop wohl schon ein paar dutzendmal erzählt, wenn dieser ihn besuchte, um sich nach dem Befinden der Leber und nach der Wirkung der Quecksilberpillen zu erkundigen.

Da Joseph Sedley Patient war, begnügte er sich, abgesehen von dem Madeira, den er bei Tisch getrunken hatte, jetzt mit einer Flasche Rotwein und erledigte ein paar Teller voll Erdbeeren mit Sahne und vierundzwanzig kleine Kuchen, die in seiner Nähe auf einer Schüssel liegen geblieben waren; auch dachte er sicher (denn Romanschriftsteller haben das Vorrecht, alles zu wissen) viel an das junge Mädchen, das jetzt oben im Salon war. ›Ein nettes, munteres, lustiges junges Ding‹, dachte er bei sich. ›Wie sie mich ansah, als ich ihr bei Tische das Taschentuch aufhob! Sie ließ es zweimal hinfallen. Wer singt denn da oben im Salon? Donnerwetter, ob ich wohl hinaufgehe und nachsehe?‹

Aber da überkam ihn seine Blödigkeit wieder mit unwiderstehlicher Gewalt. Sein Vater schlief; sein Hut hing auf dem Flur; ein Droschkenhalteplatz befand sich ganz nahebei in der Southampton Row. ›Ich will in ‚Die vierzig Räuber‘ gehen und Miß Decamp tanzen sehen‹, sagte er bei sich und schlich sich sachte auf den Fußspitzen hinaus, ohne seinen würdigen Vater aufzuwecken.

44

»Da geht Joseph«, sagte Amelia, die aus einem offenen Fenster des Salons nach der Straße sah, während Rebekka am Klavier sang.
»Miß Sharp hat ihn verscheucht«, sagte Mrs. Sedley. »Der arme Joe! Warum er nur so schüchtern ist?«

VIERTES KAPITEL
Die grünseidene Börse

Die schreckliche Angst des armen Joseph dauerte zwei oder drei Tage lang. Während dieser Zeit ließ er sich in seinem Elternhause nicht blicken, und Rebekka ihrerseits erwähnte seinen Namen nicht. Sie erschöpfte sich Mrs. Sedley gegenüber in Bezeigungen respektvoller Dankbarkeit, war über die Maßen entzückt von den eleganten Läden und ganz hin vor Staunen im Theater, wohin die gutherzige Dame sie mitnahm. Als Amelia einmal Kopfschmerzen hatte und nicht an einer Vergnügungspartie teilnehmen konnte, zu der die beiden jungen Mädchen eingeladen waren, da ließ sich ihre Freundin Rebekka durch nichts in der Welt bewegen, ohne sie hinzugehen. »Wie,« rief sie, »du, die mir armem Waisenkinde zum ersten Mal in meinem Leben gezeigt hat, was Glücksgefühl und Liebe sind, dich sollte ich verlassen? Nimmermehr!« Und dabei blickten ihre grünen Augen gen Himmel und füllten sich mit Tränen, und Mrs. Sedley konnte nicht umhin, im stillen zu bekennen, daß die Freundin ihrer Tochter doch ein rührend gutes Herz habe.
Was Mr. Sedleys Späße anlangte, so lachte Rebekka über sie mit einer Herzlichkeit und Ausdauer, die dem braven alten Herrn nicht wenig gefielen und ihn freundlich gegen sie stimmten. Und nicht allein bei den beiden Hauptpersonen der Familie fand Miß Sharp Gnade. Sie gewann sich die Neigung der Haushälterin Mrs. Blenkinsop dadurch, daß sie das größte Interesse für das Verfahren zur Konservierung

der Himbeermarmelade an den Tag legte, ein wichtiger Akt,
der gerade in deren Zimmer vor sich ging; sie nannte Sambo
beständig ›Sir‹ und ›Mr. Sambo‹, zum größten Vergnügen
dieses Bedienten; und bei dem Kammermädchen entschuldigte sie sich so freundlich und bescheiden, weil sie sich erlaubt habe zu klingeln und sie zu bemühen, daß man in der
Gesindestube von ihr fast ebenso entzückt war wie im Salon.
Als sie eines Tages mit Amelia einige Zeichnungen besah,
die diese von der Schule nach Hause geschickt hatte, fiel ihr
plötzlich eine in die Hände, bei deren Anblick sie in Tränen
ausbrach und das Zimmer verließ. Es war dies an dem Tage,
an dem Joseph Sedley zum zweiten Mal erschien.
Amelia eilte ihrer Freundin nach, um zu erfahren, welches
der Grund dieses Gefühlsausbruches sei, und nach einem
Weilchen kehrte das gutherzige Mädchen ohne ihre Kameradin zurück; sie war jetzt gleichfalls sehr gerührt. »Du
weißt ja, Mama,« sagte sie, »ihr Vater war unser Zeichen-
lehrer in Chiswick und machte immer das Beste an unseren
Zeichnungen.«
»Aber, liebes Kind, ich weiß bestimmt, daß Miß Pinkerton
immer zu mir gesagt hat, die Zeichnungen selbst rühre er
nicht an, er ziehe die Blätter nur auf.«
»Es wurde ›aufziehen‹ genannt, Mama. Rebekka erinnerte
sich an diese Zeichnung und wie ihr Vater daran gearbeitet
hatte, und dieser Gedanke überkam sie so plötzlich, und da
hat sie, wie du dir denken kannst …«
»Das arme Kind hat ein weiches Herz«, äußerte Mrs. Sedley.
»Ich würde mich freuen, wenn sie noch eine Woche bei uns
bleiben könnte«, sagte Amelia.
»Sie hat eine fabelhafte Ähnlichkeit mit Miß Cutler, mit der
ich oft in Dumdum zusammenkam; nur ist ihre Haarfarbe
heller. Sie ist jetzt mit Lance, dem Arzt bei der Artillerie,
verheiratet. Weißt du schon, Mutter, daß einmal Quintin
vom vierzehnten Regiment mit mir wettete …«

»Ach, Joseph, die Geschichte kennen wir«, unterbrach ihn Amelia lachend. »Die brauchst du uns nicht noch einmal zu erzählen. Dafür rede lieber Mama zu, an Sir Soundso Crawley zu schreiben.«

»Hatte der nicht einen Sohn bei den leichten Königsdragonern in Indien?«

»Also, Mama,« bat Amelia, »willst du nicht an ihn schreiben, er möchte der lieben, armen Rebekka noch etwas Urlaub geben?

… Da kommt sie, mit ganz rotgeweinten Augen.«

»Jetzt ist mir wieder besser«, sagte das junge Mädchen mit dem süßesten Lächeln, das man sich nur denken kann, ergriff die sich ihr entgegenstreckende Hand der guten Mrs. Sedley und küßte sie respektvoll. »Wie gütig Sie alle gegen mich sind! Alle,« fügte sie lachend hinzu, »alle außer Ihnen, Mr. Joseph!«

»Außer mir?« antwortete Joseph und überlegte, wie er sich sofort davonmachen könnte. »Um des Himmels willen! Großer Gott! Miß Sharp!«

»Ja, wie konnten Sie so grausam sein und mich gleich am ersten Tage unserer Bekanntschaft beim Dinner dazu verleiten, jenes schauderhafte Pfeffergericht zu essen? Sie sind nicht so gut zu mir wie meine liebe Amelia.«

»Weil er dich noch nicht so gut kennt, wie ich dich kenne«, sagte Amelia.

»Ich möchte meinen, es kann niemand gegen Sie anders als gut sein, mein liebes Kind!« sagte ihre Mutter.

»Der Curry war vorzüglich, wirklich ganz vorzüglich«, bemerkte Joseph mit größtem Ernst. »Vielleicht war etwas zu wenig Zitronensaft daran; ja, das ist wohl richtig.«

»Und die Chilis?«

»Donnerwetter ja, wie Sie danach aufschrieen!« sagte Joseph. Das Komische des Vorfalls kam ihm wieder ins Gedächtnis, und er brach in ein lautes Gelächter aus, das aber, wie gewöhnlich, ganz plötzlich abbrach.

»Ein andermal werde ich mich hüten, mir von Ihnen Gerichte empfehlen zu lassen«, sagte Rebekka, als sie wieder zu Tische gingen. »Ich hatte nicht gedacht, daß es den Männern Freude machen könnte, armen, harmlosen Mädchen Pein zu bereiten.«

»Bei Gott, Miß Rebekka, um alles in der Welt möchte ich Ihnen nichts zuleide tun.«

»Nein, das weiß ich«, sagte sie; und dabei legte sie ihm mit einem ganz, ganz leisen Druck ihre kleine Hand auf den Arm, zog sie aber sogleich ganz erschrocken zurück und blickte zuerst für einen Augenblick in sein Gesicht, dann aber vor sich nieder auf den Teppichläufer. Ich darf nicht leugnen, daß Josephs Herz bei diesem kleinen, unwillkürlichen, schüchternen, zarten Zeichen von Wertschätzung seitens dieses unschuldigen Mädchens doch etwas stärker zu klopfen begann.

Es war ein Entgegenkommen, und daher werden manche Damen von unbestrittener Korrektheit und Vornehmheit des Betragens diese Handlung vielleicht als unschicklich verurteilen. Aber der Leser wolle bedenken, daß Rebekka bei ihrem Unternehmen alles ganz allein tun mußte. Wenn jemand zu arm ist, um sich einen Dienstboten zu halten, so muß er, mag er auch noch so vornehm sein, sich seine Zimmer selbst ausfegen; und wenn ein liebes junges Mädchen keine liebe Mama hat, die die Sache mit dem jungen Manne in Ordnung bringen kann, so muß sie es eben selbst besorgen. Und es ist nur ein Glück, daß die Frauen von ihrer Macht nicht häufiger Gebrauch machen; denn wenn sie es tun, so können wir ihnen nicht widerstehen. Zeigen sie auch nur ein klein wenig Zuneigung, so fallen die Männer sofort vor ihnen auf die Knie; selbst wenn die Frauen alt und häßlich sind; auch das macht keinen Unterschied. Ich stelle das als eine unbestreitbare Wahrheit hin. Eine Frau, der es nicht an günstiger Gelegenheit fehlt, kann, wenn sie nicht geradezu bucklig ist, heiraten, wen sie will. Daher wollen wir dem Himmel dafür dankbar sein, daß diese lieben Geschöpfe, ähnlich wie die Tiere des Feldes, ihre eigene Macht nicht kennen. Kennten sie sie, so würden sie uns vollständig unterjochen.

›Meiner Treu,‹ dachte Joseph beim Eintritt in das Speisezimmer, ›ich habe jetzt wieder dasselbe Gefühl wie damals in Dumdum Miß Cutler gegenüber.‹ Bei Tische richtete Miß Sharp mancherlei hübsche kleine Bemerkungen über die Speisen an ihn, Bemerkungen, die halb zärtlich, halb scherzhaft klangen; denn sie verkehrte nunmehr schon mit der ganzen Familie auf recht vertraulichem Fuße, und die beiden jungen Mädchen liebten einander wie Schwestern. Das tun junge unverheiratete Mädchen immer, wenn sie zehn Tage lang in einem Hause zusammen sind.

Und als ob Amelia es darauf angelegt hätte, Rebekkas Pläne in jeder Weise zu fördern, mußte sie ihren Bruder gerade jetzt an ein Versprechen erinnern, das er ihr in den letzten Osterferien gegeben hatte (»Damals, als ich noch ein Schulmädchen war«, sagte sie lachend), nämlich an das Versprechen, sie nach Vauxhall mitzunehmen. »Jetzt,« sagte sie, »da Rebekka bei uns ist, wäre gerade die rechte Zeit dazu.«

»Ach, reizend!« rief Rebekka und wollte schon in die Hände klatschen; aber sie besann sich noch und verhielt sich ruhig, wie das ihrem bescheidenen Wesen entsprach.

»Heute abend ist da nichts Besonderes los«, antwortete Joseph.

»Nun, dann also morgen.«

»Morgen sind Papa und ich zum Dinner ausgebeten«, bemerkte Mrs. Sedley.

»Du denkst doch nicht etwa, daß ich mitgehen werde?« sagte ihr Gatte. »Und eine Frau in deinem Alter und mit deiner zarten Gesundheit würde sich an einem so abscheulichen, feuchten Ort nur eine Erkältung holen.«

»Die Mädchen müssen aber doch jemand haben, der sie begleitet«, wendete Mrs. Sedley ein.

»Das kann Joe besorgen«, sagte sein Vater lachend. »Dick genug ist er dazu.« Bei diesen Worten konnte selbst Mr. Sambo am Büfett das Lachen nicht unterdrücken, sondern platzte los, und der arme, fette Joseph fühlte sich fast versucht, zum Vatermörder zu werden.

»Macht ihm das Korsett auf!« fuhr der alteHerr erbarmungslos fort. »Spritzen Sie ihm Wasser ins Gesicht, Miß Sharp, oder tragen Sie ihn die Treppe hinauf; der liebe Kerl wird ohnmächtig. Armes Opferlamm! Tragen Sie ihn hinauf; er ist federleicht!«

»Nein, das ist nicht zu ertragen!« brüllte Joseph wütend.

»Bestelle einen Elefanten für Mr. Joseph, Sambo!« fuhr der Vater fort. Aber da er sah, daß Joseph vor Ärger nahe daran war, zu weinen, hielt der alte Spaßmacher in seinem Gelächter inne, streckte seinem Sohne die Hand hin und sagte: »Solche kleinen Späßchen sind auf der Aktienbörse gang und gäbe, Joe … Und du, Sambo, laß das nur mit dem Elefanten; dafür gib lieber mir und Mr. Joseph ein Glas Champagner. Bonaparte selbst hat keinen besseren in seinem Keller, mein Junge!«

Ein Glas Champagner stellte Josephs seelisches Gleichgewicht wieder her, und ehe noch die Flasche geleert war, von der er als Patient zwei Drittel trank, hatte er zugesagt, die jungen Damen nach Vauxhall zu begleiten.

»Jedes von den Mädchen muß einen Herrn für sich haben«, sagte der alte Herr. »Sonst können wir mit Sicherheit darauf rechnen, daß Joseph im Gedränge von Emmy abkommt; so sehr wird er von Miß Sharp in Anspruch genommen sein. Schickt nach Nummer 96 und laßt George Osborne fragen, ob er mitgehen will.«

Bei diesen Worten ihres Mannes blickte Mrs. Sedley (ich habe keine Ahnung, weshalb) ihn an und lachte. Mr. Sedleys Augen zwinkerten in einer unbeschreiblich schelmischen Weise, und er sah seinerseits Amelia an; Amelia aber senkte den Kopf und errötete so, wie nur junge Damen von siebzehn Jahren erröten können und wie Miß Rebekka Sharp nie in ihrem Leben errötet war ... wenigstens nicht seit ihrem achten Lebensjahr, als sie einmal von ihrer Patin dabei ertappt worden war, daß sie Marmelade aus einem Speiseschrank stahl. »Das beste wäre wohl, wenn Amelia ein paar Zeilen schriebe«, sagte ihr Vater; »dann könnte George Osborne sehen, was für eine schöne Handschrift sie aus Miß Pinkertons Schule nach Hause gebracht hat. Besinnst du dich noch, Emmy, wie du ihn früher einmal zum Dreikönigsabend einludest und ›König‹ mit ch schriebst?«

»Das ist schon viele Jahre her«, erwiderte Amelia.

»Und dabei ist es einem, als wäre es erst gestern gewesen, nicht wahr, John?« sagte Mrs. Sedley zu ihrem Gatten.

In einem Gespräch, das an diesem Abend spät in einem Vorderzimmer des zweiten Stocks in einer Art von Zelt stattfand – dieses Zelt wurde ringsum von bunten Vorhängen umschlossen, die ein reiches, phantastisches indisches Muster zeigten, und war innen mit Kattun von zartrosa Farbe ausgeschlagen; in seinem Innern befand sich ein Federbett, auf dem zwei Kissen lagen, und auf den Kissen lagen zwei rundliche, rote Gesichter, das eine von einer spitzenbesetzten Nachtmütze umrahmt, das andere von einer einfachen baumwollenen, die in einer Troddel endete –, also mit einem Wort: in einer Gardinenpredigt stellte Mrs. Sedley ihren Mann wegen seines grausamen Benehmens gegen den armen Joseph zur Rede.

»Es war recht schlecht von dir, Sedley,« sagte sie, »daß du den armen Jungen so quältest.«

»Liebe Frau,« verteidigte sich die baumwollene Zipfelmütze,

»Joseph ist sehr viel eitler, als du in deinem ganzen Leben gewesen bist, und das will viel sagen. Allerdings, vor einigen dreißig Jahren, so ums Jahr 1780 herum, hattest du vielleicht auch ein Recht dazu, eitel zu sein; das will ich nicht bestreiten. Aber mit Joseph und seiner Geckenhaftigkeit und Blödigkeit habe ich keine Nachsicht. An Blödigkeit überbietet er ja den alttestamentlichen Joseph, liebe Frau; und dabei denkt der Junge beständig nur an sich selbst, und was für ein hübscher Kerl er ist. Ich fürchte, Frau, wir werden noch unsere liebe Not mit ihm haben. Da ist nun jetzt Emmys kleine Freundin, die mit aller Macht ihr Netz nach ihm auswirft; das ist ganz klar; und wenn *sie* ihn nicht kapert, so wird es eine andere tun. Dieser Mann ist nun einmal vom Schicksal dazu bestimmt, die Beute einer Frau zu werden, geradeso wie ich dazu bestimmt bin, täglich auf die Börse zu gehen. Es ist noch ein Glück, daß er uns nicht eine schwarze Schwiegertochter mit herübergebracht hat, liebe Frau. Aber verlaß dich auf das, was ich dir sage: Das erste Mädchen, das nach ihm angelt, fängt ihn.«

»Gleich morgen soll sie aus dem Hause, die hinterlistige kleine Kreatur«, sagte Mrs. Sedley sehr energisch.

»Warum sollte es die nicht ebensogut sein wie irgendeine andere, liebe Frau? Wenigstens hat das Mädchen ein weißes Gesicht. Mir für meine Person ist es gleich, wer ihn heiratet. Mag Joseph tun, was er will.«

Darauf verstummten die Stimmen der beiden Redenden oder vielmehr, sie wurden durch eine sanfte, aber wenig romantische Nasenmusik abgelöst, und außer wenn die Kirchenuhren die Stunden schlugen und der Nachtwächter sie ausrief, herrschte tiefes Schweigen im Hause des Herrn John Sedley, Hausbesitzers am Russell Square und Maklers an der Aktienbörse.

Am nächsten Morgen dachte die gutherzige Frau Sedley nicht mehr daran, ihre Drohungen in bezug auf Miß Sharp zur Ausführung zu bringen; denn wenn es auch nichts Scharfsichtigeres, Gewöhnlicheres, Entschuldbareres gibt als mütterliche Eifersucht, so war sie doch gar nicht imstande zu glauben, daß die kleine, demütige, dankbare, sanfte Gouvernante es wirklich wagen sollte, ihre Augen zu einer so ausgezeichneten Persönlichkeit zu erheben, wie es der Steuereinnehmer von Boggley Wollah war. Auch war das Gesuch um eine Urlaubsverlängerung. für die junge Dame bereits abgesandt, und es wäre schwierig gewesen, einen Vorwand dafür zu finden, wenn man sie jetzt plötzlich hätte wegschicken wollen.

Und als ob sich alles zugunsten der sanften Rebekka verschworen hätte, griffen sogar die Elemente ein, um ihr zu helfen, obwohl sie anfangs nicht sehr geneigt war anzuerkennen, daß deren Tätigkeit auf ihren Vorteil abziele. Denn an dem für die Vauxhall-Partie in Aussicht genommenen Abend (George Osborne war zum Mittagessen gekommen, und Mr. und Mrs. Sedley waren weggefahren, um der Einladung zum Dinner beim Alderman Balls in Highbury Barn Folge zu leisten) brach plötzlich ein solches Gewitter los, wie es nur an Vauxhall-Abenden vorkommt, und zwang die jungen Leute, zu Hause zu bleiben. Mr. Osborne schien über dieses Mißgeschick ganz und gar nicht unglücklich zu sein. Er und Joseph Sedley tranken tête-à-tête ein hübsches Quantum Portwein im Speisezimmer, wobei Sedley, der in Herrengesellschaft immer außerordentlich redselig war, eine Anzahl seiner besten Geschichten aus Indien erzählte, und nachher machte Miß Amelia Sedley im Salon die Honneurs. Und die vier jungen Leute verlebten auf diese Art einen so gemütlichen Abend zusammen, daß die erklärten, sie freuten sich ordentlich über das Gewitter, das sie gezwungen habe, den Besuch von Vauxhall aufzuschieben.

Osborne war Sedleys Patenkind und hatte seit dreiundzwanzig Jahren so gut wie zur Familie gehört. Als er sechs

Wochen alt gewesen war, hatte er von John Sedley einen
silbernen Becher geschenkt erhalten und im Alter von sechs
Monaten eine Korallenklapper mit einer goldenen Pfeife und
Glöckchen daran; von seiner Knabenzeit an hatte er regelmäßig von dem alten Herrn zu Weihnachten ein Geldgeschenk bekommen, und er erinnerte sich noch ganz genau,
wie er einmal, kurz vor seiner Rückkehr zur Schule, von
Joseph Sedley durchgeprügelt worden war; dieser war damals ein dicker, großtuerischer, tapsiger Patron gewesen, er
selbst, George, eine unverschämte kleine Kröte von zehn
Jahren. Kurz, George war mit der Familie so vertraut, wie ihn
ein derartiger täglicher Verkehr und solche steten Beweise
freundlicher Gesinnung nur machen konnten.

»Wissen Sie noch, Sedley, wie wütend Sie einmal waren, als
ich Ihnen die Troddeln von Ihren Stulpstiefeln abgeschnitten hatte, und wie Miß … hm! … wie Amelia mich dadurch
vor einer Tracht Prügel rettete, daß sie auf die Knie fiel und
ihren Bruder Joseph anflehte, den kleinen George doch nicht
zu schlagen?«

Joseph erinnerte sich dieser interessanten Geschichte noch
sehr gut, beteuerte aber, er habe sie ganz und gar vergessen.

»Na, besinnen Sie sich noch, wie Sie in einem Gig nach
Doktor Swishtails Schule kamen, um mich vor Ihrer Abreise
nach Indien noch einmal zu sehen, und mir eine halbe Guinee
gaben und mir mit der Hand auf den Kopf tätschelten? Ich
hatte seit jener Zeit immer die Vorstellung, Sie wären mindestens sieben Fuß groß, und war bei Ihrer Rückkehr aus
Indien ganz erstaunt zu sehen, daß Sie nicht größer waren
als ich.«

»Wie nett von Mr. Sedley, daß er nach Ihrer Schule kam
und Ihnen das Geld gab!« rief Rebekka im Tone des größten
Entzückens.

»Ja, gewiß, und noch dazu, nachdem ich ihm die Troddeln von
seinen Stiefeln abgeschnitten hatte. Solche Geschenke, die

sie in der Schule bekommen haben, vergessen Knaben nie, auch nicht den freundlichen Geber.«

»Ich finde Stulpstiefel sehr schön«, sagte Rebekka. Joseph Sedley, der auf seine Beine außerordentlich stolz war und stets diese elegante Fußbekleidung trug, fühlte sich durch diese Bemerkung sehr angenehm berührt, wiewohl er sofort die Beine unter seinen Stuhl zog.

»Miß Sharp,« sagte George Osborne, »Sie als große Künstlerin müssen die Stiefelszene in einem großen historischen Gemälde verewigen. Sedley muß in Lederhosen dargestellt sein, wie er einen der mißhandelten Stiefel in der einen Hand hält; mit der andern Hand muß er mich am Hemdkragen gepackt halten. Amelia muß neben ihm knien und ihre kleinen Hände bittend emporstrecken; und das Gemälde muß einen pomphaften allegorischen Namen bekommen von der Art, wie sie auf den Titelbildern der ›Medulla‹ und der Fibel stehen.«

»Ich werde keine Zeit haben, das Gemälde hier auszuführen«, antwortete Rebekka. »Ich will es tun, wenn ... wenn ich fort sein werde.« Bei diesen Worten ließ sie die Stimme sinken, und ihr Gesicht nahm einen so traurigen, wehmütigen Ausdruck an, daß alle fühlten, wie schrecklich das Los der Ärmsten sei und wie schmerzlich es ihnen sein werde, sich von ihr zu trennen.

»Könntest du doch länger bei uns bleiben, liebe Rebekka!« sagte Amelia.

»Wozu?« antwortete diese noch trauriger. »Die Trennung von euch würde mich dann nur noch unglück ... mich mit um so größerem Schmerz erfüllen.« Sie wendete ihr Gesicht ab. Amelia gab jener angeborenen Neigung zum Weinen nach, die, wie wir schon gesagt haben, eine der Schwächen dieser einfältigen kleinen Person bildete. George Osborne betrachtete die beiden jungen Mädchen mit einer Mischung von Neugier und Rührung, und Joseph Sedley holte eine Art von Seufzer aus seinem dicken Brustkasten herauf, während er die Augen nach unten auf seine geliebten Stulpstiefel richtete.

»Machen Sie uns ein bißchen Musik, Miß Sedley … Amelia«, sagte George, der in diesem Augenblick ein starkes, fast unwiderstehliches Verlangen verspürte, die erwähnte junge Dame in seine Arme zu schließen und sie angesichts der ganzen Gesellschaft zu küssen. Und auch sie sah ihn einen Augenblick lang an. Wenn ich aber sagen wollte, sie hätten sich gerade in diesem einen Augenblick ineinander verliebt, so würde ich vielleicht die Unwahrheit sagen; denn in Wirklichkeit war die Sache die, daß diese beiden jungen Leute von ihren Eltern von jeher zu diesem Zweck erzogen waren und ihre dereinstige Verlobung in den beiderseitigen Familien seit zehn Jahren als ganz sicher gegolten hatte. Sie gingen zusammen an das Klavier, das, wie Klaviere gewöhnlich, in dem nach hinten gelegenen Zimmer stand, und da es ziemlich dunkel war, legte Amelia in der unbefangensten Weise von der Welt ihre Hand in die Hand Mr. Osbornes, der sich natürlich zwischen den Stühlen und Sofas sehr viel besser zurechtfinden konnte als sie. Aber infolge des Wegganges dieser beiden blieb Mr. Joseph Sedley tête-à-tête mit Rebekka an dem Tische im Salon zurück, wo sie damit beschäftigt war, eine grünseidene Börse zu stricken.

»Da braucht man nicht mehr nach Familiengeheimnissen zu forschen«, bemerkte Miß Sharp. »Die beiden haben das ihrige offen kundgetan.«

»Sobald er seine Kompanie erhält,« erwiderte Joseph, »wird die Sache perfekt werden, glaube ich. George Osborne ist ein so braver Bursche, wie es nur je einen gegeben hat.«

»Und Ihre Schwester ist das liebenswürdigste Geschöpf von der Welt«, sagte Rebekka. »Glücklich der Mann, der sie zur Lebensgefährtin gewinnt!« Bei diesen Worten stieß Miß Sharp einen tiefen Seufzer aus.

Wenn zwei unverheiratete Personen zusammengeraten und über Gegenstände von so zarter Natur, wie der vorliegende, sprechen, so entwickelt sich schnell ein hoher Grad von Vertraulichkeit und Intimität zwischen ihnen. Wir brauchen über das Gespräch, das sich jetzt zwischen Mr. Sedley und der jungen Dame entspann, nicht eingehend zu berichten; denn dieses Gespräch zeichnete sich, wie man schon aus der vorstehenden Probe ersehen kann, weder durch geistreichen Inhalt noch durch rhetorische Form aus, was ja in Privatgesellschaften überhaupt nur selten vorkommt und kaum anderswo zu finden ist als in pathetischen, geistreichen Romanen. Da im anstoßenden Zimmer musiziert wurde, ging das Gespräch natürlich in leisem, rücksichtsvollem Ton vor sich, obwohl das Paar im Nachbarraum sich auch durch ein noch so lautes Gespräch nicht hätte stören lassen, so sehr waren sie mit ihren eigenen Angelegenheiten beschäftigt.
Es mochte wohl in seinem Leben zum ersten Mal sein, daß Mr. Sedley ohne die geringste Schüchternheit oder Verlegenheit mit einer Person des anderen Geschlechtes plauderte. Miß Rebekka richtete an ihn eine große Menge von Fragen über Indien, die ihm Gelegenheit gaben, viele interessante Anekdoten über dieses Land und über seine eigene Person zu erzählen. Er beschrieb die Bälle beim Gouverneur, und die Art, wie man sich in dem heißen Klima Kühlung verschaffe, mittels ›Punkahs‹, ›Tatties‹ und anderer Erfindungen; und er machte sehr witzige Bemerkungen über die vielen Schotten, die der Generalgouverneur Lord Minto besonders begünstige; und dann schilderte er eine Tigerjagd, bei der der Lenker seines eigenen Elefanten durch eines der wütenden Tiere von seinem Sitz heruntergerissen worden sei. Wie entzückt war Miß Sharp über die Bälle beim Gouverneur, und wie lachte sie bei den Geschichten von den schottischen Adjutanten und nannte Mr. Sedley einen bösen, abscheulichen, satirischen Menschen; und welch einen Schreck

bekam sie bei der Geschichte von dem Elefanten! »Um Ihrer
Mutter willen, lieber Mr. Sedley,« sagte sie, »um aller Ihrer
Freunde willen versprechen Sie mir, sich nie wieder an einem
so schrecklichen Unternehmen zu beteiligen!«

»Pah, Miß Sharp«, erwiderte er und zog seinen Hemdkragen
in die Höhe; »die Gefahr verleiht dem Sport nur einen besonderen Reiz.« Er war überhaupt nur ein einziges Mal bei
einer Tigerjagd gewesen, damals, als sich der erwähnte Unfall begab, und war beinah umgekommen, nicht durch den
Tiger, sondern vor Angst. Und wie er so ins Reden hinein-
kam, wurde er ordentlich kühn und hatte tatsächlich die
Verwegenheit, Miß Rebekka zu fragen, für wen sie denn die
grünseidene Börse arbeite. Er war selbst ganz überrascht
und entzückt über sein gewandtes, ungezwungenes Benehmen.

»Für jemand, der eine Börse nötig hat«, antwortete Miß Rebekka und blickte ihn in der sanftesten, gewinnendsten
Weise an. Sedley war gerade im Begriffe, die schönste Rede,
die man sich nur denken kann, zu halten, und hatte schon
begonnen: »Oh, Miß Sharp, wie ...«, da war ein Lied, das im
Nebenzimmer gesungen wurde, plötzlich zu Ende, und er
hörte seine eigene Stimme so deutlich, daß er inne hielt, errötete und sich in großer Aufregung die Nase schnaubte.

»Haben Sie schon je erlebt, daß Ihr Bruder so gesprächig gewesen wäre?« flüsterte Mr. Osborne Amelia zu. »Wahrhaftig, Ihre Freundin wirkt Wunder!«

»Je mehr, desto besser!« erwiderte Miß Amelia, die wie fast
alle Frauen, die einen Heller wert sind, eine Herzensneigung
zum Ehestiften hatte und entzückt gewesen wäre, wenn Joseph eine Frau nach Indien mit zurückgenommen hätte.
Auch hatte sich während dieser wenigen Tage beständigen
Verkehrs ihre freundschaftliche Gesinnung gegen Rebekka
zu besonderer Wärme und Zärtlichkeit gesteigert, und sie
hatte an ihr eine ganze Menge von Tugenden und liebens-
58

würdigen Eigenschaften entdeckt, die sie bei ihrem Zusammensein in Chiswick nicht bemerkt hatte. Denn die Zuneigung junger Damen wächst ebenso schnell wie Münchhausens Bohnenranke und klettert in einer Nacht bis zum Himmel hinauf. Es gereicht ihnen nicht zum Tadel, daß nach der Verheiratung diese ›Sehnsucht nach Liebe‹ nachläßt. Diese Sehnsucht ist das, was schwärmerisch veranlagte Leute, die gern mit großtönenden Worten um sich werfen, ›das Trachten nach dem Ideal‹ nennen, und bedeutet in Wirklichkeit weiter nichts, als daß die Frauen gemeinhin sich unbefriedigt fühlen, bis sie einen Mann und Kinder haben, auf die sie dann die zärtlichen Gefühle vereinigen können, die sie sonst sozusagen in kleiner Münze ausgeben.

Da Amelia ihren kleinen Vorrat an Liedern erschöpft hatte oder vielleicht auch glaubte, nun lange genug im Hinterzimmer geblieben zu sein, so hielt sie es jetzt für angemessen, ihre Freundin zum Singen aufzufordern. »Wenn Sie Rebekka zuerst gehört hätten, würden Sie bei mir nachher gar nicht zugehört haben«, sagte sie zu Mr. Osborne, obwohl sie wußte, daß sie damit, allerdings in harmloser Weise, die Unwahrheit sprach.

»Ich möchte jedoch Miß Sharp im voraus darauf aufmerksam machen,« sagte Osborne, »daß ich, ob nun mit Recht oder mit Unrecht, Miß Amelia Sedley für die beste Sängerin der Welt halte.«

»Nun, Sie werden ja hören«, entgegnete Amelia; und Joseph Sedley war tatsächlich so höflich, die Kerzen zum Klavier zu tragen. Osborne machte eine Andeutung, als werde er ebenso gern im Salon im Dunkeln sitzen; aber Miß Sedley lehnte es lachend ab, ihm noch länger Gesellschaft zu leisten, und so gingen denn die beiden hinter Mr. Joseph her. Rebekka sang weit besser als ihre Freundin (obwohl es natürlich Osborne freistand, bei seiner Meinung zu bleiben) und gab sich jetzt die allergrößte Mühe, so daß auch Amelia, die sie noch nie so gut hatte singen hören, ganz erstaunt war. Sie sang zuerst ein französisches Lied, von dem Joseph kein Wort verstand und von dem George bekannte, daß er es nicht verstehe, und dann einige von jenen schlichten Balladen, die vor vierzig Jahren Mode waren und großenteils von unsern britischen Matrosen, von unserm König, von der armen Susanne, der blauäugigen Mary und dergleichen mehr handelten. Sie sind zwar, wie es heißt, in musikalischer Hinsicht nicht von übermäßigem Wert; aber sie bringen in gutherziger, schlichter Weise Gefühle zum Ausdruck, die dem Volke verständlicher waren als das saft- und kraftlose Gerede von lagrime, sospiri und felicità in der Donizettischen Musik, mit der wir heutzutage beglückt werden.

Zwischen den einzelnen Liedern wurde im Anschluß an deren Stoffe eine gefühlvolle Unterhaltung geführt. Den Liedern selbst erwiesen Sambo, nachdem er den Tee gebracht hatte, die entzückte Köchin und sogar die Haushälterin Mrs. Blenkinsop die Ehre, sie vom Flur aus mit anzuhören.

Eines dieser Lieder, und zwar das letzte, das Miß Sharp sang, lautete folgendermaßen:

> Das Moor liegt öd und einsam, ach!
> Es tobt des Wintersturmes Wut.
> Die Hütte schirmt ein sichres Dach,
> Und traulich brennt des Herdes Glut.
>
> Ein Waisenknabe zieht daher;
> Er sieht des Feuers milden Schein,
> Und es bedrückt ihn doppelt schwer:
> In Nacht und Sturm und Frost allein!
>
> Sie sehn ihn: weiter wankt er sacht
> Mit mattem Herzen, müdem Leib.

Sie rufen freundlich: »Schon wird's Nacht;
Komm, liebes Kind, bleib bei uns, bleib!«

Er bleibt. Der Morgen dämmert schon,
Der Gast zieht seines Weges fort.
Du gütger Gott im Himmelsthron,
Sei aller Heimatlosen Hort!

In diesem Lied kam dieselbe Empfindung zum Ausdruck wie
in Rebekkas vorher erwähnten Worten: ›Wenn ich fort sein
werde.‹ Als Rebekka zu den letzten Zeilen des Liedes gelangt war, ›begann ihre klangreiche Altstimme zu zittern‹,
um eine beliebte Wendung zu gebrauchen. Jeder der Anwesenden fühlte die Anspielung auf ihre bevorstehende Abreise und ihre unglückliche Verwaistheit. Joseph Sedley,
der gern Musik hörte und ein weiches Herz besaß, befand
sich, während Rebekka das Lied vortrug, in einem Zustande
des Entzückens und geriet am Schlusse in tiefe Rührung.
Hätte er den nötigen Mut gehabt und wären George und
Miß Sedley dem Vorschlage des ersteren entsprechend im
andern Zimmer geblieben, so hätte Josephs Junggesellenstand hier sein Ende erreicht, und dieses Buch wäre nie
geschrieben worden. Aber nach Beendigung dieses Liedes
verließ Rebekka das Klavier, faßte Amelia bei der Hand und
ging mit ihr in das halbdunkle Vorderzimmer; und da
in diesem Augenblick Mr. Sambo mit einem Präsentierbrett
erschien, auf dem sich belegte Brötchen, verschiedene Sorten Gelee und eine Anzahl funkelnder Gläser und Karaffen
befanden, so wurde Joseph Sedleys Aufmerksamkeit sofort
von diesen guten Dingen in Anspruch genommen. Als die
Eltern von ihrem Dinner zurückkehrten, fanden sie die
jungen Leute in so eifrigem Gespräch begriffen, daß sie die
Ankunft des Wagens überhört hatten, und Mr. Joseph
sagte gerade: »Meine liebe Miß Sharp, bitte, nehmen Sie

ein Teelöffelchen voll Gelee, um sich nach Ihren außerordentlichen ... nach Ihren ... Ihren entzückenden Leistungen zu stärken.«

»Bravo, Jos!« sagte Mr. Sedley, und sowie Joseph die wohlbekannte, spöttische Stimme hörte, sank er sofort in ängstliches Schweigen zurück und brach schleunigst auf. Er wälzte sich nicht etwa die ganze Nacht über schlaflos auf seinem Bett herum, mit der Frage beschäftigt, ob er in Miß Sharp verliebt sei oder nicht; die Leidenschaft der Liebe vermochte nie seinen Appetit oder seinen Schlummer zu beeinträchtigen; aber er dachte bei sich, wie hübsch es doch sein würde, sich solche Lieder wie diese in Indien vorsingen zu lassen ... und was für ein vornehmes Wesen dieses Mädchen habe ... und daß sie besser Französisch sprechen könne als die Gemahlin des Generalgouverneurs selbst ... und welch ein Aufsehen sie auf den Bällen in Kalkutta erregen würde. ›Das arme Ding ist in mich verliebt, das ist klar‹, dachte er. ›Sie ist geradeso reich wie die meisten Mädchen, die nach Indien kommen. Ich könnte mit einer andern schlechter fahren.‹ Unter solchen Überlegungen schlief er ein.

Wie Miß Sharp in ihrem Bett wach lag und dachte: ›Wird er morgen kommen oder nicht?‹ das brauchen wir hier nicht zu berichten. Der Morgen kam, und mit absoluter Sicherheit erschien Mr. Joseph Sedley vor dem zweiten Frühstück. Niemand konnte sich erinnern, daß er vorher schon jemals dem Hause am Russell Square diese Ehre erwiesen hätte. Eigentümlicherweise war auch George Osborne schon da und störte Amelia auf das schändlichste, die an ihre zwölf liebsten Freundinnen in der Chiswick Mall schrieb. Rebekka war mit ihrer gestrigen Handarbeit beschäftigt. Als Josephs Buggy vorfuhr und der Steuereinnehmer von Boggley Wollah wie gewöhnlich donnernd an die Haustür klopfte, dort beim Eintritt einen pomphaften Lärm vollführte und nun mühsam die Treppe zum Salon hinaufstieg, da wechselten Osborne und Miß Sedley verständnisvolle Blicke, und das Paar sah dann mit schlauem Lächeln nach Rebekka hin, die tatsächlich errötete, während sie sich mit ihren blonden Locken über ihre Strickarbeit beugte. Wie ihr das Herz klopfte, als nun Joseph erschien, noch atemlos vom Treppensteigen, mit blanken, knarrenden Stiefeln, mit einer neuen Weste und vor Hitze und Aufregung ganz rot hinter seinem wattierten Halstuch! Es war für alle ein ängstlicher Augenblick, und was Amelia anlangt, so befand sie sich, wie ich glaube, in noch größerer Unruhe als selbst die zunächst Beteiligten.

Sambo, der die Tür aufriß und Mr. Joseph anmeldete, folgte ihm grinsend mit zwei schönen Blumensträußen, die das dicke Ungetüm wirklich galant genug gewesen war auf dem Covent-Garden-Markt zu kaufen. Sie waren nicht so groß wie die Heustaken, welche die Damen heutzutage in Papiertüten mit sich herumtragen; aber die jungen Mädchen waren über das Geschenk hocherfreut, als Joseph mit einer sehr feierlichen, ungeschickten Verbeugung einer jeden eines überreichte.

»Bravo, Jos!« rief Osborne.

»Ich danke dir, lieber Joseph«, sagte Amelia, die vollkommen bereit war, ihrem Bruder einen Kuß zu geben, wenn das in seinem Sinne gewesen wäre. (Ich meinerseits glaube, für einen Kuß von einem so süßen Geschöpf wie Amelia würde ich die Blumen in Mr. Lees sämtlichen Gewächshäusern für mein bares Geld erstehen.)

»O wie himmlische, himmlische Blumen!« rief Miß Sharp und roch sehr behutsam daran und hielt sie an ihren Busen und richtete, vor Bewunderung wie verzückt, die Augen zur Zimmerdecke empor. Vielleicht hatte sie zuerst in das Bukett hineingeblickt, um zu sehen, ob nicht etwa zwischen den Blumen ein Billetdoux verborgen sei; aber es war kein solches vorhanden.

»Wird in Boggley Wollah die Blumensprache gesprochen,
Sedley?« fragte Osborne lachend.

»Dummes Zeug!« antwortete der gefühlvolle Jüngling.
»Habe sie bei Nathan gekauft; freut mich, daß sie euch gefallen. Und was ich noch sagen wollte, liebe Amelia, ich habe
gleichzeitig auch eine Ananas gekauft, die ich Sambo gegeben
habe. Laß die doch für uns zum Frühstück zurechtmachen;
das ist etwas sehr Angenehmes und Erfrischendes bei dieser
heißen Temperatur.« Rebekka bemerkte, sie habe noch nie
eine Ananas gekostet und habe das größte Verlangen danach.

So ging die Unterhaltung weiter. Ich weiß nicht, unter welchem Vorwand Osborne das Zimmer verließ und warum
jetzt auch Amelia sich entfernte, vielleicht um das Zerlegen
der Ananas in Scheiben zu beaufsichtigen; genug, Joseph
blieb mit Rebekka allein, die wieder ihre Handarbeit vorgenommen hatte; die grüne Seide und die blanken Nadeln
waren unter ihren weißen, schlanken Fingern in schneller
Bewegung.

»Was war das doch für ein schönes, schö-önes Lied, das Sie
gestern abend sangen, liebe Miß Sharp«, sagte der Steuereinnehmer.

»Ich mußte beinahe weinen; auf Ehre, ich war nahe daran.«

»Weil Sie ein gutes Herz haben, Mr. Joseph; das liegt, glaube
ich, in der Familie Sedley.«

»Das Lied ließ mich diese Nacht gar nicht schlafen, und
heute morgen versuchte ich, es im Bett zu summen, wirklich, auf Ehre. Mein Arzt, Doktor Gollop, kam um elf zu mir
(denn ich bin ein bedauernswerter Patient, wie Sie wohl
wissen, und der Arzt besucht mich täglich), und meiner
Treu, da war ich gerade dabei zu singen wie ... wie ein Rot-
kehlchen.«

»Ach, Sie komischer Mensch! Singen Sie es mir doch einmal
vor!«

»Ich? Nein, *Sie* sollten das tun, Miß Sharp; meine liebe Miß Sharp, bitte, singen *Sie* es!«

»Jetzt nicht, Mr. Sedley«, erwiderte Rebekka mit einem Seufzer. »Es macht mich zu weich; außerdem muß ich auch die Börse fertigmachen. Wollen Sie mir helfen, Mr. Sedley?« Und ehe er noch Zeit gefunden hatte zu fragen, wie er denn helfen könne, saß Mr. Joseph Sedley, Beamter der Ostindischen Kompanie, tatsächlich tête-à-tête mit einer jungen Dame, die er mit einem herzbrechenden Ausdruck anschaute. Dabei hielt er die Arme vor ihr in flehender Haltung ausgestreckt, und seine Hände waren mit einem Strang grüner Seide umwunden, den die junge Dame abwickelte.

In dieser romantischen Situation fanden Osborne und Amelia das interessante Paar, als sie hereinkamen, um anzukündigen, daß das Frühstück bereit sei. Die Seidensträhne war bereits um die Karte gewickelt; aber Mr. Joseph hatte nicht gesprochen.

»Ich glaube bestimmt, er wird sich heute abend erklären, liebe Rebekka«, sagte Amelia und drückte ihrer Freundin die Hand; und auch Sedley hatte mit seinem Herzen eine Beratung abgehalten und zu sich selbst gesagt: ›Bei Gott, in Vauxhall mache ich ihr einen Antrag.‹

FÜNFTES KAPITEL

›Dobbin von unserm Regiment‹

Cuffs Boxkampf mit Dobbin und der unerwartete Ausgang dieses Kampfes wird noch lange im Gedächtnis aller haften, die in der berühmten Schule des Doktors Swishtail ihre Erziehung genossen haben. Der letztgenannte der beiden jungen Männer (gewöhnlich wurde er Hottehü-Dobbin, Tölpel-Dobbin und mit noch vielen anderen Namen genannt, mit denen Knaben ihre Geringschätzung auszudrücken pflegen)

war der stillste, unbeholfenste und anscheinend auch der dümmste aller jungen Herren bei Doktor Swishtail. Sein Vater hatte einen Kolonialwarenladen in der City, und unter den Schülern war das Gerücht verbreitet, der junge Dobbin sei in Doktor Swishtails Lehranstalt ›auf Gegenseitigkeit‹ aufgenommen worden, das heißt die Pension und das Schulgeld für ihn würden von seinem Vater nicht bar, sondern in Waren entrichtet, und so betrachteten ihn denn seine Kameraden in der Schule – wo er in seiner schäbigen Kniehose und Jacke, durch deren Nähte seine großen, starken Knochen hindurchzubrechen drohten, fast den letzten Platz inne hatte – als den Vertreter von soundso viel Pfund Tee, Kerzen, Zucker, bunt gesprenkelter Seife, Rosinen (von welchem Genußmittel nur ein sehr geringes Quantum für die Puddings der Anstalt verwendet wurde) und anderen Bedarfsartikeln. Es war für den jungen Dobbin ein schrecklicher Tag, als einer der kleinsten Schüler, der heimlich in die Stadt gelaufen war, um verbotenerweise Konfekt und Würstchen zu kaufen, vor des Doktors Tür den Wagen von ›Dobbin & Rudge, Kolonialwaren- und Ölhandlung, Themsestraße, London‹, erspähte, von dem gerade ein Posten derjenigen Waren abgeladen wurde, die die Firma führte.
Seitdem ließen sie den jungen Dobbin nicht mehr in Ruhe, sondern trieben erbarmungslos mit ihm die schändlichsten Späße. »Du, Dobbin, hör mal,« sagte zum Beispiel so ein Witzbold, »da steht eine gute Nachricht in der Zeitung: der Zucker ist gestiegen.« Ein anderer bildete eine Rechenaufgabe: »Wenn ein Pfund Talglichte achteinhalb Pence kostet, wieviel kostet dann Dobbin?« und auf diese Späße folgte dann ein wieherndes Gelächter aus dem Kreise der jungen Taugenichtse; denn mit Recht waren sie alle der Anschauung, daß der Einzelverkauf von Waren ein unwürdiges und entehrendes Gewerbe sei, das die Verachtung und den Spott jedes wirklichen Gentleman verdiene.

»Dein Vater ist doch auch nur Kaufmann, Osborne«, sagte Dobbin einmal, als sie beide allein waren, zu dem kleinen Knaben, der ihm diese Flut von Verfolgungen zugezogen hatte. Worauf letzterer hochmütig erwiderte: »Mein Vater ist ein Gentleman und hat eine eigene Equipage.« Und William Dobbin zog sich in einen abgelegenen Schuppen auf dem Spielplatz zurück und verbrachte dort einen halben Feiertag in bitterem Gram und Weh. Wer ist unter uns, der nicht ähnliche Stunden bitteren, bitteren kindlichen Kummers im Gedächtnis hätte? Wer empfindet Ungerechtigkeit so tief, wer zieht sich so scheu vor einer Kränkung zurück, wer besitzt ein so feines Gefühl für erlittenes Unrecht und eine so glühende Dankbarkeit für jeden Beweis von Güte wie ein Knabe mit reinem Herzen? Und wie viele solcher edlen Seelen demütigt, verschüchtert, peinigt ihr wegen eurer elenden Rechenexempel oder wegen eures jämmerlichen Küchenlateins?

William Dobbin erwies sich unfähig, sich die Elemente der genannten Sprache anzueignen, wie sie in jenem wundervollen Buch, der Etoner lateinischen Grammatik, vorgetragen sind, und so blieb er notwendigerweise einer der letzten Schüler bei Doktor Swishtail und wurde beständig von kleinen Burschen mit rotbackigen Kindergesichtern und Kitteln verspottet, wenn er mit der untersten Klasse antrat, er, ein Riese unter ihnen, in seinen engen Kniehosen, die Augen stumpfsinnig auf den Boden geheftet, in der Hand die schon mit vielen Eselsohren verunstaltete Fibel. Groß und klein, alle trieben sie ihren Spott mit ihm. Sie nähten ihm seine an sich schon zu engen Hosen noch mehr ein; sie schnitten ihm die Bettgurten durch; sie warfen Eimer und Bänke um, damit er sich an die Schienbeine stoße, was er denn auch nie zu tun verfehlte; sie schickten ihm Pakete zu, in denen er beim Öffnen Seife und Lichte aus seines Vaters Laden fand. Jeder, auch der kleinste Bursche, machte seine Witze über Dobbin und spielte ihm Streiche; und er ertrug alles ganz geduldig, litt und schwieg.

Cuff dagegen war der Tonangeber und der Modeheld an Doktor Swishtails Schule. Er schmuggelte Wein ein. Er bestand Faustkämpfe mit den Jungen in der Stadt. Sonnabends kam meist ein Pony an, auf dem er dann nach Hause ritt. Er hatte in seinem Zimmer ein Paar Stulpstiefel stehen, in denen er während der Ferien auf die Jagd zu reiten pflegte. Er besaß eine goldene Repetieruhr und schnupfte wie der Doktor. Er war schon im Theater gewesen und wußte die Leistungen der hervorragenden Schauspieler zu beurteilen, wie er denn zum Beispiel Mr. Kean über Mr. Kemble stellte. Er konnte vierzig lateinische Verse binnen einer Stunde fabrizieren und sogar französische Gedichte machen. Und was konnte und wußte er nicht sonst noch alles! Es hieß sogar, selbst der Doktor hätte Respekt vor ihm.

Cuff, der anerkannte König der Schule, herrschte über seine Untertanen und tyrannisierte sie kraft seiner unbestrittenen Autorität. Der eine putzte ihm die Schuhe; der andere röstete ihm sein Brot; wieder andere quälten sich ganze Sommernachmittage damit ab, ihm beim Kricket die Bälle zu holen. ›Pfeffersack‹ war derjenige Zögling, den er am meisten verachtete; und obwohl er ihn beständig schmähte und über ihn spottete, ließ er sich doch kaum je dazu herab, persönlich mit ihm zu verkehren.

Dieses sein Benehmen schrieb sich von einem Tage her, an dem die beiden jungen Herren, als sie miteinander allein waren, in einen Wortwechsel geraten waren. ›Pfeffersack‹, der sich allein im Klassenzimmer befand, mühte sich damit ab, einen Brief nach Hause zu schreiben, als Cuff hereintrat und ihm einen Auftrag gab, bei dem es sich um die Herbeischaffung von Kuchen handelte.

»Ich kann nicht«, sagte Dobbin; »ich muß erst meinen Brief fertigschreiben.«

»Du *kannst* nicht?« sagte Mr. Cuff und bemächtigte sich des Schriftstücks. (In diesem waren viele Worte ausgestrichen und viele falsch geschrieben; aber seine Herstellung hatte viel Nachdenken, Anstrengung und Tränen gekostet; denn der arme Junge schrieb an seine Mutter, die ihn zärtlich liebte, wenn sie auch nur die Frau eines Gewürzkrämers war und in einem Hinterzimmer in der Themsestraße wohnte.) »Du *kannst* nicht?« sagte Mr. Cuff. »Da möchte ich doch wissen, warum nicht? Kannst du nicht an die alte Mutter Pfeffersack auch morgen schreiben?«

»Gebrauche nicht solche Ausdrücke!« sagte Dobbin und stand in großer Aufregung von der Bank auf.

»Nun, willst du gehen?« krähte der Haupthahn der Schule.

»Lege den Brief hin!« erwiderte Dobbin. »Kein Gentleman liest fremde Briefe.«

»Nun, willst du sofort gehen?« wiederholte der andere.

»Nein, ich will nicht. Schlag nicht zu, oder ich zermalme dich!« schrie Dobbin und sprang zu einem bleiernen Tintenfaß. Und dabei sah er so grimmig aus, daß Mr. Cuff inne hielt, seine Rockärmel, die er schon aufgekrempelt hatte, wieder herunterstreifte, die Hände in die Taschen steckte und mit einem höhnischen Lächeln fortging. Persönlich ließ er sich seitdem mit dem Krämerjungen nicht mehr ein; indes müssen wir, um ihm Gerechtigkeit widerfahren zu lassen, berichten, daß er von Dobbin hinter dessen Rücken stets mit Verachtung sprach.

Einige Zeit nach diesem Vorfall traf es sich, daß Mr. Cuff an einem sonnigen Nachmittag sich in der Nähe des armen William Dobbin befand, der auf dem Spielplatz unter einem Baume lag und mit nicht geringer Mühe in einem ihm gehörigen Exemplar seines Lieblingsbuches, Tausendundeine Nacht, las, abgesondert von den übrigen Schülern, die ihre verschiedenartigen Spiele trieben, ganz allein und fast glückselig. Wenn die Leute doch die Kinder mehr sich selbst überlassen wollten; wenn doch die Lehrer aufhören wollten, sie einzuschüchtern; wenn die Eltern doch nicht darauf versessen sein wollten, die Gedanken der Kinder zu leiten und ihre Gefühle zu regieren! (Und dabei sind doch die Gefühle und Gedanken der Kinder uns allen ein tiefes Geheimnis; denn wieviel wissen wir, du und ich, voneinander oder von unsern Kindern oder von unsern Vätern oder von unserm Nachbar, und um wieviel schöner und reiner mögen die Gedanken des unter deiner Leitung stehenden armen Jungen oder Mädchens sein als die ihres abgestumpften, vom Weltleben verdorbenen Lenkers?) Wenn doch, sage ich, die Eltern und Lehrer die Kinder etwas mehr sich selbst überlassen wollten, so würde daraus kein großes Unglück entstehen, wenn sie sich auch vielleicht ein geringeres Maß von Bücherweisheit aneigneten.

Also William Dobbin hatte für eine Weile die Welt vergessen und befand sich weit weg mit Sindbad dem Seefahrer im Tal der Diamanten oder mit dem Prinzen Soundso und der Fee Peribanu in jener prächtigen Höhle, in der der Prinz sie gefunden hatte und wohin wir alle gern einmal einen Ausflug machen würden, als plötzlich ein jämmerliches Geschrei, wie wenn ein kleiner Junge weinte, ihn aus seiner vergnüglichen Träumerei aufstörte. Aufblickend sah er Cuff vor sich, der einen kleinen Knaben bearbeitete.

Es war derselbe kleine Bengel, der die Geschichte mit dem Geschäftswagen herumgebracht und ihm dadurch so geschadet hatte; aber Dobbin trug niemand etwas nach und am wenigsten den Jüngeren und Kleineren. »Wie kannst du dich unterstehen, die Flasche zu zerbrechen?« sagte Cuff zu dem kleinen Kerl und holte mit einem gelben Kricketschläger gegen ihn aus.

Der Knabe hatte die Weisung erhalten, über die den Spielplatz einschließende Mauer zu steigen, an einer bestimmten Stelle, wo die Glasscherben vom oberen Rande entfernt und in den Mauersteinen angemessene Vertiefungen angebracht waren; dann sollte er eine Viertelmeile laufen, der Gefahr, da draußen von einem der vielen Spione des Doktors gesehen zu werden, Trotz bieten, ein halbes Quart Rumpunsch auf Borg kaufen und wieder auf den Spielplatz zurückklettern. Bei der Ausführung dieses letzten Stückes war er ausgeglitten, hatte die Flasche zerbrochen, das Getränk verschüttet, seine Beinkleider zerrissen, und nun erschien er vor seinem Auftraggeber als ein schuldbewußter, zitternder und doch eigentlich ganz unschuldiger Missetäter.

»Wie kannst du dich unterstehen, sie zu zerbrechen?« wiederholte Cuff. »Du schwindelst, du kleiner Dieb! Du hast den Punsch ausgetrunken und behauptest nun, du hättest die Flasche zerbrochen. Halte mal die Hand auf!«

Mit einem lauten, dumpfen Ton fiel der Schläger auf die Hand des Kindes nieder. Ein Klagegeschrei folgte. Die Fee Peribanu war mit dem Prinzen Achmed in den innersten Teil der Höhle geflohen; der Vogel Rok hatte Sindbad den Seefahrer aus dem Tale der Diamanten weit weg in die Wolken hinaufgetragen, und der ehrliche William hatte wieder das Alltagsleben vor Augen: er sah, wie ein großer Junge einen kleinen ohne Grund prügelte.

»Halte die andere Hand auf!« schrie Cuff seinen kleinen Schulkameraden an, dessen Gesicht ganz von Schmerz verzerrt war. Dobbin bebte vor Aufregung und richtete sich in seinen alten, engen Kleidern auf.

»Da hast du es, du kleiner Satan!« schrie Mr. Cuff, und wieder sauste der Schläger auf die Hand des Kindes hinab ... Entsetzen Sie sich nicht, meine Damen; jeder Junge hat in der Schule dergleichen getan. Aller Wahrscheinlichkeit nach werden Ihre eigenen Kinder dasselbe tun und dasselbe zu erdulden haben. Von neuem schlug Cuff zu, und Dobbin sprang auf.

Ich kann nicht sagen, was ihn eigentlich zu seinem Verhalten veranlaßte. Derartige Mißhandlung ist in einer öffentlichen Schule ebenso als berechtigt anerkannt wie die Knute in Rußland. Es würde für einen Gentleman gewissermaßen unpassend sein, dagegen einzuschreiten. Vielleicht bäumte sich Dobbins törichte Seele gegen die Ausübung einer solchen Tyrannenherrschaft auf; vielleicht regte sich in seinem Herzen auch ein Gefühl der Rachsucht, und es verlangte ihn, sich mit diesem hochangesehenen Flegel und Tyrannen zu messen, dem hier in der Schule aller Ruhm und alle Ehre zuteil wurde, sozusagen mit allem Drum und Dran: flatternden Fahnen, Trommelwirbel und Salutieren der Wache. Was nun auch sein Beweggrund sein mochte, jedenfalls sprang er auf und schrie: »Hör auf, Cuff! Mißhandle das Kind nicht länger, oder ich werde...«

»Nun, oder was wirst du?« fragte Cuff erstaunt über diese Unterbrechung. »Halte die Hand auf, du kleine Bestie!«

»Ich werde dich so durchprügeln, wie du in deinem Leben noch nie durchgeprügelt worden bist«, antwortete Dobbin auf den ersten von Cuffs beiden Sätzen. Der kleine Osborne, mühsam atmend und die Augen voll Tränen, blickte erstaunt und ungläubig auf, als er sah, was für ein seltsamer Ritter ihm plötzlich als sein Verteidiger erstanden war; Cuffs Verwunderung war aber kaum geringer. Man stelle sich unseren verstorbenen König George III. vor, als er von dem Aufstande der nordamerikanischen Kolonien hörte, man denke an den Riesen Goliath, als der kleine David vortrat und ihn zum Zweikampfe herausforderte: dann wird man die Empfindungen Mr. Reginald Cuffs verstehen, als ihm dieser Kampf angeboten wurde.

»Sobald die Schule aus ist«, sagte er gelassen, nach einem kurzen Stillschweigen und mit einem Blicke, der ungefähr besagte: ›Mach dein Testament bis dahin, und teile deinen Freunden deine letzten Wünsche mit.‹

»Wie du willst«, erwiderte Dobbin. »Du mußt mein Sekundant sein, Osborne.«

»Nun ja, wenn du das wünschest«, gab der kleine Osborne zur Antwort; denn man muß bedenken, daß sein Papa eine eigene Equipage hatte; daher schämte er sich seines Ritters ein wenig.

Ja, als die Stunde des Kampfes kam, schämte er sich beinah zu sagen: »Drauflos, Pfeffersack!«, und während der ersten zwei oder drei Gänge fand sich auf dem Platz unter den anderen Knaben kein einziger, der diesen Zuruf hätte vernehmen lassen. Am Anfang des Kampfes versetzte Cuff, der im Boxen eine gründliche wissenschaftliche Bildung besaß und so leichtherzig und heiter auftrat, als ob er auf einem Balle wäre, mit einem geringschätzigen Lächeln auf dem Gesichte seinem Gegner einen Schlag nach dem andern auf den Leib und warf seinen unglücklichen Gegner dreimal hintereinander auf den Boden. Bei jedem Falle Dobbins erhob sich ein Jubelgeschrei, und jeder drängte sich zu der Ehre, dem Sieger sein Knie zum Ausruhen hinzuhalten.

›Da werde ich gehörige Keile bekommen, wenn die Geschichte vorbei ist‹, dachte der junge Osborne, während er seinem Kämpfer aufhalf. »Du tätest am besten, wenn du dich für besiegt erklärtest«, sagte er zu Dobbin; »es handelt sich ja nur darum, daß ich ein paar Hiebe bekomme, Pfeffersack, und du weißt, ich bin es gewöhnt.« Aber Dobbin, der an allen Gliedern bebte und dessen Nasenflügel vor Wut zitterten, schob seinen kleinen Sekundanten beiseite und ging zum vierten Gang los.

Da er sich nicht im geringsten darauf verstand, die gegen ihn gerichteten Schläge abzuwehren, und Cuff bei den drei ersten Gängen die Rolle des Angreifers übernommen hatte, ohne daß er seinem Gegner jemals die Möglichkeit zum Zuschlagen gegeben hätte, so beschloß Dobbin jetzt, den Kampf seinerseits mit einem Angriff zu beginnen. Demgemäß setzte

er, da er linkshändig war, nun seinen linken Arm in Tätigkeit und schlug ein paarmal aus Leibeskräften zu, einmal
gegen Mr. Cuffs linkes Auge und einmal auf seine schöne
römische Nase.
Diesmal war es Cuff, der zu Boden fiel, zum Erstaunen der
Versammlung. »Gut getroffen, das muß man sagen«, bemerkte der kleine Osborne mit Kennermiene und klopfte
seinem Kämpfer auf den Rücken. »Gib es ihm mit der Linken, Pfeffersack, mein Junge!«
Dobbins Linke trieb während des ganzen übrigen Kampfes
ein schreckliches Spiel. Jedesmal stürzte Cuff. Beim sechsten
Gang riefen fast ebenso viele Stimmen: »Drauflos, Pfeffersack!« wie »Drauflos, Cuff!« Beim zwölften Gang war Cuff
schon ganz benommen und hatte alle Geistesgegenwart und
die Kraft zum Angriff oder zur Verteidigung verloren. Dobbin dagegen war so seelenruhig wie ein Quäker. Das toten-
blasse Gesicht, die weit geöffneten, funkelnden Augen und
ein großer, stark blutender Riß in der Unterlippe verliehen
dem jungen Burschen ein wildes, unheimliches Aussehen,
das vielleicht manchen der Zuschauer mit Schrecken erfüllte. Gleichwohl schickte sich sein unerschrockener Gegner an, den dreizehnten Gang zu beginnen.
Wenn mir die Feder eines Napier oder Bell zu Gebote stünde,
so würde es mir Vergnügen machen, diesen Kampf in angemessener Form zu schildern. Man konnte glauben, den
letzten Angriff der französischen Garde zu sehen (das heißt
man *hätte* das glauben können, nur hatte die Schlacht bei
Waterloo noch nicht stattgefunden) und Neys von zehntausend Bajonetten starrende, von zwanzig Adlern überragte Kolonne, wie sie den Hügel von La Haye-Sainte hinan-
stürmte; man konnte glauben, das Kampfgeschrei der britischen Beefsteakesser zu hören, die den Hügel hinabliefen,
um den Feind in wilder Umarmung zu packen, ... mit andern Worten: als Cuff, zwar noch voll Mut, aber taumelnd

und wankend herankam, ließ der Krämersohn wie gewöhnlich sein Linke auf die Nase seines Gegners fallen und warf ihn durch diesen Schlag zum letzten Mal zu Boden.

»Ich denke, nun wird er genug haben«, bemerkte Dobbin, als sein Gegner so jäh auf den Rasen fiel wie die Billardkugel eines guten Spielers in das Loch. Und wirklich war, als nach Ablauf der Kampfpause zum neuen Gang aufgerufen wurde, Mr. Reginald Cuff nicht imstande, sich wieder zu erheben, oder nicht willens, dies zu tun.

Und nun stimmten alle Jungen ein solches Jubelgeschrei für Dobbin an, daß man hätte denken können, er wäre schon während des ganzen Kampfes ihr Günstling gewesen. Dieses Geschrei war so laut, daß es sogar Doktor Swishtail aus seinem Studierzimmer herbeizukommen veranlaßte, um sich nach der Ursache des Lärms zu erkundigen. Selbstverständlich stellte er Dobbin eine gehörige Tracht Prügel in Aussicht; aber Cuff, der unterdes wieder zu sich gekommen und damit beschäftigt war, seine Wunden zu waschen, stand auf und erklärte: »Ich war daran schuld, Sir, nicht Pfeffersack … nicht Dobbin. Ich mißhandelte einen kleinen Jungen, und er erteilte mir dafür meinen verdienten Lohn.« Durch diese hochherzigen Worte bewahrte er nicht nur seinen siegreichen Gegner vor einer Züchtigung, sondern er gewann dadurch auch bei den Knaben das Ansehen wieder zurück, das er durch seine Niederlage schon fast verloren hatte.

Der kleine Osborne schickte folgenden Bericht über diesen Vorgang nach Hause an seine Eltern:

Sugarcane House, Richmond, den .. März 18..
Liebe Mama! Hoffentlich bist Du ganz gesund. Ich wäre Dir sehr dankbar, wenn Du mir einen Kuchen und fünf Schilling schicken wolltest. Hier ist ein Kampf zwischen Cuff und Dobbin gewesen. Cuff war der Haupthahn in der Schule, weißt Du. Sie machten dreizehn Gänge, und Dobbin ver-

drosch ihn. Deshalb ist Cuff jetzt nur noch zweiter Hahn. Der Kampf fand um meinetwillen statt. Cuff schlug mich, weil ich eine Flasche mit Milch zerbrochen hatte, und Pfeffersack wollte das nicht dulden. Wir nennen ihn Pfeffersack, weil sein Vater einen Laden mit Kolonialwaren hat: Dobbin & Rudge, Themsestraße, City. Ich denke, weil er für mich gekämpft hat, so solltest Du Deinen Tee und Zucker bei seinem Vater kaufen. Cuff geht jeden Sonnabend nach Hause; aber diesen Sonnabend kann er nicht, weil er zwei blaue Augen hat. Er hat ein weißes Pony, das immer kommt und ihn abholt, und einen Reitknecht in Livree auf einem Braunen. Ich wünschte, Papa schenkte mir auch ein Pony, und bin Dein gehorsamer Sohn   George Sedley Osborne

PS. Grüße die kleine Emmy von mir. Ich schneide ihr eine Kutsche aus Pappe aus. Bitte aber, schicke mir nicht einen Mohnkuchen, sondern einen Rosinenkuchen.

Infolge seines Sieges stieg Dobbin ganz außerordentlich in der Achtung aller seiner Schulkameraden, und der Name Pfeffersack, der bisher ein Spottname gewesen war, wurde nun ein ebenso achtbarer, populärer Spitzname wie jeder andere, der auf der Schule geläufig war. »Eigentlich kann er doch auch nichts dafür, daß sein Vater ein Krämer ist«, sagte George Osborne, der, obwohl er nur ein kleines Kerlchen war, doch bei den Zöglingen Doktor Swishtails in bedeutendem Ansehen stand; und seine Meinung wurde mit großem Beifall aufgenommen. Es wurde für eine Gemeinheit erklärt, Dobbin wegen seiner unverschuldeten Herkunft zu verhöhnen. ›Alter Pfeffersack‹ wurde sogar ein Kosename, der eine freundliche Zuneigung ausdrückte, und der kriecherische Lehrerer spottete nun nicht mehr über ihn.
Gleichzeitig mit dieser Veränderung in der äußeren Lage hob sich Dobbin auch in geistiger Beziehung. Er machte
76

wunderbare Fortschritte in den einzelnen Lehrfächern der Schule. Selbst der stolze Cuff, dessen Herablassung gegen ihn Dobbin mit Staunen und Erröten wahrnahm, half ihm bei seinen lateinischen Versen, büffelte mit ihm in den Erholungsstunden, und zwar zu seinem Triumph mit dem Erfolg, daß Dobbin aus der Unterklasse in die Mittelklasse versetzt wurde und sogar in dieser einen ganz netten Platz erhielt. Es stellte sich heraus, daß Dobbin, wenn er auch für die alten Sprachen nur wenig begabt war, doch für die Mathematik eine ungewöhnlich schnelle Auffassung besaß. Zu allgemeiner Befriedigung wurde er in der Algebra Dritter und erhielt zu Johannis bei der öffentlichen Prüfung ein französisches Buch als Prämie. Das Gesicht seiner Mutter strahlte, als der Doktor ihm den ›Telemach‹, diesen prächtigen Roman, mit der eingetragenen Zueignung ›Gulielmo Dobbin‹ versehen, in Anwesenheit der ganzen Schule, der Eltern und sonstigen Zuhörer überreichte. Alle Schüler klatschten in die Hände, um ihren Beifall und ihre freundliche Gesinnung für den Ausgezeichneten zu bekunden. Sein Erröten, sein Stolpern, seine Verlegenheit, als er dann wieder auf seinen Platz zurückging, wer kann das beschreiben? Und wer kann zählen, wie vielen Menschen er dabei auf die Füße trat? Der alte Dobbin, sein Vater, der jetzt zum ersten Male vor seinem Sohn Respekt bekam, schenkte ihm vor aller Augen zwei Guineen, von denen dieser den größten Teil zu einer allgemeinen Bewirtung seiner Schulkameraden verwandte; auch kam er nach den Ferien in die Schule mit einem Rock mit Schößen zurück.

Dobbin war ein viel zu bescheidener junger Mensch, als daß er geglaubt hätte, er habe diese glückliche Veränderung seiner gesamten Lebensverhältnisse seinem eigenen ehrenhaften, männlichen Wesen zu verdanken. In einer seltsamen Verirrung zog er es vor, dieses glückliche Ergehen lediglich der Einwirkung und wohlwollenden Gesinnung des kleinen

George Osborne zuzuschreiben, dem er von nun an eine solche Liebe und Zuneigung widmete, wie sie eben nur Kinder empfinden können, eine solche Zuneigung, wie sie in dem bekannten reizenden Märchen der ungeschlachte Orson gegen den schönen, jungen Valentin hegt, von dem er besiegt worden ist. Er legte sich dem kleinen Osborne zu Füßen und liebte ihn; hatte er ihn doch schon im stillen bewundert, noch ehe sie näher miteinander bekannt geworden waren. Nun war er sein Diener, sein Hund, sein Sklave Freitag. Er hielt Osborne für den Inbegriff aller Vollkommenheit, für den schönsten, tapfersten, fleißigsten, klügsten, ehrenhaftesten Knaben der Welt. Er teilte sein Geld mit ihm, kaufte unzählige Geschenke für ihn: Messer, Federkasten, Petschafte, Konfekt, Liedersammlungen und Geschichtsbücher mit großen, bunten Bildern von Rittern und Räubern; in vielen von diesen Büchern war eine Widmung eingetragen: ›Seinem lieben George Sedley Osborne, in treuer Freundschaft William Dobbin.‹ All diese Huldigungen nahm George sehr gnädig entgegen, wie das seinen höheren Verdiensten entsprach.

Als also Leutnant Osborne an dem Tage, an dem der Besuch von Vauxhall stattfinden sollte, nach dem Russell Square kam, sagte er zu den Damen: »Ich hoffe, Mrs. Sedley, Sie haben noch Platz bei Tisch; ich habe Dobbin von unserm Regiment aufgefordert, herzukommen, hier zu speisen und dann mit uns nach Vauxhall zu gehen. Er ist sonst so schüchtern wie Joseph.«

»Schüchtern! Unsinn!« erwiderte der beleibte Herr und warf Miß Sharp einen Siegerblick zu.

»In diesem Punkt kommt er Ihnen nahe; aber Sie sind unvergleichlich viel graziöser, Sedley!« sagte Osborne lachend. »Ich traf ihn in der Bedford Tavern, als ich hinkam, um mich nach Ihnen umzusehen; und ich erzählte ihm, daß Miß

Amelia nach Hause gekommen sei und daß wir alle zusammen ausgehen und uns einen vergnügten Abend machen wollten und daß Mrs. Sedley ihm vergeben habe, daß er damals auf der Kindergesellschaft die Punschbowle zerbrach. Erinnern Sie sich noch an die Katastrophe vor sieben Jahren, Madam?«

»Es ging über Mrs. Flamingos rotseidenes Kleid«, sagte die gutmütige Mrs. Sedley. »Was für ein ungeschickter Tölpel er war! Und seine Schwestern sind nicht viel graziöser. Lady Dobbin war gestern abend mit drei von ihnen in Highbury. Nein, Kinder, was haben die für Figuren!«

»Der Alderman ist ja wohl sehr reich, nicht wahr?« fragte Osborne schelmisch. »Meinen Sie nicht, Madam, daß eine seiner Töchter eine gute Partie für mich wäre?«

»Sie närrischer Mensch! Ich möchte wohl wissen, welches Mädchen Sie mit Ihrem gelben Gesicht nehmen würde!«

»Ich soll ein gelbes Gesicht haben? Da warten Sie nur erst mal, bis Sie Dobbin zu sehen bekommen! Der hat das Gelbe Fieber dreimal gehabt: zweimal in New Providence und einmal in St. Kitts.«

»Na, Ihres ist für uns gelb genug, nicht wahr, Emmy?« sagte Mrs. Sedley. Miß Amelia antwortete nur mit einem Lächeln und Erröten; darauf sah sie Mr. Osbornes blasses, interessantes Gesicht an mit dem schönen, glänzend schwarzen, gekräuselten Backenbart, den der junge Herr selbst mit nicht geringem Wohlgefallen zu betrachten pflegte, und dachte in ihrem kleinen Herzen, daß es doch in Seiner Majestät Armee, ja in der weiten Welt kein zweites solches Gesicht und keinen zweiten solchen Helden gebe. »Ich nehme keinen Anstoß an Hauptmann Dobbins Gesichtsfarbe oder an seiner Unbeholfenheit. Ich werde ihn immer gern haben, das weiß ich«, sagte sie, und zu dieser Auffassung schien es ihr ein völlig ausreichender Grund zu sein, daß er Georges Freund und Beschützer war.

»Es gibt in der Armee keinen netteren Menschen«, sagte Osborne, »und keinen tüchtigeren Offizier, wenn er auch freilich kein Adonis ist.« Und nach diesen Worten betrachtete er sich selbst mit großer Naivität im Spiegel und begegnete dabei Miß Sharps scharf auf ihn gerichtetem Blick, was ihn ein wenig erröten ließ. Rebekka aber dachte in ihrem Herzen: ›Ah, mon beau monsieur! Ich glaube, ich kenne Sie jetzt hinlänglich!‹ Diese kleine schlaue Katze!

Als am Abend dieses Tages Amelia in einem weißen Musselinkleid, völlig dazu angetan, in Vauxhall Eroberungen zu machen, trillernd wie eine Lerche und frisch wie eine Rose, in den Salon trat, kam ihr, um sie zu begrüßen, ein sehr hochgewachsener, linkischer Herr entgegen, mit großen Händen und Füßen und mit großen Ohren, die um so mehr auffielen, als das schwarze Haar sehr kurz geschnitten war; er trug die damals übliche Uniform: den häßlichen Schnürrock und den Dreispitz. Dieser Herr machte ihr eine der ungeschicktesten Verbeugungen, die jemals von einem Sterblichen zustande gebracht worden sind.

Dies war kein anderer als Hauptmann William Dobbin von Sr. Majestät Infanterieregiment Nr. soundso viel, der vor kurzem aus dem Bereich des Gelben Fiebers in Westindien zurückgekehrt war; wie das der Dienst so mit sich bringt, hatte sein Regiment das Los gehabt, dort in Garnison zu liegen, während so viele seiner tapferen Kameraden in Spanien Lorbeeren ernteten.

Er hatte bei seiner Ankunft so leise und schüchtern an die Haustür geklopft, daß die Damen es oben nicht hatten hören können; sonst würde Miß Amelia sicherlich nicht so kühn gewesen sein, singend ins Zimmer hereinzukommen. So aber drang das liebliche, frische Stimmchen dem Hauptmann geradenwegs ins Herz und machte ihm einen unauslöschlichen Eindruck. Als sie ihm zur Begrüßung die Hand reichte, zögerte er einen Augenblick, bevor er sie mit der seinen umschloß, und dachte: ›Wie? Ist es möglich? Bist du das kleine Mädchen, das ich noch so gut im Gedächtnis habe, in dem rosa Kleid, noch vor gar nicht so langer Zeit, an dem Abend, da ich die Punschbowle umstieß, unmittelbar nachdem ich mein Offizierspatent erhalten hatte? Bist du das kleine Mädchen, von dem George Osborne sagte, sie werde seine Frau werden? Was für ein blühendes, junges Wesen scheinst du zu sein, und was hat der Schlingel da für ein Glück!‹ Alles dies dachte er, ehe er Amelias Hand in die seine nahm, und ließ dabei seinen Hut hinfallen.

Wir haben seine Lebensgeschichte von dem Zeitpunkt an, da er die Schule verließ, bis zu dem Augenblick, da wir das Vergnügen haben, ihm wieder zu begegnen, allerdings nicht ausführlich erzählt; aber das Gespräch, über das auf der letzten Seite berichtet worden ist, enthält, möchte ich meinen, doch so viele Andeutungen, daß sie für einen scharfsinnigen Leser wohl ausreichen. Vater Dobbin, der verachtete Kolonialwarenhändler, war zur Würde eines Aldermans gelangt, und der Alderman Dobbin war Oberst der leichten City-Kavallerie, die damals von kriegerischem Eifer brannte, sich einem französischen Einfall entgegenzuwerfen. Oberst Dobbins Truppe, in der der alte Mr. Osborne nur den Rang eines gewöhnlichen Korporals bekleidete, hatte vor dem König und dem Herzog von York eine Besichtigung durchgemacht, und der Oberst und Alderman war darauf in den Adelsstand erhoben worden. Sein Sohn war in das Heer eingetreten, und der junge Osborne war ihm gefolgt, und zwar bei demselben Regiment. Sie hatten in Kanada und Westindien gestanden. Ihr Regiment war erst kürzlich in die Heimat zurückgekehrt, und Dobbins Anhänglichkeit an George Osborne war jetzt noch ebenso warm und selbstlos wie damals, als sie beide Schulkameraden waren.

So setzten sich nun also diese braven Leute zu Tisch. Sie redeten von Krieg und Ruhm, über Bonaparte und Lord

Wellington und von der letzten Beförderungsliste im Armeeblatt. In jener großen Zeit meldete jede Zeitung einen neuen
Sieg, und die beiden jungen Krieger sehnten sich danach,
ihre eigenen Namen in der Ruhmesliste zu sehen, und ver-
wünschten ihr unglückliches Geschick, einem Regiment anzugehören, das von den Stätten, wo Ehre und Ruhm erworben werden konnten, hatte fernbleiben müssen. Miß
Sharp begeisterte sich bei diesem aufregenden Gespräch;
aber Miß Sedley zitterte und wurde ganz schwach beim Zuhören. Mr. Joseph gab mehrere seiner Tigerjagdgeschichten
zum besten und erzählte die Geschichte von Miß Cutler und
dem Militärarzt Lance zu Ende, reichte seiner Nachbarin
Rebekka von allem, was auf dem Tisch stand, und aß und
trank selbst nicht geringe Mengen.

Als die Damen sich zurückzogen, sprang er mit einer Grazie,
die ihm jedes Frauenherz erobern mußte, zur Tür, um sie zu
öffnen, und an den Tisch zurückgekehrt, goß er sich ein Glas
Rotwein nach dem andern ein und trank es mit nervöser
Hast aus.

»Er trinkt sich Mut an«, flüsterte Osborne seinem Freund
Dobbin zu, und endlich kam die richtige Zeit für den Besuch
von Vauxhall, und der Wagen fuhr vor.

SECHSTES KAPITEL
Vauxhall

Ich weiß sehr wohl, daß ich jetzt eine sehr zahme Melodie
auf meiner Flöte blase (wiewohl gleich einige schaurige Kapitel bevorstehen), und muß den freundlichen Leser bitten,
nicht zu vergessen, daß wir uns vorläufig nur mit der Familie
eines Börsenmaklers am Russell Square beschäftigen, deren
Mitglieder – wie das eben Leute im gewöhnlichen Leben tun
– spazieren gehen, frühstücken, zu Mittag speisen, plaudern
oder sich verlieben, ohne daß eine leidenschaftliche oder

merkwürdige Handlung vorkäme, an der sich der Fortschritt ihrer Verliebtheit ermessen ließe. Die Sachlage ist jetzt diese: Osborne, der in Amelia verliebt ist, hat einen alten Freund zum Dinner und zum Besuch von Vauxhall eingeladen; Joseph Sedley dagegen ist in Rebekka verliebt. Wird er sie heiraten? Das ist die wichtige Frage, die uns jetzt beschäftigt.

Wir hätten diesen Stoff auch im vornehmen oder im romantischen oder im humoristischen Genre behandeln können. Gesetzt, wir hätten die Szene nach dem Grosvenor Square verlegt und dort dieselben Dinge sich abspielen lassen, wir hätten gezeigt, wie sich Lord Joseph Sedley verliebte und wie der Marquis von Osborne eine Neigung für Lady Amelia faßte, mit voller Zustimmung ihres hohen Vaters, des Herzogs: würden da nicht manche Leute eifrig zugehört haben? Oder gesetzt, wir hätten statt des allervornehmsten Genres zu dem ganz niedrigen gegriffen und geschildert, was in Mr. Sedleys Küche vorging, wie der schwarze Sambo die Köchin liebte (was auch tatsächlich der Fall war) und wie er um ihretwillen einen Boxkampf mit dem Kutscher bestand; wie der Küchenjunge dabei abgefaßt wurde, als er ein Stück kalten Hammelbraten stahl, und wie Miß Sedleys neues Kammermädchen sich weigerte, ohne ein Wachslicht zu Bett zu gehen: so würden derartige Ereignisse wohl herzliches Gelächter erregt haben und als ›Szenen aus dem wirklichen Leben‹ angesehen worden sein. Oder wenn wir eine Vorliebe für das Schreckliche gehabt und den Liebhaber des neuen Kammermädchens zu einem berufsmäßigen Einbrecher gemacht hätten, der mit seiner Bande in das Haus eindringt, den schwarzen Sambo zu den Füßen seines Herrn abschlachtet und Amelia im Nachtkleid wegschleppt, die dann erst im dritten Band die Freiheit wiedererlangt: so hätten wir mit Leichtigkeit eine höchst interessante spannende Geschichte aufbauen können, deren aufregende Kapitel der Leser mit Herzklopfen durchfliegen würde.

Sie sehen, meine Damen, wie diese Geschichte hätte geschrieben werden *können*, wenn der Verfasser nur gewollt
hätte; denn, um die Wahrheit zu sagen, er ist geradeso vertraut mit dem Newgate-Gefängnis wie mit den Palästen
unserer hohen Aristokratie, indem er von beiden die Außen-
seite gesehen hat. Aber da ich weder mit der Sprache und
den Sitten der Gaunerherbergen Bescheid weiß noch mit
jener vornehmen Konversation, die in den tonangebenden
Kreisen üblich ist, so müssen wir, wenn es Ihnen recht ist,
bescheidentlich unseren Mittelweg verfolgen und solche
Szenen und Personen schildern, mit denen wir am meisten
vertraut sind. Mit einem Wort, dieses Kapitel über Vauxhall
würde ohne die vorstehende kleine Auseinandersetzung so
ungemein kurz ausgefallen sein, daß es kaum den Namen
eines Kapitels verdient haben würde. Und doch ist es ein
Kapitel, und noch dazu ein sehr wichtiges. Gibt es nicht in
eines jeden Menschen Leben kleine Kapitel, die bedeutungs-
los zu sein scheinen und doch den Gang der ganzen übrigen
Lebensgeschichte bestimmen?
So wollen wir denn mit unserer Russell Square-Gesellschaft
in die Kutsche steigen und nach dem Vauxhall-Garten fahren. Platz ist nur noch zwischen Joseph und Miß Sharp auf
dem Vordersitz. Gegenüber sitzt Mr. Osborne eingezwängt
zwischen Hauptmann Dobbin und Amelia.
Alle in der Kutsche waren davon überzeugt, daß Joseph an
diesem Abend Miß Rebekka Sharp fragen werde, ob sie Mrs.
Sedley werden wolle. Die Eltern zu Hause hatten sich in die
Sache gefunden, wiewohl, unter uns gesagt, der alte Mr.
Sedley seinem Sohn gegenüber ein Gefühl hatte, das mit
Verachtung nahe verwandt war. Er sagte, Joseph sei eitel,
selbstsüchtig, träge und weibisch. Josephs Bestreben, als
junger Stutzer zu erscheinen, war dem Vater unausstehlich,
und er lachte herzlich über seines Sohnes prahlerische Auf-
schneidereien. »Ich werde dem Jungen die Hälfte meines

Vermögens hinterlassen,« sagte er zu seiner Frau, »und er wird außerdem eine tüchtige Menge eigenes Geld besitzen. Aber ich bin fest überzeugt: wenn du und ich und seine Schwester morgen stürben, so würde er einfach sagen: ›Herr des Himmels!‹ und sein Mittagessen mit demselben Appetit wie sonst verzehren; und darum habe ich keine Lust, mir seinetwegen Sorgen zu machen. Mag er heiraten, wen er will; mich gehts nichts an.«

Amelia dagegen war, wie das bei einer jungen Dame von ihrer Klugheit und ihrer Lebhaftigkeit nur natürlich schien, Feuer und Flamme für das Zustandekommen der Partie. Ein- oder zweimal war Joseph nahe daran gewesen, ihr eine sehr wichtige Mitteilung zu machen, der sie ihr Ohr zu leihen durchaus bereit war; aber der dicke Mensch konnte sich doch nicht entschließen, sich seines großen Geheimnisses zu entledigen, und hatte zur größten Enttäuschung seiner Schwester nur einen tiefen Seufzer von sich gegeben und sich dann abgewandt.

Durch dieses Geheimnis wurde Amelias weiches Herz in beständiger Unruhe und Erregung erhalten. Wenn sie auch mit Rebekka selbst über diesen zarten Gegenstand nicht sprach, so hielt sie sich dafür durch lange, vertrauliche Gespräche mit der Haushälterin, Mrs. Blenkinsop, schadlos; diese machte dem Kammermädchen gegenüber einige Andeutungen, und das Kammermädchen mochte die Sache so beiläufig der Köchin gegenüber erwähnt haben, und die Köchin trug die Neuigkeit, wie mir nicht zweifelhaft ist, allen Lieferanten zu, so daß Mr. Josephs Heirat jetzt den Gesprächsgegenstand für eine sehr beträchtliche Anzahl von Personen in der kleinen Welt des Russell Squares bildete.

Selbstverständlich war Mrs. Sedley der Ansicht, daß ihr Sohn eine unstandesgemäße Ehe eingehe, wenn er eine Künstlertochter heirate. »Aber lieber Gott, Madam,« rief Mrs. Blenkinsop, »wir waren doch auch nur die Tochter eines Krämers, als wir Mr. Sedley heirateten, der Buchhalter bei einem Börsenmakler war, und wir hatten nicht fünfhundert Pfund zusammen, und nun sind wir doch reich genug.« Und Amelia war vollständig derselben Meinung, zu der sich allmählich auch die gutmütige Mrs. Sedley bekehren ließ.

Mr. Sedley verhielt sich neutral. »Mag Joseph heiraten, wen er will«, sagte er zu seiner Frau; »mich geht es nichts an. Das junge Mädchen hat kein Vermögen; du, liebe Frau, hattest seinerzeit auch nichts. Sie scheint eine heitere Gemütsart zu besitzen und gescheit zu sein und wird ihn vielleicht in Ordnung halten. Besser diese, liebe Frau, als eine schwarze Mrs. Sedley und ein Dutzend mahagonifarbener Enkelkinder.«

So schien sich denn alles zu vereinigen, um Rebekka glücklich zu machen. Sie nahm, wenn man zu Tisch ging, Josephs Arm an, wie wenn sich das von selbst verstände; sie hatte neben ihm auf dem Bock seines offenen Wagens gesessen (ein fabelhafter junger Lebemann war er, wie er so mit selbstgefälliger Miene in vollem Staat dasaß und seine Grauschimmel lenkte), und obwohl niemand ein Wort vom Heiraten sagte, so schien doch jeder die Sache als sicher zu betrachten. Alles, was Rebekka noch brauchte, war der Antrag; und ach, wie schmerzlich empfand sie es jetzt, daß ihr eine Mutter fehlte, eine liebe, zärtliche Mutter, die in einem kurzen, taktvollen, vertraulichen Gespräch das interessante Geständnis den schüchternen Lippen des jungen Mannes entlockt und die ganze Angelegenheit in zehn Minuten in Ordnung gebracht haben würde!

So standen die Dinge, als der Wagen über die Westminsterbrücke fuhr.

Die Gesellschaft langte gerade rechtzeitig bei den Royal Gardens an. Als der majestätische Joseph aus dem knarrenden Fuhrwerk stieg, brach die Volksmenge in ein Hurrageschrei für den fetten Herrn aus; dieser errötete und nahm eine sehr vornehme, stolze Miene an, als er mit Rebekka am Arm davonschritt. George nahm selbstverständlich Amelia unter seine Obhut. Sie sah so glücklich aus wie ein Rosenbäumchen im Sonnenschein.

»Hör mal, Dobbin,« sagte George, »es wäre sehr nett von dir, wenn du dich um die Schals und die andern Sachen kümmern wolltest.« So kam es, daß, während George mit Miß Sedley untergefaßt sich entfernte und Joseph sich mit Rebekka an seiner Seite durch die Pforte in den Garten zwängte, der brave Dobbin sich damit begnügen mußte, den Schals seinen Arm zu bieten und am Eingang für die ganze Gesellschaft zu bezahlen.

Er ging ganz bescheiden hinter ihnen her. Er wollte ihnen ihr Vergnügen nicht stören. Rebekka und Joseph waren ihm vollkommen gleichgültig. Aber Amelia hielt er selbst eines so prachtvollen jungen Mannes wie George Osborne für würdig, und als er das hübsche Paar die Steige entlang wandern sah und bemerkte, wie das junge Mädchen entzückt war und staunte, da betrachtete er ihre unschuldige Glückseligkeit mit einer Art von väterlicher Freude. Vielleicht hatte er die Empfindung, daß er gern auch etwas anderes am Arm gehabt hätte als einen Schal (die Leute lachten, als sie den linkischen jungen Offizier so mit weiblichen Bekleidungsgegenständen beladen sahen); aber William Dobbin neigte überhaupt sehr wenig zu selbstsüchtigen Gedanken, und wie hätte er unzufrieden sein können, solange sein Freund vergnügt war? Und um die Wahrheit zu sagen: von all den Herrlichkeiten des Gartens, von den hunderttausend Festlampen, die unausgesetzt brannten – von den Geigern mit Dreispitzen, die unter der vergoldeten Muschel mitten im Garten zauberhafte Melodien spielten – von den Sängern und Sängerinnen, die die Ohren ihrer Zuhörer bald mit komischen, bald mit rührenden Liedern entzückten – von den

ländlichen Tänzen, die von vergnügten Großstädtern und
Großstädterinnen mit vielem Springen, Stampfen und Lachen ausgeführt wurden – von dem Signal, das anzeigte, daß
Madame Saqui sogleich beginnen werde, auf einem schlaffen,
bis zu den Sternen reichenden Seil gen Himmel zu steigen –
von dem Einsiedler, der beständig in seiner festlich beleuchteten Einsiedelei saß – von den dunklen Gängen, die das Beisammensein junger Liebesleute so schön begünstigten – von
den Krügen mit Bier, die von Kellnern in schäbigen alten
Livreen herumgereicht wurden – von den erleuchteten Nischen, in denen die vergnüglich Tafelnden fast unsichtbar
dünne Schinkenscheiben aßen: von all diesen Dingen und
von dem guten Simpson, jenem freundlich lächelnden Idio-
ten, der wohl schon damals an dieser Stätte des Vergnügens
die Honneurs machte, nahm Hauptmann William Dobbin
nicht im geringsten Kenntnis.

Er trug Amelias weißen Kaschmirschal umher, hörte unter
der vergoldeten Muschel zu, wie Mrs. Salmon die Schlacht
bei Borodino zu Gehör brachte (eine grimmige Kantate gegen
den korsischen Emporkömmling, der vor kurzem in Rußland einen solchen Wechsel des Glückes erfahren hatte), und
versuchte im Weitergehen die Melodie zu summen, fand
aber, daß er die Melodie summte, die Amelia Sedley auf der
Treppe sang, als sie zum Dinner herunterkam.

Er mußte über sich selbst lachen; denn er konnte wahrhaftig
nicht besser singen als eine Eule.

Es versteht sich von selbst, daß unsere jungen Leute, die
zwei Paare bildeten, einander aufs feierlichste versprachen,
den ganzen Abend über beeinander zu bleiben, und sich
gleichwohl zehn Minuten nachher trennten. Gesellschaften
trennten sich in Vauxhall immer so voneinander, aber nur,
um sich zum Abendessen wieder zusammenzufinden, wo sie
sich dann gegenseitig die inzwischen erlebten Abenteuer erzählen konnten.

Welche Abenteuer erlebten Mr. Osborne und Miß Amelia?
Das ist ein Geheimnis. Aber so viel ist sicher: sie waren sehr
glücklich und benahmen sich durchaus schicklich; und da
sie diese fünfzehn Jahre lang gewohnt gewesen waren, zu-
sammenzusein, so bot ihnen ihr Tête-à-tête nichts besonders Neues.

Aber als Miß Rebekka Sharp und ihr dicker Begleiter sich in
einem einsamen Gang verloren, wo nicht mehr als hundert
andere Paare ihn ähnlicher Weise spazieren gingen, fühlten
sie beide, daß die Situation äußerst zart und kritisch war, und
Miß Sharp sagte sich, jetzt oder nie sei der geeignete Augenblick, um die Erklärung herbeizuführen, die auf Mr. Sedleys
furchtsamen Lippen zitterte. Sie waren vorher in dem Panorama von Moskau gewesen, wo ein plumper Geselle Miß
Sharp so heftig auf den Fuß getreten hatte, daß sie mit einem
kleinen Aufschrei in Mr. Sedleys Arme zurückgesunken war;
und dieser kleine Vorfall steigerte die Zärtlichkeit und das
Selbstvertrauen dieses Herrn dermaßen, daß er ihr mehrere
seiner Lieblingsgeschichten von Indien noch einmal, das
heißt, mindestens zum sechsten Male, erzählte.
»Wie gern würde ich Indien kennen lernen!« rief Rebekka.
»Wirklich?« erwiderte Joseph mit bezaubernder Zärtlichkeit
und war ohne Zweifel im Begriff, dieser geschickten Frage
eine andere, noch zärtlichere folgen zu lassen (denn er pustete
und schnaufte heftig, und Rebekkas Hand, die sich in der
Nähe seines Herzens befand, konnte die fieberhaften Schläge
dieses Organs zählen), als, o wie ärgerlich! die Glocke zum
Beginn des Feuerwerks läutete und bei dem nun entstehen-
den großen Gedränge und Gelaufe das interessante Liebes-
paar sich genötigt sah, dem Menschenstrom zu folgen.
Hauptmann Dobbin beabsichtigte eigentlich, sich der Gesellschaft beim Abendessen wieder anzuschließen, da er die
Vergnügungen in Vauxhall nicht besonders reizvoll fand;
aber er ging zweimal langsam an der Nische vorbei, in der

die nun wieder vereinigten Paare Platz genommen hatten, und niemand nahm von ihm Notiz. Gedeckt war nur für vier Personen. Die zusammengehörigen Paare plauderten höchst vergnügt, und Dobbin sah, daß er so völlig vergessen war, wie wenn er nie in der Welt existiert hätte.

›Ich würde nur das fünfte Rad am Wagen sein‹, sagte der Hauptmann bei sich, indem er einigermaßen sehnsüchtig nach ihnen hinblickte. ›Das beste wird wohl sein, ich gehe hin und unterhalte mich mit dem Eremiten.‹ Und damit wanderte er aus dem Menschengewühl und dem Lärm und dem Geklapper der Messer und Gabeln hinaus in den dunklen Gang, an dessen Ende der bekannte Eremit aus Papiermaché wohnte. Dobbin amüsierte sich wirklich nicht besonders, und in der Tat, in Vauxhall allein zu sein, das ist, wie ich aus eigener Erfahrung weiß, eine der trübseligsten Unterhaltungen, die sich ein Junggeselle verschaffen kann.

Die beiden Paare aber waren ganz glücklich in ihrer Nische, wo die reizendsten, vertraulichsten Gespräche geführt wurden. Joseph war in seiner Glorie und kommandierte die Kellner mit vieler Grandezza. Er machte den Salat zurecht, entkorkte den Champagner, zerlegte die jungen Hühner und aß und trank den größten Teil von allem, was auf dem Tisch stand. Schließlich wollte er durchaus eine Arrakpunsch-Bowle haben; jedermann tränke in Vauxhall Arrakpunsch. »Kellner, Arrakpunsch!«

Jene Arrakpunsch-Bowle war die Ursache alles dessen, was in der nachfolgenden Geschichte berichtet werden wird. Und warum sollte eine Arrakpunsch-Bowle das nicht ebensogut sein können wie ein Gefäß mit irgendwelchem andern Inhalt? War nicht ein Glas Blausäure daran schuld, daß die schöne Rosamunde[1] von dieser Welt schied? War nicht ein Becher Wein die Ursache des Todes Alexanders des Großen, oder behauptet das nicht wenigstens Doktor Lemprière?

1. Die Gemahlin des Langobardenkönigs Alboin.

Ebenso war diese Arrakpunsch-Bowle von der allergrößten Bedeutung für die Schicksale aller Hauptpersonen in diesem Roman ohne einen Helden, den wir jetzt erzählen. Sie war von der allergrößten Bedeutung für ihr weiteres Leben, obgleich die meisten von ihnen keinen Tropfen davon tranken.

Die jungen Damen tranken Arrakpunsch überhaupt nicht, und Osborne mochte ihn nicht, und die Folge davon war, daß Joseph, dieser dicke Lebemann, den ganzen Inhalt der Bowle austrank, und davon wieder war die Folge, daß er in eine Munterkeit hineingeriet, die zunächst Erstaunen hervorrief, dann aber peinlich wurde; denn er redete und lachte so laut, daß sich Dutzende von Zuhörern um die Nische sammelten, zur größten Verlegenheit des schuldlosen Teiles der darin befindlichen Gseellschaft; und als er gar ein Lied zum besten gab (er sang es in jenen weinerlichen, hohen Tönen, die manchen Männern in berauschtem Zustand eigen sind), lockte er damit fast das ganze Publikum herüber, das sich um die Musiker in der vergoldeten Muschel gesammelt hatte, und erntete von seinen Zuhörern großen Beifall.

»Bravo, Dicker!« rief einer. »Da capo, Daniel Lambert!« ein zweiter. »Ganz die richtige Gestalt, um auf dem Seil zu tanzen!« schrie wieder ein anderer Witzbold, zum unbeschreiblichen Schrecken der Damen und zu Mr. Osbornes großem Ärger.

»Um Himmels willen, Joseph, lassen Sie uns aufstehen und weggehen!« sagte er, und die jungen Damen erhoben sich.

»Bleib doch hier, mein süßes Lia-Lia-Lieb!« rief Joseph, der jetzt kühn wie ein Löwe war, und faßte Miß Rebekka um die Taille. Rebekka fuhr zurück, konnte aber seine Hand nicht losbekommen. Das Gelächter vor der Nische verdoppelte sich. Joseph fuhr fort zu trinken, seine Liebe zu bekunden und zu singen, und indem er seinen Zuhörern zuwinkte und sein Glas anmutig nach ihnen zu schwenkte, lud er all und jeden ein, hereinzukommen und von seinem Punsch mitzutrinken.

Mr. Osborne war gerade im Begriff, einen Herrn in Stulpstiefeln, der von dieser Einladung Gebrauch zu machen beabsichtigte, niederzuschlagen, und ein Handgemenge schien unvermeidlich, als zum größten Glück Dobbin, der bisher im Garten herumgewandert war, an die Nische herantrat. »Macht, daß ihr wegkommt, ihr Narren!« sagte er, indem er zugleich einen großen Teil des Menschenhaufens beiseiteschob, der sich nun schnell vor seinem Dreispitz und energischen Auftreten davonmachte; dann kam er in großer Erregung in die Nische herein.

»Mein Gott, Dobbin, wo hast du nur gesteckt?« sagte Osborne, nahm seinem Freund den weißen Kaschmirschal vom Arm und hüllte Amelia darin ein. »Mach dich nützlich und sorge für Joseph, während ich die Damen zum Wagen bringe.«

Joseph wollte aufstehen und Einspruch dagegen erheben; aber ein einziger Stoß von Osbornes Finger ließ ihn jappend wieder auf seinen Stuhl zurücksinken, und so konnte denn der Leutnant die Damen in Sicherheit bringen. Joseph warf ihnen Kußhände nach, als sie sich entfernten, und rief, vom Schlucken unterbrochen: »Lebt wohl! Lebt wohl!« Dann ergriff er Hauptmann Dobbin an der Hand und vertraute ihm, jämmerlich weinend, das Geheimnis seiner Liebe an. Er bete das Mädchen an, das soeben fortgegangen sei; er habe ihr durch sein Benehmen das Herz gebrochen, das wisse er; er wolle sich morgen früh in der Sankt Georgs-Kirche am Hanover Square mit ihr trauen lassen; er werde den Erzbischof von Canterbury in Lambeth herausklopfen, damit er rechtzeitig zur Stelle sei; ja, das werde er tun, wahrhaftig! An diese Äußerung Josephs anknüpfend, überredete Hauptmann Dobbin ihn in schlauer Weise, den Garten zu verlassen, um nach dem erzbischöflichen Palast in Lambeth zu eilen,

VAUXHALL

und sobald er ihn erst aus dem Tor heraus hatte, packte er
Mr. Joseph Sedley ohne weitere Schwierigkeit in eine
Droschke, stieg selbst mit ein und brachte ihn wohlbehalten
in seine Wohnung.

George Osborne brachte die jungen Mädchen sicher nach
Hause, und als sich die Tür hinter diesen geschlossen hatte
und er quer über den Russell Square heimging, lachte er so
laut auf, daß der Nachtwächter sich darüber wunderte. Amelia blickte ihre Freundin sehr traurig an, als sie die Treppe
hinaufgingen, küßte sie und ging zu Bett, ohne noch weiter
mit ihr zu sprechen.

›Morgen muß er mir seinen Antrag machen‹, dachte Rebekka. ›Er hat mich sein Herzliebchen genannt; viermal hat
er mich so genannt und hat mir in Amelias Gegenwart die
Hand gedrückt. Er muß mir morgen seinen Antrag machen.‹
Und ebenso dachte auch Amelia. Und ich möchte vermuten,
sie dachte auch an das Kleid, das sie als Brautjungfer tragen,
und an die Geschenke, die sie ihrer netten, kleinen Schwägerin machen werde, und an eine spätere Feier, bei der sie selbst
die Hauptrolle werde zu spielen haben und so weiter.

O ihr ahnungslosen jungen Dinger! Wie wenig kennt ihr die
Wirkung des Arrakpunsches! Was wißt ihr von den gräßlichen Kopfschmerzen, die er am andern Morgen zur Folge
hat! Das kann ich als wahrheitsliebender Mann verbürgen:
in der ganzen Welt gibt es keinen Kopfschmerz, der so
schlimm wäre wie der von Vauxhall-Punsch herrührende.
Über einen Zeitraum von zwanzig Jahren hinweg erinnere
ich mich noch an die Folgen von zwei Gläsern! Von zwei
Weingläsern! Mehr waren es nicht, auf meine Ehre als
Gentleman! Und Joseph Sedley mit seinem Leberleiden hatte
mindestens ein Quart dieser höllischen Mischung zu sich
genommen.

Der nächste Morgen, der nach Rebekkas Meinung ihr Glück
verwirklichen sollte, fand Sedley, wie er unter Qualen

stöhnte, die zu schildern sich die Feder sträubt. Das Sodawasser war damals noch nicht erfunden. Dünnbier (wird
man es glauben?) war das einzige Getränk, mit dem die unglücklichen Männer den Katzenjammer zu mildern suchten,
den sie sich in der vorhergehenden Nacht durch den Genuß
alkoholischer Flüssigkeiten zugezogen hatten. Mit diesem
milden Getränk vor sich fand denn auch George Osborne
den ehemaligen Steuereinnehmer von Boggley Wollah auf
dem Sofa liegen und stöhnen. Dobbin war bereits da und
pflegte gutmütig seinen kranken Schützling vom vorigen
Abend. Die beiden Offiziere sahen erst den geknickten Trin-
ker und dann verstohlen einander an und tauschten ein ver-
ständnisvolles Grinsen aus. Sogar Sedleys Kammerdiener,
der ernsteste, korrekteste Mensch, den man sich denken
konnte, mit dem schweigsamen, gravitätischen Wesen eines
Leichenbitters, konnte beim Anblick seines unglücklichen
Herrn nur mit Mühe seine Gesichtszüge beherrschen.

»Mr. Sedley war gestern abend ungewöhnlich erregt, Sir«,
flüsterte er Osborne vertraulich zu, als dieser die Treppe
hinaufstieg. »Er wollte sich mit dem Droschkenkutscher
boxen, Sir. Der Herr Hauptmann mußte ihn in seinen Armen
wie ein kleines Kind hinaufbringen.« Einen Augenblick lang
huschte ein Lächeln über Mr. Brushs Züge, während er das
sagte; sie sanken jedoch sofort wieder in ihre gewöhnliche
unergründliche Ruhe zurück, als er die Tür zum Salon öffnete und meldete: »Mr. Osborne.«

»Wie geht es Ihnen, Sedley?« fragte der junge Spaßvogel,
nachdem er einen Blick auf sein Opfer geworfen hatte. »Sind
Ihnen auch keine Knochen zerschlagen? Unten steht ein
Droschkenkutscher mit einem blauen Auge und mit ver-
bundenem Kopf und schwört, daß er Sie gerichtlich belangen
will.«

»Was meinen Sie ... gerichtlich belangen?« fragte Sedley
mit schwacher Stimme.

94

»Weil Sie ihn gestern abend durchgebleut haben ... Hat er das nicht getan, Dobbin? Sie stießen ja zu wie Molyneux, Sir. Der Nachtwächter sagt, er habe noch nie einen beim Boxen so schnell hinstürzen sehen. Fragen Sie Dobbin.

»Sie haben wirklich einen Gang mit dem Kutscher gemacht und viel Mut bewiesen«, sagte Hauptmann Dobbin.

»Und der Kerl mit dem weißen Rock in Vauxhall! Wie Joseph auf ihn losging! Wie die Damen kreischten! Wahrhaftig, Sir, es war mir eine rechte Lust, Sie so zu sehen. Ich dachte immer, Sie Zivilisten hätten keinen rechten Mut, aber ich für meine Person werde mich künftig hüten, Ihnen in den Weg zu kommen, wenn Sie etwas getrunken haben, Joe.«

»Ja, ich glaube, ich bin furchtbar, wenn ich in Erregung gerate«, stimmte ihm Joseph vom Sofa aus bei und machte ein so trübseliges, komisches Gesicht, daß die Höflichkeit den Hauptmann nicht länger zurückzuhalten vermochte und er sowohl wie Osborne in ein schallendes Gelächter ausbrachen.

Osborne setzte ihm nun erbarmungslos zu. Er hielt Joseph für einen weibischen Kerl. Er hatte sich den zwischen Joseph und Rebekka schwebenden Heiratsplan durch den Kopf gehen lassen und war nicht sonderlich davon erbaut, daß ein Mitglied der Familie, in die er, George Osborne vom ...ten Regiment, einzuheiraten im Begriff stand, eine unstandesgemäße Ehe mit einem Mädchen aus niederem Kreise, so einer kleinen Streberin von Gouvernante, eingehen wollte.

»Sie hätten zugestoßen, Sie armer, alter Knabe?« sagte Osborne. »Sie wären furchtbar? Sie konnten ja nicht einmal mehr auf den Beinen stehen, Mensch! Sie brachten alle Leute im Garten zum Lachen, obwohl Sie selbst weinten. Sie hatten das heulende Elend, Joseph. Erinnern Sie sich nicht mehr, daß Sie ein Lied sangen?«

»Was hätte ich ...«, fragte Joseph.

»Ein sentimentales Lied sangen Sie, und Sie nannten Rosa, Rebekka (wie heißt sie doch, Amelias kleine Freundin?) Ihr

süßes Lia-Lia-Lieb!« Und der unbarmherzige junge Mann
ergriff Dobbins Hand und stellte die ganze Szene dramatisch
dar, zum Entsetzen des ursprünglichen Helden und trotz
Dobbins gutmütigen Bitten, doch Mitleid zu haben.

»Was hätte ich für Grund, mit ihm schonend zu verfahren?«
erwiderte Osborne auf die Vorstellungen seines Freundes,
als sie miteinander fortgingen und den Patienten in der Obhut seines Arztes Doktor Gollop zurückließen. »Zum Kukkuck, was für ein Recht hat er, zu tun, als sei er der Höher-
stehende, und uns in Vauxhall lächerlich zu machen? Und
was ist das für ein kleines Schulmädchen, das ihm verliebte
Augen macht und ihn kapern möchte? Weiß der Teufel, die
Familie ist ohnehin schon plebejisch genug, auch ohne sie.
Eine Gouvernante kann ja an sich eine ganz brave Person
sein; aber als Schwägerin möchte ich doch lieber eine Dame
von gutem Stand haben. Ich bin ein Mann von liberaler Gesinnung; aber ich habe auch meinen Stolz und kenne meine
Stellung in der Gesellschaft; mag sie sich auch ihre eigene
Stellung klar machen. Und diesen dicken, großmäuligen
Nabob will ich ein bißchen ducken und daran hindern, ein
noch größerer Narr zu werden, als er jetzt schon ist. Darum
sagte ich ihm, er möge auf seiner Hut sein, daß sie ihn nicht
wegen gebrochenen Eheversprechens verklage.«

»Du wirst wohl am besten wissen, was du zu tun hast«,
sagte Dobbin, wiewohl in etwas zweifelndem Ton. »Du bist
von jeher ein Tory gewesen, und deine Familie ist eine der
ältesten in England. Aber...«

»Komm mit und statte den jungen Mädchen einen Besuch
ab, dann kannst du selbst dieser Miß Sharp den Hof machen«,
unterbrach hier der Leutnant seinen Freund; aber Hauptmann
Dobbin lehnte es ab, Osborne bei dessen täglichem Besuch
bei den jungen Damen am Russell Square zu begleiten.

Als George, von Holborn kommend, die Southampton Row
herunterging, mußte er lachen, als er im Sedleyschen Hause

96

in zwei verschiedenen Stockwerken zwei Köpfe Auslug halten sah.

Miß Amelia stand auf dem Balkon des Salons und schaute eifrig nach der gegenüberliegenden Seite des Platzes, wo Mr. Osborne wohnte, ob nicht der Leutnant selbst komme; und Miß Sharp spähte von ihrem kleinen Schlafzimmer im zweiten Stockwerk aus, ob nicht Mr. Josephs dicke Gestalt in Sicht kommen wolle.

»Schwester Anna ist auf dem Wachtturm«, sagte er zu Amelia; »aber es wird niemand kommen«, und lachend und sich über den ganzen Spaß riesig freuend, schilderte er Miß Sedley in den komischsten Ausdrücken den trübseligen Zustand ihres Bruders.

»Ich finde es sehr grausam von Ihnen, daß Sie da lachen, George«, sagte sie mit ganz unglücklichem Gesicht; aber George lachte nur noch mehr über ihre trübselige, niedergeschlagene Miene und erklärte den Spaß für höchst amüsant. Und als Miß Sharp die Treppe herabkam, neckte er sie sehr lustig, indem er ihr schilderte, welche Wirkung ihre Reize auf den fetten Zivilisten ausgeübt hätten.

»O Miß Sharp, könnten Sie ihn doch heute morgen sehen«, sagte er, »wie er sich in seinem geblümten Schlafrock stöhnend auf dem Sofa krümmt; hätten Sie ihn doch sehen können, wie er seinem Doktor Gollop die Zunge herausstreckte!«

»Von wem reden Sie denn?« fragte Miß Sharp.

»Von wem ich rede? Von wem? Natürlich von Hauptmann Dobbin, gegen den wir alle, beiläufig gesagt, gestern abend so aufmerksam waren.«

»Wir waren sehr unliebenswürdig gegen ihn«, sagte Emmy tief errötend. »Ich … ich hatte ihn ganz vergessen.«

»Das hatten Sie freilich!« rief Osborne immer noch lachend. »Wissen Sie, Amelia, man kann doch auch nicht immer an Dobbin denken. Oder kann man das, Miß Sharp?«

»Außer wenn er bei Tisch ein Glas Wein umstößt,« sagte

Miß Sharp, indem sie mit hochmütiger Miene den Kopf zurückwarf, »sonst habe ich Hauptmann Dobbins Existenz auch nicht einen Augenblick beachtet.«

»Sehr gut gesagt, Miß Sharp; ich werde es ihm wiedererzählen«, erwiderte Osborne, und während er das sagte, wurde in Miß Sharp ein Gefühl des Mißtrauens und des Hasses gegen den jungen Offizier rege, ohne daß dieser die geringste Ahnung davon gehabt hätte. ›Will sich der über mich lustig machen?‹ dachte sie. ›Hat er vielleicht vor Josephs Ohren über mich gespottet und ihn kopfscheu gemacht? Vielleicht kommt er gar nicht.‹ Ihre Augen umflorten sich, und ihr Herz begann schnell zu schlagen.

»Sie spotten immer«, sagte sie und lächelte dabei so harmlos, wie sie nur konnte. »Spotten Sie nur, Mr. George; ich habe niemand, der mich verteidigen könnte.« Und als sie nach diesen Worten wegging und Amelia ihn vorwurfsvoll anblickte, fühlte George Osborne als Mann ein klein wenig Reue darüber, daß er sich gegen dieses hilflose Wesen ohne Not unfreundlich benommen habe. »Liebe Amelia,« sagte er, »Sie sind zu gut ... zu freundlich. Sie kennen die Welt nicht. Ich kenne sie. Und Ihre kleine Freundin Miß Sharp muß ihre Stellung kennen lernen.«

»Meinen Sie nicht, daß Jos...«

»Auf mein Wort, liebe Amelia, ich weiß es wirklich nicht. Vielleicht tut ers, vielleicht auch nicht. Ich habe ihm nichts zu sagen. Ich weiß nur, daß er ein sehr törichter, eitler Patron ist und mein liebes kleines Mädchen gestern abend in eine sehr unangenehme, peinliche Lage gebracht hat. ›Mein süßes Lia-Lia-Lieb‹!« Er lachte von neuem und machte Joseph in so drolliger Weise nach, daß auch Emmy mitlachen mußte.

Joseph ließ sich diesen ganzen Tag nicht blicken. Aber Amelia ließ sich dadurch nicht beunruhigen; denn die kleine Ränkeschmiedin hatte den Laufburschen, Mr. Sambos Adjutanten, mit dem Auftrag nach Mr. Josephs Wohnung geschickt, ein Buch abzuholen, das ihr Bruder ihr zu leihen versprochen hatte, und sich zu erkundigen, wie es ihm gehe; darauf hatte Josephs Diener, Mr. Brush, sagen lassen, sein Herr liege krank zu Bett und es sei gerade der Arzt bei ihm. ›Er muß morgen kommen‹, dachte sie, hatte aber nicht den Mut, über diesen Gegenstand mit Rebekka ein Wort zu sprechen; und ebensowenig spielte diese junge Dame selbst während des ganzen Tages nach dem Besuche von Vauxhall darauf in irgendeiner Weise an.

Am nächsten Tag jedoch, als die beiden jungen Damen auf dem Sofa saßen und taten, als ob sie Handarbeiten machten oder Briefe schrieben oder Romane läsen, trat Sambo, wie gewöhnlich anmutig grinsend, mit einem Päckchen unter dem Arm und einem Brief auf einem Präsentierteller ins Zimmer. »Ein Brief von Mr. Joseph, Miß«, sagte er.

Amelia zitterte heftig, als sie den Brief öffnete.

Er lautete folgendermaßen:

Liebe Amelia! Ich schicke Dir ›Die Waise aus dem Walde‹. Ich war gestern zu krank, um zu Euch zu kommen. Ich reise heute zur Kur nach Cheltenham. Bitte, entschuldige mich, wenn es Dir möglich ist, bei der liebenswürdigen Miß Sharp wegen meines Benehmens in Vauxhall und bitte sie, jedes Wort zu verzeihen und zu vergessen, das ich in der durch jenes fatale Abendessen hervorgerufenen Erregung etwa gesprochen habe. Sobald ich mich wieder erholt haben werde (denn meine Gesundheit ist schwer erschüttert), will ich für einige Monate nach Schottland gehen. Dein treuer Bruder
Joseph Sedley

Das war das Todesurteil. Nun war alles aus. Amelia wagte nicht, ihrer Freundin in das bleiche Gesicht und die brennenden Augen zu blicken, sondern sie ließ ihr den Brief in den

Schoß fallen, stand auf, ging hinauf in ihr Zimmer und weinte sich dort aus.

Mrs. Blenkinsop, die Haushälterin, suchte sie dort bald auf, um sie zu trösten; an ihre Schulter gelehnt, weinte Amelia vertrauensvoll, wodurch ihr das Herz erheblich leichter wurde. »Lassen Sie es sich man nicht so nahe gehen, Miß«, sagte die Haushälterin. »Ich wollte es Ihnen bloß nicht sagen, aber keiner von uns im Hause hat sie leiden gekonnt; man bloß am Anfang. Ich habe mit meinen eigenen Augen gesehen, wie sie Ihrer Mama ihre Briefe las. Die Pinner sagt, sie macht sich immer an Ihrem Schmuckkästchen und an Ihren Schubladen zu schaffen und auch an den Schubladen aller anderen Leute, und sie glaubt bestimmt, daß sie Ihr weißes Band in ihre Schachtel gesteckt hat.«

»Das habe ich ihr geschenkt, das habe ich ihr geschenkt!« verteidigte Amelia ihre Freundin.

Aber darum änderte Mrs. Blenkinsop ihre Ansicht über Miß Sharp doch nicht. »Ich traue diesen Gouvernanten nicht, meine liebe Pinner«, bemerkte sie dem Kammermädchen gegenüber. »Sie haben sich immer, als wären sie feine Damen, und dabei kriegen sie nicht mehr Lohn wie Sie und ich.«

Allen Bewohnern des Hauses, die arme Amelia allein ausgenommen, war es nun klar, daß Rebekka abreisen mußte, und hoch und niedrig (immer mit dieser einen Ausnahme) waren sich darin einig, daß dies so bald wie möglich geschehen müsse. Amelia, das gute Kind, durchstöberte all ihre Kommoden, Schränke, Pompadours und Kasten mit Kleinkram, musterte all ihre Kleider, Tücher, Berlocken, Kragen, Spitzen, seidenen Strümpfe und Schmucksachen, suchte dies und das und jenes aus und machte daraus ein Häufchen für Rebekka zurecht. Dann ging sie zu ihrem Papa, dem noblen britischen Kaufmann, der ihr versprochen hatte, er wolle ihr so viel Guineen geben, wie sie Jahre alt sei, und bat den alten Herrn, er möchte dieses Geld doch lieber ihrer lieben Re-

bekka geben, die dessen bedürftig sei, während es ihr selbst
an nichts mangle.

Sie brachte sogar George Osborne dazu, etwas beizusteuern,
und ohne Widerstreben (denn er war einer der freigebigsten
jungen Offiziere, die es in der ganzen Armee gab) ging er
nach der Bond Street und kaufte dort den schönsten Hut
und Spenzer, die für Geld zu haben waren.

»Das hier schenkt dir George, liebe Rebekka«, sagte Amelia,
ordentlich stolz auf den Karton, der diese Gaben enthielt.
»Was für einen guten Geschmack er hat! Es kommt ihm
doch kein Mensch gleich!«

»Gewiß!« antwortete Rebekka. »Wie dankbar ich ihm bin!«
Und in ihrem Herzen dachte sie: ›George Osborne ist derjenige gewesen, der meine Heirat verhindert hat.‹ Und dementsprechend liebte sie ihn denn auch.

Sie traf die Vorbereitungen zu ihrer Abreise mit großem
Gleichmut und nahm all die Geschenke, die ihr die gute kleine
Amelia machte, an, nachdem sie genau so lange gezögert
und sich gesträubt hatte, wie es schicklich war. Sie gelobte
Mrs. Sedley natürlich lebenslängliche Dankbarkeit, drängte
sich aber der guten Dame nicht allzusehr auf, da diese verlegen war und offenbar den Wunsch hatte, Rebekka zu
meiden. Sie küßte dem Hausherrn Mr. Sedley die Hand, als
er ihr eine gefüllte Börse schenkte, und bat ihn um die Erlaubnis, ihn auch in Zukunft als ihren gütigen Freund und
Beschützer betrachten zu dürfen. Ihr Benehmen war so rührend, daß er schon nahe daran war, ihr einen Scheck über
weitere zwanzig Pfund auszuschreiben; indessen unterdrückte er diese Gefühlsaufwallung doch noch: der Wagen,
mit dem er zu einem Dinner fahren wollte, wartete; so entfernte er sich denn mit den Worten: »Gott segne Sie, mein
liebes Fräulein! Besuchen Sie uns, sooft Sie in die Stadt kommen!... Nach dem Mansion House, James!«

Zum Schluß kam der Abschied von Miß Amelia; aber über

dieses Bild möchte ich einen Schleier breiten. Nach einer Szene, bei der die eine der beiden beteiligten Personen in vollem Ernst redete und handelte und die andere sich als eine vollendete Schauspielerin zeigte, nach den zärtlichsten Liebkosungen, nach den leidenschaftlichsten Tränenergüssen, nach Anwendung des Riechfläschchens und nach Äußerung edelster Herzensempfindungen trennten sich Rebekka und Amelia, Rebekka mit dem Schwur, ihre Freundin immer und immer und immer zu lieben.

SIEBENTES KAPITEL
Crawley von Queen's Crawley

Zu den geachtetsten der mit C beginnenden Namen, die der Hofkalender für 18.. verzeichnete, gehörte der folgende: ›Crawley, Sir Pitt, Baronet, Great Gaunt Street und Queen's Crawley, Hampshire.‹ Dieser ehrenwerte Name hatte (im Verein mit den Namen anderer würdiger Herren, die abwechselnd den Burgflecken vertraten) lange Jahre hindurch beständig auch im Verzeichnis der Parlamentsmitglieder geprangt.

Über den Burgflecken Queen's Crawley wird erzählt, die Königin Elisabeth habe auf einer ihrer Reisen in Crawley angehalten, um dort zu frühstücken, und sei von dem ganz vorzüglichen Hampshire-Bier, das ihr der damalige Crawley (ein hübscher Herr mit einem netten Bart und stattlichen Waden) kredenzte, so entzückt gewesen, daß sie die Ortschaft sofort zu einem Burgflecken erhoben habe, der zwei Vertreter in das Parlament zu schicken hatte; von dem Tage dieses hohen Besuches an habe der Ort den Namen Queen's Crawley angenommen, den er noch bis auf diesen Tag trägt. Nun war zwar infolge des Zeitenlaufes und der Veränderungen, die die Jahrhunderte bei großen Reichen, Hauptstädten und bei Burgflecken hervorbringen, Queen's Crawley nicht mehr ein so volkreicher Ort wie zu Königin Elisabeths Zeitten, ja es war sogar auf einen Zustand herabgesunken, der vielfach als verkommen bezeichnet wurde; aber Sir Pitt Crawley pflegte durchaus richtig in seiner eleganten Ausdrucksweise zu sagen: »Verkommen! Zum Henker! Der Ort bringt mir gut fünfzehnhundert Pfund jährlich ein.«

Sir Pitt Crawley (so benannt nach dem großen Mitglied des Unterhauses) war ein Sohn Walpole Crawleys, des ersten Baronets; Walpole Crawley bekleidete unter der Regierung Georges II. eine hohe Stellung im Band- und Siegellackamt, wurde aber, wie viele andere ehrenwerte Herren in jener Zeit, wegen Unterschlagung in Anklagezustand versetzt. Walpole Crawley war seinerseits, wie kaum gesagt zu werden braucht, ein Sohn John Churchill Crawleys, der nach dem berühmten Feldherrn der Königin Anna so genannt war. Der in Queen's Crawley hängende Stammbaum erwähnt ferner Charles Stuart, der später Barebones Crawley genannt wurde, den Sohn desjenigen Crawley, der zu Jakobs I. Zeit lebte, und endlich den Crawley aus den Tagen der Königin Elisabeth, der mit seinem gabelförmigen Bart und in seiner eisernen Rüstung unten im Grunde des Gemäldes dargestellt ist. Aus seinem Brustharnisch wächst wie gewöhnlich ein Baum, auf dessen Hauptästen die obigen berühmten Namen verzeichnet sind. Dicht neben dem Namen des Baronets Sir Pitt Crawley, von dem wir jetzt zu reden haben werden, steht der seines Bruders geschrieben, des Reverend Bute Crawley (das große Unterhausmitglied stand in Ungnade, als der hochehrwürdige Herr geboren wurde), Oberpfarrer von Crawley-cum-Snailby, sowie die Namen verschiedener anderer männlicher und weiblicher Mitglieder der Familie Crawley.

Sir Pitt war in erster Ehe verheiratet mit Griselda, der sechsten Tochter des Lords Mungo Binkie und mithin einer Kusine von Mr. Dundas. Sie schenkte ihm zwei Söhne: Pitt, nicht sowohl nach seinem Vater wie vielmehr nach dem erhabenen Minister so genannt, und Rawdon Crawley, so genannt nach dem Freunde des Prinzen von Wales, den Seine Majestät König Georg IV. so vollständig vergaß. Viele Jahre nach dem Tode seiner ersten Frau führte Sir Pitt Rosa, eine Tochter des Mr. G. Dawson von Mudbury, zum Altar, von der er zwei Töchter hatte, für die jetzt Miß Rebekka Sharp als Gouvernante verpflichtet worden war. Man ersieht hieraus, daß die junge Dame in eine Familie mit sehr vornehmen Beziehungen gekommen war und sich nunmehr in einem weit feineren Kreise zu bewegen hatte, als es der bescheidene Kreis gewesen war, den sie soeben am Russell Square verlassen hatte.

Sie hatte die Weisung, zu ihren Zöglingen zu kommen, in ein paar Zeilen erhalten, die auf einen alten Briefumschlag geschrieben waren und folgendermaßen lauteten:

›Sir Pitt Crawley ersucht Miß Sharp, sie mechte mit ihr Gepäk am Dinstag hir sein, da ich morgen in der Friehe nach Queen's Crawley reiße.   Great Gaunt Street‹

Rebekka hatte, soviel sie wußte, noch nie einen Baronet gesehen, und sobald sie von Amelia Abschied genommen und die Guineen gezählt hatte, die der gutherzige Mr. Sedley ihr in eine Börse gesteckt hatte, und sobald sie damit fertig war, sich mit dem Taschentuch die Augen zu trocknen (eine Tätigkeit, mit der sie in dem Augenblick aufhörte, als der Wagen um die Straßenecke gebogen war): da begann sie sich im Geiste ein Bild davon zu machen, was für ein Mensch ein Baronet wohl sei. ›Ich bin neugierig, ob er einen Orden trägt,‹ dachte sie; ›oder tragen nur Lords Orden? Aber jedenfalls wird er sehr hübsch gekleidet sein, einen Galarock mit einer Halskrause anhaben, und das Haar wird ein wenig gepudert sein wie bei Mr. Wroughton im Covent Garden-
104

Theater. Ich denke mir, er wird furchtbar stolz sein, und ich werde sehr geringschätzig behandelt werden. Indes, ich muß mein hartes Los tragen, so gut es geht; wenigstens werde ich dort unter vornehmen Leuten leben und nicht unter gewöhnlichem Krämervolk.‹ Und nun begann sie ihrer Freunde am Russell Square mit derselben philosophischen Bitterkeit zu gedenken, mit der in einer gewissen Fabel der Fuchs von den Trauben spricht.

Nachdem der Wagen über den Gaunt Square hinüber in die Great Gaunt Street gefahren war, hielt er endlich vor einem hohen, düstern Hause, das zwischen zwei andern hohen, düstern Häusern stand, von denen ein jedes das Wappen eines Verstorbenen über dem mittleren Salonfenster aufwies, wie das in der Great Gaunt Street Sitte ist, einer düsteren Gegend, in der der Tod beständig zu herrschen scheint. Die Fensterläden im ersten Stock von Sir Pitts Wohnung waren geschlossen; nur die des Speisezimmers waren teilweise offen und die Fenstervorsätze hübsch mit alten Zeitungen beklebt.

Der Stallknecht John, der den Wagen allein gefahren hatte, mochte sich nicht die Mühe geben, abzusteigen und die Glocke zu ziehen, sondern bat einen vorbeigehenden Milchjungen, dies für ihn zu tun. Als die Glocke ertönte, erschien ein Kopf hinter dem Laden des Speisezimmerfensters, und die Haustür wurde von einem älteren Manne geöffnet, der hellbraune Hosen und Gamaschen, einen schmutzigen alten Rock sowie ein unsauberes, altes Halstuch um den haarigen Hals geschlungen trug und eine glänzende Glatze, ein rotes Gesicht, ein Paar zwinkernde, schlau schielende, graue Augen und einen beständig grinsenden Mund aufwies.

»Ist das hier das Haus von Sir Pitt Crawley?« fragte John von seinem Bock aus.

»Joa«, erwiderte der Mann an der Tür mit einem Kopfnicken.

»Na, dann nehmen Sie mal hier die Sachen herunter!« sagte John.

»Tun Sie das man allein!« antwortete der Hausknecht.

»Sie sehen doch, daß ich von meinen Pferden nicht fort kann. Vorwärts und zugefaßt, lieber Mann; das Fräulein wird Ihnen auch ein Trinkgeld geben«, sagte John mit einem wiehernden Gelächter; denn von respektvollem Benehmen gegen Miß Sharp war bei ihm nicht mehr die Rede, da ihre Beziehungen zur Familie gelöst waren und sie dem Dienstpersonal beim Abschied nichts gegeben hatte.

Auf diese Aufforderung hin nahm der kahlköpfige Mann die Hände aus den Hosentaschen, trat an den Wagen heran, warf Miß Sharps Koffer auf die Schulter und wollte ihn ins Haus tragen.

»Bitte, nehmen Sie auch den Korb und den Schal hier, und machen Sie den Schlag auf!« sagte Miß Sharp und stieg dann sehr entrüstet aus dem Wagen. »Ich werde an Mr. Sedley schreiben und ihm mitteilen, wie Sie sich benommen haben«, sagte sie zu dem Stallknecht.

»Bemühen Sie sich nicht!« erwiderte der Rosselenker. »Hoffentlich haben Sie nichts vergessen? Die Kleider von Miß Amelia, haben Sie die auch? Die hätt eigentlich das Kammermädchen kriegen sollen. Hoffentlich passen sie Ihnen. Machen Sie den Schlag zu, Jim; von der werden Sie wohl nich recht was besehen«, fuhr John fort, indem er mit dem Daumen auf Miß Sharp zeigte. »Eine schlechte Sorte, sag ich Ihnen, eine schlechte Sorte!« Und mit diesen Worten fuhr Mr. Sedleys Stallknecht weg. Er hatte nämlich mit dem erwähnten Kammermädchen eine Liebschaft und war darüber aufgebracht, daß diese um eine ihr vermeintlich zustehende Nebeneinnahme gekommen war.

Als Rebekka auf die Anweisung des gamaschentragenden Mannes das Speisezimmer betrat, fand sie, daß es ganz so unfreundlich aussah wie alle solche Räumlichkeiten, wenn die vornehmen Besitzer aufs Land gezogen sind. Die treuen Zimmer scheinen gewissermaßen über die Abwesenheit ihrer

Herrschaft zu trauern. Der türkische Teppich hat sich zusammengerollt und sich mürrisch unter das Büfett zurückgezogen; die Gemälde haben ihre Gesichter hinter alten Bogen braunen Packpapiers versteckt; die Hängelampe steckt in einem häßlichen Sack von brauner Leinwand; die Fenstervorhänge sind unter allen möglichen Arten von schäbigen Hüllen verborgen; die Marmorbüste Sir Walpole Crawleys blickt aus ihrer dunklen Ecke auf die kahlen Dielen, die eingeölten eisernen Feuergerätschaften und die leeren Kartenschalen auf dem Kaminsims; das Flaschenschränkchen hat sich hinter den Teppich versteckt; die Stühle sind, zum Teil mit den Beinen nach oben, an den Wänden entlang übereinandergepackt, und in der dunklen Ecke, der Büste gegenüber, steht ein altmodischer, verschlossener Messerkasten mürrisch auf einer Anrichte.

Um den Kamin herum jedoch standen zwei Küchenstühle und ein runder Tisch; dort lagen auch ein ausgedienter, alter Feuerhaken und eine Zange, und über einem schwach flackernden Feuer stand ein blecherner Topf. Auf dem Tisch befanden sich etwas Käse und Brot, ein zinnerner Leuchter und ein wenig schwarzer Porter in einem großen Kruge.

»Haben wohl schon zu Mittag gegessen, denk ich mir. Ist es Ihnen hier auch nicht zu warm? Wollen Sie 'nen Schluck Bier?«

»Wo ist Sir Pitt Crawley?« fragte Miß Sharp würdevoll.

»Hihi! Ich bin Sir Pitt Crawley. Vergessen Sie nicht, Sie sind mir noch ein Trinkgeld schuldig für das Hereintragen Ihres Gepäcks. Hihi! Fragen Sie die Tinkern, ob ichs nicht bin. Mrs. Tinker, Miß Sharp, die Gouvernante, die Aufwartefrau. Hoho!«

Die als Mrs. Tinker angeredete Dame erschien in diesem Augenblick mit einer Pfeife und einem Päckchen Tabak, wonach sie kurz vor Miß Sharps Ankunft ausgeschickt worden war. Sie händigte diese Dinge Sir Pitt ein, der am Feuer Platz genommen hatte.

»Wo ist der Heller?« sagte er. »Ich habe Ihnen doch anderthalb Pence gegeben. Wo ist das Geld, das Sie herausgekriegt haben, alte Tinkern?«

»Da ist es!« erwiderte Mrs. Tinker und warf ihm die Münze hin. »Nur ein Baronet kümmert sich um jeden Heller.«

»Ein Heller täglich macht im Jahr sieben Schilling«, antwortete das Parlamentsmitglied; »sieben Schilling im Jahr, das sind die Zinsen von sieben Guineen. Achten Sie mal auf Ihre Heller, alte Tinkern; dann werden Sie ganz von allein auch zu Guineen kommen.«

»Sie können sich darauf verlassen, Miß, es ist Sir Pitt Crawley«, sagte Mrs. Tinker verdrossen. »Man siehts schon daran, daß er so hinter jedem Heller her ist. Sie werden ihn bald noch genauer kennen lernen.«

»Und Sie werden mich darum nicht weniger gern haben, Miß Sharp«, sagte der alte Herr in einem Ton, der beinahe höflich klang. »Erst kommt bei mir die Gerechtigkeit und dann die Freigebigkeit.«

»Er hat in seinem Leben noch nie einen Heller weggegeben«, knurrte die Tinker.

»Nein, und ich werde es auch nie tun; das ist gegen meine Grundsätze. Gehen Sie, und holen Sie noch einen Stuhl aus der Küche, Tinkern, wenn Sie sitzen wollen; und dann wollen wir einen Happen zu Abend essen.«

Darauf fuhr der Baronet mit einer Gabel in den Blechtopf hinein, der auf dem Feuer stand, zog ein Stück Kaldaunen und eine Zwiebel heraus und teilte beides in ziemlich gleiche Stücke, die er mit Mrs. Tinker verspeiste. »Sehen Sie, Miß Sharp,« sagte er erklärend, »wenn ich nicht hier bin, dann kriegt die Tinkern Kostgeld; wenn ich aber in der Stadt bin, ißt sie mit der Familie zusammen. Haha!

Ich freue mich, daß Miß Sharp keinen Hunger hat; Sie nicht auch, Tinkern?« Und beide machten sich an ihr frugales Abendessen.

Nach dem Abendessen rauchte Sir Pitt Crawley seine Pfeife, und als es ganz dunkel geworden war, zündete er das Dreierlicht auf dem zinnernen Leuchter an, zog aus seiner unergründlichen Tasche eine Unmenge von Papieren heraus und begann sie zu lesen und zu ordnen.

»Ich bin hier in Prozeßangelegenheiten, liebe Miß Sharp, und daher kommt es, daß ich morgen das Vergnügen einer so angenehmen Reisegesellschaft haben werde.«

»Die Prozesse reißen bei ihm nicht ab«, bemerkte Mrs. Tinker und griff nach dem Bierkrug.

»Trinken Sie und reichen Sie weiter«, sagte der Baronet. »Ja, mein liebes Kind, die Tinkern hat ganz recht: kein Mensch in ganz England hat so viele Prozesse gewonnen oder verloren wie ich. Sehen Sie hier: Crawley, Baronet, contra Snaffle. Den kriege ich unter, so wahr ich Pitt Crawley heiße. Podder und Genosse contra Crawley, Baronet. Die Kuratoren der Pfarrgemeinde Snaily contra Crawley, Baronet. Sie können nicht beweisen, daß es Gemeindeland ist; ich protestiere entschieden; das Land gehört mir. Die Pfarrgemeinde hat nicht mehr Recht darauf als Sie oder die Tinkern hier. Ich will den Prozeß gegen sie gewinnen, und wenn es mich tausend Guineen kostet. Sehen Sie sich mal die Papiere an, liebes Kind, wenn Sie Lust haben. Haben Sie eine gute Handschrift? Ich werde Sie schon anstellen, wenn wir erst in Queen's Crawley sind; darauf können Sie sich verlassen, Miß Sharp. Seit meine verwitwete Mutter tot ist, fehlt mir jemand dazu.«

»Die war ebenso schlimm wie er«, sagte Mrs. Tinker. »Sie prozessierte mit all ihren Handwerkern und Lieferanten und jagte in vier Jahren achtundvierzig Diener fort.«

»Sie war haushälterisch, sehr haushälterisch«, sagte der Baronet einfach; »aber sie war für mich sehr wertvoll und ersparte mir einen Verwalter.«

In dieser vertraulichen Weise zog sich das Gespräch zur großen Belustigung der neuen Hausgenossin noch ziemlich lange hin. Welcher Art auch immer Sir Pitt Crawleys Eigenschaften sein mochten, gut oder schlecht, er machte aus ihnen ganz und gar kein Hehl. Er redete unaufhörlich von sich selbst und bediente sich dabei bald der rohesten und vulgärsten hampshireschen Ausdrucksweise, bald wieder der Sprache eines gebildeten Mannes. Endlich wünschte er Miß Sharp gute Nacht und schärfte ihr ein, sich am nächsten Tage ja um fünf Uhr morgens reisefertig zu halten. »Sie werden diese Nacht mit der Tinkern zusammen schlafen«, sagte er. »Es ist ein großes Bett und bietet Platz für zwei Personen. Lady Crawley ist darin gestorben. Gute Nacht!« Nach diesen schönen Worten entfernte sich Sir Pitt, und die würdige Mrs. Tinker führte mit einem Nachtlicht in der Hand Rebekka die große, öde Steintreppe hinauf, an der großen, trübseligen Salontür vorüber, deren Klinke mit Papier umwickelt war, zu dem großen, vorn gelegenen Schlafzimmer, in dem Lady Crawley für immer eingeschlummert war. Das Bett und das Zimmer sahen so düster und unheimlich aus, daß man glauben konnte, Lady Crawley sei nicht nur in diesem Raum gestorben, sondern ihr Geist wohne immer noch darin. Aber Rebekka sprang mit der größten Munterkeit im Zimmer umher und hatte, ehe noch die alte Aufwartefrau mit ihrem Nachtgebet fertig geworden war, bereits in die riesigen Kleiderspinde und Wandschränke hineingeblickt, die Schubladen aufzuziehen versucht, die jedoch zugeschlossen waren, und die trübseligen Gemälde und die Toilettengegenstände angesehen. »Ohne ein gutes Gewissen möcht ich in diesem Bett nicht schlafen, Miß«, sagte die alte Frau. »In dem Bett haben wir beide und außerdem noch ein halbes Dutzend Geister Platz«, erwiderte Rebekka. »Erzählen Sie mir alles, was Sie von Lady Crawley und Sir Pitt Crawley und der ganzen übrigen Familie wissen, meine *liebe* Mrs. Tinker.«

Aber die alte Tinker ließ sich von der wißbegierigen kleinen Fragerin nicht ausholen, sondern bedeutete sie, das Bett sei ein Platz zum Schlafen, nicht zum Reden, und ließ aus ihrer Ecke alsbald ein Schnarchen ertönen, wie es nur die Nase des Gerechten hervorbringen kann. Rebekka lag lange, lange wach und dachte an den nächsten Tag und an die neue Welt, in die sie nun eintreten sollte, und an die Aussichten, die sich ihr darin boten. Das Nachtlicht flackerte in seinem Glase. Der Kaminsims warf einen großen, schwarzen Schatten auf die Hälfte einer verschimmelten alten Stickerei, die ohne Zweifel die verstorbene Lady gearbeitet hatte, und auf zwei kleine Familienporträts junger Männer, von denen der eine wie ein Student gekleidet war, während der andere einen roten Soldatenrock anhatte. Beim Einschlafen entschied sich Rebekka für diesen, um von ihm zu träumen.

Um vier Uhr – an einem so rosigen Sommermorgen, daß sogar die Great Gaunt Street ein freundliches Aussehen bekam – weckte die biedere Tinker ihre Bettgenossin und sagte ihr, sie möchte sich zur Abreise fertigmachen; darauf schloß und riegelte sie die große Haustür auf (das Geklirr und Geklapper dieser Prozedur weckte das schlafende Echo in der Straße) und schlug den Weg nach der Oxford Street ein, um von dort eine Droschke vom Halteplatz zu holen. Wir brauchen die Nummer des Fuhrwerks nicht anzugeben, auch nicht ausdrücklich zu bemerken, daß der Kutscher deswegen so frühmorgens in der Nähe der Swallow Street Aufstellung genommen hatte, weil er hoffte, irgendein junger von der Kneipe heimwärts taumelnder Lebemann werde seines Wagens bedürfen und mit der Freigebigkeit eines Betrunkenen dafür bezahlen.

Ebensowenig brauchen wir ausdrücklich zu sagen, daß der

Kutscher, wenn er irgendwelche Hoffnungen dieser Art hegte, sich schmählich enttäuscht fand und daß der würdige Baronet, den er nach der City fuhr, ihm auch nicht einen Penny über die Taxe gab. Umsonst bat und tobte der Rosselenker; umsonst warf er Miß Sharps Schachteln vor dem Wirtshaus, von dem die Postkutsche abfuhr, in den Rinnstein und schwur, er wolle sein Fahrgeld einklagen.

»Das laß lieber bleiben!« sagte einer der Hausknechte. »Es ist Sir Pitt Crawley.«

»So ist es, Joe«, sagte der Baronet in beifälligem Tone; »und ich möchte den sehen, der es fertigbringt, mich zu übervorteilen.«

»Ich auch!« antwortete Joe mit einem mürrischen Lächeln, während er das Gepäck des Baronets auf das Dach der Postkutsche lud.

»Halten Sie mir den Platz auf dem Bock frei!« rief das Parlamentsmitglied dem Kutscher der Landkutsche zu. Dieser griff an seinen Hut und antwortete: »Jawohl, Sir Pitt«, war aber innerlich wütend; denn er hatte den Platz auf dem Bock bereits einem jungen Studenten aus Cambridge versprochen, der ihm sicherlich einen Krontaler dafür gegeben hätte. Miß Sharp erhielt einen Rücksitz im Innern des Wagens, der sie nun sozusagen in die weite Welt hinausfuhr.

Wir brauchen hier nicht umständlich zu berichten, wie der junge Mann aus Cambridge mürrisch mit seinen fünf Überröcken auf einen minder schönen Außensitz kletterte, sich aber mit seinem Schicksal aussöhnte, als die kleine Miß Sharp aus dem Wagen steigen und sich neben ihn setzen mußte, wo er sie in einen seiner Röcke einhüllte und ausgezeichnet guter Laune wurde. Wir brauchen auch nicht zu erzählen, wie der asthmatische Herr und die gezierte Dame, die auf ihr heiliges Ehrenwort versicherte, noch nie vorher in einem öffentlichen Fuhrwerk gefahren zu sein (stets gibt es eine solche Dame in der Postkutsche – oder vielmehr es gab sie; denn ach! wo sind jetzt die Postkutschen?), im Verein mit der dicken Witwe mit der Kognakflasche ihre Plätze einnahmen – oder wie der Hausknecht für das Aufladen alle um ein Trinkgeld bat und von dem Herrn sechs Pence und von der dicken Witwe fünf schmierige halbe Pennies erhielt. Wir haben auch nicht nötig, ausführlich zu schildern, wie der Wagen endlich abfuhr, sich zuerst durch die dunklen Gassen von Aldersgate hindurchwand, dann an der blauen Kuppel der Sankt Pauls-Kirche vorbeirasselte und in schneller Fahrt das Fremdentor am Fleet-Markt hinter sich ließ, das samt der Exeter-Börse jetzt in das Reich der Schatten hinabgesunken ist – wie die Reisenden am ›Weißen Bären‹ in Piccadilly vorbeikamen und den Morgennebel aus den Gemüsegärten von Knightsbridge aufsteigen sahen – und wie dann auch Turnham-Green, Brentford und Bagshot hinter ihnen zurückblieben. – Aber der Verfasser dieser Geschichte, der in früheren Tagen bei ebenso herrlichem Wetter dieselbe interessante Reise gemacht hat, kann daran nur mit schmerzlicher Wehmut zurückdenken. Wo ist jetzt die Landstraße mit ihrem fröhlichen Treiben? Gibt es keine Invalidenhäuser für die alten ehrlichen, rotnasigen Kutscher? Ich möchte wohl wissen, wo die guten Kerle jetzt stecken. Lebt der alte Weller noch, oder ist er gestorben? Ja, und die Kellner und die Wirtshäuser, in denen sie aufwarteten, und der kalte Rinderbraten, den es da gab, und der verwachsene Hausknecht mit seiner blauen Nase und dem klappernden Eimer, wo ist er und seine ganze Generation? Für die großen Genies, die jetzt noch im Kinderkleidchen stecken und später Romane für die Kinder meiner geschätzten Leser schreiben werden, für die werden all diese Menschen und Dinge so gut in das Gebiet der Sage und Geschichte gehören wie Ninive oder Richard Löwenherz oder Jack Sheppard[1]. Für sie werden die Postkutschen etwas Mythisches geworden

1. Ein berühmter Räuber (1702–1724), Held einer Novelle von Harrison Ainsworth.

sein und ein Gespann von vier Braunen ebenso fabelhaft wie
Buzephalus oder Black Beß[1]. O wie ihr Fell glänzte, wenn
ihnen die Stallknechte die Decken abnahmen und sie nun
davoneilten ... und wie sie ihre Schweife bewegten, wenn sie
mit dampfenden Flanken am Ende ihrer Strecke gemächlich
auf den Hof des Wirtshauses trabten! Ach, nie mehr werden
wir das Posthorn um Mitternacht blasen hören oder die
Schlagbäume in die Höhe gehen sehen.

Wohin bringt uns aber die leichte Trafalgar-Kutsche mit
ihren vier Innenplätzen? Wir wollen uns, ohne weitere Abschweifungen, in Queen's Crawley absetzen lassen und
sehen, wie es Miß Rebekka Sharp dort ergeht.

ACHTES KAPITEL
Ein vertraulicher Brief

Miß Rebekka Sharp an Miß Amelia Sedley, Russell Square,
London. (Frei. – Pitt Crawley.)

Meine teuerste, süßeste Amelia!

Mit einem aus Freude und Sorge gemischten Gefühl ergreife
ich die Feder, um an meine teuerste Freundin zu schreiben!
O welch eine Veränderung von gestern auf heute! Jetzt bin
ich ohne Freunde und allein; gestern war ich an einer Stätte,
wo ich mich heimisch fühlte, und bei einer teuren Schwester,
die ich immer, *immer* lieben werde!

Ich will Dir nicht beschreiben, in wie tiefer Traurigkeit ich
die verhängnisvolle Nacht nach der Trennung von Dir verbrachte und wieviel Tränen ich vergossen habe. Du gingst
am Dienstag zu einem Fest, wo Dich Freude und Glückseligkeit erwartete, zusammen mit Deiner Mutter und an
der Seite Deines treuen jungen Kriegers; und ich dachte die

---

1. Das Pferd des berühmten Räubers Dick Turpin; Ainsworth erzählt in seinem
Roman Rookwood, wie Turpin auf diesem Pferde von London nach York ritt.

ganze Nacht an Dich, wie Du auf dem Ball bei Perkins tanztest und gewiß von allen jungen Damen die schönste warst. Ich wurde von dem Stallknecht in dem alten Wagen nach Sir Pitt Crawleys Stadthaus gebracht; nachdem sich der Stallknecht John sehr roh und unverschämt gegen mich benommen hatte (ach! es war für ihn keine Gefahr dabei, ein armes, unglückliches Wesen zu beleidigen!), ging ich dort in die Obhut Sir Pitts über und mußte die Nacht in einem alten unheimlichen Bett, an der Seite einer greulichen, mürrischen alten Aufwartefrau, die das Haus besorgt, zubringen. Ich habe die ganze Nacht kein Auge zugetan.

Sir Pitt ist nicht so, wie wir törichten jungen Mädchen, wenn wir in Chiswick ›Cecilia‹[1] lasen, uns einen Baronet vorstellten. Man kann sich in der Tat nichts denken, was mit Lord Orville weniger Ähnlichkeit hätte als er. Stelle Dir einen alten, kleinen, vierschrötigen, gemein aussehenden und sehr schmutzigen Mann vor, in alten Kleidern und schäbigen alten Gamaschen, der eine schauderhafte Pfeife raucht und sich sein greuliches Abendessen selbst in einem Blechtopf kocht. Er spricht bäurisch und schimpfte sehr auf die alte Aufwärterin und auf den Droschkenkutscher, der uns zu dem Wirtshaus fuhr, von dem die Postkutsche abging, auf der ich den größten Teil der Fahrt draußen sitzen mußte.

Ich wurde bei Tagesanbruch von der Aufwartefrau geweckt und erhielt, als wir bei dem Wirtshaus angekommen waren, zunächst einen Platz im Innern des Wagens. Aber als wir in einem Orte namens Leakington ankamen, wo es sehr stark zu regnen anfing, da mußte ich (kannst Du es glauben?) mich auf einen Außenplatz setzen; denn Sir Pitt ist Miteigentümer der Kutsche, und da dort ein Fahrgast hinzukam, der einen Innenplatz verlangte, wurde ich gezwungen, mich in den Regen hinauszusetzen, wo jedoch ein junger Student

1. Ein Roman von Frances Burney, später Madame d'Arblay.

aus Cambridge die große Freundlichkeit hatte, mich in einen seiner zahlreichen Überröcke einzuhüllen.

Dieser Herr und der Schaffner schienen Sir Pitt sehr genau zu kennen und lachten sehr viel über ihn. Sie nannten ihn einhellig einen alten Filz, was ein Ausdruck für eine sehr geizige, habsüchtige Person ist. ›Er schenkt nie jemandem etwas‹, sagten sie (wie ich eine so niedrige Gesinnung hasse!); und der junge Herr machte mich darauf aufmerksam, daß wir die beiden letzten Strecken der Fahrt sehr langsam fuhren, weil Sir Pitt auf dem Bock saß und die für diesen Teil der Reise benutzten Pferde ihm gehörten. ›Aber bei der Weiterfahrt nach Squashmore werde ich die Zügel nehmen und ihnen gehörig die Peitsche zu kosten geben‹, sagte der junge Cambridger. ›Geben Sie's ihnen man ordentlich, Master Jack!‹ sagte der Schaffner. Als ich den Sinn dieser Bemerkung begriff, daß nämlich Master Jack beabsichtigte, den Rest des Weges selbst zu fahren und sich an Sir Pitts Pferden zu rächen, da mußte ich natürlich ebenfalls lachen.

In Mudbury jedoch, vier Meilen von Queen's Crawley, erwartete uns eine mit vier prächtigen Pferden bespannte, reich mit Wappenschildern geschmückte Kutsche, und wir hielten in dieser pomphaften Weise unseren Einzug in den Park des Baronets. Eine schöne Allee, die wohl eine Meile lang ist, führt nach dem Schloß, und die Pförtnersfrau am Eingangstor (über dessen Pfeilern eine Schlange und eine Taube das Crawleysche Wappen halten) machte uns unzählige Knickse, als sie die alten, reich verzierten eisernen Torflügel öffnete, die einige Ähnlichkeit mit dem verhaßten Chiswick haben.

›Die Allee hier‹, sagte Sir Pitt, ›ist eine Meile lang. Das Holz, das in den Bäumen steckt, ist sechstausend Pfund Sterling wert. Nennen Sie das nichts?‹ Er sagt aber ›Alläh‹ für Allee, und für ›nichts‹ sagt er ›nischt‹, was recht komisch klingt. Er hatte einen gewissen Hodson, seinen Großknecht aus

116

Mudbury, mit in die Kutsche genommen, und nun redeten sie von Auspfänden und Verkaufen, Dränieren und Tiefpflügen und sehr viel von Pächtern und Landwirtschaft ... größtenteils Dinge, die über mein Verständnis hinaus gingen. Sam Miles war beim Wildern abgefaßt worden, und Peter Bailey war endlich ins Armenhaus gekommen. ›Da hat er seinen verdienten Lohn‹, sagte Sir Pitt; ›der und dem seine Vorfahren haben mich auf diesem Gut seit hundertundfünfzig Jahren betrogen.‹ Ich denke mir, es handelte sich um einen alten Pächter, der seine Pacht nicht bezahlen konnte. Sir Pitt hätte ja freilich sagen können: der und seine Vorfahren; aber reiche Baronets brauchen es mit der Grammatik nicht so genau zu nehmen wie wir armen Gouvernanten.

Im Vorbeifahren bemerkte ich einen schönen Kirchturm, der über die alten Ulmen des Parkes hinausragte, und vor ihm, von einem Grasplatze und einigen Nebengebäuden umgeben, ein altes rotes Haus mit hohen Schornsteinen, das ganz mit Efeu bewachsen war und dessen Fenster in der Sonne glitzerten. ›Ist das Ihre Kirche, Sir?‹ fragte ich.

›Ja, hol sie der Kuckuck!‹ antwortete Sir Pitt; nur bediente er sich eines noch viel gottloseren Ausdrucks, liebe Freundin. ›Was macht Buty, Hodson? Buty ist mein Bruder Bute, meine liebe Miß Sharp ... mein Bruder, der Pfarrer. Buty und das wilde Tier, sage ich von ihm; Sie verstehen: La belle et la bête, the Beauty and the Beast. Haha!‹

Hodson lachte ebenfalls; aber dann machte er ein ernsteres Gesicht und sagte, mit dem Kopf nickend: ›Ich fürchte, es geht ihm besser, Sir Pitt. Gestern ritt er auf seinem Pony aus und besah sich unser Getreide.‹

›Er wollte sehen, welchen Zehnten er wohl bekommen werde, hol ihn der Kuckuck‹ (nur gebrauchte er hier wieder dasselbe gottlose Wort). ›Wird er sich denn mit seinem Grog nie unter die Erde bringen? Er ist so zäh wie der olle … na, wie heißt er doch gleich?… wie der olle Methusalem.‹

Mr. Hodson lachte wieder. ›Die jungen Herren‹, sagte er, ›sind von der Universität nach Hause gekommen. Sie haben John Skroggins halbtot geprügelt.‹

›Meinen Wildhüter geprügelt?‹ schrie Sir Pitt.

›Er war auf des Pfarrers Grund und Boden, Sir‹, erwiderte Mr. Hodson. Aber Sir Pitt schwur wütend, wenn er sie jemals beim Wildern auf seinem Grund und Boden beträfe, so werde er sie ins Gefängnis stecken lassen, ja bei Gott, das werde er. ›Ich habe übrigens‹, fuhr er fort, ›das Präsentationsrecht zur Pfarre verkauft, Hodson; keiner von der Brut soll sie kriegen, dafür stehe ich‹; und Mr. Hodson bemerkte, daran habe er ganz recht getan. Nach dem Gehörten zweifle ich daher nicht daran, daß die beiden Brüder sich miteinander entzweit haben … wie das bei Brüdern oft vorkommt, und bei Schwestern auch. Erinnerst Du Dich wohl noch an die beiden Miß Scratchley in Chiswick, wie sie sich fortwährend zankten und schlugen, und an Mary Box, wie sie immer ihrer Schwester Louisa Püffe versetzte?

Bald darauf sahen wir zwei kleine Knaben, die im Park Reisig sammelten, und auf Sir Pitts Befehl sprang Mr. Hodson aus dem Wagen und stürzte mit der Peitsche auf sie los. ›Gib es ihnen gehörig, Hodson!‹ schrie der Baronet. ›Peitsche ihnen ihre kleinen Seelen aus dem Leibe und bringe sie dann nach dem Schloß, die Taugenichtse; ich will sie vor Gericht bringen, so wahr mein Name Pitt ist.‹ Und unmittelbar darauf hörten wir Mr. Hodsons Peitsche auf die Schultern der armen kleinen heulenden Unglückswürmer niederklatschen. Als Sir Pitt sah, daß die Übeltäter festgenommen waren, fuhr er auf das Schloß zu.

Die ganze Dienerschaft stand bereit, um uns zu empfangen, und…

An dieser Stelle meines Briefes, liebe Freundin, wurde ich gestern abend durch ein furchtbares Pochen an meiner Tür unterbrochen; und wer, meinst Du wohl, war es? Sir Pitt Crawley in Nachtmütze und Schlafrock ... eine sehr seltsame Gestalt! Als ich vor diesem späten Besucher erschrocken zurückwich, kam er herein und bemächtigte sich meines Lichts. ›Nach elf Uhr wird kein Licht mehr gebrannt, Miß Becky‹, sagte er. ›Gehen Sie im Dunkeln zu Bett, Sie hübsches kleines Frauenzimmer‹ – so nannte er mich –, ›und wenn Sie nicht wollen, daß ich jeden Abend komme und Ihnen das Licht wegnehme, so denken Sie daran, und gehen Sie um elf zu Bett.‹ Damit gingen er und Mr. Horrocks, der Haushofmeister, lachend davon. Du kannst sicher sein, daß ich ihnen keinen Anlaß geben werde, ihren Besuch zu wiederholen. Sie ließen für die Nacht zwei riesige Bluthunde los, die die ganze letzte Nacht hindurch heulten und den Mond anbellten. ›Ich nenne den Hund Murks‹, sagte Sir Pitt; ›er hat nämlich schon einen Mann abgemurkst und kann einen Bullen bezwingen; und die Mutter pflegte ich Flora zu nennen; aber jetzt nenne ich sie Bella, weil sie zum Beißen zu alt ist. Haha!‹

Vor dem Schloß von Queen's Crawley, einem häßlichen, altmodischen, roten Backsteinbau mit hohen Schornsteinen und Giebeln im Stile der Königin Elisabeth, befindet sich eine Terrasse, die von den Schildhaltern der Familie, einer Taube und einer Schlange, flankiert wird und auf die die große Tür der Vorhalle mündet. Ach, liebste Freundin, diese große Halle ist gewiß ebenso weit und düster wie die große Halle in dem Schloß unseres Romanhelden Udolpho.[1] Sie hat einen gewaltigen Kamin, in den man Miß Pinkertons halbe Schule hineinstecken könnte, und der Rost ist groß genug, um mindestens einen Ochsen darauf zu braten. Rings an den Wänden hängen die Bilder von ich weiß nicht wie

1. In Ann Radcliffes (1764–1823) Roman »The Mysteries of the Udolpho«.

vielen Generationen der Familie Crawley, die Männer teils mit Bärten und Krausen, teils mit riesigen Perücken und auswärts gedrehten Füßen, von den Damen manche in langen, geraden Schnürleibern und in Kleidern, die so steif aussehen wie Türme, andere mit langen Laken und (was sagst Du dazu, liebe Freundin?) fast ganz ohne Schnürleib. An dem einen Ende der Halle befindet sich die große Treppe, ganz aus schwarzem Eichenholz, die so häßlich aussieht, wie man es sich nur denken kann, und zu beiden Seiten sind hohe, mit Hirschköpfen gekrönte Türen, die in das Billardzimmer, in die Bibliothek, den großen gelben Salon und die Wohnzimmer führen. Im ersten Stockwerk müssen wenigstens zwanzig Schlafzimmer sein; in einem von ihnen steht das Bett, in dem die Königin Elisabeth geschlafen hat, und ich bin von meinen neuen Schülerinnen heute morgen durch alle diese Räume geführt worden. Der Umstand, daß die Läden stets geschlossen sind, läßt sie wahrhaftig nicht weniger unheimlich erscheinen, und fast in jedem dieser Zimmer erwartete ich, sobald das Licht hineindrang, einen Geist zu sehen. Wir haben ein Schulzimmer im zweiten Stock, und von ihm führt auf der einen Seite eine Tür in mein Schlafzimmer, auf der andern Seite eine in das der jungen Mädchen. Ferner sind da die Zimmer Mr. Pitts (er wird Mr. Crawley genannt), des ältesten Sohnes, sowie die Zimmer Mr. Rawdon Crawleys, der Offizier ist wie *ein gewisser Jemand* und sich bei seinem Regiment befindet. Ich kann wohl sagen: an Raum mangelt es uns hier nicht. Man könnte die ganze Bewohnerschaft des Russell Squares darin unterbringen, und ich glaube, es würde noch Platz übrig bleiben.

Eine halbe Stunde nach unserer Ankunft läutete die große Tischglocke, und ich ging mit meinen beiden Zöglingen hinunter (es sind sehr schmächtige, unbedeutende, kleine Dinger von zehn und acht Jahren). Ich trug dabei Dein *liebes* Musselinkleid (dessentwegen die abscheuliche Miß Pinner sich so häßlich gegen mich benahm, weil Du es mir schenktest); denn ich soll als Mitglied der Familie behandelt werden, mit Ausnahme von solchen Tagen, an denen Gesellschaft ist; dann müssen die jungen Mädchen und ich oben essen.

Also die große Tischglocke läutete, und wir versammelten uns alle in dem kleinen Salon, in dem sich Lady Crawley aufzuhalten pflegt. Sie ist die zweite Lady Crawley und die Mutter der jungen Mädchen. Sie war die Tochter eines Eisenhändlers, und man war der Ansicht, daß sie mit ihrer Verheiratung eine große Partie machte. Sie sieht aus, als wäre sie einmal hübsch gewesen, und hat stets Tränen in den Augen, als ob sie um den Verlust ihrer Schönheit weinte. Sie ist blaß, mager und hochschultrig und hat hier offenbar gar nichts zu sagen. Ihr Stiefsohn, Mr. Crawley, war gleichfalls im Zimmer. Er war in tadellosem Gesellschaftsanzuge und benahm sich so feierlich wie ein Leichenbitter. Er ist blaß, schmächtig, häßlich, schweigsam, hat dünne Beine, keine Brust, einen heufarbenen Backenbart und strohfarbenes Haar. Er ist das leibhaftige Ebenbild seiner seligen Mutter über dem Kamin, Griselda aus dem edlen Hause Binkie.

›Dies ist die neue Gouvernante, Mr. Crawley‹, sagte Lady Crawley, indem sie mir entgegenging und meine Hand ergriff; ›Miß Sharp.‹

›Oh!‹ machte Mr. Crawley, streckte seinen Kopf einmal nach vorn und las dann in einer Broschüre weiter, mit der er beschäftigt war.

›Ich hoffe, Sie werden gegen meine Mädchen freundlich sein‹, sagte Lady Crawley, deren gerötete Augen wie immer voll Tränen standen.

›Ach, Mama, gewiß wird sie das‹, sagte die Ältere, und ich sah auf den ersten Blick, daß ich vor *dieser* Frau keine Angst zu haben brauchte.

›Es ist angerichtet, Mylady‹, meldete der Haushofmeister in schwarzem Anzug und mit einer gewaltigen weißen Halskrause, die so aussah wie eine von den Krausen aus der Zeit der Königin Elisabeth, die in der Halle gemalt sind. Die Lady nahm Mr. Crawleys Arm und ging mit ihm voran nach dem Speisezimmer, wohin ich, an jeder Hand eine meiner Pflegebefohlenen, folgte.

Sir Pitt war bereits im Zimmer und hatte eine silberne Kanne in der Hand. Er war soeben im Keller gewesen und befand sich gleichfalls in voller Gala, das heißt er hatte seine Gamaschen abgelegt und zeigte seine kurzen, dicken Beine in schwarzen wollenen Strümpfen. Das Büfett war mit glitzerndem alten Tischgerät besetzt: alten goldenen und silbernen Bechern, alten Präsentiertellern und Schüsseln, wie ein Goldschmiedladen. Auch auf der Tafel war alles von Silber, und zwei rothaarige Diener in kanariengelber Livree standen rechts und links vom Anrichtetisch.

Mr. Crawley sprach ein langes Tischgebet, Sir Pitt sagte Amen, und dann wurden die großen silbernen Deckel von den Speisen abgehoben.

›Was haben wir heute zu essen, Betsy?‹ fragte der Baronet.

›Ich glaube, Hammelbrühe, Sir Pitt‹, antwortete Lady Crawley.

›Mouton aux navets‹, fügte der Haushofmeister ernst hinzu (sprich gefälligst: mutongonawäs); ›und als Suppe potage de mouton à l'Écossaise. Die Nebengerichte sind pommes de terre au naturel und chou-fleur à l'eau.‹

›Hammel is Hammel‹, sagte der Baronet, ›und was sehr Gutes. Was fürn Schaf wars, Horrocks, und wann habt ihrs geschlachtet?‹

›Es war eins von den schwarzköpfigen Schotten, Sir Pitt; geschlachtet haben wir es am Donnerstag.‹

›Wer hat etwas davon genommen?‹

›Steel aus Mudbury hat den Rücken und die Hinterkeulen

genommen, Sir Pitt; aber er sagt, der letzte Hammel wäre noch zu jung und verwünscht wollig gewesen, Sir Pitt.‹

›Ist Ihnen etwas potage gefällig, Miß … hm … Miß Blont?‹ sagte Mr. Crawley.

›Famose schottische Brühsuppe, liebe Miß‹, bemerkte Sir Pitt, ›wenn die Leute sie auch mit einem französischen Namen benennen.‹

›Ich glaube, es ist in anständiger Gesellschaft üblich,‹ sagte Mr. Crawley von oben herab, ›dieses Gericht so zu nennen, wie ich es genannt habe.‹ Und so wurde es uns denn von den Dienern in kanariengelben Röcken auf silbernen Suppentellern serviert, mitsamt dem mouton aux navets. Dann wurde ›Ale und Wasser‹ gebracht und uns jungen Damen in Weingläsern gereicht. Ich habe über Ale kein Urteil; aber ich kann mit gutem Gewissen sagen, daß ich Wasser vorziehe.

Während wir unser Mahl genossen, fragte Sir Pitt gelegentlich, was aus den Vorderkeulen des Hammels geworden sei.

›Ich glaube, die sind von der Dienerschaft verzehrt worden‹, antwortete Mylady schüchtern.

›Ganz richtig, Mylady‹, bemerkte Horrocks; ›und etwas anderes bekommen wir auch sonst gar nicht.‹

Sir Pitt brach in ein lautes Gelächter aus und setzte seine Unterhaltung mit Mr. Horrocks fort. ›Das kleine schwarze Ferkel von der kentischen Sau muß doch wohl jetzt schon recht fett sein.‹

›Es ist noch nicht ganz zum Platzen, Sir Pitt‹, antwortete der Haushofmeister mit der ernsthaftesten Miene, worauf Sir Pitt und diesmal auch die jungen Mädchen gewaltig lachten.

›Miß Violet Crawley und Miß Rose Crawley‹, sagte Mr. Crawley, ›euer Lachen befremdet mich, da es ganz und gar nicht am Platze ist.‹

›Nichts übelnehmen, Mylord‹, sagte der Baronet. ›Wir wollen das Schweinchen Sonnabend mal probieren. Schlachten

Sie es Sonnabend früh, John Horrocks. Miß Sharp schwärmt
für Schweinefleisch, nicht wahr, Miß Sharp?‹
Das ist wohl alles, was ich von der Unterhaltung bei Tisch
im Gedächtnis behalten habe. Als die Mahlzeit beendet war,
wurde ein Krug mit heißem Wasser vor Sir Pitt hingestellt,
sowie eine Korbflasche, die, wie ich glaube, Rum enthielt.
Mr. Horrocks reichte mir und meinen Zöglingen drei kleine
Gläser Wein; ein größeres Glas wurde für Mylady einge-
schenkt. Als wir uns zurückgezogen hatten, holte sie aus
ihrem Arbeitskasten eine Strickarbeit von unglaublicher
Länge hervor; die jungen Mädchen begannen mit einem
schmutzigen Spiel Karten Cribbage zu spielen. Es war für
uns nur ein einziges Licht angezündet; aber es stak auf
einem prächtigen alten silbernen Leuchter, und nachdem
Mylady noch einige kurze Fragen an mich gerichtet
hatte, konnte ich wählen, womit ich mich unterhalten
wollte: ob mit einem Predigtbuch oder mit der Broschüre
über die Korngesetze, in der Mr. Crawley vor Tische gelesen hatte.
So saßen wir eine Stunde lang, bis Schritte hörbar wurden.
›Legt die Karten weg, Kinder!‹ rief Mylady in sehr ängst-
lichem Ton. ›Legen Sie Mr. Crawleys Bücher hin, Miß
Sharp!‹ Und kaum hatten wir diesen Befehlen Folge geleistet,
als Mr. Crawley ins Zimmer trat.
›Wir wollen unsere Lektüre von gestern wieder aufnehmen,
meine jungen Damen‹, sagte er; ›jede von euch soll abwechselnd immer eine Seite lesen, so daß Miß … hm … Miß
Short Gelegenheit hat, euch zu hören.‹ Und nun fingen die
armen Mädchen an, eine lange, öde Predigt vorzulesen, die
in Liverpool in der Bethesda-Kapelle im Interesse der Mission bei den Chikkasaw-Indianern gehalten geworden war.
War das nicht ein vergnüglicher Abend?
Um zehn Uhr erhielten die Diener den Auftrag, Sir Pitt und
das Hausgesinde zum Abendgebet zu rufen. Sir Pitt kam zu-
124

erst, sehr erhitzt und etwas unsicher im Gang; nach ihm erschienen der Haushofmeister, die Kanarienvögel, Mr. Crawleys Bedienter, drei andere Männer, die sehr stark nach Stall rochen, und vier weibliche Personen, von denen die eine, wie ich bemerkte, übermäßig geputzt war und mir einen sehr geringschätzigen Blick zuwarf, als sie auf die Knie niederplumpste.

Nachdem Mr. Crawley mit seiner Ansprache und Schrifterklärung fertig war, empfingen wir unsere Lichter und gingen in unsere Schlafstuben. Und dann wurde ich im Schreiben gestört, wie ich das meiner teuren, süßen Amelia schon geschildert habe.

Gute Nacht! Tausend, tausend, tausend Küsse!

Sonnabend. Heute früh um fünf Uhr hörte ich das Gequiek des kleinen schwarzen Schweines. Rose und Violet hatten mich gestern zu ihm geführt, damit ich es kennen lernte, und ebenso in die anderen Viehställe, in den Pferdestall und in den Hundezwinger und zu dem Gärtner, der Obst abnahm, das auf den Markt geschickt werden sollte; sie baten ihn inständig um eine Weintraube aus dem Gewächshaus; aber der Mann erklärte, Sir Pitt habe sie Stück für Stück gezählt, und er würde seine Stelle verlieren, wenn er eine weggäbe. Die lieben Kinder fingen ein Füllen auf der Koppel ein und fragten mich, ob ich reiten wolle, ritten aber dann selbst, bis der Stallknecht kam und sie unter schrecklichem Fluchen wegjagte.

Lady Crawley beschäftigt sich den ganzen Tag mit ihrer Wollstrickerei. Sir Pitt ist jeden Abend betrunken; ich glaube, er sitzt dabei mit dem Haushofmeister Horrocks zusammen. Mr. Crawley liest abends immer Predigten; an den Vormittagen schließt er sich in seinem Arbeitszimmer ein, oder er reitet auch nach Mudbury in Angelegenheiten der Grafschaft oder nach Squashmore, wo er mittwochs und freitags den dortigen Pächtern Predigten hält.

Hunderttausend dankbare Grüße an Deinen lieben Papa und
Deine liebe Mama! Hat sich Dein lieber Bruder von den
Wirkungen des Arrakpunsches erholt? O Gott, o Gott!
Wenn sich die Männer doch vor dem bösen, bösen Punsch
hüten wollten!
Immer und ewig   Deine Rebekka

Wenn man alles recht bedenkt, so ist es, möchte ich glauben,
für unsere liebe Amelia Sedley am Russell Square ganz gut,
daß Miß Sharp und sie jetzt getrennt sind. Rebekka ist ja
gewiß ein drolliges, spaßiges Wesen, und diese Beschreibun-
gen der armen Lady, die über den Verlust ihrer Schönheit
weint, und des Herrn mit dem heufarbenen Backenbart und
dem strohfarbenen Haar sind ja ohne Zweifel sehr witzig
und zeugen von großer Weltkenntnis. Daß sie in der Zeit,
da sie auf den Knien lag, wohl an etwas Besseres hätte
denken können als an die Bänder der Miß Horrocks, ist
wahrscheinlich uns allen beiden zum Bewußtsein gekommen. Aber mein freundlicher Leser wolle sich erinnern, daß
diese Geschichte den Titel ›Jahrmarkt der Eitelkeit‹ führt
und daß dieser Jahrmarkt eine Stätte der Eitelkeit, Gott-
losigkeit und Torheit ist, voll von allerlei Schwindelei,
Falschheit und Anmaßung; und wenn auch der Moralpre-
diger dieses Jahrmarktes weder Talar noch Beffchen trägt,
sondern nur die langohrige Narrenkappe, die die vorschrifts-
mäßige Tracht seines Ordens bildet, so ist doch jeder verpflichtet, die Wahrheit zu sagen, soweit er sie kennt, mag
einer nun eine Schellenkappe oder einen Predigerhut auf-
haben, und daher muß denn im Laufe einer solchen Darstellung auch eine Menge unerfreulicher Dinge zur Sprache
kommen.
Ich habe einmal in Neapel zugehört, wie einer meiner Brüder
von der Dichterzunft einer Bande nichtsnutziger, braver
Faulpelze an der Meeresküste eine Geschichte vortrug und
126

sich dabei gegen einige der Schurken, deren Schandtaten er erfand und schilderte, in eine so leidenschaftliche Wut hineinarbeitete, daß die Zuhörer ganz hingerissen wurden und mit dem Dichter zusammen in eine Flut von Flüchen und Verwünschungen gegen die nur in der Phantasie existierenden Ungeheuer der Geschichte ausbrachen; und als der Hut seine Runde machte, regneten unter einem wahren Beifallssturm die Bajocchi nur so hinein.

Anderseits kann man in den kleinen Pariser Theatern nicht nur hören, wie das Volk ›Ah gredin! Ah monstre!‹ schreit und von den Logen aus der Wüterich des Stückes verwünscht wird, sondern selbst die Schauspieler weigern sich entschieden, die Rollen von Bösewichtern, also zum Beispiel von infames Anglais, brutalen Kosaken und dergleichen zu spielen, und treten lieber bei geringerer Gage in ihrem wahren Charakter als loyale Franzosen auf. Ich stelle die beiden Geschichten einander gegenüber, um glaubhaft zu machen, daß der gegenwärtige Puppenspieler sich keineswegs nur von gewinnsüchtigen Motiven leiten läßt, wenn er seine Schurken auftreten läßt und abstraft, sondern daß er das tut, weil er einen aufrichtigen Haß gegen sie hegt, den er nicht unterdrücken kann und der sich in angemessenen Schelt- und Schmähworten Luft machen muß.

Ich mache daher das ›hochverehrte Publikum‹ im voraus darauf aufmerksam, daß in der Geschichte, die zu erzählen ich im Begriff stehe, aufregende Schändlichkeiten und verwickelte (aber, wie ich hoffe, überaus interessante) Verbrechen vorkommen werden. Meine Schurken sind keine Milch- oder Wassersuppenschurken, das kann ich vorhersagen. Sobald wir zu den betreffenden Stellen gelangen, werden wir es an kräftigen Ausdrücken nicht fehlen lassen, gewiß nicht! Aber solange uns unser Weg durch stilles, friedliches Land führt, müssen wir notwendigerweise uns eines ruhigen Wesens befleißigen. Ein ›Sturm im Wasserglas‹ ist lächerlich. Dergleichen wollen wir uns für den mächtigen Ozean und die einsame Mitternacht aufsparen. Das nächste Kapitel wird sehr zahm sein. Andere ... aber denen wollen wir nicht vorgreifen.

Wenn ich nun meine Puppen auftreten lasse, so möchte ich als Mensch und Bruder um die Erlaubnis bitten, sie nicht nur vorführen, sondern gelegentlich auch selbst vom Podium heruntertreten und über sie sprechen zu dürfen: wenn sie lieb und gut sind, sie wieder zu lieben und ihnen die Hand zu schütteln; wenn sie albern sind, vertraulich und heimlich mit dem Leser über sie zu lachen; wenn sie schlecht und herzlos sind, in den stärksten Ausdrücken, die der gute Ton gestattet, über sie zu schelten.

Sonst könnte jemand vielleicht auf den Gedanken kommen, *ich* wäre derjenige, der sich über das Abhalten von Hausandachten lustig machte, das Miß Sharp so lächerlich findet, oder *ich* wäre derjenige, der für diesen taumelnden alten Silen von Baronet ein gutmütiges Lachen hätte, während doch in Wirklichkeit das Lachen von einer Person kommt, die vor nichts Respekt hat als vor dem Reichtum und für nichts anderes Augen als für den Erfolg. Solche Leute leben und gedeihen in der Welt: Leute ohne Glauben, ohne Hoffnung, ohne Liebe. Diese wollen wir aus allen Kräften bekämpfen, meine lieben Freunde. Es haben auch andere Erfolg, die nur Marktschreier und Narren sind; um denen entgegenzutreten und sie an den Pranger zu stellen, dazu ist uns zweifellos das Lachen und Spotten vom Himmel geschenkt.

Sir Pitt Crawley war ein Philosoph mit einer Neigung für das, was man das Vulgäre nennt. Seine erste Heirat mit einer Tochter des vornehmen Hauses Binkie war unter der Einwirkung seiner Eltern zustande gekommen; und da er der Lady Crawley zu ihren Lebzeiten oft gesagt hatte, sie sei ein so nichtswürdig zänkisches, hochnäsiges Frauenzimmer, daß er im Falle ihres Todes gehängt sein wolle, wenn er noch eine von dieser Sorte nehme, so hielt er nach ihrem Ableben auch sein Versprechen und erwählte zu seiner zweiten Frau Miß Rose Dawson, die Tochter des Eisenhändlers Mr. John Thomas Dawson in Mudbury. Wie beglückt war Rose, daß sie eine Lady Crawley wurde!

Wir wollen nun einmal die einzelnen Posten aufführen, aus denen sich ihr Glück zusammensetzte. Erstens mußte sie sich von Peter Butt lossagen, einem jungen Manne, der ihr Verehrer war und infolge dieser Enttäuschung seiner Liebe sich aufs Schmuggeln, Wildern und viele andere schlimme Dinge verlegte. Dann verfeindete sie sich pflichtschuldigst mit allen ihren Freundinnen und Bekannten aus ihrer Mädchenzeit, mit denen sie natürlich als Lady in Queen's Crawley keinen Verkehr mehr unterhalten konnte; anderseits fand sie in ihrer neuen Stellung und in ihrem neuen Heim niemand, der geneigt gewesen wäre, sie freundlich aufzunehmen. Wie hätte das auch zugehen sollen? Sir Huddleston Fuddleston hatte drei Töchter, von denen eine jede gehofft hatte, Lady Crawley zu werden; ebenso fühlte sich die Familie des Sir Giles Wapshot beleidigt, weil der Witwer bei der Wahl einer zweiten Gattin nicht einem der Wapshotschen jungen Mädchen den Vorzug gegeben hatte; und die übrigen Baronets der Grafschaft waren über die Mesalliance ihres Standesgenossen empört. Von den bürgerlichen Familien wollen wir nicht weiter reden, sondern sie ohne Nennung einzelner Namen murren lassen.

Sir Pitt kümmerte sich, wie er sich ausdrückte, um all diese Menschen auch nicht einen kupfernen Heller. Er hatte seine hübsche Rose, und was braucht ein Mann noch mehr, als daß er hat, was er will, und tun kann, was er will? So pflegte er sich denn alle Abende zu betrinken, manchmal seine hübsche Rose zu schlagen und, wenn er zu den Parlamentssitzungen nach London fuhr, sie ohne einen Freund in der weiten Welt in Hampshire zurückzulassen. Sogar Mrs. Bute Crawley, die Frau des Oberpfarrers, weigerte sich, sie zu besuchen, da sie, wie sie sagte, sich niemals würde dazu verstehen können, der Tochter eines Krämers den Vortritt zu lassen.

Da die einzigen Gaben, mit denen die Natur Lady Crawley beschenkt hatte, in rosigen Wangen und einer weißen Haut bestanden und sie weder Geist noch Talente noch Neigung zu bestimmten Beschäftigungen oder Vergnügungen noch auch jene Energie und Hartnäckigkeit besaß, die sich oft bei ganz törichten Frauen finden, so vermochte sie Sir Pitts Neigung nicht lange zu fesseln. Nach der Geburt zweier Kinder verblaßten die Rosen auf ihren Wangen und verlor ihre Gestalt den Reiz der Frische, und sie wurde im Haushalt ihres Gatten zu einer bloßen Maschine, die nicht mehr Nutzen brachte als das große Klavier der verstorbenen Lady Crawley. Da sie einen hellen Teint hatte, trug sie, wie das die meisten Blondinen gern tun, helle Kleider und erschien mit Vorliebe in solchen von schmutzig-seegrüner oder wäßrig-himmelblauer Farbe. Sie beschäftigte sich mit jener Strickarbeit oder anderen ähnlichen Handarbeiten Tag und Nacht. Im Laufe einiger Jahre hatte sie Decken für alle Betten in Crawley gestrickt. Sie hielt sich einen kleinen Blumengarten, den sie leidlich gern hatte; davon abgesehen aber hatte sie weder Neigungen noch Abneigungen. Behandelte ihr Gatte sie grob, so war sie apathisch; schlug er sie, so weinte sie. Sie hatte nicht genug Charakter, sich dem Trunk zu ergeben, und schlich seufzend mit Pantoffeln und Haarwickeln den ganzen Tag im Hause umher. Ach, gälte nicht in der Welt wie auf einem Jahrmarkt der eitle Schein so viel, so wäre sie ein munteres Mädchen geblieben, und Peter Butt und Rose wären ein glückliches Paar geworden, das auf einem schmukken Landgut mit einer Schar herziger Kinder gelebt und einen redlichen Anteil an den Freuden, Sorgen, Hoffnungen und Kämpfen des Lebens gehabt hätte. Aber Eitelkeiten wie ein stolzer Titel und eine vierspännige Kutsche stehen auf dem Jahrmarkt des Lebens in höherem Ansehen als wahres Glück; und wenn Heinrich VIII. oder Blaubart heute lebten und nach einer zehnten Frau Verlangen trügen, meint der Leser nicht, daß sie das schönste Mädchen bekommen könnten, das in diesem Jahre bei Hofe vorgestellt wird?

Das stumpfe, langweilige Wesen ihrer Mama erweckte, wie man sich leicht denken kann, bei ihren kleinen Töchtern nicht viel Zuneigung zu ihr; aber sie fühlten sich sehr glücklich in der Leutestube und in den Ställen; und da der schottische Gärtner zum Glück eine brave Frau und ein paar gute Kinder hatte, so fanden sie in dessen Wohnung ein bißchen vernünftigen Umgang und etwas Unterweisung, und dies war die einzige Erziehung, die ihnen vor Miß Sharps Ankunft zuteil wurde.

Rebekkas Anstellung war auf Mr. Pitt Crawleys dringende Vorstellungen hin erfolgt, des einzigen Freundes und Beschützers, den Lady Crawley je gehabt hatte, und des einzigen Menschen außer ihren Kindern, für den sie eine wenn auch nur sehr schwache Zuneigung empfand. Mr. Pitt artete den vornehmen Binkies, von denen er abstammte, nach und war ein sehr wohlgesitteter, anständiger Herr. Als er in das Mannesalter trat und vom Christchurch-College

zurückkam, machte er sich daran, die laschen Umgangsformen in seinem Vaterhaus zu verbessern, obwohl dies den
Wünschen seines Vaters, der vor ihm Angst hatte, wider-
sprach. Er hatte im Punkte der Wohlanständigkeit so strenge
Grundsätze, daß er lieber verhungert wäre, als daß er sein
Dinner ohne ein weißes Halstuch eingenommen hätte. Als
ihm einmal (es war in der Zeit bald nach seiner Heimkehr
von der Universität) der Haushofmeister Horrocks einen
Brief brachte, ohne ihn vorher auf einen Präsentierteller gelegt zu haben, warf er ihm einen solchen Blick zu und sagte
ihm so scharfe Worte, daß Horrocks seitdem immer vor ihm
zitterte. Der ganze Haushalt beugte sich seiner Autorität:
Lady Crawley entfernte, wenn er zu Hause war, ihre Haar-
wickel früher als sonst; Sir Pitts schmutzige Gamaschen
verschwanden; und wenn auch dieser unverbesserliche alte
Mann an anderen alten Gewohnheiten noch festhielt; so
betrank er sich doch wenigstens nie in Gegenwart seines
Sohnes mit Grog und redete mit seinen Dienstboten nur in
sehr anständiger, höflicher Weise; auch machten diese die
Beobachtung, daß Sir Pitt nie gegen Lady Crawley Schimpfworte ausstieß, wenn sein Sohn im Zimmer war.
Er war es, der den Haushofmeister gelehrt hatte zu sagen:
›Es ist angerichtet, Mylady‹; auch bestand er darauf, die
Lady zu Tisch zu führen. Er sprach nur selten mit ihr; aber
wenn er dies tat, so geschah es mit der größten Achtung,
und er ließ sie nie das Zimmer verlassen, ohne sich in der
würdevollsten Weise zu erheben, ihr die Tür zu öffnen und
ihr beim Hinausgehen eine elegante Verbeugung zu machen.
Auf der Schule in Eton hatte er den Spitznamen ›Miß Crawley‹ geführt, und dort hatte ihn, wie ich zu meinem Bedauern berichten muß, sein jüngerer Bruder Rawdon oft
tüchtig durchgeprügelt. Obwohl aber seine Anlagen nicht
glänzend waren, glich er seinen Mangel an Talent durch

lobenswerten Fleiß aus, und während einer achtjährigen
Schulzeit ist von ihm nie bekannt geworden, daß er jene
Strafe erlitten hätte, der nach allgemeiner Anschauung nur
ein Cherub entgehen kann.

Auf der Universität war sein Verhalten natürlich höchst
achtenswert. Er bereitete sich hier für die Tätigkeit im
öffentlichen Leben vor, in die er unter der Gönnerschaft
seines Großvaters, Lord Binkie, eintreten sollte, und zwar
dadurch, daß er mit großem Fleiß die alten und neueren
Redner studierte und in den Debattierklubs unausgesetzt
sprach. Aber obwohl er einen schönen Redefluß besaß und
seine dünne Stimme mit großem Pathos und zu seinem
eigenen nicht geringen Vergnügen ertönen ließ, auch nie
eine Meinung oder Ansicht vorbrachte, die nicht vollkommen abgedroschen und altbacken gewesen wäre und die er
nicht mit einem lateinischen Zitat unterstützt hätte, so fand
er doch keine Anerkennung, trotz einer Mittelmäßigkeit,
die jedem andern den Erfolg gesichert hätte. Er erhielt nicht
einmal den Preis für das beste Gedicht, von dem alle seine
Freunde gemeint hatten, daß er ihm sicher sei.

Nachdem er die Universität verlassen hatte, wurde er Privatsekretär bei Lord Binkie und dann Attaché bei der Gesandtschaft in Pumpernickel. Er füllte diesen Posten sehr ehrenvoll aus und überbrachte bei seiner Rückkehr dem damaligen Minister der auswärtigen Angelegenheiten geheime
Botschaften, die in Straßburger Gänseleberpasteten bestanden. Nachdem er zehn Jahre lang Attaché gewesen war (Lord
Binkie war, allgemein betrauert, schon mehrere Jahre vorher
gestorben), fand er, daß die Beförderung doch gar zu langsam sei, gab schließlich die diplomatische Laufbahn einigermaßen verdrossen auf und verwandelte sich in einen Landedelmann.

Nach seiner Rückkehr nach England schrieb er eine Broschüre über das Malz (denn er war ein ehrgeiziger Mann und

sah sich gern vom Publikum beachtet) und wirkte in der Frage der Negeremanzipation eifrig mit. Dann wurde er ein Freund und Anhänger von Mr. Wilberforce, dessen Politik er bewunderte, und führte mit dem Reverend Silas Hornblower jenen berühmten Briefwechsel über die Mission bei den Aschantis. Nicht selten hielt er sich in London auf, wenn nicht der Parlamentssitzungen wegen, so doch jedenfalls immer im Mai wegen der religiösen Versammlungen. Auf dem Lande war er Friedensrichter und zeigte sich sehr eifrig darin, das der religiösen Belehrung ermangelnde Landvolk zu besuchen und ihm Ansprachen zu halten. Es hieß, er bewerbe sich um Lady Jane Sheepshanks, die dritte Tochter Lord Southdowns, deren Schwester Lady Emily die bekannten schönen Traktätchen ›Des Seemanns wahrer Kompaß‹ und ›Die Waschfrau von Finchley Common‹ geschrieben hat.

Miß Sharps Bericht über seine Wirksamkeit in Queen's Crawley enthielt keine entstellenden Übertreibungen. Er hielt die Dienerschaft zu den oben erwähnten Andachtsübungen an und brachte (was noch besser war) auch seinen Vater dahin, sich an ihnen zu beteiligen. Er war Patron der Independenten, die im Kirchspiel Crawley ein Versammlungshaus hatten, zur größten Entrüstung seines Onkels, des Oberpfarrers, und infolgedessen zum größten Entzücken Sir Pitts, der sich überreden ließ, selbst ein- oder zweimal hinzugehen, was dann zu einigen heftigen Predigten in der Pfarrkirche von Crawley Anlaß gab, die direkt gegen den alten gotischen Kirchenstuhl des Baronets gerichtet waren. Der brave Sir Pitt fühlte jedoch die Wucht dieser Reden nicht, da er während der Predigt immer schlief.

Im Interesse der Nation und der gesamten christlichen Welt wirkte Mr. Crawley mit aller Energie darauf hin, daß der alte Herr ihm seinen Sitz im Parlament überlassen möchte; aber dies zu tun, weigerte sich der Alte beharrlich. Beide

waren natürlich zu klug, um die fünfzehnhundert Pfund
jährlicher Einnahme aufzugeben, die der zweite Sitz einbrachte (den in jener Zeit Mr. Quadroon mit unumschränk-
ter Vollmacht in der Sklavenfrage innehatte); denn das
Familiengut war stark mit Schulden belastet, und die Einnahme, die in der angegebenen Weise aus dem Wahlkreis
erzielt wurde, kam der Gutsherrschaft von Queen's Crawley
sehr zustatten.

Das Gut hatte sich nie von der schweren Geldstrafe erholen
können, die dem ersten Baronet, Walpole Crawley, wegen
der von ihm im Band- und Siegellackamt begangenen Unter-
schlagungen auferlegt worden war. Sir Walpole war ein
fideler Bruder gewesen, der eifrig Geld an sich raffte und es
ebenso eifrig ausgab (›Alieni appetens, sui profusus‹, wie
Mr. Crawley seufzend zu bemerken pflegte) und zu seinen
Lebzeiten in der ganzen Grafschaft sehr beliebt war, weil er
in Queen's Crawley eine weitgehende Gastfreiheit übte und
fortwährend gewaltige Trinkgelage veranstaltete. Die Keller
waren damals mit Burgunder gefüllt, die Hundezwinger mit
Hunden und die Pferdeställe mit edlen Jagdrossen; jetzt
gingen die Pferde, die Queen's Crawley besaß, vor dem Pflug,
oder sie zogen die Trafalgar-Kutsche; und mit einem Gespann solcher Pferde, das gerade einen freien Tag hatte, war
Miß Sharp nach dem Schloß gefahren worden; denn wie
verbauert auch Sir Pitt war, so hielt er doch, wenn er zu
Hause war, streng auf seine Würde und fuhr selten anders
als vierspännig aus, und obwohl er nur gekochtes Hammel-
fleisch zu Mittag aß, so hatte er doch immer drei Diener, um
es zu servieren.

Könnte bloße Sparsamkeit einen Menschen reich machen, so
wäre Sir Pitt Crawley sehr reich geworden; wäre er Advokat
in einer Provinzialstadt gewesen, mit keinem andern Kapital
als seinem Gehirn, so hätte er, vielleicht einen hübschen
Vorteil daraus gezogen und sich eine einflußreiche Stellung

und ein beträchtliches Vermögen erworben. Aber unglücklicherweise besaß er einen vornehmen Namen und ein großes, aber verschuldetes Gut, und das eine wie das andre brachte ihm mehr Schaden als Vorteil. Er hatte einen Hang zum Prozessieren, der ihn viele tausend Pfund jährlich kostete; und da er viel zu klug war, um sich, wie er sagte, von einem einzigen Sachwalter ausplündern zu lassen, so ließ er seine Prozesse von einem ganzen Dutzend dieser Herren führen, die es nun herzlich schlecht machten und denen er allen in gleicher Weise mißtraute. Er war ein so scharfer Gutsherr, daß er kaum andere Pächter finden konnte als solche, die schon bankerott waren, und ein so geiziger Landwirt, daß er dem Boden beinahe die Saat mißgönnte, worauf ihm dann zur Vergeltung die Natur die Ernten versagte, die sie freigebigeren Bebauern spendete. Er spekulierte auf alle mögliche Weise: er betrieb Bergbau, kaufte Kanalaktien, lieferte Gespanne für öffentliches Fuhrwerk, schloß mit der Regierung Lieferungsverträge ab und war der geschäftigste Mann und Beamte in der Grafschaft. Da es ihm zu teuer war, an seinem Granitbruch ehrliche Angestellte angemessen zu bezahlen, so hatte er die Genugtuung, es zu erleben, daß vier Aufseher durchgingen und größere Geldsummen nach Amerika mitnahmen. Wegen unterlassener Anbringung der erforderlichen Schutzeinrichtungen liefen ihm seine Kohlenschachte voll Wasser; die Regierung verweigerte die Annahme des von ihm gelieferten verdorbenen Rindfleisches; und was seine Wagenpferde anlangte, so wußte jeder Eigentümer einer Landkutsche im Königreiche, daß Sir Pitt mehr Pferde verlor als sonst jemand im Lande, weil er sie zu billig einkaufte und zu schlecht fütterte. In seinem Umgang war er leutselig und keineswegs stolz; ja er zog sogar die Gesellschaft eines Pächters oder Pferdehändlers der eines Gentlemans, wie es sein Sohn Mr. Crawley war, vor; er liebte es, zu trinken, zu fluchen und mit den Töchtern seiner Pächter

zu schäkern; man hatte nie von ihm gehört, daß er einen
Schilling verschenkt oder eine gute Tat vollbracht hätte;
aber er hatte ein vergnügliches, pfiffiges, lachlustiges Wesen
und brachte es fertig, heute mit einem Pächter Witze zu
reißen und zu trinken und ihn am nächsten Tage auspfänden
zu lassen oder mit einem Wilddieb, den er einstecken ließ,
Späße zu machen. Auf seine Höflichkeit gegen das schöne
Geschlecht hat bereits Miß Rebekka Sharp hingewiesen –
kurz, unter dem gesamten Adel Englands, höherem und
niederem, sowie im ganzen Bürgerstand gab es keinen
schlaueren, gemeineren, eigennützigeren, närrischeren, übler
berufenen Mann als ihn. Sir Pitt Crawleys rote Hand pflegte
in jedermanns Tasche zu greifen, nur nicht in seine eigene,
und mit aufrichtigem Schmerz und Kummer sehen wir als
Bewunderer der englischen Aristokratie uns genötigt, das
Vorhandensein so vieler schlechter Eigenschaften bei einem
Manne zuzugeben, dessen Name im Hofkalender steht.
Ein Hauptgrund, weshalb Mr. Crawley in der Lage war, auf
das Benehmen seines Vaters einen solchen Einfluß auszuüben, hing mit Geldangelegenheiten zusammen. Der Baronet schuldete seinem Sohn eine Geldsumme aus dem Erbteil, das diesem von seiner Mutter zustand, und hatte wenig
Neigung, diese Summe auszuhändigen, wie er denn überhaupt einen beinahe unüberwindlichen Widerwillen dagegen
empfand, jemandem etwas zu bezahlen, und immer nur mit
Gewalt zur Begleichung seiner Schulden gebracht werden
konnte. Miß Sharp rechnete sich aus – denn sie wurde, wie
wir sehr bald hören werden, in die meisten Familiengeheim-
nisse eingeweiht –, daß seine Säumigkeit in der Befriedigung
seiner Gläubiger dem ehrenwerten Baronet jährlich mehrere
hundert Pfund Gerichtskosten verursachte; aber das war
nun einmal ein Vergnügen, das er sich nicht versagen konnte.
Er hatte eine grausame Freude daran, die armen Teufel warten zu lassen und die Befriedigung ihrer Forderungen von

einer Instanz zur andern und von einem Termin zum andern
hinzuzögern. »Was hat man denn davon, daß man Mitglied
des Parlaments ist,« sagte er, »wenn man doch seine Schulden bezahlen muß?« In dieser Beziehung war ihm seine
Stellung als Parlamentsmitglied in der Tat recht nützlich.
Ja, ja, so geht es auf dem Jahrmarkt des Lebens zu! Hier war
ein Mann, der nicht richtig schreiben konnte und zum Lesen
keine Lust hatte – der die Manieren und die Verschmitztheit
eines Bauern besaß – dessen größtes Vergnügen im Leben es
war, andere Leute zu schikanieren – der nur am Schmutzigen
und Gemeinen Geschmack und Freude hatte: und doch
waren ihm Rang und Ehren und eine gewisse Macht zu
eigen, und er war ein Würdenträger des Landes und ein
Stützpfeiler des Staates. Er war Oberrichter der Grafschaft
und fuhr in einer vergoldeten Kutsche. Große Minister und
Staatsmänner bemühten sich um seine Gunst, und er nahm
auf dem Jahrmarkt der Eitelkeit eine höhere Stellung ein
als das glänzendste Genie und die makelloseste Tugend.

Sir Pitt hatte eine unverheiratete Halbschwester, die von
ihrer Mutter ein großes Vermögen geerbt hatte. Der Baronet
hatte an sie das Ansuchen gestellt, ihm dieses Geld auf Hy-
pothek zu leihen; aber sie hatte den Vorschlag abgelehnt
und zog sichere Staatspapiere vor. Sie hatte jedoch die Absicht kundgegeben, ihr Vermögen bei ihrem Tode Sir Pitts
zweitem Sohne und der Familie des Oberpfarrers zu gleichen
Teilen zu hinterlassen, und hatte ein paarmal die Schulden
bezahlt, die Rawdon Crawley auf der Universität und beim
Militär gemacht hatte. Unter diesen Umständen war Miß
Crawley jedesmal, wenn sie nach Queen's Crawley kam, ein
Gegenstand großer Verehrung; denn sie hatte bei ihrem
Bankier ein Guthaben, das ihr überall Liebe erworben haben
würde.
Was einer alten Dame ein solches Guthaben bei einem Ban-
138

kier doch für eine Würde verleiht! Mit welcher freundlichen Nachsicht beurteilen wir ihre Fehler, wenn sie unsere Verwandte ist (und möge jeder Leser ein Dutzend solcher Verwandten haben!); was für ein liebes, gutmütiges, altes Wesen ist sie nach unserer Überzeugung! Mit was für einem verbindlichen Lächeln geleitet der jüngere Geschäftsteilhaber von Hobbs & Dobbs sie zu ihrer Equipage mit dem Wappen am Schlag und dem fetten, kurzatmigen Kutscher auf dem Bock! Und Sie, verehrter Leser, wie schlau Sie jedesmal, wenn sie Ihnen einen Besuch macht, eine Gelegenheit zu finden wissen, um Ihren Freunden ihre Stellung in der Welt bekannt zu machen! Sie sagen (und zwar durchaus aufrichtig): ›Ich wünschte, ich hätte Miß MacWhirthers Unterschrift unter einem Scheck über fünftausend Pfund.‹ ›Sie würde das weiter nicht vermissen‹, fügt Ihre Frau Gemahlin hinzu. ›Sie ist meine Tante‹, sagen Sie so harmlos und obenhin, wenn Ihr Freund Sie fragt, ob Miß MacWhirter mit Ihnen verwandt sei. Ihre Frau Gemahlin schickt ihr fortwährend kleine Geschenke als Zeichen freundlicher Zuneigung, und Ihre kleinen Töchter sticken ihr eine endlose Menge von Körbchen, Kissen und Fußbänken. Was hat sie, wenn sie bei Ihnen zu Besuch ist, in ihrem Zimmer für ein schönes, warmes Feuer, während Ihre Gattin sich im ungeheizten Zimmer ankleiden muß! Das Haus nimmt während ihrer Anwesenheit einen festlichen, frohen, warmen, behaglichen Charakter an, der zu anderen Zeiten nicht bemerkbar ist. Sie selbst, mein werter Herr, vergessen es ganz, nach Tisch ein Schläfchen zu machen, und entdecken auf einmal bei sich (obwohl Sie beständig verlieren) eine starke Leidenschaft für Whist. Was für schöne Mahlzeiten es jetzt bei Ihnen gibt: alle Tage Wildbret, Malmsay-Madeira und fortlaufend Fische vom Londoner Markt. Selbst die Dienstboten in der Küche haben ihren Anteil an der verbesserten Lebensführung; denn solange Miß MacWhirters fetter Kutscher sich dort aufhält, ist das Bier merkwürdigerweise viel kräftiger geworden, und der starke Verbrauch von Tee und Zucker in der Kinderstube (wo ihr Kammermädchen ihre Mahlzeiten einnimmt) wird in keiner Weise gerügt. Ist es so, oder ist es nicht so? Ich wende mich mit meiner Frage an die mittleren Klassen. Ihr himmlischen Mächte! Ich wünschte, ihr sendetet mir eine alte Tante, eine unverheiratete Tante, eine Tante mit einem Wappen auf ihrer Equipage und mit falschem braunem Haar: mit welchem Eifer sollten da meine Kinder ihr Strickbeutel arbeiten, und wie würden meine Julie und ich für ihre Bequemlichkeit sorgen! Welch eine liebliche, liebliche Vision! Welch ein törichter, törichter Traum!

ZEHNTES KAPITEL
Miß Sharp beginnt, sich Freunde zu erwerben

Jetzt also, da Rebekka in die liebenswürdige Familie, deren Porträts wir auf den vorhergehenden Seiten skizziert haben, als Mitglied aufgenommen war, wurde es naturgemäß ihre Pflicht, sich, wie sie selbst sich ausdrückte, nach besten Kräften ihren Wohltätern angenehm zu machen und sich ihr Vertrauen zu erwerben. Wer wird nicht diese Dankbarkeit bei einer schutzlosen Waise bewundern? Und wenn sich wirklich ein gewisses Maß von Egoismus in ihre Berechnungen einschlich, wer kann leugnen, daß ihr kluges Verhalten vollkommen gerechtfertigt war? ›Ich stehe allein in der Welt‹, sagte sich dieses Mädchen, das keinen Freund besaß; ›ich habe nichts zu erwarten, als was mir meine eigene Arbeit einbringt; und während Amelia, jenes kleine rotwangige Ding, das nicht halb soviel Verstand besitzt wie ich, zehntausend Pfund ihr eigen nennt und dazu noch die Ehe in sicherer Aussicht hat, hat die arme Rebekka (und meine Figur ist weit hübscher als die ihrige) nichts, worauf sie bauen kann, als sich selbst und ihre eigenen geistigen

Fähigkeiten. Nun, da wollen wir also einmal sehen, ob mir mein Verstand nicht eine geachtete Stellung verschaffen und ob ich nicht eines Tages dieser Miß Amelia meine Überlegenheit beweisen kann. Nicht etwa, daß ich die arme Amelia nicht leiden könnte: das ist einem so gutherzigen, harmlosen Wesen gegenüber ausgeschlossen; aber es wäre doch ein schöner Tag für mich, wenn ich in der Welt einen höheren Platz als sie einnehmen könnte. Und in der Tat, warum sollte ich das nicht können?‹ Auf diese Weise malte sich unsere kleine phantasievolle Freundin ihre Zukunft aus, und wir dürfen auch nicht daran Anstoß nehmen, daß in allen ihren Luftschlössern der wichtigste Bewohner ein Gatte war. Woran haben denn junge Damen sonst zu denken als an ihre zukünftigen Gatten? Und woran sonst denken ihre lieben Mamas? ›Ich muß meine eigene Mama sein‹, sagte sich Rebekka und hatte, als sie an ihr kleines mißglücktes Abenteuer mit Joseph Sedley dachte, das peinliche-Bewußtsein, eine Niederlage erlitten zu haben.

Daher faßte sie den weisen Entschluß, sich bei der Familie in Queen's Crawley eine behagliche und sichere Stellung zu verschaffen, und nahm sich zu diesem Zweck vor, sich jedermann zum Freund zu machen, der nur irgendwie für die Behaglichkeit ihres Daseins von Belang sein konnte.

Da Lady Crawley nicht zu diesen Persönlichkeiten gehörte und überdies eine so schlaffe, energielose Frau war, daß sie in ihrem eigenen Hause nicht das geringste zu sagen hatte, fand Rebekka bald, daß es ganz unnötig sei, sich um ihr Wohlwollen zu bemühen, ja daß es unmöglich sei, es zu gewinnen. Sie pflegte im Gespräch mit ihren Zöglingen den Ausdruck ›eure arme Mama‹ zu gebrauchen, und obwohl sie es dieser Dame gegenüber an kühlen Achtungsbezeigungen in keiner Weise fehlen ließ, richtete sie doch klugerweise ihre Gunstbewerbungen im wesentlichen nur auf die übrigen Familienmitglieder.

Bei den jungen Mädchen, deren Zuneigung sie sich vollständig gewann, war ihre Methode recht einfach. Sie plagte ihre Köpfchen nicht mit allzuviel Gelehrsamkeit, sondern ließ sie sich ihre Bildung nach eigenem Belieben aneignen; denn welcher Unterricht ist wirksamer als Selbstunterricht? Die ältere las gern, und da die alte Bibliothek in Queen's Crawley eine beträchtliche Menge französischer und englischer Werke enthielt, die der leichten Literatur des vorigen Jahrhunderts angehörten (sie waren von dem Sekretär im Band- und Siegellackamt zu der Zeit gekauft worden, als er sich in Ungnade befand), und außer ihr niemand die Bücherregale in ihrem stillen Dasein störte, so konnte Rebekka auf angenehme Weise und sozusagen spielend der kleinen Miß Rose Crawley eine Menge Belehrung zukommen lassen.
Sie und Miß Rose lasen auf diese Weise zusammen viele köstliche französische und englische Werke, von denen wir die des gelehrten Doktors Smollett, des geistreichen Mr. Henry Fielding, des anmutigen, phantasievollen Monsieur Crébillon des Jüngeren, den unser unsterblicher Dichter Gray so sehr bewunderte, und des Universalgenies Monsieur de Voltaire erwähnen wollen. Als einmal Mr. Crawley sich erkundigte, was die jungen Mädchen läsen, erwiderte die Gouvernante: »Smollett.« »Ah, Smollett«, sagte Mr. Crawley, vollständig zufriedengestellt. »Seine Geschichte ist langweiliger, aber bei weitem nicht so gefährlich wie die von Mr. Hume. Ihr lest doch wohl sein Geschichtswerk?« »Ja«, antwortete Miß Rose, ohne jedoch hinzuzufügen, daß dieses Geschichtswerk die Geschichte von Mr. Humphrey Clinker[1] war. Bei einer anderen Gelegenheit war er etwas ungehalten, als er seine Stiefschwester bei der Lektüre eines französischen Schauspieles fand; aber da die Gouvernante bemerkte, dies geschehe, um die französische Umgangssprache zu lernen, mußte er sich zufrieden geben. Mr. Crawley, als

1. Ein Roman Smolletts.

früherer Diplomat, war außerordentlich stolz auf seine eigene Fertigkeit im Französischsprechen (denn in diesem Punkt war er doch noch weltlich gesinnt) und fühlte sich nicht wenig geschmeichelt durch die Komplimente, die ihm die Gouvernante fortwährend wegen seiner Gewandtheit im Gebrauch dieser Sprache machte.

Miß Violets Geschmack dagegen richtete sich auf derbere und geräuschvollere Freuden als der ihrer Schwester. Sie kannte die versteckten Plätze, wo die Hennen ihre Eier legten. Sie konnte einen Baum erklettern, um die Nester der befiederten Sänger ihres gesprenkelten Inhalts zu berauben. Und ihr Hauptvergnügen war, auf den jungen Fohlen zu reiten und wie eine Amazone über Feld und Heide dahinzujagen. Sie war der Liebling ihres Vaters und der Stallknechte. Sie war der Günstling, zugleich aber auch der Schrecken der Köchin; denn sie entdeckte die versteckten Aufbewahrungsorte des Eingemachten und fiel darüber her, sobald sich dazu eine Möglichkeit bot. Sie und ihre Schwester lieferten einander beständig Schlachten. Entdeckte nun Miß Sharp eine dieser kleinen Sünden, so teilte sie es nicht etwa Lady Crawley mit, die es dem Vater oder, was noch schlimmer gewesen wäre, Mr. Crawley weitererzählt haben würde, sondern sie versprach, nichts davon zu sagen, wenn Miß Violet ein artiges Kind sein und ihre Gouvernante recht lieb haben wolle.

Mr. Crawley gegenüber benahm sich Miß Sharp achtungsvoll und unterwürfig. Sie bat ihn nicht selten um Auskunft über Stellen dieses oder jenes französischen Autors, die sie angeblich nicht verstand, obwohl ihre Mutter Französin gewesen war, und die er ihr dann zu ihrer Befriedigung erklärte; und abgesehen von solcher Beihilfe auf dem Gebiet der profanen Literatur hatte er die Freundlichkeit, Bücher von ernsterer Richtung für sie auszusuchen und sich bei der Unterhaltung vorzugsweise an sie zu wenden. Sie bewunderte über die Maßen die Rede, die er im Hilfsverein für die Quashimaboo-Neger gehalten hatte, interessierte sich lebhaft für seine Broschüre über das Malz, fühlte sich durch seine abendlichen Ansprachen oft bis zu Tränen ergriffen und pflegte dann zu sagen: »Oh, ich danke Ihnen, Sir«, wobei sie einen Seufzer ausstieß und einen Blick zum Himmel richtete, der ihn mitunter veranlaßte, ihr herablassend die Hand zu schütteln. ›Wenn mans recht bedenkt, kommt es doch vor allem auf die Herkunft eines Menschen an‹, sagte sich dieser religionseifrige Aristokrat öfters bei solchem Anlaß. ›Wie sehr wird Miß Sharp von meinen Worten erfaßt, während von der Dienerschaft hier bei keinem ein Eindruck zu spüren ist. Ich bin zu fein für diese Leute, zu zart. Ich muß meine Ausdrucksweise volkstümlicher zu gestalten suchen; aber sie versteht mich. Ihre Mutter war eben eine Montmorency.‹

Von dieser berühmten Familie stammte nämlich, wie man sieht, Miß Sharp mütterlicherseits ab. Natürlich sagte sie nicht, daß ihre Mutter auf der Bühne tätig gewesen sei; das würde bei Mr. Crawley religiöse Bedenken hervorgerufen haben. Wie viele adlige Emigranten hatte diese entsetzliche Revolution nicht ins Elend gestürzt! Als Rebekka einige Monate im Hause gewesen war, erzählte sie mancherlei Geschichten über ihre Ahnen; einige von diesen Geschichten fand Mr. Crawley in D'Hoziers Registre de la noblesse de France wieder, das sich in der Bibliothek befand, und dieser Umstand bestärkte ihn in seinem Glauben an ihre Richtigkeit und an Rebekkas hohe Abstammung. Dürfen wir oder durfte unsere Heldin aus dieser Neugier und dieser Befragung von Nachschlagewerken folgern, daß Mr. Crawley sich für sie interessierte? Nicht doch; es war bloße Freundschaft, nichts weiter. Haben wir nicht schon die Tatsache vermerkt, daß er sich um Lady Jane Sheepshanks bemühte?

Ein paarmal machte er Rebekka Vorhaltungen darüber, daß

sie mit Sir Pitt Puff spielte; dies sei eine gottlose Belustigung, und sie würde weit besser tun, ›Thrumps Erbschaft‹ oder ›Die blinde Waschfrau von Moorfields‹ oder sonst ein Buch ernsteren Inhalts zu lesen; aber Miß Sharp erwiderte ihm, ihre teure Mutter habe eben dieses Spiel oft mit dem alten Grafen von Trictrac und dem ehrwürdigen Abbé du Cornet gespielt, und benutzte dies als Entschuldigung dafür, daß sie sich mit dieser und anderen weltlichen Vergnügungen abgab.

Aber nicht nur durch das Puffspielen wußte sich die kleine Gouvernante bei ihrem Brotherrn beliebt zu machen. Sie fand mancherlei Mittel und Wege, sich ihm nützlich zu erweisen. Sie las mit unermüdlicher Geduld all die Prozeßakten durch, mit denen er, schon ehe sie noch nach Queen's Crawley gekommen war, sie zu unterhalten versprochen hatte. Sie schrieb ihm freiwillig viele seiner Briefe ab und brachte dabei deren Rechtschreibung geschickt mit dem gegenwärtigen Gebrauch in Übereinstimmung. Sie zeigte Interesse für alles, was das Gut, die Pachtungen, den Park, den Garten und die Ställe betraf; und sie war eine so angenehme Gesellschafterin, daß der Baronet nur selten nach dem Frühstück seinen gewöhnlichen Rundgang unternahm, ohne sie (und natürlich auch die Kinder) mitzunehmen, wobei sie dann über die in der Baumschule zu beschneidenden Bäume, über die umzugrabenden Gartenbeete, über die zu mähenden Getreideschläge und über die für den Wagen oder für den Pflug zu bestimmenden Pferde ihren Rat erteilte. Ehe sie noch ein Jahr in Queen's Crawley gewesen war, hatte sie bereits des Baronets volles Vertrauen gewonnen, und während er sich früher bei Tisch immer mit dem Haushofmeister Mr. Horrocks unterhalten hatte, redete er jetzt fast ausschließlich mit Miß Sharp. Wenn Mr. Crawley abwesend war, galt sie beinahe als die Herrin des Hauses; indes benahm sie sich in ihrer neuen, höheren Stellung mit so großer Vorsicht und Bescheidenheit, daß sie die Würdenträger in Küche und Stall nicht verletzte, denen gegenüber ihr Betragen vielmehr immer außerordentlich anspruchslos und liebenswürdig war. Sie war jetzt in ihrem Wesen himmelweit verschieden von dem hochmütigen, schüchternen, unzufriedenen jungen Mädchen, als das wir sie früher kennen gelernt haben, und diese Veränderung ihres Benehmens bewies große Klugheit, das aufrichtige Streben, sich zu bessern, oder auf alle Fälle bedeutenden moralischen Mut. Ob es wirklich das Herz war, das unserer Rebekka die Annahme dieses neuen Systems der Gefälligkeit und Demut eingegeben hatte: darüber kann erst der weitere Verlauf ihrer Geschichte uns Klarheit verschaffen. Daß eine Person von einundzwanzig Jahren ein System der Heuchelei jahrelang in befriedigender Weise durchführen könnte, kommt allerdings nur selten vor; indes werden sich unsere Leser erinnern, daß unsere Heldin, wenn auch jung an Jahren, doch schon alt an Lebenserfahrungen war, und unsere ganze bisherige Schilderung hat ihren Zweck verfehlt, wenn man noch nicht begriffen hat, daß Rebekka ein sehr kluges Frauenzimmer war.

Der ältere und der jüngere Sohn des Hauses Crawley waren, wie der Mann und die Frau am Wetterhäuschen, nie zugleich zu Hause; sie haßten einander von Herzen; und Rawdon Crawley, der Dragoner, hegte überhaupt eine starke Geringschätzung gegen die sämtlichen Bewohner des Gutes und kam nur selten dorthin, außer wenn seine Tante dort ihren jährlichen Besuch machte.

Die wichtigste gute Eigenschaft dieser alten Dame ist bereits erwähnt worden. Sie besaß siebzigtausend Pfund und hatte Rawdon so gut wie adoptiert. Ihren älteren Neffen konnte sie absolut nicht leiden und verachtete ihn als einen Schwächling. In Erwiderung solcher Gesinnung stand dieser nicht an zu sagen, daß ihre Seele unrettbar verloren sei;

auch war er der Meinung, daß seines Bruders Aussichten für das Jenseits nicht die Spur besser seien. »Sie ist ein gottloses, weltlich gesinntes Weib«, pflegte Mr. Crawley zu sagen; »sie geht mit Atheisten und Franzosen um. Meine Seele schaudert, wenn ich an ihre schreckliche, schreckliche Lage denke, und daß sie, so nahe dem Grabe, sich in dieser Weise der Eitelkeit, Ausschweifung, Weltlust und Torheit hingibt.« Tatsächlich lehnte die alte Dame es entschieden ab, den von ihm abgehaltenen abendlichen Andachtsstunden beizuwohnen, und wenn sie nach Queen's Crawley kam, sah er sich genötigt, seine üblichen frommen Übungen auszusetzen.

»Schließ dein Predigtbuch weg, Pitt, wenn Miß Crawley zu Besuch kommt«, sagte sein Vater; »sie hat mir geschrieben, sie könnte das Gepredige nicht aushalten.«

»Aber, Vater, denke doch an die Dienstboten!«

»Hol der Henker die Dienstboten!« entgegnete Sir Pitt; aber sein Sohn war der Ansicht, es könne ihnen sogar noch Schlimmeres begegnen als das Gehängtwerden, wenn ihnen seine heilsame Unterweisung entzogen würde.

»Ach, zum Henker, Pitt!« erwiderte der Vater auf seine Einwendungen. »Du wirst doch nicht ein solcher Narr sein, eine Jahreseinnahme von dreitausend Pfund der Familie entgehen zu lassen?«

»Was will Geld besagen im Vergleich mit unseren Seelen, Vater?« fuhr Crawley fort zu widersprechen.

»Du sagst dir wohl, daß du doch nicht derjenige sein wirst, dem die alte Dame ihr Geld hinterlassen wird?« erwiderte der Alte, und wer weiß, ob das nicht wirklich Mr. Crawleys Gedanke war.

Die alte Miß Crawley gehörte zweifellos zu den Verworfenen. Sie besaß ein behagliches kleines Haus in der Park Lane, und da sie während der Saison in London mehr aß und trank, als ihr gut war, so pflegte sie für den Sommer nach Harrogate oder Cheltenham zu gehen. Sie war die gastfreieste, lebenslustigste alte Vestalin, die man sich nur denken konnte, und war in ihrer Jugend, wie sie sagte, eine Schönheit gewesen. (Wir wissen sehr wohl: alle alten Frauen sind einmal Schönheiten gewesen.) Sie war ein bel esprit und für damalige Zeiten schrecklich radikal. Sie war in Frankreich gewesen (wo sie, wie man erzählte, von einer leidenschaftlichen, aber unerwiderten Liebe zu Saint-Just ergriffen wurde) und liebte seitdem französische Romane, die französische Küche und französische Weine. Sie las Voltaire und konnte Rousseau auswendig, sprach sehr leichtfertig von der Ehescheidung und sehr energisch von den Frauenrechten. Sie hatte in allen Zimmern ihres Hauses Porträts von Mr. Fox hängen; als dieser Staatsmann sich in der Opposition befand, hielt sie es im stillen mit ihm (wenigstens halte ich für sehr möglich, daß sie es tat); und als er dann ans Ruder kam, tat sie sich viel darauf zugute, daß sie Sir Pitt und seinen Kollegen für Queen's Crawley auf seine Seite brachte, obwohl Sir Pitt auch von selbst übergetreten wäre, ohne irgendwelche Bemühung von seiten der braven Dame. Es braucht nicht erst besonders gesagt zu werden, daß nach dem Tode des großen liberalen Staatsmannes Sir Pitt sich bewogen fand, seine Meinungen noch einmal zu ändern.

Diese würdige alte Dame hatte für Rawdon Crawley, als er noch ein Knabe war, eine Vorliebe gefaßt; sie schickte ihn nach Cambridge (aus Widerspruchsgeist, weil sein Bruder in Oxford war), und als der junge Mann nach einem zweijährigen Aufenthalt auf der erstgenannten Universität von deren Vorstehern aufgefordert wurde, diese Bildungsstätte zu verlassen, kaufte sie ihm ein Offizierspatent bei der grünen Leibgarde.

Der junge Offizier war ein vollkommener Dandy und in der ganzen Stadt als solcher bekannt. Boxkämpfe, Rattenjagden, Ballspiele und Vierspännigfahren, das waren damals die

Modebelustigungen unserer englischen Aristokratie, und er
war in allen diesen edlen Künsten ein Meister. Und obwohl
er zu den Haustruppen gehörte, die die Pflicht hatten, sich
um den Prinzregenten zu scharen, und deshalb ihre Tapferkeit noch nicht hatten im auswärtigen Dienst zeigen können,
hatte Rawdon Crawley doch bereits (infolge von Streitigkeiten beim Kartenspiel, das er maßlos liebte) drei blutige
Duelle gehabt, in denen er vollgültige Beweise seiner Todes-
verachtung gegeben hatte.

»Sowie auch seiner Verachtung dessen, was nach dem Tode
folgt«, pflegte Mr. Crawley zu bemerken und dabei seine
graugrünen Augen nach der Zimmerdecke zu richten. Er
dachte beständig an die Seele seines Bruders oder an die
Seelen derer, die anderer Meinung waren als er; es ist das
eine Art von Trost, den sich viele fromme Leute gönnen.

Die törichte, romantisch veranlagte Miß Crawley aber war
über den Mut ihres Günstlings ganz und gar nicht entsetzt,
sondern bezahlte vielmehr jedesmal nach seinen Duellen
seine Schulden und wollte schlechterdings nichts von den
Beschuldigungen wissen, die gegen seine Moralität flüsternd
erhoben wurden. »Er wird sich schon die Hörner ablaufen«,
pflegte sie zu sagen, »und ist viel mehr wert als sein win-
selnder, heuchlerischer Bruder.«

ELFTES KAPITEL
Arkadische Herzensreinheit

Außer den ehrenwerten Bewohnern des Schlosses (deren
schlichtes Wesen und schöne ländliche Herzensreinheit gewiß zeigen, wieviel das Landleben vor dem Stadtleben voraus hat) müssen wir den Leser auch mit ihren Verwandten
und Nachbarn in der Oberpfarre, mit Bute Crawley und
seiner Gattin, bekannt machen.

Der Reverend Bute Crawley – ein hochgewachsener, statt-

licher, heiterer Mann unter seinem breitkrempigen Filzhut –
war in der Grafschaft weit beliebter als sein Bruder, der
Baronet. Auf der Universität war er der erste Ruderer im
Boot des Christchurch-Kollegiums gewesen und hatte die
besten Boxer unter den Nichtstudenten verdroschen. Seine
Vorliebe für das Boxen und für athletische Übungen nahm
er auch in sein Amtsleben mit hinüber: es fand auf zwanzig
Meilen in der Runde kein Boxkampf statt, bei dem er nicht
zugegen gewesen wäre; ebensowenig gab es ein Pferderennen, ein Wettlaufen, eine Regatta, einen Ball, eine Wahl-
versammlung oder ein Visitationsessen oder überhaupt ein
gutes Dinner in der ganzen Grafschaft, dem beizuwohnen er
nicht Mittel und Wege gefunden hätte. Seinen Braunen und
die Laternen seines Gigs konnte man bis zu zwanzig Meilen
von seiner Oberpfarre entfernt antreffen, sooft nur in Fuddleston oder in Roxby oder in Wapshot Hall oder bei einem der
großen Lords der Grafschaft, mit denen er sämtlich gut bekannt war, ein Dinner gegeben wurde. Er hatte eine schöne
Stimme, sang Jagdlieder mit großer Bravour und erntete für
sein ›Hallo!‹, mit dem er den übrigen Chor übertönte, allgemeinen Beifall. Bei Hetzjagden ritt er in einem grau und
weiß melierten Rock. Er war einer der besten Angler in der
Grafschaft.

Mrs. Crawley, die Gattin des Oberpfarrers, war eine gescheite, kleine Person, die diesem würdigen Geistlichen
seine Predigten schrieb. Da sie sehr häuslich gesinnt war und
mit ihren Töchtern meist zu Hause blieb, übte sie innerhalb
der Oberpfarre eine unumschränkte Herrschaft aus, während
sie außerhalb derselben ihrem Gatten klugerweise volle
Freiheit ließ. Er durfte ganz nach seinem Belieben kommen
und gehen und, sooft er Lust hatte, auswärts speisen; denn
Mrs. Crawley war eine sparsame Frau und wußte, wie teuer
Portwein ist. All die Jahre her, seit Mrs. Bute sich den jungen Oberpfarrer von Queen's Crawley erobert hatte (sie war

150

aus guter Familie, eine Tochter des verstorbenen Oberstleutnants Hector MacTavish; und sie und ihre Mutter
hatten in Harrogate auf Bute Jagd gemacht und ihn gefangen), war sie ihm eine kluge, sparsame Gattin gewesen.
Trotz all ihren Mühen stak er jedoch immer in Schulden. Es
dauerte mehr als zehn Jahre, bis die Schulden abbezahlt waren, die er noch zu Lebzeiten seines Vaters auf der Universität gemacht hatte; und als er dann im Jahre 179.. diese Last
gerade losgeworden war, wettete er zweitausend Pfund gegen
zwanzig, daß das Rennpferd Känguruh geschlagen werden
würde; aber leider gewann dieses Pferd den Derbypreis. Der
Oberpfarrer sah sich genötigt, sich das Geld zu einem wuche-
rischen Zinsfuß zu leihen, und hatte seitdem immer mit
Geldschwierigkeiten zu kämpfen gehabt. Seine Schwester
half ihm ab und zu mit hundert Pfund aus; aber seine Haupt-
hoffnung war natürlich ihr Tod; denn er pflegte zu sagen:
»Zum Henker, Mathilde *muß* mir doch die Hälfte ihres Vermögens hinterlassen.«
So hatten der Baronet und sein Bruder jeden denkbaren
Grund, den zwei Brüder nur haben können, um einander in
den Haaren zu liegen. Bei unzähligen rechtlichen Auseinandersetzungen der beiden Familien hatte Sir Pitt seinen
Bruder Bute den kürzeren ziehen lassen. Pitt junior war
nicht nur ein Feind des edlen Weidwerks, sondern richtete
auch seinem Onkel gerade vor der Nase ein religiöses Vereinshaus ein. Von Rawdon war bekannt, daß er darauf rechnete, den größten Teil von Miß Crawleys Vermögen zu
erben. Solche Geldangelegenheiten, diese Spekulationen auf
jemandes Tod, diese stillen Kämpfe um eine zu erwartende
Beute verfehlen auf dem Jahrmarkt der Eitelkeit nicht, in den
Herzen von Brüdern immer eine große Liebe zueinander zu
erwecken. Ich selbst habe es mit angesehen, daß eine Fünfpfundnote ausreichte, um das gute Verhältnis, das ein halbes
Jahrhundert lang zwischen zwei Brüdern bestanden hatte, zu

stören und für immer zu vernichten; und ich werde von Bewunderung erfüllt, wenn ich erwäge, was für ein schönes, dauerhaftes Gefühl die Liebe bei den Kindern dieser Welt ist.

Niemand wird glauben, daß die Ankunft einer Person wie Rebekka in Queen's Crawley und ihr allmähliches Eindringen in die Gunst der sämtlichen Bewohner dieses Ortes von Mrs. Bute Crawley unbemerkt bleiben konnte. Mrs. Bute, die wußte, wie viele Tage der Rinderbraten im Schlosse vorhielt, wieviel Leinenzeug bei der großen Wäsche gewaschen wurde, wie viele Pfirsiche an der Südseite der Mauer hingen, wieviel Medizin Lady Crawley einnahm, wenn sie krank war (denn solche Dinge sind für manche Leute auf dem Lande vom höchsten Interesse), Mrs. Bute, sage ich, konnte sich über die neue Schloßgouvernante unmöglich beruhigen, ohne über ihr Vorleben und ihren Charakter alle Nachforschungen anzustellen, die in ihren Kräften standen. Zwischen den Dienstboten der Oberpfarre und des Schlosses bestand stets das beste Einvernehmen. In der Küche der ersteren war immer ein Glas gutes Bier für die Leute aus dem Schlosse zu haben, deren gewöhnliches Getränk sehr dünn war (die Frau Oberpfarrer wußte sogar genau, wieviel Malz auf jedes Faß Schloßbier kam); zwischen der Dienerschaft des Schlosses und der Oberpfarre bestanden ebensogut verwandtschaftliche Beziehungen wie zwischen den Herrschaften; und durch diese Kanäle war jede der beiden Familien über das, was bei der andern vorging, ganz genau unterrichtet. Ich setze bei dieser Gelegenheit eine allgemeingültige Bemerkung her: wenn du dich mit deinem Bruder gut stehst, so interessierst du dich nicht weiter für das, was er tut; habt ihr euch aber gezankt, so weißt du mit seinem Tun und Treiben so gut Bescheid, als ob du ihm beständig nachspioniertest.

Sehr bald nach ihrer Ankunft begann daher Rebekka regelmäßig in den Bulletins vorzukommen, die der Frau Oberpfarrer aus dem Schlosse zugingen. Das erste Bulletin, in dem sie vorkam, lautete etwa so: ›Das schwarze Schwein ist geschlachtet; es wog soundso viel; die Seiten sind eingepökelt; zum Mittag gab es Schweinspudding und Schweinskeule. Mr. Cramp aus Mudbury ist herübergekommen und verhandelt mit Sir Pitt darüber, daß John Blackmore ins Gefängnis kommen soll. Mr. Pitt hält im Vereinshaus eine Andacht ab‹ (hier waren die Namen aller Anwesenden aufgeführt). ›Mylady wie gewöhnlich. Die jungen Damen sind bei der Gouvernante.‹

Dann kam ein Bericht: Die neue Gouvernante benehme sich sehr geschickt; Sir Pitt sei gegen sie sehr liebenswürdig; Mr. Crawley desgleichen; er lese ihr Traktätchen vor. »Was für ein abscheulicher Racker!« sagte die kleine, eifrige, geschäftige Brünette, Mrs. Bute Crawley.

Schließlich besagten die Berichte, die Gouvernante habe einen jeden ›eingewickelt‹; sie schreibe Sir Pitts Briefe, besorge seine Geschäfte, führe seine Rechnungen und regiere das ganze Haus: Mylady, Mr. Crawley, die Töchter und alle anderen. Worauf Mrs. Crawley sich dahin aussprach, diese Gouvernante müsse eine ganz hinterlistige Person sein und habe gewiß irgendwelche schändlichen Absichten. So bildete denn das, was im Schloß vorging, den wichtigsten Gesprächsstoff in der Oberpfarre, und Mrs. Butes helle Augen kundschafteten alles aus, was sich im feindlichen Lager begab, – alles und noch ein gut Teil mehr.

Mrs. Bute Crawley an Miß Pinkerton, Chiswick Mall.

Oberpfarre, Queen's Crawley, den .. Dezember 181..
Teuerste Miß! Obgleich es schon so viele Jahre her ist, daß ich Ihre entzückenden, unschätzbaren Unterweisungen genießen durfte, habe ich doch allzeit die liebevollste, dankbarste Hochachtung für Miß Pinkerton und eine treue Erinnerung an das *liebe* Chiswick in meiner Seele bewahrt.

Hoffentlich erfreuen Sie sich einer recht guten Gesundheit. Für die Welt und für unser Erziehungswesen ist Miß Pinkerton noch für viele, viele Jahre völlig unentbehrlich. Als meine Freundin, Lady Fuddleston, neulich erwähnte, daß sie für ihre lieben Töchter eine Gouvernante nötig habe (ich selbst bin zu arm, als daß ich für die meinigen eine Gouvernante annehmen könnte; aber habe ich nicht meine Bildung in Chiswick erhalten?), da erwiderte ich: ›Wen könnten wir da besser um Rat fragen als die vortreffliche, unvergleichliche Miß Pinkerton?‹ Mit einem Worte, haben Sie, teuerste Miß, auf Ihrer Liste geeignete Damen, deren Dienste meiner lieben Freundin und Nachbarin zugute kommen könnten? Ich versichere Ihnen, daß sie nur eine von Ihnen empfohlene Gouvernante nehmen wird.

Mein lieber Mann pflegt zu sagen, er habe alles gern, was von Miß Pinkertons Schule komme. Wie sehr wünsche ich, daß ich ihn und meine lieben Töchter der Freundin meiner Jugend, der verehrten Dame, der der große Lexikograph unseres Landes seine Bewunderung zollte, vorstellen könnte! Mein Mann bittet mich, Ihnen zu schreiben: wenn Sie jemals nach Hampshire kommen sollten, so hoffe er, daß Sie unser ländliches Pfarrhaus mit Ihrer Gegenwart beehren werden. Es ist das bescheidene, aber glückliche Heim
Ihrer treu ergebenen   Martha Crawley

PS. Der Bruder meines Mannes, der Baronet, mit dem wir leider nicht in der Eintracht leben, die sich für Brüder geziemt, hat für seine kleinen Töchter eine Gouvernante, die, wie ich höre, das Glück gehabt hat, in Chiswick ausgebildet zu sein. Es sind mir verschiedenartige Mitteilungen über sie zugegangen, und da ich innigsten Anteil an dem Ergehen meiner teuren kleinen Nichten nehme und es trotz dem Familienzwist gern sähe, wenn sie mit meinen eigenen Kindern verkehrten, und da ich den lebhaften Wunsch hege, gegen jeden Ihrer Zöglinge freundlich und aufmerksam zu sein, so bitte ich Sie, meine teuerste Miß Pinkerton, mir die Lebensgeschichte dieser jungen Dame zu erzählen, mit der ich um Ihretwillen außerordentlich gern Freundschaft schließen möchte. M. C.

Miß Pinkerton an Mrs. Bute Crawley.

Johnson House, Chiswick, den .. Dezember 181..
Verehrte gnädige Frau! Ich habe die Ehre, den Empfang Ihrer liebenswürdigen Zuschrift zu bestätigen, die ich unverzüglich beantworte. Es ist mir in meiner überaus schwierigen Stellung eine große Genugtuung, zu sehen, daß meine mütterliche Fürsorge eine entsprechende freundliche Gesinnung hervorgerufen hat, und in der liebenswürdigen Mrs. Bute Crawley meine vorzügliche Schülerin aus früheren Jahren, die muntere, hochbegabte Miß Martha MacTavish wiederzuerkennen. Ich bin so glücklich, jetzt die Töchter vieler Damen unter meiner Obhut zu haben, die einstmals in meinem Institut Ihre Mitschülerinnen waren; welche Freude würde es für mich sein, wenn auch Ihre lieben jungen Töchter meiner erzieherischen Oberaufsicht anvertraut würden.
Indem ich Sie bitte, Ihrer Freundin Lady Fuddlestone meine ergebensten Empfehlungen auszurichten, habe ich die Ehre, ihr brieflich zwei meiner Freundinnen vorzustellen: Miß Tuffin und Miß Hawky.
Jede dieser beiden jungen Damen ist vollständig befähigt, im Lateinischen, Griechischen und den Anfangsgründen des Hebräischen Unterricht zu erteilen, desgleichen in der Mathematik und Geschichte, im Spanischen, Französischen, Italienischen und in der Geographie, ferner in der Musik, sowohl Vokal- wie Instrumentalmusik, im Tanzen (ohne Beihilfe eines Lehrers) und in den Anfangsgründen der Naturwissenschaften. Mit der mathematischen Geographie sind

beide vertraut. Außerdem kann Miß Tuffin, die eine Tochter des verstorbenen Reverend Thomas Tuffin (Mitglied des Corpus-College in Cambridge) ist, im Syrischen und in den Anfangsgründen des Staatsrechts unterrichten. Aber da sie erst achtzehn Jahre alt ist und ein außerordentlich angenehmes Äußeres besitzt, so könnte die Aufnahme dieser jungen Dame in Sir Huddlestone Fuddlestones Familie möglicherweise bedenklich erscheinen.

Miß Letitia Hawky dagegen hat keine äußeren Reize aufzuweisen. Sie ist neunundzwanzig Jahre alt; ihr Gesicht ist von den Pocken stark entstellt; sie hinkt, hat rotes Haar und schielt ein klein wenig. Beide Damen sind auf moralischem und religiösem Gebiet mit allen Tugenden ausgestattet. Ihre Gehaltsansprüche entsprechen natürlich ihren außerordentlichen Fähigkeiten. Mit der Bitte, auch dem Reverend Bute Crawley den Ausdruck meiner dankbaren Hochachtung übermitteln zu wollen, habe ich die Ehre zu sein, verehrte gnädige Frau,

Ihre ergebenste und gehorsamste Dienerin

Barbara Pinkerton

PS. Miß Sharp, von der Sie erwähnen, daß sie jetzt Gouvernante bei dem Baronet und Parlamentsmitglied Sir Pitt Crawley ist, war meine Schülerin, und ich habe nichts Nachteiliges über sie zu vermelden. Ihre äußere Erscheinung ist allerdings nicht angenehm; aber das Walten der Natur unterliegt nicht unserer Einwirkung. Und obgleich ihre Eltern wenig achtbare Leute waren (ihr Vater war ein Maler, der sich mehrmals in völligem Vermögensverfall befand, und ihre Mutter, wie ich inzwischen zu meinem Schrecken gehört habe, eine Ballettänzerin), so besitzt sie doch hervorragende Anlagen, und ich bereue es nicht, sie aus Barmherzigkeit aufgenommen zu haben. Meine Befürchtung ist nur, daß die Lebensanschauungen der Mutter (die man mir als eine durch die Schrecken der Revolution zur Auswanderung gezwungene Gräfin hingestellt hat, die aber, wie ich seitdem erfahren habe, eine Person vom niedrigsten Stand und von sehr leichtfertigen Sitten gewesen ist) später einmal durch Vererbung auch bei dem unglücklichen jungen Mädchen zutage treten, das ich als eine von der Welt Ausgestoßene aufnahm. Indes sind ihre Lebensgrundsätze bis jetzt (wie ich glaube) korrekt gewesen, und ich bin überzeugt, daß in dem feinen, vornehmen Familien- und Umgangskreise des hochachtbaren Sir Pitt Crawley nichts vorkommen wird, wodurch diese Grundsätze Gefahr laufen könnten, verschlechtert zu werden.

Miß Rebekka Sharp an Miß Amelia Sedley:
Seit vielen Wochen habe ich nicht an meine liebe Amelia geschrieben; denn was für Neuigkeiten hätte ich Dir über die Ereignisse in Schloß Langeweile, wie ich es getauft habe, berichten sollen; und was fragst Du danach, ob die Rübenernte gut oder schlecht ausgefallen ist, ob das fette Schweinchen dreizehn oder vierzehn Stein wog und ob das Rindvieh bei Fütterung mit Mangoldwurzel gut gedeiht? Seit ich zum letzten Mal geschrieben habe, ist immer ein Tag genau so gewesen wie der andere. Vor dem Frühstück ein Spaziergang mit Sir Pitt und seinen Gören; nach dem Frühstück Unterricht im Schulzimmer (so so lala); nach dem Unterricht muß ich mit Sir Pitt, dessen Sekretärin ich geworden bin, allerlei lesen und schreiben: über Advokaten, Pachtangelegenheiten, Kohlengruben und Kanäle; nach dem Dinner habe ich Mr. Crawleys Predigten anzuhören oder mit dem Baronet Puff zu spielen; beiden Belustigungen wohnt Mylady mit gleicher Gelassenheit bei. Sie hat neuerdings insofern etwas zur Belebung der Geselligkeit beigetragen, als sie zu kränkeln anfing und infolgedessen ein neuer Besucher im Schloß erschien, ein junger Arzt, der zugleich

eine Apotheke besitzt. Nun, liebe Amelia, junge Mädchen
brauchen nie zu verzweifeln. Der junge Doktor gab einer
gewissen Freundin von Dir zu verstehen, wenn sie sich entschließen könne, Mrs. Glauber zu werden, so werde sie ihm
als eine Zierde seiner Apotheke willkommen sein. Ich erwiderte dem Unverschämten, der vergoldete Mörser mit
Stößel über der Tür der Apotheke genüge als Zierde vollkommen; als ob ich dazu geboren wäre, die Frau eines Land-
arztes zu sein! Mr. Glauber wurde infolge dieser Abweisung
ernstlich unwohl, nahm aber, sobald er wieder nach Hause
gekommen war, ein beruhigendes Getränk ein und ist jetzt
völlig wiederhergestellt. Sir Pitt lobte meinen Entschluß
sehr; er würde es wohl sehr bedauern, seine kleine Sekretärin zu verlieren, denke ich mir; und ich glaube, der alte
Sünder hat mich so gern, wie ihm dies bei seiner Natur nur
möglich ist. Ich sollte heiraten, und noch dazu einen Land-
arzt, nachdem … Nein, nein, man kann alte Beziehungen
nicht so schnell vergessen, von denen ich indessen nicht
weiter reden will. Kehren wir nach Schloß Langeweile zurück!
Seit einiger Zeit ist es nicht mehr Schloß Langeweile, liebste
Freundin. Miß Crawley ist angekommen, mit ihren fetten
Pferden, ihren fetten Dienern und ihrem fetten Wachtelhund … die berühmte, reiche Miß Crawley, die ein Vermögen von siebzigtausend Pfund in fünfprozentigen Staatspapieren besitzt; ihre beiden Brüder verehren sie (am rich-
tigsten bezieht man dies Fürwort auf die Staatspapiere) ganz
außerordentlich. Sie sieht aus, als ob sie leicht einmal der
Schlag rühren könnte, die gute, liebe Seele; kein Wunder
also, daß ihre Brüder um sie ängstlich besorgt sind. Du solltest nur einmal sehen, wie sie miteinander wetteifern, ihr
die Kissen zurechtzurücken oder ihr den Kaffee zu reichen!
›Wenn ich aufs Land gehe,‹ sagte sie zu mir (denn sie besitzt
viel Humor), ›so lasse ich meine Katzbucklerin Miß Briggs

zu Hause. Hier sind meine Brüder meine Katzbuckler, liebes Kind, und ich muß sagen, sie sind ein nettes Paar von dieser Sorte!‹

Wenn sie aufs Land kommt, nimmt das Leben in unserm Schloß einen großartigen Charakter an, und wenigstens einen Monat lang könnte man denken, Sir Walpole sei wieder auferstanden. Wir geben Dinnergesellschaften und fahren in der vierspännigen Kutsche aus; die Diener ziehen ihre neuesten kanariengelben Livreen an; wir trinken Rotwein und Champagner, als ob das unser tägliches Getränk wäre. Wir haben im Schulzimmer Wachskerzen und ein ordentliches Feuer im Kamin, so daß wir nicht frieren. Lady Crawley muß das beste erbsengrüne Kleid anziehen, das sie in ihrer Garderobe hat, und meine Zöglinge legen ihre dicken Schuhe und engen alten schottischen Überröcke ab und tragen seidene Strümpfe und Musselinröcke, wie sich das für elegante Baronetstöchter schickt. Rose kam gestern in einem traurigen Zustand herein: die Wiltshire-Sau, ihr ganz besonderer Liebling, hatte sie umgerannt und auf ihrem allerliebst geblümten lila Seidenkleid herumgetrampelt, so daß es ganz verdorben war. Wäre das eine Woche früher geschehen, so hätte Sir Pitt furchtbar geflucht, die arme Krabbe geohrfeigt und sie für einen ganzen Monat zu Wasser und Brot verdonnert. Jetzt aber sagte er bloß: ›Warte nur, wenn deine Tante erst weg ist, sollst du deinen Lohn bekommen!‹ und ging lachend über den Vorfall hinweg, als sei er ganz unerheblich. Wir wollen hoffen, daß sein Zorn noch vor Miß Crawleys Abreise verraucht ist; das wünsche ich der kleinen Rose von Herzen. In welch bezaubernder Weise wirkt doch das Geld versöhnend und Frieden stiftend!

Eine andere erstaunliche Wirkung, die Miß Crawley und ihre siebzigtausend Pfund hervorbringen, kann man in dem Benehmen der beiden Brüder Crawley zueinander wahrnehmen. Ich meine nicht die Söhne Sir Pitts, sondern den

Baronet und den Oberpfarrer. Diese, die einander das ganze Jahr über hassen, werden zu Weihnachten ganz einträchtig. Ich schrieb Dir im vergangenen Jahr, wie dieser gräßliche Oberpfarrer, der bei allen Pferderennen dabei ist, in der Kirche grobe Predigten gegen uns vom Stapel zu lassen pflegte und wie Sir Pitt mit Schnarchen darauf antwortete. Aber wenn Miß Crawley ankommt, ist von Zank nicht mehr die Rede; das Schloß besucht die Oberpfarre und umgekehrt; der Pfarrer und der Baronet reden miteinander in der freundschaftlichsten Weise über die Schweine und die Wilddiebe und die Grafschaftsangelegenheiten, ohne beim Trinken in Streit zu geraten. Denn Miß Crawley will von den Zänkereien der beiden nichts hören und schwört, wenn sie sie durch ihren Unfrieden ärgerten, werde sie ihr Geld den Crawleys in Shropshire hinterlassen. Wenn diese Crawleys in Shropshire gescheit wären, könnten sie, glaube ich, das ganze Vermögen bekommen; aber der Crawley in Shropshire ist Geistlicher wie sein Vetter in Hampshire und hat Miß Crawley (die in einem Anfall von Wut gegen ihre zanksüchtigen Brüder zu ihm geflohen war) durch seine engherzige Religiosität tödlich beleidigt. Ich glaube, er bestand auf der Abhaltung von Hausandachten.

Bei uns werden die Predigtbücher weggeschlossen, sobald Miß Crawley ankommt, und Mr. Pitt, den sie nicht ausstehen kann, hält es für zweckmäßig, nach London zu fahren. Dagegen erscheint dann der junge Stutzer, Rittmeister Crawley, auf der Bildfläche, und ich denke mir, Du möchtest gern wissen, was der für eine Art von Mensch ist.

Nun also, er ist ein sehr hochgewachsener junger Lebemann. Er ist sechs Fuß groß, spricht sehr laut, flucht sehr viel und hetzt die Diener hin und her; diese schwärmen aber trotzdem für ihn; denn er ist mit seinem Geld sehr freigebig, und die Dienerschaft würde für ihn durchs Feuer gehen. Vergangene Woche waren ein Gerichtsvollzieher und sein Ge

hilfe von London herausgekommen, um den Rittmeister
wegen Schulden festzunehmen; die Wildhüter fanden die
beiden, als sie an der Parkmauer umherschlichen, und brachten sie beinahe ums Leben: sie prügelten sie, tauchten sie
unters Wasser und hätten sie als Wilddiebe erschossen, wenn
nicht der Baronet dazwischengekommen wäre.

Der Rittmeister hegt, soviel ich sehen kann, eine aufrichtige
Geringschätzung gegen seinen Vater und nennt ihn einen
alten Tropf, einen alten Knoten, einen alten Bauerntölpel,
und so hat er noch eine unzählige Menge anderer hübscher
Namen für ihn. Unter den Damen hat er einen schrecklichen
Ruf. Er bringt seine Jagdpferde mit her, verkehrt mit den
kleinen adligen Gutsbesitzern der Grafschaft, ladet zum
Essen ein, wen er will, und Sir Pitt wagt nicht, sein Veto
einzulegen, aus Furcht, Miß Crawley dadurch aufzubringen
und seinen Teil der Erbschaft zu verlieren, wenn sie dereinst
am Schlagfluß stirbt. Soll ich Dir einmal mitteilen, was mir
der Rittmeister neulich für ein Kompliment gemacht hat?
Ich muß es tun, es ist gar zu hübsch. Eines Abends fand bei
uns tatsächlich ein Tanzvergnügen statt; es waren Sir
Huddleston Fuddleston nebst Familie, Sir Giles Wapshot
mit seinen jungen Damen und ich weiß nicht wer sonst noch
alles anwesend. Nun also, da hörte ich ihn sagen: ›Hol mich
dieser und jener, sie ist ein nettes junges Füllen!‹, womit er
meine Wenigkeit meinte; und er erwies mir die Ehre, zwei
Kontertänze mit mir zu tanzen. Er fühlt sich sehr wohl im
Verkehr mit den jungen adligen Gutsbesitzern, mit denen
er trinkt, wettet, reitet und über Jagen und Schießen spricht;
aber von den Landfräulein sagt er, sie seien greulich langweilig, und ich glaube in der Tat, daß er damit nicht ganz
unrecht hat. Du solltest nur die Verachtung sehen, mit der
sie auf mich armes Ding herabblicken! Wenn sie tanzen,
sitze ich ganz bescheiden am Klavier und spiele; aber als er
neulich abends, stark erhitzt vom Trinken, aus dem Speise-

zimmer zu uns kam und mich auf diese Weise beschäftigt
sah, erklärte er mit seiner lauten Stimme, ich sei die beste
Tänzerin im Zimmer, und versicherte mit einem kräftigen
Eid, er werde das nächste Mal die Musikanten aus Mudbury
kommen lassen.

›Nun, dann will ich mich ans Klavier setzen und einen
Kontertanz spielen‹, sagte Mrs. Bute Crawley sehr bereitwillig (sie ist eine kleine, brünette, alte Frau, mit einem
Turban auf dem Kopf, etwas verwachsen, und mit stark
glitzernden Augen); und nachdem der Rittmeister und
Deine arme kleine Rebekka einen Tanz zusammen getanzt
hatten, erwies sie mir (denke Dir nur!) die Ehre, mir ein
Kompliment über mein schönes Tanzen zu machen! So etwas war bisher unerhört; die stolze Mrs. Bute Crawley, die
rechte Kusine des Grafen von Tiptoff, die sich nur dann dazu
herabläßt, Lady Crawley zu besuchen, wenn ihre Schwägerin
auf dem Land ist. Die arme Lady Crawley! Bei diesen Lustbarkeiten ist sie die meiste Zeit oben in ihrem Zimmer und
nimmt Pillen ein.

Mrs. Bute hat ganz plötzlich eine große Zuneigung zu mir
gefaßt. ›Meine liebe Miß Sharp,‹ sagte sie kürzlich, ›warum
bringen Sie nicht Ihre Mädchen einmal nach der Oberpfarre
hinüber? Meine Töchter werden sich außerordentlich freuen,
ihre Kusinen zu sehen.‹ Ich weiß, was sie für eine Absicht
hat. Ich habe bei Signor Clementi nicht übel Klavier spielen
gelernt; da hofft nun Mrs. Bute an mir eine Lehrerin für
ihre Kinder zu erwerben, die sie nichts kostet. Ich durchschaue ihre Pläne, wie wenn sie sie mir auseinandergesetzt
hätte; aber ich will hingehen, da ich mir vorgenommen habe,
mich überall angenehm zu machen; ist das nicht die Pflicht
einer armen Gouvernante, die keinen Freund und Beschützer auf der Welt hat? Die Frau Oberpfarrer sagte mir
eine Menge Liebenswürdigkeiten über die Fortschritte, die
meine Schülerinnen gemacht hätten, und gedachte offenbar

damit mein Herz zu rühren. Die arme, einfältige Land-
pomeranze! Als ob ich mir nur soviel aus meinen Zöglingen
machte!
Man sagt mir, daß Dein indisches Musselinkleid und Dein
rotseidenes mir sehr gut stehen. Sie sind jetzt schon ziemlich abgetragen; aber Du weißt ja: wir armen Mädchen
können uns nicht fortwährend des fraîches toilettes gönnen.
Du Glückliche! Du brauchst bloß nach der St. James Street
zu fahren, und Deine liebe Mutter kauft Dir alles, was Du
haben möchtest! Lebe wohl, teuerste Amelia!
Deine Dich liebende   Rebekka

PS. Ich wollte, Du hättest die Gesichter der Misses Blackbrook sehen können, der Töchter des Admirals Blackbrook,
liebste Freundin, als Rittmeister Rawdon mich armes Ding
zu seiner Tänzerin erwählte! Und sie sind doch so schöne
junge Damen mit Toiletten aus London!
Adieu, adieu!

Nachdem Mrs. Bute Crawley (deren schlaue Pläne unsere
scharfsinnige Rebekka so schnell durchschaut hatte) von
Miß Sharp das Versprechen erlangt hatte, daß sie sie besuchen würde, richtete sie an die allmächtige Miß Crawley
die Bitte, von Sir Pitt die erforderliche Erlaubnis auszu-
wirken; und die gutherzige alte Dame, die selbst gern fröhlich war und gern jedermann in ihrer Umgebung heiter und
glücklich sah, war über dieses Ansuchen ganz entzückt und
sofort bereit, zwischen ihren Brüdern eine Aussöhnung und
einen freundschaftlichen Verkehr anzubahnen. Es wurde somit die Verabredung getroffen, daß in Zukunft die jüngeren
Mitglieder beider Familien einander häufig besuchen sollten;
und diese Freundschaft dauerte natürlich so lange, wie die
lustige alte Vermittlerin da war und den Frieden aufrecht
erhielt.

»Warum hast du denn den Halunken Rawdon Crawley zum
Essen eingeladen?« fragte der Oberpfarrer seine Frau, als sie
durch den Park nach Hause gingen. »Ich für meine Person
mag mit dem Menschen nichts zu tun haben. Er sieht auf
uns Landleute herab, als ob wir Neger wären. Er gibt sich
nie zufrieden, ehe er nicht meinen gelbgesiegelten Wein vorgesetzt bekommt, von dem mich die Flasche zehn Schilling
kostet; hol den Kerl der Henker! Außerdem ist er ein ganz
ruchloser Bursche: ein Spieler, ein Trunkenbold, in jeder
Hinsicht ein Liedrian. Er hat einen Menschen im Duell getötet, steckt bis über die Ohren in Schulden und hat mir
und meiner Familie den größten Teil von Miß Crawleys
Vermögen gestohlen. Mary sagt, sie habe ihm« (hier schüttelte der Oberpfarrer die Faust nach dem Monde hin mit
ein paar gemurmelten Worten, die fast wie ein Fluch klangen, und fuhr dann melancholisch fort) »in ihrem Testament
fünfzigtausend Pfund vermacht, so daß unter die übrigen
Verwandten nicht mehr als dreißigtausend zur Verteilung
kommen.«

»Ich denke, sie kratzt bald ab«, sagte die Frau Oberpfarrer.

»Sie war sehr rot im Gesicht, als wir vom Tisch aufstanden.
Ich mußte ihr das Korsett aufschnüren.«

»Sie hat sieben Gläser Champagner getrunken,« bemerkte
der geistliche Herr leise, »und noch dazu diesen miserablen
Champagner, mit dem mein Bruder uns vergiftet; aber ihr
Frauen versteht davon freilich nichts.«

»Nein, davon verstehen wir nichts«, stimmte ihm Mrs. Bute
Crawley bei.

»Sie hat nach Tisch Kirschbranntwein getrunken,« fuhr
Seine Hochehrwürden fort, »und zum Kaffee hat sie Curaçao
genommen. Ich möchte von dem Zeug nichts trinken, und
wenn mir einer eine Fünfpfundnote dafür gäbe; ich bekomme davon ein Sodbrennen, daß ich denke, ich komme

um. Das kann sie nicht lange aushalten, liebe Frau; sie muß draufgehen; das kann kein menschlicher Körper vertragen! Ich wette fünf gegen zwei, daß Mathilde in einem Jahr hinüber ist.«

In solche ernsten Betrachtungen versenkt, wanderten der Oberpfarrer und seine Frau eine Weile schweigend weiter. Der Oberpfarrer dachte auch an seine Schulden und an seinen Sohn James auf der Universität und an seinen Sohn Frank in Woolwich und an seine vier Töchter, die armen Dinger, die keine Schönheiten waren und keinen Pfennig ihr eigen nennen würden, außer dem, was sie aus der erhofften Erbschaft ihrer Tante bekämen.

»Pitt kann doch nicht ein so nichtswürdiger Halunke sein, das Patronatsrecht über die Pfarre zu verkaufen«, fuhr Mr. Crawley fort. »Und sein ältester Sohn, dieser schlappe Kerl von Methodist, möchte gern ins Parlament kommen.«

»Sir Pitt Crawley ist zu allem fähig«, erwiderte die Frau Oberpfarrer. »Wir müssen Miß Crawley dahin bringen, daß sie ihn veranlaßt, die Pfarrstelle unserm James zu versprechen.«

»Versprechen wird Pitt alles mögliche«, versetzte sein Bruder. »Er versprach, als unser Vater starb, meine Universitätsschulden zu bezahlen; er versprach, einen neuen Flügel an das Pfarrhaus anzubauen; er versprach, ich sollte Jibbs Feld und die Sechsmorgen-Wiese bekommen – und wie hat er seine Versprechungen gehalten! Und dem Sohn dieses Mannes, einem solchen Schurken, Spieler, Schwindler und Mörder, wie dieser Rawdon Crawley ist, dem hinterläßt Mathilde den größten Teil ihres Geldes! Das ist unchristlich, sage ich. Weiß Gott, das ist es. Der nichtswürdige Hund hat alle erdenklichen Laster an sich mit Ausnahme der Heuchelei; in der zeichnet sich dafür sein Bruder aus.«

»Still, still, lieber Mann! Wir sind hier noch auf Sir Pitts Grund und Boden«, unterbrach ihn seine Frau.

»Ich sage, Frau, er hat alle erdenklichen Laster an sich. Verbiete du mir doch nicht den Mund. Hat er nicht den Hauptmann Marker erschossen? Hat er nicht den jungen Lord Dovedale im Restaurant ›Zur Kokospalme‹ ausgeplündert? Hat er nicht den Boxkampf zwischen Bill Soames und dem Preisboxer aus Cheshire hintertrieben, wodurch ich vierzig Pfund verlor? Das weißt du alles; nun, und was die Weiber anlangt, so hast du ja gehört, daß er in meiner Gegenwart in meinem eigenen Amtszimmer...«

»Um Himmels willen, Mann,« unterbrach ihn seine Frau, »erspare mir die Einzelheiten!«

»Und diesen Lumpen lädst du in dein Haus ein!« fuhr der ergrimmte Oberpfarrer fort. »Du, die Mutter heranwachsender Töchter, die Gattin eines Geistlichen der englischen Kirche! Unerhört!«

»Bute Crawley,« sagte die Frau Oberpfarrer verächtlich, »du bist ein Narr!«

»Na, mag ich ein Narr sein oder nicht (daß ich so klug bin wie du, Martha, sage ich ja auch nicht und habe ich nie gesagt); aber kurz und gut: ich will nicht mit Rawdon Crawley zusammensein. Ich will zu Huddlestone hinüber (ja, das will ich) und mir seinen schwarzen Windhund ansehen; und ich will meinen Lancelot um fünfzig Pfund Einsatz mit ihm wettlaufen lassen (wahrhaftig, das will ich) und mit jedem andern Hund in England. Aber mit diesem Aas, dem Rawdon Crawley, will ich nicht zusammensein.«

»Du bist betrunken, Crawley, wie gewöhnlich«, erwiderte seine Frau. Und als am andern Morgen, am Sonnabend, der Oberpfarrer aufwachte und Dünnbier verlangte, erinnerte sie ihn an seinen Vorsatz, an diesem Tag Sir Huddlestone Fuddlestone zu besuchen, und da er wußte, daß es einen ›feuchten Abend‹ geben werde, so vereinbarten sie beide, daß er am Sonntag früh im Galopp zurückreiten solle, um rechtzeitig zum Gottesdienst wieder dazusein. Man sieht
166

also, daß die Pfarrkinder von Crawley mit ihrem Gutsherrn und mit ihrem Oberpfarrer in gleicher Weise zufrieden sein konnten.

Miß Crawley wohnte noch nicht lange im Schloß, als Rebekkas bezauberndes Wesen auch schon das Herz der gutmütigen Londoner Weltdame ebenso gewonnen hatte, wie die Herzen der harmlosen Landbewohner, die wir geschildert haben. Als sie eines Tages im Begriff stand, ihre gewohnte Spazierfahrt zu machen, beliebte es ihr, zu befehlen, daß ›die kleine Gouvernante‹ sie nach Mudbury begleiten solle. Noch ehe sie zurückkamen, hatte Rebekka sie ganz für sich eingenommen, und zwar dadurch, daß sie sie viermal zum Lachen gebracht und sie während der ganzen Dauer der kleinen Fahrt köstlich unterhalten hatte.

»Was? Du willst Miß Sharp nicht mit uns am Tisch essen lassen?« sagte sie zu Sir Pitt, der ein Galadiner veranstaltete und alle Baronets aus der Umgegend dazu eingeladen hatte. »Mein Lieber, denkst du denn, ich kann mich mit Lady Fuddlestone über Kinderpflege unterhalten oder mit diesem alten Gänserich Sir Giles Wapshot Gerichtssachen erörtern? Ich bestehe darauf, daß Miß Sharp mit dabei ist. Mag doch lieber Lady Crawley oben in ihrem Zimmer bleiben, wenn kein Platz am Tisch ist. Aber die kleine Miß Sharp darf nicht fortbleiben! Die ist ja die einzige Person, mit der man sich hier in eurer Grafschaft unterhalten kann!«

Nach einer so gebieterischen Forderung wie dieser wurde die Gouvernante Miß Sharp natürlich angewiesen, mit der vornehmen Gesellschaft im großen Saal zu speisen. Und als Sir Huddlestone höchst pomphaft und feierlich Miß Crawley zu Tisch geführt hatte und sich nun anschickte, an ihrer Seite Platz zu nehmen, da rief die alte Dame mit ihrer schrillen Stimme: »Becky Sharp! Miß Sharp! Kommen Sie her, setzen Sie sich neben mich, und unterhalten

Sie mich; Sir Huddlestone kann ja bei Lady Wapshot sitzen.«

Wenn dann solche Gesellschaften vorbei waren und die Wagen sich entfernt hatten, sagte die unersättliche Miß Crawley gewöhnlich: »Kommen Sie mit in mein Schlafzimmer, Becky; wir wollen die Gesellschaft einmal durchhecheln«, was diese beiden Freundinnen denn auch gründlich besorgten. Der alte Sir Huddlestone schnaufte stark beim Essen; Sir Giles Wapshot hatte eine besonders geräuschvolle Art an sich, seine Suppe zu schlürfen; und seine Frau Gemahlin zwinkerte eigentümlich mit dem linken Auge. All das machte Becky in bewundernswerter Weise mit Übertreibungen nach. Ebenso äffte sie Einzelheiten aus den Tischgesprächen nach: über Politik, über den Krieg, über die Gerichtssitzungen, über die letzte großartige Hetzjagd, und was dergleichen öde, langweilige Gegenstände mehr sind, über die sich Landedelleute zu unterhalten pflegen. Und was nun gar die Toiletten der Wapshotschen Töchter und Lady Fuddlestones famosen gelben Hut anlangte, so riß Miß Sharp sie sozusagen mit ihren bissigen Bemerkungen in Fetzen, zur größten Belustigung ihrer Zuhörerin.

»Liebes Kind, Sie sind ein wahrer Schatz«, sagte dann wohl Miß Crawley. »Ich würde mich freuen, wenn Sie mit mir nach London kommen könnten; aber ich dürfte Sie nicht so schlecht behandeln, wie ich es mit meiner armen Briggs tue. Nein, nein, Sie schlaues, kleines Persönchen; Sie sind zu gescheit. Nicht wahr, Mrs. Firkin?«

Mrs. Firkin (die damit beschäftigt war, die geringen auf Miß Crawleys Schädel noch übriggebliebenen Haarreste für die Nacht zu ordnen) warf den Kopf zurück und sagte mit vernichtendem Sarkasmus: »Ich glaube, die Miß ist wirklich sehr gescheit.« Mrs. Firkin besaß nämlich jene sehr natürliche Eifersucht, die eine Haupteigenschaft jeder guten Frau ist.

168

Nachdem Miß Crawley Sir Huddlestone Fuddlestone zurückgewiesen hatte, ordnete sie an, daß Rawdon Crawley sie täglich zu Tische führen und Becky mit ihrem Kissen hinterhergehen solle; oder sie nahm auch manchmal Beckys Arm, und Rawdon mußte mit dem Kissen folgen. »Wir müssen zusammensitzen«, sagte sie zu Becky; »wir sind die einzigen drei Christenmenschen in der Grafschaft, liebes Kind.« Dies als richtig angenommen, müssen wir bekennen, daß das Christentum in der Grafschaft Hampshire auf einer sehr niedrigen Stufe stand.

Miß Crawley, die eine so gute Christin war, hatte gleichzeitig, wie wir schon erwähnt, auf anderen Gebieten extrem liberale Anschauungen und pflegte diese fortwährend in der freimütigsten Weise auszusprechen.

»Was bedeutet schon die Geburt, liebes Kind?« sagte sie oft zu Rebekka. »Sehen Sie meinen Bruder Pitt an; sehen Sie die Huddlestons an, die seit Heinrich II. hier sitzen; sehen Sie den armen Bute auf seiner Pfarre an: kommt einer von diesen Leuten Ihnen an Verstand oder Bildung gleich? Was sage ich: Ihnen gleich! Nicht einmal an meine arme liebe Briggs, meine Gesellschafterin, reichen sie heran oder an meinen Haushofmeister Bowls. Aber Sie, meine Liebe, sind ein kleines Musterbild, ein wirkliches kleines Juwel. Sie haben mehr Verstand als die halbe Grafschaft. Wenn das Verdienst belohnt würde, müßten Sie eine Herzogin sein … nein, Herzoginnen müßte es überhaupt nicht geben; aber es müßte kein Mensch Ihnen etwas zu sagen haben, und ich betrachte Sie in jeder Hinsicht als mir ebenbürtig, liebes Kind, und … Legen Sie doch ein paar Kohlen aufs Feuer, meine Liebe; und möchten Sie mir nicht dieses Kleid reinigen und ändern? Sie verstehen das ja so vorzüglich.« Auf diese Weise hielt die alte Philanthropin die ihr ebenbürtige Rebekka häufig dazu an, allerlei Gänge für sie zu machen und ihre Kleidung in Ordnung zu bringen; auch ließ sie sich jeden Abend von ihr mit französischen Romanen in Schlaf lesen.

Um diese Zeit war, wie sich ältere Leser wohl noch erinnern, die vornehme Welt durch zwei Ereignisse in beträchtliche Aufregung versetzt worden, zwei Ereignisse, von denen zu erwarten war, daß sie, um den Zeitungsausdruck zu gebrauchen, noch gerichtliche Nachspiele haben würden. Der Fähnrich Shafton hatte Lady Barbara Fitzurse, die Tochter und Erbin des Grafen von Bruin, entführt; und der arme Vere Vane, ein Herr, der bis zu seinem vierzigsten Lebensjahr einen durchaus achtbaren Wandel geführt und eine zahlreiche Nachkommenschaft großgezogen hatte, hatte um einer fünfundsechzigjährigen Schauspielerin, einer Mrs. Rougemont, willen plötzlich schändlicherweise sein Haus verlassen.

»Das war der schönste Zug in dem Charakter unseres allverehrten Lord Nelson«, sagte Miß Crawley; »um einer Frau willen setzte er alles aufs Spiel. Ein Mann, der *das* tun kann, in dem muß ein guter Kern stecken. Ich schwärme für alle tollen Heiraten. Am besten gefällt es mir, wenn ein Edelmann eine Müllerstochter heiratet, wie es Lord Flowerdale getan hat; darüber geraten dann alle Frauen so in Wut. Ich wollte, irgendein großer Mann entführte Sie, liebes Kind; hübsch genug sind Sie wahrhaftig dazu.«

»Ach ja, mit Extrapost und zwei Postillionen! O das wäre reizend!« meinte Rebekka.

»Und was ich in zweiter Linie gern habe, das ist, wenn ein armer Teufel ein reiches Mädchen entführt. Mein größter Wunsch ist, daß es Rawdon einmal so macht.«

»Soll er eine Reiche oder eine Arme entführen?«

»Ach, Sie Gänschen! Rawdon hat keinen Schilling außer dem, was ich ihm gebe. Er ist criblé de dettes; er muß seine Vermögensverhältnisse verbessern und es in der Welt zu etwas bringen.«

170

»Ist er sehr gescheit?« fragte Rebekka.

»Gescheit, meine Liebe? Er hat in der Welt für weiter nichts Verständnis als für seine Pferde und für sein Regiment und für seine Jagden und für sein Spiel. Aber er wird es sicher zu etwas bringen ... er ist ein so entzückender Taugenichts. Wissen Sie nicht, daß er im Duell einen Mann getötet und einen von ihm beleidigten Vater nur durch den Hut geschossen hat? In seinem Regiment schwärmen alle für ihn, und die jungen Herren bei Wattier und in der ›Kokospalme‹ betrachten ihn sämtlich als ihr Vorbild.«

Als Miß Rebekka Sharp in dem Brief an ihre geliebte Freundin Amelia über den kleinen Ball in Queen's Crawley und über die Art berichtete, in der Rittmeister Crawley sie zum ersten Mal ausgezeichnet habe, da hatte sie seltsamerweise keine ganz wahrheitsgetreue Darstellung des Vorganges gegeben. Der Rittmeister hatte sie schon vorher wiederholt ausgezeichnet. Der Rittmeister war ihr wohl ein dutzendmal auf Spaziergängen begegnet. Der Rittmeister hatte sie wohl ein schockmal auf Gängen und Korridoren getroffen. Der Rittmeister hatte wohl an zwanzig Abenden, wenn sie sang, über das Klavier gelehnt dabeigestanden (Mylady befand sich jetzt krank oben in ihrem Zimmer, und es war niemand da, der auf Rebekka ein Auge gehabt hätte). Der Rittmeister hatte ihr eine Anzahl von Briefchen geschrieben, so gut in Stil und Orthographie, als es der große, plumpe Dragoner nur zustande bringen konnte; indes verhilft Tölpelhaftigkeit bei den Frauen nicht minder zu Erfolgen als irgendwelche andere Eigenschaft. Als er aber das erste dieser Briefchen zwischen die Blätter des Liedes schob, das sie sang, da stand die kleine Gouvernante auf, sah ihn fest in das Gesicht, faßte das dreieckige Schreiben mit spitzen Fingern und schwenkte es hin und her, als ob es ein Hut wäre; dann ging sie auf den Feind los, warf die Epistel ins Feuer, machte ihm einen sehr tiefen Knicks, begab sich auf ihren

Platz zurück und begann noch lustiger zu singen als sonst je.
»Was gibt es?« fragte Miß Crawley, die durch das Abbrechen des Gesanges aus dem Halbschlummer, dem sie sich
nach Tische zu überlassen pflegte, aufgeweckt war.
»Es war nur ein Fehler unterlaufen«, erwiderte Miß Sharp
lachend; und Rawdon Crawley schäumte vor Wut und
fühlte sich tief gekränkt.
Überaus freundlich war es von Mrs. Bute, daß sie, obwohl
ihr die offenkundige Zuneigung der alten Miß Crawley zu
der neuen Gouvernante nicht entgehen konnte, dennoch
nicht eifersüchtig war, sondern die junge Dame in der Oberpfarre willkommen hieß, und nicht nur sie, sondern auch
Rawdon Crawley, den Rivalen ihres Mannes um den der-
einstigen Besitz der fünfprozentigen Staatspapiere der alten
Jungfer! Mrs. Crawley und ihr Neffe fanden an ihrem Verkehr miteinander immer mehr Vergnügen. Er gab das Jagen
auf; er lehnte die Einladungen zu den Gastereien in Fuddleston ab, er verzichtete darauf, mit den Offizieren der Garnison in Mudbury zu speisen: sein größtes Vergnügen war
vielmehr, hinüber nach dem Pfarrhaus von Crawley zu wandern. Auch Miß Crawley kam dorthin – und warum sollten,
da ihre Mama krank war, nicht auch die Kinder mit Miß
Sharp hingehen? So erschienen also auch die Kinder, die
lieben Kleinen, mit Miß Sharp; und abends pflegten einige
von der Gesellschaft zu Fuß nach Hause zu gehen. Nicht
etwa Miß Crawley – sie zog ihren Wagen vor –, aber der
Heimweg, der über die Pfarrfelder, durch das kleine Park-
pförtchen, durch die dunkle Baumpflanzung und durch die
von den Schatten des Mondlichtes durchzitterte Allee nach
Queen's Crawley führte, war für zwei solche Liebhaber von
Naturschönheiten wie den Rittmeister und Miß Rebekka
wirklich bezaubernd.
»O diese Sterne, diese Sterne!« schwärmte Miß Rebekka,
indem sie ihre glitzernden grünen Augen zum Himmel auf-

schlug. »Wenn ich sie anblicke, ist es mir fast, als ob ich ein Geist wäre.«

»O … äh … wahrhaftig … ja, es geht mir ganz ebenso, Miß Sharp«, erwiderte der andere Naturschwärmer. »Meine Zigarre belästigt Sie doch nicht, Miß Sharp?« Nein, Miß Sharp liebte den Zigarrengeruch im Freien über alles; ja sie probierte sogar selbst eine Zigarre in der zierlichsten Art, die man sich nur denken kann: sie paffte ein wenig, stieß einen kleinen Schrei aus, kicherte ein bißchen und gab dann dem Rittmeister seine Delikatesse wieder zurück. Dieser drehte seinen Schnurrbart und setzte die Zigarre durch starkes Ziehen so in Glut, daß sie ganz rot in der dunklen Waldung leuchtete. Dabei beteuerte er: »Auf Ehre … äh … wahrhaftig … äh … das ist die beste Zigarre, die ich jemals geraucht habe … äh!« Denn sein Begriffsvermögen war ebenso glänzend und dem Bildungsgrad eines jungen Dragoneroffiziers angemessen wie seine Unterhaltungsgabe.

Der alte Sir Pitt, der seine Pfeife rauchte, sein Bier trank und mit John Horrocks über ein zu schlachtendes Schaf sprach, erspähte vom Fenster seines Arbeitszimmers aus das in dieser Weise beschäftigte Paar und schwur unter schrecklichen Flüchen, wenn er nicht auf Miß Crawley Rücksicht nehmen müßte, so würde er Rawdon, diesen nichtswürdigen Halunken, aus dem Hause jagen.

»Ja, ein schlimmer Kunde ist er«, bemerkte Mr. Horrocks; »und sein Diener Flethers ist noch schlimmer. Der hat im Leutezimmer über das Essen und das Bier so 'nen Spektakel gemacht, wie es kein Lord ärger tun würde. Aber ich denk mir, Miß Sharp ist ihm gewachsen«, fügte er nach einer Pause hinzu.

Und das war sie in der Tat, dem Vater und dem Sohn.

ZWÖLFTES KAPITEL

Ein ganz gefühlvolles Kapitel

Wir müssen nun von Arkadien und den liebenswürdigen Menschen, die dort die ländlichen Tugenden ausüben, Abschied nehmen und nach London zurückreisen, um uns zu erkundigen, was aus Miß Amelia geworden ist.

Da habe ich soeben von einem mir unbekannten weiblichen Wesen ein Briefchen in zierlicher kleiner Handschrift mit einem rosa Siegel erhalten. ›Amelia ist uns ganz gleichgültig‹, schreibt die Betreffende; ›sie ist fade und einfältig‹, und dann folgen noch ein paar freundliche Bemerkungen dieser Art. Ich würde dieses Urteil überhaupt nicht hierhergesetzt haben, wenn es nicht in Wahrheit für die junge Dame, auf die es sich bezieht, höchst schmeichelhaft wäre.

Hast du, lieber Leser, im gesellschaftlichen Verkehr niemals ähnliche Bemerkungen aus dem Munde gutherziger Freundinnen gehört, die sich immer wundern, was in aller Welt du an Miß Smith nur so reizend findest; oder was eigentlich den Major Jones hat veranlassen können, der einfältigen, unbedeutenden, dumm lächelnden Miß Thompson einen Heiratsantrag zu machen, die nichts hat, was zu ihrer Empfehlung dienen könnte, als ihr Wachspuppengesicht? Was haben denn ein Paar rote Backen und blaue Augen in Wirklichkeit für Wert? fragen diese liebenswürdigen Philosophinnen und deuten damit in geschickter Weise an, daß geistige Begabung und Bildung, das Auswendigwissen möglichst vieler Daten der Weltgeschichte und eine für Damen besseren Standes geziemende Kenntnis der Botanik und Geologie, die Kunst, Verse zu machen, die Fähigkeit, Sonaten in Herzscher Manier herunterzurasseln und so weiter, weit wertvollere Eigenschaften für ein weibliches Wesen seien als jene flüchtigen Reize, die in wenigen Jahren unweigerlich verwelken. Es ist höchst erbaulich, Frauen über die Wert-

174

losigkeit und kurze Dauer der Schönheit philosophieren zu
hören.

Aber obgleich die Tugend etwas viel Schöneres ist und jene
unglücklichen Geschöpfe, die unter dem Mißgeschick leiden,
gut auszusehen, fortwährend an das Schicksal erinnert werden müssen, das ihrer wartet, und obgleich aller Wahrscheinlichkeit nach eine Frau mit jenem herrischen Charakter, den
die Damen bewundern, für ein viel rühmlicheres und schöneres Wesen gelten muß als die freundliche, frische, lächelnde, harmlose, zärtliche kleine Hausgöttin, die die Männer zu
verehren geneigt sind – so muß doch dieser letzten, tiefer
stehenden Klasse von Frauen zum Trost gesagt werden, daß
die Männer sie trotz alledem bewundern und daß wir trotz
allen Warnungen und Protesten unserer verehrten Freundinnen in unserer argen Verblendung und Torheit ver-
harren und dies auch hier bis zum Ende des Kapitels tun
werden. In der Tat, was mich selbst anlangt, so muß ich
bekennen: obgleich mir wiederholt von Personen, vor denen
ich die größte Achtung hege, gesagt worden ist, daß Miß
Brown ein ganz unbedeutendes kleines Ding sei und Mrs.
White nichts habe als ihr petit minois chiffonné und Mrs.
Black auch nicht ein Wort von sich aus sprechen könne, so
bin ich mir doch bewußt, mich mit Mrs. Black ganz köstlich unterhalten zu haben (der Inhalt unserer Gespräche,
meine verehrte Dame, muß natürlich ein unverbrüchliches
Geheimnis bleiben), und ich sehe, wie sich alle Männer in
dichtem Schwarm um Mrs. Whites Stuhl drängen und wie
die jungen Männer sich um einen Tanz mit Miß Brown
reißen. Und daher fühle ich mich versucht zu glauben, daß
es für eine Dame sehr schmeichelhaft ist, wenn sie von ihren
Geschlechtsgenossinnen geringgeschätzt wird.

Die jungen Damen, mit denen Amelia verkehrte, taten dies
gründlich. So gab es zum Beispiel kaum einen Punkt, in dem
die Misses Osborne, Georges Schwestern, und die Demoi-

selles Dobbin miteinander so einig gewesen wären wie in
ihrem Urteil über Amelias sehr unbedeutende Verdienste
und in ihrer Verwunderung darüber, daß ihre Brüder an ihr
irgend etwas Reizvolles finden konnten. »Wir sind freundlich gegen sie«, sagten die Misses Osborne, zwei schöne,
durch dunkle Augenbrauen ausgezeichnete junge Damen,
die stets die besten Gouvernanten, Lehrer und Schneiderinnen gehabt hatten; und sie behandelten sie mit einer so
außerordentlichen Freundlichkeit und Herablassung und
begönnerten sie in einer so unerträglichen Weise, daß die
arme Kleine in ihrer Gegenwart tatsächlich völlig verstummte und allem äußeren Anschein nach wirklich so einfältig war, wie sie es von ihr glaubten. Sie machte, weil sie
das für ihre Pflicht erachtete, alle Anstrengungen, sie als die
Schwestern ihres künftigen Gatten zu lieben. Sie verbrachte
lange Vormittage in ihrer Gesellschaft; aber das waren ihr
die allerschrecklichsten, allertraurigsten Stunden. Sie fuhr
mit ihnen und mit Miß Wirt, ihrer Gouvernante, einer
hageren Vestalin, in der großen Familienkutsche aus. Ihre
zukünftigen Schwägerinnen führten sie, als ob sie ihr damit
einen besonderen Genuß bereiteten, in klassische Konzerte,
ins Oratorium und in die Paulskirche, um die Waisenkinder
zu sehen; aber hier war Amelia in solcher Angst vor ihren
Freundinnen, daß sie es kaum wagte, sich durch den Gesang
der Kinder rühren zu lassen. Das Haus, in dem die Misses
Osborne wohnten, war mit allen Bequemlichkeiten versehen, der Tisch ihres Papas mit schönen Gerichten reich
besetzt, ihre Umgangsformen gemessen und vornehm, ihre
Selbstschätzung erstaunlich hoch; sie hatten in der Kapelle
des Findelhauses den besten Kirchenstuhl; alle ihre Lebens-
gewohnheiten hatten etwas Pomphaftes, Ordnungsmäßiges,
alle ihre Vergnügungen etwas unerträglich Langweiliges
und Wohlanständiges. Nach jedem Besuch, den ihnen Amelia gemacht hatte (und oh! wie froh war sie jedesmal, wenn
176

er vorüber war!), fragten Miß Jane Osborne und Miß Maria Osborne und Miß Wirt, die vestalische Gouvernante, einander mit wachsendem Staunen: »Nein, was hat nur George an diesem Geschöpf finden können?«

›Wie geht das zu?‹ fragt ein kritisch veranlagter Leser. ›Wie geht es zu, daß Amelia, die auf der Schule eine solche Menge Freundinnen hatte und dort so allgemein beliebt war, jetzt, da sie in die Welt tritt, vor dem Richterstuhl ihrer Geschlechtsgenossinnen so schlecht besteht?‹ Mein lieber Herr, es gab in Miß Pinkertons Institut keine Männer außer dem alten Tanzlehrer, und daß sich die jungen Mädchen um den zanken sollten, können Sie doch wohl nicht verlangen. Wenn aber ihr hübscher Bruder George immer gleich nach dem Frühstück fortrannte und ein halbdutzendmal in der Woche außer dem Hause zu Mittag aß, so war es kein Wunder, daß die vernachlässigten Schwestern ein bißchen ärgerlich waren. Wenn der junge Bullock (von der Bankfirma Hulker, Bullock & Co., Lombard Street), der sich während der beiden letzten Saisons um Miß Maria bemüht hatte, auf einmal Amelia zum Kotillon engagierte, können Sie da erwarten, daß die erstgenannte junge Dame sich dadurch angenehm berührt fühlte? Und doch behauptete sie, als sei sie das harmloseste Geschöpf, das nichts übelnehme, sie freue sich darüber: »Ich bin ganz entzückt, daß Ihnen unsere liebe Amelia gefällt«, sagte sie nach dem Tanz sehr eifrig zu Mr. Bullock. »Sie ist mit unserem Bruder George verlobt; sie besitzt keine besonderen Gaben, aber sie ist das gutherzigste, natürlichste junge Wesen, das man sich nur denken kann; wir zu Hause haben sie alle *so* lieb.« Das liebe, gute Mädchen! Wer kann die Tiefe der Zuneigung ermessen, die in diesem enthusiastischen ›so‹ zum Ausdruck kam?

Miß Wirt und diese beiden liebevollen jungen Damen setzten dem Leutnant Osborne so oft und so nachdrücklich auseinander, welch ein gewaltiges Opfer er bringe und welch roman-

tischen Edelmut er beweise, wenn er sich an Amelia weg-
werfe, daß er sich am Ende wohl wirklich für einen der besten
Charaktere in der englischen Armee hielt und es sich mit einer
Art von lässiger Ergebung gefallen ließ, geliebt zu werden.
Und merkwürdig: er verließ zwar, wie wir angegeben haben,
das Haus jeden Morgen und speiste sechs Tage in der Woche
auswärts, und seine Schwestern meinten dann, der betörte
Jüngling hänge an Miß Sedleys Schürzenbändern; aber er
war *nicht* immer bei Amelia, wenn die Welt annahm, daß er
ihr zu Füßen liege. So viel ist sicher, daß zu wiederholten
Malen, wenn Hauptmann Dobbin vorsprach, um seinen
Freund zu besuchen, Miß Jane Osborne (die sich gegen den
Hauptmann sehr aufmerksam zeigte und einen großen Eifer
an den Tag legte, seine militärischen Geschichten anzuhören
und zu erfahren, wie es mit der Gesundheit seiner lieben
Frau Mutter stehe), daß dann also Miß Jane Osborne lachend
nach der gegenüberliegenden Seite des Square wies und
sagte: »oh, wenn Sie George sprechen wollen, müssen Sie
zu Sedleys gehen; *wir* bekommen ihn vom frühen Morgen
bis zum späten Abend nicht zu sehen.« Bei derartigen Reden
pflegte dann der Hauptmann in einer wunderlich gezwun-
genen Weise zu lachen und als vollendeter Weltmann das
Gespräch auf irgendwelchen Gegenstand von allgemeinem
Interesse zu lenken, wie zum Beispiel auf die Oper oder den
letzten Ball des Prinzen im Carlton House oder das Wetter,
diesen Segen für die Unterhaltung in Gesellschaft.
»Was ist dein Liebling doch für eine unschuldige Seele«,
sagte dann Miß Maria zu Miß Jane, sobald der Hauptmann
sich entfernt hatte. »Hast du wohl gesehen, wie er errötete,
als davon gesprochen wurde, daß der arme George Minne-
dienst habe?«
»Es ist sehr bedauerlich, daß Frederick Bullock nicht etwas
von seiner bescheidenen Zurückhaltung besitzt, Maria«, erwiderte die ältere Schwester, indem sie den Kopf zurückwarf.
178

»Bescheidene Zurückhaltung! Unbeholfenheit willst du sagen, Jane. Ich möchte nicht, daß mir Frederick ein Loch in mein Musselinkleid tritt, wie es Hauptmann Dobbin dir auf der Gesellschaft bei Mrs. Perkins getan hat.«

»In *dein* Kleid, hahaha! Wie hätte er das auch tun können? Tanzte er etwa nicht mit Amelia?«

Die Sache verhielt sich aber folgendermaßen. Als Hauptmann Dobbin so errötete und ein so verlegenes Gesicht machte, erinnerte er sich an einen Umstand, von dem den jungen Damen Mitteilung zu machen er nicht für nötig hielt, nämlich daß er bereits unter dem Vorwand, mit George sprechen zu wollen, zu Sedleys gegangen war, George aber dort nicht angetroffen hatte, sondern nur die kleine Amelia. Diese hatte mit recht ernster, trauriger Miene im Salon am Fenster gesessen und nach einem kurzen Gespräch von unbedeutendem, ödem Inhalt ihn zu fragen gewagt, ob etwas an der Nachricht sei, daß das Regiment bald Order bekommen werde, ins Ausland zu gehen, und ob Hauptmann Dobbin Mr. Osborne an diesem Tage schon gesehen habe.

Das Regiment hatte noch nicht Order bekommen, ins Ausland zu gehen, und Hauptmann Dobbin hatte George noch nicht gesehen. Er sei wahrscheinlich bei seinen Schwestern, hatte der Hauptmann gesagt; ob er hingehen und den Säumigen herholen solle. Sie hatte ihm freundlich und dankbar die Hand gereicht, und so war er denn über den Square hinübergegangen; und nun wartete und wartete sie; aber George kam nicht.

Das arme, kleine, zärtliche Herz! So hofft es denn weiter und schlägt weiter und sehnt sich und vertraut. Man sieht, das ist kein Leben, von dem viel zu erzählen wäre. Ereignisse kommen kaum darin vor. Nur ein einziges Gefühl den ganzen Tag lang: wann wird er kommen? Nur ein einziger Gedanke im Schlafen und im Wachen. Ich glaube, George spielte gerade mit Hauptmann Cannon in der Swallow Street Billard, als Amelia sich bei Hauptmann Dobbin nach ihm erkundigte; denn er war ein lebenslustiger junger Mensch und liebte die Geselligkeit und zeichnete sich bei allen Spielen aus, bei denen es auf Geschicklichkeit ankommt.

Als er sich einmal drei Tage lang nicht hatte blicken lassen, setzte sich Amelia den Hut auf und drang tatsächlich in das Osbornesche Haus ein. »Wie? Sie verlassen unsern Bruder und kommen zu uns?« sagten die jungen Damen. »Haben Sie und er miteinander Streit gehabt, Amelia? Erzählen Sie es uns doch!« Nein, es hatte wirklich kein Streit stattgefunden. »Wer könnte sich auch mit ihm streiten?« sagte sie, während ihr die Augen voll Tränen standen. Sie war nur herübergekommen, um ... um ihre teuren Freundinnen einmal wiederzusehen; sie wären schon so lange Zeit nicht zusammengewesen. Und sie war an diesem Tage so überaus geistlos und unbeholfen, daß die Misses Osborne und ihre Gouvernante, die hinter ihr her starrten, als sie traurig wieder wegging, sich mehr als je darüber wunderten, was George nur an der armen kleinen Amelia finde.

Daß sie sich wunderten, war nur natürlich. Aber wie hätte Amelia ihr furchtsames kleines Herz diesen jungen Damen enthüllen können, damit sie es mit ihren dreisten, schwarzen Augen besichtigten? Es war schon das beste, daß es sich zurückzog und sich verbarg. Ich weiß, daß die Misses Osborne sich ausgezeichnet darauf verstanden, einen Kaschmirschal oder einen rosa Atlasüberwurf zu beurteilen; und als Miß Turner den ihrigen hatte purpurrot färben und zu einem Spenzer umarbeiten lassen, und als Miß Pickford aus ihrer Hermelinpelerine sich einen Muff und Besatz machen ließ, da entgingen (das kann ich verbürgen) die genannten Veränderungen der Aufmerksamkeit der beiden scharfsichtigen Damen nicht. Aber, lieber Leser, es gibt Dinge von noch feinerer Beschaffenheit als Pelz oder Atlas und alle Herrlich-
180

keit Salomos und die ganze Garderobe der Königin von Saba, Dinge, deren Schönheit dem Auge vieler Kenner jener Kostbarkeiten entgeht. Es gibt süße, bescheidene kleine Seelen, die man an stillen, schattigen Orten trifft, wo sie lieblich blühen und duften; und dann wieder gibt es Blumen, Prunkstücke für Gärten, so groß wie eine kupferne Wärmflasche, die sogar die Sonne so anstarren, daß sie verlegen wird. Miß Sedley gehörte nicht zur Gattung dieser Sonnenblumen; und ich meine, man würde gegen alle Regeln der Proportion verstoßen, wenn man ein Veilchen so groß wie eine gefüllte Dahlie malen wollte.

Nein, wirklich: das Leben eines guten jungen Mädchens, das sich noch im elterlichen Neste befindet, kann unmöglich viele jener aufregenden Ereignisse enthalten, auf die eine Romanheldin Anspruch zu machen pflegt. Die alten Vögel, die im Freien umherfliegen, können durch Schlingen oder Flintenschüsse umkommen; da gibt es Habichte, denen sie entgehen oder zur Beute werden können; aber die Jungen im Nest führen ein recht behagliches, unromantisches Dasein in den Halmen und Daunen, bis auch an sie die Reihe kommt, ihre Flügel zu gebrauchen. Während Becky Sharp auf dem Lande sich ihrer eigenen Flügel bediente, auf allerlei Arten von Zweigen und inmitten einer Menge von Fallen herumhüpfte und ganz harmlos und mit gutem Erfolg ihr Futter suchte und aufpickte, lag Amelia noch wohlgeborgen in ihrem heimischen Nest am Russell Square; wenn sie unter die Leute kam, so geschah das unter dem Geleit ihrer Eltern; und es schien, als könnten sie und das wohlhabende, vergnügliche, behagliche Haus, in dem sie so liebevoll beschirmt wurde, von keinem Unglück betroffen werden. Die Mama erledigte morgens ihre häuslichen Obliegenheiten und fuhr dann täglich aus, um jene entzückende Rundreise von Besuchen bei Bekannten und in Läden zu machen, die das Vergnügen oder, wenn mans so nennen will, den Beruf einer reichen Londonerin bildet. Der Papa besorgte seine geheimnisvollen Geschäfte in der City, einer aufgeregten Gegend in jenen Tagen, als der Krieg in ganz Europa wütete und das Spiel um ganze Königreiche ging, als der ›Kurier‹ dreißig-, vierzigtausend Abonnenten hatte, als ein Tag die Schlacht bei Vittoria, ein anderer den Brand von Moskau brachte oder um die Zeit des Dinners der Ausrufer sein Horn auf dem Russell Square ertönen ließ und ein Ereignis von dieser Art verkündete: ›Schlacht bei Leipzig; sechshunderttausend Mann im Kampf; völlige Niederlage der Franzosen; zweihunderttausend Mann gefallen.‹ Der alte Sedley kam ein paarmal mit sehr ernstem Gesicht nach Hause; und das war wahrlich kein Wunder zu einer Zeit, da solche Nachrichten wie diese alle Herzen und alle Börsen in Europa in Aufregung versetzten.

Aber am Russell Square gingen unterdes die Dinge ihren Gang, als ob in Europa alles in schönster Ordnung wäre. Der Rückzug von Leipzig führte keine Veränderung in der Zahl der Mahlzeiten herbei, die Mr. Sambo im Leutezimmer einnahm; die Verbündeten drangen in Frankreich ein, aber am Russell Square läutete die Tischglocke ganz wie gewöhnlich um fünf Uhr. Ich glaube nicht, daß die arme Amelia sich irgendwie um die Gefechte bei Brienne und Montmirail kümmerte oder vor der Abdankung des Kaisers sich besonders für den Krieg interessierte; da allerdings klatschte sie in die Hände, sprach ein inbrünstiges Dankgebet und warf sich glückselig in George Osbornes Arme, zum großen Erstaunen aller, die Zeuge dieses leidenschaftlichen Gefühlsausbruches waren. Der Grund war dieser: der Friede war erklärt; in Europa kehrte wieder Ruhe ein; der Korse war niedergeworfen, und Leutnant Osbornes Regiment hatte nicht mehr den Befehl zum Ausmarsch in den Krieg zu erwarten. Dies war Miß Amelias Gedankengang. Das Schicksal Europas war ihr nur insofern wichtig, als das des Leut-

nants George Osborne dadurch in Mitleidenschaft gezogen
wurde. Da für ihn die Gefahr vorüber war, sang sie ein
Tedeum. Er war für sie Europa und der Kaiser und die verbündeten Monarchen und der hohe Prinzregent. Er war für
sie Sonne und Mond; und ich glaube, sie meinte, die große
Illumination und der Ball im Mansion House, der den Sou-
veränen gegeben wurde, würden ganz besonders George
Osborne zu Ehren veranstaltet.

Wir haben gesagt, daß Armut und die Notwendigkeit, sich
selbst zu helfen, die schlimmen Lehrmeisterinnen waren, die
die Ausbildung der armen Miß Becky Sharp übernommen
hatten. Demgegenüber war Miß Amelia Sedleys letzte Erzieherin die Liebe, und es war erstaunlich, welche Fortschritte unsere junge Dame unter dieser allgemein beliebten
Lehrerin machte. Wie viele Geheimnisse lernte Amelia, während sie fünfzehn oder achtzehn Monate lang täglich mit
steter Aufmerksamkeit den Unterricht dieser trefflichen,
bewährten Gouvernante genoß, Geheimnisse, von denen
Miß Wirt und die schwarzäugigen jungen Damen von gegenüber und sogar die alte Miß Pinkerton in Chiswick selbst
keine Ahnung hatten! Und freilich, woher hätten auch diese
gezierten, ehrsamen Jungfrauen etwas davon wissen sollen?
Bei Miß Pinkerton und Miß Wirt kam ja die süße Leidenschaft der Liebe überhaupt nicht in Frage; ich würde es
nicht wagen, mit Bezug auf sie einen solchen Gedanken auszusprechen. Miß Maria Osborne hatte allerdings ein ›At-
tachement‹ an Mr. Frederick Augustus Bullock von der
Firma Hulker, Bullock & Co.; aber diese Neigung trug einen
höchst ehrbaren Charakter, und sie würde ganz ebenso gern
Bullock senior genommen haben; worauf ihr Sinn gerichtet
war, das war (und so muß es ja bei einem wohlerzogenen
jungen Frauenzimmer sein): ein Haus in der Park Lane und
ein Landhaus in Wimbledon und eine hübsche Equipage mit

zwei auffallend großen Pferden und ebensolchen Dienern
und ein Viertel der Jahreseinnahme der angesehenen Firma
Hulker & Bullock, Annehmlichkeiten, die alle in der Person
des jungen Frederick Augustus verkörpert waren. Wären
die Orangenblüten damals schon Sitte gewesen, diese rührenden Sinnbilder weiblicher Reinheit, die wir von Frankreich übernommen haben, wo die Töchter allgemein in die
Ehe verkauft werden, so hätte Miß Maria den jungfräulichen
Kranz aufgesetzt und wäre an der Seite des gichtischen, alten,
kahlköpfigen, dicknasigen Bullock senior in den Reisewagen
gestiegen und hätte in größter Bescheidenheit ihr schönes
Dasein seinem Glück geweiht; nur war der alte Herr bereits
verheiratet, und daher wandte sie ihre jugendliche Zuneigung dem jüngeren Geschäftsteilnehmer zu. O diese lieblichen Orangenblüten! Neulich sah ich, wie die bisherige
Miß Trotter mit ihnen geschmückt vor der Sankt Georgs-
Kirche am Hanover Square in den Reisewagen stieg und
nach ihr Lord Methusalem mühsam hineinstolperte. Mit
welcher bezaubernden Sittsamkeit zog sie die Vorhänge an
den Kutschfenstern herunter, das liebe, unschuldige Wesen!
Zu dieser Trauung hatte sich wohl die Hälfte aller Equipagen der vornehmen Welt eingefunden.
Aber eine Liebe von anderer Art war diejenige, die Amelias
Erziehung beendete und im Laufe eines Jahres ein gutes
junges Mädchen so heranreifen ließ, daß sie sofort sich in ein
gutes Weib verwandeln mußte, sowie nur die glückliche
Stunde kam. Diese junge Person (vielleicht war es von ihren
Eltern sehr unklug, sie in solch einer abgöttischen Liebe
und solcher törichten romantischen Anschauungsweise noch
zu bestärken) liebte mit aller Kraft ihres Herzens den jungen
Offizier in Seiner Majestät Armee, den wir vor kurzem
kennengelernt haben. Ihm galt ihr erster Gedanke beim Erwachen, und der letzte Name, der in ihrem Abendgebet
vorkam, war der seine. Sie hatte noch nie einen so schönen

oder einen so klugen Mann gesehen. Wie nahm er sich zu Pferde aus, und wie tanzte er, und überhaupt was war er für ein Held! Da rede einer von der eleganten Verbeugung des Prinzregenten; was war sie, verglichen mit der, die George machte? Sie hatte den feinen Mr. Brummel gesehen, den alle Leute so bewunderten; aber wie war ein solcher Mensch mit ihrem George zu vergleichen? Unter all den Stutzern in der Oper (und es gab damals Stutzer mit richtigen Theaterhüten) war keiner, der ihm das Wasser gereicht hätte. Er war geradezu ein Märchenprinz; und ach, wie hochherzig von ihm, sich zu einem solchen Aschenbrödel herabzulassen! Wäre Miß Pinkterton Amelias Vertraute gewesen, so würde sie wahrscheinlich versucht haben, dieser blinden Verehrung einen Dämpfer aufzusetzen, aber gewiß nicht mit viel Erfolg, darauf kann man sich verlassen. Diese völlige Hingabe liegt bei manchen Frauen in ihrem tiefsten Wesen und ist bei ihnen Naturtrieb. Die einen sind zum Ränkeschmieden geschaffen, die andern zum Lieben; und ich stelle jedem verehrlichen Junggesellen, der dies liest, anheim, sich eine von derjenigen Sorte zu nehmen, die ihm am besten gefällt.

Von dieser übermächtigen Empfindung erfüllt, vernachlässigte Amelia ihre zwölf teuren Freundinnen in Chiswick auf das schändlichste, wie es so selbstsüchtige Menschen meistens tun. Sie konnte natürlich an keinen andern Gegenstand denken als an ihre Liebe, und Miß Saltire war zu kühl, als daß sie sie dabei zur Vertrauten hätte machen können; und ebensowenig konnte sie es über sich gewinnen, der jungen Erbin von St. Kitts, der wollhaarigen Miß Swartz, davon zu erzählen. Sie hatte die kleine Laura Martin für die Ferien bei sich zu Besuch und machte diese, wie ich glaube, zu ihrer Vertrauten und versprach ihr, wenn sie verheiratet sein würde, solle Laura zu ihr kommen und bei ihr wohnen, und erteilte ihr eine Menge Belehrungen über die Leidenschaft

der Liebe, Belehrungen, die dieser kleinen Person gewiß
außerordentlich neu und nützlich waren. Ach ja, ich fürchte,
sie war nicht in klarer, verständiger Geistesverfassung.
Man fragt sich: warum griffen die Eltern nicht ein und
suchten das übermäßige Pochen dieses kleinen Herzens zu
mäßigen? Der alte Sedley schien von der Sache nicht viel zu
merken. Er war in der letzten Zeit ernster geworden, und
seine Börsenangelegenheiten nahmen ihn vollständig in Anspruch. Mrs. Sedley war ihrem ganzen Wesen nach so bequem und so wenig neugierig, daß sie nicht einmal eifersüchtig war. Mr. Joseph war nicht zu Hause; er wurde in
Cheltenham von einer irischen Witwe belagert. So war denn
Amelia im Hause viel für sich; ach, nur zu viel; sie empfand
Georges Fernbleiben oft sehr schmerzlich. Nicht, daß sie
jemals an ihm gezweifelt hätte; George hatte notwendige
Geschäfte auf dem Generalkommando, er konnte nicht immer Urlaub von Chatham bekommen, er mußte auch seine
Freunde und seine Schwestern besuchen und, wenn er in der
Stadt war, an dem gesellschaftlichen Leben teilnehmen (war
er doch eine Zierde für jede Gesellschaft!); und wenn er bei
seinem Regiment war, so war er vom Dienst zu ermüdet, um
lange Briefe zu schreiben. Ich weiß, wo sie das Päckchen aufbewahrte, das seine Briefe enthielt, und kann mich in ihr
Zimmer hinein- und herausstehlen wie Jachimo[1]. Wie Jachimo? Nein, das ist eine häßliche Rolle. Ich will nur den
Mond spielen und harmlos auf das Bett blicken, wo Treue,
Schönheit und Unschuld liegen und träumen.
Aber während Osbornes Briefe von soldatischer Kürze waren,
müssen wir bekennen, daß, wenn Miß Sedleys Briefe an Mr.
Osborne veröffentlicht werden sollten, wir diese Erzählung
zu so vielen Bänden anschwellen lassen, müßten daß es selbst
der gefühlvollste Leser nicht aushalten könnte. Sie begnügte
sich nicht damit, Briefbogen großen Formats vollzuschrei-

1. Shakespeares »Cymbeline«.

ben, sondern schrieb auf ihnen auch noch ebenso erstaunlicher wie sinnloser Weise querüber; sie schrieb erbarmungslos ganze Seiten aus Gedichtbüchern ab; sie unterstrich mit absurdem Pathos Worte und Sätze; kurz, sie zeigte alle Symptome, die diesem Zustande eigen zu sein pflegen. Sie war keine Heldin. Ihre Briefe waren voller Wiederholungen; die grammatische Richtigkeit ihrer Konstruktionen unterlag mitunter erheblichen Zweifeln, und in ihren Versen erlaubte sie sich alle erdenklichen metrischen Freiheiten. Aber, meine Damen, wenn es Ihnen nicht gestattet sein soll, das Herz eines Mannes manchmal auch gegen die Regeln der Syntax zu rühren, und wenn Sie nicht eher geliebt werden sollen, als bis Sie sämtlich den Unterschied zwischen einem Trimeter und einem Tetrameter kennen, dann mag der Teufel die ganze Poesie holen und jeder Schulmeister eines elenden Todes sterben!

DREIZEHNTES KAPITEL
Gefühlvolles und anderes

Ich fürchte, der Herr, an den Miß Amelias Briefe gerichtet waren, übte an ihnen eine gar zu hartherzige Kritik. Es folgte dem Leutnant Osborne eine solche Menge von Episteln überallhin nach, daß er sich ordentlich schämte, wenn seine Kameraden im Kasino darüber ihre Witze machten, und seinem Burschen befahl, sie ihm immer nur auf seinem Zimmer einzuhändigen. Mit einem dieser Briefe steckte er sich sogar seine Zigarre an, zum größten Entsetzen des Hauptmanns Dobbin, der, wie ich glaube, gern eine Banknote für dieses Schriftstück gegeben hätte.
Eine Zeit lang suchte George dieses Verhältnis geheimzuhalten. Daß eine Dame im Spiel sei, gab er zu. »Und das ist nicht die erste«, bemerkte Fähnrich Spooney zu Fähnrich Stubbles. »Dieser Osborne ist doch ein Teufelskerl. Da

war die Tochter eines Richters in Demerara, die um ihn beinahe irrsinnig wurde; und dann die schöne Mestizin Miß Pye in St. Vincent, wissen Sie; und seit er wieder zu Hause ist, soll er ja ein richtiger Don Juan sein; Donnerwetter, ja!«

Stubbles und Spooney waren der Meinung, ein richtiger Don Juan zu sein, sei eine der schönsten Eigenschaften, die ein Mann besitzen könne; und demzufolge erfreute sich Osborne bei den jungen Leuten in seinem Regiment eines gewaltigen Ansehens. Er war der Beste auf dem Sportplatz, der Beste im Singen, der Schneidigste auf der Parade und ging mit dem Geld, mit dem ihn sein Vater reichlich versah, freigebig um. Er trug die elegantesten Anzüge im ganzen Regiment und hatte ihrer mehr als irgendein anderer. Die Soldaten vergötterten ihn. Er konnte mehr trinken als jeder andere Offizier im ganzen Kasino, den alten Oberst Heavytop mit eingeschlossen. Er konnte besser boxen als der Gemeine Knuckles (der schon Korporal sein würde, wenn er nicht ein solcher Trunkenbold wäre, und der früher als Preisboxer aufgetreten war) und war unbestritten der beste Kricket- und Kegelspieler im Regimentsklub. Er ritt sein eigenes Pferd, den Greased Lightning, und gewann beim Rennen in Quebec den Garnisonpokal. Es gab außer Amelia noch andere Leute, die ihn vergötterten. Stubbles und Spooney hielten ihn für eine Art von Apollo; Dobbin betrachtete ihn als einen zweiten Crichton, den ›Bewunderungswürdigen‹[1], und die Majorin O'Dowd erklärte, er sei ein sehr eleganter junger Mann und erinnere sie an Fitzjurld Fogarty, den zweiten Sohn Lord Castlefogartys.

Also Stubbles, Spooney und die übrigen ergingen sich in den phantastischsten Mutmaßungen über diese Dame, die die Briefe an Osborne schrieb; sie meinten, es sei eine Herzogin

1. James Crichton ›Der Bewunderungswürdige‹, geb. 1560 in Schottland, ausgezeichnet durch erstaunliche sprachliche und wissenschaftliche Kenntnisse, musikalische Begabung und körperliche Fertigkeiten.

in London, die sich in ihn verliebt habe; oder es sei die Tochter eines Generals, die mit einem andern verlobt sei, aber ihn wahnsinnig liebe; oder es sei die Gemahlin eines Parlamentsmitglieds, die sich bereit erkläre, sich von ihm in einer vierspännigen Kutsche entführen zu lassen; oder es sei irgendein anderes Opfer einer entzückend aufregenden, romantischen, für alle Teile kompromittierenden Leidenschaft. Keine dieser Mutmaßungen bezeichnete Osborne als wahr oder falsch, sondern überließ es seinen jungen Freunden und Bewunderern, sich Geschichten zu ersinnen und auszumalen.

Der wahre Sachverhalt wäre im Regiment überhaupt nie bekanntgeworden, wenn nicht Hauptmann Dobbin eine Indiskretion begangen hätte. Der Hauptmann verzehrte eines Tages im Kasino sein Frühstück, während der Assistenzarzt Cackle und die beiden oben genannten würdigen Fähnriche sich über Osbornes Liebesaffäre in Vermutungen ergingen, wobei Stubbles behauptete, die Dame sei eine Herzogin vom Hofstaat der Königin Charlotte, und Cackle einen Eid darauf schwören wollte, sie sei eine Opernsängerin vom schlimmsten Ruf. Über diese Vorstellung geriet Dobbin in solche Aufregung, daß er, obwohl er in diesem Augenblick gerade den Mund voll Ei und Butterbrot hatte und obwohl er über diese Angelegenheit überhaupt nicht hätte sprechen sollen, sich dennoch nicht enthalten konnte herauszuplatzen: »Cackle, Sie sind ein dummer Narr. Sie reden immer Unsinn und Klatschereien. Osborne will weder mit einer Herzogin davongehen noch eine Putzmacherin unglücklich machen. Miß Sedley ist eine der reizendsten jungen Damen, die jemals gelebt haben. Er ist schon seit langer Zeit mit ihr verlobt, und wer Unpassendes von ihr sagen will, der täte es besser so, daß ich es nicht höre.« Bei diesen Worten wurde Dobbin dunkelrot, brach schnell ab und stürzte eine Tasse Tee so hastig hinunter, daß er fast daran erstickte. Die Geschichte war binnen einer halben Stunde im ganzen Regiment herum, und noch an demselben Abend schrieb die Majorin O'Dowd an ihre Schwägerin Glorvina in O'Dowdstown, sie brauche sich mit der Abreise von Dublin nicht zu beeilen; der junge Osborne sei infolge einer von ihm begangenen Übereilung bereits verlobt.

Sie beglückwünschte den Leutnant gleich an diesem Abend mit wohlgesetzten Worten bei einem Glase Whiskygrog, und er ging ganz wütend nach Hause, um Dobbin zur Rede zu stellen, weil er sein Geheimnis verraten habe. Dobbin hatte die Einladung der Majorin O'Dowd abgelehnt und saß in seinem Zimmer, damit beschäftigt, Flöte zu blasen und, wie ich glaube, sehr melancholische Verse zu machen.

»Wer zum Kuckuck hat dich geheißen, über meine Angelegenheiten zu reden?« schrie Osborne zornig. »Zum Teufel, wozu braucht es das ganze Regiment zu wissen, daß ich mich verheiraten will? Wozu braucht die schwatzhafte alte Vettel Peggy O'Dowd bei ihrer verdammten Abendgesellschaft meinen Namen in ihren Mund zu nehmen und meine Verlobung in allen drei Königreichen auszuposaunen? Schließlich, was hast du für ein Recht, zu sagen, daß ich verlobt bin, oder dich überhaupt in meine Angelegenheiten zu mischen, Dobbin?«

»Mir scheint...« begann Hauptmann Dobbin.

»Ach was, ›mir scheint‹!« unterbrach ihn der Jüngere. »Ich bin dir zu Dank verpflichtet, das weiß ich, nur zu gut weiß ich das; aber ich mag mir nicht immer von dir etwas vorpredigen lassen, weil du fünf Jahre älter bist als ich. Ich will mich hängen lassen, wenn ich mir dein Getue, als ob du klüger und besser wärest, und dein nichtswürdiges Bemitleiden und dein gönnerhaftes Benehmen länger gefallen lasse! Mitleid und Gönnerschaft! Ich möchte wissen, worin ich dir nachstehe!«

»Bist du verlobt?« unterbrach ihn Hauptmann Dobbin.

»Was zum Teufel geht es dich oder sonst jemand hier an, ob ich es bin?«

»Schämst du dich deiner Verlobung?« fragte Dobbin weiter.

»Welches Recht hast du, mich so zu fragen? Das möchte ich wissen«, erwiderte George.

»O Gott, du willst doch nicht etwa sagen, daß du vor hast, zurückzutreten?« fragte Dobbin und sprang auf.

»Mit anderen Worten, da fragst mich, ob ich ein Mann von Ehre bin«, versetzte Osborne mit stolzer Miene. »War das der Sinn? Du hast in letzter Zeit mir gegenüber einen solchen Ton angenommen, daß ich verdammt sein will, wenn ich ihn mir länger gefallen lasse.«

»Was habe ich denn getan? Ich habe dir gesagt, George, daß du ein liebenswürdiges Mädchen vernachlässigst. Ich habe dir gesagt, wenn du in die Stadt führest, solltest du zu ihr hingehen und nicht in die Spielhäuser in der St. James Street.«

»Ich glaube, du möchtest dein Geld zurückhaben«, erwiderte George spöttisch.

»Gewiß möchte ich das; ich habe es ja immer zurückverlangt, nicht wahr?« antwortete Dobbin. »Das war ja recht edel von dir, das zu sagen.«

»Nein, zum Henker, William, ich bitte dich um Verzeihung«, unterbrach ihn hier George in einer Anwandlung von Reue. »Du hast dich hundertmal als mein Freund erwiesen, weiß Gott! Du hast mir oft genug aus der Klemme geholfen. Als Crawley von der Garde mir damals soviel Geld abgenommen hatte, da wäre es ohne deinen Beistand aus mit mir gewesen, das weiß ich. Aber du solltest nicht so hart mit mir verfahren und mir nicht immer die Leviten lesen. Ich habe Amelia wirklich sehr lieb, ich bete sie an, und was dergleichen Ausdrücke mehr sind. Mach kein böses Gesicht. Sie ist ein Engel; das weiß ich. Aber siehst du, es macht keinen rechten Spaß, etwas zu gewinnen, wenn man nicht vorher darum gespielt hat. Zum Henker, das Regiment ist eben erst aus Westindien zurückgekommen; da muß ich mich ein bißchen austoben. Wenn ich dann verheiratet sein werde, will ich mich bessern; ja, das will ich tun, auf Ehre. Also, Dob, sei mir nicht böse; nächsten Monat will ich dir hundert Pfund zurückgeben; ich weiß, mein Vater wird dann ordentlich was herausrücken. Und ich will Heavytop um Urlaub bitten und morgen nach der Stadt fahren und Amelia besuchen. Na also, bist du nun zufrieden?«

»Man kann dir nicht lange böse sein, George«, sagte der gutherzige Hauptmann. »Und was das Geld anlangt, alter Junge, so weiß ich ja, wenn ich welches nötig hätte, würdest du deinen letzten Schilling mit mir teilen.«

»Das täte ich bestimmt, Dobbin«, sagte George sehr edelmütig, obwohl er, beiläufig gesagt, niemals Geld übrig hatte.

»Ich wünschte nur, du hättest dir schon die Hörner abgelaufen, George. Hättest du das Gesicht der armen kleinen Miß Emmy sehen können, als sie mich neulich nach dir fragte, so würdest du deine Billardbälle zum Teufel geschickt haben. Fahr hin und tröste sie, du Schlingel. Oder schreib ihr einen langen Brief. Tu etwas, um sie glücklich zu machen; es ist so wenig dazu erforderlich.«

»Ich glaube, sie hat mich schrecklich lieb«, sagte der Leutnant mit selbstzufriedener Miene und ging weg, um den Abend mit ein paar lustigen Kameraden im Kasino zu beenden.

Zu derselben Zeit blickte am Russell Square Amelia nach dem Mond, der auf diesen friedlichen Platz gerade so hinschien wie auf den Hof der Kaserne in Chatham, in der Leutnant Osborne sein Quartier hatte, und dachte darüber nach, womit ihr Held in diesem Augenblick wohl beschäftigt sein möge. ›Vielleicht‹, dachte sie, ›visitiert er die Schildwachen; vielleicht liegt er im Biwak; vielleicht sitzt er am Lager eines verwundeten Kameraden oder studiert auf seinem einsamen

192

Zimmer die Kriegskunst.‹ So eilten ihre liebevollen Gedanken in die Ferne, als wenn sie Engel wären und Schwingen hätten, und flogen den Fluß hinab nach Chatham und Rochester und bemühten sich, in die Kaserne hineinzublikken, in der sich George befand.

Alles recht überlegt, möchte ich meinen, war es gut, daß die Tore geschlossen waren und der Posten niemand durchließ, so daß der arme, kleine, weiß gekleidete Engel die Lieder nicht hören konnte, die die jungen Offiziere bei ihrem Whiskypunsch grölten.

Am Tage nach dem kleinen Gespräch in der Chathamer Kaserne wollte der junge Osborne zeigen, daß er sein Wort zu halten wisse, und schickte sich an, nach der Stadt zu fahren, womit er sich Hauptmann Dobbins vollen Beifall erwarb. »Ich hätte ihr gern ein kleines Geschenk gemacht,« sagte Osborne vertraulich zu seinem Freund, »aber leider bin ich ganz abgebrannt, bis mein Vater wieder etwas herausrückt.« Aber Dobbin wollte nicht zugeben, daß diese Herzensgüte und edle Gesinnung unbetätigt blieben und versorgte daher Mr. Osborne mit ein paar Pfundnoten, die dieser nach kurzem, schwachem Sträuben annahm.

Und er hätte auch sicherlich etwas sehr Hübsches für Amelia gekauft, wenn ihm nicht, als er in der Fleet Street aus der Landkutsche gestiegen war, im Schaufenster eines Juweliers eine schöne Krawattennadel ins Auge gefallen wäre, der er nicht widerstehen konnte; nachdem er sie bezahlt hatte, blieb ihm nicht mehr genug Geld übrig, um seine freundlichen Absichten zur Ausführung zu bringen. Aber was schadete das? Wir können überzeugt sein: nicht seine Geschenke waren es, worauf Amelias Wünsche gerichtet waren. Als er nach dem Russell Square kam, wurde ihr Gesicht hell, als ob er der Sonnenschein gewesen wäre. All die kleinen Sorgen, Befürchtungen, Tränen, schüchternen Zweifel und quälenden Gedanken wer weiß wie vieler Tage und schlafloser Nächte

waren augenblicklich unter der Einwirkung dieses wohlvertrauten, unwiderstehlichen Lächelns vergessen. Er strahlte
sie, durch die Salontür tretend, an ... eine herrliche Erscheinung mit seinem ambrosisch duftenden Backenbart, wie ein
junger Gott. Sambo, dessen Gesicht, als er Hauptmann Osborne anmeldete (diese Rangerhöhung ließ er dem jungen
Offizier aus eigener Machtvollkommenheit zukommen),
von einem mitfühlenden Grinsen erglänzte, sah das junge
Mädchen zusammenfahren und erröten und von ihrem
Späherplatz am Fenster aufspringen. Sambo zog sich zurück,
und sobald sich die Tür hinter ihm geschlossen hatte, eilte
Amelia wie ein flatterndes Vögelchen an Leutnant George
Osbornes Herz, als wäre dort das einzige natürliche Heim,
wo sie sich geborgen fühlen könnte. O du arme, bangende,
kleine Seele! Der schönste Baum im ganzen Wald, mit dem
geradesten Stamm, den stärksten Ästen und dem dichtesten
Laub, den du dir ausgesucht hast, um dort zu nisten und zu
girren, kann schon, ohne daß du es ahnst, gezeichnet sein
und in kurzem krachend zu Boden stürzen. Wie alt, wie uralt
ist der Vergleich zwischen dem Menschen und einem Baum!
Unterdessen küßte George ihr sehr freundlich die Stirn und
die leuchtenden Augen und benahm sich sehr huldvoll und
gütig; sie aber dachte, daß die Brillantnadel, die sie an ihm
früher noch nicht gesehen hatte, das schönste Schmuckstück
sei, das es je gegeben habe.
Der aufmerksame Leser, der das frühere Benehmen unseres
Leutnants beachtet hat und sich an unsern Bericht über das
kurze Gespräch erinnert, das dieser eben erst mit Hauptmann Dobbin hatte, ist möglicherweise zu gewissen Schlußfolgerungen über Mr. Osbornes Charakter gelangt. Irgendein boshafter Franzose hat gesagt, bei einem jeden Liebesverhältnis gebe es zwei Teile: einen Teil, der liebe, und
einen anderen, der sich dazu herablasse, von dem andern geliebt zu werden. Manchmal ist die Liebe auf seiten des

194

Mannes, manchmal auf seiten der Frau. Vielleicht hat schon mancher verliebte Tor Unempfindlichkeit für Bescheidenheit, Stumpfsinn für jungfräuliche Zurückhaltung, bloße Geistesarmut für liebliche Verschämtheit, mit einem Wort, eine Gans für einen Schwan gehalten. Anderseits hat gewiß manche meiner lieben Leserinnen einen Esel vermöge ihrer Phantasie mit glänzender Pracht und Herrlichkeit umkleidet, seine geistige Öde als männliche Schlichtheit bewundert, seine Selbstsucht als männliches Überlegenheitsgefühl verehrt, seine Dummheit als majestätischen Ernst aufgefaßt und ihn so behandelt wie die strahlende Fee Titania einen gewissen athenischen Weber. Ich glaube, ich habe schon solche Komödien der Irrungen sich in der Welt abspielen sehen. Aber so viel ist sicher, daß Amelia ihren Geliebten für einen der tapfersten, begabtesten und schönsten Männer des ganzen Königreichs hielt; und möglicherweise war Leutnant Osborne derselben Ansicht.

Er war ein bißchen wild; aber wie viele junge Männer sind das nicht! Und mögen nicht die Mädchen einen Durchgänger lieber als einen Milchbart? Er hatte sich die Hörner noch nicht abgelaufen; aber das würde ja bald geschehen sein, und er würde aus dem Heeresdienst ausscheiden, da jetzt der Friede proklamiert, das korsische Ungeheuer in Elba eingesperrt, die Aussicht auf gute Beförderung infolgedessen geschwunden und ihm keine Gelegenheit mehr geblieben war, seine unzweifelhafte militärische Begabung und Tapferkeit zur Geltung zu bringen. Durch das, was ihm sein Vater gab und was Amelia als Mitgift erhielt, würden sie in den Stand gesetzt werden, sich irgendwo auf dem Lande ein behagliches Heim zu schaffen, mit einer guten Jagd in der Nähe; und da würde er dann ein bißchen jagen, ein bißchen Landwirtschaft treiben, und sie würden sehr glücklich sein. Als verheirateter Mann im Militärdienst zu bleiben, das war ein Ding der Unmöglichkeit. Man stelle sich Mrs. George

Osborne in einer Mietswohnung in einem Landstädtchen vor oder, was noch schlimmer ist, in Ost- oder Westindien, auf die Gesellschaft der Offiziere angewiesen und von der Majorin O'Dowd bemuttert! Amelia wollte sich totlachen bei den Geschichten, die Osborne ihr über die Majorin O'Dowd erzählte. Er liebte sie viel zu zärtlich, als daß er sie jenem schrecklichen Weib und ihrem ordinären Benehmen und dem harten Leben einer Soldatenfrau hätte aussetzen mögen. Für sich selbst sorgte er dabei nicht, das lag nicht in seiner Art; aber sein liebes kleines Mädchen sollte in der Gesellschaft den Platz einnehmen, zu dem sie als seine Frau berechtigt war. Und natürlich stimmte sie all diesen Vorschlägen zu, wie sie auch allen anderen zugestimmt haben würde, die er ihr gemacht hätte.

Mit solchen Gesprächen und dem Bauen zahlloser Luftschlösser (die Amelia mit allerlei Blumengärten, ländlichen Spaziergängen, Dorfkirchen, Sonntagsschulen und dergleichen ausschmückte, während Georges Auge auf die Pferde- und Hundeställe und auf den Weinkeller gerichtet war) verbrachte das junge Paar sehr vergnügt ein paar Stunden, und da der Leutnant nur diesen einen Tag in der Stadt bleiben konnte und eine große Menge höchst wichtiger Geschäfte zu erledigen hatte, so machte er den Vorschlag, Emmy möchte bei ihren künftigen Schwägerinnen speisen. Diese nahm die Aufforderung freudig an. Er brachte sie zu seinen Schwestern, und als er sie verließ, schwatzte und plauderte sie so munter, daß die Damen ganz erstaunt waren und meinten, George könne am Ende doch noch etwas aus ihr machen. Er ging also fort, um seine Geschäfte zu besorgen.

Kurz gesagt, er ging hin und aß Eis in einer Konditorei in Charing Croß, probierte einen neuen Anzug in Pall Mall an, begab sich in Slaughters Kaffeehaus, fragte dort nach Hauptmann Cannon, spielte mit ihm elf Partien Billard, von denen er acht gewann, und kehrte nach dem Russell Square zurück,
196

zwar eine halbe Stunde zu spät zum Dinner, aber in sehr guter Stimmung.

In anderer Stimmung befand sich der alte Osborne. Als dieser aus der City nach Hause kam und seine Töchter und die elegante Miß Wirt ihn im Salon begrüßten, sahen diese sofort an seinem Gesicht (das auch in seinen besten Zeiten gedunsen, ernst und gelb aussah) und an den finster zusammengezogenen, zuckenden Augenbrauen, daß das Herz unter seiner großen weißen Weste sich in unruhiger Aufregung befand. Als Amelia ihm entgegenkam, um ihn zu begrüßen, was sie immer nur mit Furcht und Zittern tat, antwortete er nur mit einem mürrischen Grunzen und ließ ihr Händchen sogleich wieder aus seiner großen, behaarten Pfote gleiten, ohne einen Versuch, es festzuhalten. Dann wandte er sich zu seiner ältesten Tochter und warf ihr einen verdrießlichen Blick zu; diese verstand sofort die Bedeutung seines Blickes, der unmißverständlich fragte: ›Zum Teufel, warum ist *die* denn hier?‹ und sagte: »George ist in der Stadt, Papa; er ist nach dem Generalkommando gegangen und wird zu Tisch zurück sein.«

»So? Wirklich? Ich will nicht, daß mit dem Essen auf ihn gewartet wird, Jane.« Mit diesen Worten ließ sich der würdige Herr in den Lehnstuhl fallen, den sonst niemand benutzen durfte; und dann wurde das tiefe Schweigen in seinem vornehmen, schön möblierten Salon nur durch das ängstliche Ticken der großen französischen Stutzuhr unterbrochen.

Als diese Uhr (sie wurde von einer anmutigen Bronzegruppe gekrönt, die die Opferung der Iphigenia darstellte) mit dem dumpfen Ton einer Domglocke fünf schlug, zog Mr. Osborne heftig an der Klingelschnur zu seiner Rechten, und der Haushofmeister trat eilig ins Zimmer.

»Das Essen!« herrschte ihn Mr. Osborne an.

»Mr. George ist noch nicht zurückgekommen, Sir«, bemerkte jener.

»Was schert mich Mr. George! Ich bin hier Herr im Hause! *Das Essen!*« rief Mr. Osborne wütend. Amelia zitterte. Zwischen den drei anderen Damen war eine telegraphische Verständigung mittels der Augen im Gange. Die gehorsame Glocke in den unteren Räumen begann durch ihr Läuten den Beginn der Mahlzeit anzuzeigen. Sobald sie wieder schwieg, schob das Oberhaupt der Familie seine Hände in die großen Hintertaschen seines großen blauen, mit Messingknöpfen besetzten Rockes und ging, ohne eine weitere Meldung abzuwarten, allein die Treppe hinunter, nachdem er den vier Damen über die Schulter hinüber einen mürrischen Blick zugeworfen hatte.

»Was mag nur geschehen sein?« fragten sich diese untereinander, während sie aufstanden und sachte hinter dem Hausherrn her gingen.

»Ich denke mir, die Kurse fallen«, flüsterte Miß Wirt; und so folgte denn der verängstigte kleine Weibertrupp zitternd und stumm seinem finster blickenden Führer. Schweigend nahmen sie ihre Plätze ein. Er knurrte ein Tischgebet, das so grimmig klang wie ein Fluch. Die großen silbernen Speiseglocken wurden abgehoben. Amelia zitterte auf ihrem Platz; denn sie saß unmittelbar neben dem schrecklichen Osborne und allein an ihrer Seite des Tisches; die Lücke war durch Georges Abwesenheit verursacht.

»Suppe?« fragte Mr. Osborne mit einer wahren Grabesstimme, indem er den Schöpflöffel ergriff und seine Augen starr auf sie heftete. Nachdem er dann sie und die übrigen versorgt hatte, sprach er eine Zeit lang gar nicht.

»Nehmen Sie Miß Sedleys Teller fort«, sagte er endlich. »Sie kann die Suppe nicht essen, ebensowenig wie ich. Sie schmeckt scheußlich. Nehmen Sie die Suppe weg, Hicks, und jage morgen die Köchin fort, Jane.«

Nachdem Mr. Osborne mit seiner Kritik der Suppe fertig war, machte er ein paar kurze, ebenso bissig-satirische Be-

merkungen über den Fisch und verfluchte den ganzen Fischmarkt von Billingsgate mit einem dem Gegenstand durchaus angemessenen Nachdruck. Hierauf versank er wieder in Schweigen und goß mehrere Gläser Wein hinunter, wobei seine Miene immer furchtbarer wurde, bis ein munteres Klopfen an der Tür Georges Ankunft verkündigte und alle aufzuatmen begannen.

Er habe nicht früher kommen können. General Daguilet habe ihn auf dem Generalkommando so lange warten lassen. An Suppe und Fisch liege ihm nichts. Man solle ihm irgend etwas geben, ganz gleich was. Der Hammelbraten sei ausgezeichnet. Auch alles andre fand er ausgezeichnet. Seine gute Laune bildete einen schroffen Gegensatz zu dem finsteren Ernst seines Vaters; und so schwatzte er während der ganzen Mahlzeit ohne Aufhören, zur Freude aller und besonders einer, die wir nicht erst zu nennen brauchen.

Sobald die jungen Damen die Apfelsine und das Glas Wein zu sich genommen hatten, die den üblichen Beschluß der freudlosen Mahlzeiten in Mr. Osbornes Haus bildeten, wurde das Signal zum Rückzug nach dem Salon gegeben, und alle standen auf und verließen das Zimmer. Amelia hoffte, daß George sich dort bald wieder zu ihnen gesellen werde. Sie begann oben im Salon auf dem großen Klavier mit den geschnitzten Beinen und dem Lederüberzug einige seiner Lieblingswalzer zu spielen, die damals soeben vom Kontinent herübergekommen waren. Aber dieser kleine Kunstgriff lockte ihn nicht herbei. Er war taub für die Walzer; sie wurden matter und matter; in ihrer Hoffnung getäuscht, verließ die Spielerin nun das Instrument. Und obgleich ihre drei Freundinnen nach ihr einige der lautesten und glänzendsten Stücke ihres Repertoires vortrugen, hörte Amelia keine einzige Note davon, sondern saß in Gedanken versunken da und überließ sich bösen Ahnungen. Obwohl

das finstere Gesicht des alten Osborne zu allen Zeiten furcht-
erregend war, hatte er sie doch noch nie vorher mit solchem
Grimm angeblickt. Seine Augen waren ihr, als sie das
Speisezimmer verließ, mit einem Ausdruck gefolgt, wie wenn
sie etwas Böses begangen hätte. Als ihr der Kaffee gereicht
wurde, fuhr sie zurück, wie wenn es ein Giftbecher wäre, den
ihr der Haushofmeister Mr. Hicks reichen wollte. Was
lauerte hier für ein Geheimnis? O diese Frauen! Sie hegen
und pflegen ihre Ahnungen und machen ihre häßlichsten
Gedanken zu ihren Lieblingen, gerade wie sie es mit ihren
verkrüppelten Kindern tun.

Der finstere Ernst, der auf dem Gesicht seines Vaters lag,
hatte auch George Osborne mit Besorgnis erfüllt. Wenn der
Alte die Augenbrauen in dieser Weise zusammenzog und
ein Gesicht wie Gift und Galle machte, wie sollte er da das
Geld von ihm herausholen, das er so höllisch nötig hatte? Er
fing damit an, seines Vaters Wein zu loben. Das war für gewöhnlich ein erfolgreiches Mittel, den alten Herrn in eine
freundliche Stimmung zu versetzen.

»Wir haben in Westindien nie solchen Madeira zu trinken
bekommen, wie deiner hier, Vater. Oberst Heavytop trug
neulich drei Flaschen von dem, den du mir geschickt hattest,
unter seinem Mantel davon.«

»Wirklich?« erwiderte der alte Herr. »Er kostet mich acht
Schilling die Flasche.«

»Willst du ein Dutzend Flaschen von dem Wein für sechs
Guineen abgeben?« sagte George lachend. »Einer der größten Männer im Königreich möchte gern davon haben.«

»Wirklich?« brummte der Alte. »Wird wohl kaum welchen
kriegen.«

»Als General Daguilet in Chatham war, Vater, gab ihm
Heavytop ein Frühstück und bat mich dazu um ein paar
Flaschen von diesem Wein. Der General war davon ebenso
begeistert, und er hätte gern ein Faß davon für den Höchst-

kommandierenden gehabt. Er ist die rechte Hand Seiner
Königlichen Hoheit.«

»Es ist tatsächlich ein verteufelt guter Wein«, erwiderte der
Alte, und um die Augenbrauen zeigte sich ein etwas freund-
licherer Ausdruck. George war schon im Begriff, aus dieser
besseren Stimmung Vorteil zu ziehen und die Frage einer
Sonderzuwendung aufs Tapet zu bringen, als der Vater
wieder in sein tiefernstes Wesen zurückfiel und ihn, wiewohl in etwas verbindlicherem Ton als vorher, aufforderte,
nach dem Rotwein zu klingeln. »Und wir wollen sehen, ob
der ebenso gut ist wie der Madeira, George, den ich Seiner
Königlichen Hoheit gern zur Verfügung stelle. Und während wir ihn trinken, will ich mit dir eine wichtige Angelegenheit besprechen.«

Amelia, die in nervöser Unruhe oben im Salon saß, hörte die
Rotweinklingel ertönen. Sie hatte ohne recht verständlichen
Grund die Empfindung, daß der Klang etwas Geheimnis-
volles habe und auf etwas Besonderes vorausdeute. Von den
Vorahnungen, die manche Leute immer haben, müssen
einige jedenfalls eintreffen.

»Was ich von dir wissen möchte, George,« begann der alte
Herr, nachdem er sein erstes Glas langsam ausgeschlürft
hatte, »was ich von dir wissen möchte, ist, wie du mit ... hm
... mit der Kleinen da oben stehst.«

»Ich glaube, Vater, das ist nicht schwer zu sehen«, versetzte
George mit selbstzufriedenem Lächeln. »Die Sache ist hinreichend klar, Vater. Was für ein vorzüglicher Wein!«

»Was meinst du mit ›hinreichend klar‹, George?«

»Zum Kuckuck, Vater, setz mir doch nicht so die Pistole auf
die Brust. Ich bin ein bescheidener Mensch. Ich ... hm ... ich
gebe mich nicht für einen unwiderstehlichen Herzensbrecher
aus; aber ich muß bekennen, daß sie in mich teufelsmäßig
verliebt ist wie nur möglich. Das sieht ja jeder auf den ersten
Blick.«

»Und du selbst?«

»Nun, Vater, hast du mir nicht befohlen, sie zu heiraten, und bin ich nicht ein gehorsamer Sohn? Haben unsere Väter das nicht schon vor wer weiß wie langer Zeit miteinander so abgemacht?«

»Ein nettes Früchtchen bist du, das muß wahr sein. Ich habe sehr wohl von deinem Treiben mit Lord Tarquin gehört und mit dem Garde-Rittmeister Crawley und mit dem ehrenwerten Mr. Deuceace und dieser ganzen Gesellschaft. Sei auf deiner Hut, mein Sohn, sei auf deiner Hut!«

Der alte Herr sprach diese aristokratischen Namen mit dem größten Wohlbehagen aus. Jedesmal wenn er mit einem hohen Herrn zusammentraf, kroch er vor ihm und schaltete die Anrede ›Mylord‹ in jeden Satz ein, wie das eben nur ein frei geborener Brite tun kann. Wenn er dann nach Hause kam, las er dessen Familiengeschichte im Adelskalender nach; er brachte den vornehmen Namen in seinen Gesprächen möglichst oft an und prahlte seinen Töchtern gegenüber mit Seiner Lordschaft. Er warf sich gleichsam in den Staub und ließ sich von dem Glanze des hohen Herrn bescheinen wie ein neapolitanischer Bettler von der Sonne. George bekam einen Schreck, als er diese Namen hörte. Er fürchtete, sein Vater könnte von gewissen Erlebnissen, die er am Spieltisch gehabt hatte, Kenntnis erhalten haben. Aber es wurde ihm wieder leichter ums Herz, als der sittenstrenge Vater in heiterem Tone sagte:

»Nun ja, nun ja, junge Leute machens nun mal nicht anders. Und mein Trost ist dabei, George, daß du in der besten Gesellschaft von ganz England verkehrst, wie ich das von dir hoffe und erwarte, und wie meine Mittel dir das erlauben...«

»Ich danke dir, Vater«, erwiderte George, der nun sofort die Gelegenheit beim Schopfe nahm. »Man kann aber mit solchen großen Leuten nicht leben, ohne Geld auszugeben; da, sieh mal meine Börse an, Vater.« Mit diesen Worten hielt er

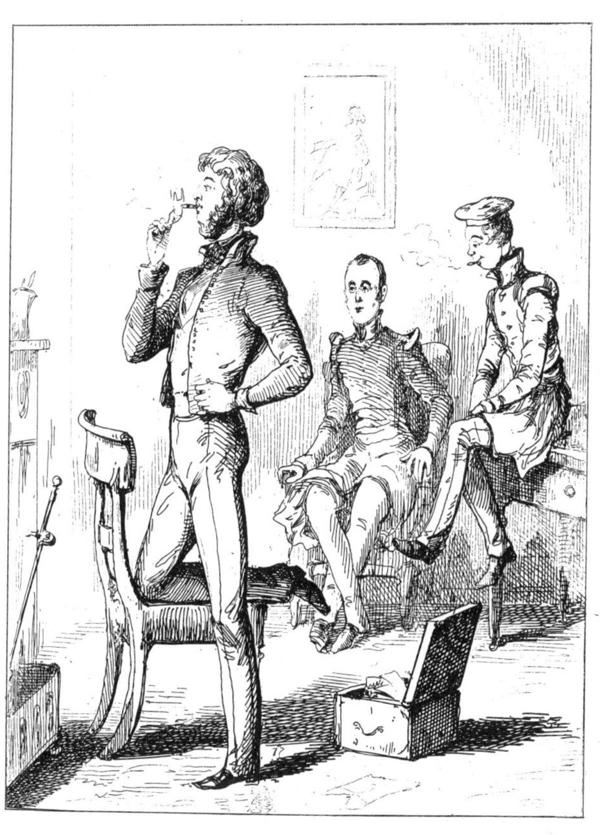

ihm das kleine Geschenk hin, das ihm Amelia gehäkelt hatte und das die letzte von Dobbins Pfundnoten enthielt.

»Du sollst keinen Mangel leiden, mein Sohn. Der Sohn eines englischen Kaufmanns soll keinen Mangel leiden. Meine Guineen sind ebenso gut wie die ihrigen, mein Junge, und ich will damit nicht knausern. Sprich bei Mr. Chopper vor, wenn du morgen durch die City kommst; er wird etwas für dich haben. Ich knausere nicht mit dem Geld, wenn ich sehe, daß du dich in vornehmer Gesellschaft bewegst; denn ich weiß, daß in diesen Schichten nichts Unrechtes geschieht. Ich bin nicht stolz. Ich bin von bescheidener Herkunft ... du hast es darin besser. Benutze deine günstige Lage. Verkehre mit den jungen Edelleuten. Es ist mancher unter ihnen, der nicht so viel Dollars ausgeben kann wie du Guineen, mein Junge. Nun, und was Frauenzimmer anlangt« (hier schoß unter den herabgezogenen Augenbrauen ein verständnisvoller und nicht sehr angenehmer Blick hervor), »na, das ist nun einmal bei jungen Männern nicht anders. Nur eines befehle ich dir zu vermeiden, und wenn du mir darin ungehorsam bist, enterbe ich dich vollständig, das verspreche ich dir heilig; ich meine das Hasardspiel, George.«

»Aber selbstverständlich, Vater«, erwiderte George.

»Aber um auf die andere Angelegenheit, die Sache mit Amelia, zurückzukommen: warum solltest du nicht etwas Vornehmeres heiraten als die Tochter eines Börsenmaklers, George? Das möchte ich dich fragen.«

»Das ist eine Abmachung der beiden Familien, Vater«, sagte George, der damit beschäftigt war, Haselnüsse aufzuknakken. »Du und Mr. Sedley, ihr habt uns ja schon vor wer weiß wie langer Zeit zusammengekuppelt.«

»Das stelle ich nicht in Abrede; aber die Stellung der Menschen ist dem Wechsel unterworfen, mein Sohn. Ich leugne nicht, daß Sedley mir zu meiner jetzigen guten Lage verholfen hat oder vielmehr mich in den Stand gesetzt hat, mir durch mein eigenes Talent und Genie die stolze Stellung zu erwerben, die ich, wie ich wohl sagen kann, jetzt im Talghandel und in der Londoner City einnehme. Ich habe mich gegen Sedley dankbar gezeigt, und er hat auch neuerdings diese meine Dankbarkeit stark in Anspruch genommen, wie mein Scheckbuch zeigen kann. George, ich sage dir im Vertrauen: mit Mr. Sedleys Geschäft scheint es mir nicht gut zu stehen. Mein erster Buchhalter, Mr. Chopper, ist derselben Meinung, und der ist ein alter Schlaukopf und weiß mit der Börse so gut Bescheid wie nur irgendeiner in London. Auch Hulker & Bullock sind Sedley gegenüber bedenklich geworden. Ich fürchte, er hat auf eigene Rechnung unglücklich spekuliert. Man sagt, die ›Jeune Amélie‹, die von dem amerikanischen Kaper Molasses aufgebracht worden ist, sei sein Schiff gewesen. Und das ist selbstverständlich: wenn ich nicht Amelias zehntausend Pfund Mitgift auf dem Tisch vor mir sehe, nimmst du das Mädchen nicht. Die Tochter eines Bankrotteurs will ich nicht in meiner Familie haben. Reiche mir den Wein her ... oder klingle lieber nach dem Kaffee.«

Nach diesen Worten entfaltete Mr. Osborne die Abendzeitung, und George erkannte hieran, daß das Gespräch beendet war und sein Papa sich anschickte, ein Schläfchen zu halten.

In der muntersten Laune eilte er hinauf zu Amelia. Was war der Grund, weshalb er an diesem Abend sich gegen sie aufmerksamer benahm, als er es seit langer Zeit getan hatte, mehr Eifer zeigte, sie zu unterhalten, einen zärtlicheren Ton fand und seinen Geist heller funkeln ließ? Tat er das, weil ihm sein edles Herz warm wurde im Hinblick auf das ihr bevorstehende Unglück? Oder steigerte der Gedanke, daß er den schönen Preis verlieren könne, dessen Wert in seinen Augen?

Sie zehrte von der Erinnerung an diesen glücklichen Abend

noch viele Tage nachher; sie rief sich seine Worte ins Gedächtnis zurück und seine Blicke und das Lied, das er gesungen hatte, und seine Haltung, als er sich über sie beugte oder sie aus der Entfernung anblickte. Noch nie vorher war ihr ein Abend in Mr. Osbornes Haus so schnell vergangen, und es war das erste Mal, daß sie beinah böse wurde, als Mr. Sambo viel zu früh mit ihrem Schal erschien, um sie abzuholen.

Am nächsten Morgen kam George und nahm zärtlich von ihr Abschied, dann eilte er schleunigst nach der City, wo er dem Geschäftsführer seines Vaters, Mr. Chopper, einen Besuch abstattete und von diesem Herrn ein Schriftstück erhielt, für das er bei Hulker & Bullock eine ganze Tasche voll Geld eintauschte. Als George dieses Geschäft betrat, kam gerade der alte John Sedley mit sehr trüber Miene aus dem Privatkabinett des Bankiers heraus. Aber sein Patenkind war in viel zu gehobener Stimmung, um die Niedergeschlagenheit des braven Börsenmaklers und den traurigen Blick, den der gute alte Herr ihm zuwarf, zu bemerken. Der junge Bullock kam diesmal nicht lächelnd mit ihm aus dem Privatkabinett heraus, wie er das in früheren Jahren zu tun gepflegt hatte.

Und als sich die Schwingetür von Hulker, Bullock & Co. hinter Mr. Sedley geschlossen hatte, zwinkerte der Kassierer Mr. Quill (dessen menschenfreundliche Beschäftigung darin besteht, den Kunden aus einer Schublade raschelnde Banknoten und aus einer kupfernen Schwinge Sovereigns auszuzahlen) dem Angestellten an dem Pult zu seiner Rechten, Mr. Driver, bedeutsam zu, worauf Mr. Driver ihm wieder zublinzelte.

»Bekommt nichts«, flüsterte Mr. Driver.

»Unter keinen Umständen«, versetzte Mr. Quill. »Mr. George Osborne, wünschen Sie Papier oder Gold?« George stopfte eifrig eine Anzahl von Banknoten in seine Taschen

und zahlte seinem Freunde Dobbin noch an demselben Abend
im Kasino fünfzig Pfund zurück.

An demselben Abend schrieb ihm Amelia einen sehr zärtlichen, sehr langen Brief. Ihr Herz strömte über von inniger
Liebe, wurde aber immer noch von schlimmen Ahnungen
gequält. Sie fragte, weshalb Mr. Osborne so finster geblickt
habe. Ob zwischen ihm und ihrem Papa irgendwelche Miß-
helligkeit entstanden sei. Ihr armer Papa sei in so melancholi-
scher Stimmung aus der City zurückgekommen, daß zu
Hause alle darüber beunruhigt seien. Kurz, es waren vier
Seiten voller Liebesworte und Befürchtungen, Hoffnungen
und böser Ahnungen.

»Die arme kleine Emmy ... die liebe kleine Emmy! Wie lieb
sie mich hat!« sagte George, als er die Epistel gelesen hatte.
»Ach, und was für Kopfschmerzen habe ich von dem Punsch!«
Ja wirklich: die arme kleine Emmy!

VIERZEHNTES KAPITEL
Miß Crawley bei sich zu Hause

Um dieselbe Zeit fuhr ein Reisewagen mit einem Wappen
auf dem Schlag, einer unzufrieden aussehenden Frauensperson mit grünem Schleier und gekräuselten Locken auf
dem Bedientensitz und einem großen, selbstbewußten
Kutscher auf dem Bock vor einem schmuck und behaglich
aussehenden Hause in der Park Lane vor. Es war die Equipage unserer Freundin Miß Crawley, die aus Hampshire
zurückkehrte. Die Wagenfenster waren geschlossen; der fette
Wachtelhund, dessen Kopf und Zunge gewöhnlich aus
einem Fenster herausschauten, ruhte auf dem Schoß der
mißvergnügten Frauensperson. Als das Fuhrwerk hielt,
wurde ein großes rundes Bündel von Schals und Mänteln
aus dem Wagen herausgehoben, und zwar durch die verein-
ten Bemühungen mehrerer Dienstboten und einer jungen

Dame, die mit dem Bündel zusammen im Wagen gekommen
war. In diesem Bündel stak Miß Crawley, die sofort die Treppen hinaufgetragen und zu Bett gebracht wurde; Zimmer
und Bett waren angemessen erwärmt, wie es bei Aufnahme
eines Kranken nötig ist. Boten eilten davon, um ihren Arzt
und seinen Assistenten zu holen. Diese kamen, berieten sich
miteinander, verschrieben etwas und verschwanden wieder.
Miß Crawleys junge Begleiterin war nach Beendigung der
Beratung zu den Ärzten hereingekommen, um deren Anweisungen in Empfang zu nehmen, und reichte nachher der
Kranken die fieberstillenden Medikamente, die die beiden
hervorragenden Männer der Wissenschaft verordnet hatten.
Rittmeister Crawley von der Leibgarde kam am folgenden
Tag von der Kaserne in Knightsbridge angeritten; sein
großer Rappe scharrte und stampfte in dem Stroh vor der
Haustür seiner kranken Tante. Er zeigte in seinen Fragen
nach dem Befinden seiner lieben Verwandten außerordentlich viel Teilnahme. Es schien ernster Grund zu Besorgnis
vorhanden zu sein. Er fand Miß Crawleys Kammerfrau (das
mißvergnügte weibliche Wesen) ungewöhnlich mürrisch
und niedergeschlagen; er fand Miß Briggs, ihre Gesellschafterin, in Tränen allein im Salon. Sie sei auf die Nachricht von der Krankheit ihrer geliebten Freundin nach Hause
geeilt; sie habe sich getrieben gefühlt, an ihr Lager zu
fliegen, an dieses Lager, dessen Kissen sie, Miß Briggs, so oft
in Stunden früherer Krankheit zurechtgestrichen habe. Aber
es sei ihr der Eintritt in Miß Crawleys Zimmer verwehrt
worden. Eine Fremde gebe der Kranken die Arznei ein ...
eine Fremde vom Lande ... eine widerwärtige Miß ... Tränen erstickten die Stimme der Gesellschafterin, und sie vergrub ihre verschmähte Liebe und ihre arme alte rote Nase in
ihrem Taschentuch.
Rawdon Crawley schickte seine Karte durch die mürrische
Kammerfrau hinauf, und Miß Crawleys neue Gesellschafte-

rin, die aus dem Krankenzimmer behende in den Salon herunterkam, legte ihre kleine Hand in die seine, als er ihr eifrig zur Begrüßung entgegenging, warf der verstörten Miß Briggs einen Blick tiefster Verachtung zu, winkte dem jungen Gardisten, er möchte aus dem Salon herauskommen, und führte ihn in das jetzt verödete Speisezimmer hinunter, wo so manches gute Dinner verzehrt worden war.

Hier redeten die beiden zehn Minuten lang miteinander und erörterten ohne Zweifel die Krankheitssymptome der bejahrten Patientin im oberen Stockwerk. Nach Beendigung dieses Gesprächs wurde die Klingelschnur im Speisezimmer energisch gezogen, und augenblicklich erschien Miß Crawleys Haushofmeister und Vertrauensmann, der große, dicke Mr. Bowls, der zufällig während des größten Teils der Unterredung am Schlüsselloch gewesen war. Der Rittmeister kam, seinen Schnurrbart drehend, heraus und bestieg zum Staunen der dort versammelten Straßenjugend seinen im Stroh scharrenden Rappen. Er blickte, während er sein Pferd sehr schön sich aufbäumen und tänzeln ließ, zum Fenster des Speisezimmers hinüber; auf einen Augenblick zeigte sich die junge Person am Fenster; dann verschwand sie; offenbar ging sie wieder hinauf, um die rührenden Pflichten der Nächstenliebe weiter zu erfüllen.

Wer mochte das junge Frauenzimmer nur sein? Das möchte ich doch gern wissen. An diesem Abend wurde im Speisezimmer ein kleines Dinner für zwei Personen aufgetragen. Mrs. Firkin, die Kammerfrau, begab sich eilig in das Zimmer ihrer Herrin und benutzte die Abwesenheit der neuen Pflegerin, um dort herumzuwirtschaften; die junge Krankenwärterin und Miß Briggs setzten sich unterdessen zu der gemütlichen kleinen Mahlzeit hin.

Miß Briggs hatte von ihrer Aufregung ein solches Würgen im Hals, daß sie kaum einen Bissen Fleisch genießen konnte. Die junge Person zerlegte mit der größten Geschicklichkeit ein

Huhn und bat dann in so bestimmtem Ton um die Eiersoße, daß die arme Briggs, vor der diese wohlschmeckende Zutat stand, zusammenfuhr, ein großes Geklapper mit dem Schöpflöffel vollführte und dann wieder in ihren von reichlichen Tränengüssen begleiteten hysterischen Zustand verfiel.

»Wollen Sie nicht Miß Briggs ein Glas Wein eingießen?« sagte die Person zu Mr. Bowls, dem dicken Haushofmeister. Er gehorchte. Miß Briggs ergriff das Glas mechanisch, trank es unter krampfhaften Zuckungen aus, stöhnte ein bißchen und begann mit dem Stück Huhn auf ihrem Teller zu spielen.

»Ich glaube, wir werden uns wechselseitig bedienen können«, sagte die Person mit großer Sanftmut, »und Mr. Bowls’ freundliche Dienste nicht nötig haben. Bitte, Mr. Bowls, wir werden schon klingeln, wenn wir Ihrer bedürfen.« Er ging hinunter in die Leutestube, wo er, beiläufig gesagt, seinem Untergebenen, dem ganz unschuldigen Diener, die fürchterlichsten Flüche an den Kopf warf.

»Es ist recht bedauerlich, daß Sie es sich so zu Herzen nehmen, Miß Briggs«, sagte die junge Dame in kühlem, leicht sarkastischem Ton.

»Meine teuerste Freundin ist so krank und wi-wi-will mich nicht sehen«, schluchzte Miß Briggs in einem neuen Anfall ihres Seelenschmerzes.

»Sie ist nicht mehr sehr krank. Trösten Sie sich, liebe Miß Briggs. Sie hat nur zuviel gegessen, weiter fehlt ihr nichts. Es geht ihr schon bedeutend besser. Sie wird bald völlig wiederhergestellt sein. Sie ist noch schwach vom Schröpfen und der ärztlichen Behandlung; aber sie wird in kürzester Frist wieder zu Kräften kommen. Bitte, trösten Sie sich, und trinken Sie noch ein bißchen Wein.«

»Aber warum, warum will sie mich nicht wiedersehen?« winselte Miß Briggs. »O Mathilde, Mathilde, ist das der Lohn für Ihre arme Arabella nach dreiundzwanzig Jahren liebevoller Aufopferung?«

»Weinen Sie nicht zuviel, arme Arabella«, sagte die andere mit kaum merkbarem Lächeln. »Sie will Sie nur deshalb nicht sehen, weil sie sagt, Sie verständen es nicht so gut wie ich, sie zu pflegen. Ein Vergnügen ist es für mich wahrhaftig nicht, die ganze Nacht aufzusitzen. Ich wünschte, Sie täten es an meiner Stelle.«

»Habe ich nicht jahrelang an diesem teuren Lager gesessen?« erwiderte Arabella. »Und nun…«

»Nun zieht sie jemand anders vor. Das ist nun einmal so; Kranke haben solche Launen, und da muß man ihnen den Willen tun. Wenn sie erst wieder gesund ist, werde ich weggehen.«

»Niemals, niemals!« rief Arabella und atmete wie von Sinnen an ihrem Riechfläschchen.

»Meinen Sie, daß sie niemals wieder gesund wird oder daß ich niemals weggehen soll, Miß Briggs?« sagte die andere, immer mit der gleichen verwirrenden Gutmütigkeit. »Ach was, in vierzehn Tagen ist sie wieder wohlauf, und ich kehre dann zu meinen kleinen Zöglingen in Queen's Crawley und zu deren Mutter zurück, die sehr viel kränker ist als unsere Freundin. Auf mich brauchen Sie nicht eifersüchtig zu sein, meine liebe Miß Briggs. Ich bin ein armes kleines Mädchen, das keine Freunde hat und niemand Böses tut. Ich habe nicht vor, Sie aus Miß Crawleys Gunst zu verdrängen. Wenn ich eine Woche fort bin, wird sie mich schon vergessen haben, während doch ihre Freundschaft für Sie das Werk vieler Jahre ist. Bitte, gießen Sie mir ein bißchen Wein ein, meine liebe Miß Briggs, und lassen Sie uns gute Freunde sein. Ich habe wahrlich Freunde nötig.«

Auf diese Bitte streckte ihr die versöhnliche, gutherzige Miß Briggs stumm die Hand hin; aber der Schmerz über die Zurücksetzung ging ihr doch gar zu tief, und sie wehklagte bitterlich über den Wankelmut ihrer Mathilde. Als nach einer halben Stunde die Mahlzeit beendet war, ging Miß

Rebekka Sharp (denn dies war, wie zu allgemeinem Erstaunen hiermit festgestellt sei, der Name derjenigen, die wir bisher so sinnreich als ›die Person‹ bezeichnet haben) wieder hinauf in das Krankenzimmer, aus dem sie sodann die arme Firkin mit der liebenswürdigsten Höflichkeit herausschickte. »Ich danke Ihnen, Mrs. Firkin; das genügt vollkommen; wie hübsch Sie das alles machen! Sollte etwas nötig sein, so werde ich klingeln. Ich danke Ihnen!« Mrs. Firkin ging, von einem wahren Sturm der Eifersucht durchtobt, hinunter, und dieser Sturm war um so gefährlicher, da sie sich gezwungen sah, ihn in ihre eigene Brust zu verschließen.

Ob es dieser Sturm war, der, als sie über den Treppenflur des ersten Stockwerks ging, die Tür des Salons aufblies? Nein, sie wurde verstohlen von Miß Briggs Hand geöffnet. Miß Briggs hatte auf der Lauer gestanden. Sie hatte ganz genau gehört, wie Mrs. Firkin knarrend die Treppe herunterkam und wie der Löffel und der Haferschleimteller klapperten, die die so schändlich zurückgesetzte Kammerfrau trug.

»Nun, Mrs. Firkin?« sagte sie, als diese ins Zimmer trat. »Nun, Jane?«

»Es wird immer schlimmer, Miß Briggs«, antwortete Mrs. Firkin kopfschüttelnd.

»Es geht ihr also noch nicht besser?«

»Sie hat nur ein einziges Mal mit mir gesprochen: ich fragte sie, ob sie sich ein bißchen wohler fühlte, und sie sagte, ich solle mein dummes Maul halten. Ach, Miß Briggs, das hätte ich nie gedacht, daß ich so etwas erleben würde!« Und die Wasserwerke fingen wieder an zu spielen.

»Was ist diese Miß Sharp denn eigentlich für eine Person, Mrs. Firkin? Das ließ ich mir nicht träumen, als ich in dem feinen Hause meiner treuen Freunde, des Reverend Lionel Delamere und seiner liebenswürdigen Gemahlin froh das

Weihnachtsfest beging, daß in der Zwischenzeit eine Fremde meinen Platz im Herzen meiner teuersten (ach, noch immer meiner teuersten!) Mathilde einnehmen könnte!« Miß Briggs war, wie man aus ihrer Ausdrucksweise ersieht, imstande, sich der gewählten Schriftsprache zu bedienen, und hatte einen Zug zum Gemütvollen; sie hatte früher einmal einen Band Gedichte mit dem Titel ›Nachtigallentriller‹ auf Subskription herausgegeben.

»Miß Briggs, sie sind alle in das junge Frauenzimmer vernarrt«, erwiderte Mrs. Firkin. »Sir Pitt hätte sie gar nicht fortgelassen; er wagte bloß nicht, Miß Crawley etwas abzuschlagen. Mrs. Bute in der Oberpfarre ist geradeso verdreht; es fehlt ihr etwas, wenn sie das Mädchen nicht um sich hat. Der Rittmeister ist ganz wild nach ihr. Mr. Crawley ist rasend eifersüchtig. Seit Miß Crawley krank wurde, wollte sie niemand in ihrer Nähe haben als diese Miß Sharp; warum und weshalb, das weiß ich nicht; ich meine, irgend etwas hat sie alle behext.«

Rebekka verbrachte diese ganze Nacht wachend neben Miß Crawleys Bett; aber in der nächsten Nacht schlief die alte Dame so vorzüglich, daß Rebekka Zeit fand, ein paar Stunden lang bequem auf dem Sofa am Fußende des Lagers ihrer Gönnerin zu ruhen. Sehr bald fühlte sich Miß Crawley wieder so wohl, daß sie aufstand und herzlich über eine vollendete Nachahmung der armen Miß Briggs und ihres Kummers lachte, die Rebekka ihr zum besten gab. Das schnüffelnde Weinen der alten Gesellschafterin und ihre Art, das Taschentuch zu benutzen, wußte Rebekka in so meisterhafter Weise zur Darstellung zu bringen, daß Miß Crawley ganz vergnügt wurde, zur größten Verwunderung der sie besuchenden Ärzte, die sonst gewöhnt waren, dieses Weltkind bei dem geringsten Unwohlsein in tiefster Niedergeschlagenheit und voll Todesfurcht vorzufinden.

Rittmeister Crawley kam alle Tage und empfing von Miß

Rebekka Berichte über den Gesundheitszustand seiner Tante. Dieser besserte sich so schnell, daß der armen Briggs erlaubt wurde, ihre Gönnerin wiederzusehen, und wer ein zartbesaitetes Gemüt besitzt, mag sich die mühsam unterdrückte Rührung der empfindsamen Gesellschafterin und die liebevolle Stimmung dieses Zusammenseins ausmalen.
Miß Crawley hatte es bald recht gern, wenn Miß Briggs länger im Zimmer war. Denn Rebekka pflegte sie in ihrem Beisein mit bewundernswürdigem Ernst zu kopieren und die Nachäffung dadurch für ihre würdige Gönnerin noch pikanter zu machen.
Die Ursachen, die Miß Crawleys beklagenswerte Krankheit und ihre Abreise von ihres Bruders Landsitz herbeigeführt hatten, entbehrten so sehr aller Romantik, daß sie zur Schilderung in dieser feinen, gefühlvollen Erzählung kaum geeignet erscheinen. Denn wie ist es möglich, von einer zarten, der besten Gesellschaft angehörigen Dame anzudeuten, daß sie zuviel aß und trank und daß warmer Hummer, dem sie beim Abendessen in der Oberpfarre allzu stark zugesprochen hatte, der Grund einer Magenverstimmung war, von der Miß Crawley selbst behauptete, daß sie lediglich auf die feuchte Witterung zurückzuführen sei? Der Anfall war so stark, daß Mathilde, wie seine Hochehrwürden sich ausdrückte, sehr nahe daran war, abzukratzen; die ganze Familie befand sich in fieberhafter Erwartung wegen des Testaments, und Rawdon Crawley rechnete noch vor Beginn der Londoner Saison auf mindestens vierzigtausend Pfund. Mr. Crawley sandte ihr ein Päckchen ausgewählter Traktätchen zu, damit sie sich für den Übergang aus der Park Lane und dem nichtigen, eitlen Leben hienieden in eine andere Welt vorbereiten könne. Aber ein tüchtiger Arzt, der rechtzeitig von Southampton herbeigerufen wurde, überwand den Hummer, der ihr beinah verhängnisvoll geworden wäre, und brachte sie wieder so weit zu Kräften, daß sie nach

London zurückreisen konnte. Der Baronet konnte bei dieser Wendung, die die Dinge nahmen, seinen schweren Ärger nicht verheimlichen.

Während alle Leute im Schloß mit Miß Crawleys Pflege beschäftigt waren und allstündlich Abgesandte aus der Oberpfarre eintrafen, durch die die zärtlich besorgten Verwandten Nachrichten über das Befinden der Patientin einholten, gab es in einem anderen Teil dieses Gebäudes eine Dame, die schwer krank war, ohne daß überhaupt jemand davon Notiz genommen hätte: und dies war die Hausherrin, Lady Crawley selbst. Der tüchtige Arzt, den Sir Pitt hatte holen lassen, weil er nichts dafür zu bezahlen brauchte, schüttelte, nachdem er sie gesehen hatte, den Kopf. So schwand sie denn in ihrem einsamen Zimmer langsam dahin, wo man sich nicht mehr um sie kümmerte als um irgendein Unkraut im Park.

Auch für die jungen Mädchen war es ein schwerer Verlust, daß sie das unschätzbare Glück, von ihrer Gouvernante unterrichtet und erzogen zu werden, entbehren mußten. Aber Miß Sharp war eine so liebreiche Pflegerin, daß Miß Crawley sich ihre Medizin von der Hand keines andern reichen lassen wollte. Mrs. Firkin war schon lange abgesetzt worden, ehe ihre Herrin ihren ländlichen Aufenthaltsort verließ. Die treue Dienerin fand bei der Rückkehr nach London einen traurigen Trost darin, zu sehen, daß Miß Briggs dieselben Qualen der Eifersucht erlitt und dieselbe treulose Behandlung erfuhr, die sie selbst hatte ertragen müssen.

Rittmeister Rawdon erwirkte sich aus Anlaß der Erkrankung seiner Tante eine Verlängerung seines Urlaubs und blieb pflichtgetreu zu Hause. Er hielt sich immer in ihrem Vorzimmer auf. (Sie lag in dem Parade-Schlafzimmer, in das man durch den kleinen blauen Salon gelangte.) Dort traf er immer mit seinem Vater zusammen; oder wenn er auch noch so leise den Flur entlang ging, so öffnete sich mit Sicherheit die Tür seines Vaters, und das Hyänengesicht des alten Herrn glotzte daraus hervor. Was veranlaßte sie, sich gegenseitig in dieser Weise zu überwachen? Zweifellos ein edler Wetteifer, wer der teuren Dulderin im Parade-Schlafzimmer die meisten Aufmerksamkeiten erweisen könne. Rebekka pflegte herauszukommen und sie beide, oder vielmehr den einen oder den andern von ihnen, zu trösten. Die ehrenwerten Herren zeigten sich sehr begierig, Nachrichten über das Befinden der Patientien durch Vermittlung dieser kleinen Vertrauten zu erhalten.

Beim Dinner, zu dem sie auf eine halbe Stunde herunterkam, erhielt sie den Frieden zwischen den beiden aufrecht; nach der Mahlzeit verschwand sie für die Nacht, und Rawdon pflegte nach dem Offizierskasino des 150. Regimentes in Mudbury hinüberzureiten und seinen Papa in der Gesellschaft des Mr. Horrocks und bei seinem Grog zurückzulassen. Rebekka verlebte in Miß Crawleys Krankenstube zwei so anstrengende Wochen, wie sie nur je einem Sterblichen beschieden gewesen sind; aber die Nerven der kleinen Person schienen von Eisen zu sein, und weder die beschwerliche Pflegetätigkeit noch die öde Langeweile des Krankenzimmers vermochten ihr etwas anzuhaben.

Erst sehr viel später erzählte sie, wie überaus beschwerlich diese Pflegetätigkeit und welch eine reizbare Patientin die sonst so muntere alte Dame gewesen wäre; wie jähzornig, wie schlaflos sie gewesen wäre; wie schrecklich sie sich vor dem Tode gefürchtet hätte; wie sie die langen Nächte hindurch stöhnend dagelegen und in fast wahnsinniger Angst an jene zukünftige Welt gedacht hätte, die sie in gesunden Tagen völlig zu mißachten pflegte. Stellen Sie sich, meine schöne junge Leserin, eine weltlich gesinnte, selbstsüchtige, gottlose, undankbare, religionsfeindliche alte Frau vor, die sich in Schmerzen und Furcht auf ihrem Lager windet und ihre Perücke abgelegt hat. Stellen Sie sich das vor, und lernen Sie, ehe Sie alt werden, lieben und beten!

Miß Sharp wachte an dem Lager der gottlosen Kranken mit unermüdlicher Geduld. Nichts entging ihr, und wie ein kluger Haushalter fand sie für alles eine Verwendung. In späteren Tagen erzählte sie manche gute Geschichte über Miß Crawleys Krankheit, Geschichten, welche die Damen unter ihrer Schminke zum Erröten brachten. Während der Krankheit war sie nie verstimmt, allzeit munter; sie hatte einen leichten Schlaf, da sie ein vollkommen reines Gewissen hatte, und war imstande, fast in jedem beliebigen Augenblick sich diese Erfrischung zu verschaffen. So waren in ihrem Äußern kaum irgendwelche Spuren von Ermüdung wahrnehmbar. Ihr Gesicht mochte um eine Kleinigkeit blasser und die Ringe um die Augen etwas dunkler sein als gewöhnlich; aber wenn sie aus dem Krankenzimmer kam, lächelte sie stets, war frisch und nett und sah in Morgenrock und Häubchen ebenso schmuck aus wie in ihrem besten Gesellschaftskleid.

So dachte auch der Rittmeister und wurde, rasend in sie verliebt, von seltsamen Krämpfen des Herzens geschüttelt. Der Pfeil der Liebe hatte mit seinen Widerhaken sein dickes Fell durchbohrt. Ein sechswöchiges nahes Zusammenleben mit viel Gelegenheit zum Verkehr hatte ihn völlig besiegt. Von allen Menschen auf der Welt wählte er sich seine Tante in der Oberpfarre zur Vertrauten. Sie spottete darüber; sie habe, sagte sie, seine Torheit schon längst bemerkt und warne ihn; schließlich gab sie zu, daß die kleine Sharp das gescheiteste, drolligste, originellste, gutherzigste, harmloseste, freundlichste Geschöpf in ganz England sei. Rawdon dürfe mit ihrem Herzen nicht seinen Scherz treiben; das würde ihm die liebe Miß Crawley nie verzeihen; denn auch sie sei ganz entzückt von der kleinen Gouvernante und liebe Miß Sharp wie eine Tochter. Rawdon müsse fortgehen, zurück zu seinem Regiment und dem garstigen London, und dürfe nicht mit den Gefühlen eines armen, unschuldigen Mädchens spielen.

Manches liebe Mal gab, wie wir schon vorher gesehen haben, die gutherzige Dame aus Mitleid mit dem Zustand des unglücklichen Gardisten ihm Gelegenheit, Miß Sharp in der Oberpfarre zu sehen und mit ihr nach Hause zu gehen. Meine Damen, wenn Männer von einem gewissen Schlage verliebt sind, so mögen sie immerhin den Angelhaken und die Schnur und den ganzen Apparat, mit dem sie gefangen werden sollen, sehen: sie schlucken den Köder trotzdem hinunter; sie *müssen* an ihn herankommen, sie *müssen* ihn verschlingen und sitzen alsbald fest und werden jappend auf das Land geschleudert. Rawdon sah, daß auf Mrs. Butes Seite die offenbare Absicht bestand, ihn mit Rebekka zu ködern. Er war nicht sehr klug; aber er war ein Lebemann und hatte mehrere Saisons in London mitgemacht. In seinem schwerfälligen Geist dämmerte, wie er meinte, eine Erkenntnis auf infolge einer Bemerkung, die ihm Mrs. Bute machte.

»Denk an meine Worte, Rawdon«, sagte sie. »Du wirst eines Tages noch mit Miß Sharp verwandt werden.«

»Wieso verwandt? Wird sie meine Kusine werden? Ja, liebe Tante? Hat sich Francis in sie verliebt? He?« fragte der schalkhafte Offizier.

»Höher hinauf!« versetzte Mrs. Bute mit einem Aufblitzen ihrer schwarzen Augen.

»Doch nicht Pitt? Der soll sie nicht haben. Der Schleicher verdient sie nicht. Er ist doch auch schon mit Lady Sheepshanks so gut wie verlobt.«

»Ihr Männer habt aber auch gar keine Augen. Du törichter, blinder Mensch! Wenn der armen Lady Crawley etwas zustoßen sollte, wird Miß Sharp deine Stiefmutter werden. So wird es kommen.«

Rawdon Crawley ließ zum Zeichen seiner Überraschung

über diese Mitteilung einen langen, kräftigen Pfiff ertönen. Er konnte es nicht leugnen. Daß sein Vater an Miß Sharp ein entschiedenes Wohlgefallen gefunden hatte, war ihm nicht entgangen. Er kannte den Charakter des alten Herrn nur zu gut; und ein gewissenloserer alter ... Er ersetzte den Schluß des Satzes durch ein bedeutungsvolles Pfeifen und ging, seinen Schnurrbart drehend, nach Hause, fest überzeugt, daß er nun den Schlüssel zu Mrs. Butes Geheimnis gefunden habe.

›Bei Gott, das ist zu schändlich‹, dachte Rawdon, ›zu schändlich, bei Gott! Ich glaube, das Weib möchte das arme Mädchen ehrlos gemacht sehen, damit es nicht als Lady Crawley in die Familie kommen kann‹.

Als er das nächste Mal mit Rebekka allein zusammen war, neckte er sie in seiner feinen, gewandten Weise mit der Zuneigung seines Vaters. Sie warf den Kopf verächtlich in den Nacken zurück, blickte ihm voll in das Gesicht und sagte:

»Nun gut, wir wollen einmal annehmen, daß er mich wirklich liebt. Ich weiß, daß er es tut und daß andere Leute es auch tun. Sie denken doch wohl nicht, daß ich mich vor ihm fürchte, Rittmeister Crawley? Meinen Sie etwa, ich sei nicht imstande, meine Ehre selbst zu verteidigen?« sagte die kleine Person mit einer Miene und Haltung so stolz wie eine Königin.

»Oh ... äh ... na ja ... wollte Sie nur warnen ... müssen vorsichtig sein, wissen Sie ... weiter wollte ich nichts«, erwiderte der Schnurrbartdreher.

»Sie wollen also etwas Unehrenhaftes andeuten?« sagte sie mit flammenden Augen.

»Oh ... auf Ehre ... wirklich ... Miß Rebekka«, stotterte der große, starke Dragoner.

»Glauben Sie etwa, daß ich kein Gefühl für das Schickliche habe, weil ich arm und ohne Freunde bin und weil reiche Leute eines solchen Gefühls ermangeln? Denken Sie, weil ich eine Gouvernante bin, ich hätte nicht ebensoviel Ver-

stand und Gefühl und gute Erziehung wie ihr feinen Leute
in Hampshire? Ich bin eine Montmorency. Meinen Sie, eine
Montmorency wäre nicht ebensogut wie eine Crawley?«
Wenn Miß Sharp in Aufregung geriet und auf ihre Verwandtschaft mütterlicherseits hindeutete, so pflegte sie mit einer
ganz leisen ausländischen Tonfärbung zu sprechen, die ihrer
klaren, sonoren Stimme einen besonderen Reiz verlieh.
»Nein,« fuhr sie fort und wurde, während sie zu dem Ritt-
meister sprach, immer erregter, »ich kann Armut ertragen,
aber nicht Schande; ich kann Zurücksetzung ertragen, aber
nicht Beleidigung, und noch dazu Beleidigung von ... von
Ihnen.«
Ihre Gefühle überwältigten sie und sie brach in Tränen aus.
»Zum Henker, Miß Sharp ... Rebekka ... bei Gott ... auf
Ehre, nicht für tausend Pfund würde ich ... So bleiben Sie
doch hier, Rebekka!«
Aber sie war schon fort. Sie fuhr an diesem Tage mit Miß
Crawley aus – der geschilderte Auftritt spielte sich vor der
Erkrankung jener Dame ab. Bei Tisch war sie in noch höherem Grade als sonst geistsprühend und lebhaft; aber mochte
ihr der gedemütigte, bezauberte Gardist auch noch soviel
zuwinken und zunicken und ungeschickte Entschuldigungen
vorbringen, sie nahm von alledem nicht die geringste Notiz.
Scharmützel dieser Art ereigneten sich während dieses kleinen Feldzugs fortwährend; es wäre zu langweilig, sie einzeln
zu erzählen; der Ausgang war stets der gleiche. Die schwere
Crawleysche Kavallerie wurde alle Tage in die Flucht geschlagen und durch diese Niederlagen zur Verzweiflung
getrieben.

Hätte der Baronet von Queen's Crawley nicht die Erbschaft
seiner Schwester zu verlieren gefürchtet, so würde er nic
zugegeben haben, daß seine lieben Töchter der segensreichen
Erziehung ihrer unschätzbaren Gouvernante verlustig gin-

gen. Das alte Schloß glich nach ihrer Abreise einer Einöde – so nützlich und angenehm hatte sich Rebekka dort zu machen verstanden. Sir Pitts Briefe wurden nicht mehr abgeschrieben und verbessert, seine Rechnungsbücher nicht in Ordnung gehalten, seine Haushaltungsgeschäfte und seine mannigfachen Unternehmungen wurden rückständig und gerieten in Verwirrung, da seine kleine Sekretärin nicht mehr da war. Wie notwendig eine solche Gehilfin für ihn war, das konnte man mit Leichtigkeit aus dem Inhalt und der Rechtschreibung der zahlreichen Briefe ersehen, die er ihr sandte und in denen er sie bat und ihr befahl zurückzukehren. Fast jeder Tag brachte eine Epistel vom Baronet, worin Rebekka aufs dringendste um ihre Rückkehr gebeten oder Miß Crawley in pathetischem Ton auf die Vernachlässigung der Erziehung seiner Töchter aufmerksam gemacht wurde. Indes üben diese Schriftstücke herzlich wenig Eindruck auf Miß Crawley aus.

Miß Briggs war nicht förmlich entlassen worden; aber ihre Stellung als Gesellschafterin war nur noch ein Posten ohne Amt und der reine Spott; ihre Gesellschaft war der fette Wachtelhund im Salon oder die mißvergnügte Mrs. Firkin im Mädchenzimmer. Anderseits wollte die alte Dame zwar unter keinen Umständen etwas von Rebekkas Abreise hören, aber eine ordnungsmäßige Anstellung des jungen Mädchens in der Park Lane hatte nicht stattgefunden. Wie viele reiche Leute hatte Miß Crawley die Gewohnheit, sich von Niedrigerstehenden so viel Dienste wie irgend möglich erweisen zu lassen und sich dann in aller Harmlosigkeit von ihnen zu trennen, wenn sie fand, daß sie ihr keinen Nutzen mehr brachten. Dankbarkeit ist bei manchen reichen Leuten etwas, was nicht in ihrer Natur liegt und woran sie überhaupt kaum denken. Sie nehmen die Dienste der Bedürftigen wie einen ihnen zustehenden Tribut hin. Was aber dich betrifft, du armer Parasit und demütiger Gefolgsmann, so hast du eigent-

220

lich nicht viel Recht, dich zu beklagen. Deine Freundschaft für den reichen Mann ist ungefähr ebenso lauter wie der Lohn, der ihr gewöhnlich zuteil wird. Du liebst das Geld und nicht den Menschen; und wenn Krösus und sein Diener miteinander die Plätze vertauschen müßten, dann weißt du armer Schelm wohl, welchen von beiden du von diesem Augenblick an durch deine Anhänglichkeit erfreuen würdest.

Auch bin ich keineswegs sicher, ob nicht trotz Rebekkas Schlichtheit und Geschäftigkeit, ihrer Sanftmut und unerschütterlich guten Laune die schlaue alte Londonerin, die mit diesen wertvollen Freundschaftsbeweisen überschüttet wurde, doch die ganze Zeit über gegen ihre liebevolle Pflegerin und Freundin einen heimlichen Argwohn hegte. Es mußte ihr doch manchmal der Gedanke durch den Kopf gehen, daß niemand etwas umsonst tue. Wenn sie überlegte, wie sie selbst gegen die Welt gesinnt war, so mußte sie wohl imstande sein, die Gesinnung richtig abzuschätzen, welche die Welt ihr gegenüber hatte, und vielleicht sagte sie sich auch, daß Menschen, die sich um niemand bekümmern, in der Regel auch selbst keine Freunde haben.

Inzwischen aber war Becky ihr ein großer Trost und eine große Hilfe. Sie schenkte ihr ein paar neue Kleider, ein altes Halsband und einen Schal, und bewies ihre Freundschaft dadurch, daß sie im Gespräch mit ihrer neuen Vertrauten über alle ihre nächsten Bekannten herzog – der rührendste Beweis von Zuneigung, den es überhaupt gibt. Auch schwebte ihr irgendeine große Wohltat vor, die sie ihr einmal erweisen wollte, indem sie sie etwa mit ihrem Arzt, Doktor Clump, verheiratete, oder ihr eine vorteilhafte Stellung verschaffte, oder sie auf alle Fälle nach Queen's Crawley zurückschickte, sobald sie ihrer nicht mehr bedürfte und die Londoner Saison begonnen hätte.

Als sich Miß Crawley soweit erholt hatte, daß sie wieder in

den Salon herunterkommen konnte, sang Becky ihr etwas
vor oder unterhielt sie auf andere Art, und als ihre Gesund-
heit ihr wieder das Ausfahren erlaubte, begleitete Becky sie.
Und eine dieser Spazierfahrten hatte – man bewundere Miß
Crawleys Herzensgüte und Freundschaft! – das Haus von
Herrn John Sedley am Russell Square, Bloomsbury, zum
Ziel!

Vor diesem Ereignis waren, wie man sich denken kann, zwischen den beiden lieben Freundinnen viele Briefe hin- und
hergeflogen. Während der Zeit, da sich Rebekka in Hampshire aufhielt, hatte (müssen wir es eingestehen?) die ewige
Freundschaft eine erhebliche Abschwächung erfahren und
war so hinfällig und altersschwach geworden, daß sie ganz
dahinzuschwinden drohte. Der Grund war der, daß beide
Mädchen an ihre eigenen ernsten Angelegenheiten zu denken hatten: Rebekka daran, wie sie ihre Stellung bei ihrem
Brotherrn verbessern könne, und Amelia an den Gegenstand,
der ihre ganze Seele erfüllte. Als sich nun die beiden jungen
Mädchen wiedersahen und sich mit jener ungestümen Zärtlichkeit, die für das Benehmen junger Damen untereinander
charakteristisch ist, in die Arme flogen, da führte Rebekka
ihre Rolle bei der Umarmung sehr unbefangen und lebhaft
durch; die arme Amelia dagegen errötete, als sie ihre Freundin küßte, und dachte mit Beschämung, sie habe sich
Rebekka gegenüber in letzter Zeit wohl eine gewisse Kälte
zuschulden kommen lassen.

Ihr erstes Zusammensein war nur von sehr kurzer Dauer.
Amelia hatte sich eben zu einem Spaziergang fertiggemacht.
Miß Crawley wartete unten in ihrem Wagen, und ihre Leute
wunderten sich, in welch eine Gegend sie da hingeraten
waren, und starrten den schwarzen Diener, den braven
Sambo, an, als sei er einer der seltsamen Eingeborenen dieses
Platzes. Aber als Amelia mit ihrem freundlichen, lächelnden
Gesicht herunterkam (Rebekka mußte sie doch ihrer Freun-

din vorstellen; Miß Crawley hatte den lebhaften Wunsch, sie kennenzulernen, und war zu krank, als daß sie ihren Wagen hätte verlassen können), als, sage ich, Amelia herunterkam, da geriet die Bedientenaristokratie aus der Park Lane in noch größere Verwunderung darüber, daß so etwas Hübsches habe in Bloomsbury erblühen können, und Miß Crawley war ganz bezaubert von dem lieblichen, errötenden Gesicht der jungen Dame, die so schüchtern und anmutig herantrat, um der Beschützerin ihrer Freundin ihre Achtung zu bezeigen.

»Was für eine schöne Hautfarbe, meine Liebe! Was für eine liebliche Stimme!« sagte Miß Crawley, als sie nach dem kurzen Besuch wieder westwärts fuhren. »Meine liebe Miß Sharp, Ihre junge Freundin ist ein ganz allerliebstes Wesen. Schreiben Sie ihr doch, sie möchte einmal nach der Park Lane kommen, hören Sie wohl?« Miß Crawley hatte einen guten Geschmack. Sie liebte ein natürliches Benehmen, dessen angenehmer Eindruck durch ein wenig Schüchternheit nur noch erhöht wurde. Sie sah gern hübsche Gesichter um sich, ebenso wie sie hübsche Gemälde und hübsches Porzellan gern hatte. Sie redete von Amelia an diesem Tage wohl ein halbdutzendmal mit Entzücken. Sie erwähnte sie im Gespräch mit Rawdon Crawley, der pflichtschuldigst gekommen war, um bei seiner Tante ein gebratenes Hühnchen zu essen.

Natürlich machte Rebekka sofort davon Mitteilung, daß Amelia verlobt sei, mit einem Leutnant Osborne, einem langjährigen Schwarm von ihr.

»Steht er nicht in einem Linienregiment?« fragte Rittmeister Crawley und erinnerte sich mit einiger Anstrengung, wie sie einem Gardisten wohlstand, der Nummer des Regiments.

Rebekka meinte, das wäre es wohl. »Sein Hauptmann«, fügte sie hinzu, »heißt Dobbin.«

»Ein langer, unbeholfener Kerl. Stolpert über jeden Menschen. Ich kenne ihn. Und Osborne ist ein hübscher Bursche mit großem, schwarzem Backenbart, nicht wahr?«

»Mit einem stattlichen Backenbart,« bemerkte Miß Rebekka Sharp, »und ungeheuer stolz ist er darauf, daß kann ich bezeugen.«

Rittmeister Crawley brach statt aller Antwort in ein wieherndes Gelächter aus, und als die Damen in ihn drangen, ihnen den Grund mitzuteilen, tat er dies, nachdem der Ausbruch der Heiterkeit bei ihm vorüber war. »Er bildet sich ein, er könne Billard spielen«, sagte er. »Ich habe ihm in der ›Kokospalme‹ zweihundert Pfund abgewonnen. Der und spielen, der junge Laffe! Er hätte an jenem Tage noch weitergespielt und noch mehr verloren; aber sein Freund, Hauptmann Dobbin, nahm ihn mit fort. Hol ihn der Henker!«

»Rawdon, Rawdon, sei nicht so gottlos!« bemerkte Miß Crawley höchlichst belustigt.

»Aber Tante, von allen jungen Linienoffizieren, die ich kennengelernt habe, ist dieser der ärgste Gelbschnabel. Tarquin und Deuceace nehmen ihm so viel Geld ab, wie sie nur irgend Lust haben. Der gibt wer weiß was darum, in der Gesellschaft eines Lords gesehen zu werden. Er bezahlt ihre Dinners in Greenwich, und sie laden die Gesellschaft dazu ein.«

»Das wird wohl eine nette Gesellschaft sein, denk ich mir.«

»Da haben Sie recht, Miß Sharp. Sie haben ganz recht, wie immer, Miß Sharp. Außerordentlich nette Gesellschaft … haha!« Und in der Meinung, einen guten Witz gemacht zu haben, lachte der Rittmeister so, daß er sich gar nicht beruhigen konnte.

»Rawdon, sei nicht so abscheulich!« rief seine Tante.

»Ach was! Sein Vater ist ein Kaufmann aus der City … fabelhaft reich, wie man sagt. Zum Henker mit diesen Kaufmannssöhnchen; die müssen bluten; und ich bin noch nicht mit ihm fertig, das kann ich dir sagen. Haha!«

»Pfui, Rittmeister Crawley, ich werde Amelia warnen. Soll sie einen Spieler zum Mann bekommen?«

»Schrecklich, nicht wahr, he?« sagte der Rittmeister mit feierlichem Ernst. Dann fiel ihm plötzlich etwas ein, und er fügte hinzu: »Weißt du was, Tante? Wir wollen ihn hierher einladen.«

»Ist er denn ein Mensch, der in unsern Kreis hineinpaßt?« erkundigte sich die Tante.

»Ob er hineinpaßt? Oh, ganz gut. Du wirst keinen Unterschied merken«, antwortete Rittmeister Crawley. »Lade ihn ein, wenn du wieder anfängst, kleine Gesellschaften zu geben, und seine ... wie heißt es doch gleich? ... seine Inamorata herkommt; nicht wahr, Miß Sharp, so nennen Sie es ja wohl? Ich will ihm dann ein paar Zeilen schreiben; ich würde ihn gern hier haben und versuchen, ob er so gut Pikett spielt wie Billard. Wo wohnt er, Miß Sharp?«

Miß Sharp gab dem Rittmeister die Stadtadresse des Leutnants, und einige Tage nach diesem Gespräch erhielt Leutnant Osborne einen Brief in Rittmeister Rawdons schülerhafter Handschrift, in den eine Einladungskarte von Miß Crawley eingelegt war.

Ebenso schickte Rebekka ihrer teuren Freundin Amelia eine Einladung, die selbstverständlich hocherfreut zusagte, als sie hörte, daß auch George dort sein werde. Es wurde abgemacht, daß Amelia schon den Vormittag bei den Damen in der Park Lane verbringen sollte, wo alle sehr freundlich gegen sie waren. Rebekka begönnerte sie mit ruhiger Überlegenheit; da sie bei weitem die Klügere von beiden und ihre Freundin so bescheiden und anspruchslos war, daß Amelia stets nachgab, wenn jemand ihr befehlen wollte, so nahm sie auch jetzt Rebekkas Anordnungen mit größter Sanftmut und Freundlichkeit hin. Auch Miß Crawleys herablassende Liebenswürdigkeit war bemerkenswert. Sie war wieder entzückt von der kleinen Amelia, redete in ihrer Gegenwart von

ihr, wie wenn sie eine Puppe oder ein Dienstbote oder ein Gemälde wäre, und äußerte ihre Bewunderung in der Form eines überaus wohlwollenden Erstaunens. Ich bewundere jene Bewunderung, welche die vornehme Welt mitunter den unter ihr stehenden Volksschichten zuteil werden läßt. Es gibt keinen erfreulicheren Anblick im Leben, als zu sehen, wie sich vornehme Leute herablassen. Aber Miß Crawleys außerordentliches Wohlwollen wirkte auf die kleine Amelia einigermaßen ermüdend, und ich möchte glauben, daß sie von den drei Damen in der Park Lane die ehrliche Miß Briggs am angenehmsten fand. Sie sympathisierte mit ihr wie mit allen unterdrückten oder sanften Menschen; sie war eben nicht das, was man eine ›geistreiche Frau‹ nennt.
George kam zum Dinner und speiste mit Rittmeister Crawley zusammen en garçon.
Die große Osbornesche Familienkutsche hatte ihn vom Russell Square nach der Park Lane gebracht. Seine jungen Schwestern, die selbst nicht eingeladen waren und dieser Vernachlässigung gegenüber die größte Gleichgültigkeit herauskehrten, suchten trotzdem im Adelskalender Sir Pitt Crawleys Namen auf und prägten sich alles ein, was dieses Buch über die Familie Crawley und über ihren Stammbaum sowie über ihre Verwandten, die Binkies, usw. an Belehrung bot. Rawdon Crawley empfing George Osborne in einer sehr natürlichen, liebenswürdigen Art; er lobte sein Billardspiel, fragte, wann er Revanche haben wolle, bekundete Interesse für Osbornes Regiment und würde ihm noch an diesem Abend eine Partie Pikett angeboten haben, wenn nicht Miß Crawley alles Spielen in ihrem Hause streng verboten hätte; so wurde denn des jungen Leutnants Börse von seinem braven Gönner nicht erleichtert, wenigstens nicht an diesem Abend. Indes verabredeten sie, sich am folgenden Tage irgendwo zu treffen, um ein Pferd zu besehen, das Crawley verkaufen wollte, und es im Park zu erproben und dann zu-

sammen zu speisen und den Abend mit einigen lustigen Kumpanen zu verbringen. »Das heißt, wenn Sie nicht bei dieser hübschen Miß Sedley Dienst haben«, sagte Crawley mit einem verständnisvollen Augenzwinkern und war gütig genug hinzuzufügen: »Übrigens kolossal nettes Mädchen, auf Ehre, Osborne. Wohl riesig viel Pinkepinke, he?«
Osborne hatte keinen Dienst; er war mit Vergnügen bereit, sich mit Crawley zu treffen, und als sie am nächsten Tage zusammenkamen, lobte Crawley die Reitkunst seines neuen Freundes (was er übrigens durchaus ehrlich tun konnte) und stellte ihn drei oder vier jungen Männern aus der ersten Gesellschaft vor, durch deren Bekanntschaft der einfache junge Offizier sich gewaltig gehoben fühlte.
»Apropos, wie geht es denn der kleinen Miß Sharp?« fragte Osborne, als sie an dem vorher erwähnten Abend beim Wein zusammensaßen, seinen Freund, und machte dazu ein recht geckenhaftes Gesicht. »Eine gutherzige kleine Person. Ist man in Queen's Crawley mit ihr zufrieden? Miß Sedley hatte sie im vergangenen Jahr sehr gern.«
Rittmeister Crawley blickte den Leutnant mit seinen kleinen blauen Augen grimmig an und beobachtete ihn scharf, als er hinaufging, um seine Bekanntschaft mit der hübschen Gouvernante zu erneuern. Aber durch Rebekkas Benehmen mußte Crawley, wenn sich wirklich irgendwelche Eifersucht in dem Busen dieses Gardisten geregt hatte, sich vollständig beruhigt fühlen.
Als die jungen Männer hinaufgekommen waren und Osborne der Hausherrin Miß Crawley vorgestellt war, ging er mit einer gönnerhaften, lässigen, selbstbewußten Miene auf Rebekka zu. Er hatte sich vorgenommen, freundlich zu ihr zu sein und sie zu begönnern; er wollte ihr sogar, mit Rücksicht auf ihre Freundschaft mit Amelia, die Hand schütteln. So hielt er ihr denn mit den Worten: »Ah, Miß Sharp, wie gehts Ihnen?« die linke Hand hin, in der Erwar-

tung, daß sie von der ihr erwiesenen Ehre ganz benommen
sein werde.

Miß Sharp streckte nur den Zeigefinger der rechten Hand
aus und nickte dem Leutnant ein wenig zu, in einer so kühlen, hochmütigen Weise, daß Rawdon Crawley, der den
Vorgang vom andern Zimmer aus beobachtete, nur mit
Mühe das Lachen unterdrücken konnte, als er sah, wie
George eine vollständige Niederlage erlitt: wie er zurückfuhr, einen Augenblick ratlos war und sich endlich sehr ungeschickt dazu verstand, den zu seiner Bewillkommnung
hingehaltenen Finger zu ergreifen.

›Sie würde den Teufel selbst unterkriegen, weiß Gott!‹
dachte der Rittmeister ganz entzückt; der Leutnant aber
fragte, um ein Gespräch in Gang zu bringen, Rebekka liebenswürdig, wie ihr ihre neue Stelle gefalle.

»Meine Stelle?« versetzte Miß Sharp kühl. »Wie freundlich
von Ihnen, mich danach zu fragen! Es ist eine leidlich gute
Stelle; das Gehalt ist ziemlich gut, wiewohl nicht so hoch,
glaube ich, wie das von Miß Wirt bei Ihren Schwestern am
Russell Square. Wie geht es den jungen Damen? Obgleich
ich eigentlich keine Veranlassung habe, danach zu fragen.«

»Wieso nicht?« fragte Mr. Osborne erstaunt.

»Nun, sie haben sich niemals dazu herabgelassen, mit mir
zu sprechen oder mich zu sich einzuladen, als ich bei Amelia
zu Besuch war; aber wir armen Gouvernanten sind, wie Sie
wissen, an derartige Zurücksetzungen gewöhnt.«

»Aber liebe Miß Sharp!« rief Osborne.

»Wenigstens in manchen Familien wird unsereiner so behandelt«, fuhr Rebekka fort. »Sie können sich aber gar nicht
denken, was es in dieser Hinsicht für Unterschiede gibt. Wir
sind in Hampshire nicht so reich wie Sie glücklichen Cityleute. Aber dafür bin ich in einer wirklich vornehmen Familie
aus gutem, altenglischem Geschlecht. Es ist Ihnen wohl bekannt, daß Sir Pitts Vater die Pairswürde ablehnte. Und Sie
228

sehen, wie man mich behandelt. Ich fühle mich ganz behaglich. Es ist wirklich eine recht gute Stelle. Aber wie überaus freundlich von Ihnen, danach zu fragen!«

Osborne war ganz wütend. Die kleine Gouvernante behandelte ihn von oben herab und mit unverhohlener Ironie, so daß dieser junge britische Löwe ganz verlegen wurde; aber er besaß nicht genug Geistesgegenwart, um einen Vorwand zu finden, unter dem er sich von diesem höchst vergnüglichen Gespräch hätte zurückziehen können.

»Ich glaubte, Sie hätten die Familien in der City ganz gern gehabt«, bemerkte er hochmütig.

»Sie reden vom vergangenen Jahr, als ich eben erst aus jener gräßlichen, ordinären Schule gekommen war? Damals tat ich das natürlich. Geht nicht jedes junge Mädchen in den Ferien gern zu einer Familie? Und woher hätte mir eine bessere bekannt sein können? Aber, Mr. Osborne, welch einen Wechsel in den Anschauungen vermag eine Erfahrung von achtzehn Monaten herbeizuführen! Von achtzehn Monaten, die ich (verzeihen Sie, daß ich das so sage) mit Leuten von Stand zusammen verlebt habe. Was die liebe Amelia anlangt, so gebe ich gern zu, sie ist eine Perle und würde in jeder Gesellschaft reizend sein. Sehen Sie wohl, nun werden Sie gleich guter Laune. Aber nein, im übrigen, was gibt es da in der City für wunderliches, schnurriges Volk! Und Mr. Joseph ..., wie geht es dem gottvollen Mr. Joseph?«

»Mir scheint, daß Ihnen dieser gottvolle Mr. Joseph im vergangenen Jahr keineswegs mißfiel«, erwiderte Osborne freundlich.

»Wie streng Sie sind! Nun, entre nous, das Herz ist mir um seinetwillen nicht gebrochen; allerdings, hätte er mich aufgefordert, das zu tun, was Sie mit Ihren Blicken sagen wollen (und die sind ja sehr ausdrucksvoll und freundlich), so würde ich nicht nein gesagt haben.«

Mr. Osborne warf ihr einen Blick zu, der sagte: ›In der Tat, wie liebenswürdig von Ihnen!‹

»Sie meinen, welche Ehre es für mich gewesen wäre, Sie zum Schwager zu haben? Die Schwägerin von George Osborne zu sein, dem Sohn von John Osborne, Sohn von ... was war doch Ihr Großpapa, Mr. Osborne? Nun, werden Sie nicht böse. Sie können ja nichts für Ihren Stammbaum, und ich bin ganz Ihrer Meinung, daß ich Mr. Joseph Sedley geheiratet haben würde; denn hätte ein armes Mädchen ohne einen Groschen Vermögen etwas Besseres tun können? Jetzt wissen Sie das ganze Geheimnis. Ich bin aufrichtig und offenherzig. Und wenn man alles recht bedenkt, so muß man sagen: es war sehr liebenswürdig von Ihnen, auf diese Sache anzuspielen, sehr liebenswürdig und höflich. Liebe Amelia, Mr. Osborne und ich sprachen eben von deinem armen Bruder Joseph. Wie geht es ihm?«

So war George völlig aus dem Feld geschlagen. Nicht etwa, daß Rebekka das Recht auf ihrer Seite gehabt hätte; aber sie hatte das Gespräch so geschickt geführt, daß sie ihn ins Unrecht setzte. Und nun ergriff er schmählich die Flucht; denn er fühlte, daß er, wenn er auch nur eine Minute länger bliebe, vor Amelia eine alberne Rolle spielen würde.

Obwohl Rebekka den Sieg über ihn davongetragen hatte, dachte George doch zu vornehm, um sich zum Zwischenträger zu machen oder sich an einer Dame zu rächen; er konnte sich jedoch nicht enthalten, am nächsten Tag dem Rittmeister Crawley in geschickter Weise etwas von seinen Ansichten über Miß Rebekka anzuvertrauen: daß sie ein verschlagenes Frauenzimmer, eine ganz gefährliche Person, eine arge Kokette usw. sei, Urteile, mit denen sich Crawley lachend einverstanden erklärte und die alle, noch ehe vierundzwanzig Stunden vergangen waren, Miß Rebekka wieder zu hören bekam. Sie trugen dazu bei, ihre schon vorhandene Hochachtung vor Mr. Osborne noch zu steigern. Ihr weiblicher Instinkt hatte ihr gesagt, daß es George gewesen war, der einen guten Ausgang ihres ersten Liebesverhältnisses vereitelt hatte, und sie schätzte ihn dementsprechend.

»Ich möchte Sie nur warnen,« sagte George Osborne zu Rawdon Crawley mit einem verständnisvollen Blick (er hatte das Pferd gekauft und nach Tisch ein paar Dutzend Guineen verloren), »ich möchte Sie nur warnen... ich kenne die Weiber und rate Ihnen, auf der Hut zu sein.«

»Ich danke Ihnen, Kamerad«, erwiderte Crawley mit einem Blick, in dem seine besondere Dankbarkeit zum Ausdruck kam.

»Ich sehe, daß Sie einen scharfen Blick haben.« Und George war fortgegangen, überzeugt, daß Crawley mit diesem Lob ganz recht habe.

Er erzählte Amelia, was er getan hatte und wie er diesem Rawdon Crawley, einem kreuzbraven, offenherzigen Menschen, geraten habe, sich vor der kleinen, schlauen, ränkesüchtigen Rebekka zu hüten.

»Vor wem?« rief Amelia.

»Vor Ihrer Freundin, der Gouvernante. Machen Sie doch nicht ein so erstauntes Gesicht!«

»O George, was haben Sie getan?« sagte Amelia. Denn ihre durch die Liebe geschärften Frauenaugen hatten in einem Augenblick ein Geheimnis entdeckt, das den Augen Miß Crawleys und der armen alten Jungfer Briggs und vor allem den einfältigen Augen des jungen Leutnants Osborne mit dem schönen Backenbart verborgen blieb.

Als Rebekka sie nämlich in einem der oberen Zimmer in ihren Schal hüllte und die beiden Freundinnen so noch Gelegenheit hatten, ein bißchen im geheimen miteinander zu schwatzen und Pläne zu schmieden (was ja für Frauen eine der schönsten Freuden ihres Lebens ist), da war Amelia an Rebekka herangetreten, hatte ihre beiden kleinen Hände ergriffen und gesagt: »Rebekka, ich durchschaue alles.«

Darauf hatte Rebekka sie geküßt.

Über dieses entzückende Geheimnis war von keinem der beiden jungen Mädchen auch nur eine Silbe weiter gesprochen worden. Aber dieses Geheimnis sollte binnen kurzem ans Licht kommen.

Bald nach den vorher erzählten Ereignissen (Miß Rebekka Sharp wohnte immer noch im Hause ihrer Gönnerin in der Park Lane) erschien in der Great Gaunt Street unter den vielen Trauerwappen, die gewöhnlich diese unheimliche Stadtgegend zieren, wieder ein neues. Es war über Sir Pitt Crawleys Hause angebracht, verkündete aber nicht das Ableben des würdigen Baronets. Es war ein weibliches Trauerwappen und hatte einige Jahre vorher beim Tode der verwitweten Lady Crawley, der alten Mutter Sir Pitts, als Trauerschmuck gedient. Nachdem es damals seine Dienste getan hatte, war das Trauerwappen von der Hausfront wieder abgenommen worden und hatte seitdem in irgendeiner abgelegenen Rumpelkammer von Sir Pitts Wohnung ein verborgenes Dasein geführt. Jetzt erschien es wieder für die arme Rose Dawson. Sir Pitt war wieder Witwer. Das Wappen, das auf dem Schild mit dem seinigen verbunden war, gehörte freilich nicht der armen Rose. Die hatte kein Wappen. Aber die Engel, die auf dem Schild gemalt waren, paßten ebensogut für sie wie für Sir Pitts Mutter, und unter dem Wappen stand ›Resurgam‹ geschrieben, flankiert von der Crawleyschen Schlange und Taube. Wappen, Trauerschild, Resurgam! Hier böte sich eine Gelegenheit zu moralischen Betrachtungen.

Mr. Crawley hatte in der letzten Zeit am Lager der Kranken geweilt, die sonst keinen Freund hatte. Sie ging aus der Welt, gestärkt durch Worte und Tröstungen von der Art, wie er sie ihr zu spenden vermochte. Während vieler Jahre war die Freundlichkeit, die er ihr erwiesen hatte, die

einzige gewesen, die ihr zuteil geworden war, die einzige
Freundschaft, die dieses schwache, vereinsamte Herz ein
wenig getröstet hatte. Ihr Herz war lange vor ihrem Körper
gestorben. Sie hatte es verkauft, um Sir Pitt Crawleys Weib
zu werden. Mütter und Töchter schließen auf dem Jahrmarkt
der Eitelkeit alle Tage derartige Handelsgeschäfte ab.

Zur Zeit ihres Todes befand sich ihr Gatte in London, um
eines seiner zahllosen Projekte zu betreiben und mit seinen
Rechtsanwälten, deren er eine große Menge hatte, zu verhandeln. Er hatte aber trotzdem Zeit gefunden, häufig in der
Park Lane vorzusprechen und Rebekka eine Menge von
Briefen zu senden, in denen er sie bat, sie ersuchte, ihr befahl,
zu ihren jungen Zöglingen auf dem Lande zurückzukehren,
die jetzt während der Krankheit ihrer Mutter ganz und gar
sich selbst überlassen seien. Aber Miß Crawley wollte von
Rebekkas Abreise nichts hören; denn obgleich es in ganz
London keine vornehme Dame gab, die sich von ihren Freunden und Freundinnen, sobald sie ihrer Gesellschaft müde
war, mit leichterem Herzen getrennt hätte, und obgleich
wenige Damen ihrer schneller müde wurden, so war doch,
solange sie einmal für jemand voreingenommen war, ihre
Anhänglichkeit erstaunlich groß, und jetzt hielt sie noch
mit größter Energie an Rebekka fest.

Die Nachricht von Lady Crawleys Tode erregte in Miß
Crawleys Familienkreis nicht mehr Betrübnis oder Aufregung, als nach Lage der Dinge zu erwarten war. »Ich glaube,
ich werde meine Gesellschaft für den Dritten absagen müssen«, sagte Miß Crawley und fügte nach einer kleinen Pause
hinzu: »Hoffentlich besitzt mein Bruder soviel Schicklichkeitsgefühl, nicht wieder zu heiraten.«

»Pitt würde schön wütend sein, wenn er es doch täte«, bemerkte Rawdon mit seiner gewöhnlichen Hochachtung für
seinen älteren Bruder. Rebekka sagte nichts. Sie schien diejenige von der ganzen Familie zu sein, die am ernstesten

war und auf die das Ereignis den stärksten Eindruck machte. Sie verließ das Zimmer, bevor Rawdon an diesem Tage wegging; aber sie trafen sich zufällig unten, als er sich von seiner Tante verabschiedet hatte und im Begriff stand, das Haus zu verlassen, und hatten ein Gespräch miteinander.

Als Rebekka am andern Morgen aus dem Fenster sah, jagte sie Miß Crawley, die sich friedlich mit einem französischen Roman beschäftigte, dadurch einen Schreck ein, daß sie in aufgeregtem Tone rief: »Da kommt Sir Pitt!« Und gleich nach dieser Ankündigung klopfte der Baronet an der Haustür.

»Liebes Kind, ich kann ihn jetzt nicht empfangen; ich mag es jetzt nicht. Sagen Sie Bowls, ich sei nicht zu Hause, oder gehen Sie hinunter und sagen Sie, ich sei zu krank, als daß ich jemanden empfangen könnte. Meine Nerven gestatten mir tatsächlich nicht, meinen Bruder jetzt zu sehen«, rief Miß Crawley und nahm die Lektüre ihres Romans wieder auf.

»Sie ist zu krank, um Sie zu sehen, Sir«, sagte Rebekka, die zu Sir Pitt hinuntergegangen war, der sich gerade anschickte, die Treppe hinaufzusteigen.

»Um so besser«, antwortete Sir Pitt. »Ich wollte auch nur mit *Ihnen* sprechen, Miß Becky. Kommen Sie mit mir ins Eßzimmer.« Sie begaben sich zusammen dorthin.

»Ich muß Sie wieder in Queen's Crawley haben, Miß«, sagte der Baronet, indem er sie unverwandt ansah, seine schwarzen Handschuhe auszog und seinen Hut mit dem großen Trauerflor abnahm. Seine Augen hatten einen so seltsamen Ausdruck und hefteten sich so fest auf sie, daß Rebekka Sharp fast zu zittern begann.

»Ich hoffe,« sagte sie mit leiser Stimme, »es wird mir bald, sowie es Miß Crawley besser geht, möglich sein, wieder hinzukommen und zu... zu den lieben Kindern zurückzukehren.«

»Das haben Sie schon diese ganzen drei Monate gesagt,

234

Becky«, erwiderte Sir Pitt; »und dabei bleiben Sie doch immer noch bei meiner Schwester kleben, die Sie wie einen alten Schuh wegwerfen wird, sobald sie Sie abgetragen hat. Ich sage Ihnen, ich habe Sie *nötig*. Ich muß jetzt zum Begräbnis nach Hause fahren. Wollen Sie zurückkommen? Ja oder nein?«

»Ich darf nicht…ich glaube…es würde sich nicht schicken …wenn ich dort…mit Ihnen allein wohnte, Sir«, versetzte Becky, anscheinend in großer Erregung.

»Ich sage noch einmal, ich habe Sie nötig«, rief Sir Pitt und schlug dabei mit der Hand auf den Tisch. »Ich kann ohne Sie nicht zurechtkommen. Ich habe das erst dann recht gemerkt, als Sie fort waren. Alles im Hause geht schief. Als wenn es gar nicht mehr derselbe Ort wäre. Alle meine Rechnungen sind wieder in Unordnung. Sie *müssen* zurückkommen. Bitte, kommen Sie zurück! Liebe Becky, kommen Sie!«

»Als was soll ich kommen, Sir?« fragte Rebekka, mühsam atmend.

»Kommen Sie als Lady Crawley, wenn Sie wollen!« sagte der Baronet und griff nach seinem Hut mit dem Trauerflor. »Na! Sind Sie nun zufrieden? Kommen Sie zurück, und werden Sie meine Frau! Den Grips dazu haben Sie; was schere ich mich um die Herkunft! Sie sind eine richtige Lady, wie ich nie eine bessere gesehen habe. Sie haben mehr Verstand in Ihrem kleinen Finger als irgendeine Baronetsfrau der Grafschaft im Kopfe. Wollen Sie kommen? Ja oder nein?«

»Oh, Sir Pitt!« erwiderte Rebekka, sichtlich bewegt.

»Sagen Sie ja, Becky!« fuhr Sir Pitt fort. »Ich bin ein alter Mann, aber ein guter Mann. Für zwanzig Jahre mache ich es noch. Ich werde Sie glücklich machen; verlassen Sie sich darauf! Sie sollen tun können, was Sie wollen, ausgeben, soviel Sie wollen, und sollen in jeder Hinsicht freie Hand haben. Ich will Ihnen eine Witwenrente aussetzen. Es soll alles seine ordnungsmäßige Form haben. Da, sehen Sie her!« Und der alte Mann fiel auf die Knie und grinste sie an wie ein Satyr. Rebekka fuhr zurück, ein Bild äußerster Bestürzung. Im Laufe dieser Geschichte haben wir sie noch nie ihre Geistesgegenwart verlieren sehen; aber in diesem Augenblicke begegnete ihr das doch, und sie vergoß einige der aufrichtigsten Tränen, die je aus ihren Augen geflossen.

»Oh, Sir Pitt«, sagte sie. »Oh, Sir…ich…ich bin *schon verheiratet.*«

FÜNFZEHNTES KAPITEL
Worin Rebekkas Gatte für kurze Zeit erscheint

Jeder mit Gemüt begabte Leser (und einen andern wünschen wir uns gar nicht) muß seine Freude an dem Bild gehabt haben, mit dem der letzte Akt unseres kleinen Dramas schloß; denn was kann einen schöneren Anblick bieten als der Gott der Liebe auf den Knien vor der Göttin der Schönheit?

Aber als der Liebesgott aus dem Munde der Schönheitsgöttin das schreckliche Geständnis hörte, daß sie schon verheiratet sei, sprang er aus seiner demütigen Stellung auf dem Teppich empor und stieß Verwünschungen aus, durch die die arme kleine Schönheit in größere Angst versetzt wurde, als sie sie im Augenblick ihres Geständnisses empfunden hatte. »Verheiratet! Sie scherzen wohl!« rief der Baronet, nachdem der erste Ausbruch der Wut und des Erstaunens vorüber war. »Sie halten mich zum besten, Becky! Wer sollte sie denn heiraten, da sie keinen Schilling Vermögen haben?« »Verheiratet, verheiratet!« sagte Rebekka krampfhaft schluchzend; die Stimme versagte ihr vor Erregung; sie drückte das Taschentuch an die weinenden Augen und lehnte sich halb ohnmächtig an den Kamin, ein Bild des Schmerzes, welches das härteste Herz hättte rühren können. »O Sir Pitt, lieber Sir Pitt, glauben Sie nicht, daß ich undankbar wäre für all die Güte, die Sie mir erwiesen haben.

Nur Ihr edelmütiger Antrag hat mir mein Geheimnis entrissen.«

»Zum Teufel mit dem Edelmut!« schrie Sir Pitt. »Mit wem sind Sie denn nun aber verheiratet? Wo ist es geschehen?«

»Lassen Sie mich mit Ihnen auf das Land zurückkehren, Sir! Lassen Sie mich so treu wie bisher für Sie sorgen! Bitte, bitte, verwehren Sie es mir nicht, in dem lieben Queen's Crawley zu leben!«

»Der saubere Patron hat Sie wohl im Stich gelassen, was?« sagte der Baronet, der, wie er meinte, nun den Zusammenhang zu verstehen begann. »Na gut, Becky, kommen Sie zurück, wenn Sie wollen! Wenn man seinen Kuchen aufgegessen hat, so ist es vorbei damit. Jedenfalls habe ich Ihnen ein hübsches Anerbieten gemacht. Kommen Sie als Gouvernante zurück; Sie sollen in allen Dingen freie Hand haben.« Sie streckte ihm eine Hand hin und weinte dabei, als wollte ihr das Herz brechen; ihre Locken fielen ihr über das Gesicht und über den Kaminsims, an den sie den Kopf lehnte.

»Also der Schuft ist davongegangen, he?« fragte Sir Pitt, als versuche er, sie zu trösten, wobei aber sein Ton recht häßlich klang. »Na, lassen Sie sich keine grauen Haare darum wachsen, Becky; ich will für Sie sorgen.«

»O Sir, es würde mein höchster Wunsch sein, wieder nach Queen's Crawley zurückzugehen und für die Kinder und für Sie zu sorgen wie in früheren Tagen, als Sie sagten, Sie seien mit den Diensten Ihrer kleinen Rebekka zufrieden. Wenn ich an Ihr Anerbieten von vorhin denke, so erfüllt sich mein Herz mit Dankbarkeit, ja wirklich, wirklich. Ich kann nicht Ihr Weib sein, Sir; lassen Sie mich … lassen Sie mich Ihre Tochter sein!«

Bei diesen Worten fiel Rebekka nun ihrerseits in einer höchst ergreifenden Weise auf die Knie, nahm Sir Pitts hornige, schwarze Hand zwischen ihre beiden (die sehr hübsch und weiß und so weich wie Seide waren) und blickte mit dem

Ausdruck tiefer Ergriffenheit und unbegrenzten Vertrauens in sein Gesicht, als... als sich die Tür öffnete und Miß Crawley hereingesegelt kam.

Mrs. Firkin und Miß Briggs, die, bald nachdem der Baronet und Rebekka in das Eßzimmer gegangen waren, sich zufällig an der Tür dieses Zimmers befanden, hatten ebenso zufällig durch das Schlüsselloch den alten Herrn vor der Gouvernante auf den Knien liegen sehen und gehört, welchen edelmütigen Antrag er ihr machte. Dieser Antrag war kaum seinem Munde entschlüpft, als Mrs. Firkin und Miß Briggs die Treppe hinaufliefen, in den Salon hineinstürzten, wo Miß Crawley den französischen Roman las, und der alten Dame die erstaunliche Nachricht überbrachten, Sir Pitt liege auf den Knien und mache Miß Sharp einen Heiratsantrag. Und wenn meine lieben Leser nun die Zeit berechnen, die das vorher mitgeteilte Gespräch in Anspruch nahm, sowie die Zeit, die Miß Briggs und Mrs. Firkin brauchten, um nach dem Salon zu eilen, sowie die Zeit, die Miß Crawley nötig hatte, um in Erstaunen zu geraten und ihren Band Pigault le Brun hinzuwerfen, und endlich die Zeit, deren sie bedurfte, um die Treppe hinunterzugehen: so werden sie sehen, wie außerordentlich genau diese Erzählung ist und daß Miß Crawley mit Notwendigkeit gerade in dem Augenblick in der Tür des Eßzimmers erscheinen mußte, als Rebekka diese demütige Stellung eingenommen hatte.

»Da kniet ja die Dame und nicht der Herr!« sagte Miß Crawley mit beißendem Spott in Blick und Ton. »Mir war gesagt worden, *du* lägest auf den Knien, Bruder. Bitte, knie doch noch einmal nieder und laß mich den Anblick dieses hübschen Paares genießen!«

»Ich habe Sir Pitt Crawley meinen Dank ausgesprochen«, sagte Rebekka, sich erhebend, »und ihm gesagt, daß ich niemals Lady Crawley werden kann.«

»Sie hat den Antrag abgelehnt!« rief Miß Crawley, noch

mehr erstaunt als vorher. Miß Briggs und Mrs. Firkin, die an der Tür standen, rissen Mund und Augen auf vor Verwunderung.

»Ja…ich habe den Antrag abgelehnt«, fuhr Rebekka mit trauriger, tränenerstickter Stimme fort.

»Und soll ich meinen Ohren trauen, daß du ihr wirklich einen Heiratsantrag gemacht hast, Bruder?« fragte die alte Dame.

»Jawohl,« erwiderte der Baronet, »das habe ich getan.«

»Und sie hat dich ausgeschlagen, wie sie sagt?«

»Jawohl«, versetzte Sir Pitt mit einem breiten Grinsen über das ganze Gesicht.

»Dieser Ausgang scheint dir wenigstens nicht das Herz zu brechen«, bemerkte Miß Crawley.

»Nicht die Spur«, antwortete Sir Pitt so gelassen und gutgelaunt, daß Miß Crawley vor Erstaunen beinahe den Verstand verlor. Daß ein alter Herr von hohem Stand vor einer völlig mittellosen Gouvernante auf die Knie fiel und dann in ein Gelächter ausbrach, weil sie ihm einen Korb gab, und daß eine völlig mittellose Gouvernante einen Baronet mit viertausend Pfund Jahreseinkommen ausschlug: das waren Rätsel, die Miß Crawley zu lösen schlechterdings außerstande war. Das ging ja über alle Verwicklungen, die bei ihrem Lieblingsschriftsteller Pigault le Brun vorkamen, weit hinaus.

»Ich freue mich, daß du es für einen guten Spaß hältst, Bruder«, fuhr sie fort, indem sie aufgeregt nach einer Erklärung dieser erstaunlichen Dinge tastete.

»Famos!« sagte Sir Pitt. »Wer hätte das gedacht! Was ist sie für eine schlaue, kleine Teufelin! Ein kleiner Fuchs!« murmelte er vor sich hin und kicherte dabei vor Vergnügen.

»Was heißt das: ›Wer hätte das gedacht?‹ Was gedacht?« rief Miß Crawley, mit dem Fuße stampfend. »Sagen Sie mal, Miß Sharp, warten Sie vielleicht darauf, daß der Prinzregent sich scheiden läßt, weil Ihnen unsere Familie nicht gut genug ist?«

»Meine Stellung, als Sie hereinkamen«, versetzte Rebekka, »sah wahrlich nicht so aus, als verachtete ich eine Ehre, wie sie dieser gute, dieser edle Mann mir hat anbieten mögen. Glauben Sie, ich hätte kein Herz? Sie alle haben mich geliebt und sind gegen die arme Waise, das von der ganzen Welt verlassene Mädchen, so gütig gewesen, und ich sollte keine Empfindung dafür haben? O meine Freunde! O meine Wohltäter! Darf nicht meine Liebe, mein Leben, mein treuer Dienst versuchen, das Vertrauen zu vergelten, das Sie mir erwiesen haben? Gestatten Sie mir nicht einmal dankbar zu sein, Miß Crawley? Es ist zuviel… mein Herz ist zu voll!« Und sie sank in so tragischer Pose auf einen Stuhl, daß die meisten Anwesenden von ihrem Kummer wirklich tief gerührt waren.

»Ob Sie mich nun heiraten oder nicht, Sie sind ein gutes, kleines Mädchen, Becky, und ich bin Ihr Freund; vergessen Sie das nicht«, sagte Sir Pitt, setzte seinen Hut mit dem Trauerflor auf und ging weg…zu Rebekkas großer Erleichterung; denn es war klar, daß Miß Crawley ihr Geheimnis noch nicht durchschaut hatte; sie hatte somit den Vorteil eines kurzen Aufschubs.

Sie drückte ihr Taschentuch gegen die Augen, winkte der braven Briggs, die ihr folgen wollte, ab und ging auf ihr Zimmer hinauf, während Miß Briggs und Miß Crawley im Zustand höchster Aufregung zurückblieben, um das sonderbare Ereignis zu besprechen, und Mrs. Firkin, nicht minder ergriffen, in die Regionen der Küche hinabstieg und mit der gesamten männlichen und weiblichen Gesellschaft, die sie dort vorfand, darüber redete. Und dieses Ereignis hatte auf Mrs. Firkin einen so starken Eindruck gemacht, daß sie es für angemessen hielt, gleich noch mit der Abendpost einen Brief abgehen zu lassen: ›Ergebenste Empfehlungen an Mrs. Bute Crawley und die ganze Familie in der Oberpfarre, und Sir Pitt ist dagewesen und hat Miß Sharp einen Heiratsantrag gemacht, den sie zu unser aller Verwunderung abgelehnt hat‹.

Die beiden Damen im Eßzimmer (wo die brave Miß Briggs ganz glücklich darüber war, daß sie wieder einmal mit ihrer Gönnerin ein vertrauliches Gespräch führen durfte) wunderten sich nach Herzenslust über Sir Pitts Antrag und Rebekkas Ablehnung, und Miß Briggs stellte sehr scharfsinnig die Vermutung auf, es müsse da wohl ein Hindernis in Gestalt einer früheren Bindung vorhanden sein; denn sonst würde kein junges Mädchen, das ihren Verstand hätte, einen so vorteilhaften Antrag zurückgewiesen haben.

»Sie hätten ihn selbst angenommen, nicht wahr, Miß Briggs?« fragte Miß Crawley gütig.

»Wäre es nicht ein schöner Vorzug, Miß Crawleys Schwägerin zu sein?« entgegnete Miß Briggs, demütig der Frage ausweichend.

»Nun, wenn man es recht besieht, würde Becky eine gute Lady Crawley abgegeben haben«, bemerkte Miß Crawley (die durch die Ablehnung des Antrages seitens des jungen Mädchens milder gestimmt war und sich jetzt, da ihr keine Opfer zugemutet wurden, sehr liberal und edeldenkend zeigte). »Sie hat viel Verstand, im kleinen Finger weit mehr als Sie, meine arme liebe Briggs, im ganzen Kopfe. Ihr gesellschaftliches Benehmen ist ausgezeichnet, nachdem ich ihr die nötige Unterweisung erteilt habe. Sie ist eine Montmorency, meine liebe Briggs, und vornehme Herkunft hat doch immer ihren Wert, wiewohl ich für meine Person darüber sehr geringschätzig denke; und sie würde ihre Stellung unter diesem großtuerischen, dummen Volk in Hampshire weit besser zu wahren gewußt haben als diese unglückliche Eisenhändlerstochter.«

Miß Briggs stimmte ihr wie gewöhnlich bei, und nun ergingen sich die beiden in Mutmaßungen über die ›frühere Bindung‹. »Ihr armen Geschöpfe ohne Vermögen und ohne

Freunde habt immer irgend so ein törichtes Tendre«, sagte
Miß Crawley. »Sie selbst waren ja in einen Schreiblehrer
verliebt (weinen Sie nicht, Miß Briggs; Sie weinen immer
gleich, aber davon wird er doch nicht wieder lebendig), und
ich denke mir, diese unglückliche Becky wird auch wohl so
eine törichte, empfindsame Neigung gefaßt haben, zu
irgendeinem Apotheker oder Hausverwalter oder Maler
oder einem jungen Geistlichen oder sonst jemandem von
der Art.«

»Armes Ding, armes Ding«, sagte Miß Briggs, die vierundzwanzig Jahre zurück an den schwindsüchtigen Schreiblehrer dachte, von dem sie eine gelbe Haarlocke und eine Anzahl Briefe (sie waren bis zur Unleserlichkeit verschnörkelt,
aber dennoch sehr schön) oben in ihrem Zimmer in einer
alten Schreibmappe aufbewahrte. »Armes Ding, armes
Ding!« sagte Miß Briggs. Sie war wieder ein rotwangiges
Mädchen von achtzehn Jahren und saß in der Kirche zum
Abendgottesdienst, und der schwindsüchtige Schreiblehrer
und sie sangen aus demselben Gesangbuch.

»Nach einem solchen Benehmen von Rebekkas Seite«, sagte
Miß Crawley schwärmerisch, »sollte unsere Familie etwas
für sie tun. Suchen Sie herauszubekommen, Miß Briggs, wer
der Gegenstand ihrer Neigung ist. Ich will ihm einen Laden
einrichten oder ihn mein Porträt malen lassen, wissen Sie;
oder ich will mit meinem Vetter, dem Bischof, sprechen, und
Becky will ich ausstatten, und wir wollen die Hochzeit aus-
richten, Miß Briggs, und Sie sollen das Hochzeitsfrühstück
besorgen und Brautjungfer sein.«

Miß Briggs meinte, das würde entzückend sein, erging sich
in Lobpreisungen ihrer Herrin, die stets gütig und freigebig
sei, und ging hinauf nach Rebekkas Schlafzimmer, um sie zu
trösten und mit ihr über den Antrag, die Ablehnung dessel-
ben und deren Gründe zu plaudern – wie auch, um Miß
Crawleys großmütige Absichten anzudeuten und heraus-

zubekommen, wer denn der Herr sei, der Miß Sharps Herz gewonnen habe.

Rebekka war sehr freundlich, sehr liebevoll und gerührt; sie erwiderte die Zärtlichkeit, die ihr Miß Briggs entgegenbrachte mit warmer Dankbarkeit, gestand, daß allerdings eine geheime Bindung bestehe, ein köstliches Geheimnis; wie schade, daß Miß Briggs nicht noch eine halbe Minute länger am Schlüsselloch geblieben sei! – Vielleicht hätte Rebekka noch mehr gesagt; aber fünf Minuten, nachdem Miß Briggs auf Rebekkas Zimmer gekommen war, erschien dort Miß Crawley in eigener Person, eine unerhörte Ehre! Ihre Ungeduld war zu mächtig geworden; sie war außerstande, das langsame Verfahren ihrer Gesandtin abzuwarten: so kam sie denn höchstselbst und schickte Miß Briggs aus dem Zimmer. Nachdem sie zunächst sich beifällig über Rebekkas Verhalten ausgesprochen hatte, fragte sie nach den genaueren Umständen des Gesprächs und nach den früheren Vorgängen, die in diesem erstaunlichen Antrag Sir Pitts ihren Abschluß gefunden hätten.

Rebekka erwiderte, sie habe schon seit geraumer Zeit etwas von der Zuneigung bemerkt, mit der Sir Pitt sie beehrte, denn er habe die Gewohnheit, seine Gefühle in einer sehr freimütigen, rückhaltlosen Art zu äußern. Aber, ganz abgesehen von Gründen privaten Charakters, mit denen sie für den Augenblick Miß Crawley nicht belästigen wolle, seien Sir Pitts Lebensalter, gesellschaftliche Stellung und ganzes Wesen derart, daß sie eine Heirat für sie ganz unmöglich machten. Und könne wohl ein weibliches Wesen, das auch nur eine Spur von Selbstachtung und Schicklichkeitsgefühl besitze, einem Antrag in einem Augenblick Gehör schenken, da noch nicht einmal das Begräbnis der verstorbenen Ehefrau des Liebhabers stattgefunden habe?

»Unsinn, liebes Kind, Sie hätten ihn nie und nimmer ausgeschlagen, wenn da nicht noch jemand anders im Spiel wäre«,

sagte Miß Crawley, um ohne Verzug zur Sache zu kommen. »Teilen Sie mir die Gründe privaten Charakters mit; welches sind diese Gründe? Da steckt irgend jemand dahinter; wer ist es, der Ihr Herz gerührt hat?«
Rebekka schlug die Augen nieder.

»Sie haben richtig vermutet, teure Lady«, sagte sie stokkend in sanftem, schlichtem Ton. »Sie wundern sich, daß ein Mädchen, das weder Vermögen noch Freunde hat, eine Neigung hat fassen können, nicht wahr? Aber ich habe nie gehört, daß Armut ein Schutzmittel dagegen sei. Ich wünschte, es wäre so.«

»Mein armes, liebes Kind«, sagte Miß Crawley, die immer sehr bereit war, gefühlvoll zu werden. »Also wird Ihre Liebe nicht erwidert? Sie schmachten im geheimen? Erzählen Sie mir alles, und lassen Sie sich von mir trösten!«

»Ich wünschte, Sie könnten mich trösten, teuerste Miß Crawley«, erwiderte Rebekka in einem Ton, dem man die nahen Tränen anhörte. »Wirklich, wirklich, ich bedarf des Trostes.« Nach diesen Worten legte sie ihren Kopf auf Miß Crawleys Schulter und weinte so natürlich, daß die alte Dame, überrascht und gerührt, sie mit beinah mütterlicher Zärtlichkeit umarmte, sie einmal über das andere beruhigend ihrer Achtung und Zuneigung versicherte und beteuerte, daß sie sie wie eine Tochter liebe und alles tun wolle, was in ihren Kräften stände, ihr zu helfen. »Und nun, wer ist es, meine Liebe? Ist es der Bruder dieser hübschen Miß Sedley? Sie sagten etwas von einer kleinen Liebesgeschichte, die Sie mit ihm gehabt hätten. Ich will ihn herbitten, meine Liebe. Und Sie sollen ihn haben; ja, ganz bestimmt.«

»Fragen Sie mich jetzt nicht!« antwortete Rebekka. »Sie sollen bald alles wissen. Gewiß, sehr bald. Teure, gütige Miß Crawley… Teure Freundin, darf ich Sie so nennen?«
»Das dürfen Sie, mein Kind«, erwiderte die alte Dame und küßte sie.

»Ich kann es Ihnen jetzt nicht sagen«, schluchzte Rebekka; »ich bin sehr unglücklich. Aber haben Sie mich immer lieb; versprechen Sie mir, mich immer lieb zu behalten!« Und unter reichlichen Tränengüssen auf beiden Seiten (denn die Rührung der jüngeren Dame hatte die gleiche Empfindung bei der älteren wachgerufen) wurde dieses Versprechen von Miß Crawley feierlich abgelegt, die beim Weggehen ihren kleinen Schützling segnete und als ein liebes, unverstelltes, weichherziges, gutes, unbegreifliches Geschöpf bewunderte.

Und nun war Rebekka allein und konnte über die unerwarteten, wunderbaren Ereignisse dieses Tages nachdenken, über das, was geschehen war, und über das, was da hätte geschehen können. Welches, glauben Sie wohl, waren die wahren geheimen Empfindungen unserer Miß... nein, ich muß um Verzeihung bitten, unserer Mrs. Rebekka? Wenn der, der diese Geschichte aufzeichnet, einige Seiten früher das Vorrecht in Anspruch nahm, in Miß Amelia Sedleys Schlafzimmer hineinzublicken und mit der Allwissenheit des Romanschriftstellers den schmerzlichen Kummer und die leidenschaftliche Zärtlichkeit zu beobachten, die das liebe Köpfchen auf jenem unschuldigen Kissen beunruhigten, warum sollte er sich da nicht auch als Rebekkas Vertrauten, als Mitwisser ihrer Geheimnisse und als Großsiegelbewahrer ihres Gewissens erklären?

Nun denn, zuerst überließ sich Rebekka einem sehr aufrichtigen, rührenden Bedauern darüber, daß ein Glück von wunderbarer Größe ihr so nahe gewesen war und sie tatsächlich nicht anders gekonnt hatte, als es ablehnen. An dieser natürlichen Regung ihres Gemüts wird sicherlich jeder normal denkende Mensch Anteil nehmen. Welche gute Mutter sollte nicht ein vermögensloses Mädchen bedauern, das eine Lady werden und an einer Jahreseinnahme von viertausend Pfund hätte teilhaben können? Und welche wohlerzogene junge Dame auf dem Jahrmarkt der Eitelkeit sollte kein Mitgefühl haben mit einem arbeitsamen, begabten, allen Lobes werten Mädchen, das einen so ehrenvollen, vorteilhaften, verlockenden Antrag gerade in dem Augenblick erhält, da es nicht mehr in seiner Macht steht, ihn anzunehmen? Ich bin überzeugt, daß das Mißgeschick unserer Freundin Becky jedermanns Teilnahme verdient und auch finden wird.

Ich erinnere mich an einen Abend, den ich selbst auf diesem Jahrmarkt in einer Gesellschaft verlebte. Ich beobachtete, daß die alte Miß Toady, die gleichfalls zugegen war, sich zum Ziel ihrer besonderen Aufmerksamkeiten und Schmeicheleien die kleine Mrs. Briefleß erkor, die Gattin eines Advokaten, die allerdings von guter Familie, aber, wie wir alle wissen, so arm wie eine Kirchenmaus ist.

›Was in aller Welt‹, fragte ich mich im stillen, ›kann die Ursache dieser Zuvorkommenheit von Miß Toady sein? Ist etwa Mr. Briefleß Grafschaftsrichter geworden, oder hat seine Frau eine große Erbschaft gemacht?‹ Miß Toady gab mir alsbald mit jener Geradheit, die ihr ganzes Betragen auszeichnet, die vermißte Erklärung. »Sie wissen,« sagte sie, »Mrs. Briefleß ist eine Enkelin Sir John Redhands, der in Cheltenham so krank darniederliegt, daß er keine sechs Monate mehr zu leben haben wird. Der Papa von Mrs. Briefleß wird dann sein Nachfolger, und sie ist dann die Tochter eines Baronets, sehen Sie.« Und Miß Toady lud Mr. Briefleß und seine Gattin gleich in der nächsten Woche zum Mittagessen ein.

Wenn schon die bloße Aussicht, die Tochter eines Baronets zu werden, einer Dame solche Huldigungen in der Welt einbringt, so müssen wir sicherlich den Kummer eines jungen Mädchens ehren, das die Möglichkeit, Gattin eines Baronets zu werden, verloren hat. ›Wer hätte es sich aber auch träumen lassen, daß Lady Crawley so bald sterben werde?‹ dachte Rebekka in schmerzvoller Reue. ›Sie war eine der kränklichen Frauen, die in diesem Zustand noch zehn Jahre weiterleben können. Und ich hätte eine Lady sein können! Ich hätte den alten Mann ganz nach meinem Gefallen gelenkt. Ich hätte dieser Mrs. Bute für ihre Gönnerschaft und diesem Mr. Pitt für seine unerträgliche Herablassung gedankt. Ich hätte mir das Stadthaus neu möblieren und ausschmücken lassen. Ich hätte die schönste Equipage in London und eine Loge in der Oper gehabt und wäre in der nächsten Saison bei Hofe vorgestellt worden.‹ All das *hätte* sein können; aber nun…nun lag die Zukunft dunkel und zweifelhaft vor ihr.

Aber Rebekka war eine junge Dame von zu entschlossenem, energischem Charakter, als daß sie sich lange einem nutzlosen, unfruchtbaren Kummer um die unwiderbringliche Vergangenheit hätte hingeben mögen. Nachdem sie ihr daher nur das angemessene Maß von Bedauern gewidmet hatte, wandte sie klüglich ihre ganze Aufmerksamkeit der Zukunft zu, die jetzt für sie unendlich viel wichtiger war. So überdachte sie denn ihre Lage und die sich daran knüpfenden Hoffnungen, Zweifel und Aussichten.

Vor allen Dingen war sie verheiratet; das war ein sehr wichtiger Punkt. Sir Pitt wußte davon. Daß sie es eingestanden hatte, war nicht sowohl eine Folge der Überraschung gewesen wie vielmehr das Ergebnis einer schnellen Berechnung. Bekannt werden mußte es doch einmal; also warum nicht lieber jetzt als zu einem späteren Zeitpunkt? Der Mann, der sie selbst hatte heiraten wollen, mußte ihre anderweitige Verheiratung jedenfalls schweigend ertragen. Aber wie Miß Crawley die Nachricht aufnehmen werde, das war die große Frage. Rebekka war in dieser Hinsicht nicht frei von schlimmen Befürchtungen; aber anderseits erinnerte sie sich an alles, was Miß Crawley zu ihr gesagt hatte, an die ausgesprochen geringschätzige Gesinnung der alten Dame gegen vornehme Herkunft, an ihre kühnen fortschrittlichen Anschauungen, ihren allgemeinen Hang zum Romantischen und an ihre beinahe närrische Vorliebe für ihren Neffen sowie ihre wiederholt beteuerte Zärtlichkeit für sie, Rebekka, selbst. ›Sie mag ihn so gern,‹ dachte Rebekka, ›daß sie ihm alles vergeben wird; und an mich ist sie so gewöhnt, daß ich glaube, sie würde sich ohne mich gar nicht mehr wohlfühlen. Wenn die Aufklärung kommt, so wird es eine Szene geben und Weinkrämpfe und einen großen Streit und dann eine große Versöhnung.‹ Jedenfalls: was nützte ein weiterer Aufschub? Der Würfel war geworfen, und ob die Wahrheit nun heute oder morgen bekannt wurde, das kam auf dasselbe hinaus. Nachdem so bei Rebekka der Entschluß feststand, daß Miß Crawley Aufklärung erhalten sollte, überlegte sie, auf welche Art dies am besten geschehen könnte und ob sie dem sicher bevorstehenden Sturm trotzen oder fliehen und ihn vermeiden sollte, bis seine erste Wut sich ausgetobt haben würde. In diesen Überlegungen begriffen, schrieb sie folgenden Brief:

Liebster Freund! Die große Krisis, von der wir so oft gesprochen haben, ist nun eingetreten. Die Hälfte meines Geheimnisses ist bekannt, und ich habe hin und her gedacht, bis ich zu der Überzeugung gelangt bin, daß jetzt der richtige Augenblick da ist, um das ganze Geheimnis zu enthüllen. Sir Pitt kam heute vormittag zu mir und machte mir (ja, was meinst Du wohl?) einen Heiratsantrag in aller Form. Denke nur einmal! Ich armes kleines Wesen hätte Lady Crawley werden können. Wie erfreut wäre Mrs. Bute gewesen, und dann auch ma tante, wenn ich den Vortritt vor ihr erhalten hätte! Ich hätte eines gewissen Jemands Mama sein können, statt... oh, ich zittre, ich zittre, wenn ich denke, wie bald wir alles werden erzählen müssen!
Sir Pitt weiß, daß ich verheiratet bin, und da er noch nicht weiß, mit wem, ist er bis jetzt noch nicht allzu ungehalten.

Ma tante ist tatsächlich aufgebracht darüber, daß ich ihm einen Korb gegeben habe. Aber doch ist sie die Freundlichkeit und Güte selbst. Sie hat die Liebenswürdigkeit, zu sagen, ich würde eine gute Frau für ihn gewesen sein, und gelobt, sie wolle Deiner kleinen Rebekka eine Mutter sein. Es wird sie zuerst heftig erschüttern, wenn sie hört, wie es sich in Wirklichkeit verhält. Aber haben wir außer einem vorübergehenden Zornesausbruch etwas zu befürchten? Ich glaube nein; ich bin davon überzeugt. Sie hat Dich so lieb (Du garstiger Taugenichts!), daß sie Dir alles vergeben würde; und nach Dir, glaube ich, nehme ich den nächsten Platz in ihrem Herzen ein, und ich meine, sie würde sich ohne mich unglücklich fühlen. Teuerster! Eine Ahnung sagt mir, daß wir siegen werden. Dann wirst Du aus Deinem abscheulichen Regiment ausscheiden und das Spielen und Wettrennen aufgeben und ein braver Junge werden; und wir werden alle zusammen in der Park Lane wohnen, und ma tante wird uns ihr ganzes Geld hinterlassen.
Ich werde versuchen, daß ich morgen um drei Uhr an der gewöhnlichen Stelle spazieren gehen kann. Sollte Miß B. mich begleiten, so mußt Du zum Dinner kommen und eine schriftliche Antwort mitbringen und in den dritten Band von Porteus' Predigten stecken. Aber auf alle Fälle komme zu Deiner

                                               R.
ner

    An Miß Eliza Styles,
    bei Mr. Barnet, Sattlermeister, Knightsbridge.

Ich denke, jeder Leser dieser kleinen Geschichte ist scharfsinnig genug, zu erraten, daß diese Miß Eliza Styles – eine alte Schulfreundin, wie Rebekka sagte, mit der sie seit einiger Zeit in lebhaftem Briefwechsel stand –, die diese Briefe bei dem Sattler abzuholen pflegte, Sporen trug und einen großen, gedrehten Schnurbart hatte, und in Wahrheit niemand anders war als Rittmeister Rawdon Crawley.

SECHZEHNTES KAPITEL
Der Brief auf dem Nadelkissen

Wie sie sich heirateten, geht keinen etwas an. Was sollte einen rechtsmündigen Rittmeister und eine ebensolche junge Dame hindern, sich eine Heiratslizenz zu kaufen und sich in irgendeiner Londoner Kirche trauen zu lassen? Wem braucht noch erst ausdrücklich gesagt zu werden, daß, wenn eine Frau etwas *will*, sie sicher auch eine Möglichkeit findet, es auszuführen? Ich möchte vermuten, daß eines Tages, als Miß Sharp ausgegangen war, um den Vormittag bei ihrer lieben Freundin Miß Amelia Sedley am Russell Square zu verleben, eine ihr sehr ähnlich sehende Dame eine Kirche in der City in Gesellschaft eines Herrn mit gefärbtem Schnurrbart betrat, der sie nach Verlauf einer Viertelstunde wieder zu der wartenden Droschke zurückbegleitete, und daß dies ein in aller Stille getrautes Paar war.

Und wer auf der Welt kann, bei all den Beispielen, die wir täglich vor Augen haben, es für unmöglich erklären, daß ein Herr von gutem Stand diese oder jene Frauensperson heiraten werde? Wie viele weise und gelehrte Männer haben nicht ihre Köchinnen geheiratet? Hat nicht selbst Lord Eldon, einer der verständigsten Männer, die je gelebt haben, eine Ehe geschlossen, zu der er seine Frau erst hatte entführen müssen? Waren nicht Achilles und Ajax beide in ihre Sklavinnen verliebt? Und können wir erwarten, daß ein schwerer Dragoner mit heftigen Begierden und kleinem Gehirn, der nie in seinem Leben einer seiner Leidenschaften Zügel angelegt hatte, plötzlich verständig werden und sich weigern sollte, jeden beliebigen Preis für die Erfüllung eines Wunsches zu zahlen, den er sich nun einmal in den Kopf gesetzt hatte? Wenn die Leute nur verständige Ehen schlössen, wie würde dann die Bevölkerung abnehmen!

Ich für meinen Teil bin der Ansicht, daß Mr. Rawdons Heirat eine der ehrenwertesten Handlungen war, die wir aus der Biographie dieses Herrn, soweit sie für die vorliegende Geschichte von Belang ist, zu berichten haben werden. Niemand wird behaupten, es sei unmännlich, sich von einer Frau fesseln zu lassen, oder, wenn man sich von einer hat fesseln lassen, sie zu heiraten; und die Bewunderung, das Entzücken, die Leidenschaft, die Verehrung, die grenzenlose Hingabe und die sinnlose Vergötterung, mit der der robuste Krieger die kleine Rebekka allmählich betrachten lernte, waren Gefühle, von denen wenigstens die Damen nicht behaupten werden, daß sie ihm Unehre gemacht hätten. Wenn sie sang, so durchschauerte jede Note seinen schwerfälligen Geist und ließ ein Prickeln über seinen herkulischen Körper hingehen. Wenn sie sprach, so strengte er alle seine Verstandeskräfte an, um zu hören und zu staunen. Wenn sie Scherze machte, so pflegte er diese in seinem Geist hin und her zu wälzen und eine halbe Stunde später auf der Straße in ein lautes Gelächter darüber auszubrechen, zum größten Erstaunen des Reitknechts, der auf dem Tilbury neben ihm saß, oder des Kameraden, der mit ihm in der Rotten Row ritt. Ihre Worte hatten für ihn die Autorität von Orakelsprüchen; in ihren geringsten Handlungen fand er eine stets das Richtige treffende Anmut und Weisheit. ›Wie sie singt,... wie sie malt!‹ dachte er. ›Wie sie das störrische Pferd in Queen's Crawley ritt!‹ In vertraulichen Augenblicken pflegte er zu ihr zu sagen: »Auf Ehre, Becky, du hast ganz das Zeug dazu, Feldmarschall oder Erzbischof von Canterbury zu sein, auf Ehre!« Ist ein solcher Fall eine Seltenheit? Sehen wir nicht alle Tage in der Welt so manchen braven Herkules an den Schürzenbändern einer Omphale hängen und große Simsons mit stattlichen Backenbärten im Schoße einer Delila liegen?

Als ihm daher Becky schrieb, die große Krisis sei nahe und die Zeit zum Handeln gekommen, da war Rawdon ebenso

willig und bereit, unter ihrem Befehl zu handeln, wie er auf
das Kommando seines Obersten mit seiner Schwadron eine
Attacke geritten hätte. Er brauchte seinen Brief nicht in den
dritten Band der Predigten von Porteus zu stecken. Rebekka
fand am nächsten Tag mit leichter Mühe ein Mittel, Miß
Briggs, ihre Begleiterin, los zu werden, und traf ihren treuen
Freund ›an der gewöhnlichen Stelle‹. Sie hatte während der
Nacht die Angelegenheit noch weiterüberlegt und teilte
nun Rawdon das Ergebnis, zu dem sie gelangt war, mit. Er
war natürlich mit allem einverstanden und völlig überzeugt,
daß sie in allen Punkten recht habe; daß das, was sie vor-
schlug, das Beste sei; daß Miß Crawley nach einiger Zeit
sich unfehlbar besänftigen (oder, wie er sich ausdrückte:
›rumkriegen‹) lassen werde. Wären Rebekkas Entschlüsse
völlig entgegengesetzt ausgefallen, so wäre er ebenso unbedingt gefolgt. »Du hast Verstand genug für uns beide,
Becky«, sagte er. »Du wirst uns sicherlich aus der Patsche
heraushelfen. Ich habe niemals deinesgleichen gesehen, und
ich bin in meinem Leben doch auch schon mit manchem ge-
riebenen Frauenzimmerchen zusammengekommen.« Und
mit diesem naiven Glaubensbekenntnis verließ sie der verliebte Dragoner, um seinen Teil des von ihr für beide ent-
worfenen Planes auszuführen.

Dieser Teil bestand einfach darin, für den Rittmeister Crawley und seine Gattin eine ruhige Wohnung in Brompton oder
in der Nähe der Kaserne zu mieten. Denn Rebekka hatte beschlossen (und das war unserer Ansicht nach sehr klug) zu
fliehen. Rawdon war über diesen Beschluß nur zu glücklich;
denn er hatte sie schon seit Wochen fortwährend dringend
gebeten, sich für diese Maßregel zu entscheiden. So eilte er
denn mit dem ganzen Ungestüm der Liebe davon, um eine
Wohnung zu mieten. Er erklärte sich mit solcher Bereitwilligkeit einverstanden, zwei Guineen wöchentlich zu bezahlen, daß die Vermieterin bedauerte, ihm so wenig abverlangt

zu haben. Er bestellte ein Klavier, ein halbes Treibhaus voll Blumen und eine ganze Menge anderer guter Dinge. Was Schals, Glacéhandschuhe, seidene Strümpfe, goldene französische Uhren, Armbänder und Parfümerien betrifft, so schickte er all dergleichen mit der Verschwendungssucht dorthin, die ihm seine blinde Liebe eingab und sein unbeschränkter Kredit ermöglichte. Und nachdem er sich das Herz durch diese Betätigung überschwenglicher Freigebigkeit einigermaßen erleichtert hatte, ging er in seinen Klub, speiste dort in nervöser Aufregung und wartete, bis der große Augenblick seines Lebens heränkäme.

Die Erlebnisse des vergangenen Tages: das bewundernswerte Benehmen Rebekkas, die einen so vorteilhaften Antrag abgelehnt hatte, das verborgene Leid, das an ihr nagte, die Sanftmut und das Schweigen, womit sie ihren Kummer trug, all das wirkte zusammen, um Miß Crawley in eine ungewöhnlich zärtliche Stimmung gegen sie zu versetzen. Ein Ereignis dieser Art, sei es eine Heirat oder ein Heiratsantrag oder ein Korb, versetzt die gesamte weibliche Bewohnerschaft eines Hauses in Aufregung und erweckt die allerlebhafteste Teilnahme. Da es mir Vergnügen macht, das Verhalten der Menschen zu beobachten, so besuche ich während der vornehmen Heiratssaison die Sankt Georgs-Kirche am Hanover Square; und wiewohl ich nie gesehen habe, daß die Freunde des Bräutigams in Tränen ausgebrochen wären oder die Kirchendiener oder die amtierende Geistlichkeit irgendwelche Rührung bekundet hätten, so ist es doch keineswegs ungewöhnlich, zu sehen, daß Frauenspersonen, die bei den betreffenden Vorgängen nicht im geringsten persönlich beteiligt sind – also zum Beispiel alte Damen, die das Heiratsalter längst hinter sich haben, wohlbeleibte Frauen in mittleren Jahren mit zahlreichen Söhnen und Töchtern und vor allem hübsche junge Mädchen mit rosa Hüten, die auf die Ehe warten und bei denen somit ein Interesse an der Feier

natürlich ist –, ich sage, es ist ein ganz gewöhnlicher Anblick, daß die anwesenden Frauenspersonen weinen, schluchzen, sich die Nasen putzen und die Gesichter hinter ihren
kleinen, nutzlosen Taschentüchern verbergen und jung wie
alt vor Rührung tief seufzen. Als mein Freund, der vornehme, elegante John Pimlico, die liebliche Lady Belgravia
Green Parker heiratete, war die Rührung so allgemein, daß
sogar die kleine, alte, nach Schnupftabak riechende Schlie-
ßerin, die mich in den Kirchenstuhl hineinließ, in Tränen
zerfloß. Weshalb eigentlich? fragte ich mich im stillen; *sie*
sollte doch nicht getraut werden.

Kurz und gut, nach dem Auftritt mit Sir Pitt gestatteten
sich Miß Crawley und Miß Briggs einen gewaltigen Luxus
in rührseligen Empfindungen, und Rebekka wurde für sie
ein Gegenstand zärtlichsten Interesses. Wenn diese nicht
anwesend war, tröstete sich Miß Crawley mit dem senti-
mentalsten Roman, den sie in ihrer Bibliothek hatte. Die
kleine Sharp mit ihrem geheimen Kummer war die Heldin des
Tages.

An diesem Abend sang Rebekka noch reizender und plau-
derte noch unterhaltsamer, als man es je von ihr in der Park
Lane gehört hatte. Sie umstrickte Miß Crawleys Herz vollständig. Sie sprach in leichtem Ton und unter Lachen von
Sir Pitts Antrag, den sie als den törichten Einfall eines alten
Mannes lächerlich machte; und ihre Augen füllten sich mit
Tränen, das Herz von Miß Briggs aber mit dem unsäglichen
Schmerz der Unterlegenen, als sie sagte, sie wünsche sich
kein anderes Los, als immer bei ihrer teuren Wohltäterin
bleiben zu können. »Meine liebe Kleine,« sagte darauf die
alte Dame, »ich lasse Sie noch viele Jahre nicht von mir, darauf können Sie sich verlassen. Eine Rückkehr zu meinem abscheulichen Bruder kann nach dem, was geschehen ist, überhaupt nicht in Betracht kommen. Sie bleiben hier bei mir
und bei Miß Briggs. Miß Briggs hat oft den Wunsch, ihre

Verwandten zu besuchen. Miß Briggs, Sie können gehen, sooft Sie wollen. Aber Sie, mein liebes Kind, müssen hierbleiben und für mich alte Frau sorgen.«

Wäre Rawdon in diesem Augenblick zugegen gewesen, statt im Klub zu sitzen und in nervöser Unruhe Rotwein zu trinken, so hätte sich das Paar vor der alten Jungfer auf die Knie werfen und alles gestehen können, und es hätte im Handumdrehen Verzeihung erlangt. Aber diese günstige Gelegenheit blieb dem jungen Paare versagt – ohne Zweifel, damit diese Geschichte geschrieben werden konnte, worin so viele seiner wunderbaren Abenteuer berichtet sind – Abenteuer, die ihnen nie hätten zustoßen können, wenn ihnen Miß Crawley vergeben und sie nun in bequemer, uninteressanter Weise in deren Hause und unter deren Schutze gelebt hätten.

In dem Hause in der Park Lane stand unter Mrs. Firkins Oberbefehl ein junges Dienstmädchen aus Hampshire, zu dessen Obliegenheiten es unter anderm gehörte, morgens an Miß Sharps Tür zu klopfen und ihr einen Krug mit warmem Wasser zu reichen; denn Mrs. Firkin wäre lieber gestorben, als daß sie diesen Krug dem Eindringling persönlich gebracht hätte. Dieses Mädchen, das auf dem Familiengut aufgewachsen war, hatte einen Bruder in der Schwadron des Rittmeisters Crawley, und wenn die ganze Wahrheit bekannt würde, so würde es, wie ich glaube, herauskommen, daß sie von gewissen Veranstaltungen Kenntnis hatte, die mit dieser Geschichte in engem Zusammenhang stehen. Jedenfalls kaufte sie sich einen gelben Schal, ein paar grüne Schuhe und einen hellblauen Hut mit einer roten Feder für drei Guineen, die Rebekka ihr gegeben hatte, und da die kleine Sharp keineswegs zu freigebig mit ihrem Gelde umging, so ist nicht zu bezweifeln, daß dies eine Belohnung für Dienste war, die Betty Martin geleistet hatte.

Am zweiten Tage nach Sir Pitt Crawleys Antrag ging die
Sonne wie gewöhnlich auf, und das Stubenmädchen Betty
Martin klopfte zu der gewöhnlichen Stunde an die Schlaf-
stubentür der Gouvernante.

Da keine Antwort erfolgte, klopfte sie noch einmal. Die Stille
dauerte jedoch fort, und Betty öffnete die Tür und betrat das
Zimmer, den Krug mit warmem Wasser in der Hand.

Das kleine Bett mit den weißen Leinenbezügen war so glatt
und ordentlich wie am vorhergehenden Tage, da Bettys
eigene Hände es zurechtgemacht hatten. Zwei kleine ver-
schnürte Koffer standen an einer Wand, und auf dem Tisch
am Fenster, auf dem Nadelkissen, dem großen, dicken Nadelkissen, das rot gefüttert und wie die Nachthaube einer
Dame mit einer Rüsche geziert war, lag ein Brief. Er hatte
da wahrscheinlich die ganze Nacht gelegen.

Betty näherte sich ihm auf Zehenspitzen, als fürchtete sie,
ihn aufzuwecken, sah ihn an und blickte sich mit höchst ver-
wunderter, aber befriedigter Miene im ganzen Zimmer um.
Sie ergriff den Brief, grinste über das ganze Gesicht, während sie ihn von allen Seiten betrachtete, und trug ihn
schließlich hinunter in das Zimmer von Miß Briggs.

Woher wußte Betty, daß der Brief für Miß Briggs bestimmt
war? Das möchte ich gern wissen. Betty hatte nie anderen
Unterricht genossen als in Mrs. Bute Crawleys Sonntagsschule und konnte Geschriebenes sowenig lesen wie He-
bräisch.

»Ach, Miß Briggs!« rief das Mädchen. »O, Miß, da muß etwas
geschehen sein. In Miß Sharps Zimmer ist niemand – in
dem Bett hat niemand geschlafen, und sie ist durchgegangen und hat den Brief für Sie zurückgelassen, Miß!«

»Was!« schrie Miß Briggs und ließ den Kamm hinfallen, so
daß ihr dünner, ergrauender Haarschopf ihr über die Schultern fiel. Eine heimliche Flucht? Miß Sharp ist ausgerückt?
Was, was bedeutet das? Sie erbrach hastig das hübsche Sie-

gel und ›verschlang‹, wie der beliebte Ausdruck lautet, den Inhalt des an sie gerichteten Briefes.

›Teure Miß Briggs!‹ schrieb die Geflüchtete. ›Da Sie das gütigste Herz von der Welt haben, werden Sie mich bemitleiden, mit mir fühlen und mich entschuldigen. Mit Tränen, Gebeten und Segenswünschen verlasse ich das Haus, wo man mir armen Waise stets mit Güte und Liebe begegnet ist. Ansprüche, die selbst denen meiner Wohltäterin übergeordnet sind, rufen mich von hier fort. Ich gehe zu meiner Pflicht, zu meinem Gatten. Ja, ich bin verheiratet. Mein Gatte befiehlt mir, das bescheidene Heim aufzusuchen, das wir das unsere nennen. Teuerste Miß Briggs, teilen Sie diese Nachricht in der Weise, die Ihrem zartfühlenden Herzen als die beste erscheinen wird, meiner geliebten Freundin und Wohltäterin mit. Sagen Sie ihr, daß ich vor meinem Weggehen ihr teures Kissen mit meinen Tränen benetzte, jenes Kissen, das ich so oft in Zeiten der Krankheit glatt gestrichen habe und an dem wieder von neuem zu wachen mein sehnlicher Wunsch ist. O, mit welcher Freude werde ich nach der lieben Park Lane zurückkehren! Mit welchem Zittern sehe ich der Antwort entgegen, die mein Geschick besiegeln soll! Als Sir Pitt die Güte hatte, mir seine Hand anzubieten, eine Ehre, von der meine geliebte Miß Crawley sagte, daß ich ihrer würdig sei (Gottes Segen über sie, daß sie die arme Waise für würdig hielt, ihre Schwägerin zu sein!), da sagte ich zu Sir Pitt, daß ich bereits verheiratet sei. Selbst er verzieh mir. Aber es fehlte mir der Mut, ihm, wie ich gesollt hätte, alles zu gestehen: daß ich nicht sein Weib werden konnte, weil ich seine Schwiegertochter war! Ich bin mit dem besten, edelsten Mann der Welt verheiratet: Miß Crawleys Rawdon ist mein Rawdon. Auf seinen Befehl öffne ich meine Lippen und folge ihm in unser bescheidenes Heim, so wie ich ihm durch die ganze Welt folgen würde. O meine vortreffliche, gütige Freundin, legen Sie bei meines Raw-

dons geliebter Tante Fürsprache ein für ihn und für das
arme Mädchen, dem seine ganze edle Familie eine solche
unvergleichliche Liebe bewiesen hat! Bitten Sie Miß Crawley, ihre Kinder freundlich aufzunehmen! Ich kann nichts
weiter sagen; aber ich flehe des Himmels reichsten Segen
auf alle Bewohner des lieben Hauses herab, das ich jetzt verlasse. Ihre Sie liebende und dankbare   Rebekka Crawley.

Mitternacht.‹

Miß Briggs war gerade damit fertig geworden, dieses rührende und interessante Schriftstück zu lesen, durch das sie
wieder in ihre Stellung als Miß Crawleys erste Vertraute
einrückte, als Mrs. Firkin ins Zimmer trat. »Eben ist Mrs.
Bute Crawley mit der Post von Hampshire angekommen
und bittet um eine Tasse Tee; möchten Sie nicht herunterkommen, Miß, und Frühstück für sie besorgen?«
Und zu Mrs. Firkins Erstaunen zog Miß Briggs nur ihren
Morgenrock fester um den Leib zusammen und rannte, so
wie sie war, mit dem aufgelösten, hinter ihr her flatternden
Haar und mit den kleinen papiernen Lockenwickeln, die in
Büscheln um ihre Stirn herum staken, zu Mrs. Bute hinunter, den Brief mit der wundervollen Neuigkeit in der Hand
haltend.
»O Mrs. Firkin«, stöhnte Betty. »So eine Geschichte! Miß
Sharp ist fort und mit dem Rittmeister durchgegangen, und
sie sind auf dem Wege nach Gretna Green!« Wir würden ein
ganzes Kapitel dazu verwenden, Mrs. Firkins Aufregung zu
schildern, wenn nicht die Gemütsbewegungen der vorneh-
meren Damen unsere höher gerichtete Muse beschäftigten.
Als Mrs. Bute, die, von der nächtlichen Fahrt noch ganz er-
starrt, im Speisezimmer saß und sich an dem frisch angezün-
deten, prasselnden Kaminfeuer wärmte, von Miß Briggs die
Nachricht von der heimlichen Ehe hörte, erklärte sie, die

Vorsehung müsse sie gerade in diesem Augenblick herbeigeführt haben, damit sie der armen lieben Miß Crawley helfen könne, über diesen schweren Schlag hinwegzukommen. Rebekka sei eine hinterlistige kleine Person, gegen die sie immer schon mißtrauisch gewesen sei; und was Rawdon Crawley betreffe, so habe sie nie die blinde Vorliebe seiner Tante für ihn begreifen können und ihn schon seit langem als einen verworfenen, verlorenen, lasterhaften Menschen betrachtet. »Und diese abscheuliche Tat«, sagte Mrs. Bute, »wird wenigstens *das* Gute haben, der armen lieben Miß Crawley über den wahren Charakter dieses gottlosen Menschen die Augen zu öffnen.« Darauf tat sich Mrs. Bute an heißem Tee und geröstetem Weißbrot gütlich, und da jetzt ein Zimmer im Hause frei war, so brauchte sie nicht im Kaffeehaus Gloster zu wohnen, wo sie von der Portsmouther Post abgestiegen war, sondern schickte Mr. Bowls Gehilfen, den Bedienten, dorthin, um ihr Gepäck zu holen.

Man muß wissen, daß Miß Crawley ihr Zimmer immer erst kurz vor Mittag zu verlassen und ihre Schokolade morgens im Bett zu trinken pflegte, wobei Becky Sharp ihr die Morning Post vorlas oder sie anderweitig unterhielt. Die Verschwörerinnen im unteren Stockwerk kamen überein, die Nerven der teuren Dame so lange zu schonen, bis sie im Salon erscheinen würde; vorläufig wurde ihr nur mitgeteilt, Mrs. Bute Crawley sei von Hampshire mit der Post angekommen und im Kaffeehaus Gloster abgestiegen; sie sende Miß Crawley ihren freundlichen Gruß und wolle mit Miß Briggs zusammen frühstücken. Mrs. Butes Ankunft, die zu anderer Zeit kein übermäßiges Entzücken erregt haben würde, wurde jetzt von Miß Crawley mit Vergnügen begrüßt; denn sie freute sich darauf, mit ihrer Schwägerin über die verstorbene Lady Crawley, über die im Gange befindlichen Beisetzungsfeierlichkeiten und über Sir Pitts unerwarteten Heiratsantrag plaudern zu können.

Erst als die alte Dame im Salon in ihrem gewohnten Lehnstuhl gehörig untergebracht war und die einleitenden Umarmungen und Erkundigungen zwischen den Damen stattgefunden hatten, hielten die Verschwörerinnen es für rätlich, sie der Operation zu unterziehen. Wer hat nicht schon die Kunstgriffe und die zarten, immer näher heranführenden Andeutungen bewundert, mit denen Frauen ihre Freundinnen auf üble Nachrichten ›vorbereiten‹? Miß Crawleys beide Freundinnen taten denn auch, ehe sie ihr die Wahrheit enthüllten, so überaus geheimnisvoll, daß sie sie bald in den notwendigen Grad von Unruhe und Aufregung versetzt hatten.

»Und sie wies Sir Pitt ab, meine liebe, liebe Miß Crawley, ... bereiten Sie sich darauf vor, etwas Erstaunliches zu hören ...« sagte Mrs. Butte, »weil ... weil sie nicht anders konnte.«

»Natürlich hatte sie einen Grund«, erwiderte Miß Crawley.

»Sie liebt einen andern. Das habe ich zu der Briggs schon gestern gesagt.«

»Sie liebt einen andern!« stöhnte Miß Briggs. »O meine liebe Freundin, sie ist schon verheiratet!«

»Schon verheiratet!« stimmte Mrs. Bute mit ein; und beide saßen mit gefalteten Händen da und blickten zuerst einander und dann ihr Opfer an.

»Schicken Sie sie sofort zu mir, sobald sie nach Hause kommt! Die kleine, hinterlistige Katze! Wie durfte sie wagen, mir das zu verschweigen?« schrie Miß Crawley.

»Sie wird nicht so bald nach Hause kommen. Fassen Sie sich, teure Freundin ... sie ist für lange Zeit fortgegangen ... sie ist ... sie ist ganz und gar fortgegangen.«

»Um Gottes willen, wer soll mir denn nun meine Schokolade machen? Schicken Sie zu ihr, und schaffen Sie sie mir wieder her; ich will, daß sie zurückkommt«, sagte die alte Dame.

»Sie ist in dieser Nacht durchgegangen«, rief Mrs. Bute.

»Sie hat einen Brief für mich dagelassen«, schrie Miß Briggs hinterdrein. »Sie ist verheiratet mit ...«

»Um Himmels willen, bereiten Sie sich vor! Foltern Sie sie nicht, liebe Miß Briggs!«

»Mit wem ist sie verheiratet?« schrie die alte Jungfer in nervöser Wut.

»Mit ... mit einem Verwandten von ...«

»Sie hat ja doch Sir Pitt einen Korb gegeben!« rief das Opfer. »Sagen Sie es auf einmal. Machen Sie mich nicht wahnsinnig!«

»O liebe Schwägerin ... bereiten Sie sie vor, Miß Briggs! – sie ist mit Rawdon Crawley verheiratet.«

»Rawdon verheiratet ... mit Rebekka ... mit einer Gouvernante ... mit einer Bettlerin ... Machen Sie, daß Sie aus meinem Hause kommen, Sie Närrin, Sie Idiotin, Sie dumme alte Briggs ... Wie können Sie sich erdreisten? Und Sie sind auch mit im Komplott, Martha ... Sie haben ihn dazu gebracht, sich zu verheiraten, weil Sie dachten, ich würde ihn dann enterben ... ja, das haben Sie getan!« kreischte die arme alte Dame, von ihrer Erregung völlig überwältigt.

»Ich sollte ein Mitglied dieser Familie dazu bringen, die Tochter eines Zeichenlehrers zu heiraten?«

»Ihre Mutter war eine Montmorency«, schrie die alte Dame und riß aus Leibeskräften am Klingelzug.

»Ihre Mutter war eine Ballettänzerin, und sie selbst ist ebenfalls auf der Bühne gewesen, wenn sie nicht noch etwas Schlimmeres war«, sagte Mrs. Bute.

Miß Crawley stieß einen letzten Schrei aus und sank dann ohnmächtig zurück. Man mußte sie in das Schlafzimmer zurückschaffen, das sie eben erst verlassen hatte. Ein hysterischer Anfall folgte auf den andern. Es wurde nach dem Doktor geschickt; auch der Assistenzarzt erschien. Mrs. Bute übernahm das Amt der Pflegerin an ihrem Bett. »Es gehört sich, daß Verwandte um sie sind«, sagte die liebenswürdige Dame.

Kaum war Miß Crawley in ihr Zimmer gebracht worden, als jemand anderes erschien, der gleichfalls mit der Neuigkeit bekannt gemacht werden mußte. Dies war Sir Pitt. »Wo ist Becky?« fragte er gleich beim Hereintreten. »Wo sind ihre Sachen? Sie soll mit mir nach Queen's Crawley fahren.«

»Haben Sie nicht die erstaunliche Nachricht von ihrer heimlichen Verehelichung gehört?« fragte Miß Briggs.

»Was schert mich das?« erwiderte Sir Pitt. »Ich weiß, daß sie verheiratet ist. Das macht mir nichts aus. Sagen Sie ihr, sie solle gleich herunterkommen und mich nicht warten lassen.«

»Ist Ihnen nicht bekannt, Sir«, fragte Miß Briggs, »daß sie unser Dach verlassen hat, zu Miß Crawleys größtem Entsetzen, die beinah gestorben wäre, als sie von ihrer ehelichen Verbindung mit Rittmeister Crawley hörte?«

Als Sir Pitt Crawley vernahm, daß Rebekka mit seinem Sohn verheiratet sei, brach er in eine Flut so arger Verwünschungen aus, daß wir sie hier nicht wohl wiederholen können; auch die arme Briggs verließ schaudernd das Zimmer. Und wir wollen mit ihr die Tür zumachen und den grimmigen alten Mann allein lassen, den der Haß ganz wild machte und die Vereitelung seiner Wünsche zur Raserei trieb.

Am Tag nach seiner Rückkehr nach Queen's Crawley stürmte er wie ein Wahnsinniger in das Zimmer, das sie dort bewohnt hatte, trat ihre Kisten und Schachteln mit dem Fuße auf und schleuderte ihre Papiere, Kleider und sonstigen Habseligkeiten im Zimmer umher. Manches davon nahm sich Miß Horrocks, die Tochter des Haushofmeisters. Die anderen Kleider zogen sich die Kinder an und spielten damit Theater. Das geschah nur wenige Tage, nachdem die arme Mutter zu ihrer einsamen Begräbnisstätte gebracht und unbeweint und unbeklagt in ein Gewölbe voll fremder Leichen gelegt war.

»Wenn nun aber die alte Dame sich nicht herumkriegen läßt«, sagte Rawdon zu seiner kleinen Frau, als sie zusammen in ihrer netten kleinen Wohnung in Brompton saßen. Sie hatte den ganzen Vormittag über das neue Klavier probiert. Die neuen Handschuhe paßten ihr ausgezeichnet; die neuen Schals standen ihr wundervoll; die neuen Ringe glitzerten an ihren kleinen Händen, und die neue Uhr tickte an ihrem Gürtel. »Wenn sie sich nun nicht herumkriegen läßt? Was dann, Becky, he?«

»Dann will ich dein Glück machen«, sagte sie, und Delila streichelte ihrem Simson die Wange.

»Du bringst alles zustande«, versetzte er und küßte ihre kleine Hand. »Wirklich, alles. Und nun wollen wir nach unserm Restaurant fahren und zu Mittag essen.«

SIEBZEHNTES KAPITEL
Wie Hauptmann Dobbin ein Klavier kaufte

Wenn es auf dem Jahrmarkt der Eitelkeit Schaustellungen gibt, die der Satiriker und der Gefühlsmensch Arm in Arm besuchen können, wo man Lächerliches und Beweinenswertes in seltsamstem Gegensatz beieinander findet und wo man mit vollem Recht sowohl sanft und melancholisch wie auch grimmig und spöttisch sein kann: so gehören dazu jene öffentlichen Versammlungen, von denen täglich eine ganze Menge auf der letzten Seite der ›Times‹ angezeigt werden und bei denen der verstorbene Auktionator Mr. George Robins mit einer solchen Würde den Vorsitz zu führen pflegte. Es gibt, glaube ich, in London nur wenige Menschen, die nicht schon solchen Versammlungen beigewohnt hätten, und jeder, der einen Hang zu philosophischen Betrachtungen besitzt, muß mit einem Gefühl der Unruhe und mit einem eigenartigen Interesse an den Tag gedacht haben, da auch er selbst an die Reihe kommen und Herr Hammerschlag im Auftrag der Gläubiger oder der Testamentsvollstrecker die Bibliothek, die Möbel, das Silberzeug, die Garderobe und die auserlesenen Weine des verstorbenen Epikur zur öffentlichen Versteigerung bringen wird.

Sogar bei der selbstsüchtigsten Charakterveranlagung wird ein Kind dieser Welt, wenn es diesem häßlichen Teil der Leichenfeier eines dahingeschiedenen Freundes beiwohnt, sich der Regung eines gewissen Mitgefühls und Bedauerns nicht erwehren können. Die sterblichen Überreste von Lord Dives ruhen in der Familiengruft; die Steinmetzen sind damit beschäftigt, eine Inschrift einzumeißeln, die wahrheitsgemäß seine Tugenden aufzählt und von dem Kummer des Erben spricht, der jetzt über die Habe des Verstorbenen zu verfügen hat. Wer, der früher als Gast an Dives' Tafel gesessen hat, kann an dem wohlbekannten Hause ohne einen Seufzer vorübergehen, an dem wohlbekannten Hause, dessen Lichter abends um sieben Uhr so freundlich zu leuchten pflegten, dessen Haustür sich so bereitwillig öffnete, dessen diensteifrige Lakaien deinen Namen, während du die bequeme Treppe hinanstiegst, von einem Absatz zum andern riefen, bis er das Zimmer erreichte, wo der lebenslustige alte Dives seine Freunde bewillkommnete? Und wie viele Freunde hatte er, und wie großzügig bewirtete er sie! Wie witzig pflegten hier Leute zu sein, die, sobald sie aus der Tür heraus waren, mürrisch und verdrießlich wurden, und wie höflich und freundlich benahmen sich hier Menschen gegeneinander, die sich anderwärts gegenseitig haßten und verleumdeten! Er war aufgeblasen; aber was konnte man nicht bei einem Manne hinunterschlucken, der einen solchen Koch besaß? Vielleicht war er auch etwas beschränkt; aber mußte ein solcher Wein nicht jedes Gespräch interessant machen? »Wir müssen unter allen Umständen etwas von seinem Burgunder erstehen«, sagten die Leidtragenden in ihrem Klub. »Ich habe diese Dose bei der Nachlaßauktion des alten Dives

gekauft«, sagt Pincher und läßt sie herumgehen; »ein allerliebstes Miniaturbild; es stellt eine Mätresse Ludwigs XV.
dar; ein sehr hübsches Stück, nicht wahr?« Und dann sprechen sie von der Art, wie jetzt der junge Dives sein Vermögen durchbringt.
Wie verändert sieht aber das Haus aus! Die ganze Fassade
ist mit Plakaten beklebt, auf denen in großen, auffallenden
Buchstaben die einzelnen Stücke des Mobiliars aufgezählt
werden. Aus dem Fenster eines oberen Stockwerks hängt ein
Stück Teppich heraus; ein halbes Dutzend Dienstmänner
lungert auf den schmutzigen Stufen vor der Haustür umher;
die Vorhalle wimmelt von schmierigen Gästen mit orientalischem Gesichtstypus, die den Ankömmlingen gedruckte
Karten in die Hand schieben und fragen, ob sie für sie bieten
sollen. Alte Weiber und Kunstliebhaber sind in die oberen
Räume eingedrungen und befühlen die Bettvorhänge, stoßen
in die Federbetten hinein, kneten an den Matratzen herum
und machen die Kommodenkästen auf und zu. Unternehmende junge Hausfrauen messen die Spiegel und Gardinen
aus, um zu sehen, ob sie in ihre neue Wirtschaft passen würden. Mr. Snob wird sich noch nach Jahren rühmen, daß er
dies oder das auf der Divesschen Auktion gekauft habe. Herr
Hammerschlag aber sitzt unten im Speisesaal auf dem großen Mahagonitisch, schwingt seinen elfenbeinernen Hammer
und wendet alle Künste der Beredsamkeit – enthusiastisches
Lob, Bitten, Vernunftgründe, fingierte Verzweiflung – an;
er ruft seinen Gehilfen zu, verspottet Mr. Davids wegen
seines flauen Benehmens, feuert Mrs. Moß zu eifriger Beteiligung an; er beschwört, er befiehlt, er brüllt, bis endlich
der Hammer wie ein Schicksalsschlag niederschmettert und
wir zur nächsten Nummer übergehen.
O Dives, wer hätte damals, als wir um den großen Tisch
mit dem funkelnden Silbergeschirr und dem fleckenlosen
Tischtuch herumsaßen – wer hätte damals gedacht, daß er

jemals auf diesem Tisch ein Gericht wie diesen schreienden
Auktionator sehen werde?

Die Auktion näherte sich bereits ihrem Ende. Die schöne,
von den besten Fabrikanten herrührende Ausstattung des
Salons, die seltenen, vorzüglichen Weine, die der ehemalige
Besitzer seinerzeit ohne Rücksicht auf den Preis mit seinem
bekannten Verständnis ausgewählt hatte, das reiche und
vollständige Silberservice der Familie: dies alles war schon
an den vorhergehenden Tagen verkauft worden. Einige der
feinsten Weine, die sich bei allen Kennern in der Nachbarschaft des besten Rufes erfreuten, hatte der Haushofmeister
unseres Freundes John Osborne am Russell Square für seinen
Herrn, der sie sehr genau kannte, gekauft. Von dem Silberzeug hatten einen kleinen Teil der nützlichsten Gegenstände
einige junge Börsenmakler aus der City erstanden. Jetzt
wurde das Publikum zum Bieten auf Gegenstände von ge-
ringerem Wert eingeladen, und dabei trug es sich zu, daß
der Redner auf dem Tische sich über die Vorzüge eines Gemäldes verbreitete, das er seinen Zuhörern zu empfehlen
suchte; indes war heute keineswegs ein so erlesenes und
zahlreiches Publikum anwesend wie an den vorhergehenden
Tagen der Versteigerung.

»Nummer 369!« schrie Herr Hammerschlag. »Porträt eines
Herrn auf einem Elefanten. Wer will auf den Elefantenreiter
bieten? Heben Sie das Gemälde in die Höhe, Blowman, und
lassen Sie die Herrschaften den Gegenstand betrachten!«
Ein langer, blasser, militärisch aussehender Herr, der bescheiden an dem Mahagonitisch saß, konnte sich eines
Lächelns nicht erwehren, als dieses wertvolle Stück von Mr.
Blowman gezeigt wurde. »Drehen Sie den Elefanten nach
dem Herrn Hauptmann herum, Blowman! Welchen Preis
sollen wir für den Elefanten ansetzen, Sir?« Aber der Hauptmann errötete sehr verlegen und wendete den Kopf ab, und
seine Verwirrung nahm noch zu, als der Auktionator fortfuhr:

266

»Sollen wir sagen: zwanzig Guineen für dieses Kunstwerk? Fünfzehn, fünf? Sagen Sie selbst, was Sie dafür geben wollen. Der Herr auf dem Bilde ist schon allein, ohne den Elefanten, fünf Pfund wert.«

»Ich wundere mich, daß das Tier nicht unter ihm zusammengebrochen ist«, bemerkte ein Witzbold von Beruf. »Dick genug ist er jedenfalls.« Worauf ein allgemeines Gelächter im Zimmer entstand, da der Elefantenreiter tatsächlich als eine sehr wohlbeleibte Person dargestellt war.

»Versuchen Sie nicht, den Wert dieses Gegenstandes herunterzudrücken, Mr. Moß«, sagte Herr Hammerschlag. »Mögen die Herrschaften das Bild vom künstlerischen Standpunkt aus prüfen: die Stellung des edlen Tieres ist vollständig naturgetreu; der Herr in der Nankingjacke, mit der Flinte in der Hand, ist im Begriff, sich auf die Jagd zu begeben; in der Ferne sieht man einen Bananenbaum und eine Pagode, höchst wahrscheinlich Nachbildungen irgendeiner interessanten Gegend unserer herrlichen ostindischen Besitzungen. Wieviel wird für diese Nummer geboten? Vorwärts, meine Herren! Halten Sie mich nicht den ganzen Tag damit auf!«

Jemand bot fünf Schilling. Das veranlaßte den Herrn vom Militär, nach der Seite hinzublicken, von der dieses glänzende Gebot gekommen war, und er bemerkte dort einen andern Offizier mit einer jungen Dame am Arm, die sich beide über die Szene höchlich zu belustigen schienen und denen schließlich der Gegenstand für eine halbe Guinee zugeschlagen wurde. Der am Tische Sitzende sah, als er dieses Paares ansichtig wurde, noch erstaunter und verlegener aus als vorher; sein Kopf sank tief in seinen militärischen Halskragen hinein, und er drehte den beiden den Rücken zu, als wolle er von ihnen überhaupt nicht bemerkt werden.

Von allen den übrigen Gegenständen, die Herr Hammerschlag an diesem Tage zur Versteigerung zu bringen die

Ehre hatte, beabsichtigen wir nur einen einzigen zu erwähnen: es war dies ein kleines, tafelförmiges Klavier, das aus den oberen Räumen des Hauses heruntergebracht wurde (der große, schöne Flügel aus dem Salon war bereits an einem der vorhergehenden Tage weggegangen); dieses probierte die junge Dame mit schneller, geschickter Hand (wobei der Offizier am Tisch wieder errötete und zusammenfuhr), und als es an die Reihe kam, begann ihr Agent darauf zu bieten.
Aber hierbei stieß er auf eine Gegenpartei. Der jüdische Adjutant, der im Dienste des am Tische sitzenden Offiziers stand, bot gegen den jüdischen Herrn, den die Elefantenkäufer beauftragt hatten, und so entspann sich denn um dieses kleine Piano ein lebhafter Kampf, bei dem die Kombattanten von Herrn Hammerschlag energisch angefeuert wurden.
Endlich, als der Wettstreit eine Weile gedauert hatte, gaben der Elefantenoffizier und die Dame das Rennen auf; der Hammer fiel nieder, und der Auktionator sagte: »Mr. Lewis, fünfundzwanzig«, und Mr. Lewis' Auftraggeber wurde so der Besitzer des kleinen tafelförmigen Klaviers. Nachdem er diesen Kauf bewerkstelligt hatte, erhob er sich, als fühle er sich sehr erleichtert; in diesem Augenblick bekamen seine geschlagenen Mitbewerber flüchtig sein Gesicht zu sehen, und die Dame sagte zu ihrem Begleiter:
»Ei, Rawdon, das ist ja Hauptmann Dobbin.«
Vermutlich war Becky mit dem neuen Klavier, das ihr Mann ihr gemietet hatte, nicht zufrieden, oder vielleicht hatten die Eigentümer dieses Instruments sich geweigert, noch länger Kredit zu geben, und es wieder abholen lassen, oder vielleicht hatte sie für dasjenige, das sie jetzt zu erstehen versucht hatte, eine besondere Vorliebe, weil sie sich seiner aus früheren Zeiten erinnerte, da sie in dem Stübchen unserer lieben Amelia Sedley davorgesessen und darauf gespielt hatte.

Die Auktion fand in dem alten Hause am Russell Square statt, wo wir am Anfang dieser Geschichte einige Abende zusammen verlebt haben. Der gute alte John Sedley war ein ruinierter Mann. Seine Zahlungsunfähigkeit war auf der Börse öffentlich bekanntgemacht worden, worauf dann sein Bankrott und seine Streichung aus dem Handelsregister gefolgt waren. Mr. Osbornes Haushofmeister kam zu der Auktion, um einen Teil des berühmten Portweins zu kaufen und ihn in den Keller des gegenüberliegenden Hauses bringen zu lassen. Was ein Dutzend gutgearbeiteter silberner Löffel und Gabeln, die nach dem Gewicht ausgeboten wurden, und ein Dutzend ebensolcher Dessertlöffel anlangt, so waren diese von drei jungen Börsenmaklern, den Herren Dale, Spiggot und Dale aus der Threadneedle Street, gekauft worden; diese Herren, die mit dem alten Mann in Geschäfts- verbindung gestanden und in den Zeiten, da er gegen jeden gefällig war, mit dem er zu tun hatte, von ihm Freundlich- keiten empfangen hatten, sandten diese kleinen Trümmer aus dem Schiffbruch des großen Vermögens mit ihren Emp- fehlungen an die gute Mrs. Sedley. Und hinsichtlich des Klaviers möchten wir annehmen: da es Amelia gehört hatte und daß sie es jetzt wohl sehr entbehrte und da Hauptmann William Dobbin ebensowenig darauf spielen wie auf dem Seil tanzen konnte, so ist es wahrscheinlich, daß er es nicht für seinen eigenen Gebrauch kaufte.

Kurz gesagt, es gelangte noch an diesem Abend nach einem erstaunlich kleinen Häuschen in einer der Straßen, die von der Fulham Road abführen, einer der Straßen, die die schön- sten romantischen Namen tragen (diese hieß: Anna Maria Road, Villenviertel St. Adelaide, West) udd in denen die Häuser aussehen, als wären sie für kleine Kidder bestimmt: wenn Leute aus den Fenstern des ersten Stockwerks heraus- sehen, so denkt man unwillkürlich, sie müßten mit ihren Füßen im Erdgeschoß stehen. Die Büsche in den kleinen

Vorgärten tragen dort einen alle Jahreszeiten überdauernden Blütenschmuck von kleinen Kinderlätzchen, kleinen roten Strümpfen, Mützen usw. (Polyandria polygynia); überall hört man das Geklimper von Spinetten und den Gesang weiblicher Stimmen; auf den Lattenzäunen hängen kleine Bierkrüge in der Sonne, und abends kommen aus der City eine Menge Handlungsgehilfen müde und matt herausgetrottet. Hier hatte Mr. Clapp, Mr. Sedleys früherer Buchhalter, seine Wohnung, und in dieses Asyl hatte sich der gute alte Herr mit Frau und Tochter geflüchtet, als der Zusammenbruch erfolgte.

Joseph Sedley hatte, als ihm die Nachricht vom Unglück der Familie zugegangen war, so gehandelt, wie es von einem Menschen seines Schlages eben zu erwarten war. Er kam nicht nach London, sondern schrieb an seine Mutter, sie möchte bei seinem Bankier so viel Geld erheben, wie sie nur brauchten, so daß seine guten, alten, ganz niedergebeugten Eltern wenigstens für den Augenblick keinen Mangel zu fürchten hatten. Nachdem er dies getan, setzte Joseph in dem Hotel garni in Cheltenham seine frühere Lebensweise unverändert fort. Er kutschierte seinen Wagen, trank seinen Rotwein, spielte seine Partie Whist, erzählte seine indischen Geschichten, und die irische Witwe tröstete und umschmeichelte ihn wie gewöhnlich. Sein Geldgeschenk, so nützlich es auch war, machte auf seine Eltern nur geringen Eindruck, und ich habe Amelia sagen hören, das erste Mal, da sie ihren Vater nach seinem Unglück wieder den Kopf habe in die Höhe heben sehen, sei damals gewesen, als sie das Paket mit den Gabeln und Löffeln und mit den Empfehlungen der jungen Börsenmakler erhalten hätten; da sei er in Tränen ausgebrochen und habe wie ein Kind geweint; er sei darüber sogar noch mehr gerührt gewesen als seine Frau, an die das Geschenk gerichtet war. Edward Dale, der jüngere Teilhaber des Hauses, der die Löffel im Auftrag seiner Firma

gekauft hatte, war in Amelia tatsächlich sehr verliebt und
bot ihr trotz der üblen Lage der Familie seine Hand an. Er
heiratete im Jahre 1820 Miß Louisa Cutts, eine Tochter der
angesehenen Getreidehändler Higham & Cutts, die ihm ein
schönes Vermögen einbrachte, und lebt jetzt in glänzenden
Verhältnissen mit seiner zahlreichen Familie in seiner vornehmen Villa in Muswell Hill. Aber wir dürfen uns durch
die Erinnerung an diesen braven jungen Menschen nicht von
unserer Hauptgeschichte ablenken lassen.

Ich hoffe, der Leser hat eine viel zu gute Meinung von Rittmeister Crawley und seiner Gemahlin, um zu glauben, daß
es ihnen jemals auch nur im Traum eingefallen sein würde,
eine so entlegene Gegend wie Bloomsbury aufzusuchen,
wenn sie gewußt hätten, daß die Familie, die sie mit ihrem
Besuch zu beehren gedachten, nicht nur ihr Ansehen, sondern auch noch ihr Geld verloren hatte und ihnen infolgedessen in keiner Weise von Nutzen sein konnte. Rebekka
war völlig überrascht, zu sehen, wie das gemütliche alte
Haus, in dem sie soviel Freundlichkeit genossen hatte, von
Maklern und Händlern durchstöbert wurde und der stille,
wertvolle Familienbesitz der öffentlichen Entweihung und
Plünderung preisgegeben war. Einen Monat nach ihrer
Flucht war ihr einmal der Gedanke an Amelia gekommen,
und Rawdon hatte sich mit schallendem Lachen durchaus
bereit erklärt, den jungen George Osborne wieder aufzusuchen. »Er ist eine sehr angenehme Bekanntschaft, Becky«,
fügte der Schalk hinzu. »Ich würde ihm gern noch ein Pferd
verkaufen, Becky, auch gern wieder einmal ein paar Partien
Billard mit ihm spielen. Er könnte uns jetzt von großem
Nutzen sein, du verstehst, haha!« Aus solchen Reden darf
man indes nicht folgern, daß Rawdon Crawley die vorbe-
dachte Absicht gehabt hätte, Mr. Osborne im Spiel zu betrügen; vielmehr wünschte er nur, denjenigen erlaubten
Vorteil von ihm zu ziehen, den bei dergleichen Sport und

Spiel fast jeder den besseren Schichten angehörige Mann auf dem Jahrmarkt der Eitelkeit für einen ihm von seinem Nächsten zustehenden Tribut erachtet.

Es dauerte doch recht lange, bis sich die alte Tante ›herumkriegen‹ ließ. Schon war ein Monat vergangen. Rawdon wurde von Mr. Bowls an der Tür abgewiesen; ebensowenig konnten seine Diener in das Haus in der Park Lane eindringen; seine Briefe wurden uneröffnet zurückgeschickt. Miß Crawley rührte sich nicht aus dem Hause (sie war nicht wohl), und Mrs. Bute war noch immer da und verließ sie niemals. Crawley und seine Frau ahnten beide, daß die fortdauernde Anwesenheit von Mrs. Bute für sie nichts Gutes bedeute.

»Donnerwetter, jetzt fange ich an zu begreifen, warum sie uns in Queen's Crawley immer zusammenbrachte«, bemerkte Rawdon.

»Was für ein hinterlistiges kleines Frauenzimmer!« rief Rebekka aus.

»Na, ich für meine Person bedauere es nicht, wenn du es nicht tust«, sagte der Rittmeister, der immer noch sinnlos in seine Frau verliebt war, und diese belohnte ihn statt der Antwort mit einem Kuß und fühlte sich wirklich durch das edelmütige Vertrauen ihres Gatten nicht wenig geschmeichelt.

›Wenn er nur etwas mehr Verstand hätte‹, dachte sie bei sich, ›so könnte ich schon etwas aus ihm machen.‹ Aber sie ließ es ihn nie merken, wie sie über ihn urteilte, hörte mit unermüdlicher Freundlichkeit seine Stall- und Kasinogeschichten an, lachte über all seine Späße, interessierte sich lebhaft für Jack Spatterdash, dessen Traber gestürzt war, und für Bob Martingale, der in einer Spielhölle ertappt worden war, oder für Tom Cinqbars, der die Steeplechase mitreiten wollte. Wenn er heimkam, war sie stets heiter und glücklich; hatte er Lust auszugehen, so redete sie ihm zu, dies doch zu tun; wenn er zu Hause blieb, so spielte und sang sie ihm etwas vor, bereitete ihm gute Getränke, beaufsichtigte die Herstellung seines Mittagessens, wärmte ihm seine Pantoffeln und sorgte in jeder Weise für seine Behaglichkeit. Die besten Frauen sind Heuchlerinnen, habe ich meine Großmutter sagen hören. Wir wissen nicht, wieviel sie vor uns verbergen; wie scharf sie beobachten, wenn sie durchaus harmlos und zutraulich scheinen; wie oft der unbefangen lächelnde Ausdruck, den sie ihrem Gesicht so mühelos verleihen, ein listiges Kunstmittel ist, um uns zu schmeicheln oder uns auszuweichen oder uns zu entwaffnen. Ich meine damit gar nicht diejenigen, die gerade kokett sind, sondern die idealen Hausfrauen, die Musterbilder weiblicher Tugend. Wer hat nicht schon gesehen, wie eine Frau die Dummheit eines einfältigen Gatten zu verbergen oder die Wut eines jähzornigen zu besänftigen versteht? Wir nehmen diese liebenswürdige Unterwürfigkeit gern hin und loben eine Frau dafür; wir halten diese hübsche Verstellung für Wahrheit. Eine gute Frau ist mit Notwendigkeit eine Komödiantin, und Cornelias Gatte wurde nicht minder getäuscht als Potiphar, nur in anderer Weise.

Infolge dieser liebevollen Behandlung verwandelte sich der alte Durchgänger Rawdon Crawley in einen sehr glücklichen, gehorsamen Ehemann. Seine früheren Kumpane bekamen ihn gar nicht mehr zu sehen. Sie fragten wohl ein paarmal nach ihm in den Klubs, denen er angehörte, vermißten ihn aber nicht sonderlich: in diesen Schaubuden auf dem Jahrmarkt der Eitelkeit vermissen die Leute einander selten. Seine immer lächelnde, muntere Frau, die nur für ihn lebte, seine kleine, behagliche Wohnung, die netten Mahlzeiten, die gemütlich zu Hause verlebten Abende, das alles hatte für ihn den ganzen Reiz der Neuheit und des Geheimnisvollen. Die Heirat war der Welt noch nicht bekanntgegeben und in der ›Morning Post‹ noch nicht veröffent-

licht. Hätten seine Gläubiger erfahren, daß er ein Mädchen ohne Vermögen geheiratet hatte, so würden sie alle geschlossen gegen ihn herangerückt sein. »*Meine* Verwandten würden mich nicht in den Bann tun«, sagte Becky mit einem Lachen, das etwas bitter klang, und ergab sich mit Gemütsruhe in die Notwendigkeit, mit der Inanspruchnahme des ihr in der Gesellschaft gebührenden Platzes so lange zu warten, bis die alte Tante versöhnt sein würde. So lebte sie denn in Brompton und sah einstweilen keinen Menschen oder doch nur die wenigen Freunde ihres Mannes, denen der Zutritt zu ihrem kleinen Speisezimmer gestattet war. Diese waren allesamt von ihr entzückt. Die kleinen Dinners, das Lachen und Plaudern und die darauffolgende Musik bereitete allen, die an diesen Genüssen teilnahmen, das größte Vergnügen. Major Martingale dachte nie daran, nach der Heiratserlaubnis zu fragen. Rittmeister Cinqbars war ganz bezaubert von der Geschicklichkeit, mit der Rebekka Punsch zu bereiten verstand. Und der junge Leutnant Spatterdash (der gern Pikett spielte und den Crawley deshalb häufig einlud) war augenscheinlich sehr bald in Mrs. Crawley sterblich verliebt; aber ihre eigene Umsicht und Zurückhaltung wurden ihr auch nicht für einen Augenblick untreu; und Crawleys Ruf als Berserker und eifersüchtiger Krieger war ein weiterer, völlig ausreichender Schutz für seine Frau.
Es gibt in London sehr angesehene Herren von bester Herkunft, die niemals den Salon einer Dame betreten haben; infolgedessen konnte es geschehen, daß Rawdon Crawleys Heirat zwar in seiner Grafschaft, wo natürlich Mrs. Bute die Nachricht verbreitet hatte, einen Gegenstand des Gesprächs bildete, in London aber bezweifelt oder nicht beachtet oder gar nicht besprochen wurde. Er lebte ganz behaglich auf Kredit. Er besaß ein großes Kapital von Schulden, das, wenn es verständig angelegt wird, dem Besitzer für viele Jahre seinen Unterhalt gewährt und von dem manche Lebemänner

hundertmal besser zu leben verstehen als andere Leute von barem Gelde. Jeder, der durch die Straßen von London wandert, kann ein halbes Dutzend Männer bezeichnen, die stolz an ihm vorrübereiten, während er zu Fuß geht, die in den Kreisen der vornehmen Welt hohes Ansehen genießen, die von den Geschäftsleuten mit tiefen Verbeugungen zu ihren Equipagen begleitet werden, die sich keine Lebensfreude versagen und dabei Gott weiß wovon leben. Da sehen wir, wie Jack Thriftleß im Park hoch zu Roß einhersprengt oder in seinem Brougham durch Pall Mall hinsaust; wir speisen bei seinen Dinners aus seinem wundervollen Silbergeschirr und fragen uns: ›Wie hat das angefangen, und wie wird das enden?‹ »Mein lieber Freund,« sagte Jack einmal zu mir, »ich bin in jeder Hauptstadt Europas Geld schuldig.« Das Ende muß eines Tages kommen; aber bis dahin läßt es sich Jack so wohl sein wie nur möglich; die Leute rechnen es sich zur Ehre an, ihm die Hand schütteln zu dürfen, ignorieren die kleinen dunklen Geschichten, die man sich von Zeit zu Zeit über ihn zuflüstert, und erklären ihn für einen gutherzigen, lustigen, sorglosen Burschen.

Unsere Wahrheitsliebe zwingt uns zu dem Bekenntnis, daß Rebekka einen Herrn von dieser Art geheiratet hatte. Alles war in seinem Hause reichlich vorhanden, nur kein bares Geld, und dieser Mangel machte sich in ihrer Wirtschaft recht bald fühlbar. Und als Rawdon eines Tages das Armeeblatt las und darin auf die Anzeige stieß: ›Leutnant G. Osborne wird durch Kauf Hauptmann, an Stelle von Smith, der in ein anderes Regiment versetzt wird‹, da sprach er jene vorher erwähnte Ansicht über Amelias Liebhaber aus, die den Besuch am Russell Square zur Folge hatte.

Als Rawdon und seine Frau bei der Auktion mit Hauptmann Dobbin sprechen und sich nach den näheren Umständen der Katastrophe erkundigen wollten, die über diese alten Bekannten Rebekkas hereingebrochen war, da war der Hauptmann verschwunden, und sie konnten nur von einem müßig stehenden Dienstmann oder Makler mangelhafte Auskunft erlangen.

»Sieh nur die Kerle mit ihren krummen Nasen«, sagte Becky, als sie in munterster Stimmung mit ihrem Bilde unter dem Arm in den Wagen stieg. »Sie sehen aus wie Geier nach einer Schlacht.«

»Kann ich nicht beurteilen. Habe nie einen Kampf mitgemacht, liebes Kind. Da mußt du Martingale fragen; der war in Spanien, als Adjutant des Generals Blazes.«

»Er war ein sehr freundlicher, alter Mann, dieser Mr. Sedley«, sagte Rebekka; »es tut mir wirklich leid, daß er Unglück gehabt hat.«

»Ach was, Börsenmenschen ... Bankrotteurs ... sind daran gewöhnt«, erwiderte Rawdon und scheuchte mit der Peitsche eine Fliege vom Ohr des Pferdes weg.

»Ich wünschte, wir hätten uns etwas von dem Silberzeug kaufen können, Rawdon«, fuhr seine Frau in etwas melancholischem Ton fort. »Fünfundzwanzig Guineen war ein sehr hoher Preis für das kleine Klavier. Wir haben es bei Broadwood für Amelia ausgesucht, als sie von der Schule abgegangen war. Es kostete damals nur fünfunddreißig.«

»Der ... wie heißt er doch gleich? ... Osborne wird nun wohl zurückschnappen, denk ich mir, nun da die Familie verkracht ist. Wie traurig deine hübsche kleine Freundin darüber sein wird, was, Becky?«

»Ich hoffe, sie wird es verwinden«, erwiderte Becky lächelnd. Und sie fuhren weiter und sprachen von etwas anderem.

ACHTZEHNTES KAPITEL
Wer auf dem Klavier spielt, das Hauptmann Dobbin
gekauft hat

Unsere Erzählung wird uns jetzt zu unserem Erstaunen für ein Weilchen mitten unter sehr berühmte Ereignisse und Persönlichkeiten versetzen und sich an den Rockzipfel der Weltgeschichte hängen. Als die Adler Napoleons, des korsischen Emporkömmlings, nach dem kurzen Aufenthalt in Elba sich in der Provence niederließen und nun von dort weiterflogen, von Turm zu Turm, bis sie die Türme von Notre-Dame erreichten: da möchte ich wohl wissen, ob diese kaiserlichen Vögel einen Blick für einen kleinen Winkel des Kirchspiels Bloomsbury in London gehabt haben, den man für so ruhig hätte halten können, daß selbst das Rauschen und Schlagen jener mächtigen Schwingen unbeachtet daran vorübergehen würde.

›Napoleon ist in Cannes gelandet.‹ Das war eine Nachricht, die wohl in Wien einen panischen Schrecken hervorrufen und bewirken konnte, daß der Russe die Karten hinfallen ließ und den Preußen zur Beratung in eine Ecke nahm und daß Talleyrand und Metternich sorgenvoll die Köpfe schüttelten, während Fürst Hardenberg und sogar der jetzige Marquis von Londonderry[1] ratlos waren: aber welche Einwirkung konnte diese Nachricht auf eine junge Dame am Russell Square ausüben, vor deren Haustür der Nachtwächter, während sie schlief, die Stunden abrief – die auf ihren Spaziergängen in den Gartenanlagen des Platzes durch das Gitter und den Aufseher geschützt war – der, wenn sie auch nur die kurze Strecke nach der Southampton Row ging, um ein Band zu kaufen, der schwarze Sambo mit einem gewaltigen Stock folgte – die stets von zahlreichen Schutzengeln,

1. Charles William Stewart, damals englischer Bevollmächtigter auf dem Wiener Kongreß.

besoldeten und unbesoldeten, gehegt und gepflegt, angeklei-
det, zu Bett gebracht und bewacht wurde? Guter Gott,
sage ich, ist es nicht schrecklich, daß der verhängnisvolle,
große Entscheidungskampf des Kaisers nicht vor sich gehen
kann, ohne ein armes, kleines, harmloses, achtzehnjähriges
Mädchen am Russell Square in Mitleidenschaft zu ziehen,
das nur daran denkt, zu schnäbeln und zu girren oder Mus-
selinkragen zu sticken? Auch dich, du liebliche, schlichte
Blume, auch dich soll der gewaltige, heulende Kriegssturm
niederschlagen, obgleich du unter dem Schutz von Holborn
kauerst? Ja, Napoleon hat seinen letzten Wurf getan, und
das Glück der armen, kleinen Emmy Sedley bildet gewissermaßen einen Teil des Einsatzes.

Erstens wurde durch jene verhängnisvolle Nachricht das Vermögen ihres Vaters wie von einem Sturmwind hinwegge-
weht und zertrümmert. Dem unglücklichen alten Herrn
waren in letzter Zeit alle seine Spekulationen fehlgeschlagen.
Seine Unternehmungen waren mißglückt; seine Geschäfts-
freunde hatten ihre Zahlungen eingestellt; Kurse, auf deren
Steigen er gerechnet, waren gefallen. Wozu noch Einzelheiten anführen? Wenn gute Erfolge sich selten und langsam einstellen, so weiß doch jeder, wie schnell und leicht
das Verderben da ist. Der alte Sedley hatte sein trauriges
Geheimnis für sich behalten; alles schien in dem ruhigen,
wohlhabenden Hause seinen gewohnten Gang zu gehen: die
gutherzige Hausfrau setzte völlig ahnungslos ihren geschäftigen Müßiggang und ihre leichten täglichen Arbeiten
fort, und die Tochter war noch immer ganz von dem einen
einzigen, selbstsüchtigen, zärtlichen Gefühl in Anspruch genommen und achtete auf die ganze übrige Welt gar nicht,
als der letzte Schlag kam, unter dem die brave Familie zusammenbrach.

Eines Abends war Mrs. Sedley damit beschäftigt, Einladungs-
karten für eine Gesellschaft zu schreiben; die Osbornes

278

hatten eine Gesellschaft gegeben, und da durften sie nicht zurückbleiben; John Sedley, der erst sehr spät aus der City nach Hause gekommen war, saß schweigend am Kamin, während seine Frau lebhaft auf ihn einsprach; Emmy war, da sie sich nicht wohl fühlte und sehr niedergeschlagen war, auf ihr Zimmer gegangen. »Sie ist nicht glücklich«, fuhr die Mutter fort. »George Osborne vernachlässigt sie. Ich kann das hochmütige Wesen dieser Leute gar nicht mehr ertragen. Die Mädchen haben sich seit drei Wochen nicht mehr in unserm Hause blicken lassen, und George ist zweimal in der Stadt gewesen, ohne bei uns vorzusprechen. Edward Dale hat ihn in der Oper gesehen. Edward würde sie gewiß heiraten, und dann ist da auch noch Hauptmann Dobbin, der es wohl ebenso gern möchte, denk ich mir, aber ich kann die Offiziere allesamt nicht leiden. Was ist George für ein Geck geworden! Mit seinem Offiziersdünkel, nein wirklich! Wir müssen gewissen Leuten zeigen, daß wir geradeso gut sind wie sie. Laß nur dem braven Edward Dale eine kleine Ermutigung zukommen, dann wirst du sehen. Wir müssen eine Gesellschaft geben, lieber Mann. Warum redest du gar nicht, John? Soll ich sagen: Dienstag über vierzehn Tage? Warum antwortest du nicht? Um Gottes willen, John, was ist vorgefallen?«
John Sedley sprang von seinem Stuhl auf und eilte seiner Frau, die zu ihm hinstürzte, entgegen. Er schloß sie in seine Arme und sagte hastig: »Wir sind ruiniert, Mary. Wir müssen wieder ganz von vorn anfangen, Liebste. Es ist am besten, du erfährst alles auf einmal.« Während er sprach, zitterte er an allen Gliedern und wäre beinah hingefallen. Er hatte geglaubt, seine Frau werde von dieser Nachricht ganz niedergeschmettert sein, seine Frau, der er nie ein böses Wort gesagt hatte. Aber so überraschend ihr dieser Schlag auch kam, so war von ihnen beiden doch er derjenige, der am meisten erschüttert war. Als er auf seinen Sitz zurücksank, da war es seine Frau, die das Amt des Trösters übernahm.

Sie ergriff seine zitternde Hand, küßte sie und legte seinen Arm um ihren Hals; sie nannte ihn ihren John, ihren lieben John, ihren lieben alten Mann, ihren guten alten Mann; zahllose unzusammenhängende Worte voller Liebe und Zärtlichkeit kamen über ihre Lippen; ihre treue Stimme und ihre schlichten Liebkosungen erfüllten sein gequältes Herz mit unaussprechlicher Wonne und erfreuten und trösteten seine kummerbelastete Seele.

Nur einmal im Laufe der langen Nacht, während der sie zusammensaßen und der arme Sedley offen aussprach, was er bisher in sich verschlossen gehalten hatte, und in einer Generalbeichte die Geschichte seiner Verluste und Nöte erzählte (wie ihn einige seiner ältesten Freunde schmählich im Stich gelassen hatten, während andere, von denen er das nie erwartet gehabt, ihm mannhaft beigestanden hatten), nur einmal konnte das treue Weib ihre innere Bewegung nicht unterdrücken.

»Mein Gott, mein Gott, das wird unserer Emmy das Herz brechen«, sagte sie.

Der Vater hatte das arme Mädchen ganz vergessen gehabt. Schlaflos und unglücklich lag sie im oberen Stockwerk. Von Freundinnen, Hausgenossen und gütigen Eltern umgeben, fühlte sie sich dennoch allein. Wie wenige Menschen gibt es, denen man alles sagen kann? Wer mag offenherzig sein, wo er kein Mitgefühl findet, oder wer fühlt sich getrieben, zu denen zu reden, die ihn nie verstehen können? So war es gekommen, daß unsere sanfte Amelia einsam war. Sie hatte keine Vertraute seit der Zeit, da sie überhaupt etwas anzuvertrauen hatte. Sie konnte ihrer alten Mutter ihre Zweifel und Sorgen nicht mitteilen; ihre sogenannten Busenfreundinnen wurden ihr von Tag zu Tag fremder. Und es wurden in ihr Ahnungen und Befürchtungen rege, die sie sich selbst nicht einzugestehen wagte, wiewohl sie beständig im stillen darüber brütete.

Ihr Herz versuchte noch immer an dem Glauben festzuhalten, daß George Osborne ihrer wert und ihr treu sei, obgleich sie das Gegenteil wußte. Wie oft hatte das, was sie zu ihm gesagt hatte, kein Echo gefunden? Wie oft hatte sie geargwöhnt, daß er egoistisch und gegen sie gleichgültig sei, diesen Argwohn aber bekämpft und energisch unterdrückt? Wem konnte die kleine Märtyrerin von diesen täglichen Kämpfen und Qualen erzählen? Ihr Held selbst verstand sie ja nur halb. Sie wagte es nicht, sich einzugestehen, daß der Mann, den sie liebte, unter ihr stand; oder der Erkenntnis Raum zu geben, daß sie ihr Herz zu schnell weggeschenkt habe. Nachdem sie es einmal verschenkt hatte, war das unschuldige, schüchterne Mädchen zu bescheiden, zu zärtlich, zu vertrauensvoll, zu schwach, zu sehr Weib, als daß sie es hätte wieder zurückfordern können. Den Gefühlen unserer Frauen gegenüber sind wir Türken, und wir haben sie dahin gebracht, sich zu unseren Anschauungen zu bekehren. Wir lassen sie ihre Körper einigermaßen unverhüllt spazieren führen, wobei die Gesichter nur hinter einem Lächeln und den Locken und den rosa Hüten versteckt sind statt hinter dem Schleier; aber von ihren Seelen fordern wir, daß sie sie nur einem einzigen Manne zeigen, und sie gehorchen ohne Widerstreben und willigen ein, als unsere Sklavinnen zu Hause zu bleiben, um uns zu dienen und sich für uns zu plagen.
Solche Gefangenschaft und solche Qualen erduldete dieses sanfte kleine Herz, als im März, Anno Domini 1815, Napoleon in Cannes landete und Ludwig XVIII. floh, ganz Europa in Aufregung geriet, die Kurse fielen und der alte John Sedley bankrott wurde.

Wir wollen den braven alten Börsenmakler nicht durch die letzten Ängste und Kämpfe seines finanziellen Ruins begleiten, die er durchzumachen hatte, bevor sein kaufmännischer Tod eintrat. Er wurde an der Börse für zahlungsunfähig erklärt, blieb aus seinem Kontor fort, seine Wechsel wurden protestiert, sein Bankrott wurde öffentlich bekanntgemacht. Das Haus am Russell Square und dessen ganze Einrichtung wurden mit Beschlag belegt und versteigert, er selbst aber und seine Familie, wie wir gesehen haben, daraus vertrieben, um sich anderwärts eine beliebige Unterkunft zu suchen.

John Sedley hatte nicht den Mut, von dem Dienstpersonal, das hier und da in unserer Erzählung vorgekommen ist und von dem er sich nun infolge seiner Verarmung trennen mußte, persönlich Abschied zu nehmen. Diesen braven Leuten wurde ihr Lohn mit jener Pünktlichkeit ausgezahlt, die man häufig bei Menschen findet, die nur große Summen notgedrungen schuldig bleiben. Es tat ihnen leid, ihre guten Stellungen verlassen zu müssen; aber der Abschied von ihrer verehrten Herrschaft brach ihnen nicht das Herz. Amelias Kammermädchen strömte von Beileidsbezeigungen über, ging aber ganz gefaßt weg, um sich in einer feineren Stadtgegend eine bessere Stelle zu suchen. Der schwarze Sambo beschloß, wie dies das Ideal von Leuten seines Standes ist, ein Wirtshaus zu eröffnen. Dagegen wollte die wackere alte Mrs. Blenkinsop, die schon John Sedleys Bewerbung um seine Frau und Josephs und Amelias Geburt miterlebt hatte, ohne Lohn bei ihnen bleiben, da sie sich in ihrem Dienst eine beträchtliche Summe erspart hatte, und so begleitete sie denn ihre verarmte Herrschaft nach deren neuem, bescheidenem Zufluchtsort, wo sie sie noch eine Zeit lang pflegte, wenn sie auch manchmal brummig gegen sie war.

Bei den nun folgenden Verhandlungen mit Sedleys Gläubigern, welche die Nerven des gebeugten alten Herrn so heftig angriffen, daß er in sechs Wochen mehr alterte als in den fünfzehn vorhergegangenen Jahren, schien der entschiedenste und hartnäckigste von allen seinen Gegnern John Osborne zu sein – sein alter Freund und Nachbar, John Osborne,

282

dem er bei seinem Emporkommen behilflich gewesen war,
der ihm für hundert gute Dienste Dank schuldete und dessen Sohn Sedleys Tochter heiraten sollte. Jeder einzelne dieser Umstände würde ausreichend sein, um die Schärfe zu erklären, mit der Osborne seinem jetzigen Schuldner ent-
gegentrat.

Wenn ein Mensch einem andern, mit dem er in Streit gerät,
von früher her in hohem Grade zu Dank verpflichtet ist, so
benimmt er sich aus einer Art Anstandsgefühl noch feind-
seliger gegen ihn, als es ein ganz Fremder tun würde. Um
seine eigene Hartherzigkeit und Undankbarkeit in solchem
Fall zu rechtfertigen, sieht er sich genötigt, die Gegenpartei
als verbrecherisch hinzustellen. Nach seiner Darstellung
verhält es sich nicht etwa so, daß er selbstsüchtig, brutal
und wütend über eine fehlgeschlagene Spekulation wäre:
nein, nein! Der Mitbeteiligte hat ihn durch die niederträch-
tigste Verräterei und aus den schwärzesten Beweggründen
dazu verlockt. Schon aus reiner Folgerichtigkeit muß der
Verfolger beweisen, daß der Gefallene ein Schurke ist, –
sonst wäre ja er, der Verfolger, selbst ein Schuft.

Ein Erfahrungssatz, der das Gewissen aller zur Strenge ge-
neigten Gläubiger zu beruhigen pflegt, ist, daß Leute, die
sich in Zahlungsschwierigkeiten befinden, höchstwahrscheinlich nie ganz ehrlich sind. Sie verhehlen in solcher
Lage dieses und jenes; sie stellen ihre Gewinnaussichten zu
günstig dar; sie verschleiern den wahren Stand ihrer Angelegenheiten; sie geben vor, ihr Geschäft blühe, während es
in Wirklichkeit hoffnungslos steht; sie tragen noch am
Rande des Verderbens ein lächelndes Gesicht zur Schau (ein
trübseliges Lächeln, fürwahr!); sie greifen begierig nach jedem Vorwand, um Aufschub oder Geld zu erlangen und dadurch den unvermeidlichen Untergang noch um ein paar
Tage länger hinauszuschieben. ›Nieder mit solcher Unred-
lichkeit!‹ ruft der Gläubiger triumphierend und schmäht sei-

nen stürzenden Feind. ›Du Narr, warum greifst du nach einem Strohhalm?‹ sagt der ruhige Menschenverstand zu dem Ertrinkenden. ›Du Schurke, warum schrickst du vor der unvermeidlichen Konkurserklärung zurück?‹ sagt der Reichtum zu dem armen Teufel, der sich aus diesem schwarzen Sumpf herauszuarbeiten versucht. Wer hat nicht schon bemerkt, wie schnell die nächsten Freunde und anständigsten Leute bereit sind, einander des Betrugs zu verdächtigen und zu beschuldigen, sobald sie sich in Geldsachen miteinander überworfen haben? Jedermann tut es. Jeder hat recht, vermute ich, und die Welt ist eine Kanaille.

Außerdem reizte und erzürnte den alten Osborne das unerträgliche Bewußtsein empfangener Wohltaten, die immer ein Grund zu erhöhter Feindseligkeit sind. Endlich mußte er noch die Verlobung seines Sohnes mit Sedleys Tochter auflösen; und da die Sache in der Tat schon recht weit gediehen und das Glück des armen Mädchens, vielleicht sogar ihr Ruf gefährdet war, so mußten die stärksten Gründe für den Bruch angeführt werden – John Osborne mußte beweisen, daß John Sedley wirklich ein sehr schlechter Mensch sei. Bei den Zusammenkünften der Gläubiger betrug er sich daher so wütend und verächtlich gegen Sedley, daß dem zugrundegerichteten Mann fast das Herz dabei brach. Gegen Georges weiteren Verkehr mit Amelia legte er sogleich ein scharfes Veto ein: er bedrohte den jungen Mann mit seinem Fluch, falls dieser sein Verbot überträte, und schmähte das arme, unschuldige Mädchen als das gemeinste, abgefeimteste Frauenzimmer. Eine der Hauptbedingungen des Zornes und Hasses ist, daß man Lügen gegen die gehaßte Person ausspricht und diese auch glaubt, um, wie wir schon sagten, folgerichtig zu bleiben.

Als der große Zusammenbruch erfolgte – die Konkurseröffnung, der Abschied vom Russell Square und die Gewißheit, daß alles aus sei zwischen ihr und George – zwischen ihr und der Liebe – ihr und dem Glück – ihr und dem Glauben an die Welt (ein brutaler Brief von John Osborne teilte ihr in ein paar kurzen Worten mit, ihres Vaters Benehmen sei derart gewesen, daß alle Beziehungen zwischen den beiden Familien abgebrochen werden müßten), – als also der letzte Schlag kam, da erschütterte es sie nicht so stark, wie es ihre Eltern oder vielmehr ihre Mutter erwartet hatten; denn John Sedley war durch seinen geschäftlichen Zusammenbruch und die Angriffe auf seine Ehre völlig zu Boden geschmettert. Amelia nahm die Nachricht bleich und gefaßt entgegen. War diese Nachricht doch nur die Bestätigung der dunklen Ahnungen, die sie schon lange gehegt hatte. Es war nur die Verkündigung des Urteils – des Verbrechens hatte sie sich schon lange vorher schuldig gemacht, des Verbrechens, töricht, leidenschaftlich und gegen alle Vernunft zu lieben. Sie offenbarte ihre Gedanken so wenig wie früher. Sie schien jetzt, da alle Hoffnung vernichtet war, kaum unglücklicher als vorher, und sie fühlte, daß alles vorbei war, daß sie es sich aber nicht einzugestehen gewagt hatte. Sie siedelte aus dem großen Haus in das kleine über, ohne daß dies einen merklichen Eindruck auf sie gemacht hätte; sie blieb meist auf ihrem Stübchen, härmte sich im stillen und schwand Tag für Tag mehr dahin. Ich will nicht sagen, daß alle Frauen so geartet sind. Ihr Herz, meine liebe Miß Bullock, würde wahrscheinlich nicht in dieser Weise brechen. Sie sind eine junge Dame von starkem Charakter und festen Grundsätzen. Ich wage auch nicht zu behaupten, daß mein Herz in solcher Lage brechen würde; es hat gelitten und ist, wie ich bekennen muß, am Leben geblieben. Aber es gibt eben Seelen, die so zart empfinden, die so gebrechlich, sanft und weich sind.

Sooft der alte John Sedley an das Verhältnis zwischen George und Amelia dachte oder darauf anspielte, tat er dies mit fast der gleichen Bitterkeit, wie sie Mr. Osborne selbst an den

Tag gelegt hatte. Er verwünschte Osborne und seine Familie als herzlos, schlecht und undankbar. Keine Macht der Erde, schwur er, könne ihn bewegen, seine Tochter dem Sohn eines solchen Schurken zur Frau zu geben, und er befahl Emmy, George aus ihrem Herzen zu verbannen und ihm alle Geschenke und Briefe, die sie je von ihm empfangen hatte, wieder zuzustellen.

Sie versprach, sich dem zu fügen, und versuchte auch wirklich zu gehorchen. Sie packte die zwei oder drei kleinen Schmucksachen zusammen, und was die Briefe anbetrifft, so holte sie diese aus ihrem Aufbewahrungsort vor und las sie noch einmal durch, als ob sie sie nicht schon auswendig gewußt hätte; aber sie war nicht imstande, sich von ihnen zu trennen. Diese Anstrengung ging über ihre Kräfte; sie steckte sie wieder in ihren Busen, wie man wohl eine Mutter ihr totes Kind noch liebkosen sieht. Amelia fühlte, daß sie sterben oder völlig den Verstand verlieren würde, wenn ihr dieser letzte Trost geraubt würde. Wie war sie immer errötet und wie hatte ihr Gesicht gestrahlt, wenn diese Briefe kamen! Wie war sie immer mit klopfendem Herzen davongeeilt, um sie ungesehen lesen zu können. Mit welchen Künsten der Verdrehung hatte diese liebende kleine Seele die Kälte jener Briefe als Wärme gedeutet! Welche Entschuldigungen hatte sie immer für den Schreiber gefunden, wenn sie kurz waren oder Selbstsucht verrieten!

Über diesen wenigen wertlosen Schriftstücken brütete sie unablässig. Sie lebte nur in ihrer Vergangenheit, und jeder Brief schien ihr irgendeine zurückliegende Begebenheit ins Gedächtnis zu rufen. Wie gut sie sich an alle Einzelheiten erinnerte! An seine Blicke, seinen Ton, seinen Anzug, was er gesagt hatte, und wie er es gesagt hatte! Diese Reliquien, diese Andenken an eine gestorbene Liebe waren alles, was ihr noch auf der Welt geblieben war, und ihre Lebensaufgabe war, an dem Grabe dieser Liebe Wache zu halten.

286

Auf den Tod waren ihre Gedanken mit unaussprechlicher Sehnsucht gerichtet. ›Dann‹, dachte sie, ›werde ich immer imstande sein, ihn zu begleiten.‹ Ich will ihr Betragen nicht rühmen und sie nicht für Miß Bullock als Musterbild zur Nachahmung hinstellen. Miß Bullock versteht es besser als dieses arme kleine Geschöpf, ihre Empfindungen zu zügeln. Miß Bullock hätte sich nie so bloßgestellt, wie das die unbesonnene Amelia getan hatte, hätte nie ihre Liebe unwiederbringlich verpfändet, nie ihr Herz hingegeben, ohne dafür etwas anderes zu erhalten als ein unsicheres Versprechen, das in jedem Augenblick gebrochen werden konnte und dann wertlos war. Eine lange Verlobung ist ein Geschäft, das der eine Beteiligte nach Belieben weiterführen oder abbrechen kann, während das ganze Kapital des andern auf dem Spiele steht.

Seien Sie also vorsichtig, meine jungen Damen; lassen Sie es bei Ihrer Verlobung nicht an Behutsamkeit fehlen! Vermeiden Sie es, offenkundig zu lieben; sprechen Sie nie alles aus, was Sie fühlen, oder (was noch besser ist) fühlen Sie recht wenig! Bedenken Sie die Folgen einer voreiligen Aufrichtigkeit und eines voreiligen Vertrauens, und mißtrauen Sie sich selbst und jedem andern! Verheiraten Sie sich in der Weise, wie man dies in Frankreich tut, wo die Notare die Brautjungfern und Vertrauten sind! Hegen Sie jedenfalls niemals Gefühle, die Ihnen Unbequemlichkeit verursachen können, und geben Sie niemals ein Versprechen, das Sie nicht in jedem beliebigen Augenblick in der Hand haben und zurückzuziehen imstande sind! Das ist das richtige Verfahren, um auf dem Jahrmarkt der Eitelkeit vorwärtszukommen, allgemein geachtet zu werden und für tugendhaft zu gelten.

Hätte Amelia gehört, wie man in den Kreisen, aus denen der Bankrott ihres Vaters sie soeben vertrieben hatte, über sie urteilte, so würde sie eingesehen haben, welche Verbrechen sie begangen und wie schwer sie ihren Ruf geschädigt hatte. Eine solche sträfliche Unklugheit war Mrs. Smith noch nie vorgekommen; eine so entsetzliche Vertraulichkeit hatte Mrs. Brown stets als unpassend bezeichnet, und das üble Ende, das die Sache genommen habe, könne ihren eigenen Töchtern zur Warnung dienen. »Hauptmann Osborne konnte natürlich die Tochter eines Bankrotteurs nicht zur Frau nehmen«, sagten die Misses Dobbin; »es war schon genug, daß Osbornes von dem Vater beschwindelt wurden. Und was die kleine Amelia betrifft, so überstieg ja ihre Torheit wirklich alle…«

»Was soll sie überschritten haben?« rief Hauptmann Dobbin heftig. »Sind sie nicht schon von der Zeit an, als sie noch Kinder waren, miteinander verlobt gewesen? War es nicht so gut wie eine Ehe? Wagt ein Mensch auf der ganzen Welt ein Wort gegen das süßeste, reinste, zarteste, engelhafteste aller jungen Mädchen zu sagen?«

»Nun, nun, William, fahre uns nur nicht gleich so an! Wir sind keine Männer; wir können uns nicht mit dir duellieren«, erwiderte Miß Jane. »Wir haben gegen Miß Sedley nichts weiter gesagt, als daß ihr ganzes Benehmen höchst unklug war, um keinen schlimmeren Ausdruck zu gebrauchen, und daß ihre Eltern Leute sind, die ihr Unglück zweifellos verdienen.«

»Wäre es nicht das beste, William, wenn du jetzt, da Miß Sedley frei ist, ihr selbst einen Antrag machtest?« fragte Miß Ann spöttisch. »Das würde eine außerordentlich wünschenswerte Familienverbindung sein. Haha!«

»Ich sie heiraten!« versetzte Dobbin; er errötete tief und sprach sehr schnell. »Wenn *ihr*, meine jungen Damen, so flink bereit seid, den einen mit dem andern zu vertauschen, meint ihr, daß *sie* von derselben Art ist? Lacht und spottet nur über diesen Engel! Sie kann es nicht hören; und sie ist elend und unglücklich und verdient also verlacht zu werden. Mach nur noch mehr solche Späße, Ann! Du bist ja der Witzbold der Familie, und die andern hören es gern.«

»Ich muß dich noch einmal darauf aufmerksam machen, William, daß wir uns hier nicht in einer Kaserne befinden«, bemerkte Miß Ann.

»In einer Kaserne, bei Gott... ich wünschte, es sagte jemand in einer Kaserne das, was ihr da sagt«, rief dieser ergrimmte britische Löwe. »Ich möchte einen Mann gegen sie auch nur ein Wort sagen hören! Aber Männer reden nicht in dieser Weise, Ann; es sind nur die Weiber, die zusammenkommen und zischen und schreien und schnattern. Na, laß nur, laß nur, fang nicht an zu weinen! Ich habe nur gesagt, daß ihr ein paar Gänse seid«, sagte William Dobbin, als er wahrnahm, daß Miß Anns blinzelnde Augen wie gewöhnlich feucht zu werden anfingen. »Nun also, ihr seid keine Gänse, ihr seid Schwäne, oder was ihr nur sonst wollt; ich bitte mir nur aus, daß ihr Miß Sedley in Ruhe laßt.«

Daß man nie etwas Tolleres gesehen habe als Williams blinde Bewunderung für dieses einfältige, kokette, liebäugelnde kleine Geschöpf, in dieser Meinung fanden sich Williams Mama und Schwestern zusammen, und sie befürchteten ängstlich, daß Amelia jetzt, da ihre Verlobung mit Osborne aufgehoben sei, sogleich ihrem zweiten Bewunderer, der ja ebenfalls Hauptmann sei, Gehör schenken werde. Bei diesen Vermutungen urteilten die ehrenwerten jungen Damen natürlich auf Grund ihrer besten Erfahrung oder vielmehr, da sie bisher noch keine Gelegenheit zum Heiraten oder Untreuwerden gehabt hatten, auf Grund ihrer eigenen Begriffe von Recht und Unrecht.

»Es ist noch ein wahres Glück, Mama, daß das Regiment ins Ausland beordert ist«, sagten die Mädchen. »So bleibt unserm Bruder wenigstens *diese* Gefahr erspart.«

Das war allerdings der Fall; und so kommt es, daß der französische Kaiser dazu gelangt, eine Rolle in dem Familienstück zu spielen, das wir jetzt aufführen und das ohne das Eingreifen dieser erhabenen stummen Person nie in Szene gegangen wäre. Er war es, der die Bourbonen und Mr. John Sedley stürzte. Er war es, dessen Ankunft in seiner Hauptstadt ganz Frankreich zu den Waffen greifen ließ, um ihn zu verteidigen, und ganz Europa, um ihn zu vertreiben. Während das französische Volk und Heer sich auf dem Champ de Mai um die Adler scharten und den Treueid leisteten, setzten sich vier mächtige europäische Heere zu der großen Adlerjagd in Bewegung, und eines davon war eine englische Armee, zu welcher die beiden Helden unserer Geschichte, Hauptmann Dobbin und Hauptmann Osborne, gehörten.

Die Nachricht von Napoleons Flucht und Landung wurde von dem tapfern ...ten Regiment mit einem Jubel und einer Begeisterung aufgenommen, für die jeder, der diese hochangesehene Truppe kennt, Verständnis haben wird. Vom Oberst bis zum geringsten Tambour waren alle im Regiment von Hoffnung, Ehrgeiz und patriotischem Grimm erfüllt und dankten dem französischen Kaiser dafür, daß er gekommen war, um den Frieden Europas zu stören, wie für eine persönliche Gefälligkeit. Jetzt war der Augenblick gekommen, den das ...te Regiment so lange herbeigesehnt hatte, der Augenblick, da es seinen Waffengenossen zeigen konnte, daß es imstande war, ebensogut zu kämpfen wie die Veteranen auf der Pyrenäenhalbinsel, und daß der Aufenthalt in Westindien und das Gelbe Fieber nicht den Schneid und die Tapferkeit des ...ten Regiments zu schwächen vermocht hatten. Stubble und Spooney hofften, jeder eine Kompanie zu bekommen, ohne sie erst kaufen zu müssen. Die Majorin O'Dowd hoffte noch vor Beendigung des Feldzugs, an dem sie teilzunehmen beschlossen hatte, sich Mrs. Oberst O'Dowd, C.B.[1], schreiben zu können. Unsere beiden Freunde, Dobbin und Osborne, waren ebenso erregt wie die übrigen, und jeder

1. C. B.: Ritter des Bathordens.

von ihnen war in seiner Weise (Mr. Dobbin in großer äußerer Ruhe, Mr. Osborne mit lauten, energischen Reden) von dem eifrigen Verlangen erfüllt, seine Pflicht zu tun und seinen Anteil an Ehre und Auszeichnung zu gewinnen.

Die Aufregung, die infolge dieser Nachrichten das Land und die Armee ergriffen hatte, war so groß, daß Ereignisse privater Natur nicht viel Beachtung fanden; und daher kam es wahrscheinlich, daß George Osborne, der soeben seine Kompanie erhalten hatte und, begierig auf weitere Beförderung hoffend, mit Vorbereitungen zu dem zweifellos bevorstehenden Ausmarsch eifrig beschäftigt war, von anderen Vorfällen, die in ruhigeren Zeiten seine Teilnahme erregt haben würden, jetzt nicht so stark berührt wurde. Wir müssen es bekennen: er fühlte sich durch die Katastrophe, die über den guten alten Mr. Sedley gekommen war, nicht sehr niedergedrückt. Er probierte an dem Tage, an dem die erste Zusammenkunft der Gläubiger des unglücklichen Herrn stattfand, gerade seine neue Uniform an, die ihm sehr gut stand. Sein Vater erzählte ihm von dem schändlichen, schurkischen, schmachvollen Benehmen des Bankrotteurs, erinnerte ihn an das, was er ihm hinsichtlich Amelias gesagt hatte, erklärte, daß ihr Verhältnis jetzt für immer gelöst sei, und gab ihm noch an diesem Abend eine hübsche runde Summe zur Bezahlung der neuen Kleidungsstücke und Epauletten, mit denen er so gut aussah. Geld konnte der junge Mann, der nichts von Sparsamkeit wußte, immer gut gebrauchen, und er nahm es hin, ohne darüber viele Worte zu machen. Die Versteigerungsankündigungen klebten an dem Sedleyschen Hause, in dem er so viele, viele glückliche Stunden verlebt hatte. Er konnte sie weiß im Mondschein schimmern sehen, als er an diesem Abend von seinem väterlichen Heim nach Slaughters Kaffeehaus ging, wo er zu wohnen pflegte, wenn er in der Stadt war. Jenes nette, gemütliche Haus hatten also Amelia und ihre Eltern verlassen müssen: wo mochten sie

Zuflucht gefunden haben? Der Gedanke an ihr Unglück ging ihm doch recht nahe. Er war an diesem Abend in dem Gastzimmer seines Wirtshauses recht melancholisch und trank ziemlich viel, wie seine anwesenden Kameraden bemerkten.

Bald darauf kam auch Dobbin dorthin; er warnte ihn vor dem übermäßigen Trinken; George erwiderte ihm indes, er tue das nur, weil er so höllisch elend sei. Aber als sein Freund ungeschickte Fragen an ihn zu richten begann und sich in bedeutsamer Weise erkundigte, was es Neues gebe, lehnte Osborne es ab, sich weiter mit ihm zu unterhalten; er gestand jedoch, daß er sehr niedergeschlagen und unglücklich sei.

Drei Tage darauf fand Dobbin ihn in seinem Zimmer in der Kaserne. Der junge Hauptmann hatte den Kopf auf den Tisch gelegt, eine Anzahl Papiere lagen um ihn herum, und er befand sich augenscheinlich in einem Zustand großer Verzagtheit. »Sie hat…sie hat mir da ein paar Dinge zurückgeschickt, die ich ihr gegeben habe, …ein paar Kleinigkeiten. Da sieh!« Dobbin bemerkte ein Päckchen, das in der wohlbekannten Handschrift an Hauptmann George Osborne gerichtet war, sowie einige umherliegende Gegenstände: ein Ring, ein silbernes Messer, das er ihr einmal als Knabe auf einem Jahrmarkt gekauft hatte, ein goldenes Kettchen und ein Medaillon mit Haaren darin. »Es ist alles aus«, sagte er mit einem Seufzer qualvoller Reue. »Hier, Will, du kannst es lesen, wenn du willst.«

Er wies auf einen kleinen Brief, der nur wenige Zeilen enthielt und folgendermaßen lautete:

›Mein Papa hat mir befohlen, Ihnen diese Geschenke wieder zuzustellen, die Sie mir in glücklicheren Tagen gemacht haben; so schreibe ich denn zum letzten Male an Sie. Ich glaube, ja, ich weiß, daß Sie den schweren Schlag, der uns getroffen hat, ebenso schmerzlich empfinden wie ich. Ich selbst befreie Sie hiermit von einer Verpflichtung, deren Fortbestehen in unserem jetzigen Elend unmöglich ist. Ich bin überzeugt, daß Sie daran keine Schuld haben und die grausamen Verdächtigungen Ihres Vaters, die von all unserm Leid am schwersten für uns zu tragen sind, nicht teilen. Leben Sie wohl, leben Sie wohl! Ich bitte Gott, mir zur Überwindung dieses und anderen Unglücks Kraft zu verleihen und Sie allzeit zu segnen. A.

Ich werde oft auf dem Klavier... auf Ihrem Klavier spielen. Es entsprach ganz Ihrer Art, daß Sie es mir geschickt haben.‹

Dobbin war sehr weichherzig. Der Anblick leidender Frauen und Kinder rührte ihn immer sehr. Der Gedanke, daß Amelia unglücklich und einsam sei, zerriß seine gute Seele, und er überließ sich einem Gefühlsausbruch, den jeder, der Lust hat, für unmännlich halten mag. Er erklärte feierlich, daß Amelia ein Engel sei, wozu Osborne aus ganzem Herzen ja sagte. Auch er hatte die Geschichte seines und ihres Lebens überblickt und erkannt, daß Amelia von ihrer Kindheit an bis zu ihrem gegenwärtigen Alter immer gleich lieblich, unschuldig, rührend schlicht und ungekünstelt herzlich und zärtlich gewesen war.

Welch ein Schmerz, dies alles zu verlieren, es besessen und seinen Wert nicht gewürdigt zu haben! Tausend traute Bilder und Erinnerungen drängten sich ihm auf, und in allen erschien sie ihm gut und schön. Er errötete vor Scham und Reue, wenn er seine eigene Selbstsucht und Gleichgültigkeit rückblickend mit ihrer vollkommenen Reinheit verglich. Eine Zeit lang waren Ruhm, Krieg und alles andere vergessen, und die beiden Freunde redeten nur von ihr allein.

»Wo sind sie jetzt?« fragte Osborne nach einem langen Gespräch und einem langen Schweigen – nicht wenig beschämt durch den Gedanken, daß er keine Schritte getan hatte, um mit ihr in Verbindung zu bleiben. »Wo sind sie jetzt? In dem Brief ist keine Anschrift verzeichnet.«

Dobbin wußte es. Er hatte nicht nur das Klavier hingeschickt, sondern auch einen Brief an Mrs. Sedley geschrieben und darin um Erlaubnis gebeten, ihr einen Besuch machen zu dürfen. Und er hatte sie und ebenfalls Amelia gestern, ehe er nach Chatham zurückkehrte, gesehen – und noch mehr: er hatte jenen Abschiedsbrief und das Päckchen mitgebracht, worüber sie beide so gerührt waren.

Der gutherzige Mensch hatte Mrs. Sedley sehr bereit gefunden, ihn zu empfangen, und sehr bewegt über die Ankunft des Klaviers, das nach ihrer Meinung nur von George kommen konnte und ein Zeichen seiner freundlichen Gesinnung sein mußte. Hauptmann Dobbin raubte der würdigen Dame diesen Irrtum nicht, sondern hörte alle ihre Erzählungen von ihrem Unglück und alle ihre Klagen mit großer Teilnahme an, sprach ihr sein Bedauern wegen ihrer Verluste und Entbehrungen aus und stimmte in ihren Tadel über das grausame Benehmen Mr. Osbornes gegen seinen früheren Wohltäter ein. Als sie ihr übervolles Herz einigermaßen erleichtert und ihm einen großen Teil ihrer Sorgen anvertraut hatte, fand er wirklich den Mut, zu fragen, ob er auch Amelia sehen dürfe; und diese, die wie gewöhnlich oben in ihrem Zimmer war, kam zitternd, von ihrer Mutter geleitet, die Treppe herunter.

Ihr Aussehen war so geisterhaft und die Verzweiflung in ihrem Blick so ergreifend, daß der gute William Dobbin bei ihrem Anblick heftig erschrak und aus ihrem bleichen, starren Gesicht herauslas, daß das Schlimmste für die Zukunft zu befürchten war. Nachdem sie ein oder zwei Minuten mit ihm zusammengesessen hatte, legte sie das Päckchen in seine Hand und sagte: »Bitte, übergeben Sie dies dem Hauptmann Osborne, und... und ich hoffe, er befindet sich ganz wohl... und es war sehr liebenswürdig von Ihnen, daß Sie uns besucht haben... und unsere neue Wohnung gefällt uns sehr gut. Und ich... ich glaube, ich tue gut, hinaufzugehen, Mama, denn ich fühle mich recht schwach.« Und hiermit

294

entfernte sich das liebe Kind mit einem Knicks und einem
Lächeln. Die Mutter warf, während sie sie hinaufführte,
einen verzweiflungsvollen Blick auf Dobbin. Der gute Mensch
bedurfte keiner solchen Anspornung; dazu liebte er sie selbst
zu zärtlich. Unaussprechlicher Kummer und Mitleid und
Besorgnis preßten ihm das Herz zusammen, und nachdem
er sie so gesehen hatte, ging er fort, als ob er ein Verbrecher
wäre.

Als Osborne hörte, daß sein Freund sie aufgefunden hatte, be-
stürmte er ihn mit heißen, ängstlichen Fragen nach dem armen
Kinde. Wie es ihr gehe? Wie sie aussehe? Was sie gesagt habe?
Sein Kamerad ergriff seine Hand und sah ihm ins Gesicht.
»George, sie stirbt«, sagte William Dobbin. Weiter ver-
mochte er nichts zu sagen.

In dem kleinen Hause, in dem die Familie Sedley eine Zufluchtsstätte gefunden hatte, wurden alle häuslichen Arbeiten von einem kräftigen irischen Dienstmädchen besorgt;
dieses Mädchen hatte sich an vielen der vorhergehenden
Tage vergeblich bemüht, Amelia zu helfen oder sie zu trösten. Amelia war viel zu traurig, um ihr zu antworten oder
auch nur die wohlgemeinten Bemühungen des Mädchens zu
bemerken.
Vier Stunden nach dem Gespräch zwischen Dobbin und Osborne kam dieses Dienstmädchen in Amelias Zimmer, wo
diese wie gewöhnlich saß und über ihren Briefen, ihren kleinen Schätzen, schweigend brütete. Das Mädchen, welches
lächelte und schelmisch und glücklich aussah, versuchte auf
mancherlei Weise, die Aufmerksamkeit der armen Emmy
auf sich zu lenken; aber diese achtete nicht auf sie.
»Miß Emmy!« sagte das Mädchen.
»Ich komme«, erwiderte Emmy, ohne aufzublicken.
»Es ist ein Bote gekommen«, fuhr das Mädchen fort. »Da ist
etwas... es ist jemand da...hier ist ein neuer Brief für Sie;

lesen Sie doch nicht länger die alten da.« Und sie gab ihr
einen Brief, den Emmy hinnahm und las.
›Ich muß dich sehen‹, stand in dem Brief. ›Liebe Emmy…
meine liebe Braut… mein liebes Weib, komm zu mir!‹
George und ihre Mutter standen draußen und warteten, bis
sie den Brief gelesen haben würde.

NEUNZEHNTES KAPITEL
Miß Crawley in der Pflege

Wir haben gesehen, wie Mrs. Firkin, die Kammerfrau, sich
verpflichtet fühlte, sobald irgendein für die Familie Crawley
wichtiges Ereignis zu ihrer Kenntnis gelangte, dieses nach
der Oberpfarre an Mrs. Bute Crawley zu melden; und wir
haben auch schon erwähnt, wie außerordentlich freundlich
und aufmerksam die gutherzige Dame gegen Miß Crawleys
vertraute Dienerin war. Auch gegen die Gesellschafterin
Miß Briggs hatte sie sich als liebenswürdige Freundin benommen und sich deren Wohlwollen durch eine Menge von
Aufmerksamkeiten und Versprechungen erworben, die den
Geber so wenig kosten und doch dem Empfänger so wertvoll und angenehm sind. Jedermann, der gut und sparsam
haushalten will, sollte wissen, wie billig und dabei doch wie
wohltuend solche Versicherungen sind und welche Würze
sie dem einfachsten Gericht im Leben verleihen. Wer mag
der Einfaltspinsel gewesen sein, der gesagt hat: ›Von schönen Worten wird der Kohl nicht fett‹? Die Hälfte aller Gerichte im gesellschaftlichen Leben wird mit dieser und keiner andern Soße serviert und schmackhaft gemacht. Wie der
unsterbliche Alexis Soyer für einen halben Penny eine köst-
lichere Suppe herstellen kann als ein unwissender Koch mit
vielen Pfunden von Gemüse und Fleisch, so wird ein geschickter Künstler mit ein paar einfachen, liebenswürdigen
Redensarten einen größeren Erfolg erzielen als ein Stümper
296

mit einem großen Aufwand von Wohltaten. Ja, wir wissen, daß mancher Magen kräftige Wohltaten oft nicht vertragen kann, während die meisten jede beliebige Menge schöner Worte ohne Schwierigkeit verdauen und stets eifrig mehr von dieser Nahrung begehren. Mrs. Bute hatte der Briggs und der Firkin so oft davon gesprochen, was sie für eine tiefe Zuneigung zu ihnen beiden empfinde und was sie für so vortreffliche, treue Freundinnen alles tun würde, wenn sie Miß Crawleys Vermögen besäße, daß die besagten Damen die größte Hochachtung für sie hegten und ihr so ergeben und dankbar waren, als ob Mrs. Bute sie mit den kostspieligsten Gunstbezeigungen überhäuft hätte.

Rawdon Crawley dagegen, der selbstsüchtige, plumpe Dragoner, gab sich nie die geringste Mühe, sich das Wohlwollen der Gehilfinnen seiner Tante zu erwerben, sondern zeigte ihnen ganz unverhohlen seine Verachtung. So ließ er sich zum Beispiel einmal von Mrs. Firkin die Stiefel ausziehen oder schickte sie im Regen mit unwürdigen Aufträgen aus dem Hause, und wenn er ihr eine Guinee gab, so warf er sie ihr hin, als wäre es eine Ohrfeige. Da seine Tante die Briggs zur Zielscheibe ihrer Witze machte, so folgte der Rittmeister ihrem Beispiel und richtete seine Späße gegen sie, Späße, die ungefähr so zart waren wie ein Hufschlag seines Pferdes. Wohingegen Mrs. Bute bei schwierigen Fragen in Sachen des guten Geschmacks ihren Rat einholte, ihre Poesie bewunderte und durch zahllose Beweise von Freundlichkeit und Höflichkeit ihre Wertschätzung für Miß Briggs' Persönlichkeit bekundete; und wenn sie der Firkin ein Geschenk für zweieinhalb Pence machte, so begleitete sie es mit so vielen Schmeicheleien, daß sich die kleine Münze im Herzen der dankbaren Kammerfrau in Gold verwandelte und diese überdies höchst befriedigt auf den Tag wartete, da Mrs. Bute das Vermögen erben und ihr irgendeine überwältigende Wohltat erweisen würde.

Ich möchte die Aufmerksamkeit aller neu in die Welt eintretenden Menschen ganz ergebenst auf das verschiedene Benehmen dieser beiden Personen hinlenken und ihnen raten: lobt jedermann; seid niemals bedenklich in diesem Punkt, sondern sagt eure Schmeicheleien den Leuten sowohl ins Gesicht als auch hinter ihrem Rücken, wenn die Möglichkeit besteht, daß man sie ihnen wiedererzählt! Laßt euch nie die Gelegenheit entgehen, ein freundliches Wort auszusprechen! Wie Collingwood nie eine leere Stelle auf seinen Ländereien sah, ohne eine Eichel aus der Tasche zu ziehen und sie in die Erde zu stecken, so müßt ihr es euer Leben lang mit euern Schmeicheleien machen. Eine Eichel kostet nichts; aber sie kann heranwachsen und eine tüchtige Menge Bauholz liefern.

Kurz, solange Rittmeister Crawley die Sonne des Glücks lächelte, hatten ihm die dienstbaren Geister in diesem Hause nur verdrossen gehorcht; jetzt, da er in Ungnade gefallen war, fand sich niemand, der ihm half oder ihn bedauerte. Als dagegen Mrs. Bute das Kommando in Miß Crawleys Hause übernahm, war die Besatzung entzückt, unter einem solchen Befehlshaber zu stehen, und erwartete von den Versprechungen, der Freigebigkeit und den freundlichen Worten der Dame die mannigfachste Förderung ihrer Interessen.

Daß Rawdon sich nach einer einzigen Niederlage als besiegt bekennen und keinen Versuch machen werde, die verlorene Stellung wiederzugewinnen, das hatte Mrs. Bute Crawley nie anzunehmen gewagt. Sie kannte Rebekka und wußte, daß sie ein zu kluges, mutiges, hartnäckiges Frauenzimmer war, um ohne harten Kampf zu weichen, und sie fühlte daher, daß sie sich auf dieses Ringen vorbereiten und unaufhörlich gegen Sturmangriff, Minenlegung und Überrumpelung auf der Hut sein mußte.

Vor allem mußte sie sich die Frage zu beantworten suchen: war sie, obgleich sie die Stadt besetzt hielt, der wichtigsten Bewohnerin sicher? Würde Miß Crawley durchhalten, hatte sie nicht vielmehr eine geheime Sehnsucht, die vertriebenen Gegner wieder freundlich bei sich aufzunehmen? Die alte Dame hatte Rawdon und auch Rebekka gern, die sich darauf verstand, sie zu unterhalten. Mrs. Bute konnte nicht blind sein gegen die Tatsache, daß niemand von ihrer eigenen Partei soviel zum Vergnügen der großstädtischen Dame beizutragen vermochte. ›Die Gesangsleistungen meiner Töchter sind nach denen dieser abscheulichen kleinen Gouvernante nicht zum Aushalten, das weiß ich‹, gestand sich die aufrichtige Frau Oberpfarrer selbst ein. ›Sie pflegte immer einzuschlafen, wenn Martha und Louisa ihre Duette vortrugen. Unseres James steife Universitätsmanieren und meines armen lieben Bute Gespräche über seine Hunde und Pferde haben sie immer gelangweilt. Wenn ich sie nach der Oberpfarre mitnähme, so würde sie bald über uns alle ärgerlich werden und sich wieder davonmachen, das weiß ich sicher; und dann könnte sie wieder in die Klauen dieses schrecklichen Rawdon fallen und ein Opfer dieser kleinen Viper, der Sharp, werden. Vorläufig aber (das ist mir klar) fühlt sie sich sehr elend und kann sich jedenfalls einige Wochen lang nicht aus dem Hause rühren; unterdessen müssen wir auf einen Plan sinnen, um sie vor den Künsten dieser gewissenlosen Menschen zu schützen.‹

Selbst in den Zeiten, in denen es ihr gesundheitlich gut ging, begann die alte Dame sofort zu zittern, wenn ihr jemand sagte, sie sei krank oder sehe krank aus, und sie ließ dann sogleich den Arzt rufen; jetzt aber, nach dem aufregenden Familienereignis, das auch stärkere Nerven als die ihrigen hätte erschüttern können, war sie, wie ich wohl behaupten darf, wirklich elend. Wenigstens hielt es Mrs. Bute für ihre Pflicht, den Arzt, seinen Assistenten, die Gesellschafterin und die Dienstboten davon in Kenntnis zu setzen, daß sich Miß Crawley in einem höchst kritischen Zustand befinde und daß man danach handeln müsse. Sie ließ die Straße knietief mit Stroh belegen, den Türklopfer abnehmen und das Silbergeschirr von Mr. Bowls aufbewahren. Sie bestand darauf, daß der Arzt zweimal am Tage kommen solle, und trichterte ihrer Patientin alle zwei Stunden Arzneien ein. Trat jemand ins Zimmer, so stieß sie ein so zischendes, unheilverkündendes ›Ssst!‹ aus, daß die arme alte Dame in ihrem Bett furchtbar zusammenfuhr. Miß Crawley konnte nicht aufblicken, ohne in die runden, starr auf sie gerichteten Augen der Mrs. Bute zu sehen, die unentwegt auf dem Lehnstuhl an ihrem Lager saß. Wenn die Frau Oberpfarrer im Zimmer, dessen Vorhänge sie geschlossen hielt, wie eine Katze auf Samtpfoten umherschlich, schienen ihre Augen sogar im Dunkeln zu leuchten. So lag Miß Crawley tagelang, viele Tage lang da, während ihr Mrs. Bute aus Andachtsbüchern vorlas – und Nächte, lange Nächte hindurch, während sie den Wächter die Stunden abrufen und das Nachtlicht knistern hörte, bis um Mitternacht der Assistenzarzt ganz leise seinen Besuch machte, nach dessen Fortgehen sie wieder mit Mrs. Bute allein blieb, um in deren funkelnde Augen zu blicken oder den flackernden gelben Schein zu beobachten, den das Nachtlicht auf die trübselige, dunkle Zimmerdecke warf. Hygieia, die Göttin der Gesundheit, selbst wäre bei einer solchen Behandlung krank geworden, um wieviel mehr dies arme, alte, nervöse Opfer! Wenn sie gesund und guten Mutes war, hatte diese verehrungswürdige Mitspielerin auf dem Jahrmarkt der Eitelkeit, wie wir schon erwähnt haben, so freie Ansichten über Religion und Moral, wie sie sich selbst Herr Voltaire nicht besser wünschen könnte; überfiel sie aber eine Krankheit, so wurde diese noch durch die schrecklichste Todesfurcht verschlimmert, und die höchste Feigheit bemächtigte sich dann der gedemütigten alten Sünderin.

Krankenbettandachten und fromme Betrachtungen sind in

einer schlichten Erzählung sicherlich fehl am Platz, und wir wollen nicht (nach der Art gewisser moderner Schriftsteller) dem Leser eine Predigt vorsetzen, da er doch sein Geld nur für eine Komödie bezahlt hat. Aber auch ohne ins Predigen zu verfallen, dürfen wir doch gewiß an die Wahrheit erinnern, daß die Geschäftigkeit, der Triumph, das Gelächter und die Heiterkeit, die der Jahrmarkt der Eitelkeit in der Öffentlichkeit zur Schau trägt, dem Mitspieler keineswegs immer in sein Privatleben folgen, sondern daß er oft von der tiefsten Niedergeschlagenheit und der qualvollsten Reue heimgesucht wird. Die Erinnerung an die üppigsten Gastmähler wird einen kranken Epikuräer schwerlich aufheitern, und ebenso wird der Gedanke an frühere kleidsame Toiletten und Balltriumphe verwelkten Schönheiten nur geringen Trost gewähren. Staatsmänner werden sich zu einer gewissen Zeit ihres Lebens bei dem Gedanken an ihre hervorragendsten Abstimmungssiege vielleicht nicht sonderlich gehoben fühlen; und die Erfolge und Freuden von gestern schmelzen zu einem Tatbestand von geringer Wichtigkeit zusammen, wenn ein gewisses oder vielmehr ungewisses Morgen droht, auf das wir uns alle über kurz oder lang gefaßt machen müssen. O meine Brüder, die ihr, wie ich, die Narrentracht tragt! Gibt es nicht Augenblicke, da man des Gesichterschneidens, der Purzelbäume und des Schellengeklingels überdrüssig wird? Dies, meine lieben Freunde und Gefährten, ist meine wohlmeinende Absicht: mit euch über den Jahrmarkt zu wandern, die Buden und Schaustellungen dort zu betrachten, damit wir uns, wenn wir nach all dem Glanz, dem Lärm und der Fröhlichkeit nach Hause kommen, in der Stille recht elend fühlen.

› Wenn mein armer Gatte einen Kopf auf seinen Schultern trüge, ‹ dachte Mrs. Bute Crawley bei sich, › wie nützlich könnte er dann unter den vorliegenden Umständen dieser unglücklichen alten Dame sein! Er könnte sie dahin bringen, daß sie ihre schreckliche Freidenkerei bereute; er könnte sie dazu bestimmen, ihre Pflicht zu tun und diesen gräßlichen, verworfenen Menschen, der Schande über sich und seine Familie gebracht hat, zu enterben; und er könnte sie veranlassen, Gerechtigkeit gegen meine lieben Mädchen und gegen die beiden Jungen zu üben, die jede Beihilfe, die ihnen ihre Verwandten gewähren können, nötig haben und sicherlich auch verdienen.‹

Und da der Haß gegen das Laster stets ein Fortschritt auf dem Wege zur Tugend ist, so bemühte sich Mrs. Bute Crawley, ihrer Schwägerin den gebührenden Abscheu gegenRawdon Crawleys mannigfaltige Sünden einzuflößen, die nach dem von seiner Tante aufgestellten Register zahlreich genug waren, um ein ganzes Regiment von jungen Offizieren der Verdammnis zu überliefern. Wenn ein Mensch in seinem Leben ein Unrecht begangen hat, so kenne ich keinen Sittenprediger, der eifriger wäre, die Welt auf seine Verfehlungen aufmerksam zu machen, als seine eigenen Verwandten; und so zeigte denn auch Mrs. Bute das wärmste Interesse für die Ehre der Familie und die genaueste Kenntnis von Rawdons Leben. Sie kannte alle Einzelheiten jenes häßlichen Streits mit Hauptmann Marker, wobei Rawdon sich von Anfang an im Unrecht befunden, schließlich aber den Hauptmann erschossen hatte. Sie wußte, wie der unglückliche Lord Dovedale – dessen Mama ein Haus in Oxford gemietet hatte, um dort selbst seine Erziehung leiten zu können, und der, ehe er nach London kam, nie in seinem Leben eine Karte angerührt hatte – von Rawdon in der ›Kokospalme‹ zum Spielen verleitet, von diesem abscheulichen Verführer und Verderber der Jugend hilflos betrunken gemacht und um viertausend Pfund gerupft worden war. Sie schilderte in den lebhaftesten Farben und in größter Ausführlichkeit den Jammer der Familien auf dem Lande, die er zugrunde gerich-

tet, der Söhne, die er in Schande und Armut gestürzt, die
Töchter, die er in ihr Verderben gelockt hatte. Sie kannte
die armen Geschäftsleute, die durch sein ausschweifendes
Leben bankrott geworden waren, kannte die gemeinen
Listen und Schurkereien, durch die er das zuwege gebracht
hatte, kannte die frechen Lügen, mit denen er die edelmütig-
ste aller Tanten getäuscht, und die Undankbarkeit und den
Spott, womit er die von ihr gebrachten Opfer vergolten
hatte. Sie teilte diese Geschichten Miß Crawley ganz allmählich mit, damit sie bei der Zuhörerin voll und ganz ihre
Wirkung täten; sie hielt es für ihre unerläßliche Pflicht als
Christin und als Familienmutter, so zu handeln; sie empfand nicht die geringsten Gewissensbisse und nicht das geringste Mitleid mit dem Opfer, das sie mit ihrer Zunge ab-
schlachtete; ja, sie hielt ihr Tun wahrscheinlich für sehr ver-
dienstlich und tat sich auf ihr energisches Vorgehen etwas
zugute. Ja, da kann einer sagen, was er will: wenn der Ruf
eines Menschen vernichtet werden soll, so kann dieses Geschäft niemand so gut erledigen wie ein Verwandter. Hinsichtlich des unglücklichen Rawdon Crawley muß man freilich gestehen, daß die bloße Wahrheit schon einen genügen-
den Grund für seine Verdammung abgegeben hätte und
alle Erfindungen von Skandalgeschichten von seiten seiner
Freunde eine ganz überflüssige Mühe waren.
Rebekka, die nun auch eine Verwandte war, hatte als solche
ebenfalls ein volles Anrecht auf Mrs. Butes freundliche Nachforschungen. Diese unermüdliche Erforscherin der Wahrheit
nahm (nachdem sie strengen Befehl gegeben hatte, keinen
Abgesandten oder Brief von Rawdon ins Haus zu lassen)
Miß Crawleys Wagen und fuhr zu ihrer alten Freundin Miß
Pinkerton in Minerva House, Chiswick Mall, der sie die
schreckliche Nachricht von Rittmeister Rawdons Verfüh-
rung durch Miß Sharp mitteilte und von der sie verschiedene merkwürdige Einzelheiten über die Herkunft und das

frühere Leben der ehemaligen Gouvernante erfuhr. Die Freundin des Lexikographen war in der Lage, reichlich Auskunft geben zu können. Miß Jemima mußte die Quittungen und die Briefe des Zeichenlehrers herbeiholen. Da war ein Brief, der im Schuldgefängnis geschrieben war; ein anderer bat flehentlich um einen Vorschuß; ein anderer war voll von Danksagungen dafür, daß die Damen in Chiswick Rebekka aufgenommen hatten, und das letzte Schriftstück aus der Feder des unglücklichen Künstlers war das, in welchem er von seinem Sterbebett aus sein verwaistes Kind Miß Pinkertons Schutz empfahl. Auch von Rebekka selbst befanden sich in der Sammlung aus ihrer Kinderzeit Briefe und Bittschriften, in denen sie um Hilfe für ihren Vater flehte oder ihre eigene Dankbarkeit aussprach. Vielleicht gibt es auf diesem Jahrmarkt der Eitelkeit keine besseren Satiren als Briefe. Nimm ein Bündel Briefe, die dir dein lieber Freund vor zehn Jahren geschrieben hat, dein lieber Freund, den du jetzt haßt. Sieh eine Reihe von Briefen deiner Schwester an: mit welcher Liebe habt ihr aneinander gehangen, bis ihr euch um das Legat von zwanzig Pfund zanktet! Hole das schülerhafte Geschreibsel deines Sohnes hervor, der dir seitdem durch seinen selbstsüchtigen Ungehorsam beinahe das Herz gebrochen hat – oder ein Päckchen von deinen eigenen, die von heißer Liebesglut und ewiger Treue reden und die dir deine Geliebte zurückschickte, als sie den Nabob heiratete, deine Geliebte, die dir jetzt so gleichgültig ist wie die Königin Elisabeth. Gelübde, Liebesschwüre, Versprechungen, vertrauliche Mitteilungen, Versicherungen der Dankbarkeit – wie wunderlich sich das alles nach einer Weile liest! Es sollte auf dem Jahrmarkt der Eitelkeit ein Gesetz geben, das die Vernichtung sämtlicher Schriftstücke (mit Ausnahme der Quittungen von Geschäftsleuten) nach einem bestimmten, angemessen kurzen Zeitraum anordnete. Jene Quacksalber und Feinde der Menschheit, welche unzerstörbare japanische Tinte ankündigen, sollten mitsamt ihren gottlosen Erfindungen vom Erdboden vertilgt werden. Die beste Tinte für den Gebrauch auf dem Jahrmarkt der Eitelkeit würde eine solche sein, die nach ein paar Tagen vollständig verschwände und das Papier so rein und weiß zurückließe, daß man darauf wieder an jemand anders schreiben könnte.

Von Miß Pinkertons Institut verfolgte die unermüdliche Mrs. Bute die Spur Sharps und seiner Tochter zurück nach der Wohnung in der Greek Street, wo der verstorbene Maler gehaust hatte und wo die von Sharp zum Ersatz der unbezahlten Quartalsmiete gemalten Porträts der Wirtin in weißem Atlas und ihres Gatten in einem Rock mit Messingknöpfen noch die Wände der guten Stube zierten. Mrs. Stokes war eine mitteilsame Person und erzählte schnell alles, was sie von Mr. Sharp wußte: was für ein ausschweifendes Leben er trotz seiner Armut geführt habe, wie gutherzig und unterhaltend er gewesen sei, wie er immer von den Gläubigern und Gerichtsvollziehern gehetzt worden, wie er seine Frau zum Entsetzen der Wirtin, die das Frauenzimmer übrigens nie habe ausstehen können, erst kurz vor ihrem Tode geheiratet habe; und was für ein schnurriger, wilder, kleiner Racker seine Tochter gewesen sei, wie sie sie immer alle durch ihre Späße und durch ihr Talent im Nachäffen zum Lachen gebracht habe; wie sie den Wacholderschnaps aus der Schenke zu holen pflegte und in allen Ateliers des Stadtviertels bekannt gewesen sei – kurz, Mrs. Bute erhielt einen so vollständigen Bericht über die Verwandtschaft, die Erziehung und die Lebensweise ihrer neuen Nichte, daß diese sich schwerlich gefreut haben würde, wenn sie erfahren hätte, daß solche Nachforschungen über sie angestellt worden waren.

Von den Ergebnissen dieser eifrigen Untersuchungen erhielt Miß Crawley unverkürzt Kenntnis. Mrs. Rawdon Crawley war die Tochter einer Ballettänzerin. Sie hatte selbst getanzt. Sie hatte den Malern Modell gestanden. Sie war so aufgewachsen, wie es bei der Tochter einer solchen Mutter zu erwarten war. Sie hatte mit ihrem Vater Schnaps getrunken usw., usw. Sie war ein verworfenes Weib, das einen verworfenen Mann geheiratet hatte; und die Moral von Mrs. Butes Erzählung war, daß die Schlechtigkeit dieses Paares unheilbar sei und daß kein anständiger Mensch sich je wieder um sie kümmern dürfe.

Dies waren die Unterlagen, die Mrs. Bute gesammelt und nach der Park Lane gebracht hatte – sozusagen der Mundvorrat und die Munition, womit sie das Haus gegen die Belagerung ausrüstete, die Miß Crawley sicherlich von Rawdon und seiner Frau zu erwarten hatte.

Wenn man an ihren Veranstaltungen etwas tadeln konnte, so war es dies, daß sie mit zu großem Eifer ans Werk ging: sie tat des Guten etwas zuviel. Sie machte Miß Crawley jedenfalls kränker, als notwendig war; und wenn sich die alte Patientin auch ihrer Herrschaft fügte, so war diese Herrschaft doch so drückend und hart, daß das Opfer geneigt sein mußte, sich ihrer bei der ersten besten Gelegenheit wieder zu entledigen. Tatkräftige Frauen – die Zierden ihres Geschlechts –, die jedermann unter ihre Befehlsgewalt zwingen und weit besser als der Betreffende selbst wissen, was für ihren Nächsten gut ist, bedenken häufig nicht, daß im Hause eine Revolte ausbrechen oder ihr allzu straffes Regiment irgendwelche anderen schlimmen Folgen haben könne.

Dies war zum Beispiel bei Mrs. Bute der Fall. Sie hatte zweifellos die besten Absichten von der Welt und quälte sich durch den Verzicht auf Schlaf, Mittagessen und frische Luft um ihrer kranken Schwägerin willen fast zu Tode, griff aber in dem Glauben, daß die alte Dame schwer krank sei, zu so energischen Maßregeln, daß sie sie beinahe ins Grab brachte. Eines Tages zählte sie die von ihr gebrachten Opfer und deren Ergebnisse dem getreuen Assistenzarzt Mr. Clump auf.

»Ich kann nur sagen, mein lieber Mr. Clump,« bemerkte sie, »daß ich es meinerseits an keiner Bemühung habe fehlen lassen, um unsere teure Patientin wiederherzustellen, die der Undank ihres Neffen auf das Krankenlager geworfen hat. Ich schrecke vor keiner persönlichen Unbequemlichkeit zurück; ich bin stets dazu bereit, mich aufzuopfern.«

»Ihre Hingebung ist, wie ich bekennen muß, bewunderungswürdig«, erwiderte Mr. Clump mit einer tiefen Verbeugung; »aber...«

»Ich habe seit meiner Ankunft kaum je die Augen zugemacht; ich bringe Schlaf, Gesundheit und jede Bequemlichkeit meinem Pflichtgefühl zum Opfer. Als mein armer James die Pocken hatte, habe ich da etwa einem gemieteten Krankenwärter gestattet, sich um ihn zu kümmern? Nein.«

»Sie haben gehandelt, wie es einer vortrefflichen Mutter, der besten aller Mütter, würdig war, verehrte Frau; aber...«

»Als Mutter einer Familie und als Gattin eines englischen Geistlichen bin ich in aller Bescheidenheit des festen Glaubens, daß meine sittlichen Grundsätze gut sind«, sagte Mrs. Bute mit dem feierlichen Ernst einer beglückenden Überzeugung; »und solange meine physischen Kräfte vorhalten, Mr. Clump, werde ich niemals den Posten der Pflicht verlassen, niemals. Mögen andere dieses graue Haupt durch Gram und Kummer auf das Krankenbett bringen« (hier wies Mrs. Bute mit einer Handbewegung auf eine von Miß Crawleys kaffeebraunen Perücken hin, die im Ankleidezimmer auf einem Ständer hing), »aber ich will stets getreulich darüber wachen. Ach, Mr. Clump, ich fürchte oder vielmehr ich weiß, daß dieses Lager des geistlichen Trostes nicht minder bedarf als des ärztlichen.«

»Was ich bemerken wollte, verehrte Frau,« unterbrach sie hier der entschlossene Mr. Clump noch einmal mit der liebenswürdigsten Miene, »was ich bemerken wollte, als Sie die Anschauungen aussprachen, die Ihnen soviel Ehre machen, war, daß Sie sich meiner Ansicht nach ohne Not um unsere liebe Freundin beunruhigen und Ihre eigene Gesundheit zu verschwenderisch opfern, um ihr zu nützen.«

»Wo es sich um meine Pflicht gegen irgendein Mitglied der Familie meines Gatten handelt, würde ich mein Leben hingeben«, warf Mrs. Bute dazwischen.

»Jawohl, gnädige Frau, wenn es nötig wäre; aber wir brauchen Mrs. Bute Crawley nicht zur Märtyrerin werden zu lassen«, versetzte Mr. Clump galant. »Doktor Squills und ich haben Miß Crawleys Fall mit aller Sorgfalt und Genauigkeit geprüft, wie Sie sich wohl denken können. Wir finden, daß sie niedergeschlagen und nervös ist; Familienereignisse haben sie aufgeregt…«

»Ihr Neffe wird der ewigen Verdammung anheimfallen«, rief Mrs. Crawley.

»…haben sie aufgeregt; und da sind Sie wie ein Schutzengel gekommen, verehrte Frau, wie ein wirklicher Schutzengel, versichere ich Ihnen, um ihr in ihrem schweren Leid Trost und Hilfe zu bringen. Aber Doktor Squills und ich meinten, der Zustand unserer liebenswürdigen Freundin sei nicht derart, daß sie dauernd im Bett liegen müßte. Sie ist in gedrückter Gemütsstimmung; aber durch diese Zurückgezogenheit wird das Übel vielleicht noch gesteigert. Sie sollte Abwechslung haben, frische Luft, Aufheiterung; das sind die besten Mittel in der ganzen Heilkunde«, sagte Mr. Clump lächelnd, so daß seine schönen Zähne sichtbar wurden. »Überreden Sie sie zum Aufstehen, verehrte Frau; bringen Sie sie aus ihrem Bett, und reißen Sie sie aus ihrer Niedergeschlagenheit heraus! Dringen Sie darauf, daß sie mit Ihnen kleine Spazierfahrten macht! Dadurch werden auch auf Ihre Wangen die Rosen zurückkehren, wenn ich das zu Mrs. Bute Crawley sagen darf.«

»Wenn sie zufällig ihren abscheulichen Neffen im Park zu sehen bekäme, wo, wie ich höre, dieser Elende mit der frechen Genossin seiner Verbrechen spazieren fährt,« sagte Mrs. Bute, indem sie die Katze der Selbstsucht aus dem Sack des Geheimnisses herausließ, »so würde sie das so erschüttern, daß wir sie gleich wieder ins Bett zurückbringen müßten. Sie darf das Haus nicht verlassen, Mr. Clump. Sie soll das Haus nicht verlassen, solange ich hier bin, um über ihr Wohl zu wachen. Und was meine eigene Gesundheit betrifft, was ist an der gelegen? Ich gebe sie mit Freuden hin, Sir; ich opfere sie auf dem Altar der Pflicht.«

»Auf mein Wort, gnädige Frau,« sagte Mr. Clump nun geradeheraus, »ich kann nicht für ihr Leben stehen, wenn sie in diesem dunklen Zimmer eingesperrt bleibt. Sie ist so nervös, daß sie uns jeden Tag draufgehen kann. Und wenn Sie wünschen, daß Rittmeister Crawley sie beerbt, so sage ich Ihnen offen, verehrte Frau, daß Sie Ihr Bestes tun, um ihm dazu zu verhelfen.«

»Barmherziger Himmel! Ist ihr Leben in Gefahr?« rief Mrs. Bute. »Aber warum haben Sie mir das nicht früher gesagt, Mr. Clump?«

Am vorhergehenden Abend hatten Mr. Clump und Doktor Squills – bei einer Flasche Wein im Hause Sir Lapin Warrens, dessen Gemahlin ihr dreizehntes Kind erwartete – über Miß Crawley und deren Krankheit eine Beratung abgehalten.

»Wissen Sie, Clump,« bemerkte Doktor Squills, »das kleine Frauenzimmer aus Hampshire, das sich der alten Tilly Crawley bemächtigt hat, ist doch eine richtige Harpyie. Übrigens ein ganz vorzüglicher Madeira!«

»Was für ein Dummkopf ist Rawdon Crawley gewesen,« versetzte Clump, »hinzugehen und eine Gouvernante zu heiraten! Das Mädchen hatte allerdings etwas Besonderes.«

»Grüne Augen, schöne Haut, hübsche Figur, vorzügliche Stirnbildung«, bemerkte Doktor Squills. »Etwas Besonderes hat sie in der Tat; aber ein Dummkopf war Crawley doch, Clump.«

»Ein großer Dummkopf... und von jeher«, erwiderte der Assistenzarzt.

»Jedenfalls wird ihn die alte Jungfer nun über Bord werfen«, sagte der Doktor, und nach einer Pause fügte er hinzu: »Ich denke mir, sie wird bald abkratzen und tüchtig was hinterlassen.«

»Bald abkratzen?« erwiderte Clump, indem er das Gesicht zu einer Grimasse verzog. »Das wäre mir sehr unerwünscht; da verlöre ich ja ein Jahreseinkommen von zweihundert Pfund.«

»Dieses Frauenzimmer aus Hampshire wird sie in zwei Monaten unter die Erde bringen, mein lieber Clump, wenn sie bei ihr bleibt«, sagte Doktor Squills. »Altes Weib, starke Esserin, nervöses Subjekt, Herzklopfen, Druck auf das Gehirn, Schlagfluß... und aus ist es mit ihr. Sorgen Sie dafür, Clump, daß sie aufsteht und an die frische Luft kommt, oder ich kann Ihnen nicht dafür einstehen, daß Sie Ihr Honorar noch viele Wochen lang beziehen werden.« Durch diesen Wink hatte sich der brave Assistenzarzt bewogen gefühlt, mit Mrs. Bute Crawley so freimütig zu sprechen.

Mrs. Bute hatte den Umstand, daß sie die alte Dame ganz in ihrer Hand hatte, sie nicht aus dem Bett ließ und ihr alle anderen Personen fernhielt, dazu benutzt, mehr als einen Sturm gegen sie zu unternehmen, um sie zu einer Abänderung ihres Testamentes zu bewegen. Aber Miß Crawleys beständige Furcht vor dem Tode wuchs noch ganz bedeutend, sobald ein so schreckliches Ansinnen an sie gestellt wurde, und Mrs. Bute sah ein, daß sie ihrer Patientin erst wieder zu Gesundheit und heiterer Stimmung verhelfen müsse, ehe sie hoffen könne, den frommen Zweck, den sie im Auge hatte, zu erreichen. Die nächste Schwierigkeit war, wohin sie mit ihr ausfahren solle. Der einzige Platz, wo ein Zusammentreffen mit diesen abscheulichen Rawdons außer aller Wahrscheinlichkeit lag, war die Kirche; aber Mrs. Bute

hatte die ganz richtige Empfindung, daß Miß Crawley sich
da nicht unterhalten würde. ›Wir müssen unsere schönen
Londoner Vororte besuchen‹, dachte sie dann. ›Ich höre, daß
sie die malerischsten in der ganzen Welt sind.‹ So begann sie
sich denn plötzlich für Hampstead und Hornsey zu interessieren und fand, daß Dulwich ein ganz reizender Ort sei; sie
lud ihr Opfer in den Wagen und fuhr mit ihr nach diesen
ländlichen Gegenden, wobei sie ihr auf den kleinen Reisen
die Zeit durch Gespräche über Rawdon und seine Frau ver-
kürzte und der alten Dame dann alle möglichen Geschichten
erzählte, die dazu dienen konnten, ihre Entrüstung über
dieses verruchte Paar zu steigern.
Vielleicht zog Mrs. Bute die Schlinge fester an, als nötig und
gut war. Denn es gelang ihr zwar, Miß Crawley zu einem
starken Unwillen gegen ihren ungehorsamen Neffen aufzu-
stacheln; aber anderseits hatte sich bei der Patientin ein entschiedener Haß gegen ihre Peinigerin und eine geheime
Furcht vor ihr herausgebildet, und sie sehnte sich danach,
von ihr loszukommen. Nach kurzer Zeit widersetzte sie sich
entschieden den Fahrten nach Highgate und Hornsey. Sie
wollte in den Park fahren. Mrs. Bute sagte sich im voraus,
daß sie dort den schändlichen Rawdon treffen würden, und
sie hatte recht. Eines Tages kam ihnen in der Wagenreihe
Rawdons Stanhope in Sicht; Rebekka saß neben ihm. In der
feindlichen Kutsche hatte Miß Crawley ihren gewöhnlichen
Platz inne; Mrs. Bute saß zu ihrer Linken, der Wachtelhund
und Miß Briggs auf dem Rücksitz. Es war ein aufregender
Augenblick, und Rebekkas Herz begann schneller zu schlagen, als sie den Wagen erkannte. Als die beiden Fuhrwerke
in der Reihe der anderen einander begegneten, krampfte sie
ihre Hände zusammen und blickte die alte Jungfer mit dem
Ausdruck schmerzlicher Anhänglichkeit und Ergebenheit
an. Rawdon selbst zitterte, und sein Gesicht wurde unter
dem gefärbten Schnurrbart purpurrot. In dem andern Wa-

gen verriet nur die alte Briggs ihre innere Bewegung, die
ihre alten Freunde ängstlich mit ihren großen Augen an-
starrte. Miß Crawleys Hut blieb hartnäckig der andern Seite
zugewendet. Mrs. Bute war gerade ganz entzückt über den
Schoßhund, den sie ihren kleinen Liebling und ein süßes,
kleines Zottelchen und ein allerliebstes Tierchen nannte.
Die Wagen fuhren, ein jeder in seiner Reihe, weiter.
»Abgeblitzt, Donnerwetter!« sagte Rawdon zu seiner Frau.
»Versuch es noch einmal, Rawdon«, erwiderte Rebekka.
»Könntest du nicht mit deinen Rädern in die ihrigen hinein-
fahren, lieber Mann?«
Aber zu einem solchen Manöver hatte Rawdon nicht den
Mut. Als die Wagen einander wieder begegneten, stand er
in seinem Stanhope auf und hob die Hand in die Höhe, be-
reit, den Hut abzunehmen; er blickte gespannt hinüber.
Diesmal jedoch wandte Miß Crawley ihr Gesicht nicht ab;
sie und Mrs. Bute sahen ihm voll in das Gesicht und schnitten ihren Neffen erbarmungslos. Er ließ sich mit einem
Fluch auf seinen Sitz zurücksinken, bog aus der Wagenreihe
heraus und jagte in verzweifelter Stimmung nach Hause.
Es war ein herrlicher, entschiedener Triumph für Mrs. Bute.
Aber sie fühlte, daß eine häufige Wiederholung solcher Begegnungen gefährlich werden mußte, da sie Miß Crawleys
augenscheinliche Nervosität wahrnahm; daher erklärte sie,
es sei für die Gesundheit ihrer teuren Freundin dringend
notwendig, die Stadt auf einige Zeit zu verlassen, und empfahl zu diesem Zweck angelegentlichst Brighton.

ZWANZIGSTES KAPITEL
In dem Hauptmann Dobbin als Abgesandter Hymens auftritt

Ohne recht zu wissen, wie sich das alles eigentlich so gemacht hatte, fand Hauptmann William Dobbin, daß er derjenige war, der die Heirat zwischen George Osborne und Amelia in die Wege leitete, förderte und ins Werk setzte. Ohne ihn wäre diese Verbindung nie zustande gekommen, das mußte er sich selbst gestehen, und er lächelte etwas bitter bei dem Gedanken, daß unter allen Menschen auf der Welt gerade ihm die Sorge für diese Heirat zugefallen war. Aber obwohl diese Vermittlertätigkeit so ziemlich die schmerzlichste Aufgabe war, die ihm überhaupt gestellt werden konnte, so war Hauptmann Dobbin doch gewohnt, sobald er eine Pflicht zu erfüllen hatte, sich ihr ohne viele Worte und ohne langes Zögern zu unterziehen. Nachdem er daher zu der festen Überzeugung gelangt war, daß Miß Sedley, wenn sie ihren Gatten nicht bekomme, an dieser Enttäuschung sterben werde, war er entschlossen, alles zu tun, was in seinen Kräften stände, um sie am Leben zu erhalten.

So war denn also George durch die Vermittlung seines Freundes, des ehrlichen William, zu den Füßen (oder soll ich lieber sagen: in die Arme?) seiner Geliebten zurückgeführt worden; indes muß ich es mir versagen, alle Einzelheiten seiner Zusammenkunft mit Amelia zu schildern. Auch ein weit härteres Herz als das Georges würde weich geworden sein beim Anblick dieses süßen, so tiefe Spuren des Kummers und der Verzweiflung tragenden Gesichtes und beim Anhören ihrer traurigen kleinen Geschichte, die sie in schlichtem, zärtlichem Ton erzählte. Aber da sie nicht in Ohnmacht fiel, als ihre Mutter zitternd und zagend George Osborne zu ihr brachte, und da sie ihrem vom Kummer überlasteten Herzen nur dadurch eine Erleichterung verschaffte, daß sie ihr Köpfchen an die Schulter ihres Geliebten lehnte und dort eine Weile die zärtlichsten, reichlichsten und erquickendsten Tränen weinte, so hielt Mrs. Sedley, die sich ebenfalls bedeutend erleichtert fühlte, es für das beste, die jungen Leute sich selbst zu überlassen, und ging aus dem Zimmer, während Emmy sich über Georges Hand beugte und sie demütig küßte, als ob er ihr Herr und Meister wäre und sie selbst eine Schuldige, Unwürdige, die ganz von seiner Gunst und Gnade abhinge.

Diese demütige Hingabe und diese süße, klaglose Unterwürfigkeit rührten George Osborne ganz außerordentlich und schmeichelten ihm im höchsten Grade. Er sah in diesem harmlosen, fügsamen, treuen Geschöpf eine Sklavin vor sich, und seine Seele empfand im Bewußtsein seiner Macht eine Art von angenehmem, geheimem Beben. Er wollte sich als ein großmütiger Sultan zeigen und diese kniende Esther aufheben und zu einer Königin machen; auch rührten ihn ihre Trauer und Schönheit nicht weniger als ihre Unterwürfigkeit, und so sprach er ihr denn freundlich zu, hob sie auf und vergab ihr sozusagen. Alle ihre Hoffnungen und Empfindungen, die bereits im Welken und Sterben begriffen waren, da ihnen ihre Sonne genommen war, blühten nun, da deren Licht ihnen wiedergeschenkt war, auf einmal wieder auf. Das strahlende kleine Gesicht, das in dieser Nacht auf Amelias Kissen lag, hätte man kaum als dasselbe wiedererkannt, das dort in der vorhergehenden Nacht so bleich, so leblos, so teilnahmslos gegen seine ganze Umgebung geruht hatte. Das brave irische Dienstmädchen bat in seinem Entzücken über diese Veränderung um die Erlaubnis, das Gesicht, das plötzlich so rosig geworden war, küssen zu dürfen. Amelia schlang ihre Arme um den Hals des Mädchens und küßte sie herzlich, in der Art, wie Kinder küssen. Sie war auch kaum mehr als ein Kind. Auch ihr Schlaf war in dieser

Nacht so süß und erfrischend wie der eines Kindes, und welch ein unaussprechliches Glücksgefühl durchwogte ihr Herz, als sie beim Schein der Morgensonne erwachte!

›Er wird heute wiederkommen‹, dachte Amelia. ›Er ist doch der größte und beste Mann, den es auf der Welt gibt.‹ Und wirklich hielt sich George selbst für einen der edelmütigsten Menschen auf Erden und war der Ansicht, daß er ein gewaltiges Opfer bringe, indem er dieses junge Geschöpf heirate.

Während sie und Osborne oben ihr köstliches Tête-à-tête hatten, unterhielten sich die alte Mrs. Sedley und Hauptmann Dobbin im Erdgeschoß über den Stand der Dinge, welche Aussichten das junge Paar habe und wie es sich künftig sein Leben gestalten könne. Mrs. Sedley hatte zwar als echte Frau die beiden Liebenden zusammengebracht und sie in inniger Umarmung verlassen, war nun aber doch der Meinung, daß keine Macht der Erde ihren Gatten bewegen werde, seine Zustimmung zur Heirat seiner Tochter mit dem Sohn eines Mannes zu geben, der ihn so schändlich, nichtswürdig und abscheulich behandelt hatte. Und nun erzählte sie eine lange Geschichte von früheren, glücklichen Zeiten, als es ihnen glänzend gegangen war, während Osborne ganz bescheiden in der New Road wohnte und seine Frau überglücklich war, etwas von Josephs Kindersächelchen zu erhalten, womit sie, Mrs. Sedley, ihr bei der Geburt eines von Osbornes eigenen Kindern aushalf. Der teuflische Undank dieses Mannes hatte, davon war sie überzeugt, ihrem Gatten das Herz gebrochen, und was eine Heirat anlange, so werde er nie, nie, nie, *nie* einwilligen.

»Dann müssen sie zusammen ausreißen, Madame,« erwiderte Dobbin lachend, »und dem Beispiel des Rittmeisters Rawdon Crawley und der kleinen Gouvernante, der Freundin von Miß Emmy, folgen.«

»Ist es möglich? Nun, das hätte ich nie gedacht!« rief Mrs. Sedley, die über diese Neuigkeit höchst aufgeregt war. Sie

wünschte nur, daß Mrs. Blenkinsop da wäre, um es gleichfalls zu hören; die hatte dieser Miß Sharp nie getraut. Wie gut, daß Joseph ihr noch entschlüpft war! Und nun erzählte sie die uns bereits bekannte Liebesgeschichte zwischen Rebekka und dem Steuereinnehmer von Boggley Wollah.
Es war jedoch nicht sosehr Mr. Sedleys Zorn, den Dobbin fürchtete, als vielmehr der des andern beteiligten Vaters, und er gestand, daß er hinsichtlich des Benehmens des finster blickenden alten Tyrannen am Russell Square recht bedeutende Zweifel und Besorgnisse hege. Dobbin bedachte, daß der alte Osborne seinem Sohn diese Heirat kategorisch verboten habe. Er wußte, was für ein hartnäckiger, eigenwilliger Mann der alte Osborne war und wie fest er bei dem verblieb, was er einmal gesagt hatte. ›Georges einzige Hoffnung auf Versöhnung‹, so überlegte sein Freund, ›besteht darin, sich in dem bevorstehenden Feldzug auszuzeichnen. Wenn er fällt, so stirbt sie mit ihm zusammen. Aber wenn es ihm nicht gelingt, sich auszuzeichnen, was dann? Er hat, wie ich gehört habe, etwas Geld von seiner Mutter, genug, um sich ein Majorspatent zu kaufen; oder aber er muß seine Hauptmannsstelle verkaufen und in Kanada Ackerbau treiben oder sich hier auf dem Lande in einfachen Verhältnissen durchschlagen.‹ Mit einer solchen Lebensgefährtin, meinte Dobbin, würde ihm selbst nicht einmal Sibirien mißfallen, und dieser törichte, ganz unbesonnene junge Mann dachte keinen Augenblick daran, daß der Mangel an Mitteln, sich einen hübschen Wagen und schöne Pferde zu halten, und das Fehlen eines Einkommens, das einem erlaubt, seine Freunde großzügig zu bewirten, ein Hindernis für Georges und Miß Sedleys Vermählung bilden könne.
Diese gewichtigen Erwägungen brachten Dobbin zu der Ansicht, die Heirat müsse so bald wie möglich stattfinden. War er selbst ungeduldig, die Sache nur erst hinter sich zu haben – so wie manche Leute es lieben, nach einem Todesfall das
316

Begräbnis oder bei einer einmal beschlossenen Trennung den Abschied zu beschleunigen? So viel ist jedenfalls sicher, daß Mr. Dobbin, nachdem er die Angelegenheit einmal in seine Hand genommen hatte, einen außerordentlichen Eifer für ihre Durchführung an den Tag legte. Er suchte George von der Notwendigkeit schnellen Handelns zu überzeugen; er wies ihn darauf hin, wie sehr seine Versöhnung mit seinem Vater durch eine ehrenvolle Erwähnung seines Namens im Armeeblatt erleichtert werden würde. Nötigenfalls erklärte er sich bereit, selbst hinzugehen und mit den beiden Vätern energisch über diese Angelegenheit zu reden. Auf alle Fälle bat er George dringend, die Sache ins reine zu bringen, ehe das Regiment den allgemein erwarteten Befehl erhalte, England zu verlassen, um im Ausland Dienst zu tun.

Mit diesem Heiratsplan beschäftigt, machte sich Dobbin unter der Zustimmung und dem Beifall von Mrs. Sedley, die diese Angelegenheit nicht gern persönlich mit ihrem Gatten besprechen wollte, auf den Weg nach der City, um John Sedley in seinem jetzigen Stammlokal, dem ›Tapioka-Kaffeehaus‹, aufzusuchen. Hierher pflegte der arme, gebrochene alte Herr, nachdem ihn sein Schicksal ereilt hatte und seine eigenen Geschäftsräume ihm verschlossen waren, täglich zu kommen, um dort Briefe zu schreiben oder zu empfangen und sie in geheimnisvolle Bündel zusammenzubinden, von denen er stets mehrere in seinen Rocktaschen mit sich herumtrug. Ich kenne nichts Traurigeres als die geschäftige Tätigkeit und geheimnisvolle Wichtigtuerei eines ruinierten Mannes: diese Briefe von reichen Leuten, die er einem jeden zeigt, diese abgegriffenen, schmierigen, Versprechungen oder Beleidsbezeigungen enthaltenden Schriftstücke, die er mit ernster Miene vor einem ausbreitet und auf die er seine Hoffnungen auf Wiedererlangung seiner früheren Stellung und auf künftiges Wohlergehen gründet. Mein verehrter Leser ist sicherlich im Laufe seines Lebens schon von manchem solchen armen Kerl angefallen worden. Er zieht dich in eine Ecke; im Nu hat er sein Bündel Papiere aus der klaffend aufstehenden Rocktasche herausgenommen, das Band abgestreift und in den Mund genommen und diejenigen Briefe, denen er den größten Wert beimißt, herausgesucht und vor dich hingelegt; dnd wer kennt nicht den trüben, forschenden, halb irren Blick, den er aus seinen hoffnungslosen Augen auf einen heftet?

In einen Menschen dieser Art verwandelt, fand Dobbin den einst so munteren, jovialen, wohlsituierten John Sedley wieder. Sein Rock, der früher stets so schmuck und sauber gewesen war, schimmerte an den Nähten weiß, und an den Knöpfen war das Kupfer sichtbar. Sein Gesicht war eingefallen und unrasiert; sein Busenstreif und sein Halstuch hingen schlaff aus der schlotterigen Weste heraus. Wenn er in alten Zeiten die jungen Leute in einem Kaffeehaus freihielt, so pflegte er lauter zu rufen und zu lachen als alle anderen, und die Kellner mußten nur so um ihn herumspringen; jetzt war es ordentlich schmerzlich anzusehen, wie demütig und höflich er sich im Tapioka gegen den Kellner John benahm, einen alten, triefäugigen Menschen in schmutzigen Strümpfen und zerrissenen Schuhen, dessen Tätigkeit in diesem traurigen Wirtshaus, wo keine Speisen und Getränke verzehrt zu werden schienen, darin bestand, den Besuchern Papier, Tinte und Oblaten zu servieren. William Dobbin, dem der alte Herr als Knaben oft Geldgeschenke gemacht hatte und der ihm bei unzähligen Gelegenheiten als Zielscheibe seiner Späße gedient hatte, reichte der alte Sedley jetzt in sehr zaghafter, demütiger Weise die Hand und nannte ihn Sir. Ein Gefühl der Verlegenheit und der Scham bemächtigte sich William Dobbins, als der niedergebeugte alte Mann ihn so empfing und anredete, und er hatte eine Empfindung, als sei er selbst irgendwie an dem Unglück schuld, das Sedley so tief gestürzt hatte.

»Ich freue mich sehr, Sie zu sehen, Hauptmann Dobbin, Sir«, sagte er nach ein paar scheuen Blicken auf seinen Besucher, dessen hohe Gestalt und militärisches Aussehen sogar in die blöden Augen des Kellners mit den zerrissenen Tanzschuhen ein erwartungsvolles Aufleuchten brachte und die alte schwarz gekleidete Dame aufweckte, die am Büfett zwischen den staubigen alten Kaffeetassen im Halbschlummer saß. »Wie geht es dem würdigen Alderman und Mylady, Ihrer vortrefflichen Mutter, Sir?« Als er den Ausdruck Mylady gebrauchte, sah er sich nach dem Kellner um, als ob er sagen wollte: ›Hören Sie wohl, John? Ich habe noch Freunde, und noch dazu Leute von Rang und Stand.‹ »Kommen Sie wegen eines Geschäfts, das in mein Gebiet fällt, Sir? Meine jungen Freunde Dale und Spiggot besorgen jetzt alle meine Geschäfte für mich, bis meine neue Kanzlei eingerichtet ist; denn ich bin nur zeitweilig hier, wie Sie wohl wissen, Hauptmann. Was können wir für Sie tun, Sir? Wollen Sie etwas genießen?«
Dobbin versicherte sehr verlegen und mit vielem Stottern, er verspüre nicht den geringsten Hunger oder Durst; er habe nichts Geschäftliches zu verhandeln; er komme nur, um sich zu erkundigen, ob es Mr. Sedley wohl gehe, und einem alten Freund die Hand zu schütteln; und mit einer argen Verdrehung der Wahrheit fügte er hinzu: »Meine Mutter befindet sich ganz wohl, das heißt sie ist recht leidend gewesen und wartet nur auf den ersten schönen Tag, um auszugehen und Mrs. Sedley einen Besuch zu machen. Wie geht es Mrs. Sedley, Sir? Ich hoffe, sie ist wohlauf.« Hier hielt er inne, da ihm seine eigene abgefeimte Heuchelei zum Bewußtsein kam; denn der Tag war so schön und die Sonne schien so hell, wie es in Coffin Court, wo das Tapioka-Kaffeehaus liegt, überhaupt nur möglich ist; und Mr. Dobbin dachte daran, daß er selbst Mrs. Sedley erst vor einer Stunde gesehen hatte, da er Osborne in seinem Einspänner nach Fulham

hinausgefahren und dort mit Miß Amelia im Tête-à-Tête gelassen hatte.

»Meine Frau wird sich sehr freuen, Mylady wiederzusehen«, erwiderte Sedley und zog seine Papiere heraus. »Ich habe hier einen sehr freundlichen Brief von Ihrem Vater, Sir, und bitte Sie, ihm meine respektvollen Empfehlungen zu überbringen. Lady Dobbin wird uns in einem etwas kleineren Hause finden, als dasjenige war, in dem wir sonst unsere Freunde zu empfangen pflegten; aber es ist ganz behaglich, und die Luftveränderung tut meiner Tochter – Sie erinnern sich wohl der kleinen Emmy, Sir? – gut, die in der Stadt etwas leidend war, ja sogar recht leidend.« Die Augen des alten Herrn wanderten umher, während er so sprach, und er dachte an etwas anderes, während er dasaß, auf seinen Papieren trommelte und an dem abgenutzten roten Band herumfingerte.

»Sie sind Soldat«, fuhr er fort; »ich frage Sie, Bill Dobbin, konnte irgendein Mensch die Rückkehr dieses korsischen Schurken aus Elba in Rechnung ziehen? Als die verbündeten Souveräne im vergangenen Jahr hier waren und wir ihnen das Festessen in der City gaben und den Eintrachtstempel, das Feuerwerk und die chinesische Brücke im St. James-Park sahen, konnte da irgendein vernünftiger Mann annehmen, daß der Friede noch nicht wirklich hergestellt sei, nachdem wir doch schon das Tedeum für ihn gesungen hatten, Sir? Ich frage Sie, William, konnte ich ahnen, daß der Kaiser von Österreich ein nichtswürdiger Verräter war, jawohl, geradezu ein Verräter? Ich will es frei von der Leber weg sagen: ein doppelzüngiger, teuflischer Verräter und Ränkeschmied, der seinen Schwiegersohn wieder zurückhaben wollte. Und ich behaupte, das Entweichen Bonapartes von Elba war ein schändlicher Betrug und ein verruchtes Komplott, Sir, woran die Hälfte der europäischen Mächte beteiligt war, um die Kurse zum Fallen zu bringen und unser Land zu ruinieren.

Das ist der Grund, weshalb ich hier bin, William. Das ist der Grund, weshalb mein Name in der Liste der zahlungsunfähigen Firmen steht. Warum, Sir? Weil ich dem Kaiser von Rußland und dem Prinzregenten traute. Sehen Sie hier! Sehen Sie meine Papiere an! Sehen Sie, wie die Kurse am 1. März standen, wie die französischen Fünfprozentigen standen, als ich sie auf Zeit kaufte, und wie sie jetzt stehen! Da war heimliche Begünstigung im Spiel, Sir; sonst hätte der Halunke nie entkommen können. Wo war der englische Kommissar, daß er seine Flucht nicht hinderte? Der Mann müßte erschossen werden, Sir; vor ein Kriegsgericht müßte man ihn stellen und erschießen, ja, das müßte man!«

»Wir schicken uns jetzt an, Bonaparte wieder zu verjagen, Sir«, versetzte Dobbin, einigermaßen beunruhigt über die Wut des alten Mannes, dessen Stirnadern anzuschwellen begannen und der mit der geballten Faust auf seine Papiere schlug. »Wir werden ihn wieder verjagen, Sir. Der Herzog ist schon in Belgien, und wir erwarten jeden Tag den Marschbefehl.«

»Geben Sie ihm keinen Pardon! Bringen Sie den Kopf des Schurken her, Sir! Schießen Sie die Canaille nieder, Sir!« schrie Sedley. »Am liebsten träte ich selbst ein, weiß Gott; aber ich bin ein gebrochener alter Mann, zugrunde gerichtet von jenem gottverdammten Schuft und von einer Bande gaunerhafter Schwindler hier in England, denen ich zu Wohlstand verholfen habe und die jetzt in eigenen Equipagen umherfahren!« fügte er mit fast versagender Stimme hinzu.

Dobbin war von dem Anblick dieses einst so liebenswürdigen alten Freundes, der durch sein Unglück beinahe den Verstand verloren hatte und in greisenhaftem Zorn wütete, tief ergriffen. Bemitleidet den gefallenen Mann, ihr, denen Reichtum und Ansehen als die höchsten Güter gelten, was sie ja auf dem Jahrmarkt der Eitelkeit in der Tat auch sind.

»Ja«, fuhr er fort, »es gibt Nattern, die man an seinem Busen wärmt und die einen dann stechen. Es gibt Bettler, die man aufs Pferd hebt und von denen man zuerst niedergeritten wird. Sie wissen, wen ich meine, William Dobbin, mein Junge. Ich meine einen börsenstolzen Schurken am Russell Square, den ich kannte, als er noch nicht einen Schilling besaß, und den ich, wenn mein Gebet erhört wird und meine Hoffnung in Erfüllung geht, noch einmal wieder so bettelarm sehen werde, wie er damals war, als ich mich seiner annahm!«

»Ich habe von meinem Freund George etwas darüber gehört, Sir«, erwiderte Dobbin, dem daran lag, auf den Punkt zu kommen, der den Zweck seines Besuches bildete. »Das Zerwürfnis zwischen Ihnen und seinem Vater ist ihm recht nahegegangen, Sir. Ich habe sogar einen Auftrag von ihm auszurichten.«

»Oh, *deshalb* sind Sie hergekommen?« schrie der alte Mann und sprang von seinem Stuhl auf. »Was? Er läßt mir wohl seine Teilnahme aussprechen, ja? Sehr gütig von ihm, dem steifnackigen Patron mit den geckenhaften Manieren und den vornehmen Redensarten! Er schleicht wohl um mein Haus herum? Ja? Tut er das noch immer? Wenn mein Sohn Mannesmut besäße, würde er ihn niederschießen! Er ist geradeso ein Schurke wie sein Vater. Ich will nicht, daß sein Name in meinem Hause noch länger genannt wird. Ich verfluche den Tag, an dem ich ihn zuerst hineinließ, und möchte meine Tochter lieber tot zu meinen Füßen sehen als mit ihm verheiratet.«

»Für seines Vaters Härte kann George nichts, Sir. Und daß Ihre Tochter ihn liebt, ist ebensosehr Ihr Werk wie das seinige. Wie können Sie es verantworten, mit der Liebe zweier junger Leute ein Spiel zu treiben und ihnen nach Gefallen das Herz zu brechen?«

»Beachten Sie wohl, daß nicht sein Vater derjenige ist, der
322

dieses Verhältnis löst«, rief der alte Sedley. »Ich bin es, der seine Fortdauer verbietet. Jene Familie und die meinige sind für alle Zeit geschieden. Ich bin tief gefallen, aber doch nicht so tief, daß ich mich hierin überwinden könnte, nein, nein! Das mögen Sie der ganzen Sippschaft sagen: dem Sohn, dem Vater, den Schwestern und allen!«

»Ich glaube, Sir, daß Sie weder die Macht noch das Recht haben, diese beiden zu trennen,« versetzte Dobbin leise, »und daß, wenn Sie Ihrer Tochter Ihre Einwilligung verweigern, es deren Pflicht sein wird, auch ohne diese Einwilligung zu heiraten. Sie braucht nicht zu sterben oder lebenslänglich unglücklich zu sein, weil Sie eigensinnig sind. Meiner Ansicht nach gehören die beiden einander schon so fest an, als ob das Aufgebot in allen Kirchen Londons erfolgt wäre. Und da der Vater Osborne leider Anschuldigungen gegen Sie erhoben hat, könnte es da auf diese Anschuldigungen eine bessere Antwort geben, als daß sein Sohn bittet, in Ihre Familie eintreten und Ihre Tochter heiraten zu dürfen?«

Ein Schimmer von Genugtuung schien über das Gesicht des alten Sedley zu fliegen, als ihm dieses Argument vor Augen gestellt wurde; aber er blieb trotzdem dabei, daß mit seiner Zustimmung die Heirat Amelias und Georges niemals stattfinden solle.

»Dann müssen wir uns ohne diese behelfen«, erwiderte Dobbin lächelnd und erzählte dem alten Sedley, ebenso wie kurz vorher seiner Frau, die Geschichte von Rebekkas Flucht mit dem Rittmeister Crawley. Die Geschichte amüsierte den alten Herrn augenscheinlich. »Ihr seid Teufelskerle, ihr Offiziere«, sagte er, während er seine Papiere wieder zusammenband, und auf seinem Antlitz erschien eine Art von Lächeln, zum größten Erstaunen des triefäugigen Kellners, der in diesem Augenblick gerade eintrat und auf Sedleys Gesicht noch nie einen solchen Ausdruck wahrgenommen hatte, seit dieser das trübselige Kaffeehaus zu besuchen pflegte.

Der Gedanke, seinem Feinde Osborne einen solchen Schlag zu versetzen, hatte für den alten Herrn vielleicht etwas Besänftigendes, und als ihr Gespräch bald darauf zu Ende war, schieden er und Dobbin als leidlich gute Freunde voneinander.

»Meine Schwestern sagen, sie hätten Diamanten so groß wie Taubeneier«, sagte George lachend. »Wie müssen die von ihrem Teint abstechen! Es muß ja wie eine ordentliche Illumination aussehen, wenn sie ihre Juwelen um den Hals hat. Ihr pechschwarzes Haar ist so wollig wie Sambos. Ich denke mir, als sie bei Hofe vorgestellt wurde, hat sie einen Ring in der Nase getragen; und mit einem Federbüschel im Zopf würde sie ganz und gar wie eine Belle Sauvage aussehen.« George spottete im Gespräch mit Amelia über die äußere Erscheinung einer jungen Dame, deren Bekanntschaft sein Vater und seine Schwestern kürzlich gemacht hatten und die für die Familie am Russell Square ein Gegenstand gewaltiger Hochachtung war. Es hieß von ihr, sie besäße wer weiß wie viele Plantagen in Westindien, dazu eine Menge Geld in Staatsschuldscheinen, und im Verzeichnis der Aktionäre der Ostindischen Kompanie ständen hinter ihrem Namen drei Sterne. Sie habe eine Villa in Surrey und ein Haus am Portland Place. Der Name der reichen westindischen Erbin war rühmend in der Morning Post erwähnt worden. Mrs. Haggistoun, die Witwe von Oberst Haggistoun, eine Verwandte von ihr, bemutterte sie und stand ihrem Hauswesen vor. Sie war eben erst aus der Pension gekommen, in der die letzte Hand an ihre Ausbildung gelegt worden war, und George und seine Schwestern waren mit ihr auf einer Abendgesellschaft im Hause des alten Hulker am Devonshire Place zusammengetroffen (Hulker, Bullock & Co. hatten lange Zeit mit dem Hause der Erbin in Westindien in Geschäftsverbindung gestanden), und die Misses Osborne hatten ihr das liebenswürdigste Entgegenkommen gezeigt, was die Erbin sehr freundlich aufgenommen hatte. »Eine Waise in solcher Lebensstellung« (das heißt mit soviel Geld) »muß ja Interesse erwecken«, sagten die Misses Osborne. Sie waren ganz von ihrer neuen Freundin erfüllt, als sie von dem Hulkerschen Ball nach Hause zu ihrer Gesellschafterin Miß Wirt zurückkehrten; sie hatten mit der jungen Waise bereits verabredet, daß sie einander häufig sehen wollten, und ließen gleich am nächsten Tage anspannen, um sie zu besuchen. Mrs. Haggistoun, die Witwe von Oberst Haggistoun, eine Verwandte von Lord Binkie, von dem sie denn auch unaufhörlich redete, stieß durch ihr etwas hochmütiges Wesen sowie durch ihre Neigung, mit ihren hohen Verwandten zu prahlen, die lieben, unverdorbenen Mädchen ein wenig ab; aber Rhoda war so, wie sie es nur wünschen konnten: das offenherzigste, freundlichste, liebenswürdigste Geschöpf; es mangelte ihr zwar noch ein klein wenig äußerer Schliff, aber sie war so unendlich gutherzig! Die Mädchen nannten einander sogleich bei ihren Vornamen.

»Du hättest ihre Hoftoilette sehen sollen, Emmy«, sagte Osborne lachend. »Sie kam zu meinen Schwestern, um sich darin zu präsentieren, ehe sie von Lady Binkie, der Verwandten der Mrs. Haggistoun, bei Hofe vorgestellt wurde; diese Haggistoun ist nämlich mit aller Welt verwandt. Ihre Diamanten funkelten wie Vauxhall an dem Abend, als wir dort waren. (Erinnerst du dich noch an Vauxhall, Emmy, und wie Joseph seinem Lia-Lia-Liebchen ein Lied sang?) Diamanten und eine mahagonifarbene Haut, Liebste! Denk nur, was das für einen vorteilhaften Kontrast gibt! Und dann die weißen Federn in ihrem Haar ... ich wollte sagen: in ihrer Wolle. Sie trug Ohrgehänge so groß wie Armleuchter; man hätte Lichter daraufstecken können, wahrhaftig – und eine gelbe Atlasschleppe, die hinter ihr her zog wie der Schweif eines Kometen.«

»Wie alt ist sie?« fragte Emmy, der George dies am Morgen ihrer Wiedervereinigung von der dunkelhäutigen Schönen erzählte – so hübsch erzählte, wie dies sicherlich kein anderer vermochte.

»Nun, die schwarze Prinzessin muß schon zwei- oder dreiundzwanzig Jahre alt sein, wiewohl sie eben erst die Schule verlassen hat. Und du solltest nur einmal ihre Handschrift sehen! Gewöhnlich schreibt ihr Mrs. Oberst Haggistoun ihre Briefe; aber in einer vertraulichen Stimmung verfaßte sie selbst ein paar Zeilen an meine Schwestern, und da schrieb sie Saide für Seide und Sänt Jäms für Saint James.«

»Ach, das ist gewiß Miß Swartz, meine Mitpensionärin«, sagte Emmy in Erinnerung an die gutherzige junge Mulattin, die so heftige Weinkrämpfe bekommen hatte, als Amelia Miß Pinkertons Anstalt verließ.

»Ganz richtig, so heißt sie«, erwiderte George. »Ihr Vater war ein deutscher Jude, ein Sklavenhalter, wie man sagt, der irgendwelche Beziehungen zu den Kannibaleninseln hatte. Er ist im vergangenen Jahr gestorben, und Miß Pinkerton hat die Erziehung der Waise zum Abschluß gebracht. Sie kann zwei Stücke auf dem Klavier spielen und drei Lieder singen, und sie kann schreiben, wenn Mrs. Haggistoun dabeisteht und ihr vorbuchstabiert. Jane und Maria lieben sie bereits wie eine Schwester.«

»Ich wünschte, sie hätten mich auch geliebt«, sagte Emmy in traurigem Ton. »Gegen mich waren sie immer sehr kalt.«

»Liebes Kind, hättest du zweihunderttausend Pfund besessen, dann würden sie dich auch geliebt haben«, versetzte George. »Das sind nun einmal die Anschauungen, in denen sie aufgewachsen sind. In unseren Kreisen dreht sich alles um das Geld. Wir leben unter Bankiers und City-Protzen, hol sie der Henker! Und jeder, der mit dir redet, klimpert dabei mit den Guineen in seiner Tasche. Da ist dieser Esel, der Fred Bullock, der Maria heiraten wird – da ist Goldmore,

326

der Direktor bei der Ostindischen Kompanie, da ist Dipley, der sich im Talghandel betätigt ... *unser* Beruf«, fügte George errötend und verlegen lachend hinzu. »Zum Teufel mit dieser ganzen plebejischen Bande, die keinen andern Gedanken hat, als Geld zusammenzuscharren! Ich schlafe bei ihren großen, langweiligen Dinners ein. Bei den großen, geistlosen Gesellschaften, die mein Vater gibt, habe ich immer ein Gefühl der Scham. Ich bin gewohnt, mit Gentlemen, mit vornehmen und gebildeten Leuten zu verkehren, Emmy, und nicht mit einer solchen Krämerbande, die nichts Höheres kennt als Schildkrötensuppe. Du, liebe Kleine, bist in unserer Gesellschaft die einzige, die immer wie eine Lady aussieht und denkt und spricht; und das tust du, weil du ein Engel bist und gar nicht anders kannst. Widersprich mir nicht! Du bist wirklich die einzige Lady. Hat das nicht auch Miß Crawley gleich bemerkt, die doch in der besten Gesellschaft von ganz Europa gelebt hat? Und was Crawley von der Leibgarde betrifft, wahrhaftig, er ist ein prächtiger Kerl, und es gefällt mir von ihm, daß er das Mädchen seiner Wahl geheiratet hat.«

Auch Amelia bewunderte den Rittmeister Crawley sehr wegen dieser Handlungsweise, meinte zuversichtlich, Rebekka werde mit ihm glücklich werden, und sprach lachend die Hoffnung aus, Joseph würde sich trösten. Und so plauderte denn das Pärchen weiter, ganz wie in früheren Tagen. Amelias Vertrauen zu George war vollkommen wiederhergestellt, obgleich sie in allerliebster Weise eine große Eifersucht auf Miß Swartz zum Ausdruck brachte und (so eine Heuchlerin!) furchtbar bange zu sein behauptete, George werde sie wegen der Erbin mit ihrem vielen Geld und ihren Besitzungen in Saint Kitts im Stich lassen. Aber tatsächlich war sie viel zu glücklich, um irgendwelche Besorgnisse, Zweifel oder böse Ahnungen zu hegen; und da sie George wieder an ihrer Seite hatte, so fürchtete sie sich vor keiner

Erbin, vor keiner Schönheit und überhaupt vor keinerlei
Gefahr.

Als Hauptmann Dobbin am Nachmittag wieder zu den
Leutchen zurückkam – wozu ihn seine innige Teilnahme für
sie veranlaßte –, da war es ihm eine Herzensfreude, zu sehen,
wie Amelia wieder jung geworden war, wie sie lachte, zwit-
scherte und alte, vertraute Lieder zum Klavier sang, die erst
durch den Ton der Haustürklingel unterbrochen wurden,
welcher Mr. Sedleys Rückkehr aus der City anzeigte.
George wurde bedeutet, er möchte dem alten Herrn aus dem
Wege gehen.

Von dem ersten Lächeln bei der Begrüßung abgesehen – und
selbst dieses Lächeln war eine Heuchelei, denn sie fand sein
Kommen recht störend –, schenkte Miß Sedley Dobbin während seines Besuchs keinerlei Beachtung. Aber er war zufrieden, sie glücklich zu sehen – und dankbar, daß er ihr dazu
hatte verhelfen können.

EINUNDZWANZIGSTES KAPITEL

Ein Streit wegen einer Erbin

Für eine junge Dame, die mit solchen Eigenschaften begabt
ist, wie sie Miß Swartz besaß, kann man schon Liebe empfinden, und die Seele des alten Mr. Osborne gab sich einem
ehrgeizigen Traum hin, den Miß Swartz verwirklichen sollte.
Mit der größten Begeisterung und Freundlichkeit ermunterte er seine Töchter, in ihrer liebenswürdigen Zuneigung
zu der jungen Erbin fortzufahren, und versicherte, es sei für
ihn als Vater eine innige Freude, die Liebe seiner Töchter
einem so würdigen Gegenstand zugewendet zu sehen.

»Sie werden«, sagte er zu Miß Rhoda, »in unserer bescheidenen Wohnung am Russell Square nicht den Glanz und die
Vornehmheit finden, an die Sie im Westend gewöhnt sind,
meine liebe Miß. Meine Töchter sind einfache, harmlose

Mädchen; aber sie haben das Herz auf dem rechten Fleck, und sie haben zu Ihnen eine Zuneigung gefaßt, die ihnen Ehre macht, jawohl, die ihnen Ehre macht. Ich bin ein schlichter, einfacher, bescheidener englischer Kaufmann, ein rechtschaffener Kaufmann, wie meine ehrenwerten Freunde Hulker & Bullock bezeugen werden, die mit Ihrem seligen Vater lange in Geschäftsverbindung gestanden haben. Sie finden hier eine eng verbundene, einfache, glückliche – und ich darf wohl sagen geachtete Familie, einen einfachen Tisch, einfache Menschen, aber ein warmes Willkommen, meine liebe Miß Rhoda, ... gestatten Sie mir, Sie Rhoda zu nennen; denn mein Herz fühlt sich zu Ihnen hingezogen, ja wirklich. Ich bin ein offenherziger Mann und habe Sie sehr gern. Trinken Sie ein Glas Champagner! Hicks, Champagner für Miß Swartz!«

Es ist kaum zu bezweifeln, daß der alte Osborne alles glaubte, was er da sagte, und daß auch die Mädchen ihre Freundschaftsbeteuerungen für Miß Swartz durchaus aufrichtig meinten. Es ist auf dem Jahrmarkt der Eitelkeit etwas ganz Natürliches, daß die Menschen sich an reiche Leute hängen. Wenn schon die einfachsten Menschen dazu neigen, großen Reichtum mit besonders freundlichen Blicken zu betrachten (denn meines Erachtens wird kein Angehöriger der britischen Nation in Abrede stellen, daß die Vorstellung großen Reichtums für ihn etwas Ehrfurchtgebietendes und Angenehmes hat, und ich glaube, du selbst, lieber Leser, wirst, wenn du hörst, daß dein Tischnachbar eine halbe Million sein eigen nennt, den Mann mit einem gewissen Interesse ansehen); also wenn schon ganz einfache Menschen für das Geld einen wohlwollenden Blick haben, um wieviel mehr muß das bei den alten Weltleuten der Fall sein! Ihre liebevolle Gesinnung eilt sozusagen aus der Tür ihres Herzens dem Geld entgegen, um es zu begrüßen und zu bewillkommnen. Ganz von selbst werden bei ihnen Gefühle der Freundschaft für die interessanten Besitzer des Geldes rege. Ich kenne verschiedene achtbare Leute, die der Ansicht sind, sie dürften keinem freundschaftlich zugetan sein, der nicht ein bestimmtes Einkommen hat oder eine gewisse Stellung in der Gesellschaft einnimmt. Sie lassen ihren Gefühlen nur bei angemessenen Umständen freien Lauf. Ein Beweis hierfür ist, daß die meisten Mitglieder der Familie Osborne, die in fünfzehn Jahren nicht imstande gewesen waren, eine herzliche Freundschaft für Amelia Sedley zu fassen, im Laufe eines einzigen Abends Miß Swartz so lieb gewannen, wie es der romantischste Anwalt der ›Liebe auf den ersten Blick‹ nur wünschen könnte.

»Was für eine passende Partie wäre sie für George«, so urteilten die Schwestern und Miß Wirt übereinstimmend; »wieviel besser als diese unbedeutende kleine Amelia! Ein so schneidiger junger Mann wie er, mit seiner stattlichen Erscheinung, seinem Rang und seinen Talenten, das wäre der richtige Gatte für sie!« Die jungen Damen träumten schon davon, wie sie am Portland Place Bälle mitmachen, bei Hofe vorgestellt werden und bei einer Reihe von adligen Familien Eingang finden würden, und sprachen mit ihrer geliebten neuen Freundin von nichts anderem als von George und seinem vornehmen Bekanntenkreis.

Auch der alte Osborne war der Ansicht, daß die junge Dame eine gute Partie für seinen Sohn sein würde. Er sollte dann aus der Armee ausscheiden, sich ins Parlament wählen lassen und in der vornehmen Welt sowie im Staatsleben eine bedeutende Rolle spielen. Mit ehrlichem britischem Hochgefühl geriet sein Blut in freudige Wallung bei dem Gedanken, daß der Name Osborne in der Person seines Sohnes einstens geadelt werden und sein Sohn der Stammvater einer ruhmvollen Reihe von Baronets werden könne. Er stellte in der City und auf der Börse unermüdlich Nachforschungen an, bis er über das Vermögen der Erbin ganz genau im Bilde war: wie ihr Geld angelegt war und wo ihre Besitzungen lagen. Der junge Fred Bullock, dem er den größten Teil dieser Auskünfte verdankte, würde am liebsten selbst ein Gebot auf sie getan haben, wie er sich selbst ausdrückte, aber leider war er schon mit Maria Osborne verlobt. Da er aber nicht selbst in der Lage war, sie zur Frau zu gewinnen, so war der uneigennützige Fred durchaus damit einverstanden, sie zur Schwägerin zu bekommen. »George muß sofort den Angriff beginnen und sie erobern«, war sein Rat. »Man muß das Eisen schmieden, solange es heiß ist, wissen Sie; das heißt hier: solange sie in der Stadt noch fremd ist. Sonst kommt in ein paar Wochen so ein verdammter Kerl aus Westend mit einem vornehmen Titel und leerem Geldbeutel und sticht uns Cityleute alle aus, so wie es im vergangenen Jahr Lord Fitzrufus bei Miß Grogram machte, die doch schon öffentlich mit Podder von der Firma Podder & Brown verlobt war. Je schneller es geschieht, um so besser, Mr. Osborne; das ist meine Ansicht«, sagte der schlaue Bursche. Aber als Mr. Osborne das Sprechzimmer des Bankgeschäfts verlassen hatte, mußte Mr. Bullock unwillkürlich an Amelia denken, was für ein hübsches Mädchen sie war und wie sehr sie den jungen Osborne liebte; und er verwendete mindestens zehn Sekunden seiner kostbaren Zeit darauf, das Unglück zu bedauern, das über dieses arme junge Mädchen gekommen war.

Während so den flatterhaften George Osborne seine eigene bessere Natur und sein guter Freund und Schutzengel Dobbin wieder zu Amelias Füßen zurückführten, waren sein Vater und seine Schwestern bemüht, diese glänzende Partie für ihn zustande zu bringen, ohne auch nur im entferntesten irgendwelchen Widerstand von seiner Seite zu erwarten.

Wenn der ältere Osborne jemandem, wie er sich ausdrückte, ›einen Wink gab‹, so war es auch dem Allerdümmsten unmöglich, seine Meinung mißzuverstehen. Einen Bedienten mit einem Fußtritt die Treppe hinunterwerfen, das nannte er ›ihm einen Wink geben, daß er den Dienst verlassen möchte‹. Mit seiner ihm eigenen Offenherzigkeit und Zartheit sagte er zu Mrs. Haggistoun, an dem Tage, da sein Sohn ihre Schutzbefohlene heiraten werde, werde er ihr einen Scheck über fünftausend Pfund ausstellen, und er nannte dieses Anerbieten einen ›Wink‹ und hielt es für einen sehr geschickten diplomatischen Schachzug. Auch seinem Sohn George gab er schließlich einen derartigen Wink mit Bezug auf die Erbin und befahl ihm, sie auf der Stelle zu heiraten, in derselben Weise, wie er seinem Haushofmeister befohlen hätte, eine Flasche aufzuziehen, oder seinem Gehilfen, einen Brief zu schreiben.

Dieser gebieterische Wink beunruhigte George nicht wenig. Er befand sich noch in dem ersten Enthusiasmus und Wonnegefühl seines erneuten Liebeswerbens um Amelia, ein Zustand, der ihm unaussprechlich reizend vorkam. Der Gegensatz, den ihr Benehmen und ihr Äußeres mit dem der Erbin bildeten, ließ ihn den Gedanken an eine eheliche Verbindung doppelt lächerlich und widerwärtig erscheinen. ›Ich sollte mich in der Equipage und in der Opernloge an der Seite einer solchen mahagonifarbenen Schönheit sehen lassen!‹ dachte er. ›Welche Vorstellung!‹ Dazu kam noch, daß der junge Osborne genau so hartnäckig war wie der alte: genau so eigensinnig, wenn er etwas begehrte und erreichen wollte, und in seinem Zorn genau so heftig wie sein Vater in seinen grimmigsten Augenblicken.

An dem ersten Tage, da ihm sein Vater in förmlicher Weise einen Wink gab, daß er sein Herz Miß Swartz zu Füßen legen solle, versuchte George, den alten Herrn hinzuhalten und Zeit zu gewinnen. »Du hättest früher daran denken sollen«, sagte er. »Jetzt, da wir jeden Tag den Befehl erwarten, ins Ausland zu gehen, läßt es sich nicht machen. Warte damit, bis ich zurückkomme, wenn ich überhaupt zurückkomme.« Und dann stellte er ihm vor, daß die Zeit, in der das Regiment täglich sich bereithalten müsse, England zu verlassen, außerordentlich schlecht gewählt sei; daß die wenigen Tage oder Wochen, die sie noch in der Heimat zuzubringen hätten, zur Erledigung wichtiger Angelegenheiten und nicht zu Liebeleien verwendet werden müßten; dazu sei es immer noch Zeit, wenn er als Major nach Hause komme. »Denn das verspreche ich dir,« fügte er mit selbstzufriedener Miene hinzu, »daß du den Namen George Osborne auf die eine oder die andere Art im Armeeblatt lesen sollst.«

Der Vater erwiderte darauf nach Maßgabe der Auskunft, die er in der City erhalten hatte: wenn George zögere, werde unfehlbar einer der jungen Laffen aus dem Westend die Erbin kapern; wolle er Miß Swartz nicht jetzt gleich heiraten, so möge er es wenigstens zu einer schriftlichen Verlobung bringen, mit der Abmachung, daß nach seiner Rückkehr nach England die Eheschließung erfolgen solle; und ein Mann, der durch Zuhausebleiben eine Jahreseinnahme von zehntausend Pfund erlangen könne, sei ein Narr, wenn er statt dessen im Ausland sein Leben aufs Spiel setze.

»Du willst also, daß man mich als einen Feigling ansehen und daß unser Name um des Geldes dieser Miß Swartz willen entehrt werden soll?« fiel ihm George ins Wort.

Diese Bemerkung machte den alten Herrn einigermaßen verlegen; aber da er eine Antwort darauf geben mußte und sein Entschluß trotzdem feststand, so sagte er: »Du wirst morgen hier speisen, und so wirst du auch weiterhin jedesmal, wenn Miß Swartz kommt, hier sein und dich gegen sie höflich und liebenswürdig benehmen. Wenn du Geld brauchst, so wende dich an Mr. Chopper.« So war dem jungen Osborne ein neues Hindernis in die Quere gekommen, das seine Pläne hinsichtlich Amelias störte, und er und Dobbin hielten darüber mehr als eine vertrauliche Beratung ab. Seines Freundes Ansicht über das von ihm einzuschlagende Verfahren kennen wir bereits. Und Osborne selbst wurde, wenn er sich einmal etwas in den Kopf gesetzt hatte, durch jedes neue Hindernis nur noch mehr in seinem Vorsatz bestärkt.

Der dunkelfarbige Gegenstand der in der Familie Osborne gestifteten Verschwörung, Miß Swartz, hatte von all diesen sie betreffenden Plänen keine Ahnung (merkwürdigerweise machte ihr auch ihre Freundin und Beschützerin keine Mitteilung davon), und da sie alle Schmeicheleien der jungen Damen für bare Münze nahm und überhaupt, wie wir schon bei früheren Gelegenheiten gezeigt haben, ein feuriges, lebhaftes Temperament besaß, so erwiderte sie deren Neigung mit einer wahrhaft tropischen Glut. Und wenn ich die Wahrheit sagen soll, so muß ich bekennen, daß es auch bei ihr ein eigennütziges Interesse war, das sie nach dem Hause am Russell Square hinzog, kurz gesagt, daß sie George Osborne für einen sehr netten jungen Mann hielt. Sein Backenbart hatte gleich am ersten Abend, da sie ihn auf dem Hulkerschen Balle gesehen hatte, einen starken Eindruck auf sie gemacht, und wie wir wissen, war sie nicht das erste Mädchen, das davon bezaubert wurde. In Georges Wesen lag gleichzeitig etwas Prahlerisches und etwas Schwermütiges, etwas Schmachtendes und etwas Ungestümes. Er sah wie ein Mann aus, der Leidenschaften, Geheimnisse und heimlich nagenden Kummer hatte und schon durch mancherlei Abenteuer hindurchgegangen war. Seine Stimme war voll und tief. Wenn er sagte, es sei ein warmer Abend, oder wenn er seine Tänzerin fragte, ob sie etwas Eis genießen wolle, so brachte er das in so schwermütigem, vertraulichem Ton heraus, als ob er ihr die Nachricht von dem Tode ihrer Mutter beibringen oder eine Liebeserklärung einleiten wolle. Er stach alle jungen Lebemänner in dem Bekanntenkreise seines Vaters aus und war der Held unter diesen Herren dritten Ranges. Einige wenige spöttelten über ihn und haßten ihn.

Andere, wie zum Beispiel Dobbin, waren seine fanatischen Bewunderer. Und sein Backenbart hatte begonnen, seine Wirkung auszuüben und das Herz der Miß Swartz zu bezwingen.

Sobald irgendeine Aussicht bestand, ihn im Hause am Russell Square zu treffen, brannte dieses schlichte, gutherzige Mädchen darauf, ihre lieben Misses Osborne wiederzusehen. Sie machte große Ausgaben für neue Kleider, Armbänder, Hüte und wundervolle Federn. Sie schmückte sich mit dem Aufgebot all ihrer Kunst, um dem Eroberer ihres Herzens zu gefallen, und kehrte all ihre kleinen Talente heraus, um seine Gunst zu gewinnen. Die jungen Damen pflegten sie mit dem größten Ernst zu bitten, sie möchte doch ein bißchen Musik machen, und dann sang sie ihre drei Lieder und spielte ihre beiden kleinen Klavierstücke, so oft man es verlangte und zu ihrem eigenen stets wachsenden Vergnügen. Während dieser schönen Unterhaltung saßen Miß Wirt und die Hausdame der Erbin dabei, studierten den Adelskalender und redeten miteinander über die vornehmen Familien.

Einen Tag, nachdem George den Wink von seinem Vater erhalten hatte, rekelte er sich kurz vor der Dinnerzeit auf einem Sofa des Salons in einer sehr anmutigen und durchaus ungezwungenen, melancholischen Haltung. Der Aufforderung seines Vaters entsprechend war er bei Mr. Chopper in der City gewesen (der alte Herr gab seinem Sohn zwar große Summen, wollte ihm aber nie etwas Bestimmtes aussetzen, sondern beschenkte ihn immer nur je nach seiner Laune). Er hatte dann drei Stunden bei Amelia, seiner lieben kleinen Amelia, in Fulham verlebt und fand nun, als er nach Hause kam, im Salon seine Schwestern, die in gestärkten Musselinkleidern einherstolzierten, die beiden älteren Damen, die im Hintergrunde schwatzten, und die gute Miß Swartz in ihrem Lieblingskostüm von bernsteinfarbenem Atlas, mit Türkisarmbändern, zahllosen Ringen, Blumen, Federn und allen möglichen Anhängseln und anderem Krimskrams, ungefähr ebenso elegant geschmückt wie ein Schornsteinfeger am 1. Mai.

Nachdem die Mädchen einige vergebliche Versuche gemacht hatten, ihn ins Gespräch zu ziehen, sprachen sie über die Mode und über den letzten Empfang bei der Königin, bis ihm von ihrem Geschwätz ganz übel wurde. Er verglich im stillen ihr Benehmen mit dem der kleinen Emmy, ihre schrillen, harten Stimmen mit Emmys sanften, melodischen Tönen, ihre gekünstelte Haltung, ihre eckigen Ellbogen und ihr steifes Wesen mit Emmys bescheidenen, weichen Bewegungen und schüchterner Anmut. Die arme Miß Swartz saß auf demselben Platze, wo Emmy früher gewöhnlich gesessen hatte. Ihre juwelengeschmückten Hände lagen mit gespreizten Fingern im Schoße ihres bernsteinfarbenen Atlaskleides. Ihre Anhängsel und Ohrringe funkelten, und ihre großen Augen rollten umher. Mit vollkommener Zufriedenheit überließ sie sich dem Nichtstun und hielt sich offenbar für reizend. Die Schwestern hatten nie etwas so Kleidsames gesehen wie dieses Atlaskleid.

»Hols der Teufel,« sagte George nachher zu einem vertrauten Freunde, »sie sah aus wie eine Porzellanpagode, die den ganzen Tag über weiter nichts zu tun hat als zu grinsen und mit dem Kopfe zu nicken. Wahrhaftig, Will, ich enthielt mich nur mit größter Mühe, ihr das Sofakissen an den Kopf zu werfen. Er unterdrückte jedoch diese Äußerung seiner Gefühle.

Die Schwestern begannen die ›Schlacht bei Prag‹ zu spielen. »Hört doch mit diesem verdammten Stück auf!« rief George wütend vom Sofa aus. »Es macht mich ganz verrückt. Spielen *Sie* uns lieber etwas vor, Miß Swartz, ja? Singen Sie etwas; was Sie wollen, nur nicht die ›Schlacht bei Prag‹!«

»Soll ich ›Mary mit den blauen Augen‹ singen oder die Arie aus dem ›Hüttchen‹?« fragte Miß Swartz.

»Bitte, das allerliebste Lied aus dem ›Hüttchen‹!« sagten die Schwestern.

»Das haben wir schon gehört«, entgegnete der Misanthrop auf dem Sofa.

»Ich kann auch ›Flüv dü Tasch‹ singen,« sagte Miß Swartz in sanftem Ton, »wenn ich nur den Text hätte.« Dies war die letzte Nummer in dem Repertoire des guten Fräuleins.

»Oh, ›Fleuve du Tage‹!« rief Miß Maria. »Das Lied haben wir!«, und sie holte das Heft herbei, in dem es stand.

Nun traf es sich, daß dieses damals sehr beliebte Lied den jungen Damen von einer ihrer jungen Freundinnen geschenkt worden war, deren Name auf dem Titelblatt stand, und als nun Miß Swartz das Lied beendet und dafür Georges Beifall geerntet hatte (denn er erinnerte sich, daß es ein Lieblingslied Amelias war), blätterte sie, in der Hoffnung auf eine Aufforderung zur Wiederholung, noch ein wenig in dem Notenheft. Dabei fiel ihr Auge auf das Titelblatt, und sie fand in der Ecke den Namen ›Amelia Sedley‹ geschrieben.

»Mein Gott!« rief Miß Swartz und drehte sich schnell auf dem Klavierstuhl herum, »ist das *meine* Amelia? Die Amelia, die bei Miß Pinkerton in Hammersmith war? Ich glaube bestimmt, daß sie es ist. Sie ist es, und ... Erzählen Sie mir doch von ihr ... wo ist sie jetzt?«

»Sprechen Sie nicht von ihr«, sagte Miß Maria Osborne hastig. »Ihre Familie hat sich ehrlos benommen. Ihr Vater hat unsern Papa betrogen, und sie selbst darf in diesem Hause nicht erwähnt werden.« Das war Miß Marias Rache dafür, daß George die ›Schlacht bei Prag‹ so unhöflich kritisiert hatte.

»Sie sind eine Freundin von Amelia?« fragte George aufspringend. »Gott segne Sie dafür, Miß Swartz! Glauben Sie nicht, was die Mädchen sagen! Jedenfalls trifft *sie* kein Tadel. Sie ist das beste ...«

»Du weißt doch, daß du nicht von ihr sprechen darfst, George«, rief Jane. »Papa hat es verboten.«

»Wer will mich daran hindern?« schrie George. »Ich *will* von
ihr sprechen. Ich sage, sie ist das beste, liebenswürdigste,
sanfteste, holdeste Mädchen in ganz England; und ob sie die
Tochter eines Bankrotteurs ist oder nicht, meine Schwestern sind nicht wert, ihr die Schuhriemen zu lösen. Wenn
Sie sie gern haben, Miß Swartz, so besuchen Sie sie; sie kann
jetzt Freunde brauchen; und ich sage, Gott segne jeden,
der ihr Freundlichkeit erweist! Wer von ihr Gutes spricht,
der ist mein Freund, und wer etwas gegen sie sagt, ist mein
Feind. Ich danke Ihnen, Miß Swartz!« Und er stand auf, trat
zu ihr hin und schüttelte ihr die Hand.

»George! George!« rief eine der Schwestern in flehendem
Ton.

»Ich sage,« rief George gereizt, »ich danke jedem, der Amelia Sed…« Er hielt inne. Der alte Osborne stand im Zimmer,
sein Gesicht war bleich vor Wut, und seine Augen glühten
wie Kohlen.

Obgleich George mitten im Satz aufgehört hatte zu reden, so
ließ er sich doch jetzt, da sein Blut einmal in Wallung geraten
war, von keinem Angehörigen der Familie Osborne, ob jung
oder alt, einschüchtern; er faßte sich sofort wieder und erwiderte den grimmigen Blick seines Vaters mit einem trotzigen
und entschlossenen Blick, daß der alte Mann seinerseits unsicher wurde und wegsah. Er fühlte, daß der Augenblick des
Kampfes heranrückte. »Mrs.Haggistoun,« sagte er, »erlauben
Sie, daß ich Sie zu Tische führe. Reiche Miß Swartz deinen
Arm, George!« Darauf gingen sie hinunter.

»Miß Swartz,« sagte George zu seiner Nachbarin, »ich liebe
Amelia, und wir sind von unserer Kindheit an miteinander
verlobt.« Und nun plauderte George während der ganzen
Mahlzeit mit einer Lebhaftigkeit, die ihn selbst überraschte
und seinen Vater mit verdoppelter Nervosität dem Kampf
entgegensehen ließ, der stattfinden mußte, sobald die Damen sich entfernt haben würden.

Der Unterschied zwischen den beiden bestand darin, daß,
während der Vater heftig und jähzornig war, der Sohn dreimal soviel Nervenstärke und Mut besaß wie jener und nicht
nur anzugreifen, sondern auch Widerstand zu leisten verstand. Und da er sah, daß jetzt der Augenblick gekommen
war, da der Streit zwischen ihm und seinem Vater zur Entscheidung gelangen mußte, so nahm er seine Mahlzeit mit
vollständiger Gemütsruhe und mit gutem Appetit ein, bevor der Kampf begann. Der alte Osborne dagegen war nervös und trank viel. Es fiel ihm sehr schwer, ein Gespräch
mit den neben ihm sitzenden Damen in Gang zu erhalten,
und Georges Kaltblütigkeit steigerte seinen Zorn nur noch.
Es machte ihn fast rasend, die ruhige Art mit anzusehen, in
der George, seine Serviette schwenkend, mit einer weltmän-
nischen Verbeugung den Damen, als sie das Zimmer verließen, die Tür öffnete, sich dann ein Glas Wein eingoß, es
kostete und seinem Vater voll ins Gesicht blickte, wie wenn
er sagen wollte: ›Nun, meine Herren von der Garde, feuern
Sie zuerst!‹ Der alte Herr versorgte sich ebenfalls mit Munition; aber die Flasche klirrte gegen sein Glas, als er dieses
zu füllen versuchte.
Er mußte zunächst einmal tief Atem holen, da er, wie die
dunkle Röte seines Gesichtes verriet, vor Ingrimm beinahe
erstickte; dann begann er: ›Wie konntest du dich unterstehen,
den Namen dieser Person heute in meinem Salon vor Miß
Swartz' Ohren zu erwähnen? Ich frage dich, wie konntest du
dich unterstehen?«
»Halt, Vater«, versetzte George; »sprich nicht von ›sich
unterstehen‹! Das ist kein Ausdruck, den man einem Hauptmann der britischen Armee gegenüber gebrauchen darf.«
»Ich werde zu meinem Sohn sagen, was mir beliebt. Ich
kann ihn enterben, wenn es mir beliebt. Ich kann ihn zum
Bettler machen, wenn es mir beliebt. Ich *will* sagen, was mir
beliebt«, erwiderte der Alte.

»Wenn ich auch dein Sohn bin, so bin ich doch zugleich ein
Gentleman«, entgegnete George in stolzem Ton. »Ich
möchte dich bitten, alle Mitteilungen, die du mir zu machen hast, und alle Befehle, die du mir erteilen willst, in eine
Sprache zu kleiden, wie ich sie zu hören gewohnt bin.«
Allemal, wenn George diesen stolzen Ton anschlug, erfüllte
das den Vater entweder mit großer Achtung oder mit großem Ingrimm. Der alte Osborne empfand im geheimen eine gewisse Scheu vor seinem Sohn, weil dieser ein besserer Gentleman war als er selbst, und meine Leser haben vielleicht selbst
schon auf diesem Jahrmarkt der Eitelkeit die Erfahrung gemacht, daß ein Mensch von niedriger Gesinnung sich an niemand so ungern heranwagt wie an einen Gentleman.
»Mein Vater hat mir nicht die Erziehung zukommen lassen,
die du gehabt hast, und nicht die materielle Förderung, die
du gehabt hast, und nicht das Geld, das du gehabt hast.
Hätte ich mich in der Gesellschaft bewegt, in der gewisse
Leute vermöge meiner Mittel haben verkehren können, so
würde mein Sohn vielleicht keinen Grund haben, mit seiner
feineren Bildung und seinen Westend-Manieren zu prahlen.«
(Diese Worte sprach der alte Osborne in dem spöttischsten
Ton, dessen er fähig war.) »Zu meiner Zeit aber hielt man
es nicht für die Art eines Gentlemans, seinen Vater zu beleidigen. Hätte ich etwas Derartiges getan, so würde mein
Vater mich die Treppe hinuntergeworfen haben.«
»Ich habe dich nie beleidigt. Ich habe gesagt, ich bäte dich,
nicht zu vergessen, daß dein Sohn ein Gentleman ist, ebensogut wie du. Ich weiß sehr wohl, daß du mir eine Menge
Geld gibst«, sagte George, indem er mit den Fingern an
einem Päckchen Banknoten herumspielte, das er an diesem
Morgen von Mr. Chopper erhalten hatte. »Du sagst es mir
oft genug. Es ist nicht zu befürchten, daß ich es vergessen
könnte.«
»Ich wünschte, du vergäßest andere Dinge ebensowenig«,

antwortete der Vater. »Ich wünschte, du vergäßest nicht, daß in diesem Hause, solange der Herr Hauptmann es mit seiner Gegenwart beehren will, ich der Herr bin und dieser Name... und daß dieser... daß du... ich sage, daß...«

»Nun, was denn, Vater?« fragte George mit leisem Spott und goß sich ein neues Glas Rotwein ein.

Der Alte stieß mit kreischender Stimme einen grimmigen Fluch aus. »Daß der Name dieser Sedleys«, fuhr er dann fort, »hier nie wieder erwähnt werden soll,... keiner von der ganzen verdammten Bande.«

»Ich bin nicht derjenige gewesen, der Miß Sedleys Namen hier zuerst genannt hat. Meine Schwestern sprachen Miß Swartz gegenüber schlecht von ihr, und, bei Gott! ich will sie überall verteidigen, wo ich zugegen bin. Niemand sóll sie in meiner Anwesenheit schmähen. Unsere Familie hat ihr schon genug Unrecht zugefügt, meine ich, und könnte jetzt, da sie im Elend ist, aufhören, sie zu beschimpfen. Ich werde einen jeden, außer dir, niederschießen, der auch nur ein Wort gegen sie sagt.«

»Weiter, nur weiter!« sagte der alte Herr, dem die Augen aus dem Kopf heraustraten.

»Weiter, Vater? Wovon soll ich noch weiter reden? Von der Art und Weise, in der wir diesen Engel von einem Mädchen behandelt haben? Wer hat mir zuerst gesagt, ich solle sie lieben? Du selbst hast es getan. Ich hätte anders wählen und vielleicht meine Blicke auf eine höhere Gesellschaftsschicht richten können, als die deinige ist; aber ich gehorchte dir. Und jetzt, da ihr Herz mir gehört, befiehlst du mir, dieses Herz fortzuwerfen und sie zu strafen, ja vielleicht zu töten für Verfehlungen, die andere Leute begangen haben. Beim Himmel, es ist eine Schande,« fuhr George fort, der sich immer mehr in eine leidenschaftliche Begeisterung hineinredete, »mit der Liebe eines jungen Mädchens sein Spiel zu treiben, und noch dazu mit einem solchen Engel wie sie, die so hoch über all den Menschen stand, mit denen sie zusammen lebte, daß sie den allgemeinen Neid erweckt haben würde, wenn sie nicht so gut und sanft wäre, daß es nicht so leicht jemand fertig bringen kann, sie zu hassen. Wenn ich sie im Stiche lasse, Vater, glaubst du, daß sie mich vergessen kann?«

»Ich will von diesem verdammten sentimentalen Unsinn und Gefasel nichts mehr hören«, schrie der Vater. »In meiner Familie soll es keine Bettlerheiraten geben. Willst du ein jährliches Einkommen von achttausend Pfund wegwerfen, das du ohne weiteres haben kannst; wenn du nur ein Wort sagst, dann kannst du es tun. Aber das sage ich dir: dann schnürst du dein Bündel und verläßt dieses Haus. Also ein für allemal frage ich dich: Willst du tun, was ich dich heiße, oder nicht?«

»Dieses Mulattenmädchen heiraten?« versetzte George und zog sich den Hemdkragen in die Höhe. »Mir sagt die Couleur nicht zu, Vater. Frage mal den Neger, der am Fleet-Markt die Straße fegt. Ich für meine Person beabsichtige nicht, so eine Hottentotten-Venus zu heiraten.«

Mr. Osborne riß wütend an der Klingelschnur, mittels deren er den Haushofmeister herbeizurufen pflegte, wenn er Wein haben wollte, und befahl diesem, fast schwarz im Gesicht, einen Wagen für Hauptmann Osborne herbeizuholen.

»Ich habe es zur Entscheidung gebracht«, sagte George, als er eine Stunde darauf in Slaughters Kaffeehaus trat; er sah sehr blaß aus.

»Was denn, mein Junge?« fragte Dobbin.

George berichtete, was zwischen ihm und seinem Vater vorgefallen war.

»Ich will sie morgen heiraten«, schwur er. »Ich liebe sie von Tag zu Tag mehr, Dobbin.«

Eine Hochzeit und ein Teil der Flitterwochen

Selbst die hartnäckigsten und mutigsten Feinde können gegen Aushungerung nicht standhalten, und daher fühlte sich auch der ältere Osborne mit Bezug auf den Gegner, mit dem er das soeben beschriebene Wortgefecht gehabt hatte, ziemlich sicher und erwartete zuversichtlich, daß George, sobald seine Vorräte erschöpft sein würden, sich auf Gnade und Ungnade ergeben werde. Es traf sich allerdings unglücklich, daß der Junge gerade an dem Tage, an dem der erste Kampf stattfand, einen beträchtlichen Proviant eingeheimst hatte; aber der alte Osborne sagte sich, diese Hilfe könne doch nur eine gewisse Zeit vorhalten und werde Georges Ergebung lediglich verzögern. Mehrere Tage lang fand keinerlei Verkehr zwischen Vater und Sohn statt. Der Vater war ärgerlich über dieses Schweigen, aber nicht beunruhigt; denn er wußte, wie er sagte, wo er bei George die Schraube ansetzen könne, und wartete nur auf den Augenblick, da dieses Verfahren wirken werde. Er erzählte den Schwestern den Ausgang des Streites zwischen ihm und George, befahl ihnen aber, der Sache keine Beachtung zu schenken und George bei seiner Rückkehr zu begrüßen, als ob nichts vorgefallen wäre. Jeden Tag wurde wie gewöhnlich für ihn mit gedeckt, und der alte Herr erwartete ihn vielleicht schon mit einiger Ungeduld – aber er kam nicht. Es erkundigte sich jemand nach ihm in Slaughters Kaffeehaus; aber die Auskunft lautete, Hauptmann Osborne und sein Freund Hauptmann Dobbin hätten die Stadt verlassen. An einem stürmischen, rauhen Tag gegen Ende April – der Regen peitschte das Pflaster der alten Straße, wo damals Slaughters Kaffeehaus lag – trat George Osborne in die Gaststube; er sah sehr verstört und blaß aus, obgleich er recht schmuck gekleidet war: er trug einen blauen Rock mit

Messingknöpfen und eine hübsche ledergelbe Weste, wie sie damals Mode war. In dem Zimmer war sein Freund, Hauptmann Dobbin, bereits anwesend, gleichfalls in blauem Rock mit Messingknöpfen; er hatte den Uniformrock und die hellgrauen Beinkleider, in denen seine lange, magere Gestalt sonst zu stecken pflegte, für diesen Tag abgelegt.

Dobbin war schon eine Stunde oder noch länger im Gastzimmer gewesen. Er hatte alle vorhandenen Zeitungen zur Hand genommen, war aber nicht imstande gewesen, sie zu lesen. Unzählige Male hatte er nach der Wanduhr gesehen und nach der Straße, auf die der Regen niederklatschte und wo die Menschen, die in Holzschuhen vorbeiklapperten, lange Schatten auf das blinkende Pflaster warfen. Er hatte auf dem Tisch herumgetrommelt; er hatte sich die Fingernägel fast bis aufs Fleisch abgebissen (es war seine Angewohnheit, seine großen dicken Hände in dieser Weise zu verschönern); er hatte den Teelöffel geschickt auf dem Milchkännchen balanciert und dieses dabei umgestoßen und so weiter. Kurz, er hatte alle jene Merkmale von Unruhe gezeigt und alle jene verzweifelten Versuche des Zeitvertreibs gemacht, die man bei ungeduldig wartenden, aufgeregten Menschen regelmäßig beobachten kann.

Einige Kameraden von ihm, die als Gäste im Zimmer anwesend waren, neckten ihn wegen seiner eleganten Kleidung und seines aufgeregten Wesens. Einer fragte ihn, ob er sich trauen lassen wolle. Dobbin lachte und erwiderte dem Frager, er wolle ihm als gutem Bekannten (es war Major Wagstaff vom Ingenieurkorps) ein Stück Hochzeitskuchen schicken, wenn dieses Ereignis eintrete. Endlich erschien Hauptmann Osborne, sehr elegant gekleidet, aber sehr blaß und aufgeregt, wie wir schon oben bemerkt haben. Er wischte sich mit einem großen, reichlich parfümierten Taschentuch aus gelber indischer Seide den Schweiß von dem blassen Gesicht, schüttelte Dobbin die Hand, warf einen

Blick auf die Uhr und bestellte sich bei dem Kellner John Curaçao. Von dieser Herzstärkung stürzte er in nervöser Hast einige Gläser hinunter. Sein Freund fragte ihn teilnahmsvoll, ob er sich auch gesund fühle.

»Habe bis Tagesanbruch kein Auge zutun können, Dob«, antwortete er. »Hatte höllische Kopfschmerzen und Fieber. Stand um neun auf und ging nach den Hummums, um ein türkisches Bad zu nehmen. Ich sage dir, Dob, es ist mir geradeso zumute wie an dem Morgen, als ich mich in Quebec mit Rocket duellierte.«

»Es geht mir ebenso«, erwiderte William. »Ich war an jenem Morgen in weit schlimmerer Aufregung als du. Ich weiß noch, daß du damals sehr gut und mit vielem Appetit frühstücktest. Iß doch jetzt etwas!«

»Du bist ein guter alter Kerl, Will. Ich will auf deine Gesundheit trinken, alter Junge, und damit zugleich dem Junggesellenstand Lebewohl sagen...«

»Nein, nein, zwei Gläser sind genug«, unterbrach ihn Dobbin. »Hier, nehmen Sie den Likör weg, John! Nimm etwas Kayennepfeffer zu deinem Huhn! Beeile dich aber; denn es ist Zeit, daß wir hinkommen.«

Es war etwa halb zwölf, als dieses kurze Beisammensein und Gespräch der beiden Hauptleute stattfand. Eine Kutsche, in die Hauptmann Osbornes Diener seines Herrn Schreibmappe und Toilettenkästchen hineingestellt hatte, wartete schon einige Zeit. In diese stiegen die beiden Herren nun unter einem Regenschirm eilig ein, während der Diener auf den Bock kletterte und über den Regen und über den nassen dampfenden Mantel des neben ihm sitzenden Kutschers fluchte. »An der Kirchtür werden wir einen besseren Wagen finden, als dieser ist«, sagte er; »das ist doch wenigstens ein Trost.« Der Wagen fuhr ab und nahm seinen Weg die Piccadilly hinunter, wo Apsley House und das St. Georgs-Hospital noch rot angestrichen waren, wo es noch Öllam-

pen gab, wo die Achillesstatue noch nicht stand und der
Pimlico-Bogen noch nicht errichtet war und ebensowenig
das häßliche Reiterstandbild, das den Bogen und die ganze
Nachbarschaft erdrückt... und so fuhren sie durch Bromp-
ton hindurch bis zu einer Kapelle in der Nähe der Fulham
Road.

Dort wartete ein vierspänniger Reisewagen sowie eine
Kutsche von der Art, die man damals Glaskutschen nannte.
Wegen des schauderhaften Regens hatten sich nur ganz
wenige neugierige Müßiggänger zusammengefunden.

»Zum Kuckuck!« sagte George. »Ich hatte doch nur zwei
Pferde bestellt.«

»Mein Herr wollte, es sollten vier sein«, erwiderte Mr. Joseph Sedleys Diener, der hier wartete; und er und Mr. Osbornes Diener waren, als sie hinter George und William in
die Kirche gingen, darin einig, daß dies eine recht schäbige
Hochzeit sei, bei der es nicht einmal ein Frühstück oder eine
Hochzeitsschleife geben werde.

»Da sind Sie ja beide«, sagte unser alter Freund Joseph Sedley, ihnen entgegenkommend. »Sie kommen fünf Minuten
zu spät, George. Was ist das für ein Wetter, nicht wahr?
Wahrhaftig, gerade wie der Anfang der Regenzeit in Bengalen. Aber Sie werden sehen, daß mein Wagen wasserdicht
ist. Kommen Sie mit; meine Mutter und Emmy sind in der
Sakristei.«

Joseph Sedley sah herrlich aus. Er war noch dicker geworden. Sein Hemdkragen war noch höher heraufgezogen, sein
Gesicht sah röter aus, und seine Busenkrause quoll prächtig
aus seiner bunten Weste heraus. Lackstiefel waren damals
noch nicht erfunden; aber die Stulpstiefel an seinen schönen
Beinen glänzten so, als wenn es eben das Paar wäre, vor dem
sich auf dem bekannten alten Bild der Herr rasiert, und auf seinem hellgrünen Rock prangte eine schöne Hochzeitsschleife,
die wie eine große, weiße, vollerblühte Magnolie aussah.

Mit einem Wort, George hatte den großen Wurf getan: er stand im Begriff, sich trauen zu lassen. Daher seine Blässe und Nervosität, seine Schlaflosigkeit in der Nacht und seine Aufregung am Morgen. Ich habe von Leuten, die dieselbe Sache durchgemacht haben, das Bekenntnis gehört, daß ihre Gemütsbewegungen die gleichen gewesen seien. Wenn man die feierliche Handlung drei- oder viermal über sich hat ergehen lassen, gewöhnt man sich ja wohl daran; aber das erste Untertauchen ist, wie jedermann zugibt, schauderhaft.

Die Braut trug (wie mir Hauptmann Dobbin später mitgeteilt hat) ein braunseidenes Kleid und einen Strohhut mit einem rosa Band; über dem Hut hatte sie einen Schleier von weißen Chantillyspitzen, ein Geschenk von ihrem Bruder Mr. Joseph Sedley. Hauptmann Dobbin seinerseits hatte um die Erlaubnis gebeten, ihr eine goldene Uhr nebst Kette schenken zu dürfen, die sie denn auch bei dieser Feier trug; und ihre Mutter hatte ihr ihre Diamantbrosche gegeben, ziemlich das einzige Schmuckstück, das der alten Dame geblieben war. Während die Trauung vor sich ging, saß Mrs. Sedley heftig schluchzend in einem Kirchenstuhl und wurde von dem irischen Dienstmädchen und von ihrer Hauswirtin Mrs. Clapp getröstet. Der alte Sedley hatte nicht zugegen sein wollen; so vertrat denn Joseph seine Stelle und übergab die Braut dem Bräutigam, während Hauptmann Dobbin bei seinem Freunde George den Brautführer machte.

Außer den kirchlichen Amtspersonen, der kleinen Hochzeitsgesellschaft und ihren Dienern war niemand in der Kirche. Die beiden Diener saßen mit hochmütiger Miene in einiger Entfernung. Der Regen prasselte gegen die Fenster. In den Pausen der gottesdienstlichen Handlung hörte man sein Klopfen und das Schluchzen der alten Mrs. Sedley in ihrem Kirchenstuhl. Die Stimme des Geistlichen widerhallte trübselig von den leeren Wänden. Osbornes ›Ja‹ ertönte in sehr tiefem Baß; Emmys Antwort kam aus ihrem Herzen zu den Lippen hinaufgeflattert, wurde aber kaum von jemand anders als Hauptmann Dobbin gehört.

Als die feierliche Handlung beendet war, trat Joseph Sedley vor und küßte die junge Frau, seine Schwester, zum ersten Mal seit vielen Monaten. Georges düstere Miene war verschwunden, und er sah ganz stolz und glückstrahlend aus. »Nun bist du an der Reihe, William«, sagte er, indem er seine Hand zärtlich auf Dobbins Schulter legte, und Dobbin ging hin und berührte mit seinen Lippen Amelias Wange.

Dann gingen sie in die Sakristei und trugen ihre Namen in das Register ein. »Gott segne dich, mein alter Dobbin«, sagte George, ihn bei der Hand ergreifend, und seine Augen schimmerten feucht. William antwortete nur durch ein Kopfnicken. Das Herz war ihm zu voll, als daß er viel hätte reden können.

»Schreibe gleich und komm nach, sobald du kannst, hörst du wohl?« sagte Osborne.

Nachdem Mrs. Sedley unter krampfhaftem Weinen von ihrer Tochter Abschied genommen hatte, ging das junge Paar zum Wagen. »Geht aus dem Wege, ihr kleine Bande!« rief George einem kleinen Häufchen durchnäßter Straßenjungen zu, die an der Kapellentür herumstanden. Der Regen schlug den Neuvermählten ins Gesicht, während sie die kurze Strecke bis zum Wagen zurücklegten. Die Hochzeitsschleifen der Kutscher hingen schlaff an ihren triefenden Jacken herunter. Die wenigen Kinder ließen ein matt klingendes Hurra erschallen, als der Wagen, Schmutz um sich spritzend, davonfuhr.

William Dobbin stand im Kirchenportal und sah dem Wagen nach. Er sah dabei so wunderlich aus, daß das kleine Häuflein der Zuschauer sich über ihn lustig machte. Aber seine Gedanken waren nicht bei ihnen und ihrem Gelächter.

»Kommen Sie zu mir nach Hause, und frühstücken Sie mit mir, Dobbin!« sagte eine Stimme hinter ihm, und eine flei-

schige Hand legte sich auf seine Schulter, so daß der brave
Mensch aus seinen Gedanken herausgerissen wurde. Aber
der Hauptmann war nicht in der Stimmung, mit Joseph zu
tafeln. Er beförderte die weinende alte Dame und ihre Be-
gleiterinnen nebst Joseph in die Kutsche und trennte sich
dann von ihnen, ohne weitere Worte mit ihnen zu wechseln.
Auch als dieser Wagen abfuhr, stimmten die Straßenjungen
ein neues, spöttisches Hurra an.
»Da, ihr kleinen Bettler!« sagte Dobbin, indem er einige Six-
pencestücke unter sie verteilte, und ging dann allein im
Regen davon. Nun war alles vorüber. Sie waren verheiratet,
und er betete zu Gott, daß sie glücklich sein möchten. Seit
seiner Knabenzeit hatte er sich noch nie so elend und einsam gefühlt. Mit einer Sehnsucht, die ihm das Herz beschwerte, wünschte er, daß nur erst die nächsten paar Tage
vorüber sein möchten, damit er Amelia wiedersehen könne.

Etwa zehn Tage nach der oben geschilderten Feier genossen drei junge Männer von unserer Bekanntschaft die schöne
Aussicht, die Brighton dem Reisenden bietet: auf der einen
Seite die Bogenfenster der Häuser des Ortes und auf der
andern Seite das blaue Meer. Zuweilen blickt der Londoner
voll Entzücken nach dem Ozean, der mit zahllosen Grüb-
chen lächelt und mit weißen Segeln überdeckt ist und an
dessen blauer Küste Hunderte von Badekarren aufgereiht
sind; ein anderer aber, der sich mehr für die menschliche
Natur als für solche Fernsichten interessiert, wendet sein
Auge zuweilen den Bogenfenstern und den Menschen zu,
die dahinter ihr Wesen treiben. Aus dem einen ertönen die
Klänge eines Klaviers, auf dem eine junge Dame mit Locken
zur Freude ihrer Mitbewohner sechs Stunden täglich übt;
an einem andern schaukelt das hübsche Kindermädchen
Polly den kleinen Omnium auf den Armen, während an dem
darunterliegenden Fenster sein Papa Jacob Krabben zum

Frühstück speist und dazu die Times verschlingt. Dort halten die Misses Leevy nach den jungen Kavallerieoffizieren Ausschau, die sicherlich bald kommen werden, um auf dem Klippenweg zu spazieren; an einer andern Stelle wieder hat ein seemännisch veranlagter Bewohner der City ein Teleskop von der Größe eines Sechspfünders seewärts gerichtet, so daß er jedes Vergnügungsboot, jeden Heringskahn und jeden Badekarren, der zur Küste kommt oder sie verläßt, verfolgen kann, und so weiter. Aber haben wir hier Zeit dazu, Brighton zu beschreiben? Brighton, dieses reinliche Neapel mit seinen vornehmen Lazzaroni – Brighton, das immer munter, lustig und bunt aussieht wie die Jacke eines Harlekins – Brighton, das zur Zeit unserer Erzählung sieben Stunden von London entfernt war, jetzt aber nur hundert Minuten davon liegt und noch wer weiß wieviel näher rücken kann, wenn nicht Joinville kommt und es vorher bombardiert?

»Fabelhaft hübsches Mädchen da oben in dem Stockwerk über dem Putzgeschäft!« bemerkte einer dieser drei Spaziergänger zu einem der andern. »Donnerwetter, Crawley, haben Sie wohl gesehen, was sie mir für einen Blick zuwarf, als ich vorbeiging?«

»Brechen Sie ihr nur nicht das Herz, Joe, Sie Racker!« erwiderte dieser. »Treiben Sie nicht Ihr Spiel mit den Gefühlen der Kleinen, Sie Don Juan!«

»Ach, was reden Sie!« sagte Joseph Sedley sehr geschmeichelt und schielte nach dem betreffenden Dienstmädchen mit einem unwiderstehlichen Blick hinauf. Joseph sah in Brighton noch viel prächtiger aus als bei der Trauung seiner Schwester. Er trug großartige Westen, von denen jede einzelne genügt haben würde, einen Stutzer gewöhnlichen Schlages auszustatten. Er stolzierte in einem uniformartigen Rock einher, der mit Borten, Quasten, schwarzen Knöpfen und reicher Stickerei verziert war. Er suchte sich seit einiger Zeit in seiner äußeren Erscheinung und in seinem Be-

350

nehmen etwas Militärisches zu geben, und wenn er mit seinen beiden diesem Stande angehörigen Freunden spazieren ging, so klirrte er mit seinen Sporen, blies sich gewaltig auf und schoß tödliche Blicke nach allen Dienstmädchen ab, die es wert waren, erobert zu werden.

»Was sollen wir anfangen, Kinder, bis die Damen zurückkommen?« fragte der Stutzer. Die Damen machten in seinem Wagen eine Spazierfahrt nach Rottingdean. »Spielen wir eine Partie Billard«, schlug der eine seiner Freunde vor – der große mit dem gewichsten Schnurbarrt.

»Nein, zum Henker, nein, Rittmeister!« versetzte Joseph etwas beunruhigt. »Heute kein Billard, Crawley, mein Junge; ich habe noch genug von gestern.«

»Aber Sie spielen sehr gut«, erwiderte Crawley lachend. »Nicht wahr, Osborne? Wie hübsch er den Fünferstoß machte, he?«

»Famos«, antwortete Osborne. »Joe ist ein Matador im Billardspielen und ebenso auf allen anderen Gebieten. Schade, daß es hier keine Möglichkeit zur Tigerjagd gibt; sonst könnten wir vor Tische ein paar erlegen – da geht ein hübsches Mädchen! was für allerliebste Knöchel sie hat, nicht wahr, Joe? –; erzähle uns doch die Geschichte von der Tigerjagd und wie du mit der Bestie in den Dschungeln fertig wurdest... es ist eine wundervolle Geschichte, Crawley.« Hier gähnte George Osborne. »Es ist hier wirklich ein bißchen langweilig«, fügte er hinzu. »Was wollen wir denn tun?«

»Wollen wir hingehen und uns ein paar Pferde ansehen, die Snaffler gerade vom Markt in Lewes mitgebracht hat?« meinte Crawley.

»Ich schlage vor, wir gehen zu Dutton und essen ein bißchen Gelee«, sagte der schlaue Joseph, der zwei Fliegen mit einer Klappe schlagen wollte. »Da bei Dutton ist ein höllisch nettes Mädel.«

»Ich denke, wir gehen hin und erwarten die Eilpost, sie muß
gerade ankommen«, meinte George. Dieser Vorschlag trug
den Sieg über den Pferdestall und über das Gelee davon, und
so wandten sie denn ihre Schritte nach der Posthalterei, um
bei der Ankunft der Eilpost zugegen zu sein.
Auf ihrem Wege trafen sie Joseph Sedleys offene, wappen-
geschmückte Kutsche – jenes prächtige Gefährt, in dem er
in Cheltenham mit verschränkten Armen, den Dreispitz auf
dem Kopf, einsam und in majestätischer Würde oder, was
ihn noch glücklicher machte, an der Seite von Damen um-
herzufahren pflegte.
Jetzt saßen zwei Damen in dem Wagen: die eine kleine, mit
hellem Haar, in hochmoderner Toilette; die andere in einem
braunseidenen Kleid, einen Strohhut mit hellroten Bändern
auf dem Kopf, mit einem rosigen, runden, glückseligen Gesicht, dessen Anblick herzerfreuend wirkte. Sie ließ den
Wagen, als er den drei Herren nahekam, halten, sah aber
nach dieser selbstherrlichen Handlung etwas erregt aus und
errötete dann gänzlich unbegründet. »Wir haben eine ganz
köstliche Spazierfahrt gemacht, George«, sagte sie, »und...
und wir freuen uns so, daß wir wieder zurück sind; und Joseph, sorge doch dafür, daß er nicht zu lange ausbleibt!«
»Verführen Sie uns unsere Männer nicht, Sie schändlicher,
schändlicher Mensch Sie!« sagte Rebekka und drohte Joseph
mit einem hübschen kleinen Finger ihrer Hand, der in dem
niedlichsten französischen Glacéhandschuh stak. »Kein Billard, keine Zigarre, keine Nichtsnutzigkeiten!«
»Meine liebe Mrs. Crawley... aber ich bitte Sie, auf Ehre!«,
das war alles, was Joseph als Antwort herausbringen konnte;
aber es gelang ihm, sich in eine leidlich gute Positur zu werfen, indem er den Kopf seitwärts neigte, zu seinem Opfer
hinauf lächelte, das die eine Hand auf dem Rücken hielt und
sich auf seinen Spazierstock stützte und mit der andern
Hand, die mit einem Brillantring geschmückt war, an seiner
352

Busenkrause und seiner Weste herumfingerte. Als der Wagen weiterfuhr, warf er mit der Hand, die den Brillantring trug, den darin sitzenden schönen Damen Kußhände zu. Er wünschte nur, ganz Cheltenham, ganz Chowringhee und ganz Kalkutta hätten ihn in dieser Stellung, wie er einer solchen Schönheit nachwinkte, und in der Gesellschaft eines so berühmten Stutzers wie Rawdon Crawley von der Garde sehen können.

Unser jungvermähltes Paar hatte sich Brighton als denjenigen Ort ausgewählt, wo sie die ersten Tage nach der Hochzeit verleben wollten; sie hatten sich im Ship-Hotel einquartiert und genossen dort ihr Leben in aller Ruhe und Behaglichkeit, bis Joseph sich zu ihnen gesellte. Und er war nicht der einzige Bekannte, den sie dort trafen. Als sie eines Nachmittags von einem Spaziergang am Strand in ihr Hotel zurückkehrten, begegneten sie unerwartet Rebekka und ihrem Mann. Sie erkannten einander auf den ersten Blick. Rebekka flog in die Arme ihrer teuersten Freundin; Crawley und Osborne schüttelten einander ganz herzlich die Hände; und Becky brachte es, ehe ein paar Stunden um waren, fertig, George die Erinnerung an den kleinen unangenehmen Wortwechsel, der zwischen ihnen stattgefunden hatte, vergessen zu lassen. »Denken Sie noch an unser letztes Zusammentreffen bei Miß Crawley, wo ich so unartig gegen Sie war, Hauptmann Osborne? Ich glaubte, Sie vernachlässigten meine liebe Amelia. Das war es, was mich so ärgerlich, so schnippisch, so unliebenswürdig und so undankbar machte. Bitte, verzeihen Sie mir!« sagte Rebekka und hielt ihm ihre Hand mit einer so offenherzigen, gewinnenden Anmut hin, daß Osborne nicht anders konnte als sie ergreifen. Du glaubst gar nicht, mein Sohn, wie sehr du dir durch ein demütiges, offenherziges Bekenntnis deines Unrechts nützen kannst. Ich habe einmal einen Herrn gekannt, einen sehr erfahrenen Praktikus auf dem Jahrmarkt der Eitelkeit, der absichtlich seinen Nebenmenschen ein kleines Unrecht zuzufügen pflegte, um nachher in offener, männlicher Weise dafür um Entschudigung bitten zu können, … und was war die Folge? Mein Freund Crocky Doyle war allgemein beliebt und galt für einen etwas impulsiven, aber höchst ehrenhaften Menschen. Auch George Osborne faßte Beckys Selbstdemütigung als Aufrichtigkeit auf.

Die beiden jungen Paare hatten einander eine Menge zu erzählen. Die Heiraten beider wurden besprochen und ihre Aussichten im Leben von beiden Seiten mit der größten Offenheit und dem lebhaftesten Interesse erörtert. Georges Heirat sollte seinem Vater durch seinen Freund Hauptmann Dobbin zur Kenntnis gebracht werden, und der junge Osborne war einigermaßen bange, wie diese Mitteilung wirken werde. Miß Crawley, auf der Rawdons ganze Hoffnung beruhte, hatte sich noch immer nicht erweichen lassen. Da ihr liebevoller Neffe und ihre liebevolle Nichte keine Möglichkeit hatten, in das Haus der alten Dame in der Park Lane einzudringen, so waren sie ihr nach Brighton gefolgt und ließen ihre Tür dort beständig durch Boten bewachen.

»Ich wollte, du könntest einmal einige von Rawdons Freunden sehen, die in London immer um *unsere* Tür herumlungern«, sagte Rebekka lachend. »Hast du jemals einen mahnenden Gläubiger gesehen, meine Liebe, oder einen Gerichtsvollzieher mit seinem Gehilfen? Zwei von diesen abscheulichen Kerlen haben uns dort die ganze letzte Woche von dem gegenüberliegenden Grünkramgeschäft aus belagert, so daß wir erst am Sonntag ausgehen konnten. Wenn Tantchen sich nicht erweichen läßt, so weiß ich wirklich nicht, was wir anfangen sollen.«

Rawdon erzählte, von seinem eigenen schallenden Gelächter oft unterbrochen, zahlreiche interessante Anekdoten von seinen Gläubigern und von der geschickten Art, in der Rebekka sie zu behandeln verstehe. Er beteuerte mit einem

feierlichen Eid, daß es in ganz Europa kein Frauenzimmer
gebe, das einen Gläubiger so gut herumzukriegen verstände
wie sie. Sie hatte diese Tätigkeit fast unmittelbar nach ihrer
Hochzeit begonnen, und ihr Gatte hatte alsbald den unschätzbaren Wert einer solchen Frau erkannt. Sie hatten
einen ausgedehnten Kredit; aber sie hatten auch eine Unmenge von unbezahlten Rechnungen und litten unter dem
Mangel an barem Gelde. Beeinträchtigten nun diese Schulden-
nöte Rawdons gute Laune? Keineswegs. Jedermann muß auf
dem Jahrmarkt der Eitelkeit bemerkt haben, wie gut gerade
diejenigen Leute leben, die so recht behaglich und gründlich
in Schulden stecken: wie sie sich nichts versagen und wie
heiter und gemütsruhig sie sind. Rawdon und seine Frau
hatten in dem Hotel in Brighton die besten Zimmer inne;
wenn der Wirt beim Mittagessen die erste Schüssel auftrug,
verbeugte er sich vor ihnen als seinen vornehmsten Gästen,
und Rawdon schimpfte über das Essen und den Wein mit
einer Ungeniertheit, die keiner der Granden des Landes
hätte überbieten können. Lange Übung, eine männliche Erscheinung, tadellose Stiefel und Kleider und eine edle Dreistigkeit des Auftretens können manchem oft ebensoviel helfen wie ein großes Guthaben bei einem Bankier.
Die beiden jungen Ehepaare kamen täglich miteinander zusammen, bald in den Zimmern des einen, bals in denen des
andern. Nachdem sie so zwei oder drei Abende im Gespräch
verbracht hatten, spielten die Herren das nächste Mal ein
bißchen Pikett, während ihre Frauen für sich saßen und plauderten. Dieser Zeitvertreib und die Ankunft Joseph Sedleys,
der in seinem großen offenen Wagen eintraf und mit Rittmeister Crawley ein paar Partien Billard spielte, füllten
Rawdons Börse wieder einigermaßen und verhalfen ihm zu
dem angenehmen Besitz baren Geldes, dessen Mangel selbst
die größten Geister manchmal in Verlegenheit bringt.
So gingen denn die drei Herren hin, um die Eilpost ankom-

men zu sehen. Pünktlich auf die Minute kam der Wagen, innen und außen dicht besetzt, unter den vertrauten Klängen des Posthorns eilig die Straße entlang gerasselt und hielt vor der Posthalterei.

»Hurra! Da ist der alte Dobbin!« rief George, der ganz entzückt war, seinen Freund, dessen verheißener Besuch in Brighton sich bis jetzt verzögert hatte, oben auf der Kutsche sitzen zu sehen. »Wie gehts, alter Junge? Freue mich sehr, daß du gekommen bist. Emmy wird entzückt sein, dich wiederzusehen«, sagte Osborne und schüttelte seinem Kameraden warm die Hand, sobald dieser seinen Abstieg von dem Fuhrwerk bewerkstelligt hatte; dann fügte er mit leiserer, erregter Stimme hinzu: »Was gibt es Neues? Bist du am Russell Square gewesen? Was sagt mein Vater? Erzähle mir alles.«

Dobbin sah sehr bleich und ernst aus. »Ich habe deinen Vater gesehen«, sagte er. »Was macht Amelia... Mrs. George? Ich werde dir nachher gleich alles berichten; aber ich habe eine Neuigkeit mitgebracht, die die wichtigste von allen ist, nämlich...«

»Heraus damit, alter Junge!« rief George.

»Wir haben Marschbefehl nach Belgien. Die ganze Armee geht hin, Garde und alles. Heavytop hat die Gicht bekommen und ist wütend darüber, daß er nicht mit kann. O'Dowd hat das Kommando erhalten, und in der nächsten Woche schiffen wir uns in Chatham ein.«

Diese Kriegsnachricht war naturgemäß ein schwerer Schlag für unsere Liebenden und bewirkte, daß die Herren alle sehr ernst aussahen.

DREIUNDZWANZIGSTES KAPITEL
Hauptmann Dobbin verfolgt eifrig
seine Absichten

Worin mag wohl der geheimnisvolle Mesmerismus bestehen, den die Freundschaft besitzt und unter dessen Einwirkung jemand, der sonst träge, kalt oder furchtsam ist, klug,
tätig und entschlossen wird, wenn es sich um das Interesse
eines andern handelt? Wie Alexis nach ein paar Strichen von
der Hand des Magnetiseurs Doktor Elliotson gegen Schmerz
unempfindlich ist, mit dem Hinterkopf liest, meilenweit
sieht, die Ereignisse der nächsten Woche vorausweiß und
andere Wunderdinge vollführt, zu denen er in seinem gewöhnlichen, normalen Zustand ganz unfähig ist, so sieht
man auch, daß im Leben der Welt unter dem Magnetismus
der Freundschaft der Schüchterne kühn, der Zaghafte zuversichtlich, der Träge tätig oder umgekehrt der Unge-
stüme vorsichtig und friedfertig wird. Was veranlaßt anderseits den Rechtsanwalt dazu, daß er seine Sache nicht selbst
führt, sondern einen gelehrten Berufsgenossen als Ratgeber
hinzuzieht? Und warum läßt der Arzt, wenn ihm etwas
fehlt, seinen Konkurrenten rufen, statt sich hinzusetzen,
seine Zunge im Spiegel zu betrachten und sich selbst eine
Medizin an seinem Arbeitstisch zu verschreiben? Ich werfe
diese Fragen auf, damit scharfsinnige Leser sie beantworten,
welche es wissen, wie leichtgläubig und zugleich wie skep-
tisch, wie nachgiebig und zugleich wie hartnäckig, wie fest
und zugleich wie zaghaft wir sind, je nachdem es sich um
andere oder um uns selbst handelt. Soviel ist jedenfalls gewiß, daß unser Freund William Dobbin – der für seine Person so nachgiebig war, daß seine Eltern ihn unter Umständen dazu hätten bestimmen können, in die Küche hinabzusteigen und die Köchin zu heiraten – und der zur Förderung seiner eigenen Interessen nicht quer über die Straße

gegangen wäre – sich der Sache seines Freundes George mit einem Eifer und einer Energie annahm, wie sie der selbstsüchtigste Taktiker nicht in höherem Maße auf die Verfolgung seiner Absichten hätte verwenden können.

Während unser Freund George und seine junge Frau die ersten glückseligen Tage ihrer Flitterwochen in Brighton genossen, war der ehrliche William als Georges Bevollmächtigter in London geblieben, um den geschäftlichen Teil der Heirat zu erledigen. Seine Aufgabe bestand darin, den alten Sedley und seine Frau zu besuchen und den Vater Amelias in guter Stimmung zu erhalten, ferner Joseph und dessen Schwager einander näherzubringen, damit Josephs Stellung und Würde als Steuereinnehmer von Boggley Wollah als eine Art von Ersatz für den Ruin seines Vaters dienen und dazu mitwirken könne, den alten Osborne mit der Verbindung auszusöhnen; und endlich dem Letztgenannten diese Verbindung in einer solchen Weise mitzuteilen, daß der alte Herr sich möglichst wenig darüber aufregte.

Dobbin überlegte nun, daß es diplomatisch sein werde, ehe er dem Oberhaupt des Osborneschen Hauses mit der Nachricht gegenübertrete, mit der er ihn bekannt machen mußte, sich die übrigen Familienmitglieder zu Freunden zu machen und, wenn möglich, die Damen auf seine Seite zu bringen. ›Ihr Groll kann nicht so tief sein‹, dachte er. ›Niemals ist eine Frau über eine romantische Heirat wirklich empört gewesen. Sie werden ein Weilchen schelten, dann aber bestimmt zur Partei ihres Bruders übergehen, und darauf wollen wir drei gemeinschaftlich die Belagerung des alten Mr. Osborne eröffnen.‹ So sann nun dieser Infanteriehauptmann, ein zweiter Machiavelli, auf ein erfolgversprechendes Mittel oder eine glückliche Kriegslist, wodurch er den Misses Osborne sachte und allmählich das Geheimnis ihres Bruder mitteilen könne.

Durch ein paar Fragen nach den Einladungen, die seine Mutter erhalten hatte, machte er sehr bald ausfindig, welche Freundinnen der Lady Dobbin in dieser Saison Gesellschaften gaben und wo er am wahrscheinlichsten Georges Schwestern treffen würde. Und wiewohl er vor Bällen und Abendgesellschaften jenen Abscheu hegte, den leider viele sonst verständige Männer haben, fand er bald eine solche Veranstaltung, bei der die Anwesenheit der Misses Osborne zu erwarten war. Er erschien auf dem Ball, tanzte mit jeder der Schwestern ein paar Tänze, war außerordentlich liebenswürdig und fand schließlich den Mut, Miß Jane zu fragen, ob sie ihm nicht am nächsten Tage zu einer frühen Stunde für ein paar Minuten Gehör schenken wolle, da er ihr etwas sehr Wichtiges mitzuteilen habe.

Weshalb fuhr sie zurück, starrte ihn einen Augenblick an, sah dann auf ihre Füße und machte Miene, in seinem Arm ohnmächtig zu werden, was sie vielleicht auch getan haben würde, wenn Dobbin ihr nicht glücklicherweise auf die Zehen getreten und ihr dadurch die Selbstbeherrschung wiedergegeben hätte? Warum versetzte Dobbins Bitte sie in so große Aufregung? Das mag der Himmel wissen. Als Dobbin aber am nächsten Tage kam, war Maria nicht bei ihrer Schwester im Salon, und Miß Wirt ging hinaus, um sie zu holen, und der Hauptmann und Miß Jane blieben allein zusammen. Sie waren beide so still, daß das Ticken der Uhr auf dem Kaminsims, auf der das Opfer der Iphigenie dargestellt war, peinlich laut zu hören war.

»Wie hübsch es gestern auf dem Ball war,« begann Miß Osborne endlich ermutigend, »und... und wie Sie sich im Tanzen vervollkommnet haben, Hauptmann Dobbin! Es hat Sie gewiß jemand eingeübt«, fügte sie mit liebenswürdiger Schalkheit hinzu.

»Sie sollten mich erst einen Reel mit der Majorin O'Dowd von unserm Regiment tanzen sehen, oder einen Jig... haben Sie jemals einen Jig gesehen? Aber ich glaube, mit Ihnen,

Miß Osborne, einer so vorzüglichen Tänzerin, müßte jeder tanzen können.«

»Ist die Majorin jung und hübsch, Hauptmann?« fuhr die hübsche Fragerin fort. »Ach, ich denke es mir doch schrecklich, die Frau eines Soldaten zu sein! Ich wundere mich, daß sie überhaupt Lust zum Tanzen haben und noch dazu in diesen schrecklichen Kriegszeiten! Ach, Hauptmann Dobbin, ich zittere manchmal, wenn ich an unsern lieben George und die Gefahren der armen Soldaten denke. Gibt es viele verheiratete Offiziere in Ihrem Regiment, Hauptmann Dobbin?«

»Nein, das muß ich sagen, sie zeigt ihre Karten doch gar zu offen!« flüsterte Miß Wirt. Aber diese Bemerkung ist nur als eine rein parenthetische zu betrachten, da sie durch die Türspalte, an der die Gouvernante sie äußerte, drinnen nicht gehört werden konnte.

»Einer von unsern jungen Offizieren hat sich soeben verheiratet«, erwiderte Dobbin, der nun auf sein Ziel losging. »Es war eine sehr alte Neigung, und die jungen Leute sind so arm wie Kirchenmäuse.«

»O wie entzückend! O wie romantisch!« rief Miß Osborne, als der Hauptmann ›alte Neigung‹ und ›arm‹ sagte. Ihre Sympathie ermutigte ihn.

»Er ist der schmuckeste junge Mann im ganzen Regiment«, fuhr er fort. »Es gibt in der Armee keinen Offizier, der tapferer oder schöner wäre; und sie ist ein so allerliebstes Frauchen! Sie würden sie gewiß gern haben, Miß Osborne; Sie *werden* sie gewiß gern haben, sobald Sie sie kennen.« Die junge Dame dachte, daß der entscheidende Augenblick jetzt gekommen sei und daß Dobbins sichtliche Aufregung, die sich in häufigen Gesichtszuckungen, in seiner Art, mit seinen großen Füßen auf den Boden zu stampfen, und in dem schnellen Auf- und Zuknöpfen seines Uniformrockes bekundete – ein Zeichen sei, daß er, wenn er sich erst ein wenig beruhigt

habe, sein Herz ganz ausschütten würde; und sie schickte
sich an, eine eifrige Zuhörerin abzugeben. Und als die Uhr
in dem Altar, auf dem Iphigenie lag, nach einer vorbereitenden Erschütterung zwölf zu schlagen begann, da schien es
dem gespannt wartenden Mädchen, als werde das Schlagen
bis ein Uhr dauern, so langsam folgten nach ihrer Empfindung die einzelnen dumpfen Töne aufeinander.

»Aber ich bin nicht gekommen, um vom Heiraten zu sprechen... das heißt von dieser Heirat allerdings... das heißt...
nein, ich meine... meine liebe Miß Osborne, es handelt sich
um unsern lieben Freund George«, sagte Dobbin.

»Um George?« sagte sie in einem so enttäuschten Ton, daß
Maria und Miß Wirt an der andern Seite der Tür lachten
und selbst Dobbin, dieser gottlose Bösewicht, sich eines Lächelns nicht ganz erwehren konnte, denn er war mit dem
Stand der Dinge nicht so ganz unbekannt, da George ihn oft
freundschaftlich geneckt und zu ihm gesagt hatte: ›Zum
Kuckuck, Will, warum nimmst du nicht die alte Jane? Sie
nimmt dich, wenn du sie fragst. Ich wette mit dir fünf gegen
zwei, daß sie es tut.‹

»Ja, um George«, fuhr er fort. »Es hat ein Wortwechsel zwischen ihm und Mr. Osborne stattgefunden. Und ich schätze
ihn so sehr – Sie wissen ja, daß wir wie Brüder zueinander
gestanden haben –, daß ich hoffe und von ganzem Herzen
wünsche, der Streit möchte beigelegt werden. Wir müssen
ins Ausland gehen, Miß Osborne. Wir können jeden Augenblick Befehl erhalten, am kommenden Tage auszumarschie-
ren. Wer kann wissen, was sich in dem Feldzug zutragen
wird? Regen Sie sich nicht auf, liebe Miß Osborne, aber in
solcher Stunde sollten diese beiden Männer wenigstens als
Freunde voneinander scheiden.«

»Einen Streit hat es nicht gegeben, Hauptmann Dobbin,
sondern nur wie gewöhnlich eine kleine Szene mit Papa«,
sagte die junge Dame. »Wir erwarten George täglich zurück.

Was Papa von ihm verlangte, war nur zu seinem Besten. Er braucht nur zurückzukommen, und ich bin überzeugt, daß dann alles gut sein wird; und auch die liebe Rhoda, die tief gekränkt von hier fortging, wird ihm gewiß verzeihen. Ein Mädchen verzeiht nur zu leicht, Hauptmann.«

»So ein Engel wie Sie würde es sicherlich tun«, erwiderte Mr. Dobbin mit schändlicher Hinterlist. »Und kein Mann kann es sich je vergeben, einem Mädchen Schmerz bereitet zu haben. Wie würden Sie es aufnehmen, wenn ein Mann Ihnen untreu würde?«

»Ich würde unkommen ... ich würde mich aus dem Fenster stürzen ... ich würde Gift nehmen ... ich würde dahinwelken und sterben. Ja, ganz bestimmt!« rief Miß Jane, obwohl sie bereits ein paar Herzensangelegenheiten durchgemacht hatte, ohne an Selbstmord zu denken.

»Und es gibt andere junge Damen,« fuhr Dobbin fort, »die ein ebenso treues, gutes Herz haben wie Sie. Ich rede nicht von der westindischen Erbin, Miß Osborne, sondern von einem armen Mädchen, das Ihr Bruder einst liebte und das von klein auf dazu erzogen wurde, an niemand als an ihn zu denken. Ich habe sie in ihrer Armut gesehen; sie trug ihr Leid ohne Klage, in durchaus würdiger Weise, obwohl ihr beinahe das Herz brach. Ich spreche von Miß Sedley. Liebe Miß Osborne, kann Ihr edles Herz Ihrem Bruder einen Vorwurf daraus machen, daß er ihr treu ist? Könnte sein eigenes Gewissen es ihm jemals vergeben, wenn er sie verließe? Seien Sie ihre Freundin – sie hat Sie immer geliebt – und – und ich bin in Georgs Auftrag hergekommen, um Ihnen zu sagen, daß er es für seine heiligste Pflicht erachtet, ihr sein gegebenes Wort zu halten – und um die herzliche Bitte auszusprechen, daß wenigstens *Sie* auf seiner Seite stehen möchten.«

Wenn Mr. Dobbin von einer starken Gemütsbewegung ergriffen war, so pflegte er nur bei den allerersten Worten zu stocken, konnte aber dann völlig fließend sprechen, und es war unverkennbar, daß seine Beredsamkeit im vorliegenden Falle auf die Dame, an die sie gerichtet war, einigen Eindruck gemacht hatte.

»Nun,« erwiderte sie, »das ist ja … sehr überraschend … sehr peinlich … etwas ganz Ungewöhnliches … was wird nur Papa dazu sagen, daß George eine so glänzende Partie, die sich ihm bietet, ausschlägt … Aber jedenfalls hat er in Ihnen, Hauptmann Dobbin, einen sehr tapferen Verteidiger gefunden. Es hilft jedoch alles nichts«, fuhr sie nach kurzem Stillschweigen fort; »Miß Sedley tut mir ja gewiß sehr leid, von ganzer Seele, kann ich sagen. Wir sind nie sehr für diese Partie gewesen, wiewohl wir immer sehr freundlich gegen Miß Sedley waren, sehr freundlich. Aber Papa wird nie seine Einwilligung geben; das weiß ich bestimmt. Und ein gut erzogenes Mädchen … ein Mädchen mit verständigen Grundsätzen muß … George muß sie aufgeben, lieber Hauptmann Dobbin; wirklich, das muß er.«

»Darf ein Mann das Mädchen, das er liebt, gerade dann aufgeben, wenn sie ein Unglück betroffen hat?« versetzte Dobbin und hielt ihr dabei seine Hand hin. »Liebe Miß Osborne, muß ich einen solchen Rat von *Ihnen* hören? Er kann sie nicht aufgeben; er darf sie nicht aufgeben. Glauben Sie, daß ein Mann *Sie* aufgeben würde, wenn Sie arm wären?«

Diese geschickte Frage rührte Miß Jane Osbornes Herz wirklich nicht wenig. »Ich weiß nicht, ob wir armen Mädchen all das glauben dürfen, was die Männer uns sagen, Hauptmann«, erwiderte sie. »Das liebevolle Gemüt der Frauen ist nur zu leichtgläubig. Ich fürchte, die Männer sind alle grausame Betrüger« – und Dobbin glaubte tatsächlich einen leisen Druck von der Hand zu verspüren, die Miß Osborne ihm gereicht hatte.

Beunruhigt ließ er ihre Hand los. »Betrüger!« sagte er. »Nein, liebe Miß Osborne, nicht alle Männer sind Betrüger;

Ihr Bruder ist keiner. George hat Amelia Sedley, seit sie noch Kinder waren, geliebt, und kein noch so großer Reichtum könnte ihn veranlassen, eine andere als sie zur Frau zu nehmen. Darf er sie verlassen? Würden Sie ihm raten, das zu tun?«

Was konnte Miß Jane auf eine solche Frage erwidern, auch mit Rücksicht auf ihre eigenen Anschauungen, die sie vorhin ausgesprochen hatte? Da sie auf die Frage nicht antworten konnte, so wich sie ihr aus, indem sie sagte: »Nun, wenn Sie kein Betrüger sind, so sind Sie wenigstens höchst romantisch«; und Hauptmann William ließ ihr diese Bemerkung ohne Widerrede hingehen.

Als er endlich mit Hilfe vieler liebenswürdiger Redensarten Miß Osborne hinreichend vorbereitet zu haben glaubte, so daß sie die ganze Neuigkeit hören könne, teilte er sie ihr mit: »George«, sagte er, »kann Amelia nicht aufgeben – er ist bereits mit ihr verheiratet.« Und dann erzählte er die uns bereits bekannten näheren Umstände der Heirat: wie das arme Mädchen gestorben sein würde, wenn ihr Geliebter ihr untreu geworden wäre; wie der alte Sedley seine Einwilligung zu der Heirat verweigert habe, so daß erst eine Lizenz habe beschafft werden müssen; wie Joseph Sedley von Cheltenham herübergekommen sei, um die Braut dem Bräutigam zu übergeben; wie sie in Josephs Kutsche mit vier Pferden nach Brighton gefahren seien, um dort die Flitterwochen zu verleben – und wie George darauf rechne, daß seine lieben, guten Schwestern ihn mit dem Vater wieder versöhnen würden, was von so zärtlichen, treuen jungen Damen auch gewiß zu erwarten sei. Darauf bat Hauptmann Dobbin um die bereitwillig gewährte Erlaubnis, seinen Besuch wiederholen zu dürfen, und da er mit Recht vermutete, daß die von ihm mitgebrachte Neuigkeit in den nächsten fünf Minuten den andern Damen mitgeteilt werden würde, machte er seine Verbeugung und empfahl sich.

364

Er war kaum aus dem Hause, als Miß Maria und Miß Wirt zu Miß Jane hereinstürzten und von ihr das ganze wunderbare Geheimnis erfuhren. Um den Schwestern Gerechtigkeit widerfahren zu lassen, sei bemerkt, daß keine von ihnen besonders unangenehm davon berührt war. So eine eigenmächtige Heirat hat etwas Besonderes an sich, worüber die meisten Damen nicht ernstlich aufgebracht sein können, und Amelia stieg sogar in der Achtung der Misses Osborne durch den Mut, den sie mit ihrer Einwilligung in eine solche Verbindung bewiesen hatte. Während sie noch die Angelegenheit erörterten und darüber hin und her redeteten und Vermutungen anstellten, was Papa wohl sagen und tun werde, ertönte wie ein rächender Donnerschlag ein lautes Klopfen an der Tür, das die Verschwörerinnen zusammenzucken ließ. Sie dachten, es müsse der Papa sein. Aber er war es nicht. Es war nur Mr. Frederick Bullock, der einer Verabredung gemäß aus der City herbeigekommen war, um die Damen auf eine Blumenausstellung zu begleiten.
Man kann sich leicht denken, daß diesem Herrn das Geheimnis nicht lange vorenthalten blieb. Aber sein Gesicht zeigte beim Anhören der Neuigkeit ein Erstaunen, das sich sehr erheblich von dem Ausdruck sentimentaler Verwunderung unterschied, den die Mienen der Schwestern trugen. Mr. Bullock war ein Mann von Welt und der jüngere Teilhaber einer reichen Firma. Er kannte den Wert und die Bedeutung des Geldes, und in seinen kleinen Augen blitzte ein Strahl froher Erwartung auf und veranlaßte ihn, seine Maria freundlich anzulächeln, als er berechnete, daß sie durch diesen dummen Streich Georges dreißigtausend Pfund mehr wert sein würde, als er je durch sie zu erlangen gehofft hatte.
»Schwerenot, Jane«, sagte er, indem er sogar die ältere Schwester mit einigem Interesse betrachtete, »da wird sich Eels ärgern, daß er abgesprungen ist. Du wirst am Ende noch fünfzigtausend Pfund wert.«

Bis zu diesem Augenblick hatten die Schwestern noch gar nicht an die Geldfrage gedacht; aber Fred Bullock neckte sie damit während ihres Ausfluges in seiner anmutig heiteren Weise; und als sie von ihrer Morgenfahrt zum Dinner zurückkehrten, waren sie in ihrer eigenen Achtung nicht wenig gestiegen. Und meine verehrten Leser mögen diese Selbstsucht nicht als unnatürlich verdammen. Als der Verfasser dieser Geschichte heute morgen mit dem Omnibus von Richmond hereinfuhr, bemerkte er während des Pferdewechsels vom Kutschendach aus drei kleine, sehr schmutzige Kinder, die sehr friedlich und glücklich in einer Pfütze spielten. Zu diesen dreien gesellte sich gerade noch eine andere Kleine. »Polly,« sagte sie, »deine Schwester hat einen Penny bekommen.« Daraufhin sprangen die Kinder sofort von ihrer Pfütze auf und liefen davon, um Peggy zu umschmeicheln. Und als der Omnibus weiterfuhr, sah ich, wie Peggy mit dem ganzen Kindergefolge höchst würdevoll auf den nahen Stand einer Süßwarenhändlerin zuschritt.

VIERUNDZWANZIGSTES KAPITEL

Worin Mr. Osborne die Familienbibel hervorholt

Nachdem Dobbin so die Schwestern vorbereitet hatte, begab er sich eilig nach der City, um den noch übrigen, schwierigsten Teil der von ihm übernommenen Aufgabe auszuführen. Der Gedanke, daß er nun dem alten Osborne gegenübertreten müsse, beunruhigte ihn nicht wenig, und er überlegte mehr als einmal, ob es nicht das beste sei, wenn er es den jungen Damen überließe, dem Vater das Geheimnis mitzuteilen, das sie, wie er sich sagte, doch nicht lange würden für sich behalten können. Aber da er George versprochen hatte, ihm zu berichten, wie Osborne senior die Nachricht aufgenommen habe, ging er in der City zum Büro seines eigenen Vaters in der Thames Street und sandte von dort

aus an Mr. Osborne ein paar Zeilen, in denen er ihn um eine
halbstündige Unterredung in Angelegenheiten seines Sohnes
George bat. Dobbins Bote meldete bei der Rückkehr von
Mr. Osbornes Geschäftshause, dieser lasse sich bestens empfehlen und werde sich sehr freuen, den Hauptmann sofort
zu empfangen; und so machte sich Dobbin auf den Weg, um
mit ihm persönlich zu verhandeln.

In dem Bewußtsein, daß er ein schlimmes Geheimnis zu bekennen habe, und mit der Aussicht auf eine peinliche, stür-
mische Unterredung betrat der Hauptmann Mr. Osbornes
Geschäftsräume mit sehr trüber Miene und unsicherem
Gang; und als er durch das äußere Zimmer hindurchging,
wo Mr. Choppers Reich war, begrüßte ihn dieser Würdenträger von seinem Pulte aus in einer schalkhaften Weise,
durch die seine Unruhe noch gesteigert wurde. Mr. Chopper
blinzelte und nickte ihm zu, zeigte mit seiner Feder nach der
Tür seines Chefs und sagte mit einer für Dobbin sehr peinlichen Heiterkeit: »Sie werden den Alten bei bester Laune
finden.«

Mr. Osborne erhob sich bei Dobbins Eintritt, schüttelte ihm
herzlich die Hand und sagte: »Wie geht es Ihnen, mein lieber Junge?« Dieser freundliche Empfang bewirkte, daß der
Abgesandte des armen George sich doppelt schuldig fühlte.
Seine Hand lag wie tot in der des alten Herrn. Er fühlte, daß
er, Dobbin, mehr oder weniger der Urheber alles dessen sei,
was hier geschehen war. Er war es, der George zu Amelia
zurückgebracht hatte; er war es, der durch seinen Beifall,
durch sein ermutigendes Zureden, durch seine weitgehende
Mitwirkung die Heirat zustande gebracht hatte, von der er
jetzt Georges Vater Mitteilung machen sollte: und nun empfing ihn dieser mit einem bewillkommnenden Lächeln, klopfte
ihm auf die Schulter und nannte ihn ›Dobbin, mein lieber
Junge‹. Der Gesandte hatte wahrlich alle Ursache, den Kopf
hängen zu lassen.

Osborne war der festen Überzeugung, daß Dobbin gekommen sei, um ihm seines Sohnes Unterwerfung zu melden. In dem Augenblick, als Dobbins Bote kam, unterhielten sich Mr. Chopper und sein Prinzipal gerade über den Zwist zwischen George und seinem Vater. Beide stimmten darin überein, daß George seine Ergebung anzeigen lasse. Sie hatten dies beide schon seit einigen Tagen erwartet, und Mr. Osborne sagte nun zu seinem Buchhalter: »Donnerwetter, Chopper, was für eine großartige Hochzeit wir haben werden!« Dabei schnippste er mit seinen dicken Fingern, klimperte mit allen Guineen und Schillingen in seinen großen Taschen und sah seinen Untergebenen triumphierend an.

Während er auch jetzt wieder ähnliche Manöver mit dem Inhalt seiner Hosentaschen vollführte, betrachtete Osborne von seinem Stuhle aus mit schlauer, vergnügter Miene Dobbin, der ihm zaghaft und schweigend gegenübersaß. ›Für einen Hauptmann unseres Heeres ist er doch ein rechter Tölpel‹, dachte der alte Osborne. ›Ich wundere mich, daß George ihm nicht mehr Schliff beigebracht hat.‹

Endlich raffte Dobbin seinen Mut zusammen und begann. »Sir,« sagte er, »ich bringe Ihnen mehrere sehr ernste Nachrichten. Ich bin heute früh auf dem Generalkommando gewesen, und es besteht kein Zweifel mehr darüber, daß unser Regiment Marschbefehl nach dem Ausland erhalten und noch vor Ende der Woche auf dem Weg nach Belgien sein wird. Und Sie werden sich selbst sagen, Sir, daß wir nicht heimkehren werden, ehe nicht ein Kampf stattgefunden hat, der für viele von uns verhängnisvoll werden kann.«

Osborne machte ein ernstes Gesicht. »Ich bin überzeugt,« sagte er, »daß mein S... daß das Regiment seine Schuldigkeit tun wird.«

»Die Franzosen sind sehr stark, Sir«, fuhr Dobbin fort. »Und es wird lange dauern, bis die Russen und die Österreicher ihre Truppen heranbringen können. Wir werden den ersten

Anprall auszuhalten haben; und verlassen Sie sich darauf,
Bonaparte wird dafür sorgen, daß er hart wird.«
»Worauf wollen Sie nur mit diesen Reden hinaus, Dobbin?«
fragte der andere, der sich unbehaglich zu fühlen begann,
mit finsterer Miene. »Ich denke, daß sich kein Engländer vor
einem dieser verdammten Franzosen fürchten wird, he?«
»Ich meine nur, wenn zwischen Ihnen und George irgendwelche Zwistigkeiten bestehen, so wäre es in Anbetracht der
großen, nicht zu unterschätzenden Gefahr, die über uns
allen schwebt, ... so wäre es gut, Sir, wenn ... wenn Sie einander die Hand reichten; nicht wahr? Sollte ihm etwas zustoßen, so würden Sie, meine ich, es sich nie vergeben, wenn
Sie beide in Unfrieden voneinander geschieden wären.«
Bei diesen Worten wurde der arme William Dobbin dunkelrot, er fühlte und gestand es sich selbst, daß er ein Verräter
sei. Ohne ihn wäre es vielleicht nie zu diesem Zwiespalt gekommen. Warum war denn Georges Heirat nicht verscho-
ben worden? Welche Nötigung, sie so zu beschleunigen,
hatte denn vorgelegen? Er fühlte, daß George sich jedenfalls
von Amelia getrennt haben würde, ohne an dem Schmerz
darüber zu sterben. Auch Amelia hätte sich *vielleicht* von
dem Gram über seinen Verlust wieder erholt. Seine Ratschläge waren es gewesen, die diese Heirat mit all ihren
Folgen herbeigeführt hatten. Und warum hatte er so gehandelt? Weil er sie so sehr liebte, daß er es nicht ertragen
konnte, sie unglücklich zu sehen; oder weil ihm selbst die
Qualen, die ihm der Zustand der Ungewißheit bereitete, so
unerträglich waren, daß er froh war, ihnen mit einem Schlage
ein Ende machen zu können, so wie wir nach einem Todesfall die Beerdigung beschleunigen oder, wenn uns die Trennung von einem geliebten Menschen bevorsteht, nicht eher
Ruhe finden können, bis der Abschied vorüber ist.
»Sie sind ein guter Bursche, William,« sagte Mr. Osborne in
sanfterem Tone, »und ich und George sollten nicht im Zorn

auseinandergehen, das ist wahr. Sehen Sie, ich habe für ihn so viel getan wie nicht leicht ein anderer Vater für seinen Sohn. Ich möchte wetten, daß er von mir dreimal soviel Geld bekommen hat, wie Ihr Vater Ihnen jemals gegeben hat. Aber ich will damit nicht prahlen. Wie ich mich für ihn abgequält und gearbeitet und von meinem Talent und meiner Energie Gebrauch gemacht habe, davon möchte ich nicht reden. Aber fragen Sie Chopper. Fragen Sie George selbst. Fragen Sie die City von London. Nun also ich schlage ihm jetzt eine Heirat vor, auf die jeder Edelmann im Lande stolz sein könnte – das einzige Verlangen, das ich jemals im Leben an ihn ge stellt habe, und er schlägt es mir ab. Ist da das Unrecht auf *meiner* Seite? Bin ich an dem Streit schuld? Was will ich denn anderes als sein Bestes, für das ich wie ein Sträfling seit seiner Geburt gearbeitet habe? Niemand kann sagen, daß ich selbstsüchtig wäre. Er mag zurückkommen. Ich will ihm die Hand zur Versöhnung reichen. Ich will vergeben und vergessen. Jetzt zu heiraten, das kann natürlich nicht in Betracht kommen. Er und Miß Swartz mögen miteinander einig werden und sich später heiraten, wenn er als Oberst zurückkommt; denn Oberst soll er werden, bei Gott, das soll er, und wenn es noch soviel Geld kostet. Ich freue mich, daß Sie ihn herumbekommen haben. Ich weiß, daß es Ihr Werk ist, Dobbin. Sie haben ihm schon früher oft aus der Klemme geholfen. Lassen Sie ihn nur wieder herkommen. Ich werde nicht hart sein. Kommt alle beide heute zum Dinner nach dem Russell Square, zur gewohnten Stunde an der alten Stätte. Ihr werdet einen Rehrücken vorfinden, und von dem Vorgefallenen soll kein Wort mehr geredet werden.«

Dieses Lob und dieser Ausdruck des Vertrauens trafen den guten Dobbin wie ein Stich ins Herz. Je länger das Gespräch in diesem Tone fortdauerte, um so mehr fühlte er sich schuldig. »Sir,« sagte er, »ich fürchte, Sie täuschen sich. Ich weiß sicher, daß Sie dies tun. George hat eine viel zu edle Denkungsart, um jemals nach Geld zu heiraten. Eine Drohung von Ihrer Seite, ihn im Falle des Ungehorsams zu enterben, würde ihn nur zu entschiedenem Widerstand reizen.«

»Na, zum Henker, Verehrtester, nennen Sie das eine Drohung, wenn ich ihm eine Jahreseinnahme von acht- bis zehntausend Pfund anbiete?« erwiderte Mr. Osborne, immer noch in bester Laune. »Zum Kuckuck, wenn Miß Swartz mich haben wollte, ich nähme sie ohne weiteres. Ich bin nicht heikel um eine Schattierung Braun mehr oder weniger.« Und der alte Herr verzog sein Gesicht zu dem ihm eigenen schlauen Grinsen und brach in ein derbes Lachen aus.

»Sie vergessen die früheren Verpflichtungen, die Hauptmann Osborne eingegangen ist«, antwortete der Abgesandte ernst.

»Was für Verpflichtungen? Was, zum Teufel, meinen Sie? Sie meinen doch nicht etwa,« fuhr Mr. Osborne fort, der auf diesen Gedanken jetzt zum ersten Mal kam und infolgedessen höchst überrascht war und in Wut geriet, »Sie meinen doch nicht etwa, daß er so ein verdammter Narr ist, immer noch der Tochter jenes betrügerischen alten Bankrotteurs nachzulaufen? Sie sind doch nicht etwa hergekommen, um mir zu sagen, daß er *die* heiraten will? *Die* heiraten, das wäre ja ein netter Streich! Mein Sohn und Erbe eine Bettlerstochter aus der Gosse heiraten! Zum Teufel, wenn er das tut, dann kann er sich getrost einen Besen kaufen und die Straße fegen. Sie hat ihm von jeher schöne Augen gemacht und nach ihm geangelt, ich entsinne mich dessen recht wohl, und ich zweifle nicht, daß sie dazu von dem alten Gauner, ihrem Vater, angestiftet war.«

»Mr. Sedley war einst ein sehr guter Freund von Ihnen, Sir«, unterbrach ihn Dobbin, der sich beinahe darüber freute, als er merkte, daß er selbst zornig wurde. »Es gab eine Zeit, da Sie bessere Bezeichnungen für ihn hatten als Schuft und

Gauner. Die Verlobung der beiden jungen Leute war Ihr
Werk. George hatte kein Recht, mit dem Herzen des jungen
Mädchens sein Spiel zu treiben ...«

»Sein Spiel zu treiben!« schrie der alte Osborne wütend.
»Sein Spiel zu treiben! Zum Henker, das ist derselbe Ausdruck, dessen sich mein Herr Sohn selbst bediente, als er sich
Donnerstag vor vierzehn Tagen in die Brust warf und zu
seinem Vater, dem er alles verdankt, von der britischen Armee
schwatzte. Wie? Sie sind wohl gar derjenige, der ihn aufgehetzt hat, ja? Da bin ich Ihnen sehr verbunden, Hauptmann! Sie sind es also, der mir Bettler in meine Familie hin-
einbringen möchte! Danke ergebenst, Hauptmann! Die erst
noch heiraten ... haha! Wozu sollte er das tun? Ich versichere Ihnen, daß sie auch ohne das bald genug zu ihm
kommen würde.«

»Sir,« sagte Dobbin, in unverhohlenem Zorn aufspringend,
»kein Mensch soll von dieser Dame in meiner Gegenwart
Übles reden, und Sie am allerwenigsten.«

»Oh, Sie wollen mich wohl fordern, wie? Warten Sie, ich
will gleich nach Pistolen für uns beide klingeln. Mr. George
hat Sie wohl hergeschickt, damit Sie seinen Vater beleidigen,
ja?« sagte Osborne und zog an der Klingelschnur.

»Mr. Osborne,« erwiderte Dobbin mit bebender Stimme,
»Sie sind es, der das edelste Wesen von der Welt beleidigt.
Sie täten besser, nichts gegen sie zu sagen, Sir; denn sie ist
Ihres Sohnes Gattin.«

Mit diesen Worten ging Dobbin fort, da er fühlte, daß hier
weiter nichts mehr zu sagen war; Osborne aber sank in
seinen Stuhl zurück und blickte ihm in wilder Wut nach.
Ein Gehilfe kam auf das Klingeln herein, und der Hauptmann hatte kaum den Hof verlassen, an dem Mr. Osbornes
Geschäftsräume lagen, als Mr. Chopper, der Erste Buchhalter, ohne Hut ihm nachgerannt kam.

»Um Gottes willen, was ist geschehen?« fragte Mr. Chopper

und faßte den Hauptmann am Rockschoß. »Der Chef hat einen Ohnmachtsanfall. Was hat Mr. George denn gemacht?« »Er hat vor fünf Tagen Miß Sedley geheiratet«, versetzte Dobbin. »Ich war sein Brautführer, Mr. Chopper, und Sie müssen sich als sein Freund erweisen.«
Der alte Buchhalter schüttelte den Kopf. »Wenn das Ihre Neuigkeit ist, Hauptmann, so steht es übel. Das wird ihm der Chef nie vergeben.«
Dobbin bat Chopper, über den weiteren Verlauf der Dinge Mitteilung an ihn in das Hotel gelangen zu lassen, in dem er wohnte, und schritt in trüber Stimmung dem Westen Londons zu, äußerst beunruhigt über das, was geschehen war, und das, was da kommen würde.
Als die Familie am Russell Square an diesem Abend zum Dinner kam, fanden sie den Hausherrn auf seinem gewöhnlichen Platz, aber mit jener düsteren Miene, die, sobald sie sich auf seinem Gesicht zeigte, die ganze Tafelrunde verstummen ließ. Die Damen und Mr. Bullock, der mit der Familie speiste, fühlten, daß Mr. Osborne die Nachricht über seinen Sohn erhalten hatte. Seine finsteren Blicke wirkten auf Mr. Bullock insofern, als sie ihn still und schweigsam machten; aber er benahm sich gegen Miß Maria, neben der er saß, und gegen ihre Schwester, die am oberen Ende der Tafel den Vorsitz führte, ungewöhnlich freundlich und aufmerksam.
Miß Wirt saß allein an ihrer Seite des Tisches, weil zwischen ihr und Miß Jane Osborne ein Platz unbesetzt geblieben war. Dies war nämlich Georges Platz, wenn er zu Hause speiste, und ein Gedeck wurde für ihn, wie schon gesagt, in Erwartung der Rückkehr des Flüchtlings täglich aufgelegt. Während der Mahlzeit wurde die Stille nur durch das leise, vertrauliche Flüstern des lächelnden Mr. Frederick und durch das Klappern des Silbergeschirrs und des Porzellans unterbrochen. Die Diener verrichteten ihre Obliegenheiten voll-

kommen geräuschlos. Leichenträger bei Begräbnissen konnten nicht düsterer aussehen als Mr. Osbornes Dienstboten. Den Rehrücken, zu dem er Dobbin mit eingeladen hatte, zerlegte er in tiefem Schweigen. Aber was er davon auf seinen eigenen Teller getan hatte, wurde fast unangerührt wieder abgetragen; dagegen trank er viel, und der Haushofmeister mußte sein Glas beständig füllen.

Als die Mahlzeit sich ihrem Ende näherte, hefteten sich seine Augen, die bis dahin abwechselnd bald den einen, bald den andern der Tischgenossen angestarrt hatten, eine Zeit lang auf den für George hingestellten Teller. Dann wies er mit der linken Hand darauf hin. Seine Töchter blickten ihn an und verstanden sein Zeichen nicht oder wollten es nicht verstehen; auch die Diener wußten zunächst nicht, was er meinte.

»Nehmt den Teller weg«, sagte er schließlich, stand mit einem Fluche auf, stieß seinen Stuhl zurück und ging in sein Zimmer.

Hinter Mr. Osbornes Speisezimmer lag ein Gemach, das von der Familie gewöhnlich das Studierzimmer genannt wurde und der geheiligte Bezirk des Hausherrn war. Hierher pflegte sich Mr. Osborne am Sonntagmorgen zurückzuziehen, wenn er keine Lust hatte, in die Kirche zu gehen, und den Vormittag über in seinem mit rotem Leder überzogenen Lehnstuhl die Zeitung lesen wollte. Es standen hier ein paar mit Glastüren versehene Bücherschränke, die eine Anzahl hervorragender Werke in dauerhaften, vergoldeten Einbänden enthielten: das Annual Register, das Gentleman's Magazine, Blairs Predigten, Hume und Smollett. Das ganze Jahr über nahm er keinen dieser Bände vom Bücherbrett und um keinen Preis hätte es ein Familienmitglied gewagt, eines der Bücher anzurühren. Nur an den seltenen Sonntagabenden, wenn keine Dinnergesellschaft stattfand, wurden die große, scharlachrote Bibel und das Gebetbuch aus der Ecke hervor-

genommen, wo sie neben dem Adelskalender standen, und nachdem die Dienerschaft durch die Glocke in das Speisezimmer hinaufgerufen war, las Mr. Osborne seinen Hausgenossen mit lauter, mißtönender, salbungsvoller Stimme eine Abendandacht vor. Kein Mitglied des Haushalts, die Kinder ebensowenig wie die Dienstboten, betrat diesen Raum jemals ohne einen gewissen Schauder. Hier prüfte er die Rechnungen der Haushälterin und sah das Kellerbuch des Haushofmeisters durch. Von hier aus konnte er über den reinlichen, mit Kies bestreuten Hof hinweg den hinteren Eingang zu den Ställen beobachten, mit denen eine seiner Klingeln in Verbindung stand, und auf diesen Hof kam der Kutscher aus seinen Stallräumen wie auf eine Anklagebank, wenn Osborne ihm von dem Fenster des Studierzimmers aus eine Standrede halten wollte. Viermal im Jahre betraten Miß Wirt und seine Töchter dieses Zimmer, um ihr Gehalt beziehungsweise ihr Nadelgeld zu empfangen. George war als Knabe oftmals in diesem Zimmer durchgehauen worden, während seine Mutter ganz krank vor Aufregung auf der Treppe saß und auf das Klatschen der Reitpeitsche horchte. Soweit es bekannt geworden war, hatte der Knabe bei dieser Züchtigung kaum je geweint; die arme Frau aber pflegte, wenn er herauskam, ihn im geheimen zu liebkosen und zu küssen und ihm Geld zu geben, um ihn zu trösten.
Über dem Kamin hing ein Bild der Familie, das nach Mrs. Osbornes Tode aus dem Vorderzimmer dorthin gebracht worden war. George saß auf einem Pony, die ältere Schwester reichte ihm einen Blumenstrauß hinauf, und die jüngere wurde von der Mutter an der Hand geführt; alle hatten rote Backen und große rote Münder und lächelten einander in der auf Familienbildern beliebten Art geziert an. Die Mutter lag jetzt unter der Erde, schon lange vergessen; die Schwestern und der Bruder hatten hundert auseinandergehende eigene Interessen und waren, bei aller äußeren Zusammengehörig-

keit, doch in Wirklichkeit einander völlig entfremdet. Was für eine bittere Satire liegt doch in diesen prunkenden Kinderbildern mit ihren erheuchelten Empfindungen und lächelnden Lügen und mit ihrer selbstbewußten, selbstzufriedenen Unschuld, wenn erst ein paar Dutzend Jahre vergangen und alle dargestellten Personen alt geworden sind! Osbornes eigenes Staatsporträt, auf dem auch sein großes silbernes Schreibzeug und sein Armstuhl dargestellt waren, hatte jetzt den von dem Familienbild geräumten Ehrenplatz im Speisezimmer erhalten.

In dieses Studierzimmer also zog sich der alte Osborne zurück, zur großen Erleichterung der kleinen Tischgesellschaft, die er verließ. Sobald sich die Dienerschaft entfernt hatte, redeten sie eine Zeit lang lebhaft, aber sehr leise miteinander; dann gingen die Damen still die Treppe hinauf, und Mr. Bullock schlich mit seinen knarrenden Schuhen möglichst leise hinterdrein. Er hatte nicht das Herz, allein beim Wein sitzenzubleiben, da er den schrecklichen alten Herrn im Studierzimmer in seiner nächsten Nähe wußte.

Erst eine Stunde nach Einbruch der Dunkelheit wagte der Haushofmeister, ohne gerufen zu sein, an Mr. Osbornes Tür zu klopfen und ihm Wachskerzen und Tee hineinzubringen. Der Hausherr saß in seinem Stuhl und tat, als ob er die Zeitung läse, und als der Haushofmeister die Lichte und die Erfrischungen neben ihm auf den Tisch gestellt und sich wieder entfernt hatte, stand Mr. Osborne auf und schloß die Tür hinter ihm zu. Nun war kein Mißverständnis mehr möglich: das ganze Haus wußte, daß irgendeine große Katastrophe nahe bevorstand, aller Wahrscheinlichkeit nach ein furchtbarer Schlag für den jungen Herrn.

In seinem großen, glänzenden Mahagonischreibtisch hatte Mr. Osborne eine Schublade, die ausschließlich für Sachen und Papiere seines Sohnes bestimmt war. Hier bewahrte er alle auf George bezüglichen Schriftstücke auf, die sich seit

376

dessen Knabenzeit angesammelt hatten: hier waren seine Schulzeugnisse und seine Schreib- und Zeichenhefte, alle mit Georges und seines Lehrers Handschrift; hier waren seine ersten Briefe, in denen er in großen, ungelenken Buchstaben den Papa und die Mama seiner Liebe versicherte und um Zusendung eines Kuchens bat. Sein lieber Pate Sedley war wiederholt darin erwähnt. Flüche zitterten auf des alten Osbornes blassen Lippen, und grimmiger Haß und das bittere Gefühl getäuschter Hoffnungen durchwühlten sein Herz, als er beim Durchblättern einiger dieser Papiere mehrmals auf jenen Namen stieß. Sie waren alle beziffert, mit Aufschriften versehen und mit roter Schnur zusammengebunden. Da hieß es: ›Von George mit der Bitte um fünf Schilling, 23. April 18.., beantwortet am 25. April‹, oder: ›George möchte ein Pony, 13. Oktober‹, usw. In einem andern Paket befanden sich ›Doktor Swishtails Rechnungen‹, ›Georges Schneiderrechnungen, Aufwendungen für seine Ausstattung‹, ›Anweisungen, von G. Osborne jun. auf mich gezogen‹ usw. Da waren seine Briefe aus Westindien, Briefe seines Bankiers und die Zeitungen, die seine Beförderungen meldeten; hier war eine Peitsche, mit der er als Knabe gespielt, und hier, in Papier gewickelt, ein Medaillon mit einer Haarlocke von ihm, das seine Mutter immer getragen hatte.
Viele Stunden brachte der unglückliche Mann damit zu, eines dieser Erinnerungsstücke nach dem andern vorzunehmen und sich schwere Gedanken darüber zu machen. Hierauf hatte er all seine Eitelkeit, seinen Ehrgeiz, seine Hoffnungen gegründet gehabt. Wie stolz war er auf seinen Knaben gewesen! Er war das schönste Kind, das man je gesehen hatte. Jeder sagte, er sehe aus wie ein junger Lord. In den Gärten von Kew war er einer Prinzessin des Königlichen Hauses aufgefallen, und sie hatte ihn geküßt und nach seinem Namen gefragt. Welcher andre Geschäftsmann aus der City konnte einen solchen Sohn aufweisen? Konnte ein

Prinz mit mehr Sorgfalt aufgezogen werden? Alles, was mit Geld zu beschaffen war, hatte sein Sohn erhalten. An den Prüfungstagen war er immer vierspännig und mit neuen Livreen nach Georges Schule gefahren und hatte blanke Schillingstücke unter seinen Kameraden ausgestreut; als er Georges Garnison besuchte, ehe der Junge sich nach Kanada einschiffte, gab er den Offizieren des Regiments ein Dinner, an dem selbst der Herzog von York hätte teilnehmen können. Hatte er sich geweigert, einen Wechsel einzulösen, den George auf ihn gezogen hatte? Da lagen sie alle, bezahlt, ohne daß er darüber Worte gemacht hätte. Mancher General im Heere konnte nicht auf solchen Pferden reiten, wie sein Sohn sie hatte! Indem er an Georges Leben zurückdachte, stand ihm der Knabe bei hundert verschiedenen Gelegenheiten vor Augen: nach dem Dinner, wenn er dreist wie ein Lord hereinkam und an seines Vaters Seite am oberen Ende des Tisches sein Glas Wein trank – auf dem Pony in Brighton, wenn er über die Hecken setzte und nicht hinter den Jägern zurückblieb – an dem Tage, als er dem Prinzregenten beim Morgenempfang vorgestellt wurde und im ganzen Saint James-Palast kein schönerer junger Mensch zu finden war. Und das, das war nun das Ende von alledem: er heiratete die Tochter eines Bankrotteurs, verletzte gröblich seine Sohnespflicht und trat sein eigenes Glück mit Füßen! Welche Demütigung und Wut, welche Qualen ohnmächtigen Grimmes, getäuschten Ehrgeizes und getäuschter Liebe, welche Wunden beleidigter Eitelkeit, ja selbst beleidigter Zärtlichkeit hatte dieser alte, weltlich gesinnte Mann jetzt zu ertragen!

Nachdem er diese Papiere durchgesehen und mit jenem überaus bitteren, hilflosen Seelenschmerz, mit dem Unglückliche an eine schöne Vergangenheit denken, bei dem einen oder andern sich seinen Grübeleien überlassen hatte, nahm Georges Vater alle diese Sachen aus der Schublade heraus, in

der er sie so lange aufbewahrt hatte, und schloß sie in eine
Schreibmappe, die er zuband und mit seinem Petschaft ver-
siegelte. Hierauf öffnete er den Bücherschrank und nahm die
schon erwähnte große rote Bibel heraus – ein prunkvolles,
über und über von Gold glänzendes Buch, das sonst nur
selten angesehen wurde. Das Titelbild stellte Abraham dar,
wie er Isaak opfert. Nach altem Brauch hatte Osborne auf
dem davor befindlichen weißen Blatt in seiner großen kauf-
männischen Handschrift die Daten seiner Hochzeit und des
Todes seiner Frau sowie die Geburtstage und Taufnamen
seiner Kinder eingetragen. Zuerst stand da Jane, dann
George Sedley Osborne, dann Maria Frances und die Tauf-
tage eines jeden Kindes. Er nahm eine Feder und strich
Georges Namen sorgfältig aus, und als das Blatt ganz
trocken geworden war, stellte er das Buch wieder an den
Ort, von dem er es genommen hatte. Hierauf entnahm er
einer anderen Schublade, in der er seine Privatpapiere aufbewahrte, ein Dokument, las es durch, knitterte es zusammen, zündete es an einer der Kerzen an und sah dann zu, wie
es auf dem Kaminrost vollständig verbrannte. Es war sein
Testament. Nachdem er es verbrannt hatte, setzte er sich
hin, schrieb einen Brief und klingelte seinem Diener, dem er
auftrug, den Brief am Morgen an seinen Empfänger abzugeben. Der Tag war bereits angebrochen, als er zu Bett
ging; das ganze Haus war hell von Sonnenschein, und die
Vögel sangen in den grünen Zweigen auf dem Russell
Square.
Eifrig bemüht, alle Familienmitglieder und Untergebenen
Mr. Osbornes in freundlicher Stimmung zu erhalten und
seinem George in der Stunde der Not so viele Freunde wie
möglich zu erwerben, schrieb William Dobbin, der die Wirkung eines guten Dinners und guter Weine auf das menschliche Gemüt kannte, gleich nach seiner Rückkehr in sein
Gasthaus eine überaus liebenswürdige Einladung an Thomas

Chopper, Esquire, in der er diesen Herrn bat, am nächsten Tage mit ihm in Slaughters Kaffeehaus zu speisen. Die Karte erreichte Mr. Chopper, bevor er die City verließ, und umgehend antwortete er: ›Mr. Chopper empfiehlt sich ganz ergebenst und wird die Ehre und das Vergnügen haben, Hauptmann Dobbin seine Aufwartung zu machen.‹ Als er an diesem Abend nach Somers' Town zurückkehrte, zeigte er die Einladung und den Entwurf seiner Antwort seiner Frau und seinen Töchtern, und als die Familie zusammensaß und ihren Tee trank, unterhielt man sich mit Hochgenuß über die feinen Manieren der Offiziere und der Leute von Westend. Sobald die Mädchen zu Bett gegangen waren, redeten die Eheleute miteinander über die seltsamen Dinge, die in der Familie Mr. Osbornes vorgingen. Noch nie hatte der Buchhalter seinen Brotherrn in solcher Erregung gesehen. Als er nach Hauptmann Dobbins Fortgehen zu Mr. Osborne hereingekommen war, hatte er seinen Chef ganz blau im Gesicht und beinah ohnmächtig vorgefunden; er war überzeugt, daß zwischen Mr. Osborne und dem jungen Hauptmann ein schrecklicher Streit stattgefunden haben mußte. Mr. Chopper hatte den Auftrag erhalten, eine Aufstellung aller Beträge zu machen, die in den letzten drei Jahren an Hauptmann Osborne gezahlt worden waren. »Und einen netten Batzen Geld hat er bekommen, das muß man sagen«, bemerkte der Erste Buchhalter und achtete seinen alten und seinen jungen Herrn nur noch höher wegen der großzügigen Art, in der sie mit Guineen um sich geworfen hatten. Über Miß Sedley waren die beiden Eheleute nicht ganz gleicher Meinung. Mrs. Chopper erklärte mit großer Wärme, die arme junge Dame tue ihr herzlich leid, weil sie einen so hübschen jungen Menschen wie den Hauptmann verliere. Mr. Chopper dagegen hegte keine sonderliche Achtung für Miß Sedley, die Tochter eines unglücklichen Spekulanten, bei dessen Bankrott nur eine sehr schäbige Dividende für die

Gläubiger herausgekommen war. Er schätzte das Haus Osborne höher als alle anderen in der Londoner City und hoffte und wünschte, daß Hauptmann George die Tochter eines Edelmannes heiraten möchte. Der Buchhalter schlief in dieser Nacht sehr viel besser als sein Brotherr; am Morgen nahm er mit bestem Appetit sein Frühstück ein, obgleich sein bescheidener Lebensbecher nur mit braunem Zucker gesüßt war, umarmte seine Kinder herzlich zum Abschied und machte sich in seinem besten Sonntagsanzug und mit seiner schönsten Busenkrause geschmückt auf den Weg ins Geschäft, nachdem er noch seiner Frau, die ihn bewundernd betrachtete, versprochen hatte, bei Hauptmann Dobbins Portwein am Abend nicht allzu scharf ins Zeug zu gehen.

Als Mr. Osborne zur gewohnten Zeit nach der City kam, fiel seinen Untergebenen, die aus guten Gründen gewohnt waren, auf den Ausdruck seines Gesichtes zu achten, seine Miene als besonders verstört und müde auf. Um zwölf Uhr erschien Mr. Higgs (von der Firma Higgs & Blatherwick, Rechtsanwälte, Bedford Row) mit der Angabe, er sei herbestellt; er wurde in das Privatzimmer des Chefs geführt und hatte dort mit ihm eine geheime Unterredung, die länger als eine Stunde dauerte. Gegen ein Uhr erhielt Mr. Chopper einen Brief, welchen Dobbins Diener gebracht hatte; in dem Brief befand sich eine für Mr. Osborne bestimmte Einlage, die der Buchhalter in das Privatzimmer trug und abgab. Bald darauf wurden Mr. Chopper und Mr. Birch, der Zweite Buchhalter, hereingerufen und aufgefordert, ein Dokument als Zeuge zu unterschreiben. »Ich habe ein neues Testament gemacht«, sagte Mr. Osborne, und die Herren setzten seiner Anweisung gemäß ihre Namen darunter. Mehr wurde nicht gesprochen. Mr. Higgs machte ein außerordentlich ernstes Gesicht, als er durch die vorderen Räume kam, und blickte Mr. Chopper bedeutsam an, ohne jedoch irgendwelche Aufklärungen zu geben. Zur Über-

raschung aller, die aus seiner finsteren Miene Übles geweissagt hatten, war Mr. Osborne den ganzen Tag über auffällig ruhig und sanft. Er gebrauchte an diesem Tage gegen niemand Schimpfworte, und man hörte keinen Fluch aus seinem Munde. Er verließ das Geschäft frühzeitig und rief, bevor er fortging, seinen Ersten Buchhalter noch einmal zu sich, gab ihm einige allgemeine Anweisungen und fragte ihn dann scheinbar zögernd und mit widerstrebender Stimme, ob er wüßte, ob Hauptmann Dobbin noch in der Stadt sei.
Chopper erwiderte, er glaube, daß dies der Fall sei. In Wirklichkeit war beiden die Tatsache vollkommen bekannt.
Osborne nahm darauf einen an diesen Offizier gerichteten Brief, gab ihn dem Buchhalter und ersuchte ihn, das Schreiben unverzüglich an Dobbin persönlich abzuliefern.
»Und nun, Chopper,« sagte er, nach seinem Hut greifend, mit einem seltsamen Blick, »wird mein Herz wieder Ruhe haben.«
Mit dem Glockenschlag zwei (diese Stunde war zwischen den beiden ohne Zweifel verabredet) erschien Mr. Frederick Bullock, und er und Mr. Osborne gingen zusammen fort.
Der Kommandeur des … ten Regimentes, welchem Dobbin und Osborne als Kompanieführer angehörten, war ein alter General, der seinen ersten Feldzug unter Wolfe in Quebec mitgemacht hatte und schon seit langer Zeit zu alt und schwach für die Wahrnehmung seines Amtes war; aber er interessierte sich einigermaßen für das Regiment, dessen Chef er dem Namen nach war, und sah gern einige seiner jungen Offiziere an seinem Tisch, eine Art der Gastlichkeit, die meines Wissens heutzutage bei seinen Ranggenossen nicht gerade üblich ist. Hauptmann Dobbin war ein besonderer Liebling dieses alten Generals. Dobbin war mit der Literatur seines Berufs wohlvertraut und konnte über Friedrich den Großen und die Kaiserin Maria Theresia und ihre Kriege fast ebenso gut sprechen wie der General selbst, der
382

sich gegen die Triumphe der Neuzeit gleichgültig verhielt
und dessen Herz an den Strategen einer um fünfzig Jahre
zurückliegenden Zeit hing. Dieser Offizier schickte an dem
Vormittag, an dem Mr. Osborne sein Testament änderte
und Mr. Chopper seine beste Busenkrause anlegte, an Dobbin eine Aufforderung, zu ihm zu kommen und bei ihm zu
frühstücken, und teilte bei der Gelegenheit seinem jungen
Günstling ein paar Tage vor der öffentlichen Bekanntgabe
den allgemein erwarteten Befehl zum Abmarsch nach Belgien
mit. Die Order für das Regiment, sich marschbereit zu halten,
werde vom Generalkommando in ein oder zwei Tagen ergehen, und da Beförderungsmittel reichlich vorhanden seien,
würden sie noch vor Ablauf der Woche ihren Marschbefehl
empfangen. Rekruten waren schon eingetroffen, während
das Regiment in Chatham stand; und der alte General hoffte,
daß das Regiment, das mitgeholfen habe, Montcalm in
Kanada zu schlagen und Mr. Washington auf Long Island
zu besiegen, sich auch auf den oft betretenen Schlachtfeldern
der Niederlande seines historischen Ruhmes würdig erweisen werde. »Und daher, mein guter Freund wenn Sie eine
affaire-là haben,« sagte der alte General, indem er mit seiner
zitternden, weißen Greisenhand eine Prise nahm und dann
auf die Stelle seiner robe de chambre deutete, unter der sein
Herz nur noch schwach schlug, »wenn Sie eine Phyllis zu
trösten oder Ihrem Papa und Ihrer Mama Lebewohl zu sagen
oder ein Testament zu machen haben, so empfehle ich Ihnen,
dies ohne Verzug zu tun.« Hiermit reichte der General seinem
jungen Freund einen Finger und nickte ihm mit seinem gepuderten, bezopften Kopf gutmütig zu; und als sich die
Tür hinter Dobbin geschlossen hatte, setzte er sich nieder
und schrieb ein poulet (er war außerordentlich stolz auf sein
Französisch) an Mademoiselle Aménaide vom Königlichen
Theater.
Diese Nachricht stimmte Dobbin sehr ernst, und er dachte

an unsere Freunde in Brighton und schämte sich dann, daß Amelia vor allen anderen, vor Vater, Mutter und Schwestern und selbst vor dem Dienst, im Wachen und Schlafen, den ganzen Tag lang immer die erste Stelle in seinen Gedanken einnahm. Als er in seinen Gasthof zurückgekehrt war, sandte er an Mr. Osborne ein paar Zeilen, in denen er ihm die soeben empfangene Nachricht mitteilte und von denen er hoffte, sie würden dazu dienen, eine Versöhnung mit George zustande zu bringen.

Dieses Schreiben, welches Mr. Chopper durch denselben Boten empfing, der ihm am Tage vorher die Einladung überbracht hatte, beunruhigte den braven Buchhalter nicht wenig. Es war in einen an ihn gerichteten Brief eingelegt, und als er diesen öffnete, zitterte er vor Besorgnis, das Dinner, auf das er rechnete, werde vielleicht abgesagt. Er fühlte sich unaussprechlich erleichtert, als er fand, daß das für ihn bestimmte Blatt nur eine Ermahnung zu pünktlichem Erscheinen enthielt. ›Ich erwarte Sie um halb sechs‹, schrieb Hauptmann Dobbin. Mr. Chopper nahm ja an den Familienverhältnissen seines Brotherrn den lebhaftesten Anteil; aber que voulez-vous? Ein feines Dinner war ihm doch wichtiger als die Angelegenheiten eines andern Menschen, mochte es sein, wer es wolle.

Dobbin war ermächtigt worden, die Nachricht, die er vom General empfangen hatte, jedem Offizier seines Regiments mitzuteilen, dem er unterwegs begegnen würde. So machte er den Fähnrich Stubble damit bekannt, den er beim Bankier traf und der nun in seinem kriegerischen Eifer sogleich in eine Waffenhandlung eilte, um sich einen neuen Säbel zu kaufen. Obgleich der junge Mensch erst siebzehn Jahre alt und nur etwa fünfundsechzig Zoll groß war und von Hause aus eine schwache Gesundheit besaß, die er noch durch vorzeitigen Genuß alkhoholischer Getränke verschlechtert hatte, hatte er doch hohen Mut und das Herz eines Löwen.

384

Der Hauptmann begleitete ihn zur Waffenhandlung, wo
Stubble einen Degen, von dem er hoffte, das er unter den
Franzosen furchtbares Unheil anrichten werde, in die Hand
nahm, um ihn auf sein Gewicht und seine Biegsamkeit zu
prüfen. Indem er wild haha! schrie und mit seinen kleinen
Füßen sehr energisch auf den Boden stampfte, machte er
zwei- oder dreimal einen Ausfall auf Hauptmann Dobbin,
der die Stöße lachend mit seinem Bambusspazierstock ab-
wehrte.

Mr. Stubble gehörte, wie man schon aus seiner kleinen,
schmächtigen Gestalt schließen kann, zur leichten Infanterie.
Fähnrich Spooney dagegen war ein hochgewachsener Bursche und stand bei Hauptmann Dobbins Grenadierkompa-
nie; er paßte sich eine neue Bärenmütze an, unter der er
über seine Jahre hinaus grimmig aussah. Dann gingen die
beiden jungen Leute nach Slaughters Kaffeehaus, bestellten
sich ein feines Dinner, setzten sich hin und schrieben Briefe
an ihre lieben, besorgten Eltern, Briefe voll herzlicher Liebe
und tapferen Mutes und orthographischer Fehler. Ach, zu
jener Zeit schlugen viele besorgte Herzen in England, und
viele Mütter beteten und weinten für ihre Söhne.

Als Dobbin den jungen Stubble an einem Tisch im Kaffeezimmer bei Slaughter mit der Abfassung eines Briefes beschäftigt sah und wahrnahm, wie ihm die Tränen die Nase
entlangliefen und auf das Papier tropften (denn der junge
Mensch dachte an seine Mama, und daß er sie vielleicht nie
wiedersehen werde), da wurde ihm weich ums Herz, und
obwohl er gerade einen Brief an George Osborne schreiben
wollte, machte er seine Schreibmappe wieder zu. ›Warum
sollte ich das tun?‹ sagte er bei sich. ›Mag sie doch noch eine
kleine Weile glücklich sein! Ich will morgen früh meine
Eltern besuchen und dann selbst nach Brighton fahren.‹
So trat er denn an den jungen Stubble heran, legte ihm seine
große Hand auf die Schulter, sprach dem jungen Krieger

freundlich zu und sagte ihm, wenn er nur das Kognaktrinken lassen wollte, würde er ein guter Soldat werden, wie er ja immer schon ein anständig denkender, gutherziger Mensch gewesen sei. Als das der junge Stubble hörte, leuchteten seine Augen auf; denn Dobbin galt als der beste Offizier und gescheiteste Kerl im Regiment und genoß die größte Achtung.

»Ich danke Ihnen, Dobbin«, erwiderte er, indem er sich mit den Knöcheln die Augen rieb. »Ich war gerade … war gerade dabei, ihr zu schreiben, daß ich das tun würde. Und sie ist immer so verdammt gut zu mir gewesen, Sir.« Die Wasserwerke fingen wieder an zu arbeiten, und ich weiß nicht, ob nicht auch dem weichherzigen Hauptmann die Augen feucht wurden.

Die beiden Fähnriche, der Hauptmann und Mr. Chopper speisten zusammen in derselben Nische. Chopper hatte Mr. Osbornes Brief mitgebracht, in dem dieser nach ein paar kurzen Höflichkeitsphrasen Hauptmann Dobbin ersuchte, den einliegenden Brief dem Hauptmann George Osborne zuzustellen. Chopper wußte weiter nichts; er beschrieb allerdings Mr. Osbornes Aussehen, erwähnte dessen Gespräch mit dem Notar, sprach seine Verwunderung darüber aus, daß der Prinzipal auf niemand geschimpft habe, und erging sich namentlich, als die Weinflasche die Runde machte, in allerlei Vermutungen. Aber diese Vermutungen wurden mit jedem weiteren Glase unbestimmter und schließlich ganz unverständlich. Zu ziemlich später Stunde setzte Hauptmann Dobbin seinen Gast, der den Schlucken bekommen hatte und beteuerte, er werde dem Hauptmann … huk … allzeit … huk … ein treuer Freund sein, in eine Droschke, die ihn nach Hause beförderte.

Wir haben erzählt, daß Hauptmann Dobbin, als er sich von Miß Osborne verabschiedete, um die Erlaubnis bat, wiederkommen und ihr noch einen Besuch machen zu dürfen; und die junge Dame erwartete ihn daher am nächsten Tage mehrere Stunden lang. Wäre er damals gekommen und hätte er ihr die Frage vorgelegt, auf deren Beantwortung sie sich vorbereitet hatte, so würde sie sich vielleicht auf ihres Bruders Seite gestellt haben, und es würde möglicherweise eine Aussöhnung zwischen George und seinem zornigen Vater zustande gekommen sein. Aber so lange sie auch zu Hause auf ihn wartete, der Hauptmann kam nicht. Er mußte seine eigenen Angelegenheiten besorgen, mußte seine Eltern besuchen und trösten und zu einer frühen Tagesstunde seinen Platz auf der Eilpost einnehmen und zu seinen Freunden nach Brighton fahren. Im Laufe des Tages hörte Miß Osborne wie ihr Vater Befehl gab, dieser schurkische Ränkeschmied Hauptmann Dobbin solle nie wieder in sein Haus gelassen werden, und damit waren alle Hoffnungen, die sie etwa im stillen gehegt haben mochte, zu einem jähen Ende gelangt. Mr. Frederick Bullock kam und war gegen Maria besonders liebenswürdig und gegen den tiefgebeugten alten Herrn besonders aufmerksam und zuvorkommend. Denn obwohl dieser gesagt hatte, sein Herz werde nun wieder Ruhe haben, schienen die Mittel, die er angewandt hatte, um sich Ruhe zu verschaffen, bis jetzt noch keine Wirkung gehabt zu haben, und die Ereignisse der letzten zwei Tage hatten ihn offensichtlich stark mitgenommen.

FÜNFUNDZWANZIGSTES KAPITEL
Worin alle Hauptpersonen es für angemessen halten,
Brighton zu verlassen

Zu den Damen im Ship-Hotel geführt, nahm Dobbin ein heiteres, redseliges Wesen an, welches bewies, daß dieser junge Offizier sich mit jedem Lebenstage mehr zu einem abgefeimten Heuchler ausbildete. Er versuchte erstens, seine eigenen Empfindungen zu verbergen, als er Mrs. George

Osborne in ihrer neuen Würde als Frau sah, und zweitens, die Befürchtungen zu maskieren, die er hinsichtlich der Wirkung hegte, die die von ihm mitgebrachte üble Nachricht über den Ausbruch des Krieges gewiß auf sie ausüben werde.

»Ich bin allerdings der Ansicht, George,« sagte er, »daß der französische Kaiser, ehe drei Wochen um sind, mit seiner gesamten Kavallerie und Infanterie gegen uns anstürmen und dem Herzog einen solchen Tanz bereiten wird, daß der Krieg auf der Pyrenäenhalbinsel dagegen ein Kinderspiel gewesen ist. Du brauchst das aber deiner Frau nicht zu sagen, hörst du wohl? Es besteht ja doch auch die Möglichkeit, daß wir gar nicht dazu kommen zu kämpfen, und unsere Tätigkeit in Belgien auf eine bloße militärische Besetzung hinausläuft. Viele Leute denken so, und Brüssel ist voll von vornehmem Volk und feinen Damen.« Sie kamen also überein, der jungen Frau die Aufgabe der englischen Armee in Belgien in diesem harmlosen Lichte darzustellen.

Nachdem diese Verabredung getroffen war, begrüßte der heuchlerische Dobbin Mrs. George Osborne mit größter Munterkeit, versuchte, ihr mit Bezug auf ihre neue Würde als junge Frau ein paar schmeichelhafte Worte zu sagen, die allerdings, wie wir bekennen müssen, außerordentlich ungeschickt und dürr ausfielen, und begann dann über Brighton zu plaudern – über die Seeluft, die Vergnügungen, die der Ort biete, über die landschaftlichen Schönheiten der hierher führenden Landstraße, über die vortrefflichen Eigenschaften der Eilpost und ihrer Pferde, und das alles in einer Weise, welche Amelia ganz unbegreiflich erschien, über die sich aber Rebekka, die den Hauptmann wie jeden in ihrer Umgebung scharf beobachtete, ungemein belustigte.

Die kleine Amelia hatte (wir können es nicht leugnen) eine ziemlich geringe Meinung von Hauptmann Dobbin, dem Freund ihres Mannes. Er lispelte, er sah sehr einfach und gewöhnlich aus und war sehr schüchtern und linkisch. Sie
388

hatte ihn gern wegen seiner Anhänglichkeit an ihren Gatten
(die ihm allerdings nicht als großes Verdienst angerechnet
werden konnte) und meinte, es sei von George recht edelmütig und gütig, daß er seine Freundschaft auf diesen
Kameraden ausdehnte. George hatte Dobbins Lispeln und
wunderliche Manieren häufig in ihrer Gegenwart nachge-
äfft, obwohl er – darin müssen wir ihm Gerechtigkeit widerfahren lassen – immer mit der größten Hochachtung von den
vortrefflichen Eigenschaften seines Freundes sprach. In der
kurzen Zeit ihres Glücks, als sie den ehrlichen William noch
nicht genau kannte, machte sie sich wenig aus ihm; und er
wußte recht wohl, wie sie über ihn dachte, und fügte sich
sehr bescheiden darein. Es sollte eine Zeit kommen, da sie
ihn besser kennen lernen und ihr Urteil über ihn ändern
würde; aber diese Zeit lag noch sehr fern.
Rebekka dagegen hatte, noch ehe Hauptmann Dobbin zwei
Stunden lang in der Gesellschaft der Damen gewesen war,
sein Geheimnis bereits vollständig durchschaut. Sie mochte
ihn nicht leiden und fürchtete ihn im geheimen; und auch
er war von ihr nicht sonderlich eingenommen. Er war so
ehrlich, daß ihre Künste und Schmeicheleien bei ihm nicht
verfingen, und er zog sich in instinktiver Abneigung von
ihr zurück. Und da sie ihre Geschlechtsgenossinnen keineswegs soweit überragte, daß sie über Eifersucht erhaben gewesen wäre, so wurde ihr Widerwille gegen ihn durch seine
grenzenlose Verehrung für Amelia noch gesteigert. Trotzdem war sie in ihrem Benehmen gegen ihn sehr respektvoll
und herzlich. War er doch ein Freund des Osborneschen
Ehepaares, ein Freund ihrer teuersten Wohltäter! Sie beteuerte, daß sie ihm immer aufrichtig zugetan sein werde;
sie erinnerte sich seiner recht wohl von dem Abend in Vauxhall her, wie sie zu Amelia schalkhaft sagte; und als die
beiden Damen weggegangen waren, um sich zum Dinner
umzukleiden, machte sie sich über ihn ein bißchen lustig.

Rawdon Crawley schenkte ihm kaum irgendwelche Beachtung, da er ihn für einen gutmütigen Dummkopf und schlecht erzogenen Krämersohn hielt. Joseph begönnerte ihn mit großer Würde.

Als George sich mit Dobbin in dessen Zimmer, wohin Osborne ihm gefolgt war, allein befand, nahm Dobbin aus seiner Schreibmappe den Brief, mit dessen Übermittlung ihn Mr. Osborne beauftragt hatte. »Es ist nicht meines Vaters Handschrift«, sagte George, auf dessen Gesicht eine gewisse Unruhe sichtbar wurde. Und dem war auch so; der Brief kam von Mr. Osbornes Notar und lautete folgendermaßen:

Bedford Row, den 7. Mai 1815.

Sir!

Ich bin von Mr. Osborne beauftragt, Ihnen mitzuteilen, daß er bei dem Entschluß verharrt, den er bereits früher Ihnen gegenüber ausgesprochen hat, und daß er infolge der Ehe, die Sie zu schließen für gut befunden haben, aufhört, Sie hinfort als ein Mitglied seiner Familie zu betrachten. Dieser Entschluß ist endgültig und unwiderruflich.

Wiewohl das während Ihrer Minderjährigkeit für Sie aufgewandte Geld und die seit einigen Jahren von Ihnen auf Ihren Vater in so bedeutendem Umfange gezogenen Wechsel in ihrem Gesamtbetrag bei weitem die Summen übersteigen, die Sie rechtmäßig zu beanspruchen haben (nämlich den dritten Teil des Vermögens Ihrer Mutter, der verstorbenen Mrs. Osborne, das nach deren Tode Ihnen und Miß Jane Osborne und Miß Maria Frances Osborne zugefallen ist), so bin ich doch von Mr. Osborne angewiesen worden, Ihnen mitzuteilen, daß er allen Ansprüchen auf Ihr Vermögen entsagt und daß der Betrag von zweitausend Pfund in vierprozentigen Staatspapieren, zum Tageskurs berechnet (welcher das Ihnen zustehende Drittel des Gesamtbetrages von sechstausend Pfund darstellt), Ihnen oder Ihrem Bevollmächtigten gegen Ihre Quittung ausgezahlt werden soll durch Ihren ergebenen Diener S. Higgs.

PS. Mr. Osborne ersucht mich, Ihnen ein für allemal mitzuteilen, daß er es ablehnt, irgendwelche Botschaften, Briefe oder Mitteilungen von Ihnen über diesen oder irgendwelchen anderen Gegenstand anzunehmen.

»Das ist ja eine nette Art, in der du die Sache geordnet hast«, sagte George, indem er William Dobbin grimmig anblickte. »Sieh das mal an, Dobbin!« Damit warf er ihm den Brief seines Vaters hin. »Nun bin ich ein Bettler, weiß Gott, und das alles wegen meiner verdammten Empfindsamkeit. Warum konnten wir nicht warten? Eine Kugel hätte im Laufe des Krieges meinem Leben ein Ende machen können, und das kann ja auch noch der Fall sein, und was hat dann Emmy davon, daß sie als Witwe eines Bettlers zurückbleibt? Und das ist alles dein Werk. Du hattest nicht eher Ruhe, als bis du es dahin gebracht hattest, daß ich verheiratet und ruiniert war. Was zum Teufel soll ich mit zweitausend Pfund anfangen? Die reichen nicht für zwei Jahre. Ich habe, seit ich hier bin, hundertvierzig Pfund im Kartenspiel und beim Billard an Crawley verloren. Ein netter Sachwalter bist du, das muß ich sagen!«

»Daß es eine schwierige Lage ist, läßt sich nicht leugnen,« erwiderte Dobbin, nachdem er den Brief gelesen hatte, mit niedergeschlagener Miene, »und, wie du richtig sagst, es ist zum Teil mein Werk. Es gibt freilich Leute, die ganz gern mit dir tauschen würden«, fügte er mit bitterem Lächeln hinzu. »Wie viele Hauptleute im Regiment, meinst du, haben ein Kapital von zweitausend Pfund in Reserve? Du mußt von deinem Gehalt leben, bis dein Vater sich erweichen läßt, und wenn du sterben solltest, so hat deine Witwe jährlich hundert Pfund Zinsen.«

»Meinst du etwa, ein Mann von meinen Lebensgewohn-
heiten könne von seinem Gehalt und hundert Pfund jährlich existieren?« rief George in heftigem Zorn. »Du mußt
ein Narr sein, Dobbin, wenn du so reden kannst. Wie zum
Teufel soll ich meine Stellung in der Welt mit einem so kläglichen Einkommen behaupten? Meine Gewohnheiten kann
ich nicht ändern. Ich *muß* meine Bequemlichkeit haben. Ich
bin weder mit Mehlsuppe herangefüttert worden wie Mac-
Whirter noch mit Kartoffeln wie der alte O'Dowd. Denkst
du etwa, meine Frau wird für die Soldaten waschen oder auf
einem Bagagewagen hinter dem Regiment herfahren?«
»Nun, nun,« erwiderte Dobbin, immer noch gutmütig, »wir
wollen schon ein besseres Fuhrwerk für sie beschaffen. Aber
versuche es doch einmal, lieber George, und bedenke, daß
du jetzt nur ein entthronter Fürst bist, und halte dich ruhig,
solange der Sturm dauert. Es wird ja nicht lange nötig sein.
Laß nur erst einmal deinen Namen im Armeeblatt gestanden haben, dann glaube ich sicher, daß dein alter Vater
gegen dich milderen Sinnes werden wird.«
»Im Armeeblatt gestanden haben!« rief George. »Aber an
welcher Stelle des Armeeblattes? Im Verzeichnis der Gefallenen und Verwundeten und wahrscheinlich gleich oben-
an!«
»Pah! Zum Klagen wird noch Zeit genug sein, wenn wir
wirklich verwundet sind«, antwortete Dobbin. »Und sollte
dir etwas zustoßen, so weißt du ja, George, ich habe ein
kleines Vermögen und bleibe unverheiratet und werde mein
Patenkind in meinem Testament nicht vergessen«, fügte er
lächelnd hinzu. Und nun endete der Streit – wie früher
schon unzählige solcher Gespräche zwischen Osborne und
seinem Freunde – damit, daß Osborne erklärte, es sei unmöglich, Dobbin lange böse zu sein, und ihm edelmütig
verzieh, nachdem er ihn ohne Grund ausgescholten hatte.
»Hör mal, Becky!« rief Rawdon Crawley aus seinem An-

kleidezimmer seiner Frau zu, die sich in dem ihrigen zum Dinner anzog.

»Was gibt es?« fragte Becky mit ihrer scharfen Stimme. Sie blickte gerade über ihre Schulter in den Spiegel. Sie hatte das netteste, frischeste weiße Kleid angelegt, das man sich nur denken kann, und sah mit ihren nackten Schultern, ihrem schmalen Halsband und einer hellblauen Schärpe wie eine Verkörperung jugendlicher Unschuld und mädchenhafter Glückseligkeit aus.

»Sag mal, was wird Mrs. Osborne tun, wenn Osborne mit dem Regiment ausrückt?« sagte Crawley, ins Zimmer tretend, während er mit zwei gewaltigen Haarbürsten zu gleicher Zeit seinen Kopf bearbeitete und unter seinem Haar hervor sein hübsches kleines Weib mit bewundernden Blicken betrachtete.

»Ich denke, sie wird sich die Augen ausweinen«, antwortete Becky. »Sie hat schon bei dem bloßen Gedanken daran ein halbdutzendmal in meiner Gegenwart geschluchzt.«

»*Du* machst dir wohl nicht viel daraus, wenn ich fort muß«, erwiderte Rawdon, etwas ärgerlich über die Herzlosigkeit seiner Frau.

»Du böser Mensch! Weißt du denn nicht, daß ich mit dir mitgehen will?« versetzte Becky. »Und außerdem ist es mit dir eine andere Sache. Du gehst als General Tuftos Adjutant mit. *Wir* gehören nicht zur Linie«, sagte Mrs. Crawley und warf dabei den Kopf mit einer Miene in den Nacken, die ihren Mann so bezauberte, daß er sich niederbeugte und sie küßte.

»Lieber Rawdon, meinst du nicht, daß du gut tätest, wenn du dir das Geld von Kupido geben ließest, ehe er fortgeht?« fuhr Becky fort, indem sie sich eine reizende Schleife ansteckte. Sie hatte für George Osborne die Bezeichnung Kupido erfunden. Sie hatte ihm schon ein dutzendmal Schmeichelhaftes über sein gewinnendes Äußeres gesagt. Sie nahm

393

sich abends beim Eckarté seiner freundlich an, wenn er vor
dem Schlafengehen auf ein halbes Stündchen in Rawdons
Wohnung kam.

Sie hatte ihn oft einen schrecklich liederlichen Bösewicht
genannt und gedroht, sie wolle Emmy von seinem argen
Treiben und seinen gottlosen, kostspieligen Angewöhnun-
gen Mitteilung machen. Sie pflegte ihm eine Zigarre zu
bringen und sie ihm anzuzünden; denn sie kannte die Wirkung dieses Manövers, das sie in früheren Zeiten oft bei
Rawdon Crawley erprobt hatte. Er hielt sie für ein heiteres,
lustiges, schelmisches, elegantes, entzückendes Frauchen.
Bei den gemeinschaftlichen Spazierfahrten und Mahlzeiten
überstrahlte Becky natürlich die arme Emmy vollständig,
welche sehr stumm und schüchtern dasaß, während Mrs.
Crawley und George lebhaft miteinander plauderten und
Rittmeister Crawley und Joseph, nachdem dieser sich den
jungen Ehepaaren angeschlossen hatte, sich schweigend
dem Genuß der Speisen hingaben.

Emmys Herz war hinsichtlich ihrer Freundin nicht frei von
trüben Ahnungen. Rebekkas Witz, Munterkeit und andere
persönlichen Vorzüge erfüllten sie mit peinlicher Unruhe.
Sie waren erst eine Woche miteinander verheiratet, und
schon langweilte sich George bei ihr und begehrte nach
anderer Gesellschaft! Es bangte ihr vor der Zukunft. ›Wie
kann ich eine passende Lebensgefährtin für ihn sein,‹ dachte
sie, ›ich unbedeutendes, törichtes Geschöpf, für einen so
klugen Mann, mit so glänzenden Eigenschaften? Wie edelmütig war es von ihm, mich zu heiraten, alles aufzugeben
und sich zu mir herabzulassen! Ich hätte ihn abweisen sollen;
nur hatte ich nicht den Mut dazu. Ich hätte zu Hause bleiben und meinen armen Papa pflegen sollen.‹ Und nun kam
es ihr zum ersten Mal zum Bewußtsein, daß sie ihre Eltern
arg vernachlässigt habe (auch ermangelte dieser Vorwurf,
der dem armen Kinde sein Gewissen beschwerte, ja wirk-
394

lich nicht ganz der Begründung), und sie errötete in tiefer Beschämung. ›Oh,‹ dachte sie, ›ich bin sehr schlecht und selbstsüchtig gewesen, indem ich sie in ihren Sorgen allein gelassen und George gezwungen habe, mich zu heiraten. Ich weiß, daß ich seiner nicht wert bin; ich weiß, daß er ohne mich glücklich gewesen wäre, und doch … Ich habe versucht, ihn aufzugeben; aber ich vermochte es nicht.‹

Es ist traurig, wenn, noch ehe sieben Tage nach der Hochzeit um sind, solche Gedanken und Bekenntnisse sich einer jungen Frau aufdrängen. Aber es war so, und an dem Abend, bevor Dobbin bei dem jungen Paare eintrat – einem schönen, von hellem Mondschein erleuchteten Maiabend, so warm und balsamisch, daß die Türen des Balkons weit geöffnet waren, von dem George und Mrs. Crawley auf das ruhige, schimmernde Meer hinblickten, das sich vor ihnen ausbreitete, während Rawdon und Joseph drinnen Puff spielten, – da fühlte Amelia, die ganz unbeachtet in einem großen Lehnstuhl saß und die beiden Paare beobachtete, eine Verzweiflung und Reue, die ihr vereinsamtes, weiches Herz mit bitterem Weh erfüllten. Kaum eine Woche war vergangen, und so weit war es schon gekommen! Auch die Zukunft, wenn sie ihre Blicke auf diese gerichtet hätte, bot trübe Aussichten; aber Emmy war sozusagen zu schüchtern, dorthin zu blicken und sich allein auf dieses weite Meer zu wagen, und unfähig, es ohne einen Führer und Beschützer zu befahren. Ich weiß, Miß Smith hat eine geringe Meinung von ihr. Aber, meine liebe Miß, wie viele junge Damen gibt es denn, die mit Ihrer erstaunlichen Seelenstärke begabt sind?

»Was ist das für ein schöner Abend, und wie hell der Mond scheint!« sagte George und stieß den Rauch seiner Zigarre aus, der aufsteigend himmelwärts zog.

»Wie köstlich die Zigarren im Freien riechen! Ich schwärme dafür. Wer sollte denken, daß der Mond zweihundertsechsunddreißigtausendachthundertsiebenundvierzig Meilen weit entfernt ist?« fügte sie hinzu, indem sie lächelnd nach diesem Himmelskörper hinschaute. »Ist es nicht sehr gescheit, daß ich das noch behalten habe? Ja, ja, das haben wir alles bei Miß Pinkerton gelernt. Wie ruhig die See daliegt, und wie klar alles sichtbar ist! Ich glaube fast, daß ich die französische Küste sehen kann«, sagte sie, und ihre hellen, grünen Augen schossen einen Blick wie einen Strahl in die Ferne, als könnten sie wirklich so weit sehen.

»Wissen Sie, was ich eines Morgens tun will?« sagte sie. »Ich weiß, daß ich eine gute Schwimmerin bin, und wenn nun eines Tages die Gesellschafterin meiner Tante Crawley, die alte Briggs, wissen Sie ... Sie erinnern sich ihrer wohl noch ... die krummnasige Dame mit den langen Haarzotteln ... also wenn Miß Briggs baden geht, dann schwimme ich unter Wasser nach ihrem Badekarren und bestehe auf einer Versöhnung im Wasser. Ist das nicht eine feine Kriegslist?«

George brach bei der Vorstellung von dieser Zusammenkunft im Wasser in ein lautes Gelächter aus. »Was habt ihr denn da, ihr beiden?« rief Rawdon, den Würfelbecher schüttelnd. Amelia lachte in einer ganz närrischen und hysterischen Weise und zog sich auf ihr Zimmer zurück, um dort im stillen zu weinen.

Unsere Erzählung springt in diesem Kapitel in scheinbar zielloser Weise bald rückwärts, bald vorwärts, und wenn wir sie jetzt bis zum kommenden Tage fortgeführt haben, werden wir sofort wieder Veranlassung haben, zum vergangenen Tage zurückzukehren, damit alle Teile der Geschichte zu ihrem Recht gelangen. Wie man an einem Empfangstag Ihrer Majestät die Equipagen der Gesandten und hohen Würdenträger von einer Nebentür unauffällig davonrollen sieht, während die Damen des Hauptmanns Jones auf ihren Mietswagen warten müssen, und wie man im Vorzimmer eines Ministers bemerkt, daß ein halb Dutzend Bittsteller geduldig auf eine Audienz warten und einer nach dem

andern aufgerufen wird, während ein plötzlich eintretendes
irisches Parlamentsmitglied oder eine andere hervorragende
Persönlichkeit augenblicklich unter Überspringung aller anwesenden Plebejer zu dem Herrn Minister hineingeht, so ist
auch der Romanschriftsteller beim Vortrag seiner Erzählung gezwungen, diese sehr parteiische Art von Gerechtigkeit zu üben. Wiewohl auch alle kleineren Vorfälle erzählt
werden müssen, so müssen sie doch vorläufig zurückgestellt
werden, wenn wichtige Ereignisse in die Erscheinung treten; und sicherlich war ein Ereignis wie das, welches Dobbin
zu der Reise nach Brighton veranlaßte, nämlich der Befehl
zum Ausrücken der Garde und Linie nach Belgien und die
Zusammenziehung der Heere der Verbündeten in diesem
Lande unter dem Oberbefehl Seiner Gnaden des Herzogs
von Wellington, – ich sage, ein solches großartiges Ereignis
wie dieses war sicherlich berechtigt, den Vortritt vor all den
kleineren Begebenheiten zu beanspruchen, aus denen diese
Geschichte sich in der Hauptsache zusammensetzt; und daher war eine kleine unbedeutende Abweichung von der
ordnungsmäßigen Reihenfolge entschuldbar und geziemend.
Wir sind gegenwärtig über das zweiundzwanzigste Kapitel
nur bis zu dem Zeitpunkt hinausgegangen, da die verschiedenen Personen sich in ihren Zimmern zu dem Dinner an-
kleideten, welches zur gewohnten Stunde an dem Tage stattfand, an dem Dobbin ankam.

George war zu rücksichtsvoll oder zu sehr mit dem Knüpfen
seines Halstuches beschäftigt, um seiner Frau sogleich alle
Nachrichten mitzuteilen, die sein Kamerad aus London mitgebracht hatte. Er ging jedoch, den Brief des Notars in der
Hand, in ihr Zimmer, und zwar mit so feierlicher, wichtiger
Miene, daß seine Frau, die immer ihren Scharfsinn dazu auf-
bot, Unheil zu wittern, sogleich das Schlimmste befürchtete,
auf ihren Gatten zustürzte und ihren lieben, lieben George
beschwor, ihr alles zu sagen: er habe gewiß Marschbefehl

nach dem Ausland erhalten; in der nächsten Woche werde eine Schlacht stattfinden – sie wisse bestimmt, daß das geschehen werde.

Der liebe, liebe George vermied es, auf die Frage nach den Kriegsangelegenheiten einzugehen, und antwortete mit melancholischem Kopfschütteln: »Nein, Emmy, das ist es nicht; nicht um mich bin ich in Sorge, sondern um dich. Ich habe schlechte Nachrichten von meinem Vater erhalten. Er lehnt jeden weiteren Verkehr mit mir ab; er hat uns verstoßen und überläßt uns dem Elend. Ich für meine Person bin sehr wohl imstande, das zu ertragen; aber du, liebes Kind, wie wirst du es aufnehmen? Da, lies!« Er reichte ihr den Brief hin.

Amelia hatte mit Blicken voller Unruhe und Zärtlichkeit ihrem edlen Helden gelauscht, als er die erwähnten großmütigen Gefühle aussprach; nun setzte sie sich auf ihr Bett und las den Brief, den George ihr mit der feierlichen Miene eines Märtyrers übergab. Während sie jedoch das Schriftstück durchlas, klärte sich ihr Gesicht auf. Die Aussicht, Armut und Entbehrung mit dem geliebten Mann zu teilen, hat, wie wir schon früher gesagt haben, nichts an sich, wodurch ein warm empfindendes Weib sich schrecken ließe. Diese Vorstellung war der kleinen Amelia sogar angenehm. Dann aber schämte sie sich wie gewöhnlich darüber, daß sie sich in einem so unpassenden Augenblick glücklich fühlte, und drängte ihre freudige Empfindung zurück, indem sie in ernstem Ton sagte: »O George, wie muß dir dein armes Herz bluten bei dem Gedanken, von deinem Papa nun so geschieden zu sein!«

»Ja, das tut es«, erwiderte George mit einer Miene, die seinen Schmerz erkennen ließ.

»Aber er kann nicht lange mit dir zürnen«, fuhr sie fort. »Das könnte ja niemand, davon bin ich überzeugt. Er muß dir vergeben, mein lieber, guter Mann. Oh, ich würde es mir nie verzeihen, wenn er es nicht tut!«

»Was mich ängstigt, meine arme Emmy, ist nicht *mein* Unglück, sondern das deinige«, sagte George. »Ich mache mir
aus ein bißchen Armut nichts; und ohne eitel zu sein, glaube
ich, daß ich Talent genug besitze, um meinen Weg aus eigener Kraft zu gehen.«

»Das besitzt du«, fiel seine Frau ein, welche meinte, nach
Beendigung des Krieges werde ihr Mann sofort zum General
ernannt werden.

»Ja, ich werde meinen Weg so gut gehen wie ein anderer«,
fuhr Osborne fort. »Aber was dich betrifft, mein liebes Kind,
wie soll ich es ertragen, dich derjenigen Annehmlichkeiten
des Lebens und derjenigen gesellschaftlichen Stellung beraubt zu sehen, auf die meine Frau einen berechtigten Anspruch hat? Mein teures Weib in der Kaserne, als Soldatenfrau mit dem Regiment auf dem Marsche, allen möglichen
Unannehmlichkeiten und Entbehrungen ausgesetzt! Das ist
es, was mich so unglücklich macht.«

Emmy, ganz beruhigt, da dies ihres Gatten einziger Kum-
mer war, ergriff seine Hand und begann mit strahlendem
Gesicht und heiterem Lächeln jene Strophe des beliebten
Matrosenliedes ›Wapping Old Stairs‹[1] zu trällern, in der die
Heldin, nachdem sie ihren Tom wegen seines Mangels an
Zärtlichkeit ausgescholten hat, ihm verspricht, ›ihm seine
Hosen zu flicken und seinen Grog zu machen‹, wenn er ihr nur
treu und gut sein und sie nicht verlassen wolle. »Und außer-
dem,« sagte sie nach kurzem Stillschweigen, währenddessen
sie so hübsch und glücklich aussah, wie nur je eine junge
Frau, »sind nicht zweitausend Pfund eine große Summe Geld
George?«

George lachte über ihre Naivität, und dann gingen sie zum
Dinner hinüber; Amelia hatte sich an Georges Arm gehängt,
summte noch immer die Melodie von Wapping Old Stairs, und
es war ihr froher und leichter ums Herz als seit mehreren Tagen.

1. Ein Landungsplatz an der Themse, der Schauplatz von Mollys treuer Liebe.

So verlief denn das Mahl, das nun endlich vor sich ging, ganz und gar nicht trübselig, sondern im Gegenteil außerordentlich munter und lustig. Die Erregung über den bevorstehenden Feldzug wirkte bei George als Gegengewicht gegen die Verstimmung, welche die Nachricht von seiner Enterbung ihm verursacht hatte. Dobbin blieb seiner Rolle als Plauderer noch immer treu. Er unterhielt die Gesellschaft mit Erzählungen von der Armee in Belgien, wo man an weiter nichts denke als an Festlichkeiten, Vergnügungen und Modetorheiten. Dann ging dieser gewandte Hauptmann, der dabei seinen besonderen Zweck im Auge hatte, dazu über, die Majorin O'Dowd zu schildern, wie sie ihre eigene Garderobe und die ihres Mannes eingepackt und seine besten Epauletten in einer Teebüchse untergebracht, dagegen ihren eigenen berühmten gelben Turban mit dem Paradiesvogel, in braunes Packpapier gewickelt, in des Majors blechernem Hutfutteral wohl verwahrt habe. Und Dobbin fügte hinzu, er sei gespannt darauf, welchen Eindruck dieser Kopfschmuck am Hofe des französischen Königs in Gent und bei den großen Militärbällen in Brüssel machen werde.

»Gent! Brüssel!« rief Amelia, die plötzlich erschrocken zusammenfuhr. »Hat das Regiment Marschbefehl bekommen, George? Hat es Marschbefehl bekommen?« Ein Ausdruck des Entsetzens überzog das liebliche, lächelnde Gesicht, und sie klammerte sich unwillkürlich an George an.

»Sei nicht bange, liebes Kind«, sagte er gutmütig. »Die Überfahrt dauert ja nur zwölf Stunden; das wird dir nichts anhaben. Du kannst mitkommen, Emmy.«

»Ich beabsichtige jedenfalls mitzugehen«, erklärte Becky. »Ich gehöre mit zum Stabe. General Tufto ist mein eifriger Anbeter. Ist es nicht so, Rawdon?«

Rawdon brach in sein gewöhnliches lautes Gelächter aus. William Dobbin errötete stark. »Sie kann nicht mitgehen«, sagte er; »denke an die...«, er wollte fortfahren: ›an die Gefahr‹; aber hatte nicht die ganze Art, wie er bei Tische geplaudert hatte, den Zweck gehabt, zu beweisen, daß gar keine Gefahr vorhanden sei? Er wurde sehr verlegen und schweigsam.

»Ich muß und will mitgehen«, rief Amelia mit der größten Lebhaftigkeit, und George faßte ihr, ihre Entschlossenheit lobend, unter das Kinn und fragte alle Anwesenden, ob sie je eine so eigenwillige Frau gesehen hätten, und erklärte sich damit einverstanden, daß sie ihm bei dem Feldzug Gesellschaft leiste. »Wir wollen Mrs. O'Dowd damit beauftragen, dich zu bemuttern«, sagte er. Aber um was hätte sie sich Sorge machen sollen, solange ihr Mann bei ihr war? So wurde die Bitterkeit der Trennung gewissermaßen beiseitegeschoben. Obwohl Krieg und Gefahr in Aussicht standen, so konnte es doch noch Monate dauern, bis sie wirklich da waren. Jedenfalls hatte man noch eine Frist, über die die furchtsame kleine Amelia fast ebenso glücklich war, wie sie es über eine völlige Beseitigung des drohenden Unheils gewesen wäre, eine Frist, von der sich selbst Dobbin in seinem Herzen gestand, daß sie ihm sehr willkommen sei. Denn Amelia sehen zu dürfen, das war jetzt die größte Freude und Hoffnung seines Lebens, und er sann im stillen darüber nach, wie er sie behüten und beschützen wollte. ›Ich würde sie nicht mitkommen lassen, wenn ich ihr Mann wäre‹, dachte er. Aber George hatte darüber zu bestimmen, und sein Freund hielt es nicht für angemessen, ihm Vorstellungen zu machen.

Endlich legte Rebekka ihren Arm um die Taille ihrer Freundin und führte sie von der Tafel weg, an der so viele wichtige Dinge erörtert worden waren; die Herren blieben in sehr heiterer Stimmung, trinkend und munter plaudernd, sitzen.

Im Laufe des Abends erhielt Rawdon einen kleinen Privatbrief von seiner Frau. Er knitterte ihn zwar sofort zusammen und verbrannte ihn an einer Kerze; aber es war uns schon, als Rebekka ihn schrieb, gelungen, ihn über ihre

Schulter weg zu lesen. ›Eine große Neuigkeit‹, schrieb sie.
›Mrs. Bute ist fort. Laß Dir noch heute abend das Geld von
Kupido geben, da er morgen höchstwahrscheinlich abreisen
wird. Denke daran. R.‹ Als daher die kleine Gesellschaft sich
anschickte, in das Zimmer der Damen zu gehen, um dort
den Kaffee einzunehmen, berührte Rawdon Osborne am
Ellbogen und sagte in liebenswürdigem Ton: »Hören Sie,
lieber Osborne, wenn es Ihnen nicht ungelegen ist, möchte
ich Sie nun wohl um den bewußten kleinen Betrag ersuchen.«
Ungelegen war es allerdings; aber George gab ihm trotzdem
sogleich eine erhebliche Abschlagszahlung in Banknoten aus
seiner Brieftasche und für den Rest eine Anweisung auf seinen Bankier, zahlbar in acht Tagen.
Nach Erledigung dieser Angelegenheit hielten George, Joseph und Dobbin, während sie ihre Zigarren rauchten, einen
Kriegsrat und kamen überein, am folgenden Tage gemeinsam
in Josephs offenem Wagen nach London zu fahren. Ich glaube,
Joseph hätte es vorgezogen, noch so lange zu bleiben, bis
Rawdon Crawley Brighton verlassen würde; aber Dobbin
und George überstimmten ihn, und so erklärte er sich denn
bereit, die Gesellschaft nach der Hauptstadt zu befördern,
und bestellte zu diesem Zweck vier Pferde, wie das seiner
Würde entsprach. Mit diesen fuhren sie am nächsten Tage
nach dem Frühstück sehr vornehm ab. Amelia war am Morgen sehr früh aufgestanden und hatte höchst munter ihre
kleinen Koffer gepackt, während Osborne im Bett lag und
bedauerte, daß sie kein Mädchen zur Hilfe habe. Sie war
indes nur zu froh, diese Arbeit zu verrichten, wenn auch
allein. Sie war bereits von einer unklaren, unbehaglichen
Empfindung gegen Rebekka erfüllt; und obgleich sie einander beim Abschied sehr zärtlich küßten, so wissen wir
doch, was Eifersucht bedeutet; und Mrs. Amelia besaß unter
anderen Tugenden ihres Geschlechts auch diese.

Wir müssen uns jetzt erinnern, daß wir außer diesen Personen, die kommen und gehen, auch noch einige andere alte Freunde in Brighton haben, nämlich Miß Crawley und ihr Gefolge. Obwohl nun Rebekka und ihr Gatte nur ein paar Steinwürfe weit von der Wohnung abgestiegen waren, die die immer noch leidende Miß Crawley inne hatte, so blieb ihnen die Tür der alten Dame doch ebenso unbarmherzig verschlossen wie vorher in London. Solange Mrs. Bute Crawley an der Seite ihrer Schwägerin blieb, sorgte sie dafür, daß ihre geliebte Mathilde nicht durch ein Zusammentreffen mit ihrem Neffen aufgeregt wurde. Wenn die alte Jungfer ihre Spazierfahrt machte, saß die treue Mrs. Bute neben ihr im Wagen; und wenn Miß Crawley die frische Luft in einem Rollstuhl genoß, so marschierte Mrs. Bute auf der einen Seite dieses Gefährtes, während die brave Briggs die andere Flanke deckte. Und wenn sie zufällig Rawdon und seiner Frau begegneten, so zog die Miß Crawleysche Gesellschaft, obwohl Rawdon stets sehr höflich den Hut abnahm, mit einer derartig kühlen, beleidigenden Nichtbeachtung vorüber, daß Crawley zu verzweifeln begann.

»Wir könnten ebensogut in London sein wie hier«, sagte Rittmeister Rawdon oft in großer Niedergeschlagenheit.

»Ein behagliches Hotel in Brighton ist ein besserer Aufenthaltsort als ein Schuldgefängnis in der Chancery Lane«, antwortete seine Frau, die eine heitere Natur besaß. »Denke an die beiden Adjutanten des Gerichtsvollziehers Mr. Moses, die unsere Wohnung eine Woche lang belagerten. Unsere Freunde hier sind sehr langweilig; aber Joseph und Hauptmann Kupido sind immer noch bessere Gesellschafter als die Leute des Mr. Moses, lieber Rawdon.«

»Ich wundere mich, daß die Haftbefehle mir nicht hierhergefolgt sind«, fuhr Rawdon, noch immer in seiner verzweifelten Stimmung, fort.

»Wenn sie hierher gelangen sollten, so werden wir Mittel

finden, ihnen zu entschlüpfen«, versetzte die unerschrockene kleine Becky und wies ihren Gatten dann noch darauf hin, daß sie hier doch auch den nicht zu unterschätzenden Vorteil gehabt hatten, Joseph und George zu treffen, deren Bekanntschaft ihm eine höchst erwünschte kleine Summe Bargeld eingetragen hatte.

»Es wird kaum zur Bezahlung der Hotelrechnung ausreichen«, brummte der Gardeoffizier.

»Warum sollen wir die denn bezahlen?« erwiderte die Dame, die auf alles eine Antwort hatte.

Durch Rawdons Burschen, der immer noch einen wenn auch nur unbedeutenden Verkehr mit den männlichen Bewohnern von Miß Crawleys Gesindestube unterhielt und angewiesen war, den Kutscher, sooft er ihn träfe, mit Getränken freizuhalten, war unser junges Paar über die Vorgänge in Miß Crawleys Hause immer ziemlich gut im Bilde; auch hatte Rebekka den glücklichen Einfall gehabt, unpäßlich zu werden und denselben Arzt rufen zu lassen, der die alte Jungfer behandelte, so daß die Auskünfte, die sie erhielten, im ganzen leidlich vollständig waren. Auch Miß Briggs war, wiewohl sie nicht anders konnte, als eine unfreundliche Haltung anzunehmen, doch im geheimen nicht feindlich gegen Rawdon und seine Frau gesinnt. Sie hatte eine sanfte und versöhnliche Natur. Jetzt, da sie keine Ursache zur Eifersucht mehr hatte, verschwand auch ihr Widerwille gegen Rebekka, und sie erinnerte sich ihrer unveränderlichen Liebenswürdigkeit und ständigen guten Laune. Und tatsächlich stöhnten sie und die Kammerfrau Mrs. Firkin wie auch Miß Crawleys gesamtes übriges Hauspersonal unter der Tyrannei der triumphierenden Mrs. Bute.

Denn diese gute, aber herrschsüchtige Frau verfolgte, wie das oft vorkommt, ihren Vorteil zu weit und nutzte ihre Erfolge unbarmherzig aus. Sie hatte im Laufe weniger Wochen die Patientin zu einer so hilflosen Gefügigkeit gebracht, daß

404

die arme Seele sich vollständig dem Willen ihrer Schwägerin
unterwarf und nicht einmal wagte, sich der Briggs oder der
Firkin gegenüber über ihre Sklaverei zu beklagen. Mrs. Bute
maß die Gläser Wein, die Miß Crawley täglich trinken
durfte, mit peinlicher Genauigkeit ab – zum großen Ärger
der Firkin und des Haushofmeisters, die sich auf diese Art
sogar der freien Verfügung über die Sherryflasche beraubt
sahen. Sie teilte der Kranken genau zu, wieviel sie an Kalbs-
milch, Gelee und jungen Hühnern essen durfte, und bestimmte die Reihenfolge dieser Speisen. Morgens, mittags
und abends brachte sie ihr die abscheulichen Tränke, die der
Arzt verordnet hatte, und zwang die Patientin, sie zu
schlucken, was diese mit einem so rührenden Gehorsam tat,
daß die Firkin sagte: »Meine arme Herrin nimmt ihre Medizin wie ein Lamm.« Sie ordnete an, wann eine Ausfahrt im
Wagen oder im Rollstuhl stattfinden sollte. Kurz, sie unter-
jochte die alte Dame während ihrer Genesung so vollständig,
wie es nur eine energisch zugreifende, mütterlich sorgende,
moralisch streng denkende Frau fertig bringen kann. Wenn
die Patientin wirklich einmal einen leisen Widerstand versuchte und um ein bißchen mehr Essen oder um ein bißchen
weniger Medizin bat, so bedrohte ihre Pflegerin sie mit
augenblicklichem Tode, worauf sich dann Miß Crawley sofort fügte. »Sie hat gar keinen Lebensmut mehr,« bemerkte
die Firkin der Briggs gegenüber, »seit drei Wochen hat sie
nicht mehr zu mir gesagt, ich wäre verrückt.« Schließlich
hatte Mrs. Bute den Entschluß gefaßt, die erwähnte brave
Kammerfrau, den dicken Haushofmeister Mr. Bowls und sogar Miß Briggs wegzuschicken und dafür ihre Töchter aus
der Oberpfarre kommen zu lassen, später aber die teure Patientin selbst nach Queen's Crawley herüberzuschaffen – da
trat ein ärgerliches Ereignis ein, das sie von der Erfüllung so
angenehmer Pflichten abrief. Ihr Gatte, der Reverend Bute
Crawley, stürzte eines Nachts, als er nach Hause ritt, mit

dem Pferde und brach sich das Schlüsselbein. Es stellte sich Fieber ein, Symptome von Entzündung zeigten sich, und Mrs. Bute sah sich genötigt, Sussex zu verlassen und wieder nach Hampshire zu reisen. Sie versprach ihrer teuren Freundin, sobald Bute wiederhergestellt sein würde, zu ihr zurückzukehren, und hinterließ bei der Abreise für das Hauspersonal die strengsten Weisungen hinsichtlich seines Verhaltens gegen seine Herrin. Aber sobald sie in den Southamptoner Postwagen gestiegen war, erhob sich in Miß Crawleys Hause heller Jubel, und alle dazugehörigen Insassen empfanden ein Gefühl der Erleichterung, wie sie es seit vielen Wochen nicht gekannt hatten. An demselben Tage schenkte Miß Crawley sich die Dosis Medizin, die sie eigentlich am Nachmittag hätte einnehmen sollen. An demselben Nachmittag öffnete Bowls eine Extraflasche Sherry für sich und Mrs. Firkin, und am Abend dieses Tages vergnügten sich Miß Crawley und Miß Briggs an einer Partie Pikett statt an einer Porteusschen Predigt. Es ging zu wie in dem alten Kindermärchen, wo der Stock vergaß, den Hund zu schlagen, und der ganze Lauf der Dinge eine friedliche, glückliche Wendung erfuhr.

Zwei- oder dreimal wöchentlich pflegte sich Miß Briggs zu einer sehr frühen Morgenstunde zu einem Badekarren zu begeben und in einem Flanellanzug und einer Bademütze aus Wachstuch sich im Wasser zu belustigen. Wie wir gehört haben, kannte Rebekka diese Gewohnheit, und wenn sie auch nicht versuchte, auf Miß Briggs in der angedrohten Weise einen Überfall auszuführen und wirklich zu dieser Dame unter dem Wasser hinzuschwimmen und sie in dem geheiligten Raume ihres Badekarrens zu überraschen, so beschloß Mrs. Rawdon doch, auf Miß Briggs einen Angriff zu unternehmen, wenn sie, vom Seewasser erfrischt und gestärkt und also wahrscheinlich gutgelaunt, vom Bade kommen würde.

So stand Becky denn am andern Morgen sehr früh auf, holte
sich ein Fernrohr in ihr Wohnzimmer, dessen Fenster nach
der See zu lagen, richtete es auf die Badekarren am Strande,
sah, wie Miß Briggs ankam, in ihren Kasten hineinging und
in die See hinausgefahren wurde, und war gerade in dem
Augenblick am Strande, als die Nymphe, auf die sie es abgesehen hatte, aus dem Karren stieg und den Ufersand betrat. Es war ein hübsches Bild: der Strand – die Gesichter der
Badefrauen – die lange Reihe der Felsen und Gebäude – alles
von der Morgensonne mit rötlicher Glut übergossen. Rebekka hatte ein freundliches, liebenswürdiges Lächeln auf
dem Gesicht, als sie der aus dem Badekarren steigenden Miß
Briggs ihre hübsche, weiße Hand hinstreckte. Was konnte
Miß Briggs anderes tun als den Gruß erwidern?
»Miß Sh..., Mrs. Crawley«, sagte sie.
Mrs. Crawley ergriff ihre Hand und drückte sie an ihr Herz;
dann schlang sie, einem plötzlichen Triebe folgend, ihre
Arme um Miß Briggs und küßte sie zärtlich. »Liebe, liebe
Freundin!« sagte sie mit einem solchen Ton wahrer Empfindung, daß Miß Briggs natürlich sofort weich wurde und sogar die Badefrau eine Rührung verspürte.
Rebekka fand es nicht schwer, Miß Briggs in ein langes, vertrauliches, köstliches Gespräch zu verwickeln. Alles, was
sich seit dem Morgen von Beckys plötzlicher Abreise und
Miß Crawleys Hause in der Park Lane bis zum gegenwärtigen Tage zugetragen hatte, auch Mrs. Butes erfreulicher
Rückzug, alles wurde von Miß Briggs berichtet und erörtert. Alle an Miß Crawley wahrgenommenen Symptome
und alle Einzelheiten ihrer Krankheit und der ärztlichen Behandlung erzählte diese Vertraute mit jener Vollständigkeit
und Genauigkeit, an der die Frauen ihre Freude haben. Werden Damen es etwa jemals müde, über ihre körperlichen
Leiden und über ihre Ärzte miteinander zu sprechen? Jedenfalls redete die Briggs bei diesem Anlaß unermüdlich, und

ebenso unersättlich zeigte sich Rebekka im Zuhören. Sie war Gott dankbar, aufrichtig dankbar dafür, daß die liebe, gute Briggs und die treue, unschätzbare Firkin bei ihrer gemeinsamen Wohltäterin während ihrer Krankheit hatten bleiben dürfen. Der Himmel segne die Gute! Freilich, es war der Anschein entstanden, als hätte sie, Rebekka, undankbar gegen Miß Crawley gehandelt; aber war ihre Verfehlung nicht eine natürliche, entschuldbare? Konnte sie dem Manne, der ihr Herz gewonnen hatte, ihre Hand verweigern? Die rührselige Briggs konnte bei dieser Frage nur die Augen gen Himmel richten und einen Seufzer des Mitgefühls ausstoßen; sie mußte daran denken, daß auch sie vor langen Jahren ihr Herz verschenkt hatte, und gestand sich, daß Rebekka keine große Verbrecherin sei.

»Kann ich die jemals vergessen, die der freundlosen Waise eine so gütige Freundin gewesen ist?« sagte Mrs. Crawley. »Nein, wenn sie mich auch verstoßen hat, werde ich doch nie aufhören, sie zu lieben, und gern möchte ich mein Leben ihrem Dienste weihen. Ja, liebe Miß Briggs, ich liebe und bewundere Miß Crawley als meine Wohltäterin und als die hochverehrte Verwandte meines geliebten Rawdon mehr als irgendeine andere Frau in der Welt, und nächst ihr liebe ich alle diejenigen, die ihr treu sind. *Ich* würde nie Miß Crawleys treue Freundinnen so behandelt haben, wie es die schändliche, ränkevolle Mrs. Bute getan hat. Rawdon, der ein weiches Herz hat,« fuhr Rebekka fort »wenn auch sein äußeres Benehmen rauh und rücksichtslos erscheinen mag, Rawdon hat wohl hundertmal mit Tränen in den Augen gesagt, er danke dem Himmel dafür, daß er seiner teuren Tante zwei so bewundernswerte Pflegerinnen gesandt habe wie die treue Firkin und die prächtige Miß Briggs.« Und für den Fall, daß die Ränke dieser schrecklichen Mrs. Bute, wie sie nur zu sehr fürchten müsse, wirklich den Erfolg haben sollten, alle diejenigen, die Miß Crawley liebten, von deren Seite zu

408

verbannen und die arme Dame zu einem Opfer der Harpyien
in der Oberpfarre zu machen, für diesen Fall bat Rebekka
Miß Briggs, nicht zu vergessen, daß ihr Haus, so bescheiden
es auch sei, ihr (Miß Briggs) stets offenstehe. »Liebe Freundin,« rief sie, von ihrem Gefühl hingerissen, aus, »es gibt
Herzen, die nicht imstande sind, empfangene Wohltaten zu
vergessen; es sind nicht alle Frauen von der Art wie Mrs.
Bute Crawley! Doch warum sollte ich mich über sie beklagen?« fügte Rebekka hinzu. »Ich bin zwar ihr Werkzeug
und ein Opfer ihrer Ränke gewesen; aber verdanke ich ihr
nicht meinen teuren Rawdon?« Und nun enthüllte Rebekka
der Briggs Mrs. Butes ganzes Benehmen in Queen's Crawley
das ihr zwar damals unverständlich gewesen sei, jetzt aber
durch die Ereignisse seine volle Aufklärung gefunden habe,
jetzt, da die Neigung sich entwickelt habe, welche Mrs. Bute
durch tausenderlei Künste zu ermutigen bemüht gewesen
sei, jetzt, da zwei unschuldige Menschenkinder in die
Schlingen gegangen seien, die sie ihnen gelegt habe, und sich
liebgewonnen und geheiratet hätten und durch die Tücke
dieses Weibes zugrunde gerichtet seien.
Das alles war nur zu wahr. Miß Briggs durchschaute Mrs.
Butes listige Kunstgriffe vollkommen. Mrs. Bute hatte die
Heirat zwischen Rawdon und Rebekka angestiftet. Obwohl
aber Rebekka ein ganz unschuldiges Opfer war, konnte doch
Miß Briggs ihrer Freundin die Besorgnis nicht verhehlen,
daß Miß Crawleys Neigung ihr hoffnungslos verloren sei
und die alte Dame es ihrem Neffen nie verzeihen werde, daß
er eine so unkluge Heirat eingegangen sei.
Über diesen Punkt hatte Rebekka ihre eigene Meinung und
blieb immer noch guten Mutes. Sie sagte sich, wenn Miß
Crawley ihnen auch nicht jetzt gleich vergebe, so könne sie
wenigstens später einmal sich erweichen lassen. Selbst jetzt
stehe nur der pimplige, kränkelnde Pitt Crawley zwischen
Rawdon und der Baronetswürde, und wenn Rawdons Bru-

der etwas zustoßen sollte, so würde ja alles gut werden. Auf
alle Fälle war es ihr eine große Genugtuung, Mrs. Butes
Pläne aufgedeckt und von dieser selbst recht viel Schlechtes
geredet zu haben; das konnte auch im Interesse Rawdons
von Vorteil sein. Und so verließ denn Rebekka nach einer
Unterredung, die eine Stunde gedauert hatte, ihre wieder-
gewonnene Freundin mit den zärtlichsten Beteuerungen
ihrer Zuneigung und Achtung und in der festen Überzeugung, daß der Inhalt ihres Gespräches, ehe viele Stunden
vergangen wären, Miß Crawley mitgeteilt werden würde.
Nach Beendigung dieser Unterredung war es für Rebekka
die höchste Zeit, in ihr Hotel zurückzukehren, wo die ganze
Gesellschaft vom vorhergehenden Tage zu einem Abschieds-
frühstück versammelt war. Rebekka nahm von Amelia so
zärtlich Abschied, wie das bei zwei Frauen, die einander wie
Schwestern liebten, natürlich war; und nachdem sie von
ihrem Taschentuch reichlichen Gebrauch gemacht und am
Halse ihrer Freundin gehangen hatte, als ob es eine Trennung fürs ganze Leben wäre, und nachdem sie dann noch mit
dem Taschentuch (das, beiläufig gesagt, ganz trocken war)
beim Abfahren des Wagens aus dem Fenster gewinkt hatte,
ging sie zum Frühstückstisch zurück und verspeiste mit
einem in Anbetracht ihrer Gemütsbewegung recht guten
Appetit, einige Garnelen. Und während sie diese Leckerbissen schmauste, erzählte sie ihrem Mann, was sich auf ihrem
Morgenspaziergang zwischen ihr und Miß Briggs zugetragen hatte. Sie machte sich jetzt große Hoffnungen und
brachte auch Rawdon dahin, diese Hoffnungen zu teilen. Es
gelang ihr überhaupt gewöhnlich leicht, ihren Mann zu ihren
eigenen Anschauungen herüberzuziehen, mochten diese nun
trübe oder heiter sein.
»Nun, lieber Mann, setze dich, bitte, an den Schreibtisch
und schreib mir mal einen hübschen kleinen Brief an Miß
Crawley, worin du ihr sagst, daß du ein braver Mensch bist

und mehr von der Art.« So setzte sich also Rawdon hin und schrieb mit großer Geschwindigkeit nieder: ›Brighton, Donnerstag‹ und ›Meine liebe Tante!‹, aber dann ließ den tapferen Offizier seine Phantasie im Stich. Er kaute an seiner Feder und blickte auf, in das Gesicht seiner Frau. Sie konnte ein Gelächter über seine klägliche Miene nicht unterdrücken, und nun begann die kleine Frau, während sie, die Hände auf dem Rücken, im Zimmer auf und ab ging, ihm einen Brief zu diktieren, den er genau so niederschrieb.

»Ehe ich das Vaterland verlasse, um an einem Feldzug teilzunehmen, der mir sehr leicht verhängnisvoll werden kann...«

»Was?« fragte Rawdon einigermaßen verwundert, zeigte sich dann aber für den Humor der Redensart empfänglich und schrieb sie vergnügt lächelnd nieder.

»...der mir sehr leicht verhängnisvoll werden kann, bin ich hierher gekommen...«

»Warum nicht einfach ›hergekommen‹, Becky? ›Herkommen‹ ist doch richtig«, wandte der Dragoner ein.

»...bin ich hierher gekommen,« wiederholte Rebekka hartnäckig und stampfte dabei mit dem Fuße auf, »um meiner teuersten und ältesten Freundin Lebewohl zu sagen. Ehe ich fortgehe, um vielleicht nie wiederzukehren, bitte ich Dich, mich noch einmal die Hand drücken zu lassen, von der ich mein ganzes Leben lang nur Liebes und Gutes empfangen habe.«

»...mein ganzes Leben lang nur Liebes und Gutes empfangen habe«, sprach Rawdon nach, während er die Worte niederschrieb; er war ganz erstaunt, wie leicht ihm die Abfassung des Briefes wurde.

»...Ich will von Dir nichts als das eine: daß wir nicht im Zorn voneinander scheiden. Ich besitze in manchen Punkten den Stolz meiner Familie, wiewohl nicht in allen. Ich habe die Tochter eines Malers geheiratet und schäme mich dieses Schrittes nicht.«

»Nein, ich will mich hängen lassen, wenn ich das tue«, rief Rawdon.

»Du lieber alter Dummrian,« sagte Rebekka, die ihm über die Schulter blickte, um zu sehen, ob er auch keine orthographischen Fehler mache, und ihn ins Ohr kniff, »›wiewohl‹ wird mit einem h geschrieben, aber ›Maler‹ nicht.« So änderte er denn, sich dem überlegenen Wissen seiner kleinen Gebieterin unterordnend, diese Worte um.

»Ich glaubte, daß Dir meine wachsende Neigung nicht entginge,« fuhr Rebekka fort, »und ich wußte, daß Mrs. Bute Crawley sie billigte und begünstigte. Aber ich mache keinem einen Vorwurf. Ich habe ein armes Mädchen geheiratet und will zufriedenen Herzens die Folgen dessen, was ich getan habe, auf mich nehmen. Hinterlasse Dein Vermögen, wem Du willst, liebe Tante! Ich für meine Person werde mich über die Art, in der Du darüber verfügst, nie beklagen. Bitte, glaube mir, daß ich Dich um Deiner selbst willen liebe und nicht des Geldes wegen! Ich möchte mich mit Dir versöhnen, ehe ich England verlasse. Gestatte mir, bitte, Dich noch einmal zu sehen, bevor ich weggehe! In wenigen Wochen oder Monaten ist es vielleicht zu spät, und ich kann den Gedanken nicht ertragen, daß ich das Vaterland ohne ein freundliches Abschiedswort von Dir verlassen soll.«

»In *dem* Briefe wird sie ja wohl meinen Stil nicht erkennen«, sagte Becky. »Ich habe die Sätze absichtlich kurz und energisch gemacht.« Dieses eigenhändige Schreiben Rawdons wurde in einem Briefumschlag an Miß Briggs befördert.

Die alte Miß Crawley lachte, als die Briggs ihr mit höchst geheimnisvoller Miene dieses schlichte, ehrliche Schriftstück überreichte. »Wir dürfen es jetzt lesen, da Mrs. Bute fort ist«, sagte sie. »Lesen Sie es mir vor, Miß Briggs.«

Als die Briggs die Epistel zu Ende gelesen hatte, lachte ihre Herrin noch herzlicher. »Sehen Sie denn nicht, Sie Gans,« sagte sie zu der Briggs, die über die redliche Zuneigung, welche aus jeder Zeile des Schriftstücks sprach, ganz gerührt war, »sehen Sie nicht, daß kein Wort darin von Rawdon herrührt? Er hat in seinem ganzen Leben nie an mich geschrieben, ohne um Geld zu bitten, und alle seine Briefe waren voll orthographischer und grammatikalischer Fehler und ausgestrichener Worte. Die kleine Schlange von Gouvernante lenkt ihn wie eine Marionette.« Und in ihrem Herzen dachte sie: ›Sie sind doch alle gleich; sie wünschen alle meinen Tod herbei und lauern auf mein Geld.‹

»Ich habe nichts dagegen, Rawdon noch einmal zu sprechen«, fügte sie nach kurzem Stillschweigen in völlig gleichgültigem Ton hinzu. »Ob ich ihm die Hand schüttle oder nicht, das macht mir nichts aus. Vorausgesetzt, daß es keine Rührszene gibt, warum sollen wir nicht zusammenkommen? Meinetwegen. Aber die menschliche Geduld hat auch ihre Grenzen; und merken Sie sich das wohl, meine Liebe: ich lehne es höflichst ab, Mrs. Rawdon zu empfangen; *das* kann ich denn doch nicht ertragen.« Miß Briggs begnügte sich gern mit dieser halben Friedensbotschaft und meinte, die beste Art, die alte Dame und ihren Neffen zusammenzubringen, würde die sein, daß Rawdon angewiesen werde, auf dem Klippenwege zu warten, wenn Miß Crawley in ihrem Rollstuhl ausfahre, um frische Luft zu schöpfen.

Dort trafen sie denn auch zusammen. Ich weiß nicht, ob Miß Crawley beim Anblick ihres ehemaligen Lieblings insgeheim irgendwelche freundliche Regung oder Gemütsbewegung empfand; aber sie hielt ihm mit einer so munter lächelnden, gutgelaunten Miene ein paar Finger hin, als ob sie sich erst tags zuvor getroffen hätten. Rawdon seinerseits wurde dunkelrot und preßte Miß Briggs beinahe die Hand ab, so groß war seine Freude und seine Verwirrung bei dieser Begegnung. Vielleicht war Egoismus bei ihm die Triebfeder; vielleicht empfand er auch wirkliche Zuneigung; vielleicht rührte ihn auch die Veränderung, die die

Krankheit der letzten Wochen bei seiner Tante hervorgerufen hatte.

»Die alte Jungfer hat sich immer wie ein braver Kerl gegen mich benommen,« sagte er zu seiner Frau, als er ihr über die Begegnung Bericht erstattete, »und siehst du, darum war mir ein bißchen schnurrig zumute, weißt du. Ich ging neben dem Dingrichs her, in dem sie sitzt, du weißt schon, bis an ihre Haustür, wo Bowls kam, um ihr ins Haus zu helfen. Und ich wäre sehr gern mit hineingegangen; nur …«

»Du bist nicht hineingegangen, Rawdon?« schrie seine Frau ärgerlich.

»Nein, liebes Kind; weiß der Teufel, als es soweit war, bekam ich es mit der Angst.«

»Du Narr! Du hättest hineingehen und so bald nicht wieder herauskommen sollen«, sagte Rebekka.

»Schimpfe nicht«, versetzte der große, starke Gardist mit finsterer Miene. »Vielleicht bin ich wirklich ein Narr gewesen, Becky; aber du solltest das nicht sagen.« Bei diesen Worten warf er seiner Frau einen Blick zu, wie er ihm bei starkem Zorn eigen war, einen Blick, dem niemand gern begegnen mochte.

»Nun gut, liebster Mann, dann mußt du morgen auf der Lauer sein und hingehen und sie besuchen, ob sie dich nun auffordert oder nicht, verstehst du?« sagte Rebekka, bemüht, ihren erzürnten Ehegatten wieder zu besänftigen. Er erwiderte jedoch, er werde genau so handeln, wie es ihm beliebe; und er ersuche sie, künftig etwas höflicher mit ihm zu reden. Damit ging der gekränkte Gatte weg und verbrachte den Vormittag verdrossen, schweigsam und argwöhnisch im Billardzimmer.

Aber noch ehe der Tag zu Ende war, sah er sich genötigt, klein beizugeben und wie gewöhnlich die überlegene Klugheit und Voraussicht seiner Frau anzuerkennen; denn die schlimmen Ahnungen, die sie hinsichtlich der Folgen des von ihm begangenen Fehlers hegte, fanden in der betrübendsten Weise Bestätigung. Miß Crawley mußte doch eine gewisse Gemütsbewegung empfunden haben, als sie ihn nach einem so lange dauernden Zerwürfnis wiedersah und ihm die Hand schüttelte. Aber nachdem Rawdon fortgegangen war, dachte sie geraume Zeit über die Begegnung nach. »Rawdon wird sehr fett und alt, Briggs«, sagte sie zu ihrer Gesellschafterin. »Er hat eine ganz rote Nase bekommen, und seine äußere Erscheinung macht einen sehr ordinären Eindruck. Seine Verheiratung mit diesem Frauenzimmer hat ihn rettungslos in eine niedrigere Sphäre hinabgezogen. Mrs. Bute sagte immer, daß sie beide zusammen tränken, und ich zweifle nicht, daß es so ist. Ja, er roch ganz gräßlich nach Branntwein. Ich habe es recht wohl gemerkt; Sie nicht auch?«

Vergebens wandte Miß Briggs ein, daß Mrs. Bute von allen Menschen schlecht spreche; und soweit eine Person in *ihrer* bescheidenen Stellung das beurteilen könne, sei sie ein...

»Ein hinterlistiges, ränkesüchtiges Weib? Ja, das ist sie, und sie spricht allerdings von allen Menschen schlecht; aber ich bin überzeugt, daß das Frauenzimmer, die Rebekka, Rawdon zum Trinken verleitet hat. Alle diese gemeinen Leute trinken.«

»Er war sehr ergriffen, als er Sie wiedersah,« bemerkte die Gesellschafterin, »und wenn Sie bedenken wollten, daß er jetzt in einen Krieg zieht, wo ihn Gefahren umdrohen, so bin ich überzeugt...«

»Wieviel Geld hat er Ihnen versprochen, Miß Briggs?« schrie die alte Jungfer, die sich immer mehr in einen nervösen Ingrimm hineinredete. »Na ja, nun fangen Sie natürlich an zu weinen! Ich kann solche Szenen nicht leiden. Warum muß ich immer damit belästigt werden? Gehen Sie hinauf in Ihr

Zimmer und heulen Sie da, und schicken Sie die Firkin zu mir... nein, warten Sie mal, setzen Sie sich hin, schnauben Sie sich die Nase, hören Sie auf zu weinen, und schreiben Sie dann einen Brief an den Rittmeister Crawley!« Die arme Briggs ging hin und setzte sich gehorsam an die Schreibmappe, deren Löschblätter über und über mit den Abdrükken der festen, kräftigen, schnellen Handschrift der ehemaligen Pflegerin der alten Jungfer, Mrs. Bute Crawley, bedeckt waren.

»Fangen Sie an: ›Mein lieber Herr‹, oder besser noch ›Lieber Herr‹, und sagen Sie, Miß Crawley habe Sie ersucht... nein, Miß Crawleys Arzt, Mr. Creamer, habe Sie ersucht, ihm mitzuteilen, daß mir bei meinem gegenwärtigen unsicheren Gesundheitszustand alle starken Aufregungen gefährlich werden könnten und daß ich für die Zukunft jede Erörterung von Familienangelegenheiten und überhaupt Unterredungen irgendwelcher Art ablehnen müsse. Und sagen Sie ihm Dank dafür, daß er nach Brighton gekommen ist und so weiter, und bitten Sie ihn, meinetwegen nicht länger hierzubleiben. Und dann können Sie noch hinzufügen, Miß Briggs, ich ließe ihm bon voyage wünschen, und wenn er sich die Mühe machen wolle, bei meinem Notar am Gray's Inn Square vorzusprechen, so werde er dort eine Mitteilung für ihn vorfinden. Ja, das wird wirken; das wird ihn veranlassen, Brighton zu verlassen.« Die wohlwollende Miß Briggs schrieb diesen Satz mit großer Freude nieder.

»Mich gleich am ersten Tage nach Mrs. Butes Abreise zu überfallen,« plauderte die alte Dame weiter, »das war doch gar zu unpassend. Liebe Briggs, schreiben Sie doch auch an Mrs. Bute Crawley, und teilen Sie ihr mit, daß *sie* nicht wiederzukommen brauche. Nein... das braucht sie nicht... das soll sie nicht... ich will nicht in meinem eigenen Hause eine Sklavin sein... und ich will nicht, daß man mir die nötige Nahrung entzieht und mich mit Medizin vergiftet. Sie möchten mich alle ins Grab bringen…alle…alle!« Und die einsame, alte Dame brach in ein krampfhaftes Schluchzen aus.

Die letzte Szene ihrer trübseligen Lebenskomödie nahte schnell; die bunten Lampen gingen eine nach der andern aus, und der dunkle Vorhang war nahe daran, niederzusinken.

Jener Schlußsatz, in welchem Rawdon an Miß Crawleys Rechtsanwalt in London gewiesen wurde und den die Briggs mit so gutherziger Freude niedergeschrieben hatte, tröstete den Dragoner und seine Frau einigermaßen nach der ersten Bestürzung, die sie empfanden, als sie lasen, daß die alte Jungfer eine Aussöhnung ablehne. Auch hatte er die Wirkung, um derentwillen ihn die alte Dame hatte hinschreiben lassen: er machte Rawdon sehr begierig, nach London zu fahren.

Mit Josephs Spielverlusten und George Osbornes Banknoten bezahlte er seine Rechnung im Hotel, dessen Inhaber wahrscheinlich heute noch nicht weiß, wie zweifelhaft es seinerzeit mit der Bezahlung seiner Rechnung gestanden hatte. Denn wie ein General vor einer Schlacht sein Gepäck hinter die Front zurückschickt, so hatte Rebekka alle ihre Wertsachen zusammengepackt und unter der Obhut von Georges Diener abgesandt, der mit den Koffern auf der Landkutsche nach London zurückfuhr. Mit derselben Fahrgelegenheit kehrten auch Rawdon und seine Frau am nächsten Tage dorthin zurück.

»Ich hätte die alte Jungfer vor unserer Abreise doch gern noch einmal gesehen«, sagte Rawdon. »Sie sieht so hinfällig und verändert aus, daß ich bestimmt glaube, sie macht es nicht mehr lange. Ich bin neugierig, wie hoch der Scheck sein wird, den ich bei Waxy bekommen werde. Zweihundert Pfund… weniger als zweihundert Pfund kann es doch wohl nicht sein, wie, Becky?«

Da sie weitere Besuche jener Herren vom Gericht zu vermeiden wünschten, von denen wir in einem früheren Kapitel gesprochen haben, kehrten Rawdon und seine Frau nicht wieder in ihre Wohnung in Brompton zurück, sondern stiegen in einem Hotel ab. Am andern Morgen früh hatte Rebekka Gelegenheit, die Herren zu sehen, als sie durch diese Vorstadt kam, um sich bei der alten Mrs. Sedley in Fulham nach ihrer lieben Amelia und ihren Brightoner Freunden zu erkundigen. Die waren alle fort nach Chatham und von da nach Harwich, um sich mit dem Regiment nach Belgien einzuschiffen. Die gute, alte Mrs. Sedley war sehr niedergedrückt und weinte viel; sie fühlte sich gar zu vereinsamt. Bei der Rückkehr von diesem Besuch fand Rebekka ihren Gatten zu Hause, der in Gray's Inn gewesen war, um sein Schicksal zu erfahren. Er war ganz wütend zurückgekommen.

»Donnerwetter, Becky«, rief er, »sie hat mir nur zwanzig Pfund gegeben!«

Wenn sie dabei auch die Leidtragenden waren, so war der Spaß doch zu gut, um sich darüber zu ärgern, und Rebekka brach über Rawdons Enttäuschung in ein lautes Gelächter aus.

SECHSUNDZWANZIGSTES KAPITEL
Zwischen London und Chatham

Nachdem unser Freund George die Reise von Brighton nach London in einer vierspännigen Kutsche zurückgelegt hatte, wie sich das für einen Mann seines Ranges gehörte, fuhr er großartig nach einem vornehmen Hotel am Cavendish Square, wo eine Flucht von prächtigen Zimmern und eine reich mit Silbergeschirr besetzte, von einem halben Dutzend schwarz gekleideter, schweigsamer Kellner umgebene Tafel für das junge Ehepaar bereitstanden. George machte Joseph und Dobbin gegenüber mit fürstlichem Anstand die Hon-
418

neurs, und Amelia präsidierte mit großer Schüchternheit und Ängstlichkeit zum ersten Mal an ihrem eigenen Tisch, wie George sich ausdrückte. George tadelte den Wein und behandelte die Kellner sehr von oben herab, während Joseph die Schildkrötensuppe mit großem Genuß schlürfte.

Die Üppigkeit des Mahles und die Pracht der Räume, in denen es stattfand, beunruhigten Mr. Dobbin so, daß er nach Tisch, als Joseph in einem großen Lehnstuhl schlummerte, seinem Freund Vorstellungen darüber machte. Aber vergebens predigte er gegen den Luxus eines Essens mit Schildkrötensuppe und Champagner, der sich allenfalls für einen Erzbischof geschickt hätte. »Ich bin es gewöhnt, wie ein Gentleman zu reisen«, erwiderte George, »und, zum Henker, meine Frau soll wie eine Lady reisen. Solange ich Geld in der Tasche habe, soll sie nichts entbehren«, fügte der edelmütige junge Mann hinzu, höchst zufrieden mit sich selbst wegen seiner vornehmen Denkart. Und Dobbin machte keinen Versuch mehr, ihn davon zu überzeugen, daß Amelias Glück nicht von Schildkrötensuppe abhänge.

Bald nach dem Essen drückte Amelia schüchtern den Wunsch aus, ihre Mama in Fulham zu besuchen, wozu George ihr ziemlich mürrisch seine Erlaubnis erteilte. Sie schlüpfte also davon in ihr gewaltiges Schlafzimmer, in dessen Mitte das ungeheure, einem Katafalk ähnliche Bett stand, ›in dem die Schwester des Kaisers Alexander geschlafen hat, als die verbündeten Souveräne hier waren‹, und rüstete sich für ihren Weg schnell und vergnügt mit ihrem kleinen Hut und einem Schal. George trank, als sie ins Speisezimmer zurückkehrte, noch seinen Rotwein und machte keine Anstalt zum Aufbruch. »Kommst du nicht mit, liebster Mann?« fragte sie ihn. Nein, der ›liebste Mann‹ hatte an diesem Abend noch ›Geschäfte‹ zu erledigen. Sein Diener sollte ihr einen Wagen holen und sie begleiten. Und als der Wagen vor der Tür des Hotels stand, machte Amelia, nachdem sie ihrem George noch ein paarmal vergeblich bittend ins Gesicht gesehen hatte, ihm enttäuscht einen kleinen Knicks und ging betrübt die große Treppe hinunter, gefolgt von Hauptmann Dobbin, der ihr in den Wagen half und ihn nach seinem Bestimmungsort abfahren sah. Sogar der Kammerdiener schämte sich, dem Droschkenkutscher vor den Ohren der Hotelkellner die Adresse zu sagen, und erklärte, er werde ihn unterwegs darüber verständigen.

Dobbin kehrte nach seiner alten Behausung in Slaughters Kaffeehaus zurück und dachte wahrscheinlich, welch ein Genuß es sein müsse, in jener Droschke neben Mrs. Osborne zu sitzen. George hatte indessen offenbar einen ganz anderen Geschmack; denn als er keinen Wein mehr trinken mochte, ging er ins Theater, um Mr. Kean als Shylock zu sehen. Hauptmann Osborne war ein großer Freund des Theaters und hatte selbst in verschiedenen Garnisonen bei Theateraufführungen, die von den Offizieren veranstaltet waren, Charakterrollen mit großem Beifall gespielt. Joseph schlief in seinem Lehnstuhl noch, als es schon lange dunkel war, und wurde aus seinem Schlummer erst durch das Geräusch aufgeschreckt, das der Diener machte, als er die Weinflaschen vom Tisch nahm und die Reste austrank; der Droschkenstand wurde wieder in Anspruch genommen und mußte einen Wagen schicken, um unseren wohlbeleibten Helden in seine Wohnung und in sein Bett zu befördern.

Man kann sich denken, daß Mrs. Sedley, als Mrs. Osbornes Wagen vor dem kleinen Gartentor vorfuhr, aus der Haustür gestürzt kam, um ihre Tochter zu bewillkommnen, und die weinende, zitternde junge Frau mit der innigsten mütterlichen Liebe und Zärtlichkeit an ihr Herz drückte. Der alte Mr. Clapp, der in Hemdsärmeln das Gärtchen zurechtmachte, zog sich erschrocken zurück. Das irische Dienstmädchen kam von der Küche heraufgelaufen und begrüßte sie mit vergnügtem Lächeln. Amelia hatte kaum die Kraft, den Fliesensteig entlang und die Stufen vor der Haustür hinaufzugehen, um ins Wohnzimmer zu gelangen.

Wie die Tränenschleusen geöffnet wurden und Mutter und Tochter weinten, als sie in diesem Heiligtum zusammen waren und einander umarmten, das kann sich jeder Leser, der auch nur ein wenig Gefühl und Empfindung hat, leicht vorstellen. Wann weinen Frauen nicht? Bei welchem Anlaß zur Freude oder zur Sorge oder überhaupt bei welchem wichtigeren Vorgang im Leben können sie sich der Tränen enthalten? Und nach einem solchen Ereignis, wie es eine Hochzeit ist, waren Mutter und Tochter jedenfalls vollauf berechtigt, einer Rührung freien Lauf zu lassen, die ein so natürlicher Ausdruck der Zärtlichkeit ist und eine so erfrischende Wirkung ausübt. Ich habe es schon mit angesehen, daß Frauen, die sich haßten, bei der Erörterung einer Heiratsangelegenheit einander küßten und ganz freundschaftlich zusammen weinten. Um wieviel stärker müssen ihre Empfindungen sein, wenn sie sich lieben! Gute Mütter verheiraten sich sozusagen bei der Hochzeit ihrer Töchter zum zweiten Mal; und was die späteren Folgen dieses Ereignisses anlangt – wer wüßte nicht, daß Großmütter noch mütterlicher sind als die Mütter selbst? Tatsächlich weiß manche Frau, ehe sie nicht Großmutter geworden ist, nicht recht, was es eigentlich bedeutet, Mutter zu sein. Wir wollen also Amelia und ihre Mutter in dem halbdunklen Zimmer ungestört flüstern, schluchzen, lachen und weinen lassen. So machte es auch der alte Mr. Sedley. Er seinerseits hatte nicht erraten, wer in der Droschke saß, als diese vorfuhr. Er war nicht aus dem Hause gelaufen, um seiner Tochter entgegenzueilen, obwohl er sie sehr herzlich küßte, als sie in das Zimmer trat, wo er wie gewöhnlich mit seinen Papieren und Abrechnungen beschäftigt war. Und nachdem er eine kurze Zeit mit Mutter und Tochter zusammengesessen hatte, überließ er wohlweislich das kleine Zimmer den Frauen allein.

Georges Kammerdiener sah mit recht hochmütiger Miene dem alten Mr. Clapp zu, der in Hemdsärmeln seine Rosen begoß. Indes nahm er in sehr herablassender Weise seinen Hut vor Mr. Sedley ab, der nach seinem Schwiegersohn fragte und sich erkundigte, ob Josephs Wagen und Pferde mit in Brighton gewesen seien und wie es mit dem nichtswürdigen Verräter Bonaparte und mit dem Kriege stünde – bis das irische Dienstmädchen mit einem Präsentierteller und einer Flasche Wein herauskam. Der alte Herr ließ es sich nicht nehmen, dem Kammerdiener selbst einzugießen; er gab ihm auch eine halbe Guinee, die der Bediente mit einer Mischung von Erstaunen und Geringschätzung einsteckte. »Auf die Gesundheit Ihres Herrn und Ihrer gnädigen Frau, Trotter!« sagte Mr. Sedley, »und hier haben Sie noch etwas, um auf Ihre eigene Gesundheit zu trinken, wenn Sie nach Hause kommen, Trotter.«

Neun Tage waren erst vergangen, seit Amelia dieses kleine Haus und die Ihrigen verlassen hatte, und doch: wie weit schien die Zeit schon zurückzuliegen, da sie Abschied genommen hatte! Was für eine Kluft lag zwischen ihr und jenem vergangenen Leben! Wenn sie von ihrem gegenwärtigen Standpunkt darauf zurückblickte, erschien ihr jenes junge unverheiratete Mädchen, das ganz in seiner Liebe aufging, das nur für einen einzigen Gegenstand Augen hatte und die Güte der Eltern wenn auch nicht undankbar, so doch wenigstens gleichgültig und als selbstverständlich hinnahm, und dessen Herz und Gedanken nur auf die Erfüllung eines einzigen Wunsches gerichtet war – fast wie ein fremdes Wesen. Der Rückblick auf jene eben erst vergangenen und doch schon so weit zurückliegenden Tage erfüllte sie mit Scham und der Anblick ihrer gütigen Eltern mit zärtlicher Reue. Jetzt hatte sie den Preis gewonnen, sie hatte den

Himmel auf Erden – und wurde sie nicht dennoch von Zweifeln gequält und fühlte sich unbefriedigt? Sobald der Held und die Heldin in den Hafen der Ehe eingelaufen sind, läßt der Romanschriftsteller gewöhnlich den Vorhang fallen, als ob das Stück damit beendet wäre, als gäbe es nun keine Zweifel und Kämpfe mehr, als ob im Lande der Ehe alles grün und blühend wäre und als hätten Mann und Frau nun nichts weiter zu tun, als Arm in Arm in glücklichem, ungetrübtem Genuß dem Alter entgegenzuwandern. Aber unsere kleine Amelia war eben erst am Gestade ihres neuen Heimatlandes angelangt, und schon blickte sie bang zurück nach den trauernden, freundlichen Gestalten, die ihr über den Strom hinüber vom andern, fernen Ufer her ein Lebewohl zuwinkten.

Zu Ehren des Besuches der jungen Frau hielt ihre Mutter es für notwendig, eine Art Festmahl zu veranstalten, und nahm daher, als der erste Sturm von Fragen und Antworten vorüber war, für ein Weilchen von Mrs. George Osborne Abschied, um in die unteren Räumlichkeiten des Hauses nach einer zugleich als Wohnzimmer dienenden Küche hinabzusteigen, die Mr. und Mrs. Clapp bewohnten und in der sich abends auch das irische Dienstmädchen Miß Flannigan aufhielt, wenn sie ihr Geschirr abgewaschen und ihre Lockenwickel abgenommen hatte. Dort traf Mrs. Sedley die Vorbereitungen für einen großartigen festlichen Tee. Jeder Mensch hat seine besondere Art, seine Liebe zum Ausdruck zu bringen. Mrs. Sedley war der Ansicht, daß geröstetes Weißbrot und etwas Apfelsinenmarmelade in einer kleinen Kristallschale für Amelia in ihrer neuen, höchst interessanten Lage besonders angenehme Erfrischungen sein müßten.

Während unten die Leckerbissen zubereitet wurden, verließ Amelia das Wohnzimmer, ging die Treppe hinauf und fand sich, fast ohne zu wissen wie, in dem Stübchen, das sie vor ihrer Verheiratung bewohnt hatte, und auf ebendem Lehnstuhl, auf dem sie so viele bittere Stunden verlebt hatte. Sie ließ sich in seine Arme zurücksinken, als ob er ein alter Freund wäre, und verfiel in ernstes Nachdenken über die vergangene Woche und ihr weiter zurückliegendes Leben. Schon jetzt trüben Sinnes und voll innerer Unruhe zurückzublicken, sich stets nach etwas zu sehnen, dessen Erreichung ihr nicht sowohl Vergnügen als vielmehr Zweifel und Kummer bereitete, das war das Los dieses armen kleinen Wesens, dieser harmlosen Wandrerin, die in dem dichten, sich drängenden und stoßenden Schwarm auf dem Jahrmarkt der Eitelkeit wie verloren war.

Da saß sie nun und rief sich liebevoll das Bild ihres George ins Gedächtnis zurück, vor dem sie vor ihrer Verheiratung anbetend gekniet hatte. Gestand sie sich wohl ein, wie verschieden der wirkliche Mann von dem herrlichen jungen Helden war, den sie so sehr verehrt hatte? Es sind viele, viele Jahre nötig, und ein Mann muß wirklich sehr schlecht sein, ehe der Stolz und die Eitelkeit einer Frau ihr gestatten, sich eine solche Selbsttäuschung einzugestehen. Dann tauchten Rebekkas funkelnde, grüne Augen und unheilstiftendes Lächeln in ihrem Geiste auf und erfüllten sie mit Bangigkeit. Und so saß sie eine Weile da, sich nach ihrer Gewohnheit einem selbstsüchtigen Grübeln überlassend, in derselben trüben, melancholischen Haltung, in der das brave Dienstmädchen sie damals gefunden hatte, als es den Brief heraufbrachte, in welchem George seinen Heiratsantrag erneuerte.

Sie betrachtete das kleine weiße Bett, das noch vor wenigen Tagen das ihrige gewesen war, und sagte sich, sie würde gern in ihm diese Nacht schlafen und, wie früher, am Morgen beim Erwachen das über sie gebeugte lächelnde Gesicht ihrer Mutter erblicken. Dann dachte sie mit Schrecken an das große, einem Katafalk ähnliche Paradieshimmelbett, das sie in dem riesigen, düsteren Staatsgemach in dem vornehmen Hotel am Cavendish Square erwartete. Das liebe, kleine, weiße Bett! Wie manche lange Nacht hindurch hatte sie auf seinen Kissen geweint! Wie oft hatte sie sich dort von Verzweiflung übermannen lassen und den Tod herbeigewünscht! Und jetzt, waren jetzt nicht alle ihre Wünsche erfüllt und der Geliebte, um deswillen sie so verzweifelt gewesen war, für immer ihr eigen? Die gute Mutter! Wie geduldig und liebevoll hatte sie an diesem Bett gewacht! Amelia ging hin und kniete davor nieder, und hier suchte dieses verwundete und furchtsame, aber sanfte, liebevolle Herz den Trost, nach welchem unser kleines Mädchen, wie wir gestehen müssen, bisher nur selten verlangt hatte. Bisher hatte die Liebe bei ihr die Stelle des Glaubens versehen; aber nun begann das betrübte, blutende, enttäuschte Herz Verlangen nach einem andern Trost zu empfinden.

Haben wir ein Recht, ihre Gebete zu belauschen oder zu wiederholen? Nein, meine Lieben, diese Gebete sind Geheimnisse und gehören nicht auf den Jahrmarkt der Eitelkeit, auf dem unsere Geschichte spielt.

Aber so viel dürfen wir sagen, daß unsere junge Dame, als sie endlich zum Tee gerufen wurde, in sehr viel freudigerer Stimmung die Treppe hinunterging, daß sie weder verzagte noch ihr Schicksal beweinte noch an Georges Kälte oder Rebekkas Augen dachte, wie sie das in der letzten Zeit zu tun gepflegt hatte. Sie ging die Treppe hinunter und küßte ihren Vater und ihre Mutter und plauderte mit dem alten Herrn und machte ihn heiterer, als er seit vielen Tagen gewesen war. Sie setzte sich an das Klavier, das Dobbin für sie gekauft hatte, und sang ihrem Vater all seine alten Lieblingslieder vor. Sie erklärte, daß der Tee ganz vorzüglich sei, und lobte das außerordentlich geschmackvolle Arrangement der Marmelade auf der Kristallschale. Und dadurch, daß sie sich Mühe gab, alle übrigen glücklich zu machen, fühlte sie sich selbst glücklich und schlief danach gesund und fest in dem großen Paradebett und wachte erst dann lächelnd auf, als George vom Theater heimkam.

Am nächsten Tage hatte George wichtigere ›Geschäfte‹ zu
erledigen, als Mr. Kean in der Rolle des Shylock zu sehen.
Unmittelbar nach seiner Ankunft in London hatte er an den
Anwalt seines Vaters geschrieben und ihm in großspuriger
Weise seinen Wunsch kundgetan, morgen eine Unterredung
mit ihm zu haben. Seine Verluste an Rittmeister Crawley
im Billard und Kartenspiel hatten die Börse des jungen Mannes beinahe geleert, so daß sie vor seiner Abreise der Auf-
füllung bedurfte, und das einzige Mittel, das ihm zu diesem
Zweck zu Gebote stand, war, die zweitausend Pfund anzugreifen, die der Rechtsanwalt ihm auszuzahlen beauftragt
war. Er war in seinem Innern fest überzeugt, daß sein Vater
sich in nicht allzu langer Zeit erweichen lassen werde. Wie
konnte auch ein Vater sein Herz auf die Dauer gegen einen
solchen Prachtsohn wie er verhärten? Wenn nicht schon
seine bisherigen persönlichen Verdienste seinen Vater zu
besänftigen vermochten, so nahm sich George vor, sich in
dem bevorstehenden Feldzug so auszuzeichnen, daß der alte
Herr werde nachgeben müssen. Und wenn nicht? Pah! Die
Welt lag vor ihm. Sein Glück bei den Karten konnte sich
bessern, und zweitausend Pfund hielten ja auch eine ganze
Weile vor.
Er schickte daher Amelia noch einmal in einem Wagen zu
ihrer Mama, mit der strengen Order und carte blanche für
beide Damen, alles einzukaufen, was eine Dame von Mrs.
Osbornes Stand bei einer Reise ins Ausland nötig habe. Sie
hatten zur Vervollständigung von Amelias Ausstattung nur
einen einzigen Tag zur Verfügung, und man kann sich deshalb denken, daß dieses Geschäft ihre Zeit voll ausfüllte. Als
Mrs. Sedley so wieder einmal in einem Wagen geschäftig
von der Putzmacherin zum Leinwandhändler fuhr und
diensteifrige Ladendiener oder höfliche Geschäftsinhaber sie
zum Wagen zurückbegleiteten, wurde sie fast wieder dieselbe, die sie früher gewesen war, und fühlte sich zum ersten

Mal seit ihrem Mißgeschick von Herzen glücklich. Auch Mrs. Amelia war nicht über das Vergnügen erhaben, das der Besuch von Läden, das Handeln, das Betrachten und Kaufen hübscher Dinge gewährt. (Welcher Mann, und dächte er noch so philosophisch, würde zwei Pence für eine Frau geben, die daran keine Freude hätte?) So gönnte sie sich denn, dem Befehl ihres Gatten gehorsam, auch einmal etwas und kaufte einige Kleidungsstücke ein, wobei sie, wie alle Geschäftsleute versicherten, sehr viel Geschmack und Verständnis für Eleganz bewies.

Durch den bevorstehenden Krieg ließ sich Mrs. Osborne nicht allzusehr beunruhigen; sie glaubte, Bonaparte werde fast ohne Kampf vernichtet werden. Alle Tage segelten von Margate Schiffe mit vornehmen Herren und eleganten Damen ab, die nach Brüssel und Gent reisten. Aber die Leute gingen dorthin, nicht nur, um einem Kriege beizuwohnen, sondern auch, um eine Modereise zu machen. Die Zeitungen verspotteten und verhöhnten den elenden Emporkömmling und Schwindler. Solch ein erbärmlicher Korse sollte den Heeren Europas und dem Genie des unsterblichen Wellington widerstehen können? Amelia schätzte ihn äußerst gering; denn es braucht nicht erst gesagt zu werden, daß dieses sanfte, gute Geschöpf sich ihre Ansichten nach denen ihrer Umgebung bildete; sie war bei ihrer treuen Anhänglichkeit viel zu bescheiden, um selbst zu denken. Also, kurz gesagt, sie und ihre Mutter besuchten den ganzen Tag einen Laden nach dem andern, und Amelias erstes Auftreten in der vornehmen Londoner Welt geschah mit heiterer Würde.

Inzwischen begab sich George, den Hut auf ein Ohr gerückt, mit kecker, kriegerischer Miene nach der Bedford Row und betrat die Kanzlei des Notars in einer Art, als wenn er der Herr und Gebieter all der bleich aussehenden Schreiber wäre, die dort saßen und kritzelten. Er befahl einem von ihnen in so hochmütiger, gönnerhafter Weise, Mr. Higgs zu benachrichtigen, daß Hauptmann Osborne da sei, als ob der Notar, der dreimal soviel Verstand, fünfzigmal soviel Geld und tausendmal soviel Erfahrung besaß wie er, ein armseliger Subalterner sei, der sofort alles stehen und liegen lassen müsse, um dem Herrn Hauptmann aufzuwarten. Während er so dasaß und mit seinem Stock an den Stiefel klopfte und dachte, was für eine Gesellschaft elender, armer Teufel das doch wäre, sah er nicht das höhnische Lächeln, das über alle Gesichter im Zimmer vom Ersten Buchhalter bis zu den zerlumpten Schreibern und blassen Laufburschen mit zu engen Kleidern die Runde machte. Die elenden, armen Teufel wußten mit seinen Verhältnissen ganz genau Bescheid. Sie redeten abends bei ihren Biergläsern im Wirtshaus mit anderen Schreibern darüber. Ja, du lieber Gott! was wissen nicht alles die Notare und die Schreiber der Notare in London! Ihrem Spürsinn bleibt nichts verborgen, und sie und ihre dienstbaren Geister beherrschen im stillen unsere Stadt.

Vielleicht erwartete George, als er Mr. Higgs' Zimmer betrat, dieser Herr werde von seinem Vater beauftragt sein, ihm den Vorschlag zu einer Verständigung oder zu einer Versöhnung zu machen; vielleicht hatte er sein hochmütiges, kühles Benehmen absichtlich angenommen, um dadurch Mut und Entschlossenheit zu beweisen; aber wenn dies der Fall war, so begegnete sein stolzes Wesen auf seiten des Notars einer eisigen Kälte und Gleichgültigkeit, der gegenüber sein großspuriges Benehmen als ganz verfehlt erschien. Der Notar gab sich beim Eintritt des Hauptmanns den Anschein, als sei er eifrig mit Schreiben beschäftigt. »Bitte, nehmen Sie Platz, Sir«, sagte er; »ich werde Ihre kleine Angelegenheit sofort erledigen. Mr. Poe, bringen Sie mir gefälligst ein Quittungsformular.« Darauf schrieb er wieder weiter.

Nachdem Mr. Poe das gewünschte Formular gebracht hatte, berechnete sein Chef den Wert, den zweitausend Pfund

Staatsanleihe nach dem Tageskurs hatten, und richtete an Hauptmann Osborne die Frage, ob dieser die Summe in einem Scheck auf das Bankhaus in Empfang nehmen wolle oder ob er, der Notar, die Bank anweisen solle, Wertpapiere in diesem Betrage zu kaufen. »Einer der Testamentsvollstrecker der verstorbenen Mrs. Osborne ist allerdings zur Zeit nicht in London«, bemerkte er in gleichgültigem Tone; »aber mein Klient möchte Ihren Wünschen gern entgegenkommen und die Sache sobald wie möglich erledigt sehen.« »Geben Sie mir einen Scheck, Sir«, erwiderte der Hauptmann sehr mürrisch. »Die Schillinge und halben Pence können Sie behalten, Sir«, fügte er hinzu, als der Notar den Scheck ausfüllte; und sich mit dem Gedanken schmeichelnd, daß er durch diese vornehme Handlungsweise den alten Federfuchser zum Erröten gebracht habe, steckte er das Papier in die Tasche und verließ stolzen Hauptes das Büro.

»In zwei Jahren sitzt dieses Bürschchen im Schuldgefängnis«, sagte Mr. Higgs zu Mr. Poe.

»Meinen Sie nicht, daß sich der alte Osborne wird herumkriegen lassen, Sir?«

»Glauben Sie, daß sich die Nelsonsäule umdrehen wird?« versetzte Mr. Higgs.

»Er führt ein sehr flottes Leben«, sagte der Buchhalter. »Er ist erst eine Woche verheiratet, und ich habe schon gesehen, wie er mit ein paar anderen Offizieren die Ballerina Mrs. Highflyer nach der Vorstellung zu ihrem Wagen brachte.« Darauf wurde eine andere Angelegenheit vorgenommen, und Mr. George Osborne schied damit aus dem Gedächtnis dieser achtbaren Herren.

Der Scheck lautete auf unsere Freunde Hulker & Bullock in der Lombard Street; dorthin begab sich nunmehr George, immer noch in der Meinung, daß er Geschäfte erledige, und empfing sein Geld. Frederick Bullock, das gelbe Gesicht über ein Rechnungsbuch geneigt, an dem ein demütiger

Schreiber saß, befand sich zufällig gerade im Geschäftszimmer, als George eintrat. Sein gelbes Gesicht wurde beim Anblick des Hauptmanns noch blasser, und er schlüpfte schuldbewußt in das Privatkabinett zurück. George liebäugelte zu eifrig mit dem Geld (denn er hatte noch nie vorher eine so große Summe besessen), als daß er das Gesicht oder die Flucht des gespensterhaften Verehrers seiner Schwester hätte beachten können.

Frederick Bullock erzählte dem alten Osborne den Besuch und das Auftreten seines Sohnes. »Er kam herein mit einem Gesicht, als wollte er der ganzen Welt Trotz bieten«, berichtete er. »Er hat alles bis auf den letzten Schilling abgehoben. Wie lange werden ein paar hundert Pfund bei einem Menschen wie er vorhalten?« Der alte Osborne erklärte fluchend, es sei ihm ganz gleichgültig, wann oder wie bald George das Geld ausgebe. Frederick speiste jetzt alle Tage am Russell Square. George aber war, im ganzen genommen, mit dem Ergebnis seiner geschäftlichen Tätigkeit an diesem Tage höchst zufrieden. Seine eigene Ausstattung wurde eilig vervollständigt, sein Gepäck bereitgemacht, und er bezahlte, großartig wie ein Lord, Amelias Einkäufe mit Schecks.

SIEBENUNDZWANZIGSTES KAPITEL
Worin Amelia zu ihrem Regiment stößt

Als Josephs elegante Equipage an der Tür des Hotels in Chatham vorfuhr, war das erste bekannte Gesicht, das Amelia erblickte, das freundliche von Hauptmann Dobbin, der bereits eine Stunde lang in Erwartung der Ankunft seiner Freunde auf der Straße auf und ab gegangen war. Der Hauptmann machte mit seinen Goldtressen, seiner roten Schärpe seinem Säbel einen recht stattlichen militärischen Eindruck, so daß Joseph ganz stolz darauf war, sich einer solchen Bekanntschaft rühmen zu dürfen; daher begrüßte ihn der wohl-

430

beleibte Zivilist mit einer Herzlichkeit, die sehr stark von dem Empfang abstach, den er seinem Freund in Brighton und in der Bond Street bereitet hatte.

In der Begleitung des Hauptmanns befand sich der Fähnrich Stubble, der, als der offene Landauer sich dem Gasthof näherte, unwillkürlich ausrief: »Donnerwetter, ist das ein hübsches Frauchen!« und damit zum Ausdruck brachte, wie sehr er Osbornes Wahl billigte. Und wirklich sah Amelia in ihrem Traukleid, mit den rosa Hutbändern und dem durch die schnelle Fahrt in der freien Luft geröteten Gesicht so frisch und hübsch aus, daß sie die Bewunderung des Fähnrichs vollkommen verdiente. Dobbin aber mochte den jungen Mann wegen seiner Äußerung noch besser leiden. Als der Hauptmann vortrat, um der Dame aus dem Wagen zu helfen, sah Stubble, was für eine hübsche kleine Hand sie ihm reichte und welch ein allerliebstes kleines Füßchen den Wagentritt hinunterstieg. Er wurde dunkelrot im Gesicht und machte die schönste Verbeugung, deren er fähig war, worauf Amelia, die Nummer des ...ten Regiments an der Mütze des Fähnrichs erkennend, lächelnd und errötend mit einer leichten Verneigung dankte, die den Fähnrich ganz und gar bezauberte. Dobbin benahm sich von diesem Tage an sehr freundlich gegen Mr. Stubble und regte ihn auf ihren gemeinsamen Spaziergängen und bei Besuchen in ihren Quartieren dazu an, von Amelia zu sprechen. Es wurde seitdem bei all den braven jungen Offizieren des ...ten Regiments geradezu Mode, Mrs. Osborne anzubeten und zu bewundern. Ihr einfaches, ungekünsteltes Wesen und ihr bescheidenes, freundliches Benehmen gewannen ihr die unverdorbenen Herzen all dieser jungen Leute. Ihre Anmut und Lieblichkeit in Worten zu schildern, ist indessen ganz unmöglich. Jeder hat wohl schon solche Frauen kennengelernt, bei denen er von dem Vorhandensein aller möglichen guten Eigenschaften überzeugt war, wenn sie zu ihm auch weiter nichts sagten, als daß sie zur nächsten Quadrille bereits verpflichtet seien oder daß es heute sehr heiß sei. George, der immer schon der beliebteste Offizier in seinem Regiment gewesen war, stieg in der Achtung seiner jungen Kameraden noch ganz gewaltig wegen der edlen Denkart, die er durch die Heirat mit diesem mitgiftlosen jungen Wesen bekundet hatte, und wegen des guten Geschmacks in der Wahl einer so hübschen, liebenswürdigen Lebensgefährtin.

In dem Wohnzimmer, das die Reisenden erwartete, fand Amelia zu ihrer Überraschung einen an Frau Hauptmann Osborne gerichteten Brief. Es war ein dreieckiges Billett von rosa Papier, das durch eine Taube mit einem Ölzweig unter Verschwendung von vielem hellblauen Siegellack verschlossen war. Die Anschrift zeigte die großen, aber unsicheren Schriftzüge einer Frauenhand.

»Das ist Peggy O'Dowds Klaue«, sagte George lachend. »Ich erkenne sie an den Kußspuren auf dem Siegel.« Und es war in der Tat ein Brief von der Majorin O'Dowd, welche bat, daß Mrs. Osborne ihr das Vergnügen machen möge, den Abend bei ihr in kleinem Freundeskreis zu verleben. »Du mußt hingehen«, sagte George. »Du wirst da das Regiment kennen lernen. O'Dowd befehligt das Regiment, und Peggy befehligt O'Dowd.«

Aber sie hatten sich erst wenige Minuten des Besitzes von Mrs. O'Dowds Brief erfreut, als die Tür aufgerissen wurde und eine kräftige, muntere Dame im Reitkleid, von ein paar Offizieren des Regiments gefolgt, ins Zimmer trat. »Ich konnte wahrhaftig nicht bis zur Tästunde warten. Lieber George, stellen Sie mich Ihrer lieben Frau vor. Mrs. Osborne, ich bin entzückt, Sie hier zu sähen und Ihnen meinen Mann, Major O'Dowd, vorstellen zu können.« Und mit diesen Worten ergriff die muntere Dame im Reitkleid Amelias Hand und schüttelte sie sehr herzlich, und diese wußte nun sofort, daß sie die Dame vor sich hatte, über die sich ihr Mann so oft lustig gemacht hatte. »Ihr Mann hat gewiß schon oft von mir zu Ihnen gesprochen«, fuhr die Dame sehr lebhaft fort.

»Er hat gewiß schon oft von ihr gesprochen«, wiederholte der Major als Echo.

Amelia erwiderte lächelnd, das habe er getan.

»Und er wird Ihnen nicht viel Gutes von mir erzählt haben«, versetzte Mrs. O'Dowd und fügte hinzu, George sei ein ganz nichtsnutziger Schlingel.

»Das kann ich bestätigen«, bemerkte der Major mit einem Versuch, ein pfiffiges Gesicht zu machen, worüber George lachte. Mrs. O'Dowd aber versetzte dem Major mit ihrer Reitpeitsche einen kleinen Klaps und sagte ihm, er solle ruhig sein; dann sprach sie den Wunsch aus, der jungen Frau Hauptmann Osborne in aller Form vorgestellt zu werden.

»Dies, liebe Frau,« sagte George mit der ernsthaftesten Miene, »ist meine sehr gute, liebe, vortreffliche Freundin Aurelia Margareta, auch Peggy genannt.«

»Meiner Treu, da haben Sie recht«, schaltete der Major ein.

»Auch Peggy genannt, Gemahlin des Majors Michael O'Dowd von unserem Regiment und Tochter Fitzgerald Beresfords de Burgo Malony von Glenmalony, Grafschaft Kildare.«

»Und vom Merrion Square in Dublin«, fügte die Dame mit ruhiger Würde hinzu.

»Und vom Merrion Square, gewiß«, flüsterte der Major.

»Dort machtest du mir zuerst den Hof, lieber Major«, sagte die Dame, und der Major stimmte dem bei, wie er überhaupt jeder Bemerkung beizupflichten pflegte, die in Gesellschaft gemacht wurde.

Major O'Dowd, der seinem König in allen Erdteilen gedient und jede Stufe in seiner Beförderung als Belohnung für eine wirklich kühne, tapfere Tat erreicht hatte, war der bescheidenste, schweigsamste, harmloseste, sanfteste aller kleinen Männer und seiner Frau so gehorsam, als wäre er ihr Bedienter. Im Kasino pflegte er stumm dazusitzen und viel zu trinken; sobald er genug hatte, schwankte er still nach Hause. Wenn er sprach, so geschah es nur, um einem jeden in jedem nur erdenklichen Punkt rechtzugeben, und so wandelte er seinen Lebensweg in völligem Behagen und guter Laune. Die heißeste Sonnenglut Indiens hatte nie vermocht, ihn hitzig zu machen, und das Wechselfieber von Walcheren hatte ihn nie aus seiner Gemütsruhe bringen können. Er ging auf eine Batterie mit demselben Gleichmut los wie auf eine wohlbesetzte Tafel, hatte Pferdefleisch und Schildkröte mit dem gleichen Appetit und Wohlgefallen gegessen und hatte eine alte Mutter, Mrs. O'Dowd von O'Dowdstown, der er in seinem Leben nur zweimal ungehorsam gewesen war – das eine Mal, als er davonlief, um Soldat zu werden, und das andere Mal, als er darauf bestand, die schreckliche Peggy Malony zu heiraten.

Peggy war eine von fünf Schwestern und elf Kindern des edlen Hauses Glenmalony. Ihr Gatte war zwar ihr Vetter, aber von mütterlicher Seite, und hatte daher nicht den unschätzbaren Vorzug, mit den Malonys blutsverwandt zu sein, die Peggy für die vornehmste Familie der Welt hielt. Nachdem sie neun Saisons in Dublin und zwei in Bath und Cheltenham mitgemacht hatte, ohne einen Lebensgefährten zu finden, befahl Miß Malony, die inzwischen ungefähr dreiunddreißig Jahre alt geworden war, ihrem Vetter Michael, sie zu heiraten; der gute Kerl gehorchte und nahm sie mit nach Westindien, damit sie dort den Vorsitz über die Damen des ...ten Regiments führe, zu dem er soeben versetzt worden war.

Ehe noch Mrs. O'Dowd eine halbe Stunde mit Amelia zusammengewesen war, hatte diese liebenswürdige Dame ihre neue Freundin bereits vollständig über ihre Familie und ihren Stammbaum unterrichtet. »Meine Liebe,« sagte sie unbefangen, »es war eigentlich meine Absicht, daß George mein Schwager werden sollte, und meine Schwägerin Glorvina hätte vorzüglich zu ihm gepaßt. Aber da geschähene Dinge nicht zu ändern sind und er mit Ihnen schon verlobt war, so habe ich mich entschlossen, statt dessen Sie als Schwester anzunähmen und als solche zu betrachten und wie ein Mitglied meiner Familie zu lieben. Wahrhaftig, Sie haben ein so nettes, gutes Gesicht und Wäsen, daß ich sicher glaube, wir werden zueinander passen und Sie werden ein angenähmer Zuwachs zu unserer Familie sein.«

»Das wird sie ganz sicher sein«, bemerkte O'Dowd mit beifälliger Miene, und Amelia fühlte sich durch diese plötzliche Aufnahme in einen so großen Verwandtenkreis ebenso belustigt wie zur Dankbarkeit verpflichtet.

»Wir sind hier alle gute Kerle«, fuhr die Majorin fort. »In der ganzen Armee werden Sie keine einmütigere Gesellschaft und kein angenähmeres Kasino finden. Zänkerei, Streiterei, Verleumdung und Klatsch, so etwas gibt es bei uns nicht. Wir lieben uns alle untereinander.«

»Und besonders lieben Sie Mrs. Magenis«, sagte George lachend.

»Frau Hauptmann Magenis und ich haben uns wieder versöhnt, wiewohl ihr Benähmen mich mit meinen grauen Haaren beinahe ins Grab gebracht hätte.«

»Aber du hast doch so schönes schwarzes Haar, liebe Peggy!« rief der Major.

»Halte den Mund, Mick, du Dummrian! Diese Ähemänner müssen einem immer widersprechen, meine liebe Mrs. Osborne; und was meinen Mick anlangt, so sage ich ihm oft, er soll seinen Mund nur zum Kommandieren und zum Essen und Trinken aufmachen. Wenn wir beide einmal allein sind, will ich Ihnen viel von dem Regiment erzählen und Sie auch

warnen, wo es nötig ist. Machen Sie mich nur mit Ihrem
Bruder bekannt; er ist ja ein sehr schöner Mann und erinnert mich an meinen Vetter Dan Malony, Malony von
Ballymalony, meine Liebe, wissen Sie, der Ophelia Scully
von Oystherstown geheiratet hat, die rechte Kusine Lord
Poldoodys. Mr. Sedley, Sir, ich bin entzückt, Sie kennenzulernen. Ich hoffe, Sie werden heute im Kasino ässen. – Denk
an das, was der Doktor gesagt hat, Mick, und halte dich
unter allen Umständen so weit nüchtern, daß du heute abend
bei meiner Gesellschaft sein kannst.«

»Das 150. Regiment gibt uns heute ein Abschiedsessen, meine
Liebe«, erwiderte der Major; aber wir werden mit Leichtigkeit eine Karte für Mr. Sedley erhalten.«

»Laufen Sie mal hin, Simple – Fähnrich Simple von unserm
Regiment, liebe Amälia; ich habe vergessen, ihn Ihnen vorzustellen –, laufen Sie mal ganz flink hin, und bestellen Sie
an Oberst Tavish eine Empfählung von der Majorin O'Dowd,
und Hauptmann Osborne hätte seinen Schwager mitgebracht und würde mit ihm Punkt fünf Uhr nach dem Kasino
der Hundertundfünfziger kommen. Sie und ich, meine Liebe,
können hier einen Bissen essen, wenn es Ihnen recht ist.«
Ehe noch Mrs. O'Dowd ausgesprochen hatte, sprang der
junge Fähnrich schon die Treppe hinab, um seinen Auftrag
auszurichten.

»Gehorsam ist die Seele der Armee. Wir wollen jetzt unserer
Pflicht nachgehen, während Mrs. O'Dowd hierbleiben und
dich belehren wird, Emmy«, sagte Hauptmann Osborne.
Jeder der beiden Hauptleute faßte den Major unter einen
Arm, und so gingen sie mit ihm ab, indem sie einander über
seinen Kopf hinweg anlachten.

Und nun, da Mrs. O'Dowd ihre neue Freundin für sich allein
hatte, schüttete die lebhafte Dame eine solche Flut von Mitteilungen über sie aus, daß die arme kleine Frau unmöglich
hoffen konnte, alles im Gedächtnis zu behalten. Sie erzählte

Amelia tausend Einzelheiten über das Regiment, diese zahlreiche Familie, als deren Mitglied die erstaunte junge Dame
sich nun anzusehen hatte. Mrs. Heavytop, die Frau des
Obersten, sei in Jamaika an einer Vereinigung von Gelbem
Fieber und gebrochenem Herzen gestorben; denn der entsetzliche alte Oberst, der einen Kopf so kahl wie eine Kano-
nenkugel habe, hätte dort eine Liebschaft mit einem Misch-
lingsmädchen angefangen. Mrs. Magenis sei zwar ohne
rechte Erziehung, doch eine herzensgute Frau; nur habe sie
eine böse Zunge und würde sich kein Gewissen daraus machen, ihre eigene Mutter im Whist zu betrügen. »Frau
Hauptmann Kirk dagägen«, fuhr Mrs. O'Dowd fort, »glaubt,
wenn von einem ährbaren Gesellschaftsspiel auch nur die
Rede ist, sie müsse ihre Hummeraugen zum Himmel richten
– während doch mein Vater, ein so frommer Mann, wie nur
je einer zur Kirche gegangen ist, und mein Onkel Dan
Malony und unser Vetter, der Bischof, ihr ganzes Läben
lang jeden Abend ihre Partie Loo oder Whist spielten. Von
denen geht diesmal keine mit dem Regiment mit«, fügte
Mrs. O'Dowd hinzu. »Fanny Magenis bleibt bei ihrer Mutter, die, soviel ich weiß, einen kleinen Kohlen- und Kartoffel-
handel in Islington, nicht weit von Loonan, betreibt, obgleich sie uns immer etwas von ihres Vaters Schiffen vor-
prahlt und sie uns zeigt, wie sie die Themse hinauffahren.
Und Mrs. Kirk und ihre Kinder bleiben hier am Bethesda
Place, damit sie ihren Lieblingsprädiger, Doktor Ramshorn,
immer in der Nähe hat. Mrs. Bunny ist in anderen Umständen, wie sie das immer ist; sie hat ihrem Mann, dem Leutnant, schon sieben geschenkt. Und Fähnrich Poskys Frau,
die zwei Monde vor Ihnen, meine Liebe, zu uns kam, hat sich
schon ein dutzendmal mit Tom Posky gezankt, so daß man
es durch die ganze Kaserne hören konnte. Man sagt, es sei
schon so weit gekommen, daß sie sich Teller an die Köpfe
werfen, und Tom hat nie erklären können, wo er sein blaues

Auge her hatte. Sie will zu ihrer Mutter zurückgähen, die in Richmond ein Seminar für junge Damen unterhält; warum ist sie aber auch von da fortgelaufen! Wo haben Sie denn Ihre Ausbildung erhalten, liebes Kind? Ich habe die meinige, für die meine Eltern keine Kosten scheuten, bei Madam Flanahan genossen, in Ilyssus Grove, Booterstown bei Dublin; da hat uns eine Marquise die richtige Pariser Aussprache beigebracht, und ein ähemaliger Generalmajor von der französischen Armee leitete unsere Leibesübungen.«

In diese buntscheckige Familie fand sich unsere Amelia zu ihrem Erstaunen plötzlich als Mitglied hineinversetzt, und in Mrs. O'Dowd hatte sie eine ältere Schwester zu sehen. Am Abend beim Tee wurde sie ihren übrigen weiblichen Verwandten vorgestellt, auf die sie, da sie ruhig, gutherzig und nicht unerlaubt schön war, einen ganz angenehmen Eindruck machte, bis die Herren aus dem Kasino der Hundertundfünfziger ankamen und sie alle dermaßen bewunderten, daß ihre Schwestern nun natürlich anfingen, dies und das an ihr auszusetzen.

»Hoffentlich hat sich Osborne jetzt die Hörner abgelaufen«, sagte Mrs. Magenis zu Mrs. Bunny. »Wenn ein bekehrter Taugenichts einen guten Ähemann abgibt, dann hat sie es mit George gut getroffen«, bemerkte Mrs. O'Dowd zu Mrs. Posky, die nun ihre Stellung als jüngste Frau im Regiment verloren hatte und selbstverständlich der neu Hinzugekommenen grollte, von der ihr diese Stellung entrissen war. Mrs. Kirk, die Jüngerin Doktor Ramshorns, richtete an Amelia ein paar besonders wichtige religiöse Fragen, um zu sehen, ob sie zu den Erweckten gehöre, ob sie eine gläubige Bekennerin sei usw., und da sie aus Mrs. Osbornes einfachen Antworten ersah, daß diese noch in völliger Finsternis wandle, so steckte sie ihr drei kleine illustrierte Penny-Hefte in die Hand, nämlich ›Die heulende Wildnis‹, ›Die Waschfrau von Wandsworth Common‹ und ›Des britischen

Soldaten beste Waffe‹, und darauf erpicht, Amelia zu erwecken, ehe sie einschliefe, bat Mrs. Kirk sie, diese Hefte am Abend, bevor sie zu Bett ginge, zu lesen.

Die Männer aber, nette, gute Menschen, scharten sich sämtlich um die hübsche Frau ihres Kameraden und machten ihr mit soldatischer Artigkeit den Hof. Sie feierte einen kleinen Triumph, der sie munter und lebhaft machte und ihren Augen einen helleren Glanz verlieh. George war stolz auf ihre Beliebtheit und freute sich über die heitere, anmutige, wenn auch naive und etwas schüchterne Art, in der sie die Aufmerksamkeiten der Herren entgegennahm und auf ihre Komplimente antwortete. Und George in seiner Uniform ... sie fand, daß er bei weitem der schönste Mann im Zimmer sei! Sie fühlte, daß er sie liebevoll beobachtete, und erglühte vor Freude über seine Zärtlichkeit. ›Ich will zu allen seinen Freunden freundlich sein‹, nahm sie sich im stillen vor. ›Ich will alle gernhaben, die ihm zugetan sind. Ich will mir immer Mühe geben, heiter und guter Laune zu sein und ihm eine glückliche Häuslichkeit zu schaffen.‹

Das Regiment nahm sie in der Tat mit einmütigem Beifall als Mitglied auf. Die Hauptleute fanden sie nett, die Leutnants lobten sie, die Fähnriche schwärmten für sie. Der alte Doktor Cutler machte einige in sein Fach schlagende Witze, die hier nicht wiederholt zu werden brauchen, und sein Assistenzarzt, Dr. med. Cackle aus Edinburgh, ließ sich herbei, Amelias Literaturkenntnisse zu prüfen und die Wirkung seiner drei besten französischen Zitate an ihr zu erproben. Der junge Stubble ging von einem zum andern und flüsterte einem jeden zu: »Ein niedliches Frauchen, nicht wahr?« Er verwandte keinen Blick von ihr, bis der Punsch kam. Hauptmann Dobbin dagegen sprach den ganzen Abend über nicht mit ihr. Aber er und Hauptmann Porter von den Hundertundfünfzigern brachten Joseph in sein Hotel; denn dieser hatte sich einen tüchtigen Rausch angetrunken und hatte seine Tigergeschichte zweimal mit großer Wirkung erzählt, zuerst im Kasino den Offizieren und dann auf der Soiree der braven Mrs. O'Dowd, die ihren Turban mit dem Paradiesvogel trug. Nachdem Dobbin den Steuereinnehmer den Händen seines Dieners überantwortet hatte, schlenderte er noch eine Weile vor der Tür des Hotels hin und her. Georg hatte unterdessen seine Frau sehr sorgsam in ihren Schal gehüllt und sie von Mrs. O'Dowds Wohnung nach Hause gebracht, nachdem vorher noch ein allgemeines Händeschütteln von seiten der jungen Offiziere erfolgt war, die sie zur Droschke begleiteten und bei der Abfahrt ein Hoch ausbrachten. So kam es, daß Amelia beim Aussteigen aus dem Wagen Dobbin ihre kleine Hand reichte und ihm lächelnd Vorwürfe darüber machte, daß er sich den ganzen Abend nicht um sie gekümmert habe.

Der Hauptmann setzte den gesundheitsschädlichen Genuß des Rauchens noch weiter fort, nachdem im Hotel und in den Häusern der Straße alles schon längst zur Ruhe gegangen war. Er beobachtete, wie das Licht aus den Fenstern von Georges Wohnzimmer verschwand und in dem daneben liegenden Schlafzimmer aufleuchtete. Es war beinahe schon Morgen, als er nach seinem eigenen Quartier zurückkehrte. Er konnte das Hurrarufen von den Schiffen auf dem Fluß hören, wo die Transportschiffe bereits ihre Ladung einnahmen, mit der sie die Themse hinabfahren sollten.

ACHTUNDZWANZIGSTES KAPITEL
Worin Amelia einen Einfall in die Niederlande macht

Das Regiment mit seinen Offizieren sollte in Schiffen hinübergeschafft werden, die von der Regierung Seiner Majestät zu diesem Zweck bereitgestellt wurden; und zwei Tage nach der Abendgesellschaft bei Mrs. O'Dowd fuhren die Transportschiffe stromabwärts, unter lautem Jubelgeschrei aller Ostindienfahrer auf dem Fluß und der Truppen am Ufer, während auf den Schiffen die Musikkorps ›God save the King‹ spielten und die Offiziere die Hüte schwenkten und die Mannschaften tapfer hurra schrien; dann machten sie sich unter Bedeckung auf den Weg nach Ostende. Unterdes hatte sich der tapfere Joseph erboten, seiner Schwester und der Majorin als Leibwache zu dienen; der größte Teil des Gepäcks der beiden Damen, einschließlich des berühmten Paradiesvogels und des Turbans, befand sich bei der Regimentsbagage, so daß unsere beiden Heldinnen ziemlich unbeschwert nach Ramsgate fuhren, wo eine Menge von Schiffen lag, von denen eins sie in schneller Fahrt nach Ostende brachte.

Die jetzt folgende Zeit in Josephs Leben war so ereignisreich, daß sie ihm für viele Jahre Unterhaltungsstoff lieferte und selbst die Geschichte von der Tigerjagd zugunsten der noch aufregenderen Darstellungen zurückgestellt wurde, die er von den großen kriegerischen Vorgängen bei Waterloo zu geben in der Lage war. Sobald er sich bereit erklärt hatte, seine Schwester ins Ausland zu begleiten, bemerkte man, daß er seine Oberlippe nicht mehr rasierte. In Chatham wohnte er den Paraden und den Exerzierübungen mit großem Eifer als Zuschauer bei. Er hörte bei den Gesprächen der Offiziere, seiner Kameraden – wie er sie später manchmal nannte –, mit größter Aufmerksamkeit zu und prägte sich so viele militärische Ausdrücke ein, als er nur konnte; bei diesen Studien war ihm die vortreffliche Mrs. O'Dowd durch ihre Mithilfe außerordentlich nützlich. Ja, an dem Tage, als sie an Bord der ›Schönen Rose‹ gingen, die sie nach ihrem Bestimmungsort bringen sollte, erschien er in einem mit Schnüren besetzten Rock und einer Drillichhose, auf dem Kopf eine Mütze von militärischer Form, die mit einer schönen goldenen Tresse verziert war. Da er seinen Wagen mit sich führte und jedem an Bord im Vertrauen mitteilte,

daß er sich zu der Armee des Herzogs von Wellington be-
gebe, so hielten ihn viele für eine große Persönlichkeit, einen
hohen Intendanturbeamten oder mindestens für einen Kurier
der Regierung.

Er litt auf der Überfahrt furchtbar an der Seekrankheit, von
der auch die Damen befallen wurden. Aber Amelia wurde
bei der Ankunft in Ostende wieder frisch und munter durch
den Anblick der Transportschiffe, die ihr Regiment her-
überbrachten und fast gleichzeitig mit der ›Schönen Rose‹
in den Hafen einliefen. Joseph begab sich in einem bejam-
mernswerten Zustand in ein Hotel, während Hauptmann
Dobbin zunächst die Damen begleitete und dann das müh-
same Geschäft erledigte, Josephs Wagen und Gepäck vom
Schiff zu holen und vom Zollhaus freizubekommen; denn
Mr. Joseph war zur Zeit ohne Diener, da der Osbornes und
sein eigener, ein verweichlichter Mensch, in Catham eine
Verschwörung miteinander gemacht und sich entschieden
geweigert hatten, über das Wasser zu fahren. Diese Revolte,
die so plötzlich und gerade am letzten Tage zum Ausbruch
gekommen war, hatte Mr. Sedley junior dermaßen beunruhigt, daß er nahe daran gewesen war, die Fahrt aufzugeben; aber Hauptmann Dobbin – der sich, wie Joseph sagte,
bei dieser Geschichte sehr eifrig gezeigt hatte – hatte ihn
ausgelacht und gehörig ausgescholten, und so hatte sich
Joseph endlich doch dazu überreden lassen, sich einzuschiffen. An Stelle des wohlerzogenen und wohlgenährten Londoner Bedienten, der nur Englisch sprechen konnte, verschaffte Dobbin Joseph nun einen schwarzhaarigen kleinen
belgischen Diener, der überhaupt keine Sprache beherrschte,
aber durch sein diensteifriges Benehmen und dadurch, daß
er Mr. Sedley stets mit ›Mylord‹ anredete, schnell die
Gunst seines Herrn gewann. Die Zeiten haben sich seitdem
in Ostende geändert; von den Engländern, die jetzt dorthin
gehen, sehen nur wenige wie Lords aus und betragen sich

wie Mitglieder unseres Adels. Die meisten tragen schäbige Kleidung und schmutzige Wäsche und sind Liebhaber von Billard, Branntwein, Zigarren und schmierigen Wirtschaften.

Zur Ehre der Engländer kann berichtet werden, daß jeder Soldat im Heer des Herzogs von Wellington für alles, was er sich beschaffte, bar bezahlte. Dieser Tatsache sich zu erinnern, steht einem Kaufmannsvolk sicherlich wohl an. Es war ein wahrer Segen für ein handeltreibendes Land, von einer solchen Armee von Kunden überschwemmt zu werden und so zahlungsfähige Krieger ernähren zu müssen. Und das Land, zu dessen Schutz diese Soldaten kamen, ist kein kriegerisches. Während eines langen Zeitraumes seiner Geschichte hat dieses Volk andere Leute für sich fechten lassen. Als der Verfasser dieser Geschichte dorthin kam, um sich mit Adlerblicken das Schlachtfeld von Waterloo anzusehen, fragte er den Schaffner der Schnellpost, einen stattlichen, kriegerisch aussehenden Alten, ob er in der Schlacht mitgefochten hätte. »Pas si bête!« war seine Erwiderung – eine Antwort und Denkart, die bei einem Franzosen unerhört wäre. Anderseits war der Kutscher, der uns fuhr, ein Vicomte, der Sohn eines verarmten kaiserlichen Generals, der es nicht verschmähte, unterwegs ein Glas Bier von uns anzunehmen. Daraus kann man manches lernen.

Dieses flache, blühende, wohlhabende Land konnte nie einen reicheren, glücklicheren Anblick dargeboten haben als zu Beginn des Sommers 1815, als seine grünen Felder und stillen Städte von zahllosen Rotröcken belebt waren, als seine breiten Straßen von glänzenden englischen Equipagen wimmelten, als seine großen Kanalboote, die an üppigen Wiesen und an hübschen, schmucken alten Dörfern und an alten, von hohen Bäumen umgebenen Schlössern vorüberglitten, alle mit reichen englischen Reisenden dicht besetzt waren; als der Soldat, der im Dorfwirtshaus etwas trank, nicht bloß trank, sondern auch seine Zeche bezahlte und der in einem flämischen Pächterhaus einquartierte Hochländer Donald die Wiege des Kindes in Bewegung hielt, während Jean und Jeanette im Heu arbeiteten. Da unsere Maler gerade jetzt auf militärische Gegenstände versessen sind, so erwähne ich dies als einen guten Vorwurf für den Pinsel, um den Charakter einer anständigen englischen Kriegführung zu veranschaulichen. Alles sah so glänzend und harmlos aus wie eine Parade im Hyde Park. Unterdessen bereitete sich Napoleon, hinter seinem Wall von Grenzfestungen verborgen, zu dem Ausfall vor, der alle diese ordentlichen Leute zu Kampfesmut und blutigen Schlachten treiben und so vielen von ihnen das Leben kosten sollte. Jedermann hatte ein so vollkommenes Gefühl des Vertrauens zu dem Anführer – denn der zuversichtliche Glaube an sein Genie, den der Herzog von Wellington der ganzen englischen Nation eingeflößt hatte, war ebenso kräftig wie der fanatischere Enthusiasmus, mit dem die Franzosen seinerzeit auf Napoleon blickten –, das Land schien sich in einem so vollkommenen Zustand ordnungsmäßiger Verteidigung zu befinden und die Hilfe für den Fall der Not so nah und von so überwältigender Stärke zu sein, daß von irgendwelcher Beunruhigung nicht die Rede war und unsere Reisenden, unter denen zwei von Natur sehr zur Ängstlichkeit neigten, sich gleich den zahlreichen anderen englischen Schlachtenbummlern nicht die geringste Sorge machten. Das berühmte Regiment, von dessen Offizieren wir bereits so viele kennengelernt haben, wurde in Kanalschiffen nach Brügge und Gent befördert, um von dort nach Brüssel zu marschieren. Joseph begleitete die Damen auf einem der Passagierschiffe, die gewiß allen ehemaligen Besuchern Flanderns wegen der von ihnen gebotenen üppigen Verpflegung und wegen ihrer bequemen, eleganten Einrichtung noch in Erinnerung sind. Die Speisen und Getränke auf diesen langsamen, aber höchst

444

behaglichen Schiffen waren so erstaunlich gut, daß es eine Legende von einem englischen Reisenden gibt, der seiner ursprünglichen Absicht nach nur zu achttägigem Aufenthalt nach Belgien gekommen war, aber bei der Fahrt auf einem dieser Schiffe über die Beköstigung in solches Entzücken geriet, daß er fortwährend zwischen Gent und Brügge hin und her fuhr, bis die Eisenbahnen erfunden wurden, worauf er sich bei der letzten Fahrt des Passagierschiffs ertränkte. Joseph war nicht dazu ausersehen, in dieser Weise umzukommen; aber er fühlte sich überaus behaglich, und Mrs. O'Dowd behauptete, er brauche nur noch ihre Schwägerin Clorvina zu heiraten, um sein Glück vollständig zu machen. Er saß den ganzen Tag auf dem Dach der Kajüte, trank flämisches Bier, rief nach seinem Diener Isidor und unterhielt artig die Damen.

Sein Mut war staunenerregend. »Bonaparte sollte *uns* angreifen!« sagte er mit großer Emphase. »Mein liebes Kind, meine gute Emmy, davor brauchst du nicht bange zu sein. Damit hat es keine Gefahr. In zwei Monaten sind die Verbündeten in Paris, kann ich dir sagen, und dann sollst du mit mir im Palais Royal speisen, das verspreche ich dir. Da sind dreihunderttausend Russen, sage ich dir, die jetzt bei Mainz über den Rhein in Frankreich eindringen, dreihunderttausend Mann unter Wittgenstein und Barclay de Tolly, mein liebes Kind. Du verstehst nichts von militärischen Dingen, meine Teure. Ich verstehe mich darauf, und ich sage dir, es gibt in Frankreich keine Infanterie, die der russischen Infanterie standhalten könnte, und keinen General Bonapartes, der auch nur im entferntesten an Wittgenstein heranreicht. Dann sind da die Österreicher; das sind mindestens fünfhunderttausend Mann, und sie stehen augenblicklich zehn Tagemärsche von der Grenze unter Schwarzenberg und dem Prinzen Karl. Dann sind da die Preußen unter ihrem tapferen ›Marschall Vorwärts‹. Zeige mir einen Kavalleriegeneral, der ihm jetzt, da Murat tot ist, gleichkäme! Was meinen Sie, Mrs. O'Dowd? Braucht sich unsere Kleine hier zu fürchten? Ist irgendwelcher Grund zu Besorgnis vorhanden, Isidor? He? Hole mir noch ein Glas Bier!«

Mrs. O'Dowd erwiderte, ihre Schwägerin Glorvina fürchte sich vor keinem Mann in der Welt, geschweige denn vor einem Franzosen, und stürzte ein Glas Bier mit vergnügt zusammengekniffenen Augen hinunter; offenbar schmeckte ihr das Getränk.

Da unser Freund, der Steuereinnehmer, häufig dem Feind gegenübergestanden oder, anders ausgedrückt, in Cheltenham und Bath oftmals mit Damen zu tun gehabt hatte, so hatte er einen großen Teil seiner früheren Schüchternheit verloren und war jetzt, besonders wenn er sich durch geistige Getränke gekräftigt hatte, so gesprächig, wie man es nur wünschen konnte. Er war bei dem Regiment ziemlich beliebt, da er die jungen Offiziere großzügig freihielt und sie durch sein militärisches Gebaren belustigte. Und im Hinblick darauf, daß es in der Armee ein wohlbekanntes Regiment gibt, an dessen Spitze auf Märschen immer eine Ziege geht, während ein anderes von einer Hirschkuh geführt wird, sagte George mit Bezug auf seinen Schwager, sein Regiment marschiere mit einem Elefanten.

Seit Amelias Einführung beim Regiment begann George sich einiger Mitglieder der Gesellschaft, der er sie hatte vorstellen müssen, einigermaßen zu schämen und nahm sich vor, wie er seinem Freund mitteilte (zu welcher Befriedigung Dobbins, braucht nicht erst gesagt zu werden), sich möglichst bald in ein besseres Regiment versetzen zu lassen und seine Frau von der Gesellschaft dieser gewöhnlichen Weiber zu befreien. Diese unwürdige Denkart, daß man sich der Gesellschaft schämt, zu der man gehört, ist bei Männern weit häufiger zu finden als bei Frauen, ausgenommen einige Damen der vornehmen Welt, die das allerdings mit Vorliebe

446

tun; und Mrs. Amelia, bei ihrem natürlichen, einfachen Wesen, war frei von jener gekünstelten falschen Scham, die ihr Mann bei sich für feines Ehrgefühl hielt. So hatte zum Beispiel Mrs. O'Dowd auf ihrem Hut einen Busch von Hahnenfedern und am Gürtel eine große Repetieruhr, die sie bei jeder Gelegenheit schlagen ließ, wobei sie dann erzählte, ihr Vater habe sie ihr in dem Augenblick geschenkt, als sie nach der Trauung in den Wagen gestiegen sei; und diese Schmuckstücke nebst einigen anderen Eigentümlichkeiten der Majorin bereiteten dem Hauptmann Osborne eine geradezu qualvolle Pein, sobald seine Frau und die Majorin miteinander in Berührung kamen, während Amelia sich nur über die Verschrobenheiten der braven Dame belustigte, ohne sich ihrer Gesellschaft im geringsten zu schämen.

Auf dieser wohlbekannten Reise, die seitdem fast jeder einigermaßen bemittelte Engländer gemacht hat, hätte man sich wohl eine lehrreichere, aber kaum eine unterhaltendere Gesellschaft denken können als die der Majorin O'Dowd. »Sie loben diese Kanalschiffe, mein Lieber. Da sollten Sie mal erst die Kanalschiffe zwischen Dublin und Ballinasloe sähen. Da kann man lernen, was Schnellfahren heißt; und was ist da für schönes Vieh! Mein Vater bekam eine goldene Medaille für eine vierjährige Kuh, ich sage Ihnen, so etwas haben Sie in *diesem* Lande noch nie gesähen.« Und Joseph gab mit einem Seufzer zu, daß, was gutes, durchwachsenes Rindfleisch anlange, mit der richtigen Mischung von fett und mager, sich kein Land mit England messen könne.

»Außer Irland, wo Ihr bestes Fleisch herkommt«, fügte die Majorin hinzu und fuhr dann fort, wie das bei Patrioten ihres Volksstammes nicht ungewöhnlich ist, weitere Vergleiche anzustellen, die sehr zugunsten ihres eigenen Vaterlandes ausfielen. Der Gedanke, den Markt in Brügge mit dem in Dublin zu vergleichen, rief, obgleich sie selbst die Anregung dazu gegeben hatte, bei ihr einen heftigen Ausbruch von

Hohn und Spott hervor. »Sagen Sie mir doch gefälligst, was
haben sich die Leute dabei gedacht, diesen wunderlichen
alten Aussichtsturm[1] auf ihren Marktplatz zu stellen?« sagte
sie und schlug ein Gelächter auf, das beinahe den alten Turm
zum Umsturz brachte. Die Stadt war ganz von englischem
Militär besetzt, als sie durchreisten. Englische Hörner weck-
ten sie morgens, und abends gingen sie bei den Tönen englischer Pfeifen und Trommeln zu Bett: das ganze Land und
ganz Europa war unter Waffen, und das größte Ereignis der
Geschichte stand bevor, aber die ehrliche Peggy O'Dowd,
die doch davon ebenso berührt wurde wie jeder andere,
schwatzte ruhig weiter von Ballinafad, von den Pferden in
den Ställen von Glenmalony und dem Rotwein, den man
dort trank, und Joseph redete dazwischen von dem Curry
und dem Reis in Dumdum, und Amelia dachte an ihren
Mann, und wie sie ihm am besten ihre Liebe beweisen könne,
– als ob dies die großen Weltfragen wären.

Diejenigen Leute, denen es Vergnügen macht, das Hand-
buch der Weltgeschichte einmal hinzulegen und darüber
nachzudenken, was in der Welt hätte geschehen können,
wenn sich nicht schändlicherweise das begeben hätte, was
wirklich geschehen ist – eine höchst kniffelige, amüsante,
geistreiche und nützliche Art von Denkarbeit –, haben gewiß oft Betrachtungen darüber angestellt, was für einen besonders ungünstigen Zeitpunkt sich Napoleon ausgesucht
hatte, um von Elba zurückzukehren und seinen Adler vom
Golf de Jouan nach Notre-Dame fliegen zu lassen. Unsere
Historiker berichten uns, daß die Heere der verbündeten
Mächte alle vorsorglicherweise im Kriegszustand belassen
waren und bereitstanden, um jeden Augenblick, wenn es
verlangt wurde, sich auf den Kaiser von Elba zu stürzen.
Die erlauchten Schacherer, die in Wien versammelt waren

1. Gemeint ist der Belfried der Markthalle.

und die Grenzen der Königreiche Europas nach ihrer Weisheit bestimmten, hatten so viele Gründe zum Streit untereinander, daß die Heere, die Napoleon überwunden hatten, wohl dazu gelangt wären, gegeneinander zu kämpfen, wenn nicht der Gegenstand ihres einmütigen Hasses und ihrer gemeinsamen Furcht zurückgekehrt wäre. Der eine Monarch hatte eine Armee in voller Kriegsstärke auf den Beinen, weil er sich Polen angeeignet hatte und willens war, es zu behalten; ein anderer hatte das halbe Sachsen geraubt und wollte nun das Erworbene behaupten; Italien war der Gegenstand der Wünsche eines dritten. Jeder protestierte gegen die Raubsucht des anderen, und hätte der Korse nur in seinem Gefängnis gewartet, bis all diese Parteien einander in den Haaren lagen, so hätte er wohl unbelästigt zurückkehren und seine Herrschaft wieder übernehmen können. Aber was wäre dann aus unserer Geschichte und aus all unseren Freunden geworden? Was würde aus dem Meere werden, wenn alle Tropfen darin versiegten?

Unterdessen nahmen die Geschäfte des täglichen Lebens und insbesondere die Vergnügungen ihren Fortgang, als ob man nicht auf ihr plötzliches Ende hätte gefaßt sein müssen und keinen Feind sich gegenüber gehabt hätte. Als unsere Reisenden in Brüssel ankamen, wo ihr Regiment einquartiert war – ein großes Glück, wie alle sagten –, sahen sie sich in einer der heitersten und glänzendsten kleinen Hauptstädte Europas, wo alle Buden auf dem Jahrmarkt der Eitelkeit mit dem verlockendsten Glanz und Schimmer ausgestattet waren. Gelegenheit zum Hasardspiel und zum Tanzen war im Übermaß vorhanden, und geschmaust wurde dermaßen, daß selbst der große Gourmand Joseph davon entzückt war. Im Theater bezauberte die wunderbare Catalani alle Hörer. Schöne, von Soldaten belebte Reit- und Fahrwege, die eigenartige, alte Stadt mit seltsamen Trachten und wundervoller Architektur: all dies entzückte die Augen der kleinen Amelia, die vorher noch nie ein fremdes Land gesehen hatte, und bot ihr eine reizende Überraschung nach der anderen dar. Dazu war sie in einer hübschen, eleganten Wohnung untergebracht, deren Kosten Joseph und Osborne, der reichlich mit Geldmitteln versehen war und es an liebenswürdigen Aufmerksamkeiten gegen seine Frau nicht fehlen ließ, gemeinschaftlich trugen. Unter diesen Umständen war Amelia während der nächsten vierzehn Tage, die den Schluß ihres Honigmonats bildeten, so froh und glücklich, wie es eine junge Frau überhaupt nur sein kann.

Jeder Tag während dieser glücklichen Zeit brachte allen Teilen Neues und Amüsantes. Bald war eine Kirche oder eine Gemäldegalerie zu besehen; bald wurde eine Spazierfahrt unternommen oder die Oper besucht. Die Regimentskapellen musizierten fortwährend. Die vornehmste Gesellschaft Englands lustwandelte im Park; die militärischen Festlichkeiten hörten gar nicht auf. George, der seine Frau täglich zu einem neuen Ausflug mitnahm oder zu einer neuen Schmauserei führte, war wie gewöhnlich mit sich selbst höchst zufrieden und behauptete, er werde jetzt ein sehr häuslicher Mensch. Und mit *ihm* auszugehen genügte schon, um Amelias kleines Herz vor Freude höher schlagen zu lassen! Die Briefe, die sie in dieser Zeit nach Hause an ihre Mutter schrieb, strömten über von Glückseligkeit und Dankbarkeit. Ihr Gatte forderte sie auf, sich doch Spitzen, Putz, Juwelen und allerlei andern hübschen Tand zu kaufen. Oh, er war der gütigste, beste, großmütigste aller Männer!

Der Anblick der hohen Lords und Ladies und übrigen vornehmen Persönlichkeiten, die die Stadt anfüllten und an allen öffentlichen Orten erschienen, versetze Georges echt britische Seele in das größte Entzücken. Hier legten diese Herrschaften das kalte, hochmütige Wesen ab, das sie oft zu Hause charakterisiert, und ließen sich bei ihrem Erscheinen an zahllosen öffentlichen Orten dazu herab, mit der übrigen Gesellschaft, die sie dort trafen, in Verkehr zu treten. Eines Abends hatte George auf einem Ball, den sein Divisionsgeneral gab, die Ehre, mit Lady Blanche Thistlewood, der Tochter von Lord Bareacres, zu tanzen; er holte mit großem Eifer Eis und andere Erfrischungen für seine vornehme Tänzerin und deren Mutter; er drückte und drängte sich draußen umher, um ihren Wagen herbeizurufen, und spielte sich, als er nach Hause kam, mit der Gräfin in einer Weise auf, die sein eigener Vater nicht hätte übertreffen können. Am folgenden Tage machte er den Damen einen Besuch; er ritt im Park neben ihrem Wagen her, lud die Familie zu einem großartigen Dinner in einem Restaurant ein und war außer sich vor Freude, als sie zusagten. Der alte Bareacres, der nicht viel Stolz, aber einen großen Appetit besaß, wäre, um ein gutes Dinner zu essen, überallhin gegangen.

»Hoffentlich sind außer uns keine Damen weiter da«, sagte Lady Bareacres, nachdem sie ein Weilchen über die Einladung nachgedacht hatte, mit deren Annahme sie sich, wie sie fürchtete, übereilt hätten.

»Um Gottes willen, Mama, du denkst doch nicht etwa, daß der Mann seine Frau mit hinbringen wird!« rief Lady Blanche, die am vorhergehenden Abend bei dem neuen Walzer stundenlang schmachtend in Georges Armen gelegen hatte. »Die Männer sind ja noch erträglich, aber ihre Frauen…«

»Sie sind erst seit kurzem verheiratet; eine verteufelt hübsche Frau, wie ich höre«, warf der alte Graf dazwischen.

»Nun, liebe Blanche«, sagte die Mutter, »da Papa hingehen möchte, müssen wir es wohl auch tun; aber in England brauchen wir sie nicht zu kennen, weißt du.« Und so gingen denn diese vornehmen Leute mit dem Vorsatz, ihre neue Bekanntschaft in der Bond Street zu schneiden, in das Brüsseler Restaurant, um an Georges Dinner teilzunehmen; und während sie ihm herablassend gestatteten, für ihr Vergnügen zu bezahlen, kehrten sie ihre Würde dadurch heraus, daß sie seine Frau in die unbehaglichste Lage versetzten, indem sie sie sorgsam von der Unterhaltung ausschlossen. Dies ist eine Art von Wahrung der Würde, in der die Engländerin von hoher Abkunft entschieden Meisterin ist. Das Benehmen einer vornehmen Dame gegen andere, niedriger stehende Frauen zu beobachten, ist eine köstliche Unterhaltung für einen philosophischen Zuschauer auf dem Jahrmarkt der Eitelkeit.

Diese Festlichkeit, für die der gute George eine Menge Geld ausgab, war die trübseligste von allen Vergnügungen, die Amelia in ihren Flitterwochen genoß. Sie schrieb darüber einen sehr kläglichen Bericht nach Hause an ihre Mama : wie die Gräfin von Bareacres ihr nicht habe antworten mögen, wenn sie sie angeredet habe, wie Lady Blanche sie durch ihre Lorgnette angestarrt habe, in welcher Wut Hauptmann Dobbin über das Benehmen der beiden Damen gewesen sei und wie Mylord beim Weggehen verlangt habe, die Rechnung zu sehen, und erklärt habe, es sei ein verdammt schlechtes Dinner gewesen und dabei verdammt teuer. Obgleich aber Amelia alle diese Dinge berichtete und nach Hause schrieb, wie ungezogen das Betragen ihrer Gäste gewesen sei und wie unglücklich sie sich selbst gefühlt habe, war die alte Mrs. Sedley trotzdem hocherfreut und redete so beharrlich von Emmys Freundin, der Gräfin von Bareacres, daß die Nachricht, sein Sohn sehe Lords und Ladies, als seine Gäste, schließlich sogar dem alten Osborne in der City zu Ohren kam. Wer den gegenwärtigen Generalleutnant Sir George Tufto, Komtur des Bathordens, kennt und ihn gesehen hat, wie er fast täglich während der Saison ausgepolstert und in ein Korsett geschnürt mit stolzem, aber wackligem Gang auf seinen Lackstiefeln mit hohen Absätzen die Pall Mall entlanggeht und den Damen unter die Hüte sieht oder, wie er in den Parks auf einem prachtvollen Braunen reitet und unternehmende

Blicke in die Equipagen wirft – wer diesen Sir George Tufto kennt, der würde in ihm schwerlich den kühnen Offizier von der Pyrenäenhalbinsel und von Waterloo wiedererkennen. Er hat jetzt dichtes, lockiges, braunes Haar und schwarze Augenbrauen, und sein Backenbart weist eine tiefdunkle Purpurfarbe auf. Im Jahre 1815 hatte er helles Haar und einen Kahlkopf und zwar ziemlich wohlbeleibt, während er in letzter Zeit sehr zusammengeschrumpft ist. Als er ungefähr siebzig Jahre alt war (gegenwärtig ist er nahezu achtzig), wurde sein sehr spärliches und ganz weißes Haar auf einmal dicht, braun und lockig, und sein Backenbart und seine Augenbrauen nahmen ihre jetzige Farbe an. Boshafte Leute behaupten, seine Brust bestehe ganz aus Watte und sein Haar müsse, da es nie wachse, eine Perücke sein. Tom Tufto, mit dessen Vater er viele Jahre lang heftigen Streit gehabt hat, sagt, Mademoiselle de Jaisey vom Französischen Theater habe seinem Großpapa im Ankleidezimmer das Haar ausgerissen; aber Tom ist als ein hämischer, eifersüchtiger Mensch bekannt, und die Perücke des Generals hat mit unserer Geschichte nichts zu schaffen.

Eines Tages, als einige unserer Freunde vom…ten Regiment das Brüsseler Rathaus besichtigt hatten, das nach der Majorin O'Dowds Behauptung bei weitem nicht so groß und schön war wie ihres Vaters Haus in Glenmalony, und nun auf dem Blumenmarkt umherschlenderten, kam ein höherer Offizier, von einer Ordonnanz gefolgt, auf den Markt geritten, stieg vom Pferde, ging zwischen den Blumen umher und suchte das schönste Bukett aus, das für Geld zu haben war. Nachdem der prächtige Strauß in Papier gehüllt war, stieg der Offizier wieder auf; die Blumen vertraute er der Obhut seines Burschen an, der damit grinsend hinter seinem Vorgesetzten herritt, welcher in würdevoller Haltung und mit selbstzufriedener Miene davontrabte.

»Da hätten Sie erst die Blumen in Glenmalony sähen sollen«,

bemerkte Mrs. O'Dowd. »Mein Vater hat drei schottische Gärtner mit neun Gehilfen. Unsere Gewächshäuser bedecken einen Morgen Land, und die Ananas sind bei uns so gewöhnlich wie im Sommer die Erbsen. Unsere Trauben wiegen das Stück sechs Pfund, und auf Ehre und Gewissen, unsere Magnolien sind so groß wie Täkessel, glaub ich.«

Dobbin, der Mrs. O'Dowd niemals aufzog – wie der boshafte Osborne es mit dem größten Vergnügen, aber zu Amelias großem Schrecken tat, die ihn flehentlich bat, die würdige Dame rücksichtsvoller zu behandeln –, verschwand krächzend und prustend im Gedränge, bis er eine sichere Entfernung erreicht hatte, wo er dann mitten unter den erstaunten Marktleuten in ein schallendes Gelächter ausbrach.

»Was hat denn der Schlingel zu glucksen und zu gurgeln?« fragte Mrs. O'Dowd. »Blutet ihm die Nase? Er sagte immer, er habe Nasenbluten, da müßte er ja schon sein ganzes Blut durch die Nase verloren haben. Sind die Magnolien in Glenmalony etwa nicht so groß wie Täkessel, O'Dowd?«

»Jawohl, noch größer, Peggy«, antwortete der Major. An dieser Stelle wurde das Gespräch durch die bereits erwähnte Ankunft des Offiziers unterbrochen, der das Bukett kaufte.

»Ein prachtvolles Pferd; wer ist der Reiter?« fragte George.

»Da sollten Sie erst den Molasses meines Bruders Molloy Moloney sähen, der den Pokal in Curragh gewann«, sagte die Majorin und wollte in der Familiengeschischte fortfahren, als ihr Gatte sie unterbrach, um zu sagen:

»Es ist General Tufto, der die …te Kavalleriedivision befehligt.« Dann fügte er in ruhigem Ton hinzu: »Wir bekamen beide bei Talavera einen Schuß in das linke Bein.«

»Wofür Ihnen eine Beförderung zuteil wurde«, sagte George lachend. »General Tufto! Dann sind auch die Crawleys gekommen, liebe Frau.«

Amelias Heiterkeit war dahin; sie wußte nicht, warum. Es kam ihr vor, als ob die Sonne nicht mehr so hell scheine wie

454

vorher. Die hohen alten Dächer und Giebel sahen auf einmal weniger malerisch aus, obgleich es ein herrlicher Sonnenuntergang und einer der klarsten, schönsten Maitage war.

NEUNUNDZWANZIGSTES KAPITEL
Brüssel

Mr. Joseph hatte ein Paar Pferde für seinen offenen Wagen gemietet, und mit diesem Gespann und dem schmucken Londoner Gefährt machte er eine ganz erträgliche Figur bei den Spazierfahrten in der Umgegend von Brüssel. George kaufte sich ein Pferd für seinen Privatgebrauch, und er und Hauptmann Dobbin begleiteten oft den Wagen, in dem Joseph und seine Schwester täglich Ausflüge machten. Auch an diesem Tage fuhren sie wie gewöhnlich zur Erholung in den Park, und hier stellte es sich heraus, daß Georges Bemerkung über die Ankunft Rawdon Crawleys und seiner Frau durchaus richtig war. Inmitten eines kleinen Reitertrupps, der aus einigen der vornehmsten Personen in Brüssel bestand, erblickten sie Rebekka in einem allerliebsten, eng anliegenden Reitkostüm auf einem schönen kleinen Araber, den sie ganz vorzüglich ritt – sie hatte diese Kunst in Queen's Crawley gelernt, wo ihr der Baronet, Mr. Pitt und Rawdon selbst oft Reitstunden gegeben hatten –, und an ihrer Seite erkannte man den tapferen General Tufto.

»Meiner Treu, da ist ja der Herzog selbst!« rief die Majorin O'Dowd Joseph zu, der dunkelrot im Gesicht wurde, »und der auf dem Braunen ist Lord Uxbridge. Wie elegant er aussieht! Mein Bruder Molloy Moloney gleicht ihm wie ein Ei dem andern.«

Rebekka ritt nicht an den Wagen heran; aber sobald sie bemerkt hatte, daß ihre alte Bekannte Amelia darin saß, gab sie dies lächelnd durch einen freundlichen Zuruf und durch Kußhände, die sie dem Wagen zuwarf, zu erkennen. Darauf setzte sie ihre Unterhaltung mit General Tufto fort, der sich erkundigte, wer denn der dicke Offizier mit der goldenen Tresse an der Mütze gewesen sei, worauf ihm Becky erwiderte, es sei ein Offizier aus dem ostindischen Dienst. Rawdon Crawley jedoch löste sich von seiner Gesellschaft ab, ritt heran, schüttelte Amelia herzlich die Hand, sagte zu Joseph: »Na, alter Junge, wie geht es Ihnen?« und starrte dann Mrs. O'Dowds Gesicht und schwarze Hahnenfedern in einer Weise an, daß sie schon glaubte, eine Eroberung an ihm gemacht zu haben.

George und Dobbin, die etwas zurückgeblieben waren, kamen unmittelbar darauf herangeritten und grüßten durch Anlegen der Hand an die Mütze die hohen Offiziere, in deren Mitte Osborne sofort Mrs. Crawley erkannte. Er war entzückt zu sehen, daß Rawdon sich vertraulich nach seinem Wagen hinüberbeugte und mit Amelia sprach, und erwiderte den freundschaftlichen Gruß des Adjutanten mit mehr als gleicher Wärme. Dagegen nickten Rawdon und Dobbin einander so kühl zu, als es mit der Höflichkeit nur gerade noch vereinbar war.

Crawley erzählte George, daß sie mit General Tufto im Hotel du Parc wohnten, und George nahm seinem Freund das Versprechen ab, recht bald in Osbornes eigener Wohnung einen Besuch zu machen. »Schade, daß ich Sie nicht schon vor drei Tagen gesehen habe«, sagte George. »Wir hatten ein Dinner in einem Restaurant, ein ganz nettes Dinner. Lord Bareacres und die Gräfin und Lady Blanche hatten die Güte, mit uns zu speisen; ich hätte Sie gern dabeigehabt.« Nachdem Osborne so seinen Freund hatte wissen lassen, daß er beanspruchen könne, zur ersten Gesellschaft gerechnet zu werden, trennte er sich von Rawdon, der seiner vornehmen Kavalkade in eine Allee folgte, in die sie eingebogen war, während George und Dobbin wieder ihre Plätze, jeder auf einer Seite von Amelias Wagen, einnahmen.

456

»Wie gut der Herzog aussah!« bemerkte Mrs. O'Dowd. »Die Wellesleys und die Moloneys sind verwandt; aber natürlich würde ich nie daran denken, mich ihm vorstellen zu lassen, ähe Seine Gnaden es nicht für gut befinden, sich unserer Familienbeziehungen zu erinnern.«

»Er ist ein großer Feldherr«, sagte Joseph, der sich jetzt, seit der große Mann fort war, wieder viel behaglicher fühlte. »Welcher Sieg kommt wohl dem bei Salamanca gleich? Was meinen Sie, Dobbin? Aber wo hat er seine Kriegskunst gelernt? In Indien, mein Junge! Die Dschungeln, das ist die beste Schule für einen General, das können Sie glauben. Ich habe auch seine persönliche Bekanntschaft gemacht. Mrs. O'Dowd; wir beide tanzten an demselben Abend in Dumdum mit Miß Cutler, einer Tochter Cutlers von der Artillerie, einem verteufelt hübschen Mädchen.«

Die Begegnung mit diesen hohen Persönlichkeiten bot ihnen einen ergiebigen Gesprächsstoff während der Spazierfahrt und während des Dinners bis zu dem Augenblick, da sie alle in die Oper gehen wollten.

Es war fast wie in Alt-England. Das Haus war gefüllt mit bekannten englischen Gesichtern und mit jenen Toiletten, derentwegen die englischen Damen von jeher berühmt sind. Mrs. O'Dowds Toilette war darunter nicht die am wenigsten glänzende; die Majorin hatte eine Locke auf der Stirn und trug einen Schmuck von irischen Diamanten und Rubinen, der nach ihrer Ansicht alle anderen Juwelen im Hause überstrahlte. Ihre Anwesenheit war für Osborne eine beständige Qual; aber sie hatte es sich einmal in den Kopf gesetzt, an allen Vergnügungen teilzunehmen, zu denen ihre jungen Freunde gehen wollten, und nahm als selbstverständlich an, daß diese von ihrer Gesellschaft entzückt sein müßten.

»Sie ist dir nützlich gewesen, liebes Kind«, sagte George zu seiner Frau, die er mit weniger Gewissensbissen allein lassen konnte, wenn sie mit der Majorin zusammen war; »aber es ist doch ein wahrer Trost, daß Rebekka gekommen ist. An der wirst du eine Freundin haben, und wir können nun diese verdammte Irländerin abschütteln.« Hierzu sagte Amelia weder ja noch nein, und woher sollen wir wissen, was sie dachte?

Die Einrichtung des Brüsseler Opernhauses war nach Mrs. O'Dowds Urteil lange nicht so schön wie die des Theaters in der Fishamble Street in Dublin, auch konnte sich die französische Musik ihrer Meinung nach überhaupt nicht mit den Melodien ihres Heimatlandes messen. Sie gab diese und andere Ansichten ihren Freunden mit sehr lauter Stimme zum besten und schwenkte dabei mit größter Selbstgefälligkeit einen großen klappernden Fächer.

»Wer ist die merkwürdige Dame bei Amelia, lieber Rawdon? sagte in einer gegenüberliegenden Loge eine Dame – sie war gegen ihren Mann, wenn sie mit ihm allein war, fast immer höflich und in Gesellschaft ganz besonders zärtlich. »Siehst du nicht die Person mit dem gelben Ding in ihrem Turban, mit dem roten Atlaskleid und der großen Uhr?«

»Neben der hübschen kleinen Frau in Weiß?« fragte ein Herr in mittleren Jahren, der neben Becky saß und mehrere Orden im Knopfloch, verschiedene Westen und ein großes, steifes, weißes Halstuch trug.

»Die hübsche Frau in Weiß ist Amelia, General. Sie bemerken alle hübschen Frauen, Sie schlimmer Mann.«

»Nur eine auf der Welt, wahrhaftig!« antwortete der General entzückt, und die Dame versetzte ihm einen leichten Schlag mit dem großen Bukett, das sie in der Hand hielt.

»Meiner Treu, das ist er,« sagte Mrs. O'Dowd, »und das ist dasselbe Bukett, das er auf dem Blumenmarkt kaufte!« Und als dann Rebekka einen Blick ihrer Freundin aufgefangen hatte und das kleine Manöver mit den Kußhänden wiederholte, bezog die Majorin O'Dowd diesen Gruß auf sich und

458

erwiderte ihn mit einem anmutigen Lächeln, das den unglücklichen Dobbin wieder zwang, prustend aus der Loge zu stürzen.

Als der Akt zu Ende war, verließ George sofort die Loge, um Rebekka in der ihrigen seine Aufwartung zu machen. Auf dem Gang traf er mit Crawley zusammen, und sie wechselten ein paar Worte über die Ereignisse der letzten vierzehn Tage.

»Meinen Scheck haben Sie doch wohl beim Bankier in Ordnung befunden?« sagte George mit selbstbewußter Miene.

»Jawohl, ganz in Ordnung, mein Junge«, erwiderte Rawdon.

»Werde mich freuen, Ihnen Revanche geben zu können. Ist der Alte zur Vernunft gekommen?«

»Noch nicht,« antwortete George, »aber es wird schon noch werden, und Sie wissen, ich habe etwas Privatvermögen von meiner Mutter her. Hat Tantchen nachgegeben?«

»Sie hat mir zwanzig Pfund angewiesen, so ein verdammter alter Geizkragen! Wann wollen wir uns treffen? Dienstag speist der General außer dem Hause. Können Sie Dienstag kommen? Und noch eins, veranlassen Sie doch Sedley, sich den Schnurrbart abzuschneiden! Zum Teufel, was tut ein Zivilist mit einem Schnurrbart und mit diesen verdammten Schnüren an seinem Rock? Nun adieu! Sehen Sie zu, daß Sie Dienstag kommen können!« Damit wollte Rawdon in Gesellschaft zweier vornehmer, eleganter junger Offiziere weitergehen, die gleich ihm zum Stabe eines Generals gehörten.

George war nicht sonderlich darüber erfreut, daß er zum Dinner gerade auf den Tag eingeladen wurde, da der General nicht zu Hause speiste. »Ich will hineingehen und Ihrer Frau meine Aufwartung machen«, sagte er, worauf Rawdon sehr verdrossen antwortete: »Hm, wie Sie wollen«, und die beiden jungen Offiziere verständnisvolle Blicke wechselten. George trennte sich von ihnen und ging in selbstbewußter Haltung den Gang entlang nach der Loge des Generals, deren Nummer er sich genau gemerkt hatte.

»Entrez!« rief ein helles Stimmchen, und unser Freund sah sich Rebekka gegenüber, welche aufsprang, in die Hände klatschte und sie ihm beide entgegenstreckte, so erfreut war sie, ihn zu sehen. Der General mit den Orden im Knopfloch starrte den Ankömmling mit finsterem Gesicht an, als wollte er sagen: ›Wer zum Teufel bist du?‹

»Mein lieber Hauptmann George!« rief die kleine Rebekka ganz außer sich vor Entzücken. »Wie liebenswürdig von Ihnen, daß Sie herkommen! Der General und ich langweilten uns schon sehr miteinander; General, dies ist mein Hauptmann George, von dem ich schon oft zu Ihnen gesprochen habe.«

»Hm, jawohl«, sagte der General mit einer sehr leichten Verbeugung. »Bei welchem Regiment steht Hauptmann George?«

George nannte das ...te Regiment; wie sehr hätte er gewünscht, ein vornehmes Kavallerieregiment angeben zu können!

»Wohl erst vor kurzem aus Westindien zurückgekommen und noch nicht viel vom letzten Krieg zu sehen bekommen? Liegen Sie hier in Quartier, Hauptmann George?« fuhr der General mit beleidigendem Hochmut fort.

»Nicht Hauptmann George, Sie dummer Mann, Hauptmann Osborne«, sagte Rebekka, während der General wütend bald sie und bald George anblickte.

»Hauptmann Osborne, ah so! Irgendwie verwandt mit den Leeds-Osbornes?«

»Wir führen dasselbe Wappen«, antwortete George, wie es sich auch wirklich verhielt, denn Mr. Osborne hatte vor fünfzehn Jahren, als er sich einen Wagen anschaffte, einen Heraldiker in Long Acre zu Rate gezogen und sich das Leedssche Wappen aus dem Adelskalender angeeignet. Der General erwiderte auf diese Mitteilung nichts, sondern nahm sein Fernglas (Operngläser für beide Augen waren

460

damals noch nicht erfunden) und tat, als mustere er das
Publikum im Hause. Rebekka sah jedoch, daß sein freies
Auge auf sie gerichtet war und ihr und George grimmige
Blicke zuwarf.

Sie verdoppelte ihre Herzlichkeit. »Wie geht es meiner lieben Amelia? Aber ich brauche nicht zu fragen: wie hübsch
sie aussieht! Und wer ist die nette, gutmütig aussehende
Dame neben ihr? Etwa eine Flamme von Ihnen? O ihr bösen
Männer! Und da ist Mr. Sedley und ißt Eis; wie prächtig es
ihm zu schmecken scheint! General, warum haben wir kein
Eis gehabt?«

»Soll ich hingehen und Ihnen welches holen?« fragte der General, der vor Wut bersten wollte.

»Bitte, lassen Sie mich gehen«, sagte George.

»Nein, ich will in Amelias Loge gehen. Das liebe, süße Kind!
Geben Sie mir Ihren Arm, Hauptmann George!« Nach diesen Worten nickte sie dem General zu und schlüpfte auf den
Gang hinaus. Als sie mit George allein war, warf sie ihm
einen schelmischen, schlauen Blick zu, der ungefähr bedeuten sollte: ›Sehen Sie wohl, wie es hier steht und wie ich ihn
zum Narren halte?‹ Aber er bemerkte diesen Blick nicht. E-
dachte an seine eigenen Pläne und war in stolze Bewunder-
rung seiner eigenen Unwiderstehlichkeit versunken.

Die Flüche, die der General halblaut ausstieß, sobald Rebekka und ihr Eroberer ihn verlassen hatten, waren so schauderhaft, daß, wenn ich sie niederschreiben wollte, sicherlich
kein Setzer sie zu drucken wagen würde. Sie kamen dem
General aus dem Herzen; und es ist doch ein erhebender Gedanke, daß das menschliche Herz dergleichen hervorzubrin-
gen imstande ist und, je nachdem es der Anlaß mit sich bringt,
so viel Begierde und Wut, Zorn und Haß ausströmen kann.

Amelias sanfte Augen waren gleichfalls ängstlich auf das
Paar gerichtet gewesen, dessen Benehmen den eifersüchtigen
General in solche Wut versetzt hatte. Rebekka aber flog, als

sie die Loge ihrer Freundin betrat, ihr mit einer stürmischen Zärtlichkeit entgegen, in der sie sich durch die Öffentlichkeit des Ortes nicht behindern ließ; denn sie umarmte ihre teure Freundin vor den Augen des ganzen Hauses, wenigstens im vollen Bereich des Glases des Generals, das jetzt auf die Osbornesche Gesellschaft gerichtet war. Mrs. Rawdon begrüßte auch Joseph mit der größten Liebenswürdigkeit; sie bewunderte Mrs. O'Dowds große Rubinenbrosche und ihre prächtigen irischen Diamanten und wollte gar nicht glauben, daß sie nicht direkt aus Golkonda gekommen seien. Sie scherzte und plauderte, sie drehte sich und wendete sich, sie lächelte dem einen zu und lachte den andern an, alles im Gesichtsfeld des eifersüchtigen Fernglases gegenüber. Und als dann das Ballett begann – in welchem keine Tänzerin ihr Gebärden- und Mienenspiel mit solcher Meisterschaft durchführte wie sie –, eilte sie in ihre eigene Loge zurück, diesmal an Hauptmann Dobbins Arm. Nein, George solle sie nicht begleiten, er müsse dableiben und seine liebe, gute, kleine Amelia unterhalten.

»Was ist das Weib für eine Schauspielerin«, sagte der ehrliche alte Dobbin leise zu George, als er aus Rebekkas Loge zurückkam, wohin er sie schweigend und mit der Miene eines Leichenbitters geführt hatte. »Sie dreht und windet sich wie eine Schlange. Hast du nicht gesehen, George, daß sie, solange sie hier war, nur dem General gegenüber Komödie vorspielte?«

»Schauspielerin … Komödie? Zum Henker, sie ist das netteste Frauchen in ganz England«, erwiderte George, indem er seine weißen Zähne zeigte und seinen schönen Backenbart strich. »Du bist kein Weltmann, Dobbin. Donnerwetter, sieh jetzt einmal nach ihr hin; sie hat den alten Tufto im Handumdrehen wieder besänftigt. Sieh nur, wie er lacht! Und was hat das Weib für eine Schulter! Emmy, warum hast du denn kein Bukett? Alle Damen hier haben welche.«

»Na, das muß ich auch sagen! Warum haben Sie ihr keins gekauft?« sagte Mrs. O'Dowd; und sowohl Amelia wie William Dobbin waren ihr im stillen für diese treffende Bemerkung dankbar. Aber keine der beiden Damen gewann ihre gute Stimmung wieder. Amelia war von dem sprühenden, blendenden Wesen und dem vornehm klingenden Geschwätz ihrer weltgewandten Rivalin ganz überwältigt. Selbst Mrs. O'Dowd verhielt sich schweigsam, sie fühlte sich durch Beckys glänzende Erscheinung bedrückt und sagte den ganzen Abend über kaum noch ein Wort über Glenmalony.

»Wann wirst du endlich das Spielen aufgeben, George, wie du es mir seit langer Zeit so oft versprochen hast?« sagte Dobbin zu seinem Freund ein paar Tage nach jenem Opernbesuch. »Wann wirst du es endlich aufgeben, mir Moralpredigten zu halten?« war dessen Erwiderung. »Zum Kukkuck, Mensch, warum beunruhigst du dich darüber? Wir spielen nur niedrig, und gestern abend habe ich gewonnen. Du glaubst doch nicht, daß Crawley betrügt? Bei ehrlichem Spiel muß sich am Ende des Jahres alles so ziemlich ausgeglichen haben.«
»Aber ich glaube nicht, daß er bezahlen könnte, wenn er verlöre«, erwiderte Dobbin, und sein Rat hatte den Erfolg, den gute Ratschläge gewöhnlich haben: Osborne und Crawley waren jetzt häufig zusammen. General Tufto speiste fast immer außer dem Hause. George war stets willkommen in den Zimmern, die der Adjutant und seine Frau im Hotel ganz nahe bei der Wohnung des Generals inne hatten.
Amelias Benehmen, als sie und George bei Crawley und seiner Frau einen Besuch machten, war derart, daß die Gatten sich beinahe zum ersten Mal gezankt hätten, das heißt, George schalt seine Frau heftig aus wegen ihrer sichtlichen Unlust, hinzugehen, und wegen der stolzen, hochmütigen Art, wie sie sich gegen ihre alte Freundin Mrs. Crawley be-

tragen habe. Amelia erwiderte kein Wort darauf, war aber bei dem zweiten Besuch, den sie Mrs. Rawdon machte – im Bewußtsein, von ihrem Gatten und Rebekka beobachtet zu werden –, noch schüchterner und unbeholfener als beim ersten.

Rebekka war natürlich doppelt zärtlich und tat, als ob sie die Kälte ihrer Freundin gar nicht bemerkte. »Ich glaube, Emmy ist stolzer geworden, seit der Name ihres Vaters in der... seit Mr. Sedleys Mißgeschick«, sagte Rebekka, indem sie mit freundlicher Rücksicht auf Georges Ohr den Ausdruck milder gestaltete. »Als wir in Brighton waren, glaubte ich wahrhaftig, sie erweise mir die Ehre, auf mich eifersüchtig zu sein, und jetzt nimmt sie vermutlich ein Ärgernis daran, daß Rawdon und ich und der General zusammen wohnen. Aber, bester George, wie könnten wir bei unseren beschränkten Mitteln überhaupt leben, wenn wir nicht einen Freund hätten, der die Kosten mit uns teilte? Und glauben Sie, daß Rawdon nicht alt genug ist, um meine Ehre zu behüten? Aber ich bin Emmy sehr verbunden, wirklich sehr verbunden für die Meinung, die sie von mir hat.«

»Pah, Eifersucht!« antwortete George. »Alle Frauen sind eifersüchtig.«

»Und alle Männer auch. Waren Sie nicht an dem Abend in der Oper auf General Tufto eifersüchtig und der General auf Sie? Ich kann Ihnen sagen, er wollte mich beinah fressen, weil ich mit Ihnen fortgegangen war, um Ihre törichte kleine Frau zu besuchen; als ob ich mir auch nur einen Pfifferling aus einem von euch beiden machte!« sagte Crawleys Frau und warf spöttisch den Kopf zurück. »Wollen Sie hier speisen? Mein Dragoner speist bei dem Oberkommandierenden. Wichtige Nachrichten sind eingetroffen. Es heißt, die Franzosen hätten die Grenze überschritten. Wir werden ein ganz stilles, gemütliches Dinner haben.«

George nahm die Einladung an, obgleich seine Frau etwas

leidend war. Sie waren jetzt noch nicht ganz sechs Wochen verheiratet; eine andere Frau lachte und spottete auf Kosten seiner Gattin, und er wurde nicht zornig darüber. Nicht einmal über sich selbst war er zornig, dieser gutherzige Mensch! ›Es ist unrecht,‹ gestand er sich selbst ein, ›aber, zum Henker, wenn eine hübsche Frau sich einem durchaus an den Hals werfen will, was kann man dann tun?‹ ›Ich bin den Frauen gegenüber ziemlich frei‹, hatte er oft lächelnd und mit bedeutsamem Kopfnicken zu Stubble, Spooney und anderen Kameraden im Offizierskasino gesagt, und sie hatten wegen dieser Kühnheit noch mehr Respekt vor ihm. Nächst den Siegen im Kriege sind die Siege auf dem Gebiet der Liebe seit undenklichen Zeiten eine Quelle des Stolzes für die Männer auf dem Jahrmarkt der Eitelkeit gewesen; wie könnten sonst Schulknaben mit ihren Liebschaften prahlen und Don Juan eine so volkstümliche Gestalt sein?

In der festen Überzeugung, daß er für die Frauen unwiderstehlich und zu solchen Siegen ausersehen sei, kämpfte Mr. Osborne denn auch nicht gegen sein Schicksal an, sondern ergab sich durchaus willfährig darein. Und da Emmy nicht viel sagte und ihn nicht mit Äußerungen von Eifersucht plagte, sondern nur unglücklich wurde und sich darüber im geheimen kläglich härmte, so bildete er sich ein, sie habe keine Ahnung von dem, was alle seine Bekannten deutlich wahrnahmen, daß er nämlich Mrs. Crawley in toller Weise den Hof machte. Er ritt mit ihr aus, sooft sie frei war. Indem er seiner Frau gegenüber Dienst vorschützte – eine Unwahrheit, durch die sie sich ganz und gar nicht täuschen ließ – und sie der Einsamkeit oder der Gesellschaft ihres Bruders überließ, verbrachte er seine Abende bei dem Crawleyschen Ehepaar, wo er sein Geld an den Mann verlor und sich mit der Vorstellung schmeichelte, daß die Frau sterblich in ihn verliebt sei. Es ist sehr wahrscheinlich, daß dieses würdige Paar sich nie geradezu verschwor oder ausdrücklich verabredete, daß, während der eine Teil dem jungen Herrn den Kopf warm machte, der andere ihm im Kartenspiel das Geld abgewinnen solle; aber sie verstanden einander ganz vorzüglich, und Rawdon sah mit bester Laune Osborne kommen und gehen.

George war von seinen Bekannten so sehr in Anspruch genommen, daß er und William Dobbin lange nicht mehr so viel zusammen waren wie früher. George mied ihn an öffentlichen Orten und beim Regiment und hatte, wie wir wissen, kein Gefallen an den Moralpredigten, mit denen ihn sein älterer Freund zu bedenken pflegte. Manches an seinem Benehmen rief bei Hauptmann Dobbin eine sehr ernste, kühle Stimmung hervor; aber welchen Nutzen hätte es gehabt, wenn er George hätte auseinandersetzen wollen, daß er trotz seinem hübschen Backenbart und trotz seiner eigenen hohen Meinung von seiner Welterfahrung doch in Wirklichkeit so grün wie ein Schuljunge sei? Daß Rawdon ihn aussauge, wie er es schon mit vielen anderen vor ihm gemacht habe, und ihn, sobald nichts mehr von ihm zu erlangen sei, geringschätzig von sich stoßen werde? Er hätte doch nicht auf ihn gehört, und da Dobbin an den Tagen, da er das Osbornesche Haus besuchte, selten das Glück hatte, seinen alten Freund zu treffen, so unterblieb viel peinliches Gerede zwischen ihnen, das doch nutzlos gewesen wäre. Unser Freund George hatte sich kopfüber in den Strudel der Vergnügungen gestürzt, die den Jahrmarkt der Eitelkeit beherrschen.

Seit den Tagen des Darius hatte sich wohl nie ein so glänzendes Gefolge von Schlachtenbummlern bei einem Heer befunden wie dasjenige, das sich im Jahre 1815 an die Armee des Herzogs von Wellington in den Niederlanden angeschlossen hatte und ihr tanzend und schmausend sozusagen bis zum Augenblick der Schlacht das Geleit gab. Ein Ball, den eine vornehme Herzogin in Brüssel am 15. Juni des genannten Jahres gab, hat eine historische Berühmtheit erlangt. Ganz Brüssel war darüber in größter Aufregung; und Damen, die sich damals in dieser Stadt aufhielten, haben mir erzählt, daß ihre Geschlechtsgenossinnen sich in Gedanken und Gesprächen viel mehr mit diesem Ball als mit dem heranrückenden Feind beschäftigten. Um die Eintrittskarten wurde in einer Weise gekämpft, intrigiert und gebettelt, wie es nur englische Damen tun können, wenn es sich darum handelt, Zutritt zu der vornehmen Gesellschaft ihrer eigenen Nation zu erlangen.

Joseph und Mrs. O'Dowd, die nach einer Einladung förmlich schmachteten, bemühten sich vergebens, Karten zu erhalten; aber andere von unseren Freunden waren glücklicher. George zum Beispiel bekam durch Lord Bareacres' Verwendung, der sich für das Dinner erkenntlich zeigen wollte, eine Einladung für Hauptmann Osborne und Gemahlin, wodurch sein Selbstbewußtsein sehr stieg. Dobbin, der mit dem Divisionskommandeur befreundet war, zu dessen Truppen auch sein Regiment gehörte, kam eines Tages lachend zu Mrs. Osborne und wies eine gleiche Karte vor, die Josephs Neid und Georges Verwunderung darüber erregte, wie in aller Welt so ein Mensch Zutritt zu so vornehmen Kreisen erlange. Rawdon und seine Frau waren als Freunde des Generals einer Kavalleriebrigade selbstverständlich auch eingeladen.

An dem bestimmten Abend fuhr George, der seiner Frau ein neues Kleid und Schmucksachen aller Art gekauft hatte, mit Amelia zu dem berühmten Ball, wo sie keine Menschenseele kannte. Nachdem ihm ein Versuch, Lady Bareacres anzureden, mißglückt war – sie schnitt ihn, weil sie der Ansicht war, die Einladungskarte sei als Entgelt für das Dinner vollkommen genug – und er Amelia an einen stillen Platz geführt hatte, überließ er sie dort ihren eigenen Gedanken. Dabei bildete er sich ein, er habe sich sehr nett gegen sie benommen, indem er ihr neue Kleider gekauft und sie auf diesen Ball geführt habe, wo sie sich nun ganz nach ihrem eigenen Belieben vergnügen konnte. Ihre Gedanken waren nicht von der angenehmsten Art, und außer dem ehrlichen Dobbin kam niemand, um sie darin zu stören.

Während Amelias erstes Auftreten so kläglich ausfiel, wie ihr Mann mit großem Ärger bemerkte, war Mrs. Rawdon Crawleys Debüt dagegen geradezu glänzend. Sie kam erst sehr spät. Ihr Gesicht strahlte, ihre Kleidung war von höchster Vollendung. Obwohl sie sich mitten unter den vornehmsten Persönlichkeiten bewegte und zahlreiche Augengläser sich auf sie richteten, schien Rebekka ebenso ruhig und kaltblütig zu sein wie zur Zeit, da sie Miß Pinkertons kleine Mädchen zur Kirche führte. Viele der Herren kannte sie bereits, und die Verehrer umdrängten sie. Die Damen flüsterten sich untereinander zu, Rawdon habe sie aus einem Kloster entführt und sie sei eine Verwandte der Montmorencys. Sie sprach das Französische so vollkommen, daß etwas Wahres an diesem Gerücht sein konnte, und man mußte zugeben, daß sie ein gewähltes Benehmen und ein vornehmes Aussehen besaß. Fünfzig Herren umringten sie sofort und baten stürmisch um die Ehre eines Tanzes mit ihr. Aber sie erwiderte, sie sei schon verpflichtet und werde überhaupt nur sehr wenig tanzen, und damit begab sie sich sofort nach dem Platz, wo Emmy ganz unbeachtet saß und sich höchst unglücklich fühlte. Um das arme Kind gleich völlig zu vernichten, eilte Mrs. Rawdon auf sie zu, begrüßte ihre teure Amelia zärtlich und begann unverzüglich, sie zu bemuttern. Sie tadelte die Kleidung und die Haartracht ihrer Freundin, war erstaunt, wie diese solche Schuhe tragen könne, und erklärte, sie müsse ihr gleich am nächsten Morgen ihre Schneiderin senden. Sie fand, der Ball sei entzückend, es seien fast lauter hochangesehene Personen da, die jeder kenne, und im ganzen Saal seien nur ganz wenige unbedeu-
468

tende Menschen zu finden. Wirklich hatte sich diese junge Frau in vierzehn Tagen und nach drei Dinners in guter Gesellschaft die Sprache der vornehmen Welt so gut anzueignen gewußt, wie sie die natürlichen Angehörigen jener Kreise nicht besser zu beherrschen vermochten, und nur an ihrem guten Französisch konnte man erkennen, daß sie nicht durch Geburt der vornehmen Gesellschaft angehörte.

George, der Emmy nach dem Eintritt in den Ballsaal auf ihrem Platz allein gelassen hatte, fand sich sehr bald zu ihr zurück, als Rebekka neben ihrer teuren Freundin saß. Becky war gerade dabei, Mrs. Osborne einen Vortrag über die Torheiten zu halten, die George begehe. »Halte ihn doch um Gottes willen vom Spielen zurück, meine Liebe,« sagte sie, »sonst wird er sich noch zugrunde richten. Er spielt mit Rawdon jeden Abend Karten, und du weißt, wie arm er ist, und Rawdon wird ihm noch den letzten Schilling abgewinnen, wenn er sich nicht in acht nimmt. Warum läßt du das zu, du sorgloses kleines Geschöpf? Warum kommst du nicht abends zu uns, statt dich zu Hause mit diesem Hauptmann Dobbin zu langweilen? Ich will gern glauben, daß er très aimable ist; aber wie kann man sich in einen Mann mit so großen Füßen verlieben? Was hat dagegen dein Mann für schöne Füße! Da kommt er. Wo sind Sie gewesen, Sie Bösewicht? Emmy sitzt hier und weint sich die Augen nach Ihnen aus. Wollen Sie mich zur Quadrille abholen?« Sie ließ ihr Bukett und ihren Schal bei Amelia liegen und trat mit George zum Tanz an. Nur Frauen verstehen es, so zu verwunden. An der Spitze ihrer kleinen Pfeile sitzt ein Gift, das einen tausendmal schärfer brennenden Schmerz hervorruft als die plumperen Waffen des Mannes. Unsere arme Emmy, die in ihrem ganzen Leben nie einen Menschen gehaßt oder verhöhnt hatte, war in den Händen ihrer erbarmungslosen kleinen Feindin machtlos.

George tanzte zwei- oder dreimal mit Rebekka; Amelia

469

wußte kaum, wie oft. Sie saß ganz unbeachtet in ihrem Winkel, nur Rawdon kam einmal zu ihr und versuchte in seiner ungeschickten Weise eine Unterhaltung mit ihr anzuknüpfen; später nahm sich Hauptmann Dobbin ein Herz und erlaubte sich, ihr Erfrischungen zu bringen und sich neben sie zu setzen. Er mochte sie nicht fragen, warum sie so traurig wäre, aber um einen Grund für die Tränen anzugeben, die ihre Augen füllten, erzählte sie ihm, Mrs. Crawley habe sie durch die Mitteilung beunruhigt, daß George immer noch spiele.

»Es ist doch merkwürdig, von was für plumpen Schurken sich einer betrügen läßt, wenn er auf das Spiel versessen ist«, bemerkte Dobbin, worauf Emmy erwiderte: »Freilich.« Sie dachte an etwas anderes. Was sie bekümmerte, war nicht der Geldverlust.

Endlich kam George zurück, um Rebekkas Schal und Blumen zu holen. Sie wollte gehen. Sie ließ sich nicht einmal dazu herab, zurückzukommen und sich von Amelia zu verabschieden. Die arme junge Frau ließ ihren Mann kommen und gehen, ohne ein Wort zu sagen, und der Kopf sank ihr auf die Brust. Dobbin war abgerufen worden und stand, in ein flüsternd geführtes Gespräch vertieft, bei seinem Freund, dem Divisionsgeneral, und hatte Georges letztes Fortgehen nicht gesehen. George entfernte sich also mit dem Bukett; aber als er es der Eigentümerin überreichte, lag, wie eine Schlange zwischen den Blumen zusammengerollt, ein Kärtchen darin. Rebekkas Auge erspähte es sofort. Mit solchen Liebesbotschaften hatte sie in ihrem früheren Leben genug zu tun gehabt. Sie streckte die Hand aus und nahm den Strauß entgegen, und George sah, als seine und ihre Augen sich begegneten, daß sie wohl wußte, was sie darin finden werde. Ihr Mann trieb sie zu eiligem Aufbruch, er schien zu sehr mit seinen eigenen Gedanken beschäftigt, als daß er auf irgendwelche geheime Verständigung zwischen seinem
470

Freund und seiner Frau hätte achten können. Diese Verständigung ging übrigens auch sehr unauffällig vor sich. Rebekka reichte George mit einem ihrer üblichen schnellen, bedeutsamen Blicke die Hand, neigte den Kopf und ging fort. George beugte sich über ihre Hand, erwiderte nichts auf eine Bemerkung Crawleys, die er nicht einmal gehört hatte, so pochte es in seinem Gehirn vor Triumphgefühl und Aufregung, und ließ das Ehepaar fortgehen, ohne ein Wort zu sagen.

Amelia sah wenigstens einen Teil der Bukettszene. Es war ja eigentlich etwas ganz Natürliches, daß George auf Rebekkas Wunsch ihren Schal und ihre Blumen holte; es war nichts anderes, als was er im Laufe der letzten paar Tage wohl zwanzigmal getan hatte; aber jetzt war es doch zuviel für sie. »William,« sagte sie, indem sie plötzlich Dobbin, der in ihrer Nähe stand, an den Arm faßte, »Sie sind immer sehr freundlich gegen mich gewesen ... mir ist ... mir ist nicht wohl. Bringen Sie mich nach Hause!« Sie merkte gar nicht, daß sie ihn bei seinem Vornamen nannte, wie George es zu tun gewohnt war. Er ging schnell mit ihr fort. Ihre Wohnung war ganz in der Nähe, und sie drängten sich durch das Menschengewühl auf der Straße hindurch, wo es anscheinend noch lebhafter zuging als im Ballsaal selbst.

George war mehrmals ärgerlich geworden, wenn er bei seiner Rückkehr von Gesellschaften, die er besuchte, seine Frau noch auf fand; sie ging daher an diesem Tage sogleich zu Bett. Aber obgleich sie nicht schlief und obgleich das Gerassel der Wagen und das Geklapper der galoppierenden Reiter keinen Augenblick aufhörte, vernahm sie doch nichts von diesen Geräuschen, da sie ganz andere Gründe zur Beunruhigung hatte, die sie wach hielten.

Unterdessen ging Osborne, freudig erregt im stolzen Gefühl seines Triumphes, zu einem Spieltisch und begann fieberhaft zu spielen. Er gewann wiederholt. »Alles glückt mir

heute abend«, sagte er. Aber selbst sein Glück im Spiel
konnte ihn nicht von seiner Ruhelosigkeit befreien, und er
sprang nach einiger Zeit auf, schob seinen Gewinn in die
Tasche und ging zu einem Büfett, wo er mehrere Gläser
Wein hinunterstürzte.

Hier fand ihn Dobbin, wie er in ausgelassenster Weinlaune
auf die Umstehenden einredete und laut lachte. Dobbin war
an den Kartentischen gewesen, um seinen Freund dort zu
suchen. Er sah ebenso blaß und ernst aus wie sein Kamerad
gerötet und lustig.

»Heda, Dob! Komm und trink, alter Dob! Des Herzogs
Wein ist famos. Gießen Sie mir noch ein Glas ein!« Er hielt
einem Diener mit zitternder Hand sein Glas hin.

»Komm mit hinaus, George!« sagte Dobbin ernst. »Trink
nicht mehr!«

»Trinken! Das ist das Beste, was man überhaupt tun kann.
Trink selbst und bring dein Blut in Bewegung, alter Junge!
Da, auf dein Wohl!«

Dobbin trat dicht an ihn heran und flüsterte ihm etwas zu,
worauf George zusammenfuhr, wild hurra! rief, sein Glas
hinunterstürzte, es auf den Tisch stieß und eilig am Arm
seines Freundes fortging. »Der Feind hat die Sambre überschritten,« hatte William gesagt, »und unser linker Flügel
steht bereits im Gefecht. Komm mit! In drei Stunden marschieren wir.«

Als George aufbrach, zitterten seine Nerven vor Erregung
über die Nachricht, die so lange erwartet war und nun, da sie
eintraf, doch wie eine plötzliche Überraschung wirkte. Was
kümmerten ihn jetzt Liebeshändel! Er dachte, während er
schnell seiner Wohnung zuschritt, an tausend andere Dinge:
an sein vergangenes Leben und an seine Aussichten für die
Zukunft, an das Schicksal, das ihm bevorstand – an sein
Weib vielleicht auch, an sein Kind, von dem er unter Um-

472

ständen scheiden mußte, ohne es je gesehen zu haben. O wie schmerzlich wünschte er sein Verhalten an diesem Abend ungeschehen zu machen, damit er wenigstens mit reinem Gewissen dem zärtlichen, schuldlosen Wesen Lebewohl sagen könnte, auf dessen Liebe er so wenig Wert gelegt hatte!

Er überdachte sein kurzes eheliches Leben. In diesen wenigen Wochen hatte er sein kleines Kapital in entsetzlicher Weise verschwendet. Wie toll und leichtfertig war er gewesen! Wenn ihm ein Unglück zustieß, was hinterließ er ihr dann? Wie wenig war er ihrer würdig! Warum hatte er sie geheiratet? Er taugte nicht zur Ehe. Warum hatte er seinem Vater nicht gehorcht, der immer so großmütig gegen ihn gewesen war? Hoffnung, Gewissensbisse, Ehrgeiz, Zärtlichkeit und egoistisches Bedauern erfüllten sein Herz. Er setzte sich hin und schrieb an seinen Vater, wobei ihm das ins Gedächtnis kam, was er ihm schon früher einmal gesagt hatte, als er ein Duell auszukämpfen hatte. Die Morgendämmerung zeigte sich bereits in schwachen Streifen am Himmel, als er diesen Abschiedsbrief schloß. Er siegelte ihn und küßte die Aufschrift. Er dachte daran, wie er diesen großmütigen Vater verlassen hatte, und dachte an die tausend Beweise seiner Liebe, die ihm der sonst so finstere alte Mann gegeben hatte.

Bei seiner Heimkehr hatte er einen Blick in Amelias Schlafzimmer geworfen; sie lag ruhig da, ihre Augen schienen geschlossen zu sein, und er freute sich darüber, daß sie schlief. Als er vom Ball in seine Wohnung zurückkehrte, hatte er seinen Burschen schon mit den Vorbereitungen zum Abmarsch beschäftigt gefunden; der Mann hatte das Zeichen, mit dem ihm George Behutsamkeit befahl, verstanden und erledigte seine Arbeit schnell und leise. Er überlegte, ob er hineingehen und Amelia aufwecken oder einen Zettel für ihren Bruder zurücklassen sollte, in dem er diesen bäte, ihr die Nachricht von dem Abmarsch schonend mitzuteilen. Er ging hinein, um sie noch einmal zu sehen.

Sie war wach gewesen, als er zum ersten Mal in ihr Zimmer gekommen war, hatte aber die Augen geschlossen gehalten, damit nicht einmal ihre Schlaflosigkeit als Vorwurf für ihn erschiene. Da er aber so bald nach ihr gleichfalls zurückgekehrt war, hatte sich das furchtsame kleine Herz wieder etwas mehr beruhigt gefühlt, und als er leise aus dem Zimmer ging, hatte sie sich nach ihm hingewendet und war dann in einen leichten Schlaf gefallen. Nun kam Georg noch leiser zum zweiten Mal herein und blickte sie an. Bei dem schwachen Licht der Nachtlampe konnte er ihr süßes, blasses Gesicht sehen; die geröteten Augenlider mit den langen Wimpern waren geschlossen, und ein runder, glatter, weißer Arm lag auf der Bettdecke. Guter Gott, wie rein sie war, wie sanft, wie zärtlich und wie verlassen! Und wie selbstsüchtig, wie roh, welch ein schändlicher Verbrecher war er dagegen! Mit blutendem Herzen und tiefem Schamgefühl stand er am Fußende des Bettes und schaute sein schlummerndes Weib an. Wer war er, wie konnte er es wagen, für ein so fleckenloses Wesen zu beten! Gott segne sie! Gott segne sie! Er trat an die Seite des Bettes und blickte nach der Hand, der kleinen weichen Hand der Schlafenden, und beugte sich geräuschlos über das Kissen zu dem sanften, blassen Gesicht.
Zwei schöne Arme legten sich zärtlich um seinen Hals, als er sich niederbeugte. »Ich bin wach, George«, sagte das arme Kind mit einem Seufzer, als wollte das kleine Herz brechen, das sich so dicht an das seine schmiegte. Sie war erwacht, die arme kleine Seele – aber zu welchem Schmerz! In diesem Augenblick ertönte mit hellem Klange ein Horn vom Paradeplatz her, und sein Signal wurde überall in der Stadt aufgenommen; und bei dem Lärm, den die Trommeln der Infanterie und die schrillen Pfeifen der Schotten machten, erwachte die ganze Einwohnerschaft.

DREISSIGSTES KAPITEL
›*Drum, Mädel, weine nicht, sei nicht so traurig*‹

Wir erheben nicht den Anspruch, zu den Verfassern von Kriegsromanen gerechnet zu werden. Wir gehören zu den Schlachtenbummlern. Wenn das Verdeck zum Gefecht klar gemacht ist, gehen wir hinunter und warten bescheiden. Wir würden den tapferen Kämpfern bei den Manövern, die sie über unseren Köpfen ausführen, nur im Wege sein. Deshalb begleiten wir das ...te Regiment auch nur bis zum Stadttor. Dort wollen wir Major O'Dowd seiner Pflicht überlassen und zu der Frau Majorin, den übrigen Damen und der Etappe zurückkehren.

Der Major und seine Frau, die nicht zu dem Ball eingeladen waren, an dem im letzten Kapitel mehrere unserer Freunde teilnahmen, hatten viel mehr Zeit gehabt, ihre gesunde, natürliche Nachtruhe im Bett zu genießen, als denjenigen Leuten zu Gebote stand, die nicht nur ein Vergnügen mitzumachen, sondern auch ihre Pflicht zu tun wünschten. »Ich glaube, liebe Peggy,« sagte der Major, als er sich ruhig die Nachtmütze über die Ohren zog, »in ein paar Tagen werden wir auf einem Ball nach einer Musik tanzen, wie sie mancher noch nicht gehört hat«; und er fühlte sich viel glücklicher so, da er sich nach einem in aller Stille genossenen Gläschen ins Bett legte, als wenn er an irgendeinem anderen Vergnügen teilgenommen hätte. Peggy ihrerseits hätte sich freilich gern mit ihrem Turban und dem Paradiesvogel auf dem Ball gezeigt, wenn ihr Mann ihr nicht diese Mitteilung gemacht hätte, durch die sie sehr ernst gestimmt wurde.

»Es wäre mir lieb, wenn du mich eine halbe Stunde vor dem Alarm wecken wolltest«, sagte der Major zu seiner Frau. »Rufe mich um halb zwei, liebe Peggy, und sorge dafür, daß meine Sachen in Bereitschaft sind. Vielleicht komme ich zum Frühstück nicht zurück.« Mit diesen Worten, durch die er seiner Meinung Ausdruck gab, daß das Regiment am nächsten Morgen marschieren werde, hörte der Major auf zu reden und schlief ein.

Mrs. O'Dowd, die bereits ihre Lockenwickel und Nachtjacke angelegt hatte, fühlte als gute Hausfrau, daß es unter solchen Umständen ihre Pflicht war, nicht zu schlafen, sondern zu handeln. ›Zum Schlafen‹, sagte sie sich, ›wird noch Zeit genug sein, wenn Mick fort ist‹; und so packte sie denn seinen Feldkoffer, bürstete seinen Mantel, seine Mütze und seine übrigen Uniformstücke aus, legte alles in guter Ordnung für ihn bereit und steckte in die Manteltaschen ein paar Päckchen mit Proviant sowie eine umflochtene Flasche oder ›Taschenpistole‹, die etwa ein halbes Quart eines sehr bekömmlichen Kognaks enthielt, der ihr und dem Major ganz besonders zusagte. Sobald die Zeiger der Uhr auf halb zwei wiesen und das Schlagwerk den verhängnisvollen Augenblick verkündete, weckte Mrs. O'Dowd ihren Major und hatte ihm eine so köstliche Tasse Kaffee gekocht, wie sie an diesem Morgen in Brüssel wohl nicht viele Leute zu trinken bekamen. Und wer möchte bestreiten, daß die Vorbereitungen dieser würdigen Frau ebensoviel herzliche Zuneigung bewiesen wie die Tränenströme und hysterischen Auftritte, womit empfindsamere Frauen ihre Liebe bekundeten, und daß dieser Kaffee, den sie gemeinsam tranken, während die Hörner zum Abmarsch bliesen und die Trommelwirbel in den verschiedenen Stadtvierteln erdröhnten, nützlicher und zweckmäßiger war als bloße Gefühlsergüsse? Die Folge davon war, daß der Major sehr schmuck, frisch und munter auf dem Sammelplatz erschien; und sein gut rasiertes, rosiges Gesicht, wie er da auf seinem Pferde saß, flößte der ganzen Truppe Vertrauen und Zuversicht ein. Als das Regiment an dem Balkon vorbeimarschierte, auf dem die Majorin stand und ihnen einen Abschiedsgruß zuwinkte, grüßten alle Offiziere diese brave Frau, und ich bin über-

zeugt, es war nicht Mangel an Mut, sondern weibliches Takt- und Schicklichkeitsgefühl, was sie davon zurückhielt, das tapfere ...te Regiment persönlich in den Kampf zu begleiten.

An Sonntagen und in ernsten Lebenslagen pflegte Mrs. O'Dowd mit großer Andacht in einem dicken Predigtbuch ihres Onkels, des Dechanten, zu lesen. Dieses Buch hatte ihr großen Trost gespendet, als das Schiff, mit dem sie aus Westindien heimkehrten, beinahe Schiffbruch erlitten hätte. Jetzt nach dem Abmarsch des Regiments nahm sie wieder zu ihm ihre Zuflucht, um sich daran zu erbauen; vielleicht verstand sie nicht viel von dem, was sie las, und ihre Gedanken waren anderwärts; aber zu schlafen, während die Nachtmütze des armen Mick neben ihr auf dem Kissen lag, wäre ihr unmöglich gewesen. So ist es in der Welt. Jack oder Donald marschiert mit dem Tornister auf der Schulter dem Ruhm entgegen und schreitet munter aus nach der Melodie des Liedes: ›Drum, Mädel, weine nicht.‹ Sie aber bleibt zurück, grämt sich und hat Muße, nachzudenken, zu grübeln und sich vergangener Zeiten zu erinnern.

Da Rebekka wußte, daß es nutzlos ist, sich zu grämen, und daß Leute, die sich ihren schmerzlichen Empfindungen überlassen, dadurch nur noch unglücklicher werden, so faßte sie den weisen Entschluß, in ihrer Seele keinem zwecklosen Kummer Raum zu geben, und ertrug die Trennung von ihrem Gatten mit einem wahrhaft spartanischen Gleichmut. In der Tat zeigte sich Rittmeister Rawdon selbst beim Abschied weit mehr ergriffen als die resolute kleine Frau, der er Lebewohl sagte. Sie hatte diese rauhe, derbe Natur bezwungen, und er liebte und verehrte sie von ganzer Seele, soweit die Fähigkeit, jemanden gern zu haben und zu bewundern, überhaupt in ihm lag. In seinem ganzen Leben war er nie so glücklich gewesen, wie ihn seine Frau während der letzten paar Monate gemacht hatte. Alle seine früheren Vergnügungen, wie Rennbahn, Kasino, Jagd und Hasardspiel, alle seine ehemaligen Liebschaften mit Putzmacherinnen und Ballettänzerinnen und die sonstigen leichten Eroberungen des plumpen militärischen Adonis erschienen ihm jetzt fade und abgeschmackt im Vergleich mit den erlaubten Freuden des Ehelebens, die er neuerdings genossen hatte. Sie hatte es verstanden, ihn dauernd zu unterhalten, und er hatte sein Haus und ihre Gesellschaft tausendmal angenehmer gefunden als jeden andern Ort und jede andere Gesellschaft, die er von Kindheit an bis jetzt besucht hatte. Er verwünschte seine früheren Torheiten und Ausschweifungen und beklagte vor allem seine ungeheuren Schulden, die für alle Zeit dem Vorwärtskommen seiner Frau in der Welt hinderlich sein mußten. Über diese Schulden hatte er oft in mitternächtlichen Gesprächen mit Rebekka gestöhnt, obgleich er vorher als Junggeselle sich in keiner Weise darüber beunruhigt hatte. Er war selbst über diese seltsame Sinneswandlung erstaunt. »Zum Henker,« sagte er – vielleicht bediente er sich auch eines noch stärkeren Ausdrucks aus seinem beschränkten Sprachschatz –, »ehe ich verheiratet war, war es mir ganz gleichgültig, unter welche Wechsel ich meinen Namen setzte, und solange Moses Geduld hatte oder Levy auf drei Monate prolongierte, machte ich mir darüber keine Gedanken. Seit ich aber verheiratet bin, habe ich – von Prolongationen natürlich abgesehen – noch keinen Fetzen Stempelpapier angerührt; darauf gebe ich dir mein Ehrenwort.«

Rebekka verstand es immer, diese Anfälle von Melancholie zu beschwichtigen. »Ach was, du liebes Dummerchen,« sagte sie, »wir haben deine Tante noch nicht aufgegeben; und wenn die uns im Stich läßt, so hast du doch noch die Möglichkeit, befördert zu werden, oder halt – wenn dein Onkel Bute stirbt, habe ich noch einen andern Plan. Die Pfründe hat immer dem jüngeren Bruder gehört: warum

478

solltest du also nicht dein Patent verkaufen und Geistlicher
werden?« Die Vorstellung von diesem Berufswechsel ließ
Rawdon in ein schallendes Gelächter ausbrechen; man konnte
das dröhnende Hahaha des kräftigen Dragoners um Mitternacht durch das ganze Hotel hören. General Tufto vernahm
es in seiner Wohnung, die über ihnen im ersten Stock lag,
und Rebekka spielte ihm beim Frühstück die ganze Szene
mit vielem Witz vor und hielt Rawdons erste Predigt, so
daß der General außer sich vor Vergnügen war.
Aber diese Tage und diese Gespräche gehörten nun der Vergangenheit an. Als die endgültige Nachricht von dem Beginn des Feldzuges kam und der Ausmarsch der Truppen
nun unmittelbar bevorstand, steigerte sich Rawdons Trüb-
sinn so sehr, daß ihn Becky darüber in einer Weise verspottete, die für die Gefühle des Gardisten denn doch etwas
Verletzendes hatte. »Du wirst ja wohl nicht glauben, daß
ich Furcht habe, Becky,« sagte er, und seine Stimme bebte
dabei, »aber ich bin ein ziemlich gutes Ziel für einen Schuß,
und siehst du, wenn ich falle, so hinterlasse ich eine oder
vielleicht zwei, für die ich gern sorgen möchte, da ich sie ins Unglück gebracht habe. Das ist doch gewiß nicht zum Lachen.«
Rebekka bemühte sich, durch hundert Liebkosungen und
freundliche Worte ihren gekränkten Gatten wieder zu besänftigen. Wenn in diesem lebhaften Geschöpf Munterkeit
und Humor die Oberhand gewannen – was allerdings in den
meisten Lebenslagen der Fall war –, ließ sie sich gern zu
satirischen Bemerkungen hinreißen, aber sie konnte auch
schnell wieder ein ehrbares Gesicht machen. »Liebster
Schatz,« sagte sie, »meinst du etwa, daß es mir nicht auch
nahe geht?« und dabei wischte sie sich hastig etwas aus den
Augen und sah dann ihrem Mann lächelnd ins Gesicht.
»Komm,« sagte er, »wir wollen einmal überschlagen, was
für dich bleibt, wenn ich falle. Ich habe hier ziemlich viel
Glück im Spiel gehabt, und da sind zweihundertdreißig

Pfund. In der Tasche habe ich noch zehn Napoleons; mehr brauche ich nicht, denn der General bezahlt alles wie ein Fürst; und wenn ich fallen sollte, nun, dann weißt du, daß ich nichts mehr koste. Weine nicht, kleine Frau, vielleicht bleibe ich auch am Leben, um dich noch weiter zu ärgern. Ich will auch keins von meinen beiden Pferden mitnehmen, sondern das graue Dienstpferd des Generals reiten; das ist billiger, und ich habe ihm gesagt, meines lahme. Wenn ich falle, können die beiden Pferde dir eine stattliche Summe einbringen. Grigg bot mir gestern neunzig Pfund für die Stute, ehe diese verdammte Nachricht kam; aber ich war ein Narr und wollte sie nicht unter zwei Nullen verkaufen. Bulfinch findet alle Tage für einen anständigen Preis seinen Käufer; nur wirst du guttun, ihn hier im Lande zu verkaufen, weil die englischen Pferdehändler so viele Wechsel von mir in Händen haben; darum würde ich es für besser halten, wenn er nicht wieder nach England zurückgeht. Deine kleine Stute, die dir der General geschenkt hat, wird dir auch etwas einbringen, und dann gibts hier nicht die verdammten Miet-stall-Rechnungen wie in London«, fügte Rawdon lachend hinzu. »Dieses Reisebesteck hat mich zweihundert Pfund gekostet, das heißt ich schulde zweihundert dafür; und die goldenen Deckel und Flaschen darin müssen auch dreißig oder vierzig Pfund wert sein. Bring das ins Leihhaus und ebenso meine Nadeln und Ringe, meine Uhr und Kette und den übrigen Kram. Das hat zusammen einen guten Batzen Geld gekostet. Ich weiß, daß Miß Crawley für die Kette und die Uhr hundert Pfund bezahlt hat. Hol mich der Teufel, es tut mir jetzt leid, daß ich nicht mehr solche Dinge genommen habe. Edwards wollte mir einen silbervergoldeten Stiefelknecht aufdrängen, und ich hätte ein Reisebesteck mit einer silbernen Wärmflasche und mit einem silbernen Tafelgeschirr haben können. Aber wir müssen das, was wir haben, möglichst gut zu verwerten suchen, weißt du, Becky.«

In dieser Weise traf Rittmeister Crawley seine letzten Anordnungen. Er, der – abgesehen von den letzten Monaten,
als die Liebe die Herrschaft über ihn erlangt hatte – selten
an etwas anderes gedacht hatte als an sich selbst, ging nun
die verschiedenen Posten seiner Habe durch, um herauszu-
finden, wie sie zum Besten seines Weibes zu Geld gemacht
werden könnten, falls ihm ein Unglück zustoßen sollte. Es
machte ihm ein gewisses Vergnügen, mit einem Bleistift in
seiner großen, schülerhaften Handschrift die einzelnen
Posten seines beweglichen Eigentums, die zum Vorteil seiner
Witwe verkauft werden konnten, auf einem Blatt Papier zu
verzeichnen, also zum Beispiel: ›Meine doppelläufige Flinte
von Manton, sagen wir 40 Guineen; mein Pelzmantel
50 Pfund Sterling; meine Duellpistolen im Rosenholzkasten
(dieselben, mit denen ich Hauptmann Marker erschoß)
20 Pfund; meine gewöhnlichen Satteltaschen mit der Sattel-
decke, mein Reitzeug von Laurie usw.‹ Über alle diese Gegenstände sollte Rebekka nach ihrem Ermessen verfügen.
Getreu seiner Absicht, soviel wie möglich zu sparen, legte
der Rittmeister seine älteste, schäbigste Uniform mit den
abgetragensten Achselstücken an und ließ die besseren Aus-
rüstungsgegenstände unter der Obhut seiner Frau (vielleicht
seiner zukünftigen Witwe) zurück. Und dieser berühmte
Stutzer vom Windsor- und Hydepark zog mit einer Ausstattung, so bescheiden wie die eines Sergeanten – und mit
einer Art von Gebet für seine zurückbleibende Frau auf den
Lippen in das Feld. Er hob Rebekka in die Höhe und hielt
sie einen Augenblick in den Armen, fest an sein laut klopfen-
des Herz gepreßt. Sein Gesicht war dunkelrot, und seine
Augen schimmerten feucht, als er sie wieder niedersetzte
und verließ. Er ritt neben seinem General und rauchte
schweigend seine Zigarre, während sie den vorausgezoge-
nen Truppen von der Brigade des Generals nacheilten, und
erst als sie mehrere Meilen von der Stadt entfernt waren,

hörte er auf, seinen Schnurrbart zu drehen, und brach das Schweigen.

Rebekka faßte, wie wir schon bemerkt haben, den weisen Entschluß, sich wegen der Trennung von ihrem Mann keiner überflüssigen Sentimentalität zu überlassen. Sie winkte ihm vom Fenster ein Lebewohl zu und blickte ihm noch eine kleine Weile nach, als er vorüber war. Die ersten Strahlen der Morgensonne tauchten die Türme der Kathedrale und die breiten Giebel der schmucken alten Häuser in ein leuchtendes Rot. Rebekka war in dieser Nacht noch nicht zur Ruhe gekommen. Sie trug noch ihr hübsches Ballkleid; die Locken ihres schönen Haares hatten sich etwas gelöst, und ihre Augen waren von der durchwachten Nacht dunkel umrändert. »Wie schrecklich ich aussehe!« sagte sie, sich im Spiegel betrachtend, »und wie blaß einen das Rosa macht!« So zog sie denn dieses rosa Kleid aus, und dabei fiel aus ihrem Korsett ein Zettelchen, das sie lächelnd aufhob und in ihren Toilettenkasten schloß. Dann stellte sie ihr Ballbukett in ein Glas Wasser, legte sich zu Bett und fiel bald in behaglichen Schlummer.

Die Stadt war ganz ruhig, als Becky um zehn Uhr erwachte und ihren Kaffee trank, der ihr nach den angreifenden, schmerzlichen Erlebnissen des Morgens sehr wohl bekam.

Als sie damit fertig war, nahm sie die Berechnungen, die der ehrliche Rawdon in der vergangenen Nacht angestellt hatte, wieder auf und überdachte ihre Lage. Auch wenn sich das Schlimmste ereignen sollte, blieb sie doch, alles wohl erwogen, in ziemlich günstigen Verhältnissen zurück. Außer den Gegenständen, die ihr Gatte zurückgelassen hatte, besaß sie auch noch ihre eigenen Schmucksachen und ihre Ausstattung; Rawdons Freigebigkeit in der ersten Zeit ihrer Ehe haben wir bereits lobend erwähnt. Ferner hatte der General, ihr Sklave und Anbeter, ihr außer der kleinen Stute noch viele andere sehr hübsche Geschenke gemacht in Ge-

stalt von Kaschmirschals, die er bei der Zwangsversteige-
rung der Sachen einer französischen Generalin gekauft hatte,
sowie in Gestalt von zahlreichen Angebinden aus den Juwe-
lierläden, die alle von dem Geschmack und dem Reichtum
ihres Verehrers Zeugnis ablegten. Was Uhren betraf, so
hatte sie ihrer so viele, daß man deren Ticken überall in den
Zimmern hörte. Als sie nämlich eines Abends zufällig geäußert hatte, ihre Uhr, die Rawdon ihr geschenkt habe,
stamme aus einer englischen Fabrik und gehe schlecht, erhielt sie gleich am nächsten Morgen ein wahres Schmuckstück von Uhr, Leroy gestempelt, mit Kette und einem
reizenden, mit Türkisen besetzten Deckel, sowie eine andere, mit dem Zeichen Breguet, die mit Perlen geschmückt
und doch kaum dicker als eine halbe Krone war. General
Tufto hatte die eine gekauft; die andere hatte ihr ritter-
licherweise Hauptmann George zum Geschenk gemacht.
Mrs. Osborne hatte keine Uhr, obwohl sie, um George Gerechtigkeit widerfahren zu lassen, sicher eine hätte bekommen können, wenn sie nur einen Wunsch danach geäußert
hätte, und Mrs. Tufto hatte ein altes Ding, das noch von
ihrer Mutter herrührte und sehr wohl den Dienst jener
Wärmflasche hätte versehen können, von der Rawdon gesprochen hatte. Wenn Howell und James eine Liste all der
Personen veröffentlichen wollten, die bei ihnen Schmucksachen kaufen, wie groß würde dann in manchen Familien
die Überraschung sein; und wenn all diese Schmucksachen
an die rechtmäßigen Ehefrauen und Töchter der Käufer
gelangten, welch eine Fülle von Juwelen würde dann in den
vornehmsten Häusern auf diesem Jahrmarkt der Eitelkeit
zu sehen sein!

Nach möglichst genauer Abschätzung dieser Wertgegen-
stände fand Mrs. Rebekka nicht ohne ein Gefühl des Triumphes und der Befriedigung, daß sie, falls sich etwas Schlimmes ereignen sollte, mindestens auf sechs- oder siebenhundert

Pfund rechnen konnte, um damit ihre Laufbahn in der Welt zu beginnen, und sie verbrachte den Morgen in der angenehmsten Weise damit, ihre Besitztümer zusammenzusuchen, zu ordnen, zu prüfen und wegzuschließen. Unter den Papieren in Rawdons Brieftasche fand sich auch eine Anweisung Osbornes auf seinen Bankier im Betrag von zwanzig Pfund. Dies erinnerte sie an Mrs. Osborne. ›Ich will hingehen und mir den Scheck auszahlen lassen‹, sagte sie zu sich, ›und dann der kleinen Emmy einen Besuch machen.‹ Wenn dies auch ein Roman ohne einen Helden ist, so wollen wir wenigstens Anspruch darauf erheben, eine Heldin darin zu haben. Kein Mann in der englischen Armee, die eben ausmarschiert war, nicht einmal der große Herzog selbst konnte angesichts der zweifelhaften, schwierigen Lage kaltblütiger und gefaßter sein als diese unerschrockene kleine Adjutantenfrau.

Noch ein anderer von unseren Bekannten blieb als Nichtkämpfer zurück, und wir haben daher ein Recht, seine Empfindungen und sein Benehmen kennenzulernen. Dies war unser Freund, der ehemalige Steuereinnehmer von Boggley Wollah, dessen Nachtruhe wie die anderer Leute durch den Klang der Hörner am frühen Morgen unterbrochen worden war. Da er im Schlafen sehr leistungsfähig war und sein Bett sehr liebte, würde er wahrscheinlich trotz allen Trommeln, Hörnern und Sackpfeifen der englischen Armee bis zu der Stunde, da er gewöhnlich aufzustehen pflegte, weitergeschnarcht haben, wenn er nicht daran gehindert worden wäre. Der Störenfried war nicht etwa George Osborne, der zwar Josephs Quartier teilte, aber wie gewöhnlich zu sehr mit seinen eigenen Angelegenheiten oder mit dem Schmerz über die Trennung von seiner Frau beschäftigt war, als daß er von seinem schlummernden Schwager hätte Abschied nehmen können – also, wie gesagt, nicht George war es, der

484

Joseph Sedley am Weiterschlafen hinderte, sondern Hauptmann Dobbin, der ihn weckte und ihm vor seinem Abmarsch durchaus noch einmal die Hand schütteln wollte.

»Sehr freundlich von Ihnen«, sagte Joseph gähnend und wünschte im stillen den Hauptmann zum Teufel.

»Ich – ich wollte doch nicht fortgehen, ohne Ihnen Lebewohl zu sagen,« sagte Dobbin stotternd und stockend, »denn sehen Sie, manche von uns werden wohl nicht zurückkommen, und ich freue mich, jetzt beim Abschied alle meine Bekannten wohl zu sehen – na, und so weiter, Sie wissen ja.«

»Was meinen Sie eigentlich?« fragte Joseph, sich die Augen reibend. Der Hauptmann sah weder nach dem dicken Herrn in der Nachtmütze hin, für den er ein so zärtliches Interesse zu haben behauptete, noch hörte er, was dieser sagte. Der Heuchler blickte und horchte mit äußerster Anspannung seiner Sinne in der Richtung nach Georges Räumen, ging mit großen Schritten im Zimmer auf und ab, stieß die Stühle um, trommelte auf dem Tisch herum, biß sich auf die Nägel und zeigte noch viele andere Symptome großer innerer Erregung.

Joseph hatte immer eine ziemlich geringe Meinung von dem Hauptmann gehabt, jetzt aber begann er auch, an dessen Mut zu zweifeln. »Was kann ich für Sie tun, Dobbin?« sagte er in sarkastischem Ton.

»Ich will Ihnen sagen, was Sie tun können«, erwiderte der Hauptmann und trat an das Bett heran. »Wir marschieren in einer Viertelstunde ab, Sedley, und es kann sein, daß weder George noch ich jemals zurückkommen. Halten Sie sich das gegenwärtig: Sie dürfen diese Stadt nicht verlassen, ehe Sie nicht zuverlässig wissen, wie die Sachen stehen. Sie müssen hierbleiben und Ihre Schwester behüten und sie trösten und dafür sorgen, daß ihr nichts Schlimmes widerfährt. Wenn George etwas zustoßen sollte, so erinnern Sie sich, daß Sie der einzige Beschützer sind, den sie in der Welt hat. Sollte die Armee Unglück haben, so müssen Sie Ihre Schwester sicher nach England zurückbringen, und Sie müssen mir Ihr Wort geben, sie nie zu verlassen. Ich weiß, daß Sie alles für sie tun werden, was Sie mit Geld erreichen können, denn damit sind Sie immer recht freigebig gewesen. Brauchen Sie welches? Ich meine, haben Sie genug Bargeld, um im Falle eines Mißgeschicks die Reise nach England damit zu bestreiten?«

»Sir,« erwiderte Joseph höchst würdevoll, »wenn ich Geld nötig habe, so weiß ich, wo ich es bekommen kann; und was meine Schwester betrifft, so brauchen Sie mir nicht erst zu sagen, wie ich mich gegen sie zu benehmen habe.«

»Sie sprechen wie ein Mann, der das Herz auf dem rechten Fleck hat, Joseph,« antwortete der andere gutmütig, »und ich freue mich, daß George seine Frau in so guten Händen zurücklassen kann. Ich darf ihm also Ihr Ehrenwort überbringen, daß Sie ihr im schlimmsten Falle treu zur Seite stehen werden, nicht wahr?«

»Selbstverständlich, selbstverständlich«, erwiderte Mr. Joseph, dessen Großzügigkeit in Geldangelegenheiten Dobbin ganz richtig beurteilte.

»Und im Falle einer Niederlage werden Sie sie sicher aus Brüssel fortschaffen?«

»Niederlage! Zum Teufel, Sir, das ist ausgeschlossen! Versuchen Sie nicht, mir bange zu machen!« rief der Held von seinem Bett aus, und jetzt, da sich Joseph mit solcher Entschiedenheit über sein Verhalten seiner Schwester gegenüber ausgesprochen hatte, fühlte Dobbin sich in seinem Herzen völlig beruhigt. ›Wenigstens ist ihr eine Zufluchtsstätte gesichert,‹ dachte er, ›falls das Schlimmste eintreten sollte.‹

Wenn Hauptmann Dobbin erwartet hatte, vor dem Abmarsch des Regiments noch durch den Anblick Amelias für sich selbst eine Art von Trost und Beruhigung zu gewinnen, so wurde seine Selbstsucht so hart bestraft, wie sie es verdiente. Die Tür von Josephs Schlafzimmer führte in das gemeinsame Wohnzimmer der Familie, und dieser Tür gegenüber lag die zu Amelias Zimmer. Die Hörner hatten jeden aufgeweckt; eine Verheimlichung der Lage war jetzt unmöglich. Georges Bursche war im Wohnzimmer mit Packen beschäftigt, während Osborne von Zeit zu Zeit aus dem anstoßenden Schlafzimmer hereinkam und ihm einzelne Stücke zuwarf, deren Mitnahme ins Feld er für zweckmäßig hielt. Und nun wurde Dobbin das zuteil, wonach sich sein Herz sehnte: er bekam Amelias Gesicht noch einmal zu sehen. Aber was für ein Gesicht war es! So blaß, so verstört und verzweiflungsvoll, daß die Erinnerung daran ihn nachher wie das Bewußtsein eines Verbrechens verfolgte und der Anblick ihn mit unaussprechlichen Qualen der Sehnsucht und des Mitleides erfüllte.

Sie war in einen weißen Morgenrock gehüllt; das Haar fiel ihr lose auf die Schultern herab, und ihre großen Augen waren starr und ohne Glanz. Um bei den Vorbereitungen zum Abmarsch behilflich zu sein und zu beweisen, daß auch sie sich in einem so kritischen Augenblick nützlich machen könne, hatte die Ärmste eine Schärpe Georges von der Kommode, auf der sie lag, genommen, folgte ihm nun mit der Schärpe in der Hand von einer Stelle zur andern und sah stumm zu, wie das Einpacken seiner Sachen fortschritt. So kam sie auch einmal aus ihrem Zimmer heraus und stand an die Wand gelehnt da; die Schärpe hielt sie an ihre Brust gedrückt, von der das schwere, purpurne Tuch wie ein großer Blutstrom herabsank. Unser weichherziger Hauptmann bekam bei ihrem Anblick einen Schreck, als ob er sich einer Schuld bewußt würde. ›Allgütiger Gott,‹ dachte er, ›wie konnte ich es wagen, einen solchen Gram zu belauschen?‹ Und es gab keine Hilfe, kein Mittel, diesen hilflosen, stummen Jammer zu mildern und zu lindern. Einen Augenblick lang

stand er da und sah sie an, machtlos und das Herz von Mitleid zerrissen, wie ein Vater sein leidendes Kind anblickt.
Endlich faßte George Emmy bei der Hand und führte sie in das Schlafzimmer zurück, aus dem er dann allein wieder herauskam. In diesem kurzen Augenblick hatte er von ihr Abschied genommen und war von ihr gegangen.

›Gott sei Dank, daß das vorüber ist‹, dachte George, als er, den Degen unter dem Arm, die Treppe hinuntersprang und dann schnell nach dem Sammelplatz lief, wo das Regiment gemustert wurde und wohin Mannschaften und Offiziere truppweise aus ihren Quartieren hastig eilten. Seine Pulse schlugen heftig, und seine Wangen glühten: das große Kriegsspiel nahm nun seinen Anfang, und er war einer der Mitspieler. Welch eine wilde Aufregung, aus Zweifel, Hoffnung und Freude gemischt, erfüllte sein Herz! Welch ungeheure Möglichkeit des Verlierens oder Gewinnens eröffnete sich ihm! Was waren alle Glücksspiele, die er je gespielt hatte, im Vergleich mit diesem? An allen Wettkämpfen, die körperliche Geschicklichkeit und Mut erforderten, hatte sich der junge Mann von seinen Knabenjahren an mit Begeisterung beteiligt. In seiner Schule und bei seinem Regiment war er der Haupfheld gewesen; überall war ihm der Beifall seiner Kameraden zuteil geworden; von den Kricketpartien der Knaben bis zu den Rennen in den Garnisonen hatte er Hunderte von Siegen davongetragen; überall, wo er erschien, hatten Frauen und Männer ihn bewundert und beneidet. Welche Eigenschaften tragen einem Manne so schnell Beifall ein wie körperliche Überlegenheit, Gewandtheit und Tapferkeit? Seit undenklichen Zeiten sind Kraft und Mut von den Sängern in ihren Liedern gefeiert worden, und von der Belagerung Trojas an bis auf den heutigen Tag hat sich die Poesie immer einen Krieger zu ihrem Helden erwählt. Ich möchte wohl wissen, ob die Menschen nur deshalb die Tapferkeit und den kriegerischen Mut so sehr bewundern,

488

wertschätzen, belohnen und hoch über alle anderen Eigenschaften stellen, weil sie selbst im Herzen Feiglinge sind.

So riß sich denn George, als der erregende Ruf zur Schlacht ertönte, aus den sanften Armen, in denen er geruht hatte, nicht ohne ein Gefühl der Scham los, daß er sich dort so lange hatte festhalten lassen – obwohl in Wirklichkeit sein Weib nur recht wenig Kraft gehabt hatte, ihn zu halten. Und dieses Gefühl des Eifers und der Erregung beherrschte alle seine Freunde, die wir gelegentlich kennengelernt haben, von dem dicken alten Major, der das Regiment zur Schlacht führte, bis zu dem kleinen Fähnrich Stubble, der an diesem Tage die Fahne tragen sollte.

Die Sonne ging gerade auf, als der Marsch angetreten wurde. Es war ein prächtiger Anblick : vor der Kolonne ging das Musikkorps, das den Regimentsmarsch spielte – dann kam der Kommandierende Major auf seinem kräftigen Schlachtpferd Pyramus – darauf folgten die Grenadiere, von ihrem Hauptmann geführt. In der Mitte befand sich die Fahne, die von dem ältesten und dem jüngsten Fähnrich getragen wurde, und dann kam George an der Spitze seiner Kompanie. Er blickte zu Amelia hinauf, lächelte ihr zu und marschierte vorbei. Und selbst die Klänge der Musik erstarben nun in der Ferne.

EINUNDDREISSIGSTES KAPITEL
Worin Joseph Sedley sich seiner Schwester annimmt

Da alle höheren Offiziere dem Ruf der Pflicht gefolgt waren, ging das Kommando über die kleine Kolonie in Brüssel auf den zurückgebliebenen Joseph Sedley über, und zwar bestand seine Garnison aus der leidenden Amelia, aus seinem belgischen Diener Isidor und aus einem Mädchen, das alle Arbeiten im Haushalt zu besorgen hatte. Obwohl Joseph innerlich beunruhigt und sein Schlaf durch Dobbins Eindringen und die Ereignisse des Morgens gestört worden war, blieb er doch noch viele Stunden lang im Bett und wälzte sich wachend darin hin und her, bis seine gewöhnliche Zeit zum Aufstehen gekommen war. Die Sonne stand schon hoch am Himmel, und unsere tapferen Freunde vom ... ten Regiment hatten auf ihrem Marsch schon manche Meile zurückgelegt, ehe der Zivilist in seinem geblümten Schlafrock beim Frühstück erschien.

Über Georges Abwesenheit grämte sich sein Schwager herzlich wenig. Vielleicht freute Joseph sich sogar im stillen darüber, daß Osborne fort war; denn solange George dagewesen war, hatte er selbst nur eine sehr untergeordnete Rolle im Hause gespielt, und Osborne hatte sich nicht gescheut, seine Geringschätzung für den dicken Zivilisten offen an den Tag zu legen. Emmy dagegen war immer gut und aufmerksam gegen ihn gewesen. Sie war es, die für seine Bequemlichkeit sorgte, die Zubereitung seiner Lieblingsgerichte überwachte, mit ihm ausging oder ausfuhr (wozu George ihr sehr viel, nur zu viel Gelegenheit ließ) und mit ihrem lieben, freundlichen Gesicht verhinderte, daß sein Zorn und ihres Gatten Spott aufeinanderplatzten. Mehrmals hatte sie George schon schüchterne Vorstellungen wegen seines Benehmens gegen ihren Bruder gemacht, aber er hatte diese Bitten in seiner schroffen Art kurz abgewiesen. »Ich bin ein ehrlicher Mensch,« hatte er gesagt, »und was ich denke, das sage ich auch, wie es einem ehrlichen Menschen ziemt. Wie, zum Kuckuck, kannst du von mir verlangen, liebes Kind, daß ich mich gegen einen Narren wie deinen Bruder respektvoll benehmen soll?« So empfand Joseph Georges Abwesenheit angenehm. Der Anblick von Georges Hut und Handschuhen, die auf einem Nebentisch lagen, und der Gedanke, daß der Besitzer dieser Gegenstände weit entfernt sei, riefen bei Joseph ein unbeschreiblich großes, heimliches Gefühl des Behagens hervor. ›Heute morgen wird er mich wenigstens nicht mit seinem geckenhaften Wesen und mit seiner Unverschämtheit ärgern‹, dachte Joseph.

»Lege den Hut des Hauptmanns in das Vorzimmer«, sagte er zu seinem Diener Isidor.

»Vielleicht wird er ihn nicht wieder brauchen«, erwiderte dieser, indem er seinen Herrn verständnisinnig ansah. Auch er haßte George, der ihn mit englischem Hochmut zu behandeln pflegte.

»Und dann frage, ob Madam zum Frühstück kommt«, sagte Mr. Sedley majestätisch, um anzudeuten, daß es unter seiner Würde sei, sich mit einem Diener in ein Gespräch über seine Abneigung gegen George einzulassen. In Wahrheit aber hatte er dem Diener gegenüber schon häufig über seinen Schwager geschimpft.

Ach! Madam konnte nicht zum Frühstück kommen und für Mr. Joseph die Butterbrötchen zurechtmachen, die er so gern aß; Madam war viel zu krank und hatte sich seit der Abreise ihres Gatten die ganze Zeit über in einem schrecklichen Zustand befunden. So meldete das Mädchen. Joseph bekundete ihr seine Teilnahme dadurch, daß er ihr eine große Tasse Tee eingoß. Das war seine Art, jemanden seine freundliche Gesinnung zum Ausdruck zu bringen; ja, er ging sogar noch weiter, indem er ihr nicht nur Frühstück sandte, sondern auch darüber nachdachte, welche Delikatessen sie wohl am liebsten zu Mittag essen möchte.

Isidor, der Kammerdiener, hatte sehr verdrießlich zugesehen, als Osbornes Bursche das Gepäck seines Herrn vor dessen Abmarsch in Ordnung brachte; denn erstens haßte er Mr. Osborne, dessen Benehmen gegen ihn und alle Leute niedrigeren Standes gewöhnlich sehr hochfahrend war (die Domestiken auf dem Kontinent lassen sich eben nicht gern mit solchem Übermut behandeln wie unsere eigenen geduldigeren Diener), und zweitens ärgerte er sich, daß so viele wertvolle Dinge seinem Zugriff entzogen werden sollten, um anderen Leuten zur Beute zu fallen, sobald die Engländer geschlagen sein würden. An deren bevorstehender Niederlage hegten er und unzählige andere Leute in Brüssel und in ganz Belgien nicht den leisesten Zweifel. Man glaubte so gut wie allgemein, der Kaiser werde die Vereinigung des preußischen Heeres mit dem englischen verhindern, eines nach dem andern vernichten und, ehe drei Tage vorüber wären, in Brüssel einrücken; und dann, meinte Monsieur Isidor, werde alle bewegliche Habe seiner jetzigen Herren, die getötet, flüchtig oder gefangen genommen sein würden, sein rechtmäßiges Eigentum werden.

Während er Joseph bei seinem mühsamen und schwierigen täglichen Ankleiden behilflich war, pflegte dieser treue Diener zu überlegen, was er mit den Gegenständen, mit denen er jetzt die Person seines Herrn schmückte, anfangen wollte. Mit den silbernen Parfümfläschchen und den anderen kleinen Toilettegegenständen wollte er einer jungen Dame, die er verehrte, ein Geschenk machen, die englischen Rasiermesser dagegen und die Nadel mit dem großen Rubin für sich behalten. Sie würde sich gewiß auf seinem fein gekräuselten Busenstreifen sehr elegant ausnehmen, und er sagte sich, diese Nadel samt der Mütze mit der goldenen Tresse und dem Schnürrock, der leicht für seine Figur passend geschnitten werden könne, sowie der Stock des Hauptmanns mit dem goldenen Knopf und der große doppelte Ring mit den Rubinen, aus dem er sich ein Paar schöne Ohrringe machen lassen werde – dies alles werde ihn in einen vollkommenen Adonis verwandeln, und Mademoiselle Reine werde dann leicht seine Beute werden. ›Wie hübsch mir diese Manschettenknöpfe stehen werden!‹ dachte er, als er ein Paar davon an Mr. Sedleys fetten, quabbligen Handgelenken befestigte. ›Ich schwärme für Manschettenknöpfe! Und dann die Stiefel des Hauptmanns mit den Messingsporen, die im Zimmer nebenan stehen, corbleu, was für einen Effekt wer-

den die in der Allée verte machen!‹ Während also Monsieur
Isidor mit seinen leiblichen Fingern die Nase seines Herrn
hielt und den unteren Teil von Josephs Gesicht rasierte, sah
er sich in der Phantasie nach der Grünen Allee versetzt, wo
er in Schnürrock und Tressenmütze mit Mademoiselle Reine
lustwandelte; oder er schlenderte im Geiste am Ufer des
Kanals umher und sah im kühlen Schatten der Bäume den
langsam dahinsegelnden Barken zu, oder er erquickte sich an
einem Krug Bier auf der Bank eines Wirtshauses an der Straße
nach Laeken.

Mr. Joseph Sedley aber wußte zum Glück für seine Gemütsruhe ebensowenig von dem, was in der Seele seines Kammer-
dieners vorging, wie der geehrte Leser und ich ahnen, was
John oder Mary, die bei uns in Lohn und Brot stehen, von
uns denken. Was unsere Dienstboten von uns denken! –
Wenn wir wüßten, wie unsere vertrauten Freunde und unsere lieben Verwandten gegen uns gesinnt sind, so würden
wir den Wunsch hegen, die Welt, in der wir leben, zu verlassen, und uns in einem Zustand steter Beängstigung befinden, der schlechthin unerträglich wäre. So zeichnete Josephs Diener sein Opfer also in ähnlicher Weise, wie einer
von Mr. Paynters Gehilfen in der Leadenhall Street ahnungslose Schildkröten mit einem Zettel ziert, auf dem geschrieben
steht: ›Hiervon morgen Suppe.‹

Amelias Dienerin war nicht so selbstsüchtiger Art. Überhaupt konnten nur wenige Leute mit diesem freundlichen,
sanften Wesen in Berührung kommen, ohne der gütigen,
liebevollen Natur Amelias den üblichen Tribut der Ergebenheit und Zuneigung zu entrichten. Und tatsächlich tröstete
die Köchin Pauline ihre Herrin besser als sonst jemand, mit
dem Emmy an diesem Unglücksmorgen zusammenkam;
denn als sie sah, daß Emmy stundenlang stumm, regungslos
und verstört an dem Fenster verharrte, an das sie sich gestellt hatte, um die letzten Bajonette des abmarschierenden

Regiments zu sehen, da ergriff das brave Mädchen ihre Herrin bei der Hand und sagte : »Tenez, Madame, est-ec qu'il n'est pas aussi à l'armée, mon homme à moi ?« Dabei brach sie in Tränen aus, und Amelia fiel ihr um den Hals und tat das gleiche, und so bemitleideten und trösteten sie einander gegenseitig.

Im Laufe des Vormittags begab sich Mr. Josephs Isidor mehrmals von der Wohnung in die Stadt zu den Türen der Hotels und Logierhäuser am Park, wo die meisten Engländer wohnten ; dort mischte er sich unter andere Kammerdiener, Kuriere und Lakaien, sammelte die im Umlauf befindlichen Nachrichten und überbrachte sie seinem Gebieter. Fast alle diese Leute waren im Herzen Anhänger des Kaisers und hatten ihre eigenen Ansichten über die schnelle Beendigung des Feldzuges. Die Proklamation, die der Kaiser von Avesnes aus erlassen hatte, war überall in Brüssel in vielen Exemplaren verbreitet. ›Soldaten,‹ hieß es darin, ›dies ist der Jahrestag der Schlachten von Marengo und Friedland, durch die das Schicksal Europas zweimal entschieden worden ist. Damals waren wir zu großmütig, ebenso wie nach Austerlitz und nach Wagram. Wir glaubten den Eiden und Versprechungen der Fürsten, die wir auf ihren Thronen ließen. Jetzt wollen wir noch einmal gegen sie ziehen. Sind wir und sie nicht immer noch dieselben ? Soldaten! Diese gleichen Preußen, die heute so anmaßend sind, standen euch bei Jena drei gegen einen und bei Montmirail sechs gegen einen gegenüber. Diejenigen von euch, die als Gefangene in England gewesen sind, können ihren Kameraden erzählen, was für furchtbare Qualen sie an Bord der englischen Galeeren auszustehen hatten. Die Wahnsinnigen! Ein Augenblick des Glückes hat sie verblendet, und wenn sie in Frankreich eindringen, so werden sie dort nur ihr Grab finden!‹ Die Freunde der Franzosen prophezeiten jedoch eine noch schnellere Vernichtung der Feinde des Kaisers, und man war allgemein der Ansicht, daß die Preußen und Engländer nur als Gefangene bei der Nachhut des siegreichen Heeres zurückkehren würden.

Diese Meinungen trug der Kammerdiener im Laufe des Tages auch unserm Joseph vor. Er teilte ihm mit, der Herzog von Wellington sei nun ausgerückt, um zu versuchen, ob er sein Heer wieder sammeln könne, dessen Avantgarde in der letzten Nacht völlig aufgerieben sei.

»Aufgerieben, Unsinn!« erwiderte Joseph, dessen Mut zur Frühstückszeit noch bedeutend genug war. »Der Herzog ist ausgerückt, um den Kaiser zu schlagen, wie er früher alle seine Generale geschlagen hat.«

»Seine Papiere sind verbrannt, seine Sachen sind fortgeschafft, und seine Wohnung wird für den Herzog von Dalmatien instand gesetzt«, entgegnete Josephs Berichterstatter. »Ich habe es von seinem eigenen Maître d'hôtel. Die Leute des Herzogs von Richmond packen alles ein. Seine Gnaden sind schon geflohen, und die Herzogin wartet nur noch, bis das Silbergeschirr eingepackt ist, um sich zu dem König von Frankreich nach Ostende zu begeben.«

»Der König von Frankreich ist in Gent«, erwiderte Joseph, sich ungläubig stellend.

»Er ist in der vergangenen Nacht nach Brügge geflohen und schifft sich heute in Ostende ein. Der Herzog von Berry ist gefangen genommen. Wer sich in Sicherheit bringen will, tut gut, bald fortzugehen; denn morgen werden die Deiche geöffnet sein, und wer kann fliehen, wenn das ganze Land unter Wasser steht?«

»Dummes Zeug, wir sind drei gegen einen, und wenn auch Bonaparte alles ins Feld stellt, was er nur zusammenbringen kann«, versetzte Mr. Sedley. »Die Österreicher und die Russen sind auf dem Marsch. Er soll und muß vernichtet werden«, rief Joseph und schlug mit der Hand auf den Tisch.

»Die Preußen waren bei Jena drei gegen einen, und er schlug

ihre Armee und eroberte ihr Königreich in einer Woche. Sie waren bei Montmirail sechs gegen einen, und er jagte sie wie Schafe auseinander. Das österreichische Heer kommt, das ist richtig, aber mit der Kaiserin und dem König von Rom an der Spitze – und die Russen, pah! Die Russen werden sich zurückziehen. Den Engländern soll kein Pardon gegeben werden wegen ihrer Grausamkeit gegen unsere braven Soldaten an Bord der verruchten Gefangenenschiffe. Sehen Sie hier, hier steht es schwarz auf weiß. Hier ist die Proklamation seiner Majestät des Kaisers und Königs«, sagte Isidor, der kein Hehl mehr daraus machte, daß er ein Parteigänger Napoleons war, indem er das Dokument aus der Tasche zog und es seinem Herrn mit finsterer Miene vor das Gesicht hielt, denn er sah den Schnürrock und die Wertsachen Josephs schon als seine Beute an.

Joseph war, wenn auch noch nicht ernstlich beunruhigt, so doch in seiner Gemütsruhe recht gestört. »Gib mir meinen Rock und meine Mütze,« sagte er, »und folge mir. Ich will selbst hingehen und in Erfahrung bringen, was an diesen Gerüchten Wahres ist.« Isidor war wütend, als Joseph den Schnürrock anzog. »Mylord würde guttun, nicht den Militärrock zu tragen«, sagte er. »Die Franzosen haben geschworen, keinem einzigen englischen Soldaten Pardon zu geben.« »Schweig still, Bursche!« sagte Joseph, immer noch mit entschlossener Miene, indem er seinen Arm mit unerschütterlichem Mut in den Ärmel steckte. Bei der Ausführung dieser heroischen Geste überraschte ihn Mrs. Rawdon Crawley, die gerade in diesem Augenblick kam, um Amelia zu besuchen, und die Tür des Vorzimmers geöffnet hatte, ohne zu klingeln.

Rebekka war wie gewöhnlich sehr nett und elegant gekleidet; ihr ruhiger Schlaf nach Rawdons Ausmarsch hatte sie erfrischt, und ihr rosiges, lächelndes Gesicht bot einen recht angenehmen Anblick dar in einer Stadt und an einem Tage,

wo alle anderen Gesichter den Ausdruck größter Angst und
Sorge trugen. Sie lachte über die Stellung, in der sie Joseph
traf, und über die krampfhaften Anstrengungen, mit denen
der dicke Herr sich in den Schnürrock hineinzwängte.
»Schicken Sie sich an, zur Armee abzugehen, Mr. Joseph?«
fragte sie. »Bleibt denn niemand in Brüssel, um uns arme
Frauen zu beschützen?« Joseph hatte es mittlerweile fertig-
gebracht, in seinen Rock hineinzugelangen, und kam nun
errötend und Entschuldigungen stotternd seiner schönen
Besucherin entgegen. Er fragte, wie es ihr nach den Ereignissen dieses Morgens und nach den Anstrengungen des
Balles in der vorhergehenden Nacht gehe. Monsieur Isidor
verschwand in das anstoßende Schlafzimmer seines Herrn
und nahm den geblümten Schlafrock mit sich hinaus.
»Wie freundlich von Ihnen, danach zu fragen«, antwortete
sie und drückte eine seiner Hände zwischen ihren beiden.
»Wie kaltblütig und gelassen Sie aussehen, während alle anderen in Angst schweben! Wie geht es unserer lieben kleinen Emmy? Es muß ein schrecklicher, schrecklicher Ab
schied gewesen sein.«
»Ja, es war entsetzlich!« erwiderte Joseph.
»Ihr Männer könnt alles ertragen«, fuhr die Dame fort.
»Trennung und Gefahr, das ist für euch gar nichts. Gestehen Sie nur, daß Sie im Begriff waren, zur Armee zu stoßen und uns unserm Schicksal zu überlassen! Ich bin überzeugt, daß es so ist; eine innere Stimme sagt es mir. Ich war
so erschrocken, als mir dieser Gedanke durch den Kopf ging
– ich denke nämlich manchmal, wenn ich allein bin, an Sie,
Mr. Joseph! –, daß ich sofort herlief, um Sie zu bitten und zu
beschwören, uns doch nicht zu verlassen.«
Diese Worte ließen sich ungefähr folgendermaßen deuten:
›Mein lieber Herr, sollte der Armee ein Unglück zustoßen
und ein Rückzug notwendig werden, so haben Sie einen
bequemen Wagen, in dem ich gern einen Sitz einnehmen

möchte.‹ Ich weiß nicht, ob Joseph die Worte in diesem Sinne verstand. Er fühlte sich jedoch tief dadurch gekränkt, daß diese Dame, seit sie in Brüssel waren, es ihm gegenüber so sehr hatte an Aufmerksamkeit fehlen lassen. Er war nie einem von Rawdon Crawleys vornehmen Bekannten vorgestellt und kaum je zu Rebekkas Gesellschaften eingeladen worden; denn er war zu furchtsam, um viel zu spielen, und seine Gegenwart wurde von George und Rawdon in gleicher Weise als unbequem empfunden, da sie vielleicht beide bei dem Vergnügen, dem sie huldigten, nicht gern einen Zeugen hatten. ›Aha!‹ dachte Joseph, ›jetzt, da sie mich braucht, kommt sie zu mir. Wenn sie sonst niemand hat, kann sie an den alten Joseph Sedley denken!‹ Aber neben diesen Zweifeln fühlte er sich doch durch die hohe Meinung von seinem Mut, die Rebekka ausgesprochen hatte, geschmeichelt.

Er wurde sehr rot und nahm eine wichtige Miene an. »Ich möchte gern den Kampf mit ansehen«, sagte er. »Das möchte jeder Mann von Mut, wie Sie sich leicht denken können. Ich habe ja ein wenig Krieg in Indien mitgemacht, aber doch nicht in diesem großen Stil.«

»Ihr Männer opfert eben alles hin, wenn es sich darum handelt, euch ein Vergnügen zu bereiten«, antwortete Rebekka. »Rittmeister Crawley verließ mich heute morgen in so heiterer Stimmung, als ob er zu einer Jagdpartie ginge. Was kümmert er, was kümmert einer von euch sich um die Ängste und Qualen einer armen, verlassenen Frau? (Ich möchte wohl wissen, ob er wirklich zu den Truppen gehen wollte, der große, faule Gourmand!) O lieber Mr. Sedley, ich bin zu Ihnen gekommen in der Hoffnung, hier Trost und Beruhigung zu finden. Ich habe den ganzen Morgen auf meinen Knien gelegen. Ich zittere bei dem Gedanken an die furchtbare Gefahr, der unsere Männer, unsere Freunde, unsere braven Truppen und Verbündeten entgegeneilen. Ich

komme hierher, um Schutz zu suchen, und finde wieder
einen meiner Freunde – den letzten, der mir noch geblieben
ist – entschlossen, sich in diesen entsetzlichen Kampf zu
stürzen!«

»Meine liebe Madam,« erwiderte Joseph, der jetzt schon
wieder ganz besänftigt war, »ängstigen Sie sich nicht! Ich
habe nur gesagt, daß ich gern hingehen möchte, und welcher
Brite möchte das nicht? Aber meine Pflicht hält mich hier
zurück: ich kann das arme Ding da nebenan nicht verlassen.«
Er zeigte mit dem Finger nach der Tür des Zimmers, in dem
Amelia war.

»Guter, edler Bruder!« sagte Rebekka, indem sie ihr Taschentuch an die Augen hielt und an der Eau de Cologne
roch, mit der es parfümiert war. »Ich habe Ihnen unrecht
getan: Sie haben doch ein Herz. Ich hatte geglaubt, Sie hätten keins.«

»O, auf Ehre!« sagte Joseph und machte eine Bewegung, als
ob er die Hand auf die in Rede stehende Stelle legen wollte.
»Sie tun mir unrecht, wirklich... meine liebe Mrs. Crawley.«
»Ja, das tat ich; aber ich sehe nun, daß Ihr Herz Ihrer Schwester treu ist. Ich erinnere mich jedoch an die Zeit vor zwei
Jahren, als es gegen mich falsch war!« sagte Rebekka, wobei
sie ihn einen Augenblick ansah und sich dann von ihm ab
nach dem Fenster wandte.

Joseph errötete heftig. Das Organ, dessen Fehlen ihm Rebekka zum Vorwurf gemacht hatte, begann wild zu klopfen.
Er erinnerte sich an die Tage, da er von ihr geflohen war,
und an die Leidenschaft, die ihn einst entflammt hatte – die
Tage, da er sie in seinem Wagen gefahren hatte, wo sie die
grüne Börse für ihn gestrickt und er entzückt dagesessen
und ihre weißen Arme und hellen Augen bewundernd betrachtet hatte.

»Ich weiß, Sie halten mich für undankbar«, fuhr Rebekka
mit leiser, zitternder Stimme fort, indem sie vom Fen-

ster zurücktrat und ihn von neuem anblickte. »Ihre Kälte, Ihre abgewandten Blicke, Ihr Betragen, wenn wir in der letzten Zeit zusammentrafen, und noch jetzt eben, als ich hereinkam, alles hat mir das bewiesen. Aber hatte ich nicht meine guten Gründe, Sie zu meiden? Lassen Sie sich diese Fragen von Ihrem eigenen Herzen beantworten! Glauben Sie, daß mein Mann sehr geneigt war, Sie freundlich aufzunehmen? Die einzigen unfreundlichen Worte, die ich je von ihm gehört habe – diese Gerechtigkeit muß ich ihm widerfahren lassen –, hat er mir Ihretwegen gesagt, und es waren sehr harte, grausame Vorwürfe.«

»Mein Gott, was habe ich denn getan?« fragte Joseph in einer Aufregung, die aus Vergnügen und Bestürzung gemischt war. »Was habe ich denn getan, um – um – ?«

»Ist Eifersucht nichts?« sagte Rebekka. »Er peinigt mich Ihretwegen. Und doch, wie es auch früher gewesen sein mag – mein Herz gehört jetzt ganz ihm. Ich bin jetzt frei von Schuld. Nicht wahr, Mr. Sedley?«

Joseph fühlte durch den ganzen Körper ein sehr angenehmes Kribbeln im Blut, als er dieses Opfer seiner Reize betrachtete. Ein paar geschickte Worte, ein paar bedeutsame zärtliche Blicke, und sein Herz stand wieder in Flammen, und alle seine Zweifel und all sein Mißtrauen waren vergessen. Und sind nicht seit Salomos Zeiten auch weisere Männer als er von Weibern durch Schmeichelreden betört worden? ›Wenn das Schlimmste geschehen sollte,‹ dachte Becky, ›so ist für mich die Möglichkeit der Flucht gesichert, und ich habe einen guten Platz in der Kutsche.‹

Man kann nicht wissen, zu welchen glühenden Liebeserklärungen Mr. Joseph sich durch seine stürmisch erregten Gefühle noch hätte hinreißen lassen, wenn nicht in diesem Augenblick der Kammerdiener Isidor wieder erschienen wäre und sich mit seinen häuslichen Obliegenheiten zu schaffen gemacht hätte. Joseph, der eben im Begriffe war, ein Geständnis herauszustottern, erstickte beinah an der seelischen Erregung, die er zurückdrängen mußte. Auch Rebekka besann sich, daß es wohl Zeit für sie sei, hineinzugehen und ihre liebe Amelia zu trösten. »Au revoir«, sagte sie, indem sie Mr. Joseph eine Kußhand zuwarf, und klopfte leise an die Tür zum Zimmer seiner Schwester. Als sie eingetreten war und die Tür hinter sich geschlossen hatte, sank er auf einen Lehnstuhl nieder, starrte vor sich hin und seufzte und pustete erschrecklich. »Dieser Rock ist für Mylord zu eng«, sagte Isidor, der noch immer ein Auge auf die Schnüre und Borten hatte; aber sein Herr hörte ihn nicht. Seine Gedanken waren anderswo: bald erfüllte ihn wahnsinnige Liebesglut, wenn er sich die reizende Rebekka vorstellte, bald wieder schrak er schuldbewußt zurück, wenn ihm das Bild des eifersüchtigen Crawley vor die Seele trat mit seinem gekräuselten, grimmigen Schnurrbart und seinen furchtbaren geladenen und gespannten Duellpistolen.

Rebekkas Erscheinen versetzte Amelia in Schrecken und ließ sie ängstlich zurückfahren. Es rief sie in die Welt zurück und erinnerte sie wieder an die Ereignisse des gestrigen Tages. In der überwältigenden Furcht vor dem, was die nächste Zukunft bringen werde, hatte sie Rebekka und ihre Eifersucht und alles, alles vergessen und keinen anderen Gedanken gehabt, als daß ihr Gatte fort war und sich in Gefahr befand. Auch wir haben es vermieden, in dieses Zimmer der Trauer eher hineinzugehen, als bis diese furchtlose Weltdame die Tür öffnete und den Zauberbann brach. Wie lange hatte das arme Kind auf den Knien gelegen! Wie viele Stunden hatte sie dort in stummem Gebet und bitterem Leid verbracht! Davon erzählen uns die Kriegshistoriker selten etwas, die uns von glänzenden Kämpfen und Triumphen berichten. Das sind zu unbedeutende Teile des großen prunkvollen Schauspiels, und durch das Freudengeschrei und den Jubel des großen Siegeschores hört man das Weinen

der Witwen und das Schluchzen der Mütter nicht hindurch.
Und doch: wann gab es nicht solche demütigen Proteste
gebrochener Herzen, die im Siegestaumel ungehört verhall-
ten!

Auf die erste Regung des Schreckens in Amelias Seele, als
Rebekkas grüne Augen ihr entgegenleuchteten und Rebekka
in ihrem neuen seidenen Kleid und ihrem glänzenden
Schmuck mit ausgebreiteten Armen ihr entgegenrauschte,
um sie an ihre Brust zu drücken, folgte ein Gefühl des Zornes; ihr vorher totenblasses Gesicht wurde von roter Glut
übergossen, und sie begegnete nun Rebekkas Blick mit einer
Festigkeit, die ihre Nebenbuhlerin überraschte und einigermaßen verlegen machte.

»Liebste Amelia, du bist sehr krank«, sagte die Besucherin
und streckte die Hand aus, um Amelias Hand zu ergreifen.
»Was ist mit dir? Ich hatte keine Ruhe, bis ich wußte, wie
es dir geht.«

Amelia zog ihre Hand zurück; noch nie in ihrem ganzen
Leben hatte diese sanfte, gute Seele sich geweigert, eine Be-
kundung von Freundlichkeit oder Zuneigung für aufrichtig
zu halten oder zu erwidern. Jetzt aber zog sie ihre Hand zurück und zitterte am ganzen Leibe. »Warum bist *du* hier,
Rebekka?« sagte sie, indem sie sie immer noch mit ihren
großen Augen ernst anblickte. Diese Blicke beunruhigten
die Besucherin.

›Sie muß gesehen haben, wie er mir auf dem Ball den Brief
gab‹, dachte Rebekka. »Rege dich nicht auf, liebe Amelia«,
erwiderte sie mit niedergeschlagenen Augen. »Ich kam nur,
um zu sehen, ob ich vielleicht imstande wäre – ob du dich
wohl fühltest.«

»Fühlst du dich wohl?« fragte Amelia. »Es scheint so. Du
liebst deinen Mann nicht. Sonst würdest du nicht hergekommen sein. Sage mir, Rebekka, habe ich dir je etwas anderes als Freundlichkeit erwiesen?«

»Nein, gewiß nicht, Amelia«, versetzte die andere, immer noch mit gesenktem Kopfe.

»Als du noch ganz arm warst, wer war da deine Freundin? Bin ich gegen dich nicht wie eine Schwester gewesen? Du hast uns alle in glücklicheren Tagen gekannt, ehe er mich heiratete. Damals war ich ihm alles; oder hätte er wohl sonst so großmütig sein Vermögen und seine Familie aufgegeben, um mich glücklich zu machen? Warum bist du zwischen meinen Geliebten und mich getreten? Wer hieß dich, diejenigen zu trennen, die Gott verbunden hat, und mir das Herz meines Liebsten – meines Gatten zu stehlen? Glaubst du, du könntest ihn so lieben wie ich ihn liebe? Seine Liebe war alles, was ich hatte. Du wußtest das und wolltest mich dennoch ihrer berauben. Schäme dich, Rebekka, du bist schlecht und schändlich, eine falsche Freundin und eine falsche Gattin.«

»Amelia, ich schwöre dir bei Gott, ich habe meinem Mann kein Unrecht zugefügt«, sagte Rebekka, sich von ihr abwendend.

»Hast du mir kein Unrecht zugefügt, Rebekka? Es ist dir nicht gelungen; aber du hast es versucht. Frage dein Herz, ob du es nicht getan hast!«

›Sie weiß von nichts‹, dachte Rebekka.

»Er kam zu mir zurück. Ich wußte, daß er das tun würde. Ich wußte, daß keine Falschheit, keine Schmeichelei ihn mir lange entfremden konnte. Ich wußte, daß er zu mir zurückkommen würde. Ich hatte so sehr darum gebetet, daß er es tun möchte.«

Die arme Frau sprach diese Worte mit einem Feuer und einer Beredtheit, die Rebekka früher noch nie an ihr kennengelernt hatte und vor der sie völlig verstummte. »Aber was habe ich dir getan,« fuhr Amelia noch in schmerzlicherem Tone fort, »daß du ihn mir zu entreißen versuchtest? Ich habe ihn nur sechs Wochen lang gehabt. Diese Zeit hättest du mir ungetrübt lassen können, Rebekka. Aber gleich vom ersten Tage unserer Ehe an hast du mein junges Glück gestört. Und nun, da er fort ist, bist du wohl gekommen, um zu sehen, wie unglücklich ich bin?« fuhr sie fort. »Du hast mich in den letzten vierzehn Tagen elend genug gemacht; da hättest du mich heute wohl schonen können.«

»Ich – ich bin nie hierher gekommen«, wandte Rebekka ein, was leider nur zu richtig war.

»Nein, du bist nicht hergekommen. Du hast ihn fortgelockt. Bist du jetzt gekommen, um ihn mir zu nehmen?« fuhr sie noch erregter fort. »Er war hier; aber jetzt ist er gegangen. Dort auf diesem Sofa hat er gesessen. Rühre es nicht an! Da haben wir gesessen und miteinander gesprochen. Ich saß auf seinem Knie und hatte die Arme um seinen Hals geschlungen, und wir beteten das Vaterunser. Ja, er war hier, aber sie kamen und holten ihn fort. Doch er versprach mir, wiederzukommen.«

»Er wird wiederkommen, liebe Amelia«, sagte Rebekka, unwillkürlich gerührt.

»Sieh,« sagte Amelia, »dies hier ist seine Schärpe – hat sie nicht eine schöne Farbe?« Sie hob die Fransen in die Höhe und küßte sie. Im Laufe des Tages hatte sie sich die Schärpe um die Taille gebunden. Nun hatte sie ihren Zorn und ihre Eifersucht vergessen, anscheinend sogar die Anwesenheit ihrer Nebenbuhlerin, denn sie ging schweigend und beinahe mit einem Lächeln auf dem Gesicht auf das Bett zu und begann, Georges Kissen glattzustreichen.

Auch Rebekka ging schweigend hinaus. »Wie geht es Amelia?« fragte Joseph, der immer noch in derselben Haltung auf seinem Lehnstuhl saß.

»Es sollte jemand um sie sein«, erwiderte Rebekka. »Ich glaube, sie ist sehr krank.« Sie entfernte sich mit sehr ernstem Gesicht, indem sie Mr. Sedleys dringende Bitten, dazubleiben und mit ihm zu frühstücken, entschieden ablehnte.

Rebekka war im Grunde ihres Wesens gutmütig und gefällig und hatte für Amelia wirklich eine gewisse Zuneigung.
Sogar deren harte Worte, so starke Vorwürfe sie auch enthielten, empfand sie als schmeichelhaft: waren sie doch die
Klage einer Besiegten, die sich gegen ihre Niederlage wehrt.
Als sie Mrs. O'Dowd begegnete, die in den Predigten des
Dekans keinen Trost gefunden hatte und recht niedergeschlagen im Park umherwanderte, redete Rebekka sie an
und versetzte dadurch die Majorin, die an solche Höflich-
keitsbeweise von Mrs. Rawdon Crawleys Seite nicht gewöhnt war, in großes Erstaunen. Sie teilte ihr mit, daß die
arme kleine Mrs. Osborne sich in einer verzweifelten Verfassung befinde und vor Gram fast wahnsinnig sei, und veranlaßte dadurch die gutmütige Irländerin, sogleich hinzugehen, um zu sehen, ob sie ihre junge Freundin trösten könne.
»Ich habe genug eigene Sorgen,« sagte Mrs. O'Dowd ernst,
»und ich glaube, die arme Amelia würde heute nach Gesellschaft kein Verlangen tragen. Aber wenn es ihr so schlecht
gäht, wie Sie sagen, und Sie selbst nicht bei ihr bleiben können, obwohl Sie doch immer so zärtlich gegen sie waren nun
dann will ich sähen, ob ich ihr nützlich sein kann. Also guten
Morgen, Madam!« Mit diesen Worten und mit einem hochmütigen Kopfnicken verabschiedete sich die ehrenwerte
Dame von Mrs. Crawley, an deren Gesellschaft ihr nicht das
geringste lag.
Becky beobachtete mit einem Lächeln auf den Lippen, wie
die Majorin davonging. Sie besaß sehr viel Sinn für Humor,
und der grimmige Blick, den die scheidende Mrs. O'Dowd
ihr über die Schulter zuwarf, belustigte sie so, daß sie kaum
ernst bleiben konnte. ›Empfehle mich ergebenst, meine
schöne Madam; ich freue mich, Sie so vergnügt zu sehen‹,
dachte Peggy. ›Sie werden sich gewiß nicht vor Kummer
die Augen ausweinen.‹ Damit entfernte sie sich und legte
eilig den Weg zu Mrs. Osbornes Wohnung zurück.

Das arme Ding stand immer noch neben dem Bett, wo Rebekka sie verlassen hatte, und war ganz außer sich vor Schmerz. Die Majorin, die eine robustere Gemütsart besaß, tat ihr Bestes, um ihre junge Freundin zu trösten. »Sie müssen sich zusammennähmen, liebe Amelia«, sagte sie freundlich; »denn Sie dürfen doch nicht krank sein, wenn er Ihrer nach dem Siege bedarf. Sie sind nicht die einzige Frau, deren Schicksal heute in Gottes Hand stäht.«

»Das weiß ich; ich bin sehr gottlos, sehr schwach«, erwiderte Amelia. Sie war sich ihrer eigenen Schwäche sehr wohl bewußt. Die Gegenwart ihrer beherzteren Freundin hinderte sie jedoch, dieser Schwäche nachzugeben, und unter ihrer Aufsicht und in ihrer Gesellschaft besserte sich ihr Zustand. So blieben sie bis gegen zwei Uhr beisammen; ihre Herzen waren bei der Truppe, die sich weiter und weiter entfernte. Schreckliche Sorge und Angst, Gebete und Befürchtungen und unaussprechlicher Kummer begleiteten das Regiment. Das war der Zoll, den die Frauen dem Kriege zahlen müssen. Er legt beiden Geschlechtern seine Steuer auf und fordert das Blut der Männer und die Tränen der Frauen.

Um halb drei Uhr trat ein Ereignis ein, das für Mr. Joseph täglich die größte Wichtigkeit hatte: die Stunde des Dinners war da. Die Krieger mochten kämpfen und sterben; aber er mußte speisen. Er kam in Amelias Zimmer, um zu sehen, ob er sie nicht zur Teilnahme an seiner Mahlzeit überreden könnte. »Versuche es doch,« sagte er, »die Suppe ist sehr gut. Versuche es, Emmy!« Dabei küßte er ihr die Hand, was er außer an ihrem Hochzeitstag seit Jahren nicht getan hatte. »Du bist sehr gut und freundlich, Joseph«, antwortete sie; »alle Menschen sind so gut und freundlich gegen mich; aber wenn du erlaubst, möchte ich heute doch lieber auf meinem Zimmer bleiben.«

Für Mrs. O'Dowds Nase war der Geruch der Suppe jedoch gar zu verführerisch, und sie erklärte sich bereit, Mr. Joseph

Gesellschaft zu leisten. »Gott sägne die Mahlzeit«, sagte die Majorin feierlich; sie dachte an ihren braven Mick, der an der Spitze seines Regiments ritt. »Die armen Kerle werden heute nur ein schlechtes Mittagessen haben«, sagte sie seufzend und langte dann mit philosophischer Ruhe zu.

Josephs Stimmung hob sich mit dem Fortschreiten der Mahlzeit. Er wollte auf das Wohl des Regiments trinken oder ergriff vielmehr den ersten besten Vorwand, um sich ein Glas Champagner zu gönnen. »Wir wollen auf das Wohl O'Dowds und unseres tapferen Regiments trinken«, sagte er mit einer artigen Verbeugung gegen seinen Tischgast. »Nicht wahr, Mrs. O'Dowd? Fülle Mrs. O'Dowds Glas, Isidor!«

Aber plötzlich schrak Isidor zusammen, und die Majorin legte Messer und Gabel· nieder. Die Fenster des Zimmers, die nach Süden sahen, standen offen, und ein dumpfer, ferner Ton kam aus dieser Richtung über die sonnenbeschienenen Dächer herüber. »Was ist das?« sagte Joseph. »Warum schenkst du nicht ein, Schlingel?«

»C'est le feu!« versetzte Isidor und lief auf den Balkon.

»Gott behüte uns, das ist Kanonendonner!« rief Mrs. O'Dowd aufspringend und eilte gleichfalls ans Fenster. Auch aus anderen Häusern sah man Tausende von blassen, ängstlichen Gesichtern herausblicken, und unmittelbar darauf schien es, als ob die gesamte Bevölkerung der Stadt auf die Straßen stürzte.

ZWEIUNDDREISSIGSTES KAPITEL
Joseph ergreift die Flucht, und der Krieg wird beendet

Wir friedlichen Einwohner von London haben noch nie ein solches Schauspiel der Aufregung und Verwirrung erlebt, wie es sich in Brüssel damals abspielte, und werden, so Gott will, nie etwas Ähnliches durchzumachen haben. Dichte Menschenhaufen stürzten nach dem Namurer Tor, aus wel-

cher Richtung der Schall kam, und viele ritten weit auf die
Landstraße hinaus, um als die ersten irgendwelche Nachricht
vom Heere aufzufangen. Jeder fragte seinen Nachbar nach
Neuigkeiten, und selbst vornehme englische Lords und
Ladies ließen sich dazu herab, mit Leuten zu sprechen, die
sie nicht kannten. Die Franzosenfreunde liefen in wilder Erregung auf den Straßen umher und prophezeiten den Sieg
ihres Kaisers. Die Kaufleute schlossen ihre Läden und kamen
auf die Straße, um den allgemeinen Chor der Schreienden
und Lärmenden zu verstärken. Frauen liefen zu den Kirchen
und drängten sich in die Kapellen und knieten und beteten
auf den Fliesen und Stufen. Der dumpfe Donner der Geschütze tönte unaufhörlich fort. Bald begannen Wagen mit
Reisenden die Stadt zu verlassen und sich durch das Genter
Tor in schnellster Fahrt davonzumachen. Die Prophezei-
ungen der Französischgesinnten wurden bereits für Tatsachen angesehen. »Er hat die Heere voneinander getrennt«,
hieß es. »Er marschiert geradewegs auf Brüssel zu. Er wird
die Engländer überwältigen und heute abend hier sein.« »Er
wird die Engländer vernichten«, schrie Isidor seinem Herrn
zu, »und heute abend hier sein.« Der Kammerdiener sprang
fortwährend von der Wohnung auf die Straße und wieder
in die Wohnung und brachte jedesmal neue Einzelheiten
über die Niederlage zurück. Josephs Gesicht wurde immer
blasser und blasser. Eine heftige Unruhe bemächtigte sich
des dicken Zivilisten. All der Champagner, den er trank,
vermochte seinen Mut nicht zu stärken. Schon vor Sonnenuntergang hatte seine Nervosität einen so hohen Grad erreicht, daß sein Freund Isidor höchst befriedigt von dem
Anblick war und nun mit Sicherheit darauf rechnete, den
bortenbesetzten Rock von seinem gegenwärtigen Eigentümer zu erbeuten.
Die beiden Frauen waren die ganze Zeit über allein. Nachdem die mutige Majorin einen Augenblick auf das Geschütz-

feuer gelauscht hatte, erinnerte sie sich an ihre Freundin im Nebenzimmer und lief hinein, um Amelia zu pflegen und so gut wie möglich zu trösten. Der Gedanke, daß es ihre Aufgabe sei, dieses hilflose, sanfte Wesen zu beschützen, verstärkte noch den natürlichen Mut der braven Irländerin. Sie verbrachte fünf Stunden bei ihrer Freundin: bald machte sie ihr ernste Vorstellungen, bald redete sie ihr in heiterem Tone zu; die längste Zeit aber saß sie schweigend da, in angstvollem, stummem Gebet. »Ich ließ ihre Hand nicht eher los,« erzählte die gute Frau später, »bis die Sonne untergegangen war und das Geschützfeuer aufgehört hatte.« Pauline, das Mädchen, lag in der Kirche nebenan auf den Knien und betete für son homme à elle.

Als der Geschützdonner vorüber war, kam Mrs. O'Dowd aus Amelias Stube in das anstoßende Wohnzimmer, wo Joseph, dessen Mut vollständig geschwunden war, vor zwei geleerten Flaschen saß. Ein paarmal hatte er gewagt, in das Zimmer seiner Schwester einzudringen; er hatte dabei ein sehr verstörtes Gesicht gemacht, und anscheinend wollte er auch etwas sagen. Aber die Majorin behauptete ihren Platz, und so war er jedesmal wieder fortgegangen, ohne sein Herz erleichtert zu haben. Er schämte sich, in ihrer Gegenwart zu sagen, daß er fliehen wolle.

Aber als sie nun in das Speisezimmer kam, wo er im Zwielicht in der freudlosen Gesellschaft seiner leeren Champagnerflaschen saß, da begann er doch, ihr seine Absicht mitzuteilen.

»Mrs. O'Dowd,« sagte er, »wäre es nicht gut, wenn Sie Amelia fertigmachten?«

»Wollen Sie einen Spaziergang mit ihr machen?« fragte die Majorin. »Dazu ist sie entschieden zu schwach.«

»Ich – ich habe den Wagen bestellt,« sagte er, »und – und Postpferde; Isidor holt sie«, fuhr Joseph fort.

»Was haben Sie denn vor, daß Sie noch so spät am Abend

ausfahren wollen?« antwortete die Dame. »Ist es nicht für
Ihre Schwester am besten, wenn sie in ihrem Bett bleibt?
Ich habe sie gerade erst dazu gebracht, sich hinzulägen.«
»Lassen Sie sie wieder aufstehen!« sagte Joseph; »sie muß
aufstehen, sage ich«, und er stampfte energisch mit dem Fuß
auf. »Die Pferde sind bestellt – ja, die Pferde sind bestellt. Es
ist alles aus, und –«
»Und? Was denn?« fragte Mrs. O'Dowd.
»Ich reise nach Gent«, antwortete Joseph. »Alle Leute gehen
fort; es ist auch für Sie ein Platz im Wagen! In einer halben
Stunde fahren wir ab.«
Die Majorin blickte ihn mit grenzenloser Verachtung an.
»Ich rühre mich nicht von der Stelle, bevor mir nicht
O' Dowd Marschbefehl gibt«, sagte sie. »Sie können gähen,
wenn Sie wollen, Mr. Sedley, aber darauf können Sie sich verlassen: Amelia und ich bleiben hier.«
»Sie *muß* mit!« rief Joseph, abermals mit dem Fuß aufstamp-
fend. Mrs. O'Dowd stemmte die Arme in die Seiten und
stellte sich vor die Tür zur Schlafstube.
»Wollen Sie sie zu ihrer Mutter bringen?« sagte sie; »oder
möchten Sie selbst zur Mama, Mr. Sedley? Guten Morgen!
Ich wünsche Ihnen eine angenähme Reise, Sir. Bon voyage,
wie man hier sagt, und folgen Sie meinem Rat: lassen Sie
sich Ihren Schnurrbart abschneiden, sonst bringt er Sie noch
in Ungelägenheiten!«
»Tod und Teufel!« kreischte Joseph, ganz außer sich vor
Furcht, Wut und Ingrimm, und in diesem Augenblick kam
Isidor, gleichfalls fluchend, ins Zimmer. »Pas de cheveaux,
sacrebleu!« zischte der wütende Kammerdiener. Alle Pferde
waren vergeben. Joseph war an diesem Tage in Brüssel nicht
der einzige, der von heillosem Schrecken ergriffen war.
So groß und schrecklich Josephs Furcht aber auch jetzt schon
war, so sollte sie sich doch, noch ehe der Abend vorbei war,
zu einer kaum noch erträglichen Höhe steigern. Wir haben

bereits erwähnt, daß Pauline, das Mädchen, gleichfalls in den Reihen der Armee, die gegen den Kaiser Napoleon ausgerückt war, son homme à elle hatte. Dieser Liebhaber war geborener Brüsseler und belgischer Husar. Die Truppen dieses Volkes zeichneten sich in diesem Kriege durch alles andere eher aus als durch Mut, und der junge van Cutsum, Paulinens Verehrer, war ein viel zu guter Soldat, als daß er dem Befehl seines Obersten, bei der ersten besten Gelegenheit davonzulaufen, den Gehorsam verweigert hätte. Solange der junge Regulus (er war zur Zeit der Revolution geboren) in Brüssel in Garnison lag, hatte er fast seine ganze freie Zeit in Paulinens Küche zugebracht, wo er sich sehr behaglich fühlte, und als er vor wenigen Tagen von seinem weinenden Schatz Abschied nahm, um mit ins Feld zu ziehen, hatte sie ihm seine Taschen mit guten Dingen aus ihrer Speisekammer vollgestopft.

Für sein Regiment war dieser Feldzug jetzt zu Ende. Sie hatten zu der Division gehört, die unter dem Kommando des zu seinem Landesfürsten bestimmten Prinzen von Oranien stand, und was die Länge der Säbel und Schnurrbärte sowie die Eleganz der Uniformen und der übrigen Ausrüstung betraf, so erschienen Regulus und seine Kameraden als eine tapfere Truppe, wie nur je eine hinter den Trompeten einherritt.

Als Ney die Vorhut der Verbündeten angriff und ihr eine Stellung nach der andern entriß, bis die Ankunft des englischen Hauptheeres von Brüssel her dem Kampf bei Quatre Bras ein anderes Gesicht gab, da entwickelten die Schwadronen, unter denen sich Regulus befand, den größten Eifer darin, sich immer vor den Franzosen zurückzuziehen, und gaben mit der größten Bereitwilligkeit eine Position nach der andern auf. Ihre Bewegungen wurden nur durch die Engländer gehemmt, die in ihrem Rücken vorrückten. Als sie so gezwungen wurden, Halt zu machen, hatte die feindliche Kavallerie – deren blutdürstige Hartnäckigkeit gar nicht streng genug getadelt werden kann – endlich eine Möglichkeit, mit den tapferen Belgiern, die sie vor sich hatte, handgemein zu werden; da diese jedoch lieber mit den Engländern als mit den Franzosen zusammenstoßen wollten, machten sie auf einmal Kehrt, ritten durch die hinter ihnen befindlichen englischen Regimenter hindurch und zerstreuten sich nach allen Richtungen. Das Regiment existierte tatsächlich nicht mehr. Es war nirgends. Es hatte kein Hauptquartier. Als Regulus wieder zur Besinnung kam, galoppierte er, mehrere Meilen weit vom Schlachtfeld entfernt, ganz allein einher; und welcher natürlichere Zufluchtsort bot sich ihm unter diesen Umständen wohl dar als die Küche und die treuen Arme, darin ihn Pauline schon so oft willkommen geheißen hatte?

Gegen zehn Uhr war auf der Treppe des Hauses, in welchem Osbornes nach kontinentaler Sitte ein Stockwerk bewohnten, das Klirren eines Säbels zu hören. Dann wurde an die Küchentür geklopft, und die arme Pauline, die eben erst aus der Kirche zurückgekommen war, fiel vor Schreck beinahe in Ohnmacht, als sie öffnete und ihren Husaren mit entstelltem Gesicht vor sich sah. Er sah so blaß aus wie jener gespenstische Dragoner, der Bürgers Lenore im Schlafe störte. Pauline würde aufgeschrien haben, wenn ihr Geschrei nicht ihre Herrschaft herbeigerufen und ihren Freund verraten hätte. Sie beherrschte sich daher, führte ihren Helden in die Küche und gab ihm Bier und die Leckerbissen, die vom Dinner übriggeblieben waren, weil Joseph nicht mehr in der Stimmung gewesen war, sie zu verzehren. Der Husar bewies durch die ungeheuren Mengen an Fleisch und Bier, die er vertilgte, daß er kein Geist sei, und während des Essens erzählte er seine Unglücksgeschichte.

Sein Regiment hatte Wunder der Tapferkeit verrichtet und eine Zeit lang dem Angriff der ganzen französischen Armee

Widerstand geleistet. Schließlich aber waren sie doch überwältigt worden wie jetzt sicherlich die ganze englische Armee. Ney hatte jedes Regiment, sobald es herankam, vernichtet. Die Belgier hatten vergeblich versucht, die Niedermetzelung der Engländer zu verhindern. Die Braunschweiger waren geschlagen und geflohen, ihr Herzog gefallen. Es war ein allgemeiner Zusammenbruch gewesen. Er versuchte, seinen Kummer über die Niederlage in Strömen von Bier zu ertränken.

Isidor, der in die Küche gekommen war, hörte das Gespräch mit an und stürzte hinaus, um seinem Herrn Bericht zu erstatten. »Es ist alles aus!« schrie er Joseph zu. »Mylord der Herzog ist gefangen genommen, der Herzog von Braunschweig ist gefallen, die englische Armee ist in voller Flucht, nur ein einziger Mann ist entkommen, und der ist jetzt in der Küche – kommen Sie, und hören Sie ihn selbst!« Joseph wankte also nach der Küche, wo Regulus noch auf dem Tisch saß und seinen Bierkrug in der Hand hielt. In dem besten Französisch, das er aufbieten konnte, das sich aber in Wirklichkeit mit der Grammatik sehr wenig vertrug, ersuchte Joseph den Husaren, seine Geschichte zu erzählen. Das Unglück wurde bei dieser Wiederholung noch schlimmer. Regulus war der einzige Mann von seinem Regiment, der nicht auf dem Schlachtfeld erschlagen war. Er hatte gesehen, wie der Herzog von Braunschweig fiel, die schwarzen Husaren flohen und die Schotten von den Kanonenkugeln zu Boden geworfen wurden.

»Und das … te Regiment?« keuchte Joseph.

»In Stücke gehauen«, antwortete der Husar, worauf Pauline aufschrie: »O meine gnädige Frau, ma bonne petite dame!«, einen regelrechten Weinkrampf bekam und das ganze Haus mit ihrem Gekreisch erfüllte.

Außer sich vor Schrecken wußte Mr. Sedley nicht, wie und wo er Sicherheit suchen sollte. Er stürzte aus der Küche zurück ins Wohnzimmer und warf einen sehnsüchtigen Blick nach Amelias Tür, die Mrs. O'Dowd ihm vor der Nase zugeschlagen und abgeschlossen hatte. Aber er erinnerte sich, wie verächtlich diese Dame ihn behandelt hatte, und nachdem er einen Augenblick an der Tür gestanden und gehorcht hatte, verließ er sie und beschloß auf die Straße zu gehen, die er an diesem Tage noch nicht betreten hatte. Er ergriff also eine Kerze, sah sich nach seiner goldgestickten Mütze um und fand sie auch an ihrem gewöhnlichen Platz, auf einem Konsolentisch im Vorzimmer vor einem Spiegel, vor dem Joseph zu kokettieren, seinen Seitenlocken eine schöne Drehung zu geben und die Mütze gehörig schief aufs Ohr zu setzen pflegte, bevor er ausging und sich öffentlich zeigte. So groß ist die Macht der Gewohnheit, daß er sogar mitten in seinen Ängsten mechanisch an seinem Haar zu drehen und seine Mütze zurechtzurücken begann. Aber dabei fiel sein Blick mit Entsetzen auf das blasse Gesicht im Spiegel vor ihm und namentlich auf seinen Schnurrbart, der während der nahezu sieben Wochen, seit er auf die Welt gekommen war, üppig herangewachsen war. ›Sie werden mich sicher für einen Militär halten‹, dachte er in Erinnerung an Isidors Warnung mit Bezug auf das Gemetzel, von dem die ganze geschlagene englische Armee bedroht war; dann schwankte er in sein Schlafzimmer zurück und riß stürmisch an der Klingel, die seinen Kammerdiener herbeirief.

Isidor folgte dem Rufe. Joseph war auf einen Stuhl gesunken, hatte sich das Halstuch abgerissen, den Hemdkragen heruntergeschlagen und hielt mit beiden Händen seine Kehle umklammert. So saß er da.

»Coupez-moi, Isidor!« rief er; »vite! Coupez-moi!«

Isidor glaubte einen Augenblick, sein Herr wäre verrückt geworden und wünsche, daß ihm sein Diener die Kehle abschneide.

»Les moustaches!« keuchte Joseph; »les moustaches ...

coupez, rasez, vite!« Sein Französisch war von dieser Art, geläufig zwar, aber, wie schon bemerkt, nicht sonderlich richtig.

In einem Augenblick beseitigte Isidor mit dem Rasiermesser den Schnurrbart und vernahm mit unbeschreiblichem Entzücken den Befehl seines Herrn, ihm einen Hut und einen Zivilrock zu bringen. »Ne porter plus – habit militaire – bonnet – donner à vous, prenez dehors!« waren Josephs Worte – der Rock und die Mütze waren endlich Isidors Eigentum!

Nachdem Joseph sich dieser beiden Gegenstände entäußert hatte, wählte er aus seiner Garderobe einen gewöhnlichen schwarzen Rock und eine gleichfarbige Weste aus, legte ein großes, weißes Halstuch an und setzte einen einfachen Filzhut auf. Hätte er einen Hut von der Form bekommen können, wie ihn die englischen Geistlichen tragen, so hätte er lieber noch den genommen. Aber auch so konnte man ihn nach seinem Aussehen für einen behäbigen, stattlichen Pfarrer der englischen Kirche halten.

»Venez maintenant,« fuhr er fort, »suivez – allez – partez – dans la rue!« Nach diesen Worten eilte er schnell die Treppe hinunter und trat auf die Straße.

Obgleich Regulus beteuert hatte, daß er der einzige Mann seines Regiments, ja fast der einzige Mann vom Heer der Verbündeten wäre, der dem Schicksal, von Ney in Stücke gehauen zu werden, entgangen sei, so stellte sich doch heraus, daß seine Angabe ungenau war und außer ihm noch eine erhebliche Anzahl der angeblichen Opfer das Blutbad überlebt hatten. Eine ganze Reihe von Regulus' Kameraden hatten sich nach Brüssel zurückgefunden und versetzten durch ihr übereinstimmendes Eingeständnis, daß sie davongelaufen seien, die ganze Stadt in den Glauben, die Verbündeten hätten eine Niederlage erlitten. Man erwartete stündlich die Ankunft der Franzosen; die Panik dauerte fort, und überall wurden Vorbereitungen zur Flucht getroffen. ›Keine Pferde!‹ dachte Joseph voll Schrecken. Isidor mußte auf seinen Befehl bei zahllosen Leuten anfragen, ob sie solche zu verleihen oder zu verkaufen hätten; aber von überallher kamen verneinende Antworten, und Josephs Mut sank immer mehr. Sollte er die Reise zu Fuß machen? Selbst die Furcht vermochte es nicht, den dicken Menschen zu einer solchen Anstrengung zu veranlassen.

Fast alle Hotels, die in Brüssel von Engländern bewohnt waren, lagen am Park, und Joseph wanderte unentschlossen in diesem Stadtviertel umher, zwischen dichtgedrängten Massen anderer Leute, die gleich ihm von Furcht oder auch von Neugier erfüllt waren. Er sah einige Familien, die, glücklicher als er selbst, ein Gespann Pferde aufgetrieben hatten und nun flüchtend mit ihren Wagen die Straßen entlang rasselten; anderen wiederum ging es wie ihm: sie konnten sich weder für Geld noch für gute Worte die nötigen Mittel zur Flucht beschaffen. Unter denen, die gern geflohen wären, wenn sie es gekonnt hätten, bemerkte Joseph auch Lady Bareacres und ihre Tochter, die unter dem Torweg ihres Hotels in ihrem Wagen saßen; ihr ganzes Gepäck war aufgeladen, und das einzige Hindernis ihrer Flucht war derselbe Mangel an einer bewegenden Kraft, der auch Joseph zum Bleiben zwang.

Auch Rebekka Crawley wohnte in diesem Hotel und hatte vor dieser Zeit mit den Damen der Familie Bareacres mehrere feindliche Zusammenstöße gehabt. Lady Bareacres schnitt Mrs. Crawley auf der Treppe, wenn sie zufällig einander begegneten, und sprach überall, wo deren Name erwähnt wurde, beharrlich schlecht von ihrer Nachbarin. Die Gräfin war über die Vertraulichkeit zwischen General Tufto und der Frau seines Adjutanten empört. Lady Blanche ging ihr aus dem Wege, als ob sie eine ansteckende Krankheit hätte. Nur der Graf selbst unterhielt gelegentlich einen

516

heimlichen Verkehr mit ihr, wenn er sich außerhalb des Gesichtskreises seiner Damen befand.

Jetzt war der Augenblick gekommen, da Rebekka sich an diesen hochmütigen Feindinnen rächen konnte. Es wurde im Hotel bekannt, daß Rittmeister Crawleys Pferde zurückgeblieben waren, und als die Panik begann, ließ Lady Bareacres sich dazu herab, ihre Kammerjungfer zu der Frau Rittmeister zu schicken: Mylady lasse sich empfehlen und anfragen, was Mrs. Crawleys Pferde kosteten. Mrs. Crawley antwortete darauf mit einer Karte, auf der sie sich empfahl und mitteilte, sie sei nicht gewohnt, mit Kammerjungfern Geschäfte abzuschließen.

Diese kurze Erwiderung hatte zur Folge, daß der Graf persönlich in Rebekkas Wohnung erschien; jedoch richtete er nicht mehr aus als die erste Gesandtin. »*Mir* eine Kammerjungfer zu schicken!« rief Mrs. Crawley äußerst entrüstet. »Warum hat mir Lady Bareacres nicht gleich befohlen, ich solle die Pferde anspannen! Wer möchte denn entfliehen, Mylady oder ihre Kammerjungfer?« Das war die ganze Antwort, die der Graf seiner Gemahlin zurückbrachte.

Aber wozu zwingt nicht die Not? Die Gräfin machte nach dem Mißerfolg ihrer zweiten Botschaft tatsächlich in eigener Person Mrs. Crawley ihre Aufwartung. Sie bat sie inständig, den Preis, zu dem sie die Pferde verkaufen wolle, anzugeben; sie erbot sich sogar, Becky nach Bareacres House einzuladen, wenn diese ihr zur Rückkehr nach ihrem Wohnsitz behilflich sein wolle. Mrs. Crawley lächelte höhnisch.

»Ich mag mich nicht von Gerichtsvollziehern in Livree bedienen lassen«, sagte sie. »Übrigens werden Sie wahrscheinlich nie wieder dorthin zurückkommen, wenigstens nicht mit Ihren Diamanten. Die werden Ihnen die Franzosen schon abnehmen. In zwei Stunden sind sie hier, und ich bin dann schon auf dem halben Wege nach Gent. Ich würde Ihnen meine Pferde um keinen Preis verkaufen, selbst nicht für die beiden großen Diamanten, die Sie auf dem Ball trugen.« Lady Bareacres zitterte vor Wut und Angst. Die Diamanten waren teils in ihr Kleid genäht, teils in der Kleidung und den Stiefeln des Lords versteckt. »Weib, die Diamanten sind beim Bankier, und ich *will* die Pferde haben«, schrie sie. Rebekka lachte ihr ins Gesicht. Die wütende Gräfin ging wieder hinunter und setzte sich in ihren Wagen; ihre Kammerjungfer, ihr Kurier und ihr Mann wurden noch einmal durch die ganze Stadt geschickt, um sich nach Pferden umzusehen; und wehe denen, die zuletzt zurückkamen! Die Lady war entschlossen, in dem Augenblick, da von irgendeiner Seite her Pferde ankämen, abzureisen – mit ihrem Mann oder ohne ihn.

Rebekka hatte das Vergnügen, die Gräfin in dem Wagen ohne Pferde sitzen zu sehen; sie wandte kein Auge von ihr und beklagte mit sehr lauter Stimme deren Verlegenheit. »Wie traurig,« sagte sie, »wenn man alle seine Diamanten in die Wagenkissen genäht hat und nun keine Pferde bekommen kann! Welch ein Fang wird das für die Franzosen sein, wenn sie kommen! Der Wagen und die Diamanten, meine ich, nicht die Lady!« Sie machte diese Mitteilung dem Wirt, den Hotelbediensteten, den Gästen und den zahllosen Herumtreibern im Hof. Lady Bareacres hätte sie von ihrem Wagenfenster aus am liebsten erschossen.

Während Rebekka sich noch an der Demütigung ihrer Feindin weidete, wurde sie Josephs ansichtig, der, als er sie erblickte, sofort auf sie zuging.

Sein von der Angst entstelltes, fettes Gesicht verriet sein Geheimnis deutlich genug. Auch er wollte fliehen und war auf der Suche nach Mitteln zur Flucht. ›Der soll meine Pferde kaufen,‹ dachte Rebekka, ›und ich will die Stute reiten.‹

Joseph näherte sich seiner Freundin und fragte sie, was er im Laufe der letzten Stunde wohl hundertmal gefragt hatte, ob sie wisse, wo Pferde zu haben seien.

»Was? *Sie* wollen fliehen?« lachte Rebekka. »Ich glaubte, Sie wären der Beschützer aller Damen, Mr. Sedley!«

»Ich … ich bin kein Soldat«, stotterte er.

»Und Amelia? Wer soll Ihre arme kleine Schwester beschützen?« fragte Rebekka. »Sie werden sie doch nicht im Stich lassen wollen?«

»Was kann ich ihr nützen, falls – falls der Feind kommt?« antwortete Joseph. »Die Frauen werden sie schonen; aber mein Diener sagt mir, sie hätten geschworen, den Männern keinen Pardon zu geben, die feigen Schurken!«

»Schauderhaft!« rief Rebekka, die sich an seiner Angst ergötzte.

»Übrigens will ich sie ja auch gar nicht im Stich lassen«, rief der Bruder. »Sie *soll* gar nicht hier allein zurückbleiben. Ich habe einen Platz in meinem Wagen für Amelia und auch einen für Sie, liebe Mrs. Crawley, wenn Sie mitwollen – und wenn wir Pferde bekommen können«, fügte er mit einem Seufzer hinzu.

»Ich habe zwei zu verkaufen«, sagte die Dame. Joseph wäre ihr bei dieser Mitteilung am liebsten um den Hals gefallen.

»Hole den Wagen, Isidor!« rief er; »wir haben Pferde gefunden, wir haben Pferde gefunden!«

»Meine Pferde sind noch nie im Geschirr gegangen«, fügte Rebekka hinzu. »Bulfinch würde den Wagen in Stücke schlagen, wenn Sie ihn einspannen wollten.«

»Aber läßt er sich ruhig reiten?« fragte der Zivilist.

»Er ist lammfromm und schnell wie ein Hase«, antwortete Rebekka.

»Glauben Sie, daß er mein Gewicht tragen kann?« sagte Joseph. In Gedanken war er bereits auf dem Rücken des Pferdes, ohne auch nur im geringsten an die arme Amelia zu denken. Wie hätte jemand, der darauf erpicht war, Pferde zu kaufen, einer solchen Versuchung widerstehen können? Rebekka ersuchte ihn also, in ihr Zimmer zu kommen, wohin er ihr in atemloser Hast folgte, um den Handel abzuschließen. Joseph durchlebte vorher und nachher selten eine halbe Stunde, die ihn so viel Geld kostete. Rebekka, die den Wert der Ware, den sie zu verkaufen hatte, sowohl nach Josephs Kauflust wie auch nach der Seltenheit des Gegenstandes bemaß, forderte für ihre Pferde einen so ungeheuerlichen Preis, daß sogar der reiche Zivilist davor zurückschrak. Sie wolle entweder beide verkaufen oder keins, erklärte sie mit aller Entschiedenheit. Rawdon habe ihr befohlen, sie nicht unter dem von ihr angegebenen Preis fortzugeben. Lord Bareacres unten im Hotel wolle ihr dieselbe Summe zahlen, und bei all ihrer Liebe und Verehrung für die Familie Sedley müsse ihr lieber Mr. Joseph doch einsehen, daß arme Leute leben müßten. Kurz, niemand konnte freundschaftlicher sein und zugleich mehr Festigkeit bei einem Geschäft beweisen.

Joseph willigte schließlich ein, was ja von ihm von vornherein zu erwarten war. Die Summe, die er ihr zu zahlen hatte, war so groß, daß er sich genötigt sah, um Frist zu bitten – so groß, daß sie für Rebekka ein kleines Vermögen darstellte. Diese rechnete sich in aller Eile aus, daß sie mit dieser Summe nebst dem Erlös aus Rawdons übrigen Sachen und ihrer Witwenpension, wenn er fallen sollte, völlig unabhängig dastehen würde und dem Witwenstand ruhig entgegenblicken könne.

Ein paarmal im Laufe des Tages hatte sie allerdings selbst daran gedacht, zu fliehen. Aber ihr Verstand gab ihr besseren Rat. ›Gesetzt, die Franzosen kommen wirklich,‹ dachte Becky, ›was können sie einer armen Offizierswitwe tun? Pah! Die Zeiten der Belagerungen und Plünderungen sind vorüber. Man wird uns ruhig nach England zurückkehren lassen, oder ich kann im Ausland ganz behaglich mit einem hübschen kleinen Einkommen leben.‹

Inzwischen gingen Joseph und Isidor nach dem Stall, um die

neu gekauften Pferde zu besichtigen. Joseph befahl seinem
Diener, sie sofort zu satteln. Er wollte gleich in der Nacht,
noch in dieser Stunde fortreiten. Er verließ den Diener, der
damit beschäftigt war, die Pferde aufzuzäumen, und ging
selbst nach Hause, um die nötigen Vorbereitungen zu seiner
Abreise zu treffen. Sie mußte geheim bleiben. Er wollte
durch den hinteren Eingang in sein Zimmer gehn. Er hatte
keine Lust, Mrs. O'Dowd oder Amelia vor die Augen zu
kommen und ihnen zu gestehen, daß er vorhabe davonzulaufen.

Während Joseph seinen Handel mit Rebekka abgeschlossen
und seine Pferde besichtigt und untersucht hatte, war es
beinah schon wieder Morgen geworden. Aber obgleich Mitternacht längst vorüber war, gab es für die Stadt keine Ruhe;
die Leute waren auf; in den Häusern brannte Licht; Grup-
pen von Menschen standen noch an den Türen, und auf den
Straßen war viel Leben. Immer noch gingen Gerüchte der
verschiedensten Art von Mund zu Mund; eines von ihnen
meldete, die Preußen seien vollständig geschlagen worden;
ein anderes, es seien vielmehr die Engländer, die angegriffen
und besiegt wären; ein drittes wollte wissen, die Engländer
hätten ihre Stellungen behauptet. Dieses letzte Gerücht
gewann allmählich an Stärke. Kein Franzose hatte sich bisher gezeigt. Einzelne Soldaten, die das Heer verlassen hatten
und in die Stadt gekommen waren, brachten immer günstigere
Nachrichten; schließlich traf in Brüssel ein Adjutant mit
Depeschen für den Platzkommandanten ein, der sofort in der
ganzen Stadt eine amtliche Mitteilung über den Erfolg der
Verbündeten bei Quatre Bras und die nach sechsstündigem
Kampf erfolgte vollständige Zurückweisung der Franzosen
unter Ney anschlagen ließ. Der Adjutant mußte wohl gerade
während der Zeit angekommen sein, als Joseph und Rebekka
miteinander handelten oder Joseph seinen Kauf besichtigte.
Als er sein Hotel erreichte, traf er vor der Tür einen großen

Teil der zahlreichen Hausbewohner, die die neue Nachricht besprachen, an deren Richtigkeit kein Zweifel mehr bestehen konnte. Er ging hinauf, um sie den unter seiner Obhut stehenden Damen mitzuteilen; dagegen hielt er es nicht für notwendig, ihnen zu sagen, daß es seine Absicht gewesen war, sie zu verlassen, und daß er Pferde gekauft und welchen Preis er dafür bezahlt hatte.

Aber ob Sieg oder Niederlage, das beschäftigte erst in zweiter Linie die beiden Frauen, die nur daran dachten, ob auch ihre teuren Männer wohlbehalten seien. Amelia geriet durch die Nachricht von dem Sieg in noch größere Erregung als vorher. Sie wollte unverzüglich zum Heer und flehte ihren Bruder unter Tränen an, sie hinzubringen. Ihre Angst und ihr Schrecken waren aufs höchste gestiegen, und das arme Kind, das viele Stunden lang in dumpfer Betäubung verharrt hatte, lief wie eine Rasende im Zimmer hin und her – ein jammervoller Anblick! Kein Mann, der sich fünfzehn Meilen davon in Schmerzen auf dem schwer erkämpften Schlachtfeld wand, wo nach blutigem Ringen so viele tapfere Soldaten lagen – kein Mann litt grausamere Pein als dieses arme, unschuldige Opfer des Krieges. Joseph konnte den Anblick ihres Schmerzes nicht ertragen. Er ließ seine Schwester in der Obhut ihrer stärkeren Gefährtin und ging wieder nach der Tür des Hotels hinunter, wo noch alle warteten, miteinander redeten und weiteren Nachrichten entgegensahen.

Es war schon heller Tag, als sie noch dastanden, und nun begannen neue Nachrichten vom Kampf einzulaufen, die von Soldaten gebracht wurden, welche selbst auf dem Kriegsschauplatz mitgewirkt hatten. Lastwagen und lange Leiterwagen, mit Verwundeten beladen, kamen in die Stadt gefahren; schauriges Ächzen ertönte aus ihrem Innern, und entstellte Gesichter blickten traurig aus dem Stroh heraus. Joseph Sedley betrachtete mit einem Gemisch von Neugier und Mitgefühl einen dieser Wagen; das Stöhnen der darin Liegenden war furchtbar; die müden Pferde konnten das Gefährt kaum noch weiterziehen. »Halt, halt!« rief eine schwache Stimme aus dem Stroh, und der Wagen hielt vor Mr. Sedleys Hotel.

»Es ist George; ich weiß, er ist es!« rief Amelia und stürzte augenblicklich mit blassem Gesicht und lose flatterndem Haar auf den Balkon. Es war indes nicht George; aber es war das Nächstbeste: es war Nachricht von ihm.

Es war der arme Tom Stubble, der vierundzwanzig Stunden vorher so mutig aus Brüssel ausmarschiert war als Träger der Regimentsfahne, die er auf dem Schlachtfeld sehr tapfer verteidigt hatte. Ein französischer Lanzenreiter hatte den jungen Fähnrich am Bein verwundet, und dieser war, immer noch wacker seine Fahne festhaltend, niedergesunken. Nach Beendigung des Kampfes hatte man für den armen jungen Menschen einen Platz auf einem Leiterwagen ausfindig gemacht, und er war nach Brüssel zurückgebracht worden.

»Mr. Sedley, Mr. Sedley!« rief der arme Kerl mit schwacher Stimme, und Joseph trat auf den Ruf ganz erschrocken heran. Er hatte anfangs an der Stimme nicht erkennen können, wer ihn rief.

Der kleine Tom Stubble hielt ihm seine heiße, matte Hand hin. »Ich soll hier hereingebracht werden«, sagte er. »Osborne – und – und Dobbin haben es gesagt, und Sie möchten dem Mann zwei Napoleons geben, meine Mutter wird sie Ihnen zurückerstatten.« Die Gedanken des jungen Menschen waren während der langen Stunden, die er fiebernd auf dem Leiterwagen zugebracht hatte, nach dem Pfarrhaus seines Vaters zurückgewandert, das er erst vor wenigen Monaten verlassen hatte, und in seinem Fieberzustand hatte er zeitweilig seinen Schmerz vergessen.

Das Hotel war groß und die Leute freundlich; so wurden denn alle Insassen des Wagens aufgenommen und auf verschiedenen Lagerstätten untergebracht. Der junge Fähnrich wurde die Treppe hinauf in Osbornes Wohnung getragen. Amelia und die Majorin waren zu ihm hinuntergelaufen, sobald die Majorin ihn vom Balkon aus erkannt hatte. Man kann sich die Empfindungen der beiden Frauen vorstellen, als sie hörten, daß der Kampf vorüber und ihre Männer beide unversehrt seien; Amelia fiel in stummem Wonnegefühl ihrer guten Freundin um den Hals; dann sank sie betend auf die Knie und dankte dem Allmächtigen, der ihr ihren Gatten bewahrt hatte.

Unserer jungen Frau hätte in ihrem fieberhaften, nervösen Zustande kein Arzt eine heilsamere Medizin verschreiben können als die, die sie dem Zufall verdankte. Sie und Mrs. O'Dowd wachten ununterbrochen bei dem Verwundeten, der sehr heftige Schmerzen litt; und unter dem Zwang der Pflicht, die sie hatte übernehmen müssen, fand Amelia keine Zeit, über ihre persönlichen Besorgnisse zu grübeln oder sich nach ihrer Gewohnheit ihren Befürchtungen und Ahnungen hinzugeben. Der junge Patient erzählte ihnen in seiner schlichten Weise die Ereignisse des Tages und die Taten unserer Freunde von unserem tapferen Regiment. Dieses hatte stark gelitten und sehr viele Offiziere und Mannschaften verloren. Dem Major war, als das Regiment zum Angriff vorging, das Pferd unter dem Leibe erschossen worden, und sie hatten alle geglaubt, O'Dowd sei tot und Dobbin werde nun Major werden, bis sie bei ihrer Rückkehr vom Angriff in ihre alte Stellung den Major entdeckten, wie er auf dem Kadaver seines Pyramus saß und sich aus einer Korbflasche stärkte. Hauptmann Osborne hatte den französischen Reiter niedergehauen, der den Fähnrich verwundet hatte. Amelia wurde bei dem Gedanken daran so blaß, daß Mrs. O'Dowd den jungen Fähnrich diese Geschichte nicht weitererzählen ließ. Und dann wieder war es Hauptmann Dobbin gewesen, der am Ende des Tages, obgleich
524

selbst verwundet, den jungen Mann auf die Arme genommen und zum Arzt getragen hatte und von diesem zu dem Wagen, der ihn nach Brüssel zurückbringen sollte. Dobbin hatte auch dem Fuhrmann zwei Luisdor versprochen, wenn er in Brüssel zu Mr. Sedleys Hotel fahren und Mrs. Osborne bestellen würde, daß der Kampf vorbei und ihr Gatte unverletzt und wohlauf sei.

»Ja, er hat wirklich ein gutes Herz, dieser William Dobbin,« sagte Mrs. O'Dowd, »wenn er auch immer über mich lacht.« Der junge Stubble aber schwur, in der ganzen Armee gebe es keinen zweiten solchen Offizier, und er konnte kein Ende finden, die Bescheidenheit und Güte seines Hauptmanns sowie seine bewundernswürdige Kaltblütigkeit auf dem Schlachtfeld zu rühmen. Diesem Teil des Gespräches schenkte Amelia indessen nur sehr wenig Aufmerksamkeit; nur wenn von George gesprochen wurde, hörte sie zu, und wenn von ihm nicht die Rede war, dachte sie an ihn.

Bei der Pflege ihres Patienten und bei dem Gedanken daran, wie wundersam George am vorhergehenden Tage allen Gefahren entgangen sei, verging unserer Amelia der zweite Tag verhältnismäßig schnell. Für sie gab es im ganzen Heer nur einen Mann, und solange es diesem wohlging, interessierte sie sich – wie wir leider bekennen müssen – für die Bewegungen des Heeres herzlich wenig. Alle die Nachrichten, die Joseph von der Straße nach Hause brachte, gingen eindruckslos an ihrem Ohr vorüber, obwohl sie geeignet waren, diesen ängstlichen Herrn und viele andere Leute in Brüssel in lebhafte Unruhe zu versetzen. Die Franzosen waren allerdings zurückgeschlagen worden, aber erst nach einem schweren, lange Zeit zweifelhaftem Kampfe, und es handelte sich dabei nur um einen Teil der französischen Armee. Der Kaiser stand mit seiner Hauptmacht bei Ligny, wo er die Preußen völlig vernichtet hatte, und hatte nun freie Hand bekommen, seine ganze Kraft zum Angriff auf die Verbündeten zu benutzen. Der Herzog von Wellington zog sich auf die Hauptstadt zurück, und so mußte wahrscheinlich unter ihren Mauern eine große Schlacht geschlagen werden, deren Ausgang mehr als unsicher war. Der Herzog von Wellington hatte nur zwanzigtausend Mann englischer Truppen, auf die er sich verlassen konnte; denn die Deutschen bestanden aus einer wenig geübten Landwehr, und die Belgier neigten zur Gegenpartei; und mit dieser Handvoll hatte er den hundertfünfzigtausend Mann Widerstand zu leisten, die unter Napoleon in Belgien eingedrungen waren. Unter Napoleon! Wo gab es einen Feldherrn, mochte er auch noch so berühmt und geschickt sein, der mit geringerer Heeresmacht gegen ihn aufkommen konnte?

An all dies dachte Joseph und zitterte. Und das gleiche tat ganz Brüssel; denn jeder sagte sich, daß der Kampf vom vergangenen Tage nur das Vorspiel zu einer größeren Schlacht sei, die unmittelbar bevorstehe. Eine der Armeen, die man dem Kaiser entgegengestellt habe, sei bereits in alle Winde zerstreut. Die wenigen Engländer, die zum Widerstand gegen ihn verfügbar seien, würden auf ihrem Posten fallen, und der Sieger werde über ihre Leiber weg in die Hauptstadt einziehen. Und dann wehe denen, die er dort finden würde! Botschaften wurden vorbereitet; die amtlichen Körperschaften versammelten sich und berieten im geheimen, Zimmer wurden in Bereitschaft gesetzt und Trikoloren und Siegeszeichen angefertigt, um Seine Majestät den Kaiser und König bei seiner Ankunft willkommen zu heißen.

Die Auswanderung dauerte noch immer fort, und alle Familien, die sich die Mittel zur Abreise beschaffen konnten, flohen. Als Joseph am Nachmittag des 17. Juni nach Rebekkas Hotel kam, fand er, daß die große Bareacressche Kutsche doch endlich aus dem Torweg abgefahren war. Der Graf hatte sich, auch ohne Mrs. Crawley, ein Paar Pferde verschafft und rollte nun auf der Straße nach Gent dahin. Auch König Louis ›der Ersehnte‹ packte bereits in dieser Stadt seine Koffer. Es schien, als ob das Schicksal nicht müde würde, diesen schwerfälligen Verbannten immer von neuem umherzuhetzen.

Joseph sagte sich, daß der Aufschub von gestern nur eine kurze Gnadenfrist gewesen sei und daß seine teuer gekauften Pferde doch noch benutzt werden müßten. Diesen ganzen Tag über stand er die schrecklichste Angst aus. Solange noch eine englische Armee zwischen Brüssel und Napoleon stand, war ja allerdings keine augenblickliche Flucht notwendig; aber er ließ doch vorsichtshalber seine Pferde aus ihrem entfernten Stall nach dem seines eigenen Hotels bringen, um sie unter Augen zu haben und der Gefahr einer gewaltsamen Entführung enthoben zu sein. Isidor bewachte die Stalltür fortwährend und hielt die Pferde gesattelt, damit sie jeden Augenblick zum Aufbruch bereit seien. Den Zeitpunkt dieses Ereignisses sehnte er lebhaft herbei.

Nach dem Empfang, der ihr gestern zuteil geworden war, hatte Rebekka keine Lust, ihrer teuren Amelia wieder nahezukommen. Sie stutzte die Stengel des Buketts, das George ihr gebracht hatte, gab den Blumen frisches Wasser und las das Kärtchen durch, das er ihr zugesteckt hatte. »Die arme Kleine,« sagte sie, während sie das Papier um die Finger wickelte, »wie könnte ich sie damit zermalmen! Und wegen eines solchen Menschen grämt sie sich, daß ihr beinahe das Herz bricht, wegen eines Mannes, der ein Dummkopf und ein Geck ist und sich gar nichts aus ihr macht! Mein armer, guter Rawdon ist zehnmal soviel wert wie dieser Patron.« Und dann dachte sie darüber nach, was sie tun würde, wenn dem armen, guten Rawdon etwas zustieße; und sie freute sich, daß er so klug gewesen war, ihr seine Pferde zurückzulassen.

Im Laufe dieses Tages erinnerte sich Mrs. Crawley, die nicht

ohne Ärger die Familie Bareacres hatte abfahren sehen, auch
der Vorsichtsmaßregel, die die Gräfin angewendet hatte,
und verrichtete in ihrem eigenen Interesse etwas Näharbeit.
Sie nähte den größeren Teil ihrer Schmucksachen, Wechsel
und Banknoten in die Kleider, die sie trug, und war nun,
nachdem sie diese Vorkehrungen getroffen hatte, für alles
gerüstet: zu fliehen, wenn sie das für das richtige halten
sollte, oder auch zu bleiben und den Sieger, mochte es der
Engländer oder der Franzose sein, zu begrüßen. Ich bin
nicht sicher, ob sie nicht in dieser Nacht träumte, eine Herzogin und Madame la maréchale zu werden, während Rawdon, in seinen Mantel gehüllt, im Regen bei Mont St.-Jean
unter freiem Himmel lagerte und mit aller Kraft seines Herzens an die kleine Frau dachte, die er zurückgelassen hatte.
Der nächste Tag war ein Sonntag. Die Majorin hatte die
Freude, zu sehen, daß ihre beiden Patienten, die in der Nacht
etwas Ruhe gefunden hatten, dadurch gesundheitlich und
seelisch erfrischt waren. Sie selbst hatte auf einem großen
Armstuhl in Amelias Zimmer geschlafen, wo sie jeden
Augenblick bereit war, ihrer armen Freundin oder dem
Fähnrich beizuspringen, wenn einer von ihnen ihrer Pflege
bedürfen sollte. Als der Morgen kam, ging diese beherzte
Frau nach dem Haus, in dem sie und ihr Mann ihre Wohnung hatten, und kleidete sich sehr sorgfältig für den Feiertag an. Es ist sehr wahrscheinlich, daß, während sie allein
in dem Zimmer war, in dem ihr Gatte gewohnt hatte und
wo seine Nachtmütze noch auf dem Kopfkissen lag und sein
Stock in der Ecke stand, mindestens ein Gebet für das
Wohlergehen des braven Soldaten Michael O'Dowd zum
Himmel emporgesandt wurde.
Als sie zurückkehrte, brachte sie ihr Gebetbuch und die berühmte Predigtsammlung ihres Onkels, des Dekans, mit,
aus der sie allsonntäglich etwas vorzulesen pflegte. Wenn sie
auch nicht alles verstand und manche schwierigen Worte
528

nicht richtig aussprach – denn der Dekan war ein gelehrter Herr und ein Freund langer lateinischer Ausdrücke –, so trug sie seine Predigten doch mit großem Ernst und gewaltigem Schwung und im großen und ganzen leidlich richtig vor. ›Wie oft hat mein Mick diese Prädigten angehört,‹ dachte sie, ›wenn ich sie bei Windstille in der Kajüte vorlas!‹ Sie beabsichtigte, diese Andachtsübung auch heute vorzunehmen, wobei Amelia und der verwundete Fähnrich ihre Zuhörerschaft bilden sollten. Dieselben Gebete wurden an jenem Tage in zwanzigtausend Kirchen zu derselben Stunde gelesen, und Millionen britischer Männer und Frauen erflehten auf ihren Knien den Schutz des Vaters aller Menschen.

Sie hörten nicht das Getöse, durch das unsere kleine Gemeinde in Brüssel gestört wurde. Viel lauter als der Geschützdonner, der die Brüsseler zwei Tage vorher erschreckt hatte, begannen, gerade als Mrs. O'Dowd dabei war, die Gebete in ihrem schönsten Tonfall vorzulesen, die Kanonen von Waterloo zu brüllen.

Als Joseph dieses furchtbare Dröhnen hörte, faßte er den Entschluß, diese unaufhörliche Wiederkehr von Schrecknissen nicht länger zu ertragen und sofort zu fliehen. Er stürzte in das Zimmer des Verwundeten, wo unsere drei Freunde in ihren Gebeten inne hielten, und störte ihre Andacht, indem er sich in leidenschaftlicher Erregung an Amelia wandte.

»Ich kann es nicht länger aushalten, Emmy«, sagte er; »ich will es nicht; und du mußt mich begleiten. Ich habe ein Pferd für dich gekauft – zu welchem Preise, das braucht dich nicht zu kümmern –, und du mußt dich anziehen, mit mir kommen und dich hinter Isidor aufs Pferd setzen.«

»Gott verzeihe mir, Mr. Sedley, aber Sie sind wahrhaftig ein Feigling«, sagte Mrs. O'Dowd und legte das Buch hin.

»Ich sage dir, Amelia, komm!« fuhr der Zivilist fort. »Kehre dich nicht an das, was die da sagt! Warum sollen wir hierbleiben und uns von den Franzosen abschlachten lassen?«

»Sie vergessen unser Regiment, lieber Freund«, sagte der kleine Stubble, der verwundete Held, von seinem Bett aus. »Und – und Sie werden mich nicht verlassen, Mrs. O'Dowd, nicht wahr?«

»Nein, mein lieber Junge«, erwiderte sie, ging zu ihm hin und küßte ihn. »Niemand soll Ihnen etwas zuleide tun, solange ich Ihnen beistähen kann. Ich rühre mich nicht vom Fleck, ehe ich nicht von Mick Befehl erhalte. Ich würde mich allerliebst ausnähmen, wenn ich hinter dem Menschen da auf einem Kissen säße und davonritte, was?«

Bei dieser Vorstellung brach der junge Patient in ein lautes Gelächter aus, und selbst Amelia mußte lächeln. »Dieses Frauenzimmer habe ich ja gar nicht aufgefordert,« schrie Joseph, »diese – diese Irländerin; aber dich frage ich, Amelia, ein für allemal: Willst du mitkommen?«

»Ohne meinen Mann, Joseph?« antwortete Amelia, ihn erstaunt anblickend, und reichte der Majorin die Hand. Josephs Geduld war erschöpft.

»Nun, dann adieu!« sagte er, schüttelte wütend die Faust und schlug die Tür, durch die er sich entfernte, heftig hinter sich zu. Diesmal gab er wirklich den Befehl zum Aufbruch und stieg im Hofe auf. Mrs. O'Dowd hörte das Klappern der Hufe, als die Pferde durch das Tor hinaustrabten, blickte ihm nach und machte viele spöttische Bemerkungen über den armen Joseph, als er die Straße hinunterritt, gefolgt von Isidor mit der bortenbesetzten Mütze. Die Pferde, die seit einigen Tagen keine Bewegung gehabt hatten, waren lebhaft und sprengten auf der Straße hin und her. Joseph, ein schwerfälliger und ängstlicher Reiter, machte im Sattel keinen vorteilhaften Eindruck. »Sähen Sie ihn nur einmal an, liebe Amelia, wie er dort in das Schaufenster hineinreitet! So etwas von Ungeschicklichkeit habe ich in meinem Läben noch nicht gesähen!« Die beiden Reiter verschwanden bald in der Richtung nach Gent hinter einer Straßen-

ecke; solange sie sichtbar gewesen waren, hatte Mrs. O'Dowd sie mit einem Schnellfeuer von Hohnreden verfolgt.

Den ganzen Tag über, vom Morgen bis nach Sonnenuntergang, hörte der Donner der Geschütze nicht auf. Es war schon dunkel, als die Kanonade ganz plötzlich abbrach.

Wir alle haben gelesen, was sich in dieser Zwischenzeit zutrug. Jeder Engländer spricht gern davon, und meine Leser und ich, die wir noch Kinder waren, als die große Schlacht gewonnen und verloren ward, werden nie müde, die Geschichte dieses berühmten Kampfes zu hören und weiterzuerzählen. Die Erinnerung daran nagt immer noch am Herzen von Millionen von Landsleuten jener tapferen Männer, die damals besiegt wurden. Sie lechzen nach einer Gelegenheit, diese Demütigung zu rächen; und sollte es zu einem neuen Kampfe kommen, der für sie siegreich endet und nun wiederum sie stolz und überheblich macht, während er uns ein unseliges Erbe von Haß und Grimm hinterläßt, so ist gar kein Ende des sogenannten Ruhmes und der sogenannten Schande, des bald erfolgreichen, bald erfolglosen Blutvergießens abzusehen, auf das sich zwei mutige Nationen versteifen könnten. So könnten wir Franzosen und Engländer uns noch jahrhundertelang gegenseitig überheben und morden, um dem teuflischen Kodex der Ehre Genüge zu tun.

Alle unsere Freunde wirkten bei der großen Schlacht wacker mit und kämpften wie Männer. Während zehn Meilen davon die Frauen beteten, hielt den ganzen Tag über die unerschrockene englische Infanterie den wütenden Angriffen der französischen Reiter stand und schlug sie zurück. Die Geschütze, die man in Brüssel hörte, rissen Lücken in ihre Reihen; aber wo die Kameraden gefallen waren, traten die Überlebenden mutig an ihre Stelle. Gegen Abend verminderte sich die Heftigkeit der so tapfer wiederholten und so tapfer zurückgeschlagenen französischen Angriffe. Die Franzosen hatten noch mit anderen Feinden außer den Engländern zu kämpfen, oder sie bereiteten sich auf einen letzten Ansturm vor. Dieser kam endlich: die Truppen der kaiserlichen Garde erklommen den Hügel von St.-Jean, um endlich mit einem Schlage die Engländer von der Höhe hinunterzufegen, auf der diese sich den ganzen Tag behauptet hatten. Ohne sich durch das Feuer der Artillerie abschrecken zu lassen, die von der englischen Linie aus Tod und Verderben in seine Reihen sandte, wälzte sich der dunkle, wogende Troß vorwärts, den Hügel hinan. Beinah hatte er, wie es schien, die Höhe erreicht, als er zu schwanken und zu stokken begann. Dann hielt er an, immer noch den feindlichen Geschützen zugekehrt. Dann stürmten endlich die englischen Truppen aus der Stellung, aus der kein Feind sie zu vertreiben vermocht hatte, vorwärts, und nun machte die Garde Kehrt und floh.

In Brüssel hörte man von da an kein Geschützfeuer mehr; denn die Verfolgung dehnte sich meilenweit nach der entgegengesetzten Richtung aus. Die Dunkelheit senkte sich über das Schlachtfeld und über die Stadt herab, und Amelia betete für George, der mit einer Kugel im Herzen tot auf seinem Gesicht lag.

DREIUNDDREISSIGSTES KAPITEL
Worin Miß Crawleys Verwandte sehr besorgt um sie sind

Der geneigte Leser möge sich nun freundlichst erinnern, daß – während die Armee Flandern verläßt und nach ihren dort vollbrachten Heldentaten vorrückt, um die französischen Grenzfestungen einzunehmen und dann das ganze Land zu erobern – in England einige Personen leben, die mit dieser Geschichte in engem Zusammenhang stehen und daher auch beanspruchen können, von dem Chronisten gebührend berücksichtigt zu werden.

Die alte Miß Crawley war in der Zeit der Schlachten und Gefahren in Brighton geblieben und ließ sich durch die großen Zeitereignisse nur sehr wenig in ihrer Ruhe stören. Die Zeitungen wurden dadurch allerdings interessanter, und eines Tages las ihr Miß Briggs auch das Armeeblatt vor, in welchem Rawdon Crawleys Tapferkeit ehrenvoll erwähnt und seine Beförderung zum Oberstleutnant mitgeteilt wurde.

»Wie schade, daß der junge Mann so einen nie wieder rückgängig zu machenden Schritt getan hat!« sagte seine Tante. »Bei seinem Rang und Stand hätte er eine Brauerstochter mit einer Viertelmillion wie Miß Grains heiraten oder sich mit einer der besten Familien Englands verbinden können. Er würde eines Tages mein Geld bekommen haben, oder seine Kinder hätten es bekommen – denn ich habe noch keine Eile mit dem Sterben, Miß Briggs, wenn Sie es auch eilig haben mögen, mich loszuwerden. Statt dessen kommt er nun zeitlebens nicht aus der Armut heraus und hat eine Tänzerin zur Frau.«

»Fühlt denn meine teure Miß Crawley gar kein Mitleid mit dem heldenmütigen Krieger, dessen Name in den Ruhmesblättern seines Vaterlandes verzeichnet steht?« erwiderte Miß Briggs, die durch die Ereignisse von Waterloo sehr erregt war und bei passender Gelegenheit gern etwas salbungsvoll sprach. »Hat der Rittmeister oder der Oberst, wie ich ihn nun nennen darf, nicht Taten ausgeführt, die den Namen Crawley berühmt machen?«

»Briggs, Sie sind nicht gescheit«, sagte Miß Crawley. »Oberst Crawley hat den Namen Crawley in den Schmutz gezogen, Miß Briggs. Die Tochter eines Zeichenlehrers zu heiraten, wahrhaftig! – eine dame de compagnie zu heiraten – denn etwas Besseres war sie nicht, Briggs – nein, sie war genau dasselbe, was Sie sind, nur jünger und bedeutend hübscher und klüger. Ich möchte wohl wissen, ob Sie eine Helfershelferin des schändlichen Geschöpfes gewesen sind, dessen gemeinen Künsten er zum Opfer gefallen ist und das Sie immer so zu bewundern pflegten. Ja, ich bin überzeugt, daß Sie ihre Helfershelferin waren. Aber Sie werden durch mein Testament sehr enttäuscht werden, das kann ich Ihnen sagen! Und jetzt werden Sie so gut sein, an Mr. Waxy zu schreiben und ihm mitzuteilen, daß ich ihn sofort zu sprechen wünsche.« Miß Crawley hatte jetzt die Gewohnheit, fast täglich an ihren Rechtsanwalt Mr. Waxy zu schreiben; denn alle ihre früheren Bestimmungen über ihren Nachlaß hatte sie zurückgenommen und war nun in großer Verlegenheit, wie sie über ihr Geld verfügen sollte.

Die alte Jungfer hatte sich indessen gesundheitlich außerordentlich erholt, wie dies schon die vermehrte Schärfe und Häufigkeit ihrer Sarkasmen gegen Miß Briggs bewies. Alle diese Angriffe ertrug die arme Gesellschafterin mit Sanftmut, Feigheit und einer halb edelmütigen, halb heuchlerischen Ergebung, kurz, mit jener sklavischen Unterwürfigkeit, welche Frauen ihres Charakters und Standes zu zeigen gezwungen sind. Wer hat noch nicht beobachtet, wie eine Frau die andere quälen kann? Wo haben Männer Qualen zu erdulden, die sich mit den täglich abgeschossenen Pfeilen grausamen Hohnes vergleichen ließen, mit denen arme Frauen von ihren tyrannischen Geschlechtsgenossinnen immer von neuem verwundet werden? Die armen Opfertiere! Aber wir entfernen uns von unserer Bemerkung, in der wir feststellten, daß Miß Crawley immer besonders unleidlich und bissig war, wenn sie sich in der Genesung von einer Krankheit befand – wie man ja auch sagt, daß Wunden am meisten brennen, wenn sie in der Heilung begriffen sind.

Während also die Patientin, wie alle hofften, ihrer Gesundung entgegenging, war Miß Briggs das einzige Opfer, das sie um sich duldete. Indes vergaßen Miß Crawleys ferne Angehörige ihre geliebte Verwandte nicht und waren bemüht, sich ihr durch zahlreiche Aufmerksamkeiten, Ge-

schenke und liebevolle Briefe in der Erinnerung zu erhalten. An erster Stelle müssen wir ihren Neffen Rawdon Crawley erwähnen. Wenige Wochen nach der Schlacht bei Waterloo überbrachte das Paketboot von Dieppe Miß Crawley in Brighton eine Schachtel mit Geschenken und einen ehrerbietigen Brief von ihrem Neffen, dem Obersten, von dessen Beförderung und Tapferkeit sie vor kurzem durch das Armeeblatt Kenntnis erhalten hatte. In der Schachtel befanden sich ein Paar französische Achselstücke, ein Kreuz der Ehrenlegion und ein Degengriff – alles Andenken vom Schlachtfeld –, und der Brief erzählte mit vielem Humor, daß der Degengriff einem höheren Offizier der Garde gehört habe, der, nachdem er eben noch gerufen hätte: ›Die Garde stirbt, aber sie ergibt sich nicht!‹, von einem gemeinen Soldaten, der den Degen des Franzosen mit seinem Gewehrkolben zerschmettert habe, gefangen genommen worden sei, worauf Rawdon sich dann der zerbrochenen Waffe bemächtigt habe. Das Kreuz und die Achselstücke hätten einem französischen Kavallerieobersten gehört, der in der Schlacht von seiner, des Adjutanten Hand gefallen sei; und er, Rawdon, wisse keine bessere Verwendung für seine Beutestücke, als sie seiner gütigen, liebevollen alten Freundin zu senden. Sollte er seinen Bericht von Paris aus, wohin das Heer jetzt marschiere, fortsetzen? Er werde ihr vielleicht interessante Neuigkeiten über die Hauptstadt und ihre alten französischen Freunde, denen sie während ihrer Verbannung soviel Gutes erwiesen habe, mitteilen können.
Die alte Jungfer befahl Miß Briggs, dem Obersten in ihrem Namen einen sehr gnädigen und schmeichelhaften Brief zu schreiben, worin er aufgefordert wurde, seine Berichte fortzusetzen. Sein erster Brief sei so ungemein lebendig und unterhaltsam, daß sie seinen Nachfolgern mit Vergnügen entgegensehen werde. »Ich weiß natürlich,« erklärte sie ihrer Gesellschafterin, »daß Rawdon ebensowenig wie Sie,

meine arme Briggs, einen so guten Brief schreiben konnte und daß ihm der gescheite kleine Racker, die Rebekka, jedes Wort in die Feder sagt; aber das ist noch kein Grund, weshalb ich mich nicht von meinem Neffen unterhalten lassen sollte, und darum möchte ich ihm zu verstehen geben, daß ich seinen Brief sehr gut aufgenommen habe.«
Wahrscheinlich ahnte sie aber nicht, daß Becky nicht nur die Briefe schrieb, sondern auch die Trophäen selbst erbeutet und ihr nach England geschickt hatte; sie hatte sie nämlich für ein paar Franken von einem der zahllosen Händler gekauft, die unmittelbar nach der Schlacht Kriegsandenken feilzubieten begannen. Der Romanschreiber aber, der alles weiß, weiß auch dies. Wie dem aber auch sein mochte, Miß Crawleys liebenswürdige Antwort ermutigte jedenfalls unsere jungen Freunde, Rawdon und seine Frau, bedeutend; sie hofften von der sichtlich besänftigten Stimmung ihrer Tante das Beste und gaben sich alle Mühe, sie mit vielen reizenden Briefen aus Paris zu unterhalten, wohin sie, wie Rawdon schrieb, im Zuge des siegreichen Heeres zu gelangen das Glück hatten.
Lange nicht so liebenswürdig waren die Mitteilungen, die die alte Jungfer an die Frau Oberpfarrer gelangen ließ, die fortgegangen war, um im Pfarrhaus zu Queen's Crawley ihren Mann zu pflegen, der sich das Schlüsselbein gebrochen hatte. Mrs. Bute, diese schlaue, lebhafte, herrschsüchtige Frau, hatte ihrer Schwägerin gegenüber einen sehr verhängnisvollen Fehler begangen. Sie hatte Miß Crawley und ihren Haushalt nicht nur zu beherrschen versucht, sondern sie hatte die alte Dame auch gelangweilt; und wenn die arme Miß Briggs nur etwas Geist besessen hätte, so wäre sie über den Auftrag beglückt gewesen, den ihr ihre Herrin gab, nämlich Mrs. Bute zu schreiben, daß Miß Crawleys Gesundheit sich seit Mrs. Butes Abreise erheblich gebessert habe und daß sie sie bitte, sich um ihretwillen unter keinen Um-
536

ständen zu bemühen oder ihre Familie zu verlassen. Dieser Sieg über eine Dame, die sich überaus hochmütig und rücksichtslos gegen Miß Briggs benommen hatte, wäre für die meisten Frauen ein Hochgenuß gewesen; aber leider besaß Miß Briggs gar keine Geistesstärke, und in dem Augenblick, da ihre Feindin geschlagen war, begann sie auch schon Mitleid mit ihr zu empfinden.

›Wie töricht war es von mir,‹ dachte Mrs. Bute, und das mit Recht, ›daß ich in dem dummen Brief, mit dem wir Miß Crawley die Perlhühner schickten, meine Absicht andeutete, daß ich wiederkommen wollte. Ich hätte, ohne vorher ein Wort zu sagen, zu dem armen, lieben, kindischen, alten Geschöpf reisen und sie der albernen Briggs und der Harpyie von Kammerfrau aus den Händen reißen sollen. O Bute, Bute, warum hast du dir auch das Schlüsselbein gebrochen?‹

Ja, warum? Wir haben gesehen, daß Mrs. Bute, als sie das Spiel noch in den Händen hielt, ihre Karten zu klug ausgespielt hatte. Sie hatte Miß Crawleys Haushalt vollständig und bedingungslos beherrscht, um vollständig und bedingungslos gestürzt zu werden, als sich eine günstige Gelegenheit zum Aufstand bot. Sie und ihre Angehörigen waren jedoch der Ansicht, daß sie ein Opfer abscheulicher Selbstsucht und schändlichen Verrats geworden und ihre Aufopferung für Miß Crawley mit dem schwärzesten Undank belohnt worden sei. Auch Rawdons Beförderung und die ehrenvolle Erwähnung seines Namens im Armeeblatt erfüllte diese gute Christin mit Unruhe. Würde seine Tante jetzt, da er Oberst und Ritter des Bathordens war, milder gegen ihn gestimmt werden, und würde diese widerwärtige Rebekka von neuem in Gunst kommen? Die Frau Oberpfarrer schrieb für ihren Mann eine Predigt über die Nichtigkeit kriegerischen Ruhms und über das irdische Wohlergehen der Gottlosen, die der würdige Geistliche mit so volltönender Stimme wie nur möglich vortrug, ohne auch nur eine Silbe davon zu verstehen. Unter seinen Zuhörern befand sich auch Pitt Crawley, der mit seinen beiden Stiefschwestern zur Kirche gekommen war, während der alte Baronet sich jetzt auf keine Weise mehr dazu bewegen ließ, das Gotteshaus zu besuchen.

Seit Becky Sharp fortgegangen war, hatte sich dieser alte Sünder zum großen Ärgernis der Grafschaft und zum stummen Entsetzen seines Sohnes hemmungslos einem schlechten Lebenswandel ergeben. Die Bänder an Miß Horrocks' Haube wurden prächtiger, als sie je gewesen waren. Die besseren Familien mieden empört das Schloß und seinen Eigentümer. Sir Pitt ging in die Häuser seiner Pächter, um dort zu zechen, und trank mit den Bauern in Mudbury und den Nachbarorten an Markttagen Grog. Er setzte sich mit Miß Horrocks in die mit vier Pferden bespannte Familienkutsche und fuhr mit ihr nach Southampton, und die Leute in der Grafschaft erwarteten jede Woche, seine Vermählung mit ihr im Provinzblatt angezeigt zu finden. Auch sein Sohn befürchtete dies in stummer Pein, und das war wirklich eine harte Prüfung für Mr. Crawley. Seine Beredsamkeit in den Missionsversammlungen und bei anderen religiösen Zusammenkünften in der Nachbarschaft, bei denen er gewöhnlich den Vorsitz geführt und stundenlang gesprochen hatte, war gelähmt, denn er fühlte, daß die Zuhörer, sobald er aufstand, sagten: ›Das ist der Sohn des alten liederlichen Sir Pitt, der wahrscheinlich in diesem Augenblick im Wirtshaus sitzt und trinkt.‹ Als er einmal von dem unerlösten Seelenzustand des Königs von Timbuktu und von der Menge seiner ebenfalls in der Finsternis lebenden Weiber sprach, fragte ein angetrunkener Schlingel aus dem Haufen: »Wie viele von der Art gibt es denn in Queen's Crawley, Sie junger Duckmäuser?«, was peinliche Überraschung bei der Versammlung auslöste und Mr. Pitts Rede großen Abbruch tat. Die beiden Töchter des Hauses von Queen's Crawley wür-
538

den völlig verwildert sein – denn Sir Pitt schwur, es solle ihm nie wieder eine Gouvernante über die Schwelle kommen –, hätte nicht Mr. Crawley den alten Herrn durch Drohungen gezwungen, sie zur Schule zu schicken.

Unterdessen waren, wie wir schon erwähnten, Miß Crawleys liebe Neffen und Nichten trotz allen persönlichen Zwistigkeiten, die sie untereinander hatten, doch alle darin einmütig, daß sie ihre Tante innig liebten und ihr häufig Beweise ihrer Zuneigung sandten. So schickte Mrs. Bute Perlhühner und besonders schönen Blumenkohl oder eine hübsche Börse und ein Nadelkissen, Handarbeiten ihrer lieben Töchter, die die teure Tante baten, ihnen einen kleinen Platz in ihrem Herzen zu gönnen, während Mr. Pitt vom Schloß Pfirsiche, Trauben und Wildbret sandte. Der Southamptoner Postwagen pflegte diese Liebesgaben an Miß Crawley in Brighton zu befördern und brachte mitunter auch Mr. Pitt selbst dorthin; denn seine Entzweiung mit Sir Pitt veranlaßte ihn jetzt, sich oft vom Hause fernzuhalten; und außerdem besaß Brighton für ihn eine besondere Anziehungskraft in der Person der Lady Jane Sheepshanks, von deren Verlobung mit Mr. Crawley in dieser Geschichte schon früher einmal die Rede war. Lady Jane und ihre Schwester wohnten in Brighton bei ihrer Mama, der Gräfin Southdown, jener hochgeistigen Dame, die in fromm gesinnten Kreisen so rühmlich bekannt war.

Wir müssen hier noch einige Worte über die Lady und ihre vornehme Familie einschalten, die durch Bande gegenwärtiger und zukünftiger Verwandtschaft mit dem Hause Crawley verknüpft ist. Über das Oberhaupt der Familie Southdown, Clement William, den vierten Grafen von Southdown, ist wenig zu sagen, außer daß er als Lord Wolsey unter der Gönnerschaft von Mr. Wilberforce in das Parlament kam, eine Zeit lang seinem politischen Paten alle Ehre machte und entschieden ein frommer junger Mann war. Keine Worte

können jedoch die Gefühle seiner bewunderungswürdigen
Mutter schildern, als sie bald nach dem Hinscheiden ihres
edlen Gatten erfuhr, daß ihr Sohn Mitglied verschiedener
weltlicher Klubs sei, bei Wattiers und in der ›Kokospalme‹
bedeutende Summen im Spiel verloren habe, daß er Geld auf
Wechsel, zahlbar nach dem Tode seines Vaters, aufgenommen und das Familiengut mit Schulden belastet habe, daß er
vierspännig fahre, zu den Gönnern der Preisboxer gehöre
und sogar in der Oper eine Loge habe, wo er die berüchtigtste
Lebemännerwelt um sich sehe. Sein Name wurde seitdem in
dem Gesellschaftskreis der verwitweten Gräfin nur noch mit
Seufzern erwähnt.
Lady Emily war viele Jahre älter als ihr Bruder und erfreute
sich in der frommen Welt einer sehr angesehenen Stellung
als Verfasserin einiger schon früher erwähnten köstlichen
Traktätchen, vieler kirchlichen Gesänge und anderer geistlichen Schriften. Da sie schon in reiferen Jahren war und nur
schwache Vorstellungen von der Ehe hatte, füllte die Liebe
zu den Schwarzen ihr ganzes Herz aus. Ihr verdanken wir,
soviel ich weiß, das schöne Gedicht:

> Führe uns zu einer sonnigen, kleinen
> Insel in des Westmeers Tropenpracht,
> Wo die armen Schwarzen ewig weinen
> Und der blaue Himmel ewig lacht.

Sie stand in Briefwechsel mit geistlichen Herren in den meisten unserer ost- oder westindischen Kolonien und hatte eine
geheime Schwärmerei für den Reverend Silas Hornblower,
der auf den Südseeinseln tätowiert worden war.
Lady Jane, der, wie schon gesagt, Mr. Pitt Crawley seine
Liebe zugewandt hatte, war ein sanftes, leicht errötendes,
schweigsames und schüchternes Wesen. Obgleich ihr Bruder auf so schlimme Wege geraten war, weinte sie doch um
ihn und war nicht wenig darüber beschämt, daß sie ihn immer noch liebte. Selbst jetzt noch pflegte sie ihm insgeheim
540

hastige kleine Briefe zu schreiben und sie heimlich zur Post zu geben. Das einzige schreckliche Geheimnis, das schwer auf ihrer Seele lastete, war, daß sie und die alte Haushälterin dem jungen Southdown einen heimlichen Besuch in seiner Wohnung im Junggesellenhaus Albany gemacht und ihn – diesen nichtsnutzigen, lieben, gottverlassenen Bösewicht! – dort mit einer Zigarre im Munde und einer Flasche Curaçao vor sich auf dem Tisch angetroffen hatte. Sie bewunderte ihre Schwester, vergötterte ihre Mutter und hielt Mr. Crawley für den liebenswürdigsten und gebildetsten aller Männer nach dem gefallenen Engel Southdown. Ihre Mama und ihre Schwester, zwei Wesen höherer Art, ordneten alles für sie an und betrachteten sie mit jenem freundlichen Mitleid, von welchem geistig überlegene Frauen stets einen Überfluß besitzen, aus dem sie reichlich spenden können. Ihre Mama bestimmte darüber, was für Kleider und Hüte sie tragen, was für Bücher sie lesen und was für Anschauungen sie haben sollte. Sie mußte auf einem Pony reiten, Klavier spielen, Arzneimittel einnehmen – alles, wie Lady Southdown es für gut befand; und diese hätte ihre Tochter noch bis zu ihrem gegenwärtigen Alter von sechsundzwanzig Jahren in Kinderkleidern umherlaufen lassen, wenn Lady Jane sie nicht hätte ablegen müssen, als sie der Königin Charlotte vorgestellt wurde.

In der ersten Zeit, seit diese Damen ihr Haus in Brighton bezogen hatten, machte Mr. Crawley nur bei ihnen persönliche Besuche und begnügte sich damit, im Hause seiner Tante eine Karte abzugeben und sich bescheiden bei Mr. Bowls oder dessen Gehilfen nach der Gesundheit der Patientin zu erkundigen. Einmal traf er auf der Straße Miß Briggs, die mit einem großen Paket Romane unter dem Arm aus der Leihbibliothek kam. Er trat auf sie zu, schüttelte der Gesellschafterin seiner Tante die Hand und errötete dabei in einer bei ihm sonst ganz ungewöhnlichen Weise. Dann stellte er Miß Briggs der Dame, mit der er gerade ging, der Lady Jane Sheepshanks, mit den Worten vor: »Lady Jane, erlauben Sie mir, Ihnen die beste Freundin und überaus liebevolle Gesellschafterin meiner Tante, Miß Briggs, vorzustellen, die Sie bereits unter einem anderen Namen als Verfasserin der entzückenden ›Lyrischen Herzensklänge‹ kennen, an denen Sie soviel Freude haben.« Lady Jane errötete ebenfalls, als sie der alten Jungfer freundlich ihr Händchen reichte, sagte etwas sehr Höfliches und Unzusammenhängendes über Mama und über ihre Absicht, Miß Crawley einen Besuch zu machen, und fügte hinzu, daß sie sich freue, Mr. Crawleys Freunde und Verwandte kennenzulernen; und als sie sich trennten, verabschiedete sie sich von Miß Briggs mit einem freundlichen Blick ihrer sanften Taubenaugen während Pitt Crawley ihr eine tiefe, hofmännische Verbeugung machte, wie er sie einst am Hofe der Großherzogin von Pumpernickel geübt hatte, als er dort Attaché war.

Dieser schlaue Diplomat und Schüler des Machiavellianers Binkie! Er hatte der Lady Jane ein Exemplar der Jugendgedichte der armen Miß Briggs, mit einer Widmung der Dichterin an seine Stiefmutter, gegeben; er hatte sich nämlich erinnert, das Buch in Queen's Crawley gesehen zu haben, hatte es mit nach Brighton genommen, unterwegs in der Southamptoner Postkutsche darin gelesen und mit Bleistift einzelne Stellen angestrichen, bevor er es der sanften Lady Jane zum Geschenk machte.

Er war es auch, der Lady Southdown auf die großen Vorteile aufmerksam machte, die ein engerer Verkehr zwischen ihrer Familie und Miß Crawley zur Folge haben könne – Vorteile sowohl materieller wie auch ideeller Natur, wie er sich ausdrückte. Miß Crawley stehe nämlich jetzt ganz allein da, die ungeheure Verschwendungssucht seines Bruders Rawdon und dessen unbedachte Heirat hätten diesem verwor-
542

fenen jungen Mann die Zuneigung seiner Tante gänzlich
entfremdet; die maßlose Herrschsucht und arge Habgier
ihrer Schwägerin Mrs. Bute Crawley hätten die alte Dame
dazu gebracht, sich gegen die unverschämten Ansprüche
dieses Teiles der Familie aufzulehnen; und obwohl er selbst
es sein ganzes Leben lang aus einem vielleicht falschen Stolze
unterlassen habe, sich um Miß Crawleys Freundschaft zu
bemühen, sei er doch jetzt der Meinung, daß jedes anständige Mittel angewandt werden müsse, um ihre Seele vom
Verderben zu retten und ihr Vermögen ihm, als dem Oberhaupt der Familie Crawley, zu sichern.

Die hochgesinnte Lady Southdown zeigte sich mit beiden
Vorschlägen ihres Schwiegersohnes durchaus einverstanden und war dafür, Miß Crawleys Bekehrung sofort in Angriff zu nehmen. Auf ihren Landsitzen, in Southdown und in
Trottermore Castle, pflegte diese hohe, ehrwürdige Missio-
narin der Wahrheit in ihrer Kalesche mit Vorreitern durch
die Dörfer zu fahren, ganze Pakete von Traktätchen unter
die Häusler und Pächter zu verteilen und in der gleichen
Weise dem Gevatter Jones zu befehlen, er solle sich bekehren
lassen, wie sie der Muhme Hicks ein Abführmittel einzunehmen verordnete; und gegen ihre Befehle gab es keine
Berufung, keinen Widerstand und keine befreienden Vor-
rechte. Lord Southdown, ihr verstorbener Gemahl, ein epi-
leptischer und recht einfältiger Edelmann, hatte stets alles
gebilligt, was seine Matilda tat und dachte. Bei allen Wand-
lungen, die ihr Glaube durchmachte – und dieser paßte sich
bald der einen, bald der anderen von den verschiedenen
Predigern vertretenen Lehrmeinung an –, trug sie nicht
das geringste Bedenken, all ihren Pächtern und Untergebenen zu befehlen, sie sollten ihr folgen und dasselbe glauben
wie sie. Wen sie nun gerade in ihrem Hause Andachten abhalten ließ – ob den ehrwürdigen Saunders MacNitre, den
schottischen Geistlichen, oder Luke Waters, den sanften

Wesleyaner, oder den braven Giles Jowls, den erleuchteten Schuhflicker, der sich selbst zum Ehrwürden gemacht hatte, wie Napoleon sich zum Kaiser –, immer mußten Kinder, Dienerschaft und Pächter mit ihr auf die Knie fallen und zu den Gebeten jedes Predigers Amen sagen. Während dieser Andachtsübungen durfte der alte Southdown mit Rücksicht auf seinen leidenden Zustand auf seinem Zimmer bleiben, Grog trinken und sich die Zeitung vorlesen lassen. Lady Jane war die Lieblingstochter des alten Grafen und liebte und pflegte ihn zärtlich. Lady Emily dagegen, die Verfasserin der ›Waschfrau von Finchley Common‹, entwarf damals – denn später milderten sich ihre Anschauungen – eine so entsetzliche Schilderung der künftigen Höllenstrafen, daß sie dadurch den furchtsamen alten Herrn in höchste Angst versetzte und die Ärzte erklärten, seine Anfälle träten immer nach einer Predigt der Lady auf.

»Ich werde ihr jedenfalls einen Besuch machen«, sagte jetzt Lady Southdown als Antwort auf die Anregung, die ihr Mr. Pitt Crawley, der Verlobte ihrer Tochter, gegeben hatte. »Wer ist denn Miß Crawleys Arzt?«

Mr. Crawley nannte den Namen des Doktors Creamer.

»Ein höchst gefährlicher und unwissender Quacksalber, mein lieber Pitt. Die Vorsehung bediente sich meiner als Mittel, ihn aus mehreren Häusern zu vertreiben, wenn ich in einigen Fällen auch leider zu spät kam. So konnte ich den armen, guten General Glanders nicht mehr retten, der, als ich dazukam, unter den Händen dieses Stümpers bereits im Sterben lag, ja, leider im Sterben. Er erholte sich noch ein wenig nach den Podgerschen Pillen, die ich ihm gab; aber ach, es war zu spät! Sein Tod war aber wunderschön; er tauschte den besseren Teil ein. Dieser Creamer, mein lieber Pitt, darf Ihre Tante nicht länger behandeln.«

Pitt drückte seine volle Zustimmung aus. Auch er hatte der energischen Einwirkung seiner vornehmen Verwandten und

544

künftigen Schwiegermutter nicht widerstehen können. Er
hatte sich zu Saunders MacNitre, zu Luke Waters, zu Giles
Jowls, zu den Podgerschen Pillen, zu den Rodgerschen Pillen, zu Pokeys Lebenselixier, kurz zu allen geistigen und
leiblichen Heilmitteln der Lady verstehen müssen. Er verließ nie ihr Haus, ohne ganze Ladungen ihrer Pseudo-Theo-
logie und Pseudo-Medizin gehorsamst mitzunehmen. O
meine lieben Brüder und Gefährten auf dem Jahrmarkt der
Eitelkeit, wer unter euch kennt nicht diese Art von wohlmeinenden Peinigern und leidet unter ihrer Herrschsucht?
Vergebens sagt man zu ihnen: »Verehrte gnädige Frau, ich
habe im vergangenen Jahr auf Ihre Empfehlung hin das
Podgersche Mittel eingenommen und glaube daran. Warum
in aller Welt soll ich jetzt meinem Glauben untreu werden
und zu dem Rodgerschen übergehen?« All solche Einwendungen helfen nichts. Wenn die gläubige Seelenfängerin jemanden nicht durch Gründe zu überzeugen vermag, so
bricht sie in Tränen aus, und trotz allen vorhergehenden
Weigerungen endet der Streit doch damit, daß man das
Arzneikügelchen hinunterschluckt und sagt: ›Also gut,
meinetwegen auch Rodger!‹
»Und was ihren seelischen Zustand betrifft«, fuhr die Lady
fort, »so muß auch für ihn natürlich sofort gesorgt werden;
denn wenn sie sich in Creamers Behandlung befindet, kann
sie jeden Tag verscheiden, und in welcher Verfassung, mein
lieber Pitt, in welcher schrecklichen Verfassung! Ich will unverzüglich den Reverend Mr. Irons zu ihr schicken. Jane,
schreibe doch ein paar Zeilen an den Reverend Bartholomew Irons, in der dritten Person, und sage, ich bäte ihn, mir
heute abend zum Tee um halb sieben Uhr das Vergnügen
seines Besuches zu schenken. Er versteht es, die Seelen zu
erwecken, und soll Miß Crawley noch heute abend, ehe sie
schlafen geht, besuchen. Und du, liebe Emily, mach ein Paket Bücher für Miß Crawley zurecht. Nimm ›Eine Stimme

aus den Flammen‹, ›Ein warnender Trompetenstoß für
Jericho‹ und ›Die zerbrochenen Fleischtöpfe oder der be-
kehrte Kannibale‹.«

»Und ›Die Waschfrau von Finchley Common‹, Mama«,
sagte Lady Emily. »Es wird gut sein, zunächst milde vorzugehen.«

»Halt, meine teuren Damen!« entgegnete der kluge Diplomat Pitt. »Bei aller Achtung vor der Meinung meiner geliebten und verehrten Lady Southdown möchte ich es doch
für ganz unratsam halten, bei Miß Crawley so früh mit religiösen Erörterungen zu beginnen. Bedenken Sie, daß sie eine
schwache Gesundheit hat und bisher nur sehr wenig, äußerst
wenig an Betrachtungen gewöhnt ist, die sich auf ihre ewige
Wohlfahrt beziehen.«

»Können wir überhaupt zu früh beginnen, Pitt?« sagte Lady
Emily, die schon sechs kleine Bücher in der Hand hatte und
sich anschickte aufzustehen.

»Wenn Sie so unvermittelt anfangen, werden Sie sie ganz
abschrecken. Ich kenne die weltliche Sinnesart meiner Tante
und weiß bestimmt, daß so ein plötzlicher Bekehrungs-
versuch das denkbar schlechteste Mittel sein würde, das
Seelenheil der unglücklichen Dame zu fördern. Sie werden
sie damit nur scheu machen und ärgern. Sie wird höchstwahrscheinlich die Bücher fortwerfen und jeden Verkehr
mit den Geberinnen ablehnen.«

»Sie sind ebenso weltlich gesinnt wie Miß Crawley, Pitt«,
sagte Lady Emily und verließ, den Kopf zurückwerfend, mit
ihren Büchern in der Hand das Zimmer.

»Und ich brauche Ihnen nicht erst zu sagen, meine liebe
Lady Southdown,« fuhr Pitt, ohne sich durch die Unterbrechung beirren zu lassen, mit leiserer Stimme fort, »wie
verhängnisvoll der geringste Mangel an Sanftmut und Vorsicht für all die Hoffnungen werden kann, die wir etwa hinsichtlich der irdischen Besitztümer meiner Tante hegen
546

mögen. Bedenken Sie, daß sie siebzigtausend Pfund besitzt; ziehen Sie ihr Alter und ihren hochgradig nervösen, angegriffenen Zustand in Erwägung. Ich weiß, daß sie das Testament umgestoßen hat, das sie zugunsten meines Bruders, des Obersten Crawley, gemacht hatte; milde Mittel sind das richtige, diese tief verwundete Seele auf den rechten Pfad zu leiten, nicht abschreckende Heftigkeit. Und daher glaube ich, Sie werden mit mir darin übereinstimmen, daß – daß – «

»Natürlich, natürlich!« erwiderte Lady Southdown. »Liebe Jane, du brauchst das Kärtchen an Mr. Irons nicht zu schreiben. Wenn ihr Gesundheitszustand derart ist, daß solche Gespräche sie angreifen, so wollen wir warten, bis es ihr wieder besser geht. Ich will morgen Miß Crawley einen Besuch machen.«

»Und wenn ich mir einen Vorschlag erlauben dürfte, teuerste Lady,« sagte Pitt in einschmeichelndem Tone, »so würde ich raten, daß Sie sich nicht von unserer vortrefflichen Emily, die gar zu bekehrungseifrig ist, sondern von unserer lieben, sanften Lady Jane begleiten ließen.«

»Ganz gewiß, Emily würde alles verderben«, antwortete Lady Southdown und willigte für diesmal ein, von ihrem gewöhnlichen Verfahren abzuweichen, das, wie schon erwähnt, darin bestand, daß sie die Gegenpartei, bevor sie persönlich gegen sie zu Felde zog, um sie zu überwältigen, mit einem Hagel von Traktätchen überschüttete (gleich den Franzosen, die ihre Angriffe immer mit einer wütenden Kanonade eröffnen). Mit Rücksicht auf die Gesundheit der alten Dame und auf ihr Seelenheil oder auf ihr Geld verstand sich also Lady Southdown dazu, langsamer vorzugehen.

Am nächsten Tag fuhr die große Familienkutsche der Southdownschen Damen mit der Grafenkrone und dem Wappen in vollem Staat bei Miß Crawleys Haus vor, und der große, feierlich aussehende Diener übergab Mr. Bowls die Karten der beiden Damen für Miß Crawley und Miß Briggs. Um nicht ganz ausgeschaltet zu sein, schickte Lady Emily der Gesellschafterin abends ein Paket, das die ›Waschfrau‹ und andere erbauliche und beliebte Traktätchen für Miß Briggs' eigenen Gebrauch und einige Schriften kräftigerer Art, nämlich ›Brosamen aus der Speisekammer‹, ›Die Bratpfanne und das Feuer‹ und ›Die Livree der Sünde‹ für die Dienerschaft enthielt.

VIERUNDDREISSIGSTES KAPITEL
James Crawley geht die Pfeife aus

Durch Mr. Crawleys liebenswürdiges Benehmen und durch Lady Janes Freundlichkeit bei der Begegnung mit ihr fühlte sich Miß Briggs sehr geschmeichelt, und als die Karten der Southdownschen Damen Miß Crawley überreicht wurden, nahm sie die Gelegenheit wahr, Lady Janes Lob zu singen. Auch daß eine Gräfin für ihre, Miß Briggs', eigene Person eine Karte hatte abgeben lassen, war dem armen, alleinstehenden Wesen keine kleine Freude. »Ich möchte wohl wissen, was sich Lady Southdown dabei gedacht hat, als sie auch für Sie eine Karte hier ließ, Miß Briggs«, sagte die republikanisch gesinnte Miß Crawley, worauf die Gesellschafterin sanftmütig erwiderte, sie hoffe, daß es doch nichts Schlimmes sei, wenn eine vornehme Dame einer armen, aber anständigen Frauensperson Beachtung schenke; und sie legte dann die Karte in ihren Nähtisch zu ihren teuersten Schätzen. Ferner erzählte Miß Briggs, sie habe gestern Mr. Crawley mit seiner Kusine, mit der er schon lange verlobt sei, auf der Straße getroffen, und sie berichtete, wie sanft und freundlich sich die Dame gezeigt habe und wie einfach, um nicht zu sagen gewöhnlich, ihre Kleidung gewesen sei, deren einzelne Bestandteile vom Hut bis zu den Schuhen hinunter sie mit echt weiblicher Genauigkeit beschrieb und abschätzte.

548

Miß Crawley ließ sie schwatzen, ohne sie allzuoft zu unterbrechen. Mit fortschreitender Genesung sehnte sie sich immer mehr nach Gesellschaft. Ihr Arzt, Mr. Creamer, wollte ihr nicht erlauben, nach London zu ihren alten Beschäftigungen und Vergnügungen zurückzukehren. So war denn die alte Jungfer sehr froh, in Brighton etwas Gesellschaft zu finden, und erwiderte daher nicht nur schon am nächsten Tage die Abgabe der Karten, sondern lud auch Pitt Crawley in liebenswürdigen Ausdrücken ein, seine Tante zu besuchen. Er kam und brachte Lady Southdown und ihre Tochter mit. Die Gräfinwitwe sagte kein Wort über Miß Crawleys Seelenheil, sondern redete sehr taktvoll über das Wetter, über den Krieg und den Sturz des Ungeheuers Bonaparte, dann aber vor allem über Ärzte, Quacksalber und die hervorragenden Verdienste Doktor Podgers, dessen Gönnerin sie damals gerade war.

Bei diesem Gespräch führte Pitt Crawley einen meisterhaften Schachzug aus, der bewies, daß er, wenn er die diplomatische Laufbahn nicht so früh wegen der schlechten Beförderung aufgegeben hätte, es sehr weit in diesem Beruf hätte bringen können. Als nämlich die verwitwete Gräfin von Southdown, wie es in jener Zeit üblich war, über den korsischen Emporkömmling herfiel und bewies, daß er ein Ungeheuer sei, das sich mit jedem nur denkbaren Verbrechen befleckt habe, eine Feigling und Tyrann, der nicht länger zu leben verdiene und dessen Sturz schon vorher bestimmt gewesen sei und so weiter, da trat Pitt Crawley plötzlich als Verteidiger dieses vielgeprüften Mannes auf den Plan. Er beschrieb den Ersten Konsul, wie er ihn in Paris zur Zeit des Friedens von Amiens gesehen hatte, wo er, Pitt Crawley, das Glück gehabt habe, die Bekanntschaft des großen, trefflichen Mr. Fox zu machen, eines Staatsmannes, den er trotz seiner abweichenden politischen Ansichten doch nur glühend bewundern könne und der immer die höchste

Meinung vom Kaiser Napoleon gehabt habe. Und dann sprach er in Ausdrücken stärkster Entrüstung von dem treulosen Benehmen der Verbündeten gegen den entthronten Monarchen, der, nachdem er sich großmütig ihrer Gnade anvertraut habe, zu einer unwürdigen, grausamen Verbannung verurteilt worden sei, während ein bigotter, papistischer Pöbel an seiner Statt Frankreich beherrsche.

Diese Äußerung rechtgläubigen Abscheus gegen den römischen Aberglauben rettete Pitt Crawley in Lady Southdowns Meinung, während seine Bewunderung für Fox und Napoleon ihn in Miß Crawleys Augen gewaltig steigen ließ. Ihre Freundschaft mit dem verstorbenen britischen Staatsmann haben wir schon erwähnt, als wir sie zuerst in diese Geschichte einführten. Als eine treue Anhängerin der Whigs hatte Miß Crawley während des ganzen Krieges auf der Seite der Opposition gestanden, und obwohl natürlich der Sturz des Kaisers der alten Dame nicht übermäßig naheging und seine schlechte Behandlung ihr nicht das Leben oder die Nachtruhe verkürzen konnten, sprach ihr doch Pitt aus dem Herzen, als er diese beiden von ihr verehrten Männer lobte, und machte durch diese eine Rede außerordentliche Fortschritte in ihrer Gunst.

»Und was denken Sie darüber, meine Liebe?« sagte Miß Crawley zu der jungen Dame, an der sie gleich auf den ersten Blick Gefallen gefunden hatte, wie dies bei hübschen, bescheidenen, jungen Leuten immer der Fall war, wenn wir auch bekennen müssen, daß ihre Zuneigung sich ebenso schnell wieder abzukühlen pflegte, wie sie entstanden war.

Lady Jane wurde sehr rot und antwortete, sie verstehe von Politik nichts und müsse sie klügeren Köpfen überlassen, als der ihrige sei; wenn aber auch Mama ohne Zweifel recht habe, so habe doch Mr. Crawley sehr schön gesprochen. Und als sich die beiden Damen dann verabschiedeten, sprach

Miß Crawley die Hoffnung aus, Lady Southdown werde die
Güte haben, Lady Jane manchmal zu ihr zu schicken, falls
diese Zeit hätte, sie zu besuchen und eine kranke, einsame,
alte Frau zu trösten. Dieses Versprechen wurde in liebens-
würdigster Weise gegeben, und man trennte sich in freund-
schaftlichster Stimmung.

»Laß Lady Southdown nicht wieder herkommen, Pitt«,
sagte die alte Dame. »Sie ist dumm und aufgeblasen wie die
ganze Familie deiner Mutter; ich habe diese Familie nie ausstehen können. Aber die hübsche, gutherzige, kleine Lady
Jane kannst du herbringen, sooft du nur willst.« Pitt versprach ihr, dies zu tun. Der Gräfin von Southdown erzählte
er nicht, welche Meinung seine Tante sich über sie gebildet
habe, sondern ließ sie im Glauben, daß sie einen sehr angenehmen, hoheitsvollen Eindruck auf Miß Crawley gemacht
habe.

Da Lady Jane keine Abneigung dagegen verspürte, eine
kranke Dame zu trösten, und vielleicht in ihrem Herzen
nicht betrübt darüber war, ab und zu von der öden Sal-
baderei des Reverend Bartholomew Irons und der andern
frommen Speichellecker, die sich um den Thron der dünkel-
haften Gräfin, ihrer Mama, scharten, befreit zu sein, wurde
sie ein ziemlich häufiger Gast bei Miß Crawley, begleitete
sie auf ihren Spazierfahrten und vertrieb ihr an manchem
Abend die Langeweile. Sie hatte einen so guten, sanften
Charakter, daß sogar die Firkin nicht eifersüchtig auf sie
werden konnte; und die gefühlvolle Briggs fand, daß ihre
Herrin sie weniger grausam behandelte, wenn Lady Jane
zugegen war. Gegen Lady Jane benahm sich Miß Crawley
ganz reizend. Die alte Jungfer erzählte ihr tausend Anekdoten aus ihrer Jugendzeit, wobei sie zu ihr in einem ganz
anderen Ton redete als dem, den sie der gottlosen kleinen
Rebekka gegenüber anzuschlagen gewohnt gewesen war.
Denn Lady Janes Unschuld war so groß, daß leichtfertige

Reden in ihrer Gegenwart als eine Beleidigung erschienen, und Miß Crawley war doch zu vornehm gesinnt, um ein so reines Wesen zu kränken. Die junge Dame selbst hatte außer von dieser alten Jungfer, ihrem Bruder und ihrem Vater von keinem besonders viel Liebe und Güte erfahren und vergalt Miß Crawleys Huld mit ungekünstelter Zuneigung und Freundschaft.

In diesem Herbst – da Rebekka sich als die fröhlichste unter den fröhlichen Siegern in Paris vergnügte und unsere Amelia, unsere liebe, tiefgebeugte Amelia, wer weiß wo war – pflegte Lady Jane abends in Miß Crawleys Salon zu sitzen und ihr im Zwielicht, während die Sonne unterging und die See brausend gegen das Gestade schlug, mit ihrer süßen Stimme ihre kleinen, einfachen weltlichen und geistlichen Lieder vorzusingen. Die alte Jungfer wachte gewöhnlich auf, sobald der Gesang schwieg, und bat um mehr. Miß Briggs aber vergoß dabei unzählige glückselige Tränen, während sie sich mit ihrer Strickarbeit beschäftigt stellte und auf das gewaltige dunkle Meer vor den Fenstern und zu den immer heller aufflammenden Himmelslichtern blickte, und ihre Glückseligkeit und Rührung wird schwerlich jemand ermessen können.

Unterdessen saß Pitt im Speisezimmer mit einer Broschüre über die Korngesetze oder einem Missionsbericht vor sich und erholte sich in der Weise, die romantisch und unromantisch veranlagten Männern nach dem Dinner zusagt: er schlürfte Madeira, baute Luftschlösser, hielt sich für einen prächtigen Menschen, fühlte eine wärmere Liebe zu Jane als je in diesen sieben Jahren, die ihre Verbindung bereits ohne die geringste Ungeduld von seiner Seite gedauert hatte – und schlief ziemlich viel. Wenn die Kaffeezeit herankam, pflegte Mr. Bowls geräuschvoll einzutreten, um Mr. Pitt zu rufen, den er dann im Dunkeln eifrig mit seiner Broschüre beschäftigt fand.

»Ich wollte, liebes Kind, ich hätte jemand, der mit mir Pikett spielen könnte«, sagte Miß Crawley eines Abends, als der Haushofmeister mit den Lichtern und dem Kaffee erschien. »Die arme Briggs kann nicht besser spielen als eine Eule, sie ist gar zu dumm,« (die alte Jungfer benutzte jede Gelegenheit, von Miß Briggs in Gegenwart der Dienstboten Schlechtes zu sagen) »und ich glaube, ich würde besser schlafen, wenn ich vorher mein Spielchen gehabt hätte.«

Da errötete Lady Jane bis zu ihren kleinen Ohrläppchen und den Spitzen ihrer hübschen Finger, und als Mr. Bowls das Zimmer verlassen und die Tür fest hinter sich geschlossen hatte, sagte sie: »Miß Crawley, ich kann ein wenig spielen. Ich – ich habe manchmal mit meinem armen lieben Papa gespielt.«

»Kommen Sie her und geben Sie mir einen Kuß! Kommen Sie augenblicklich her und geben Sie mir einen Kuß, Sie liebes, gutes Seelchen!« rief Miß Crawley in heller Begeisterung; und bei dieser unterhaltsamen, freundschaftlichen Beschäftigung fand Mr. Pitt die alte und die junge Dame, als er mit seiner Broschüre in der Hand heraufkam. Wie rot war sie nun den ganzen Abend über, die arme Lady Jane!

Man darf sich aber nicht einbilden, daß Mr. Pitt Crawleys schlaue Politik der Aufmerksamkeit seiner lieben Verwandten im Pfarrhaus von Queen's Crawley entgangen wäre. Hampshire und Sussex liegen sehr nahe beieinander, und Mrs. Bute hatte in der letztgenannten Grafschaft Freundinnen, die es sich angelegen sein ließen, sie von allem – und noch viel mehr als allem! –, was in Miß Crawleys Haus in Brighton vorging, zu unterrichten. Pitt kam immer häufiger dorthin. Er kam manchmal monatelang nicht nach dem Schloß, wo sein abscheulicher alter Vater sich völlig seinem Lieblingsgetränk, dem Grog, und der unwürdigen Gesellschaft der Familie Horrocks hingab. Pitts Erfolge machten

die Familie des Oberpfarrers wütend, und Mrs. Bute bereute
mehr, als sie es eingestand, den ungeheuren Fehler, den sie
dadurch begangen hatte, daß sie gegen Miß Briggs so unartig und gegen Mr. Bowls und Mrs. Firkin so hochmütig
und knauserig gewesen war; denn nun hatte sie in Miß
Crawleys Haushalt keinen einzigen Menschen mehr, der sie
darüber auf dem laufenden gehalten hätte, was sich dort
zutrug. »Dein Schlüsselbein ist an allem schuld,« sagte sie
immer wieder zu ihrem Mann, »hättest du dir das nicht gebrochen, so würde ich sie nie verlassen haben. Ich bin eine
Märtyrerin der Pflicht und deiner schändlichen, ungeist-
lichen Jagdleidenschaft, Bute.«
»Jagdleidenschaft! Unsinn! Du selbst hast sie scheu gemacht, Martha«, erwiderte der Geistliche. »Du bist ein
gescheites Frauenzimmer, aber du hast ein zu hitziges Temperament und knauserst zu sehr mit dem Geld, Martha.«
»Du säßest längst im Schuldgefängnis, Bute, wenn ich unser
Geld nicht zusammengehalten hätte.«
»Das weiß ich wohl, liebe Frau«, versetzte der Oberpfarrer
gutmütig. »Du bist tatsächlich eine kluge Frau, aber gar zu
sparsam, laß dir das sagen.« Und der fromme Mann tröstete
sich mit einem großen Glas Portwein.
»Was, zum Teufel, mag sie nur an dem Hansnarren, diesem
Pitt Crawley, finden?« fuhr er fort. »Der Mensch hat nicht
einmal Mumm genug, um einer Gans entgegenzutreten. Ich
weiß noch, wie Rawdon, der wirklich ein Mann ist, wenn
ihn auch der Teufel holen möge, ihn manchmal mit der
Peitsche wie einen Kreisel um die Ställe herumjagte und Pitt
dann heulend ins Haus zu seiner Mama lief, haha! Jeder von
meinen Jungen würde ihn mit einer Hand durchprügeln.
James sagt, wenn in Oxford von ihm gesprochen wird, heißt
er noch immer Miß Crawley – der Hansnarr!«
»Höre, Martha«, fuhr der hochwürdige Herr nach kurzem
Stillschweigen fort.
554

»Nun, was?« fragte Martha, die an den Nägeln kaute und auf der Tischkante trommelte.

»Ich meine, ob wir nicht James nach Brighton schicken sollten, damit er versucht, mit der alten Dame etwas anzufangen. Wie du weißt, wird er jetzt bald sein Examen machen. Er ist allerdings zweimal durchgefallen – genau wie ich seinerzeit –, aber er hat doch den Vorteil, daß er in Oxford gewesen ist und akademische Bildung genossen hat. Er ist dort mit einigen der vornehmsten Studenten bekannt. Er ist Vorruderer im Bonifatius-Boot. Er ist ein hübscher Junge. Donnerwetter, Frau, wir wollen ihn auf die Alte hetzen und ihm sagen, wenn Pitt den Mund aufzutun wagt, soll er ihn niederboxen. Hahaha!«

»Gewiß, James könnte ja hinfahren und sie besuchen«, erwiderte sein Gattin und fügte seufzend hinzu: »Wenn wir nur eines von den Mädchen in das Haus bringen könnten, aber sie hat sie nie ausstehen können, weil sie nicht hübsch sind!« Diese unglücklichen, wohlerzogenen jungen Mädchen befanden sich gerade im anstoßenden Salon, wo man sie ein schwieriges Musikstück auf dem Klavier heruntertrommeln hörte – wie sie sich denn überhaupt den ganzen Tag lang mit Musik, Geographie, Geschichte oder Turnen beschäftigen mußten. Aber was nützen all solche schönen Dinge auf dem Jahrmarkt der Eitelkeit einem Mädchen, wenn es klein, arm und häßlich ist und eine schlechte Hautfarbe hat? Mrs. Bute wagte nicht zu hoffen, daß ihr jemand eine ihrer Töchter abnehmen werde; höchstens war an den Hilfsgeistlichen zu denken. In diesem Augenblick kam James mit einer Wachstuchmütze auf dem Kopf und einer kurzen Pfeife im Mund aus dem Stall in das Wohnzimmer, wobei er das Fenster als Eingang benutzte, und nun knüpften er und sein Vater ein Gespräch über die Wetten für das Saint-Leger-Rennen an, und damit war die Unterredung zwischen dem Oberpfarrer und seiner Frau beendet.

Mrs. Bute versprach sich von der Absendung ihres Sohnes James als Gesandter nicht viel Gutes und sah ihn in ziemlich hoffnungsloser Stimmung abreisen. Auch der junge Mann selbst erwartete, als man ihm den Zweck seiner Mission auseinandersetzte, nicht viel Vergnügen oder Nutzen davon; aber er tröstete sich mit dem Gedanken, daß ihm die alte Dame vielleicht zum Andenken ein hübsches Sümmchen schenken werde, von dem er zu Beginn des nächsten Oxforder Semesters einige seiner dringlichsten Schulden bezahlen könne. So setzte er sich denn in die Southamptoner Postkutsche und traf noch an demselben Abend mit seiner Reisetasche, seiner Lieblingsbulldogge Towzer und einem gewaltigen Korb voll besonders schöner Feld- und Gartenerzeugnisse, einer Gabe der lieben Pfarrersleute für die liebe Miß Crawley, wohlbehalten in Brighton ein. Da er überlegte, daß es schon zu spät sei, um die kranke Dame noch am Abend seiner Ankunft zu stören, stieg er in einem Gasthaus ab und machte Miß Crawley erst am nächsten Tage gegen Mittag seine Aufwartung.

James Crawley war, als ihn seine Tante zum letzten Mal gesehen hatte, ein linkischer Bursche gewesen, in jenem unglücklichen Alter, da die Stimme zwischen einem hohen Diskant und einem unnatürlichen Baß hin und her schwankt – da sich auf dem Gesicht nicht selten Blütchen zeigen, gegen die Rowlands Kalydor ein gutes Heilmittel sein soll – da die Jungen sich heimlich mit der Schere ihrer Schwestern rasieren und der Anblick anderer junger Mädchen ein unerträgliches Gefühl des Widerwillens bei ihnen hervorruft – da die großen Hände und Fußknöchel weit aus den zu eng gewordenen Kleidern hervorragen – da ihre Gegenwart nach dem Dinner für die Damen, die im Zwielicht im Salon miteinander flüstern, ebenso lästig ist wie für die Herren im Speisezimmer, die sich durch die Anwesenheit der linkischen Unschuld in ihrem freien Gespräch und im reizvollen Austausch von Witzen behindert fühlen – da Papa nach dem zweiten Glase sagt: ›Jack, mein Junge, geh mal hinaus und sieh zu, ob sich das Wetter hält!‹ worauf dann der Junge, halb froh darüber, daß er aus dem Zimmer heraus kann, und halb gekränkt, weil er noch nicht als Mann behandelt wird, die Tafel vorzeitig verläßt. James, der damals noch ein eben in die Höhe geschossener Tölpel gewesen war, war nun ein junger Mann, der die Segnungen einer Universitätsbildung genossen und sich jenen unschätzbaren Schliff angeeignet hatte, den man dadurch gewinnt, daß man in der flotten Gesellschaft eines kleinen College lebt, Schulden macht, gemaßregelt wird und durch das Examen fällt.

Jetzt, als er sich seiner Tante in Brighton vorstellte, war er ein hübscher Bursche, und ein nettes Äußeres war von jeher ein Empfehlungsbrief bei der wetterwendischen alten Dame gewesen. Auch sein Erröten und seine Verlegenheit schadeten ihm in ihren Augen nicht; diese Zeichen der Unverdorbenheit und Unschuld des jungen Mannes gefielen ihr vielmehr recht gut.

»Ich bin«, sagte er, »auf ein paar Tage hierhergekommen, um einen Freund aus meinem College zu besuchen, und – und um dir, liebe Tante, meine Aufwartung zu machen und Grüße von meinem Vater und von meiner Mutter zu bestellen, die hoffen, daß es dir wohl geht.«

Pitt befand sich im Zimmer bei Miß Crawley, als der junge Mann angemeldet wurde, und machte ein sehr betroffenes Gesicht, als er dessen Namen hörte. Die alte Dame besaß viel Humor und belustigte sich über die Bestürzung ihres sonst so formvollendeten Neffen. Sie erkundigte sich mit großer Anteilnahme nach allen Bewohnern des Pfarrhauses und sagte, sie beabsichtige, ihnen bald einmal einen Besuch zu machen. Sie lobte den jungen Mann ins Gesicht: er sei gut gewachsen, habe sich sehr zu seinem Vorteil verändert, und es sei jammerschade, daß seine Schwestern nichts von seiner hübschen Erscheinung besäßen. Als sie dann auf Befragen erfuhr, daß er sich in einem Gasthof eingemietet habe, wollte sie nichts von seinem Dortbleiben hören, sondern beauftragte Mr. Bowls, sofort Mr. James Crawleys Sachen holen zu lassen; »und hören Sie, Bowls,« fügte sie mit großer Liebenswürdigkeit hinzu, »bezahlen Sie bitte Mr. James' Rechnung.«

Sie warf Pitt einen spöttischen, triumphierenden Blick zu, so daß der Diplomat beinah vor Neid erstickte. So sehr er sich auch bei seiner Tante beliebt gemacht hatte, war er doch noch nie von ihr eingeladen worden, unter ihrem Dach zu wohnen, und nun war da so ein junger grüner Bengel gekommen, den sie gleich beim ersten Besuch in ihr Haus aufnahm.

»Ich bitte um Verzeihung, Sir,« sagte Bowls, der mit einer tiefen Verbeugung herantrat, »aus welchem Hotel soll Thomas das Gepäck holen?«

»O verdammt!« sagte der junge James, bestürzt aufspringend, »ich will selbst hingehen.«

»Wie heißt es?« fragte Miß Crawley.

»»Zum Boxerwappen««, erwiderte James, tief errötend.

Miß Crawley lachte bei diesem Namen laut auf. Auch Mr. Bowls ließ ein kurzes Prusten hören, was er sich als vertrauter Diener der Familie schon erlauben durfte, unterdrückte aber sein Lachen sogleich. Der Diplomat lächelte nur.

»Ich – ich kannte kein besseres Gasthaus«, sagte James mit niedergeschlagenen Augen. »Ich bin früher nie hier gewesen; der Kutscher hatte es mir empfohlen.« Der junge Lügner! In Wirklichkeit verhielt es sich so, daß er gestern in der Southamptoner Postkutsche den Preisboxer von Tutbury, der nach Brighton fuhr, um sich mit dem Meister von Rottingdean zu messen, getroffen hatte und von der Unterhaltung mit ihm so entzückt war, daß er den Abend in der Gesellschaft dieses biederen Mannes und seiner Freunde in dem genannten Wirtshaus verlebt hatte.

»Ich – das beste wäre schon, wenn ich selbst hinginge und die Rechnung begliche«, fuhr James fort. »Ich kann das doch unmöglich von dir verlangen, liebe Tante«, fügte er edelmütig hinzu.

Über dieses Zartgefühl mußte seine Tante noch herzlicher lachen.

»Gehen Sie hin und erledigen Sie die Rechnung, Bowls,« sagte sie mit einer die Sache abschließenden Handbewegung, »und bringen Sie sie mir.«

Die arme Dame! Sie wußte nicht, was sie getan hatte!

»Da ist – da ist auch noch ein kleiner Hund«, sagte James mit furchtbar schuldbewußter Miene. »Ich möchte ihn doch lieber selbst holen. Bediente beißt er gern in die Waden.«

Die ganze Gesellschaft brach bei dieser Beschreibung in schallendes Gelächter aus, selbst Miß Briggs und Lady Jane, die während dieses Gesprächs zwischen Miß Crawley und ihrem Neffen stumm dagesessen hatte; und Mr. Bowls verließ ohne ein weiteres Wort das Zimmer.

Um ihren älteren Neffen zu ärgern, fuhr Miß Crawley trotz allem fort, den jungen Oxforder liebenswürdig zu behandeln. Wenn sie einmal angefangen hatte, sich freundlich und verbindlich zu zeigen, kannte sie darin keine Grenzen. Pitt lud sie zwar ein, zum Dinner wiederzukommen, auf ihrer Spazierfahrt vor Tisch aber mußte sie auf ihr dringendes Verlangen der liebe James begleiten, und so fuhr sie denn mit ihm auf dem Rücksitz der Kutsche in feierlicher Parade den Klippenweg auf und ab. Während dieser ganzen Fahrt ließ sie sich dazu herab, ihm Liebenswürdigkeiten zu sagen, machte den armen Burschen durch Zitate italienischer und französischer Verse verlegen und sprach die Überzeugung aus, daß er ein vorzüglicher Gelehrter sei und gewiß noch einmal eine goldene Medaille als Senior Wrangler[1] bekommen werde.

---

1. Ehrentitel der Cambridger Universität für die Studenten, die beim Examen das beste der vier Prädikate erhalten haben.

»Haha,« lachte James, durch diese schmeichelhaften Reden ermutigt, »Senior Wrangler ist gut! Die gibt es nur in der andern Bude.«

»Was meinst du mit der andern Bude, mein liebes Kind?« fragte die Lady.

»Senior Wranglers gibt es in Cambridge, nicht in Oxford«, antwortete der Student mit überlegener Miene und würde wahrscheinlich noch zutraulicher geworden sein, wenn nicht plötzlich in einem niedrigen Wägelchen, das von einem flotten Pony gezogen wurde, seine Freunde, der Preisboxer von Tutbury und der Meister von Rottingdean, mit drei anderen Herren ihrer Bekanntschaft, alle in weißen Flanellröcken mit Perlmutterknöpfen, auf dem Klippenweg aufgetaucht wären und den armen James in der Kutsche gegrüßt hätten. Dieser Zwischenfall dämpfte die gute Stimmung des biederen Jünglings sehr, und während der übrigen Fahrt war außer ja oder nein kein Wort mehr aus ihm herauszubekommen.

Bei seiner Rückkehr fand er sein Zimmer in Bereitschaft und seine Reisetasche zur Stelle; und wenn er nicht so sehr mit sich beschäftigt gewesen wäre, hätte er bemerken können, daß Mr. Bowls Gesicht, als er ihn auf sein Zimmer führte, Ernst, Erstaunen und Mitleid ausdrückte. Aber es kam ihm gar nicht in den Sinn, auf Mr. Bowls zu achten. Er beklagte nur im stillen die schreckliche Lage, in der er sich befand, in einem Hause voll alter Weiber, die französisch und italienisch plapperten und Verse zitierten. »Da bin ich wirklich scheußlich hineingefallen, Donnerwetter ja!« rief der schüchterne Jüngling, der auch dem sanftesten weiblichen Wesen – selbst einer Briggs – nicht ins Gesicht sehen konnte, wenn es ihn anredete, während er, in eine Hafenkneipe versetzt, den dreistesten Bootsknecht in Kraftausdrücken übertrumpft haben würde.

Zum Dinner erschien James mit einem weißen Halstuch, das ihn fast erwürgte, und hatte die Ehre, Lady Jane ins Speise-

zimmer zu führen, während Miß Briggs und Mr. Crawley
mit der alten Dame folgten und ihre vielen Bündel, Schals
und Kissen trugen. Die Hälfte der Tischzeit mußte Miß
Briggs darauf verwenden, für die Bequemlichkeit ihrer kranken Herrin zu sorgen und für ihren fetten Schoßhund Hüh-
nerfleisch zurechtzuschneiden. James sprach nicht viel; er
hielt es aber für seine Pflicht, alle Damen zum Weintrinken
aufzufordern, tat Mr. Crawley Bescheid, wenn ihm dieser
zutrank, und führte sich den größten Teil einer Flasche
Champagner zu Gemüte, die Mr. Bowls ihm zu Ehren her-
aufholen mußte. Als die Damen sich zurückgezogen hatten
und die beiden Vettern allein geblieben waren, wurde Pitt,
der ehemalige Attaché, sehr mitteilsam und freundlich. Er
erkundigte sich nach James' Laufbahn auf der Universität,
fragte nach seinen Aussichten und hoffte von ganzem Herzen, daß er es einmal recht weit bringen werde; kurz, er
zeigte sich höchst natürlich und liebenswürdig. James' Zunge
wurde unter der Einwirkung des Portweins immer gelöster,
und er erzählte seinem Vetter von seinem Leben, seinen
Aussichten, seinen Schulden, seinen Examenssorgen und
den unangenehmen Auftritten, die er mit den Universitäts-
richtern gehabt habe; dabei füllte er sein Glas fleißig aus den
vor ihm stehenden Flaschen und ging mit fröhlichem Eifer
vom Portwein zum Madeira über.

»Die Tante kennt kein größeres Vergnügen,« bemerkte Mr.
Crawley, während er sich sein Glas füllte, »als wenn in ihrem
Hause jeder so lebt, wie es ihm gefällt. Hier ist ein freiheit-
liches Haus, James, und du kannst Miß Crawley keine schö-
nere Freude machen, als wenn du tust, was du willst, und
verlangst, wonach du Lust hast. Ich weiß, ihr auf dem Lande
habt mich alle verspottet, weil ich ein Tory bin; aber Miß
Crawley ist so liberal, daß sie für jede Meinung Verständnis
hat. Sie selbst ist eine geschworene Republikanerin und
verachtet all solche Dinge wie Rang und Titel.«

»Warum heiratest du denn eine Grafentochter?« fragte James. »Bedenke, lieber Freund, daß die arme Lady Jane nichts dafür kann, daß sie aus einer vornehmen Familie stammt,« erwiderte Pitt mit der Miene eines Hofmannes. »Sie kann es doch nicht ändern, daß sie eine Lady ist. Übrigens bin ich, wie du weißt, ein Tory.«

»O, was das betrifft,« sagte James, »so geht doch nichts über altes Blut, nein, wahrhaftig nicht, dafür will ich mich hängen lassen! Ich bin kein Radikaler. Ich will verdammt sein, wenn ich nicht weiß, was es damit auf sich hat, ein Edelmann zu sein! Sieh dir nur die Leute beim Wettrudern oder auch beim Boxen an, ja, selbst einen Hund, wenn er Ratten jagt: wer gewinnt? Die von edlem Blute! Holen Sie noch etwas Portwein, Bowls, alter Knabe, während ich diese Flasche hier erledige. Was sagte ich doch gleich?«

»Ich glaube, du sprachst von Hunden, welche Ratten totbeißen«, bemerkte Pitt in sanftem Ton und reichte seinem Vetter die Flasche, damit er sie ›erledige‹.

»Ratten totbeißen, sprach ich davon? Nun, Pitt, bist du Sportsmann? Willst du einmal einen Hund sehen, der es versteht, eine Ratte weidgerecht totzubeißen? Wenn du dich dafür interessierst, dann komm einmal mit mir in mein Gasthaus in den Castle Street Mews, und ich will dir eine Bulldogge zeigen, die – ach, Unsinn!« rief James und brach über seinen eigenen törichten Vorschlag in ein Gelächter aus. »Was kümmerst du dich um Hunde und Ratten! Das ist ja lauter dummes Zeug. Ich glaube wirklich, du weißt nicht, welcher Unterschied zwischen einer Hündin und einer Hindin ist.«

»Das kann wohl sein,« entgegnete Pitt, »übrigens,« fuhr er mit noch gesteigerter Liebenswürdigkeit fort, »eigentlich sprachst du über gutes Blut und über die Vorteile, die man durch vornehme Abkunft erlangt. Hier ist die frische Flasche.«

»Ja, Blut, das ist die Hauptsache«, sagte James und goß die rubinrote Flüssigkeit hinunter. »Nichts geht über das Blut, bei Pferden, Hunden und Menschen. Im letzten Semester, kurz bevor ich zeitweilig von der Universität verwiesen wurde – ich meine, kurz bevor ich die Masern bekam, haha–, saßen ich und Ringwood vom Christchurch College, Bob Ringwood, der Sohn von Lord Cinqbar, in der ›Glocke‹ in Blenheim und tranken unser Bier, als der Bootsknecht von Banbury sich erbot, um eine Bowle Punsch mit einem von uns beiden zu boxen. Ich selbst konnte nicht. Ich trug den Arm in der Binde und hatte nicht einmal unser Wägelchen hinauskutschieren können – mein Pferd, der verdammte Racker, war erst zwei Tage vorher beim Rennen in Abingdon so mit mir gestürzt, daß ich schon dachte, ich hätte mir den Arm gebrochen. Na also, ich konnte ihn mir nicht vornehmen. Bob aber hatte im Umsehen den Rock ausgezogen, drei Minuten lang kämpfte er mit dem Kerl aus Banbury und verprügelte ihn in vier Gängen mit geringer Mühe. Donnerwetter, wie der Bursche hinpurzelte! Und woher kam das! Nur vom Blut, mein Bester, nur vom Blut!«

»Du trinkst ja gar nicht, James«, unterbrach ihn der Exattaché. »Zu meiner Zeit ließen die Studenten in Oxford die Flasche schneller kreisen, als ihr jungen Leute von heute es zu tun scheint.«

»Ich will dir etwas sagen,« erwiderte James, indem er die Hand an die Nase hielt und seinen Vetter mit weinseligen Augen anblinzelte, »mach keine faulen Witze, alter Junge! Versuch nicht, mich zu betölpeln! Du möchtest mich betrunken machen, aber das wird dir nicht gelingen. In vino veritas, alter Junge. Mars, Bacchus, Apollo virorum, was? Ich wollte, die Tante schickte meinem Alten ein paar Flaschen von diesem Wein, es ist ein höllisch guter Tropfen.«

»Du brauchst sie nur darum zu bitten,« fuhr Machiavelli fort, »oder nutze jetzt deine Zeit nach Möglichkeit aus. Wie sagt doch der Dichter? ›Nunc vino pellite curas, cras ingens iterabimus aequor!‹« Und indem der Zecher diese Verse mit einem Pathos vortrug, als ob er im Unterhaus eine Rede hielte, stürzte er, gewaltig sein Glas schwingend, beinahe einen Fingerhut voll Wein hinunter.

Wenn im Pfarrhaus nach dem Essen der Wein auf den Tisch kam, erhielten die jungen Damen je ein Glas Johannisbeerwein. Mrs. Bute trank ein Glas Portwein, der brave James gewöhnlich zwei; da aber der Vater sehr verdrießlich wurde, wenn der Sohn weitere Angriffe auf die Flasche unternahm, so machte der gute Junge gewöhnlich keinen Versuch, mehr zu bekommen, sondern nahm seine Zuflucht entweder zum Johannisbeerwein oder trank einen Wacholderschnaps im Stall, wobei er seine Pfeife rauchte und der Kutscher ihm Gesellschaft leistete. In Oxford war die Quantität des Weines allerdings unbeschränkt, aber die Qualität nur sehr mäßig. Wenn aber Quantität und Qualität sich vereinigten wie im Hause seiner Tante, dann bewies James, daß er dies wirklich zu schätzen wußte; und es bedurfte kaum einer Aufmunterung von seiten seines Vetters, um ihn zu bewegen, auch die zweite von Mr. Bowls gebrachte Flasche zu leeren.

Als aber die Kaffeezeit kam und die Vettern zu den Damen zurückkehren mußten, vor denen James eine geheime Angst hatte, da verließ den jungen Herrn sein liebenswürdiger Freimut, und er fiel wieder in seine gewöhnliche mürrische Schüchternheit zurück. Den ganzen Abend über begnügte er sich damit, mit ja oder nein zu antworten, Lady Jane mit finsterer Miene anzuschielen und eine Tasse Kaffee umzustoßen.

Wenn er nicht sprach, so gähnte er dafür in einer mitleiderregenden Weise, und seine Gegenwart wirkte lähmend auf die harmlosen Beschäftigungen und Vergnügungen des Abends; denn Miß Crawley und Lady Jane bei ihrem Pikett und Miß Briggs bei ihrer Handarbeit merkten, daß seine

Augen dauernd mit einem stieren Ausdruck auf sie gerichtet waren, und fühlten sich sehr unbehaglich unter diesen Blicken des Halbtrunkenen.

»Er scheint ein sehr schweigsamer, linkischer, schüchterner junger Mann zu sein«, sagte Miß Crawley zu Mr. Pitt.

»Er ist in männlicher Gesellschaft mitteilsamer als in weiblicher«, erwiderte Machiavelli trocken – vielleicht etwas enttäuscht, daß der Portwein James nicht gesprächiger gemacht hatte.

Dieser benutzte die Morgenstunden des nächsten Tages dazu, an seine Mutter einen entzückten Bericht über die Aufnahme zu schreiben, die er bei Miß Crawley gefunden habe. Aber ach, er ahnte nicht, welches Unheil ihm der Tag bringen werde und wie kurz seine Stellung als Günstling dauern sollte. Ein Zwischenfall, den James schon vergessen hatte, ein unbedeutender, aber doch verhängnisvoller Zwischenfall, hatte sich im ›Boxerwappen‹ am Abend, bevor er in das Haus seiner Tante gekommen war, zugetragen. Die Sache verhielt sich nämlich so: James, der immer zur Freigebigkeit neigte und, wenn er einen Rausch hatte, besonders gastfrei war, hatte im Laufe des Abends den Preisboxer aus Tutbury und den Meister von Rottingdean sowie deren Freunde mehrmals mit Wacholderschnaps bewirtet, so daß nicht weniger als achtzehn Gläser von diesem Getränk, das Glas zu acht Pence, auf Mr. James Crawleys Rechnung gesetzt waren. Es war nicht der Betrag der Zeche, sondern die Quantität des Wacholderschnapses, die bedenklich gegen den Charakter des armen James sprach, als der Haushofmeister seiner Tante, Mr. Bowls, auf Geheiß seiner Herrin hinging, um die Rechnung des jungen Herrn zu bezahlen. Der Wirt, der fürchtete, die Bezahlung der Rechnung könnte sonst vielleicht ganz verweigert werden, schwur hoch und heilig, der junge Herr habe jeden Tropfen Schnaps, der auf der Rechnung stehe, persönlich vertilgt; Bowls bezahlte die

Rechnung endlich und zeigte sie dann zu Hause der Kammerfrau Mrs. Firkin, die über den ungeheuren Schnapsverbrauch ganz entsetzt war und die Rechnung an Miß Briggs als die Kassenführerin weitergab, die sich ihrerseits wiederum verpflichtet fühlte, die Sache ihrer Herrin, Miß Crawley mitzuteilen.

Hätte er ein Dutzend Flaschen Rotwein getrunken, so würde die alte Jungfer es ihm wohl verziehen haben. Mr. Fox und Mr. Sheridan hatten Rotwein getrunken. Rotwein war ein Getränk für anständige Menschen; aber achtzehn Gläser Wacholderschnaps in Gesellschaft von Boxern in einer gemeinen Kneipe zu vertilgen, das war ein abscheuliches Verbrechen, das nicht leicht Verzeihung finden konnte. Alles schien sich heute gegen den armen Burschen verschworen zu haben: er roch nach Stall, als er von einem Besuch bei seinem Hund Towzer nach Hause kam – und als er seinen Freund ausführte, traf er Miß Crawley und ihren asthmatischen Schoßhund, den Towzer aufgefressen haben würde, wenn sich der Pinscher nicht winselnd unter Miß Briggs' Schutz geflüchtet hätte, während der schändliche Herr des Bullenbeißers lachend der schrecklichen Verfolgung zusah.

An diesem Tage hatte der unselige Bursche auch seine gewöhnliche Schüchternheit ganz abgestreift. Er war bei Tisch lebhaft und witzig, ließ ein paar Späße los, deren Spitze gegen Pitt Crawley gerichtet war, trank ebensoviel Wein wie am vergangenen Tage und ging dann, ohne sich seines Zustandes bewußt zu sein, in den Salon, wo er die Damen mit einigen auserlesenen Oxforder Geschichten zu unterhalten begann. Er beschrieb die verschiedenen boxerischen Fähigkeiten Molyneux' und des Holländer-Sam, erbot sich scherzhaft, mit Lady Jane auf den Preisboxer von Tutbury gegen den Meister von Rottingdean oder auch umgekehrt zu setzen, und krönte seine Späße durch den Vorschlag, sich selbst mit seinem Vetter Pitt Crawley mit oder ohne Handschuhen zu messen und auf den Ausgang des Kampfes mit ihm zu wetten. »Und das ist ein ehrliches Angebot, mein Junge,« sagte er laut lachend und klopfte Pitt dabei auf die Schulter, »mein Vater hat mir auch geraten, es so zu machen, und hält den halben Einsatz bei der Wette, haha!« Bei diesen Worten nickte der hoffnungsvolle Jüngling der armen Miß Briggs verständnisvoll zu und deutete mit scherzhafter, siegesbewußter Miene mit dem Daumen über die Schulter auf Pitt Crawley.

Pitt war vielleicht nicht gerade angenehm berührt, aber im ganzen nicht unglücklich darüber. Der arme James lachte sich an diesem Abend satt, und als seine Tante aufstand, um sich zurückzuziehen, ergriff er das Licht der alten Dame, schwankte damit durch das Zimmer und bot ihr mit dem freundlichsten Lächeln eines Betrunkenen einen Kuß an. Dann empfahl er sich selbst den übrigen und ging in sein Schlafzimmer hinauf, höchst zufrieden mit sich und von der angenehmen Überzeugung durchdrungen, daß seine Tante unter Übergehung seines Vaters und der anderen Familienmitglieder ihm ihr gesamtes Vermögen hinterlassen werde.

Nachdem er einmal in seinem Schlafzimmer angelangt war, hätte man meinen sollen, daß er nicht imstande gewesen wäre, die Sache noch weiter zu verschlimmern; aber dieser unglückliche junge Mensch brachte es dennoch fertig. Der Mond schien so schön auf das Wasser, und James, durch den romantischen Anblick des Meeres und des Himmels an das Fenster gelockt, beschloß, diese Aussicht noch länger zu genießen und dazu eine Pfeife zu rauchen. Den Tabak, meinte er, werde niemand riechen, wenn er so schlau wäre, das Fenster zu öffnen und den Kopf und die Pfeife hinauszustecken. Das tat er denn auch; aber in seinem angeregten Zustand beachtete der arme James nicht, daß seine Tür die ganze Zeit über offenstand, so daß der Wind durchs Zimmer wehte und die Tabakswolken die Treppe hinuntertrieb, wo sie mit unvermindertem Duft zu Miß Crawley und Miß Briggs gelangten.

Diese Pfeife Tabak schlug dem Faß den Boden aus, und die Familie Bute Crawley hat nie erfahren, wieviel tausend Pfund sie ihr gekostet hat. Mrs. Firkin stürzte die Treppe hinab zu Bowls, der gerade seinem Gehilfen mit lauter, schauerlicher Stimme das Traktätchen ›Das Feuer und die Bratpfanne‹ vorlas. Mrs. Firkin teilte ihm das schreckliche Geheimnis mit so erschrockener Miene mit, daß Mr. Bowls und der junge Mann im ersten Augenblick dachten, es seien Räuber im Hause, deren Beine die Kammerfrau wahrscheinlich unter Miß Crawleys Bett entdeckt habe. Sobald er jedoch begriffen hatte, worum es sich handelte, war es für ihn das Werk eines Augenblicks, die Treppe – drei Stufen auf einmal nehmend – hinaufzustürmen, in das Zimmer des ahnungslosen James hineinzustürzen und mit einer vor Entsetzen fast versagenden Stimme zu rufen: »Um Gottes willen, Sir, legen Sie die Pfeife weg!« Und im vorwurfsvollsten Ton fügte er, während er die Pfeife aus dem Fenster warf, hinzu: »O Mr. James, was haben Sie nur getan! Was haben Sie nur getan, Sir! Das gnädige Fräulein kann keinen Tabak vertragen!«

»Na, dann braucht das gnädige Fräulein ja nicht zu rauchen!« erwiderte James mit ausgelassenem, sehr übel angebrachtem Lachen und hielt die ganze Sache für einen famosen Spaß. Aber wie anders waren seine Gefühle am nächsten Morgen, als Mr. Bowls Gehilfe, der Mr. James' Stiefel putzte und ihm heißes Wasser zum Rasieren des so sehnsüchtig erwarteten Bartes brachte, ihm einen Brief ins Bett reichte, der Miß Briggs' Handschrift aufwies. Dieser Brief lautete:

›Sehr geehrter Herr! Miß Crawley hat infolge der schrecklichen Verpestung des Hauses durch Tabaksrauch eine über-
568

aus unruhige Nacht gehabt; sie beauftragt mich, Ihnen mitzuteilen, wie sehr sie bedauert, daß sie zu unwohl sei, um Sie
vor Ihrer Abreise noch einmal sehen zu können, und vor
allem, daß sie Sie veranlaßt hat, das Wirtshaus zu verlassen,
wo Sie, wie sie überzeugt ist, sich während Ihres ferneren
Aufenthaltes in Brighton gewiß viel behaglicher fühlen werden als bei ihr.‹
Hiermit endete des braven James Laufbahn als Bewerber
um die Gunst seiner Tante. Er hatte tatsächlich und ohne es
zu wissen seine Drohung ausgeführt: er hatte mit Boxhand-
schuhen gegen seinen Vetter Pitt gekämpft.

Wo aber war unterdessen der, der bei diesem Wettrennen
um Miß Crawleys Geld früher einmal der erste Anwärter
gewesen war? Becky und Rawdon hatten sich, wie wir gehört haben, nach der Schlacht bei Waterloo wieder zusammengefunden und verlebten den Winter des Jahres 1815 in
großem Glanz und Heiterkeit in Paris. Rebekka war eine
gute Haushälterin, und der Preis, den der arme Joseph Sedley für ihre beiden Pferde bezahlt hatte, war an sich schon
ausreichend, um ihren kleinen Hausstand mindestens für ein
Jahr über Wasser zu halten; es bestand also kein Anlaß, die
Pistolen, mit denen Hauptmann Marker erschossen wurde,
das goldene Reisebesteck oder den mit Zobel gefütterten
Mantel zu Geld zu machen. Aus dem Mantel ließ sich Becky
eine Jacke arbeiten, in der sie bei ihren Spazierritten im
Bois de Boulogne allgemein bewundert wurde. Man hätte
die Szene zwischen ihr und ihrem entzückten Gatten – den
sie nach der Einnahme von Cambray wieder traf – sehen
müssen, wie sie ihre Kleider auftrennte und all die Uhren,
Schmucksachen, Banknoten, Schecks und übrigen Wert-
gegenstände zum Vorschein brachte, die sie vor ihrer be-
absichtigten Flucht aus Brüssel in der Wattierung versteckt hatte! Tufto war ganz begeistert, und Rawdon brüllte

vor Lachen und schwur, sie sei besser als jede Komödie, die er je gesehen habe. Und die Beschreibung ihres Pferdehandels mit dem armen Joseph, die sie nun in der spaßhaftesten Weise zum besten gab, steigerte sein Entzücken bis zur Ekstase. Er glaubte ebenso an sein Weib wie die französischen Soldaten an Napoleon.

Becky erzielte einen großartigen Erfolg in Paris. Alle französischen Damen erklärten sie für eine scharmante Frau. Sie sprach vorzüglich Französisch und machte sich sofort die Anmut, die Lebhaftigkeit und die Lebensart der Französinnen zu eigen. Ihr Mann war allerdings dumm – alle Engländer sind bekanntlich dumm –, aber in Paris spricht ein beschränkter Ehemann immer zugunsten der Frau. Er war der Erbe jener reichen, geistvollen Miß Crawley, deren Haus so vielen geflüchteten Mitgliedern des französischen Adels offengestanden hatte. Sie empfingen nun die Frau Oberst in ihren eigenen Häusern. ›Warum,‹ schrieb eine vornehme Herzogin an Miß Crawley, die ihr in den knappen Zeiten nach der Revolution Spitzen und Juwelen zu dem von ihr selbst geforderten Preise abgekauft und sie oft zu sich zum Dinner eingeladen hatte, ›warum kommt unsere liebe Miß nicht zu ihrem Neffen und zu ihrer Nichte und zu ihren treuen Freunden nach Paris? Jedermann schwärmt hier von der reizenden Mistreß und ihrer geistreichen Schönheit. Ja, wir finden in ihr die Liebenswürdigkeit, die Anmut und den Witz unserer lieben Freundin Miß Crawley wieder! Der König wurde gestern in den Tuilerien auf sie aufmerksam, und wir alle sind eifersüchtig auf die Beachtung, die Monsieur ihr schenkt. Sie hätten nur sehen sollen, wie sich eine gewisse dumme Lady Bareacres ärgerte (deren Adlernase, Samthut und Federn auf allen Festen über die Köpfe der Anwesenden hinwegragen), als Madame, die Herzogin von Angoulême, die erhabene Tochter und Lebensgefährtin von Königen, den besonderen Wunsch aussprach, Mrs. Crawley als Ihrer

570

lieben Tochter und Ihrem Schützling vorgestellt zu werden und ihr im Namen Frankreichs für all das Wohlwollen dankte, das Sie unseren unglücklichen Emigranten während der Verbannung erwiesen haben! Sie nimmt an allen Gesellschaften, an allen Bällen teil, wenn sie auch nicht mehr tanzt, und wie interessant und hübsch sieht die liebe kleine Frau aus, die immer von einem Schwarm von Verehrern umgeben ist und doch so bald Mutter werden wird! Wenn man sie von Ihnen, ihrer Beschützerin, ihrer zweiten Mutter, sprechen hört, müssen selbst dem gefühllosesten Menschen die Tränen in die Augen kommen. Wie sie Sie liebt! Wie wir alle unsere bewundernswerte, hochverehrte Miß Crawley lieben!‹

Es ist zu befürchten, daß dieser Brief der vornehmen Pariser Dame der Sache unserer Becky bei ihrer bewundernswerten, hochverehrten Tante ganz und gar nicht förderlich war. Die Wut der alten Jungfer war im Gegenteil grenzenlos, als sie hörte, in welcher Lage sich Rebekka befand und mit welcher Dreistigkeit sie ihren, Miß Crawleys, Namen dazu benutzt hatte, sich Eintritt in die Pariser Gesellschaft zu verschaffen. Geistig und körperlich zu sehr angegriffen, um der Briefschreiberin in französischer Sprache antworten zu können, diktierte sie der Briggs einen wütenden Brief in ihrer eigenen Sprache, worin sie Mrs. Rawdon Crawley vollständig verleugnete und die Mitwelt vor ihr als einer höchst verschlagenen, gefährlichen Person warnte. Da aber die Frau Herzogin von X. nur zwanzig Jahre lang in England gewesen war, verstand sie kein Wort von dieser Sprache und begnügte sich damit, Mrs. Rawdon Crawley bei ihrer nächsten Begegnung mitzuteilen, sie habe einen reizenden Brief von der teuren Miß erhalten, der die liebenswürdigsten Wendungen über Mrs. Crawley enthalte. Infolgedessen begann Becky im Ernst zu hoffen, daß die alte Jungfer doch noch nachgeben werde.

Inzwischen war sie in Paris die munterste und gefeiertste aller Engländerinnen und sah an ihren Empfangsabenden einen kleinen europäischen Kongreß um sich versammelt. Preußen und Russen, Spanier und Engländer – alle Welt war in diesem berühmten Winter in Paris, und bei dem Anblick der Ordenssterne und Ordensbänder in Rebekkas schlichtem Salon wäre die ganze Bakerstreet vor Neid erblaßt. Berühmte Kriegshelden ritten neben ihrem Wagen im Bois oder drängten sich in ihrer bescheidenen kleinen Loge in der Oper. Rawdon war in der vergnügtesten Stimmung. Bis jetzt hatte er in Paris noch keine ungestüm mahnenden Gläubiger; täglich traf man sich bei Véry oder Beauvilliers; Gelegenheit zum Spiel war reichlich vorhanden, und er spielte mit Glück. Tufto war in weniger guter Laune. Mrs. Tufto war, ohne eine Aufforderung von seiner Seite abzuwarten, nach Paris herübergekommen, und abgesehen von diesem Mißgeschick, war Beckys Stuhl jetzt immer von mehr als einem Dutzend Generalen umgeben, und sie konnte, wenn sie ins Theater ging, unter einer großen Menge von Buketts wählen. Lady Bareacres und die andern Spitzen der englischen Gesellschaft, ebenso einfältige wie untadelige Damen, wußten sich gar nicht zu fassen vor Wut über den Erfolg dieses kleinen Emporkömmlings, dessen boshafte Scherze wie giftige Pfeile in ihre keusche Brust drangen und sie verwundeten. Aber Becky hatte alle Männer auf ihrer Seite. Gegen die Frauen kämpfte sie mit unerschrockenem Mut, und diese konnten leider in keiner andern als in ihrer Muttersprache Lästerreden führen.

So verging der Winter von 1815 auf 1816 für Mrs. Rawdon Crawley unter Festen, Vergnügungen und Wohlleben, und sie fand sich so vollständig in das vornehme Leben hinein, als ob ihre Ahnen schon seit Jahrhunderten den höchsten Kreisen angehört hätten; und in der Tat verdiente sie ja durch ihren Witz, ihr Talent und ihren Schneid einen Ehrenplatz

572

auf dem Jahrmarkt der Eitelkeit. Zu Anfang des Frühlings 1816 enthielt Galignanis Journal in einer interessanten Ecke folgende Mitteilung: ›Am 26. März die Gemahlin des Obersten Crawley von der Leibgarde einen Sohn und Erben.‹ Diese Anzeige wurde von den Londoner Zeitungen übernommen, aus denen Miß Briggs sie in Brighton beim Frühstück ihrer Herrin Miß Crawley vorlas. So sehr diese Nachricht auch zu erwarten gewesen war, rief sie doch eine entscheidende Wendung in den Verhältnissen der Familie Crawley hervor. Die Wut der alten Jungfer erreichte ihren Höhepunkt; sie ließ sofort ihren Neffen Pitt und Lady Southdown vom Brunswick Square zu sich kommen und verlangte, daß die Heirat, die schon so lange von den beiden Familien in Aussicht genommen war, nun ohne Verzug vollzogen werde. Sie gab ihre Absicht zu erkennen, dem jungen Paare, solange sie selbst noch lebe, eine jährliche Rente von tausend Pfund auszusetzen; bei ihrem Tode solle die Hauptmasse ihres Vermögens ihrem Neffen und ihrer lieben Nichte Lady Jane Crawley zufallen. Mr. Waxy kam nach Brighton, um die Urkunden aufzusetzen; Lord Southdown vertrat die Stelle des Vaters und übergab seine Schwester ihrem Bräutigam; sie wurde von einem Bischof getraut und nicht von dem Reverend Bartholomew Irons, zur großen Enttäuschung dieses außerhalb der Landeskirche stehenden Predigers.

Nach der Verheiratung hätte Pitt mit seiner jungen Frau gern eine Hochzeitsreise gemacht, wie sich das für Leute ihres Standes schickte. Aber die Zuneigung der alten Dame zu Lady Jane war so stark geworden, daß sie rundheraus erklärte, sie könne sich von ihrem Liebling nicht trennen. Pitt und seine Frau zogen daher zu Miß Crawley und wohnten mit ihr zusammen, und Lady Southdown beherrschte – sehr zum Ärger des armen Pitt, der sich für einen schwergeprüften Mann hielt, da er sich auf der einen Seite den Launen

seiner Tante, auf der anderen denen seiner Schwiegermutter
fügen mußte – von ihrer nahen Wohnung aus die ganze Familie: Pitt, Lady Jane, Miß Crawley, Miß Briggs, Mr. Bowls,
Mrs. Firkin und alle. Sie trichterte ihnen unbarmherzig
Traktätchen und Arzneien ein, sie entließ Creamer und ersetzte ihn durch Rodgers und entriß Miß Crawley bald
auch den letzten Schein von Autorität. Die arme Seele wurde
so schüchtern, daß sie sogar aufhörte, Miß Briggs zu quälen,
und sich täglich zärtlicher und ängstlicher an ihre Nichte
anschloß. Friede sei mit dir, du gütige und selbstsüchtige,
eitle und edelmütige alte Heidin! Wir begegnen dir nicht
wieder. Hoffen wir, daß Lady Jane sie freundlich stützen und
mit sanfter Hand aus dem Jahrmarktstrubel der Eitelkeit
geleiten wird!

FÜNFUNDDREISSIGSTES KAPITEL
Witwe und Mutter

Die Nachrichten von den großen Kämpfen bei Quatre Bras
und bei Waterloo erreichten England zu gleicher Zeit. Das
Armeeblatt veröffentlichte zuerst das Ergebnis der beiden
Schlachten, und bei dieser glorreichen Kunde wurde ganz
England von einem Gefühl des Triumphes, aber zugleich
auch der Besorgnis durchzittert. Dann folgten Einzelheiten,
und nach der Meldung von den Siegen kam die Liste der
Verwundeten und Gefallenen. Wer vermag die Angst zu
schildern, mit der dieses Verzeichnis aufgeschlagen und gelesen wurde! Man stelle sich vor, wie die großen Nachrichten von den Schlachten in Flandern in jedes Dorf, in jedes
Haus in den drei Königreichen kamen und welche Empfindungen des Jubels und der Dankbarkeit, des Schmerzes
und der Trauer rege wurden, wenn die Bewohner die Verlustlisten der Regimenter durchgingen und dadurch erfuhren, ob der teure Freund und Verwandte mit dem Leben

574

davongekommen oder gefallen war. Jeder, der sich die Mühe machen will, die Zeitungen aus jener Zeit zu lesen, muß selbst jetzt noch, wenn auch in abgeschwächter Form, die gespannte Erwartung nachfühlen, in die die Leser durch die Unterbrechungen in der Veröffentlichung versetzt wurden. Die Verlustlisten folgen einander von Tag zu Tag, man muß in ihrer Lesung aufhören wie in der Mitte einer Erzählung, deren Fortsetzung in der nächsten Nummer erscheinen wird. Wie müssen die Gefühle der Leser damals gewesen sein, als diese Zeitungen frisch aus der Presse kamen! Und wenn schon in unserm Land eine so große Erregung herrschte wegen einer Schlacht, an der nur zwanzigtausend unserer Landsleute teilgenommen hatten, so denke man an den Zustand von ganz Europa während der vorhergehenden zwanzig Jahre, als nicht Tausende, sondern Millionen gegeneinander kämpften und jeder einzelne von ihnen, der einen Feind tötete, damit zugleich auch ein anderes unschuldiges Herz in weiter Ferne grausam verwundete.

Die Nachricht, die das bedeutungsvolle Armeeblatt den Osbornes brachte, war ein harter Schlag für die Familie und ihr Oberhaupt. Die Mädchen überließen sich rückhaltlos ihrem Schmerz. Der düster blickende alte Vater wurde durch den Kummer über diese Fügung des Schicksals noch mehr niedergebeugt. Er bemühte sich zu glauben, daß dies für seinen Sohn eine Strafe Gottes für seinen Ungehorsam sei. Er mochte es sich nicht eingestehen, daß die Strenge dieses Urteils ihn erschütterte und daß dessen Vollstreckung zu schnell auf seinen Vaterfluch gefolgt sei. Manchmal schauderte er erschreckt zusammen, als sei er der Urheber gewesen, der diese Strafe auf seinen Sohn herabbeschworen habe. Vorher war noch eine Möglichkeit der Versöhnung vorhanden gewesen. Die Frau seines Sohnes konnte sterben, oder George selbst konnte zurückkommen und sagen: ›Vater, ich habe gesündigt.‹ Aber nun gab es keine Hoffnung mehr. Der

Sohn stand auf der anderen Seite des unübersteiglichen Abgrundes und blickte seinen Vater gespenstisch mit traurigen Augen an. Er erinnerte sich, daß Georges Augen früher einmal den gleichen Ausdruck gehabt hatten, als der Knabe das Fieber hatte und jeder meinte, er werde sterben. Damals hatte er sprachlos in seinem Bett gelegen und in schrecklicher Benommenheit vor sich hingestarrt. Guter Gott, wie hatte sich der Vater in jener Stunde mit seiner Hoffnung an den Arzt geklammert! Mit welcher verzehrenden Angst war er ihm aus dem Zimmer gefolgt, und was für eine Zentnerlast war ihm vom Herzen gefallen, als die Krisis vorüber war und der Knabe sich erholte und seinen Vater wieder mit Augen, die ihn erkannten, ansah! Aber jetzt gab es keine Hilfe und keine Heilung mehr und keine Möglichkeit einer Versöhnung; und vor allem: nun waren keine demütigen Worte mehr möglich, um die beleidigte, gekränkte Eitelkeit zu besänftigen und das vergiftete, zornige Blut wieder in natürlichen Fluß zu bringen. Es ist schwer zu sagen, welcher Schmerz das Herz des stolzen Vaters am bittersten peinigte: daß sein Sohn jetzt außerhalb des Bereiches seiner Vergebung war oder daß die Bitte um Verzeihung, die sein eigener Stolz erwartet hatte, nun ewig ungesprochen blieb.

Wie seine Empfindungen aber auch beschaffen sein mochten, einen Vertrauten wollte der finstere alte Mann nicht haben. Er erwähnte den Namen seines Sohnes seinen Töchtern gegenüber niemals; aber er befahl der älteren, alle weiblichen Personen seines Haushaltes in Trauer zu kleiden, und wies die männliche Dienerschaft an, gleichfalls schwarze Kleidung anzulegen. Alle Gesellschaften und Vergnügungen unterblieben natürlich. Sein zukünftiger Schwiegersohn, dessen Hochzeitstag bereits festgesetzt war, erhielt keine Mitteilung über die Notwendigkeit einer Verschiebung, aber Mr. Osbornes Aussehen war derart, daß Mr. Bullock sich hütete, Fragen zu stellen oder auf eine baldige Voll-

ziehung der Trauung zu dringen. Er und die Damen sprachen darüber manchmal flüsternd im Salon, wohin der Vater
nie kam. Dieser hielt sich jetzt beständig in seinem Arbeitszimmer auf, und die gesamten vorderen Räumlichkeiten des
Hauses blieben bis einige Zeit nach dem Ablauf der allgemeinen Trauer geschlossen.

Ungefähr drei Wochen nach dem 18. Juni erschien Sir William Dobbin, der mit Mr. Osborne bekannt war, mit sehr
blassem, verstörtem Gesicht in dem Hause am Russel
Square und verlangte dringend, mit dem Hausherrn zu
sprechen. In dessen Zimmer geführt, zog er nach einigen
Worten, die weder der Sprecher noch der Hausherr verstand, aus einem Umschlag einen Brief, der mit einem großen
roten Siegel verschlossen war. »Mein Sohn, Major Dobbin,«
sagte der Alderman etwas zögernd, »hat mir durch einen
Offizier des … ten Regiments, der heute in der Stadt ankam,
einen Brief zugehen lassen. Der Brief meines Sohnes enthielt
einen andern für Sie, Osborne.« Der Alderman legte den
Brief auf den Tisch, und Osborne starrte seinen Besucher ein
paar Augenblicke schweigend an. Seine Miene erschreckte
den Überbringer, der, nachdem er den gramgebeugten alten
Mann ein Weilchen gleichsam schuldbewußt angesehen
hatte, ohne ein weiteres Wort eilig fortging.

Der Brief trug Georges wohlbekannte kühne Handschrift.
Es war der, den er am 16. Juni vor Tagesanbruch, kurz bevor er von Amelia Abschied nahm, geschrieben hatte. Das
große rote Siegel zeigte das Wappen mit dem Wahlspruch
Pax in bello, das sich Osborne unbefugterweise aus dem
Adelskalender angeeignet hatte und das dem herzoglichen
Hause gehörte, mit dem verwandt zu sein der eitle alte
Mann sich gern einreden wollte. Die Hand, die diesen Brief
geschrieben hatte, sollte nie wieder die Feder oder den Degen führen. Selbst das Petschaft, mit dem das Siegel hergestellt war, war George, als er tot auf dem Schlachtfeld lag,

geraubt worden. Der Vater wußte hiervon nichts; er saß da und blickte, vom Schreck gelähmt, wie geistesabwesend auf den Brief. Er taumelte, als er aufstand, um ihn zu öffnen.

Hast du je einen Streit mit einem lieben Freund gehabt? Was für ein schmerzlicher Vorwurf für dich sind dann seine Briefe, die er dir in den Zeiten der Liebe und des Vertrauens geschrieben hat! Welch eine trübe, traurige Beschäftigung ist es, die lebhaften Beteuerungen einer nunmehr erstorbenen Zuneigung noch einmal durchzulesen! Was für lügnerische Grabschriften sie über dem Leichnam der Liebe bilden! Welche düsteren, schmerzlichen Kommentare zu der Hohlheit und Nichtigkeit des Lebens liefern sie uns! Die meisten von uns haben ganze Kasten voll solcher Briefe erhalten oder geschrieben. Das sind Skelette, die wir aufbewahren, aber deren Anblick wir scheuen. Osborne zitterte lange, als er vor dem Schreiben seines toten Sohnes saß.

Der Brief des armen Jungen sagte nicht viel. Er war zu stolz gewesen, um die Zärtlichkeit, die sein Herz empfand, offen auszusprechen. Er schrieb nur, er wolle am Vorabend einer großen Schlacht seinem Vater Lebewohl sagen und ihn inständig bitten, dem Weibe – vielleicht auch dem Kinde –, das er zurücklasse, seinen Beistand nicht zu versagen. Er gestand mit Zerknirschung, daß er durch seine ungeregelte, ausschweifende Lebensweise bereits einen großen Teil von dem kleinen Vermögen seiner Mutter verschwendet habe. Er dankte seinem Vater für die früher bewiesene Großmut und versprach ihm, daß er – möge er nun auf dem Schlachtfeld fallen oder am Leben bleiben – dem Namen George Osborne Ehre machen werde.

Seine angeborene englische Zurückhaltung, sein Stolz, vielleicht auch Ungeschicklichkeit hatten ihn davon abgehalten, mehr zu sagen. Sein Vater konnte den Kuß nicht sehen, den George auf die Überschrift seines Briefes gedrückt hatte. Mr. Osborne ließ ihn mit dem bittersten, qualvollsten

578

Gefühl getäuschter Liebe und getäuschter Rachsucht fallen. Er liebte seinen Sohn noch immer, aber er konnte ihm nicht vergeben.

Als ungefähr zwei Monate später die jungen Damen der Familie mit ihrem Vater zur Kirche gingen, fiel es ihnen auf, daß er einen anderen Sitzplatz als seinen gewöhnlichen einnahm und von diesem aus nach der Mauer über ihren Köpfen hinblickte. Dies veranlaßte die jungen Damen, ebenfalls nach der Richtung zu schauen, wohin die düsteren Augen ihres Vaters sie wiesen, und sie erblickten oben an der Mauer ein kunstvoll gearbeitetes Denkmal, das eine über einer Urne weinende Britannia darstellte; ein zerbrochenes Schwert und ein liegender Löwe deuteten an, daß dieses Bildwerk zu Ehren eines gefallenen Kriegers errichtet war. Die Bildhauer jener Zeit arbeiteten derartige mit Widmungen geschmückte Grabdenkmäler auf Vorrat, wie man noch heute an den Wänden der Sankt Pauls-Kirche sehen kann, die mit Hunderten solcher prahlerischen heidnischen Gleichnisse bedeckt sind. Während der ersten fünfzehn Jahre dieses Jahrhunderts war beständig große Nachfrage danach.

Unter dem erwähnten Monument war das wohlbekannte, prunkhafte Osbornesche Wappen angebracht, und die Inschrift besagte, das Denkmal sei ›dem Andenken von George Osborne junior, weiland Hauptmann in Seiner Majestät … tem Infanterieregiment, geweiht, der am 18. Juni 1815 im Alter von achtundzwanzig Jahren im Kampf für König und Vaterland in der ruhmvollen Schlacht bei Waterloo fiel. Dulce et decorum est pro patria mori‹.

Der Anblick dieses Steines bewegte die Schwestern so sehr, daß Miß Maria die Kirche verlassen mußte. Die Gemeinde machte den beiden schluchzenden, in tiefe Trauer gekleideten Mädchen achtungsvoll Platz und bemitleidete den ernsten alten Vater, der dem Denkmal des toten Kriegers gegenübersaß. »Ob er wohl der Witwe Georges vergeben wird?« fragten sich die Mädchen untereinander, sobald der erste Ausbruch des Schmerzes vorüber war. Auch unter den Bekannten der Familie Osborne, die von dem durch Georges Heirat herbeigeführten Bruch zwischen Vater und Sohn wußten, wurde die Möglichkeit einer Versöhnung mit der jungen Witwe viel erörtert. Unter den Herren am Russell Square und in der City wurden sogar Wetten darüber abgeschlossen.

Wenn die Schwestern hinsichtlich einer möglichen Anerkennung Amelias als Tochter der Familie Befürchtungen hegten, so wurden diese gegen Ende des Herbstes noch dadurch gesteigert, daß ihr Vater ihnen mitteilte, er wolle eine Reise ins Ausland unternehmen. Er sagte nicht, wohin; aber sie wußten sofort, daß er seine Schritte nach Belgien lenken werde, und es war ihnen bekannt, daß Georges Witwe sich noch in Brüssel befand; denn durch Lady Dobbin und deren Töchter waren sie über das Ergehen der armen Amelia immer ziemlich genau unterrichtet. Unser braver Hauptmann war, da der zweite Major des Regiments im Kampf gefallen war, befördert worden, und der tapfere O'Dowd, der sich hier ebenso ausgezeichnet hatte wie bei allen anderen Gelegenheiten, wo er seine Kaltblütigkeit und seinen Mut beweisen konnte, war Oberst und Ritter des Bathordens geworden.

Sehr viele Soldaten unseres tapferen Regiments, das an den beiden Schlachttagen schwer gelitten hatte, befanden sich im Herbst noch in Brüssel, um die Heilung ihrer Wunden abzuwarten. Die Stadt war noch monatelang nach den großen Schlachten ein gewaltiges Militärlazarett, und als die Mannschaften und Offiziere sich von ihren Verletzungen zu erholen begannen, wimmelten die öffentlichen Gärten und Plätze von alten und jungen verstümmelten Kriegern, die, eben dem Tode entronnen, sich gleich wieder mit Glücksspielen, Liebeleien und Vergnügungen aller Art abgaben,

580

wie das bei den Menschen auf dem Jahrmarkt der Eitelkeit nicht anders üblich ist. Mr. Osborne machte mit leichter Mühe einige Soldaten vom Regiment seines Sohnes ausfindig. Er kannte ihre Uniform genau, hatte von jeher alle das Regiment betreffenden Beförderungen und Versetzungen verfolgt und sprach gern von ihm und seinen Offizieren, als ob er selbst dazu gehörte. Als er am Tage nach seiner Ankunft in Brüssel sein am Park gelegenes Hotel verließ, erblickte er einen Soldaten mit den wohlbekannten Aufschlägen, der sich in den Anlagen auf einer Steinbank ausruhte. Er ging hin und setzte sich zitternd neben den Verwundeten nieder.

»Standen Sie bei Hauptmann Osbornes Kompanie?« fragte er und fügte nach einer kurzen Pause hinzu: »Er war mein Sohn.«

Der Mann hatte nicht zu der Kompanie des Hauptmanns gehört, aber er hob den gesunden Arm und berührte ernst und achtungsvoll seine Mütze vor dem vergrämten, niedergebeugten Herrn, der ihm die Frage vorgelegt hatte. »Die ganze Armee hatte keinen schneidigeren und besseren Offizier aufzuweisen«, sagte der Soldat. Der Sergeant von der Kompanie des Hauptmanns sei in der Stadt und gerade von einer Schußwunde in die Schulter wiederhergestellt. Der Herr könne, wenn er es wünsche, mit ihm sprechen; der würde über die Taten des ... ten Regimentes alle gewünschte Auskunft geben können. Aber der Herr habe gewiß schon Major Dobbin gesprochen, den besten Freund des braven Hauptmanns, und Mrs. Osborne, die sich auch hier befinde und sehr krank gewesen sei, wie er von allen Leuten gehört habe. Sie solle sechs Wochen oder noch länger nicht bei Sinnen gewesen sein. »Aber der Herr weiß das gewiß alles schon, ich bitte um Verzeihung«, fügte der Soldat hinzu.

Osborne drückte dem Soldaten eine Guinee in die Hand und versprach ihm eine zweite, wenn er den Sergeanten zu ihm nach dem Hôtel du Parc bringen wolle. Dieses Versprechen führte den Gewünschten sehr bald zu Mr. Osborne. Der erste Soldat ging dann fort, erzählte einigen Kameraden, daß Hauptmann Osbornes Vater angekommen wäre und was für ein freigebiger, großmütiger Herr er sei, und trank und schmauste mit ihnen, solange die Guineen vorhielten, die aus der vollen Börse des trauernden alten Vaters geflossen waren.

In Gesellschaft des Sergeanten, der eben von seiner Verwundung wiederhergestellt war, fuhr Osborne nach Waterloo und Quatre Bras – eine Reise, die damals Tausende seiner Landsleute machten. Er nahm den Sergeanten in seinen Wagen und besuchte unter seiner Führung beide Schlachtfelder. Er sah die Stelle der Landstraße, von der aus das Regiment am 16. Juni in den Kampf gegangen war, und den Abhang, von dem es die französische Kavallerie, die die zurückweichenden Belgier bedrängte, vertrieben hatte. Hier war die Stelle, wo der tapfere Hauptmann den französischen Offizier niederhieb, der mit dem jungen Fähnrich um die Fahne rang, nachdem die Fahnensergeanten gefallen waren. Auf diesem Wege zogen sie sich am folgenden Tag zurück, und hier war der Wall, an dem das Regiment in der Nacht des 17. Junis im Regen lagerte. Etwas davon entfernt war die Stellung, die sie einnahmen und den Tag über behaupteten, indem sie sich immer von neuem formierten, um den Angriff der feindlichen Reiterei zurückzuschlagen, und sich dann wieder hinter dem Wall niederlegten, um vor dem wütenden französischen Geschützfeuer sicher zu sein. Und an diesem Abhang war es, wo am Abend – als der Feind nach seinem letzten Angriff zurückwich und die ganze englische Linie den Befehl zum Vorrücken empfing – der Hauptmann, hurrarufend und den Degen schwingend, den Hügel hinabstürmte, einen Schuß erhielt und tot niedersank. »Major Dobbin brachte die Leiche des Hauptmanns nach Brüssel«, fügte der Sergeant mit gedämpfter Stimme hinzu, »und ließ sie dort begraben, wie der Herr wohl weiß.« Während der Soldat seine Geschichte erzählte, umringten Bauern und Andenkenhändler das Paar und boten schreiend allerlei Erinnerungsstücke an die Schlacht, Ordenskreuze, Achselstücke, zerhauene Kürasse und Adler, zum Kauf an.

Osborne gab dem Sergeanten, als er nach dem Besuch der Schauplätze der letzten Taten seines Sohnes sich von ihm trennte, eine reiche Belohnung. Georges Grab hatte er schon gesehen, denn er war unmittelbar nach seiner Ankunft in Brüssel dorthin gefahren. Die irdischen Überreste seines Sohnes waren auf dem hübschen Kirchhof von Laeken, nahe bei der Stadt, begraben – einem Wunsch zufolge, den er einmal leichthin geäußert hatte, als er auf einem Ausflug den Friedhof besucht hatte. Dort war der junge Offizier also von seinem Freund bestattet worden, und zwar in der ungeweihten Ecke des Kirchhofes, die durch eine kleine Hecke von den Kapellen, Denkmälern, Blumenanlagen und Sträuchern getrennt war, unter denen die römisch-katholischen Toten ruhen. Er erschien dem alten Osborne wie eine Demütigung, daß sein Sohn, ein englischer Ehrenmann und Hauptmann der berühmten englischen Armee, nicht für würdig befunden war, in einem Boden zu liegen, wo ganz gewöhnliche Ausländer begraben waren. Wer von uns kann sagen, wieviel Eitelkeit sich hinter unserer wärmsten Zuneigung für andere verbirgt und wie selbstsüchtig unsere Liebe ist? Der alte Osborne dachte nicht viel über die gemischte Natur seiner Empfindungen und den Kampf zwischen seiner instinktmäßigen Vaterliebe und seiner Selbstsucht nach. Er war fest überzeugt, daß alles, was er tue, recht und in Ordnung sei und daß er in allen Dingen seinen Willen haben müsse – und gegen alles, was wie Widerstand aussah, richtete sich sein Haß, gewappnet und giftig wie der Stachel

einer Wespe oder der Zahn einer Schlange. Er war auf seinen
Haß ebenso stolz wie auf alle seine andern Eigenschaften.
Sich immer im Recht zu glauben, immer rücksichtslos vorwärts zu schreiten und nie an sich zu zweifeln, sind das nicht
die großen Eigenschaften, durch die die Dummheit die Welt
regiert?

Als Mr. Osbornes Wagen sich bei der Rückkehr von der
Fahrt nach Waterloo gegen Sonnenuntergang dem Stadttor
näherte, begegnete ihm ein anderer offener Landauer, in
dem zwei Damen und ein Herr saßen, während ein Offizier
nebenher ritt. Osborne fuhr zurück, und der neben ihm
sitzende Sergeant blickte ihn erstaunt an, als er vor dem
Offizier die Hand an die Mütze legte, der den Gruß mechanisch erwiderte. Es war Amelia mit dem lahmen jungen
Fähnrich an ihrer Seite und ihrer treuen Freundin Mrs.
O'Dowd ihr gegenüber. Es war Amelia – aber was war aus
dem frischen, hübschen Mädchen geworden, das Osborne
gekannt hatte! Ihr Gesicht war blaß und schmal, und ihr
schönes braunes Haar war fast ganz unter einer Witwen-
haube verborgen – das arme Kind! Ihre Augen waren aus-
druckslos ins Leere gerichtet. Sie sah Osborne starr ins Gesicht, als die Wagen aneinander vorüberfuhren, aber sie erkannte ihn nicht. Und ebensowenig erkannte er sie wieder,
bis er aufblickte und Dobbin neben ihr reiten sah; da erst
wußte er, wer es war. Er haßte sie – wie sehr, hatte er selbst
nicht gewußt, bevor er sie hier gesehen hatte. Als der Wagen,
in dem Amelia saß, vorüber war, drehte Osborne sich um
und starrte den Sergeanten, der es nicht vermeiden konnte,
ihn verwundert anzusehen, wütend und trotzig an, als ob er
sagen wollte: ›Wie können Sie es wagen, mich anzusehen?
Hol Sie der Teufel! Ich hasse sie nun einmal, sie ist es gewesen, die alle meine Hoffnungen und all meinen Stolz vernichtet hat.‹ »Sag dem Schurken, er soll schneller fahren!«
rief er fluchend dem auf dem Bock sitzenden Diener zu. Eine

584

Minute darauf hörte man das Geklapper von Pferdehufen auf dem Pflaster hinter Osbornes Wagen, und Dobbin sprengte heran. Seine Gedanken waren, als die Wagen aneinander vorbeifuhren, anderwärts gewesen, und erst als er ein paar Schritte weitergeritten war, war es ihm zum Bewußtsein gekommen, daß es Osborne gewesen, dem sie da begegnet waren. Darauf hatte er sich seitwärts gewendet, um zu sehen, ob der Anblick ihres Schwiegervaters auf Amelia irgendwelchen Eindruck gemacht habe; aber das arme Kind wußte nicht, wer da vorbeigekommen war. Dann hatte William, der sie täglich bei ihren Ausfahrten zu begleiten pflegte, seine Uhr herausgezogen, sich mit einer ihm plötzlich einfallenden Verabredung entschuldigt und war fortgeritten. Sie bemerkte auch dies nicht, sondern blickte unausgesetzt vor sich hin über die reizlose Landschaft hinweg nach den fernen Wäldern in der Richtung, nach der George fortmarschiert war.

»Mr. Osborne, Mr. Osborne!« rief Dobbin, als er den Wagen erreicht hatte, und streckte dem Alten die Hand hin. Osborne machte jedoch keine Miene, sie zu ergreifen, sondern rief mit einem neuen Fluch dem Diener zu, es solle schneller gefahren werden.

Dobbin legte seine Hand auf den Wagenschlag. »Ich muß Sie sprechen, Sir«, sagte er. »Ich habe einen Auftrag an Sie auszurichten.«

»Von der Frau da?« fragte Osborne grimmig.

»Nein,« erwiderte der andere, »von Ihrem Sohn.« Darauf sank Osborne in seine Wagenecke zurück; Dobbin aber ließ nun den Wagen los und ritt dicht hinter ihm her durch die Stadt, ohne ein Wort zu sprechen, bis sie Mr. Osbornes Hotel erreichten. Dort folgte er Osborne die Treppe hinauf in seine Gemächer. George war oft in diesen Zimmern gewesen; es war die Wohnung, die die Crawleys während ihres Aufenthalts in Brüssel innegehabt hatten.

»Bitte, haben Sie irgendwelche Befehle für mich, Hauptmann Dobbin, oder, verzeihen Sie, ich muß wohl Major Dobbin sagen, seit bessere Männer als Sie tot sind und Sie ihren Platz eingenommen haben«, sagte Mr. Osborne in dem spöttischen Ton, den er zuweilen anzunehmen beliebte.

»Jawohl, bessere Männer sind tot«, erwiderte Dobbin. »Ich möchte mit Ihnen über einen von ihnen sprechen.«

»Machen Sie es kurz, Sir!« sagte der andere mit einem Fluch und blickte seinen Besucher finster an.

»Ich bin hier als sein nächster Freund«, fuhr der Major fort, »und als Vollstrecker seines Testaments. Er machte dieses Testament, bevor wir in den Kampf gingen. Ist Ihnen bekannt, wie gering seine Hinterlassenschaft ist und in welchen beschränkten Verhältnissen seine Witwe lebt?«

»Ich kenne seine Witwe nicht«, versetzte Osborne. »Mag sie zu ihrem Vater zurückkehren.« Aber der Mann, mit dem er sprach, war entschlossen, seine Ruhe zu bewahren, und fuhr, ohne sich um die Unterbrechung zu kümmern, fort:

»Kennen Sie Mrs. Osbornes Lage, Sir? Ihre Gesundheit und vielleicht auch ihr Verstand haben durch den Schlag, der sie betroffen hat, eine schwere Erschütterung erlitten. Es ist sehr zweifelhaft, ob sie sich je wieder erholen wird. Es gibt jedoch noch eine Möglichkeit für sie, und eben darüber wollte ich gern mit Ihnen sprechen. Sie wird bald Mutter werden. Wollen Sie die Schuld des Vaters an seinem Kind heimsuchen? Oder wollen Sie dem Kind um des armen George willen vergeben?«

Osborne antwortete hierauf mit einem Schwall von Schmähungen und Lobpreisungen seiner selbst. Mit den einen suchte er Georges unkindliches Betragen im schlimmsten Licht darzustellen, mit den anderen sein Benehmen vor seinem eigenen Gewissen zu entschuldigen. Kein Vater in ganz England könne sich großmütiger gegen einen Sohn benommen haben, und zum Danke dafür habe sich dieser in so schändlicher Weise gegen ihn aufgelehnt. Er sei gestorben, ohne auch nur einzugestehen, daß er unrecht gehabt habe. So möge er denn nun auch die Folgen seines Ungehorsams und seiner Torheit tragen! Was ihn selbst betreffe, so sei er ein Mann, der sein Wort halte. Er habe geschworen, nie mit jener Frau zu sprechen oder sie als Gattin seines Sohnes anzuerkennen. »Und das können Sie ihr bestellen,« schloß er mit einem Fluch, »daran werde ich bis zu meinem Lebensende festhalten!«

Von dieser Seite war also auf keine Hilfe zu hoffen. Die Witwe mußte von dem wenigen, was sie selbst hatte, und von der Unterstützung, die ihr Joseph geben konnte, leben. ›Wenn ich ihr das auch sagte, sie würde doch nicht darauf achten‹, dachte Dobbin traurig; denn die Gedanken der armen kleinen Frau weilten seit der Katastrophe, von der sie betroffen worden war, überhaupt nicht mehr in dieser Welt, sie war wie betäubt von der Last ihres Grams und zeigte gegen Gutes und Schlechtes dieselbe Gleichgültigkeit. Auch Beweise von Freundschaft und Liebe machten keinen Eindruck auf sie. Sie nahm alles teilnahmslos hin und versank dann wieder in ihren Kummer.

Wir wollen jetzt zwölf Monate nach der oben berichteten Unterredung in dem Leben unserer armen Amelia überspringen. Sie hat den ersten Teil dieser Zeit in so tiefer, bemitleidenswerter Trauer verbracht, daß wir, die wir einiges von den Gefühlen dieses schwachen, zarten Herzens beobachtet und geschildert haben, uns angesichts des furchtbaren Leids, unter dem es fast verblutet, zurückziehen müssen. Tretet noch einmal schweigend an das Schmerzenslager der armen unglücklichen Seele. Und dann schließt leise die Tür der dunklen Kammer, in der sie leidet und mit ihr die guten Menschen, die sie in den ersten Monaten ihres Schmerzes pflegten und sie nicht eher verließen, bis der Himmel ihr

einen Trost gesandt hatte. Es kam ein Tag, ein Tag fast
erschreckenden Entzückens und Staunens, an dem die arme
Witwe ein Kind an ihre Brust drückte – ein Kind mit den
Augen des dahingeschiedenen George –, einen kleinen Knaben, schön wie ein Engel. Wie ein Wunder erschien es ihr,
als sie seinen ersten Schrei hörte! Sie beugte sich über ihn,
lachend und weinend zugleich. Liebe, Hoffnung und Freu-
digkeit zum Gebet regten sich wieder in ihrem Herzen, an
das sie das Kind zärtlich drückte. Sie war gerettet. Die Ärzte,
die sie behandelten und um ihr Leben und ihren Verstand
in Sorge gewesen waren, hatten ängstlich diese Krisis erwartet, bevor sie auszusprechen wagten, daß das eine wie
das andere außer Gefahr sei. Diejenigen, die in diesen langen
Monaten des Zweifels und der Furcht dauernd um Amelia
gewesen waren, fühlten sich reich belohnt für all ihre Mühe,
als sie sahen, daß die Augen der armen Frau wieder glänzten
und zärtlich auf sie gerichtet waren.
Zu diesen gehörte auch unser Freund Dobbin. Er war es, der
sie nach England und in das Haus ihrer Mutter zurückbrachte, als Mrs. O'Dowd auf die bindende Weisung ihres
Obersten sich genötigt gesehen hatte, ihre Patientin zu verlassen. Dobbin das Kind halten zu sehen und Amelias Lachen
zu hören, wenn sie ihm glückselig dabei zusah, würde jedem,
der Sinn für Humor hatte, im Herzen wohlgetan haben.
William war der Pate des Kindes und bot seinen ganzen
Scharfsinn beim Einkauf von Tassen, Löffeln, Breischüssel-
chen und Korallen für den kleinen Erdenbürger auf.
Wie seine Mutter ihn nährte, kleidete und nur für ihn lebte
– wie sie alle anderen Pflegerinnen fortwies und kaum gestatten wollte, daß eine andere Hand als die ihrige den
Knaben berühre – wie sie glaubte, seinem Paten Major
Dobbin keine größere Gunst erweisen zu können, als wenn
sie ihm gelegentlich erlaubte, mit dem Kleinen zu spielen:
das alles braucht hier nicht erzählt zu werden. Das Kind war

ihr Leben. Ihr ganzes Dasein war eine einzige mütterliche
Liebkosung. Sie hüllte das schwache Geschöpfchen, das noch
kein Bewußtsein von sich hatte, ganz in ihre Liebe und Anbetung ein. Es war ihr Leben, das der Kleine aus ihrer Brust
trank. In der Nacht und wenn sie sonst allein war, hatte sie
geheime köstliche Entzückungen mütterlicher Liebe, wie
sie Gottes wunderbare Güte dem Weibe gewährt hat –
Freuden, die bei weitem höher und tiefer sind als der Verstand –, eine blinde, schöne Hingabe, wie sie nur Frauen-
herzen kennen. William Dobbin machte es sich zur Aufgabe,
über diese Regungen in Amelias Seele nachzudenken und
ihr Herz zu beobachten, und da seine Liebe ihn fast alle
Gefühle, die dieses Herz bewegten, erraten ließ, so konnte
er auch mit trauriger Deutlichkeit wahrnehmen, daß für ihn
kein Platz darin war. So trug er denn still sein Schicksal,
ohne sich Täuschungen darüber hinzugeben, und fügte sich
darein.

Amelias Vater und Mutter durchschauten wahrscheinlich
die Absichten des Majors und begünstigten sie, denn Dobbin
besuchte täglich ihr Haus und blieb stundenlang bei ihnen
und Amelia oder bei dem ehrlichen Hauswirt Mr. Clapp und
seiner Familie. Er brachte fast jeden Tag unter irgendeinem
Vorwand Geschenke für sie alle mit und hieß bei dem Töchterchen des Hauswirts, das Amelias Liebling war, Major
Zuckerpflaume. Dieses kleine Mädchen führte ihn gewöhnlich als Zeremonienmeisterin bei Mrs. Osborne ein. Eines
Tages aber mußte sie sehr lachen, als der Wagen des Majors
Zuckerpflaume in Fulham bei ihnen vorfuhr und dieser daraus mit einem Schaukelpferd, einer Trommel, einer Trom-
pete und anderen kriegerischen Spielsachen für den kleinen
George entstieg, der kaum sechs Monate alt und für die erwähnten Gegenstände entschieden noch zu jung war.
Das Kind schlief. »Pst!« sagte Amelia, etwas ärgerlich über
die knarrenden Stiefel des Majors. Sie streckte ihm die Hand

hin und mußte lächeln, weil William sie nicht nehmen konnte, ehe er sich nicht seiner Ladung Spielzeug entledigt hatte. »Lauf hinunter, kleine Mary,« sagte er dann zu dem Kind, »ich habe mit Mrs. Osborne zu sprechen.« Sie sah ihn etwas erstaunt an und legte den Kleinen auf sein Bett.

»Ich bin gekommen, um Ihnen Lebewohl zu sagen, Amelia«, sagte er und erfaßte sanft ihre schmale, kleine weiße Hand.

»Lebewohl? Wohin wollen Sie denn reisen?« fragte sie lächelnd.

»Schicken Sie die Briefe an meinen Bankier«, erwiderte er; »er wird sie mir nachsenden, denn Sie werden mir doch schreiben, nicht wahr? Ich werde lange fort sein.«

»Ich werde Ihnen über den kleinen George schreiben«, antwortete sie. »Lieber William, wie gut Sie gegen ihn und mich gewesen sind! Sehen Sie ihn nur an: sieht er nicht aus wie ein Engel?«

Die rosigen Händchen des Kindes schlossen sich mechanisch um den Finger des ehrlichen Soldaten, und Amelia blickte ihm mit heller mütterlicher Freude ins Gesicht. Die grausamsten Blicke hätten ihn nicht schmerzlicher verwunden können als dieser Ausdruck von unbefangener Freundlichkeit, der ihm keine Hoffnung gab. Er beugte sich über das Kind und die Mutter. Einen Augenblick lang war er nicht imstande zu sprechen, und er mußte seine ganze Kraft zusammennehmen, um sagen zu können: »Gott behüte Sie!« – »Gott behüte Sie!« sagte auch Amelia, hob ihr Gesicht zu ihm auf und küßte ihn.

»Leise, leise! Wecken Sie George nicht auf!« fügte sie hinzu, als William Dobbin mit schweren Schritten zur Tür ging. Sie hörte nicht das Geräusch der Wagenräder, als er wegfuhr – sie blickte auf das Kind, das im Schlafe lächelte.

INHALT
DES ERSTEN BANDES

Vor dem Vorhang 5
Erstes Kapitel: Chiswick Mall 9
Zweites Kapitel: Worin sich Miß Sharp und Miß Sedley
     darauf vorbereiten, den Feldzug zu eröffnen............ 19
Drittes Kapitel: Rebekka steht dem Feinde gegenüber 34
Viertes Kapitel: Die grünseidene Börse................... 45
Fünftes Kapitel: ›Dobbin von unserm Regiment‹ 65
Sechstes Kapitel: Vauxhall............................... 82
Siebentes Kapitel: Crawley von Queen's Crawley 102
Achtes Kapitel: Ein vertraulicher Brief.................. 114
Neuntes Kapitel: Familienporträts 129
Zehntes Kapitel: Miß Sharp beginnt, sich Freunde
     zu erwerben 140
Elftes Kapitel: Arkadische Herzensreinheit.............. 149
Zwölftes Kapitel: Ein ganz gefühlvolles Kapitel 174
Dreizehntes Kapitel: Gefühlvolles und anderes 187
Vierzehntes Kapitel: Miß Crawley bei sich zu Hause...... 206
Fünfzehntes Kapitel: Worin Rebekkas Gatte für kurze Zeit
     erscheint.. 236
Sechzehntes Kapitel: Der Brief auf dem Nadelkissen 250
Siebzehntes Kapitel: Wie Hauptmann Dobbin ein Klavier
     kaufte 263
Achtzehntes Kapitel: Wer auf dem Klavier spielt,
     das Hauptmann Dobbin gekauft hat 277
Neunzehntes Kapitel: Miß Crawley in der Pflege 296
Zwanzigstes Kapitel: In dem Hauptmann Dobbin
     als Abgesandter Hymens auftritt 313

Einundzwanzigstes Kapitel: Ein Streit wegen einer Erbin .. 328
Zweiundzwanzigstes Kapitel: Eine Hochzeit und ein Teil
der Flitterwochen 343
Dreiundzwanzigstes Kapitel: Hauptmann Dobbin verfolgt
eifrig seine Absichten 357
Vierundzwanzigstes Kapitel: Worin Mr. Osborne
die Familienbibel hervorholt 366
Fünfundzwanzigstes Kapitel: Worin alle Hauptpersonen
es für angemessen halten, Brighton zu verlassen 387
Sechsundzwanzigstes Kapitel: Zwischen London
und Chatham 418
Siebenundzwanzigstes Kapitel: Worin Amelia zu ihrem
Regiment stößt 430
Achtundzwanzigstes Kapitel: Worin Amelia einen Einfall
in die Niederlande macht...................................... 440
Neunundzwanzigstes Kapitel: Brüssel 455
Dreißigstes Kapitel: ›Drum, Mädel, weine nicht,
sei nicht so traurig‹.. 475
Einunddreißigstes Kapitel: Worin Joseph Sedley
sich seiner Schwester annimmt 489
Zweiunddreißigstes Kapitel: Joseph ergreift die Flucht,
und der Krieg wird beendet 507
Dreiunddreißigstes Kapitel: Worin Miß Crawleys Verwandte
sehr besorgt um sie sind 532
Vierunddreißigstes Kapitel: James Crawley geht die Pfeife aus 548
Fünfunddreißigstes Kapitel: Witwe und Mutter.......... 574

insel taschenbuch 485: Originaltitel: *Vanity Fair. A novel without a hero*. Der Roman erschien erstmals zwischen 1847 und 1848 in Heftform, mit den Illustrationen des Autors. Dem vorliegenden deutschen Text wurde eine Übertragung aus dem Nachlaß von H. Röhl zugrunde gelegt.

- Anne Elliot. Übersetzt von Margarete Rauchenberger. Mit Illustrationen von Hugh Thomson. it 511. 549 Seiten
- Lady Susan. Ein Roman in Briefen. Übersetzt von Angelika Beck. it 1192. 253 Seiten
- Mansfield Park. Übersetzt von Angelika Beck. Mit Illustrationen von Hugh Thomson. it 1503. 579 Seiten
- Stolz und Vorurteil. Übersetzt von Margarete Rauchenberger. Mit Illustrationen von Hugh Thomson und mit einem Essay von Norbert Kohl. it 787. 439 Seiten
- Verstand und Gefühl. Übersetzt von Angelika Beck. Mit Illustrationen von Hugh Thomson. it 1615. 449 Seiten

Charlotte Brontë
- Jane Eyre. Eine Autobiographie. Überetzt von Helmut Kossodo. Mit einem Essay und einer Bibliographie herausgegeben von Norbert Kohl. it 813. 645 Seiten
- Der Professor. Übersetzt von Gottfried Röckelein. it 1354. 373 Seiten
- Shirley. Übersetzt von Johannes Reiher und Horst Wolf. it 1145 Seiten. 715 Seiten
- Über die Liebe. Herausgegeben von Elsemarie Maletzke. Übertragen von Eva Groepler und Hans J. Schütz. it 1249. 80 Seiten
- Villette. Übersetzt von Christiane Agricola. it 1447. 777 Seiten

Emily Brontë
- Die Sturmhöhe. Übersetzt von Grete Rambach. Großdruck. it 2348. 598 Seiten

Lewis Carroll
- Alice hinter den Spiegeln. Übersetzt von Christian Enzensberger. Mit Illustrationen von John Tenniel. it 97. 145 Seiten
- Alice im Wunderland. Übersetzt von Christian Enzensberger. Mit Illustrationen von John Tenniel. it 42. 138 Seiten

NF 23/2/6.00

Kate Chopin
- Das Erwachen. Roman. Übersetzt von Ingrid Rein.
  it 2149. 222 Seiten

Daniel Defoe
- Glück und Unglück der berühmten Moll Flanders. Übersetzt von Martha Erler. Mit Illustrationen von William Hogarth und einem Essay von Norbert Kohl. it 707. 440 Seiten
- Robinson Crusoe. Übersetzt von Hannelore Novak. Mit Illustrationen von Ludwig Richter. it 41. 404 Seiten

Charles Dickens
- Bleak House. Übersetzt von Richard Zoozmann. Mit Illustrationen von Phiz. it 1110. 1031 Seiten
- David Copperfield. Mit Illustrationen von Phiz. it 468. 1245 Seiten
- Eine Geschichte aus zwei Städten. Mit Illustrationen von Phiz. it 1033. 506 Seiten
- Nikolaus Nickleby. Mit Illustrationen von Phiz. it 1304. 1022 Seiten
- Oliver Twist. Übersetzt von Reinhard Kilbel. Mit einem Nachwort von Rudolf Marx und Illustrationen von George Cruikshank. it 242. 607 Seiten
- Die Pickwickier. Mit Illustrationen von Robert Seymour, William Buss und Phiz. it 896. 1006 Seiten

D. H. Lawrence
- Liebesgeschichten. Übersetzt von Heide Steiner. it 1678. 308 Seiten

Katherine Mansfield
- Eine indiskrete Reise. Erzählungen. Ausgewählt von Franz-Friedrich Hackel. Übersetzt von Heide Steiner. Großdruck. it 2364. 214 Seiten

William Makepeace Thackeray, geboren am 18. Juli 1811 in Kalkutta, ist am 24. Dezember 1863 in London gestorben.

»Ach! Vanitas vanitatum! Wer von uns ist auf dieser Welt glücklich? Wer von uns hat, was er wünscht, oder ist, wenn er es hat, zufrieden?«

In seinem Roman *Jahrmarkt der Eitelkeit* entlarvt Thackeray die kleineren und größeren menschlichen Schwächen. Das Motiv der Eitelkeit wird vor allem an den gegenläufigen Lebenswegen zweier ehemaliger Schulfreundinnen verfolgt: Amelia Sedley, gefühlvoll-naive Kaufmannstochter, und Becky Sharp, arm, aber raffiniert und ehrgeizig. Im kontrastierenden Auf und Ab ihrer Geschichten wird eine breite Satire nicht nur auf Englands Oberschicht entfaltet. Dabei ist Thackeray besonders mit Becky Sharp eine der ungewöhnlichsten und faszinierendsten Frauengestalten des englischen Romans gelungen.

Jahrmarkt der Eitelkeit begründete William Makepeace Thackerays Ruhm und gehört zu den großen Erzählwerken der Weltliteratur.

insel taschenbuch 485
William Makepeace Thackeray
Jahrmarkt der Eitelkeit
Zweiter Band

William Makepeace Thackeray

JAHRMARKT DER EITELKEIT

Ein Roman ohne Held

*Herausgegeben und mit einem Nachwort
versehen von Norbert Kohl
Mit Illustrationen von W. M. Thackeray*

Zweiter Band

Insel Verlag

insel taschenbuch 485
Erste Auflage 1980
Insel Verlag Frankfurt am Main und Leipzig
© Insel Verlag Frankfurt am Main 1980
Alle Rechte vorbehalten, insbesondere das der Übersetzung,
des öffentlichen Vortrags sowie der Übertragung
durch Rundfunk und Fernsehen, auch einzelner Teile.
Kein Teil des Werkes darf in irgendeiner Form
(durch Fotografie, Mikrofilm oder andere Verfahren)
ohne schriftliche Genehmigung des Verlages reproduziert
oder unter Verwendung elektronischer Systeme
verarbeitet, vervielfältigt oder verbreitet werden.
Hinweise zu dieser Ausgabe am Schluß des Bandes
Vertrieb durch den Suhrkamp Taschenbuch Verlag
Umschlag nach Entwürfen von Willy Fleckhaus
Druck: Nomos Verlagsgesellschaft, Baden-Baden
Printed in Germany

7 8 9 10 11 12 – 07 06 05 04 03 02

JAHRMARKT DER
EITELKEIT

ERSTES KAPITEL
Wie man ohne Einkommen gut leben kann

Auf dem Jahrmarkt der Eitelkeit gibt es wohl keinen Menschen, der sich so wenig um seine Mitmenschen kümmert, daß er nicht zuweilen Betrachtungen über die weltlichen Angelegenheiten seiner Bekannten anstellt, oder der von so wenig Nächstenliebe erfüllt ist, daß er sich nicht darüber wundern sollte, wie sein Nachbar Jones oder sein Nachbar Smith es fertigbringen, mit ihren paar Kröten bis zum Jahresende auszukommen. Ich zum Beispiel muß bei aller Hochachtung vor der Familie Jenkins – bei der ich zwei- bis dreimal während der Saison speise – gestehen, daß ich mich bis an mein Lebensende über den großen Landauer mit dem baumlangen Bedienten wundern werde, in dem die Familie im Park spazieren fährt. Zwar weiß ich wohl, daß der Wagen nur gemietet und die ganze Dienerschaft auf Kostgeld gesetzt ist, aber trotzdem erfordert doch das Fuhrwerk mit dem Kutscher und Bedienten eine Ausgabe von mindestens sechshundert Pfund jährlich. Dazu kommen noch die glänzenden Dinners, die beiden Söhne in Eton, die Mustergouvernante und die kostspieligen Lehrer für die Töchter, die Reisen ins Ausland und die Sommerfrischen in Eastbourne oder Worthing sowie der jährliche Ball mit dem Souper von Hunter (der, beiläufig gesagt, für die meisten erstklassigen Dinners der Jenkins das Essen liefert, was ich daher weiß, weil ich einmal als Lückenbüßer zu einem solchen gebeten wurde, wobei ich sogleich bemerkte, daß diese Dinners unvergleichlich besser sind als die gewöhnlichen, zu denen die zweitrangigen Bekannten des Hauses geladen werden) – wer, frage ich also, und wäre er der gutmütigste Mensch von der Welt, kann sich des Staunens darüber erwehren, wie die Jenkins es möglich machen, auszukommen? Was ist Jenkins? Wir wissen es alle: Beamter im Band- und Siegellackamt mit einem Jahresgehalt von zwölfhundert Pfund. Hatte seine Frau Vermögen? Pah! Sie war eine Miß Flint, eins der elf Kinder eines kleinen Gutsbesitzers in Buckinghamshire. Das einzige, was sie von ihrer Familie erhält, ist ein Truthahn zu Weihnachten, wofür sie aber zwei oder drei ihrer Schwestern in der stillen Zeit des Jahres in ihr Haus aufnehmen und ihre Brüder, wenn sie in die Stadt kommen, beherbergen und beköstigen muß. Wie bringt Jenkins seinen Haushalt ins Gleichgewicht? Ich sage, was jeder seiner Freunde sagt: »Wie geht es zu, daß er nicht schon längst den Offenbarungseid leisten mußte und daß er im vergangenen Jahr zu jedermanns Verwunderung aus Boulogne zurückkam?«

Das ›Ich‹ bedeutet hier die Welt im allgemeinen – die ›Frau Gründlich‹ in dem Bekanntenkreis aller meiner verehrten Leser. Jeder von uns wird ein paar Familien namhaft machen können, von denen niemand weiß, wie sie ihren Lebensunterhalt bestreiten. Wie manches Glas Wein haben wir alle sicherlich schon getrunken und dabei mit dem gastfreien Wirt angestoßen, während wir uns im stillen wunderten, wo zum Teufel er das Geld herhatte, um es zu bezahlen.

Als Rawdon Crawley und seine Frau, ungefähr drei oder vier Jahre nach ihrem Aufenthalt in Paris, in einem sehr kleinen, aber behaglichen Hause in der Curzon Street, Mayfair, wohnten, war unter den zahlreichen Freunden, die sie dort zum Dinner bei sich sahen, kaum einer, der sich nicht diese Frage nach ihren Verhältnissen vorgelegt hätte. Der

Romanschreiber weiß aber, wie schon früher bemerkt, alles, und da ich in der Lage bin, der Mitwelt erzählen zu können, wie Crawley und seine Frau ohne Einkommen lebten, so möchte ich die Zeitungen, die Ausschnitte aus den verschiedenen neu erscheinenden Werken zu bringen pflegen, höflichst ersuchen, die nachfolgende genaue Darstellung und die zugehörigen Berechnungen nicht abzudrucken, da mir als Entdecker dieser Kunst (zumal ich einige Unkosten dadurch hatte), doch billigerweise auch der ausschließliche Vorteil dafür gebührt. ›Mein Sohn‹, würde ich sagen, wenn Gott mir einen solchen geschenkt hätte, ›durch gründliche Forschung und beständigen Verkehr mit einem solchen Mann kannst du allerdings lernen, wie er es anfängt, ganz behaglich ohne Jahreseinkommen zu leben. Aber es ist doch besser, dich nicht mit Herren dieser Art einzulassen, sondern die Berechnungen wie die Logarithmen lieber aus zweiter Hand entgegenzunehmen, denn sie selbst aufzustellen würde dir ziemlich teuer zu stehen kommen, darauf kannst du dich verlassen.‹

In Paris lebten Crawley und seine Frau mit einem Jahreseinkommen von Null sehr glücklich und behaglich zwei oder drei Jahre lang, von denen wir aber nur sehr kurz berichten können. Während dieser Zeit trat er aus der Garde aus und verkaufte sein Offizierspatent. Jetzt, da wir ihn wiederfinden, sind sein Schnurrbart und der Titel Oberst auf seiner Visitenkarte das einzige, was noch von seiner Militärzeit übrig geblieben ist.

Es ist schon erwähnt worden, daß Rebekka bald nach ihrer Ankunft in Paris zu einer glänzenden, bevorzugten Stellung in der Gesellschaft der Hauptstadt gelangte und in einigen der vornehmsten Häuser des wiedereingesetzten französischen Adels freundlich aufgenommen wurde. Auch die vornehmen Engländer in Paris machten ihr den Hof, zum großen Ärger ihrer Damen, die den Emporkömmling nicht ausstehen konnten. Die Salons des Faubourg St.-Germain, in denen sie einen gesicherten Rang einnahm, und der Prunk des neuen Hofes, an dem sie mit großer Auszeichnung empfangen wurde, entzückten einige Monate lang Mrs. Crawley und berauschten sie vielleicht sogar ein wenig, so daß sie in dieser Glanzzeit dazu geneigt war, die Leute, die den hauptsächlichen Umgangskreis ihres Gatten bildeten – der Mehrzahl nach biedere junge Offiziere –, etwas zu vernachlässigen. Der Oberst langweilte sich schrecklich unter den Herzoginnen und vornehmen Damen des Hofes. Die alten Weiber machten, wenn sie Ekarté spielten, einen solchen Lärm um ein Fünffrankstück, daß Oberst Crawley es nicht der Mühe für wert hielt, sich an einen Spieltisch zu setzen. Ihre geistvolle Unterhaltung aber vermochte er nicht zu würdigen, da er ihre Sprache nicht verstand. Und er begriff nicht, was seine Frau eigentlich davon habe, wenn sie allabendlich einer ganzen Schar von Prinzessinnen ihre Knickse mache. Bald ließ er Rebekka diese Gesellschaften allein besuchen und nahm seine früheren einfachen Beschäftigungen und Vergnügungen mit den liebenswürdigen Freunden seiner eigenen Wahl wieder auf.

Wenn wir von jemand sagen, daß er mit einem Einkommen von Null auf großem Fuße lebt, so gebrauchen wir in Wahrheit das Wort Null, um eine unbekannte Größe zu bezeichnen, und wollen damit einfach sagen, daß wir nicht wissen, wovon der betreffende Herr die Kosten seines Lebensunterhaltes bestreitet. Nun besaß unser Freund, der Oberst, eine große Begabung für alle Glücksspiele, und da er sich beständig in der Handhabung der Karten, der Würfel und des Billardqueues übte, so lag es in der Natur der Sache, daß er eine weit größere Geschicklichkeit im Gebrauch dieser Dinge erlangte, als sie jemand besitzen kann, der sich nur gelegentlich damit abgibt. Ein Billardqueue will genau so geschickt gehandhabt sein wie ein Pinsel, eine Flöte oder

8

ein Degen; keins dieser Instrumente vermag man gleich als Meister zu beherrschen, sondern nur durch Ausdauer und fortgesetztes Studium, verbunden mit angeborenem Geschick, bringt man es dazu, sich in einer dieser Künste auszuzeichnen. Crawley war nun aus einem vorzüglichen Liebhaber zu einem vollendeten Meister im Billardspiel geworden. Wie bei einem großen Feldherrn pflegte sein Genie mit der Gefahr zu wachsen, und wenn ihm das Glück während einer ganzen Partie abhold gewesen war und daher die Wetten gegen ihn standen, so machte er oft mit unübertrefflicher Kunst und Kühnheit einige wundervolle Stöße, durch die der Kampf wieder ins Gleiche gebracht wurde, so daß er zum Erstaunen aller, das heißt aller, die sein Spiel nicht kannten, zuletzt als Sieger hervorging. Diejenigen, die schon häufiger dabei zugesehen hatten, hüteten sich allerdings, ihr Geld gegen einen Mann zu wagen, dem plötzlich solche Hilfsmittel zu Gebote standen und der über eine so glänzende, überwältigende Geschicklichkeit verfügte.

Im Kartenspiel war er nicht minder geschickt. Denn er verlor zwar stets am Anfang des Abends und spielte so sorglos und fehlerhaft, daß neu Hinzugekommene oft geneigt waren, gering von seinem Talent zu denken; aber man konnte dann jedesmal beobachten, daß seine Spielweise, sobald er sich durch wiederholte kleine Verluste zur Vorsicht gemahnt und zu energischem Handeln angespornt fühlte, ganz anders wurde und er ziemlich sicher war, seinen Gegner noch vor Ende der Nacht vollständig zu schlagen. In der Tat konnten sich nur sehr wenige Leute rühmen, im Spiel gegen ihn gut abgeschnitten zu haben.

Seine Erfolge wiederholten sich so oft, daß es nicht zu verwundern war, wenn die Neider und die von ihm Besiegten zuweilen mit Erbitterung davon sprachen. Wie die Franzosen von dem Herzog von Wellington, der nie eine Niederlage erlitten hat, behaupten, daß er nur durch eine erstaun-

liche Reihe glücklicher Zufälle stets Sieger geblieben sei,
und ihn sogar beschuldigten, daß er die letzte große Auseinandersetzung bei Waterloo nur durch eine betrügerische
Finte gewonnen habe, so konnte man auch von seiten der
Engländer Andeutungen hören, die beständigen Erfolge des
Obersten Crawley wären nur erklärlich unter der Voraus-
setzung, daß er unehrlich spiele.

Obgleich damals in Paris das Frascatische Unternehmen und
der Salon geöffnet waren, war die Spielwut doch so weit
verbreitet, daß die öffentlichen Spielsäle dem allgemeinen
Verlangen nicht genügten und das Spiel in Privathäusern so
eifrig betrieben wurde, als ob es keine öffentlichen Gelegenheiten zur Befriedigung dieser Leidenschaft gegeben hätte.
Auch bei Crawleys netten kleinen abendlichen Zusammenkünften wurde diesem bedenklichen Vergnügen gewöhnlich
gehuldigt – zum großen Verdruß der gutherzigen kleinen
Mrs. Crawley. Rebekka sprach in den Ausdrücken tiefsten
Kummers von der Leidenschaft ihres Mannes für die Würfel
und klagte jedem, der in ihr Haus kam, ihr Leid. Sie beschwor die jungen Männer, nie, nie einen Würfelbecher anzurühren, und als der junge Green, ein Jägeroffizier, einmal
eine beträchtliche Summe verloren hatte, verbrachte Rebekka, wie der Bediente dem unglücklichen jungen Herrn
erzählte, die ganze Nacht in Tränen und flehte ihren Mann
auf den Knien an, dem Verlierer die Schuld zu erlassen und
den Schuldschein zu verbrennen. Wie könne er das tun?
hätte Crawleys Erwiderung gelautet. Er habe selbst ebensoviel an Blackstone von den Husaren und an Graf Punter von
der hannöverschen Kavallerie verloren. Green solle jede angemessene Frist bewilligt erhalten, aber bezahlen – bezahlen
müsse er natürlich; vom Verbrennen eines Schuldscheins zu
reden sei kindisch.

Auch viele andere Offiziere, besonders junge – denn die
jungen Leute umschwärmten Mrs. Crawley – kamen mit
10

langen Gesichtern aus ihren Gesellschaften, wo sie mehr oder
weniger große Summen an den verhängnisvollen Kartentischen verloren hatten. Mrs. Crawleys Haus begann in
üblen Ruf zu kommen. Diejenigen, die schon ihre Erfahrungen gemacht hatten, warnten die Neulinge vor der ihnen
drohenden Gefahr. Auch Oberst O'Dowd vom …ten Regiment, das zu den Besatzungstruppen von Paris gehörte,
warnte den zu seiner Kompanie gehörigen Leutnant Spooney. Darüber kam es zu einem lauten, heftigen Streit zwischen ihm und Oberst Crawley im Café de Paris, wo sie beide
mit ihren Frauen zu Mittag speisten. Die beiderseitigen
Damen beteiligten sich lebhaft an der Auseinandersetzung.
Mrs. O'Dowd schnippte vor Mrs. Crawleys Gesicht mit den
Fingern und sagte, ihr Mann sei nichts anderes als ein Gauner. Oberst Crawley forderte darauf Oberst O'Dowd, den
Ritter des Bathordens, zum Duell. Der Höchstkommandie-
rende aber, der von dem Streit hörte, ließ Oberst Crawley,
der schon die Pistolen in Bereitschaft setzte, mit denen er
Hauptmann Marker erschossen hatte, zu sich kommen und
hatte mit ihm eine Unterredung, infolge deren das Duell
unterblieb. Hätte Rebekka nicht General Tufto kniefällig
um Vergebung gebeten, so wäre Crawley nach England zurückgeschickt worden; und nach diesem Vorfall spielte er
mehrere Wochen lang nur mit Zivilisten.
Aber trotz Rawdons unbestreitbarer Geschicklichkeit und
seinen beständigen Gewinnen wurde sich Rebekka nach
reiflicher Überlegung doch darüber klar, daß ihre und ihres
Mannes Lage recht unsicher war, und wenn sie auch fast
nie jemand bezahlten, ihr kleines Kapital doch eines schönen
Tages zu nichts zusammenschrumpfen würde. »Das Spiel,
lieber Mann,« pflegte sie zu sagen, »ist ganz gut als Beihilfe
zu einem Einkommen, aber nicht als Einkommen selbst. Die
Leute können es eines Tages müde werden, zu spielen, und
was machen wir dann?« Rawdon mußte die Richtigkeit die-

ser Bemerkung zugeben; denn er hatte auch schon selbst wahrgenommen, daß nach ein paar kleinen Soupers bei ihm die Herren es tatsächlich müde waren, mit ihm zu spielen, und trotz den Reizen seiner Frau keinen besonderen Eifer wiederzukommen zeigten.

So angenehm und vergnüglich auch ihr Leben in Paris war, so war es doch genau besehen nur eine müßige Tändelei, ein heiterer Zeitvertreib, und Rebekka sah ein, daß sie versuchen müsse, Rawdon im eigenen Vaterland vorwärts zu bringen. Sie mußte ihm in der Heimat oder in den Kolonien eine Anstellung verschaffen, und sie beschloß daher, nach England zu gehen, sobald der Weg dorthin für sie frei sein würde. Der erste Schritt zur Ausführung ihrer Pläne bestand darin, daß sie Crawley veranlaßte, aus der Garde auszutreten und sich auf Halbsold setzen zu lassen. Seine Stellung als Adjutant bei General Tufto hatte schon vorher aufgehört. Rebekka machte sich in allen Gesellschaften über diesen Offizier lustig, über seine Perücke (die er seit seiner Ankunft in Paris trug), sein Korsett, seine falschen Zähne, vor allem über seine Ansprüche auf den Rang eines unwiderstehlichen Herzenbrechers und über die Eitelkeit, die ihn glauben ließ, alle Frauen, mit denen er in Berührung kam, seien in ihn verliebt. Jetzt war Mrs. Brent mit den buschigen Augenbrauen, die Frau des Kommissars Mr. Brent, die Glückliche, auf die der General seine Aufmerksamkeit in Form von Blumensträußen, Dinners im Restaurant, Opernlogenplätzen und Schmucksachen übertragen hatte. Die arme Mrs. Tufto fühlte sich jetzt nicht glücklicher als vorher und mußte noch immer die langen Abende allein mit ihren Töchtern zubringen, während der General, wie sie wußte, parfümiert und mit gebrannten Locken fortgegangen war, um im Theater hinter Mrs. Brents Stuhl zu stehen. Becky hatte natürlich an seiner Statt ein Dutzend anderer Verehrer und konnte ihre Nebenbuhlerin mit ihrem Witz vernichten. Aber, wie

12

schon gesagt, sie begann dieses müßigen gesellschaftlichen Lebens müde zu werden; Opernlogen und Diners im Restaurant hatten für sie keinen Reiz mehr; Blumensträuße konnte man nicht als Reservekapital für künftige Jahre beiseitelegen, und von kleinen Schmucksachen, gestickten Taschentüchern und Glacéhandschuhen konnte sie nicht leben. Sie fühlte die Nichtigkeit des bloßen Vergnügens und verlangte nach greifbareren Vorteilen.

So lagen die Dinge, als eine Nachricht eintraf, die sich schnell unter den vielen Gläubigern des Obersten in Paris verbreitete und große Freude bei ihnen hervorrief. Miß Crawley, die reiche Tante, von der er eine unermeßlich große Erbschaft erwartete, lag im Sterben, und der Oberst mußte an ihr Lager eilen. Mrs. Crawley und das Kind sollten zurückbleiben, bis er sie nachholen würde. Er reiste nach Calais ab, und als er diesen Ort wohlbehalten erreicht hatte, hätte man denken sollen, daß er nun nach Dover fahren würde; aber statt dessen fuhr er mit der Post nach Dünkirchen und reiste von dort nach Brüssel, für das er von früher her eine besondere Vorliebe hatte. Der Grund war: er hatte in London noch mehr Schulden als in Paris und zog daher die stille kleine Hauptstadt Belgiens den beiden geräuschvolleren Metropolen vor.

Ihre Tante war gestorben. Mrs. Crawley bestellte für sich und den kleinen Rawdon tiefschwarze Trauerkleidung. Der Oberst war eifrig damit beschäftigt, die Erbschaftsangelegenheit zu ordnen. Sie konnten nun Zimmer im ersten Stock ihres Hotels beziehen statt der kleinen Erdgeschoßwohnung, die sie bisher inne gehabt hatten. Mrs. Crawley hatte mit dem Wirt eine Beratung über die neuen Tapeten und einen freundschaftlichen Streit über die Teppiche; schließlich wurde alles in befriedigender Weise geordnet, mit Ausnahme der Rechnung allerdings. Dann fuhr sie in einem seiner Wagen davon, mit ihr die französische Bonne und neben ihr das Kind, während der vortreffliche Wirt und seine Frau lächelnd im Torweg standen und ihr ein Lebewohl nachriefen. General Tufto war wütend, als er hörte, daß sie abgereist sei, und Mrs. Brent war auf ihn wütend, weil er wütend war; Leutnant Spooney war todunglücklich, und der Wirt setzte in Erwartung der Rückkehr der bezaubernden kleinen Frau und ihres Mannes seine besten Zimmer in Bereitschaft. Die Koffer, die sie in seiner Obhut zurückgelassen hatte, hielt er mit größter Sorgfalt unter Verschluß, sie waren seinem Schutz von Madame Crawley besonders dringlich anempfohlen worden. Als sie indessen einige Zeit nachher geöffnet wurden, erwies sich ihr Inhalt durchaus nicht als besonders wertvoll.

Bevor sich jedoch Mrs. Crawley in der Hauptstadt Belgiens wieder mit ihrem Gatten vereinigte, machte sie einen Abstecher nach England und ließ unterdessen ihren Sohn unter der Obhut ihres französischen Mädchens auf dem Kontinent zurück.

Der Abschied zwischen Rebekka und dem kleinen Rawdon verursachte keinem von beiden Teilen großen Schmerz. Um die Wahrheit zu sagen, hatte sie von dem Knaben seit seiner Geburt nicht viel zu sehen bekommen. Nach der liebenswürdigen Sitte französischer Mütter hatte sie ihn in ein Dorf in der Nähe von Paris zur Pflege gegeben, wo der kleine Rawdon die erste Zeit seines Lebens nicht unglücklich mit einer zahlreichen Familie von Milchbrüdern in Holzschuhen verbrachte. Sein Vater ritt häufig hinüber, um ihn zu besuchen, und dem älteren Rawdon wurde sein Vaterherz warm, wenn er sah, wie rosig und schmutzig der Kleine war, wie lustig er kreischte und wie glückselig er unter Aufsicht der Gärtnerfrau, seiner Pflegemutter, Kuchen aus Sand verfertigte.

Rebekka hatte keine große Sehnsucht, ihren Erstgeborenen zu besuchen. Er hatte ihr einmal ein neues taubenfarbenes

Seidenkleid verdorben. Er zog die Liebkosungen seiner Pflegemutter denen seiner Mutter vor, und als er schließlich die muntere Amme verlassen mußte, die ihm beinahe eine wirkliche Mutter gewesen war, schrie er stundenlang. Er ließ sich nur durch das Versprechen seiner Mutter trösten, daß er am nächsten Tage zu seiner Pflegemutter zurückkehren solle. Auch der Amme, die sich sonst wahrscheinlich ebenfalls über die Trennung gegrämt hätte, wurde gesagt, das Kind werde ihr so bald wie möglich zurückgebracht werden, und sie wartete eine Zeit lang mit zärtlicher Ungeduld auf seine Rückkehr.

Unsere Freunde gehörten tatsächlich zum Vortrupp jener Sorte von dreisten englischen Abenteurern, die in der Folgezeit den Kontinent überschwemmten und in allen europäischen Hauptstädten Schwindeleien verübten. Die Achtung vor dem Reichtum und der Ehrenhaftigkeit der Engländer war in der glücklichen Zeit von 1817 und 1818 noch sehr groß. Sie hatten, wie ich mir habe sagen lassen, damals noch nicht gelernt, bei Einkäufen mit jener Hartnäckigkeit, durch die sie sich jetzt auszeichnen, zu feilschen. Die großen Städte Europas waren dazumal noch nicht von dem Unternehmungsgeist unserer Schurken heimgesucht worden. Während es jetzt kaum eine Stadt in Frankreich oder Italien gibt, in der wir nicht einen edlen Landsmann von uns antreffen können, der mit jener glücklichen Großtuerei und Unverschämtheit im Benehmen, die wir überall an den Tag legen, Gastwirte beschwindelt, von leichtgläubigen Bankiers sich gefälschte Schecks auszahlen läßt, Wagenbauer um ihre Wagen, Goldschmiede um ihre Schmucksachen, arglose Reisende um ihr Geld im Kartenspiel, sogar öffentliche Bibliotheken um ihre Bücher betrügt: brauchte man vor dreißig Jahren nur ein ›Milord anglais‹ zu sein, der in eigener Kutsche reiste, und man fand überall Kredit, wo man ihn wünschte, und statt zu betrügen, wurden die englischen

Gentlemen selbst betrogen. Erst einige Wochen nach der Abreise der Crawleys gelangte der Wirt des Hotels, in dem sie während ihres Aufenthalts in Paris gewohnt hatten, zu der Erkenntnis des Schadens, der ihm zugefügt war. Nicht eher wurde er seinen Verlust gewahr, bis die Putzmacherin Madame Marabou mehrmals mit ihrer kleinen Rechnung über an Madame Crawley gelieferte Artikel dagewesen war und bis Monsieur Didelot von der Boule d'or im Palais Royal sich ein halbdutzendmal erkundigt hatte, ob denn die reizende Lady, die von ihm Uhren und Armbänder gekauft, noch nicht zurückgekehrt sei. Es ist Tatsache, daß selbst der armen Gärtnerfrau, die das Kind der Madame in Pflege gehabt hatte, nach den ersten sechs Monaten die Milch nicht mehr bezahlt worden war, mit der sie den lustigen, gesunden kleinen Rawdon menschenfreundlicherweise versorgt hatte. Nein, nicht einmal diese Pflegemutter hatte ihr Geld erhalten; die Crawleys hatten zu große Eile gehabt, als daß sie sich einer so unbedeutenden Schuld hätten erinnern können. Der Wirt des Hotels erging sich seitdem bis an sein Lebensende in den kräftigsten Flüchen gegen die englische Nation. Er fragte alle Reisenden, ob sie einen gewissen Oberst Lord Crawley kennten – avec sa femme – une petite dame, très spirituelle. »Ah, Monsieur,« pflegte er dann hinzuzufügen, »ils m'ont affreusement volé.« Es war herzzerbrechend, den traurigen Ton zu hören, in dem er von diesem schrecklichen Unglück sprach.

Der Zweck von Rebekkas Reise nach London war, eine Art von Vergleich mit den zahlreichen Gläubigern ihres Mannes zustande zu bringen und dadurch, daß sie ihnen vier bis fünf Prozent der geschuldeten Summe anbot, ihrem Gatten eine ungefährdete Rückkehr in sein Vaterland zu ermöglichen. Es kann nicht unsere Sache sein, die Schritte, die sie zur Abwicklung dieser höchst schwierigen geschäftlichen Angelegenheit unternahm, alle im einzelnen zu verfolgen. Kurz, sie

wies den Gläubigern einleuchtend nach, daß die Summe, die
sie ihnen anzubieten bevollmächtigt sei, das gesamte verfüg-
bare Vermögen ihres Mannes darstelle; sie überzeugte sie,
daß Oberst Crawley lieber dauernd auf dem Kontinent bleiben als mit unbezahlten Schulden in England leben würde;
sie bewies ihnen, daß es für ihn so wenig eine Möglichkeit
gäbe, von irgendwelcher anderen Seite her noch in den Besitz weiterer Geldmittel zu gelangen, wie für sie eine irdische
Wahrscheinlichkeit, eine höhere Abfindungssumme zu erhalten als die, die sie ihnen vorzuschlagen imstande sei. Auf
diese Art brachte sie die Gläubiger des Obersten zu einmü-
tiger Annahme ihrer Vorschläge und kaufte mit fünfzehnhundert Pfund baren Geldes mehr als den zehnfachen Betrag
von Schulden.
Mrs. Crawley bediente sich bei diesen Verhandlungen keines
Rechtsanwalts. Sie bemerkte sehr richtig, die Sache liege
höchst einfach, da es sich nur darum handle, den gemachten
Vorschlag entweder anzunehmen oder abzulehnen, und
hatte damit den Erfolg, daß die Anwälte der Gläubiger selbst
in ihrem, Mrs. Crawleys, Interesse wirkten. Mr. Lewis, der
Mr. Davids vom Red Lion Square vertrat, sowie Mr. Moß,
dessen Mandant Mr. Manasseh von der Cursitor Street (die
beiden Hauptgläubiger des Obersten) war, sagten der kleinen Frau Schmeicheleien über die blendende Art, in der sie
das Geschäft abgemacht hatte, und erklärten, kein berufs-
mäßiger Rechtsanwalt könne es besser machen.
Rebekka nahm diese schmeichelhafte Beurteilung mit der
größten Bescheidenheit hin. Sie ließ sich eine Flasche Sherry
und einen Brotkuchen in das kleine, dürftige Zimmer bringen, in dem sie während der Abwicklung des Geschäfts
wohnte, bewirtete damit die Advokaten der Gegenpartei
und schüttelte ihnen beim Abschied in der denkbar besten
Stimmung die Hand. Darauf kehrte sie geradenwegs nach
dem Kontinent zurück, um sich mit ihrem Gatten und ihrem

Sohn wieder zu vereinigen und dem alten Rawdon die erfreuliche Nachricht von der gänzlichen Tilgung seiner Schulden zu bringen. Was den jungen Rawdon betrifft, so hatte ihn während der Abwesenheit seiner Mutter Mademoiselle Geneviève, das französische Mädchen, arg vernachlässigt; denn diese junge Person hatte mit einem Soldaten der Garnison von Calais ein Verhältnis angeknüpft und in der Gesellschaft dieses Kriegers ihren Schutzbefohlenen vergessen; so entging der kleine Rawdon damals nur mit knapper Not dem Ertrinken am Strande von Calais, wo die zerstreute Geneviève ihn allein gelassen und aus den Augen verloren hatte.

So kamen Oberst Crawley und seine Frau also nach London, und in ihrem Hause in der Curzon Street, Mayfair, bewiesen sie tatsächlich diejenige Geschicklichkeit, die man besitzen muß, wenn man von den oben angegebenen Einnahmen leben will.

ZWEITES KAPITEL

Fortsetzung

Zuvörderst müssen wir, da dies ein Punkt von größter Wichtigkeit ist, darlegen, wie man ein Haus bewohnen kann, ohne Miete zu zahlen. Solche Wohnungen sind entweder unmöbliert zu haben, in welchem Falle man sie, wenn man bei den Herren Gillows oder Bantings Kredit hat, ganz nach eigenem Geschmack möblieren und ausschmücken lassen kann; oder sie werden möbliert vermietet, was für die meisten Leute eine wesentlich einfachere und bequemere Art des Verfahrens ist. Crawley und seine Frau zogen es vor, ein fertig eingerichtetes Haus zu mieten.

Ehe Mr. Bowls die Aufsicht über Miß Crawleys Haus und Keller in der Park Lane übernahm, hatte diese Dame als Haushofmeister einen Mr. Raggles gehabt, der auf dem Familiengut Queen's Crawley als jüngerer Sohn eines Gärt-

ners geboren war. Durch gute Führung, eine hübsche Figur, stattliche Waden und ein ernstes Wesen arbeitete Raggles sich vom Küchenjungen zum Lakaien und vom Lakaien zum Haushofmeister empor. Nachdem er eine gewisse Anzahl von Jahren an der Spitze von Miß Crawleys Haushalt gestanden hatte, wo er ein gutes Gehalt und fette Nebeneinkünfte und somit reichlich Gelegenheit gehabt hatte, sich etwas zu ersparen, zeigte er an, daß er mit einer ehemaligen Köchin von Miß Crawley, die sich bisher in ehrenhafter Weise durch eine Wäschemangel und ein kleines Gemüsegeschäft in der Nachbarschaft ernährt hatte, den Ehebund zu schließen beabsichtige. In Wirklichkeit hatte die Trauung allerdings schon vor einigen Jahren heimlich stattgefunden, obwohl Miß Crawley von Mr. Raggles' Ehe erst durch einen kleinen Knaben und ein kleines Mädchen von acht und sieben Jahren etwas gemerkt hatte, deren beständige Anwesenheit in der Küche Miß Briggs' Aufmerksamkeit erregt hatte.
Mr. Raggles gab also seine Stelle auf und übernahm persönlich die Oberaufsicht über den kleinen Laden und den Gemüsehandel. Er erweiterte den Kreis seiner Verkaufsartikel noch durch Hinzunahme von Milch und Sahne, Eiern und Landschinken, und während andere ehemalige Haushofmeister in kleinen Wirtschaften Spirituosen ausschänkten, begnügte er sich mit dem Verkauf einfachster ländlicher Produkte. Und da er gute Beziehungen zu den Haushofmeistern der Nachbarschaft hatte, auch ein gemütliches Hinterzimmer besaß, wo er und seine Frau diese Herren gastfreundlich aufnahmen, so fanden seine Milch, seine Sahne und seine Eier bei vielen seiner früheren Berufsgenossen guten Absatz, und seine Einnahme stieg alljährlich. Ein Jahr nach dem andern legte er still und bescheiden Geld auf die hohe Kante, und als endlich das als behagliche, vornehme Junggesellenwohnung eingerichtete Haus Nr. 201, Curzon Street, Mayfair – das bisher der ehrenwerte Frederick Deuceace,

ein Hasardspieler, der ins Ausland gegangen war, bewohnt hatte – mit einem reichen, schönen, aus den ersten Fabriken stammenden Mobiliar unter den Hammer kam, war es kein anderer als Charles Raggles, der das Haus mit seiner ganzen Einrichtung kaufte. Einen Teil des Geldes mußte er sich freilich von einem andern Haushofmeister borgen, und zwar zu einem ziemlich hohen Zinsfuß; den Hauptteil aber bezahlte er von seinen eigenen Ersparnissen, und mit nicht geringem Stolz schlief Mrs. Raggles in einem Bett von geschnitztem Mahagoniholz mit seidenen Vorhängen, dem gegenüber sich ein gewaltiger Drehspiegel und ein Kleiderschrank befanden, in dem sie und Raggles und die ganze Familie Platz gehabt hätten.

Natürlich hatten sie nicht die Absicht, eine so glänzende Wohnung auf die Dauer selbst zu bewohnen. Raggles hatte das Haus nur gekauft, um es wieder zu vermieten. Sobald ein Mieter gefunden war, kroch er selbst wieder in seinen Gemüseladen; es war aber ein beglückendes Gefühl für ihn, aus seiner kleinen Mietswohnung in die Curzon Street zu gehen und dort sein Haus, sein eigenes Haus, mit den Geranienstöcken an den Fenstern und dem kunstvoll gearbeiteten Türklopfer aus Bronze, zu betrachten. Der Bediente, der gelegentlich auf dem Vorplatz herumlungerte, behandelte ihn mit Achtung; die Köchin bezog ihr Gemüse aus seinem Laden und nannte ihn ›Herr Wirt‹, und von allem, was seine Mieter taten, ja, von jedem Gericht, das auf ihren Tisch kam, konnte Raggles Kenntnis erlangen, wenn er wollte.

Er war ein guter Mensch, ein guter und glücklicher Mensch. Das Haus brachte ihm eine so hübsche jährliche Einnahme, daß er sich entschloß, seine Kinder in gute Schulen zu schikken; und demgemäß wurde Charles ohne Rücksicht auf die Kosten als Pensionär in Doktor Swishtails Institut, Sugarcane Lodge, gebracht und die kleine Matilda zu Miß Peckover, Laurentinum House, Clapham.

Raggles liebte und verehrte die Familie Crawley als die Urheberin seines ganzen Lebensglücks. Er hatte eine Silhouette seiner Herrin und eine von der alten Jungfer selbst in chinesischer Tusche ausgeführte Zeichnung des Pförtnerhauses von Queen's Crawley in seiner Hinterstube hängen; und das einzige Stück, um das er den Zimmerschmuck des Hauses in der Curzon Street vermehrte, war ein Kupferstich mit der Unterschrift: ›Queen's Crawley in Hampshire, Wohnsitz des Baronets Sir Walpole Crawley‹. Der Baronet war darauf dargestellt, wie er in einem von sechs Schimmeln gezogenen vergoldeten Wagen an einem See vorbeifuhr, der von Schwänen und mit Fähnchen geschmückten Booten belebt war, worin Damen mit Reifröcken und Musikanten mit Perücken saßen. In der Tat glaubte Raggles, in der ganzen Welt gebe es kein zweites derartiges Schloß und keine zweite so vornehme Familie.

Der Zufall wollte es, daß Raggles' Haus in der Curzon Street gerade zu vermieten war, als Rawdon und seine Frau nach London zurückkehrten. Der Oberst kannte das Haus und seinen Besitzer recht wohl; denn Raggles war mit der Familie Crawley dauernd in Beziehung geblieben, weil er seinem Nachfolger Mr. Bowls jedesmal behilflich war, wenn Miß Crawley Gäste bei sich sah. Und so vermietete denn der alte Mann nicht nur sein Haus an den Oberst, sondern waltete auch als sein Haushofmeister, wenn dieser Gesellschaften gab, während Mrs. Raggles unten in der Küche herumwirtschaftete und Mahlzeiten hinaufsandte, die sogar den Beifall der alten Miß Crawley gefunden haben würden. Auf diese Art also hatte Crawley eine Wohnung umsonst; denn obgleich Raggles Steuern und Abgaben, die Hypothekenzinsen an den andern Haushofmeister, die Prämie für seine Lebensversicherung, das Schulgeld für seine Kinder und die Ausgaben für Essen und Trinken für seine eigene Familie (und eine Zeitlang auch für die des Oberst Crawley) zu bezahlen hatte und obgleich der arme Kerl dadurch dem völligen Ruin anheimfiel, seine Kinder auf die Straße gesetzt wurden und er selbst ins Schuldgefängnis wandern mußte, so muß doch am Ende irgend jemand auch für die Herren aufkommen, die aus dem Nichts leben, und so mußte denn dieser unglückliche Raggles dafür büßen, daß es dem Oberst Crawley an Kapital mangelte.

Ich möchte wohl wissen, wie viele Familien durch geriebene Kunden von Crawleys Schlage ins Elend und Verderben gebracht werden, wie viele große Herren ihre kleinen Handwerksleute um ihr Geld bringen, ihre armen Diener um elende kleine Summen beschwindeln und um ein paar Schillinge willen zu Betrügern werden. Wenn wir lesen, daß ein vornehmer Edelmann nach dem Kontinent geflohen ist oder daß bei einem andern im Hause alles mit Beschlag belegt worden ist und daß er sechs oder sieben Millionen Pfund Schulden hat, dann erscheint uns sein Sturz sogar ruhmvoll, und wir gönnen dem Opfer wegen der Größe seines Ruins unsere Achtung. Aber wer bedauert den armen Barbier, der sein Geld für das Pudern der Bedientenköpfe nicht bekommen kann, oder den armen Zimmermann, der sich dadurch ruiniert hat, daß er für ein von Mylady gegebenes Gartenfest kunstvolle Pavillons errichtete, oder den armen Teufel von Schneider, den der Verwalter begönnerte und der seine ganze Habe, ja womöglich noch mehr verpfändet hat, um die Livreen fertigzustellen, mit deren Bestellung der Lord ihn beehrte? Wenn das große Haus zusammenstürzt, so werden alle diese armen unglücklichen Menschen unbeachtet von seinem Fall mitbegraben – wie nach der Legende ein Mensch, ehe er selbst zum Teufel geht, immer erst eine Menge anderer Seelen dorthin schickt.

Großmütig wandten Rawdon und seine Frau allen Handwerkern und Geschäftsleuten der verstorbenen Miß Crawley, die ihnen ihre Dienste anboten, ihre Kundschaft zu.

Manche, und besonders die ärmeren unter ihnen, drängten sich ihnen ordentlich auf. So brachte die Waschfrau mit bewunderungswürdiger Ausdauer Woche für Woche sonnabends auf ihrem Karren die Wäsche aus Tooting und gab ihre Rechnung ab. Mr. Raggles selbst hatte zu liefern, was an Gemüse und Grünzeug benötigt wurde. Die Rechnung über den Porter, den die Diener aus der Wirtschaft ›Zum Kriegsglück‹ bezogen, bildet eine Kuriosität in den Annalen des Bierverbrauchs. Jedem Dienstboten blieben die Crawleys auch den größten Teil seines Lohnes schuldig, so daß die Leute notgedrungen ein Interesse an dem Fortbestand des Hauswesens hatte, Es wurde tatsächlich niemand bezahlt: weder der Schlosser, der ein Schloß öffnete, noch der Glaser, der eine neue Fensterscheibe einsetzte, weder der Fuhrherr, der den Wagen vermietete, noch der Kutscher, der ihn fuhr, weder der Fleischer, der die Hammelkeule brachte, noch der Kohlenhändler, auf dessen Kosten sie gebraten wurde, noch die Köchin, die sie mit Butter begoß, noch die Dienstboten, die sie aßen. Und dies ist, wie ich mir habe sagen lassen, nicht selten die Art, wie Leute ohne Einkommen das ganze Jahr über höchst vornehm leben.

In einer kleinen Stadt kann dergleichen nicht geschehen, ohne bemerkt zu werden. Wir wissen dort, wieviel Milch unser Nachbar nimmt, und überwachen den Braten und das Geflügel, die für sein Dinner in das Haus gebracht werden. So wußten wahrscheinlich in der Curzon Street die Bewohner von Nr. 200 und 202, was in dem zwischen ihnen gelegenen Hause vorging, da sich die Dienstboten von den Vorplätzen aus miteinander unterhielten; aber Crawley und seine Frau und seine Freunde wußten nichts von Nr. 200 und Nr. 202. Wer nach Nr. 201 kam, wurde herzlich und mit einem freundlichen Lächeln willkommen geheißen, fand ein gutes Dinner und bekam einen fröhlichen Händedruck von dem Gastgeber und der Gastgeberin, gerade als ob sie im unbestrittenen Besitz eines jährlichen Einkommens von drei- oder viertausend Pfund wären; und das waren sie ja auch wirklich, wenn nicht an Geld, so doch an Dingen, die ihnen geliefert, und an Arbeiten, die ihnen geleistet wurden. Wenn sie auch den Hammelbraten nicht bezahlten, so hatten sie ihn doch; und wenn sie ihren Wein nicht mit barem Geld beglichen, woher sollten wir das wissen? Kein Mensch hatte besseren Rotwein auf seinem Tisch als der ehrliche Rawdon; in keinem Hause gab es lustigere, hübscher ausgestattete Dinners. Die Zimmer, in denen er seine Gäste empfing, waren die reizendsten bescheidenen kleinen Salons, die man sich überhaupt denken kann. Rebekka hatte sie sehr geschmackvoll mit tausenderlei allerliebsten Kleinigkeiten aus Paris aufgeputzt; und wenn sie am Klavier saß und frohen Herzens ihre Lieder sang, so glaubte der Fremde in einem kleinen Paradies häuslicher Behaglichkeit zu sein und sagte sich, wenn auch der Ehemann ziemlich einfältig sei, so sei doch die Frau bezaubernd und die Dinners die vergnüglichsten von der Welt.

Rebekkas Witz, Klugheit und Zungenfertigkeit verschafften ihr schnell Aufnahme in gewissen Londoner Kreisen. Man sah an ihrer Haustür bescheidene Wagen halten, aus denen sehr vornehme Leute ausstiegen. Und man sah ihre Kutsche im Park stets von berühmten Stutzern umringt. Ihre kleine Opernloge im dritten Rang war immer gedrängt voll von beständig wechselnden Besuchern. Aber wir müssen allerdings bekennen, daß die Damen sich von ihr fernhielten und daß ihre Türen unserer kleinen Abenteurerin verschlossen blieben.

Über die weibliche vornehme Welt und ihre Bräuche kann der Schreiber dieses Buches natürlich nur vom Hörensagen reden. In diese Mysterien einzudringen und sie zu verstehen, ist einem Mann ebensowenig möglich, wie er wissen kann, worüber die Damen sprechen, wenn sie nach dem Dinner in den Salon hinaufgehen. Nur durch beharrliches Forschen gelingt es einem manchmal, einige Andeutungen über diese Geheimnisse zu erhalten. Und dank ähnlicher fleißiger Bemühung gelangt jeder, der das Pflaster von Pall Mall tritt und die Klubs der Hauptstadt besucht, entweder durch eigene Erfahrung oder durch Vermittlung eines Bekannten, mit dem er Billard spielt oder zusammen speist, zu einer gewissen Kenntnis der vornehmen Welt von London. Er erfährt dann, daß, wie es Männer gibt, die – wie Rawdon Crawley, dessen gesellschaftliche Stellung wir oben geschildert haben, – nur in den Augen der Unwissenden und Neulinge im Park, die sie dort mit den bekanntesten Lebemännern verkehren sehen, eine große Rolle spielen – auch Frauen nicht selten sind, die man ›Männerdamen‹ nennen könnte, da sie von allen Männern gefeiert, von deren Gattinnen aber geschnitten oder geringschätzig behandelt werden. Zu dieser Gattung gehört zum Beispiel Mrs. Firebrace, die Dame mit den schönen blonden Locken, die man alle Tage im Hyde Park sehen kann, wo sie immer von den größten, berühmtesten Stutzern des Königreichs umringt ist. Ferner Mrs. Rockwood, deren Gesellschaften ausführlich in den von der vornehmen Welt gelesenen Zeitungen beschrieben werden und bei der alle möglichen Gesandten und vornehmen Edelleute speisen. Und so könnten wir noch eine Menge anderer Frauen dieser Art aufzählen, wenn sie mit der vorliegenden Geschichte etwas zu tun hätten. Wenn aber einfache Menschen, die außerhalb der feinen Welt stehen, oder Leute aus der Provinz, die sich für die vornehmen Kreise interessieren, diese Damen in ihrem scheinbaren Glanz an öffentlichen Orten erblicken oder sie von weitem beneiden, so könnten sie sich von besser Unterrichteten belehren lassen, daß diese beneideten Damen ebensowenig Aussicht haben, Zugang zu der sogenannten ›Gesellschaft‹ zu finden, wie die ungebildete Frau eines kleinen Gutsbesitzers in Somersetshire,

die von dem Tun dieser Damen in der ›Morning Post‹
liest. Männer, die in London leben, wissen, wie wahr, wie
schrecklich wahr dies ist. Man hört da, wie erbarmungslos
viele anscheinend hochgestellte, reiche Damen von dieser
›Gesellschaft‹ ausgeschlossen sind. Die verzweifelten Anstrengungen, die sie machen, um in diese Kreise einzudringen, die Demütigungen, denen sie sich unterwerfen, die Beleidigungen, die sie ertragen, können denjenigen, der das
Menschengeschlecht oder die Frauenwelt zum Gegenstand
seines Studiums gemacht hat, in die höchste Verwunderung
versetzen. Und dieses durch keine Schwierigkeit sich abschrecken lassende Streben nach Zugehörigkeit zur ›Gesellschaft‹ würde ein schönes Thema für irgendeine hochgestellte Persönlichkeit sein, die genug Witz, Muße und
Kenntnis der englischen Sprache zur Abfassung einer solchen
Geschichte besäße.

Die wenigen Damen, deren Bekanntschaft Mrs. Crawley im
Ausland gemacht hatte, lehnten, als sie wieder auf diese
Seite des Kanals herüberkam, es nicht nur ab, sie zu besuchen, sondern schnitten sie auch vollständig, wenn sie an
öffentlichen Orten mit ihr zusammentrafen. Es war interessant zu sehen, wie die vornehmen Damen sie vergessen
hatten; vergnüglich konnte das Studium dieser Gedächtnis-
schwäche für Rebekka allerdings ganz und gar nicht sein.
Wenn Lady Bareacres ihr im Foyer der Oper begegnete,
sammelte sie ihre Töchter um sich, als ob diese durch eine
Berührung mit Becky befleckt werden würden, zog sich ein
paar Schritte weit zurück, stellte sich vor ihre Töchter hin
und starrte so ihre kleine Feindin an. Um Becky durch Anstarren aus der Fassung zu bringen, dazu gehörte allerdings
ein machtvollerer Blick, als ihn selbst die eisige alte Bareacres aus ihren bösen Augen schießen konnte. Wenn Lady
de la Mole, die in Brüssel soundso oft mit Becky ausgeritten
war, jetzt Mrs. Crawleys offenen Wagen im Hyde Park traf,

so war sie vollständig blind und ganz außerstande, ihre frühere Freundin wiederzuerkennen. Selbst Mrs. Blenkinsop, die Bankiersfrau, verleugnete sie, wenn sie sich in der Kirche trafen. Becky ging jetzt nämlich regelmäßig in die Kirche, und es war höchst erbaulich, zu sehen, wie sie und Rawdon, jeder mit einem großen, goldverzierten Gebetbuch bewaffnet, eintraten und dann dem Gottesdienst mit dem größten Gleichmut folgten.

Rawdon empfand die Geringschätzung, mit der seine Frau behandelt wurde, anfangs sehr tief und wurde zornig und wild darüber. Er sprach davon, die Gatten oder Brüder der unverschämten Weiber, die seiner Frau nicht die gebührende Achtung erwiesen, zu fordern, und nur durch die dringendsten Bitten und strengsten Weisungen von Beckys Seite ließ er sich zu einem wohlgesitteten Betragen bewegen. »Du kannst mich nicht in die Gesellschaft hineinschießen, lieber Mann«, sagte sie gutmütig. »Vergiß nicht, daß ich nur eine Gouvernante war und daß du armer dummer Kerl wegen deiner Schulden, deines Würfelspiels und allerlei anderer Gottlosigkeiten im schlimmsten Rufe stehst. Mit der Zeit werden wir schon noch so viele Freunde bekommen, wie wir nur wünschen, und bis dahin mußt du ein artiger Junge sein und deiner Schulmeisterin in allem, was sie dir sagt, gehorchen. Weißt du noch, in welcher Wut du warst, als wir hörten, daß deine Tante fast alles deinem Bruder Pitt und seiner Frau hinterlassen hatte? Du hättest es in ganz Paris herumerzählt, wenn ich dich nicht veranlaßt hätte, eine ruhige Haltung zu bewahren, und wo wärst du dann jetzt? Im Schuldgefängnis von Ste-Pélagie, und nicht in einem hübschen, höchst behaglichen Hause in London! Du warst so erbittert, daß du nahe daran warst, deinen Bruder zu ermorden, du böser Kain du, und was würde uns dein ganzer Zorn genützt haben? Alle Wut der Welt könnte uns nicht zu dem Geld deiner Tante verhelfen, und es ist viel besser, mit deinem Bruder und seiner Familie in Freundschaft zu leben, als sich mit ihr zu verfeinden, wie es die albernen Butes getan haben. Wenn dein Vater stirbt, wird Queen's Crawley für dich und mich ein sehr angenehmer Winteraufenthalt sein. Und wenn wir mittellos sind, kannst du dort bei Tisch das Amt des Vorschneiders übernehmen und die Aufsicht über die Ställe führen, und ich kann Gouvernante bei Lady Janes Kindern werden. Aber wir und mittellos, dummes Zeug! Ich werde dir schon vorher eine gute Stelle verschaffen; oder vielleicht sterben Pitt und sein kleiner Junge, und wir sind dann Sir Rawdon und Mylady. Solange man noch lebt, kann man auch noch hoffen, lieber Mann, und ich habe vor, aus dir noch etwas Ordentliches zu machen. Wer hat deine Pferde für dich verkauft? Wer hat deine Schulden für dich bezahlt?« Rawdon mußte bekennen, daß er all diese Erfolge seiner Frau zu verdanken habe, und versprach, sich auch in Zukunft vertrauensvoll ihrer Führung zu überlassen.

In der Tat war damals, als Miß Crawley das Zeitliche segnete und das von all ihren Verwandten so heiß umkämpfte Geld schließlich ihrem Neffen Pitt hinterließ, Bute Crawley, dem statt der erwarteten zwanzigtausend Pfund nur fünftausend zugefallen waren, über diese Enttäuschung in solche Wut geraten, daß er ihr in wilden Schimpfreden gegen seinen Neffen Luft machte und dadurch bewirkte, daß der immer schon zwischen ihnen bestehende Zwist mit einem vollständigen Abbruch aller Beziehungen endete. Rawdon Crawleys Benehmen aber, der nur hundert Pfund bekam, war derart, daß sein Bruder darüber erstaunt und seine Schwägerin, die gern mit allen Mitgliedern der Familie ihres Gatten in Frieden und Freundschaft leben wollte, ganz entzückt war. Er schrieb seinem Bruder von Paris aus einen sehr offenherzigen, männlichen, gutgelaunten Brief. Er sagte darin, er wisse sehr wohl, daß er durch seine Heirat die

Gunst seiner Tante verscherzt habe, und obgleich er sein Bedauern über ihre Unversöhnlichkeit ihm gegenüber nicht verbergen wolle, so freue er sich doch, daß das Geld in seiner Familie geblieben sei, und wünsche seinem Bruder zu der schönen Erbschaft von Herzen Glück. Er sandte seiner Schwägerin seine freundlichsten Grüße und sprach die Hoffnung aus, sie werde seine Frau freundlich aufnehmen. Der Brief schloß mit einer an Pitt gerichteten Nachschrift von Beckys eigener Hand, in der sie sich erlaubte, sich den Glückwünschen ihres Mannes anzuschließen. Sie werde es nie vergessen, wie viel Freundlichkeit Mr. Crawley ihr in früheren Zeiten erwiesen habe, als sie noch eine alleinstehende Waise und die Lehrerin seiner kleinen Schwestern gewesen sei, an deren Wohlergehen sie noch den herzlichsten Anteil nehme. Sie wünschte ihm alles Glück für sein Eheleben, bat ihn, sie Lady Jane zu empfehlen, deren Herzensgüte sie von aller Welt preisen höre, und hoffte, daß es ihr eines Tages gestattet werden möchte, ihren kleinen Knaben seinem Onkel und seiner Tante vorzustellen und deren Wohlwollen und Schutz für ihn zu erbitten.

Pitt Crawley nahm diesen Brief sehr freundlich auf, freundlicher als es Miß Crawley mit einigen früheren, von Rebekka verfaßten Briefen in Rawdons Handschrift getan hatte, und Lady Jane war davon so entzückt, daß sie erwartete, ihr Gatte werde die Erbschaft seiner Tante sofort in zwei gleiche Teile teilen und den einen seinem Bruder nach Paris schicken.

Zu ihrer Verwunderung lehnte es aber Pitt ab, seinem Bruder einen Scheck über dreißigtausend Pfund zuzustellen. Dagegen erklärte er sich freundschaftlich bereit, Rawdon die Hand zu schütteln, sobald dieser nach England komme und danach Verlangen trage, und indem er sich bei Mrs. Crawley für die gute Meinung bedankte, die sie von ihm und von Lady Jane hege, versicherte er, daß er gern jede Gelegenheit benutzen werde, ihrem kleinen Knaben hilfreich zu sein.

So war eine sonst vollständige Versöhnung zwischen den beiden Brüdern zustande gekommen. Als Rebekka nach London kam, waren Pitt und seine Frau nicht dort. Oftmals fuhr sie an dem alten Tor in der Park Lane vorüber, um zu sehen, ob sie Miß Crawleys Haus in Benutzung genommen hätten. Aber von den neuen Besitzern war dort nichts zu sehen, und nur durch Raggles hörte sie, was bei ihnen vorgegangen war: daß Miß Crawleys Dienstboten mit anständigen Geschenken entlassen seien und daß Mr. Pitt nur einmal nach London gekommen sei, ein paar Tage in dem Hause gewohnt, dort Geschäfte mit seinen Rechtsanwälten erledigt und Miß Crawleys sämtliche französischen Romane an einen Buchhändler in der Bond Street verkauft habe. Becky hatte ihre besonderen Gründe dazu, sich nach der Ankunft ihrer neuen Verwandten zu sehnen. ›Wenn Lady Jane kommt,‹ dachte sie, ›soll sie mich in die Londoner Gesellschaft einführen, und was die Frauen betrifft, pah! die Frauen werden mich schon einladen, wenn sie merken, daß die Männer mich gern sehen.‹

Ein Zubehör, den eine Dame in dieser Stellung ebenso nötig hat wie ihren Wagen und ihr Bukett, ist eine Gesellschafterin. Ich habe oft die Klugheit dieser sanften Geschöpfe bewundert, die, da sie nicht ohne einen Austausch ihrer Gedanken und Gefühle leben können, eine besonders häßliche Freundin in ihren Dienst nehmen, von der sie dann beinahe unzertrennlich sind. Der Anblick dieser unvermeidlichen Frauensperson, die in ihrem verblichenen Kleid hinter ihrer teuren Freundin in der Opernloge sitzt oder den Rücksitz im Landauer einnimmt, ist für mich stets von einer heilsamen moralischen Wirkung und ein ebenso vortreffliches Memento gewesen wie der Totenkopf bei den Gastmählern der ägyptischen Bonvivants: ein seltsames ironisches Zeichen der Eitelkeit des Lebens. Ja, selbst die abgebrühte, freche, schöne, gewissenlose, herzlose Mrs. Firebrace, deren

Vater aus Gram über ihre Schande starb, selbst die liebens-
würdige, kühne Mrs. Mantrap, die mit ihrem Pferd über
jeden Zaun setzt wie der beste Reiter in England und ihre
Grauschimmel im Park eigenhändig lenkt, während ihre
Mutter noch jetzt in Bath eine Hökerbude hat, selbst diese
Damen, die so keck sind, daß man denken sollte, sie würden
allem Trotz bieten, wagen es nicht, der Welt ohne eine
Freundin entgegenzutreten. Sie müssen jemand haben, an
den sie ihr Herz hängen können, diese liebevollen Geschöpfe!
Und man wird sie kaum je an einem öffentlichen Ort sehen,
ohne daß eine schäbig aussehende Gesellschafterin in einem
gefärbten Seidenkleid irgendwo im Schatten hinter ihnen
säße.

»Rawdon,« sagte Becky eines Abends zu sehr später Stunde,
als eine Gesellschaft von Herren bei ihnen im Salon um das
prasselnde Kaminfeuer herumsaß (denn die Männer kamen
in dieses Haus, um da den Abend zu beschließen, und Becky
bewirtete sie mit dem besten Eis und Kaffee von London),
»ich muß einen Schäferhund haben.«

»Einen – was?« fragte Rawdon und blickte von seinem
Ekartétisch auf.

»Einen Schäferhund«, sagte der junge Lord Southdown.
»Was ist das für ein Einfall, meine liebe Mrs. Crawley!
Warum wollen Sie nicht lieber eine dänische Dogge? Ich
weiß eine, die so groß wie eine Giraffe ist, wahrhaftig. Sie
könnte beinah Ihren Wagen ziehen. Oder wie wäre es mit
einem persischen Windhund? (Ich bitte um neue Karten.)
Oder mit einem kleinen Mops, der in Lord Steynes Schnupf-
tabaksdose Platz hätte? In Bayswater hat jemand einen mit
einer Schnauze, auf die Sie (ich bezeichne den König und
spiele aus) Ihren Hut hängen könnten.«

»Ich steche«, sagte Rawdon ernst. Er achtete gewöhnlich
nur auf sein Spiel und beteiligte sich nicht viel am Gespräch,
außer wenn es sich um Pferde und Wetten handelte.

»Was in aller Welt wollen Sie denn nur mit einem Schäferhund?« fuhr der lebhafte kleine Southdown fort.

»Ich meine einen *moralischen* Schäferhund«, erwiderte Becky lachend und blickte dabei Lord Steyne an.

»Was, zum Teufel, ist das für ein Tier?« sagte der Lord.

»Ein Hund, um die Wölfe von mir abzuwehren. Eine Gesellschafterin.«

»Sie gutes, unschuldiges Lämmchen, die brauchen Sie freilich«, erwiderte der Marquis, indem er den Unterkiefer zu einem häßlichen Grinsen verschob und mit seinen kleinen Augen nach Rebekka schielte.

Der große Lord Steyne stand am Feuer und schlürfte seinen Kaffee. Das Feuer knatterte und loderte munter. Auf dem Kaminsims strahlten wohl ein paar Dutzend Kerzen in allen möglichen Arten von hübschen Leuchtern aus vergoldeter Bronze und Porzellan. Sie beleuchteten wirkungsvoll Rebekkas Gestalt, wie sie auf einem Sofa mit buntgeblümtem Überzug saß. Sie trug ein rosa Kleid, das so frisch wie eine Rose aussah; ihre blendend weißen Arme und Schultern waren mit einem dünnen, florartigen Überwurf halb bedeckt, durch den ihre zarte Haut hindurchschimmerte; ihr Haar hing in Locken auf den Nacken herab; einer ihrer kleinen Füße lugte aus den frisch gekräuselten Rüschen des seidenen Kleides hervor, der hübscheste kleine Fuß, den man sich denken kann, in der hübschesten kleinen Sandale und dem schönsten seidenen Strumpf von der Welt.

Die Kerzen beleuchteten auch Lord Steynes glänzenden Kahlkopf, der von einem Kranze roten Haares umrahmt war. Er hatte dicke, buschige Augenbrauen und kleine, zwinkernde, blutunterlaufene Augen, die von tausend Fältchen umgeben waren. Sein Unterkiefer stach hervor, und wenn er lachte, wurden zwei weiße Eckzähne sichtbar und verliehen durch ihr Glitzern dem Grinsen einen raubtierhaften Ausdruck. Er hatte vorher bei Mitgliedern der könig-

lichen Familie gespeist und trug daher noch den Hosenbandorden mit dem Brustband. Seine Lordschaft war ein kleiner,
breitbrüstiger, krummbeiniger Mann, aber er war sehr stolz
auf die Schönheit seiner Füße und Knöchel und streichelte
fortwährend seine Kniee mit dem Hosenbandorden.

»Der Schäfer genügt also nicht, um sein Lämmchen zu bewachen?« sagte er.

»Der Schäfer spielt gern Karten und geht zuviel in seine
Klubs«, antwortete Becky lachend.

»So ein liederlicher Korydon!« bemerkte der Lord. »Und
welch ein Mund für eine Hirtenflöte!«

»Ich nehme Ihre Wette drei gegen zwei an«, sagte in diesem
Augenblick Rawdon am Kartentisch.

»Hören Sie nur den Meliböus,« knurrte der edle Marquis,
»er ist jetzt auch schäferhaft beschäftigt: er schert ein South-
downschaf. Welch ein harmloser Hammel, nicht wahr? Hat
aber, weiß Gott, ein schneeweißes Vlies!«

Rebekkas Augen blitzten mutwillig und spöttisch. »Mylord,« sagte sie, »Sie sind ja ebenfalls ein Ritter dieses Ordens.« In der Tat hatte er die Kette des Goldenen Vlieses
um den Hals, eine Gabe, die er dem wiedereingesetzten spanischen Königshaus verdankte.

Lord Steyne war in seinen früheren Jahren wegen seines
kühnen, erfolgreichen Spiels berühmt gewesen. Er hatte
zwei Tage und zwei Nächte mit Mr. Fox beim Hasardspiel
gesessen. Er hatte den höchsten Persönlichkeiten des Reiches Geld abgewonnen und, wie man sagte, auch sein Mar-
quisat am Spieltisch erworben; aber er liebte keine Anspielungen auf diese abgetanen Jugendsünden. Rebekka sah, wie
sich seine Stirn über den dicken Augenbrauen umwölkte.

Sie stand vom Sofa auf, trat zu ihm hin und nahm ihm mit
einem kleinen Knicks die Kaffeetasse aus der Hand. »Ja,«
sagte sie, »ich muß einen Hund zur Bewachung haben; aber
Sie wird er nicht anbellen.« Darauf ging sie in den andern

Salon, setzte sich an das Klavier und begann mit so heller, reizender Stimme kleine französische Lieder zu singen, daß der schnell besänftigte Edelmann ihr alsbald in jenes Zimmer folgte; dort stellte er sich hinter ihren Stuhl, beugte sich über sie und nickte mit dem Kopf den Takt.

Unterdessen spielte Rawdon mit seinem Freund Ekarté, bis sie keine Lust mehr hatten. Der Oberst hatte gewonnen; aber wenn er auch noch so viel und noch so oft gewann, so mußten doch solche Abende, die sich in jeder Woche mehrmals wiederholten, Abende, an denen seine Frau allein am Gespräch teilnahm und von allen bewundert wurde, während er schweigend außerhalb des Kreises saß, ohne ein Wort von den Scherzen, den Anspielungen und der mystischen Sprache der Teilnehmer zu verstehen, recht langweilig für den ehemaligen Dragoner sein.

»Wie befindet sich Mrs. Crawleys Gatte?« pflegte Lord Steyne zu ihm als Begrüßung zu sagen, wenn sie sich trafen, und in der Tat war das jetzt sein Lebensberuf. Er war nicht mehr Oberst Crawley, er war Mrs. Crawleys Gatte.

Wenn wir die ganze Zeit über nichts von dem kleinen Rawdon gesagt haben, so hatte das seinen Grund darin, daß er irgendwo oben in einer Mansarde stak oder in die Küche hinuntergekrochen war, um sich dort Gesellschaft zu suchen. Seine Mutter schenkte ihm kaum je Beachtung. Er verbrachte die Tage mit seiner französischen Erzieherin, solange diese in Mr. Crawleys Dienst blieb; und als die Französin fortgegangen war, erbarmte sich ein Dienstmädchen des kleinen Kerls, der sich in der Nacht verlassen fühlte und heulte, nahm ihn aus seiner einsamen Kinderstube in ihr Bett in der anstoßenden Bodenkammer und tröstete ihn.

Rebekka, Lord Steyne und noch ein paar andere Herren tranken gerade einmal im Salon nach der Oper Tee, als das Schreien über ihren Köpfen ertönte. »Es ist mein Engel, der nach seiner Pflegerin schreit«, sagte sie, rührte sich aber nicht, um hinaufzugehen und nach dem Kind zu sehen. »Regen Sie sich nicht dadurch auf, daß Sie zu ihm gehen«, meinte Lord Steyne sarkastisch. »Pah,« erwiderte sie, ein wenig errötend, »er wird sich schon in den Schlaf schreien«, und darauf plauderten sie über die Oper.

Rawdon hatte sich jedoch davongestohlen, um nach seinem Erstgeborenen zu sehen, und kam erst zur Gesellschaft zurück, als er fand, daß die brave Dolly das Kind tröstete. Das Ankleidezimmer des Obersten lag in diesen oberen Räumen, und hier pflegte er sich ganz im stillen mit dem Knaben abzugeben. Sie hatten jeden Morgen, wenn er sich rasierte, ihre Zusammenkunft, wobei dann Rawdon junior neben seinem Vater auf einem Kasten saß und dem Hergang mit nimmermüdem Vergnügen zusah. Er und sein Vater waren sehr gute Freunde. Der Vater brachte ihm Süßigkeiten vom Nachtisch herauf und versteckte sie in einer bestimmten Epaulettenschachtel, wo das Kind sie dann suchte und vor Freude lachte, wenn es den Schatz entdeckt hatte – aber nicht zu laut, denn Mama schlief unten noch und durfte nicht gestört werden. Sie ging immer erst sehr spät zu Bett und stand selten vor Mittag auf.

Rawdon kaufte dem Knaben eine Menge Bilderbücher und füllte ihm die Kinderstube mit Spielzeug an. Die Wände des Zimmers waren mit Bildern bedeckt, die der Vater für bares Geld gekauft und eigenhändig angeklebt hatte. Wenn er nicht Mrs. Rawdon in den Park begleiten mußte, war er hier oben oft stundenlang mit dem Knaben zusammen, der auf seinen Schultern ritt und seinen langen Schnurrbart als Zügel benutzte. Er konnte ganze Tage mit ihm in unermüdlichem Umhertollen verbringen. Das Zimmer war nur niedrig, und einmal, als das Kind noch nicht fünf Jahre alt war, stieß sein Vater, der es wild in seinen Armen in die Höhe schwang, den Schädel des armen kleinen Burschen so heftig gegen die Decke, daß er vor Schreck über das Unglück das Kind beinah fallen gelassen hätte.

Rawdon junior hatte sein Gesicht schon zu einem schrecklichem Gebrüll verzogen, wozu ihn die Heftigkeit des Stoßes allerdings berechtigte, aber gerade als er damit loslegen wollte, rief sein Vater dazwischen: »Um Gottes willen, Rawdon, wecke die Mama nicht auf!« Und das Kind blickte seinen Vater starr und kläglich an, biß sich auf die Lippen, ballte die Hände und gab keinen Ton von sich. Rawdon erzählte diese Geschichte in den Klubs, im Offizierskasino und jedem Menschen in der ganzen Stadt. »Bei Gott,« sagte er meistens zu seinen Zuhörern, »was mein Junge für eine Standhaftigkeit besitzt, was er für ein Prachtkerl ist! Ich stieß mit seinem Kopf beinahe die Decke durch, und er unterdrückte das Schreien, um seine Mutter nicht zu stören.« Manchmal, ein- oder zweimal in der Woche, besuchte diese Dame die oberen Räume, in denen das Kind wohnte. Sie kam wie ein lebendig gewordenes Bild aus der Modezeitung, süß lächelnd und in den schönsten neuen Kleidern, Handschuhen und Stiefelchen, geschmückt mit wundervollen Schärpen, Spitzen und glitzernden Juwelen. Jedesmal hatte sie einen neuen Hut auf, der mit blühenden Blumen oder prächtigen gekräuselten Straußfedern, weich und schneeweiß wie Kamelien, geschmückt war. Gönnerhaft nickte sie dem kleinen Knaben zwei- oder dreimal zu, der von seinem Essen oder den Soldatenbildern, die er austuschte zu ihr aufblickte. Wenn sie das Zimmer verließ, blieb ein Rosenduft oder irgendein anderer zauberhafter Geruch in der Kinderstube zurück. Sie war in seinen Augen ein überirdisches Wesen, das hoch über seinem Vater und allen anderen Menschen stand und nur von ferne angebetet und bewundert werden durfte. Mit dieser Dame im Wagen auszufahren, war für ihn ein Ereignis, das ihn mit ehrfurchtsvollem Schauer erfüllte; er saß dann auf dem Rücksitz und wagte nicht zu

36

sprechen: er starrte nur mit weit geöffneten Augen die schön gekleidete Prinzessin ihm gegenüber an. Herren auf prächtigen, mutigen Pferden kamen herangesprengt, lächelten sie an und unterhielten sich mit ihr. Wie sie sie alle mit ihren Augen anstrahlte! Wie sie ihnen anmutig mit der Hand zuwinkte, wenn sie vorüberritten! Wenn er mit ihr ausfuhr, hatte er immer seinen neuen roten Anzug an. Blieb er dagegen zu Hause, so war sein alter brauner Leinenkittel gut genug. Manchmal, wenn sie nicht zu Hause war und Dolly, das Mädchen, ihr Bett machte, kam er mit in das Schlafzimmer seiner Mutter. Dieses erschien ihm wie die Wohnung einer Fee, eine mystische Stätte des Glanzes und der Wonne. Da hingen im Kleiderschrank jene wundervollen Gewänder in rosaroten, blauen und anderen bunten Farben. Da war der Juwelenkasten mit silbernen Schließen, und die geheimnisvolle Bronzehand auf dem Toilettentisch, die über und über von hundert Ringen glitzerte. Da war der große Drehspiegel, dieses Wunder der Kunst, in dem er gerade noch sein eigenes erstauntes Gesicht und das seltsam verzerrte und wie an der Decke befindliche Spiegelbild Dollys erblicken konnte, wie sie die Kissen des Bettes aufschüttelte und glattstrich. O du armes, einsames, unwissendes kleines Kerlchen! Auf den Lippen und in den Herzen kleiner Kinder ist der Name Mutter gleichbedeutend mit Gott; und hier war eines, das einen Stein anbetete!

So schlecht Oberst Rawdon Crawley auch sonst sein mochte, so hatten doch gewisse menschliche Gefühle der Zuneigung in seinem Herzen Raum, und er war noch fähig, sein Kind und sein Weib zu lieben. Für Rawdon junior hegte er eine große geheime Zärtlichkeit, die seiner Frau nicht entging, obgleich sie nie mit ihrem Mann darüber sprach. Sie ärgerte sich nicht weiter darüber, denn dazu war sie zu gutmütig. Nur die Geringschätzung, die sie für ihren Mann empfand, wurde dadurch noch vergrößert. Er schämte sich gewissermaßen der Weichheit seines Vaterherzens, die er vor seiner Frau verbarg und nur zeigte, wenn er mit dem Knaben allein war.

Er pflegte den Kleinen in den Morgenstunden in die Ställe und in den Park mitzunehmen. Der kleine Lord Southdown, der gutmütigste Mensch von der Welt, der ohne Besinnen den Hut vom Kopfe verschenkt haben würde und dessen Hauptbeschäftigung im Leben darin bestand, allerlei nette Dinge zu kaufen, um sie nachher wieder wegzugeben, kaufte dem kleinen Burschen ein Pony, das, wie der Geber sagte, nicht viel größer als eine gutgemästete Ratte war, und nun machte es Rawdons großem Vater viel Vergnügen, den Knaben auf diesen kleinen schwarzen shetländischen Zwerg zu setzen und an seiner Seite im Park spazieren zu gehen. Gern besuchte er mit ihm auch sein altes Quartier und seine alten Kameraden von der Garde in Knightsbridge, denn er hatte bereits angefangen, an seine Junggesellenzeit mit einem Gefühl zu denken, das dem Bedauern recht nahe kam. Die alten Soldaten freuten sich, ihren ehemaligen Vorgesetzten wiederzusehen und den kleinen Oberst zu hätscheln. Oberst Crawley fand es sehr vergnüglich, im Offizierskasino mit seinen Kameraden zu speisen. »Zum Henker!« pflegte er zu sagen, »ich bin nicht gescheit genug für sie, das weiß ich. Sie wird mich nicht vermissen.« Und er hatte recht: seine Frau vermißte ihn wirklich nicht.

Rebekka hatte ihren Mann ganz gern. Sie war stets freundlich und heiter geneigt und ließ es ihn nicht einmal sehr merken, daß sie ihn geringschätzte; vielleicht hatte sie ihn gerade deswegen um so lieber, weil er ein Dummkopf war. Er war ihr erster Diener und Maître d'hôtel. Er besorgte ihre Aufträge, gehorchte ihren Befehlen ohne Widerrede, fuhr mit ihr ohne Murren im Park spazieren, brachte sie in ihre Opernloge, tröstete sich während der Vorstellung in seinem Klub und kam zur rechten Zeit pünktlich wieder, um sie abzuholen. Es würde ihn gefreut haben, wenn sie den Jungen etwas lieber gehabt hätte; aber selbst darin fand er sich. »Zum Teufel, wissen Sie, sie ist so klug,« sagte er, »und ich habe keine gelehrte Bildung und dergleichen, wissen Sie.« Denn, wie wir schon früher bemerkt haben, gehört keine große Weisheit dazu, im Karten- und Billardspiel zu gewinnen, und auf andere Arten von Geschicklichkeit erhob Rawdon keine Ansprüche.

Als die Gesellschafterin kam, wurden seine häuslichen Pflichten sehr viel leichter. Seine Frau redete ihm zu, auswärts zu speisen, und erließ ihm die Begleitung in die Oper. »Du brauchst heute abend nicht zu Hause zu bleiben und dich zu langweilen, lieber Mann«, sagte sie manchmal. »Es werden ein paar Herren herkommen, die dir nur auf die Nerven fallen würden. Ich würde sie nicht einladen, aber du weißt, es ist zu deinem Besten, und seit ich einen Schäferhund habe, brauche ich mich nicht mehr vor dem Alleinsein zu fürchten.«

›Ein Schäferhund, eine Gesellschafterin! Becky Sharp hält sich eine Gesellschafterin! Ist das nicht ein guter Witz?‹ dachte Mrs. Crawley bei sich selbst. Bei ihrem Sinn für das Komische belustigte diese Vorstellung sie gewaltig.

An einem Sonntagmorgen, als Rawdon Crawley, sein kleiner Sohn und das Pony ihren gewohnten Spaziergang im Park machten, kamen sie an einem alten Bekannten des Obersten vorbei, dem Korporal Clink, der bei demselben Regiment gestanden hatte. Der Korporal war in freundschaftlichem Gespräch mit einem alten Herrn begriffen, der einen mit dem kleinen Rawdon ungefähr gleichaltrigen Knaben auf dem Arm hielt. Dieser andere Knabe hatte die Waterloo-Medaille, die der Korporal trug, ergriffen und besah sie mit großem Vergnügen.

»Guten Morgen, gnädiger Herr«, sagte Clink in Erwiderung auf die Frage des Obersten: »Na, wie gehts, Clink?« »Dieser junge Herr hier ist ungefähr ebenso alt wie der kleine Oberst«, fuhr der Korporal fort.

»Sein Vater war auch ein Waterloo-Kämpfer«, sagte der alte Herr, der den Knaben trug. »Nicht wahr, George?«

»Ja«, antwortete George. Er und der kleine Bursche auf dem Pony sahen einander fest an und musterten sich nach Kinderart mit großem Ernst.

»In einem Linienregiment«, bemerkte Clink mit Gönnermiene.

»Er war Hauptmann im …ten Regiment«, sagte der alte Herr stolz. »Hauptmann George Osborne, Sir, vielleicht haben Sie ihn gekannt. Er starb den Heldentod, Sir, im Kampf gegen den korsischen Tyrannen.«

Oberst Crawley errötete tief. »Ich habe ihn recht wohl gekannt, Sir,« erwiderte er, »und auch seine Frau, seine liebe, kleine Frau, Sir … wie geht es ihr?«

»Sie ist meine Tochter, Sir«, antwortete der alte Herr, setzte den Knaben auf die Erde und zog mit großer Feierlichkeit eine Karte aus der Tasche, die er dem Obersten überreichte. Auf ihr stand geschrieben:

›Mr. Sedley, einziger Agent der Steinkohlen- und Antischlackenkohlen-Gesellschaft, Bunker's Wharf, Thames Street, und Anna Maria Cottages, Fulham Road West.‹

Der kleine George ging an das Shetland-Pony heran und besah es sich.

»Möchtest du auch einmal darauf reiten?« fragte Rawdon junior vom Sattel aus.

»Ja«, antwortete George. Der Oberst, der ihn mit Interesse betrachtet hatte, hob den Knaben in die Höhe und setzte ihn hinter Rawdon junior auf das Pony.

»Halte dich an ihm fest, George«, sagte er. »Faß meinen kleinen Jungen um den Leib, er heißt Rawdon.« Beide Kinder fingen an zu lachen.

»Ein schöneres Paar werden Sie an diesem Sommertag gewiß nicht zu sehen bekommen, Sir«, sagte der gutmütige Korporal zu Mr. Sedley, und der Oberst, der Korporal und der

alte Mr. Sedley mit seinem Regenschirm gingen neben den Kindern her.

DRITTES KAPITEL
Eine Familie in sehr bescheidenen Verhältnissen

Wir müssen uns nun vorstellen, daß der kleine George Osborne von Knightsbridge nach Fulham geritten ist, und wollen hier anhalten und uns in diesem Dorf nach einigen Freunden erkundigen, die wir dort verlassen haben. Wie ist es Mrs. Amelia nach dem fürchtbaren Ereignis von Waterloo ergangen? Lebt sie noch und befindet sie sich wohl? Was ist aus Major Dobbin geworden, dessen Droschke immer in der Nähe ihres Hauses zu sehen war? Und besitzen wir Nachrichten über den Steuererheber von Boggley Wollah? Von diesem alten Bekannten können wir kurz folgendes berichten: Nicht lange nach seiner Flucht aus Brüssel kehrte unser würdiger, lieber Freund Joseph Sedley nach Indien zurück. Entweder war sein Urlaub abgelaufen, oder er fürchtete das Zusammentreffen mit Leuten, die um seine Flucht von Waterloo wußten. Wie dem auch sein mochte, jedenfalls kehrte er zu seiner Dienststelle in Bengalen zurück, und zwar sehr bald, nachdem Napoleon seinen Wohnsitz in St. Helena aufgeschlagen hatte, wo Joseph den ehemaligen Kaiser sah. Wenn man Mr. Sedley an Bord des Schiffes reden hörte, so mußte man glauben, daß er und der Korse einander nicht zum erstenmal begegneten, sondern daß der Zivilist dem französischen Heerführer schon bei Mont St.-Jean getrotzt habe. Er wußte tausend Geschichten über die berühmten Schlachten zu erzählen und kannte die Stellung jedes Regiments und die Verluste, die es erlitten hatte. Er stellte nicht in Abrede, daß er an diesen Siegen mit beteiligt gewesen sei, daß er sich beim Heere befunden und dem Herzog von Wellington Depeschen überbracht habe. Er beschrieb, was der

Herzog in jedem einzelnen Augenblick des Tages von Waterloo gesagt und getan hatte, mit einer so genauen Kenntnis
der Gefühle und Handlungen des hohen Herrn, daß er sich
offenbar den ganzen Tag über an der Seite des Siegers befunden haben mußte, obgleich sein Name als der eines
Nichtkämpfers in den amtlichen Berichten über die Schlacht
nicht erwähnt worden war. Vielleicht steigerte er sich zuletzt
wirklich in die Vorstellung hinein, daß er mit dem Heer im
Kampfe gestanden habe; jedenfalls erregte er eine Zeit lang
in Kalkutta großes Aufsehen und wurde während seines
ganzen weiteren Aufenthaltes in Bengalen ›Waterloo-Sedley‹
genannt.
Die Wechsel, die Joseph beim Ankauf jener unglückseligen
Pferde ausgestellt hatte, wurden von ihm und seinem Bankier ohne Widerrede bezahlt. Man hörte nie eine Anspielung
auf diesen Handel, und niemand weiß mit Sicherheit zu sagen,
wo diese Pferde geblieben sind oder wie er sie und seinen
belgischen Diener Isidor losgeworden war. Doch verkaufte
dieser im Herbst 1815 in Valenciennes einen Grauschimmel,
der dem, den Joseph auf seiner Flucht geritten hatte, sehr
ähnlich war.
Josephs Bankier in London hatte Auftrag, seinen Eltern in
Fulham jährlich hundertzwanzig Pfund auszuzahlen. Dies
war die Haupteinnahme des alten Paares; denn die Unternehmungen, auf die sich Mr. Sedley nach seinem Zusammenbruch in seiner übrigen Lebenszeit einließ, hatten nicht
den Erfolg, den Wohlstand des gebeugten alten Herrn wiederherzustellen. Er versuchte es mit dem Weinhandel, dem
Kohlenhandel, dem Vertrieb von Lotterielosen und dergleichen mehr. Jedesmal, wenn er ein neues Geschäft anfing,
schickte er Werbebriefe an seine Freunde, ließ sich ein neues
Messingschild für seine Tür machen und redete in hoch-
tönenden Ausdrücken davon, daß er doch noch einmal sein
Glück machen werde. Aber das Glück kehrte zu dem schwa-

chen, zusammengebrochenen alten Mann nie wieder zurück. Seine Freunde fielen einer nach dem andern von ihm ab, da sie es müde wurden, teure Kohlen und schlechten Wein von ihm zu kaufen; und seine Frau war die einzige, die sich, wenn er des Morgens mit wankenden Schritten nach der City ging, einbildete, daß er dort wirklich noch eine geschäftliche Tätigkeit ausübe. Abends schleppte er sich langsam wieder zurück und pflegte dann einen kleinen Klub in einem Wirtshaus zu besuchen, wo er über die Finanzen der Nation nach seinem Ermessen unbeschränkt verfügte. Man mußte staunen, wenn man ihn so von Millionen und Agio und Diskonto und von dem, was Rothschild und die Gebrüder Baring unternehmen würden, reden hörte. Er warf mit so riesenhaften Summen um sich, daß die Mitglieder des Klubs (der Apotheker, der Leichenbestatter, der Inhaber eines großen Zimmer- und Baugeschäftes, der Küster, dem es gestattet war, heimlich hinzukommen, und unser alter Bekannter Mr. Clapp) die größte Achtung vor dem alten Herrn hatten. ›Ich habe einmal bessere Zeiten gekannt‹, ermangelte er nicht, einem jeden, der in den Klub kam, zu sagen. ›Mein Sohn, Sir, ist zur Zeit der oberste Beamte von Ramgunge in der Präsidentschaft Bengalen und hat monatlich seine viertausend Rupien. Meine Töchter könnte eine Frau Oberst sein, wenn sie nur wollte. Ich könnte auf meinen Sohn, den obersten Beamten, morgen einen Wechsel von zweitausend Pfund ziehen, und Alexander Baring würde mir den Betrag ohne weiteres auf den Tisch zahlen, Sir. Aber die Sedleys sind immer eine stolze Familie gewesen.‹ Du und ich, mein lieber Leser, können eines Tages ebenfalls in eine solche Lage geraten; denn ist nicht schon vielen unserer Freunde das gleiche widerfahren? Das Glück kann uns untreu werden, die Kraft uns verlassen, unser Platz auf der Bühne von jüngeren, besseren Schauspielern eingenommen werden, und die Woge des Lebens kann über uns hinwegrollen und unser Schifflein als Wrack auf den Strand werfen. Dann werden die Leute, wenn sie dir begegnen, quer über die Straße auf die andere Seite gehen oder, was noch schlimmer ist, dir ein paar Finger hinhalten und dich mitleidig begönnern; dann wirst du wissen, daß dein Freund, sobald du den Rücken gewandt hast, zu einem andern sagt: ›Der arme Teufel! Was hat er für Dummheiten gemacht! Was für Möglichkeiten hat er unbenutzt gelassen!‹ Nun, eine Staatskutsche und dreitausend Pfund Jahreseinkommen ist weder der höchste Lohn noch der Beweis von Gottes endgültigem Urteil über einen Menschen. Solange noch Scharlatane ebensooft Glück haben als zugrunde gehen, solange Hanswürste in der Welt vorwärtskommen und Schurken reich werden, und umgekehrt, solange also solche Menschen an Glück und Unglück genau denselben Anteil haben wie die Bravsten und Tüchtigsten unter uns – solange, lieber Bruder, dürfen wir auf die Gaben und Freuden, die der Jahrmarkt der Eitelkeit bietet, kein besonderes Gewicht legen, und wahrscheinlich … aber wir entfernen uns zu weit von dem Gegenstand unserer Geschichte.

Hätte Mrs. Sedley Energie besessen, so hätte sie diese Eigenschaft nach der Katastrophe ihres Mannes dadurch beweisen können, daß sie ein großes Haus gemietet und Pensionäre aufgenommen hätte. Der ruinierte Mr. Sedley würde sich ganz gut zum Gatten der Pensionsinhaberin geeignet haben; er hätte hier im kleinen die Rolle eines Muñoz[1] gespielt, wäre dem Namen nach der Herr und Meister, der Vorschneider, Haushofmeister und demütige Prinzgemahl gewesen. Ich kenne Männer mit gutem Verstand und ordentlicher Erziehung, die einstmals über frische Kräfte verfügten und schöne Hoffnungen für das Leben hegen konnten, Männer, die in ihrer Jugend Lords bewirteten und sich Jagdhunde

1. Aus einem Leibgardisten wurde er zuerst heimlich, dann öffentlich Gemahl der Königin Christine von Spanien; jeder politischen Tätigkeit enthielt er sich.

und Jagdpferde hielten – jetzt aber sanftmütig zänkischen alten Vetteln Hammelkeulen vorschneiden und nach außen hin den Vorsitz an ihrem ärmlichen Tisch führen. Aber, wie gesagt, Mrs. Sedley besaß nicht genug geistige Regsamkeit, um sich nach ›einigen gebildeten Pensionären, die sich einer heiteren, musikalischen Familie anschließen wollen‹, umzusehen, wie man dergleichen Anzeigen oft in der ›Times‹ lesen kann. Sie blieb einfach auf dem Strande liegen, wohin das Schicksal sie geworfen hatte, und es unterlag keinem Zweifel, daß die Laufbahn dieses alten Ehepaares abgeschlossen war.

Ich glaube nicht, daß sie sich eigentlich unglücklich fühlten. Vielleicht waren sie jetzt in ihrem Unglück ein wenig stolzer als früher in ihrem Glück. Für ihre Hauswirtin Mrs. Clapp war Mrs. Sedley immer noch eine vornehme Persönlichkeit, wenn sie zu ihr herunterkam und ihr stundenlang in der als Wohnzimmer eingerichteten Küche Gesellschaft leistete. Die Hüte und Bänder des irischen Dienstmädchens Betty Flanagan, ihre dreiste Zunge, ihre Trägheit, ihre achtlose Verschwendung von Lichtern in der Küche, ihr unerhörter Tee- und Zuckerverbrauch usw. beschäftigten und unterhielten die alte Dame fast ebensosehr wie die entsprechenden Vorgänge in ihrem früheren Haushalt, wo sie Sambo und den Kutscher, einen Reitknecht, einen Laufjungen und eine Haushälterin mit einem ganzen Regiment von weiblichen Dienstboten gehabt hatte und von dem die gute Dame wohl hundertmal am Tage zu sprechen pflegte. Außer Betty Flanagan hatte Mrs. Sedley auch noch alle andern Dienstmädchen dieser Straße zu beaufsichtigen. Sie wußte von jedem Mieter in den kleinen Häusern, ob er seine geringe Miete bezahlte oder schuldig blieb. Sie machte einen Bogen, wenn Mrs. Rougemont, die Schauspielerin, mit ihrer zweifelhaften Nachkommenschaft an ihr vorüberkam, und warf den Kopf in den Nacken, wenn Mrs. Pestler, die Frau des Arzt-Apothekers, in dem Einspänner vorbeifuhr, den ihr

Mann in seinem Beruf gebrauchte. Sie führte mit dem Gemüsehändler lange Gespräche über die von Mr. Sedley so gern gegessenen weißen Rüben, wenn sie von dieser Ware für einen Penny einkaufte; sie hatte ein Auge auf den Milchmann und den Bäckerjungen und machte Besuche beim Fleischer, der wahrscheinlich Hunderte von Ochsen mit weniger Umständen verkaufte als die Hammelkeule an Mrs. Sedley – zählte sonntags die Kartoffeln unter dem Braten, ging an diesem Tag in ihrem besten Kleide zweimal in die Kirche und las abends Blairs Predigten.

An diesem Tage – denn an den Wochentagen hinderte ihn sein ›Geschäft‹ daran, sich ein solches Vergnügen zu gestatten – war es auch für den alten Sedley eine besondere Freude, mit seinem kleinen Enkel George in die benachbarten Parks oder in die Gärten von Kensington zu gehen, um ihm die Soldaten zu zeigen und ihn die Enten füttern zu lassen. George hatte die Rotröcke gern, und sein Großvater erzählte ihm, daß sein Vater ein ausgezeichneter Soldat gewesen sei, und stellte ihn vielen Sergeanten und anderen Soldaten, die die Waterloo-Medaille auf der Brust trugen, vor, wobei der alte Großvater ihnen George in stolzen Worten als den Sohn des Hauptmanns Osborne vom …ten Regiment bekannt machte, der an jenem ruhmvollen 18. Juni den Heldentod gestorben sei. Einige dieser Soldaten bewirtete er sogar mit einem Glas Porter und zeigte bei seinen ersten Sonntagsspaziergängen mit George eine Neigung, den Knaben zu verziehen, indem er ihm in unverständiger Weise zum Schaden seiner Gesundheit den Magen mit Äpfeln und Pfefferkuchen vollstopfte, bis Amelia erklärte, George dürfe nie wieder mit seinem Großpapa ausgehen, wenn dieser nicht feierlich verspreche, dem Kinde keinen Kuchen, keine Bonbons und keinen Hökerkram irgendwelcher Art zu geben.

Zwischen Mrs. Sedley und ihrer Tochter herrschte eine Art

von Kälte und geheimer Eifersucht wegen des Knaben, deren Ursprung folgendes war. Als George noch sehr klein war, hatte Amelia eines Abends in dem kleinen Wohnzimmer der Familie bei ihrer Handarbeit gesessen und kaum bemerkt, daß die alte Dame das Zimmer verlassen hatte. Aufmerksam gemacht durch das Geschrei des Kindes, das bis dahin ruhig geschlafen hatte, lief sie instinktiv die Treppe hinauf nach dem Kinderzimmer und ertappte hier Mrs. Sedley dabei, wie sie dem Kinde heimlich Daffys Elixier eingab. Als Amelia, sonst das sanfteste und freundlichste Geschöpf von der Welt, diesen Eingriff in ihre Rechte als Mutter wahrnahm, zitterte und bebte sie vor Zorn am ganzen Leibe. Ihre sonst so blassen Wangen erglühten, bis sie so rot waren, wie sie damals waren, als sie noch ein Kind von zwölf Jahren war. Sie riß ihrer Mutter das Kind aus den Armen, griff nach der Flasche und ließ die alte Dame stehen, die wütend, den verbrecherischen Teelöffel in der Hand, nach ihr hinstarrte.

Amelia schleuderte die Flasche in den Kamin, so daß sie klirrend zerbrach. »Ich will mein Kind nicht vergiften lassen, Mama!« rief sie, indem sie das Kind, das sie mit beiden Armen umschlungen hielt, heftig hin und her wiegte und ihre Mutter mit funkelnden Augen anblickte.

»Vergiften, Amelia!« sagte die alte Dame. »Wie kannst du so zu mir sprechen?«

»Es soll keine andere Medizin bekommen als die, die Mr. Pestler für ihn schickt. Er hat mir gesagt, daß Daffys Elixier Gift ist.«

»Sehr gut! Dann denkst du also, daß ich eine Mörderin bin!« erwiderte Mrs. Sedley. »So redest du zu deiner Mutter! Ich habe schweres Unglück durchmachen müssen. Ich bin tief gesunken in meinen Lebensverhältnissen. Ich hatte früher einen eigenen Wagen und muß jetzt zu Fuß gehen; aber das habe ich noch nicht gewußt, daß ich eine Mörderin bin, und ich danke dir für diese Mitteilung.«

»Mama,« sagte die arme kleine Frau, der immer gleich die
Tränen kamen, »du solltest mir nicht so böse sein. Ich...
ich meinte ja nicht ... ich meine, ich wollte nicht sagen daß
du dem lieben Kinde etwas zuleide tun wolltest, nur ...«
»O nein, liebe Tochter, nur, daß ich eine Mörderin sei.
Dann wäre es ja das beste, ich würde vor den Gerichtshof
von Old Bailey gestellt. Dich habe ich allerdings nicht vergiftet, als du ein Kind warst; sondern ich habe dir die beste
Erziehung zuteil werden lassen, die für Geld zu beschaffen
war, und dir die teuersten Lehrer gehalten. Ja, ich habe fünf
Kinder aufgezogen und drei davon begraben; und das Kind,
das ich am meisten von allen liebte, das ich bei der Bräune,
beim Zahnen, bei den Masern und beim Keuchhusten gepflegt und glücklich durchgebracht und das ich ohne Rücksicht auf die Kosten von ausländischen Lehrern habe unterrichten und in Minerva House mit allen möglichen Kenntnissen ausstatten lassen – sagt, ich sei eine Mörderin. Mir
ist in meiner Jugend das alles nicht geboten worden, was
du gehabt hast; ich lernte aber dafür, meinen Vater und
meine Mutter ehren, auf daß ich lange leben möge auf Erden,
und ich lernte, mich nützlich zu machen und nicht den ganzen Tag in meinem Zimmer müßig zu sitzen und die feine
Dame zu spielen! Ach, Amelia Osborne! Mögest du nie eine
Schlange an deinem Busen nähren, das wünsche ich dir!«
»Mama, Mama!« rief Amelia aufs höchste erschrocken, und
das Kind, das sie in den Armen hielt, brach in ein entsetzliches Geschrei aus.
»Eine Mörderin, wahrhaftig! Falle auf die Knie und bitte
Gott, daß er dein böses, undankbares Herz läutern möge!
Und möge er dir vergeben, so wie ich es tue!« Mit diesen
Worten stürzte Mrs. Sedley aus dem Zimmer, indem sie
noch einmal das Wort ›Gift!‹ herauszischte und damit ihre
liebevollen Segenswünsche beschloß.
Dieser Bruch zwischen Mrs. Sedley und ihrer Tochter heilte

bis zum Tod der Mutter nie wieder völlig aus. Dieser Streit gab der alten Dame unzählige Vorteile in die Hand, die sie nicht unterließ, mit weiblicher Schlauheit und Beharrlichkeit auszunutzen. So sprach sie zum Beispiel nachher viele Wochen lang mit Amelia kaum ein Wort. Sie warnte die Dienstboten, das Kind anzurühren, da Mrs. Osborne es übelnehmen könne. Sie ersuchte ihre Tochter, selbst hinzugehen und sich zu überzeugen, daß in den Speisen, die täglich für George gekocht wurden, kein Gift sei. Wenn Nachbarn sich nach dem Befinden des Knaben erkundigten, so verwies sie diese mit spitzen Worten an Mrs. Osborne. Sie erklärte, *sie* wage überhaupt nicht zu fragen, ob es dem Kinde gut gehe oder nicht; *sie* wolle das Kind nicht anrühren, obgleich es ihr Enkel und der Liebling ihres Herzens sei; denn sie wisse ja nicht mit Kindern umzugehen und könne es womöglich töten. Wenn Mr. Pestler zu einem ärztlichen Besuch kam, so empfing sie ihn in einer so ironischen, geringschätzigen Art, daß dieser erklärte, nicht einmal Lady Thistlewood, die er zu behandeln die Ehre habe, könne eine stolzere Miene aufsetzen als Mrs. Sedley, von der er nie ein Honorar nehme. Wahrscheinlich war auch Emmy ihrerseits eifersüchtig; denn welche Mutter wäre es nicht auf diejenigen, die an ihrer Statt ihre Kinder pflegen wollen und ihr den ersten Platz in deren Liebe streitig zu machen drohen? Jedenfalls wurde sie unruhig, sobald irgendein anderer sich mit dem Kinde abgab, und sie mochte der Hauswirtin Mrs. Clapp oder dem Dienstmädchen ebensowenig gestatten, den Knaben anzuziehen oder zu warten, als sie ihnen erlaubt haben würde, das Bild ihres Gatten zu waschen, das über ihrem kleinen Bett hing – demselben kleinen Bett, das die arme Kleine verlassen hatte, um ihrem Gatten zu folgen, und zu dem sie jetzt für viele lange, stille, tränenreiche, aber dennoch glückliche Jahre zurückgekehrt war.

Dieses Zimmer war für Amelia der liebste Aufenthaltsort, es

umschloß ihre teuersten Schätze. Hier wartete sie ihren Knaben und pflegte ihn in den mancherlei Krankheiten des Kindesalters mit stets gleichbleibender, leidenschaftlicher Liebe. In der Gestalt des Kleinen war der ältere George ihr sozusagen wiedergegeben worden, nur geläutert, wie wenn er vom Himmel zurückgekehrt wäre. In zahllosen kleinen Dingen, in Lauten, Blicken und Bewegungen war der Knabe seinem Vater so ähnlich, daß der Witwe oft das Herz krampfhaft zuckte, wenn sie ihn an die Brust drückte. Wenn der Kleine sie dann nach der Ursache ihrer Tränen fragte, nahm sie keinen Anstand, ihm zu sagen, sie müsse weinen, weil er seinem Vater so ähnlich sei und sie immer an diesen erinnere. Sie redete zu ihm fortwährend von seinem toten Vater und sprach zu dem unschuldigen, verwunderten Kinde von ihrer Liebe zu George, viel mehr als sie es je zu George selbst oder zu irgendwelcher Jugendfreundin getan hatte. Mit ihren Eltern redete sie nie über diesen Gegenstand; sie scheute sich, ihnen ihr Herz aufzudecken. Der kleine George hatte wahrscheinlich kein besseres Verständnis dafür als Amelias Vater und Mutter; aber doch schüttete sie vor ihm, und nur vor ihm, die geheimen Empfindungen ihres Herzens rückhaltlos aus. Selbst die Freude dieser Frau war eine Art von Schmerz oder doch wenigstens so zarter Natur, daß sie sich in Tränen äußerte. Ihr ganzes Gefühlsleben hatte etwas so Weiches, Zartes, daß man vielleicht in einem Buche gar nicht darüber reden sollte. Doktor Pestler (jetzt ein sehr gesuchter Frauenarzt, der eine prächtige dunkelgrüne Kutsche und ein Haus am Manchester Square besitzt und gute Aussichten hat, bald geadelt zu werden) hat mir erzählt, ihr Kummer bei der Entwöhnung des Kindes sei ein Anblick gewesen, der einen Herodes hätte rühren können. Er selbst hatte in jener nun weit zurückliegenden Zeit noch ein sehr weiches Herz, und seine Frau war auf Mrs. Amelia damals und noch lange nachher furchtbar eifersüchtig.

50

Vielleicht hatte die Doktorsfrau guten Grund zu ihrer Eifersucht; denn die meisten Frauen, die Amelias kleinen Bekanntenkreis bildeten, teilten dieses Gefühl und waren sehr aufgebracht über die Verehrung, die das andere Geschlecht der jungen Witwe entgegenbrachte. Fast alle Männer, die mit ihr in Berührung kamen, liebten sie, obgleich sie gewiß nicht imstande gewesen wären, den Grund davon anzugeben. Sie war weder geistsprühend, witzig oder übermäßig klug noch besonders schön. Aber überall, wohin sie kam, rührte und bezauberte sie die Männer ebenso sicher, wie sie bei ihren eigenen Geschlechtsgenossinnen Geringschätzung und ungläubige Verwunderung erweckte. Ich glaube, ihren besonderen Reiz bildete gerade ihre Schwäche: eine Art von lieblicher Demut und Sanftmut, die jeden Mann, mit dem sie zusammentraf, um seine freundliche Teilnahme und um seinen Schutz zu bitten schien. Wir haben gesehen, wie beim Regiment, obwohl sie dort nur mit wenigen von Georges Kameraden gesprochen hatte, die Degen all der jungen Offiziere aus den Scheiden geflogen wären, wenn es darauf angekommen wäre, sie zu verteidigen; und ebenso war es in dem kleinen, engen Mietshaus und in ihrem Bekanntenkreis in Fulham: sie hatte jedermanns Sympathie und gefiel allen. Wäre sie Mrs. Mango selbst gewesen (von dem großen Hause Mango, Plantain & Co., Crutched Friars, die Besitzerin der großartigen Ananastreibhäuser in Fulham, die im Sommer Dejeuners gab, zu denen Herzöge und Grafen erschienen, und im Kirchspiel mit Bedienten in prachtvollen gelben Livreen und mit einem Gespann von Braunen umherfuhr, wie sie die königlichen Ställe in Kensington nicht schöner aufzuweisen hatten), ich sage, wäre sie Mrs. Mango selbst gewesen oder deren Schwiegertochter Lady Mary Mango (eine Tochter des Grafen von Castlemouldy, die sich herabgelassen hatte, den Inhaber der Firma zu heiraten), so hätten die Geschäftsleute der Nachbarschaft ihr nicht mehr

Achtung bezeigen können, als sie ohne Ausnahme der sanften jungen Witwe erwiesen, wenn sie an ihrer Tür vorbeikam oder in ihren Läden ihre bescheidenen Einkäufe machte.

So kam es, daß nicht nur der Arzt Mr. Pestler, sondern auch sein Assistent Mr. Linton, der die Dienstmädchen und kleinen Geschäftsleute behandelte und den man täglich in der Apotheke die ›Times‹ lesen sah, sich offen als Mrs. Osbornes Sklaven bekannte. Er war ein hübscher junger Mann, der in Mrs. Sedleys Wohnung lieber gesehen wurde als sein Vorgesetzter; und wenn dem kleinen George irgend etwas fehlte, so pflegte er zwei- oder dreimal täglich vorbeizukommen, um nach dem kleinen Burschen zu sehen, ohne auch nur im entferntesten an ein Honorar zu denken. Er brachte für den kleinen George Fruchtbonbons, Tamarinden und andere derartige Sachen aus den Schubkästen der Apotheke mit und bereitete für ihn Tränkchen und Mixturen von so wunderbarem Geschmack, daß es für das Kind geradezu ein Vergnügen war, krank zu sein. Er und sein Vorgesetzter Pestler saßen in jener denkwürdigen, schrecklichen Woche, als George die Masern hatte und man nach der Angst der Mutter hätte denken mögen, es habe noch nie vorher Masern in der Welt gegeben, zwei ganze Nächte lang bei dem Knaben. Hätten sie das wohl für andere Leute getan? Blieben sie bei den Besitzern der Ananastreibhäuser die Nacht über auf, als Ralph Plantagenet und Gwendoline und Guinever Mango dieselbe Kinderkrankheit hatten? Hielten sie Nachtwache bei der kleinen Polly Clapp, der Tochter des Hauswirts, die von dem kleinen George angesteckt worden war? Die Wahrheit zwingt uns, diese Fragen mit Nein zu beantworten. Sie schliefen ganz ungestört, wenigstens was Polly Clapps Erkrankung betraf, bezeichneten es als einen leichten Fall, der beinah von selbst heilen werde, schickten ein paar Tränkchen für sie und mischten, als das Kind auf dem Wege zur Genesung war, mit größter

52

Gleichgültigkeit und nur der Form wegen ein wenig China-
rinde hinein.

Da war ferner der kleine französische Chevalier aus dem
gegenüberliegenden Hause, der an verschiedenen Schulen
der Nachbarschaft Unterricht in seiner Muttersprache erteilte und spätabends in seinem Zimmer auf einer klang-
armen alten Geige mit zittrigem Bogen alte Gavotten und
Menuette spielte. Jedesmal, wenn dieser gepuderte, höfliche alte Mann, der an keinem Sonntag in der Kloster-
kapelle von Hammersmith fehlte und in jeder Hinsicht,
in seiner Denkweise und in seinem Wesen und Benehmen,
seinen wilden, bärtigen Landsleuten völlig unähnlich war, die
heutzutage auf das perfide Albion fluchen und unsereinen
in den Quadrantarkaden über ihre Zigarren hinweg grimmig
anschielen ..., jedesmal, wenn der alte Chevalier de Talon-
rouge von Mrs. Osborne sprach, nahm er zunächst eine
Prise, schnippte nach Beendigung dieses Geschäfts die an
seinen Fingern haftenden Tabaksstäubchen mit einer graziösen Handbewegung fort, legte seine Fingerspitzen wieder
zusammen, führte sie an den Mund, küßte sie und spreizte
sie mit dem Ausruf: »Ah, la divine créature!« wieder auseinander. Er schwur und beteuerte, wenn Amelia in den Anlagen von Brompton spazieren ginge, so sprössen unter ihren
Füßen Blumen in Fülle hervor. Er nannte den kleinen George
Kupido, fragte ihn nach dem Befinden seiner Mama Venus
und erzählte der erstaunten Betty Flanagan, sie sei eine der
Grazien und die Lieblingsdienerin der Reine des Amours.

Die Beispiele für diese leicht und unbeabsichtigt erworbene
Beliebtheit würden sich leicht vermehren lassen. Machte
nicht Mr. Binny, der sanfte, artige Hilfsprediger an der Di-
striktskapelle, wo die Familie dem Gottesdienst beizuwohnen pflegte, der Witwe fortwährend Besuche, wobei er den
kleinen Knaben auf seinem Knie reiten ließ und sich erbot,
ihm Unterricht im Lateinischen zu geben – zum großen

Ärger seiner schon ältlichen unverheirateten Schwester, die ihm den Haushalt führte? »Es ist nichts an ihr, Beilby«, pflegte diese Dame zu sagen. »Wenn sie zum Tee herkommt, sagt sie den ganzen Abend über kein Wort. Sie ist nur ein armseliges, wehleidiges Geschöpf und hat meines Erachtens nicht einmal ein gutes Herz. Nur wegen ihres hübschen Gesichts bewundert ihr Männer sie alle so. Miß Grits, die fünftausend Pfund als Mitgift bekommt und später noch mehr zu erwarten hat, besitzt noch einmal soviel Geist und ist nach meinem Geschmack tausendmal angenehmer; und wenn sie ein hübsches Äußeres hätte, so würdest du sie gewiß für ein Ideal halten.«

An dem, was Miß Binny da sagte, war allerdings viel Richtiges. Ein hübsches Gesicht hat tatsächlich die Wirkung, in den Herzen der Männer, dieser nichtswürdigen Bösewichter, Sympathie zu erwecken. Eine Frau mag die Weisheit und die Keuschheit einer Minerva besitzen, und doch beachten wir sie nicht, wenn sie häßlich ist. Welche Torheit wird nicht durch ein Paar leuchtende Augen verzeihlich gemacht? Welche unverständige Äußerung klingt nicht reizend, wenn sie von roten Lippen mit lieblicher Stimme gesprochen wird? Und daraus folgern die Frauen nun mit ihrem bekannten Sinn für Gerechtigkeit, daß eine Frau, die hübsch ist, deshalb auch dumm sein muß. O meine Damen, meine Damen! Es gibt unter Ihnen auch solche, die weder hübsch noch klug sind.

Wir haben aus dem Leben unserer Heldin nur unbedeutende Vorfälle zu berichten. Ihre Geschichte enthält, wie der geehrte Leser wohl schon bemerkt haben wird, keine wunderbaren Begebnisse, und wenn über ihre Erlebnisse während der sieben Jahre nach der Geburt ihres Sohnes täglich Buch geführt worden wäre, so würden in diesen Aufzeichnungen nur wenige bemerkenswertere Ereignisse zu finden sein als die Masern, von denen wir vorhin gesprochen haben. Doch ja; eines Tages bat sie der soeben erwähnte Reverend Mr.

Binny zu ihrem größten Erstaunen, ihren Namen Osborne mit dem seinigen zu vertauschen. Aber tief errötend und mit Tränen in den Augen und zitternder Stimme dankte sie ihm für die Achtung, die er ihr mit seinem Antrag bezeige, sowie für all die freundlichen Aufmerksamkeiten, die er ihr und ihrem armen kleinen Knaben erwiesen habe, erklärte jedoch gleichzeitig, sie könne nie, nie an einen anderen denken als an den Gatten, den sie verloren habe.

Am 25. April und am 18. Juni, an den Tagen, da sie getraut und da sie Witwe geworden war, blieb sie alljährlich ganz in ihrem Zimmer und weihte diese Tage (und wir wissen nicht, wie viele Stunden einsamen nächtlichen Sinnens, während der Knabe in seinem kleinen Bett neben ihr schlief) der Erinnerung an ihren dahingegangenen Gatten. Im übrigen war sie jetzt tätiger als in der ersten Zeit. Sie mußte George lesen, schreiben und ein bißchen zeichnen lehren. Sie las Bücher, um ihm daraus Geschichten zu erzählen. Als seine Augen sich öffneten und sein Geist sich unter dem Einfluß der ihn umgebenden Natur zu entwickeln begann, lehrte sie das Kind, so gut sie es mit ihrer schwachen Kraft vermochte, den Schöpfer aller Dinge erkennen, und jeden Abend und jeden Morgen beteten die Mutter und der kleine Knabe (in jener heiligen, rührenden Gemeinschaft, die wohl jedem, der Zeuge davon ist oder sich daran erinnert, das Herz bewegen muß) zusammen das Vaterunser, wobei die Mutter die Worte aus der Tiefe ihres sanften Herzens hervorholte und das Kind sie ihr nachsprach. Und jedesmal beteten sie zu Gott, er möge den lieben Papa segnen, als ob er noch am Leben und bei ihnen im Zimmer wäre.

Den jungen Herrn zu waschen und anzuziehen – morgens vor dem Frühstück, ehe der Großpapa ins ›Geschäft‹ ging, einen Spaziergang mit ihm zu machen –, die schönsten, kunstvollsten Anzüge für ihn anzufertigen, wozu die sparsame Witwe jedes verwendbare Stück Zeug zerschnitt und

änderte, das sie noch von der Zeit ihrer Ehe her besaß (denn
Mrs. Osborne selbst trug zum großen Verdruß ihrer Mutter,
die namentlich seit ihrem Unglück eine große Vorliebe für
schöne Kleider hatte, stets nur ein schwarzes Kleid und
einen Strohhut mit schwarzem Band) – alle diese Dinge
nahmen sie täglich viele Stunden lang in Anspruch. Die
übrige Zeit widmete sie ihrer Mutter und ihrem alten Vater.
Sie hatte sich der Mühe unterzogen, Cribbage zu lernen,
und spielte es mit ihrem Vater an den Abenden, wo er nicht
in seinen Klub ging. Sie sang ihm Lieder vor, wenn er sie
hören mochte, und das war ein gutes Zeichen; denn er versank jedesmal während der Musik in einen wohltuenden
Schlaf. Sie schrieb ihm seine zahlreichen Eingaben, Briefe,
Werbeschreiben und Verkaufspläne ab. Von ihrer Hand erhielten die meisten früheren Bekannten des alten Herrn die
Nachricht, daß er die Vertretung der Steinkohlen- und Antischlackenkohlen-Gesellschaft übernommen habe und seine
Freunde und das Publikum mit den besten Kohlen zu soundso viel Schilling für die Tonne versorgen könne. Seine
eigene Tätigkeit bestand nur darin, die Rundschreiben mit
seiner verschnörkelten Unterschrift zu versehen und die
Anschriften mit seiner zittrigen Kaufmannshand anzubrin-
gen. Eines dieser Schriftstücke wurde auch an Major Dobbin
durch Vermittlung seiner Bankiers, der Herren Cox und
Greenwood, abgesandt; aber da der Major sich damals in
Madras befand, hatte er keinen besonderen Bedarf an Kohlen. Er kannte jedoch die Hand, die den Werbebrief geschrieben hatte. Guter Gott, was hätte er nicht darum gegeben, sie in der seinigen halten zu können! Darauf folgte
ein zweites Schreiben, das den Major davon in Kenntnis
setzte, daß J. Sedley & Co. in Oporto, Bordeaux und Santa
Maria Vertretungen errichtet hätten und nun in der Lage
seien, ihren Freunden sowie dem großen Publikum die
besten und beliebtesten Sorten Portwein, Sherry und Rot-

wein zu mäßigen Preisen und unter außerordentlich vorteilhaften Bedingungen anzubieten. Daraufhin bemühte sich
Dobbin mit wahrem Feuereifer beim Gouverneur, beim
Oberkommandierenden, bei den Richtern, bei den Regimentern und bei allen Leuten, die er in der Präsidentschaft
kannte, um Aufträge und schickte so viele Bestellungen auf
Wein an Sedley & Co. nach England ab, daß Mr. Sedley und
Mr. Clapp, der der Teilhaber bei dem Geschäft war, sehr
erstaunt waren. Aber es kamen keine weiteren Bestellungen
mehr nach jener ersten glücklichen Hochflut, die den armen
alten Sedley in eine solche Hoffnungsseligkeit versetzt hatte,
daß er schon daran dachte, sich ein Haus in der City zu bauen,
eine Menge Gehilfen anzunehmen, ein Dock für sich allein
zu mieten und Korrespondenten in der ganzen Welt anzustellen. Der alte Herr besaß nicht mehr die feine Zunge für
Wein, die er früher gehabt hatte: die Flüche des Kasinos
hagelten nur so auf Major Dobbin herab wegen der abscheulichen Weine, die auf seine Veranlassung angeschafft worden
waren, und er kaufte eine große Menge davon zurück und
ließ sie öffentlich versteigern, wobei er einen gewaltigen
Schaden erlitt. Was Joseph betrifft, der inzwischen zum
Mitglied der Finanzkammer in Kalkutta befördert worden
war, so geriet er in eine furchtbare Wut, als die Post ihm ein
Paket dieser Weinprospekte brachte nebst einem Privatschreiben seines Vaters, in dem dieser ihm mitteilte, er zähle
bei diesem Unternehmen auf ihn und habe eine Anzahl auserlesener Weine laut Rechnung an ihn abgesandt und gleichzeitig Wechsel in Höhe des Betrages auf ihn gezogen. Joseph,
der es ebensowenig lautbar werden lassen mochte, daß sein
Vater, der Vater Joseph Sedleys von der Finanzkammer, ein
um Aufträge bittender Weinhändler war, wie er es hätte
eingestehen mögen, wenn dieser Scharfrichter gewesen wäre,
weigerte sich verächtlich, die Wechsel zu bezahlen, und
schrieb dem alten Herrn einen sehr ungezogenen Brief, in

dem er ihn ersuchte, sich um seine eigenen Angelegenheiten zu kümmern. Als nun die protestierten Wechsel zurückkamen, mußten Sedley & Co. sie mit dem Gewinn einlösen, den ihnen die Weinsendung nach Madras eingebracht hatte, und sogar noch einen kleinen Teil von Emmys Ersparnissen mit zu Hilfe nehmen.

Außer ihrer Jahrespension von fünfzig Pfund besaß die Witwe nach Angabe des Testamentsvollstreckers ihres Gatten, noch fünfhundert Pfund, die bei Georges Tode in den Händen seines Bankiers geblieben seien, und Dobbin schlug als Vormund des kleinen George vor, diese Summe zu acht Prozent bei einem indischen Bankhaus anzulegen. Mr. Sedley, der glaubte, der Major habe unredliche, egoistische Absichten mit diesem Gelde, sprach sich mit aller Entschiedenheit gegen diesen Plan aus und ging zu dem Bankier, um persönlich gegen eine solche Anlegung der betreffenden Geldsumme zu protestieren. Zu seiner Überraschung erfuhr er dort aber, daß der Bankier eine solche Summe nicht in Händen gehabt habe; das ganze Guthaben des verstorbenen Hauptmanns habe sich nicht auf hundert Pfund belaufen, und die fraglichen fünfhundert Pfund müßten eine besondere Summe sein, über die wohl Major Dobbin Näheres wissen werde. Mehr als je überzeugt, daß hier eine Gaunerei vorliege, suchte der alte Sedley den Major auf. Als der nächste Anverwandte, den seine Tochter habe, verlangte er sehr von oben herab Rechenschaftsablage über die Hinterlassenschaft des verstorbenen Hauptmanns. Dobbins Stottern, Erröten und Verlegenheit bestärkten den alten Sedley noch in seiner Überzeugung, daß er es mit einem Schurken zu tun habe, und in hochfahrendem Ton sagte er dem Offizier, wie er es nannte, offen seine Meinung, indem er geradezu erklärte, er glaube, daß der Major ungesetzlicherweise Geld seines verstorbenen Schwiegersohnes zurückbehalte.

Hier verlor nun aber Dobbin doch die Geduld, und wäre sein

Ankläger nicht ein so alter, gebrochener Mann gewesen, so wäre es wohl in Slaughters Kaffeehaus, wo dieses Gespräch der beiden Herren in einer Nische stattfand, zu einem ernstlichen Streit zwischen ihnen gekommen. »Kommen Sie mit, Sir!« sagte der Major mit seinem üblichen Lispeln. »Ich verlange, daß Sie mit mir in meine Wohnung gehen, da will ich Ihnen zeigen, wer der Benachteiligte ist, der arme George oder ich.« Er faßte den alten Herrn unter den Arm, führte ihn in sein Zimmer und entnahm dort seinem Schreibpult die Belege über Osbornes Vermögen und ein Päckchen Schuldscheine, die dieser ihm ausgestellt hatte; denn um dem armen George Gerechtigkeit widerfahren zu lassen, müssen wir sagen, daß er immer bereit war, einen Schuldschein zu schreiben. »Er hat seine Schulden in England bezahlt«, sagte Dobbin; »aber er besaß, als er fiel, alles in allem keine hundert Pfund mehr. Ich und ein paar andere von seinen Kameraden haben alles, was wir übrig hatten, zusammengelegt und so die kleine Summe zusammengebracht; und da wagen Sie nun zu sagen, wir wollten die Witwe und die Waise betrügen!« Sedley war sehr beschämt und gedemütigt, obwohl tatsächlich Dobbin ihm eine arge Unwahrheit erzählt hatte; denn in Wirklichkeit hatte er selbst jeden Schilling dieser Summe aus seiner Tasche gegeben und die Kosten von Osbornes Begräbnis bestritten und alle sonstigen Ausgaben getragen, die durch den Todesfall und durch die Heimreise der armen Amelia entstanden waren.

Wer für diese Ausgaben aufgekommen sei, darüber nachzudenken hatte sich der alte Sedley ebensowenig je die Mühe gemacht wie sonst jemand von Amelias Verwandten oder auch Amelia selbst. Sie hatte volles Vertrauen zu Major Dobbins Rechnungsführung, nahm seine etwas verworrenen Berechnungen immer als richtig hin und hatte keine Ahnung davon, wie sehr sie in seiner Schuld war.

Zwei- oder dreimal im Jahre schrieb sie ihm ihrem Versprechen gemäß einen Brief nach Madras. Ihre Briefe handelten ausschließlich von dem kleinen George, aber er bewahrte die Blätter wie teure Schätze auf. Jedesmal, wenn Amelia geschrieben hatte, antwortete er. Außer diesen Antworten schrieb er nicht; aber er schickte zahllose Geschenke für sein Patenkind und für sie. So sandte er eine Schachtel mit Halstüchern und ein prächtiges chinesisches Schachspiel mit Figuren von Elfenbein. Die Bauern waren kleine grüne und weiße Männer mit wirklichen Schwertern und Schilden; die Springer saßen zu Pferde, und die Türme befanden sich auf dem Rücken von Elefanten. Wie Mr. Pestler bemerkte, hatte selbst Mrs. Mango, die Besitzerin der Ananastreibhäuser, kein so schönes Spiel aufzuweisen. Diese Schachfiguren waren Georges ganzes Entzücken, und er schrieb seinen ersten Brief, um sich dafür bei seinem Paten zu bedanken. Dieser schickte auch eingemachte Früchte und Pickles, von denen der junge Herr so lange heimlich naschte, bis er davon gehörig krank wurde. Er glaubte, das Brennen, das sie ihm im Munde verursachten, sei eine Strafe für seine Dieberei. Emmy schrieb dem Major einen komischen kleinen Bericht über dieses Mißgeschick; und dieser freute sich bei dem Gedanken, daß sie jetzt wieder etwas Lebensmut bekommen hatte und manchmal schon wieder heiter sein konnte. Ferner sandte er zwei Schals, einen weißen für sie und einen schwarzen mit Palmblättern für ihre Mutter, sowie zwei rote Winterhalstücher für den alten Mr. Sedley und für George. Jeder dieser Schals hatte nach Mrs. Sedleys sachverständigem Urteil mindestens fünfzig Guineen gekostet. Sie trug den ihrigen, wenn sie im Sonntagsstaat zur Kirche nach Brompton ging, und empfing die Glückwünsche ihrer Freundinnen zu dieser glänzenden Bereicherung ihrer Garderobe. Auch Emmys Schal nahm sich auf ihrem bescheidenen schwarzen Kleid sehr hübsch aus. »Es ist jammerschade, daß sie von diesem Mann nichts wissen will«, bemerkte Mrs. Sedley zu ihrer Hauswirtin Mrs. Clapp und allen ihren Bromptoner Freundinnen. »Joseph hat uns nie solche Geschenke geschickt und benimmt sich überhaupt knauserig gegen uns. Offenbar ist der Major bis über die Ohren in sie verliebt; wenn ich aber nur eine leise Anspielung darauf mache, so wird sie rot, fängt an zu weinen, geht nach ihrem Zimmer hinauf und sitzt da vor dem Bild ihres Mannes. Das Bild ist mir schon ganz verhaßt; ich wollte, wir hätten diese widerwärtigen, geldstolzen Osbornes nie gesehen.«

In so einfachen Verhältnissen und in so bescheidener Gesellschaft verlebte George seine Kindheit und wuchs dank seiner Erziehung durch eine Frau zu einem feinfühligen, empfindsamen, eigenwilligen Knaben heran, der seine sanfte Mutter beherrschte und mit leidenschaftlicher Zärtlichkeit liebte. Auch die gesamte übrige kleine Welt, in der er lebte, regierte er. Als er größer wurde, waren seine Angehörigen erstaunt über sein hochfahrendes Wesen und seine weitgehende Ähnlichkeit mit seinem Vater. Nach allem fragte er, wie es die wißbegierige Jugend zu tun pflegt. Die tiefe Einsicht, die sich in seinen Bemerkungen und Fragen bekundete, setzte seinen alten Großvater in Verwunderung, der nun im Wirtshaus seinen Klub mit Geschichten über die Kenntnisse und das Genie des kleinen Burschen tüchtig langweilte. Seine Großmutter ertrug er mit gutmütiger Gleichgültigkeit. Der kleine Kreis von Menschen, der ihn umgab, glaubte, daß der Knabe auf der ganzen Welt nicht seinesgleichen habe. George hatte den Stolz seines Vaters geerbt und dachte vielleicht, sie hätten nicht unrecht.

Als er ungefähr sechs Jahre alt war, begann Dobbin sehr häufig an ihn zu schreiben. Der Major fragte an, ob George in eine Schule ginge, und sprach die Hoffnung aus, daß er dort Ehre einlegen werde. Oder solle er vielleicht von einem guten Hauslehrer unterrichtet werden? Es sei Zeit, daß er etwas lerne, und sein Pate und Vormund deutete an, er hoffe, es werde ihm gestattet werden, die Kosten der Erziehung des Knaben zu tragen, die sonst einen zu großen Teil des geringen Einkommens der Mutter erfordern würden. Kurz, der Major dachte fortwährend an Amelia und ihren kleinen Knaben und versorgte diesen durch Vermittlung seines Bankiers reichlich mit Bilderbüchern, Tuschkästen, Schreibmappen und allen erdenklichen Gegenständen zur Belustigung und Belehrung. Drei Tage vor Georges sechstem Geburtstag fuhr ein Herr in einem Wagen in Begleitung eines Dieners vor Mr. Sedleys Hause vor und wünschte den jungen Herrn George Osborne zu sehen: es war der Militärschneider Mr. Woolsey aus der Conduit Street, der im Auftrag des Majors kam, um dem jungen Herrn Maß zu einem Anzug zu nehmen. Er habe die Ehre gehabt, für den Hauptmann, den Vater des jungen Herrn, zu arbeiten.

Mitunter, und ohne Zweifel auf den Wunsch des Majors, kamen seine Schwestern, die Misses Dobbin, in der Familienkutsche angefahren, um Amelia und den kleinen Knaben zu einer Spazierfahrt abzuholen, falls sie Lust dazu hätten. Amelia empfand die gönnerhafte Freundlichkeit der Damen recht unangenehm; aber sie ertrug sie mit Sanftmut, wie denn Fügsamkeit in ihrer Natur lag, und zudem machte die prächtige Kutsche dem kleinen George gewaltiges Vergnügen. Gelegentlich baten die Damen auch, daß der Knabe einen ganzen Tag bei ihnen verleben möchte, und dieser freute sich stets, nach ihrer schönen Villa in Denmark Hill zu kommen, wo es so schöne Trauben in den Gewächshäusern und so gute Pfirsiche an den Spalieren gab.

Eines Tages kamen sie mit besonders freundlicher Miene zu Amelia und brachten ihr eine Nachricht, die ihr gewiß große Freude machen werde; es sei etwas *sehr* Interessantes über ihren lieben William.

»Was ist es denn? Kommt er nach Hause?« fragte sie mit freudestrahlenden Augen.

O nein, war die Antwort, keineswegs; aber sie hätten guten Grund zu glauben, daß ihr lieber William im Begriff stehe, sich zu verheiraten, und zwar mit einer Verwandten einer sehr lieben Freundin Amelias, mit Miß Glorvina O'Dowd, Sir Michael O'Dowds Schwester, die zum Besuch bei Lady O'Dowd nach Madras gefahren sei – einem sehr hübschen, gebildeten Mädchen, wie alle sagten.

Amelia sagte: »Oh!« Sie wäre wirklich sehr, sehr glücklich darüber. Aber sie hoffe, Glorvina werde ihrer alten Bekannten nicht ähnlich sein, die zwar ein sehr gutes Herz habe – aber – aber – sie wäre wirklich sehr erfreut darüber. Und einer plötzlichen Gefühlsregung folgend, deren Sinn ich nicht erklären kann, nahm sie ihren George in die Arme und küßte ihn mit besonderer Zärtlichkeit. Ihre Augen waren ganz feucht, als sie das Kind wieder niedersetzte, und sie sprach während der ganzen Spazierfahrt kaum ein Wort – obgleich sie wirklich so sehr glücklich war.

VIERTES KAPITEL
Ein zynisches Kapitel

Unsere Pflicht führt uns jetzt für kurze Zeit nach Hampshire zu ein paar alten Bekannten zurück, deren Hoffnungen auf das von ihrer reichen Verwandten hinterlassene Vermögen so schmerzlich getäuscht waren. Da Bute Crawley auf dreißigtausend Pfund von seiner Schwester gerechnet hatte, war es für ihn ein harter Schlag, daß er nur fünftausend bekam; denn nachdem er von dieser Summe seine eigenen Schulden und die seines Sohnes James bezahlt hatte, blieb nur herzlich wenig als Mitgift für seine vier häßlichen Töchter übrig. Mrs. Bute wurde sich nie darüber klar oder gestand es wenigstens nie ein, wie sehr ihr eigenes herrschsüchtiges Benehmen den Ruin ihres Gatten verschuldet hatte. Sie schwur hoch und heilig, sie habe alles getan, was in der Macht einer

Frau gelegen habe. Könne sie etwas dafür, daß ihr nicht die Verleumderkünste zu Gebote ständen, deren sich ihr heuchlerischer Neffe Pitt Crawley bedient habe? Sie wünsche ihm von seinem übel erworbenen Gewinn so viel Glück, wie er verdiene. »Wenigstens wird das Geld in der Familie bleiben«, fügte sie voll Nächstenliebe hinzu. »Pitt wird es nie ausgeben, lieber Mann; das ist ganz sicher; denn es gibt in ganz England keinen ärgeren Knauser, und er ist, wenn auch in anderer Art, ein ebenso widerwärtiger Mensch wie sein verschwenderischer Bruder, der gottverlassene Rawdon.«

So begann denn Mrs. Bute, nachdem der erste Wutanfall wegen der erlittenen Enttäuschung vorüber war, sich, so gut sie konnte, den veränderten Umständen anzupassen und aus Leibeskräften zu sparen und Einschränkungen durchzuführen. Sie lehrte ihre Töchter die Armut mit heiterer Miene ertragen und erfand tausenderlei geschickte Methoden, um sie zu verbergen und der Nachrede zu entgehen. Mit rühmenswerter Ausdauer führte sie ihre Töchter auf alle Bälle und öffentlichen Vergnügungen in der Nachbarschaft; ja, sie bewirtete sogar ihre Bekannten jetzt weit häufiger und freigebiger in der Oberpfarre als zu der Zeit, da ihnen die Erbschaft der lieben Miß Crawley noch nicht zugefallen war. Aus ihrem äußeren Benehmen hätte niemand schließen können, daß die Familie sich in ihren Erwartungen getäuscht gesehen hatte; und ebensowenig hätte man nach ihrem häufigen Erscheinen in der Öffentlichkeit vermuten können, wie sie zu Hause darbte und hungerte. Die Töchter putzten sich jetzt mehr als je zuvor. Sie erschienen stets auf allen Gesellschaften in Winchester und Southampton, sie drangen sogar bis nach Cowes zu den Rennbällen und Regattavergnügungen vor, und ihre Kutsche mit den vom Pfluge gespannten Pferden war fortwährend unterwegs, bis die Leute wirklich zu glauben anfingen, es sei den vier Schwestern ein beträchtliches Vermögen von ihrer Tante hinterlassen worden, deren

Namen sie in der Öffentlichkeit immer nur mit der zärtlichsten Dankbarkeit und der größten Verehrung nannten. Ich kenne keine Art von Lüge, die so häufig auf dem Jahrmarkt der Eitelkeit angewandt wird wie diese; und man kann sogar beobachten, daß die Leute, die sich ihrer bedienen, sich auf ihre Heuchelei wer weiß wieviel zu gute tun und sich einbilden, außerordentlich tugendhaft und lobenswert zu handeln, weil sie es fertigbringen, die Welt über ihr Vermögen zu täuschen. Mrs. Bute hielt sich zweifellos für eine der tugendhaftesten Frauen in England, und der Anblick ihrer glücklichen Familie war für jeden Fremden höchst erbaulich. Die Töchter waren so heiter, so liebevoll, so wohlerzogen, so einfach! Martha malte ganz vorzüglich Blumen und versorgte damit die Hälfte der Wohltätigkeitsbasare in der Grafschaft. Emma war geradezu die Philomele der Grafschaft, und ihre Gedichte im ›Hampshire-Telegraphen‹ waren eine Zierde der Unterhaltungsbeilage dieser Zeitung. Fanny und Matilda sangen zusammen Duette, wobei ihre Mama sie auf dem Klavier begleitete, während die beiden anderen Schwestern, jede einen Arm um die Hüfte der anderen geschlungen, dabeisaßen und voll zärtlicher Liebe zuhörten. Niemand sah, wie die armen Mädchen sich zu Hause mit ihren Duetten abquälen mußten; niemand sah, wie ihre Mama sie stundenlang mit größter Strenge drillte. Kurz, Mrs. Bute machte gute Miene zum bösen Spiel und hielt den Schein in der tugendhaftesten Weise aufrecht.

Alles, was eine gute, ehrenwerte Mutter nur tun kann, tat Mrs. Bute. Sie lud sich Yachtbesitzer aus Southampton ein, Geistliche vom Dom in Winchester und Offiziere aus der dortigen Garnison. Sie versuchte, die jungen Rechtsanwälte von den Schwurgerichten anzulocken, und munterte James dazu auf, ein paar Freunde mit nach Hause zu bringen, mit denen er dann an den Hetzjagden teilnahm. Was tut eine Mutter nicht alles im Interesse ihrer lieben Töchter?

Zwischen einer solchen Frau und ihrem Schwager, dem abscheulichen Baronet auf dem Schloß, konnte natürlich kein freundliches Verhältnis bestehen. Der Bruch zwischen Bute und seinem Bruder Pitt war ebenso unüberbrückbar wie der zwischen Sir Pitt und der ganzen Grafschaft, die an dem Leben und Treiben des alten Mannes den ärgsten Anstoß nahm. Seine Abneigung gegen anständige Gesellschaft wuchs mit den Jahren, und seit Pitt und Lady Jane nach ihrer Verheiratung ihren Anstandsbesuch gemacht hatten, war das Parktor nie wieder geöffnet worden, um den Wagen eines Edelmanns einzulassen.

Dies war ein schrecklicher, unglückseliger Besuch gewesen, an den sich das junge Paar später immer nur mit Entsetzen erinnerte. Mit verstörter Miene bat Pitt seine Frau, nie zu jemandem davon zu sprechen; und nur durch Mrs. Bute, die immer noch alles erfuhr, was im Schloß vorging, wurde überhaupt Näheres über die Art bekannt, in der Sir Pitt seinen Sohn und seine Schwiegertochter empfangen hatte.

Als sie in ihrem hübschen, bequemen Wagen die Parkallee entlang fuhren, bemerkte Pitt zu seinem starken Mißvergnügen und Ärger große Lücken zwischen den Bäumen (*seinen* Bäumen!), die der alte Baronet ganz unerlaubterweise fällen ließ. Der Park sah äußerst verwahrlost und verkommen aus. Die Wege waren schlecht gehalten, und der hübsche Wagen plantschte und holperte in den schmutzigen Pfützen, die die Allee bedeckten. Der große halbkreisförmige Platz vor der Terrasse und der Freitreppe war schwarz und mit Moos bewachsen, die ehemals so schmucken Blumenbeete von Unkraut überwuchert. Fast an der ganzen Vorderseite des Gebäudes waren die Fensterläden geschlossen; die große Eingangstür wurde erst nach langem Klingeln aufgeriegelt; und als Horrocks endlich den Erben von Queen's Crawley und seine junge Frau in das Haus seiner Väter einließ, sahen diese noch, wie eine mit bunten Bändern geschmückte Frauensperson die schwarze Eichentreppe hinaufhuschte. Er führte die Ankömmlinge nach Sir Pitts ›Bibliothek‹, wie dieser Raum genannt wurde, und der Tabaksgeruch wurde immer stärker, je mehr sich Pitt und Lady Jane dieser Bibliothek näherten. »Sir Pitt ist nicht ganz wohl«, bemerkte Horrocks entschuldigend und fügte hinzu, daß sein Herr an Ischias leide.

Die Bibliothek lag nach der Seite hinaus, wo sich die Anfahrt und der Park befanden. Sir Pitt hatte eines der Fenster geöffnet und schrie von dort dem Kutscher und dem Diener Pitts etwas zu, die, wie es schien, im Begriff waren, das Gepäck abzuladen.

»Laßt doch die Koffer, wo sie sind!« rief er und zeigte mit einer Tabakspfeife, die er in der Hand hielt, darauf hin. »Es ist doch nur ein Morgenbesuch, Tucker, du Narr! Sieh doch nur, was für Risse das Handpferd in den Hufen hat! Ist denn kein Mensch im King's Head-Wirtshaus, der sie in Ordnung bringen könnte? Wie geht's, Pitt? Und dir, meine Liebe? Willst du den alten Mann besuchen, he? Hast ein hübsches Gesicht, wahrhaftig. Bist dem alten Drachen, deiner Mutter, nicht ähnlich. Komm und gib dem alten Pitt einen Kuß; sei ein gutes kleines Mädel!«

Durch die Umarmung kam die Schwiegertochter etwas aus der Fassung, wie das von solchen Liebkosungen eines alten, unrasierten, nach Tabak riechenden Herrn nicht anders zu erwarten war. Aber sie erinnerte sich daran, daß auch ihr Bruder Southdown einen Schnurrbart hatte und Zigarren rauchte, und fügte sich daher dem Wunsch des Baronets mit leidlichem Anstand.

»Pitt ist fett geworden«, sagte der Baronet nach dieser Äußerung seiner Zärtlichkeit. »Liest er dir auch so lange Predigten vor, liebes Kind? Hundertster Psalm, Abendlied, he, Pitt? Geh und hole ein Glas Malvasier und ein Stückchen Kuchen für Lady Jane, Horrocks, du großer, dicker Tölpel, und steh nicht da und stiere uns an wie ein Mastschwein!

Ich möchte dich nicht zum Hierbleiben auffordern, liebes
Kind; du würdest es hier zu langweilig finden, und mir
würde wiederum Pitt auf die Nerven fallen. Ich bin jetzt ein
alter Mann und lebe gern, wie es mir bequem ist, rauche
meine Pfeide und spiele abends Puff.«

»Puff kann ich auch spielen«, sagte Lady Jane lachend. Ich
spielte immer mit Papa und mit Miß Crawley; nicht wahr,
lieber Mann?«

»Jane versteht allerdings das Spiel, für das du, wie du sagst,
eine besondere Vorliebe hast«, bemerkte Pitt in hochmüti-
gem Ton.

»Aber sie würde trotzdem nicht hierbleiben mögen. Nein,
nein, fahrt nur nach Mudbury zurück und gebt Mrs. Rincer
etwas zu verdienen; oder fahrt nach der Oberpfarre und bittet Bute um ein Dinner! Er wird entzückt sein, euch zu
sehen, wie ihr euch wohl denken könnt. Er ist euch sehr verbunden dafür, daß ihr ihm das Geld des alten Weibes weg-
geschnappt habt. Haha! Einen Teil davon werdet ihr gut
dazu gebrauchen können, das Schloß auszuflicken, wenn ich
hinüber bin.«

»Ich habe bemerkt, Vater,« sagte Pitt mit erhobener Stimme,
»daß deine Leute dabei sind, die Bäume zu fällen.«

»Ja, ja, sehr schönes Wetter, so gut, wie man es für diese
Jahreszeit nur erwarten kann«, antwortete Sir Pitt, der
plötzlich taub geworden war. »Aber ich werde jetzt alt, Pitt.
Und weiß Gott, du bist auch bald fünfzig. Aber er hat sich
gut gehalten, meine hübsche Lady Jane, nicht wahr? Das
kommt von der Frömmigkeit, der Mäßigkeit und dem moralischen Lebenswandel. Sieh mich an; ich bin bald achtzig,
hehe!« Er lachte, nahm eine Prise, blinzelte sie an und
drückte ihr die Hand.

Pitt brachte das Gespräch noch einmal auf die Bäume, aber
der Baronet war sofort wieder taub.

»Ich werde jetzt sehr alt und habe in diesem Jahr furchtbar

an Ischias gelitten. Lange werde ich es nicht mehr machen, aber ich freue mich, daß du hergekommen bist, Schwiegertochter. Dein Gesicht gefällt mir, Jane; es hat nichts von dem verdammten hochnäsigen Binkieschen Ausdruck, und ich will dir etwas Hübsches geben, liebes Kind, womit du zu Hofe gehen kannst.« Darauf schlurfte er durch das Zimmer nach einem Wandschrank, aus dem er ein kleines altes Kästchen herausnahm, das Juwelen von ziemlichem Wert enthielt. »Nimm das,« sagte er, »es hat meiner Mutter und nachher der ersten Lady Crawley gehört. Es sind hübsche Perlen; der Tochter des Eisenhändlers habe ich sie nie gegeben; nein, das mochte ich denn doch nicht. Nimm es und stecke es schnell ein!« sagte er, indem er seiner Schwiegertochter das Kästchen in die Hand drückte und zugleich die Schranktür zuschlug, als Horrocks mit einem Präsentierteller voll Erfrischungen eintrat.

»Was haben Sie denn Pitts Frau gegeben?« fragte die Frauensperson mit den Bändern, als Pitt und Lady Jane sich von dem alten Herrn verabschiedet hatten. Es war Miß Horrocks, die Tochter des Haushofmeisters, die Ursache der moralischen Entrüstung der ganzen Grafschaft – die Dame, die jetzt beinah unumschränkt in Queen's Crawley herrschte.

Das Emporkommen und der zunehmende Einfluß dieses aufgeputzten Frauenzimmers war von den Bewohnern der Grafschaft und von der Familie mit großem Mißvergnügen wahrgenommen worden. Diese Dame richtete sich ein Guthaben bei der Sparkasse in Mudbury ein; wenn sie zur Kirche fuhr, nahm sie für sich allein den Ponywagen in Anspruch, der eigentlich für die ganze Dienerschaft des Schlosses bestimmt war. Die Bediensteten wurden entlassen, wie es ihr beliebte. Der schottische Gärtner – der bisher noch auf dem Gut ausgehalten hatte, weil er auf seine Spaliere und Treibhäuser stolz war und aus dem Garten, den er gepachtet hatte und dessen Erzeugnisse er in Southampton ver-

kaufte, eine recht hübsche Einnahme erzielte – fand einmal
an einem sonnigen Morgen die Dame mit den Bändern, wie
sie an der Südmauer Pfirsiche aß, und als er gegen diesen
Angriff auf sein Eigentum protestierte, bekam er ein paar
Ohrfeigen. Er, seine schottische Frau und seine Kinder, die
einzigen anständigen Bewohner von Queen's Crawley, mußten mit Sack und Pack auswandern, worauf dann die schönen, wohlgepflegten Gärten verkamen und die Blumenbeete
sich mit Unkraut überzogen. Der Rosengarten der armen
Lady Crawley wurde eine traurige Wildnis. Nur zwei oder
drei Dienstboten blieben noch in der öden alten Gesindestube zurück, da sie sich höchst ungemütlich fühlten. Die
Stallungen und Wirtschaftsgebäude waren leer, zugeschlossen und halb verfallen. Sir Pitt lebte vollständig zurückgezogen und zechte allabendlich mit seinem Haushofmeister
(oder Verwalter, wie er sich jetzt nennen ließ) Horrocks und
der verworfenen Bänderträgerin. Ihre Stellung hatte sich
sehr geändert seit der Zeit, da sie im Wirtschaftswägelchen
nach Mudbury fuhr und die kleinen Handelsleute mit ›Sir‹
anredete. Ob aus einem Gefühl der Scham oder aus Abneigung gegen seine Nachbarn, genug, der alte Zyniker von
Queen's Crawley kam jetzt fast nie mehr aus seinem Parktor
heraus. Nur schriftlich zankte er sich mit seinen Vertretern
und quälte seine Pächter. Den Tag über hatte er genug damit zu tun, seinen Briefwechsel zu besorgen; die Advokaten
und Pächter, die mit ihm geschäftlich zu tun hatten, konnten nur durch die Bänderdame zu ihm gelangen; diese empfing sie nämlich an der Tür des Haushälterinnenzimmers,
von dem aus man den hinteren Eingang, durch den sie eingelassen wurden, bewachen konnte. So wurde die Verwirrung in den Angelegenheiten des Baronets immer ärger, und
seine Verlegenheiten steigerten sich von Tag zu Tag.
Man kann sich Pitt Crawleys Entsetzen vorstellen, als er,
dieser musterhafteste, formvollendetste aller Gentlemen,
70

solche Berichte über seinen kindisch gewordenen Vater empfing. Mit Zittern sah er täglich der Nachricht entgegen, daß die Bänderdame seine zweite rechtmäßige Stiefmutter geworden sei. Nach diesem ersten und letzten Besuch wurde in Pitts feinem, vornehmem Haus der Name seines Vaters nie mehr erwähnt. Sir Pitt war in seinem Haus das Skelett, dem die ganze Familie ängstlich und schweigend aus dem Wege ging. Die Gräfin Southdown gab jetzt stets, wenn sie am Pförtnerhaus vorbeifuhr, die aufregendsten Traktätchen dort ab, bei deren Lektüre einem vor Schaudern die Haare zu Berge stehen konnten. Mrs. Bute blickte allabendlich im Pfarrhaus aus dem Fenster, um zu sehen, ob der Himmel über den Ulmen, hinter denen das Schloß stand, gerötet sei und das Gebäude brenne. Sir G. Wapshot und Sir H. Fuddlestone, alte Freunde des Hauses, wollten bei den vierteljährlichen Gerichtssitzungen nicht auf einer Bank mit Sir Pitt sitzen und übersahen ihn vollständig, als sie ihm in der High Street von Southampton begegneten und der alte Sünder ihnen seine schmutzigen Hände reichen wollte. Aber auch das machte gar keinen Eindruck auf ihn; er steckte die Hände in die Taschen und brach in ein lautes Gelächter aus, als er in seine vierspännige Kutsche kletterte; und ebenso pflegte er über Lady Southdowns Traktätchen zu lachen, über seine Söhne, ja, über die ganze Welt und selbst über die Dame mit den Bändern, wenn sie zornig war, was nicht selten vorkam.

Miß Horrocks versah in Queen's Crawley das Amt einer Haushälterin und führte über die ganze Dienerschaft ein sehr würdevolles, strenges Regiment. Alle Dienstboten waren angewiesen, sie ›Madame‹ zu nennen, und ein kleines Dienstmädchen, das sich bei ihr lieb Kind machen wollte, nannte sie beharrlich Mylady, ohne daß die Haushälterin diese Anrede abgelehnt hätte. »Es hat schon bessere Ladies gegeben, aber auch schlechtere, Hester«, war Miß Horrock's

Erwiderung auf diese Schmeichelei ihrer Untergebenen. So herrschte sie denn mit unbeschränkter Gewalt über alle Hausgenossen, mit Ausnahme ihres Vaters; aber auch diesen behandelte sie recht hochmütig und warnte ihn, sich nicht allzu vertraulich gegen eine Dame zu benehmen, die demnächst die Gemahlin eines Baronets sein werde. Sie veranstaltete sogar Vorübungen für diese hohe Lebensstellung, zu ihrer eigenen großen Befriedigung und zur Erheiterung des alten Sir Pitt, der sich über ihr gespreiztes und geziertes Wesen köstlich belustigte und über ihre gekünstelte Würde und ihre Nachahmung vornehmer Umgangsformen stundenlang lachen konnte. Er erklärte, es sei so gut wie eine Komödie, sie die Rolle einer feinen Dame spielen zu sehen, ließ sie eine Hofrobe der ersten Lady Crawley anziehen und beteuerte – worin ihm Miß Horrocks durchaus beistimmte –, das Kleid stehe ihr ganz wundervoll und er habe die größte Lust, unverzüglich mit ihr in einer vierspännigen Kutsche zu Hofe zu fahren. Sie plünderte die Kleiderschränke der beiden verstorbenen Ladies und zerschnitt und änderte deren hinterlassenen Staat so, daß er für ihren eigenen Geschmack und für ihre eigene Figur paßte. Auch von den Juwelen und Schmucksachen hätte sie gern Besitz ergriffen; aber die hielt der alte Baronet in seinem Schreibtisch verschlossen und ließ sich die Schlüssel durch keine Schmeicheleien und Liebkosungen von ihr ablocken. Tatsächlich wurde, bald nachdem sie Queen's Crawley verlassen hatte, dort ein ihr gehöriges Schreibheft gefunden, das bewies, daß sie sich insgeheim große Mühe gegeben hatte, die Schreibkunst im allgemeinen und besonders ihren Namen als ›Lady Crawley‹, ›Lady Betsy Horrocks‹, ›Lady Elizabeth Crawley‹ usw. malen zu lernen.

Obgleich die braven Leute aus dem Pfarrhaus nie nach dem Schloß kamen und jede Berührung mit dem gräßlichen Besitzer, diesem kindisch gewordenen Greise, vermieden, erhielten sie doch dauernd genaue Kenntnis von allem, was dort geschah, und sahen jeden Tag der Katastrophe entgegen, auf die Miß Horrocks ebenfalls mit Spannung wartete. Aber das neidische Schicksal griff störend ein und betrog sie um den Lohn, der einer so reinen Liebe und Tugend gebührt hätte.

Eines Tages überraschte der Baronet ›Ihre Gnaden‹, wie er sie im Scherz nannte, im Salon an dem alten verstimmten Klavier, das seit der Zeit, als Becky Sharp Quadrillen darauf gespielt hatte, kaum von jemandem angerührt worden war. Sie saß mit dem größten Ernst am Klavier und kreischte aus Leibeskräften, um den Gesang nachzuahmen, den sie manchmal gehört hatte. Das kleine Küchenmädchen, die Streberin, stand während dieser Darbietung ganz entzückt neben ihrer Herrin und rief: »O Gott, wie ist das schön!« – genau, wie es ein geübter Schmeichler in einem wirklichen Salon getan haben würde.

Als der alte Baronet dies sah und hörte, brach er wie gewöhnlich in ein brüllendes Gelächter aus. Er erzählte dem Vater Horrocks im Laufe des Abends den Vorfall wohl ein dutzendmal, zu Miß Horrocks' großem Mißvergnügen. Er trommelte auf dem Tisch, als ob dieser ein Musikinstrument wäre, und kreischte scheußlich, um ihre Art zu singen nachzuahmen. Er schwor, eine so schöne Stimme müsse ausgebildet werden, und erklärte, sie müsse einen Gesanglehrer bekommen, in welchem Vorschlag sie durchaus nichts Lächerliches fand. Er war an diesem Abend besonders guter Laune und trank mit seinem Freund und Haushofmeister ungewöhnlich viel Grog, und erst zu sehr später Stunde brachte der treue Freund und Diener seinen Herrn in sein Schlafzimmer.

Eine halbe Stunde darauf begann ein eiliges Hinundherlaufen und ein unruhiges Treiben im Haus. In dem einsamen, öden, alten Schloß, von dem der Besitzer gewöhnlich nur zwei oder drei Zimmer benutzte, wanderten Lichter von einem Fenster zum andern. Bald darauf galoppierte ein Junge auf einem Pony nach Mudbury, um den Arzt zu rufen. Und eine Stunde später (wir ersehen daraus, mit welcher Sorgfalt die vortreffliche Mrs. Bute Crawley immer die Verbindung mit dem Herrenhaus unterhalten hatte) war die Pastorin in Überschuhen und Kapuzenmantel sowie der Reverend Bute Crawley und ihr Sohn James bereits vom Pfarrhaus durch den Park herübergewandert und durch die offene große Vordertür in das Schloß eingedrungen.

Sie gingen durch die Flurhalle und das kleine eichengetäfelte Wohnzimmer, wo auf dem Tisch noch die drei Gläser und die leere Rumflasche standen, die zu Sir Pitts Gelage gedient hatten, und durch dieses Zimmer in Sir Pitts Arbeitszimmer, wo sie Miß Horrocks, die Dame mit den übelberufenen Bändern, fanden, wie sie in großer Erregung mit einem Schlüsselbund an den Schränken und dem Schreibtisch herumprobierte. Mit einem Schreckensschrei ließ sie die Schlüssel fallen, als die Augen der kleinen Mrs. Bute sie unter der schwarzen Kapuze hervor anblitzten.

»Da, seht mal beide her, Mann und James!« rief Mrs. Bute und zeigte auf das schwarzäugige Mädchen, das in ängstlicher Haltung und mit schuldbewußter Miene dastand.

»Er hat sie mir gegeben; er hat sie mir gegeben!« rief sie.

»Jawohl, dir gegeben, du verworfenes Geschöpf!« kreischte Mrs. Bute. »Du bist Zeuge, Mann, daß wir dieses nichtswürdige Frauenzimmer dabei ertappt haben, wie sie deines Bruders Eigentum stahl; und sie wird noch gehängt werden, wie ich es ihr immer schon prophezeit habe.«

Ganz verängstigt warf sich Betsy Horrocks auf die Knie und brach in Tränen aus. Wer aber eine wirklich tugendhafte Frau kennt, der weiß auch, daß sie es mit dem Verzeihen nicht so eilig hat und daß die Demütigung einer Feindin ein Triumph für ihr Herz ist.

»Zieh die Klingel, James!« sagte Mrs. Bute; »klingle so

lange, bis die Leute kommen.« Die drei oder vier Dienstboten, die noch in dem öden alten Haus wohnten, kamen bald auf das anhaltende scharfe Läuten herbei.

»Bringt dieses Frauenzimmer in sicheren Gewahrsam!« sagte sie. »Wir haben sie dabei betroffen, wie sie Sir Pitt bestahl. Du, Bute, stelle den Haftbefehl aus, und Sie, Beddoes, bringen sie morgen früh auf dem Wirtschaftswagen nach dem Gefängnis in Southampton!«

»Liebe Frau«, wandte der Oberpfarrer und Friedensrichter ein, »sie hat nur…«

»Sind keine Handschellen da?« fuhr Mrs. Bute fort und stampfte mit ihren Überschuhen auf den Boden. »Es waren doch sonst Handschellen da. Wo ist der schändliche Vater dieses Geschöpfes?«

»Er hat sie mir wirklich gegeben!« rief die arme Betsy wieder; »nicht wahr, Hester? Du hast doch gesehen – du besinnst dich gewiß –, wie Sir Pitt sie mir gab; es ist schon lange her, am Tage nach dem Jahrmarkt in Mudbury. Mir liegt gar nichts daran, sie zu haben. Nehmen Sie sie hin, wenn Sie denken, daß sie mir nicht gehören!« Bei diesen Worten zog die unglückliche Person aus ihrer Tasche ein Paar große, unechte Schuhschnallen, die ihre Bewunderung erregt hatten und die sie sich soeben im Arbeitszimmer aus einem Bücherschrank angeeignet hatte.

»Aber Betsy, wie können Sie nur so häßlich lügen!« sagte Hester, das kleine strebsame Küchenmädchen – »und noch dazu Mrs. Crawley gegenüber, die immer so gut und freundlich ist, und Seiner Ehrwürden (hier machte sie einen Knicks) gegenüber. Und *meine* Kästen können Sie alle durchsuchen, Madame, und hier sind meine Schlüssel; denn ich bin ein ehrliches Mädchen, wenn ich auch von armen Eltern stamme und im Waisenhaus aufgewachsen bin. Und wenn Sie auch nur ein armseliges Stückchen Spitze oder einen seidenen Strumpf von all der Garderobe finden, aus der die da gestohlen hat, was ihr beliebte, dann will ich nie wieder in die Kirche gehen.«

»Gib deine Schlüssel her, du hartgesottene Dirne!« zischte die tugendhafte kleine Dame in der Kapuze.

»Hier ist auch ein Licht, Madame, und wenn es Ihnen gefällig ist, Madame, kann ich Ihnen ihr Zimmer zeigen, Madame, und den Schrank im Haushälterinnenzimmer, wo sie ganze Berge von Sachen liegen hat, Madame«, rief die eifrige kleine Hester unter vielen Knicksen.

»Halte den Mund! Ich kenne das Zimmer dieses Frauenzimmers selbst recht gut. Mrs. Brown, haben Sie die Freundlichkeit, mit mir mitzukommen, und Sie, Beddoes, lassen Sie dieses Weib nicht aus den Augen!« sagte Mrs. Bute und ergriff das Licht. »Und du, Bute, würdest am besten hinaufgehen und aufpassen, daß sie deinen unglücklichen Bruder nicht ermorden.« Damit ging die Kapuzenträgerin, von Mrs. Brown begleitet, nach dem Zimmer, das sie, wie sie richtig sagte, recht gut kannte.

Bute ging hinauf und fand dort den Arzt aus Mudbury und den erschrockenen Horrocks um den Baronet bemüht, der in einem Lehnstuhl saß. Sie versuchten, ihn zur Ader zu lassen.

Frühmorgens schickte die Frau Oberpfarrer, die sogleich die Herrschaft übernommen und bei dem alten Baronet die Nacht über gewacht hatte, einen Eilboten an Mr. Pitt Crawley. Der Kranke war zwar wieder ins Leben zurückgerufen worden, konnte aber nicht sprechen, obwohl er die ihn umgebenden Personen zu erkennen schien. Mrs. Bute behauptete energisch ihren Platz an seinem Bett. Diese kleine Frau schien Schlaf überhaupt nicht nötig zu haben und schloß ihre funkelnden schwarzen Augen nicht ein einziges Mal, während der Arzt im Lehnstuhl schnarchte. Horrocks machte mehrmals verzweifelte Anstrengungen, seine Autorität zu behaupten und seinem Herrn beizustehen; aber Mrs. Bute nannte ihn einen versoffenen alten Halunken und riet ihm,
76

sich nie wieder im Hause zu zeigen, wenn er nicht ins Gefängnis kommen wolle wie seine nichtswürdige Tochter.

Durch ihr gebieterisches Wesen eingeschüchtert, schlich er nach dem eichengetäfelten Wohnzimmer hinunter, wo sich Mr. James befand, der, nachdem er die dort stehende Flasche untersucht und leer gefunden hatte, ihn anwies, eine neue Flasche Rum und reine Gläser zu holen. Sobald diese gebracht waren, setzte sich der Oberpfarrer mit seinem Sohn nieder und befahl dem unglücklichen Horrocks, sofort seine Schlüssel abzugeben und sich nie wieder blicken zu lassen.

Horrocks, der durch diese Behandlung ganz niedergeschmettert war, lieferte die Schlüssel ab und entwich mit seiner Tochter, die allen Hoffnungen auf den Besitz des Herrenhauses von Queen's Crawley entsagte, bei Nacht und Nebel aus dem Schloß.

FÜNFTES KAPITEL
Becky wird von der Familie anerkannt

Der Erbe von Crawley traf unverzüglich nach dieser Katastrophe zu Hause ein, und man kann sagen, daß er seitdem der Herr in Queen's Crawley war. Denn obgleich der alte Baronet noch viele Monate lebte, erlangte er doch den Gebrauch des Verstandes und der Sprache nie wieder vollständig, und die Verwaltung des Gutes ging auf seinen ältesten Sohn über. Pitt fand das Besitztum in einem merkwürdigen Zustand. Sir Pitt hatte beständig Land gekauft und Hypotheken darauf aufgenommen; er hatte dabei zwanzig Agenten in Tätigkeit gesetzt und sich mit allen in den Haaren gelegen. Er hatte Streitigkeiten und Prozesse mit seinen Pächtern, Prozesse mit den Advokaten, Prozesse mit den Bergbau- und Dockgesellschaften, deren Mitglied er war, kurz mit jedem, mit dem er geschäftlich zu tun hatte. Diese verwickelten Verhältnisse zu entwirren und die auf dem Gut haftenden Schulden zu tilgen, war eine des ordnungsliebenden, beharrlichen Diplomaten von Pumpernickel würdige Aufgabe, und er machte sich mit erstaunlichem Eifer an die Arbeit. Natürlich siedelte seine ganze Familie nach Queen's Crawley über, wohin ihr selbstverständlich auch Lady Southdown folgte, die sich sofort daran machte, ihr Bekehrungswerk unter den Augen des Oberpfarrers in seiner Gemeinde aufzunehmen, und zum Ärger der wütenden Mrs. Bute ihre irreguläre Geistlichkeit mitbrachte. Sir Pitt hatte die Patronatsrechte über die Pfarre von Queen's Crawley noch nicht verkauft; daher machte die Lady den Vorschlag, sie wolle bei eintretender Vakanz die Patronatsrechte selbst ausüben und einen ihrer jungen Schützlinge in die Stelle einsetzen. Der diplomatische Pitt äußerte sich hierüber mit keinem Wort.

Mrs. Butes Absichten mit Bezug auf Miß Betsy Horrocks kamen nicht zur Ausführung, und diese junge Dame machte keine Bekanntschaft mit dem Gefängnis in Southampton. Nachdem sie und ihr Vater das Schloß verlassen hatten, übernahm Horrocks die Bewirtschaftung des im Dorfe gelegenen Gasthauses zum Crawley-Wappen, das er von Sir-Pitt gepachtet hatte. Ferner hatte der ehemalige Haushofmeister dort ein kleines Freigut erworben, das ihm das Stimmrecht für den Burgflecken verlieh. Der Oberpfarrer hatte eine zweite Stimme, und diese beiden Personen bildeten mit noch vier anderen zusammen die Wählerschaft, die die beiden Abgeordneten für Queen's Crawley ins Parlament sandte.

Zwischen den Damen im Pfarrhaus und im Schloß wurde äußerlich ein höflicher Verkehr aufrecht erhalten – wenigstens zwischen den jüngeren, denn Mrs. Bute und Lady Southdown konnten sich allerdings nie ohne die heftigsten Auseinandersetzungen begegnen und hörten allmählich auf, sich zu besuchen. Die Lady blieb auf ihrem Zimmer, wenn die Damen aus dem Pfarrhaus ihren Verwandten einen Besuch auf dem Schlosse machten. Vielleicht war Mr. Pitt über solche gelegentliche Abwesenheit seiner Schwiegermama nicht besonders betrübt. Zwar hielt er die Binkiesche Familie für die vornehmste, klügste und bemerkenswerteste der Welt und hatte sich lange der Einwirkung seiner gnädigen Frau Tante und Schwiegermutter gefügt; aber manchmal hatte er doch die Empfindung, daß sie ihn zu sehr bevormundete. Für jung angesehen zu werden, war ja gewiß schmeichelhaft, aber im Alter von sechsundvierzig Jahren wie ein Knabe behandelt zu werden, das konnte einen denn doch mitunter kränken. Lady Jane fügte sich ihrer Mutter in allem. Ihre Liebe zu ihren Kindern zeigte sie diesen nur, wenn sie mit ihnen allein war, und sie konnte es als ein Glück betrachten, daß die vielfältigen Geschäfte, die Konferenzen mit Geistlichen und der Briefwechsel mit allen möglichen Missionaren in Afrika, Asien und Australien usw. die ehrwürdige Gräfin derart in Anspruch nahmen, daß sie ihrer Enkelin, der kleinen Matilda, und ihrem Enkel, dem jungen Herrn Pitt Crawley, nur wenig Zeit widmen konnte. Der kleine Pitt war ein schwächliches Kind, und nur durch außerordentlich starke Dosen Quecksilbersublimat gelang es Lady Southdown überhaupt, ihn am Leben zu erhalten.

Der alte Sir Pitt zog sich jetzt in dieselben Zimmer zurück, in denen einstmals Lady Crawley verschieden war, und wurde hier von Miß Hester, dem strebsamen Küchenmädchen, mit steter Sorgfalt und Beflissenheit gepflegt. Welche Liebe, welche Treue, welche Ausdauer kommt der einer gut entlohnten Wärterin gleich? Sie streicht das Kopfkissen glatt und kocht Fencheltee. Sie steht in der Nacht auf und hört die Klagen und ständigen Äußerungen der Unzufriedenheit geduldig an. Sie sieht, wie draußen die Sonne scheint, und verlangt nicht danach, ins Freie zu gehen. Sie schläft auf einem Lehnstuhl und nimmt ihre Mahlzeiten einsam ein. Sie verbringt die langen, langen Abende ohne Beschäftigung, indem sie die glimmende Asche im Kamin betrachtet und darauf horcht, wie das Getränk des Kranken im Topfe summt. Sie liest die ganze Woche lang an einer Zeitung, und ›Der ernste Ruf des Gesetzes‹ oder ›Die wahre Pflicht des Menschen‹ genügt ihr als Lektüre für das ganze Jahr. Und doch schelten wir sie, wenn ihre Verwandten sie einmal in der Woche besuchen und dabei im Wäschekorb ein bißchen Wacholderschnaps einschmuggeln. Meine Damen, welches Mannes Liebe ist so groß, daß er es aushielte, den Gegenstand seiner Zuneigung ein Jahr lang zu pflegen? Eine Wärterin dagegen steht einem für zehn Pfund vierteljährlich treu zur Seite, und dann finden wir noch, daß dies eine zu hohe Entlohnung sei! Mr. Crawley wenigstens brummte schon genug darüber, daß er Miß Hester halb soviel für die unermüdliche Pflege, die sie seinem Vater, dem Baronet, angedeihen ließ, bezahlen mußte.

An sonnigen Tagen wurde der alte Herr in einem Rollstuhl auf die Terrasse hinausgefahren – in demselben Stuhl, den Miß Crawley in Brighton benutzt hatte und der mit einigen Sachen Lady Southdowns von dort nach Queen's Crawley geschafft worden war. Lady Jane ging dann immer neben dem alten Mann her und war sein erklärter Liebling. Er pflegte ihr beständig zuzunicken und sie anzulächeln, wenn sie zu ihm ins Zimmer kam, und ein unartikuliertes bittendes Gestöhn hören zu lassen, wenn sie fortging. Wenn sich die Tür hinter ihr geschlossen hatte, weinte und schluchzte er, worauf Hesters Gesicht und Benehmen, das während der Anwesenheit ihrer Herrin immer außerordentlich sanft und freundlich war, sich plötzlich änderte: sie schnitt ihm Gesichter, ballte die Faust, schrie: »Halt's Maul, du dummer alter Narr!« und rollte seinen Stuhl vom Feuer weg, in das er so gern hineinblickte. Dann weinte er noch mehr. Dies

war alles, was nach mehr als siebzig Jahren des Erlistens und Erraffens, des Trinkens und Ränkeschmiedens, der Sünde und der Selbstsucht von ihm übriggeblieben war: ein wimmernder alter Idiot, der wie ein kleines Kind an- und ausgekleidet, gereinigt und gefüttert werden mußte!

Endlich kam ein Tag, an dem die Tätigkeit der Pflegerin aufhörte. Eines Morgens früh, als Pitt Crawley in seinem Arbeitszimmer über den Rechnungsbüchern seines Verwalters und Pächters saß, klopfte es an die Tür, Hester kam herein, machte einen Knicks und sagte:

»Entschuldigen Sie, Sir Pitt, Sir Pitt ist heute morgen gestorben, Sir Pitt. Ich röstete ihm gerade die Brotschnittchen für seinen Haferschleim, Sir Pitt, den er regelmäßig jeden Morgen um sechs Uhr bekam, Sir Pitt, und – es war mir, als hörte ich so eine Art Stöhnen, Sir Pitt – und – und – und –«

Sie machte wieder einen Knicks.

Warum wurde Pitts sonst so blasses Gesicht auf einmal dunkelrot? War es deshalb, weil er jetzt endlich Sir Pitt war, mit einem Sitz im Parlament und vielleicht mit der Aussicht auf noch andere Ehren in der Zukunft? ›Nun will ich das Gut mit dem baren Gelde schuldenfrei machen‹, dachte er und berechnete schnell die darauf lastenden Hypotheken und die Kosten für die Verbesserungen, die er anbringen wollte. Vorher hatte er das Geld seiner Tante nicht dazu verwenden wollen, damit seine Ausgaben, falls Sir Pitt noch einmal wieder aufkäme, nicht vergeblich wären.

Im Schloß und im Pfarrhaus wurden alle Fenstervorhänge herabgelassen; die Kirchenglocke läutete, und die Kanzel wurde mit schwarzem Tuch umkleidet. Bute Crawley ritt nicht bei einer Fuchsjagd mit, sondern nahm in Fuddlestone an einem ruhigen Dinner teil, nach dessen Beendigung sie sich beim Portwein über seinen verstorbenen Bruder und den neuen Sir Pitt unterhielten. Miß Betsy, die sich unterdessen mit einem Sattler in Mudbury verheiratet hatte, vergoß viele Tränen. Der Hausarzt kam herübergeritten, um seine Aufwartung zu machen und sich nach dem Befinden der Damen zu erkundigen. Der Todesfall wurde in Mudbury und besonders im ›Crawley-Wappen‹ viel besprochen, dessen Wirt sich neuerdings mit dem Oberpfarrer ausgesöhnt hatte, der, wie man wußte, gelegentlich in die Wohnstube kam und Mr. Horrocks' leichtes Bier kostete.

»Soll ich an deinen Bruder schreiben, oder willst du es tun?« fragte Lady Jane ihren Gatten Sir Pitt.

»Ich werde es natürlich tun«, antwortete Sir Pitt, »und ihn auch zum Begräbnis einladen; das ist nur so in der Ordnung.«

»Und – und – Mrs. Rawdon?« fragte Lady Jane schüchtern.

»Jane!« sagte Lady Southdown, »wie kannst du nur an so etwas denken?«

»Mrs. Rawdon muß natürlich auch eingeladen werden«, erklärte Sir Pitt in bestimmtem Ton.

»Solange ich im Hause bin, nicht«, erwiderte Lady Southdown.

»Vergessen Sie bitte nicht, Mylady, daß ich das Oberhaupt dieser Familie bin«, versetzte Sir Pitt. »Sei so gut, Jane, an Mrs. Rawdon Crawley einen Brief zu schreiben, in dem du sie bittest, zur Trauerfeier herzukommen.«

»Jane, ich verbiete dir, zu diesem Zweck eine Feder anzurühren!« rief die Gräfin.

»Ich glaube, ich bin das Oberhaupt dieser Familie«, sagte Sir Pitt noch einmal, »und sosehr ich es auch bedauern würde, wenn Sie, Mylady, sich durch irgendeinen Umstand veranlaßt fühlen sollten, dieses Haus zu verlassen, so muß ich doch mit Ihrer gütigen Erlaubnis fortfahren, nach meinem eigenen Ermessen Verfügungen zu treffen.«

Lady Southdown erhob sich mit derselben königlichen Würde wie Mrs. Siddons in der Rolle der Lady Macbeth und gab Befehl, ihren Wagen anzuspannen. Wenn ihr Schwieger-

sohn und ihre Tochter sie aus dem Hause trieben, so wolle
sie ihren Kummer irgendwo in der Einsamkeit verbergen
und zu Gott beten, daß sie sich zu einer besseren Gesinnung
bekehren möchten.

»Wir treiben dich ja nicht aus dem Hause, Mama«, sagte die
schüchterne Lady Jane flehend.

»Ihr ladet in dieses Haus Leute ein, mit denen eine christliche Dame nicht zusammen sein kann, und ich will morgen
früh meinen Wagen haben.«

»Sei so gut, Jane, und schreibe, was ich dir diktieren werde«,
sagte Sir Pitt, indem er aufstand und eine so gebieterische
Haltung annahm, wie sie das Porträt eines Generals auf der
Ausstellung zeigte. »Fang an: Queen's Crawley, den 14.
September 1822 – Lieber Bruder...«

Als Lady Macbeth, die auf ein Zeichen der Schwäche oder
des Schwankens von seiten ihres Schwiegersohnes gewartet
hatte, diese entscheidenden, schrecklichen Worte hörte, erhob sie sich und verließ mit verstörter Miene die Bibliothek.
Lady Jane blickte zu ihrem Mann auf, als ob sie ihrer Mama
gern nachgehen wolle, um sie zu besänftigen; aber Pitt hieß
sie dableiben.

»Sie wird nicht fortgehen«, sagte er. »Sie hat ihr Haus in
Brighton vermietet und ihre letzte halbjährliche Einnahme
bereits verbraucht. Eine Gräfin, die in einem Gasthaus
wohnt, ist unmöglich. Ich habe lange auf eine Gelegenheit
gewartet, um diesen entscheidenden Schritt zu tun, liebe
Frau; denn das wirst du dir selbst sagen: zwei Oberhäupter in
einer Familie sind ein Ding der Unmöglichkeit. Und nun
wollen wir, wenn es dir recht ist, den Brief fortsetzen: Lieber Bruder! Die traurige Nachricht, die ich den Angehörigen meiner Familie mitzuteilen verpflichtet bin, hast Du
gewiß schon geraume Zeit erwartet« usw.

Kurz gesagt, nachdem Pitt die Regierung angetreten hatte
und durch Glück oder, wie er die Sache ansah, durch sein

Verdienst in den Besitz fast des ganzen Vermögens gelangt war, auf das seine Verwandten sich Hoffnungen gemacht hatten, beschloß er, seine Familie freundlich und achtungsvoll zu behandeln und in Queen's Crawley wieder einmal ein gastfreies Haus einzurichten. Es war ihm ein angenehmer Gedanke, daß er jetzt das Oberhaupt der Familie war. Er nahm sich vor, den gewaltigen Einfluß, den ihm seine hervorragenden Talente und seine Stellung bald in der Grafschaft verschaffen mußten, dazu zu benutzen, um seinem Bruder zu einer guten Stelle zu verhelfen und seine Vettern und Basen anständig zu versorgen. Vielleicht bestärkte ihn in dieser Absicht die Stimme seines Gewissens, die ihm sagte, daß er nun der Besitzer alles dessen war, worauf sie gehofft hatten. Während der ersten drei oder vier Tage seiner Regierung hatte sein Benehmen eine Umwandlung erfahren, und seine Pläne waren völlig festgelegt: er war entschlossen, gerecht und ehrenhaft zu herrschen, Lady Southdown abzusetzen und mit allen seinen Blutsverwandten möglichst freundliche Beziehungen zu unterhalten.

So diktierte er also einen Brief an seinen Bruder Rawdon, einen feierlichen, kunstvoll abgefaßten Brief, der die tiefsinnigsten, in lange, schwere Sätze gekleideten Gedanken enthielt und die einfache kleine Sekretärin, die ihn nach dem Diktat ihres Gatten niederschrieb, mit großer Bewunderung erfüllte. ›Was wird er für ein glänzender Redner sein‹, dachte sie, ›wenn er in das Haus der Gemeinen eintritt‹ (über diesen Punkt und über Lady Southdowns Tyrannei hatte Pitt seiner Frau mitunter beim Schlafengehen Andeutungen gemacht); ›was für ein kluger, guter Mensch und welch ein Genie doch mein Mann ist! Ich habe gemeint, er sei ein wenig kühl, aber wie gut ist er und welch ein Genie!‹

In Wirklichkeit wußte Pitt Crawley jedes Wort dieses Briefes auswendig, denn er hatte ihn mit diplomatischer Heimlichkeit in tiefem Nachdenken vollständig ausgearbeitet, lange bevor er es für angemessen hielt, ihn seiner erstaunten Frau zu diktieren.

Dieser Brief wurde mit großem schwarzen Trauerrand und großem schwarzem Siegel versehen, von Sir Pitt Crawley an seinen Bruder, den Obersten, nach London abgesandt. Rawdon Crawley war nicht sonderlich erfreut über ihn. ›Was haben wir davon, wenn wir nach dem langweiligen Schloß fahren?‹ dachte er. ›Mit Pitt nach dem Dinner allein zu sein, kann ich nicht aushalten, und die Reise hin und zurück wird uns zwanzig Pfund kosten.‹

Gewohnt, alles, was ihm Schwierigkeiten machte, seiner Frau vorzulegen, trug er ihr den Brief hinauf in ihr Schlafzimmer und nahm gleich die Schokolade mit, die er ihr jeden Morgen selbst kochte und brachte.

Er stellte das Tragbrett mit dem Frühstück und dem Brief auf den Toilettentisch, an dem Becky saß und ihr blondes Haar kämmte. Sie nahm das schwarzgeränderte Schreiben in die Hand, und als sie es durchgelesen hatte, sprang sie vom Stuhle auf, rief »Hurra!« und schwenkte das Blatt um ihren Kopf.

»Hurra?« sagte Rawdon und blickte erstaunt die kleine Gestalt an, die in ihrem losen Flanell-Morgenrock mit den wirren blonden Locken umherhüpfte. »Er hat uns nichts hinterlassen, Becky. Ich habe meinen Anteil bekommen, als ich mündig wurde.«

»Du wirst nie mündig werden, du einfältiger alter Mann«, erwiderte Becky. »Lauf jetzt schnell zu Madame Brunoy, denn ich muß ein Trauerkleid haben. Und besorge dir einen Trauerflor um deinen Hut und eine schwarze Weste; ich glaube, du hast keine. Sage, es müßte alles morgen hergebracht werden, damit wir Donnerstag reisen können.«

»Du willst doch nicht etwa hinfahren?« fragte Rawdon erstaunt.

»Selbstverständlich will ich das. Lady Jane soll mich nächstes Jahr bei Hofe vorstellen, und dein Bruder soll dir einen

Sitz im Parlament verschaffen, du dummer, alter Kerl. Und
Lord Steyne soll deine und Pitts Stimme haben, mein lieber,
alter, törichter Mann, und du sollst ein irischer Staatssekre-
tär oder ein westindischer Gouverneur oder ein Schatz-
meister oder ein Konsul oder etwas Ähnliches werden.«
»Die Fahrt mit der Eilpost wird einen gehörigen Batzen
Geld kosten«, brummte Rawdon.
»Wir können ja in Southdowns Wagen fahren, der selbst bei
dem Begräbnis anwesend sein muß, da er mit der Familie
verwandt ist; aber nein – wir wollen lieber mit der Landkutsche fahren. Das wird einen besseren Eindruck auf deine
Angehörigen machen. Es sieht bescheidener aus –«
»Rawdon kommt doch natürlich mit?« fragte der Oberst.
»Auf keinen Fall! Wozu sollten wir einen Platz mehr bezahlen? Er ist schon zu groß, um noch zwischen uns beiden sitzen zu können. Er kann hier in der Kinderstube bleiben, und
die Briggs kann ihm ein schwarzes Röckchen machen. Geh
nun und tu, was ich dir gesagt habe! Es wird gut sein, wenn
du deinem Diener Sparks erzählst, Sir Pitt wäre gestorben
und du würdest, sobald die Erbschaftsangelegenheiten geordnet wären, eine ansehnliche Summe bekommen. Er wird
das Raggles weitererzählen, der um sein Geld gemahnt hat,
und das wird den armen Mann beruhigen.« Darauf begann
Becky ihre Schokolade zu schlürfen.
Als der getreue Lord Steyne am Abend kam, fand er Becky und
ihre Gesellschafterin, die niemand anders als unsere Freundin
Briggs war, eifrig damit beschäftigt, allerlei schwarzen Stoff,
der bei diesem traurigen Anlaß verwendbar war, auszusuchen,
aufzutrennen, zu zerschneiden und zu zerreißen.
»Miß Briggs und mich hat der Tod unseres Papas in Gram
und Verzweiflung versenkt«, sagte Rebekka zu ihm. »Sir
Pitt Crawley ist gestorben, Mylord. Den ganzen Vormittag
haben wir uns die Haare ausgerissen, und jetzt zerreißen wir
unsere alten Kleider.«
86

»Aber, Rebekka, wie können Sie nur –« war alles, was Miß Briggs mit zum Himmel gerichteten Augen herausbringen konnte.

»Aber, Rebekka, wie können Sie nur –« äffte der Lord ihre Worte nach. »Also der alte Schuft ist tot, ja! Er hätte Pair werden können, wenn er klüger vorgegangen wäre. Mr. Pitt hätte ihn beinah dazu gemacht, aber er schwenkte immer im falschen Augenblick zur andern Partei ab. Was für ein alter Silen war er!«

»Ich hätte jetzt Silens Witwe sein können«, bemerkte Rebekka. »Wissen Sie noch, Miß Briggs, wie Sie durchs Schlüsselloch guckten und den alten Sir Pitt vor mir auf den Knien liegen sahen?« Unsere alte Freundin Miß Briggs errötete stark bei dieser Erinnerung und war froh, als Lord Steyne sie bat, hinunterzugehen und ihm eine Tasse Tee zu bereiten.

Miß Briggs war der Haushund, den sich Rebekka als Wächter ihrer Unschuld und ihres guten Rufes angeschafft hatte. Miß Crawley hatte ihr in ihrem Testament eine kleine Rente ausgesetzt. Sie wäre gern in der Familie Crawley bei Lady Jane geblieben, die gegen sie, wie gegen alle Menschen gut und freundlich war; aber Lady Southdown entließ die arme Briggs so schnell, als es der Anstand erlaubte, und Mr. Pitt, der sich durch die unbegründete Großmut seiner verstorbenen Tante gegen eine Dame, die nur etwa zwanzig Jahre lang ihre treue Gehilfin gewesen war, sehr benachteiligt fühlte, erhob keinen Einspruch gegen diesen Akt angemaßter Autorität seitens seiner Schwiegermutter. Auch Bowls und Mrs. Firkin erhielten ihre Legate und wurden verabschiedet; sie heirateten sich und richteten sich ein Kosthaus ein, wie das Leute in ihrer Lage zu tun pflegen. Miß Briggs versuchte nun, bei ihren Verwandten in der Provinz zu leben, fand dies jedoch nach der besseren Gesellschaft, an die sie sich gewöhnt hatte, unmöglich. Diese Verwandten, kleine Geschäftsleute in einer Provinzstadt, zankten sich um Miß Briggs' jährliche vierzig Pfund ebenso eifrig und noch unverhohlener, als es Miß Crawleys Angehörige um deren Erbschaft getan hatten. Miß Briggs' Bruder, ein radikal gesinnter Hutmacher und Gewürzhändler, nannte seine Schwester eine börsenstolze Aristokratin, weil sie ihm nicht einen Teil ihres Kapitals zur Anschaffung von Waren für seinen Laden leihen wollte; wahrscheinlich würde sie dies aber getan haben, wenn nicht ihre Schwester, die mit einem freigläubigen Schuhmacher verheiratet und mit dem Hutmacher und Gewürzkrämer verfeindet war, weil dieser eine andere Kapelle besuchte, ihr bewiesen hätte, daß der Bruder am Rande des Bankerotts stehe, und Miß Briggs auf einige Zeit für sich selbst in Beschlag genommen hätte. Der freigläubige Schuhmacher verlangte von Miß Briggs, sie solle seinen Sohn auf die Universität schicken und einen vornehmen Herrn aus ihm machen. So erpreßten die beiden Familien einen großen Teil ihrer Ersparnisse von ihr ; und endlich floh sie, von den Verwünschungen beider verfolgt, nach London und beschloß, sich wieder eine Stellung zu suchen, da eine solche ihr jetzt unendlich viel weniger drückend erschien als die Freiheit. Sie zeigte daher in den Zeitungen an, daß ›eine Dame von angenehmen Umgangsformen, die gewöhnt sei, sich in der besten Gesellschaft zu bewegen‹, eine Stellung anzunehmen wünsche, mietete sich bei Mr. Bowls in der Half Moon Street ein und wartete den Erfolg ihrer Anzeige ab.

So kam es, daß sie mit Rebekka zusammentraf. Mrs. Rawdons hübscher kleiner Ponywagen rollte eines Tages die Straße entlang, als Miß Briggs gerade von einem anstrengenden Weg nach der Geschäftsstelle der Times, wo sie ihre Anzeige zum sechsten Mal hatte einsetzen lassen, ermüdet zurückkehrte und Mr. Bowls' Tür erreicht hatte. Rebekka, die

88

selbst kutschierte, erkannte die Dame mit den ›angenehmen Umgangsformen‹ sofort wieder, und da sie, wie wir gesehen haben, eine durchaus gutmütige Person war und Miß Briggs gut leiden konnte, hielt sie die Ponys unmittelbar vor der Haustür an, übergab dem Groom die Zügel, sprang vom Wagen und hatte beide Hände der alten Briggs ergriffen, ehe noch die Dame mit den ›angenehmen Umgangsformen‹ sich von dem Erstaunen über das Wiedersehen mit einer alten Freundin erholt hatte.

Miß Briggs weinte ausgiebig, und Becky lachte herzlich und küßte die alte Jungfer, sobald sie in den Flur getreten waren und von da in Mrs. Bowls' Vorderzimmer mit den rotwollenen Vorhängen und dem runden Spiegel mit dem gefesselten Adler darüber, der auf die Rückseite des am Fenster angebrachten Zettels blickte, der ankündigte: ›Zimmer zu vermieten.‹

Hier erzählte nun Miß Briggs ihre ganze Geschichte, sich oft mit jenen gänzlich unbegründeten Tränen und Ausrufen der Verwunderung unterbrechend, mit denen Frauen von ihrer weichen Gemütsart eine alte Bekannte begrüßen oder eine Begegnung auf der Straße würzen. Denn obgleich es alle Tage vorkommt, daß man diesen oder jenen trifft, so wollen doch manche Leute darin durchaus ein Wunder sehen; und selbst Frauen, die sich nie leiden konnten, beginnen bei einer solchen Begegnung zu weinen und gedenken unter Schluchzen der Zeit, da sie sich zum letzten Mal gezankt haben. In dieser Weise also erzählte Miß Briggs ihre ganze Geschichte, und Becky gab mit ihrer gewöhnlichen Natürlichkeit und Offenherzigkeit einen Bericht über ihr eigenes Leben.

Mrs. Bowls, die ehemalige Mrs. Firkin, kam auf den Flur und horchte dort mürrisch auf das hysterische Schluchzen und Lachen, das aus der Vorderstube klang. Becky war nie ihr Liebling gewesen. Seit das Bowlssche Ehepaar sich in London niedergelassen hatte, hatten sie die von früher her mit ihnen befreundete Familie Raggles oft besucht und mit

Mißfallen gehört, was Raggles ihnen über die Wirtschaft im Hause des Obersten erzählte. »Ich würde ihm nicht trauen, lieber Raggles«, hatte Bowls bemerkt, und so begrüßte denn auch seine Frau, als Mrs. Rawdon aus der Vorderstube herauskam, die Dame nur mit einer sehr leichten Verneigung, und ihre Finger waren kalt und leblos wie Würste, als sie sie Mrs. Rawdon gab, die durchaus der früheren Kammerfrau die Hand schütteln wollte. Diese nickte vom Wagen aus noch mit dem süßesten Lächeln der guten Miß Briggs zu, die wiedernickend dicht unter dem Vermietungsschild am Fenster stand; dann rollte sie in der Richtung nach Piccadilly davon und befand sich im nächsten Augenblick im Park, wo ein halbes Dutzend Stutzer hinter ihrem Wagen hertrabten.

Als Becky erfahren hatte, in welcher Lage sich ihre Freundin befand und daß diese, im Besitz eines hübschen Legates vom Miß Crawley, kein besonderes Gewicht auf Gehalt lege, hatte sie auch sofort einen Plan fertig, bei dem sie das Wohlwollen für Miß Briggs mit ihrem eigenen Nutzen verband. Das war gerade eine Gesellschafterin, wie sie für ihren Haushalt paßte, und so lud sie denn Miß Briggs noch auf denselben Abend zu sich zum Dinner ein, wo sie ihr auch ihren lieben, herzigen kleinen Rawdon zeigen wollte.

Mrs. Bowls warnte ihre Mieterin davor, sich in die Höhle des Löwen zu wagen. »Sie werden es bereuen, Miß Briggs, denken Sie an das, was ich Ihnen gesagt habe, so wahr ich Bowls heiße.« Miß Briggs versprach, sehr vorsichtig zu sein. Das Ergebnis dieser Vorsicht war, daß sie in der nächsten Woche zu Mrs. Rawdon übersiedelte und, ehe noch sechs Monate vergangen waren, Oberst Crawley sechshundert Pfund gegen eine jährliche Leibrente geliehen hatte.

Sobald Oberst Crawley und seine Frau in den Besitz ihrer Trauerkleidung gelangt waren und Sir Pitt Crawley von ihrer bevorstehenden Ankunft benachrichtigt hatten, nahmen sie zwei Plätze in derselben alten Landkutsche, in der Rebekka vor ungefähr neun Jahren in Gesellschaft des verstorbenen Baronets ihre erste Reise in die Welt angetreten hatte. Wie gut erinnerte sie sich noch des Wirtshaushofes und des Hausknechts, dem sie ein Trinkgeld verweigert hatte, und des liebenswürdigen Cambridger Studenten, der sie auf der Fahrt in seinen Mantel gehüllt hatte! Rawdon setzte sich auf den Bock und hätte gern selbst die Zügel geführt, wenn das mit seiner Trauerkleidung vereinbar gewesen wäre. Er saß neben dem Kutscher und unterhielt sich mit ihm während der ganzen Fahrt über Pferde, die Beschaffenheit des Weges und die neuen Besitzer der Gasthäuser und erkundigte sich, wer die Pferde für die Landkutsche stellte, mit der er so oft gefahren war, als er und Pitt als Knaben nach Eton reisten. In Mudbury erwartete sie ein zweispänniger Wagen mit einem schwarz gekleideten Kutscher. »Es ist immer noch der alte Rumpelkasten, Rawdon«, sagte Rebekka, als sie einstiegen. »Die Würmer haben das Tuch gehörig zerfressen – da ist der Fleck, um den Sir Pitt – sieh nur, der Eisenhändler Dawson hat seine Fensterläden heruntergelassen – um den Sir Pitt soviel Aufhebens machte. Er rührt von einer Flasche Kirschbranntwein her, die wir für deine Tante aus Southampton geholt hatten und die er zerbrach. Wie die Zeit fliegt – wahrhaftig, das kann doch nicht Polly Talboys sein, das große, starke Mädchen, das da bei dem Häuschen neben seiner Mutter steht? Ich erinnere mich ihrer noch als einer schmutzigen kleinen Range, die im Garten Unkraut ausjätete.«

»Ein hübsches Mädel!« sagte Rawdon und erwiderte den
Gruß der beiden Bewohnerinnen des Häuschens dadurch,
daß er zwei Finger an seinen Hut mit dem Flor legte. Becky
verbeugte sich nach dieser und jener Seite, grüßte sehr leutselig und bekundete, daß sie die Leute wiedererkenne. Daß
auch sie wiedererkannt wurde, machte ihr die allergrößte
Freude. Sie hatte die Empfindung, daß sie nun keine Betrü-
gerin mehr sei, sondern in das Haus ihrer Ahnen zurück-
kehre. Rawdon dagegen war etwas bedrückt und niedergeschlagen. Welche Erinnerungen an seine unschuldige Knabenzeit mochten ihm durch den Kopf gehen und welche unbestimmten Gefühle von Reue und Scham in seinem Herzen
erwachen?

»Deine Schwestern müssen jetzt erwachsene junge Damen
sein«, sagte Rebekka, die sich dieser Mädchen jetzt vielleicht zum erstenmal seit ihrer Trennung wieder erinnerte.

»Weiß ich wirklich nicht«, erwiderte der Oberst. »Holla!
Da ist ja die alte Mutter Lock. Wie gehts Ihnen, Mrs. Lock?
Kennen Sie mich noch, ja? Den jungen Herrn Rawdon, he?
Hol's der Teufel, wie lange sich diese alten Weiber halten, sie
war schon hundert Jahre alt, als ich noch ein kleiner Junge
war.«

Sie waren an das Parktor gekommen, wo die alte Mrs. Lock
das Pförtneramt versah, und Rebekka mußte ihr durchaus
die Hand schütteln, als sie das kreischende alte eiserne Tor
öffnete und der Wagen zwischen den beiden moosbewachse-
nen Pfeilern hindurchfuhr, auf denen die Taube und die
Schlange angebracht waren.

»Der Alte hat arg viel Bäume umhauen lassen«, bemerkte
Rawdon umherblickend und verhielt sich dann schweigsam,
und Becky tat das gleiche. Sie waren beide ziemlich bewegt
und dachten an alte Zeiten. Er dachte an Eton und an seine
Mutter, die er als eine kalte, ernste Frau in der Erinnerung
hatte, an eine früh verstorbene Schwester, die er leiden-

92

schaftlich geliebt hatte, an Pitt, den er häufig durchgeprügelt hatte, und an den kleinen Rawdon zu Hause. Rebekka dachte an ihre eigene Jugend und an die dunklen Geheimnisse jener frühen, schuldbefleckten Tage, an ihren Eintritt ins Leben durch dieses Tor hier, an Miß Pinkerton und an Joseph und Amelia.

Der Kiesweg und die Terrasse waren vollständig gereinigt. Über dem Haupteingang prangte ein großes gemaltes Trauerwappen, und zwei hochgewachsene, sehr feierlich aussehende Männer in schwarzer Kleidung rissen die Türflügel auf, als der Wagen an den wohlbekannten Stufen anhielt. Rawdon wurde rot und Becky etwas blaß, als sie Arm in Arm durch die alte Flurhalle schritten. Sie kniff ihren Mann in den Arm, als sie in das eichengetäfelte Wohnzimmer traten, wo Sir Pitt und seine Frau bereitstanden, sie zu empfangen. Sir Pitt war in Schwarz, Lady Jane desgleichen, und Lady Southdown trug einen großen schwarzen Kopfschmuck von Perlen und Federn, der auf ihrem Kopf hin und her wippte wie ein Tragbrett in den Händen des Kellners. Sir Pitt hatte mit seiner Voraussage recht gehabt, daß sie das Gut nicht verlassen werde. Sie begnügte sich damit, Pitt und seine aufrührerische Gattin durch feierliches, eisernes Schweigen zu strafen und die Kleinen in der Kinderstube durch ihr gespensterhaft düsteres Wesen zu ängstigen. Nur ein sehr schwaches Neigen des Kopfputzes mit den Federn bewillkommnete Rawdon und seine Frau, als diese Entarteten zu ihrer Familie zurückkehrten.

Wenn wir die Wahrheit sagen sollen, müssen wir bemerken, daß sie sich aus diesem kalten Benehmen herzlich wenig machten. Denn die Lady erschien ihnen unerhörterweise in diesem Augenblick nur als eine Persönlichkeit von untergeordneter Bedeutung; sie waren auf den Empfang gespannt, der ihnen von dem regierenden Bruder und seiner Gemahlin zuteil werden würde.

Pitt ging mit etwas lebhafterer Gesichtsfarbe seinem Bruder entgegen und drückte ihm die Hand, worauf er Rebekka mit einem Händedruck und einer sehr tiefen Verbeugung begrüßte. Lady Jane aber ergriff ihre Schwägerin an beiden Händen und küßte sie liebevoll. Diese Umarmung trieb der kleinen Abenteurerin die Tränen in die Augen – ein Schmuck, den sie, wie wir wissen, nur sehr selten trug. Dieses ungeküstelte Zeichen von Güte und Vertrauen rührte sie und machte ihr Freude; und Rawdon, durch diesen Zärtlichkeitsbeweis seiner Schwägerin ermutigt, drehte seinen Schnurrbart in die Höhe und erlaubte sich, Lady Jane mit einem Kuß zu begrüßen, worüber diese tief errötete.

»Ein verdammt hübsches Frauchen, diese Lady Jane«, war sein Urteil, als er sich wieder mit seiner Frau allein befand. »Pitt ist etwas fetter geworden und macht seine Sache ganz ordentlich.«

»Das kann er sich leisten«, erwiderte Rebekka und stimmte auch der weiteren Bemerkung ihres Mannes bei, daß die Schwiegermutter eine entsetzliche alte Vogelscheuche und die Schwestern ganz nett aussehende Mädchen seien.

Auch diese beiden jungen Damen waren aus ihrem Pensionat herbeigerufen worden, um den Leichenfeierlichkeiten beizuwohnen. Sir Pitt Crawley schien der Ansicht zu sein, die Würde des Hauses und der Familie erfordere es, daß soviel schwarz gekleidete Personen wie möglich versammelt seien. Die ganze männliche und weibliche Dienerschaft des Hauses, die alten Frauen aus dem Armenhaus, die der ältere Sir Pitt um einen großen Teil der ihnen rechtmäßig zustehenden Rente betrogen hatte, die Familie des Küsters und die besonderen Untergebenen des Schlosses und des Pharrhauses waren alle schwarz gekleidet. Dazu kamen noch mindestens zwanzig Leichenträger mit Floren und schwarzen Hutbändern, eine Truppe, die ein eindrucksvolles Bild bei dem großen, prunkvollen Begräbnis abgab;

94

aber da sie nur stumme Personen in unserm Drama sind und nichts darin zu tun oder zu sagen haben, so können sie hier auch nur einen kleinen Raum beanspruchen.

Rebekka machte keinen Versuch ihren Schwägerinnen gegenüber, ihre frühere Stellung als deren Erzieherin zu verleugnen, sondern sprach ganz offen und freundlich davon, erkundigte sich mit großem Ernst nach ihren Studien und erzählte ihnen, sie habe sehr oft an sie gedacht und zu hören gewünscht, wie es ihnen gehe. Man hätte wirklich glauben können, sie habe, seit sie die jungen Mädchen verlassen, nie aufgehört, ganz besonders an sie zu denken und an ihrem Ergehen den zärtlichsten Anteil zu nehmen. Wenigstens glaubten dies Lady Crawley selbst und ihre jungen Schwägerinnen.

»Sie hat sich in den acht Jahren kaum verändert«, sagte Miß Rosalind zu Miß Violet, als sie zum Dinner Toilette machten.

»Solche rothaarigen Frauen sehen doch wunderhübsch aus«, erwiderte die andere.

»Ihr Haar ist jetzt viel dunkler, als es früher war, ich glaube, sie färbt es«, bemerkte Miß Rosalind. »Sie ist auch stärker geworden und hat überhaupt gewonnen«, fügte Miß Rosalind hinzu, die sehr zum Fettwerden neigte.

»Wenigstens versucht sie nicht, die vornehme Dame zu spielen und hat nicht vergessen, daß sie einmal unsere Erzieherin gewesen ist«, sagte Miß Violet, womit sie ausdrücken wollte, daß es allen Erzieherinnen gezieme, sich ihrer bescheidenen Stellung immer bewußt zu bleiben; freilich vergaß sie dabei vollständig, daß sie nicht nur eine Enkelin Sir Walpole Crawleys, sondern auch eine Enkelin Mr. Dawsons in Mudbury war und daher eine Kohlenschaufel in ihrem Wappen hatte. Man kann alle Tage auf dem Jahrmarkt der Eitelkeit eine Menge solcher braven Leute treffen, die ebenso vergeßlich sind.

»Es kann nicht wahr sein, was die Mädchen im Pfarrhaus gesagt haben, daß ihre Mutter eine Ballettänzerin gewesen ist.«

»Für seine Geburt kann niemand etwas«, erwiderte Rosalind sehr freisinnig. »Und ich bin ganz der Ansicht unseres Bruders: da sie einmal zur Familie gehört, dürfen wir sie nicht links liegen lassen. Tante Bute sollte nur ganz still sein, sie möchte Kate gern mit dem jungen Hooper, dem Weinhändler, verheiraten und hat ihn ausdrücklich aufgefordert, nach dem Pfarrhaus zu kommen, um dort Bestellungen in Empfang zu nehmen.«

»Ich möchte wohl wissen, ob Lady Southdown abreist, sie hat Mrs. Rawdon so furchtbar grimmig angesehen«, sagte die andere.

»Ich wollte, sie täte es. Ich habe keine Lust, die ›Waschfrau von Finchley Common‹ zu lesen«, erklärte Violet mit aller Entschiedenheit. Nach diesem Gespräch gingen die beiden jungen Damen zum Familiendinner hinunter, zu dem sie wie üblich die Glocke rief, vermieden aber dabei einen Gang, an dessen Ende in einem verhängten Zimmer ein gewisser Sarg stand, neben dem immer ein paar Wächter saßen und ununterbrochen Lichter brannten.

Schon vorher jedoch hatte Lady Jane Rebekka nach den für sie bestimmten Zimmern geführt, die sich wie das gesamte übrige Haus unter Pitts Regierung in bezug auf Ordnung und Behaglichkeit sehr verbessert hatten, und als sie hier sah, daß Mrs. Rawdons bescheidene kleine Koffer heraufgebracht und in das Schlafzimmer und das anstoßende Ankleidezimmer gestellt waren, war sie ihr behilflich, ihren hübschen schwarzen Hut sowie ihren Mantel abzunehmen, und fragte dann ihre Schwägerin, ob sie ihr sonst noch irgendwie nützlich sein könne.

»Am liebsten«, antwortete Rebekka, »möchte ich in die Kinderstube gehen und Ihre lieben Kleinen ansehen.« Worauf die beiden Damen einander sehr freundlich anblickten und sich Hand in Hand nach dem genannten Zimmer begaben.

Becky bewunderte die kleine Matilda, die noch nicht ganz

vier Jahre alt war, als das reizendste kleine Wesen von der
Welt und erklärte den Knaben, einen kleinen zweijährigen
blassen Kerl mit schläfrigen Augen und großem Kopf, für
ein wahres Wunder an Gestalt, Klugheit und Schönheit.
»Ich wünschte nur, Mama bestände nicht darauf, ihm so viel
Medizin einzugeben«, sagte Lady Jane mit einem Seufzer.
»Ich denke oft, wir würden uns alle ohne diese Arzneien
besser befinden.« Und nun führten Lady Jane und ihre neu
gefundene Freundin eines jener vertraulichen Gespräche
über die Gesundheit der Kinder, an denen, wie ich mir habe
sagen lassen, alle Mütter und überhaupt die meisten Frauen
soviel Vergnügen finden. Als vor fünfzig Jahren der Schreiber dieses Buches noch ein interessanter kleiner Bube war
und nach dem Dinner mit den Damen zusammen das Speisezimmer zu verlassen hatte, da drehte sich, wie ich mich noch
recht gut erinnere, die Unterhaltung der Frauen hauptsächlich um Kinderkrankheiten, und sooft ich seitdem Erkundigungen hierüber eingezogen habe – es mag zwei- oder
dreimal geschehen sein –, habe ich stets die Antwort erhalten, daß sich hierin im Laufe der Zeit nichts geändert
habe. Mögen meine schönen Leserinnen heute abend selbst
darauf achten, wenn sie sich nach dem Dinner im Salon versammeln, um ihre Geheimnisse miteinander auszutauschen.
Kurz und gut, nach einer halben Stunde waren Becky und
Lady Jane die intimsten Freundinnen, und die Herrin von
Queen's Crawley sprach sich im Laufe des Abends ihrem
Gatten Sir Pitt gegenüber dahin aus, daß sie ihre neue
Schwägerin für eine gute, offenherzige, natürliche und liebevolle junge Frau halte.
Nachdem Becky so mühelos das Wohlwollen der Tochter
gewonnen hatte, ging die unermüdliche kleine Frau darauf
aus, sich auch die hoheitsvolle Lady Southdown geneigt zu
machen. Sobald sie die Gräfin einmal allein fand, eröffnete
Becky den Angriff sofort mit dem Thema der Kinderkrank-

heiten und erzählte, daß ihr eigener kleiner Knabe, als alle
Ärzte in Paris das liebe Kind schon aufgegeben gehabt hätten,
nur durch Quecksilbersublimat, das sie ihm in starken Dosen
eingegeben habe, gerettet, tatsächlich vom Tode gerettet
worden sei. Dann erwähnte sie, wie oft sie schon über Lady
Southdown von dem prächtigen Reverend Lawrence Grills,
dem Geistlichen der von ihr regelmäßig besuchten Kapelle
in Mayfair, gehört habe und wie sich ihre Anschauungen
durch die Verhältnisse und durch mancherlei Leid, das sie
betroffen, verändert hätten. Sie hoffe, daß das bisherige in
Weltlichkeit und Irrtum verbrachte Leben sie doch nicht
unfähig gemacht habe, sich in Zukunft ernsteren Gedanken
zu widmen. Sie erzählte, wie sie in früheren Tagen dem verehrten Mr. Crawley für religiöse Belehrung großen Dank
schuldig geworden sei, kam auf die ›Waschfrau von Finchley
Common‹ zu sprechen, die sie mit größtem Nutzen gelesen
habe, und erkundigte sich nach der begabten Verfasserin
dieser Schrift, Lady Emily, jetzigen Lady Hornblower in
Kapstadt, deren Gatte alle Aussicht hatte, Bischof des Kaf-
fernlandes zu werden.

Das Mittel aber, durch das sie ihren Bemühungen die Krone
aufsetzte und sich endgültig in Lady Southdowns Gunst
befestigte, bestand darin, daß sie sich nach dem Leichen-
begängnis sehr angegriffen und unwohl fühlte und die Lady
um ihren ärztlichen Rat bat. Diese erteilte ihr nicht nur den
erbetenen Rat, sondern erschien sogar, in ein Nachtgewand
gehüllt und der Lady Macbeth ähnlicher als je, in der Stille
der Nacht in Beckys Zimmer mit einem Päckchen ihrer Lieb-
lingstraktätchen und einer Medizin, die sie nach eigenem
Rezept selbst hergestellt hatte und die Mrs. Rawdon unbedingt einnehmen sollte.

Becky nahm zuerst die Traktätchen in Empfang, durch-
blätterte sie mit großem Interesse, verwickelte dabei die
verwitwete Gräfin in ein Gespräch, das diese Schriften und

ihr Seelenheil betraf, und hoffte, daß sie auf diese Art der
medizinischen Behandlung entgehen werde. Aber nachdem
das religiöse Thema erschöpft war, wollte Lady Macbeth
Beckys Zimmer nicht eher verlassen, bis diese auch den
Becher mit ihrem Nachttrunk geleert hätte; und die arme
Mrs. Rawdon sah sich tatsächlich genötigt, sich den Anschein größter Dankbarkeit zu geben und die Medizin vor
den Augen der unerbittlichen Gräfin hinunterzuschlucken,
die dann endlich ihr Opfer mit einem Segenswunsch verließ.
Der Trank besserte Mrs. Rawdons Befinden nicht sonderlich, ihr Gesicht sah vielmehr recht kläglich aus, als Rawdon
hereinkam und hörte, was vorgegangen sei. Er brach wie
gewöhnlich in ein schallendes Gelächter aus, als Becky mit
dem ihr eigentümlichen Humor, den sie nicht unterdrücken
konnte, obgleich der Spaß auf ihre Kosten ging, den Hergang erzählte, wie sie Lady Southdowns Opfer geworden
sei. Lord Steyne und der Sohn der Lady Southdown lachten
noch oft über diese Geschichte, als Rawdon und seine Frau
in ihre Wohnung in Mayfair zurückgekehrt waren. Becky
spielte ihnen die ganze Szene vor. Sie setzte eine Nachtmütze
auf, zog ein Nachtkleid an, hielt eine lange Predigt in wahrhaft frommem Ton und pries die Heilkraft der Medizin, die
sie anscheinend jemandem eingab, und alles mit so vollkommen nachgeahmtem Ernst, daß man denken konnte,
das Geschnüffel, das man hörte, käme wirklich aus der römischen Nase der Gräfin. ›Spielen Sie uns mal Lady Southdown mit dem Wiener Tränkchen vor!‹ war ein häufiges
Verlangen der Besucher in Beckys kleinem Salon in Mayfair.
So wurde die verwitwete Gräfin von Southdown zum erstenmal in ihrem Leben unterhaltend.
Sir Pitt erinnerte sich der Beweise von Achtung und Verehrung, die ihm Rebekka in früheren Tagen gegeben hatte,
und war ihr infolgedessen ziemlich wohlgewogen. Die Heirat hatte, so unüberlegt sie auch gewesen war, doch seinen

Bruder Rawdon erheblich gebessert, wie das des Obersten
verändertes Wesen und Benehmen zeigte; und war sie nicht
für ihn, Pitt, selbst ein rechtes Glück gewesen? Der schlaue
Diplomat lächelte im stillen, wenn er es sich gestand, daß
er ihr sein Vermögen verdankte, und mußte zugeben, daß
wenigstens er keine Ursache habe, ihr zu grollen. Seine Zufriedenheit wurde durch Rebekkas bescheidenes Auftreten,
ihre Liebenswürdigkeit und Unterhaltungsgabe noch gesteigert.

Sie verdoppelte die Ehrerbietung, die ihn früher so entzückt
hatte, und wußte seine Redefreudigkeit so anzuregen, daß
Pitt selbst darüber ganz überrascht war, denn immer schon
geneigt, seine geistigen Fähigkeiten hochzuschätzen, bewunderte er sie noch mehr, wenn ihn Rebekka darauf aufmerksam machte. Ihrer Schwägerin vermochte Rebekka
überzeugend nachzuweisen, daß es Mrs. Bute Crawley gewesen war, die die Heirat zustande gebracht habe, über die
sie sich nachher gar nicht genug habe aufhalten können, und
daß sie aus Habsucht, weil sie gehofft habe, Rawdon der
Gunst seiner Tante zu berauben und Miß Crawleys ganzes
Vermögen zu gewinnen, all die üblen Gerüchte über sie erfunden und in Umlauf gesetzt habe. »Es ist ihr gelungen,
uns arm zu machen,« sagte Rebekka mit einer Miene engelhafter Sanftmut, »aber wie könnte ich einer Frau böse sein,
der ich einen der besten Männer in der ganzen Welt zu verdanken habe? Und hat ihre Habsucht nicht durch die Vernichtung ihrer Hoffnungen und den Verlust des Vermögens,
auf das sie so großen Wert legte, ihre ausreichende Bestrafung
gefunden? Arm!« rief sie, »liebe Lady Jane, was machen wir
uns daraus, daß wir arm sind? Ich bin daran von früh auf
gewöhnt und danke dem Himmel oft dafür, daß Miß Crawleys Geld jetzt dazu dienen darf, den Glanz der vornehmen
alten Familie wiederherzustellen, der anzugehören ich stolz
bin. Ich bin überzeugt, daß Sir Pitt von diesem Geld einen

weit besseren Gebrauch machen wird, als Rawdon es getan hätte.«

Alle diese Reden wurden Sir Pitt von der treuesten aller Frauen wiederberichtet und erhöhten den günstigen Eindruck, den Rebekka auf ihn gemacht hatte, dermaßen, daß der Schloßherr am dritten Tage nach dem Begräbnis, als die Familie bei Tisch saß und er an der Spitze der Tafel Geflügel zerlegte, zu Mrs. Rawdon sagte: »Hm! *Rebekka*, darf ich Ihnen einen Flügel geben?« Diese Anrede ließ die Augen der kleinen Frau vor Freude aufleuchten.

Während Rebekka die oben erwähnten Pläne und Hoffnungen verfolgte und Pitt Crawley das Begräbniszeremoniell ordnete und andere Dinge betrieb, die mit seinem künftigen Aufstieg zu höherer Würde zusammenhingen, während Lady Jane, soweit es ihre Mutter zuließ, in der Kinderstube tätig war und die Sonne auf- und unterging und die Turmglocke des Schlosses wie gewöhnlich zum Dinner und zum Gebet läutete, lag die Leiche des bisherigen Besitzers von Queen's Crawley in dem Zimmer, das er bewohnt hatte, unaufhörlich von den Leuten bewacht, die man für diese Tätigkeit gemietet hatte. Ein paar Frauen und drei oder vier Gehilfen des Leichenbesorgers, die besten, die in Southampton zu haben waren, versahen schwarz gekleidet und mit angemessener feierlicher Miene abwechselnd diese Pflicht und versammelten sich, wenn sie abgelöst wurden, in dem Zimmer der Haushälterin, wo sie heimlich Karten spielten und Bier tranken.

Die Mitglieder der Familie und die Dienerschaft des Hauses hielten sich fern von dem unheimlichen Ort, wo die Gebeine des Abkömmlings einer langen Reihe von Rittern und Edelleuten lagen und ihrer Überführung in die Familiengruft harrten. Ein Gefühl des Bedauerns wurde bei keinem rege außer dem armen Frauenzimmer, das Sir Pitts Weib und

Witwe zu werden gehofft hatte und nun mit Schande aus dem Schloß vertrieben worden war, dessen Herrin es beinahe geworden wäre. Außer ihr und einem alten Hühnerhund, mit dem der Baronet in der Zeit seines Schwachsinns in einem Verhältnis gegenseitiger Zuneigung gestanden hatte, besaß der alte Mann keinen einzigen Freund, der ihn hätte betrauern können, da er sich während seines ganzen Lebens nie die geringste Mühe gegeben hatte, einen Freund zu erwerben. Wenn die Besten und Edelsten unter uns, die von dieser Erde scheiden, eine Möglichkeit hätten, zu ihr noch einmal zurückzukehren, so würden sie – vorausgesetzt, daß es dort, wo wir alle einmal weilen werden, noch solche Empfindungen gibt wie hier auf dem Jahrmarkt der Eitelkeit – sich bei der Wahrnehmung, wie bald sich die Überlebenden über den Verlust getröstet haben, wohl nicht wenig gekränkt fühlen. So ward also auch Sir Pitt vergessen, ebenso wie die Gütigsten und Besten unter uns, nur einige Wochen früher. Wer dazu Lust hat, mag seine irdischen Überreste zum Grabe geleiten, wohin sie an dem festgesetzten Tage in der passendsten Weise getragen und von der in Trauerkutschen sitzenden Familie begleitet wurden, die mit Taschentüchern vor den Gesichtern auf die Tränen wartete, die nicht kommen wollten. Der Leichenbesorger und seine Leute zeigten tiefen Gram, die Pächter trauerten aus Rücksicht auf den neuen Besitzer, die Kutschen der benachbarten Gutsbesitzer aus einem Umkreis von drei Meilen folgten leer, aber in tiefer Betrübnis, und der Pfarrer sprach in der hergebrachten Form von ›unserm lieben heimgegangenen Bruder‹. Solange wir noch den Leichnam eines unserer Angehörigen in unserem Hause haben, lassen wir unsere Eitelkeit an ihm aus, umgeben ihn mit allerlei Torheiten und Zeremonien, stellen ihn aus, legen ihn in einen Sarg mit vergoldeten Nägeln und Samtdecke und beschließen unsere Ehrfurchtserweisungen damit, daß wir einen mit Lügen vollgeschriebenen
102

Stein darüberlegen. Butes Hilfsprediger, ein gewandter junger Oxforder, und Sir Pitt Crawley verfaßten gemeinsam eine schöne lateinische Grabschrift für den verstorbenen, allgemein betrauerten Baronet, und der junge Geistliche hielt ihm eine klassische Leichenrede, in der er die Überlebenden ermahnte, sich nicht zu sehr dem Kummer hinzugeben, und sie in den achtungsvollsten Ausdrücken darauf hinwies, daß auch an sie eines Tages die Aufforderung ergehen werde, durch jenes düstere, geheimnisvolle Tor zu schreiten, das sich soeben hinter ihrem vielbeweinten Mitbruder geschlossen habe. Dann stiegen die Pächter wieder zu Pferde oder gingen ins Wirtshaus zum Crawley-Wappen und stärkten sich dort durch einen Trunk. Die Kutschen der Gutsbesitzer rollten, nachdem die Kutscher in der Leutestube von Queen's Crawley ein Frühstück zu sich genommen hatten, wieder ihren verschiedenen Bestimmungsorten zu. Die Leute des Leichenbesorgers packten die Seile, Sargtücher, Samtdecken, Straußenfedern und übrigen Begräbnisrequisiten zusammen, kletterten auf das Dach des Leichenwagens und fuhren nach Southampton davon. Ihre Gesichter nahmen, sobald die Pferde das Parktor hinter sich gelassen hatten und auf der offenen Landstraße in einen munteren Trab fielen, wieder ihren natürlichen Ausdruck an, und im weiteren Verlauf der Fahrt konnte man ihre schwarzen Gestalten vor mehreren Wirtshäusern sitzen sehen, wo ihre zinnernen Bierkrüge in der Sonne blitzten. Sir Pitts Rollstuhl wurde in einen Geräteschuppen im Garten geschoben. Der alte Hühnerhund heulte in der ersten Zeit noch manchmal, aber dies waren auch die einzigen Trauertöne, die in dem Schloß zu hören waren, dessen Gebieter der Baronet Sir Pit Crawley ungefähr sechzig Jahre lang gewesen war.

Da die Rebhühner in jenem Jahre gerade sehr zahlreich waren und die Jagd auf diese Vögel für einen englischen

Edelmann mit staatsmännischen Neigungen gewissermaßen
eine Art von Pflicht ist, so ging Sir Pitt Crawley, sobald der
erste, heftigste Schmerz vorüber war, in einem weißen Hut
mit Trauerflor auf die Jagd. Der Anblick dieser Stoppel- und
Rübenfelder, die nun sein Eigentum waren, bereitete ihm
manche geheime Freude. Manchmal nahm er in einer Anwandlung von Demut keine Flinte mit, sondern ging nur
mit einem friedlichen Bambusstock aus, während neben ihm
sein großer, dicker Bruder Rawdon und die Wildhüter lustig
drauflosknallten. Pitts Geld und Landbesitz beeindruckten
seinen Bruder gewaltig. Der bettelarme Oberst wurde ganz
unterwürfig und ehrerbietig gegen das Oberhaupt der Familie und verachtete den schwächlichen Pitt nicht mehr.
Rawdon hörte aufmerksam zu, wenn sein älterer Bruder
seine Pläne hinsichtlich der Anpflanzungen und Entwässe-
rungsanlage entwickelte, gab seine Ratschläge über Pferde
und Vieh, ritt nach Mudbury hinüber, um eine Stute anzusehen, die ihm als Reitpferd für Lady Jane passend erschien, und erbot sich, sie zuzureiten. Kurz, der aufsässige
Dragoner benahm sich ganz demütig und bescheiden und
bildete sich zu einem höchst musterhaften jüngeren Bruder aus. Er erhielt von Miß Briggs aus London beständig
Berichte über den kleinen Rawdon, der dort geblieben war
und manchmal auch selbst schrieb. ›Es geht mir ganz gut‹,
meldete er. ›Ich hoffe, es geht Dir auch gut. Ich hoffe, es
geht Mama auch gut. Dem Pony geht es auch gut. Grey
läßt mich im Park reiten. Ich kann Galopp reiten. Ich habe
den kleinen Jungen getroffen, der neulich geritten hat. Er
weinte, wenn er Galopp ritt. Ich weine nicht.‹ Rawdon las
diese Briefe seinem Bruder und Lady Jane vor, die davon
entzückt war. Der Baronet versprach, die Kosten für den
Schulbesuch des Knaben zu übernehmen, und seine gutherzige Frau gab Rebekka eine Banknote mit der Bitte, ihrem
kleinen Neffen dafür ein Geschenk zu kaufen.

Ein Tag folgte dem andern, und die Damen des Hauses füllten ihre Zeit mit den ruhigen Beschäftigungen und Vergnügungen aus, in denen die Damen auf dem Lande ihre Befriedigung finden. Die Glocke läutete zu den Mahlzeiten und zu den Andachten. Die jungen Mädchen übten jeden Morgen nach dem Frühstück auf dem Klavier, wobei ihnen Rebekka nützliche Anweisungen gab. Dann zogen sie derbe Schuhe an und gingen in den Park und in die Sträucherpflanzungen oder auch durch den Zaun ins Dorf, wo sie mit Lady Southdowns Medikamenten und Traktätchen in die Hütten eindrangen und die Kranken damit beglückten. Lady Southdown fuhr in einem Ponywagen aus, und Rebekka saß dann meistens neben ihr und lauschte den frommen Reden der verwitweten Gräfin mit dem größten Interesse. Sie sang der Familie abends Händel und Haydn vor und fing eine große Strickarbeit an, wie wenn sie für diese Tätigkeit geboren wäre und diese Lebensweise fortzusetzen beabsichtigte, bis sie in hohem Alter tief betrauert und unter Hinterlassung vieler Staatspapiere ins Grab sinken würde – als ob es keine Sorgen und Gläubiger, keine Listen und Notlügen und keine Armut gäbe, die vor dem Parktore auf sie lauerten, um sich auf sie zu stürzen, sobald sie wieder in die Welt zurückkehren würde.

›Es ist nicht schwer, die Frau eines Landedelmannes zu sein‹, dachte Rebekka. ›Ich glaube, ich könnte eine ganz gute Frau sein, wenn ich fünftausend Pfund jährlich hätte. Ich könnte in der Kinderstube herumpusseln und die Aprikosen an der Mauer zählen. Ich könnte die Pflanzen im Gewächshaus begießen und die trockenen Blätter von den Geranien ablesen. Ich könnte alte Frauen fragen, wie es mit ihrem Rheumatismus stehe, und den Armen für eine halbe Krone Suppe kochen lassen. Diese Ausgabe würde mich bei fünftausend Pfund jährlich nicht allzusehr drücken. Ich könnte sogar zehn Meilen weit zu einem Dinner bei einem Nachbar fahren

und Kleider tragen, wie sie vor zwei Jahren Mode waren. Ich könnte in die Kirche gehen und in dem großen Familienstuhl wach bleiben oder auch hinter dem Vorhang mit heruntergelassenem Schleier schlafen, wenn ich nur erst einige Übung darin hätte. Ich könnte jeden bezahlen, wenn ich nur das nötige Geld besäße. Und das ist es eben, worauf die hiesige Sippschaft so stolz ist. Sie blicken mitleidig auf uns arme Sünder herab, die wir kein Geld haben. Sie halten sich für großmütig, wenn sie unseren Kindern eine Fünfpfundnote geben, und uns für verächtlich, wenn wir über eine solche Summe nicht verfügen.‹ Und wer weiß, ob Rebekka nicht mit ihrer Auffassung recht hatte und ob das, was den Unterschied zwischen ihr und einer anständigen Frau bildete, nicht lediglich eine Frage des Geldes und des Vermögens war? Wer kann, wenn er die Versuchungen mit in Betracht zieht, sagen, daß er besser sei als sein Nachbar? Wenn glückliche, behagliche Lebensverhältnisse einen Menschen auch nicht ehrlich machen, so ermöglichen sie es ihm doch wenigstens, ehrlich zu bleiben. Ein Alderman, der von einem Festmahl kommt, bei dem er Schildkrötensuppe gespeist hat, wird nicht aus seinem Wagen steigen, um eine Hammelkeule zu stehlen; aber laßt ihn tüchtig hungern, und dann seht einmal zu, ob er nicht einen Laib Brot entwenden wird. Becky fand einen gewissen Trost darin, in dieser Art die Möglichkeiten abzuwägen und Tugendhaftigkeit und Schlechtigkeit aus einer einheitlichen Ursache zu erklären.
Die alten Örtlichkeiten, die alten Felder und Wälder, die Gebüsche und Teiche und Gärten, die Zimmer des alten Hauses, wo sie vor sieben Jahren ein paar Jahre gelebt hatte, wurden alle von ihr mit lebhaftem Interesse wieder besucht. Sie war hier jung gewesen oder wenigstens verhältnismäßig jung – denn die Zeit, wo sie *wirklich* jung gewesen war, hatte sie vergessen – und sie erinnerte sich an ihre damaligen Gedanken und Gefühle und verglich sie mit
106

denen, die sie jetzt erfüllten, nachdem sie die Welt gesehen und mit vornehmen Leuten verkehrt und sich weit über ihre ursprüngliche bescheidene Stellung erhoben hatte.

›Ich habe mich hinaufgearbeitet, weil ich Verstand habe‹, dachte Becky, ›und fast alle anderen Menschen in der Welt dumm sind. Ich könnte jetzt nicht wieder umkehren und mit den Leuten leben, mit denen ich in meines Vaters Atelier so oft zusammenkam. Jetzt kommen Lords mit hohen Orden zu meiner Tür statt der armen Künstler mit Schnupftabaksdosen in der Tasche. Ich habe einen Edelmann zum Gatten und eine Grafentochter zur Schwägerin in demselben Hause, in dem ich vor wenigen Jahren kaum etwas Besseres als eine Dienerin war. Aber geht es mir etwa jetzt viel besser in der Welt als damals, wo ich die Tochter eines armen Malers war und dem Krämer, der um die Ecke wohnte, Zucker und Tee abschmeichelte? Hätte ich Francis geheiratet, der mich so sehr liebte, – viel ärmer, als ich jetzt bin, hätte ich dann auch nicht sein können. Ach ja, ich wünschte, ich könnte meine Stellung in der Gesellschaft und alle meine vornehmen Verwandten hingeben und dafür eine nette Summe in dreiprozentigen Staatspapieren eintauschen.‹ Von dieser Seite betrachtete Becky die Eitelkeit aller menschlichen Dinge, und in solchem sicheren Grunde hätte sie gern ihr Lebensschiff verankert.

Vielleicht kam ihr auch der Gedanke, daß Ehrlichkeit und Bescheidenheit, treue Pflichterfüllung und beharrliche Verfolgung des geraden Wegs sie dem Glück ebenso nahe gebracht haben würden als der Pfad, auf dem sie es zu erreichen strebte. Aber wie die Kinder in Queen's Crawley um das Zimmer herumgingen, in dem die Leiche ihres Vaters lag, so pflegte auch Becky, wenn sie wirklich einmal solche Gedanken hatte, darum herum zu gehen und sie nicht näher ins Auge zu fassen. Sie wich ihnen aus und verachtete sie, und jedenfalls hatte sie sich auf den anderen Pfad schon so weit eingelassen, daß eine Rückkehr nun unmöglich war. Ich für mein Teil glaube, daß von allen moralischen Empfindungen des Menschen die Reue am wenigsten Tatkraft besitzt und, wenn sie erwacht, am leichtesten ertötet werden kann und bei manchen Menschen überhaupt nie erwacht. Wir sind betrübt, wenn wir uns ertappt sehen und wenn wir an die Schande und an die Strafe denken; aber das bloße Bewußtsein, Unrecht getan zu haben, macht nur sehr wenige Menschen auf diesem Jahrmarkt des Lebens unglücklich.

So erwarb sich also Rebekka während ihres Aufenthalts in Queen's Crawley unter den Besitzern des ungerechten Mammons so viele Freunde, als es ihr nur möglich war. Lady Jane und ihr Mann nahmen mit den wärmsten Freundschaftsbeteuerungen von ihr Abschied. Sie sagten, sie freuten sich schon auf die Zeit, wo das Familienhaus in der Gaunt Street erneuert und verschönert sein würde und sie in London wieder mit Becky zusammentreffen könnten. Lady Southdown hatte ihr ein Päckchen Medikamente zurechtgemacht und gab ihr einen Brief an den Reverend Lawrence Grills mit, in dem sie diesen Herrn beschwor, den Feuerbrand, der diesen Brief überbringe, vor dem Verbrennen zu retten. Pitt brachte das Rawdonsche Ehepaar in einer vierspännigen Kutsche bis Mudbury, wohin er ihr Gepäck nebst einer großen Menge Wildbret schon vorher mit einem Wagen hatte bringen lassen.

»Wie glücklich werden Sie sein, Ihren lieben kleinen Knaben wiederzusehen!« sagte Lady Crawley, als sie von ihrer Schwägerin Abschied nahm.

»Ach ja, überaus glücklich!« erwiderte Rebekka und blickte mit ihren grünen Augen zum Himmel. Sie freute sich unendlich, das Gut zu verlassen, und ging anderseits doch ungern fort. In Queen's Crawley war es zwar abscheulich langweilig, aber die Luft war dort doch reiner als die, die sie einzuatmen gewohnt war. Die Leute waren dort alle nur

108

einfältig, aber sie waren in ihrer Weise freundlich gegen sie gewesen. ›Das kommt alles von dem langjährigen Besitze dreiprozentiger Staatspapiere‹, sagte sich Becky und hatte wahrscheinlich recht damit.

Die Londoner Straßenlaternen leuchteten ihnen fröhlich entgegen, als die Landkutsche in Piccadilly hineinrollte, und Miß Briggs hatte in der Curzon Street ein schönes Feuer gemacht, und der kleine Rawdon war noch auf, um seinen Papa und seine Mama bei ihrer Heimkehr zu bewillkommnen.

SIEBENTES KAPITEL
Welches von der Familie Osborne handelt

Es ist schon eine ziemlich lange Zeit verflossen, seit wir unsern achtungswerten Freund, den alten Mr. Osborne vom Russell Square, zum letztenmal gesehen haben. Er ist seitdem nicht der glücklichste der Sterblichen gewesen. Es sind Ereignisse eingetreten, die seine Stimmung nicht verbessert haben, und in mehr als einem Fall ist es ihm nicht vergönnt gewesen, seinen Kopf durchzusetzen. Eine Versagung dieses billigen Verlangens hatte den alten Herrn schon von jeher sehr aufgebracht, und jetzt, da Gicht, Alter, Vereinsamung und mancherlei Enttäuschungen zusammenkamen, um ihn niederzudrücken, erbitterte ihn jeder Widerstand doppelt so stark. Sein straffes schwarzes Haar färbte sich bald nach dem Tod seines Sohnes weiß; sein Gesicht wurde röter, und seine Hände zitterten immer mehr und mehr, wenn er sich sein Glas Portwein eingoß. Seinen Angestellten in der City machte er das Leben herzlich sauer, und seine Familie zu Hause hatte es nicht viel besser. Ich zweifle, ob Rebekka, die wir so fromm um Staatspiere haben beten sehen, ihre Armut und die Aufregung und die Gewinnmöglichkeiten ihres tollkühnen Lebens für Osbornes Geld und die düstere Langeweile, die ihn umgab, hingegeben haben würde. Er hatte Miß Swartz einen Heiratsantrag gemacht, war aber von den Angehörigen dieser Dame höhnisch abgewiesen worden, die sie mit einem jungen Sprößling des schottischen Adels verheirateten. Osborne wäre seinem Charakter nach der Mann dazu gewesen, eine Frau aus niederem Stande zu heiraten und sie nachher furchtbar zu peinigen; aber da er kein weibliches Wesen fand, das seinem Geschmack zugesagt hätte, so tyrannisierte er statt dessen zu Hause seine unverheiratete Tochter. Sie hatte einen schönen Wagen und schöne Pferde und saß an der Spitze einer Tafel, die mit dem prachtvollsten Silbergeschirr besetzt war. Sie hatte ein Scheckbuch, einen erstklassigen Diener, der bei Ausgängen hinter ihr herging, und unbeschränkten Kredit. Alle Geschäftsleute verbeugten sich tief vor ihr und behandelten sie mit der größten Achtung. So mangelte ihr nichts, was eine reiche Erbin sich nur wünschen kann, aber sie führte ein trauriges Dasein. Die kleinen Waisenmädchen im Findelhaus, die Straßenfegerin, das ärmste Küchenmädchen in der Leutestube waren glücklich im Vergleich mit dieser bedauernswerten, nun schon in mittleren Jahren stehenden jungen Dame.

Frederick Bullock, von der Firma Bullock, Hulker & Bullock, hatte Maria Osborne geheiratet, aber nicht ohne dabei viele Schwierigkeiten zu machen und zu murren und zu knurren. Da George tot und von seinem Vater enterbt war, verlangte Frederick, das halbe Vermögen des alten Herrn solle seiner Maria vermacht werden, und weigerte sich tatsächlich längere Zeit, unter anderen Bedingungen ›das Geschäft abzuschließen‹ (dies war Mr. Fredericks eigener Ausdruck). Osborne entgegnete, Fred habe sich bereit erklärt, seine Tochter mit zwanzigtausend Pfund zu nehmen, und über diesen Betrag hinaus wolle er sich zu nichts verpflichten. Fred möge das Angebot annehmen, dann solle er ihm als Schwiegersohn willkommen sein, oder es ablehnen, dann könne er sich zum

Teufel scheren. Fred, dessen Hoffnungen durch Georges Enterbung schon bedeutend gestiegen waren, glaubte sich von dem alten Kaufmann schmählich betrogen und tat eine Zeit lang, als wollte er das Verhältnis vollständig lösen. Osborne brach seine Verbindung zu Bullock & Hulker ab, nahm zur Börse eine Reitpeitsche mit, die, wie er schwur, der Rücken eines gewissen Schurken, den er nicht nennen wolle, zu fühlen bekommen solle, kurz, er betrug sich mit seiner gewöhnlichen Heftigkeit. Jane Osborne sprach während dieser Familienfehde ihrer Schwester Maria ihre Teilnahme aus. »Ich habe dir immer gesagt, Maria«, bemerkte sie tröstend, »daß er dein Geld liebte und nicht dich.«

»Jedenfalls hat er doch mich und mein Geld gewählt und nicht dich und das deinige«, erwiderte Maria und warf den Kopf in den Nacken.

Der Bruch war jedoch nur vorübergehend. Freds Vater und seine älteren Teilhaber rieten ihm, Maria auch mit den abgemachten zwanzigtausend Pfund zu nehmen, die er zur Hälfte bar und zur Hälfte bei Mr. Osbornes Tode ausgezahlt bekommen sollte; die Möglichkeit einer weiteren Verteilung des Vermögens bleibe ja immer noch bestehen. So ließ er sich denn ›breitschlagen‹ (um wieder seinen eigenen Ausdruck zu gebrauchen) und schickte den alten Hulker mit Friedensanerbietungen an Osborne. Er ließ sagen, sein Vater sei es gewesen, der von der Heirat nichts habe hören wollen und Schwierigkeiten gemacht habe; er selbst wünsche durchaus, die Verlobung aufrecht zu erhalten. Diese Entschuldigung nahm Mr. Osborne, wenn auch mit recht mürrischem Gesicht, an. Hulker und Bullock waren in der Aristokratie der City eine hochangesehene Familie und mit der vornehmen Welt in Westend verwandt. Es schmeichelte dem alten Mann, zu anderen Leuten sagen zu können: ›Mein Schwiegerson von der Firma Hulker, Bullock & Co.‹, oder ›die Base meiner Tochter, Lady Mary Mango, eine Tochter des hochgeborenen Grafen von Castlemouldy‹. In seiner Phantasie sah er sein Haus bereits voll von hochadligen Gästen. So vergab er denn dem jungen Bullock und erklärte sich damit einverstanden, daß die Hochzeit nunmehr stattfinden solle.

Es war eine großartige Feier. Die Verwandten des Bräutigams gaben das Frühstück, da ihre Wohnungen am Hanover Square in der Nähe der Sankt-Georgs-Kirche lagen, wo das Geschäft seinen Abschluß fand. Der Adel von Westend war eingeladen, und viele vornehme Leute trugen sich in das Kirchenbuch ein. Mr. Mango und Lady Mary Mango waren mit ihren lieben jungen Töchtern Gwendoline und Guinever Mango als Brautjungfern zugegen; ferner Oberst Bludyer von den Gardedragonern (ältester Sohn der Firma Gebrüder Bludyer in der Mincing Lane) nebst einem anderen Vetter des Bräutigams und die ehrenwerte Mrs. Bludyer. Weiter waren anwesend der ehrenwerte George Boulter, ein Sohn von Lord Levant, und seine Gemahlin, eine geborene Mango, Lord Viscount Castletoddy, der ehrenwerte James McMull und Mrs. McMull (die frühere Miß Swartz) und noch eine ganze Menge anderer angesehener Persönlichkeiten, die alle in die Lombard Street hineingeheiratet und viel zur gesellschaftlichen Hebung von Cornhill beigetragen hatten.

Das junge Paar hatte ein Haus in der Nähe des Berkeley Square und eine kleine Villa in Roehampton in der dortigen Bankierskolonie. Die Damen von Freds Familie waren der Ansicht, daß er eigentlich eine Ehe unter seinem Stande geschlossen habe; wenn auch der Großvater dieser Damen eine Armenschule besucht hatte, so waren sie doch durch ihre Männer mit einigen der vornehmsten Geschlechter Englands verwandt geworden. Maria sah sich also genötigt, durch ganz besonderen Stolz und große Sorgfalt in der Einrichtung ihres Gästebuchs die Mängel ihrer Herkunft wettzumachen, und erachtete es für ihre Pflicht, mit ihrem Vater und mit ihrer Schwester möglichst wenig in Berührung zu kommen.

Selbstverständlich konnte nicht die Rede davon sein, daß sie einen vollständigen Abbruch des Verkehrs mit dem alten Mann beabsichtigt hätte, der doch noch über so viele tausend Pfund zu verfügen hatte. Fred Bullock würde ihr das nie gestattet haben. Aber sie war noch jung und unfähig, ihre Gefühle zu verbergen: sie lud ihren Papa und ihre Schwester zu ihren Gesellschaften dritten Ranges ein, benahm sich, wenn sie erschienen, kühl gegen sie, vermied es, nach dem Russell Square zu kommen, und bat ihren Vater ungeziemenderweise, er möchte doch aus dieser häßlichen, gemeinen Gegend wegziehen. Durch dieses Verhalten richtete sie mehr Schaden an, als Freds ganze Diplomatie wieder gutmachen konnte, und gefährdete in leichtfertiger, unbesonnener Weise ihre Erbschaftsaussichten.

»Also der Russell Square ist nicht gut genug für Mrs. Maria, was?« sagte der alte Herr und zog die Wagenfenster in die Höhe, als er und seine Tochter eines Abends von Mrs. Frederick Bullock nach dem Dinner nach Hause fuhren. »Also ihren Vater und ihre Schwester ladet sie zu einem Dinner ein, bei dem es die Reste vom vorigen Tage gibt – denn wenn diese Nebengerichte oder ›Angträhs‹, wie sie sie nennt, nicht schon gestern auf den Tisch gekommen sind, will ich verdammt sein – und wir müssen da mit Leuten aus der City und Literaten zusammen sein, während sie die Grafen und die Ladies und die andere vornehme Gesellschaft für sich behält! Vornehme Gesellschaft? Hol sie der Teufel! Ich bin ein einfacher englischer Kaufmann, aber ich habe mehr als die ganze Bettlerbande zusammen. Was für Lords sind das? Ich habe auf einer Soiree bei Maria einen von ihnen mit so einem lumpigen Fiedler reden sehen, mit einem Kerl, den ich in tiefster Seele verachte. Und solche Lords wollen nicht nach dem Russell Square kommen! Na, ich

will mich hängen lassen, wenn ich nicht ein besseres und
teureres Glas Wein habe und schöneres Silbergerät aufweisen und ein besseres Dinner auf meinen Tisch bringen kann,
als sie jemals auf dem ihrigen gesehen – die kriecherischen,
armseligen, hochmütigen Narren! Fahr schnell zu, James,
damit ich schnell nach dem Russell Square zurückkomme,
haha!« Und er sank mit einem wütenden Auflachen in seine
Ecke zurück. Mit solchen Betrachtungen über seinen eigenen
höheren Wert pflegte der alte Herr sich häufig zu trösten.
Jane Osborne konnte diesen Ansichten über das Benehmen
ihrer Schwester nur beipflichten; und als Mrs. Fredericks
erstes Kind, Frederick Augustus Howard Stanley Devereux
Bullock, geboren war, beschränkte der alte Osborne, der zur
Taufe eingeladen und um Übernahme einer Patenstelle gebeten war, sich darauf, dem Kinde einen goldenen Becher zu
schicken, in dem zwanzig Guineen für die Amme lagen. »Das
ist mehr, als einer von euren Lords geben wird«, sagte er
und lehnte es ab, der Tauffeier beizuwohnen.
Die Großartigkeit des Geschenkes rief jedoch in der Familie
Bullock große Befriedigung hervor. Maria dachte, ihr Vater
sei ihr sehr freundlich gesinnt, und Frederick zog daraus die
hoffnungsvollsten Schlüsse für seinen kleinen Erstgeborenen.
Man kann sich vorstellen, mit welchen peinlichen Empfindungen Miß Jane in ihrer Einsamkeit am Russell Square die
›Morning Post‹ las, in der der Name ihrer Schwester ab und
zu in den Artikeln mit der Überschrift ›Gesellschaften in
vornehmen Kreisen‹ vorkam und wo sie auch die Beschreibung des Kleides lesen konnte, das Mrs. F. Bullock getragen hatte, als sie von Lady Frederica Bullock bei Hofe vorgestellt wurde. In Janes eigenem Leben kamen, wie schon
gesagt, solche großartigen Ereignisse nicht vor. Es war ein
schreckliches Dasein. Sie mußte im Winter am dunklen
Morgen aufstehen, um das Frühstück für ihren mürrischen
alten Vater zu bereiten, der einen greulichen Lärm durch das

ganze Haus gemacht hätte, wenn sein Tee nicht um halb neun fertig gewesen wäre. Sie saß ihm schweigend gegenüber, horchte auf das Summen des Teekessels und schwebte in beständiger Angst, während der Vater seine Zeitung las und seine gewöhnliche Portion Tee und Weißbrot zu sich nahm. Um halb zehn stand er auf und fuhr nach der City, und sie war nun bis zur Dinnerzeit beinah ihre eigene Herrin: sie konnte Besuche in der Küche machen und die Dienstboten ausschelten, konnte ausfahren und in Läden gehen, deren Besitzer außerordentlich achtungsvoll gegen sie waren, konnte ihre und ihres Vaters Karten in den großen, düsteren, prächtigen Häusern der Freunde der Familie in der City abgeben, oder sie konnte auch allein in dem großen Salon sitzen, Besuche erwarten und am Kaminfeuer auf dem Sofa, dicht neben der großen Iphigenia-Uhr, deren lautes Ticken und Schlagen in dem öden Raum unheimlich tönte, an einer ungeheuren Wollstrickerei arbeiten. Der große Spiegel über dem Kamin und ein ihm gegenüber befindlicher großer Pfeilerspiegel am andern Ende des Zimmers vervielfältigten den zwischen ihnen hängenden braunen Leinwandbeutel, in dem der Kronleuchter stak, so daß man diese braunen Leinwandbeutel in endloser Verkürzung immer kleiner und kleiner werden sah und dieses Zimmer, in dem Miß Osborne saß, als der Mittelpunkt eines ganzen Systems von Salons erschien. Wenn sie die Lederdecke von dem großen Klavier abnahm und ein paar Töne darauf anzuschlagen wagte, klang es trübselig und traurig und erweckte ein melancholisches Echo im Hause. Georges Bild war abgenommen und in eine Bodenkammer gelegt worden; und obwohl er nicht vergessen war und Vater und Tochter oft instinktiv voneinander wußten, daß sie an ihn dachten, wurde doch nie von dem tapferen und einst so geliebten Sohn gesprochen. Um fünf Uhr kam Mr. Osborne zum Dinner zurück, das er und seine Tochter schweigend einnahmen – wenn er nicht schalt und tobte, weil das Essen nicht nach seinem Geschmack war – und das sie zweimal im Monat mit einer Gesellschaft langweiliger Freunde von Osbornes Rang und Alter teilten. Dann kamen der alte Doktor Gulp und seine Frau vom Bloomsbury Square, der alte Rechtsanwalt Mr. Frowser aus der Bedford Row, ein sehr bedeutender Mann, der durch seinen Beruf mit dem Adel in Westend auf vertrautem Fuße stand, der alte Oberst Livermore, der früher bei den Truppen in Bombay gedient hatte, und Mrs. Livermore vom Upper Bedford Place, der alte Justizrat Toffy, manchmal auch der alte Sir Thomas Coffin und Lady Coffin vom Bedford Square. Sir Thomas war berühmt als höllisch feiner Weinkenner, und wenn er bei Mr. Osborne speiste, kam immer der allerbeste braunrote Portwein auf den Tisch.

Diese Leute und ihresgleichen luden den geldstolzen Kaufmann vom Russell Square gleichfalls zu verschwenderischen Dinners ein. Sie spielten mit feierlichem Ernst Whist, wenn sie nach dem Trinken in den Salon hinaufkamen, und ihre Wagen mußten um halb elf vorfahren. Viele reiche Leute, die wir armen Teufel zu beneiden pflegen, sind mit einem Leben wie dem oben beschriebenen zufrieden. Miß Jane kam kaum jemals mit einem Mann unter sechzig Jahren zusammen, und der berühmte Frauenarzt Mr. Smirk war fast der einzige Junggeselle, der mit Osbornes gesellschaftlich verkehrte.

Indes fehlte es nicht ganz an Ereignissen, durch die die Eintönigkeit dieses schrecklichen Daseins unterbrochen wurde. Es gab nämlich in dem Leben der armen Jane ein Geheimnis, das ihren Vater noch wütender und grimmiger gemacht hätte, als er es durch seine Natur, durch seinen Hochmut und durch übermäßiges Essen ohnehin schon war. Dieses Geheimnis hing mit Miß Wirt zusammen, die einen Künstler, Mr. Smee, zum Vetter hatte, der später als Porträtmaler und Mitglied der Königlichen Akademie berühmt geworden ist, damals aber froh war, wenn er vornehmen Damen Zeichenstunde geben konnte. Mr. Smee hat jetzt vergessen, wo der Russell Square liegt, aber im Jahre 1818, als Miß Osborne bei ihm Unterricht hatte, kam er mit großem Vergnügen dorthin.

Smee (ein früherer Schüler von Sharpe in der Frith Street, einem Mann von bedeutenden künstlerischen Fähigkeiten, der es aber infolge seines unordentlichen, ausschweifenden Lebenswandels in der Welt zu nichts brachte) war also, wie gesagt, ein Vetter von Miß Wirt und wurde durch diese bei Miß Osborne eingeführt, deren Hand und Herz nach verschiedenen unbefriedigend verlaufenen Liebschaften noch frei waren. Bald fühlte er eine große Zuneigung zu dieser Dame und erweckte, wie man behauptet, in ihrer Brust die gleichen Empfindungen. Miß Wirt war die Vertraute des heimlichen Liebespaares. Ich weiß nicht, ob sie das Zimmer verließ, in dem der Lehrer und seine Schülerin malten, um ihnen die Möglichkeit zum Austausch jener Schwüre und Gefühlsbeteuerungen zu geben, die sich in Gegenwart eines Dritten nicht wohl aussprechen lassen; ich weiß auch nicht, ob sie hoffte, wenn es ihrem Vetter gelänge, die reiche Kaufmannstochter heimzuführen, werde er ihr etwas von dem Reichtum abgeben, den er ihrer Beihilfe verdanke. Sicher ist nur, daß Mr. Osborne von dem Liebeshandel Wind bekam, eines Tages unerwartet früh aus der City heimkehrte und mit seinem Bambusstock in den Salon trat; daß er dort den Maler, die Schülerin und die Gesellschafterin alle mit schrecklich bleichen Gesichtern vorfand; daß er ihn mit der Drohung, ihm alle Knochen im Leibe zu zerbrechen, wenn er sich noch einmal blicken lasse, zur Tür hinauswarf und eine halbe Stunde darauf Miß Wirt ebenfalls entließ, und zwar in solcher Wut, daß er ihre Koffer mit Fußtritten die Treppe hinunterstieß, auf ihren Hutschachteln herumtrampelte und die Faust nach der Droschke zu schüttelte, in der sie davonfuhr.

Mehrere Tage lang verließ Jane Osborne nicht ihr Schlafzimmer. Sie durfte sich seitdem keine Gesellschafterin mehr halten. Ihr Vater schwur ihr zu, sie solle keinen Schilling von seinem Vermögen erhalten, wenn sie ohne seine Zustimmung heirate; und da er einer weiblichen Person zur Führung seines Haushaltes bedurfte, so ließ er sie überhaupt nicht heiraten, so daß sie sich genötigt sah, alle Pläne, in denen Gott Amor eine Rolle spielte, aufzugeben. So mußte sie sich denn darein fügen, solange ihr Papa lebte, die hier geschilderte Lebensweise zu führen und eine alte Jungfer zu werden. Inzwischen bekam ihre Schwester Jahr für Jahr Kinder mit immer schöneren Namen, und der Verkehr zwischen den beiden Schwestern wurde immer schwächer. »Jane und ich bewegen uns nicht in der gleichen Lebenssphäre«, sagte Mrs. Bullock. »Ich vergesse natürlich nicht, daß sie meine Schwester ist« – was bedeutet – ja, was bedeutet es wohl, wenn eine Dame sagt, sie vergesse nicht, daß Jane ihre Schwester sei?

Wir haben schon erzählt, daß die Misses Dobbin mit ihrem Vater in einer schönen Villa in Denmark Hill lebten, wo es in den Treibhäusern so prächtige Trauben und an den Spalieren so köstliche Pfirsiche gab, von denen der kleine George Osborne entzückt war. Die Misses Dobbin, die oft nach Brompton hinüberfuhren, um unsere liebe Amelia zu besuchen, kamen manchmal auch nach dem Russel Square, um ihrer alten Bekannten Miß Osborne einen Besuch zu machen. Daß sie sich gegen Georges Witwe aufmerksam benahmen, geschah, wie ich glaube, auf ausdrückliches Verlangen ihres Bruders, des Majors in Indien, denn der Major, der Pate und Vormund von Amelias kleinem Knaben, hoffte immer noch, daß der Großvater des Kindes sich bewegen ließe, seinen Groll gegen ihn aufzugeben und ihn um seines Sohnes willen als Enkel anzuerkennen. Die Misses Dobbin hielten Miß Osborne über Amelias Ergehen auf dem lau-

fenden. Sie erzählten ihr, daß sie in sehr ärmlichen Verhältnissen bei ihren Eltern lebe und daß es ihnen unbegreiflich
sei, was Männer wie ihr Bruder und der liebe Hauptmann
Osborne an einem so unbedeutenden kleinen Wesen finden
könnten. Sie wäre noch immer das gleiche weichliche und
sentimentale Geschöpf wie früher, ihr Söhnchen aber sei
wirklich der schönste kleine Knabe, den sie je gesehen hätten. Für kleine Kinder haben alle Frauen ein warmes
Herz, und die säuerlichste alte Jungfer ist freundlich gegen
sie.

Eines Tages erlaubte Amelia nach vielen Bitten der Misses
Dobbin dem kleinen George, mit ihnen zu fahren und einen
ganzen Tag bei ihnen in Denmark Hill zu verleben, und sie
selbst verwendete einen Teil dieses Tages dazu, an den Major nach Indien zu schreiben. Sie gratulierte ihm zu dem
glücklichen Ereignis, von dem seine Schwestern sie soeben
in Kenntnis gesetzt hätten; sie bete für sein Glück und für
das Glück der von ihm erwählten Braut. Sie dankte ihm für
die tausend und aber tausend Beweise seiner Güte und
treuen Freundschaft, die er ihr in der Zeit ihrer Prüfungen
gegeben habe. Dann teilte sie ihm das Neueste über den
kleinen George mit, der gerade diesen Tag bei seinen Schwestern auf dem Lande verlebe. Sie unterstrich viele Sätze in
dem Brief und unterzeichnete sich als seine ›aufrichtige
Freundin Amelia Osborne‹. Sie vergaß, freundliche Grüße
für Lady O’Dowd beizufügen, was sie sonst zu tun pflegte,
und nannte auch Glorvina nicht mit Namen, sondern sprach
von ihr nur als von der Braut des Majors, auf die sie den
Segen des Himmels herabflehe. Aber die Nachricht von der
Heirat hatte die Zurückhaltung beseitigt, die sie sich bisher
ihm gegenüber auferlegt hatte. Sie freute sich, es ihm jetzt
offen aussprechen zu dürfen, welche warme Dankbarkeit sie
ihm gegenüber empfinde, – und was den Gedanken betraf,
daß sie auf Glorvina eifersüchtig sein könnte (auf Glorvina

noch dazu!), so würde Amelia darüber gelacht haben, selbst
wenn ein Engel vom Himmel so etwas angedeutet hätte.

Als George an diesem Abend in dem Ponywagen, von dem
er so entzückt war, von Sir William Dobbins altem Kutscher
nach Hause gebracht wurde, trug er eine schöne goldene
Kette mit einer Uhr um den Hals. Er sagte, eine häßliche
alte Dame habe sie ihm gegeben, die viel geweint und ihn
oft geküßt habe. Aber er habe sie nicht gern. Trauben habe
er sehr gern. Und seine Mama habe er am allerliebsten.
Amelia fuhr erschrocken zurück. Die furchtsame Seele
wurde von bangen Ahnungen erfüllt, als sie hörte, daß eine
Verwandte von Georges Vater den Knaben gesehen habe.

Miß Osborne kam nach Hause zurück, um mit ihrem Vater
zusammen das Dinner einzunehmen. Er hatte ein gutes Geschäft in der City gemacht, war an diesem Tage ziemlich
guter Laune und bemerkte zufällig die Aufregung, in der sie
sich befand.

»Was ist denn los, Jane?« ließ er sich herab zu fragen.

Das Mädchen brach in Tränen aus. »Ach, Vater,« erwiderte
sie, »ich habe den kleinen George gesehen. Er ist schön wie
ein Engel – und ihm so ähnlich!« Der alte Mann, der ihr
gegenübersaß, antwortete keine Silbe, aber er wurde dunkelrot und zitterte an allen Gliedern.

ACHTES KAPITEL
Worin der Leser das Kap umschiffen muß

Wir müssen den erstaunten Leser ersuchen, sich zehntausend Meilen weit weg nach der Militärstation Bundlegunge,
in der Präsidentschaft Madras in Ostindien, zu versetzen,
wo unsere tapferen alten Freunde vom ...ten Regiment
unter dem Kommando des braven Obersten Sir Michael
O'Dowd in Garnison liegen. Die Zeit ist mit diesem wohlbeleibten Offizier gnädig verfahren, wie sie es meistens mit

120

Männern tut, die neben einem guten Magen eine ruhige
Gemütsart besitzen und ihr Gehirn nicht übermäßig an-
strengen. Der Oberst arbeitet tüchtig mit Messer und Gabel beim Frühstück und ergreift beim Dinner diese Waffen
von neuem mit großem Erfolg. Er raucht nach beiden
Mahlzeiten seine Pfeife und pafft, während seine Frau mit
ihm zankt, mit der gleichen Seelenruhe wie seinerzeit im
Geschützfeuer der Franzosen bei Waterloo. Alter und Hitze
haben die Lebhaftigkeit und Redefertigkeit der Nachfahrin
der Malonys und Molloys nicht vermindert. Die Lady,
unsere alte Bekannte, ist in Madras ebenso zu Hause wie in
Brüssel und weiß im Standort ebenso gut Bescheid wie im
Lager. Auf dem Marsche konnte man sie an der Spitze des
Regiments auf einem königlichen Elefanten thronen sehen –
ein erhebender Anblick! Auf diesem Tiere hat sie auch an
Tigerjagden in den Dschungeln teilgenommen; sie ist von
einheimischen Fürsten empfangen worden, die ihr und
Glorvina gern den Zutritt zu ihren sonst unzugänglichen
Frauengemächern gestattet und ihr Schals und Juwelen an-
geboten haben, die sie schweren Herzens ablehnen mußte.
Die Schildwachen aller Waffengattungen stehen stets vor ihr
stramm, wenn sie sich zeigt, und sie erwidert diese Ehren-
bezeigung dadurch, daß sie ernsthaft die Hand an ihren Hut
legt. Lady O'Dowd ist eine der vornehmsten Damen in der
Präsidentschaft Madras; noch heute erinnert sich dort mancher an ihren Streit mit Lady Smith, der Frau des Richters
Sir Minos Smith, wobei die Frau Oberst der Frau des Richters ein Schnippchen schlug und erklärte, sie würde nie vor
so einer jämmerlichen Zivilistin auch nur einen Zollbreit zu-
rückweichen. Und noch heute, obwohl seitdem schon fünfundzwanzig Jahre vergangen sind, ist es unvergessen, wie
Lady O'Dowd im Gouvernementsgebäude einen Jig vor-
führte, dabei zwei Adjutanten, einen Major von der Madra-
ser Kavallerie und zwei Herren vom Zivildienst müde

tanzte und sich endlich nur auf Zureden Major Dobbins, Ritters des Bathordens, zweiten Kommandeurs des ...ten Regiments, bewegen ließ, in das Speisezimmer zum Abendessen zu kommen – lassata, nondum satiata recessit.

Peggy O'Dowd ist in der Tat noch immer die alte: Herzensgut in ihrem Denken und Handeln, heftig von Gemüt, gebieterisch im Wesen, eine Tyrannin ihres Michael, als Drache unter allen Damen des Regiments verschrien, eine Mutter aller jungen Männer, die sie bei Krankheiten pflegt, in allen Verlegenheiten beschützt und bei denen Lady Peggy außerordentlich beliebt ist. Aber die Frauen der Leutnants und der Hauptleute (der Major ist unverheiratet) halten sich viel über sie auf. Sie sagen, Glorvina bilde sich gar zuviel ein, und Peggy selbst sei von einer unerträglichen Herrschsucht. Sie sprengte eine kleine pietistische Gemeinde, die Mrs. Kirk zustande gebracht hatte, und veranlaßte durch ihr Lachen und Spotten die jungen Männer, die Predigten dieser Dame nicht mehr zu besuchen. Eine Soldatenfrau, sagte sie, sei nicht dazu berufen, den Pastor zu spielen, und Mrs. Kirk täte besser, ihrem Mann die Kleider auszubessern; wenn das Regiment aber Predigten brauche, so besäße sie die schönsten von der Welt, nämlich die ihres Onkels, des berühmten Dekans. Einer Liebelei, die Leutnant Stubble mit der Frau des Arztes angefangen hatte, bereitete sie ein jähes Ende durch die Drohung, sie werde auf schleuniger Rückzahlung des Geldes bestehen, das er von ihr geborgt hatte – denn der junge Mensch neigte immer noch zur Verschwendung –, wenn er nicht sofort das Verhältnis abbreche und mit Krankenurlaub nach dem Kap gehe. Anderseits gewährte sie Mrs. Posky Unterkunft und Schutz bei sich, als diese eines Abends aus ihrer Wohnung vor ihrem wütenden Gatten geflohen war, der sie mit seiner zweiten Flasche Kognak in der Hand verfolgte. Sie brachte dann Posky wirklich durch das Delirium tremens hindurch und

gewöhnte ihm das Trinken ab, das, wie das bei allen üblen Gewohnheiten der Fall ist, ihm schon zu einem unwiderstehlichen Hang geworden war. Kurz gesagt, im Unglück war sie die beste Trösterin und Helferin, aber in guten Zeiten eine recht unbequeme Freundin, da sie stets von sich selbst die allerbeste Meinung hatte und unbeugsam darauf bestand, ihren eigenen Willen durchzusetzen.

So hatte sie unter anderm auch beschlossen, daß Glorvina unsern alten Freund Dobbin heiraten solle. Mrs. O'Dowd wußte, daß der Major in seiner dienstlichen Laufbahn gute Aussichten hatte, und verstand seine trefflichen Eigenschaften und das hohe Ansehen, dessen er sich in seinem Beruf erfreute, recht wohl zu würdigen. Glorvina, eine sehr hübsche junge Dame mit frischem Teint, schwarzem Haar und blauen Augen, die es mit jedem Mädchen der Grafschaft Cork im Reiten und im Spielen von Sonaten aufnahm, schien ihr viel eher die geeignete Persönlichkeit zu sein, Dobbin glücklich zu machen, als die arme, gute, kleine, langweilige Amelia, an der er so sehr hing. »Sehen Sie mal Glorvina an, wenn sie ins Zimmer tritt, und vergleichen Sie sie mit der armen Mrs. Osborne, die nicht die Spur von Energie besitzt! Die paßt zu Ihnen, Major! Sie selbst sind ein ruhiger Mann und brauchen jemand, der für Sie spricht. Und wenn sie auch nicht aus so gutem Stamm ist wie die Malonys oder Molloys, so kann ich Ihnen doch sagen, daß sie einer alten Familie angehört, in die hineinzuheiraten jeder Edelmann stolz sein würde.«

Wir müssen jedoch gestehen, daß Glorvina ihr Heil schon an verschiedenen anderen versucht hatte, bevor sie zu dem Entschluß gekommen war, Major Dobbin durch ihre Reize zu unterjochen. Sie hatte eine Saison in Dublin und wer weiß wie viele in Cork, Killarney und Mallow mitgemacht. Sie hatte mit allen heiratsfähigen Offizieren, die in den Garnisonen ihres Heimatlandes zu finden waren, und mit allen

unverheirateten Gutsbesitzern, die überhaupt nur in Betracht zu kommen schienen, geliebäugelt. Sie war in Irland wohl ein dutzendmal verlobt gewesen, ganz abgesehen von dem Geistlichen in Bath, der nachher so schlecht von ihr gesprochen hatte. Sie hatte während der ganzen Fahrt nach Madras dem Kapitän und dem Ersten Offizier des Ostindienfahrers schöne Augen gemacht und jetzt eine Saison in der Hauptstadt der Präsidentschaft mit ihrem Bruder und Mrs. O'Dowd verlebt, die sich hier aufhielten, während der Major auf der Station den Oberbefehl über das Regiment führte. Jeder bewunderte sie dort, jeder tanzte mit ihr, aber niemand, der wert gewesen wäre, ihr Mann zu werden, machte ihr einen Heiratsantrag. Ein paar außerordentlich jugendliche Leutnants und ein paar bartlose Zivilisten schmachteten sie an, aber sie lehnte diese Verehrer ab, da sie höhere Ansprüche stellen könne, und so kam es, daß andere Mädchen, die jünger waren als Glorvina, vor ihr heirateten. Es gibt Mädchen, und sogar hübsche Mädchen, denen nun einmal dieses Los im Leben beschieden ist. Sie verlieben sich mit der größten Bereitwilligkeit, machen, auch wenn sie schon nahe an den Vierzigen sind, noch Spazierritte und Spaziergänge mit den Offizieren der halben Armee und bleiben doch immer ohne Mann. Glorvina behauptete allerdings, wenn Lady O'Dowd nicht den unglückseligen Streit mit der Frau des Richters gehabt hätte, so würde sie in Madras eine gute Partie gemacht haben; denn der alte Mr. Chutney, der Chef der Zivilverwaltung – er heiratete später eine Miß Dolby, eine junge, erst dreizehnjährige Dame, die eben erst in Europa aus der Pension gekommen war – sei gerade im Begriff gewesen, ihr einen Antrag zu machen.
Obgleich sich nun Lady O'Dowd und Glorvina alle Tage unzählige Male um alles mögliche miteinander zankten (wirklich, hätte Mick O'Dowd nicht das Temperament eines Engels besessen, so wäre er verrückt davon geworden,

124

beständig zwei solche Weiber um sich zu haben), so waren sie doch in dem Punkt unter sich einig, daß Glorvina den Major Dobbin heiraten solle, und sie waren entschlossen, dem Major nicht eher Ruhe zu gönnen, als bis die Sache ins reine gebracht sei. Ohne sich durch vierzig bis fünfzig frühere Niederlagen abschrecken zu lassen, eröffnete Glorvina die Belagerung gegen ihn. Unaufhörlich sang sie ihm irische Lieder vor. Sie fragte ihn so oft und mit solcher Leidenschaft: ›Willst du in die Laube kommen?‹, daß man sich wundern mußte, wie ein Mann von Gefühl es fertigbrachte, dieser Einladung zu widerstehen. Sie wurde nicht müde sich zu erkundigen, ob ›Kummer seine jungen Tage trübe‹, und war wie Desdemona bereit, den Erzählungen von seinen Feldzügen und seinen gefahrvollen Abenteuern zu lauschen und darüber zu weinen. Wir haben früher erwähnt, daß unser braver, lieber alter Freund gern, wenn er allein war, Flöte blies; aber Glorvina bestand darauf, mit ihm Duette zu spielen, und Lady O'Dowd pflegte, wenn das junge Paar in dieser Weise beschäftigt war, aufzustehen und unauffällig das Zimmer zu verlassen. Glorvina zwang den Major, morgens mit ihr spazieren zu reiten. Die ganze Garnison sah die beiden davontraben und zurückkehren. Sie schrieb ihm beständig Kärtchen nach seiner Wohnung, in denen sie ihn bat, ihr Bücher zu leihen, und strich dann mit kräftigen Bleistiftstrichen gefühlvolle oder humoristische Stellen an, die ihr gefallen hatten. Sie lieh sich von ihm seine Pferde, seine Diener, seine Löffel und seine Sänfte: – kein Wunder daher, daß das allgemeine Gerede die beiden als ein Paar betrachtete und daß die Schwestern des Majors in England glaubten, sie würden bald eine Schwägerin bekommen.
Inzwischen befand sich Dobbin trotz der energischen Belagerung, die gegen ihn ins Werk gesetzt wurde, in einem Zustand empörender Seelenruhe. Er pflegte zu lachen, wenn die jungen Offiziere des Regiments ihn mit dem deut-

lichen Entgegenkommen Glorvinas neckten. »Pah,« sagte
er, »sie will nur nicht aus der Übung kommen, sie übt sich
an mir wie an Mrs. Tozers Klavier, weil es das bequemste
Instrument auf der Station ist. Ich bin viel zu alt und ver-
wittert für eine so schöne junge Dame wie Glorvina.« Und
so fuhr er denn ganz fügsam fort, mit ihr auszureiten, Noten
und Gedichte auszusuchen und in ihr Album einzutragen
und mit ihr Schach zu spielen; denn mit diesen harmlosen
Vergnügungen pflegen manche Offiziere in Indien ihre freie
Zeit auszufüllen, während andere von nicht so häuslichem
Charakter auf die Schweinsjagd gehen und Schnepfen schießen oder Hasard spielen, Zigarren rauchen und sich dem
Alkohol ergeben. Sir Michael O'Dowd wurde von seiner
Frau und seiner Schwester häufig bestürmt, er solle den
Major auffordern, sich zu erklären und nicht in dieser
schändlichen Weise ein armes unschuldiges Mädchen auf
die Folter zu spannen; aber der alte Soldat lehnte jede Beteiligung an dieser Verschwörung mit aller Entschiedenheit
ab. »Ich möchte meinen,« sagte Sir Michael, »der Major
wäre groß genug, um allein seine Wahl zu treffen. Er wird
euch schon fragen, wenn er etwas von euch will.« Manch-
mal zog er die Sache auch ins Lächerliche, indem er erklärte,
Dobbin sei noch zu jung zum Heiraten und habe erst nach
Hause geschrieben, um seine Mama um Erlaubnis zu bitten.
Ja, er ging sogar noch weiter und warnte seinen Major unter
vier Augen scherzhaft, indem er sagte: »Seien Sie auf Ihrer
Hut, lieber Dob, die Frauenzimmer führen Böses im
Schilde. Meine Frau hat soeben eine Kiste voll Kleider aus
Europa bekommen, und da ist auch ein rosa Seidenkleid für
Glorvina dabei. Dem werden Sie nicht widerstehen können,
Dob, wenn überhaupt eine Frau oder ein seidenes Kleid im-
stande sind, Eindruck auf Sie zu machen.«
Tatsächlich aber vermochten weder Schönheit noch Eleganz
sein Herz zu erobern. Unser redlicher Freund hatte nur *ein*

Frauenideal, und dieses hatte mit Miß Glorvina O'Dowd im rosa Seidenkleid nicht die geringste Ähnlichkeit. Eine zarte kleine Frau in schwarzem Kleid, mit großen Augen und braunem Haar, die nur selten sprach, wenn sie nicht angeredet wurde, und dann mit einer Stimme, die Miß Glorvinas Stimme in keiner Weise glich – eine sanfte junge Mutter, die ein kleines Kind wiegte und den Major lächelnd heranwinkte, um es zu betrachten, ein rotwangiges Mädchen, das in dem Hause am Russell Square singend ins Zimmer kam oder voll Glückseligkeit und Liebe an George Osbornes Arm hing: nur dieses Bild füllte Tag und Nacht alle Gedanken unseres ehrlichen Majors aus und herrschte in seinem Herzen immer und unbeschränkt. Wahrscheinlich glich Amelia gar nicht dem Bilde, das sich der Major von ihr zurechtgemacht hatte. In einer Modenzeitung seiner Schwestern in England war ein Bild gewesen, das William sich heimlich angeeignet und in den Deckel seines Schreibtisches geklebt hatte, weil er sich einbildete, darin eine gewisse Ähnlichkeit mit Mrs. Osborne zu finden. Ich habe dieses Bild selbst gesehen und kann beschwören, daß es nur das Modell eines hochschließenden Kleides mit einem ganz unmöglichen, geziert lächelnden Puppengesicht darüber war. Die Amelia, die Mr. Dobbin sich vorstellte, glich der wirklichen wahrscheinlich ebensowenig wie dieses lächerliche kleine gedruckte Bild, an dem er seine Freude hatte. Aber wer von uns Männern ist, wenn er verliebt ist, über den Gegenstand seiner Neigung besser unterrichtet? Oder ist er etwa glücklicher, wenn er seinen Irrtum einsieht und gesteht? Dobbin befand sich in der Macht dieses Zaubers. Indes belästigte er seine Freunde und andere Leute nicht sonderlich mit seinen Gefühlen und verlor ihretwegen auch nicht seinen Appetit. Sein Kopf ist etwas ergraut, seit wir ihn zum letztenmal gesehen haben, und in seinem weichen, braunen Haar sind sogar ein paar Silberstreifen zu sehen. Aber seine Gefühle haben sich weder verändert, noch sind sie gealtert, und seine Liebe ist so frisch geblieben wie die Jugenderinnerungen jedes Mannes.

Wir haben erzählt, daß die Damen, mit denen der Major in Europa korrespondierte, nämlich die beiden Misses Dobbin und Amelia, von England aus Briefe an ihn geschrieben hatten und daß Mrs. Osborne ihm in dem ihrigen sehr herzlich und aufrichtig zu seiner bevorstehenden Verheiratung mit Miß O'Dowd Glück gewünscht hatte.

›Ihre Schwester hat soeben die Freundlichkeit gehabt, mich zu besuchen‹, schrieb Amelia, ›und mir von einem interessanten Ereignis Mitteilung zu machen, zu dem ich Ihnen meine *herzlichsten Glückwünsche* aussprechen möchte. Ich hoffe, daß die junge Dame, mit der Sie, wie ich höre, sich *verbinden* wollen, sich in jeder Hinsicht eines Mannes würdig erweisen wird, der selbst so voller Güte und Freundlichkeit ist. Die arme Witwe kann Ihnen nichts darbieten als ihre Gebete und herzlichsten Wünsche für *Ihr Lebensglück!* George sendet *seinem lieben Paten* seine Grüße und hofft, daß Sie ihn nicht vergessen werden. Ich habe ihm erzählt, Sie ständen im Begriff, *andere Bande* zu knüpfen, und zwar mit einer Dame, von der ich überzeugt sei, daß sie *Ihre ganze Liebe* verdiene; aber obgleich solche Bande natürlich die festesten und heiligsten sein und *vor allen andern* den Vorrang haben müßten, so sei ich doch überzeugt, daß die Witwe und das Kind, die Sie immer beschützt und geliebt haben, auch in Zukunft stets *ein Plätzchen in Ihrem Herzen behalten* werden.‹ In dieser Art ging der Brief weiter, und wiederholt beteuerte die Schreiberin in ihm ihre große Freude.

Dieser Brief, der mit demselben Schiff ankam, das auch Lady O'Dowds Kleiderkiste von London herüberbrachte und den Dobbin selbstverständlich vor allen anderen Sendungen öffnete, die ihm die Post gebracht hatte, versetzte den Empfänger in einen solchen Gemütszustand, daß ihm Glorvina und ihr rosa Seidenkleid und alles, was mit ihr zusammenhing, geradezu verhaßt wurde. Er verfluchte das Weibergeschwätz und das ganze weibliche Geschlecht im allgemeinen. Alles verdroß ihn an diesem Tage. Die Parade war unerträglich heiß und langweilig. Herrgott, sollte ein Mann von Verstand sein Leben damit verbringen, Tag für Tag das Riemenzeug zu überprüfen und dumme Kerle einzuexerzieren? Das törichte Gerede der jungen Leute im Kasino war ihm widerwärtiger als je. Was konnte ihm, einem Mann nahe an den Vierzigen, daran liegen, zu wissen, wie viele Schnepfen Leutnant Smith geschossen hatte oder welche Kunststücke Fähnrich Browns Stute machen konnte? Die Witze, die bei Tische gerissen wurden, erfüllten ihn mit einem Gefühl der Scham. Er war zu alt, um die Scherze des Unterarztes und die Späße der jungen Offiziere mit Vergnügen anzuhören, über die der alte O'Dowd mit seinem kahlen Kopf und roten Gesicht herzlich lachte. Der alte Mann hatte diese Witze nun schon dreißig Jahre lang mit angehört, und Dobbin selbst kannte sie seit fünfzehn Jahren. Und auf die lärmende Langeweile des Kasinotisches folgten dann die Zänkereien und Klatschereien der Regimentsdamen! Nein, es war nicht zu ertragen, es war scheußlich! ›O Amelia, Amelia!‹ dachte er, ›ich bin dir so lange treu gewesen, und du machst mir solche Vorwürfe? Nur weil du nichts für mich fühlst, führe ich hier dieses öde Leben. Und nach so vielen Jahren treuer Ergebenheit belohnst du mich dadurch, daß du mir deinen Segen zu meiner Heirat mit dieser putzsüchtigen Irländerin gibst!‹ Dem armen William war übel und weh zumute; er fühlte sich unglücklicher und einsamer denn je. Am liebsten hätte er das Leben mit all seinen Nichtigkeiten ganz hinter sich gehabt, so zwecklos und unbefriedigend erschien ihm der Kampf, so freudlos und trübe die Aussichten für die Zukunft. Er lag die ganze Nacht über schlaflos und sehnte sich nach der Heimat. Amelias Brief hatte ihn sehr entmutigt. Keine Treue,

keine unwandelbare Liebe vermochten sie zu erwärmen. Sie
wollte es nicht sehen, daß er sie liebte. Sich im Bett umher-
werfend, sprach er laut zu ihr. »Mein Gott, Amelia,« sagte
er, »siehst du denn nicht, daß ich auf der Welt nur dich allein
liebe, dich, die du hart wie ein Stein gegen mich bist, dich,
die ich während so vieler Monate der Krankheit und des
Kummers gepflegt habe und die mir mit lächelndem Gesicht
Lebewohl sagte und mich vergessen hatte, noch ehe sich die
Tür zwischen uns schloß!« Die eingeborenen Diener, die
draußen vor seiner Veranda lagen, sahen mit Verwunderung,
daß der sonst so kühle, ruhige Major jetzt so leidenschaftlich
erregt und so niedergeschlagen war. Ob Amelia wohl Mitleid mit ihm gehabt haben würde, wenn sie ihn gesehen hätte?
Er las alle Briefe, die er je von ihr erhalten hatte, wieder und
wieder durch – geschäftliche Briefe, auf das kleine Vermögen
bezüglich, von dem er ihr eingeredet hatte, ihr Gatte habe
es ihr hinterlassen, kurze Einladungen, zu ihr zu kommen,
jeden geschriebenen kleinen Zettel, den sie ihm jemals geschickt hatte – wie kalt, wie freundlich, wie hoffnungslos,
wie selbstsüchtig sie alle waren!
Wäre irgendeine sanfte, gute Seele in der Nähe gewesen, die
es verstanden hätte, in diesem schweigsamen, edlen Herzen
zu lesen und es zu würdigen, wer weiß, ob es dann nicht mit
Amelias Herrschaft zu Ende gewesen wäre und die Liebe
unseres Freundes William sich nicht in einen freundlicheren
Kanal ergossen hätte? Aber die einzige, mit der er hier in
vertrauterem Verkehr stand, war die schwarzlockige Glorvina, und dieses blendende junge Mädchen hatte nicht im
Sinn, den Major zu lieben, sondern wollte vielmehr von ihm
bewundert werden – ein ganz vergebliches, hoffnungsloses
Bemühen, wenigstens in Anbetracht der Mittel, die dem
armen Mädchen für diesen Zweck zu Gebote standen. Sie
kräuselte sich das Haar und zeigte ihm ihre Schultern, als
wenn sie sagen wollte: ›Hast du jemals solche schwarzen

Locken und einen solchen Teint gesehen?« Sie lächelte ihn
an, damit er sehen sollte, daß jeder Zahn in ihrem Munde gesund sei; aber er achtete auf all diese Reize gar nicht. Bald
nach der Ankunft der Kleiderkiste und wahrscheinlich ihr zu
Ehren gaben Lady O'Dowd und die Damen des königlichen
Regiments den auf der Station befindlichen Regimentern der
Ostindischen Kompanie und den Zivilisten des Standorts
einen Ball. Glorvina glänzte in dem entzückenden rosa Kleide;
aber der Major, der auf dem Fest anwesend war und sehr
melancholisch in den Zimmern auf und ab ging, beachtete
das schöne Gewand überhaupt nicht! Glorvina tanzte mit
allen jungen Fähnrichen und Leutnants der Station wütend
an ihm vorüber; aber der Major wurde daurch nicht im geringsten zur Eifersucht verführt, und ebensowenig war ihm
ein Ärger darüber anzumerken, daß Rittmeister Bangles sie
zu Tisch führte. Weder Eifersucht noch Kleider noch Schultern wirkten auf ihn, und andere Mittel hatte Glorvina nicht
zur Verfügung.
So waren beide in ihrer Art ein Beispiel für die Nichtigkeit
des menschlichenLebens, indem jeder von ihnen das ersehnte,
was er oder sie nicht erhalten konnte. Glorvina weinte vor
Wut über das Fehlschlagen ihrer Bemühungen. Sie gestand
seufzend, sie habe nach dem Major eifriger getrachtet als
nach irgendeinem von den anderen. »Er wird mir noch das
Herz brechen, ganz bestimmt, Peggy«, sagte sie schluchzend
zu ihrer Schwägerin, wenn sie sich gerade miteinander ver-
trugen. »Alle meine Kleider müssen enger gemacht werden.
Ich werde geradezu zum Skelett.« Aber ob sie nun dick oder
dünn, heiter oder melancholisch war, ob sie auf dem Pferd
oder auf dem Klavierstuhl saß, dem Major war das alles einerlei. Der Oberst, der, seine Pfeife rauchend, diese Klagen mit
anhörte, riet seiner Schwester, sich bei der nächsten Kiste
ein paar schwarze Kleider aus London kommen zu lassen,
und erzählte eine mysteriöse Geschichte von einer Dame in

Irland, die vor Gram über den Verlust ihres Mannes gestorben war, ehe sie überhaupt einen bekommen hatte.

Während so der Major der armen Glorvina dauernd Tantalusqualen bereitete, indem er ihr keinen Antrag machte und sich durchaus nicht in sie verlieben wollte, kam ein anderes Schiff aus Europa an, das Briefe an Bord hatte und darunter auch noch einige für den herzlosen Mann. Es waren Briefe aus der Heimat, die einen älteren Poststempel trugen als die der vorhergehenden Sendung, und Major Dobbin erkannte auf einem von ihnen die Handschrift seiner Schwester. Die Briefe dieser Dame waren immer kreuz und quer vollgeschrieben; sie stellte darin alle möglichen schlechten Nachrichten zusammen, die sie nur hatte auftreiben können, schalt ihn aus und las ihm mit schwesterlicher Offenheit den Text, so daß dem ›teuersten William‹ nach dem Lesen ihrer Episteln stets für die nächsten vierundzwanzig Stunden gründlich die Laune verdorben war. Man wird es daher verstehen, daß der teuerste William sich nicht beeilte, das Siegel von Miß Dobbins Brief zu erbrechen, sondern einen Tag dazu abwartete, wo er in besonders günstiger Stimmung sein würde. Überdies hatte er vierzehn Tage vorher an sie geschrieben und ihr Vorwürfe gemacht, daß sie Mrs. Osborne solche törichten Geschichten erzählt habe. Zugleich hatte er auch an diese se bst ein Antwortschreiben abgesandt, in dem er ihr die ihn betreffenden Gerüchte als falsch bezeichnete und ihr versicherte, daß er zur Zeit durchaus nicht beabsichtige, sich zu verheiraten.

Zwei oder drei Tage nach Ankunft der zweiten Postsendung hatte der Major den Abend ziemlich vergnügt in Lady O'Dowds Hause verlebt; Glorvina glaubte, er habe mit etwas größerer Aufmerksamkeit als sonst bei dem ›rauschenden Bächlein‹, dem ›Sängerknaben‹ und ein paar anderen Liedern zugehört, mit denen sie ihn beglückt hatte. (In Wahrheit hatte er auf Glorvinas Gesang ebensowenig hin-
132

gehört wie auf das Geheul der Schakale draußen im Mondschein, und sie täuschte sich eben über ihn wie gewöhnlich.)
Nachdem er dann mit ihr seine Partie Schach gespielt hatte –
Lady O'Dowds liebster Zeitvertreib am Abend bestand darin, mit dem Arzt Cribbage zu spielen –, verabschiedete er
sich zur gewohnten Stunde von der Familie des Obersten
und kehrte nach seiner eigenen Behausung zurück.
Dort lag immer noch der Brief seiner Schwester mit stillem
Vorwurf auf dem Tisch. Er nahm ihn, sich seiner Saumselig-
keit einigermaßen schämend, zur Hand und machte sich darauf gefaßt, sich nun eine Stunde lang mit der kritzeligen
Schrift seiner Schwester abquälen zu müssen. – Es mochte
etwa eine Stunde vergangen sein, seit der Major das Haus
des Obersten verlassen hatte; Sir Michael schlief den Schlaf
des Gerechten; Glorvina hatte ihre schwarzen Locken in die
zahllosen kleinen Papierrollen gewickelt, in denen sie sie
abends zu verwahren pflegte; auch Lady O'Dowd war in dem
ehelichen Schlafgemach im Erdgeschoß zu Bett gegangen
und hatte ein Moskitonetz um ihre schöne Gestalt gehüllt,
als der Posten am Tor der Einfriedigung des Kommandan-
turgebäudes den Major Dobbin erblickte, wie er mit schnellen Schritten und sehr aufgeregtem Gesicht auf das Haus zu-
eilte. Er ging an der Schildwache vorüber und trat an das
Fenster von Oberst O'Dowds Schlafzimmer.
»O'Dowd, Oberst!« rief Dobbin mit starkem Stimmaufwand.
»Um Gottes willen, Major! Was gibts?« fragte Glorvina,
ihren Kopf mit den Lockenwickeln aus dem Fenster steckend.
»Was ist los, lieber Dob?« fragte auch der Oberst, der nichts
anderes dachte, als daß Feuer in der Station ausgebrochen oder
der Befehl zum Abmarsch vom Hauptquartier gekommen sei.
»Ich – ich muß Urlaub haben. Ich muß nach England reisen –
in höchst dringenden Privatangelegenheiten«, sagte Dobbin.
›Um des Himmels willen, was mag nur geschehen sein?‹
dachte Glovina, an allen Lockenwickeln zitternd.

»Ich muß fort – jetzt gleich – noch in dieser Nacht«, fuhr Dobbin fort, und der Oberst stand auf und ging hinaus, um mit ihm zu verhandeln.

In der Nachschrift zu Miß Dobbins kreuz und quer geschriebenem Brief war der Major soeben zu einer Stelle gelangt, die folgendermaßen lautete: ›Ich machte gestern einer alten Bekannten von dir, Mrs. Osborne, einen Besuch. Du kennst ja die elende Gegend, in der sie wohnen, seit der Vater Bankerott gemacht hat. Mr. Sedley ist laut einem Messingschild an der Tür seiner Hütte – einen besseren Namen verdient das Häuschen kaum – jetzt Kohlenhändler. Der kleine Knabe, dein Patenkind, ist unstreitig ein schönes Kind, aber er ist vorlaut und neigt zu Unart und Eigensinn. Wir haben uns aber, da du es so wünschtest, seiner angenommen und ihn seiner Tante, Miß Osborne, vorgestellt, der er recht gut gefiel. Vielleicht läßt sein Großvater – nicht der bankerotte, der fast kindisch ist, sondern Mr. Osborne vom Russell Square – sich bewegen, einer milderen Gesinnung gegen das Kind deines Freundes, seines pflichtvergessenen, eigenwilligen Sohnes, Raum zu geben. Amelia wird nicht abgeneigt sein, den Knaben hinzugeben. Die Witwe hat sich getröstet und steht im Begriff, den Reverend Mr. Binny, einen Hilfsprediger aus Brompton, zu heiraten. Eine armselige Partie! Aber Mrs. Osborne wird alt, und ich sah in ihrem Haar ziemlich viel Grau. Sie war in sehr heiterer Stimmung, und dein kleines Patenkind hat sich in unserm Hause den Magen überladen. Mama grüßt dich bestens, ebenso wie Deine Dich liebende Ann Dobbin.‹

Das Familienhaus unserer alten Freunde, der Crawleys, in der Great Gaunt Street trug an seiner Front immer noch das Trauerwappen, das seit Sir Pitt Crawleys Tod dort angebracht war; indes war dieser heraldische Schmuck an sich ein sehr glänzendes, kunstvolles Prunkstück, und auch das ganze übrige Haus wurde bald viel schöner, als es jemals unter der Regierung des verstorbenen Baronets gewesen war. Der schwarze Bewurf der Backsteine wurde entfernt und machte einem freundlichen roten Anstrich mit weißen Streifen Platz. Die alten Bronzelöwen des Türklopfers wurden hübsch vergoldet, das Gitter angestrichen, und das häßlichste Haus in der Great Gaunt Street wurde nun das ansehnlichste im ganzen Viertel, ehe noch in Hampshire die herbstlich gelben Blätter, die die Bäume in der Allee von Queen's Crawley bedeckten, als der alte Sir Pitt Crawley zum letztenmal darunter hinfuhr, durch grüne ersetzt worden waren.

Eine kleine Dame in einem entsprechend kleinen Wagen war beständig in der Nähe dieses Hauses zu sehen. Auch ein älteres Fräulein in Begleitung eines kleinen Knaben kam täglich dorthin. Dies waren Miß Briggs und der kleine Rawdon, und Miß Briggs' Aufgabe war es, die innere Neugestaltung von Sir Pitts Haus zu überwachen, die zum Nähen von Vorhängen angenommene Schar von Frauen zu beaufsichtigen, in den Kommoden und Kleiderschränken, die mit den schmutzigen Reliquien und dem angesammelten Flitterkram mehrerer Generationen von Ladies Crawley vollgestopft waren, Ordnung herzustellen und ein Verzeichnis des Porzellans, des Glases und der sonstigen Sachen in den Wandschränken und Vorratsräumen aufzunehmen.

Mrs.Rawdon Crawley hatte die Führung bei all diesen Veranstaltungen und war von Sir Pitt mit uneingeschränkter

Vollmacht versehen, Möbel und Hausrat zu verkaufen, zu vertauschen, auszumerzen sowie neu anzuschaffen, und sie fand nicht wenig Vergnügen an einer Beschäftigung, die ihrem Geschmack und Scharfsinn weiten Spielraum zur Betätigung gewährte. Die Neugestaltung des Hauses war beschlossen worden, als Sir Pitt im November zu Besprechungen mit seinen Rechtsanwälten nach der Stadt gekommen war und beinahe eine Woche in der Curzon Street unter dem Dach seines liebevollen Bruders und seiner liebevollen Schwägerin geweilt hatte.

Er war ursprünglich in einem Hotel abgestiegen, aber sobald Becky von der Ankunft des Baronets hörte, begab sie sich allein zu ihm, um ihn zu begrüßen, und als sie eine Stunde darauf nach der Curzon Street zurückkehrte, saß Sir Pitt neben ihr im Wagen. Es war manchmal schlechterdings unmöglich, den gastfreundlichen Anerbietungen dieses ungekünstelten kleinen Wesens zu widerstehen, so offenherzig und freundlich brachte Becky sie vor, und mit solcher Liebenswürdigkeit bestand sie darauf. In überströmender Dankbarkeit ergriff sie Pitts Hand, als er einwilligte zu kommen. »Ich danke Ihnen«, sagte sie, indem sie ihm die Hand warm drückte und dem tief errötenden Schwager in die Augen blickte. »Wie glücklich wird Rawdon darüber sein!« Geschäftig sorgte sie für Ordnung in Pitts Schlafzimmer und zeigte den Dienern, die seine Koffer dorthin brachten, den Weg. Nachher kam sie lachend mit einer Kohlenschaufel aus ihrem eigenen Zimmer herein.

In Sir Pitts Zimmer – beiläufig bemerkt, es war Miß Briggs' Zimmer, die nun eine Treppe höher beim Dienstmädchen schlafen mußte, – brannte bei seiner Ankunft bereits ein munteres Feuer. »Ich wußte ja, daß ich Sie mitbringen würde«, sagte sie freudestrahlend. Sie war wirklich aufrichtig froh darüber, ihn als Gast bei sich zu haben.

Becky veranlaßte ihren Mann, ein paarmal angeblich wegen

geschäftlicher Angelegenheiten auswärts zu speisen, während Pitt zu Hause blieb und diese glücklichen Abende mit ihr und Miß Briggs allein verlebte. Sie ging hinunter in die Küche und kochte eigenhändig kleine delikate Gerichte für ihn. »Ist der Geflügelsalat nicht gut?« sagte sie, »ich habe ihn selbst für Sie gemacht. Ich kann Ihnen auch noch bessere Gerichte kochen und werde es auch tun, wenn Sie uns einmal wieder besuchen.«

»Sie machen alles, was Sie angreifen, ganz vorzüglich«, erwiderte der Baronet artig. »Der Salat ist in der Tat ausgezeichnet.«

»Wenn man die Frau eines armen Mannes ist«, entgegnete Rebekka in munterem Ton, »muß man verstehen, sich nützlich zu machen.« Worauf ihr Schwager beteuerte, sie sei würdig, die Gemahlin eines Kaisers zu sein, und Geschicklichkeit in häuslichen Dingen sei sicherlich eine der reizendsten Eigenschaften an einer Frau. Dabei dachte Sir Pitt mit einem Gefühl, das einige Ähnlichkeit mit Ärger hatte, an Lady Jane daheim und an eine gewisse Pastete, die sie durchaus selbst hatte bereiten wollen und ihm dann zum Dinner vorgesetzt hatte – es war eine schauderhafte Pastete gewesen!

Außer dem Geflügelsalat, der aus Lord Steynes Fasanen von seinem Landsitz Stillbrook hergestellt war, setzte Becky ihrem Schwager eine Flasche Weißwein vor, den Rawdon – wie die kleine Schwindlerin sagte – in Frankreich bei guter Gelegenheit beinahe für umsonst erworben und mit herübergebracht hatte. In Wirklichkeit war dieser Wein, der Feuer in des Baronets blasse Wangen und Glut in seinen schwächlichen Körper brachte, weißer Eremitage aus dem berühmten Keller des Marquis von Steyne.

Als Sir Pitt die Flasche petit vin blanc ausgetrunken hatte, nahm sie ihn bei der Hand, führte ihn in den Salon, nötigte ihn, sich bequem auf das Sofa am Feuer zu setzen, und ließ ihn reden, während sie selbst daneben saß, mit dem freundlichsten, liebevollsten Interesse zuhörte und dabei ein Hemd für ihren lieben kleinen Jungen säumte. Jedesmal, wenn Mrs. Rawdon besonders demütig und tugendhaft erscheinen wollte, kam dieses kleine Hemd aus ihrem Arbeitskorb hervor. Indessen war es dem Knaben schon lange, bevor es fertig wurde, viel zu klein geworden.

Rebekka hörte Sir Pitt also mit ungeteilter Aufmerksamkeit zu, plauderte mit ihm, sang ihm etwas vor und sagte ihm Liebenswürdigkeiten und Schmeicheleien, so daß er von Tag zu Tag mit größerer Freude aus den Geschäftsräumen der Rechtsanwälte zu dem lustigen Kaminfeuer in der Curzon Street zurückkehrte – eine Freude, an der auch die Männer des Gesetzes teil hatten, da Pitts endlose Auseinandersetzungen sie gründlich langweilten. Als er endlich abreiste, empfand er wirklichen Schmerz über die Trennung. Wie hübsch sah sie aus, als sie ihm, wie er seinen Platz in der Postkutsche eingenommen hatte, von ihrem Wagen aus Kußhände zuwarf und ihm mit dem Taschentuch winkte! Einmal führte sie das Tuch sogar an die Augen. Er zog seine Mütze von Seehundsfell über die seinigen, als die Postkutsche abfuhr, lehnte sich zurück und dachte darüber nach, wie sehr sie ihn verehrte und wie sehr er das verdiente – was für ein einfältiger, öder Geselle Rawdon doch sei, der seine Frau gar nicht nach ihrem wahren Wert zu schätzen wisse, und wie langweilig und unwissend seine eigene Frau im Vergleich mit dieser geistsprühenden kleinen Becky sei. Becky hatte vielleicht selbst auf diese Dinge angespielt, aber so zart und leise, daß man kaum sagen konnte, wann und wo sie es getan hatte. Vor ihrer Trennung war verabredet worden, daß das Haus in London für die nächste Saison erneuert werden würde und die Familien der beiden Brüder zu Weihnachten wieder auf dem Lande zusammen sein sollten.

»Ich wünschte nur, du hättest ihm etwas Geld abgezapft«, sagte Rawdon verdrießlich zu deiner Frau, als der Baronet

138

fort war. »Ich möchte dem armen Raggles gern etwas geben. Weiß Gott, das ist mein aufrichtiger Wunsch. Ich muß sagen, es ist nicht recht, daß wir dem armen Kerl alles schuldig bleiben, was er zu fordern hat. Er kann dadurch in Verlegenheit kommen und dann die Wohnung an andere Leute vermieten.«

»Sag ihm nur,« erwiderte Becky, »sobald die Sache mit Sir Pitts Nachlaß geordnet wäre, solle jeder bezahlt werden, und gib ihm eine Kleinigkeit auf Abschlag. Hier ist ein Scheck, den mir Pitt für den Jungen gegeben hat«, und damit nahm sie ein Papier aus ihrer Tasche, das ihr Schwager ihr für den kleinen Ertsgeborenen der jüngeren Crawleyschen Linie eingehändigt hatte, und reichte es ihrem Mann.

In Wahrheit hatte sie bereits den Boden ausgekundschaftet, auf den sie sich nach dem Wunsch ihres Mannes hatte wagen sollen; sie hatte ihn mit der allergrößten Zartheit abgetastet, ihn aber als unsicher befunden. Schon bei einer ganz leisen Anspielung auf Geldverlegenheiten war Sir Pitt in Aufregung geraten und hatte abgelenkt. Er hatte eine lange Rede gehalten, um darzulegen, wie knapp es bei ihm selbst in pekuniärer Hinsicht bestellt sei. Die Pächter wollten nicht zahlen, seines Vaters Geldgeschäfte und die mit der Beisetzung des alten Herrn verbundenen Kosten hätten ihn in Bedrängnis gebracht, er wolle gern Schulden abzahlen und habe sein Guthaben bei seinem Bankier bereits überschritten. Am Schluß dieser Ausführungen hatte Pitt Crawley mit seiner Schwägerin eine Art von Vergleich abgeschlossen, indem er ihr eine sehr geringe Summe für den kleinen Knaben gab.

Pitt wußte, wie arm sein Bruder und dessen Familie sein mußte. Der Aufmerksamkeit eines so kühl beobachtenden, erfahrenen alten Diplomaten hatte es nicht entgehen können, daß Rawdons Familie nichts besaß, wovon sie leben konnte, und daß Wohnungen und Wagen nicht umsonst zu haben sind. Er wußte recht wohl, daß das Geld, dessen Be-

sitzer oder Nutznießer er war, aller Berechnung nach seinem
jüngeren Bruder hätte zufallen sollen, und fühlte, wie wir
überzeugt sein können, im stillen leise Gewissensbisse, die
ihn mahnten, einen Akt der Gerechtigkeit oder sagen wir
lieber des Ausgleichs diesem in seinen Hoffnungen getäuschten Verwandten gegenüber zu vollziehen. Als gerech-
ter, anständiger Mann, der hinreichenden Verstand besaß,
seine Gebete sprach, seinen Katechismus auswendig wußte
und äußerlich im Leben stets seine Pflicht tat, mußte er sich
bewußt sein, daß ein Teil dessen, was er in Händen hatte,
eigentlich seinem Bruder zukam und daß er im moralischen
Sinne Rawdons Schuldner war.

Man liest manchmal in den Spalten der ›Times‹ sonderbare
Bekanntmachungen des Schatzkanzlers, in denen dieser be-
scheinigt, fünfzig Pfund von A. B. oder zehn Pfund von W.
T. als den Betrag von Steuern erhalten zu haben, die diese
Herren hinterzogen und, von ihrem Gewissen gemahnt, ihm
nachträglich anonym mit der Bitte eingesandt hätten, den
Empfang in der Zeitung zu bestätigen; aber der Schatzkanz-
ler und nicht minder der Zeitungsleser sind in solchen Fällen
gewiß immer vollkommen überzeugt, daß die obengenann-
ten Herren A. B. und W. T. nur einen sehr kleinen Teil dessen, was sie in Wirklichkeit schuldig sind, zahlen und daß
derjenige, der eine Zwanzigpfundnote übersendet, höchstwahrscheinlich Hunderte oder Tausende nachzuzahlen hätte.
Das ist wenigstens meine Empfindung, wenn ich lese, daß
A. B. oder W. T. in dieser Weise ihre Reue betätigt haben.
So zweifle ich auch nicht, daß Pitt Crawleys bußfertige Gesinnung oder, wenn man will, seine Herzensgüte gegen seinen jüngeren Bruder, durch den er so viel gewonnen hatte,
ihn nur zur Herausgabe eines sehr geringen Prozentsatzes
von dem Kapital antrieb, das er seinem Bruder Rawdon
eigentlich schuldete. Nicht jeder versteht sich dazu, auch
nur so viel zu bezahlen. Sich von seinem Gelde zu trennen,

ist ein Opfer, das über die Kraft der allermeisten Menschen, die Sinn für Ordnung haben, hinausgeht. Es gibt kaum einen Menschen in der Welt, der es nicht für eine besonders verdienstvolle Handlung ansieht, wenn er seinem Nachbar fünf Pfund schenkt. Der Verschwender gibt nicht aus Freude am Wohltun, sondern aus müßiger Lust am Vergeuden; er mag sich keinen Genuß versagen, weder seine Opernloge, noch sein Pferd, noch sein Dinner, noch auch das Vergnügen, dem armen Lazarus die fünf Pfund zu geben. Der sparsame Mann, der gut, klug und gerecht ist und niemand einen Penny schuldet, wendet sich von dem Bettler weg, feilscht mit einem Droschkenkutscher oder schlägt einem armen Verwandten eine Unterstützung ab, und ich weiß nicht, wer von beiden der selbstsüchtigere ist. Das Geld hat nur einen verschiedenen Wert in den Augen eines jeden von ihnen.

Also kurz gesagt, Pitt Crawley beabsichtigte, für seinen Bruder etwas zu tun, doch fiel ihm ein, daß er die Sache noch einmal bedenken wolle.

Was Becky betraf, so war sie eine Frau, die von der Großmut ihrer Mitmenschen nicht allzuviel erwartete, und sie war daher mit dem, was Pitt Crawley für sie getan hatte, ganz zufrieden. Sie war von dem Oberhaupt der Familie anerkannt worden. Wenn Pitt ihr auch nichts geben wollte, so war doch zu hoffen, daß er ihr später einmal etwas verschaffen werde. Wenn sie von ihrem Schwager auch kein Geld bekam, so erlangte sie durch ihn doch etwas, was ebenso gut war wie Geld: Kredit. Raggles fühlte sich durch das Schauspiel der Einigkeit der beiden Brüder, durch eine kleine Barzahlung und durch das Versprechen einer weit größeren Summe, die er in kurzer Frist erhalten solle, einigermaßen beruhigt. Der guten Miß Briggs machte Rebekka, als sie ihr die Zinsen von dem kleinen Darlehen mit so strahlender Miene auszahlte, als ob ihre Kasse von Gold überströme, im strengsten Vertrauen davon Mitteilung, daß sie mit Sir Pitt, der ein vorzüglicher Finanzmann sei, in Miß Briggs' persönlichem Interesse über die vorteilhafteste Anlage ihres übrigen Kapitals gesprochen habe. Sir Pitt habe nach reiflicher Überlegung eine besonders sichere und gewinnbringende Art vorgeschlagen, in der Miß Briggs ihr Geld unterbringen könne. Da er an ihr als einer treuen Freundin der verstorbenen Miß Crawley und der ganzen Familie besonderen Anteil nehme, so habe er schon lange vor seiner Abreise aus London dringend dazu geraten, daß sie ihr Geld zu jederzeitiger Verwendung bereit halten möchte, damit sie im günstigsten Augenblick die Aktien kaufen könne, die er in Aussicht genommen habe. Die arme Miß Briggs war für diesen Beweis von Sir Pitts freundlicher Gesinnung sehr dankbar. Das gütige Anerbieten komme ihr ganz unerwartet, sagte sie, und werde noch wertvoller durch die Zartheit, mit der es gemacht würde. Sie hätte allerdings bisher nie daran gedacht, ihre Staatspapiere zu verkaufen, aber jetzt werde sie sofort zu ihrem Bankier gehen, um ihr kleines Kapital zur rechten Zeit in Bereitschaft zu haben.

Die brave Person war für die Freundlichkeit, die ihr Rebekka und ihr edelmütiger Wohltäter, der Oberst, in dieser Angelegenheit erwiesen, so dankbar, daß sie ausging und einen großen Teil ihrer halbjährlichen Zinsen zum Ankauf eines schwarzen Samtanzuges für den kleinen Rawdon verwendete, der, beiläufig gesagt, jetzt für schwarzen Samt beinahe schon zu groß geworden war und nach seiner Größe und seinem Alter Anspruch auf einen männlicheren Jackenanzug erheben konnte.

Er war ein hübscher Junge, mit offenem Gesicht, blauen Augen und flatterndem, flachsartigem Haar, von kräftigem Gliederbau, aber von guter, sanfter Gemütsart. Liebevoll hing er an allen, die freundlich gegen ihn waren: an dem Pony, an Lord Southdown, der ihm das Pferd geschenkt hatte – er pflegte über das ganze Gesicht zu erröten und

vor Freude zu strahlen, wenn er diesen freundlichen jungen
Edelmann erblickte –, an dem Groom, der das Pony wartete,
an der Köchin Molly, die ihm abends Gespenstergeschich-
ten erzählte und ihn mit Leckerbissen vom Dinner vollstopfte, an Miß Briggs, die er plagte und auslachte, und ganz
besonders an seinem Vater, dessen Liebe zu dem Knaben ein
merkwürdiges Schauspiel bot. Das waren aber auch, als er
ungefähr acht Jahre alt geworden war, alle, denen er herzlich
zugetan war. Die schöne Vorstellung, die er von seiner Mutter gehabt hatte, war bereits dahingeschwunden. Fast zwei
Jahre lang hatte Rebekka kaum je mit dem Knaben gesprochen. Sie konnte ihn nicht leiden. Er hatte die Masern und
den Keuchhusten. Er war ihr langweilig. Eines Tages stand
er auf dem Treppenflur, wohin er, angelockt durch den
schönen Klang der Stimme seiner Mutter, die ihrem Gast
Lord Steyne etwas vorsang, aus den oberen Räumen herab-
geschlichen war, da wurde plötzlich die Salontür geöffnet und
der kleine Horcher entdeckt, der soeben noch entzückt dem
Gesang gelauscht hatte.
Seine Mutter kam heraus und versetzte ihm ein paar derbe
Ohrfeigen. Er hörte den Marquis drinnen lachen – den der
ungezierte, offene Zornesausbruch Beckys ergötzte – und
floh hinunter zu seinen Freunden in die Küche, wo er seinem
tiefen Schmerz Luft machte.
»Es ist nicht, weil es mir weh tut,« stieß der kleine Rawdon
mühsam heraus, »– bloß – bloß…« Schluchzen und Tränen
erstickten den Schluß des Satzes. Dem kleinen Burschen
blutete das Herz. »Warum soll ich sie nicht singen hören?
Warum singt sie mir nie etwas vor, immer nur dem kahlköpfigen Mann mit den großen Zähnen?« Diese Ausrufe des
Ingrimms und des Kummers kamen nur in Abständen heraus.
Die Köchin blickte das Hausmädchen an; das Hausmädchen
warf dem Diener einen verständnisvollen Blick zu: das
furchtbare Inquisitionsgericht der Küche, das in jedem

Hause ansässig ist und alles weiß, hielt in diesem Augenblick über Rebekka Gericht.

Nach diesem Vorfall steigerte sich die Abneigung der Mutter zum Haß. Das Bewußtsein, daß sich das Kind im Hause befand, war für sie ein steter Vorwurf, eine stete Pein. Schon bei seinem bloßen Anblick ärgerte sie sich. Auch in der eigenen Brust des Knaben wuchsen Furcht, Zweifel und Widersätzlichkeit heran. Von diesem Ohrfeigentage an waren sie für immer getrennt.

Auch Lord Steyne hatte gegen den Knaben eine starke Abneigung. Wenn sie durch einen unglücklichen Zufall miteinander zusammentrafen, machte er dem Kinde spöttische Verbeugungen mit ironischen Bemerkungen oder starrte es mit grimmig blickenden Augen an. Rawdon pflegte ihm gleichfalls starr ins Gesicht zu sehen und seine kleinen Fäuste zu ballen. Er kannte seinen Feind, und von all den Herren, die ins Haus kamen, war Lord Steyne derjenige, der am meisten seinen Zorn erregte. Eines Tages traf ihn der Bediente im Flur, wie er Lord Steynes Hut in Boxerstellung mit den Fäusten bedrohte. Der Diener erzählte dies als einen guten Witz dem Kutscher Lord Steynes; dieser gab die Geschichte an Lord Steynes Kammerdiener weiter und machte sie im Leutezimmer bekannt. Als bald darauf Mrs. Rawdon Crawley zu einem Besuch in Gaunt House erschien, wußten nicht nur der Portier, der das Tor öffnete, sondern auch alle Diener in der Flurhalle und die Würdenträger in weißen Westen, die die Namen des Obersten und seiner Gemahlin von einem Treppenabsatz zum andern riefen, genau über diese Dame Bescheid oder bildeten es sich wenigstens ein. Der Diener, der ihr Erfrischungen reichte und hinter ihrem Stuhle stand, hatte sich über ihren Charakter mit dem hochgewachsenen Burschen in der bunten Livree an seiner Seite ausgesprochen. Bon dieu! So ein Inquisitionsgericht von Dienern ist etwas Entsetzliches! Man sieht beispielsweise in
144

einer großen Gesellschaft in einem glänzenden Salon eine
Dame, von treuen Verehrern umgeben, funkelnde Blicke
austeilend, auf das eleganteste gekleidet, schön frisiert, geschminkt, lächelnd und glücklich: da tritt die Entdeckung
in der Gestalt eines großen, gepuderten Dieners mit aus-
gestopften Waden und einem Tragbrett mit Eis achtungsvoll an sie heran, und hinter ihm die Verleumdung, die ebenso unangenehm ist wie die Wahrheit in der Gestalt des
schwerfälligen Burschen, der die Waffelbiskuit trägt. Madame, Ihr Geheimnis wird heute abend von diesen Männern
in ihrem Wirtshausklub besprochen werden. Während sie
dort mit ihren Pfeifen und zinnernen Bierkrügen sitzen, wird
James seinem Freund Charles seine Ansichten über Sie auseinandersetzen. Manche Leute auf dem Jahrmarkt des Lebens müßten eigentlich Stumme zu Dienern haben – Stumme, die nicht schreiben können. Wenn du dir einer Schuld
bewußt bist, so zittere! Der Diener hinter deinem Stuhl ist
vielleicht ein Janitschar mit einer seidenen Schnur in der
Tasche seiner Plüschhose. Fühlst du dich nicht schuldig, so
hüte dich vor dem bösen Schein, der ebenso verderblich ist
wie die Schuld selbst!
War Rebekka schuldig oder nicht? Das Femgericht der Leutestube hatte zu ihren Ungunsten entschieden.
Und – ich schäme mich, es zu sagen – sie würde keinen Kredit erhalten haben, wenn man sie nicht für schuldig gehalten
hätte. Gerade der Anblick der Wagenlaternen des Marquis
von Steyne, die Raggles in der dunklen Mitternacht vor
Beckys Haustür brennen sah, hieß ihm, wie er später sagte,
mehr als Rebekkas Künste und Schmeicheleien, immer wieder Geduld haben.
Becky strebte also mit aller Macht und List vorwärts, um
das zu erreichen, was man ›eine Stellung in der Gesellschaft‹
nennt, und obwohl sie wahrscheinlich schuldlos war, wiesen
doch die Bedienten mit Fingern auf sie und betrachteten sie

als ein verdorbenes, verlorenes Weib. So beobachtet wohl
Molly, das Hausmädchen, morgens eine Spinne, wie sie am
Türpfosten ihr Netz anlegt und fleißig dabei hin und her
kriecht; aber dann wird Molly des Schauspiels müde, hebt
ihren Besen und fegt das Netz mitsamt der Künstlerin hinweg.

Ein paar Tage vor Weihnachten machten sich Becky, ihr
Mann und ihr Sohn reisefertig, um die Feiertage auf dem
Wohnsitz ihrer Ahnen in Queen's Crawley zu verleben.
Becky würde den kleinen Balg am liebsten zu Hause gelassen
haben und hätte dies auch getan, wenn nicht Lady Jane den
Knaben auf das dringendste mit eingeladen und Rawdon
schon deutliche Zeichen von Unzufriedenheit und Auflehnung wegen ihrer Vernachlässigung des Sohnes gegeben
hätte. »Er ist der hübscheste Junge in ganz England,« sagte
der Vater in vorwurfsvollem Ton zu ihr, »aber du scheinst
dir aus ihm nicht so viel zu machen wie aus deinem Wachtelhund. Er soll dich nicht sehr belästigen. Zu Hause wird er
dir nicht viel vor die Augen kommen, weil er in der Kinderstube sein wird, und unterwegs soll er bei mir mit auf dem
Bock sitzen.«
»Wo du selbst dich nur deshalb hinsetzt, um deine gräßlichen Zigarren zu rauchen«, erwiderte Mrs. Rawdon.
»Ich erinnere mich noch der Zeit, wo du sie recht gut leiden
mochtest«, antwortete der Gatte.
Becky lachte; sie war fast immer guter Laune. »Das war damals, als ich noch etwas werden wollte, du Dummerchen«,
sagte sie. »Nun, dann nimm Rawdon mit auf den Bock und
gib ihm auch eine Zigarre, wenn du willst.«
Rawdon hielt seinen kleinen Sohn während der winterlichen
Fahrt allerdings nicht auf die vorgeschlagene Weise warm,
sondern er und Miß Briggs hüllten den Knaben ordentlich in
Mäntel und Tücher, und so wurde er an einem dunklen
Morgen bei dem Schein der Laternen des Wirtshauses zum
146

Weißen Roß mit achtungsvoller Behutsamkeit auf den Kutschenbock gehoben. Dort beobachtete er mit nicht geringem Entzücken das allmähliche Anbrechen des Tages, an dem er seine erste Reise nach dem Ort machte, den sein Vater immer noch sein Zuhause nannte. Diese Reise bereitete dem Knaben unermeßliches Vergnügen. Alles, was er an der Straße sah, erregte sein lebhaftes Interesse, und sein Vater beantwortete ihm alle darauf bezüglichen Fragen und teilte ihm mit, wer in dem großen weißen Haus rechter Hand wohnte und wem der Park gehörte. Inzwischen machte seine Mutter, die mit ihrem Mädchen, ihren Pelzen, ihren Tüchern und ihren Riechfläschchen im Innern des Wagens saß, dort so viel Aufhebens, daß man hätte glauben können, sie sei noch nie in einer Postkutsche gefahren, und noch viel weniger gedacht hätte, daß sie auf einer gewissen Reise vor ungefähr zehn Jahren aus demselben Wagen hinausgewiesen worden war, um einem zahlenden Fahrgast Platz zu machen.
Es war schon wieder dunkel geworden, als der kleine Rawdon aufgeweckt wurde, um in Mudbury in den Wagen seines Onkels umzusteigen. Erstaunt blickte er aus diesem hinaus, als die Flügel des großen eisernen Tores aufgerissen wurden und die weißen Stämme der Linden an ihnen vorbeihuschten, bis sie endlich vor den erleuchteten Fenstern des Schlosses hielten, die ihnen als Weihnachtsgruß behaglich entgegenstrahlten. Die Tür der Flurhalle wurde geöffnet; ein mächtiges Feuer brannte in dem großen alten Kamin, und ein Teppich lag auf dem gewürfelten schwarzen Fliesenfußboden. ›Es ist der alte türkische, der früher im Damenzimmer lag‹, dachte Rebekka und küßte im nächsten Augenblick Lady Jane.
Sie und Sir Pitt begrüßten sich mit vieler Würde in derselben Weise. Rawdon aber, der geraucht hatte, hielt sich lieber von seiner Schwägerin fern, deren beide Kinder ihrem Vetter entgegeneilten. Matilda streckte ihm die Hand ent-

gegen und küßte ihn; Pitt Binkie Southdown dagegen, der
Erbprinz, blieb in einiger Entfernung stehen und musterte
den Ankömmling wie ein kleiner Hund einen großen.
Darauf führte die freundliche Wirtin ihre Gäste in die gemütlichen Gastzimmer, worin lustige Feuer loderten. Dann
kamen auch die jungen Damen und klopften an Mrs. Rawdons Tür, um zu fragen, ob sie sich nützlich machen könnten, in Wahrheit aber, um das Vergnügen zu haben, den Inhalt ihrer Schachteln mit Hüten und Putzsachen sowie ihre
Kleider in Augenschein zu nehmen, die, obgleich schwarz,
doch nach der neuesten Londoner Mode gearbeitet waren.
Sie erzählten ihr, daß sich das Schloß sehr zu seinem Vorteil
verändert habe, daß die alte Lady Southdown abgereist sei
und daß Pitt jetzt die Stellung in der Grafschaft einnehme,
die einem Crawley zukomme. Als dann die große Tischglocke ertönte, versammelte sich die Familie im Speisezimmer, wo Rawdon junior seinen Platz neben seiner Tante, der
gutherzigen Hausfrau, erhielt, während Sir Pitt sich außerordentlich aufmerksam gegen seine Schwägerin zeigte, die
zu seiner Rechten saß.
Der kleine Rawdon entwickelte einen vortrefflichen Appetit und benahm sich wie ein Gentleman.
»Hier esse ich gern«, sagte er zu seiner Tante, als er mit seiner Mahlzeit fertig war, und als nach einem von Sir Pitt ge-
sprochenen geziemenden Dankgebet der junge Sohn und
Erbe hereingeführt und auf einen hohen Stuhl neben dem
Baronet gehoben wurde, während die Tochter von einem
neben ihrer Mutter stehenden Stuhl und einem kleinen
Weinglas Besitz ergriff. »Hier esse ich gern«, wiederholte
der kleine Rawdon und blickte seiner Tante in das freund-
liche Gesicht.
»Warum denn?« fragte die gute Lady Jane.
»Wenn ich zu Hause bin, esse ich in der Küche oder mit
Miß Briggs«, erwiderte der kleine Rawdon. Aber Becky war

in so eifriger Unterhaltung mit dem Baronet, ihrem Wirt, begriffen – sie überschüttete ihn mit einer Flut von Schmeicheleien und Ausrufen der Freude und des Entzückens und bewunderte den jungen Pitt Binkie, den sie für ein ganz hervorragend schönes, kluges Kind erklärte und von dem sie behauptete, daß er außerordentlich vornehm aussehe und die größte Ähnlichkeit mit seinem Vater habe –, daß sie die Bemerkungen ihres eigenen Fleisches und Blutes am andern Ende der langen prächtigen Tafel nicht hörte.

In Anbetracht dessen, daß er ein Gast und dies der erste Abend seiner Anwesenheit war, durfte Rawdon der Zweite aufbleiben, bis der Tee getrunken war, und Zeuge sein, wie ein großes goldverziertes Buch von Sir Pitt auf den Tisch gelegt wurde, aus dem dieser der inzwischen erschienenen Dienerschaft des Hauses ein Abendgebet vorlas. Es war das erstemal, daß der arme kleine Junge einer derartigen Andacht beiwohnte oder überhaupt davon hörte.

Das Haus hatte sich in der kurzen Zeit seit dem Regierungsantritt des Baronets schon sehr verschönert, und als Becky es in seiner Begleitung besichtigte, äußerte sie sich in den höchsten Lobsprüchen darüber. Dem kleinen Rawdon, der es unter Führung der Kinder in Augenschein nahm, erschien es geradezu als ein wunderbarer Feenpalast. Da waren lange Wandelgänge und alte Prachtzimmer, Gemälde, altes Porzellan und Rüstungen. Da waren die Gemächer, in denen Großpapa gestorben war und an denen die Kinder mit furchtsamer Miene vorübergingen. »Wer war Großpapa?« fragte er; und sie erzählten ihm, er sei sehr alt gewesen und sei immer in einem Gartenstuhl umhergefahren worden. Eines Tages zeigten sie ihm auch den Gartenstuhl, der in einem Schuppen vermoderte, wo er gestanden hatte, seit man den Großpapa nach der Kirche gefahren hatte, deren Turmspitze über den Ulmen des Parkes glitzerte.

Die Brüder hatten mehrere Vormittage über hinreichend

damit zu tun, die Verbesserungen zu besichtigen, die Sir Pitt mit ebenso genialen wie sparsamen Mitteln ausgeführt hatte. Wenn sie so zusammen gingen oder ritten und dies und jenes ansahen, konnten sie miteinander reden, ohne sich gegenseitig zu sehr zu langweilen. Pitt vergaß dabei nie, seinem Bruder zu erzählen, was für eine schwere Menge Geld diese Verbesserungen gekostet hätten und daß jemand, auch wenn er Land und Staatspapiere besitze, doch oft um zwanzig Pfund in arger Verlegenheit sein könne. »Da ist beispielsweise das neue Parktor mit dem Pförtnerhäuschen«, sagte Pitt und wies bescheiden mit dem Spazierstock darauf hin. »Ehe ich nicht im Januar meine Zinsen bekomme, kann ich es ebensowenig bezahlen, wie ich fliegen könnte.«

»Ich kann dir bis dahin etwas leihen, Pitt«, antwortete Rawdon etwas trübselig. Sie gingen hinein und sahen sich die erneuerte Pförtnerwohnung an, wo das Familienwappen eben neu in Stein gehauen wurde und wo die alte Mrs. Lock sich zum erstenmal seit vielen Jahren fest schließender Türen, eines dichten Daches und heiler Fenster erfreute.

ZEHNTES KAPITEL
Zwischen Hampshire und London

Sir Pitt Crawley hatte noch mehr getan, als Zäune zu flicken und baufällige Pförtnerhäuser auf dem Gut von Queen's Crawley wieder instand zu setzen. Als kluger Mann hatte er sich auch daran gemacht, das brüchige Ansehen seines Hauses wiederherzustellen und alle die Schäden auszubessern, die sein Name durch das Treiben seines übel berufenen, verkommenen alten Vorgängers erlitten hatte. Er wurde sehr bald nach seines Vaters Tod für den Burgflecken ins Parlament gewählt, und als Friedensrichter, Parlamentsmitglied, Herr der Grafschaft und Vertreter einer alten Familie hielt er es für seine Pflicht, sich den Einwohnern von Hampshire häufig zu zeigen. Er zeichnete beträchtliche Beträge für die wohltätigen Veranstaltungen der Grafschaft, machte fleißig Besuche bei angesehenen Nachbarn, kurz gesagt, er bemühte sich, die Stellung in Hampshire und später im ganzen Reich zu erringen, zu der ihn nach seiner Ansicht seine außerordentlichen Talente berechtigten. Er wies Lady Jane an, sich gegen die Fuddlestones, die Wapshots und die andern angesehenen Baronets in der Nachbarschaft freundlich zu benehmen. Die Kutschen dieser Familien waren jetzt häufig in der Allee von Queen's Crawley zu sehen, und die Herrschaften speisten ziemlich oft im Schloß, wo so gut gekocht wurde, daß Lady Jane offenbar nur sehr selten dabei mitwirkte. Pitt und seine Frau erwiderten ihre Besuche und fuhren, ohne sich durch schlechtes Wetter oder weite Entfernung abschrecken zu lassen, zu jedem Festessen. Wenn Pitt sich auch aus dem geselligen Leben wenig machte, da er eine kühle Natur, eine schwächliche Gesundheit und einen geringen Appetit besaß, so war er doch der Ansicht, daß seine Stellung es unbedingt erfordere, sich gastfreundlich und leutselig zu zeigen, und kam sich jedesmal als Märtyrer der Pflicht vor, wenn er nach einem Essen zu lange bei der Weinflasche gesessen und davon Kopfschmerzen bekommen hatte. Er sprach gleich dem besten Landedelmann über Ernten, Korngesetze und Politik. Er, der früher in dieser Hinsicht zu sehr freien Ansichten geneigt hatte, ereiferte sich jetzt gegen die Wilddieberei und verlangte Maßregeln zum Schutze des Wildes. Er selbst jage allerdings nicht, äußerte er; er sei kein Jäger, sondern ein Mann der Bücher und friedlichen Gewohnheiten. Aber er wäre der Meinung, daß die Pferdezucht und folglich auch die Fuchsjagd im Land gefördert werden müsse; und wenn sein Freund Sir Huddlestone Fuddlestone Lust habe, auf seinem Grund und Boden zu jagen und wie in früheren Zeiten mit seiner Meute nach Queen's Crawley zu kommen, so werde er sich glücklich schätzen, ihn mit seiner Jagdgesellschaft dort zu empfangen. Zu Lady Southdowns Entsetzen näherte er sich in seinen religiösen Anschauungen von Tag zu Tag immer mehr der Landeskirche. Er gab es auf, öffentlich zu predigen und pietistischen Versammlungen beizuwohnen, ging regelmäßig in die Kirche, machte dem Bischof und der gesamten Geistlichkeit in Winchester Besuche und hatte durchaus nichts dagegen einzuwenden, wenn der hochwürdige Archidiakonus Trumper in Queen's Crawley zu Besuch war und den Wunsch nach einer Partie Whist äußerte. Welche Qualen muß Lady Southdown erduldet und für welch einen verworfenen Menschen muß sie ihren Schwiegersohn gehalten haben, da er eine so gottlose Unterhaltung gestattete! Als der Baronet nun gar bei der Rückkehr der Familie von der Aufführung eines Oratoriums in Winchester den jungen Damen mitteilte, er werde sie im nächsten Jahr wahrscheinlich auf die Grafschaftsbälle führen, da waren die Mädchen ihm innig dankbar für seine Güte. Lady Jane war nur zu gehorsam und freute sich vielleicht selbst darauf, an den Bällen teilzunehmen. Die Gräfinwitwe schickte an die Verfasserin der ›Waschfrau von Finchley Common‹ Briefe mit den schrecklichsten Schilderungen von Janes weltlichem Treiben, und da ihr Haus in Brighton um diese Zeit gerade unbewohnt war, kehrte sie nach diesem Badeort zurück, ohne daß ihre Kinder ihre Abreise sehr bedauert hätten. Auch Rebekka grämte sich, wie wir wohl annehmen dürfen, bei ihrem zweiten Besuch in Queen's Crawley nicht sonderlich darüber, daß die Dame mit der Hausapotheke nicht da war. Sie schrieb aber einen Weihnachtsbrief an die Gräfin, in dem sie sich bescheiden bei ihr in Erinnerung brachte, mit Dankbarkeit von dem hohen Genuß sprach, der ihr bei ihrem früheren Besuche durch die Gespräche mit der Lady zuteil geworden wäre, mit einem großen Aufwand von Worten der Güte gedachte, mit der die Gräfin sie in ihrer Krankheit be-

handelt hätte, und versicherte, daß alles in Queen's Crawley
sie an ihre abwesende Freundin erinnere.

Sir Pitts verändertes Benehmen und das dadurch von ihm
erlangte Ansehen war zu einem nicht geringen Teil auf die
Ratschläge der schlauen kleinen Dame aus der Curzon
Street zurückzuführen. »Ein Mann wie Sie sollte Baronet
bleiben? Ein Mann wie Sie sollte sich damit begnügen, ein
bloßer Landedelmann zu sein?« hatte sie zu ihm damals gesagt, als er in London ihr Gast war. »Nein, Sir Pitt Crawley,
da kenne ich Sie besser. Ich kenne Ihr Talent und ihren Ehrgeiz. Sie bilden sich ein, Sie seien imstande, beide zu verbergen, aber mir können Sie sie nicht verheimlichen. Ich
habe Lord Steyne Ihre Broschüre über das Malz gezeigt. Er
kannte sie bereits ganz genau und sagte, nach der Meinung
des ganzen Kabinetts sei es das Beste, was über diesen Gegenstand erschienen sei. Das Ministerium hat sein Augen-
merk auf Sie gerichtet, und ich weiß, was Sie wünschen. Sie
möchten sich im Parlament auszeichnen. Jeder sagt, Sie seien
der beste Redner in ganz England, denn die Reden, die Sie
in Oxford gehalten haben, sind noch unvergessen. Sie möchten Parlamentsmitglied für die Grafschaft werden, und
durch Ihre eigene Stimme und durch Beihilfe Ihres Burg-
fleckens können Sie ja auch alles erreichen. Sie möchten
Baron Crawley von Queen's Crawley werden, und das wird
Ihnen auch noch gelingen, bevor Sie sterben. Ich habe das
alles durchschaut. Ich habe in Ihrem Herzen gelesen, Sir
Pitt. Wenn ich einen Gatten hätte, der, so wie er Ihren Namen trägt, auch Ihren Verstand besäße, dann denke ich
manchmal, ich würde seiner nicht unwert sein – aber – aber
ich bin jetzt Ihre Verwandte«, fügte sie lachend hinzu. »Arm,
wie ich bin, habe ich doch ein klein wenig Einfluß – und wer
weiß, vielleicht ist die Maus imstande, dem Löwen zu helfen.«
Pitt Crawley war über ihre Worte höchst erstaunt und entzückt. ›Wie mich diese Frau versteht!‹ dachte er. ›Jane habe

ich nie dazu bringen können, auch nur drei Seiten von der Malzbroschüre zu lesen. Sie hat keine Ahnung davon, daß ich hervorragende Talente und geheimen Ehrgeiz besitze. Man erinnert sich also wirklich an meine Reden in Oxford? Die Schufte! Jetzt, wo ich meinen Burgflecken vertrete und vielleicht den Sitz für die Grafschaft erhalte, jetzt beginnen sie, an mich zu denken! Im vergangenen Jahr schnitt mich Lord Steyne beim Morgenempfang; aber jetzt merken sie allmählich, daß an Pitt Crawley doch etwas ist. Ja, der Mann, um den diese Leute sich bisher wenig gekümmert haben, war immer derselbe; es fehlte ihm nur die Gelegenheit, sich zu betätigen, und ich will ihnen jetzt zeigen, daß ich ebensogut reden und handeln wie schreiben kann. Achilles gab sich nicht eher zu erkennen, bis man ihm ein Schwert reichte. Jetzt halte ich eins in der Hand, und die Welt soll noch von Pitt Crawley hören.‹

Das war der Grund, warum der schlaue Diplomat so gastfrei geworden war, warum er so häufig Oratorien besuchte und den Hospitälern Spenden zuwandte, sich gegen Dekane und Domkapitel so freundlich benahm, so viele Dinners gab und besuchte, die Bauern an Markttagen so ungemein liebenswürdig behandelte und für alle Angelegenheiten der Grafschaft ein so reges Interesse an den Tag legte. Und das war auch der Grund, warum dieses Weihnachtsfest im Schloß das fröhlichste war, das dort seit langer Zeit begangen war.

Am ersten Weihnachtsfeiertag fand eine große Familienzusammenkunft statt. Alle Crawleys vom Pfarrhaus kamen zum Dinner. Rebekka war so unbefangen und liebenswürdig gegen Mrs. Bute, als ob diese niemals ihre Feindin gewesen wäre. Sie bekundete ein zärtliches Interesse für die lieben Töchter, war erstaunt über die Fortschritte, die sie seit ihrer Zeit in der Musik gemacht hatten und verlangte inständig die Wiederholung eines der Duette aus den großen Notenbüchern, die James trotz seinem Murren unter

154

dem Arm hatte mitschleppen müssen. Mrs. Bute war gezwungen, sich höflich gegen die kleine Abenteurerin zu verhalten, behielt sich aber vor, nachher mit ihren Töchtern über die merkwürdige Aufmerksamkeit zu sprechen, mit der Sir Pitt seine Schwägerin behandelte. James aber, der bei Tisch neben ihr gesessen hatte, erklärte, sie sei ein rassiges Frauenzimmer, und alle Familienmitglieder des Oberpfarrers waren darin einig, daß der kleine Rawdon ein netter Junge sei. Sie achteten den Knaben schon als einen möglichen Baronet, da zwischen ihm und dem Titel nur der kleine, kränkliche, blasse Pitt Binkie stand.

Die Kinder waren sehr gute Freunde. Pitt Binkie war noch ein zu kleines Hündchen, als daß er mit einem so großen Hunde wie Rawdon hätte spielen können, und da Matilda nur ein Mädchen war, war sie natürlich keine geeignete Kameradin für einen jungen Herrn, der nahezu acht Jahre alt war und sehr bald eine richtige Jacke bekommen sollte. Er übernahm sofort den Oberbefehl über die kleine Gesellschaft, und das kleine Mädchen und der kleine Junge folgten ihm mit dem größten Gehorsam überallhin, wenn er sich herabließ, mit ihnen zu spielen. Er fühlte sich grenzenlos glücklich auf dem Lande. Der Küchengarten gefiel ihm außerordentlich, die Blumen mäßig; aber die Tauben und Hühner und die Ställe, wenn er sie besuchen durfte, waren für ihn Gegenstände des Entzückens. Von den Misses Crawley ließ er sich nicht küssen, aber der guten Lady Jane gestattete er mitunter, ihn zu umarmen; und wenn für die Damen das Zeichen gegeben war, sich in den Salon zurückzuziehen, und sie die Herren bei ihrem Rotwein allein ließen, so saß er lieber neben ihr als an der Seite seiner Mutter. Da Rebekka sah, daß Zärtlichkeit hier Mode war, rief sie den kleinen Rawdon eines Abends zu sich heran, beugte sich herunter und küßte ihn vor den Augen aller Damen. Nach diesem Vorgang starrte er ihr zitternd und tief errötend wie stets, wenn ihn etwas erregte, voll ins Gesicht. »Du küßt mich doch aber zu Hause nie, Mama«, sagte er – worauf ein allgemeines Schweigen der Bestürzung entstand und Beckys Augen einen keineswegs angenehmen Ausdruck annahmen. Rawdon liebte seine Schwägerin wegen ihrer Freundlichkeit gegen seinen Sohn. Lady Jane und Becky standen sich bei diesem Besuch nicht mehr ganz so gut miteinander wie bei dem früheren, bei dem die Frau Oberst es ausdrücklich darauf angelegt hatte, zu gefallen. Die beiden Äußerungen des Kindes hatten Lady Jane doch etwas abgekühlt, und vielleicht war ihr auch Sir Pitt gar zu aufmerksam gegen seine Schwägerin.

Der kleine Rawdon war, wie es seinem Alter und seiner Größe entsprach, lieber in Männer- als in Frauengesellschaft und wurde es nicht müde, seinen Vater nach den Ställen zu begleiten, wohin der Oberst sich zurückzog, um seine Zigarre zu rauchen. James, der Sohn des Oberpfarrers, leistete seinem Vetter dabei manchmal Gesellschaft und schloß sich ihm auch bei anderen Vergnügungen an. Er und der Wildhüter des Baronets waren vertraute Freunde, da sie durch ihre gemeinsame Liebe für Hunde viele Berührungspunkte miteinander hatten. Einmal gingen Mr. James, der Oberst und Horn, der Wildhüter, auf die Fasanenjagd und nahmen den kleinen Rawdon mit. An einem andern genußreichen Morgen widmeten sich diese vier Herren dem Vergnügen einer Rattenjagd in der Scheune, was die schönste Belustigung war, die der kleine Rawdon je erlebt hatte. Sie verstopften die Ausgänge gewisser Abzugsröhren in der Scheune, ließen in die Öffnungen Frettchen hinein und stellten sich dann mit erhobenen Knüppeln schweigend auf die Seite, während ein eifriger kleiner Terrier (Mr. James’ berühmter ›Forceps‹), vor Erregung kaum atmend, regungslos auf drei Beinen stand und auf das leise Quieken der Ratten lauschte. Mit dem Mut der Verzweiflung stürzten die ver-

156

folgten Tiere endlich aus ihren Löchern heraus: der Terrier erledigte die eine Ratte, der Wildhüter eine zweite, der kleine Rawdon verfehlte jedoch vor Hast und Aufregung seine Ratte, schlug aber dafür ein Frettchen halbtot.

Der schönste Tag von allen aber war der, an dem Sir Huddlestone Fuddlestones Meute sich auf dem Rasenplatz von Queen's Crawley versammelte.

Es war ein herrliches Schauspiel für den kleinen Rawdon. Um halb elf trabt Tom Moody, Sir Huddlestone Fuddlestones Jäger, die Allee entlang, von einer Koppel edelster Hunde gefolgt, die in dichtem Haufen hinter ihm her laufen. Den Nachtrab bilden zwei Hundewärter in schmutzbespritzten Scharlachröcken, schmächtige und grobgesichtige Burschen auf mageren Vollblutpferden, die eine wunderbare Geschicklichkeit darin besitzen, mit den Spitzen ihrer langen, schweren Peitschen die dünnsten Stellen des Fells jedes Hundes zu treffen, der es wagt, sich von dem Haupttrupp abzusondern oder die geringste Beachtung – sei es auch nur durch ein Augenblinzeln – den Hasen und Kaninchen zu schenken, die ihm vor der Nase aufspringen.

Dann folgt der Knabe Jack, Tom Moodys Sohn, der siebzig Pfund wiegt, vierundvierzig Zoll mißt und nie größer werden wird. Er sitzt auf einem großen, derbknochigen Jagdpferd, das von einem mächtigen Sattel halb bedeckt ist. Dieses Tier ist Sir Huddlestone Fuddlestones Lieblingspferd, der Nob. Nach und nach kommen auch noch andere von kleinen Stalljungen gerittene Pferde an und warten auf ihre Herren, die bald herangaloppieren werden.

Tom Moody reitet bis an die Tür des Schlosses, wo ihn der Haushofmeister begrüßt und ihm einen Trunk anbietet, den er jedoch ablehnt. Er und seine Meute ziehen dann nach einer geschützten Ecke des Rasenplatzes ab, wo sich die Hunde auf dem Grase herumwälzen und miteinander spielen oder sich zornig anknurren; mitunter kommt es auch zu wütendem Kampf, der aber stets sofort durch Toms laute, scheltende Stimme oder durch die geschmeidigen Peitschen unterdrückt wird.

Nun kommen viele junge Herren, die bis an die Knie mit Schmutz bespritzt sind, auf rassigen Pferden herangesprengt und treten ins Haus, um Kirschbranntwein zu trinken und den Damen ihre Aufwartung zu machen. Die Bescheideneren und Sportsmäßigeren unter ihnen entledigen sich statt dessen ihrer kotigen Stiefel, vertauschen ihre Reitpferde mit den Jagdpferden und erwärmen ihr Blut durch einen vorbereitenden Galopp um den Rasenplatz. Dann versammeln sie sich um die Meute in der Ecke und reden mit Tom Moody von früheren Jagden, von den trefflichen Eigenschaften der Hunde Sniveller und Diamond, von den Bodenverhältnissen der Grafschaft und der jetzigen erbärmlichen Generation von Füchsen.

Jetzt erscheint Sir Huddlestone auf einem gewandten kleinen Pferd, reitet an das Schloß heran, geht hinein und begrüßt die Damen, worauf er als ein Mann von wenig Worten gleich ans Geschäft geht. Die Hunde werden vor der Tür des Schlosses aufgestellt, und der kleine Rawdon steigt zu ihnen hinab. Die Liebkosungen, die sie ihm zuteil werden lassen, die Schläge, die er von ihren wedelnden Schwänzen erhält, ihre hündischen Zänkereien, die Tom Moody kaum durch seine Zurufe und seine Peitsche unterdrücken kann – das alles versetzt ihn in eine halb freudige, halb furchtsame Erregung.

Unterdessen hat sich Sir Huddlestone schwerfällig auf seinen Nob geschwungen. »Wir wollen es mit Sowsters Spinney versuchen, Tom«, sagt der Baronet, »der Bauer Mangle hat mir gemeldet, es seien zwei Füchse darin.« Tom stößt in sein Horn und trabt ab. Ihm folgt die Meute, die Hundewärter, die jungen Herren aus Winchester, die Bauern aus der Nachbarschaft, und zu Fuß die Tagelöhner des Gutes, für die

158

dieser Tag ein großer Festtag ist. Sir Huddlestone und Oberst Crawley machen den Beschluß, und der ganze Zug verschwindet in der Allee.

Der Reverend Bute Crawley – der zu bescheiden gewesen ist, sich bei dem öffentlichen Treffen vor den Fenstern seines Neffen zu zeigen, und dessen sich Tom Moody aus der Zeit vor vierzig Jahren erinnert, als er ein schmächtiger Hilfsgeistlicher war, der die wildesten Pferde ritt, über die breitesten Bäche setzte und die höchsten Gattertore nahm – Seine Hochwürden, sagen wir, kommt zufällig auf seinem mächtigen Rappen gerade in dem Augenblick aus dem Tor des Pfarrhofes herausgeritten, als Sir Huddlestone vorbeizieht, und schließt sich dem würdigen Baronet an. Die Hunde und die Reiter verschwinden, und der kleine Rawdon bleibt staunend und glückselig auf den Stufen der Freitreppe zurück.

Wenn der kleine Rawdon an diesem denkwürdigen Festtage auch gerade keine besondere Neigung zu seinem stets würdevollen, kühlen Onkel faßte, der sich in sein Arbeitszimmer zurückgezogen hat, wo er sich in seine friedensrichterlichen Geschäfte vertieft und von Vögten und Pächtern umgeben ist, so hat er doch die Liebe seiner verheirateten und unverheirateten Tanten, der beiden Schloßkinder und des Studenten James aus dem Pfarrhaus gewonnen. Diesen ermutigt Sir Pitt, sich einer der beiden jungen Damen zu nähern – zweifellos mit der stillschweigenden Zusage, daß er für die Pfarrstelle vorgeschlagen werden solle, sobald sie durch das Ausscheiden des alten Fuchsjägers, seines Vaters, frei werde. James selbst hat diesen Sport aufgegeben und beschränkt sich auf eine harmlose Enten- oder Schnepfenjagd oder einen unschuldigen kleinen Scherz mit den Ratten während der Weihnachtsferien, nach denen er zur Universität zurückkehren und versuchen will, nicht noch einmal durchzufallen. Er hat bereits grünen Röcken, roten Halstüchern und anderem weltlichen Zierat entsagt und bereitet sich auf eine

Veränderung seiner Lebensstellung vor. Auf diese leichte,
billige Art sucht Sir Pitt den Mitgliedern seiner Familie seine
Schulden abzubezahlen.

Ehe diese fröhliche Weihnachtszeit vorüber war, hatte sich
der Baronet auch dazu aufgerafft, seinem Bruder eine zweite
Anweisung auf seinen Bankier zu geben, und zwar auf nicht
weniger als hundert Pfund. Diese Tat bereitete ihm zunächst
schreckliche Qualen, erfüllte ihn aber nachher mit dem er-
hebenden Gefühl, daß er einer der edelmütigsten Menschen
sei. Rawdon und sein Sohn reisten mit recht schwerem
Herzen ab. Dagegen schieden Becky und die Damen mit
einer gewissen Erleichterung voneinander, und unsere
Freundin kehrte nach London zurück, um sich wieder der
Tätigkeit zu widmen, mit der sie vor der Reise beschäftigt
gewesen war. Unter ihrer Fürsorge war das Crawleysche
Haus in der Great Gaunt Street tatsächlich wieder wie neu
geworden und stand zur Aufnahme Sir Pitts und seiner Familie
bereit, als der Baronet nach London kam, um seiner Pflicht
im Parlament zu genügen und die Stellung im Lande einzunehmen, zu der ihn seine geniale Begabung berechtigte.
Während der ersten Sitzungsperiode verbarg dieser tief-
sinnige Diplomat jedoch seine Pläne und öffnete den Mund
nur, um eine Eingabe aus Mudbury zu überreichen. Er erschien aber regelmäßig auf seinem Platz und machte sich mit
dem Geschäftsgang und den Gebräuchen des Hauses völlig
vertraut. Daheim widmete er sich vollständig dem Studium
der Parlamentsakten, was Lady Jane in Erstaunen und
Schrecken versetzte, da sie fürchtete, er werde durch das
lange Aufbleiben und angestrengte Arbeiten seine Gesundheit schädigen. Er machte Bekanntschaft mit den Ministern
und den Führern seiner Partei und war fest entschlossen, in
nicht allzu ferner Zeit zu diesen Männern zu gehören.
Lady Janes Sanftmut und Freundlichkeit erfüllten Rebekka

mit einer solchen Geringschätzung für sie, daß es der kleinen Frau die größte Mühe kostete, diese Empfindung zu verbergen. Unsere Freundin Becky ärgerte sich geradezu über die Art von Güte und Schlichtheit, die in Lady Janes Wesen lag, und es war ihr manchmal unmöglich, ihre Verachtung nicht zu zeigen oder nicht erraten zu lassen. Lady Jane fühlte sich in Beckys Gegenwart unbehaglich. Ihr Mann unterhielt sich beständig mit ihrer Schwägerin, und es schien, als würden Zeichen des Einverständnisses zwischen den beiden gewechselt. Pitt redete mit Becky über Gegenstände, die er seiner Frau gegenüber nie berührte. Gewiß, sie, Jane, verstand nichts davon, aber es war ihr doch peinlich, immer schweigend dabeizusitzen, und noch peinlicher, sich bewußt zu sein, daß sie nichts sagen konnte und mit anhören mußte, wie diese kleine dreiste Mrs. Rawdon von einem Thema zum andern übersprang und für jedermann das rechte Wort und einen treffenden Scherz bereit hatte. Es war demütigend, im eigenen Hause allein am Kamin sitzen zu müssen und zu sehen, wie sich alle Männer um ihre Nebenbuhlerin scharten.

Wenn Lady Jane auf dem Lande den Kindern und dem zärtlich an ihr hängenden kleinen Rawdon Geschichten erzählte, wobei sich die Kinder um ihre Kniee drängten, brauchte Becky nur mit einem spöttischen Lächeln und einem verächtlichen Ausdruck in ihren grünen Augen ins Zimmer zu treten, um die arme Lady Jane sofort zum Verstummen zu bringen. Ihre schlichten kleinen Einfälle entflohen ängstlich wie die Feen im Märchenbuch beim Erscheinen eines mächtigeren bösen Engels. Sie war nicht imstande fortzufahren, obgleich Rebekka sie mit einem kaum merklichen Anflug von Ironie bat, die reizende Geschichte weiterzuerzählen. Mrs. Becky hatte nun einmal einen Widerwillen gegen sanfte Gedanken und harmlose Vergnügungen, die zu ihrem Wesen nicht paßten. Sie haßte die Menschen, die Freude daran fanden, und sie verachtete Kinder und Kinderfreunde. »Ich bin eben keine Liebhaberin von Butterbrot«, pflegte sie zu sagen, wenn sie in Lord Steynes Gegenwart Lady Jane und ihr Benehmen verspottete.

»Ebensowenig wie ein gewisser Herr ein Freund von Weihwasser ist«, erwiderte der Lord, indem er sich grinsend verbeugte und dann in ein lautes, mißtönendes Gelächter ausbrach.

Die beiden Damen sahen sich also nicht häufig, außer wenn die Frau des jüngeren Bruders von ihrer Schwägerin etwas zu erlangen wünschte und sie deshalb besuchte. Sie nannten sich gegenseitig sehr beflissen ›meine Liebe‹ und ›meine Teure‹, hielten sich aber im ganzen fern voneinander, während Sir Pitt trotz seinen vielfachen Beschäftigungen doch täglich Zeit fand, seine Schwägerin zu sehen.

Als Sir Pitt zum erstenmal an einem von dem Parlamentspräsidenten gegebenen Dinner teilnahm, benutzte er die Gelegenheit, sich seiner Schwägerin in Uniform zu zeigen, nämlich in dem alten Diplomatenfrack, den er als Attaché bei der Gesandtschaft in Pumpernickel getragen hatte.

Becky sagte ihm viel Schmeichelhaftes über diesen Anzug und bewunderte ihren Schwager fast ebensosehr, wie es seine eigene Frau und seine Kinder getan hatten, als er sich ihnen vor seiner Abfahrt in vollem Staat gezeigt hatte. Sie sagte, nur ein Edelmann von Geburt könne das Hofkleid auf die richtige Art tragen und nur Männern von altem Adel stehe die culotte courte gut. Pitt blickte wohlgefällig auf seine Beine herab, die wahrlich ebensowenig Gleichmaß und Fülle besaßen wie der dünne Degen, der an seiner Seite herabhing. Er blickte auf seine Beine herab und hielt sich für unwiderstehlich.

Als er fort war, zeichnete Mrs. Becky eine Karikatur von ihm, die sie Lord Steyne bei seinem nächsten Besuch zeigte. Der Lord war ganz entzückt darüber, wie ähnlich das Bildchen dem Dargestellten war, und nahm es sich mit nach Hause. Er hatte Sir Pitt Crawley die Ehre erwiesen, mit ihm in Mrs. Beckys Hause zusammenzutreffen, und war gegen den neuen Baronet und Parlamentsabgeordneten sehr liebenswürdig gewesen. Pitt war dabei ganz erstaunt gewesen über die Ehrerbietung, mit der der große Pair seine Schwägerin behandelte, über die Gewandtheit und Munterkeit, die sie in der Unterhaltung an den Tag legte, und über das Vergnügen, mit dem die übrigen Herren der Gesellschaft ihrem Geplauder zuhörten. Lord Steyne äußerte, er zweifle nicht, daß für den Baronet das bisher Erreichte nur der Anfang einer großartigen Laufbahn im öffentlichen Leben sei, und er sei gespannt darauf, ihn als Redner zu hören. Da sie Nachbarn seien, hoffe er, daß Lady Steyne, sobald sie nach London komme, die Ehre haben werde, Lady Crawleys Bekanntschaft zu machen. An einem der nächsten Tage gab er seine Karte bei seinem Nachbar ab, während es ihm nie eingefallen war, sich um dessen Vorgänger zu kümmern, obgleich sie viele Jahrzehnte lang nebeneinander gewohnt hatten.

Inmitten dieser Ränke, geistreichen Gesellschaften und klugen, vornehmen Persönlichkeiten fühlte sich Rawdon von Tag zu Tag verlassener. Er hatte jetzt die Erlaubnis, häufiger in den Klub zu gehen und mit unverheirateten Freunden außer dem Hause zu speisen; er konnte kommen und gehen, wie es ihm beliebte, ohne daß ein Mensch ihn danach fragte. Er und der kleine Rawdon gingen oft nach der Gaunt Street und saßen dort bei der Lady und den Kindern, während Sir Pitt auf dem Hinweg zum Parlament oder auf dem Rückweg sich bei Rebekka zu einem traulichen Beisammensein einfand.

So saß der verabschiedete Oberst manchmal stundenlang in seines Bruders Haus, redete kein Wort und dachte und tat so wenig wie möglich. Er freute sich, wenn er irgendeinen Auftrag bekam, wenn er ein Pferd besichtigen oder Erkundigungen über einen Dienstboten einziehen oder den Kindern beim Dinner den Hammelbraten vorschneiden konnte. Er war ein besiegter, überwundener Mann, der träge und demütig geworden war. Delila hatte ihn gefangen und ihm das Haar abgeschnitten. Noch vor zehn Jahren ein kühner, unbekümmerter junger Mensch, war er jetzt unterjocht und hatte sich in einen unregsamen, unterwürfigen, dicken Herrn in mittleren Jahren verwandelt.

Die arme Lady Jane aber wußte recht wohl, daß Rebekka ihren Gatten in Fesseln geschlagen hatte, obwohl sie und Mrs. Rawdon, wenn sie sich trafen, einander stets mit ›meine Liebe‹ und ›meine Teure‹ anredeten.

ELFTES KAPITEL
Kämpfe und Prüfungen

Unsere Freunde in Brompton verlebten unterdessen ihr Weihnachtsfest auf ihre Art, die keineswegs eine sehr vergnügliche war.

Von den hundert Pfund Sterling, auf die sich ihr jährliches Einkommen ungefähr belief, hatte die Witwe Osborne bisher nahezu drei Viertel ihren Eltern als Kostgeld für sich und ihren kleinen Knaben gegeben. Mit den weiteren hundertzwanzig Pfund, die Joseph zahlte, konnte diese Familie von vier Personen, deren einzige Bedienung die irische Magd war, die zugleich auch für den Clappschen Haushalt tätig war, nach den Stürmen und Enttäuschungen ihres früheren Lebens leidlich anständig das Jahr über leben, den Kopf noch immer hoch halten und sogar ihren Freunden gelegentlich eine Tasse Tee vorsetzen. Mr. Sedley behauptete immer noch der Familie seines ehemaligen Buchhalters Mr. Clapp gegenüber sein früheres Ansehen. Mr. Clapp hatte die Zeiten nicht vergessen, wo er an dem reichbesetzten Tisch des Kaufmanns am Russell Square auf einer Stuhlkante saß und

164

sein Glas ›auf die Gesundheit Mrs. Sedleys, Miß Emmys und
Mr. Josephs in Indien‹ geleert hatte. Die Zeit verklärte noch
diese Erinnerungen im Herzen des redlichen Buchhalters.
Jedesmal wenn er aus seiner zugleich als Wohnzimmer dienenden Küche in die gute Stube seiner Mieter heraufkam
und mit Mr. Sedley eine Tasse Tee oder ein Glas Grog trank,
pflegte er zu sagen: »Sie waren es früher auch besser gewohnt, Sir«, und dann ebenso ernsthaft und ehrfurchtsvoll
auf die Gesundheit der Damen zu trinken, wie er es in den
Tagen des besten Wohlergehens der Familie getan hatte.
Er hielt Miß Amelias Klavierspiel für die herrlichste Musik,
die man überhaupt hören könne, und sie selbst für die feinste
Dame, die es auf der Welt gebe. Sogar im Klub setzte er sich
nicht eher hin, ehe Mr. Sedley dies tat, und er duldete nicht,
daß irgendein Mitglied der Gesellschaft von seinem Herrn
Übles redete. Er sagte, er habe gesehen, wie die vornehmsten Männer von London Mr. Sedley die Hand geschüttelt
hätten, und habe ihn in Zeiten gekannt, wo man ihn mit
Rothschild zusammen täglich auf der Börse sehen konnte,
und er selbst verdanke ihm alles, was er sei und habe.
Dank seinen vorzüglichen Zeugnissen und seiner schönen
Handschrift hatte Clapp sehr bald nach dem Unglück seines
Brotherrn eine andere Stelle gefunden. »So ein kleiner Fisch
wie ich kann in jedem Eimer schwimmen«, pflegte er zu
sagen. Der Leiter einer Firma, mit der der alte Sedley früher
in enger geschäftlicher Beziehung gestanden hatte, machte
sehr gern von Mr. Clapps Diensten Gebrauch und entlohnte
sie mit einem anständigen Gehalt. Kurz, Mr. Sedleys reiche
Freunde waren alle einer nach dem andern von ihm abge-
fallen, und nur dieser arme ehemalige Untergebene blieb
ihm immer noch in treuer Anhänglichkeit ergeben.
Nur mit der sorgfältigsten Überlegung und der größten
Sparsamkeit konnte Amelia es ermöglichen, von dem kleinen Teil ihres Einkommens, den sie für sich behielt, ihren

lieben Knaben so zu kleiden, wie es sich für George Osbornes Sohn gebührte, und davon gleichzeitig die Kosten des Besuchs der kleinen Schule zu bestreiten, in die sie, nach langem Zaudern und Widerstreben und vielen geheimen Qualen und Befürchtungen, den Knaben zu schicken sich hatte bewegen lassen. Sie war oft des Nachts aufgeblieben und hatte Lektionen auswendig gelernt und in schwierigen Grammatiken und Geographiebüchern studiert, um ihren George danach zu unterrichten. Sie hatte sich sogar mit den Anfangsgründen des Lateinischen abgemüht, in der törichten Hoffnung, daß sie imstande sein werde, ihn diese Sprache zu lehren. Sich für den ganzen Tag von ihm zu trennen, ihn dem Stock des Schulmeisters und der Roheit seiner Schulkameraden auf Gnade und Ungnade zu überliefern, bedeutete für diese schwache, ängstliche und gefühlvolle Mutter ziemlich dasselbe, als müßte sie ihn noch einmal entwöhnen. Er dagegen war glückselig, daß er nun in die Schule sollte, und konnte die Zeit kaum erwarten. Er sehnte sich nach Veränderung. Seine kindliche Freude hatte etwas Kränkendes für seine Mutter, die selbst sich über die Trennung von ihm so grämte. Sie dachte, es würde ihr lieber sein, wenn er mehr betrübt wäre, aber dann machte sie sich sogleich wieder bittere Vorwürfe über ihre Selbstsucht, daß sie wünsche, ihr eigener Sohn möge sich unglücklich fühlen.

George machte gute Fortschritte in der Schule, deren Leiter ein Freund des treuen Verehrers seiner Mutter, des Reverend Mr. Binny, war. Er brachte viele Preise und sehr gute Zeugnisse nach Hause. Seiner Mutter erzählte er jeden Abend zahllose Geschichten von seinen Schulkameraden: was für ein forscher Junge Lyons und was für ein Kriecher Sniffin sei, daß Steels Vater tatsächlich das Fleisch für die Anstalt liefere, während Goldings Mutter jeden Sonnabend in einem Wagen käme, um ihn abzuholen, daß Neat Stege an den Hosen habe – ob er nicht auch Stege bekommen

könne? – und daß der große Bull so stark sei, daß die Jungen
der Ansicht seien, er könne selbst den Unterlehrer, Mr.
Ward, durchprügeln. So lernte Amelia jeden Knaben in der
Schule ebensogut kennen, wie ihn George selbst kannte,
und abends pflegte sie ihm bei seinen Schularbeiten zu
helfen und sich ihr Köpfchen mit seinen Aufgaben geradeso
eifrig zu zerbrechen, als ob sie selbst am nächsten Morgen
vor den Lehrer treten sollte. Einmal kam George nach einem
Kampf mit einem jungen Herrn Smith mit einem blauen
Auge nach Hause und prahlte seiner Mutter und seinem
entzückten alten Großvater gegenüber gewaltig mit seiner
Tapferkeit in diesem Gefecht, in dem er aber in Wahrheit
kein besonderes Heldentum bewiesen und entschieden den
kürzeren gezogen hatte. Aber Amelia hat diesem Smith noch
heute nicht vergeben, obwohl er jetzt ein friedlicher Apotheker in der Nähe des Leicester Square ist.
Unter solchen stillen Arbeiten und harmlosen Sorgen verging das Leben der sanften Witwe. Ein paar Silberhaare und
eine ganz kleine Falte auf ihrer schönen weißen Stirn ließen
erkennen, daß auch an ihr die Zeit nicht völlig spurlos vor-
übergegangen war. Sie pflegte über diese Anzeichen des
Alters zu lächeln. »Was tut das bei einer alten Frau wie mir?«
sagte sie. Sie wünschte nur noch so lange zu leben, bis sie
ihren Sohn als großen, berühmten Mann sehe, wie er es verdiene. Sie bewahrte seine Schreibhefte, Zeichnungen und
Aufsätze auf und zeigte sie in ihrem kleinen Bekanntenkreis,
als wären es Wunderleistungen eines Genies. Sie vertraute
einige dieser Arbeiten Miß Dobbin an, damit diese sie Miß
Osborne, Georges Tante, übergäbe und Miß Osborne sie
wiederum dem alten Mr. Osborne vorlegen sollte, der dann
gewiß seine Grausamkeit und Härte gegen seinen dahingeschiedenen Sohn bereuen würde. Alle Fehler und Schwächen ihres Gatten hatte sie mit ihm begraben. Sie hatte nur
den Geliebten im Gedächtnis, der so viel geopfert hatte, um

sie zu heiraten, den edlen, tapferen, schönen Gatten, in dessen Armen sie an dem Morgen gelegen hatte, als er hinausgezogen war, um für seinen König zu kämpfen und ruhmvoll zu sterben. Gewiß blickte der Held lächelnd vom Himmel auf den wunderbaren Knaben herab, den er ihr zu ihrem Trost hinterlassen hatte.

Wir haben gesehen, daß einer von Georges Großvätern, Mr. Osborne, in seinem Lehnstuhl am Russell Square täglich heftiger und mürrischer wurde und daß seine Tochter trotz ihrem schönen Wagen, ihren schönen Pferden und dem hervorragenden Platz, den ihr Name auf der Hälfte aller Wohltätigkeitslisten in der Stadt einnahm, eine verlassene, unglückliche, schlecht behandelte alte Jungfer war. Sie mußte immer wieder an den schönen kleinen Knaben, den Sohn ihres Bruders, denken, den sie einmal gesehen hatte. Sie hätte gar zu gern die Erlaubnis gehabt, in dem hübschen Wagen nach dem Haus fahren zu dürfen, wo er wohnte, und blickte alle Tage bei ihren einsamen Spazierfahrten im Park umher, in der Hoffnung, ihn wiederzusehen. Ihre Schwester, die Frau des Bankiers, ließ sich mitunter herab, ihrem alten Vaterhaus und ihrer Jugendgenossin am Russell Square einen Besuch zu machen. Sie brachte ein paar kränkliche Kinder mit, die von einer geputzten Wärterin begleitet waren, und plapperte ihrer Schwester mit vornehm gedämpfter Stimme etwas über ihren feinen Bekanntenkreis vor und erzählte, daß ihr kleiner Frederick das Ebenbild von Lord Claud Lollypop sei und ihre süße Maria die Aufmerksamkeit der Baronesse erregt habe, als die Kinder in Roehampton mit ihrem Eselfuhrwerk umhergefahren seien. Sie drang in sie, sie möchte doch den Papa veranlassen, etwas für die lieben Kleinen zu tun. Sie habe sich dafür entschieden, daß Frederick bei der Garde eintreten solle; wenn sie ihm nun ein Majoratsgut beschafften – und ihr Mann richte sich geradezu zugrunde und darbe sich alles ab, um Land

168

kaufen zu können –, wie solle dann für das liebe Mädchen gesorgt werden? »Ich rechne da auf dich, liebe Schwester«, pflegte Mrs. Bullock zu sagen, »denn mein Anteil an unseres Papas Vermögen muß natürlich auf das Oberhaupt der Familie übergehen. Die liebe Rhoda Macmull will den ganzen Castletoddyschen Landbesitz schuldenfrei machen, sobald der arme, liebe Lord Castletoddy stirbt, der ganz epileptisch ist, und der kleine Macduff Macmull wird dann Viscount Castletoddy werden. Die beiden Mr. Bluyder in der Mincing Lane haben ihr Vermögen Fanny Bludyers kleinem Sohn verschrieben. Mein süßer kleiner Frederick muß unter allen Umständen Majoratsherr werden und – und bitte doch Papa, daß er sein Guthaben wieder bei uns in der Lombard Street einrichten möchte, nicht wahr, liebe Schwester? Es sieht nicht gut aus, daß er zu Stumpy & Rowdy geht.« Nach solchen Gesprächen, in denen sich Gesellschaftsklatsch mit Geldgier verband, und nach einem Kuß, der so kühl war wie die Berührung einer Auster, rief Mrs. Bullock ihre puppenhaften Kinderchen herbei und kehrte mit geziertem Lächeln zu ihrem Wagen zurück.

Jeder neue Besuch, den diese vornehme Dame ihrer Familie abstattete, wurde für sie unheilvoller als die vorhergehenden: ihr Vater zahlte immer mehr Geld bei Stumpy & Rowdy ein. Ihr gönnerhaftes Benehmen wurde immer unerträglicher. Die arme Witwe in dem kleinen Häuschen in Brompton, die dort ihren Schatz hütete, ahnte schwerlich, wie sehr gewisse Leute danach Verlangen trugen.

An dem Abend, an dem Jane Osborne ihrem Vater gesagt hatte, daß sie seinen Enkel gesehen habe, hatte der alte Mann ihr nichts geantwortet; aber er hatte auch keinen Zorn gezeigt, sondern, als er in sein Schlafzimmer ging, ihr in ziemlich freundlichem Ton gute Nacht gesagt. Er mußte über ihre Worte nachgedacht und bei der Familie Dobbin über ihren Besuch Erkundigungen eingezogen haben, denn ungefähr vierzehn Tage darauf fragte er sie, wo die kleine französische Uhr und Kette geblieben sei, die sie sonst getragen habe.

»Ich hatte sie für mein eigenes Geld gekauft, Vater«, antwortete sie erschrocken.

»Schaffe dir eine andere ebenso gute oder eine bessere an, wenn du sie bekommen kannst«, erwiderte der alte Herr und versank darauf wieder in sein Schweigen.

In der letzten Zeit hatten die Misses Dobbin Amelia wiederholt und dringend gebeten, dem kleinen George zu erlauben, daß er seine Besuche bei ihnen fortsetze. Seine Tante habe ihn liebgewonnen, und sie deuteten darauf hin, daß vielleicht der Großvater selbst nicht abgeneigt sein werde, sich mit ihm auszusöhnen. Jedenfalls dürfe Amelia eine so vorteilhafte Aussicht für den Knaben nicht zurückweisen. Auch Amelia war der Ansicht, daß sie das nicht dürfe, aber sie gab diesen Annäherungsversuchen nur mit schwerem, von bösen Ahnungen erfülltem Herzen nach, war während der Abwesenheit des Kindes immer in großer Aufregung und begrüßte ihn bei seiner Rückkehr stets so, als ob er aus irgendwelcher Gefahr errettet worden sei. Er brachte Geld und Spielsachen mit nach Hause, was die Witwe mit Unruhe und Eifersucht erfüllte. Sie fragte ihn jedesmal, ob er dort einen Herrn gesehen habe; aber die Antwort lautete stets: nur den alten Sir William, der mit ihm in dem vierrädrigen Wagen umhergefahren sei, und Mr. Dobbin, der nachmittags mit einem grünen Rock, einem roten Halstuch und einer Reitpeitsche mit goldenem Knopf auf einem schönen braunen Pferd angekommen sei und ihm versprochen habe, ihm den Tower von London zu zeigen und ihn mitzunehmen, sobald eine Jagd mit den Surreyhunden stattfinde. Endlich berichtete er einmal: »Ja, es war ein alter Herr da, mit dicken Augenbrauen und einem breitkrempigen Hut und einer großen Uhrkette mit Petschaften daran.

Er kam gerade, als der Kutscher mich auf dem grauen Pony an der Longe um den Rasenplatz herumreiten ließ. Er sah mich sehr lange an und zitterte sehr. Nach dem Dinner sagte ich ›Mein Nam ist Norval‹[1] auf. Meine Tante fing an zu weinen. Sie weint immer.« So lautete Georges Bericht an diesem Abend.

Nun wußte Amelia, daß der Knabe seinen Großvater gesehen hatte, und sah mit fieberhafter Spannung einem Vorschlag entgegen, der, wie sie überzeugt war, jetzt erfolgen werde, und der auch wirklich einige Tage darauf eintraf. Mr. Osborne erbot sich in aller Form, den Knaben zu sich zu nehmen und ihn zum Erben des Vermögens einzusetzen, das er seinem Vater zu hinterlassen beabsichtigt habe. Er wolle Mrs. George Osborne eine Jahresrente aussetzen, die ihr eine anständige Existenz sichere. Wenn Mrs. Osborne vorhabe, sich wieder zu verheiraten, wie ihm mitgeteilt worden sei, so wolle er diese Rente nicht zurückziehen. Bedingung sei jedoch, daß das Kind vollständig bei seinem Großvater am Russell Square lebe oder an einem anderen Ort, den Mr. Osborne bestimmen werde. Hin und wieder werde ihm gestattet werden, Mrs. Osborne in ihrer eigenen Wohnung zu besuchen. Diese Botschaft wurde ihr eines Tages in einem Brief überbracht oder vielmehr von dem Überbringer aus diesem vorgelesen, als ihre Mutter gerade nicht zu Hause und ihr Vater wie gewöhnlich in der City war.
Sie war in ihrem ganzen Leben nur zwei- oder dreimal in Zorn geraten, und Mr. Osbornes Rechtsanwalt hatte das Glück, sie in einem solcher seltenen Anfälle zu sehen. Als Mr. Poe ihr den Brief vorgelesen hatte und überreichte, erhob sie sich zitternd und tief errötend, zerriß das Papier in hundert Fetzen und trat mit den Füßen darauf. »Ich sollte mich wieder verheiraten? Ich sollte Geld dafür nehmen, daß

ich mich von meinem Kinde trenne? Wer darf es wagen, mich durch einen solchen Vorschlag zu beleidigen? Sagen Sie Mr. Osborne, das wäre ein schändlicher Brief, Sir – wahrhaftig ein schändlicher Brief – und ich wolle darauf nicht antworten. Guten Morgen, Sir!« »Und damit wies sie mich aus dem Zimmer wie eine Königin in einer Tragödie«, sagte der Rechtsanwalt, als er die Geschichte erzählte.

Ihre Eltern bemerkten ihre Aufregung an diesem Tage nicht, und sie selbst erzählte ihnen nie von dem Besuch, den sie gehabt hatte. Sie waren zu sehr mit ihren eigenen Angelegenheiten beschäftigt, Angelegenheiten, die aber auch für die unschuldige, ahnungslose Amelia von größter Wichtigkeit waren. Der alte Herr, ihr Vater, ließ sich fortwährend in törichte Spekulationen ein. Wir haben gesehen, wie ihm das Weingeschäft und das Kohlengeschäft mißglückt waren. Bei seinem eifrigen und rastlosen Herumlaufen in der City war er auf einen anderen Plan verfallen, auf den er so große Hoffnungen setzte, daß er ihn trotz den Warnungen Mr. Clapps, dem er übrigens nie zu sagen wagte, wieviel er dabei aufs Spiel setzte, auf alle Fälle durchzuführen versuchte. Und da es stets Mr. Sedleys Grundsatz gewesen war, mit Frauen nicht über Geldgeschäfte zu sprechen, so hatten Mrs. Sedley und Amelia keine Ahnung von dem ihnen bevorstehenden Unglück, bis der arme alte Herr sich gezwungen sah, nach und nach zu beichten.

Zuerst blieben die Rechnungen des kleinen Haushaltes rückständig, die sonst wöchentlich beglichen worden waren. Die Geldanweisung aus Indien sei nicht eingetroffen, sagte Mr. Sedley seiner Frau mit verstörtem Gesicht. Da Mrs. Sedley ihre Rechnungen bisher immer sehr regelmäßig bezahlt hatte, waren einige der Geschäftsleute, die die arme Dame notgedrungen um Frist bitten mußte, sehr ungehalten über eine Verzögerung, an die sie bei unregelmäßiger zahlenden Kunden durchaus gewöhnt waren. Emmys Beitrag, den sie freudig und ohne Umstände hingab, ermöglichte vorläufig den Unterhalt der kleinen Familie, wenn auch nur bei halber Ration. So gingen die ersten sechs Monate noch ziemlich glücklich vorüber, und der alte Sedley tröstete sich immer noch mit der Hoffnung, daß seine Aktien steigen würden und alles in Ordnung kommen werde.

Aber am Ende des halben Jahres blieben wieder die sechzig Pfund aus, die dem Haushalt hätten aufhelfen sollen, der in immer größere Bedrängnis geriet. Mrs. Sedley, die zu kränkeln anfing und sehr niedergebeugt war, verhielt sich schweigsam oder weinte sich bei Mrs. Clapp in der Küche aus. Der Fleischer war besonders verdrießlich und der Lebensmittelhändler unverschämt. Ein paarmal hatte der kleine George schon über das Essen gemurrt, und Amelia, die für ihre eigene Person mit einem Stück Brot als Dinner zufrieden gewesen wäre, mußte sich sagen, daß die Beköstigung für ihren Sohn unzulänglich war, und kaufte aus ihrer eigenen Tasche kleine Leckerbissen, um den Knaben gesund zu erhalten.

Endlich teilten die Eltern Amelia mit, wie es stand, oder vielmehr, sie erzählten ihr eine so entstellte Geschichte, wie Leute in Geldnot sie zu erzählen pflegen. Als nämlich Amelia eines Tages ihre halbjährlichen Zinsen empfangen hatte und ihren Beitrag den Eltern übergeben wollte, bat die junge Frau, die über die bisher von ihr hergegebenen Summen genau Buch geführt hatte, diesmal einen gewissen Teil des Geldes zurückbehalten zu dürfen, da sie für George einen neuen Anzug bestellt habe.

Nun kam es heraus, daß die Unterstützung von Joseph nicht eingegangen sei und die Familie sich in Verlegenheiten befinde, die Amelia, wie ihre Mutter sagte, schon längst hätte bemerken müssen, wenn sie für etwas anderes Sinn hätte als für ihren George. Amelia schob hierauf, ohne ein Wort zu erwidern, ihr ganzes Geld über den Tisch ihrer Mutter zu und zog sich dann in ihr Zimmer zurück, um sich die Augen auszuweinen. Sehr schmerzvoll war es ihr an diesem Tage auch, als sie hingehen und den Anzug wieder abbestellen mußte – den allerliebsten Anzug, der zur Freude ihres Herzens das Weihnachtsgeschenk für George hatte sein sollen, und dessen Schnitt sie in vielen Besprechungen mit einer kleinen Schneiderin, mit der sie befreundet war, festgelegt hatte.

Das Allerschwerste aber war, die Sache dem Knaben beizubringen. Dieser erhob ein lautes Geschrei: alle Jungen bekämen zu Weihnachten neue Anzüge; die andern würden ihn auslachen; er *wolle* einen neuen Anzug haben, sie habe es ihm versprochen. Die arme Witwe hatte ihm nichts als ihre Küsse zu geben. Sie besserte seinen alten Anzug unter Tränen aus. Sie musterte ihre bescheidenen Schmucksachen, um zu sehen, ob sie etwas verkaufen und von dem Erlös den ersehnten neuen Anzug anschaffen könne. Da fiel ihr der indische Schal in die Augen, den Dobbin ihr geschickt hatte. Sie erinnerte sich, daß sie in früheren Zeiten mit ihrer Mutter in Ludgate Hill in einem feinen Laden gewesen war, wo die Damen dergleichen Sachen zu kaufen und zu verkaufen pflegten. Ihre Wangen erglühten und ihre Augen leuchteten auf vor Freude, als sie an diesen Ausweg dachte, und als George am Morgen in die Schule ging, küßte sie ihn und blickte ihm fröhlich lächelnd nach. Der Knabe merkte es, daß dieser Blick Gutes verhieß.

Sie schlug also ihren Schal in ein Tuch, das gleichfalls ein Geschenk des guten Majors war, verbarg das Paket unter ihrem Mantel und wanderte munter und vergnügt den ganzen Weg nach Ludgate Hill zu Fuß. Sie trippelte leicht-füßig an der Parkmauer hin und lief fröhlich über die Straßenkreuzungen, so daß mancher Mann, als sie an ihm vorbeihuschte, sich umwandte und der kleinen Frau mit dem frischen, rosigen Gesicht nachblickte. Sie stellte Berechnun-
174

gen an, wie sie den Erlös aus ihrem Schal verwenden wollte. Außer dem Anzug wollte sie ihrem Sohn noch die Bücher kaufen, die er sich so sehr wünschte, und das halbjährliche Schulgeld für ihn bezahlen. Ferner wollte sie ihrem Vater statt des alten Überrockes, den er jetzt trug, einen Mantel kaufen. Sie hatte sich nicht in dem Wert des Geschenks, das ihr der Major gemacht hatte, geirrt: es war ein vorzügliches, schönes Gewebe, und der Kaufmann machte ein sehr gutes Geschäft, als er ihr zwanzig Guineen dafür gab.

Erstaunt und aufgeregt lief sie mit ihrem Reichtum nach Dartons Buchladen am St. Pauls Church Yard, kaufte dort ›Sandford und Merton‹[1] und andere Bücher, die sich George gewünscht hatte, stieg mit ihrem Paket in eine Droschke und fuhr hocherfreut nach Hause. Sie machte sich das Vergnügen, in ihrer schönsten Schrift auf das erste weiße Blatt jedes Buches zu schreiben: ›Für George Osborne als Weihnachtsgeschenk von seiner ihn liebenden Mutter.‹ Die Bücher mit der schönen zartsinnigen Widmung sind noch heute vorhanden.

Sie kam gerade mit den Büchern in der Hand aus ihrem Zimmer, um sie auf Georges Tisch zu legen, damit er sie bei seiner Rückkehr von der Schule dort finde, als ihr auf dem Flur ihre Mutter begegnete. Die Goldverzierung der sieben hübschen Bändchen erregte die Aufmerksamkeit der alten Dame.

»Was ist das da?« fragte sie.

»Ein paar Bücher für George«, erwiderte Amelia errötend, »ich – ich habe sie ihm zu Weihnachten versprochen.«

»Bücher!« rief die alte Dame entrüstet. »Bücher, während die ganze Familie kein Brot hat! Bücher, während ich, um dich und deinen Sohn im Wohlleben zu erhalten und deinen guten Vater vor dem Schuldgefängnis zu bewahren, alle

1. The History of Sandford and Merton, eine Geschichte voll jugendlicher Romantik von Thomas Day (1748–1789).

meine Schmucksachen, den indischen Schal, alles, alles bis zu den silbernen Löffeln verkauft habe, damit unsere Händler nicht ungezogen gegen uns werden und Mr. Clapp die Miete bekommt, auf die er um so mehr Anspruch hat, da er kein harter Wirt, sondern ein höflicher Mann und auch selbst Familienvater ist. Ach, Amelia, du brichst mir das Herz mit deinen Büchern und mit deinem Jungen, den du zugrunde richtest, weil du dich nicht von ihm trennen willst. Ach, Amelia, möge Gott dir ein pflichttreueres Kind geben, als ich es gehabt habe. Joseph läßt seinen Vater noch auf seine alten Tage im Stich, und George geht wie ein Lord mit einer goldenen Uhr und einer goldenen Kette um den Hals zur Schule und könnte großartig versorgt und reich sein, während mein lieber, lieber alter Mann keinen Schill – Schilling hat!« Hier wurden Mrs. Sedleys Worte durch ein krampfhaftes Weinen und Schluchzen unterbrochen. Sie hatte so laut gesprochen, daß es durch alle Räume des kleinen Hauses geschallt hatte und die anderen Hausbewohnerinnen jedes Wort des Gesprächs hatten verstehen können.

»O Mutter, Mutter!« rief die arme Amelia weinend, »du hast mir ja nichts davon gesagt! Ich – ich hatte ihm die Bücher versprochen. Ich – ich habe meinen Schal erst heute morgen verkauft. Nimm das Geld – nimm alles!« und mit zitternden Händen holte sie ihre Silberstücke und ihre Sovereigns, ihre kostbaren goldenen Sovereigns, hervor und drückte sie ihrer Mutter in die Hände, denen sie entglitten und die Treppe hinunterrollten.

Dann ging sie in ihr Zimmer und sank tief unglücklich und verzweifelt auf ihr Bett nieder. Jetzt sah sie alles klar. In ihrer Selbstsucht opferte sie den Knaben auf. Wenn sie ihm nicht hinderlich wäre, könnte er Reichtum, Ansehen und eine gute Erziehung haben und den Platz seines Vaters einnehmen, den dieser um ihretwillen aufgegeben hatte. Sie brauchte nur die Worte zu sprechen, die man von

ihr verlangte, und ihr Vater hatte wieder ein sorgenfreies
Leben, und ihr Sohn gelangte zu Reichtum. Oh, welch ein
Verdammungsurteil war dies für das zarte, traurige Herz!

ZWÖLFTES KAPITEL
Gaunt House

Alle Welt weiß, daß Lord Steynes Stadtpalast am Gaunt
Square liegt, von dem die Great Gaunt Street ausgeht, in
die wir Rebekka zu der Zeit, als der alte Sir Pitt Crawley
noch lebte, zuerst begleitet haben. Wenn man über das
Gitter und zwischen den dunklen Bäumen hindurch in den
Garten des Squares blickt, sieht man einige armselige Gouvernanten mit ihren blassen Zöglingen um den Rasenplatz
herumgehen, in dessen Mitte sich die Statue Lord Gaunts
erhebt, der bei Minden gefochten hat[1] und eine dreizipflige
Perücke trägt, sonst aber in der Tracht eines römischen
Kaisers dargestellt ist. Gaunt House nimmt nahezu eine
ganze Seite des Squares ein. An den übrigen drei Seiten
stehen Gebäude, die einen verwaisten Eindruck machen –
große, düstere Häuser, deren steinerne Fensterrahmen sich
durch ein helleres Rot abheben. Hinter den Fenstern dieser
öden, unbehaglichen Gebäude sieht man selten Licht, und
die Gastlichkeit scheint von ihren Türen ebenso verbannt
zu sein wie die betreßten Diener und die Fackelträger der
alten Zeit, die ihre Fackeln in den blanken eisernen Lösch-
hörnern zu ersticken pflegten, die sich noch jetzt neben den
Laternen an der Treppe befinden. Sogar Geschäfte sind bis
an den Square vorgedrungen; man bemerkt die Messing-
schilder mehrerer Ärzte, der westlichen Filiale der Diddle-
sex-Bank, der englischen und europäischen Vereinigung
usw. Das Ganze bietet einen trübseligen Anblick, und Lord
Steynes Palast macht keine Ausnahme davon. Ich habe nie-

1. Als Herzog Ferdinand von Braunschweig im Jahre 1758 diese Stadt eroberte.

mals mehr von diesem Palast gesehen als die gewaltige
Vorderfront mit den wuchtigen Säulen an dem großen Tor,
aus dem manchmal ein verdrießlicher alter Portier mit fettem,
rotem Gesicht herausschaut, und über der Mauer die Boden-
kammer- und Schlafstubenfenster und die Schornsteine, aus
denen jetzt nur selten Rauch aufsteigt. Denn der gegenwärtige Lord Steyne lebt in Neapel und zieht die Aussicht
auf den Golf, auf Capri und den Vesuv dem traurigen Anblick der Mauern am Gaunt Square vor.
Wenn man die New Gaunt Street etwa hundert Schritte
hinabgeht, findet man da eine kleine bescheidene Hintertür,
die anscheinend nach den zu Gaunt House gehörigen Stallungen führt und von den übrigen Stalltüren in keiner Weise
absticht. Aber schon mancher kleine geschlossene Wagen
hat an dieser Tür gehalten, wie mir mein Gewährsmann (der
kleine Tom Eaves, der alles weiß und mir die Stelle zeigte)
erzählt hat. »Der Prinz und Perdita sind oft durch diese Tür
ein und aus gegangen, Sir«, hat er mir oft erzählt; »Marianne
Clarke ist mit dem Herzog von *** hier hereingeschlüpft.
Die Tür führt zu Lord Steynes berühmten petits apparte-
ments, von denen eins ganz in Elfenbein und weißem Atlas,
ein anderes in Ebenholz und schwarzem Samt gehalten ist,
Sir. Darin befindet sich auch ein kleiner Speisesaal, eine
Nachbildung des Speisesaals im Hause des Sallust in Pom-
peji, mit Wandgemälden von Cosway, und eine kleine Privat-
küche, in der jede Pfanne von Silber und alle Bratspieße von
Gold waren. Hier war es, wo Philipp Egalité von Orleans
Rebhühner an dem Abend briet, an dem er und der Marquis
von Steyne einer hohen Persönlichkeit hunderttausend
Pfund im L'hombre abgewannen. Die Hälfte dieser Summe
wurde zur Unterstützung der Französischen Revolution
verwendet, für die andere Hälfte kaufte sich Lord Gaunt den
Titel Marquis und den Hosenbandorden, und der Rest ...«
Aber es liegt nicht in unserer Absicht, zu erzählen, was aus

dem Rest wurde. Der kleine Tom Eaves, der über jedermanns Angelegenheiten Bescheid weiß, ist bereit, Wißbegierigen über jeden Schilling dieses Geldes und über alles mögliche andere Auskunft zu geben.

Außer seinem Stadtpalast besaß der Marquis in verschiedenen Gegenden der drei Königreiche Schlösser und Paläste, deren Beschreibung man in den Reisehandbüchern nachlesen kann: Castle Strongbow mit seinen Wäldern am Ufer des Shannon, Gaunt Castle in Carmarthenshire, wo Richard II. gefangengenommen wurde, Gauntly Hall in Yorkshire, wo, wie man mir erzählt hat, zweihundert silberne Teekannen für das Frühstück der Gäste des Hauses vorhanden waren und alles Zubehör in entsprechend glänzender Ausstattung, und Stillbrook in Hampshire, der Meierhof des Lords, ein bescheidener Wohnsitz, dessen wundervolle Einrichtung, wie uns allen noch im Gedächtnis ist, nach dem Hinscheiden des Lords von einem ehemals berühmten Auktionator verkauft wurde.

Die Marquise von Steyne stammte aus der berühmten alten Familie der Caerlyons ab, also von den Marquis von Camelot, die seit der Bekehrung des ehrwürdigen Druiden, ihres ersten Ahnherrn, allzeit den alten Glauben bewahrt haben und deren Stammbaum weit über die Zeit zurückreicht, als König Brutus[1] auf diesen Inseln ankam. Pendagron ist der Titel des ältesten Sprossen dieses Hauses, dessen Söhne seit undenklichen Zeiten die Vornamen Arthur, Uther und Caradoc geführt haben. Ihre Köpfe sind in mancher ehrenhaften Verschwörung gefallen. Elisabeth ließ den Arthur ihrer Zeit köpfen, der bei Philipp und Maria Kammerherr gewesen war und Briefe zwischen der Königin von Schottland und ihren Onkeln, den Guisen befördert hatte. Ein jüngerer Sohn des Hauses war ein Offizier des großen Herzogs und zeichnete sich in der berühmten Verschwörung der Bartholomäus-

1. Ein sagenhafter Enkel des Äneas.

nacht aus. Während der ganzen Dauer von Marias Gefangenschaft stand ihr das Haus Camelot heimlich bei. Die Familie wurde ebenso durch die Ausgaben geschädigt, die sie bei der Ausrüstung einer Kriegsmacht gegen die Spanier zur Zeit der Armada zu tragen hatte, wie durch die Geldstrafen und Vermögenseinziehungen, die Elisabeth für die Beherbergung von Priestern, für die hartnäckige Weigerung, sich zur anglikanischen Kirsche zu bekennen, und für papistische Übeltaten über sie verhängte. Ein abtrünniges Mitglied der Familie wurde zu Jakobs I. Zeiten vorübergehend durch die Überredungskünste dieses großen Theologen seinem Glaubensbekenntnis abspenstig gemacht, und die Vermögensverhältnisse der Familie besserten sich durch seinen sehr zur rechten Zeit erfolgten Umfall wieder einigermaßen. Der Graf von Camelot aber, der unter der Regierung Karls I. lebte, kehrte zu dem alten Glauben seiner Väter zurück, und so fuhren die Nachkommen fort, für diesen Glauben zu kämpfen und sich für ihn zu ruinieren, solange noch ein Stuart da war, der eine Empörung zu leiten oder wenigstens anzustiften imstande war.

Lady Mary Caerlyon wurde in einem Pariser Kloster erzogen. Die Kronprinzessin Marie Antoinette war ihre Patin. In der Blüte ihrer Schönheit war sie mit Lord Gaunt, der sich damals in Paris befand, verheiratet oder vielmehr, wie man sagte, an ihn verkauft worden, und zwar für eine gewaltige Summe, die der Marquis von Steyne bei einem Bankett des Herzogs Philipp von Orleans dem Bruder der Lady abgewonnen hatte. Das berühmte Duell des Grafen Gaunt mit dem Grafen de la Marche von den Grauen Musketieren wurde nach einem allgemein verbreiteten Gerücht darauf zurückgeführt, daß dieser Offizier, der Page der Königin gewesen war und dann ihr Günstling blieb, Ansprüche auf die Hand der schönen Lady Mary Caerlyon erhob. Sie wurde mit Lord Gaunt verheiratet, während der Graf noch an der

180

erhaltenen Wunde darniederlag, zog in Gaunt House ein und spielte eine kurze Zeit lang eine glänzende Rolle an dem Hofe des Prinzen von Wales. Fox brachte einen Trinkspruch auf sie aus, Morris und Sheridan feierten sie in Liedern, Malmesbury[1] sagte ihr seine schönsten Schmeicheleien, Walpole[2] erklärte sie für eine reizende Frau, und Devonshire[3] wäre beinahe eifersüchtig auf sie geworden. Aber sie fühlte sich durch die wilden Freuden und Vergnügungen der Gesellschaft, in die man sie hineingezogen hatte, abgestoßen, und nachdem sie zwei Söhne geboren hatte, schloß sie sich von der Welt ab, um hinfort ein stilles, beschauliches Leben zu führen. Kein Wunder, daß Lord Steyne, der ein Freund von Vergnügungen und Heiterkeit war, sich nach der Heirat nicht oft an der Seite seiner ängstlichen, schweigsamen, abergläubischen, unglücklichen Gemahlin sehen ließ.

Der oben erwähnte Tom Eaves (der mit dieser Geschichte weiter nichts zu tun hat, als daß er alle vornehmen Leute in London und die Geschichte und die Geheimnisse jeder Familie kennt) wußte noch weitere Mitteilungen über Lady Steyne zu machen, deren Wahrheit ich freilich dahingestellt sein lassen muß. »Die Demütigungen,« erzählte Tom, »die diese Frau in ihrem eigenen Haus zu ertragen hatte, waren furchtbar. Lord Steyne zwang sie, mit Weibern zusammen an einem Tisch zu sitzen, mit denen ich meine Frau um keinen Preis in Berührung kommen lassen würde: mit Lady Crackenbury, mit Mrs. Chippenham, mit Madame de la Cruchecassée, der Frau des französischen Sekretärs«, (Tom Eaves, der seine Frau getötet haben würde, wenn sie mit diesen Damen verkehrt hätte, wäre nur zu glücklich gewesen, wenn er von einer von ihnen einen Gruß oder eine Ein-

1. James Harris Malmesbury, 1746-1820, Diplomat.
2. Einer der geistreichsten und witzigsten Brief- und Memoirenschriftsteller.
3. William, Herzog von Devonshire; seine Gemahlin zeichnete sich durch Schönheit, Liebenswürdigkeit und poetisches Talent aus.

ladung zum Mittagessen empfangen hätte), »kurz, mit der jeweiligen regierenden Favoritin. Aber glauben Sie etwa, daß diese Frau aus einer Familie, die so stolz ist wie die Bourbonen, und der gegenüber die Steynes nur Bediente, Emporkömmlinge neuester Zeit sind – denn eigentlich gehören sie nicht zu den alten Gaunts, sondern zu einem jüngeren, zweifelhaften Zweig des Hauses – glauben Sie etwa, sage ich,« (der Leser muß im Gedächtnis behalten, daß es immer Tom Eaves ist, der hier spricht) »daß die Marquise von Steyne, die stolzeste Frau in ganz England, sich so demütig ihrem Mann unterwerfen würde, wenn sie keine Ursache dazu hätte? Pah! Ich sage Ihnen, es stecken geheime Gründe dahinter! Ich sage Ihnen, daß jener Abbé de la Marche, der sich zur Emigrantenhochzeit hier aufhielt und mit Puisaye und Tinteniac in der Quiberoon-Angelegenheit[1] tätig war, ebenderselbe Oberst der Grauen Musketiere war, mit dem sich Steyne im Jahre 1786 duelliert hat! Ich sage Ihnen, daß er und die Marquise hier wieder zusammentrafen und daß Lady Steyne jene strengen Andachtsübungen, die sie jetzt durchführt, erst anfing, als der Priester-Oberst in der Bretagne erschossen wurde. Jetzt schließt sie sich täglich mit ihrem Beichtvater ein und geht jeden Morgen nach dem Spanischen Platz zur Messe; ich habe sie da beobachtet – das heißt, ich kam dort zufällig vorbei. Verlassen Sie sich darauf, dahinter steckt ein Geheimnis. Die Menschen fühlen sich nicht so unglücklich, wenn sie nicht etwas zu bereuen haben«, fügte Tom Eaves mit schlauem Kopfschütteln hinzu. »Und Sie können sicher sein: Die Frau würde nicht so unterwürfig sein, wie sie ist, wenn der Marquis nicht sozusagen ein Schwert über ihrem Haupt hielte.«

Wenn also Mr. Eaves' Angaben zutreffend sind, so hatte diese Dame trotz ihrer hohen Stellung manche geheime

1. Auf der Halbinsel Quiberoon in der Bretagne landeten im Juli 1795 französische Emigranten, wurden aber von Hoche geschlagen.

Kränkung zu ertragen und manchen geheimen Kummer unter einer ruhigen Miene zu verbergen. Liebe Brüder! wir alle, deren Name nicht im Adelskalender steht, wollen uns daher mit dem angenehmen Gedanken trösten, daß auch vornehmere Leute unglücklich sein können und daß Damokles, der auf seidenen Kissen sitzt und von goldenen Tellern speist, ein schreckliches Schwert in Gestalt eines Gerichtsvollziehers oder einer erblichen Krankheit oder eines Familiengeheimnisses über seinem Haupt hängen hat – ein Schwert, das dann und wann gespensterhaft aus dem gestickten Wandbehang hervorschaut und mit Sicherheit früher oder später auf die richtige Stelle niedersausen wird. Wenn der Arme seine Lage mit der des Vornehmen vergleicht, so kann er (immer noch nach Mr. Eaves) noch eine andere große Quelle des Trostes für sich entdecken. Wer wenig oder kein Vermögen zu hinterlassen oder zu erben hat, kann mit seinem Vater oder mit seinem Sohn in gutem Einvernehmen leben, während der Erbe eines hochgestellten Mannes wie Lord Steyne naturgemäß unzufrieden darüber sein muß, daß ihm sein Königreich so lange vorenthalten wird, und den augenblicklichen Besitzer der ersehnten Güter mit nicht allzu freundlichen Blicken betrachten wird. »Sie können es als Regel annehmen,« sagte der boshafte alte Eaves, »daß die Väter und ältesten Söhne aller hohen Familien einander hassen. Der Kronprinz befindet sich immer im Widerstand gegen die Krone, oder er strebt nach ihr. Shakespeare kannte die Welt, mein lieber Herr, und wenn er schildert[1], wie Prinz Hal (von dessen Familie die Gaunts abzustammen behaupten, obwohl sie mit John von Gaunt ebensowenig verwandt sind wie Sie) die Krone seines Vaters aufprobiert, so gibt er uns damit eine naturgetreue Darstellung der Gefühle aller Thronerben. Wenn Sie der Erbe eines Herzogtums und eines täglichen Einkommens von tausend

1. ‚König Heinrich IV.‘, Zweiter Teil IV, 4.

Pfund wären, wollen Sie etwa sagen, daß Sie sich dann nicht danach sehnen würden, den Besitz anzutreten? Pah! Und es versteht sich von selbst, daß jeder hochgestellte Mann, da er dieses Gefühl selbst gegen seinen Vater gehegt hat, sich bewußt sein muß, daß sein Sohn ebenso gegen ihn gesinnt ist; und so ist es gar nicht anders möglich, als daß sie argwöhnisch und feindselig gegeneinander sind.

Und nun zu den Gefühlen der älteren Söhne gegen die jüngeren! Da müssen Sie wissen, mein lieber Herr, daß jeder älteste Sohn seine jüngeren Brüder als seine natürlichen Feinde betrachtet, die ihn soundso vielen baren Geldes berauben, das von Rechts wegen ihm gehören müßte. Ich habe George Mac Turk, Lord Bajazets ältesten Sohn, wiederholt sagen hören, wenn es nach ihm ginge, würde er, sobald er den Titel seines Vaters erbte, dasselbe tun wie die Sultane und seine Vermögensverhältnisse dadurch verbessern, daß er allen seinen jüngeren Brüdern auf einmal die Köpfe abschlagen ließe; und so steht die Sache mehr oder minder bei allen. Ich sage Ihnen: im Herzen sind sie alle Türken. Pah, Sir, diese Leute kennen eben die Welt.« Da in diesem Augenblick zufällig ein vornehmer Mann in unsere Nähe kam, riß Tom Eaves schleunigst den Hut vom Kopf und eilte mit einer tiefen Verbeugung und einem verbindlichen Lächeln auf ihn zu, wodurch er bewies, daß auch er die Welt kannte – wenigstens in der Art von Leuten seines Schlages. Tom, der jeden Schilling seines Vermögens in Leibrente angelegt hat, braucht allerdings seinen Neffen und Nichten nicht zu mißtrauen und hegt bessergestellten Menschen gegenüber kein anderes Gefühl als den ständigen, edelmütigen Wunsch, von ihnen zum Dinner eingeladen zu werden.

Zwischen der Marquise und der natürlichen, zärtlichen Liebe einer Mutter zu ihren Kindern hatte die Verschiedenheit des Glaubens eine grausame Schranke errichtet. Selbst die Liebe zu ihren Söhnen diente nur dazu, die ängstliche, fromme Frau noch furchtsamer und unglücklicher zu machen. Die Kluft, die sie von ihren Kindern trennte, war verhängnisvoll und unüberschreitbar. Sie konnte ihre schwachen Arme nicht hinüberstrecken und ihre Kinder auf ihre Seite herüberziehen, außerhalb deren es nach der Lehre ihrer Kirche kein Heil gab. Als seine Söhne noch Knaben waren, kannte Lord Steyne, der ein tüchtiger Gelehrter war und gern über theologische Fragen sprach, abends beim Wein nach dem Dinner kein schöneres Vergnügen, als den Hofmeister der Knaben, den Reverend Mr. Trail (jetzt Bischof von Ealing) auf den Beichtvater der Lady, den Pater Mole, zu hetzen und Oxford mit St.-Acheul[1] kämpfen zu lassen. Dabei rief er abwechselnd: »Bravo, Latimer!«[2] und »Gut gesagt, Loyola!« Er versprach dem Pater Mole ein Bistum, wenn er zum Protestantismus übertrete, und gelobte, all seinen Einfluß aufzubieten, um dem Reverend Trail einen Kardinalshut zu verschaffen, wenn er sich entschlösse, Katholik zu werden, aber keiner der beiden Geistlichen erklärte sich je für überwunden. Die zärtliche Mutter hoffte, daß ihr jüngster und liebster Sohn zu ihrer Kirche, dem Glauben seiner Mutter, zurückkehren werde, aber eine traurige, schreckliche Enttäuschung erwartete die fromme Dame – eine Enttäuschung, die eine Strafe für ihre sündhafte Ehe zu sein schien.

Der junge Lord Gaunt heiratete, wie jedem bekannt ist, der im Adelskalender Bescheid weiß, Lady Blanche Thistlewood, eine Tochter des edlen Hauses Bareacres, das in dieser wahrhaften Geschichte schon früher erwähnt worden ist. Dem jungen Paar wurde ein Flügel von Gaunt House eingeräumt; denn Lord Steyne, das Oberhaupt der Familie, wollte wie über alles, was ihm untertan war, auch über seinen Sohn und seine Schwiegertochter unumschränkt herr-

1. Dorf bei Amiens mit berühmtem Jesuitenkolleg.
2. Englischer Reformator, 1475-1555.

schen. Sein Sohn und Erbe lebte jedoch wenig im Hause, vertrug sich nicht mit seiner Frau und lieh sich auf Wechsel, zahlbar nach dem Tode des Vaters, das Geld, das er außer der sehr bescheidenen Summe brauchte, die sein Vater ihm zu geben für gut befand. Der Marquis wußte von jedem Schilling, den sein Sohn schuldig war, und bei seinem allgemein beklagten Tode stellte es sich heraus, daß er selbst im Besitz vieler Wechsel seines Erben war, die er im Interesse der Kinder seines jüngeren Sohnes aufgekauft und diesen vermacht hatte.

Da zu Lord Gaunts Kummer und zur heimlichen Freude seines natürlichen Feindes und Vaters Lady Gaunt keine Kinder hatte, erging an seinen jüngeren Bruder, Lord George Gaunt, die Aufforderung, von Wien zurückzukehren, wo er mit Walzertanzen und Diplomatie beschäftigt war, um mit Joan, der einzigen Tochter von John Jones, erstem Baron Helvellyn und Chef des Bankgeschäftes von Jones, Brown & Robinson in der Threadneedle Street, einen Ehebund zu schließen. Dieser Verbindung entsprossen mehrere Söhne und Töchter, deren Erlebnisse nicht zu dieser Geschichte gehören. Die Ehe war zuerst sehr glücklich. Lord George Gaunt konnte nicht nur lesen, sondern auch ziemlich richtig schreiben. Er sprach recht geläufig Französisch und war einer der besten Walzertänzer in Europa. Bei diesen Talenten und bei seiner einflußreichen Stellung in seinem Heimatland konnte es kaum einem Zweifel unterliegen, daß er in seinem Beruf zu den höchsten Würden emporsteigen werde. Die Lady, seine Gemahlin, fühlte, daß das Hofleben ihre eigentliche Sphäre sei, und ihr Reichtum setzte sie in den Stand, in den Städten des Kontinents, wohin ihren Mann seine diplomatischen Pflichten führten, ein großes Haus zu führen. Man sprach schon davon, daß er zum Geschäftsträger ernannt werden solle, und im Reiseklub wurde darauf gewettet, daß er in nicht allzu langer Zeit Gesandter sein werde, als plötzlich Gerüchte von einem ganz wunderlichen Benehmen des Gesandtschaftssekretärs nach England gelangten. Bei einem großen diplomatischen Dinner im Hause seines Botschafters war er aufgesprungen und hatte erklärt, die pâté de foie gras sei vergiftet. Auf einem Ball beim bayrischen Gesandten, dem Grafen von Springbock-Hohenlaufen, war er mit kahl geschorenem Kopf und in der Tracht eines Kapuzinermönches erschienen. Es war kein Maskenball gewesen, wie manche Leute der Welt vorreden wollten. Es sei etwas Sonderbares mit ihm, flüsterte man sich zu. Sein Großvater sei auch so gewesen, es liege in der Familie.

Seine Frau und seine Kinder kehrten nach England zurück und nahmen in Gaunt House Wohnung. Lord George gab seinen Posten in Europa auf und wurde nach Brasilien versetzt. Aber die Leute wußten es besser. Er kehrte nie von dieser Reise nach Brasilien zurück, er starb nie dort, er lebte nie dort, er war dort überhaupt nie. Er war nirgends, er war vollständig verschwunden! »Brasilien,« sagte ein solcher Schwätzer grinsend zu einem andern, »Brasilien ist nichts anderes als St. John's Wood. Rio de Janeiro ist ein von vier Mauern umgebenes Landhaus, und George Gaunt ist bei einem Wärter akkreditiert, der ihm den Orden der Zwangsjacke verliehen hat.« Solche Grabreden halten die Menschen einander auf dem Jahrmarkt der Eitelkeit.

Zwei- oder dreimal in der Woche begab sich die arme Mutter ganz früh am Morgen dorthin und besuchte den armen Kranken. Manchmal lachte er sie an – und es war noch jammervoller, ihn lachen als ihn weinen zu hören –, manchmal fand sie den geistreichen, eleganten Diplomaten vom Wiener Kongreß damit beschäftigt, ein Kinderspielzeug umherzuziehen oder die Puppe der kleinen Tochter des Wärters zu hätscheln. Manchmal erkannte er sie und Pater Mole, ihren Beichtvater und Begleiter; häufiger hatte er sie vergessen, so wie er seine Frau, seine Kinder, die Liebe, den Ehrgeiz und die Eitelkeit vergessen hatte. Aber an seine Essenszeit erinnerte er sich stets und fing an zu weinen, wenn die ihm gereichte Mischung von Wein und Wasser nicht stark genug war.

Es war eine geheimnisvolle erbliche Anlage, die die arme Mutter aus ihrem eigenen alten Geschlecht mitgebracht hatte. Das Übel war schon mehrmals in der Familie ihres Vaters zum Ausbruch gekommen, lange bevor Lady Steynes Sünden begonnen hatten, die sie durch Fasten, Tränen und Bußübungen zu sühnen trachtete. Der Sohn, auf den das Geschlecht seinen Stolz gesetzt hatte, war zu Boden geschmettert wie der Erstgeborene Pharaos. Das düstere Zeichen des Verhängnisses und des Gerichts lauerte auf der Schwelle des Portals, des hohen alten Portals, das mit Kronen und Wappen verziert war.

Die Kinder des abwesenden Lords trieben unterdes vergnügt ihre Spiele und wuchsen heran, ohne zu ahnen, daß das Verhängnis auch über ihnen schwebte. In der ersten Zeit sprachen sie noch von ihrem Vater und entwarfen Pläne, was sie tun wollten, wenn er zurückgekehrt sein würde. Dann kam der Name des lebenden Toten seltener über ihre Lippen, und zuletzt erwähnten sie ihn überhaupt nicht mehr. Aber die gebeugte alte Großmutter zitterte bei dem Gedanken, daß auch sie die Erben der Schande ihres Vaters so gut wie seiner Ehren sein würden, und sah mit bangem Herzen dem Tag entgegen, an dem der entsetzliche Fluch, der auf ihren Vorfahren geruht hatte, auch an ihnen in Erfüllung gehen würde.

Von diesem düsteren Vorgefühl wurde auch Lord Steyne gequält. Er versuchte, das schreckliche Gespenst seiner ruhelosen Nächte in einer Flut von Wein und Fröhlichkeit zu ertränken, und verlor es auch wirklich mitunter in dem Trubel seiner Vergnügungen aus dem Gesicht. In einsamen Stunden aber kehrte es immer wieder zu ihm zurück und schien mit den Jahren immer drohendere Gestalt anzunehmen. ›Ich habe dir deinen Sohn genommen‹, sagte es, ›warum soll ich nicht auch an dich Hand anlegen? Ich kann dich eines Tages in einen Kerker einsperren wie deinen Sohn George. Ich kann morgen dein Haupt berühren, und dann ist es vorbei mit Vergnügungen und Ehren, Festen und Schönheit, Freunden, Schmeichlern, französischen Köchen, schönen Pferden und Häusern. Dafür bekommst du ein Gefängnis, einen Wärter und eine Strohmatratze wie George Gaunt.‹ Dann aber verhöhnte Mylord den Spuk, der ihn bedrohte; denn er kannte ein Mittel, durch das er die Absicht seines Feindes vereiteln konnte.

So war zwar Glanz und Reichtum, aber sicher nicht viel Glück hinter den hohen, geschnitzten Portalen von Gaunt House mit ihren rauchgeschwärzten Kronen und Inschriften zu finden. Die Feste im Hause Lord Steynes gehörten zu den großartigsten in ganz London, aber Befriedigung darüber empfanden nur die Gäste, die an des Lords Tafel saßen. Wäre er nicht ein so hoher Herr gewesen, so würden ihn wahrscheinlich nicht viele Leute besucht haben, aber auf dem Jahrmarkt des Lebens werden die Sünden sehr hochstehender Personen nachsichtig beurteilt. ›Nous regardons à deux fois‹ (wie jene französische Dame sagte), bevor wir eine Persönlichkeit von so unzweifelhaften Vorzügen verurteilen, wie sie Mylord besitzt. Einige unverbesserliche Krittler und zartbesaitete Sittenrichter mochten sich wohl über Lord Steyne aufhalten, kamen aber doch mit Freuden zu ihm, wenn er sie einlud.

»Lord Steyne ist wirklich ein zu schlechter Mensch,« sagte Lady Slingstone, »aber jeder geht zu ihm, und ich muß natürlich aufpassen, daß meine Töchter nicht zu kurz kommen.« »Der Lord ist ein Mann, dem ich viel, ja alles in meinem Leben verdanke«, sagte der Bischof Doktor Trail und dachte daran, daß der Erzbischof doch schon recht hinfällig sei; und Mrs. Trail und ihre Töchter würden lieber die Kirche versäumt haben wie eine Gesellschaft des Lords. »Seine Moral ist allerdings bedenklich,« sagte der kleine Lord Southdown zu seiner Schwester, die ihm milde Vorstellungen machte, weil sie von ihrer Mama schreckliche Geschichten über das Treiben in Gaunt House gehört hatte, »aber zum Teufel, er hat den besten Sillery in ganz Europa.« Und was den Baronet Sir Pitt Crawley betrifft – Sir Pitt, dieses Musterbild des Anstandes, Sir Pitt, der Missionsversammlungen geleitet hatte –, so zögerte er keinen Augenblick hinzugehen. »Wo du solche Leute wie den Bischof von Ealing und die Gräfin von Slingstone siehst,« pflegte er zu sagen, »kannst du sicher sein, daß auch wir mit gutem Gewissen dort erscheinen können, Jane. Der hohe Rang und Stand Lord Steynes gestatten ihm, über Leute in unserer Lebensstellung eine Art von Herrschaft auszuüben. Der Lordstatthalter einer Grafschaft, liebes Kind, ist ein Mann, dem man schon Ehrerbietung bezeigen muß. Zudem waren George Gaunt und ich früher sehr gute Freunde; er war mein jüngerer Kollege, als wir beide in Pumpernickel Attachés waren.«

Mit einem Wort, jeder machte diesem hohen Herrn seine Aufwartung, das heißt jeder, der eingeladen wurde; wie du, lieber Leser (sage nicht nein!), und ich, der Verfasser dieser Geschichte, es auch tun würden, wenn wir eine Einladung erhielten.

DREIZEHNTES KAPITEL
*Worin der Leser in die allerbeste Gesellschaft
eingeführt wird*

Endlich fand Beckys Liebenswürdigkeit und Aufmerksamkeit gegen das Oberhaupt der Familie ihres Gatten den verdienten Lohn – einen Lohn, der allerdings nur ideeller Natur war, nach dem die kleine Frau jedoch mit größerem
190

Eifer getrachtet hatte als nach handgreiflicheren Vorteilen. Wenn sie auch nicht ein tugendhaftes Leben zu führen beabsichtigte, so wünschte sie doch wenigstens im Ruf der Tugend zu stehen, und wir wissen, daß keine Dame der vornehmen Gesellschaft diesen Wunsch erfüllt sehen kann, ehe sie nicht, mit Schleppe und Federn geschmückt, ihrem König bei Hofe vorgestellt worden ist. Wenn sie von diesem erhabenen Empfang zurückkehren, sind sie als ehrbare Frauen abgestempelt. Der Hofmarschall stellt ihnen gleichsam ein Tugendzeugnis aus. Und wie verdächtige Waren oder Briefe während der Quarantäne in einen Backofen geschoben, mit aromatischem Essig besprengt und dann für rein erklärt werden, so macht auch manche Dame, deren Ruf sonst als zweifelhaft und ansteckend gelten würde, die heilsame Feuerprobe der königlichen Gegenwart durch und geht rein und fleckenlos aus dieser Probe hervor.

Wohl mochten Lady Bareacres, Lady Tufto, die ländliche Mrs. Bute Crawley und andere Damen, die mit Mrs. Rawdon Crawley in Berührung gekommen waren, bei der Vorstellung, daß diese abscheuliche kleine Abenteuerin ihren Knicks vor dem König machen durfte, pfui rufen und erklären, daß die liebe, gute Königin Charlotte zu ihren Lebzeiten nie einer so anrüchigen Person Zutritt zu ihrem keuschen Empfangszimmer gestattet haben würde. Wenn wir aber bedenken, daß es der erste Gentleman von Europa[1] war, in dessen hoher Gegenwart Mrs. Rawdon ihre Prüfung bestand und gewissermaßen das Zeugnis einer wohlberufenen Frau erhielt, so muß es jedenfalls als eine Auflehnung gegen die höchste Autorität betrachtet werden, wenn jemand ihre Tugendhaftigkeit noch länger bezweifeln wollte. Ich meinerseits blicke mit Liebe und Ehrfurcht auf jene große historische Persönlichkeit zurück. O welche hohe Achtung muß man auf dem Jahrmarkt der Eitelkeit damals edler Weiblich-

1. Beiname Georgs IV.

keit entgegengebracht haben, wenn dieser verehrte, erhabene Fürst mit allgemeiner Zustimmung des gebildeten Teils der Bevölkerung mit dem Titel eines premier gentilhomme seines Königreiches geschmückt wurde! Erinnerst du dich noch, lieber M***, Freund meiner Jugend, wie an einem glückseligen Abend vor fünfundzwanzig Jahren unter Ellistons Regie der ›Heuchler‹ mit Dowton und Liston in den Hauptrollen aufgeführt wurde und zwei Knaben von ihren gütigen Lehrern Urlaub von der Slaughter-House-Schule, wo sie erzogen wurden, erhalten hatten, um nach dem Drury-Lane-Theater zu gehen und mit der ganzen dort versammelten Menschenmenge den König zu begrüßen? *Den König*! Da war er! Leibgardisten standen vor der königlichen Loge. Der Marquis von Steyne (Lord des Streusandkabinetts) und andere hohe Staatsbeamte standen hinter seinem Stuhl. Da saß er, stattlich, mit frischem, rosigem Gesicht, mit reichem, lockigem Haar, die Brust mit Orden bedeckt. Mit welcher Begeisterung sangen wir: God save the King! Wie das ganze Haus von dieser großartigen Musik erbebte und dröhnte! Wie die Leute hoch! riefen und schrien und mit Taschentüchern winkten! Damen weinten, Mütter drückten ihre Kinder an die Brust, manche wurden vor Rührung ohnmächtig. Im Parkett drückten die Menschen einander beinahe tot. Kreischen und Stöhnen tönte aus der wogenden, jubelnden Masse seines Volkes heraus, das für ihn zu sterben bereit war und dies im Augenblick beinah wirklich bewies. Ja, wir haben ihn gesehen. Dieser schönen Erinnerung kann uns kein Schicksal berauben. Andere haben Napoleon gesehen. Es leben auch noch einige Leute, die Friedrich den Großen, Doktor Johnson, Marie Antoinette usw. gesehen haben; wir aber wollen uns mit Fug unseren Kindern gegenüber rühmen, daß wir Georg den Guten, den Prächtigen, den Großen gesehen haben.

In Mrs. Rawdon Crawleys Leben kam also der glückliche

Tag, an dem auch sie in das ersehnte Paradies des Hofes eingeführt wurde, wobei ihre Schwägerin als Patin auftrat. An dem bestimmten Tage fuhren Sir Pitt und seine Gemahlin in ihrer großen, neu hergerichteten Familienkutsche an dem kleinen Hause in der Curzon Street vor – zu höchster Erbauung des armen Raggles, der das Schauspiel von seinem Grünkramladen aus mit ansah und im Innern des Wagens schöne Federn und an der Brust der neu eingekleideten Diener gewaltige Blumensträuße erblickte.

Sir Pitt, in glitzernder Uniform, stieg aus und ging ins Haus, wobei ihm sein Degen zwischen die Beine kam. Der kleine Rawdon stand im Eßzimmer am Fenster, das Gesicht gegen die Scheibe gedrückt, und lächelte und nickte seiner im Wagen sitzenden Tante aus Leibeskräften zu. Gleich darauf kam Sir Pitt wieder aus dem Hause heraus; er führte jetzt eine Dame am Arm, die große Federn trug, in einen weißen Schal gehüllt war und zierlich eine prächtige Schleppe von Brokat emporraffte. Sie stieg mit einer Hoheit in den Wagen, als wäre sie eine Prinzessin und seit jeher gewöhnt, zu Hofe zu gehen, und lächelte dem Diener am Wagenschlag und ihrem Schwager Sir Pitt, der hinter ihr einstieg, sehr anmutig zu.

Dann folgte Rawdon in seiner alten Gardeuniform, die schrecklich schäbig und viel zu eng geworden war. Er hatte eigentlich der Gesellschaft folgen und seinem König in einer Droschke seine Aufwartung machen sollen, aber seine gutherzige Schwägerin bestand darauf, daß sie alle vier als Angehörige einer Familie zusammenbleiben sollten. Die Kutsche sei geräumig, und die Damen seien schlank; sie könnten ihre Schleppen auf den Schoß nehmen. Kurz, die vier fuhren einträchtig zusammen ab, und ihr Wagen schloß sich bald der Reihe königstreuer Kutschen an, die durch Piccadilly und die St. James Street nach dem alten Backsteinpalast rollten, wo der Stern von Braunschweig bereit war, den neuen und den alten Adel seines Reiches zu empfangen.

Der kleinen Becky war zumute, als könnte sie dem Volk aus den Wagenfenstern heraus den Segen erteilen, so gehoben fühlte sie sich innerlich, und ein so starkes Gefühl hatte sie für die würdevolle Stellung, die sie nun endlich im Leben erreicht hatte. Selbst Becky hatte ihre Schwächen! Man kann häufig beobachten, daß Leute auf Vorzüge stolz sind, die andere an ihnen gar nicht bemerken. So bildet sich zum Beispiel Cornus ein, der größte tragische Schauspieler Englands zu sein. Brown, der berühmte Romanschriftsteller, legt weniger Wert darauf, für einen Mann von Geist zu gelten, als vielmehr für einen Stutzer gehalten zu werden; und Robinson, der ausgezeichnete Rechtsanwalt, macht sich nicht das geringste aus seinem Ruf in Westminster Hall, sondern hält sich für einen der kühnsten Reiter, dem kein Hindernis zu hoch ist. So war es auch Beckys Lebensziel, eine achtbare Frau zu sein oder doch dafür angesehen zu werden, und es war erstaunlich, mit welchem Eifer, mit welcher Gewandtheit und mit welchem Erfolg sie sich den Anschein einer vornehmen Dame zu geben wußte. Wir haben gesagt, daß es Zeiten gab, da sie sich selbst für eine vornehme Dame hielt und es völlig vergaß, daß sie zu Hause kein Geld im Kasten hatte, daß ungestüm mahnende Gläubiger am Gartentor lauerten, Händler durch Schmeichelreden beschwichtigt werden mußten – mit einem Wort, daß sie keinen festen Boden unter den Füßen hatte. Und als sie in der Kutsche, der Familienkutsche, zu Hofe fuhr, nahm sie ein so großartiges, selbstbewußtes, sicheres und hoheitsvolles Wesen an, daß selbst Lady Jane darüber lachen mußte. Sie trat mit einer so stolzen Kopfhaltung in die königlichen Gemächer, wie sie einer Kaiserin angestanden hätten, und ich zweifle nicht im mindesten, daß sie, wenn sie eine solche gewesen wäre, diese Rolle ausgezeichnet gespielt haben würde.

Wir sind zu der Mitteilung ermächtigt, daß Mrs. Rawdon Crawleys costume de cour, am Tag ihrer Vorstellung bei Hofe, eins der elegantesten und kostbarsten war. Wir, die wir Ordenssterne und Ordensbänder tragen und bei den Hoffesten im St. James-Palaste zugegen sind, oder wir, die wir in schmutzigen Stiefeln Pall Mall auf und ab schlendern und in die Kutschen hineinblicken, in denen die vornehmen Damen mit ihrem Federschmuck zu Hofe fahren, haben an Empfangstagen – nachmittags um zwei Uhr, wenn die buntröckige Musikkapelle der Leibgarde, auf ihren feurigen Schimmeln sitzend, Triumphmärsche bläst – schon manche vornehme Damen gesehen, die zu dieser frühen Nachmittagszeit keineswegs lieblich und verführerisch anzuschauen waren. Eine dicke sechzigjährige Gräfin, die eine tief ausgeschnittene Robe trägt, die bemalt, runzlig und bis zu den schlaffen Augenlidern mit roter Schminke bedeckt ist und in deren Perücke Diamanten funkeln, ist zwar ein heilsamer und erbaulicher, aber kein angenehmer Anblick. Sie sieht so verblaßt aus wie die Beleuchtung in der St. James Street, wenn am frühen Morgen die eine Hälfte der Lampen schon ausgelöscht ist und die übrigen nur noch trübe brennen, als wollten sie wie Gespenster vor der Morgendämmerung verschwinden. Solche Reize wie die, die beim Vorüberfahren des Wagens dieser Lady an unserm Auge vorbeihuschen, sollten sich nur am Abend außer dem Hause zeigen. Selbst Luna sieht zuweilen an einem Winternachmittag bleich und kümmerlich aus, wenn Phöbus sie von der gegenüberliegenden Seite des Himmels allzu dreist anstarrt. Noch viel weniger kann aber dann die alte Lady Castlemouldy einen erfreulichen Anblick gewähren, wenn die Sonne ihr durch die Wagenfenster hell ins Antlitz scheint und all die Runzeln und Furchen beleuchtet, mit denen die Zeit ihr Gesicht gezeichnet hat! Nein! Empfangstage bei Hofe müßten auf den November oder den ersten nebligen Tag angesetzt werden, oder aber die ältlichen Sultaninnen auf dem Jahrmarkt der Eitelkeit sollten sich in geschlossenen Sänften hinbegeben, an einer versteckten Stelle aussteigen und ihren Knicks vor dem König unter dem Schutz des Lampenlichts machen.

Unsere geliebte Rebekka bedurfte jedoch keiner solchen künstlichen Beleuchtung, um ihre Schönheit in das rechte Licht zu setzen. Ihr Teint vertrug noch jeden Sonnenschein, und ihr Kleid, das freilich heute jeder Dame geschmacklos und lächerlich erscheinen würde, war in Beckys Augen und in den Augen der Welt vor ungefähr fünfundzwanzig Jahren so schön wie das glänzendste Kostüm der berühmtesten Schönheit der gegenwärtigen Saison. Wieder zwanzig Jahre später wird auch dieses Wunderwerk einer Schneiderin ebenso in das Reich des Geschmacklosen übergegangen sein wie alle früheren derartigen Erzeugnisse der Eitelkeit. Aber wir schweifen zu weit ab. Mrs. Rawdons Kleid an dem hochwichtigen Tage ihrer Vorstellung bei Hofe wurde allgemein für bezaubernd erklärt. Selbst die gute kleine Lady Jane mußte dies anerkennen, wenn sie ihre Schwägerin ansah, und gestand es sich betrübt ein, daß Mrs. Becky ihr in Dingen des Geschmacks überlegen sei.

Sie ahnte nicht, wieviel Sorgfalt, Nachdenken und geniale Kunst Mrs. Rawdon auf dieses Kleid verwendet hatte. Rebekka besaß nicht weniger Geschmack als die beste Schneiderin in Europa und verstand es, sich mit wenigen Mitteln so zu kleiden, wie ihre Schwägerin es nie gekonnt hätte. Lady Jane fielen sofort die Kostbarkeit von Beckys Brokatschleppe und die herrlichen Spitzen an ihrem Kleid auf.

Der Brokat sei ein alter Rest, sagte Becky, und die Spitzen, die sie schon viele Jahre besitze, habe sie einmal sehr preiswert erstanden.

»Meine liebe Mrs. Crawley, diese Spitzen müssen ja ein kleines Vermögen gekostet haben«, sagte Lady Jane und blickte auf ihre eigenen Spitzen herunter, die nicht annähernd so gut waren. Als sie dann die Güte des alten Brokats prüfte, aus dem Mrs. Rawdons Hofkleid bestand, schwebte ihr schon die Bemerkung auf der Zunge, sie könne so schönen Stoff nicht erschwingen, aber sie unterdrückte mit einiger Anstrengung diese Äußerung, weil ihr eine Unfreundlichkeit gegen ihre Schwägerin darin zu liegen schien.

Hätte aber Lady Jane die ganze Wahrheit gewußt, so glaube ich, daß es selbst für ihr gutes Herz zuviel gewesen wäre. In Wirklichkeit verhielt es sich nämlich so: als Mrs. Rawdon Sir Pitts Haus in Ordnung brachte, hatte sie die Spitzen und den Brokat, die den früheren Damen des Hauses gehört hatten, in alten Kleiderschränken gefunden und diese Sachen ruhig mit nach Hause genommen und für ihre eigene kleine Figur zurechtgemacht. Miß Briggs sah, wie sie sie an sich nahm, richtete aber keine Fragen an sie und redete auch zu anderen nicht darüber, sondern billigte wahrscheinlich ihre Handlungsweise durchaus, wie es auch manche andere ehrliche Frau getan hätte.

»Und die Brillanten – wo, zum Teufel, hast du die her, Becky?« fragte ihr Mann, der einige an ihren Ohren und an ihrem Halse glänzende und funkelnde Schmuckstücke bewunderte, die er vorher noch nie gesehen hatte.

Becky errötete ein wenig und blickte ihn einen Augenblick scharf an. Pitt Crawley wurde gleichfalls rot und sah aus dem Fenster hinaus. Tatsächlich hatte er ihr nämlich einen sehr kleinen Teil dieser Brillanten geschenkt, und zwar die hübsche, mit Diamanten besetzte Spange, die das Perlenhalsband zusammenhielt, das sie trug; und der Baronet hatte es unterlassen, dies seiner Frau gegenüber zu erwähnen.

Becky sah zuerst ihren Mann an und dann mit kecker, triumphierender Miene Sir Pitt, als wollte sie zu diesem sagen: ›Soll ich Sie verraten?‹

»Rate!« sagte sie zu ihrem Mann. »Nun, du törichter Mann,« fuhr sie fort, »was meinst du wohl, woher ich sie habe? Alle diese Schmucksachen – mit Ausnahme der kleinen Spange, die mir ein lieber Freund vor langer Zeit geschenkt hat – habe ich mir natürlich geborgt. Bei Mr. Polonius in der Coventry Street habe ich sie mir geborgt. Du glaubst doch wohl nicht, daß all die Brillanten, die zum Empfang am Hofe mitgenommen werden, ihren Trägerinnen gehören – wie diese schönen Steine da, die Lady Jane trägt und die meiner Überzeugung nach viel schöner sind als alles, was ich an mir habe?«

»Es ist Familienschmuck«, sagte Sir Pitt, der wieder ein verlegenes Gesicht machte. Während dieses Familiengesprächs rollte der Wagen die Straße entlang, bis er seine Insassen schließlich am Tor des Palastes absetzte, in dem der König den Besuch seiner Untertanen erwartete.

Die Brillanten, die Rawdons Bewunderung erregt hatten, kehrten niemals zu Mr. Polonius nach der Coventry Street zurück, und dieser Herr verlangte auch niemals ihre Rückgabe. Sie verschwanden vielmehr in einer kleinen Schatulle, die Amelia Sedley vor vielen Jahren Rebekka geschenkt hatte und in der diese eine Anzahl nützlicher, vielleicht auch wertvoller Dinge aufbewahrte, von denen ihr Mann nichts wußte. Nichts oder doch nur wenig zu wissen, liegt in der Natur mancher Ehemänner – und Heimlichkeiten zu haben, in der zahlloser Frauen. O meine Damen! Wie viele von Ihnen haben nicht heimliche Rechnungen von Putzmacherinnen? Wie viele von Ihnen haben nicht Kleider und Armbänder, die Sie nicht zu zeigen oder nur mit Zittern zu tragen wagen? Sie zittern und suchen mit Lächeln den Gatten an Ihrer Seite zu betören, der das neue Samtkleid nicht von dem alten und das neue Armband nicht von dem vorjährigen zu unterscheiden vermag und keine Ahnung davon hat, daß das lumpige gelbliche Spitzentuch vierzig Guineen kostet und daß Madame Bobinot jede Woche wegen ihrer Bezahlung energische Mahnbriefe schreibt!

So wußte auch Rawdon nichts von den prächtigen Diamantohrringen oder dem kostbaren Brillantschmuck, der den schönen Busen seiner Frau zierte. Lord Steyne aber, der als Lord des Streusandkabinetts, Großwürdenträger und eine der angesehensten Stützen des englischen Thrones seinen Platz bei dieser Hoffestlichkeit ausfüllte und mit all seinen Ordenssternen und Ordensbändern zu der kleinen Frau herankam und ihr besondere Aufmerksamkeit erwies, wußte, woher die Juwelen kamen und wer sie bezahlt hatte!

Als er sich über sie beugte, lächelte er und zitierte den bekannten schönen Vers aus Popes ›Lockenraub‹ über Belindas Diamanten, von denen es heißt, daß sie jeder Jude hätte küssen, jeder Heide anbeten mögen.

»Aber ich hoffe, Euer Gnaden sind rechtgläubig«, erwiderte die kleine Dame, den Kopf zurückwerfend. Viele Damen, die in der Nähe standen, machten flüsternd ihre Bemerkungen und viele Herren nickten einander bedeutsam zu und zischelten, als sie sahen, mit welcher auffälligen Artigkeit der vornehme Edelmann die kleine Abenteurerin behandelte.

Was den Inhalt des Gesprächs zwischen Rebekka Crawley, geb. Sharp, und ihrem königlichen Herrn betrifft, so würde es einer so schwachen und ungeübten Feder wie der meinen übel anstehen, wenn sie versuchen wollte, darüber zu berichten. Die geblendeten Augen schließen sich vor dieser erhabenen Idee. Untertanentreue und Taktgefühl gebieten der Phantasie, nicht zu scharf und dreist in dem geheiligten Empfangszimmer umherzuschauen, sondern sich eiligst, schweigend und ehrfurchtsvoll unter tiefen Verbeugungen aus der allerhöchsten Gegenwart zurückzuziehen.

So viel dürfen wir jedoch sagen, daß nach dieser Vorstellung in ganz London kein Herz treuer für den König schlug als Beckys. Sie sprach fortwährend vom König und erklärte ihn für den liebenswürdigsten aller Männer. Sie ging zu

Colnaghi und kaufte dort das schönste künstlerisch ausgeführte Porträt von ihm, das auf Kredit zu haben war. Sie
wählte das berühmte Bild, auf dem der beste aller Monarchen im Gehrock sowie Kniehosen und seidenen Strümpfen
dargestellt ist, wie er, auf einem Sofa sitzend, lächelnd unter
seiner braunen Lockenperücke hervorblickt. Sie ließ ihn auf
eine Brosche malen, die sie beständig trug – kurz, sie unterhielt und plagte ihre Bekannten ununterbrochen mit Erzählungen von seiner Leutseligkeit und Schönheit. Wer weiß,
ob die kleine Frau nicht dachte, sie könne einmal die Rolle
einer Maintenon oder Pompadour spielen!

Das allerschönste Vergnügen nach ihrer Vorstellung bei
Hofe war es jedoch, sie tugendhaft sprechen zu hören. Sie
hatte einige weibliche Bekannte, die sich allerdings, wie wir
gestehen müssen, nicht des allerbesten Rufes auf dem Jahrmarkt der Eitelkeit erfreuten. Nachdem Becky aber sozusagen für eine ehrbare Frau erklärt worden war, mochte sie
mit diesen zweifelhaften Damen keine Beziehungen mehr
unterhalten. Sie schnitt Lady Crackenbury, als diese ihr in
der Oper von ihrer Loge aus zunickte, und fuhr im Ring an
Mrs. Washington White ohne Gruß vorbei. »Man muß zeigen, lieber Mann,« sagte sie, »daß man zur guten Gesellschaft gehört, und darf sich nicht mit bedenklichen Leuten
sehen lassen. Ich bedaure Lady Crackenbury von ganzem
Herzen, und Mrs. Washington White mag ja eine sehr gute
Frau sein, aber ich kann nicht mit ihnen verkehren. Du
kannst ja hingehen und bei ihnen speisen, da du gern deinen
Robber spielst, aber ich darf es nicht und will es nicht. Und
sei auch so gut und unterrichte Smith, daß ich nicht zu
Hause bin, wenn eine von ihnen herkommt.«

Alle Einzelheiten von Beckys Kostüm wurden in den Zeitun-
gen beschrieben: die Federn, die Spitzen, die prachtvollen
Brillanten und alles übrige. Mrs. Crackenbury las diesen
Artikel mit einem Gefühl von Bitterkeit und sprach mit

ihren Anhängern über das vornehme Ansehen, das sich diese Frau zu geben wisse. Mrs. Bute Crawley und ihre Töchter auf dem Lande ließen sich eine Nummer der ›Morning Post‹ aus London kommen und machten ihrer ehrlichen Entrüstung Luft. »Wenn du sandfarbenes Haar und grüne Augen hättest und die Tochter einer französischen Seiltänzerin wärest,« sagte Mrs. Bute zu ihrer ältesten Tochter – die im Gegenteil eine sehr dunkelhaarige, untersetzte, stupsnasige junge Dame war –, »dann hättest du auch prachtvolle Brillanten haben und von deiner Base Jane bei Hofe vorgestellt werden können. Aber du bist nur ein Mädchen aus guter Familie, mein armes liebes Kind. Das gute Blut in deinen Adern, das zu dem besten in England gehört, deine guten moralischen Grundsätze und deine Frömmigkeit, das ist deine ganze Mitgift. Ich selbst habe nie daran gedacht, zu Hofe zu gehen, obwohl ich doch ebenfalls die Frau des jüngeren Bruders eines Baronets bin, und andre Leute wären ebensowenig dazu gekommen, wenn die gute Königin Charlotte noch lebte.« Auf diese Weise tröstete sich die würdige Frau Oberpfarrer; ihre Töchter aber seufzten und lasen den ganzen Abend im Adelskalender.

Einige Tage nach der aufsehenerregenden Vorstellung bei Hofe wurde der tugendhaften Becky noch eine zweite außerordentliche Ehre zuteil. Lady Steynes Wagen fuhr bei Mrs. Rawdon Crawleys Tür vor; und der Bediente, der anfangs – nach seinem heftigen Klopfen zu urteilen – die ganze Vorderwand des Hauses einschlagen zu wollen schien, hatte nur die friedliche Absicht, zwei Karten abzugeben, die die Namen der Marquise von Steyne und der Gräfin von Gaunt trugen. Wären diese beiden Stückchen steifen Papiers schöne Gemälde gewesen oder wären hundert Ellen Mechelner Spitzen, die Elle zu zwei Guineen, darum gewickelt gewesen, so hätte Becky sie nicht mit größerer Freude betrachten können. Selbstverständlich erhielten sie in der Porzellanschale auf dem Tisch im Salon, in der Becky die Karten ihrer Besucher aufbewahrte, einen Platz, auf dem sie gut sichtbar waren. Guter Gott, wie schnell sanken die Karten der armen Mrs. Washington White und der Lady Crakkenbury, über die sich unsere kleine Freundin noch vor wenigen Monaten, als sie sie bekam, so gefreut hatte, ja, auf die das törichte kleine Geschöpf einmal ordentlich stolz gewesen war – wie schnell sanken sie, sage ich, beim Erscheinen dieser beiden großen Namen auf den Boden der Schale hinab! Steyne! Bareacres, Jones von Helvellyn und Caerlyon von Camelot! Wir können überzeugt sein, daß Becky und Miß Briggs diese vornehmen Namen im Adelskalender nachschlugen und die edlen Geschlechter durch alle Verzweigungen des Stammbaums verfolgten.

Lord Steyne, der ein paar Stunden nachher seinen Besuch machte und wie gewöhnlich alles bemerkte, fand die Karten seiner Damen bereits von Beckys Hand als Trümpfe ausgebreitet und lächelte, wie es dieser alte Zyniker immer bei jeder naiven Äußerung menschlicher Schwäche zu tun pflegte. Becky kam eiligst zu ihm herunter. Wenn die kleine Frau den Lord erwartete, war sie stets aufs sorgfältigste darauf vorbereitet. Ihr Haar war kleidsam aufgesteckt, ihre Tücher, Schürzen, Schärpen, Saffianpantöffelchen und übriger Frauenkram waren geschickt angeordnet, und sie saß in einer ungezwungenen, anmutigen Haltung da, um ihn zu empfangen. Wurde sie aber einmal von ihm überrascht, so mußte sie natürlich erst auf ihr Zimmer flüchten und sich schnell im Spiegel mustern, ehe sie wieder hinabtrippelte und vor dem großen Pair erschien.

Sie fand ihn, wie er über die Schale gebeugt dastand und lächelte. Sie war durchschaut und errötete ein wenig. »Ich danke Ihnen, Monseigneur«, sagte sie. »Sie sehen, Ihre Damen sind hier gewesen. Wie liebenswürdig von Ihnen! Ich konnte nicht früher kommen, ich war in der Küche und bereitete einen Pudding.«

»Ich weiß es, ich sah Sie durch das Küchenfenster, als ich vorfuhr«, erwiderte der alte Herr.

»Sie sehen aber auch alles«, entgegnete sie.

»Ich sehe manches, aber dies habe ich nun gerade nicht gesehen, schöne Frau«, sagte er gutgelaunt. »Sie törichte kleine Schwindlerin! Ich hörte Sie in dem Zimmer über uns, wo Sie ohne Zweifel erst noch ein wenig Rouge aufgelegt haben. – Sie müßten Lady Gaunt etwas davon abgeben, die einen ganz schlechten Teint hat. – Dann hörte ich, wie Sie die Schlafstubentür öffneten und die Treppe herunterkamen.«

»Ist es denn ein Verbrechen, daß ich möglichst gut auszusehen suche, wenn Sie zu Besuch kommen?« antwortete Mrs. Rawdon in klagendem Ton, indem sie ihre Wangen mit dem Taschentuch rieb, als ob sie zeigen wollte, daß nicht Schminke, sondern sittsame Freude die Röte darauf hervorgezaubert hätte. Aber wer kann sagen, wie es damit stand? Ich weiß, daß es Schminke gibt, die nicht auf dem Taschentuch abfärbt, und manche ist sogar so gut, daß selbst Tränen sie nicht verwischen.

»Nun also,« sagte der alte Herr, die Besuchskarte seiner Frau um den Finger wickelnd, »Sie haben es sich nun einmal in den Kopf gesetzt, eine vornehme Dame zu werden, und quälen mich auf meine alten Tage, daß ich Sie in die Gesellschaft einführen soll. Sie werden sich aber nicht darin behaupten können, Sie törichte kleine Närrin! Sie haben kein Geld.«

»Sie können uns ja eine gute Stelle verschaffen«, unterbrach ihn Becky schnell.

»Sie haben kein Geld und wollen mit denen wetteifern, die welches haben. Sie armes irdenes Töpfchen wollen mit den großen kupfernen Kesseln den Strom hinabschwimmen. Die

Frauen sind doch eine wie die andere. Jede strebt nach Dingen, deren Besitz keinen Wert hat! Sehen Sie, ich speiste gestern beim König, und wir hatten Hammelrücken und weiße Rüben. Ein Gericht Gemüse schmeckt oft besser als ein gemästeter Ochse. Sie wollen in Gaunt House verkehren und lassen mir alten Knaben keine Ruhe, bis Sie das erreicht haben. Es ist dort nicht halb so nett wie hier. Sie werden sich da ebenso langweilen, wie ich es tue. Meine Frau ist so heiter wie Lady Macbeth und meine Schwiegertöchter so lustig wie Regan und Goneril. Ich wage es nicht, mich in dem Zimmer schlafen zu legen, das mein Schlafgemach genannt wird. Das Bett sieht aus wie der Baldachin des heiligen Petrus, und die Gemälde ängstigen mich geradezu. Ich habe in meinem Ankleidezimmer eine kleine Bettstelle aus Messing mit einer Roßhaarmatratze – ganz wie ein Eremit. Und ein Eremit bin ich auch, hahaha! Sie werden in der nächsten Woche zum Dinner eingeladen werden. Aber dann gare aux femmes! Sehen Sie sich vor, und behaupten Sie Ihren Platz! Die Frauen werden Sie gehörig einschüchtern!« Dies war eine sehr lange Rede für jemand, der mit den Worten so sparsam umzugehen pflegte wie Lord Steyne, und es war nicht die erste, die er an diesem Tage zu Beckys Gunsten gehalten hatte.

Miß Briggs blickte von dem Nähtisch auf, an dem sie im anstoßenden Zimmer saß, und stieß einen tiefen Seufzer aus, als sie hörte, wie geringschätzig der vornehme Marquis von ihrem Geschlecht sprach.

»Wenn Sie diesen abscheulichen Schäferhund nicht fortjagen,« sagte Lord Steyne und warf ihr über die Schulter einen wilden Blick zu, »so werde ich ihn vergiften lassen.«

»Ich füttere meinen Hund immer von meinem eigenen Teller«, erwiderte Rebekka mit mutwilligem Lachen; und nachdem sie sich ein Weilchen an dem Ärger des Lords geweidet hatte, der die arme Briggs haßte, weil sie so oft seine vertraulichen Zusammenkünfte mit der schönen Frau Oberst störte, hatte Mrs. Rawdon endlich Mitleid mit ihrem Verehrer und rief der Briggs zu, das Wetter sei so wunderschön, sie solle doch einen Spaziergang mit dem kleinen Rawdon machen.

»Ich kann sie nicht fortschicken«, sagte Becky dann nach kurzem Stillschweigen in sehr traurigem Ton. Ihre Augen füllten sich, während sie das sagte, mit Tränen, und sie wandte den Kopf ab.

»Sie sind ihr wohl ihren Lohn schuldig?« fragte der Pair.

»Es ist noch schlimmer«, erwiderte Becky, noch immer mit niedergeschlagenen Augen. »Ich habe sie zugrunde gerichtet.«

»Sie haben sie zugrunde gerichtet? Nun, warum jagen Sie sie dann nicht fort?« fragte der Edelmann.

»Männer handeln allerdings so,« antwortete Becky bitter, »aber wir Frauen sind nicht so schlecht wie die Männer. Im vergangenen Jahr, als wir bei unserer letzten Guinee angelangt waren, hat sie uns alles gegeben, was sie hatte. Sie soll mich nicht eher verlassen, bis wir selbst vollständig mittellos sein werden – was wohl nicht mehr lange dauern wird – oder bis ich ihr alles bis auf den letzten Heller zurückzahlen kann.«

»Zum Teufel, wieviel ist es denn?« fragte der Pair. Und Becky gab im Hinblick auf seinen Reichtum nicht nur die Summe an, die sie wirklich von Miß Briggs geborgt hatte, sondern nahezu den doppelten Betrag.

Dies veranlaßte Lord Steyne zu einem zweiten kurzen und energischen Zornesausbruch, bei dem Rebekka den Kopf noch tiefer gesenkt hielt und bitterlich weinte. »Ich konnte nicht anders. Es war die einzige Rettung für mich. Ich wage es meinem Mann nicht zu sagen. Er würde mich umbringen, wenn er wüßte, was ich getan habe. Ich habe es vor allen Menschen geheim gehalten außer vor Ihnen – und Sie haben

mir das Geständnis abgezwungen. Ach, was soll ich nur anfangen, Lord Steyne? Ich bin sehr, sehr unglücklich!«
Lord Steyne antwortete nichts, sondern trommelte nur erregt mit den Fingern auf dem Tisch und biß sich auf die Nägel. Zuletzt stülpte er sich den Hut auf den Kopf und rannte aus dem Zimmer. Rebekka richtete sich aus ihrer kläglichen Stellung nicht eher auf, bis sie hörte, wie die Haustür hinter ihm zuschlug und sein Wagen davonrollte. Dann erst erhob sie sich mit einem seltsamen Ausdruck triumphierender Freude über ihren Sieg in den grünen Augen. Sie brach, während sie bei einer Handarbeit saß, mehrmals in ein lautes Gelächter aus; dann setzte sie sich an das Klavier und spielte, stark auf die Tasten schlagend, eine eigene Phantasie, eine Art Triumphlied, so daß die Leute unter ihrem Fenster stehen blieben, um der zündenden Musik zu lauschen.

An diesem Abend kamen aus Gaunt House zwei Briefe für die kleine Frau an. Der eine enthielt eine Einladungskarte von Lord Steyne und Gemahlin zu einem Dinner in Gaunt House am nächsten Freitag – der andere einen grauen Papierstreifen mit Lord Steynes Unterschrift und der Anschrift der Herren Jones, Brown und Robinson in der Lombard Street.

Rawdon hörte Becky in der Nacht mehrmals lachen. Sie sagte, es sei nur aus Freude darüber, daß sie nach Gaunt House käme und mit den Damen Lord Steynes bekannt werden würde. In Wirklichkeit aber war sie mit vielen anderen Gedanken beschäftigt. Sollte sie die alte Briggs bezahlen und entlassen? Sollte sie Raggles dadurch in Erstaunen versetzen, daß sie seine Rechnung beglich? Sie überlegte das, während sie auf ihrem Kissen lag, nach allen Seiten, und als Rawdon am nächsten Morgen in seinen Klub ging, fuhr Mrs. Crawley, tief verschleiert, und sehr einfach gekleidet, in einer Droschke nach der City, stieg bei dem Bankgeschäft der

Herren Jones und Robinson aus und überreichte dem Bankkassierer ein Schriftstück, worauf dieser sie statt aller Antwort fragte, in welcher Weise sie den Betrag ausgezahlt zu haben wünsche.

Sie erwiderte sanft, sie möchte hundertfünfzig Pfund in kleinen Scheinen und das übrige in einer einzigen Banknote haben. Bei der Rückfahrt über den St. Pauls Church Yard ließ sie dort halten und kaufte für Miß Briggs das schönste schwarzseidene Kleid, das für Geld zu haben war, um es zu Hause mit einem Kuß und den freundlichsten Worten dem einfältigen alten Mädchen zu schenken.

Darauf suchte sie Mr. Raggles auf, erkundigte sich liebevoll nach seinen Kindern und gab ihm fünfzig Pfund als Abschlagszahlung. Endlich ging sie noch zu dem Fuhrherrn, von dem sie Wagen und Pferde zu mieten pflegte, und erfreute ihn mit der gleichen Summe. »Ich hoffe, Spavin,« sagte sie, »daß Sie sich das zur Lehre dienen lassen und daß am nächsten Empfangstag mein Schwager Sir Pitt nicht wieder in die unangenehme Lage kommt, zur Aufwartung bei Seiner Majestät vier Personen in seine Kutsche nehmen zu müssen, weil mein eigener Wagen nicht zur Stelle ist.« Offenbar hatte es am letzten Empfangstag Streitigkeiten gegeben, die den Oberst fast zu der Erniedrigung gezwungen hätten, in einer Droschke zu seinem König fahren zu müssen.

Nach Erledigung dieser geschäftlichen Angelegenheiten begab sich Becky in ihr Zimmer zu der erwähnten Schatulle, die ihr Amelia Sedley vor Jahren geschenkt hatte und die eine ganze Anzahl nützlicher und wertvoller kleiner Sachen enthielt. Diesem Privatmuseum vertraute sie die große Banknote an, die ihr der Kassierer der Herren Jones & Robinson gegeben hatte.

VIERZEHNTES KAPITEL
Worin wir drei Gänge und eine Nachspeise genießen

Als die Damen von Gaunt House an diesem Morgen beim Frühstück saßen, erschien Lord Steyne – der sonst seine Schokolade gewöhnlich allein trank und die weiblichen Mitglieder seines Hauses nur selten störte – sie überhaupt kaum anders als bei festlichen Gelegenheiten, bei zufälligen Begegnungen in der Halle oder in der Oper sah, wo er von seiner Parkettloge aus sein Glas nach ihrer Loge im ersten Rang richtete – erschien, sage ich, Lord Steyne bei den Damen und Kindern, die zusammen ihren Tee tranken, und nun entspann sich um Rebekkas willen ein heftiger Kampf.

»Lady Steyne,« sagte er, »ich wünsche die Liste für das Dinner zu sehen, das Sie am Freitag geben wollen, und ersuche Sie, auch für Oberst Crawley und seine Frau eine Einladungskarte zu schreiben.«

»Blanche schreibt die Einladungen«, erwiderte Lady Steyne, vor Aufregung zitternd. »Lady Gaunt schreibt sie.«

»Ich will nicht an diese Person schreiben«, sagte Lady Gaunt, eine hochgewachsene, stattliche Dame, wobei sie für einige Sekunden aufblickte, aber sogleich, nachdem sie gesprochen hatte, die Augen wieder niederschlug. Es war für diejenigen, die Lord Steyne gereizt hatten, keine angenehme Sache, seinem Blick zu begegnen.

»Schicken Sie die Kinder aus dem Zimmer. Geht!« rief er, indem er die Klingelschnur zog. Die Kleinen, die immer Angst vor ihm hatten, gingen hinaus, und ihre Mutter machte Miene, ihnen zu folgen. »Sie nicht«, sagte er, »Sie bleiben hier!«

»Lady Steyne,« fuhr er fort, »ich frage Sie noch einmal: Wollen Sie die Güte haben, zum Schreibtisch zu gehen und die erwähnte Karte für Ihr Dinner am Freitag zu schreiben«?

»Mylord, ich will nicht dabei sein,« sagte Lady Gaunt; »ich will nach Hause fahren.«

»Ich wollte, Sie täten es und blieben gleich dort. Sie werden finden, daß in Bareacres die Gerichtsvollzieher eine sehr angenehme Gesellschaft sind, und ich brauchte dann Ihren Verwandten kein Geld mehr zu leihen und Ihr eigenes trübseliges Gehabe nicht mehr mit anzusehen. Wer sind Sie denn, daß Sie hier Befehle geben wollen? Sie haben kein Geld! Sie haben keinen Verstand! Wir haben Sie hier aufgenommen, damit Sie Kinder bekommen sollten, aber Sie haben keine bekommen! Gaunt ist Ihrer überdrüssig, und Georges Frau ist die einzige in der Familie, die nicht Ihren Tod wünscht. Gaunt würde wieder heiraten, wenn Sie tot wären.«

»Ich wünschte, ich wäre es«, erwiderte die Lady mit Tränen der Wut in den Augen.

»Sie müssen natürlich die Tugendhafte spielen! Sehen Sie doch meine Frau an! Die ist, wie jeder weiß, eine makellose Heilige und hat nie in ihrem Leben etwas Böses getan, aber doch hat sie nichts dagegen einzuwenden, daß sie meine junge Freundin Mrs. Crawley empfangen soll. Lady Steyne weiß, daß der Schein oft gegen die besten Frauen spricht und daß oft über die allerunschuldigsten unter ihnen Lügen erzählt werden. Wie ist's, Madame? Darf ich Ihnen vielleicht ein paar kleine Anekdoten über Ihre Mama, Lady Bareacres, erzählen?«

»Sie können mich schlagen, Sir, wenn Sie wollen, oder irgendeine andere Grausamkeit gegen mich begehen«, erwiderte Lady Gaunt. – Seine Frau und seine Schwiegertochter leiden zu sehen, versetzte den Lord immer in gute Laune.

»Meine liebe Blanche«, antwortete er, »ich bin ein Gentleman und berühre eine Dame nie anders als in Güte und Freundlichkeit. Ich wünsche nur, Sie zur Ablegung gewisser kleiner Fehler Ihres Charakters zu veranlassen. Ihr Frauen seid zu stolz und ermangelt in betrübendem Maße der rechten Demut, wie Pater Mole, wenn er hier wäre, sicherlich zu Lady Steyne sagen würde. Ihr müßt nicht tun, als ob ihr wer weiß was wäret, sondern bescheiden und demütig sein, meine lieben Kinder. Trotz allem, was Lady Steyne über sie gehört hat, ist diese verleumdete, harmlose, stets gutgelaunte Mrs. Crawley vollkommen unschuldig, sogar noch unschuldiger als die Lady selbst. Ihr Mann hat allerdings keinen guten Ruf, aber doch immer noch keinen schlechteren als Bareacres, der ein wenig gespielt und seine Schulden größtenteils unbezahlt gelassen, der Sie um das einzige Erbteil, das Ihnen jemals zugefallen ist, betrogen und mir als Bettlerin auf dem Halse gelassen hat. Eine hochgeborene Frau ist Mrs. Crawley zwar nicht, aber sie steht Fannys berühmtem Ahnherrn, dem ersten de la Jones, nicht nach.«

»Das Geld, das ich in die Familie gebracht habe, Sir,–« rief Lady George.

»Sie haben sich damit die Anwartschaft auf ein großes Erbe erkauft«, unterbrach sie der Marquis mit düsterer Miene. »Wenn Gaunt stirbt, werden seine Ehren Ihrem Manne zufallen, und Ihre kleinen Knaben werden sie und wohl noch manches andere erben. Bis dahin, meine Damen, mögen Sie nach außen hin so stolz und tugendhaft sein, wie es Ihnen beliebt, aber mir gegenüber spielen Sie sich nicht auf! Was aber Mrs. Crawley betrifft, so will ich weder mich noch diese völlig makellose, vorwurfsfreie Dame dadurch herabwürdigen, daß ich mich auf eine Verteidigung ihres Charakters einließe, als ob eine solche erforderlich wäre. Sie werden die Güte haben, Mrs. Crawley mit der größten Herzlichkeit zu empfangen, wie überhaupt alle Personen, die ich in dieses Haus bringe. Dieses Haus?« Er lachte laut auf. »Wer ist der Herr dieses Hauses? Und was für ein Haus ist es? Dieser Tempel der Tugend gehört mir! Und wenn ich alle Insassen von Newgate und Bedlam hierher einlüde, so müßten sie von Ihnen willkommen geheißen werden.«

Nach dieser kräftigen Ansprache, wie sie Lord Steyne auch sonst an seinen ›Harem‹ zu richten pflegte, sobald sich

Spuren von Auflehnung in seinem Hauswesen zeigten, blieb den entmutigten Frauen nichts anderes übrig, als zu gehorchen. Lady Gaunt schrieb die von Seiner Gnaden verlangte Einladung, und sie und ihre Schwiegermutter fuhren mit bitterem, gedemütigtem Herzen persönlich zu Mrs. Rawdon, um die Karten abzugeben, deren Empfang der unschuldigen Frau so viel Vergnügen bereitete.

Es gab in London Familien, die gern das Einkommen eines ganzen Jahres geopfert hätten, um einer solchen Ehre von diesen großen Damen teilhaftig zu werden. Mrs. Frederick Bullock beispielsweise würde auf den Knieen von Mayfair nach der Lombard Street gerutscht sein, wenn Lady Steyne und Lady Gaunt in der City gewartet hätten, um sie aufzuheben und zu sagen: ›Kommen Sie am nächsten Freitag zu uns‹ – nicht zu einer der Massenabfütterungen oder einem der großen Bälle in Gaunt House, zu denen alle Welt eingeladen wurde, sondern zu einer jener geheiligten, schwer zugänglichen, geheimnisvollen, entzückenden kleinen Gesellschaften, zu denen zugelassen zu werden ein Vorzug, eine Ehre, der Gipfel der Glückseligkeit war.

Eine sittenstrenge, makellose, schöne Frau, nahm Lady Gaunt den höchsten Rang auf dem Jahrmarkt der Eitelkeit ein. Die ausgesuchte Höflichkeit, mit der Lord Steyne sie behandelte, entzückte jeden, der Zeuge davon wurde, und nötigte selbst die strengsten Kritiker zu dem Bekenntnis, daß er ein vollendeter Gentleman sei und jedenfalls das Herz auf dem rechten Fleck habe.

Die Damen von Gaunt House riefen Lady Bareacres zu Hilfe, um den gemeinsamen Feind zurückzuschlagen. Eine von Lady Gaunts Kutschen fuhr nach der Hill Street, um ihre Mutter abzuholen, deren eigene Wagen sich alle in den Händen der Gerichtsvollzieher befanden und die, wie es hieß, sogar ihre Juwelen und ihre Staatskleider den unerbittlichen Israeliten hatte ausliefern müssen. Auch Bareacres Castle gehörte diesen Wucherern mit all seinen kostbaren Gemälden, Möbeln und Antiquitäten, den herrlichen van Dycks, den vornehmen Bildern von Reynolds, den schönen, bunten Porträts von Lawrence, die man vor dreißig Jahren für wertvolle Schöpfungen eines wirklichen Genies hielt, der unvergleichlichen tanzenden Nymphe von Canova, zu der Lady Bareacres in ihrer Jugend Modell gestanden hatte – Lady Bareacres, die damals im Glanze ihres Reichtums, ihres Ranges und ihrer Schönheit strahlte, jetzt aber nur noch eine zahnlose, kahlköpfige alte Frau, ein bloßer Fetzen von einem ehemaligen Prachtgewand war. Ihr Gemahl, der auf einem um die gleiche Zeit von Lawrence gemalten Bild dargestellt war, wie er in der Uniform eines Obersten der Thistlewoodmiliz vor Bareacres Castle seinen Säbel schwang, war jetzt ein verwitterter, dürrer alter Mann in einem Flauschrock und mit einer Perücke, der besonders morgens um Gray's Inn[1] herumzuschleichen und in den Klubs allein zu speisen pflegte. Er aß jetzt nicht gern mit Steyne zusammen. Sie hatten in ihrer Jugend miteinander gewetteifert, wer das Leben am meisten genießen könne, und Bareacres war in diesem Wettstreit Sieger geblieben. Aber Steyne hatte mehr zuzusetzen gehabt und ihn infolgedessen überdauert. Der Marquis war jetzt ein zehnmal so großer Herr als der junge Lord Gaunt von 1785, während Bareacres das Rennen völlig aufgegeben hatte und ein alter, kraftloser, bankerotter, gebrochener Mann war. Er hatte zu viel Geld von Steyne geborgt, als es angenehm zu finden, mit seinem alten Kameraden häufiger zusammenzukommen. Wenn dieser sich einen Spaß machen wollte, pflegte er Lady Gaunt spöttisch zu fragen, warum ihr Vater sie so lange nicht besucht habe. »Er ist seit vier Monaten nicht hier gewesen«, pflegte Lord Steyne dann fortzufahren, »ich kann es nachher immer aus

1. Eine Rechtsschule

212

meinem Scheckbuch ersehen, wann er mich zum letztenmal besucht hat. Ja, das ist eine sehr schöne Einrichtung, meine Damen: ich bin der Bankier des Schwiegervaters meines einen Sohnes, und der Schwiegervater meines andern Sohnes ist mein Bankier.«

Über die anderen erlauchten Persönlichkeiten, mit denen Becky bei ihrem ersten Auftreten in der großen Welt in Berührung zu kommen die Ehre hatte, braucht der Verfasser dieser Geschichte nicht viel zu sagen. Da war Seine Exzellenz der Fürst von Peterwardein mit seiner Gemahlin, ein Edelmann mit enggegürteter Taille und hochgewölbter Kriegerbrust, auf der der Stern seines Ordens prachtvoll glänzte; um den Hals trug er das rote Band des Goldenen Vlieses. Er war Eigentümer zahlloser Schafherden. »Sehen Sie nur einmal sein Gesicht an, ich glaube, er muß von einem Schaf abstammen«, flüsterte Becky Lord Steyne zu. In der Tat erinnerte das lange, feierliche, weiße Gesicht Seiner Exzellenz mit dem Ordensband um den Hals einigermaßen an das eines ehrwürdigen Leithammels.

Da war ferner Mr. John Paul Jefferson Jones, Titularattaché bei der amerikanischen Gesandtschaft und Korrespondent des Neuyorker ›Demagogen‹, der, um sich beliebt zu machen, Lady Steyne während einer Pause in der Tischunterhaltung fragte, wie es seinem lieben Freund George Gaunt in Brasilien gefiele. Er und George waren in Neapel sehr vertraut miteinander gewesen und hatten zusammen den Vesuv bestiegen. Mr. Jones schrieb über dieses Dinner einen vollständigen, eingehenden Bericht, der selbstverständlich im ›Demagogen‹ erschien. Er gab darin die Namen und Titel aller Gäste an und fügte bei den Hauptpersonen biographische Skizzen hinzu. Er beschrieb mit vieler Beredsamkeit die einzelnen Damen, das Tafelgedeck, die Größe und die Bekleidung der Diener. Er zählte die Gerichte und Weine sowie die Prunkstücke auf dem Büfett auf und berechnete den ungefähren Wert des Silbergeschirrs. Ein solches Dinner mußte nach seiner Berechnung mindestens fünfzehn bis achtzehn Dollar je Person kosten. Dieser Herr pflegte noch bis vor kurzem Schützlinge mit Empfehlungsbriefen an den gegenwärtigen Marquis von Steyne zu schicken, wobei er sich auf die freundschaftlichen Beziehungen stützte, die zwischen ihm und seinem teuren Freund, dem verstorbenen Lord, bestanden hätten. Er war sehr entrüstet darüber, daß ein junger, unbedeutender Aristokrat, der Graf von Southdown, bei dem Aufbruch nach dem Speisezimmer den Vortritt vor ihm genommen hatte. ›Gerade als ich an eine sehr liebenswürdige, geistreiche, elegante Dame, die glänzende, vornehme Mrs. Rawdon Crawley, herantreten wollte, um ihr meinen Arm zu bieten‹, schrieb er, ›schob sich der junge Patrizier zwischen mich und die Dame und entführte mir meine Helena ohne ein Wort der Entschuldigung. Ich mußte mit dem Gatten der Dame, einem Oberst, den Nachtrab bilden – einem dicken Kriegsmann mit rotem Gesicht, der sich bei Waterloo ausgezeichnet und dort mehr Glück gehabt hat als etliche seiner rotröckigen Kameraden bei New Orleans.‹

Als der Oberst in diese vornehme Gesellschaft trat, errötete er so oft und heftig wie ein sechzehnjähriger Junge, wenn er mit den Schulfreundinnen seiner Schwester zusammengebracht wird. Wir haben bereits früher erwähnt, daß sich der biedere Rawdon zu keiner Zeit seines Lebens viel in Damengesellschaft bewegt hatte. Mit den Männern im Klub oder im Kasino wußte er gut genug umzugehen, und im Reiten, Wetten, Rauchen und Billardspielen konnte er es mit dem besten von ihnen aufnehmen. Er hatte allerdings auch einmal Freundinnen gehabt, aber das lag schon zwanzig Jahre zurück, und dann hatten diese Damen jener Klasse von Frauen angehört, mit denen der junge Marlow im Lustspiel[1]

1. O. Goldsmith: She stoops to conquer, or the Mistakes of a Night.

so gut vertraut ist, ehe er vor Miß Hardcastle verlegen wird. Der Ton unserer heutigen Zeit gestattet einem kaum, auf die Art von Gesellschaft anzuspielen, mit der Tausende unserer jungen Männer auf dem Jahrmarkt des Lebens täglich verkehren – jene Gesellschaft, die Nacht für Nacht die Vergnügungslokale und Tanzsäle anfüllt und deren Existenz ebenso bekannt ist wie die des Rings im Hyde Park oder der frommen Gemeinde in der St. James Street –, deren Dasein aber unsere höchst schamhafte, wenn auch nicht gerade sehr moralische Gesellschaft totzuschweigen liebt. Mit einem Wort, trotz seinen fünfundvierzig Jahren hatte Oberst Crawley im Laufe seines Lebens außer seiner musterhaften Gattin noch nicht sechs anständige Frauen kennengelernt. Außer ihr und seiner guten Schwägerin Lady Jane, deren sanftes Wesen ihn gezähmt und ihn gewonnen hatte, brachte jede wirkliche Dame den braven Oberst in Verlegenheit, und bei dem ersten Dinner, das er in Gaunt House mitmachte, hörte man von ihm keine Silbe außer der Bemerkung, daß es ein sehr heißer Tag sei. Becky hätte ihn sicher auch zu Hause gelassen, wenn es der Anstand nicht geboten hätte, daß ihr Gatte an ihrer Seite sei, um das furchtsame, ängstliche Geschöpfchen bei seinem ersten Erscheinen in der vornehmen Welt zu beschützen.

Als sie eintrat, ging Lord Steyne ihr entgegen, ergriff ihre Hand, begrüßte sie mit großer Höflichkeit und stellte sie Lady Steyne und seinen Schwiegertöchtern vor. Jede der drei Damen machte der Neuangekommenen eine steife Verbeugung, und die älteste gab ihr selbstverständlich auch die Hand, die aber so kalt und leblos wie Marmor war. Becky nahm sie jedoch mit dankbarer Demut und verneigte sich so anmutig, wie es der beste Tanzmeister nicht schöner gekonnt hätte. Sie legte sich Lady Steyne gleichsam zu Füßen, indem sie ihr mitteilte, Lord Steyne sei einer der frühesten Freunde und Gönner ihres Vaters gewesen und sie selbst habe seit ihrer Kindheit die Familie Steyne achten und verehren gelernt. Tatsächlich hatte Lord Steyne einmal von dem verstorbenen Sharp ein paar Bilder gekauft, und die Dankbarkeit für diese Gunstbezeigung konnte in dem Herzen der tief empfindenden Waise nie erlöschen.

Dann wurde Becky mit Lady Bareacres bekannt gemacht. Auch ihr machte die Frau Oberst eine sehr achtungsvolle Verbeugung, die von der vornehmen Dame mit voller Würde erwidert wurde. »Ich hatte vor zehn Jahren in Brüssel das Vergnügen, Ihre Bekanntschaft zu machen, Mylady«, sagte Becky in liebenswürdigstem Ton. »Ich hatte das Glück, Sie auf dem Ball der Herzogin von Richmond zu treffen, der am Abend vor der Schlacht bei Waterloo stattfand. Und ich erinnere mich noch recht wohl, wie Sie selbst, Mylady, und Mylady Blanche, Ihre Tochter, im Torweg des Hotels im Wagen saßen und auf Pferde warteten. Ich hoffe, daß Ihre Brillanten jetzt in Sicherheit sind, Mylady.«

Jeder blickte seinen Nachbar an. Allen war bekannt, daß die berühmten Brillanten von den Gläubigern mit Beschlag belegt waren, wovon Becky natürlich nichts wußte. Rawdon Crawley zog sich mit Lord Southdown in eine Fensternische zurück, wo man diesen gewaltig lachen hörte, als Rawdon ihm die Geschichte von Lady Bareacres erzählte, wie sie keine Pferde gehabt habe und vor Mrs. Crawley zu Kreuze gekrochen sei. ›Ich glaube, vor dieser Frau brauche ich nicht bange zu sein‹, dachte Becky. In der Tat zog sich Lady Bareacres, nachdem sie mit ihrer Tochter erschrockene, zornige Blicke gewechselt hatte, an ihren Tisch zurück, wo sie eifrig in einer Bildermappe zu blättern begann.

Als der ungarische Fürst erschien, wurde die Unterhaltung in französischer Sprache geführt, und es war für Lady Bareacres und die jüngeren Damen ein neuer Grund zum Ärger, daß Mrs. Crawley mit dieser Sprache viel besser vertraut war und sie viel gewandter handhabe als sie. Becky hatte
216

in den Jahren 1816 und 1817 bei dem Heer in Frankreich andere ungarische Fürsten kennengelernt und erkundigte sich nun mit großem Interesse nach ihren Freunden. Die ausländischen Herrschaften hielten sie für eine Dame von sehr hohem Rang, und der Fürst und die Fürstin fragten Lord Steyne und die Marquise, mit denen sie zu Tische gingen, angelegentlich, wer denn die petite dame sei, die so anmutig plaudere.

Endlich begab man sich in der von dem amerikanischen Diplomaten beschriebenen Ordnung in den Speisesaal, wo das Festmahl aufgetischt wurde. Und da ich dem Leser versprochen habe, daß er es mitgenießen solle, so mag er die Freiheit haben, sich die Gerichte zusammenzustellen, wie es seiner Phantasie beliebt.

Aber der heißeste Augenblick des Kampfes kam, wie Becky das vorausgesehen hatte, erst dann, als die Damen allein waren. Nun fand sich die kleine Frau wirklich in einer Lage, die sie die Richtigkeit von Lord Steynes Warnung erkennen ließ, sich vor der Gesellschaft höherstehender Damen zu hüten. Wie man sagt, daß die Irländer von keinem grimmiger gehaßt werden als von ihren Landsleuten, so werden auch die Frauen von keinem so gepeinigt wie von ihren eigenen Geschlechtsgenossinnen. Als die arme kleine Becky zu dem Kamin ging, wohin sich die vornehmen Damen nach dem Dinner begeben hatten, da verließen diese ihren Platz und setzten sich um einen Tisch mit Zeichnungen. Und als Becky ihnen dorthin folgte, kehrten sie eine nach der andern wieder zum Kaminfeuer zurück. Sie machte den Versuch, mit einem der Kinder zu plaudern – in der Öffentlichkeit pflegte sie Kindern immer große Liebe zu bekunden –, aber der kleine George Gaunt wurde von seiner Mama fortgerufen, und die Grausamkeit, mit der man die Fremde behandelte, wurde zuletzt so arg, daß selbst Lady Steyne Mitleid mit ihr hatte und zu der vereinsamten kleinen Frau herantrat, um mit ihr zu sprechen.

»Lord Steyne«, sagte die Lady, während ihr eine rote Glut in die blassen Wangen stieg, »hat mir erzählt, daß Sie so wunderschön singen und Klavier spielen, Mrs. Crawley. Wollen Sie nicht die Güte haben, mir etwas vorzusingen?«

»Ich will gern alles tun, was Ihnen oder Lord Steyne Vergnügen machen kann«, erwiderte Rebekka in aufrichtiger Dankbarkeit, setzte sich an das Klavier und begann zu singen.

Sie sang geistliche Lieder von Mozart, die Lady Steyne in ihrer Jugend besonders gern gehabt hatte, und sang sie mit so lieblicher, zarter Stimme, daß die Lady, die noch beim Klavier stehengeblieben war, sich neben ihr auf einen Stuhl setzte und zuhörte, bis ihr die Tränen in den Augen standen. Die Damen am anderen Ende des Zimmers gaben zwar ihrer feindlichen Gesinnung gegen Becky dadurch Ausdruck, daß sie unaufhörlich zischelten und laut schwatzten, aber Lady Steyne hörte nichts davon. Sie war wieder ein Kind – war nach einer vierzigjährigen Wüstenwanderung in ihren Klostergarten zurückgekehrt. Auf der Orgel in der Kapelle waren die gleichen Melodien erklungen; die Organistin, die ihr von allen Klosterschwestern die liebste war, hatte sie in jenen weit zurückliegenden glücklichen Tagen diese Weisen spielen gelehrt. Sie war wieder ein junges Mädchen, und die kurze Zeit ihres Glücks erblühte noch einmal für eine flüchtige Stunde in ihrem Geist. Sie schrak zusammen, als die Türflügel knarrend aufflogen und Lord Steyne, laut lachend, mit den übrigen Herren der Gesellschaft, die ebenfalls in heiter angeregter Stimmung waren, eintrat.

Lord Steyne erkannte auf den ersten Blick, was in seiner Abwesenheit vorgegangen war, und war seiner Frau diesmal wirklich dankbar. Er trat zu ihr, sprach mit ihr und nannte sie bei ihrem Vornamen, was abermals ein Erröten auf ihrem blassen Gesicht hervorrief. »Meine Frau erzählt mir eben, Sie hätten gesungen wie ein Engel«, sagte er zu Becky. Frei-
218

lich gibt es, wie man sagt, zwei Arten von Engeln, aber beide
sind, jede in ihrer Weise, reizend.

Wie auch der hervorgehende Teil des Abends gewesen sein
mochte, der Rest war jedenfalls für Becky ein großer Triumph. Sie sang so schön, wie sie es nur vermochte, und das
war so gut, daß alle Herren herbeikamen und sich um das
Klavier drängten. Die Damen, Beckys Feindinnen, blieben
ganz allein. Mr. Paul Jefferson Jones aber glaubte sich bei
Lady Gaunt dadurch besonders in Gunst zu setzen, daß er
zu ihr trat und den meisterhaften Gesang ihrer entzückenden Freundin lobte.

FÜNFZEHNTES KAPITEL

Enthält ein gewöhnliches Ereignis

Welche auch immer die Muse sein mag, die über dieser
humoristischen Erzählung waltet, sie muß jetzt von den
vornehmen Höhen, in denen sie geschwebt hat, herabsteigen
und die Güte haben, sich auf das niedrige Dach John Sedleys
in Brompton niederzulassen, um zu schildern, was sich dort
zugetragen hat. Auch hier, in dieser bescheidenen Behausung, fehlt es nicht an Sorge, Mißtrauen und Kummer. In
der Küche nörgelt Mrs. Clapp im geheimen ihrem Mann
gegenüber wegen der rückständigen Miete und drängte den
guten Kerl, er solle gegen seinen alten Freund und Gönner
und gegenwärtigen Mieter schärfere Saiten aufziehen. Mrs.
Sedley hat ihre Besuche bei der Wirtin in den unteren Räumen eingestellt und ist tatsächlich nicht mehr in der Lage,
Mrs. Clapp zu begönnern. Wie kann man herablassend
gegen eine Frau sein, der man vierzig Pfund schuldig ist und
die beständig Anspielungen auf das Geld macht? Das irische
Dienstmädchen hat sein freundliches, achtungsvolles Betragen nicht im mindesten geändert; aber Mrs. Sedley bildet
sich ein, sie werde dreist und undankbar, und wie der

schuldbewußte Dieb in jedem Busch einen Polizisten wittert,
so sieht die alte Dame in allen Reden und Antworten des
Mädchens geheime Andeutungen und drohende Winke. Von
Miß Clapp, die jetzt schon eine erwachsene junge Dame geworden ist, behauptet die verbitterte Mrs. Sedley, sie sei
eine ganz unausstehliche, unverschämte kleine Kröte. Warum Amelia sie so gern hat und sie so oft auf ihr Zimmer
kommen läßt und beständig mit ihr ausgeht, kann Mrs.
Sedley absolut nicht begreifen. Die Bitterkeit der Armut hat
das Gemüt der einst so heiteren, freundlichen Frau vergiftet.
Sie weiß ihrer Tochter für ihr sich stets gleichbleibendes,
sanftes Benehmen keinen Dank, verspottet sie wegen ihrer
Bemühungen, sich freundlich und diensteifrig zu erweisen,
und schilt sie, weil sie ihr Kind wie eine Närrin vergöttere
und ihre Eltern vernachlässige. In dem Hause des kleinen
George geht es nicht sehr munter zu, seit der jährliche Zu-
schuß von Onkel Joseph ausgeblieben ist, und die kleine
Familie muß fast am Hungertuch nagen.
Amelia sinnt und grübelt und zerbricht sich den Kopf, um
ein Mittel zur Vermehrung des kleinen Einkommens ausfindig zu machen, bei dem die Familie darbt. Könnte sie vielleicht in irgendeinem Fach Stunden geben, Besuchskarten-
schalen bemalen oder feine Handarbeiten anfertigen? Sie
merkt bald, daß andere Frauen für einen Tagesverdienst
von zwei Pence angestrengter und besser arbeiten, als sie es
kann. Sie kauft in einem Schreibwarengeschäft zwei Bogen
feinstes Bristolpapier mit Goldrand und malt mit Aufbietung
all ihrer Kunstfertigkeit auf dem einen einen Schäfer mit
einer roten Weste, der mit rosigem Gesicht inmitten einer
Bleistiftlandschaft lächelnd dasteht, auf dem andern eine
Schäferin, die mit einem sauber schattierten Hündchen über
eine kleine Brücke geht. Der Besitzer des Schreibwaren-
geschäfts, der zugleich der größte Kunsthändler in Brompton ist und von dem Amelia die Bogen in der eitlen Hoffnung

gekauft hat, daß er sie nach ihrer künstlerischen Bearbeitung zurückkaufen werde, kann kaum ein spöttisches Lächeln verbergen, als er diese kläglichen Kunstwerke betrachtet. Er blickt die Dame, die im Laden wartet, von der Seite an, hüllt die Blätter wieder in ihren braunen Papierumschlag und händigt sie der armen Witwe und Miß Clapp ein, die nie in ihrem Leben etwas so Schönes gesehen hat und fest überzeugt gewesen ist, der Mann werde mindestens zwei Guineen für die Blätter bezahlen. Sie versuchen es in andern Läden im Innern von London mit immer schwächer werdender Hoffnung. »Ich kann keinen Gebrauch davon machen«, sagt der eine Händler. »Machen Sie, daß Sie fortkommen!« ruft ein anderer ärgerlich. Dreieinhalb Schilling sind vergebens ausgegeben, und die Blätter verschwinden im Schlafzimmer von Miß Clapp, die bei ihrer Ansicht verbleibt, daß sie allerliebst seien.

Nach langem Nachdenken und mühsamer Stilisierung schreibt Amelia in ihrer schönsten Handschrift eine kleine Karte, durch die sie der Mitwelt folgendes zu wissen gibt: ›Eine Dame, die etwas Zeit zur Verfügung hat, wünscht einige kleine Mädchen in der englischen und französischen Sprache sowie in Geographie, Geschichte und Musik zu unterrichten. Anschriften wolle man unter A. O. bei Mr. Brown abgeben.‹ Diese Karte vertraut sie dem Inhaber der Kunsthandlung an, der gestattet, daß sie auf dem Ladentisch ausliegt, wo sie verstaubt und von den Fliegen beschmutzt wird. Amelia geht oft sehnsüchtig an der Ladentür vorbei – in der Hoffnung, daß Mr. Brown ihr irgendeine Nachricht zu geben habe; aber er winkt ihr nie, hereinzukommen, und wenn sie hineingeht, um kleine Einkäufe zu machen, hat er ihr nichts mitzuteilen. O du armes, törichtes, zartes, schwaches Weib! wie willst du den Kampf mit der rauhen, rücksichtslosen Welt aufnehmen?

Sie wird von Tag zu Tag vergrämter und trauriger und sieht

ihr Kind oft mit angstvollen Blicken an, deren Bedeutung
der kleine Kabe sich nicht erklären kann. Sie springt in der
Nacht auf und blickt verstohlen in sein Zimmer, um sich zu
überzeugen, daß er auch schläft und ihr nicht geraubt ist.
Sie schläft jetzt nur sehr wenig. Ein schrecklicher Gedanke
beunruhigt sie unaufhörlich. Wie weint und betet sie in den
langen, stillen Nächten, wie sucht sie sich des immer wieder-
kehrenden Gedankens zu erwehren, daß es ihre Pflicht sei,
sich von dem Knaben zu trennen – daß sie die einzige
Schranke zwischen ihm und seinem Glück sei! Aber sie kann
es nicht, sie kann es nicht! Wenigstens nicht jetzt! Vielleicht
später einmal! Oh, es ist zu schmerzlich, daran zu denken
und es auf sich zu nehmen!

Ein Gedanke steigt in ihr auf, bei dem sie errötet und sich
vor sich selbst verstecken möchte: ihre Eltern könnten das
Jahrgeld behalten – der Hilfsprediger würde sie gern heiraten und ihr und ihrem Knaben ein neues Heim geben. Aber
Georges Bild und teures Andenken, so scheint es ihr, schelten und tadeln sie wegen dieses Gedankens. Scham und Liebe
verbieten es ihr, dieses Opfer zu bringen. Sie bebt davor
zurück wie vor einer bösen Tat, und solche Gedanken können in diesem reinen, edlen Herzen nicht Wurzel schlagen.

Dieser Kampf im Herzen der armen Amelia, den wir hier in
ein paar Sätzen beschreiben, dauerte in Wirklichkeit viele
Wochen lang. Sie hatte dabei keine Vertraute und konnte
auch keine haben; denn sie wollte sich selbst die Möglichkeit des Nachgebens nicht eingestehen, obgleich sie vor dem
Feind, mit dem sie zu kämpfen hatte, täglich weiter zurückwich. Eine Wahrheit nach der andern rückte schweigend
gegen sie an und ließ sich nicht aus der Welt schaffen. Sie
wäre durch ihren Starrsinn schuld an der Armut und dem
Elend der ganzen Familie und an der kümmerlichen, unwürdigen Lebensstellung ihrer Eltern, sie beginge eine Ungerechtigkeit gegen den Knaben – durch solche Selbstan-

klagen wurden die Außenwerke der kleinen Zitadelle in der
die arme Seele ihr Kind, ihre einzige Liebe und ihren einzigen Schatz, mit leidenschaftlicher Hingabe behütete, Stück
für Stück zu Fall gebracht.

Beim Beginn dieses Kampfes hatte sie an ihren Bruder in
Kalkutta einen Brief voll zärtlicher Bitten geschrieben. Sie
hatte ihn darin angefleht, ihren Eltern die bisher gewährte
Unterstützung doch nicht zu entziehen, und ihm in kunst-
losen, rührenden Worten die Verlassenheit und unglückliche
Lage der Familie geschildert. Sie wußte nicht, wie sich die
Sache in Wirklichkeit verhielt. Joseph bezahlte das Jahrgeld
immer noch regelmäßig weiter, aber der Empfänger war ein
Geldverleiher in der City, dem der alte Sedley es für eine
gewisse Summe abgetreten hatte, um seine sinnlosen Pläne
zur Ausführung zu bringen. Emmy berechnete eifrig die
Zeit, die bis zur Ankunft und Beantwortung des Briefes vergehen würde. Das Datum der Absendung hatte sie in ihrem
Notizbuch vermerkt. Dem Vormund ihres Sohnes, dem
guten Major in Madras, hatte sie von ihren Kümmernissen
und Sorgen nichts mitgeteilt. Seit sie ihm zu seiner bevorstehenden Verheiratung Glück gewünscht hatte, hatte sie
nicht wieder an ihn geschrieben. Sie dachte mit tiefer Niedergeschlagenheit daran, daß dieser Freund, der einzige, der
sie so verehrt hatte, ihr nun auch verlorengegangen war.

Eines Tages war es besonders schlimm um die Familie bestellt. Die Gläubiger drängten, die Mutter schwamm in
Tränen, der Vater war düsterer als je, und die Familienmitglieder gingen einander aus dem Wege, weil jedes seinen
persönlichen Kummer und sein geheimes Schuldbewußtsein
hatte. An diesem Tage traf es sich zufällig, daß Vater und
Tochter allein zusammen waren, und Amelia gedachte ihren
Vater zu trösten, indem sie ihm erzählte, was sie getan hatte.
Sie sagte, sie habe an Joseph geschrieben, und in drei oder
vier Monaten müsse eine Antwort kommen. Er sei immer

freigebig gewesen, wenn auch ohne tieferes Gefühl. Er könne sich nicht weigern, wenn er erfahre, in wie bedrängten Umständen seine Eltern lebten.

Da offenbarte ihr der arme alte Herr die ganze Wahrheit. Er mußte bekennen, daß sein Sohn das Jahrgeld noch bezahle, er selbst es aber in seiner Unklugheit verschleudert habe. Er habe nicht gewagt, es früher zu sagen. Amelias entsetzter, verstörter Blick, als er mit zitternder, kläglicher Stimme dieses Geständnis ablegte, schien ihm Vorwürfe wegen seiner Verheimlichung zu machen. »Ach,« sagte er, indem er sich mit zuckenden Lippen von ihr abwandte, »jetzt verachtest du deinen alten Vater.«

»O Papa, das ist es nicht!« rief Amelia, fiel ihm um den Hals und küßte ihn wiederholt. »Du bist immer gut und freundlich. Du hast es in bester Absicht getan. Es ist nicht des Geldes wegen – es ist – o mein Gott, mein Gott! habe Erbarmen mit mir, und gib mir Kraft, diese Prüfung zu ertragen!« Sie küßte ihn von neuem leidenschaftlich und eilte aus dem Zimmer.

Der Vater verstand noch nicht, was diese Worte und der Schmerzensausbruch, mit dem das arme Weib ihn verlassen hatte, bedeuteten. Die Sache war die: Amelia war besiegt. Das Urteil war gesprochen. Das Kind mußte fort von ihr, zu anderen Leuten – mußte sie vergessen. Ihn, der ihr Herzblatt, ihr Schatz, ihre Freude, ihre Hoffnung, ihre Liebe, ihr Heiligtum, ja, beinahe ihr Gott gewesen war, mußte sie aufgeben; und dann – dann wollte sie zu ihrem Gatten gehen, und sie wollten beide über den Knaben wachen und auf ihn warten, bis er zu ihnen in den Himmel käme.

Fast ohne zu wissen, was sie tat, setzte sie ihren Hut auf und ging aus, um in der Allee auf und ab zu wandern, durch die George aus der Schule zurückzukommen pflegte, und wo sie gewöhnlich zur Zeit seiner Heimkehr auf ihn wartete. Es war ein Maitag – ein halber Feiertag. Die Blätter kamen schon alle heraus, und das Wetter war herrlich. Der Knabe kam singend, mit gesunden, roten Backen auf sie zugelaufen; das Päckchen mit den Schulbüchern schlenkerte er an einem Riemen. Da war er! Sie umschlang ihn mit beiden Armen. Nein, es war unmöglich. Sie konnten sich nicht voneinander trennen. »Was ist denn, Mutter?« fragte er, »du siehst ja so blaß aus!«

»Nichts, mein Kind«, antwortete sie, beugte sich zu ihm nieder und küßte ihn.

Am Abend dieses Tages ließ sich Amelia von dem Knaben die Geschichte von Samuel vorlesen, wie ihn seine Mutter Hannah, nachdem sie ihn entwöhnt hatte, zu dem Hohenpriester Eli brachte, damit er ein Diener des Herrn werde. George las auch den Lobgesang Hannahs, in dem es heißt: ›Der Herr machet arm und machet reich; er erniedriget und erhöhet. Er hebet auf den Dürftigen aus dem Staube und erhöhet den Armen aus dem Kot, daß er ihn setze unter die Fürsten und ihn den Stuhl der Ehren erben lasse. Denn der Welt Enden sind des Herrn, und er hat den Erdboden darauf gesetzet.‹ – Dann las er, wie Hannah ihrem Knaben jedes Jahr, wenn sie in den Tempel kam, um ihr Opfer darzubringen, einen selbstgefertigten kleinen Rock brachte. Und dann erklärte Amelia ihrem Sohn diese rührende Geschichte in ihrer sanften, schlichten Weise. Wie Hannah, obgleich sie ihren Sohn so sehr geliebt, ihn doch hingegeben, weil sie es gelobt habe. Wie sie immer an ihn habe denken müssen, wenn sie zu Hause saß und an seinem Rock nähte. Wie auch Samuel gewiß nicht seine Mutter vergessen habe, und wie glücklich sie gewesen sei, wenn die Zeit herangekommen (und die Jahre gingen ja so schnell vorüber!), wo sie ihren Knaben habe wiedersehen und sich überzeugen dürfen, daß er an Güte und Weisheit zugenommen. Diese kleine Predigt hielt sie mit sanfter, feierlicher Stimme und trockenen Augen, bis sie zu der Stelle mit dem Wiedersehen kam – da brach sie plötzlich ab. Ihr zärtliches Herz strömte über, und indem sie den Knaben mit ihren Armen umschlang, drückte sie ihn fest an ihre Brust und weinte über seinem Haupt Tränen stummen, heiligen Schmerzes.

Nachdem Amelia einmal ihren Entschluß gefaßt hatte, begann sie diejenigen Maßregeln zu treffen, die ihr zur Ausführung ihres Vorhabens geeignet erschienen. Eines Tages erhielt Miß Osborne am Russell Square (Amelia hatte den Namen und die Hausnummer seit zehn Jahren nicht geschrieben, und ihre Jugend, ihr ganzes früheres Leben trat ihr wieder vor Augen, als sie die Anschrift schrieb) – eines Tages also erhielt Miß Osborne einen Brief von Amelia, bei dessen Lektüre sie dunkelrot wurde und ihren Vater anblickte, der mit finsterer Miene am andern Ende des Tisches saß.

In einfachen Worten gab Amelia die Gründe an, die sie veranlaßt hätten, ihren Sinn in bezug auf den Knaben zu ändern. Ihr Vater sei von neuem Mißgeschick betroffen worden, das ihn völlig mittellos gemacht habe. Ihr eigenes Einkommen sei so unbedeutend, daß es ihr kaum die Möglichkeit gewähre, ihre Eltern zu unterstützen, und nicht dazu ausreiche, dem Knaben die Ausbildung zuteil werden zu lassen, auf die er Anspruch habe. So großen Schmerz ihr auch die Trennung von ihm bereiten werde, so werde sie ihn doch mit Gottes Hilfe um des Knaben willen ertragen. Sie wisse, daß diejenigen, zu denen er komme, alles, was in ihrer Macht stehe, tun würden, um ihn glücklich zu machen. Sie schilderte seinen Charakter, wie sie ihn beurteilte: der Knabe sei lebhaft und feurig, lehne sich gegen Zwang und rauhe Behandlung auf, lasse sich aber durch Liebe und Güte leicht lenken. In einer Nachschrift bedang sie sich die schriftliche Zusicherung aus, daß sie das Kind, sooft sie es wünsche, sehen dürfe; sonst könne sie sich unter keinen Umständen von ihm trennen.

»So! Ist die hochmütige Dame also doch endlich klein ge-

worden, he?« sagte der alte Osborne, als ihm seine Tochter
mit einer Stimme, die vor Erregung zitterte, den Brief vorlas. »Regelrecht ausgehungert, was? Haha! Ich wußte, daß
es so kommen würde.« Er versuchte, eine würdige Ruhe zu
bewahren und seine Zeitung wie gewöhnlich zu lesen, aber
er war nicht dazu imstande. Er kicherte und fluchte hinter
dem Blatt.

Endlich warf er die Zeitung hin, blickte seine Tochter finster
an und begab sich wie gewöhnlich in sein anstoßendes Studierzimmer, aus dem er aber sogleich mit einem Schlüssel
zurückkehrte, den er seiner Tochter zuwarf.

»Laß das Zimmer über dem meinigen – wo er sonst gewohnt
hat – in Bereitschaft setzen«, sagte er. »Ja, Vater«, erwiderte
seine Tochter zitternd. Es war Georges Zimmer. Seit mehr
als zehn Jahren war es nicht geöffnet worden. Manches von
seinen Kleidern, Papieren, Taschentüchern, Peitschen,
Mützen, Angelruten und anderen Sportgerätschaften befand sich noch darin. Auf dem Kaminsims lagen eine Rangliste vom Jahre 1814, auf deren Umschlag er seinen Namen
geschrieben hatte, ein kleines Wörterbuch, das er beim
Schreiben zu benutzen pflegte, und die Bibel, die ihm seine
Mutter gegeben hatte. Daneben befanden sich ein Paar
Sporen und ein ausgetrocknetes, mit dem Staub von zehn
Jahren bedecktes Tintenfaß. Ach, wie viele Tage und wie
viele Menschen waren seit der Zeit, da jene Tinte noch
feucht war, dahingegangen! Das Löschpapier in der auf dem
Tisch liegenden Schreibmappe wies noch die Abdrücke
seiner Handschrift auf.

Miß Osborne war sehr ergriffen, als sie mit den Dienstboten
diesen Raum zum erstenmal wieder betrat. Sie sank ganz
blaß auf das kleine Bett nieder. »Das ist eine glückliche Nachricht, Miß Osborne,« sagte die Haushälterin, »nun wird die
gute alte Zeit wiederkommen. Der liebe kleine Bursche, wie
glücklich er sein wird! Aber manche Leute in Mayfair wer-

den es ihm nicht gönnen.« Und mit diesen Worten schob sie den Fensterriegel zurück und ließ frische Luft ins Zimmer.

»Es wäre ganz gut, wenn du der Frau etwas Geld schicktest«, sagte Mr. Osborne, bevor er ausging. »Sie soll keinen Mangel leiden. Schicke ihr hundert Pfund!«

»Und darf ich sie morgen besuchen?« fragte Miß Osborne.

»Das kannst du halten, wie du willst. Aber sie kommt mir nicht hierher, das merke dir. Nein, beim Teufel, nicht um alles Geld in London! Aber Mangel soll sie nun nicht mehr leiden. Also tu das Deine und bring die Sache in Ordnung!« Mit diesen bündigen Anweisungen verabschiedete sich Mr. Osborne von seiner Tochter und trat seinen gewohnten Weg nach der City an.

»Hier, Papa, ist etwas Geld«, sagte Amelia am Abend dieses Tages, küßte ihren alten Vater und schob ihm einen Scheck über hundert Pfund in die Hand. »Und – und, Mama, sei nicht unfreundlich gegen George! Er – er wird nicht mehr lange bei uns bleiben.« Sie konnte nicht weitersprechen und ging schweigend auf ihr Zimmer. Wir wollen sie dort mit ihren Gebeten und mit ihren Sorgen allein lassen. Ich glaube, das richtigste ist, daß man über so viel Liebe und Schmerz möglichst wenige Worte macht.

Wie sie es in ihrem Schreiben versprochen hatte, kam Miß Osborne am nächsten Tage und besuchte Amelia. Die Begegnung zwischen den beiden trug einen freundlichen Charakter. Ein Blick und ein paar Worte von Miß Osborne zeigten der armen Witwe, daß sie wenigstens von dieser Dame nicht zu fürchten brauchte, sie werde den ersten Platz in Georges Herzen einnehmen. Sie war kühl, aber verständig und nicht unfreundlich. Es wäre der Mutter vielleicht weniger lieb gewesen, wenn ihre Nebenbuhlerin hübscher, jünger, liebevoller und warmherziger gewesen wäre. Miß Osborne ihrerseits gedachte alter Zeiten und konnte sich der Rührung über die klägliche Lage der armen Mutter nicht erwehren.

Diese war besiegt, streckte sozusagen die Waffen und ergab
sich demütig. Sie vereinbarten an diesem Tage zusammen
die Vorbedingungen des Übergabevertrags.
George ging am nächsten Tag nicht in die Schule, weil seine
Tante kam, um mit ihm zu sprechen. Amelia ließ sie beide
allein und ging auf ihr Zimmer. Sie bereitete sich auf die
Trennung vor – ähnlich wie die arme, sanfte Lady Jane Grey
die Schneide des Beils befühlte, das niederfahren und ihr
zartes Leben vernichten sollte. Es vergingen mehrere Tage
unter Besprechungen, Besuchen und Vorbereitungen. Die
Witwe brachte ihrem Georgy die Sache mit großer Vorsicht
bei; sie erwartete, daß die Nachricht ihn sehr betrüben
werde. Er aber war im Gegenteil eher erfreut darüber, und
das arme Weib wandte sich traurig ab. Er prahlte an diesem
Tage vor seinen Schulkameraden mit der Neuigkeit, erzählte ihnen, er werde von jetzt an bei seinem Großpapa,
dem Vater seines Vaters, wohnen – nicht bei dem, der
manchmal herkäme; und er werde sehr reich sein und einen
Wagen und ein Pony haben und in eine viel vornehmere
Schule gehen, und wenn er erst reich wäre, dann werde er
Leader seinen Federkasten abkaufen und die Kuchenfrau bezahlen. Der Knabe war, wie auch seine zärtliche Mutter sich
sagen mußte, das getreue Ebenbild seines Vaters.
Ich habe im Hinblick auf den Schmerz unserer lieben Amelia
nicht den Mut, die letzten Tage zu schildern, die George
noch daheim zubrachte.
Endlich kam der Abschiedstag. Der Wagen fuhr vor; die
kleinen, bescheidenen Päckchen, die allerlei Liebesgaben
und Andenken enthielten, lagen schon lange im Hausflur
bereit. George hatte seinen neuen Anzug an, den ihm der
Schneider in der letzten Zeit nach Maß angefertigt hatte.
Er war bei Sonnenaufgang aus dem Bett gesprungen und
hatte die neuen Kleider angelegt. Seine Mutter hörte ihn
von dem Nebenzimmer aus, wo sie in stummem Schmerz

die ganze Nacht wach gelegen hatte. An den vorhergehenden Tagen hatte sie mancherlei Vorbereitungen für die Trennung getroffen. Sie hatte seine Aussteuer ergänzt, in seine Bücher seinen Namen geschrieben und seine Wäsche gezeichnet, und sie hatte mit ihm gesprochen, um ihn auf die Veränderung vorzubereiten, denn sie war in dem zärtlichen Wahn befangen, daß er einer Vorbereitung bedürfe.

Aber wenn er nur eine Abwechslung hatte, was kümmerte ihn denn alles andere? Er sehnte sich nach der Veränderung. Durch tausend eifrige Erklärungen, was er alles tun werde, wenn er erst bei seinem Großvater wäre, hatte er der armen Witwe gezeigt, wie wenig ihn der Gedanke an die Trennung bedrückte. Er werde oft auf dem Pony kommen und seine Mama besuchen, versicherte er. Er werde sie auch mit dem Wagen abholen und mit ihr in den Park fahren, und sie solle alles haben, was sie wünsche. Die arme Mutter mußte sich mit diesen selbstsüchtigen Beweisen kindlicher Liebe begnügen und versuchte sich zu überreden, daß ihr Sohn sie doch innig liebe. Er müsse sie ja lieben, sagte sie sich. Alle Kinder seien so: ein wenig veränderungslustig und – nein, nicht selbstsüchtig, nur etwas eigenwillig. Ihr Kind müsse nun einmal in der Welt sein Vergnügen und freie Bahn für seinen Ehrgeiz haben. Sie selbst habe ihm durch ihre eigennützige, unverständige Liebe die ihm gebührenden Rechte und Freuden bisher vorenthalten.

Ich kenne kaum etwas Rührenderes als diese ängstliche Selbsterniedrigung und Selbstdemütigung einer Frau. Mit welcher Bereitwilligkeit bekennt sie, daß sie und nicht der Mann der schuldige Teil sei! Wie nimmt sie alle Vergehen auf sich! Wie bietet sie sich gewissermaßen als Sühneopfer für Unrecht dar, das sie gar nicht begangen hat, und ist hartnäckig bemüht, den wirklichen Schuldigen zu schützen! Gerade die Männer, die den Frauen Kränkungen zufügen, werden am meisten von ihnen geliebt. Die Frauen sind von Natur unterwürfig und herrschsüchtig zugleich; sie mißhandeln die Männer, die ihnen am demütigsten begegnen.

So hatte sich denn also die arme Amelia in stillem Kummer auf die Trennung von ihrem Sohne vorbereitet und viele, viele einsame Stunden mit den erforderlichen Zurüstungen verbracht. George stand neben seiner Mutter und sah ihrer Tätigkeit ohne die geringste Betrübnis zu. Es waren Tränen in seine Koffer gefallen – Stellen in seinen Lieblingsbüchern waren angestrichen, alte Spielsachen und allerlei andere Andenken und Schätze für ihn zusammengesucht und liebevoll und sorgsam eingepackt worden – und alles das beachtete der Knabe gar nicht! Das Kind geht lächelnd fort, während der Mutter das Herz bricht. Wahrlich, diese unerwiderte Liebe der Frauen zu ihren Kindern ist ein mitleiderregendes Schauspiel auf dem Jahrmarkt des Lebens!

Einige Tage sind vergangen, und das große Ereignis in Amelias Leben ist vorüber. Kein Engel ist dazwischengetreten. Das Kind ist den Verhältnissen zum Opfer gebracht worden, und die Witwe ist jetzt allein.

Natürlich besucht sie der Knabe oft. Er kommt, vom Reitknecht gefolgt, auf einem Pony angeritten – zur großen Freude seines alten Großvaters Sedley, der stolz an seiner Seite die Allee hinuntergeht. Amelia sieht ihn, aber er gehört nicht mehr ihr. Reitet er doch auch ebenso nach seiner früheren kleinen Schule, um seine ehemaligen Kameraden zu besuchen und vor ihnen mit seinem neuen Glanz und Reichtum zu prunken! In zwei Tagen hat er eine etwas hochmütige Miene und ein gönnerhaftes Wesen angenommen. Seine Mutter denkt, daß er – wie einst sein Vater – zum Befehlen geboren ist.

Es ist jetzt schönes Wetter. An solchen Tagen, da er nicht kommt, macht Amelia einen langen Spaziergang nach London hinein, ja bis zum Russell Square, und ruht sich auf dem

Stein am Gartengitter gerade gegenüber von Mr. Osbornes Hause aus. Es ist dort so angenehm kühl. Sie kann von da aus zu den erleuchteten Fenstern des Salons hinaufblicken und gegen neun Uhr beobachten, wie sich das Zimmer im Oberstock erhellt, in dem George schläft. Sie weiß das – er hat es ihr erzählt. Sie betet dort, wenn das Licht erlischt – betet mit tief demütigem Herzen und geht dann zitternd und schweigend heim. Sie ist sehr müde, wenn sie nach Hause kommt. Vielleicht wird sie nach dem langen, anstrengenden Weg besser als sonst schlafen und von ihrem kleinen George träumen.

Eines Sonntags wanderte sie gerade auf dem Russell Square umher, nicht weit von Mr. Osbornes Hause, als alle Glocken zu läuten anfingen und George und seine Tante heraustraten, um zur Kirche zu gehen. Ein kleiner Straßenkehrer bat die beiden um ein Almosen, und der Diener, der die Gesangbücher trug, wollte ihn fortjagen; aber George blieb stehen und gab ihm Geld. Gottes Segen über den Knaben! Amelia lief rund um den Square herum, und als sie zu dem Gassenkehrer kam, gab auch sie ihm ihr Scherflein. Alle Sonntagsglocken läuteten, und sie folgte den beiden in einiger Entfernung, bis sie zur Findelhauskirche kam, in die sie nach ihnen eintrat. Hier setzte sie sich auf einen Platz, von wo aus sie den Kopf des Knaben unter dem Gedenkstein seines Vaters sehen konnte. Viele hundert frische Kinderstimmen ertönten und sangen dem allgütigen Gott Lob- und Danklieder, und das Herz des kleinen George bebte vor Entzücken bei den Klängen des herrlichen Gesangs. Seine Mutter konnte ihn eine Zeit lang nicht sehen, denn ein Nebel umflorte ihre Augen.

SECHZEHNTES KAPITEL
Worin eine Scharade aufgeführt wird,
die dem Leser vielleicht Kopfzerbrechen verursacht
oder auch nicht

Seit Becky auf Lord Steynes kleinen, auserlesenen Gesellschaften erschienen war, wurden die Ansprüche dieser achtungswerten Dame auf Zugehörigkeit zur vornehmen Welt anerkannt, und es öffneten sich ihr sofort einige der angesehensten und höchsten Türen der Hauptstadt – Türen von solchem Ansehen und solcher Höhe, daß weder der geliebte Leser noch der Verfasser dieser Geschichte hoffen können, sie jemals durchschreiten zu dürfen. Liebe Brüder, laßt uns mit ehrfurchtsvollem Schauder vor diesen erhabenen Portalen Halt machen. Ich stelle mir vor, daß sie von Kammerdienern mit glühenden silbernen Ofengabeln bewacht werden, mit denen sie nach all denen stechen, die nicht das Recht zum Eintritt haben. Wie man sagt, soll der brave Zeitungsberichterstatter, der in der Flurhalle sitzt und die Namen der großen Leute aufzeichnet, die zu den Festen Zutritt haben, nach kurzer Zeit sterben. Er kann den Glanz der Vornehmheit nicht lange ertragen. Dieser Glanz versengt ihn, wie die Erscheinung Jupiters in seiner ganzen Herrlichkeit die arme, törichte Semele tötete, die sich, einer leichtsinnigen Motte gleich, selbst dadurch ins Verderben stürzte, daß sie sich aus ihrer natürlichen Sphäre herauswagte. Diese Sage sollten sich die Bewohner von Tyburnia und Belgravia[1] zu Herzen nehmen – die Geschichte von Semele und vielleicht auch Beckys Geschichte. Ach, meine Damen! fragen Sie den Reverend Thurifer, ob nicht Belgravia ein tönendes Erz und Tyburnia eine klingende Schelle ist. Dies alles sind Eitelkeiten, die dahinschwinden werden. Und es wird eine Zeit kommen (aber gottlob erst nach uns!),

1 Aristokratische Stadtteile von London.

wo der Hyde Park nicht bekannter sein wird als die berühmten Gärten – von Babylon und wo der Belgrave Square so verödet sein wird, wie die Baker Street oder wie Tadmor in der Wüste.

Rebekkas Besuch bei Lord Steyne hatte zur Folge, daß Seine Hoheit der Fürst von Peterwardein am nächsten Tage seine Bekanntschaft mit Oberst Crawley im Klub erneuerte und vor Mrs. Crawley im Ring des Hyde Parks sehr tief den Hut zog. Sie und ihr Gatte wurden sofort zu einer der kleinen Gesellschaften des Fürsten in Levant House eingeladen, wo Seine Hoheit während der zeitweiligen Abwesenheit des vornehmen Besitzers wohnte. Nach dem Essen sang Becky en petit comité. Der Marquis von Steyne war anwesend und überwachte mit väterlichem Wohlgefallen die Fortschritte seines Schützlings.

In Levant House traf Becky auch einen der vornehmsten Männer und größten Minister, die Europa jemals hervorgebracht hat: den Herzog de la Jabotière, der damals Gesandter des Allerchristlichsten Königs und später Minister dieses Monarchen war. Mein Herz schwillt vor Stolz, während meine Feder diese erhabenen Namen niederschreibt und ich gleichzeitig bedenke, in welcher glänzenden Gesellschaft meine liebe Becky sich bewegt. Sie wurde ständiger Gast auf der französischen Gesandtschaft, wo keine Gesellschaft für vollständig galt, wenn nicht die entzückende Madame Rawdon Crawley anwesend war.

Zwei Gesandtschaftsattachés, Monsieur de Truffigny (von der in Périgord ansässigen Familie) und Monsieur de Champignac, verliebten sich sofort in die schöne Frau Oberst und behaupteten beide, wie das bei Angehörigen ihrer Nation üblich ist – denn wer hat jemals einen aus England kommenden Franzosen getroffen, der dort nicht mindestens ein halbes Dutzend Familien unglücklich gemacht und ebenso viele Herzen in seiner Brieftasche mitgenommen hätte? – behaupteten also beide, daß sie mit der reizenden Madame Ravdonn au mieux ständen.

Ich bezweifle indessen die Richtigkeit dieser Behauptung. Champignac spielte sehr gern Ekarté und machte oft abends einige Partien mit dem Oberst, während Becky im Nebenzimmer Lord Steyne etwas vorsang; und was Truffigny betrifft, so ist es eine bekannte Tatsache, daß er nicht in den Reiseklub zu gehen wagte, weil er den Kellnern dort Geld schuldete – und daß der ehrenwerte junge Mann verhungert sein würde, wenn er nicht unentgeltlich in der Gesandtschaft hätte speisen können. Ich bezweifle, sage ich, daß Becky sich einen dieser jungen Männer erwählt haben sollte, um ihm ihre besondere Gunst zuzuwenden. Sie erledigten für sie Botengänge, kauften ihr Handschuhe und Blumen, stürzten sich in Schulden, um ihr Opernkarten bringen zu können, und suchten sich auf tausenderlei Weise bei ihr beliebt zu machen. Auch sprachen sie mit rührender Einfalt Englisch, was für Becky und Lord Steyne ein steter Anlaß zur Heiterkeit war. Sie äffte die beiden Attachés vor deren eigenen Augen und Ohren nach, lobte ihre Fortschritte in der englischen Sprache mit einem Ernst, der niemals verfehlte, den Marquis, ihren spottlustigen alten Gönner, außerordentlich zu kitzeln. Truffigny schenkte der Briggs einen Schal, um dadurch Beckys Vertraute zu gewinnen, und ersuchte sie dann, die Besorgung eines Briefes zu übernehmen, den die einfältige alte Jungfer aber der Empfängerin in aller Öffentlichkeit überreichte und dessen Inhalt jeden, der ihn las, aufs höchste belustigte. Lord Steyne las ihn – alle lasen ihn, nur nicht der biedere Rawdon, denn dieser brauchte nicht alles zu wissen, was in dem kleinen Haus in Mayfair vorging.

Es dauerte nicht lange, so empfing Becky hier nicht nur die ›besten‹ Ausländer (wie der Ausdruck in der edlen, bewundernswerten Sprache unserer vornehmen Gesellschaft lautet), sondern auch nicht wenige der ›besten‹ englischen Persönlichkeiten. Ich meine damit nicht die Tugendhaftesten oder die Lasterhaftesten – nicht die Klügsten oder die Dümmsten – nicht die Reichsten und auch nicht die Vornehmsten, sondern eben die ›Besten‹, mit einem Wort Leute, die über jeden Zweifel erhaben sind, wie zum Beispiel die große Lady Fitz-Willis, die Schutzheilige der Gesellschaftsbälle in Almacks Hotel, die große Lady Slowbore, die große Lady Grizzel Macbeth (geborene Lady G. Glowry, Tochter Lord Greys von Glowry) und ähnliche Damen. Wenn die Gräfin von Fitz-Willis (die Lady gehört zu der Familie aus der King Street, wie man in Debretts und Burkes Adelskalender nachlesen kann) jemanden ihres Umgangs würdigt, so hat der oder die Betreffende nichts mehr zu befürchten: er ist nun ebenfalls über jeden Zweifel erhaben. Lady Fitz-Willis ist zwar durchaus nichts Besseres als andere Leute, sondern im Gegenteil eine verwelkte Frauenperson von siebenundfünfzig Jahren und weder schön noch reich noch geistvoll; aber alle stimmen darin überein, daß sie zur ›besten‹ Gesellschaft gehört. Diejenigen, die mit ihr verkehren, gehören gleichfalls zur ›besten‹ Gesellschaft; und vermutlich aus altem Groll und Neid gegen Lady Steyne (nach deren Adelskrone die Lady als jugendliche Georgina Frederica, Tochter des Günstlings des Prinzen von Wales, des Grafen von Portansherry, einstmals getrachtet hatte) entschied sich diese große, berühmte Tonangeberin der vornehmen Welt dafür, Mrs. Rawdon Crawley anzuerkennen. Sie machte ihr auf einem Ball, den sie leitete, einen tiefen Knicks und ermunterte nicht nur ihren Sohn, St. Kitts, der seine Stelle der Fürsprache Lord Steynes verdankte, Mrs. Crawleys Haus zu besuchen, sondern lud sie auch selbst zu sich ein und redete während des Dinners zweimal in der herablassendsten Weise vor aller Augen mit ihr. Dieses wichtige Ereignis wurde noch am gleichen Abend in ganz London bekannt. Die Leute, die bisher über Mrs. Crawley pfui geschrieen hatten, verstummten nun. Der witzige Advokat Wenham, Lord Steynes rechte Hand, ging überall herum und verkündete ihr Lob. Manche, die sich bisher noch zurückgehalten hatten, traten nun auf einmal hervor und bewillkommneten sie. Der kleine Tom Toady, der Southdown gewarnt hatte, ein so lasterhaftes Weib zu besuchen, bat jetzt um die Ehre, ihr vorgestellt zu werden. Kurz, es wurde anerkannt, daß sie zur ›besten‹ Gesellschaft gehöre. Ach, meine geliebten Brüder und Leser, beneiden Sie die arme Becky nicht zu früh: Ruhm von dieser Art soll sehr vergänglich sein. Es geht das Gerücht, daß selbst in den unnahbarsten Kreisen die Menschen nicht glücklicher sind als die armen Wanderer, die von ihnen ausgeschlossen sind; und Becky, die in die Hochburg der vornehmen Welt vordrang und den großen George IV. von Angesicht zu Angesicht sah, hat später selbst bekannt, daß auch hier alles nur eitel sei.

Wir müssen uns mit der Erzählung dieses Teils ihrer Laufbahn kurz fassen. Wie ich die Geheimnisse der Freimaurerei nicht enthüllen kann, von denen ich übrigens boshaft genug bin zu glauben, daß es damit nur Humbug ist: so kann auch ein Uneingeweihter es nicht unternehmen, die große Welt genau zu schildern, und tut am besten, seine Ansichten, welcher Art sie auch sein mögen, für sich zu behalten.

Becky hat in späteren Jahren oft von dieser Zeit ihres Lebens gesprochen, während der sie sich in den höchsten Kreisen der vornehmen Welt von London bewegte. Ihr Erfolg machte ihr Freude, rief ein Hochgefühl bei ihr hervor und wurde ihr dann langweilig. Anfangs gab es für sie keine angenehmere Beschäftigung, als die schönsten neuen Kleider und Schmucksachen ausfindig zu machen und sich zu verschaffen (was, beiläufig gesagt, bei Mrs. Rawdon Crawleys sehr beschränkten Mitteln nicht wenig Mühe und Scharfsinn erforderte), zu feinen Dinners zu fahren, wo sie von hochgestellten Persönlichkeiten begrüßt wurde, und von den feinen Dinners zu feinen Empfängen, wohin die gleichen Leute kommen, mit denen sie soeben gespeist hatte, mit denen sie am Abend vorher zusammengewesen war und am andern Tage wieder zusammensein würde: die jungen Herren tadellos gekleidet, mit hübschen Krawatten, mit den zierlichsten Lackstiefeln und weißen Handschuhen – die älteren Herren stattlich, mit Messingknöpfen, vornehm aussehend, höflich und langweilig – die jungen Damen blond, schüchtern und in rosa Kleidern – die Mutter großartig, schön, feierlich, in kostspieligen Roben, mit Brillanten geschmückt. Sie sprachen Englisch, nicht etwa schlechtes Französisch, wie sie das in Romanen tun. Sie redeten über die häuslichen Angelegenheiten, die Charaktereigenschaften und Familien ihrer Bekannten – genau so, wie sich die Jones über die Smiths unterhalten. Beckys frühere Freunde haßten und beneideten sie; sie selbst gähnte insgeheim. ›Ich wollte, ich wäre erst wieder heraus!‹ dachte sie. »Ich möchte lieber eine Pastorenfrau sein und in einer Sonntagsschule unterrichten – oder eine Sergeantenfrau, die auf dem Bagagewagen fährt – oder, was am lustigsten wäre, eine Seiltänzerin, die im Flitterröckchen vor einer Jahrmarktsbude tanzt!«

»Sie würden das gewiß sehr hübsch machen«, sagte Lord Steyne lachend. Sie pflegte dem großen Mann in ihrer harmlosen Art von ihrer Langenweile und ihren Verlegenheiten zu erzählen, und er ergötzte sich daran.

»Rawdon wäre ein vorzüglicher Stallmeister – oder Zeremonienmeister – oder wie nennt man ihn doch gleich – den Mann in hohen Stiefeln und Uniform, der im Zirkus herumgeht und mit der Peitsche knallt? Er ist hochgewachsen, stattlich und hat ein militärisches Aussehen. Ich erinnere mich noch,« fuhr Becky nachdenklich fort, »wie mich mein Vater auf dem Jahrmarkt in Brookgreen in eine Kunstreitervorstellung mitnahm, als ich noch ein Kind war. Als ich nach Hause kam, machte ich mir ein Paar Stelzen und

238

tanzte auf ihnen zum Entzücken aller Schüler im Atelier herum.«

»Das hätte ich gern sehen mögen«, sagte Lord Steyne.

»Ich möchte es auch heute noch tun«, fuhr Becky fort. »Wie würde Lady Blinkey die Augen aufreißen und Lady Grizzel Macbeth mich anstarren! Pst, still! Die Pasta fängt an zu singen!« – Becky machte es sich immer zum Gesetz, in offenkundiger Weise höflich gegen die Künstler und Künstlerinnen zu sein, die bei diesen aristokratischen Gesellschaften anwesend waren. Sie folgte ihnen in die Winkel, wo sie stumm dasaßen, schüttelte ihnen die Hände und lächelte ihnen vor aller Augen freundlich zu. Sie sei selbst eine Künstlerin, pflegte sie sehr richtig zu sagen. Der Freimut und die Bescheidenheit, mit der sie ihre Herkunft eingestand, hatte die Wirkung, die Hörer je nach deren Charakter zu ärgern, zu entwaffnen oder zu belustigen. »Wie kaltblütig das Weib ist«, sagte der eine. »Was für ein überlegenes Gebaren sie an sich hat, während sie doch still sitzen und dankbar sein sollte, wenn jemand mit ihr redet!« »Was für eine aufrichtige, gutmütige Seele sie ist!« bemerkte ein anderer. »Was für eine schlaue kleine Hexe!« sagte ein dritter. Wahrscheinlich hatten sie alle recht; aber Becky ging unbekümmert ihren eigenen Weg und bezauberte die Künstler so, daß diese nichts von Heiserkeit wußten, wenn es sich darum handelte, auf ihren Gesellschaften zu singen oder ihr umsonst Unterricht zu geben.

Ja, sie gab Gesellschaften in dem kleinen Hause in der Curzon Street. Viele Dutzende von Wagen mit strahlenden Laternen versperrten die Straße – zum Ärger des Nachbarn von Nr. 100, der bei dem Gedonner des Türklopfers nicht schlafen konnte, und des Nachbarn von Nr. 102, den der Neid nicht schlummern ließ. Die riesenhaften Lakaien, die die Wagen begleiteten, hatten in Beckys kleiner Dienerstube nicht genug Platz und wurden in den benachbarten Wirtshäusern untergebracht, von wo sie im Bedarfsfall durch Laufburschen herbeigeholt wurden. Zahlreiche vornehme Lebemänner Londons drängten sich auf der kleinen Treppe, traten einander auf die Füße und lachten darüber, daß sie sich hier trafen; und viele makellose, sittenstrenge Damen der vornehmen Gesellschaft saßen in dem kleinen Salon und lauschten den Sängern und Sängerinnen, die hier nach ihrer Gewohnheit so laut sangen, daß die Fenster fast davon zersprangen. Und tags darauf erschien in der ›Morning Post‹ unter den Berichten über Gesellschaftsabende ein Artikel, der folgendermaßen lautete:

›Gestern sahen Oberst Crawley und Mrs. Crawley in ihrem Hause in Mayfair eine auserlesene Gesellschaft bei sich zum Dinner. Es waren anwesend: Ihre Exzellenzen der Fürst und die Fürstin von Peterwardein, Seine Exzellenz Papusch Pascha, der türkische Gesandte (in Begleitung Kibob Beys, des Dragomans der Gesandtschaft), der Marquis von Steyne, Graf von Southdown, Sir Pitt und Lady Jane Crawley, Mr. Wagg usw. Nach dem Essen fand ein Ball bei Mrs. Crawley statt, dem folgende hohe Persönlichkeiten beiwohnten: die Herzoginwitwe von Stilton, der Herzog de la Gruyère, die Marquise von Cheshire, der Marchese Alessandro Strachino, der Graf de Brie, Baron Schapzuger, Chevalier Tosti, die Gräfin von Slingstone, Lady F. Macadam, Generalmajor G. Macbeth nebst Gemahlin und zwei Töchtern, Viscount Paddington, Sir Horace Fogey, die ehrenwerten Herren Sands Bedwin, Bobbachy Bahawder‹ – doch die weitere Wiedergabe dieses Berichts erspare ich mir, und der Leser mag sich ihn nach Belieben durch ein Dutzend Zeilen in kleinem, gedrängtem Druck vervollständigt denken.

In ihrem Verkehr mit den oberen Zehntausend bewies unsere liebe Freundin dieselbe Offenherzigkeit, die sie im Umgang mit einfachen Leuten auszeichnete. Als Rebekka sich einmal in einem sehr vornehmen Hause – vielleicht absichtlich etwas auffällig – mit einem berühmten französischen Tenor in dessen Muttersprache unterhielt, blickte Lady Grizzel Macbeth über die Schulter weg mißbilligend nach den beiden hin.

»Wie vorzüglich Sie Französisch sprechen!« bemerkte Lady Grizzel, die ihrerseits diese Sprache mit einem sehr sonderbar klingenden Edinburger Akzent gebrauchte.

»Das ist kein Wunder«, erwiderte Becky bescheiden, indem sie die Augen niederschlug. »Ich habe darin in einer Schule unterrichtet, und meine Mutter war eine Französin.«

Diese Demut übte eine günstige Wirkung auf Lady Grizzel aus und stimmte sie gegen die kleine Frau freundlich. Sie beklagte den üblen gleichmacherischen Geist des Zeitalters, der Personen aus allen möglichen Schichten in die Gesellschaft Höherstehender gelangen lasse, gab aber zu, daß wenigstens diese Frau sich passend benehme und niemals ihre Stellung im Leben vergesse. Die Lady war eine sehr gute Frau: gütig gegen die Armen, dumm, makellos und arglos. Es ist nicht ihre Schuld, lieber Leser, daß sie sich für etwas Besseres hält als dich und mich. Jahrhundertelang hat man ihren Vorfahren den Saum ihrer Kleider geküßt, und wie man sagt, haben vor tausend Jahren die Ritter und Kronräte des seligen Duncan sogar den buntgewürfelten Schottenrock des Familienoberhauptes und großen Ahnherrn des Hauses an die Lippen gedrückt, als dieser König von Schottland wurde.

Nach der geschilderten Szene streckte Lady Steyne vor Becky die Waffen und war ihr vielleicht nicht einmal mehr abgeneigt. Die jüngeren Damen des Hauses wurden gleichfalls zur Unterwerfung gezwungen. Sie hetzten mehrmals andere Leute gegen Becky auf, hatten damit aber kein Glück. Die vielbewunderte Lady Stunnington versuchte sich mit ihr zu messen, wurde aber von der unerschrockenen kleinen Becky schmählich in die Flucht geschlagen. Wenn Rebekka angegriffen wurde, nahm sie zuweilen die Maske der Einfalt und Harmlosigkeit an, unter der sie gerade am gefährlichsten war. Sie sagte dann die boshaftesten Dinge mit der unschuldigsten, unbefangensten Miene und unterließ nie, sich hinterher für die von ihr begangenen Schnitzer zu entschuldigen, damit ja jedermann erfahre, was sie gesagt hatte.

Mr. Wagg, der berühmte Witzbold – ein Krippenreiter und Schmarotzer Lord Steynes –, wurde einmal von den Damen angestiftet, Becky bloßzustellen. Als diese eines Abends ahnungslos beim Dinner saß, griff der würdige Mann sie also an, wobei er seine Gönnerinnen anschielte und ihnen zuzwinkerte, als ob er sagen wollte: ›Nun sollen Sie etwas erleben, meine Damen!‹ Die kleine Frau, die sich so plötzlich angefallen sah, aber nie ihre Geistesgegenwart verlor, war sofort gefaßt und wehrte den Hieb nicht nur ab, sondern zahlte ihn so kräftig heim, daß Waggs Gesicht vor Scham blutrot wurde; dann wandte sie sich mit der größten Kaltblütigkeit und einem ruhigen Lächeln wieder ihrer Suppe zu. Der unglückliche Wagg aber, der von Lord Steyne für die Besorgung seiner Wahl- und Zeitungsangelegenheiten und anderer Geschäfte zum Essen eingeladen wurde und manchmal ein kleines Darlehen erhielt, empfing jetzt von seinem hohen Gönner einen so wütenden Blick, daß er fast unter den Tisch gesunken und in Tränen ausgebrochen wäre. Er blickte mit kläglicher Miene bald auf den Lord, der während des ganzen Dinners kein Wort mehr mit ihm sprach, bald auf die Damen, die jede Gemeinschaft mit ihm verleugneten. Endlich hatte Becky selbst Mitleid mit ihm und versuchte, ihn ins Gespräch zu ziehen. Sechs Wochen lang wurde er nicht wieder zum Essen geladen, und Fiche, des Lords vertrauter Diener, um dessen Gunst Mr. Wagg sich naturgemäß eifrig bemühte, wurde angewiesen, ihm mitzuteilen, daß Mylord alle seine Schuldscheine dem Rechtsanwalt übergeben und ihn ohne Erbarmen auspfänden lassen würde, wenn er je wieder wage, gegen Mrs. Crawley ein unartiges Wort zu sagen oder sie zur Zielscheibe seiner dummen Witze zu machen. Als Fiche ihm dies eröffnete, brach Wagg in Tränen aus und flehte seinen teuren Freund an, ein gutes Wort für ihn einzulegen. Er verfaßte ein Lobgedicht auf Mrs. Rawdon Crawley, das in der nächsten Nummer des von ihm herausgegebenen ›Harumscarum-Magazins‹ erschien. Auf allen Gesellschaften, wo er mit ihr zusammentraf, tat er alles, was in seinen Kräften stand, um ihr Wohlwollen zu erringen. Er kroch und schweifwedelte vor Rawdon im Klub. Nach einiger Zeit wurde ihm wieder gestattet, nach Gaunt House zu kommen. Becky benahm sich stets freundlich gegen ihn, lachte über seine Späße und wurde nie ärgerlich.

Der Großwesir und erste Vertrauensmann des Lords – mit einem Sitz im Parlament und an Lord Steynes Mittagstafel – Mr. Wenham, bewies in seinem Benehmen und in seinen Meinungsäußerungen weit mehr kluge Vorsicht als Mr. Wagg. Wie sehr er auch alle Emporkömmlinge hassen mochte (Mr. Wenham selbst war ein gesinnungstüchtiger alter Tory vom reinsten Wasser und sein Vater ein kleiner Kohlenhändler in Nordengland), zeigte dieser Adjutant des Marquis doch nie eine feindselige Gesinnung gegen die neue Favoritin, sondern behandelte sie mit verstohlenen Aufmerksamkeiten und einer schlauen, unterwürfigen Höflichkeit, die bei Becky eine unbehaglichere Empfindung hervorrief als die offenen Gehässigkeiten anderer Leute.

Wie die Crawleys sich das Geld beschafften, das sie die Bewirtung ihrer vornehmen Bekannten kostete – das war ein Geheimnis, das einen ergiebigen Gesprächsstoff bot und diesen kleinen Festen wahrscheinlich einen besonderen Reiz verlieh. Manche behaupteten, Sir Pitt Crawley gebe seinem Bruder eine hübsche Jahresrente. Wenn das zutraf, mußte Beckys Einfluß auf den Baronet allerdings außerordentlich groß sein und sein Charakter sich inzwischen bedeutend ge-

ändert haben. Andere deuteten an, Becky brandschatze alle
Freunde ihres Mannes: dem einen klage sie unter Tränen,
daß sie ausgepfändet werden sollten, vor dem andern falle
sie auf die Knie und jammere, die ganze Familie müsse ins
Schuldgefängnis wandern oder Selbstmord begehen, wenn
die und die Rechnung nicht bezahlt werde. Es hieß, Lord
Southdown habe sich durch solche rührenden Vorstellungen
bewegen lassen, mehrere hundert Pfund hinzugeben. Der
junge Feltham vom ... ten Dragonerregiment, den die Crawleys in die vornehme Gesellschaft eingeführt hatten, wurde
auch unter Beckys Schlachtopfern genannt. Man munkelte
sogar, sie habe verschiedenen einfältigen Leuten Geld unter
der Vorspiegelung abgelockt, daß sie ihnen Vertrauensposten
bei der Regierung verschaffen wolle. Und was wurden nicht
sonst noch alles für Geschichten über unsere liebe, unschuldige Freundin erzählt! So viel ist sicher: hätte sie all das
Geld besessen, das sie erbettelt, geliehen oder gestohlen
haben sollte, so wäre sie eine Kapitalistin gewesen und hätte
bis an ihr Lebensende eine tugendhafte Frau sein können,
während – aber wir wollen nicht vorgreifen.

Die Wahrheit ist, daß man durch Sparsamkeit und verstän-
diges Haushalten, das heißt dadurch, daß man möglichst
wenig bares Geld ausgibt und möglichst keinem Rechnungen und Schulden bezahlt, wenigstens für eine gewisse Zeit
imstande ist, mit sehr geringen Mitteln ein großes Haus zu
machen; und wir glauben, daß Beckys vielbesprochene Gesellschaften, die übrigens in Wirklichkeit nicht allzu zahlreich waren, ihr wenig mehr kosteten als die Wachskerzen,
mit denen sie die Zimmer erleuchtete. Stillbrook und
Queen's Crawley versahen sie im Überfluß mit Wildbret und
Obst. Lord Steynes Weinkeller stand ihr zur Verfügung,
und die berühmten Köche dieses vortrefflichen Edelmanns
regierten in ihrer kleinen Küche oder schickten auf Mylords
Befehl die seltensten Leckerbissen aus ihrer eigenen dorthin.

Ich muß sagen, es ist geradezu schändlich von den Leuten, ein harmloses Geschöpf in der Weise zu verleumden, wie man es damals mit Becky tat, und ich warne meine Leser davor, auch nur den zehnten Teil der über sie in Umlauf gesetzten Gerüchte zu glauben. Wenn aus der Gesellschaft jeder verbannt werden sollte, der Schulden macht und sie nicht bezahlen kann – wenn wir in jedermanns Privatleben hineinblicken, ihm sein Einkommen nachrechnen und den Verkehr mit ihm abbrechen wollten, wenn seine Ausgaben nicht unsere Billigung finden: ach, was für eine entsetzliche Wüstenei, was für ein unerträglicher Aufenthaltsort würde dann der Jahrmarkt der Eitelkeit sein! Jedermann würde dann die Hand gegen seinen Nachbar erheben, und mit den Segnungen der Zivilisation wäre es vorbei. Wir würden miteinander zanken, uns schmähen und uns aus dem Wege gehen. Unsere Häuser würden Höhlen werden, und wir würden in Lumpen umhergehen, weil wir nach niemand fragten. Die Mieten würden heruntergehen. Gesellschaften würden überhaupt nicht mehr gegeben werden. Alle Geschäftsleute der Stadt würden an den Bettelstab kommen. Weine, Wachskerzen, Nahrungsmittel, Schminke, Krinolinen, Brillanten, Perücken, Nippsachen à la Louis XIV. und altes Porzellan, Reitpferde und prächtig trabende Kutschpferde – alle Annehmlichkeiten des Lebens würden, wie gesagt, zum Teufel gehen, wenn die Menschen nach solchen törichten Grundsätzen handeln und den Umgang mit jedem meiden wollten, den sie nicht leiden können und auf den sie schimpfen. Mit ein wenig christlicher Liebe und gegenseitiger Duldung dagegen kann alles einen leidlich angenehmen Verlauf nehmen: wir können auf jemand schimpfen, soviel wir Lust haben, und ihn den größten Schurken nennen, der je dem Galgen entrann – aber wollen wir ihn darum tatsächlich aufhängen? Durchaus nicht! Wir schütteln ihm die Hand, wenn wir mit ihm zusammentreffen. Hat er einen guten Koch, so

245

vergeben wir ihm, gehen hin und speisen bei ihm; und wir
erwarten, daß er das gleiche bei uns tun wird. So blühen
Handel und Gewerbe, die Zivilisation schreitet fort, und der
Friede wird bewahrt. Allwöchentlich sind neue Kleider für
neue Gesellschaften nötig, und der Ertrag der vorjährigen
Weinernte des Lafitte wird die Mühe des redlichen Bauern,
der ihn gezüchtet hat, reichlich lohnen.

Obgleich zu der Zeit, von der wir berichten, George der
Große auf dem Thron saß und die Damen Keulenärmel und
im Haar wahre Schaufeln von Schildpattkämmen trugen
statt der schlichten Ärmel und reizenden Kränze, die jetzt
Mode sind, so waren doch, wie ich glaube, die Sitten der
vornehmen Welt von den heutigen nicht wesentlich verschieden und auch ihre Vergnügungen ziemlich dieselben.
Uns, die wir nur von draußen über die Schultern der Polizisten hinweg die bezaubernden Schönheiten anstaunen, die
zu Hofe oder zu einem Ballfest fahren, mögen sie als Wesen
von überirdischem Glanz erscheinen, die sich eines uns un-
erreichbaren außerordentlichen Glücks erfreuen. Aber eben
um die Unzufriedenen unter uns zu trösten, erzählen wir
von den Kämpfen, Triumphen und Enttäuschungen, die
unserer teuren Becky wie allen hochstehenden Persönlichkeiten reichlich zugemessen waren.

Zu jener Zeit war die angenehme Unterhaltung Scharaden aufzuführen aus Frankreich zu uns gekommen und
hier sehr beliebt geworden, da sie den vielen schönen
Damen bei uns Gelegenheit gab, ihre Reize zu zeigen, und
es den weniger zahlreichen geistvollen Damen ermöglichte,
ihren Witz leuchten zu lassen. Lord Steyne wurde von
Becky, die vermutlich beide Eigenschaften zu besitzen glaubte, dazu angeregt, in Gaunt House ein Fest zu veranstalten,
bei dem einige solcher kleinen dramatischen Szenen zum besten
gegeben werden sollten. Wir aber müssen um die Erlaubnis
bitten, den Leser auf diese glänzende Gesellschaft führen zu

dürfen, bei der wir ihn mit einer gewissen Wehmut willkommen heißen, da dies eine der letzten vornehmen Festlichkeiten sein wird, an der wir ihn teilnehmen lassen können.

Ein Teil des prächtigen Saals, der die Gemäldegalerie von Gaunt House enthielt, war als Scharadentheater eingerichtet worden. Er war schon während der Regierung Georgs III. einmal zu ähnlichen Zwecken benutzt worden, und es existiert noch ein Bild des Marquis von Gaunt, wie er mit gepudertem und von einem roten Band zusammengehaltenen Haar – was man damals eine römische Frisur nannte – die Rolle des Kato in Addisons gleichnamiger Tragödie spielte, die vor Ihren Königlichen Hoheiten dem Prinzen von Wales, dem Bischof von Osnaburgh und dem Prinzen William Henry aufgeführt wurde, die damals alle noch Kinder waren wie der Darsteller selbst. Einiges von den alten Ausstattungsstücken wurde aus den Dachkammern, wo es so lange gelegen hatte, hervorgeholt und für das bevorstehende Fest aufgefrischt.

Der junge Bedwin Sands, ein eleganter Lebemann, der schon den Orient bereist hatte, übernahm das Amt des Regisseurs. In jenen Tagen hatte ein Orientreisender noch etwas zu bedeuten, und der abenteuerlustige Bedwin, der einige Monate in Wüstenzelten gelebt und nachher eine Beschreibung seiner Reise herausgegeben hatte, war damals eine sehr interessante Persönlichkeit. In seinem Buch befanden sich mehrere Bilder, die ihn in verschiedenen orientalischen Kostümen darstellten, und er reiste nun immer, als ein zweiter Brian de Bois Guilbert, mit einem schwarzen Diener von recht wenig einnehmendem Äußern umher. Bedwin, seine Kostüme und sein Neger wurden in Gaunt House als sehr schätzenswerte Erwerbungen begrüßt.

Er eröffnete die erste Scharade. Ein türkischer Offizier mit einem gewaltigen Federbusch (man nahm an, daß die Janitscharen noch existierten und daß der Fez die alte majestätische Kopfbedeckung der Gläubigen noch nicht verdrängt

habe) ruhte auf einem Diwan und schien eine Nargileh zu
rauchen, in der jedoch mit Rücksicht auf die Damen nur
eine wohlriechende Pastille glimmte. Der türkische Würdenträger gähnt und verrät durch allerlei Anzeichen, daß er
müde ist und sich langweilt. Er klatscht in die Hände, und
Mesrur, der Nubier, erscheint – mit nackten Armen, Ohrringen, Jataganen und mancherlei anderem orientalischem
Schmuck – hager, groß und häßlich. Er verneigt sich mit
überkreuzten Armen vor dem Aga.

Ein Schauer des Entsetzens und des Entzückens läuft durch
die Versammlung. Die Damen flüstern miteinander. Bedwin Sands hat den schwarzen Sklaven von einem ägyptischen Pascha als Gegengeschenck für drei Dutzend Flaschen
Maraschino erhalten. Er hat sicherlich schon mehr als eine
Odaliske in einen Sack genäht und in den Nil geworfen.

»Laß den Sklavenhändler eintreten!« sagte der türkische
Lüstling und winkte dabei mit der Hand. Mesrur führt den
Sklavenhändler zu seinem Herrn herein, der von einer ver-
schleierten Frau begleitet wird. Er zieht ihr den Schleier
vom Gesicht. Ein Beifallssturm erhebt sich im Saal. Es ist
Mrs. Winkworth, geborene Absalom, mit den schönen
Augen und dem wundervollen Haar. Sie trägt ein prächtiges
orientalisches Kostüm. Ihre schwarzen Zöpfe sind mit unzähligen Juwelen durchflochten; ihr Kleid ist über und über
mit Goldpiastern bedeckt. Der abscheuliche Muselmann
bringt seine Begeisterung über ihre Schönheit zum Ausdruck. Sie fällt vor ihm auf die Knie und fleht ihn an, sie wieder nach ihren Bergen zurückkehren zu lassen, wo sie geboren ist und wo ihr zirkassischer Geliebter noch immer über
die Abwesenheit seiner Suleika trauert. Aber keine Bitten
vermögen den hartherzigen Hassan zu erweichen. Er lacht
bei der Erwähnung des zirkassischen Bräutigams. Suleika
bedeckt ihr Gesicht mit den Händen und sinkt mit einer
sehr gut gespielten Geste der Verzweiflung zu Boden. Es
248

scheint keine Hoffnung mehr für sie zu geben – da erscheint
der Kislar Aga.

Der Kislar Aga bringt einen Brief vom Sultan. Hassan
nimmt den schrecklichen Ferman in Empfang und berührt
ihn mit der Stirn. Ein unheimliches Grauen erfaßt ihn, während sich auf dem Gesicht des Negers (es ist wieder Mesrur,
jedoch in einem andern Kostüm) eine teuflische Freude spie-
gelt. »Gnade, Gnade!« ruft der Pascha, während der Kislar
Aga mit scheußlichem Grinsen eine Schnur hervorzieht.

Der Vorhang fällt gerade in dem Augenblick, als er sich an-
schickt, von diesem schrecklichen Werkzeug Gebrauch zu
machen. Hassan ruft hinter dem Vorhang: »Die ersten beiden Silben.« Mrs. Rawdon Crawley, die auch in der Scharade
mitwirken soll, geht zur Bühne und sagt Mrs. Winkworth
viel Schmeichelhaftes über ihr bewundernswert geschmack-
volles, schönes Kostüm.

Nun folgt der zweite Teil der Scharade. Es ist wieder eine
Szene aus dem Orient. Hassan, jetzt anders gekleidet, bildet
eine Gruppe mit Suleika, die sich vollkommen mit ihm aus-
gesöhnt hat. Der Kislar Aga ist ein friedlicher schwarzer
Sklave geworden. Es ist Sonnenaufgang in der Wüste, die
Türken wenden ihre Gesichter nach Osten und beugen sich
bis auf den Sand hinab. Da keine Dromedare zur Hand sind,
spielt die Musik scherzhafterweise die Melodie ›Da kommen
die Kamele.‹ Ein riesenhafter Ägypter erscheint jetzt auf der
Bühne. Er ist musikalisch und trägt zum Erstaunen der
Wüstenreisenden, die bei ihm lagern, ein humoristisches
Lied vor, das Mr. Wagg gedichtet und komponiert hat. Die
Reisenden gehen tanzend ab, wie Papageno und der Mohren-
könig in der Zauberflöte. »Die letzten zwei Silben«, brüllt
der Ägypter.

Der letzte Akt beginnt. Diesmal ist ein griechischer Palast
der Schauplatz der Handlung. Ein großer, kräftiger Mann
ruht dort auf einem Lager. Über ihm hängen sein Helm und

sein Schild. Zur Zeit bedarf er dieser Waffen nicht. Ilion ist
gefallen. Iphigenie ist geopfert. Kassandra steht als Gefangene in seiner Vorhalle. Der ›König der Männer‹ (es ist
Oberst Crawley, der allerdings keine Ahnung von der Eroberung Trojas und von der Gefangennahme Kassandras
hat), der ἄναξ ἀνδρῶν, schläft in seinem Zimmer in Argos.
Eine flackernde Lampe wirft den breiten Schatten des
schlummernden Kriegers auf die Wand; das Schwert und
der Schild von Troja glitzern in ihrem Licht. Die Musik
spielt die schaurige Melodie aus dem Don Juan, die das Erscheinen des ›steinernen Gastes‹ einleitet.
Ägisthus schleicht bleich, auf den Fußspitzen gehend, herein. Was ist das für ein gespenstisches Gesicht, das halb hinter dem Vorhang verborgen, ihm mit entsetzlichem Ausdruck nachschaut? Er erhebt seinen Dolch, um den Schläfer
zu ermorden, der sich auf seinem Bett umdreht und seine
breite Brust dem Stoße darbietet. Ägisthus bringt es nicht
über sich, den edlen schlummernden Feldherrn zu töten. Da
gleitet Klytämnestra schnell wie eine Geistererscheinung in
das Gemach – ihre weißen Arme sind entblößt, ihr falbes
Haar flutet über ihre Schultern herab, ihr Antlitz ist toten-
blaß, und aus ihren Augen leuchtet ein so unheimliches Lächeln, daß die Zuschauer bei ihrem Anblick erbeben.
Ein Schauer geht durch den Saal. »Guter Gott!« sagt jemand
»es ist Mrs. Rawdon Crawley.«
Verächtlich reißt sie Ägisthus den Dolch aus der Hand und
geht auf das Ruhebett zu. Man sieht den Dolch über ihrem
Haupt im Schein der Lampe blitzen – dann verlöscht das
Licht – man hört ein Stöhnen, und alles ist dunkel.
Die Dunkelheit und die vorgeführte Szene hielten die Zuschauer wie in einem Bann. Rebekka hatte ihre Rolle so gut,
mit so unheimlicher Naturwahrheit gespielt, daß alle wie
betäubt waren und schwiegen, bis auf einmal die Lampen
im Saal wieder aufflammten und die ganze Versammlung in

laute Beifallsrufe ausbrach. »Bravo! Bravo!« erscholl Lord Steynes Stimme, die alle andern übertönte. »Hols der Teufel, sie wäre imstande, es wirklich zu tun«, murmelte er zwischen den Zähnen. Die Darsteller wurden herausgerufen, und der Saal ertönte von dem Geschrei: »Regisseur, Klytämnestra!« Agamemnon ließ sich nicht dazu bewegen, in seiner antiken Tunika vorzutreten, sondern blieb mit Ägisthus und den anderen Darstellern des kleinen Schauspiels im Hintergrund stehen. Mr. Bedwin Sands führte Suleika und Klytämnestra nach vorn. Eine hohe Persönlichkeit äußerte den dringenden Wunsch, der entzückenden Klytämnestra vorgestellt zu werden. »Haha! Ihn in die Brust stechen und einen andern heiraten, ha?« war die taktvolle Bemerkung, die Seine Königliche Hoheit bei dieser Gelegenheit machte.

»Mrs. Rawdon Crawley war in ihrer Rolle unwiderstehlich«, äußerte Lord Steyne. Becky lachte heiter und schelmisch und machte ihm den niedlichsten kleinen Knicks, den man je gesehen hat.

Die Diener reichten nun auf Tragbrettern zahlreiche Erfrischungen herum, und die Darsteller verschwanden, um sich für die zweite Scharadenaufführung fertig zu machen.

Die drei Silben dieser Scharade wurden pantomimisch in folgender Weise dargestellt.

Erste Silbe. Oberst Rawdon Crawley mit einem Schlapphut, einem großen Stock, einem Flauschrock und einer Stall-Laterne ausgerüstet, geht laut rufend über die Bühne, als ob er die Stunde ansagte. An dem unteren Fenster eines Hauses erblickt man zwei Handelsreisende, die augenscheinlich Karten spielen und dabei viel gähnen. Zu ihnen gesellt sich ein dritter, der wie ein Hausknecht aussieht (es war der ehrenwerte G. Ringwood, der seine Rolle vorzüglich spielte), und zieht ihnen die Schuhe aus. Gleich darauf erscheint das Stubenmädchen (der hochehrenwerte Lord Southdown) mit zwei Leuchtern und einer Wärmflasche. Sie geht nach dem

Zimmer im oberen Stockwerk und wärmt das Bett. Sie benutzt die Wärmflasche als Waffe, um sich der Zudringlich-
keiten der beiden Handelsreisenden zu erwehren. Dann geht
sie ab. Die zurückbleibenden Herren setzen ihre Nachtmützen auf und lassen die Vorhänge herunter. Der Hausknecht
kommt heraus und schließt die Fensterläden des Zimmers
im Erdgeschoß. Man hört, wie er die Haustür von innen
verriegelt und die Kette vorlegt. Alle Lichter gehen aus. Die
Musik spielt ›Dormez, dormez, chers amours!‹ Eine Stimme
hinter dem Vorhang sagt: »Erste Silbe.«
Zweite Silbe. Die Lampen brennen plötzlich alle wieder. Die
Musik spielt die altbekannte Melodie aus ›Johann von Paris‹: ›Ah, quel plaisir d'être en voyage.‹ Die Szene ist unverändert. Zwischen dem ersten und zweiten Stockwerk des
dargestellten Hauses sieht man ein Gasthausschild, auf dem
das Steynesche Wappen angebracht ist. Im ganzen Hause
werden die Klingeln gezogen. Im unteren Zimmer sieht man
einen Mann, der einem andern einen langen Streifen Papier
überreicht; worauf dieser die Faust ballt, droht und unter
Schimpfworten erklärt, das sei ja unerhört. »Hausknecht,
laß meinen Wagen vorfahren!« ruft ein anderer an der Tür.
Er faßt das Zimmermädchen (den hochehrenwerten Lord
Southdown) unter das Kinn, und sie scheint ebenso über
seine Abreise betrübt zu sein wie einst Kalypso über die des
›viel umhergetriebenen‹ Odysseus. Der Hausknecht (der
ehrenwerte G. Ringwood) geht mit einem Bauchladen über
die Bühne, in dem sich silberne Trinkgefäße befinden, und
ruft mit einem Humor und einer Natürlichkeit: »Bier gefällig?«, daß der ganze Saal von Beifall erdröhnt und ihm sogar ein Strauß zugeworfen wird. Klatsch, klatsch, klatsch!
erschallen Peitschen. Der Wirt, das Zimmermädchen und der
Kellner stürzen zur Haustür, aber gerade als ein vornehmer
Gast ankommt, fällt der Vorhang, und der unsichtbare Regisseur ruft: »Zweite Silbe.«

»Ich denke, es muß ›Hotel‹ sein«, sagt Rittmeister Grigg von der Leibgarde, worauf ein allgemeines Gelächter über diese scharfsinnige Bemerkung des Rittmeisters einsetzt. Er hat indessen nicht sehr weit am Ziel vorbeigeschossen.

Während die dritte Silbe vorbereitet wird, spielt die Musik ein seemännisches Potpourri: ›In den Dünen‹, ›Wilder Nordwind, lege dich‹, ›Herrsche, Britannia‹, ›In der Bai von Biskaya‹. Offenbar soll irgendeine Seeszene dargestellt werden. Man hört, als der Vorhang aufgeht, eine Glocke läuten. »Nichtfahrgäste an Land!« ruft eine Stimme. Die Leute nehmen Abschied voneinander. Sie deuten ängstlich auf die durch einen dunklen Behang angedeuteten Wolken und schütteln besorgt die Köpfe. Lady Squeams (der hochehrenwerte Lord Southdown) setzt sich mit ihrem Schoßhund, ihren Reisetaschen, ihren Strickbeuteln und ihrem Gatten nieder und hält sich krampfhaft an einem Seil fest. Der Schauplatz ist augenscheinlich das Deck eines Schiffes.

Der Kapitän (Oberst Crawley), mit Dreimaster und Fernrohr ausgestattet, tritt auf und hält seinen Hut auf dem Kopfe fest, während er nach dem Himmel blickt. Seine Rockschöße flattern wie bei starkem Wind. Als er seinen Hut losläßt, um das Fernrohr zu gebrauchen, fliegt er ihm unter ungeheuerem Beifall davon. Der Wind bläst recht kräftig. Die Musik schwillt immer mehr an und ahmt ein immer lauter werdendes Pfeifen nach. Die Matrosen gehen schwankend über die Bühne, als ob das Schiff heftig schlingere. Der Steward (der ehrenwerte G. Ringwood) stolpert mit sechs Waschschüsseln vorüber. Eine davon setzt er schnell neben Lord Squeams hin. Lady Squeams kneift ihren Hund, der jämmerlich zu heulen anfängt, hält sich das Taschentuch vors Gesicht und stürzt weg, wie es scheint, nach der Kabine. Die Musik steigert sich zu einem wilden, stürmischen Fortissimo, und die dritte Silbe ist damit beendet.

Nun folgt ein kleines Ballett, Le Rossignol, worin seinerzeit

die Montessu und die Noblet vielen Beifall fanden und das
Mr. Wagg für die englische Bühne zu einer Operette um-
gearbeitet hatte, indem er als gewandter Verseschmied seine
Reime den hübschen Melodien des Balletts anpaßte. Dieses
Stück wurde in altfranzösischen Kostümen aufgeführt, und
der kleine Lord Southdown erschien wunderschön als alte
Frau verkleidet und humpelte an einem stilechten Krück-
stock auf der Bühne umher.
Hinter der Szene hörte man ein melodisches Trillern, das aus
einer allerliebsten Hütte aus Pappdeckeln hervordrang, die
ganz mit Rosenspalieren überzogen war. »Philomele, Philo-
mele!« ruft die alte Frau, und Philomele kommt heraus.
Nochmaliger, gesteigerter Beifall – es ist Mrs. Rawdon
Crawley mit gepudertem Haar und Schönheitspflästerchen,
die entzückendste kleine Marquise von der Welt!
Sie kommt lachend und summend herein und hüpft mit der
ganzen Unschuld einer jugendlichen Schauspielerin über die
Bühne. Sie macht einen Knicks. Die Mutter sagt: »Ei, mein
Kind, du lachst und singst ja immer«, und nun fängt das
Töchterchen an zu singen:

Die Rose, die auf dem Balkon du siehst gar lieblich blühen,
Die war im Winter blätterlos und hat den Lenz ersehnt.
Du fragst, warum sie duftet jetzt und ihre Wangen
                                                glühen?
Nun, weil die liebe Sonne scheint und Vogelsang ertönt.

Du hörst das Lied der Nachtigall hell durch den Hain
                                                erklingen;
Sie schwieg, als kahl war Baum und Strauch und rauh die
                                                Luft und kalt.
Und fragst du, Mutter: ›Ei warum mag sie jetzt fröhlich
                                                singen?‹
Nun, weil die liebe Sonne scheint und alles grünt im Wald.

Erwachend regt sich alles jetzt: der Vogel singt voll Wonne,
Am Rosenstocke leuchtet rot der vollen Blüte Rund.
Auch mir, mein liebes Mütterlein, scheint hell ins Herz die
                                                        Sonne;
Drum rötet sich die Wange mir, drum jubiliert mein Mund.

In den Pausen zwischen den einzelnen Strophen dieses Liedes zeigte sich die gutherzige Person, die von der Sängerin Mutter genannt wurde und deren großer Backenbart unter ihrer Haube zum Vorschein kam, sehr beflissen, ihre mütterliche Zärtlichkeit durch Umarmungen des unschuldigen Geschöpfs, das die Rolle der Tochter spielte, an den Tag zu legen. Jede Liebkosung wurde von der teilnahmsvollen Zuhörerschaft mit lautem Beifall und Gelächter aufgenommen. Als das Lied zu Ende war und die Musik noch eine Art Symphonie spielte, die wie das Zwitschern und Trillern unzähliger Vögel klang, rief der ganze Saal einstimmig da capo, und die Nachtigall[1] des Abends wurde mit nicht enden wollendem Beifall und zahllosen Blumensträußen überschüttet. Lord Steynes Stimme klang bei den Beifallsrufen am lautesten von allen. Becky, die Nachtigall, nahm die Blumen, die er ihr zugeworfen hatte, und drückte sie mit der Anmut einer vollendeten Schauspielerin an ihr Herz. Lord Steyne war ganz außer sich vor Entzücken, und die Begeisterung seiner Gäste harmonierte mit der seinigen. Wo war die schöne schwarzäugige Huri, deren Erscheinen in der ersten Scharde alle so sehr entzückt hatte? Sie war noch einmal so schön wie Becky, aber das glänzende Spiel Mrs. Crawleys hatte sie vollständig in den Schatten gestellt. Alle Stimmen waren für sie. Man verglich sie mit der Stephens, mit der Caradori, mit der Ronzi de Begnis und meinte wohl nicht mit Unrechr, daß sie, wenn sie Schauspielerin geworden

1. Dies ist die Auflösung der zuletzt aufgeführten Scharade: nightingale (Nachtigall) = night (Nacht) + inn (Gasthaus) + gale (Sturm).

wäre, von keiner anderen auf der Bühne übertroffen worden wäre. Sie hatte den Höhepunkt ihres gesellschaftlichen Ehrgeizes erreicht. Ihre Stimme erhob sich hell schmetternd über den Beifallsturm und schwebte in triumphierender Freude über ihm. Nach den dramatischen Aufführungen fand ein Ball statt, und alle drängten sich um Becky, die die Hauptanziehungskraft des Abends ausübte. Die Königliche Hoheit erklärte begeistert, sie sei geradezu ein Ideal, und zog sie immer wieder ins Gespräch. Stolz und Entzücken schwellten das Herz der kleinen Becky bei diesen Ehren; sie sah sich schon im Besitz von Reichtum, Berühmtheit und einer geachteten Stellung in der vornehmen Welt. Lord Steyne war ihr Sklave; er folgte ihr auf Schritt und Tritt, redete kaum mit einem anderen im Saal, sagte ihr die größten Schmeicheleien und erwies ihr die auffälligsten Aufmerksamkeiten. Sie hatte ihr Marquisenkostüm anbehalten und tanzte ein Menuett mit Monsieur de Truffigny, dem Attaché des Herzogs de la Jabotière, und der Herzog, der noch ganz in den Traditionen des alten Hofes lebte, erklärte, Madame Crawley sei würdig, eine Schülerin von Vestris gewesen zu sein oder in Versailles eine Rolle gespielt zu haben. Nur das Bewußtsein seiner Würde, die Gicht und das strengste Pflichtgefühl, das ihm persönliche Entsagung gebot, hinderten Seine Exzellenz daran, selbst mit ihr zu tanzen. Er äußerte jedoch in aller Öffentlichkeit, daß eine Dame, die so plaudern und tanzen könne wie Mrs. Rawdon, an jedem Hof Europas als Gesandtin ehrenvoll bestehen würde. Eine große Genugtuung gewährte es ihm, zu hören, daß sie von Geburt eine halbe Französin sei. »Nur eine Landsmännin«, bemerkte Seine Exzellenz, »war auch imstande, diesen majestätischen Tanz so vollendet auszuführen.«

Dann tanzte sie einen Walzer mit Monsieur de Klingenspohr, dem Vetter und Attaché des Fürsten von Peterwardein. Der entzückte Fürst, der weniger Zurückhaltung

übte als sein diplomatischer Kollege aus Frankreich, bestand
darauf, mit dem reizenden Geschöpf einen Tanz zu machen,
und wirbelte mit ihr im Ballsaal herum, daß die Diamanten
aus seinen Stiefelquasten und seiner Husarenjacke heraus-
flogen und Seine Hoheit ganz außer Atem kam. Auch Papusch Pascha hätte gern mit ihr getanzt, wenn ein solches
Vergnügen mit den Sitten seines Vaterlandes vereinbar gewesen wäre. Die Gesellschaft bildete einen Kreis um sie und
beklatschte sie so stürmisch, als ob sie eine Noblet oder eine
Taglioni gewesen wäre. Jedermann war in Ekstase, und
Becky auch, wie man sich leicht denken kann. Sie ging mit
einem verächtlichen Blick an Lady Stunnington vorüber. Sie
spielte die Gönnerin gegenüber Lady Gaunt und deren erstaunter und gekränkter Schwägerin – sie vernichtete alle
ihre reizenden Rivalinnen. Wer kümmerte sich jetzt um die
arme Mrs. Winkworth, die mit ihrem langen Haar und ihren
großen Augen zu Anfang des Abends solche Aufmerksamkeit erregt hatte? Sie war völlig aus dem Wettbewerb ausgeschieden. Sie konnte sich, wenn sie wollte, ihr langes Haar
zerraufen und sich ihre großen Augen ausweinen, aber kein
Mensch beachtete oder beklagte ihre Niederlage.
Den allergrößten Triumph feierte Becky jedoch beim Souper. Sie hatte ihren Platz an der Ehrentafel erhalten, wo Seine
Königliche Hoheit und die übrigen erlesenen Gäste saßen.
Sie aß von goldenen Tellern. Hätte sie den Wunsch ausge-
sprochen, so hätte man ihr, gleich einer neuen Kleopatra,
Perlen in ihrem Champagner aufgelöst, und der Fürst von
Peterwardein hätte gern die Hälfte der Brillanten von seiner
Husarenjacke für einen freundlichen Blick dieser strahlenden
Augen hingegeben. Jabotière erwähnte sie in seinem Bericht
an die Regierung seines Landes. Die Damen an den anderen
Tischen, die nur von silbernen Tellern speisten und Lord
Steynes beständige Aufmerksamkeiten gegen Becky beob-
achteten, waren sich darüber einig, daß seine Bevorzugung

dieser Frau ein Zeichen unerhörter Verblendung und eine gröbliche Beleidigung aller Damen von Stande sei. Wenn sarkastische Bemerkungen tödlich wirken könnten, so würde Becky von Lady Stunnington auf der Stelle umgebracht worden sein.

Rawdon Crawley fühlte sich durch diese Triumphe bedrückt. Er hatte die Empfindung, daß ihm seine Frau dadurch noch ferner rücke, als sie ihm je gewesen war. Mit einem Gefühl, das dem Schmerz sehr nahe kam, wurde er sich bewußt, wie unermeßlich hoch sie über ihm stehe.

Als die Stunde des Aufbruchs gekommen war, begleitete eine Schar junger Herren Becky zu ihrem Wagen, der auf Anweisung der Diener von den Fackelträgern herbeigerufen wurde, die vor dem großen Tor von Gaunt House standen und jeden heraustretenden Gast beglückwünschten sowie die Hoffnung aussprachen, daß Seine Gnaden sich auf dem Fest gut unterhalten habe.

Mrs. Rawdon Crawleys Wagen kam nach gehörigem Rufen herbeigefahren, rasselte auf den beleuchteten Hof und fuhr vor dem überdachten Eingang vor. Rawdon war seiner Frau beim Einsteigen in den Wagen behilflich, der darauf abfuhr. Mr. Wenham hatte dem Obersten den Vorschlag gemacht, ob sie nicht zu Fuß nach Hause gehen wollten, und bot ihm nun eine Zigarre an.

Sie zündeten ihre Zigarren an der Fackel eines der draußen stehenden Fackelträger an, und Rawdon machte sich mit seinem Freund Wenham auf den Heimweg. Zwei Gestalten, die sich von der Menge der Umstehenden ablösten, folgten den beiden Herren, und als diese ein paar Dutzend Schritte auf dem Gaunt Square gemacht hatten, trat der eine Mann an sie heran, berührte Rawdon an der Schulter und sagte: »Verzeihung, Herr Oberst, ich möchte gern ein paar Worte mit Ihnen sprechen.« Der Begleiter des Mannes ließ, während dieser sprach, einen lauten Pfiff ertönen, worauf eine der

vor dem Tor von Gaunt House haltenden Droschken heran-
gerasselt kam. Der Gehilfe machte eine rasche Wendung und
pflanzte sich vor Oberst Crawley auf.
Der tapfere Offizier wußte sofort, was ihm begegnet war. Er
war in die Hände der Gerichtsvollzieher gefallen. Er fuhr zurück und stieß dabei gegen den Mann, der ihn zuerst berührt
hatte.
»Wir sind unser drei – ausreißen hat keinen Zweck!« sagte
der hinter ihm stehende Mann.
»Sind Sie es, Moß?« fragte der Oberst, der den Redenden
zu erkennen glaubte. »Wieviel ist es?«
»Nur eine Kleinigkeit«, flüsterte Mr. Moß von der Cursitor
Street, Chancery Lane, der Gehilfe des Bezirksrichters von
Middlesex. »Hundertsechsundsechzig Pfund, sechs Schilling
und acht Pence – eingeklagt von Mr. Nathan.«
»Leihen Sie mir hundert Pfund, Wenham, um Gottes willen!«
sagte der arme Rawdon. »Siebzig habe ich zu Hause.«
»Ich besitze auf der ganzen Welt keine zehn Pfund«, erwi-
derte der arme Mr. Wenham. »Gute Nacht, lieber Freund!«
»Gute Nacht!« antwortete Rawdon kummervoll. Wenham
entfernte sich, und Rawdon Crawley war gerade mit seiner
Zigarre fertig, als die Droschke mit ihm unter dem Torweg
von Temple Bar hindurchfuhr.

SIEBZEHNTES KAPITEL
*Worin Lord Steyne
sich von seiner liebenswürdigsten
Seite zeigt*

Wenn Lord Steyne jemandem sein Wohlwollen zu bezeigen
beabsichtigte, so tat er nichts halb, und die Art, wie er die
Familie Crawley begünstigte, machte seiner menschen-
freundlichen Gesinnung alle Ehre. Seine Gnaden dehnte seine
Gönnerschaft auch auf den kleinen Rawdon aus: er wies die

Eltern darauf hin, daß der Knabe nun in eine öffentliche
Schule geschickt werden müsse, da er jetzt in einem Alter
sei, wo das Erlernen der lateinischen Sprache, gymnastische
Übungen sowie die Gesellschaft von Mitschülern der größte
Segen für ihn sein würden. Sein Vater wandte ein, er sei nicht
reich genug, um das Kind in eine gute öffentliche Schule zu
schicken, und seine Mutter meinte, Miß Briggs sei eine vorzügliche Lehrerin für ihn und habe ihn (was auch wirklich
der Fall war) im Englischen, in den Anfangsgründen des
Lateinischen und in der allgemeinen Bildung außerordentlich gefördert. Aber alle diese Einwände verfingen nicht
gegen die großmütige Beharrlichkeit des Marquis von Steyne.
Seine Gnaden war einer der Kuratoren jenes berühmten alten
Stifts, das unter dem Namen Whitefriars bekannt ist. Es war
in alten Zeiten, als das angrenzende Smithfield noch ein Tur-
nierplatz war, ein Zisterzienserkloster gewesen. Man pflegte
damals hartnäckige Ketzer in dieses Kloster zu bringen, weil
man es auf diese Weise bequem hatte, sie unmittelbar daneben zu verbrennen. Heinrich VIII., der Verteidiger des
Glaubens, beschlagnahmte das Kloster samt seinen Besitzungen und ließ einige Mönche, die seine Reformen nicht
mitmachen wollten, foltern und aufhängen. Schließlich erwarb ein reicher Kaufmann das Haus und das anstoßende
Stück Land und errichtete dort mit Hilfe einiger anderer an-
sehnlicher Boden- und Geldschenkungen ein berühmtes
Hospital für Greise und Kinder. Um das alte, fast mönchische
Stift aber, das mit seinen mittelalterlichen Kostümen und
Gebräuchen noch heute besteht, wuchs ein Alumnat empor,
von dem alle, die dort ihre Bildung genossen haben, wünschen, daß es noch lange blühen und gedeihen möge.
Kuratoren dieser berühmten Anstalt sind einige der vornehmsten Edelleute, Prälaten und Würdenträger Englands,
und da die Knaben dort nicht nur sehr gute Wohnung und
Beköstigung haben, sondern auch einen sehr guten Unter-
260

richt genießen und später schöne Stipendien auf der Universität sowie in ihrer geistlichen Laufbahn einträgliche Pfarren erhalten, so werden viele Söhne guter Familien schon in frühester Kindheit für den geistlichen Stand bestimmt, und die Plätze im Stift sind sehr begehrt. Ursprünglich war die Schule für die Söhne armer, verdienter Geistlicher und Laien bestimmt, aber viele der vornehmen Kuratoren kümmerten sich nicht um diese Beschränkung, sondern wählten willkürlich allerlei Knaben aus, um ihnen die Wohltaten der Stiftung zuzuwenden. Die Aussicht, seinen Kindern ohne Kosten eine gute Erziehung zu verschaffen und ihnen für das spätere Leben eine auskömmliche Versorgung und eine geachtete Berufsstellung zu sichern, war so verlockend, daß sie selbst von manchen der reichsten Leute nicht verschmäht wurde. Nicht nur die Verwandten vornehmer Herren sandten ihre Söhne dorthin, um sich diese Möglichkeit zunutze zu machen, sondern auch vornehme Herren selbst. Hochwürdige Prälaten schickten ihre eigenen Angehörigen oder die Söhne der ihnen unterstellten Geistlichen, während sich anderseits manche großen Edelleute sogar dazu herbeiließen, den Söhnen ihrer Kammerdiener die Aufnahme zu verschaffen. Somit kam ein Knabe, der in diese Anstalt eintrat, in eine sehr bunt gemischte jugendliche Gesellschaft.

Obgleich das einzige Buch, das Rawdon Crawley studierte, der Rennkalender war, und obgleich seine Schulerinnerungen sich hauptsächlich auf die Prügel bezogen, die er in früher Jugend in Eton bekommen hatte, hegte er doch jene gebührende aufrichtige Hochachtung vor der klassischen Bildung, die jedem englischen Gentleman eigen ist, und freute sich darüber, daß sein Sohn vielleicht eine Versorgung fürs Leben erhalten und jedenfalls die beste Gelegenheit haben werde, ein Gelehrter zu werden. Und obgleich der Knabe sein größter Trost, sein liebster Kamerad und ihm durch tausend zarte Bande teuer war, über die er mit seiner Frau nicht sprechen mochte, weil diese sich immer gleichgültig gegen ihren Sohn gezeigt hatte, so war er doch sofort damit einverstanden, sich von ihm zu trennen und sein eigenes Behagen und sein höchstes Glück um der Wohlfahrt des kleinen Burschen willen zu opfern. Er wußte selbst nicht eher, wie lieb er seinen Sohn hatte, bis die Notwendigkeit an ihn herantrat, ihn weggeben zu müssen. Als der Knabe fort war, fühlte er sich trauriger und bedrückter, als er es sich eingestehen mochte – viel trauriger als der Junge selbst, der sich freute, in neue Verhältnisse zu kommen und mit Altersgenossen zusammensein zu dürfen. Becky brach mehrmals in ein lautes Gelächter aus, als der Oberst in seiner ungeschickten, unzusammenhängenden Redeweise seiner Betrübnis und seinen Sorgen über den Fortgang des Knaben aus dem Elternhaus Ausdruck zu geben versuchte. Der arme Kerl fühlte, daß ihm seine größte Freude entzogen, sein liebster Freund genommen war. Er blickte oft melancholisch nach dem kleinen unbenutzten Bett in seinem Ankleidezimmer, wo der Junge sonst geschlafen hatte. Besonders morgens vermißte er ihn schmerzlich und versuchte sich vergeblich dadurch zu zerstreuen, daß er allein im Park spazieren ging. Erst seit der kleine Rawdon fort war, wußte der Vater, wie einsam er selbst dastand. Er liebte alle Menschen, die dem Knaben freundlich gesinnt waren. Oft ging er zu seiner gutherzigen Schwägerin Lady Jane und konnte stundenlang bei ihr sitzen und sie von den geistigen und körperlichen Vorzügen und den vielen guten Eigenschaften seines Sohnes unterhalten.

Die Tante des kleinen Rawdon hatte ihn, wie wir schon gesagt haben, sehr gern, und ebenso gern hatte ihn ihre kleine Tochter, die viele Tränen vergoß, als die Stunde der Trennung von ihrem Vetter gekommen war. Der ältere Rawdon war der Mutter und der Tochter für ihre Freundlichkeit gegen seinen Sohn dankbar. Die besten und ehrenwertesten

Gefühle des Mannes kamen zum Vorschein, wenn er sich, durch ihre Teilnahme ermutigt, in ihrer Gegenwart den ungekünstelten Ausbrüchen seiner Vaterliebe überließ. Durch die Empfindungen, die er kundgab und die er seiner eigenen Frau nicht zeigen konnte, erwarb er sich nicht nur Lady Janes freundliches Wohlwollen, sondern auch ihre aufrichtige Hochachtung. Die beiden Schwägerinnen kamen so selten wie möglich zusammen. Becky lachte spöttisch über Janes Empfindsamkeit und Weichheit, und auf der anderen Seite mußte deren liebevolles, sanftes Wesen wiederum sich notgedrungen von dem gefühllosen Benehmen ihrer Schwägerin abgestoßen fühlen.

Beckys Verhalten entfremdete ihr ihren Mann mehr, als dieser wußte oder sich selbst eingestehen mochte. Sie kümmerte sich um diese Entfremdung nicht. Sie vermißte tatsächlich weder ihn noch sonst jemand. Sie betrachtete ihn als ihren Laufburschen und demütigen Sklaven. Mochte er auch noch so niedergeschlagen oder verdrossen sein, sie achtete gar nicht darauf oder hatte nur eine spöttische Bemerkung darüber. Sie war mit den Gedanken an ihre Stellung, ihre Vergnügungen und ihr Fortkommen in der Gesellschaft vollauf beschäftigt. Daß ihr im gesellschaftlichen Leben ein hervorragender Platz gebühre, war ihre feste Meinung.

Die ehrliche Briggs war es, die die kleine Ausstattung fertigstellte, die der Knabe in die Anstalt mitbringen mußte. Molly, das Hausmädchen, die trotz dem seit langer Zeit rückständigen Lohn treu und freundlich geblieben war, weinte ausgiebig im Hausflur, als der kleine Rawdon fortging. Mrs. Becky konnte ihrem Gatten nicht den Wagen überlassen, um den Knaben nach der Schule zu fahren. Ihre guten Pferde für eine Fahrt nach der City zu benutzen – das wäre ja unerhört! Wozu gab es denn Droschken? Sie machte auch keine Miene, den Kleinen beim Abschied zu küssen; und ebensowenig dachte dieser daran, seine Mutter zu um-

armen. Dagegen gab er der alten Briggs einen Kuß, obwohl
er ihr gegenüber im allgemeinen sehr sparsam mit Liebkosungen war, und tröstete sie, indem er sie darauf hinwies,
daß er sonnabends oft nach Hause kommen und sie durch
seinen Anblick erfreuen würde. Während die Droschke in
der Richtung nach der City dahinrasselte, rollte Beckys
Wagen dem Park entgegen. Sie plauderte und lachte mit
einem Dutzend junger Nichtstuer am Serpentine-Teich, als
der Vater und der Sohn durch das alte Tor der Schule hin-
durchschritten, wo Rawdon das Kind verließ, und von wo
der arme, ganz niedergebeugte Kerl dann mit einem so reinen
Gefühl der Trauer im Herzen fortging, wie er es vielleicht
seit seinen eigenen Kinderjahren nicht mehr gekannt.
Den ganzen Weg nach Hause legte er in betrübter Stimmung
zu Fuß zurück und aß sein Dinner allein mit Miß Briggs zusammen. Er benahm sich sehr freundlich gegen sie; denn er
war ihr aufrichtig dankbar für die Liebe und Fürsorge, die sie
dem Knaben erwiesen hatte. Er machte sich Gewissensbisse
darüber, daß er von ihr Geld geborgt und dazu mitgeholfen
hatte, sie zu betrügen. Sie sprachen lange über den kleinen
Rawdon miteinander; denn Becky kam nur nach Hause, um
sich umzuziehen und dann zu einem Dinner zu fahren. Darauf ging Rawdon in der Unruhe seines Herzens zu Lady Jane,
um bei ihr Tee zu trinken und ihr zu erzählen, was sich begeben hatte. Er erzählte, daß sich der kleine Rawdon sehr
mannhaft beim Abschied benommen habe, daß er jetzt eine
Art Talar und kleine Kniehosen tragen müsse und daß der
junge Blackball, der Sohn Jack Blackballs von seinem früheren Regiment, ihn unter seine Obhut genommen und versprochen habe, ihn freundlich zu behandeln.
Ehe eine Woche vergangen war, hatte der junge Blackball
den kleinen Rawdon zu seinem Untergebenen gemacht, der
ihn bedienen, ihm die Schuhe putzen und das Weißbrot zum
Frühstück rösten mußte; er hatte ihn ferner in die Geheim-

nisse der lateinischen Grammatik eingeweiht und ihn drei-
oder viermal – aber nicht allzu schlimm – durchgeprügelt.
Das gutmütige, ehrliche Gesicht des kleinen Burschen gewann ihm Sympathien, und so erhielt er nur so viel Prügel,
wie ihm ohne Zweifel nützlich waren. Und was das Putzen
der Schuhe, das Weißbrotrösten und die übrigen Dienstleistungen anlangt, so galten diese Dinge als notwendige
Bestandteile der Erziehung jedes jungen englischen Gentlemans.

Aber die Schicksale der zweiten Generation und das Schul-
leben des jungen Herrn Rawdon dürfen uns hier nicht mehr
eingehend beschäftigen, da diese Geschichte sonst unendlich
lang werden würde. Kurze Zeit darauf besuchte der Oberst
seinen Sohn und fand den kleinen Mann, der in seinem
kleinen schwarzen Stiftsrock und seinen Kniehöschen lachend
umhersprang, glücklich und wohlauf.
Der Vater drückte dem Gebieter des Knaben, dem jungen
Blackball, klugerweise einen Sovereign in die Hand und
stellte dadurch das Wohlwollen dieses jungen Herrn gegen
seinen Knappen auf eine festere Unterlage. Da der junge
Rawdon ein Schützling des großen Lord Steyne, der Neffe
eines Parlamentsmitglieds und der Sohn eines Obersten und
Ritters des Bathordens war, dessen Name in der ›Morning
Post‹ in den Berichten über die vornehmsten Gesellschaften
erwähnt wurde, so trug dies vielleicht dazu bei, daß die maß-
gebenden amtlichen Persönlichkeiten der Schule dem Knaben freundlich begegneten. Er erhielt ein reichliches Ta-
schengeld, das er dazu verwandte, seine Kameraden freigebig zu Himbeertörtchen einzuladen, und bekam oft die
Erlaubnis, sonnabends nach Hause zu seinem Vater zu fahren, der dann allemal ein Freudenfest veranstaltete. Wenn
Rawdon nicht verhindert war, besuchte er mit ihm das Theater, sonst schickte er ihn mit dem Diener hin. Sonntags ging
der Knabe mit Miß Briggs sowie mit Lady Jane und deren

Kindern in die Kirche. Der Vater hörte mit Interesse und
Verwunderung an, was der Sohn über die Gebräuche der
Schule, über die Boxkämpfe und die Dienstbarkeit der jüngeren Schüler erzählte. In kurzer Zeit kannte er die Namen
aller Lehrer und der hervorragendsten Schüler ebenso gut
wie der kleine Rawdon selbst. Er lud den besten Freund
seines Sohnes mit ein und bewirtete die beiden Jungen nach
dem Theater dermaßen mit Näschereien, Austern und Porter, daß sie sich den Magen verdarben. Er versuchte, eine
sachverständige Miene aufzusetzen, wenn ihm der kleine
Rawdon in der lateinischen Grammatik zeigte, wie weit sie
wären. »Gib dir rechte Mühe, mein Junge,« pflegte er dann
mit großem Ernst zu sagen, »es geht nichts über eine gute
klassische Bildung! Absolut nichts!«
Beckys Meinung von ihrem Gatten wurde von einem Tage
zum andern geringschätziger. »Tu, was du willst – speise,
wo du Lust hast – genieße bei Astley Ingwerbier und Zirkus-
luft oder singe mit Lady Jane Psalmen – nur verlange nicht,
daß ich mich mit dem Knaben beschäftigen soll. Ich muß
deine Interessen wahrnehmen, da du selbst dazu unfähig
bist. Ich möchte wohl wissen, wo du jetzt wärest und was
für eine gesellschaftliche Stellung du jetzt einnehmen würdest, wenn ich nicht für dich gesorgt hätte.« Und in den
Gesellschaften, zu denen Becky zu gehen pflegte, trug allerdings niemand nach dem armen alten Rawdon Verlangen.
Sie wurde jetzt oft ohne ihn eingeladen. Sie sprach von vornehmen Leuten, als ob sie selbst zum reichsten Geburtsadel
gehörte, und wenn der Hof Trauer anlegte, so ging auch sie
stets in Schwarz.
Nachdem der kleine Rawdon also untergebracht war, stellte
Lord Steyne, der an den Angelegenheiten dieser liebenswürdigen armen Familie so väterlichen Anteil nahm, die Erwägung an, daß ihre Ausgaben sich durch die Entlassung der
Briggs in sehr vorteilhafter Weise vermindern würden und
266

daß Becky selbst gescheit genug sei, ihr Hauswesen zu leiten.
Wie wir schon früher erzählt haben, hatte der großzügige
Edelmann der von ihm begönnerten Becky Geld gegeben,
damit sie ihre kleine Schuld an Miß Briggs abtragen könne.
Da diese aber trotzdem immer noch bei ihren Freunden
wohnen blieb, zog Mylord daraus den peinlichen Schluß,
daß Mrs. Crawley das ihr anvertraute Geld nicht zu dem
Zweck verwandt habe, zu dem ihr großmütiger Gönner ihr
das Darlehen überreicht hatte. Indes war Lord Steyne nicht
so unzart, diesen Verdacht Mrs. Becky gegenüber auszusprechen, die sich durch eine Erörterung dieser Geldange-
legenheit vielleicht unangenehm berührt fühlen konnte und
durch tausend peinliche Gründe dazu veranlaßt sein mochte,
über sein großherziges Darlehen in anderer Weise zu verfügen. Er beschloß jedoch, sich über den wahren Stand der
Sache Gewißheit zu verschaffen, und stellte die erforderlichen
Nachforschungen in äußerst vorsichtiger, taktvoller Weise an.
Zunächst benutzte er die erste sich bietende Gelegenheit,
Miß Briggs auszufragen. Das war kein Kunststück. Wenn
man diese brave Person nur ein klein wenig ermunterte,
pflegte sie überaus redselig zu werden und ihr ganzes Herz
auszuschütten. Als also Mrs. Rawdon eines Tages ausge-
fahren war (was Mr. Fiche, der Kammerdiener des Lords,
mit Leichtigkeit bei dem Fuhrherrn in Erfahrung brachte,
bei dem die Crawleys ihren Wagen und ihre Pferde stehen
hatten oder der vielmehr für Mr. und Mrs. Crawley Wagen
und Pferde hielt), sprach Mylord in der Curzon Street vor,
bat Miß Briggs um eine Tasse Kaffee, erzählte ihr, daß er aus
der Schule gute Berichte über den kleinen Knaben erhalten
habe, und hatte in fünf Minuten aus ihr herausgebracht, daß
Mrs. Rawdon ihr nichts als ein schwarzseidenes Kleid gegeben hatte, wofür ihr Miß Briggs unendlich dankbar war.
Er lachte im stillen, als die Briggs ihm das so unbefangen und
offenherzig erzählte. Denn unsere liebe Freundin Rebekka

hatte ihm nämlich mit allen Einzelheiten berichtet, wie sehr sich die Briggs über den Empfang ihres Geldes, elfhundertfünfundzwanzig Pfund, gefreut und in welchen Papieren sie es angelegt habe und wie schmerzlich es ihr selbst gewesen sei, eine so schöne Summe weggeben zu müssen. ›Wer weiß,‹ mochte die liebe Frau im stillen gedacht haben, ›vielleicht gibt er mir noch eine Kleinigkeit mehr.‹ Mylord hatte jedoch der kleinen Spekulantin keinen derartigen Vorschlag gemacht, wahrscheinlich, weil er meinte, sich schon großmütig genug gezeigt zu haben.

Er war dann so neugierig, Miß Briggs nach dem Stand ihrer Privatangelegenheiten zu fragen, und sie erzählte ihm ganz aufrichtig, in welcher Lage sie sich befinde: das Miß Crawley ihr ein Legat hinterlassen habe, von dem ihre Verwandten einen Teil erhalten hätten, während Oberst Crawley einen anderen Teil sehr sicher zu guten Zinsen angelegt habe, und daß Mr. und Mrs. Rawdon freundlicherweise Sir Pitt zu Rate gezogen hätten, der den Rest sehr vorteilhaft für sie unterbringen werde, sobald er Zeit dazu haben würde. Mylord erkundigte sich, wieviel der Oberst schon für sie angelegt habe, und Miß Briggs teilte ihm sofort wahrheitsgemäß mit, daß die Summe sechshundert und einige Pfund betrage.

Aber die redselige Briggs war kaum mit ihrer Geschichte zu Ende, so bereute sie auch schon ihre Offenherzigkeit und bat den Lord, den Oberst Crawley nichts davon merken zu lassen, daß sie ihm diese Mitteilungen gemacht habe. Der Oberst sei so gütig gewesen, er könnte sich verletzt fühlen und ihr das Geld zurückzahlen, für das sie dann anderswo nicht so gute Zinsen erhalten werde. Lord Steyne versprach ihr lachend, kein Wort von diesem Gespräch zu verraten, und als er Miß Briggs verlassen hatte, lachte er noch mehr.
›Was für eine abgefeimte kleine Canaille diese Becky ist!‹ dachte er. ›Was für eine hervorragende Schauspielerin und

Ränkeschmiedin! Beinahe hätte sie mir neulich durch ihr schlaues Benehmen eine zweite Zuwendung abgeschmeichelt. Sie übertrifft alle Frauenzimmer, die ich im Laufe meines langen, wohlangewandten Lebens kennengelernt habe. Sie sind im Vergleich mit ihr unschuldige Säuglinge. Ich selbst bin in ihren Händen sozusagen ein dummer Neuling und ein Narr – ein alter Narr! Im Lügen ist sie unübertrefflich.‹ Seine Bewunderung für Becky stieg nach diesem Beweis ihrer Schlauheit ganz außerordentlich. Geld herauszulocken, war keine Kunst, aber doppelt soviel herauszulocken, als man brauchte, und trotzdem niemand zu bezahlen – das war ein Meisterstreich! ›Und Crawley,‹ dachte der Lord, ›Crawley ist doch nicht so dumm, wie er aussieht und wie man meinen möchte. Er hat die Sache recht schlau mit eingefädelt. Nach seinem Aussehen und Benehmen würde kein Mensch geglaubt haben, daß er von dieser Geldgeschichte etwas wüßte, und doch hat er seine Frau ohne Zweifel dazu angestiftet und das Geld verbraucht.‹ Hierin täuschte sich der Lord, wie wir wissen; aber sein Benehmen gegen Oberst Crawley wurde dadurch sehr beeinflußt, und er behandelte diesen von nun an nicht einmal mehr mit jenem Schein von Achtung, den er bisher ihm gegenüber noch festgehalten hatte. Auf *den* Gedanken kam Mrs. Crawleys Gönner niemals, daß die kleine Dame sich vielleicht eine ganz persönliche Sparbüchse eingerichtet haben könnte; und wahrscheinlich beurteilte er Oberst Crawley nach den Erfahrungen, die er im Laufe seines langen, wohlangewandten Lebens an anderen Ehemännern gemacht hatte und denen er eine sehr genaue Kenntnis menschlicher Schwäche verdankte. Der Lord hatte in seinem Leben so viele Männer gekauft, daß es ihm wohl zu verzeihen war, wenn er jetzt den Wert dieses einen zu niedrig einschätzte.
Bei der ersten Gelegenheit, wo er mit Becky allein war, hielt er ihr die Sache vor und sagte ihr humorvolle Schmeicheleien

über die Schlauheit, mit der sie ihm mehr Geld abgelockt habe, als sie gebrauchte. Beckys Verlegenheit war nicht allzu groß und nur augenblicklich. Das gute Geschöpf pflegte nie anders als aus Not Unwahrheiten zu sagen, trat aber ein solcher Fall ein, dann war es ihr Grundsatz, ganz hemmungslos zu lügen. So hatte sie denn auch jetzt sofort eine andere hübsche, glaubwürdige Geschichte bei der Hand, die sie ihrem Gönner auftischte. Die früheren Angaben, die sie ihm gemacht habe, seien Unwahrheiten gewesen, schändliche Unwahrheiten – das gestand sie. Aber wer habe sie dazu gezwungen? »Ach, Mylord,« sagte sie, »Sie wissen nicht, wieviel ich schweigend dulden und ertragen muß! Sie sehen mich in Ihrer Gegenwart froh und glücklich und ahnen nicht, was ich auszustehen habe, wenn kein Beschützer in meiner Nähe ist. Mein Mann ist es gewesen, der mich durch Drohungen und durch die grausamste Behandlung gezwungen hat, Sie um die Summe zu bitten, mit der ich Sie betrogen habe. Er war es, der mich in der Voraussicht, daß Sie mich nach der Verwendung des Geldes fragen würden, zu jener unwahren Auskunft nötigte. Er hat das Geld an sich genommen und mir gesagt, er habe Miß Briggs bezahlt. Ich wollte, ich durfte das nicht bezweifeln. Verzeihen Sie das Unrecht, das ein Mann in seiner Verzweiflung unter dem Zwang der Umstände begangen hat, und bemitleiden Sie ein unglückliches, tief unglückliches Weib!« Sie brach bei diesen Worten in Tränen aus. Nie hat die verfolgte Unschuld bezaubernder in ihrem Leid ausgesehen.

Die beiden hatten, während sie in Mrs. Crawleys Wagen im Regent's Park umherfuhren, eine lange Unterredung miteinander, deren Einzelheiten wir hier nicht zu wiederholen brauchen, deren Ergebnis aber war, daß Becky bei ihrer Heimkehr mit lächelndem Gesicht auf ihre liebe Briggs zuflog und ihr verkündigte, daß sie eine sehr gute Nachricht für sie habe. Lord Steyne habe in der edelsten, großmütig-

sten Weise gehandelt. Sein einziger Gedanke sei immer nur,
wie und wann er Gutes tun könne. Jetzt, da der kleine Rawdon auf die Schule gekommen sei, bedürfe sie selbst ihrer
teuren Gefährtin und Freundin nicht mehr. Es tue ihr zwar
unendlich leid, sich von Miß Briggs trennen zu müssen, aber
die Knappheit ihrer Mittel erfordere, daß sie sich alle nur
möglichen Einschränkungen auferlegten, und ihr Kummer
werde durch den Gedanken gelindert, daß ihr edelmütiger
Gönner für ihre liebe Briggs weit besser sorgen werde, als sie
es hier in ihrem bescheidenen Heim könnten. Mrs. Pilkington, die Haushälterin in Gauntly Hall, sei schon so alt,
schwach und rheumatisch, daß sie der Aufgabe, das gewaltige Schloß zu beaufsichtigen, nicht mehr gewachsen sei und
sich nach einer Nachfolgerin umsehen müsse. Es sei eine
glänzende Stellung. Die Familie komme kaum alle zwei Jahre
einmal nach Gauntly Hall. Während der ganzen übrigen
Zeit sei die Haushälterin die Herrin in dem prächtigen Gebäude, könne täglich über vier Gedecke an ihrem Tisch verfügen, werde von der Geistlichkeit und den achtbarsten
Leuten der Grafschaft besucht – kurz, sie sei tatsächlich die
Lady von Gauntly Hall. Die beiden letzten Haushälterinnen
vor Mrs. Pilkington hätten sich mit Oberpfarrern von
Gauntly verheiratet; aber Mrs. Pilkington habe das nicht
tun können, da sie die Tante des gegenwärtigen Pastors sei.
Die Stelle solle ihr noch nicht gleich übertragen werden,
aber sie könne einmal Mrs. Pilkington besuchen und sehen,
ob es ihr zusagen würde, deren Nachfolgerin zu werden.
Welche Worte wären imstande, die überschwengliche Dankbarkeit der guten Miß Briggs zu schildern! Das einzige, was
sie sich ausbedang, war, daß dem kleinen Rawdon gestattet
sein solle, dorthin zu kommen und sie zu besuchen. Becky
versprach dies, wie sie alles versprochen hätte. Als ihr Mann
nach Hause kam, lief sie ihm entgegen und teilte ihm die
erfreuliche Neuigkeit mit. Rawdon war darüber froh – ›ver-

dammt‹ froh! Die Last, die sein Gewissen wegen des Geldes der armen Briggs bedrückt hatte, war von ihm genommen. Die Briggs war nun auf jeden Fall versorgt; aber – aber dennoch gefiel ihm etwas nicht daran. Er schien ein unbehagliches Gefühl nicht loswerden zu können. Er erzählte dem kleinen Southdown, was Lord Steyne getan habe, und der junge Mann sah Crawley dabei mit einem Ausdruck an, der diesen stutzig machte.

Er berichtete auch Lady Jane diesen zweiten Beweis von Lord Steynes Güte, aber auch sie machte dazu ein so sonderbares, beunruhigtes Gesicht, und ebenso tat dies Sir Pitt. »Sie ist zu lebhaft und zu – zu lebenslustig, als daß man sie ohne Begleitung von einer Gesellschaft zur andern gehen lassen dürfte«, sagten beide. »Überall, wohin sie geht, mußt du mit ihr gehen, Rawdon; und du mußt unbedingt jemand haben, der im Hause um sie ist – vielleicht eins der Mädchen in Queen's Crawley, wenn sie auch etwas einfältige Wächterinnen für sie sein würden.«

Irgend jemand mußte Becky haben, das sah Rawdon ein. Indessen war doch auch klar, daß man die brave Briggs nicht der Aussicht auf eine gute Versorgung berauben durfte; und so wurden denn ihre Sachen auf einen Wagen gepackt, und sie trat ihre Reise an. Auf diese Weise befanden sich schon zwei von Rawdons Vorposten in Feindeshand.

Sir Pitt begab sich zu seiner Schwägerin und machte ihr ernste, jedoch freundliche Vorstellungen über die Entlassung der Briggs und über andere zarte Dinge, die das Interesse der Familie berührten. Vergeblich wies sie darauf hin, wie unentbehrlich Lord Steynes Gönnerschaft für ihren armen Gatten sei und wie grausam es sein würde, wenn sie die Briggs um die ihr angebotene Stelle bringen wollten. Schmeicheleien, Liebenswürdigkeiten, Lächeln und Tränen – nichts machte Eindruck auf Sir Pitt, und sein Gespräch mit seiner einstmals bewunderten Becky nahm beinah den Charakter eines Streits an. Er sprach von der Ehre der Familie und dem unbefleckten Ruf der Crawleys und äußerte seinen Unwillen darüber, daß sie diese jungen Franzosen, diese zügellosen jungen Lebemänner, und vor allem Lord Steyne empfing, dessen Wagen immer vor ihrer Tür halte, der täglich stundenlang bei ihr sei und dessen stete Anwesenheit ein unangenehmes Gerede der Leute über sie hervorrufe. Als Oberhaupt der Familie ersuche er sie dringend, vorsichtiger zu sein. In den höheren Kreisen spreche man bereits mit einer gewissen Nichtachtung von ihr. Lord Steyne – obwohl ein Edelmann von höchstem Rang und hervorragender Begabung – sei doch eine Persönlichkeit, deren Aufmerksamkeiten für jede Frau etwas Anrüchiges hätten. Er müsse seine Schwägerin ersuchen, inständig bitten, ja ihr befehlen, in ihrem Verkehr mit diesem Edelmann auf ihrer Hut zu sein.

Becky versprach all und jedes, was Sir Pitt von ihr verlangte; aber Lord Steyne kam ebensooft in ihr Haus wie vorher, und Sir Pitts Zorn wuchs. Ich möchte wohl wissen, ob Lady Jane sich darüber betrübte oder freute, daß ihr Mann jetzt endlich an seinem Günstling Rebekka einige Mängel entdeckte. Da Lord Steynes Besuche fortdauerten, hörten seine eigenen auf. Seine Frau war sogar dafür, allen weiteren Verkehr mit diesem Edelmann abzubrechen und die Einladung zu dem Scharadenabend, die ihr die Marquise geschickt hatte, abzulehnen. Sir Pitt hielt es jedoch für notwendig, sie anzunehmen, da Seine Königliche Hoheit anwesend sein werde.

Sir Pitt besuchte nun zwar die erwähnte Gesellschaft, verließ sie aber sehr früh, und auch seine Frau war froh, ihr zu entrinnen. Becky redete fast kein Wort mit ihm und beachtete ihre Schwägerin kaum. Pitt Crawley erklärte ihr Benehmen für höchst unziemlich, tadelte die Mode, Theater zu spielen und sich zu verkleiden, mit starken Ausdrücken als etwas für eine englische Dame durchaus Unschickliches und machte, als die Scharaden zu Ende waren, seinem Bruder Rawdon

ernstliche Vorwürfe darüber, daß er selbst darin aufgetreten
sei und seiner Frau die Beteiligung an solchen unpassenden
Schaustellungen erlaubt habe.

Rawdon versprach, sie solle sich in Zukunft nicht mehr an
derartigen Vergnügungen beteiligen, und in der Tat war er,
vielleicht infolge der Winke, die ihm sein älterer Bruder und
seine Schwägerin gegeben hatten, bereits ein sehr wach-
samer und musterhaft häuslicher Ehemann geworden. Er
hatte sein Klubleben und sein Billardspiel aufgegeben und
blieb immer zu Hause. Er fuhr mit Becky spazieren und begleitete sie treulich zu allen Gesellschaften. Wenn Lord
Steyne zu Besuch kam, konnte er sicher sein, daß er den Oberst
zu Hause fand. Und wenn Becky die Absicht aussprach,
ohne ihren Mann auszugehen, oder Einladungen für sich
allein empfing, so befahl er ihr in bestimmter Form, sie abzulehnen; und es lag dabei etwas in seiner Art, das Gehorsam erzwang. Um der kleinen Becky Gerechtigkeit widerfahren zu lassen, müssen wir sagen, daß sie über Rawdons
Ritterlichkeit entzückt war. Wenn er auch mürrisch war, sie
war es nie. Mochten Bekannte anwesend sein oder nicht, sie
hatte stets ein freundliches Lächeln für ihn und sorgte für
sein Vergnügen und sein Behagen. Es war, als ob sie die
ersten Tage ihrer Ehe noch einmal durchlebten: sie zeigte
ihm dieselbe gute Laune, Zuvorkommenheit und Heiterkeit
– dieselbe Achtung und ungekünstelte Vertraulichkeit, die
ihn damals so entzückt hatten. »Wie viel vergnüglicher ist
es doch,« sagte sie manchmal »dich neben mir im Wagen zu
haben als die verdrehte alte Briggs! So wollen wir es immer
machen, lieber Rawdon. Wie hübsch wird das sein und wie
glücklich könnten wir immer leben, wenn wir nur das nötige
Geld hätten!« Nach dem Essen schlief er immer auf seinem
Stuhl ein. Er sah nicht, welchen bösen, verdrossenen und
furchtbaren Ausdruck das Gesicht ihm gegenüber dann annahm: sobald er die Augen öffnete, erstrahlte es wieder von

274

einem frischen, unschuldsvollen Lächeln. Becky küßte ihn
dann fröhlich, und er begriff nicht, wie er jemals Verdacht
hatte hegen können. Nein, er hatte auch nie Argwohn gehabt. Alle diese dumpfen Zweifel und finsteren Befürchtungen, die sich in seinem Herzen angesammelt hatten, waren
nur müßige Eifersüchteleien. Sie liebte ihn – sie hatte ihn
immer geliebt. Daß sie in der Gesellschaft glänzte, dafür
konnte sie nichts; sie war eben dazu geschaffen, Aufsehen zu
erregen. Welche andere Frau konnte wohl so reizend plaudern und singen oder es ihr auf irgendeinem andern Gebiet
gleichtun? ›Wenn sie nur den Knaben lieb hätte!‹ dachte
Rawdon. Aber es war unmöglich, Mutter und Sohn einander
näher zu bringen.
Während Rawdons Gemüt von diesen Zweifeln und Sorgen
beunruhigt wurde, trug sich der im letzten Kapitel erwähnte
Vorfall zu, der den unglücklichen Oberst an der Heimkehr
hinderte und ihn zu einem Gefangenen machte.

ACHTZEHNTES KAPITEL
Eine Befreiung und eine Katastrophe

Unser Freund Rawdon fuhr also nach Mr. Moß' Wohnung
in der Cursitor Street und fand in gebührender Form Aufnahme in dieser unerfreulichen Stätte der Gastfreundschaft.
Der Morgen brach gerade über den fröhlich erglänzenden
Giebeln der Chancery Lane an, als das Rasseln der Droschke
das Echo der Straße wachrief. Ein kleiner Judenjunge mit
blinzelnden Augen, dessen Schopf fast so rot war wie die
Morgensonne, ließ die Gesellschaft in das Haus, und Rawdon wurde von Mr. Moß, seinem Fahrtgenossen und Wirt,
in die Zimmer des Erdgeschosses geführt und in sehr vergnügtem Ton gefragt, ob er etwas Warmes nach der Fahrt
trinken möchte.
Der Oberst war nicht so niedergeschlagen, wie es mancher

andere Sterbliche gewesen wäre, wenn er einen Palast und eine placens uxor hätte verlassen müssen, um in ein Schuldgefängnis eingesperrt zu werden – denn, um die Wahrheit zu sagen, er hatte in Mr. Moß' gastlichem Hause schon vorher ein paarmal gewohnt. Wir haben es bisher nicht für nötig gehalten, diese trivialen kleinen Vorfälle aus dem Privatleben zu erwähnen; aber der Leser kann meiner Versicherung Glauben schenken, daß dergleichen im Leben eines Mannes, dessen Jahreseinkommen gleich Null ist, naturgemäß häufig vorkommt.

Als der Oberst – damals noch Junggeselle – zum ersten Mal bei Mr. Moß zu Besuch war, war er durch die Freigebigkeit seiner Tante befreit worden. Bei dem zweiten derartigen Mißgeschick hatte die kleine Becky, die sich dabei ebenso tatkräftig wie fürsorglich zeigte, Geld von Lord Southdown geliehen und den Gläubiger, der, nebenbei gesagt, ihr Lieferant für Schals, Samtkleider, Spitzentaschentücher, Schmucksachen und Nippsachen war, durch Schmeicheleien dazu gebracht, sich zunächst mit einem Teil der verlangten Summe zu begnügen und für den Rest einen Schuldschein von Rawdon zu nehmen. Beide Male also war jede Partei – sowohl bei der Festnahme wie bei der Befreiung – mit dem größten Takt verfahren, und Mr. Moß und der Oberst standen deshalb auf dem besten Fuße miteinander.

»Sie werden Ihr altes Bett und alle erwünschte Bequemlichkeit finden, Oberst«, sagte Moß; »das kann ich ehrlich behaupten. Sie können sich darauf verlassen: das Bett ist gut warm gehalten worden und noch dazu von den feinsten Leuten. In der vorletzten Nacht hat der Rittmeister Famish vom 50. Dragonerregiment darin geschlafen, den seine Mama freigemacht hat, nachdem sie ihn vierzehn Tage hatte brummen lassen – nur um ihn ein bißchen zu bestrafen, wie sie sagte. Aber, weiß Gott, der hat unter meinen Champagnervorräten gehörig aufgeräumt! Alle Abende hatte er hier

Gesellschaft, die vornehmsten Herren aus den Klubs in Westend: Hauptmann Ragg, der ehrenwerte Mr. Deuceace, der im Temple wohnt, und noch so ein paar junge Leute, die sich auf einen guten Tropfen verstehen – richtig verstehen, das kann ich Ihnen sagen! Oben habe ich jetzt einen Doktor der Theologie und im Kaffeezimmer fünf Herren, und Mrs. Moß hat um halb sechs eine Table d'hote eingerichtet, und anschließend wird ein bißchen Karten gespielt oder Musik gemacht, wobei wir Sie sehr gern begrüßen würden.«

»Ich werde klingeln, wenn ich etwas brauche«, erwiderte Rawdon und ging ruhig in sein Schlafzimmer. Er war, wie gesagt, ein alter Soldat und ließ sich durch solche kleinen Schicksalsschläge nicht aus der Fassung bringen. Ein Mann mit schwächeren Nerven würde sofort nach seiner Verhaftung einen Brief an seine Frau geschickt haben, aber Rawdon dachte: ›Wozu soll ich ihre Nachtruhe stören? Sie wird es gar nicht merken, ob ich zu Hause in meinem Zimmer bin oder nicht. An sie zu schreiben, wird noch Zeit genug sein, wenn sie ausgeschlafen hat und ich desgleichen. Es handelt sich ja nur um hundertsiebzig Pfund, und es müßte doch mit dem Teufel zugehen, wenn wir die nicht auftreiben könnten.‹ Und so legte sich denn der Oberst in das kürzlich von Rittmeister Famish benutzte Bett, dachte noch eine Weile an den kleinen Rawdon (den er nicht gern wissen lassen wollte, an welchem sonderbaren Ort sich sein Vater befand) und schlief ein. Es war zehn Uhr, als er aufwachte und der rothaarige Jüngling ihm mit selbstbewußter Miene ein schönes silbernes Rasierbesteck brachte, damit er sich säubern könne. In der Tat war Mr. Moß' Haus zwar etwas schmutzig, aber doch durchaus wirtlich eingerichtet. Auf dem Anrichtetisch waren ständig eine Anzahl von verstaubten Tellern und Weinkühlern zur Schau gestellt. An den vergitterten Fenstern, die nach der Cursitor Street hinausgingen, hingen an schmutzigen vergoldeten Stangen unsaubere gelbe Atlasvorhänge; und an den Wänden erblickte man in breiten, schmutzigen Goldrahmen Gemälde, die Jagdszenen und Ereignisse der biblischen Geschichte darstellten – lauter berühmte Meisterwerke, die bei dem Abschluß von Lombard- und Wechselgeschäften wiederholt gekauft und verkauft wurden und die höchsten Preise erzielten. Das Frühstück wurde dem Oberst ebenfalls auf prächtigem, aber schmutzigem Silbergeschirr vorgesetzt. Miß Moß, eine dunkeläugige Maid mit Lockenwickeln, erschien mit der Teekanne und fragte ihn lächelnd, wie er geschlafen habe. Sie brachte ihm die ›Morning Post‹, die nicht nur die Namen all der vornehmen Leute enthielt, die am Abend zuvor an der Gesellschaft bei Lord Steyne teilgenommen hatten, sondern auch eine glänzende Schilderung der Festlichkeit und der bewundernswerten schauspielerischen Leistungen der schönen, hochbegabten Mrs. Rawdon Crawley.

Nach einem munteren Geplauder mit dieser Dame – die dabei auf der Kante des Frühstückstisches in einer so ungezwungenen Stellung saß, daß man das Muster ihres Strumpfes und einen ehemals weißen Atlasschuh mit niedergetretenen Absätzen sehen konnte – verlangte Oberst Crawley Tinte, Feder und Papier. Auf die Frage, wie viele Bogen er wünsche, bestellte er sich nur einen, den ihm dann Miß Moß zwischen ihrem Daumen und Zeigefinger brachte. So manchen Briefbogen hatte die schwarzäugige Maid schon hereingebracht, und so mancher arme Kerl hatte eilig ein paar Zeilen voll dringender Bitten hingekritzelt und hingekleckst und war dann in diesem schrecklichen Zimmer auf und ab gegangen, bis sein Bote mit der Antwort kam. Arme Leute benutzen immer Boten statt der Post. Wer hätte nicht schon solche Briefe mit noch feuchten Oblaten und der beigefügten Mitteilung empfangen, daß der Überbringer im Flur auf Antwort warte?

Rawdon hegte hinsichtlich der Erfüllung seiner Bitte keine sonderlichen Besorgnisse. Er schrieb:
Liebe Becky! Ich hoffe, Du hast gut geschlafen. Erschrick nicht, wenn ich Dir nicht Deinen Kaffeh bringe. Gestern abend, als ich auf dem Heimweg eine Zigarre rauchte, ist mir ein Mallör passiert. Moß aus der Cursitor Street hat mich eingelocht, und ich schreibe Dir dies aus seinem vergoldeten, prächtigen Salong – demselben, in dem ich vor zwei Jahren gewohnt habe. Miß Moß hat mir meinen Tee gebracht. Sie ist sehr fett geworden, und die Strümfe waren ihr wie gewöhnlich auf die Hacken runtergerutscht.
Es ist Nathans Forderung – hundertfünfzig Pfund – mit Gerichtskosten hundertsiebzig. Bitte, schicke mir einige Kleidungsstücke (ich bin in Tanzschuhen und weißer Binde, in ähnlichem Aufzug wie Miß Moß) und meine Schreibmappe – ich habe siebzig Pfund darin. Sobald Du dies erhälst, fahre gleich zu Nathan. Biete ihm fünfundsiebzig bar und bitte ihn um Aufschub. Sag ihm, ich würde Wein von ihm nehmen. Wir können ganz gut etwas Sherry zum Dinner gebrauchen – aber keine Gemählde, die sind zu teuer.
Wenn er sich nicht drauf einläßt, so nimm meine Uhr und was Du von Deinen Sachen entbehren kannst und schicke sie zu Balls; wir müssen das Geld unter allen Umstenden bis heut abend haben. Ich möchte nicht, daß die Geschichte sich hinzieht, weil morgen Sonntag ist. Die Betten sind hier nicht sehr sauber, und es könnten noch andere Haftbefehle gegen mich unterwegs sein. Ich bin nur froh, daß es nicht einer von den Sonnabenden ist, an denen Rawdon nach Hause kommt.
Gott segne Dich!   In großer Eile

                                                        Dein R. C.

PS. Spuhte Dich und komm!

Dieser Brief wurde mit einer Oblate zugeklebt und einem der Boten übergeben, die immer um Mr. Moß' Haus herumlungern. Rawdon ging, nachdem er den Boten sich hatte entfernen sehen, auf den Hof hinaus und rauchte seine Zigarre mit leidlicher Gemütsruhe – trotz der Eisenstangen über seinem Kopf. Mr. Moß' Hof ist nämlich wie ein Käfig vergittert, damit seine Besucher nicht etwa auf den Einfall kommen, von dieser gastlichen Stätte zu entfliehen.

Nach Rawdons Berechnung konnte es höchstens drei Stunden dauern, bis Becky kommen und ihm die Türen seines Gefängnisses öffnen würde, und er verbrachte diese drei Stunden einigermaßen angenehm, indem er rauchte, die Zeitung las und im Kaffeezimmer mit einem zufällig anwesenden Bekannten, dem Hauptmann Walker, ein paar Stunden – mit ziemlich gleichem Glück auf beiden Seiten – Karten spielte.

Aber der Tag verging, und kein Bote kehrte zurück – keine Becky erschien. Mr. Moß' Table d'hote fand zur festgesetzten Stunde, um halb sechs Uhr, statt. Diejenigen der im Hause wohnenden Herren, die den Preis für ein Gedeck bei diesem Festmahl bezahlen konnten, fanden sich dazu ein und speisten in dem oben beschriebenen großartigen Vorderzimmer, das mit Mr. Crawleys derzeitiger Behausung durch eine Tür in Verbindung stand. Miß Moß erschien ohne die Lockenwickel vom Morgen, und Mrs. Moß machte die Honneurs bei einer trefflich gekochten Hammelkeule mit Rübchen, wovon der Oberst jedoch nur mit sehr schwachem Appetit aß. Auf die Frage, ob er eine Flasche Champagner für die Gesellschaft stiften wolle, erklärte er sich dazu bereit, und die Damen tranken auf seine Gesundheit, während Mr. Moß ihn über sein Glas hinüber in der schalkhaftesten Weise anblickte.

Aber während man noch beim Essen war, ertönte die Türklingel. Der junge rothaarige Moß stand auf und eilte mit den Schlüsseln hinaus, um nachzusehen, und als er wiederkam, sagte er dem Obersten, der Bote sei mit einer Reisetasche, einer Schreibmappe und einem Brief zurückgekehrt, und übergab ihm diese Gegenstände. »Bitte, legen Sie sich keinen Zwang auf, Oberst«, sagte Mrs. Moß mit einer graziösen Handbewegung, und er erbrach den Brief mit etwas zitternden Händen. Es war ein zierliches, stark duftendes Briefchen, auf rosa Papier und mit einem hellgrünen Siegel. Mrs. Crawley schrieb:

Mon pauvre cher petit! Ich habe die ganze Nacht über kein Auge zugetan, weil ich immer daran denken mußte, was wohl aus meinem garstigen alten monstre geworden sein möge, und fand erst gegen Morgen etwas Ruhe, nachdem ich Mr. Blench hatte rufen lassen (denn ich fieberte stark), der mir ein Schlafmittel verschrieb und meiner Finette einschärfte, daß ich unter keinen Umständen gestört werden solle. So kam es, daß meines armen alten Mannes Bote, der – wie Finette sagte – bien mauvaise mine hatte und sentait le genièvre, mehrere Stunden auf dem Flur warten mußte, bis ich klingelte. Du kannst Dir meinen Zustand vorstellen, als ich Deinen armen, lieben, alten, fehlerhaften Brief las.

So krank ich mich fühlte, bestellte ich doch sofort den Wagen, und sobald ich mich zurechtgemacht (wobei ich keinen Tropfen Schokolade trinken konnte – ich versichere Dir, nicht einen Tropfen! – weil mein monstre sie mir nicht brachte), fuhr ich ventre à terre zu Nathan. Ich sprach mit ihm, ich weinte, ich schrie, ich fiel dem gräßlichen Menschen zu Füßen. Durch nichts ließ sich der Abscheuliche erweichen. Er wolle das ganze Geld haben, sagte er, oder mein armes monstre im Gefängnis sitzen lassen. Ich fuhr nach Hause in der Absicht, die triste visite chez mon oncle zu machen (denn alle meine Schmuckstücke sollten Dir zur Verfügung stehen, obgleich sie alle zusammen keine hundert Pfund eingebracht hätten, da einige, wie Du weißt, sich bereits bei ce cher oncle befinden), und fand in unserer Wohnung Mylord und das alte bulgarische Untier mit dem

Schafsgesichte, die gekommen waren, um mir Schmeicheleien über die Aufführungen von gestern abend zu sagen.
Auch Paddington, der immer so schleppend spricht, lispelt
und an seinem Haar herumfingert, sowie Champignac und
sein Chef erschienen noch. Alle waren sie unerschöpflich in
Lobhudeleien und schönen Redensarten und plagten mich
Arme damit, die ich nichts sehnlicher wünschte, als sie los
zu werden, und unaufhörlich an mon pauvre prisonnier denken mußte.

Als die anderen gegangen waren, fiel ich vor Mylord auf die
Knie. Ich erzählte ihm, daß wir im Begriff ständen, alles zu
versetzen, und bat ihn flehentlich, mir zweihundert Pfund
zu geben. Er geriet zuerst in eine unbeschreibliche Wut;
dann sagte er, ich solle nicht so dumm sein und unsere Sachen nach dem Leihhaus bringen; er wolle zusehen, ob er
mir das Geld leihen könne. Schließlich ging er mit dem Versprechen fort, es mir morgen früh zu schicken: dann soll
mein armes altes monstre es auch sogleich mit einem Kuß
erhalten von seiner ihn liebenden   Becky.
PS. Ich schreibe im Bett. Ach, der Kopf tut mir so weh, und
das Herz will mir brechen.

Während Rawdon diesen Brief las, wurde er so rot im Gesicht und machte eine so grimmige Miene, daß die Gesellschaft an der Table d'hote unschwer merkte, daß er schlimme
Nachrichten erhalten habe. All die argwöhnischen Gedanken, die er zu verbannen versucht hatte, drängten sich ihm
wieder auf. Sie mochte nicht einmal ausgehen und ihre
Schmucksachen verkaufen, um ihn zu befreien! Sie konnte
über die Schmeicheleien, die man ihr sagte, lachen und plaudern, während er im Gefängnis saß! Wer hatte seine Verhaftung veranlaßt? Wenham war mit ihm zusammen gegangen
…Sollte etwa…? Er konnte es kaum ertragen, das zu Ende
zu denken, was er argwöhnte. Schnell verließ er das Zimmer
282

und lief in sein eigenes, wo er seine Schreibmappe öffnete und hastig ein paar Zeilen schrieb, die er an Sir Pitt oder Lady Crawley richtete. Dann befahl er dem Boten, eine Droschke zu nehmen und das Schreiben sofort nach der Gaunt Street zu bringen. Er versprach ihm eine Guinee, wenn er in einer Stunde zurück sein würde.

In dem Brief bat er seinen lieben Bruder und seine liebe Schwägerin, um Gottes willen, um seines lieben Sohnes und seiner Ehre willen zu ihm zu kommen und ihn aus seiner schlimmen Lage zu erlösen. Er sei im Gefängnis und benötige hundert Pfund zu seiner Befreiung – er flehe sie an, zu ihm zu kommen.

Nachdem er den Boten abgefertigt hatte, kehrte er in das Speisezimmer zurück und bestellte noch mehr Wein. Er lachte und redete mit einer Lebhaftigkeit, die den Anwesenden sonderbar vorkam. Manchmal lachte er wie toll über seine eigenen Befürchtungen. So sprach er eine Stunde lang der Flasche zu und horchte dabei fortwährend nach dem Wagen, der ihm die Entscheidung über sein Schicksal bringen sollte.

Nach Ablauf dieser Zeit hörte man einen Wagen eilig heranrasseln und am Tor halten, und der junge Türhüter ging mit den Schlüsseln hinaus. Der Ankömmling, den er hereinließ, war eine Dame.

»Zu Oberst Crawley«, sagte sie, heftig zitternd. Mit einem verständnisvollen Blick schloß er die äußere Tür hinter ihr wieder zu, dann die innere auf, öffnete sie und rief: »Herr Oberst, es wünscht Sie jemand zu sprechen.« Damit führte er die Dame in das Hinterzimmer, das der Oberst bewohnte.

Rawdon kam aus dem Speisezimmer, wo die ganze Gesellschaft lustig drauflos zechte, in sein Gemach; ein greller Lichtstreifen folgte ihm in das Zimmer, wo die immer noch sehr ängstliche und erregte Dame stand.

»Ich bin es, Rawdon«, sagte sie mit furchtsamer Stimme, der sie einen heiteren Klang zu verleihen suchte. »Ich, Jane.« Rawdon war von dieser gütigen Stimme und Erscheinung ganz überwältigt. Er stürzte auf sie zu, schloß sie in seine Arme, stammelte ein paar unverständliche Dankesworte und schluchzte gerührt an ihrer Schulter. Sie ahnte nicht, was ihn so tief bewegte.

Mr. Moß' Rechnung wurde schnell berichtigt – vielleicht zur schmerzlichen Enttäuschung dieses Herrn, der darauf gerechnet hatte, den Oberst wenigstens noch über Sonntag als Gast zu behalten. Lady Jane führte Rawdon mit strahlendem Lächeln und leuchtenden Augen aus dem Schuldgefängnis heraus und fuhr mit ihm in demselben Wagen, in dem sie zu seiner Befreiung herbeigeeilt war, nach Hause. »Pitt war zu einem Parlamentsdinner gegangen, als dein Schreiben kam, lieber Rawdon«, sagte sie, »und da...da bin ich selbst gekommen.« Dabei legte sie ihre Hand freundlich in die seinige. Vielleicht war es ein Glück für Rawdon Crawley, daß Pitt zu jenem Dinner gefahren war. Rawdon dankte seiner Schwägerin hundertmal und mit einer solchen Wärme, daß die weichherzige Frau ganz gerührt, ja beinahe beunruhigt wurde. »Oh,« sagte er in seiner schwerfälligen, ungekünstelten Art, »du...du weißt nicht, wie ich mich verändert habe, seit ich dich kennengelernt habe und... und den kleinen Rawdon besitze. Ich...ich möchte ein anderer Mensch werden. Siehst du, was ich gern...was ich gern sein möchte...« Er sprach den Satz nicht zu Ende, aber sie ahnte, was er hatte sagen wollen. Als er sie an diesem Abend verlassen hatte und sie an dem Bett ihres eigenen Söhnchens saß, betete sie in aller Demut für den armen, müden Sünder.

Rawdon verließ sie und ging schnell nach Hause. Es war neun Uhr abends. Er lief durch die Straßen und über die großen Plätze des vornehmen Stadtteils und kam endlich atemlos auf der seinem Hause gegenüberliegenden Seite an.

Als er aufblickte, schrak er zurück und taumelte zitternd gegen das Gitter eines Vorgartens. Die Fenster des Salons waren hell erleuchtet. Sie hatte geschrieben, daß sie krank sei und im Bett liege. Er blieb eine Weile so stehen, und das Licht aus den Zimmern fiel auf sein bleiches Gesicht.
Endlich nahm er seinen Hausschlüssel aus der Tasche und öffnete sich selbst die Tür. Gelächter schallte aus den oberen Räumen. Er war noch in dem Ballanzug, in dem er am vorhergehenden Abend festgenommen worden war. Leise ging er die Treppe hinauf und lehnte sich oben auf dem Flur an das Geländer. Niemand regte sich sonst im Hause – alle Dienstboten waren weggeschickt worden. Rawdon hörte drinnen Gelächter – Gelächter und Gesang. Becky sang ein Stück aus ihrem Lied vom gestrigen Abend; eine heisere Stimme rief: »Bravo, bravo!« Es war Lord Steynes Stimme. Rawdon öffnete die Tür und trat ein. Ein kleiner Tisch war mit Speisen, Wein und Silbergeschirr besetzt. Steyne lehnte über dem Sofa, auf dem Becky saß. Das schändliche Weib war in voller, glänzender Toilette. Ihre Arme und ihre Finger glitzerten von Spangen und Ringen, und an der Brust trug sie die Brillanten, die ihr Steyne geschenkt hatte. Er hielt ihre Hand in der seinigen und beugte sich gerade herab, um sie zu küssen, als Becky Rawdons weißes Gesicht erblickte und mit einem leisen Schrei auffuhr. Im nächsten Augenblick versuchte sie ein Lächeln – ein entsetzliches Lächeln – als ob sie ihren Mann willkommen heißen wolle. Steyne richtete sich zähneknirschend, bleich und mit wütender Miene auf.
Auch er versuchte zu lachen und kam dem Oberst mit ausgestreckter Hand entgegen. »Nun? Sind Sie zurückgekommen? Wie geht's Ihnen, Crawley?« sagte er, während bei dem Versuch, den Eindringling anzulächeln, seine Mundmuskeln krampfhaft zuckten.
In Rawdons Gesicht lag ein Ausdruck, der Becky veranlaßte,

sich vor ihm niederzuwerfen. »Ich bin unschuldig, Rawdon«, rief sie, »bei Gott, ich bin unschuldig!« Sie griff nach seinem Rock, nach seinen Händen; ihre eigenen Arme und Hände waren ganz bedeckt mit Spangen, Ringen und anderem Tand. »Ich bin unschuldig! – Sagen Sie ihm, daß ich unschuldig bin!« wandte sie sich an Lord Steyne.

Dieser glaubte, daß er in eine Falle gelockt worden sei, und war ebenso wütend auf die Frau wie auf den Mann. »Sie unschuldig! Hol Sie der Teufel!« schrie er. »Sie unschuldig! Jedes Schmuckstück, das Sie am Leibe tragen, habe ich bezahlt. Ich habe Ihnen Tausende von Pfunden gegeben, die dieser Mensch da durchgebracht hat und wofür er Sie verkauft hat. Unschuldig! Sie sind geradeso unschuldig wie Ihre Mutter, die Ballettänzerin, und Ihr Mann, der Zuhälter. Bilden Sie sich nicht ein, Sir, mich einschüchtern zu können, wie Sie es mit andern getan haben! Machen Sie Platz, und lassen Sie mich vorbei!« Lord Steyne ergriff seinen Hut, und mit flammenden Augen seinem Feinde grimmig ins Gesicht blickend, ging er auf ihn zu, ohne auch nur einen Augenblick daran zu zweifeln, daß der andre zur Seite treten werde.

Aber Rawdon Crawley sprang auf ihn los und packte ihn am Halstuch, bis Steyne sich, fast erstickt, unter seinem Arm wand und krümmte. »Du lügst, du Hund!« schrie Rawdon. »Du lügst, du Feigling und Schurke!« Und er schlug den Pair zweimal mit der flachen Hand ins Gesicht und schleuderte ihn fluchend zu Boden. Dies alles hatte sich abgespielt, ehe Rebekka sich einmischen konnte. Nun stand sie zitternd vor Rawdon da. Sie bewunderte ihren Mann, der so stark, so tapfer und sieghaft war.

»Komm her!« sagte er. Sie gehorchte sogleich.

»Leg diesen Plunder ab!« Zitternd streifte sie die Armbänder und Ringe ab und hielt sie ihm alle in einem Häufchen hin, indem sie ihn bebend anblickte. »Wirf es weg!« befahl er und sie ließ die Sachen fallen. Er riß ihr den Brillantschmuck von der Brust und schleuderte ihn Lord Steyne hin. Das Geschmeide verwundete den Pair an seiner kahlen Stirn. – Mylord hat die Narbe bis zu seinem Todestag getragen.

»Komm nach oben!« sagte Rawdon zu seiner Frau. »Töte mich nicht, Rawdon!« flehte sie. Er lachte grimmig. »Ich will nur sehen, ob der Mann das mit dem Geld ebenso gelogen hat wie das, was er von mir behauptete. Hat er dir welches gegeben?«

»Nein,« erwiderte Rebekka, »das heißt…«

»Gib mir deinen Schlüssel!« antwortete Rawdon, und sie gingen zusammen hinaus.

Rebekka gab ihm alle ihre Schlüssel außer einem – in der Hoffnung, daß er dessen Fehlen nicht bemerken würde. Er gehörte zu der kleinen Schatulle, die ihr Amelia einst geschenkt hatte und die sie an einer verborgenen Stelle aufbewahrte. Aber Rawdon riß alle Kästen und Schränke auf, streute den bunten Flitterkram, den er darin fand, umher und entdeckte zuletzt die Schatulle. Das Weib mußte sie öffnen. Sie enthielt allerlei Papiere, Liebesbriefe, die schon viele Jahre alt waren, alle möglichen Arten von weiblichen Schmucksachen und Andenken. Und zuunterst lag eine Brieftasche mit Banknoten. Einige von diesen stammten, wie aus ihren Nummern ersichtlich war, aus einer schon zehn Jahre zurückliegenden Zeit; aber eine war ganz neu – es war eine Tausendpfundnote, die Lord Steyne ihr gegeben hatte.

»Hat er dir die gegeben?« fragte Rawdon.

»Ja«, antwortete Rebekka.

»Ich werde sie ihm noch heute zurückschicken«, sagte Rawdon (denn über dem Durchsuchen der Sachen waren viele Stunden vergangen, und der Morgen dämmerte schon), »und ich will die Briggs, die immer freundlich gegen den Jungen gewesen ist, sowie einen Teil der Schulden bezahlen. Laß mich wissen, wohin ich dir den Rest schicken soll! Du hättest mir wohl von alledem hundert Pfund gönnen können, Becky – ich habe immer mit dir geteilt.«

»Ich bin unschuldig«, sagte Becky. Er verließ sie, ohne ein Wort weiter zu sagen.

Welches waren ihre Gedanken, als er sie verließ? Sie blieb stundenlang, nachdem er gegangen war, allein auf der Bettkante sitzen, während der Sonnenschein hell ins Zimmer flutete. Die Schubladen waren sämtlich geöffnet und ihr Inhalt umhergestreut: Kleider und Federn, Bänder und Schmucksachen, ein wirrer Haufe eitlen Krams. Das Haar hing ihr über die Schultern herab; ihr Kleid war an der Stelle, wo Rawdon die Brillanten herausgerissen hatte, zerrissen. Sie hörte ihn wenige Minuten, nachdem er sie verlassen hatte, die Treppe hinuntergehen und die Tür hinter sich zuschlagen. Sie wußte, daß er niemals zurückkehren würde. Er war für immer gegangen. ›Ob er sich das Leben nehmen wird?‹ dachte sie. ›Gewiß nicht eher, bis er sich mit Lord Steyne duelliert hat.‹ Sie dachte an ihre ganze Vergangenheit und an all ihre trüben Erfahrungen. Ach, wie öde erschien ihr Leben ihr – wie elend, einsam und zwecklos! Sollte sie Opium nehmen und ihm ein Ende machen? Mit allen Hoffnungen, Plänen, Schulden und Triumphen abschließen? Die französische Zofe fand sie in dieser Stellung, wie sie mit gefalteten Händen und trockenen Augen inmitten der Trümmer ihrer Habseligkeiten saß. Das Mädchen war ihre Mitschuldige und stand in Steynes Solde.

»Mon dieu, madame, was ist geschehen?« fragte sie.

Ja, was war geschehen? War sie schuldig oder nicht? Sie sagte nein; aber wer konnte wissen, ob das, was von ihren Lippen kam, die Wahrheit war – ob ihr verdorbenes Herz in diesem Falle wirklich rein geblieben? Alle ihre Lügen und Ränke, alle ihre Selbstsucht und Schlauheit, all ihr Geist und Witz hatten nun kläglich Schiffbruch erlitten. Die Zofe zog die Vorhänge zu und bewog ihre Herrin durch scheinbar teilnahmsvolle Bitten, sich auf das Bett zu legen. Dann ging sie hinunter und sammelte die Schmucksachen auf, die noch auf dem Boden umhergestreut lagen, seit Rebekka sie auf Befehl ihres Mannes abgestreift hatte und Lord Steyne fortgegangen war.

NEUNZEHNTES KAPITEL
Der Sonntag nach der Schlacht

Sir Pitt Crawleys Wohnung in der Great Gaunt Street begann gerade ihr Feiertagsgewand anzulegen, als Rawdon in seinem Gesellschaftsanzug, den er jetzt schon zwei Tage lang getragen hatte, an dem erschrockenen Mädchen, das die Treppe aufwischte, vorbeieilte und in seines Bruders Studierzimmer eintrat. Lady Jane war bereits auf und befand sich im Morgenrock oben in der Kinderstube, wo sie das Ankleiden ihrer Kinder beaufsichtigte und die Morgengebete anhörte, die die Kleinen, an ihr Knie geschmiegt, sprachen. Jeden Morgen erfüllte sie im stillen diese Pflicht, ehe die allgemeine Morgenandacht begann, bei der Sir Pitt den Vorsitz führte und zu der sich alle Mitglieder des Hauswesens einzufinden hatten. Rawdon setzte sich in dem Studierzimmer seines Bruders an den Schreibtisch, auf dem die regelmäßigen Parlamentsberichte, Briefe, sorgfältig abgelegte Rechnungen, symmetrisch aufgestapelte Broschüren, Schreibmappen und Posttaschen, die Bibel, die Quarterly Review und der Hofkalender so schön geordnet dalagen, als ob sie nur darauf warteten vom Hausherrn durchgesehen zu werden.

Ein Buch mit Familienpredigten, aus dem Sir Pitt seiner Familie jeden Sonntagmorgen vorzulesen pflegte, lag ebenfalls auf dem Schreibtisch bereit und harrte darauf, daß er mit gewohnter Sorgfalt einen passenden Text auswählte. Neben dem Predigtbuch lag, noch feucht und sauber zusammengefaltet, der ›Observer‹ zu Sir Pitts persönlichem Gebrauch. Nur sein Kammerdiener pflegte sich die Freiheit zu nehmen, die Zeitung vorher durchzusehen, ehe er sie neben die Schreibmappe seines Herrn legte. Bevor er sie an diesem Morgen in das Studierzimmer getragen, hatte er darin eine begeisterte Schilderung der Festlichkeiten in Gaunt House mit den Namen all der vornehmen Persönlichkeiten gelesen, die der Marquis von Steyne Seiner Königlichen Hoheit zu Ehren eingeladen hatte. Nachdem er sich dann mit der Haushälterin und ihrer Nichte beim Morgentee über dieses Fest unterhalten und seine Verwunderung darüber ausgesprochen, wovon das Rawdon-Crawleysche Ehepaar eigentlich lebe, hatte er die Zeitung von neuem angefeuchtet und zusammengefaltet, damit sie bei der Ankunft des Hausherrn ganz frisch und unschuldig aussehen sollte.

Der arme Rawdon nahm die Zeitung zur Hand und versuchte darin bis zum Erscheinen seines Bruders zu lesen. Aber die Buchstaben tanzten ihm vor den Augen, und er wußte nicht, was er las. Die amtlichen Nachrichten und Ernennungen (die Sir Pitt wegen seiner Stellung im öffentlichen Leben lesen mußte – sonst hätte er unter keinen Umständen gestattet, daß sonntags eine Zeitung in sein Haus kam), die Theaterkritiken, der Bericht über ein Preisboxen um hundert Pfund zwischen dem Fleischer von Barking und dem Meister von Tutbury, selbst der Artikel über das Fest in Gaunt House, der eine sehr schmeichelhafte, wenn auch etwas zurückhaltend geschriebene Schilderung der vortrefflichen Scharaden enthielt, bei denen Mrs. Becky die Hauptrolle gespielt hatte: alles dies zog wie in einem Nebel an Rawdons Auge vorüber, während er dasaß und auf das Oberhaupt der Familie wartete.

Pünktlich, als die schwarze Marmoruhr auf dem Kaminsims mit schrillem Klang neun zu schlagen begann, stieg Sir Pitt mit gestärkter Krawatte in seinem grauen Flanellschlafrock, noch mit dem Putzen der Nägel beschäftigt, majestätischen Schritts die Treppe herab und erschien in seinem Studier-

zimmer – frisch, nett, glatt rasiert, mit wächsernem, reinlichem Gesicht, steifem Hemdkragen, spärlichem, aber wohlgekämmtem und geöltem Haar – mit einem Wort: ein richtiger, altenglischer Edelmann, ein Muster von Sauberkeit und Wohlanständigkeit!

Er stutzte, als er in seinem Zimmer den armen Rawdon mit zerdrückten Kleidern, blutunterlaufenen Augen und wirrem Haar erblickte. Er glaubte, sein Bruder sei nicht nüchtern und habe an einem nächtlichen Trinkgelage teilgenommen. »Guter Gott, Rawdon,« sagte er bestürzt, »was führt dich so früh her? Warum bist du nicht zu Hause?«

»Zu Hause!« erwiderte Rawdon mit wildem Auflachen. »Du brauchst nicht zu erschrecken, Pitt. Ich bin nicht betrunken. Mach die Tür zu! Ich habe mit dir zu reden.«

Pitt schloß die Tür, trat an den Tisch heran und setzte sich in den andern Lehnstuhl, der sonst für den Verwalter, den Bankier oder andere vertrauliche Besucher bereitstand, die mit dem Baronet geschäftliche Dinge zu verhandeln hatten. Er putzte noch eifriger als vorher an seinen Nägeln.

»Pitt, mit mir ist es ganz aus«, sagte der Oberst nach einer kleinen Weile. »Ich bin fertig.«

»Ich habe immer gesagt, daß es noch dahin kommen würde«, rief der Baronet ärgerlich und trommelte mit seinen rein geputzten Nägeln einen Marsch. »Ich habe dich tausendmal gewarnt. Ich kann dir nicht mehr helfen. Jeder Schilling meines Geldes liegt fest. Selbst die hundert Pfund, die dir Jane gestern abend gebracht hat, waren für morgen früh meinem Advokaten zugesagt, und das Fehlen dieser Summe wird mir große Ungelegenheiten bereiten. Ich will damit nicht sagen, daß ich dir nicht im äußersten Notfall beistehen will. Aber wenn ich deine Gläubiger vollständig befriedigen wollte, so könnte ich ebensogut hoffen, daß es mir gelingen werde, die gesamte Staatsschuld zu bezahlen. Es ist Wahnsinn, reiner Wahnsinn, an so etwas zu denken. Du mußt einen Vergleich mit ihnen schließen. Das ist ja für die Familie peinlich; aber schließlich, es machens alle so. George Kitely, der Sohn von Lord Ragland, hat sich zum Beispiel in der letzten Woche gerichtlich mit seinen Gläubigern geeinigt und sich wieder weißgewaschen, wie man das so nennt. Lord Ragland wollte keinen Schilling für ihn bezahlen, und...«

»Es ist nicht Geld, was ich von dir haben will«, unterbrach ihn Rawdon. »Ich bin nicht meinetwegen zu dir gekommen. Was aus mir wird, ist gleichgültig...«

»Worum handelt es sich denn?« fragte Pitt, jetzt einigermaßen erleichtert.

»Um den Jungen«, erwiderte Rawdon mit heiserer Stimme. »Ich bitte dich, mir zu versprechen, daß du dich seiner annehmen wirst, wenn ich nicht mehr bin. Deine liebe gute Frau ist immer freundlich zu ihm gewesen, und er hat sie lieber als seine... Ach, verdammt! Sieh, Pitt, du weißt, daß ich eigentlich Miß Crawleys Geld bekommen sollte. Ich wurde nicht wie ein jüngerer Bruder erzogen, sondern immer dazu ermuntert, verschwenderisch und träge zu sein. Sonst hätte ich ein ganz anderer Mensch werden können. Ich habe meine Schuldigkeit beim Regiment nicht so schlecht getan. Du weißt, wie ich um das Geld gekommen bin und wer es erhalten hat.«

»Nach den Opfern, die ich für dich gebracht, und dem Beistand, den ich dir geleistet habe, erscheinen mir derartige Vorwürfe unbegründet«, sagte Sir Pitt. »Deine Heirat war dein eigenes Werk, nicht das meinige.«

»Das ist nun vorbei«, erwiderte Rawdon. »Das ist nun vorbei!« Die Worte entrangen sich ihm mit einem Stöhnen, das seinen Bruder zusammenfahren ließ.

»Mein Gott, ist sie tot?« fragte Sir Pitt mit unverstelltem Schrecken und Mitleid.

»Ich wollte, ich selbst wäre tot«, antwortete Rawdon. »Wenn

mein kleiner Rawdon nicht da wäre, hätte ich mir heute früh den Hals abgeschnitten…und dem verdammten Schurken dazu!«

Sir Pitt erriet sofort die Wahrheit und konnte sich auch denken, daß Lord Steyne derjenige sei, den Rawdon töten wollte. Der Oberst erzählte seinem älteren Bruder kurz und in abgerissenen Worten die näheren Umstände des Vorfalls. »Es war eine regelrechte Verabredung zwischen dem Schuft und ihr«, sagte er. »Die Gerichtsvollzieher wurden auf mich gehetzt und verhafteten mich, als ich aus seinem Hause herauskam. Als ich an sie um Geld schrieb, antwortete sie, sie läge krank zu Bett, und vertröstete mich auf einen anderen Tag. Und als ich nach Hause kam, fand ich sie, wie sie, mit Brillanten geschmückt, allein mit dem Schurken saß.« Er schilderte dann flüchtig seinen persönlichen Zusammenstoß mit Lord Steyne. Für die Bereinigung dieser Sache, sagte er, gebe es natürlich nur eine Lösung: Nach der Besprechung mit seinem Bruder wolle er sogleich die notwendigen Anordnungen für das unvermeidliche Duell treffen. »Und da es für mich übel ablaufen kann«, fügte Rawdon mit fast versagender Stimme hinzu, »und der Knabe keine Mutter hat, so muß ich ihn dir und Jane hinterlassen, Pitt. Es würde mir ein Trost sein, wenn du mir versprechen wolltest, für ihn zu sorgen.«

Der ältere Bruder war tief ergriffen und schüttelte Rawdon die Hand mit einer Herzlichkeit, die er nur selten zeigte. Rawdon fuhr mit der Hand über seine buschigen Augenbrauen. »Ich danke dir, Bruder«, sagte er. »Ich weiß, daß ich mich auf dein Wort verlassen kann.«

»Ich verspreche es dir bei meiner Ehre«, sagte der Baronet. Mit diesen wenigen Worten wurde die Sache zwischen ihnen abgemacht.

Dann zog Rawdon die kleine Brieftasche heraus, die er in Beckys Schatulle entdeckt hatte, und entnahm ihr das darin befindliche Päckchen Banknoten. »Hier sind sechshundert Pfund,« sagte er, »du hast gewiß nicht gedacht, daß ich so reich wäre. Ich möchte dich bitten, das Geld der Briggs zu geben, die es uns geliehen hat…und die gegen den Jungen so freundlich war… Ich habe mich immer geschämt, daß wir der armen alten Person das Geld abgenommen hatten. Und hier ist noch etwas – ich habe nur ein paar Pfund zurückbehalten, die Becky bekommen soll, damit sie sich über Wasser halten kann.« Während er sprach, faßte er nach den anderen Banknoten, um sie seinem Bruder zu geben, aber die Hände zitterten ihm, und er war so aufgeregt, daß er die Brieftasche hinfallen ließ. Dabei fiel die Tausendpfundnote heraus, die die letzte Beute der unglücklichen Rebekka gewesen war.

Pitt bückte sich und hob sie auf, ganz erstaunt über einen solchen Reichtum. »Nein, die nicht«, sagte Rawdon. »Ich hoffe, dem Mann, dem die gehört, eine Kugel in den Leib zu jagen.« Er hatte im stillen gedacht, es würde eine feine Rache sein, eine Kugel in die Banknote zu wickeln und Steyne damit zu töten.

Nach diesem Gespräch schüttelten sich die Brüder noch einmal die Hände und verabschiedeten sich dann voneinander. Lady Jane hatte von der Ankunft des Obersten gehört und wartete auf ihren Gatten in dem anstoßenden Speisezimmer, da sie mit weiblichem Instinkt Böses ahnte. Die Tür des Speisezimmers war zufällig offen geblieben, und natürlich kam die Lady gerade in dem Augenblick heraus, als die beiden Brüder aus dem Studierzimmer traten. Sie streckte Rawdon die Hand entgegen und sagte, sie freue sich, daß er zum Frühstück gekommen sei; aber sie merkte sehr wohl an seinem verstörten, unrasierten Gesicht und an der finsteren Miene ihres Mannes, daß zwischen den beiden vom Frühstück wenig die Rede gewesen war. Rawdon murmelte etwas von anderweitiger Verabredung und drückte dabei krampfhaft die schüchterne kleine Hand, die seine Schwägerin ihm reichte. Ihre bittenden Augen konnten in seinen Zügen nur lesen, daß ein Unglück geschehen sei; aber er entfernte sich ohne ein weiteres Wort. Auch Sir Pitt gönnte ihr keine Erklärung. Die Kinder kamen herbei, um ihn zu begrüßen, und er küßte sie in seiner gewöhnlichen kühlen Art. Die Mutter zog beide nahe an sich heran und hielt jedes von ihnen an der Hand, als sie zu dem Gebet niederknieten, das Sir Pitt ihnen und den sonntäglich gekleideten Dienstboten vorlas, die auf den Stuhlreihen zur andern Seite des summenden Teekessels saßen. Das Frühstück fand an diesem Tage infolge der eingetretenen Verzögerung so spät statt, daß die Kirchenglocken schon zu läuten begannen, während sie noch bei ihrem Tee saßen. Aber Lady Jane, deren Gedanken schon bei der Familienandacht mehrmals abgeschweift waren, erklärte, sie fühle sich nicht wohl genug, um in die Kirche zu gehen.

Unterdes verließ Rawdon Crawley eilig die Great Gaunt Street und erreichte bald das Portal von Gaunt House, wo er den an einem großen bronzenen Medusenhaupt angebrachten Türklopfer in Bewegung setzte und dadurch den purpurfarbenen Silen in roter, mit silbernen Tressen besetzter Weste herbeirief, der in diesem Palast das Amt des Pförtners versah. Der Mann erschrak ebenfalls über das verwilderte Aussehen des Obersten und vertrat ihm den Weg, als fürchte er, daß der andere sich den Eintritt erzwingen wolle. Aber Oberst Crawley zog nur eine Karte heraus und schärfte ihm nachdrücklich ein, er solle sie Lord Steyne hineinschicken und diesen unter Hinweis auf die darauf angegebene Anschrift wissen lassen, daß Oberst Crawley den ganzen Tag von ein Uhr an im Regent-Klub in der St. James Street, nicht aber bei sich zu Hause zu finden sein werde. Der feiste Mann mit dem roten Gesicht sah ihm erstaunt nach, als er sich mit großen Schritten entfernte. Dasselbe taten auch die

sonntäglich gekleideten Leute, die so früh auf der Straße
waren – die Waisenknaben mit ihren fröhlich glänzenden
Gesichtern – der Grünkramhändler, der träge an seiner Tür
lehnte – und der Schankwirt, der im Sonnenschein seine
Fensterläden schloß, weil der Gottesdienst anfing. Auch die
Leute am Droschkenstand machten ihre Witze über sein
Aussehen, als er sich dort einen Wagen nahm und dem Kut-
scher befahl, ihn nach der Kaserne in Knightsbridge zu fahren.
Alle Glocken läuteten dröhnend, als er sein Ziel erreichte.
Hätte er auf der Fahrt hinausgeschaut, so hätte er seine alte
Bekannte Amelia sehen können, die sich auf ihrem gewöhn-
lichen Weg von Brompton nach dem Russel Square befand.
Scharen von Schulkindern wanderten nach der Kirche. Die
sauberen Gehsteige und die Dächer der öffentlichen Fuhrwerke in den Vorstädten wimmelten von Leuten, die einen
Sonntagsausflug machen wollten. Aber der Oberst war viel
zu sehr mit sich selbst beschäftigt, um auf diese Dinge zu
achten, und als er in Knightsbridge ankam, begab er sich
unverzüglich nach dem Zimmer seines alten Freundes und
Kameraden Rittmeister Macmurdo, den er zu seiner Befriedigung in der Kaserne antraf.
Rittmeister Macmurdo, ein altgedienter Offizier und Water-
lookämpfer, der in seinem Regiment sehr beliebt und nur
wegen seiner Armut nicht zu den höchsten Rangstufen vorgedrungen war, genoß den Vormittag behaglich im Bett.
Der alte Mac, der mit Menschen jedes Alters und Standes
umzugehen wußte und mit Generalen, Hundezüchtern,
Tänzerinnen, Boxern, kurz mit allen möglichen Leuten verkehrte, hatte am Abend zuvor ein Festessen mitgemacht,
das Rittmeister George Cinqbars in seinem Hause am
Brompton Square mehreren jungen Offizieren des Regiments und einigen Damen vom Corps de ballet gegeben
hatte, und da er an diesem Morgen dienstfrei war, ruhte er
sich nach der nächtlichen Anstrengung in seinem Bett aus.

Alle Wände seines Zimmers waren mit Darstellungen von Box-, Jagd- und Tanzszenen geschmückt, die ihm von Kameraden geschenkt worden waren, die aus dem Regiment ausschieden, um sich zu verheiraten und ein solides Leben zu beginnen. Und da er nun fast fünfzig Jahre alt war, von denen er vierundzwanzig beim Regiment zugebracht hatte, so besaß er ein recht seltsames Museum. Er war einer der besten Schützen in England und trotz seiner Körperfülle einer der besten Reiter; als Crawley noch bei der Truppe war, hatten sie sich beide in diesen Fertigkeiten gegenseitig zu überbieten gesucht. Um uns kurz zu fassen: Mr. Macmurdo, ein würdiger, rauher Krieger mit kleinem, kurzgeschorenem, grauem Schädel, seidener Nachtmütze, rotem Gesicht, ebensolcher Nase und großem, gefärbtem Schnurrbart, lag im Bett und las einen Zeitungsbericht über den schon erwähnten Boxkampf zwischen dem Meister von Tutbury und dem Fleischer von Barking.

Als Rawdon dem Rittmeister sagte, er brauche einen Freund, wußte dieser sofort, was für ein Freundschaftsdienst von ihm verlangt wurde, hatte er doch schon Dutzende solcher Angelegenheiten für seine Bekannten mit der größten Umsicht und Geschicklichkeit geordnet. Seine Königliche Hoheit, der verstorbene, vielbetrauerte Oberbefehlshaber der Armee, hatte in dieser Beziehung die höchste Achtung vor Macmurdo gehabt; und er war die gewöhnliche Zuflucht aller Herren, die sich in derartiger Verlegenheit befanden.

»Was ist denn los, mein Junge?« fragte der alte Krieger. »Doch nicht wieder eine Spielgeschichte wie damals, als wir Hauptmann Marker erschossen?«

»Es ist wegen…wegen meiner Frau«, erwiderte Crawley mit niedergeschlagenen Augen und unter starkem Erröten.

Der andre pfiff leise durch die Zähne. »Ich habe immer gesagt, daß sie dich auf den Leim führen würde«, begann Macmurdo – in der Tat waren schon im Regiment und in

den Klubs Wetten über Oberst Crawleys voraussichtliches
Schicksal abgeschlossen worden, so gering wurde der Charakter seiner Frau von seinen Kameraden und von der Welt
eingeschätzt –, als er aber den wilden Blick bemerkte, mit
dem Rawdon diese Meinungsäußerung beantwortete, hielt
er es nicht für angebracht, sich über diesen Gedanken weiter
zu verbreiten.

»Gibt es keinen andern Ausweg, alter Junge?« fuhr der Rittmeister in ernstem Ton fort. »Du verstehst: liegt nur ein
Verdacht vor, oder…oder was ist es? Hast du etwa Briefe
in die Hände bekommen? Kannst du die Sache nicht im
stillen erledigen? Über eine solche Geschichte macht man
am besten keinen Lärm, wenn man es vermeiden kann.« –
›Wunderlich, daß er erst jetzt dahintergekommen ist!‹
dachte der Rittmeister bei sich und erinnerte sich an hundert eigenartige Gespräche im Kasino, in denen man an
Mrs. Crawley kein gutes Haar gelassen hatte.

»Es gibt nur diese eine Möglichkeit, die Sache zu erledigen,«
versetzte Rawdon, »und es darf nur einer von uns zurückkommen, Mac…du verstehst? Ich wurde aus dem Wege geschafft, festgenommen und fand die beiden dann allein beieinander. Ich sagte ihm, er wäre ein Lügner und ein Feigling und schlug ihn nieder und prügelte ihn.«

»Das hat er verdient«, bemerkte Macmurdo. »Wer ist es
denn?«

Rawdon erwiderte, daß es Lord Steyne sei.

»Donnerwetter, ein Marquis! Die Leute sagten, er… das
heißt die Leute sagten, du…«

»Was, zum Teufel, meinst du?« schrie Rawdon. »Hast du
etwa je einen Menschen die Tugend meiner Frau anzweifeln
gehört und mir nichts davon gesagt, Mac?«

»Die Welt ist sehr klatschsüchtig, alter Junge«, versetzte der
andre. »Was hätte es genützt, wenn ich dir hinterbracht
hätte, was ein paar Hausnarren geschwatzt hatten?«

298

»Da hast du verdammt wenig freundschaftlich an mir gehandelt, Mac«, sagte Rawdon, ganz außer Fassung geraten; und indem er sein Gesicht mit den Händen bedeckte, überließ er sich einem Gefühlsausbruch, bei dessen Anblick selbst der abgehärtete alte Haudegen ihm gegenüber von tiefster Teilnahme ergriffen wurde. »Kopf hoch, alter Junge!« sagte er. »Ob's ein vornehmer Herr ist oder nicht, wir wollen ihm eine Kugel in den Leib jagen – da verlaß dich drauf! Und was die Weiber betrifft, so sind sie alle von der Art!«
»Du weißt nicht, wie lieb ich diese eine hatte«, erwiderte Rawdon in kaum verständlichen Lauten. »Verdammt! Ich habe ihr gehorcht wie ein Bedienter. Alles, was ich hatte, habe ich ihr gegeben. Ich bin ein Bettler, weil ich sie heiraten wollte. Bei Gott, ich habe meine eigene Uhr versetzt, um ihr etwas zu kaufen, worauf sie gerade ihr Auge geworfen hatte. Sie aber – sie hat sich die ganze Zeit über eine Privatsparbüchse gehalten und mir nicht hundert Pfund gegönnt, um mich aus dem Gefängnis zu befreien.« Und nun erzählte er in wilden, unzusammenhängenden Worten und mit einer Erregung, in der ihn sein Berater noch nie vorher gesehen, die näheren Umstände der Geschichte. Macmurdo warf ab und zu eine Bemerkung dazwischen.
»Sie könnte trotz alledem unschuldig sein«, sagte er. »Sie behauptet es. Und Steyne ist vorher schon hundertmal mit ihr allein im Hause gewesen.«
»Das mag wohl sein«, antwortete Rawdon trübe; »aber dies hier sieht nicht sehr unschuldig aus.« Dabei zeigte er dem Rittmeister die Tausendpfundnote, die er in Beckys Brieftasche gefunden hatte. »Das hat er ihr gegeben, Mac, und sie hat es aufbewahrt, ohne daß ich davon wußte. Und obwohl sie so viel Geld im Hause hatte, hat sie sich geweigert, mir zu helfen, als ich eingesperrt war.« Der Rittmeister mußte zugeben, daß die Verheimlichung des Geldes der Sache ein recht häßliches Aussehen gebe.

Während sie noch in ihrer Besprechung begriffen waren, sandte Rawdon Macmurdos Burschen nach der Curzon Street mit dem Befehl an seine Dienerschaft, ihm eine Reisetasche mit Kleidungsstücken zu übersenden, die er sehr nötig hatte. In der Abwesenheit des Burschen verfaßte Rawdon und sein Sekundant mit vieler Mühe und mit Hilfe von Johnsons Wörterbuch, das ihnen gute Dienste leistete, einen Brief, den der Rittmeister Lord Steyne zusenden sollte. Rittmeister Macmurdo bat darin um die Ehre, dem Marquis von Steyne im Auftrag des Obersten Rawdon Crawley seine Aufwartung machen und ihm mitteilen zu dürfen, daß er von dem Obersten ermächtigt sei, die notwendigen Anordnungen für die Begegnung zu treffen, auf der Seine Herrlichkeit zweifellos bestehen würde und die durch die Ereignisse der letzten Nacht unvermeidlich geworden sei. Rittmeister Macmurdo bat Lord Steyne höflichst, ihm einen Freund zu bezeichnen, mit dem er (Rittmeister Macmurdo) sich in Verbindung setzen könne, und sprach den Wunsch aus, daß die Begegnung sobald wie möglich stattfinden möge.

In einem Postskriptum bemerkte der Rittmeister, daß er eine Banknote von hohem Wert in Händen habe, von der Oberst Crawley wohl nicht ohne Grund vermute, daß sie das Eigentum des Marquis von Steyne sei. Im Interesse des Obersten wünsche er dringend, die Banknote ihrem Eigentümer wieder zuzustellen.

Als dieser Brief eben fertig war, kam der Bursche des Rittmeisters von seinem Gang nach Oberst Crawleys Haus in der Curzon Street zurück – aber ohne die verlangte Reisetasche und den Mantelsack und mit einer sonderbar verlegenen Miene.

»Sie wollten die Sachen nicht rausgeben«, berichtete der Bursche. »Es ist da im Hause eine ganz tolle Wirtschaft, und alles geht drunter und drüber. Der Hauswirt ist gekommen und hat alles mit Beschlag belegt. Die Dienstboten saßen im

Salon und tranken. Sie sagten… sie sagten, Sie seien mit dem Silberzeug davongegangen, Herr Oberst«, fügte der Bursche nach einer Pause hinzu. »Das Kammermädchen ist schon fort, und Trotter, der Diener, der sehr betrunken war und einen großen Lärm machte, sagte, es dürfte nichts eher aus dem Hause entfernt werden, bis ihm sein Lohn ausgezahlt sei.«

Der Bericht über diese kleine Revolution in Mayfair versetzte die beiden Herren in Erstaunen und gab ihrer sonst sehr trübseligen Unterhaltung ein wenig Heiterkeit. Nicht nur der Rittmeister, sondern auch Rawdon selbst lachte über dieses neue Pech.

»Ich bin nur froh, daß der Kleine nicht zu Hause ist«, sagte Rawdon, an seinen Nägeln kauend. »Du erinnerst dich seiner wohl noch von der Reitschule her, Mac? Weißt du noch, wie er den Ausreißer im Zaum hielt?«

»Ja, das machte er recht hübsch, alter Junge«, antwortete der gutmütige Rittmeister.

Zu derselben Zeit saß der kleine Rawdon als einer von fünfzig stiftsmäßig gekleideten Knaben in der Kapelle der Whitefriars-Schule und dachte nicht sowohl an die Predigt wie daran, daß er am nächsten Sonnabend nach Hause gehen und von seinem Vater sicherlich ein Geldgeschenk erhalten und vielleicht mit ihm das Theater besuchen werde.

»Der Junge ist ein wahrer Prachtkerl«, fuhr der Vater fort, der mit seinen Gedanken immer noch bei seinem Sohn war. »Hör mal, Mac, wenn die Sache schief gehen sollte… wenn ich falle… dann wäre es mir sehr lieb, wenn du… wenn du hingingest und ihn besuchtest, weißt du. Und sag ihm, ich hätte ihn sehr lieb gehabt und so weiter. Und dann, alter Junge, gib ihm diese goldenen Manschettenknöpfe. Es ist das einzige, was ich habe.« Er bedeckte sein Gesicht mit seinen ungewaschenen Händen, über die seine Tränen, weiße Furchen hinterlassend, flossen. Auch Mr. Macmurdo fühlte sich veranlaßt, seine seidene Nachtmütze abzunehmen und sich damit über die Augen zu fahren.

»Geh hinunter und bestelle uns ein Frühstück!« befahl er seinem Burschen mit lauter, munterer Stimme. »Was möchtest du essen, Crawley? Sagen wir geröstete Nieren mit Pfeffer und einen Hering! Und dann, Clay, suche einen Anzug für den Obersten heraus! Wir sind immer ziemlich gleich groß gewesen, lieber Rawdon, und reiten beide jetzt nicht mehr so leicht wie damals, als wir zuerst ins Regiment eintraten.« – Damit sich der Oberst nun ungezwungen umkleiden könne, drehte sich Macmurdo mit dem Gesicht der Wand zu und nahm die Lektüre seines Sportberichts wieder auf, bis sein Freund mit seiner Toilette fertig war und er seine eigene beginnen konnte.

Auf diese verwendete Rittmeister Macmurdo, da er einem Lord gegenübertreten sollte, ganz besondere Sorgfalt. Er wichste seinen Schnurrbart, bis er wundervoll glänzte, und legte eine enge Krawatte und eine elegante, lederfarbene Weste an, so daß alle jungen Offiziere im Kasino, wohin Rawdon seinem Freund vorangegangen war, ihn beim Frühstück wegen seines geschniegelten Aussehens neckten und ihn fragten, ob er an diesem Sonntag Hochzeit machen wolle.

ZWANZIGSTES KAPITEL
Worin derselbe Gegenstand weiter behandelt wird

Von dem Zustand der Betäubung und Verwirrung, in den die Ereignisse der vergangenen Nacht Beckys sonst so unerschrockenen Geist gestürzt hatten, erholte sie sich erst, als die Glocken der Kapelle in der Curzon Street zum Nachmittagsgottesdienst läuteten. Um diese Zeit erhob sie sich von ihrem Lager und zog die Klingel, um die französische Zofe herbeizurufen, die vor einigen Stunden noch bei ihr gewesen war und dann das Zimmer verlassen hatte.

Mrs. Rawdon schellte mehrmals vergeblich; und obgleich sie zuletzt so heftig an der Klingelschnur zog, daß sie abriß, erschien Mademoiselle Fifine doch nicht – selbst dann nicht, als ihre Herrin in großem Zorn, mit der Klingelschnur in der Hand und mit aufgelöstem Haar, auf den Flur hinaustrat und wiederholt nach ihrer Dienerin rief.

Tatsächlich hatte die Zofe das Haus nämlich schon vor mehreren Stunden verlassen und sich, wie man das so nennt, auf spanisch verabschiedet. Nachdem sie die Schmucksachen im Salon aufgesammelt hatte, war sie in ihr eigenes Zimmer hinaufgegangen, hatte dort ihre Koffer und Schachteln gepackt und verschnürt und war dann leise aus dem Hause gegangen, um selbst eine Droschke herbeizurufen. Hierauf hatte sie – ohne die Hilfe der anderen Dienstboten zu erbitten, die sie von Herzen haßten und ihr daher schwerlich Beistand geleistet hätten – ihre Sachen eigenhändig die Treppe hinuntergetragen und die Curzon Street für immer verlassen, ohne irgendeinem Menschen im Hause Lebewohl zu sagen.

Ihrer Ansicht nach war das Spiel in diesem Hause nun zu Ende. Fifine fuhr in einer Droschke davon, wie das bekanntlich auch vornehmere Angehörige ihrer Nation bei ähnlichen Gelegenheiten getan haben; aber vorsichtiger oder glücklicher als diese brachte sie nicht nur ihre eigene Habe in Sicherheit, sondern auch manches von dem Eigentum ihrer Herrin (wofern man bei dieser Dame überhaupt von Eigentum reden konnte). Mademoiselle Fifine nahm nicht nur die erwähnten Schmucksachen und einige besonders schöne Kleider mit, auf die sie schon lange ein Auge geworfen hatte, sondern mit ihr verschwanden aus der Wohnung in der Curzon Street auch vier reich vergoldete Rokokoleuchter, sechs Prachtwerke mit Goldverzierung, eine goldene, emaillierte Schnupftabakdose, die einstmals der Madame Dubarry gehört hatte, ein allerliebstes kleines Tintenfaß nebst einer mit Perlmutter eingelegten Schreibunterlage, deren Becky sich zu bedienen pflegte, wenn sie ihre entzückenden rosenfarbenen Briefchen schrieb, und endlich das gesamte Silberzeug, mit dem die Tafel zu dem von Rawdon unterbrochenen Festmahl gedeckt gewesen war. Die plattierten Sachen hatte Mademoiselle wahrscheinlich nicht mehr verstauen können, und zweifellos aus demselben Grunde hatte sie auch die Feuerhaken, die Wandspiegel und das Klavier aus Rosenholz zurückgelassen.

Eine Dame, die ihr sehr ähnlich sah, eröffnete später ein Putzgeschäft in der Rue du Helder in Paris, wo sie großen Zuspruch fand und sich der besonderen Gunst Lord Steynes erfreute. Diese Person bezeichnete die Engländer stets als die treulosesten Menschen der Welt und erzählte ihren jungen Lehrmädchen, sie sei von Angehörigen dieses Volkes affreusement volée. Ohne Zweifel war es nur Mitgefühl mit ihrem Unglück, was den Marquis von Steyne bewog, sich gegen Madame de Saint-Amaranthe so außerordentlich gütig zu zeigen. Möge es ihr so wohl ergehen, wie sie es verdient – sie wird auf unserem Schauplatz des Eitelkeitsjahrmarkts nicht wieder erscheinen.

Da Mrs. Crawley unten Stimmen und Lärm hörte und über die Unverschämtheit der Dienstboten empört war, die ihrem Ruf nicht Folge leisteten, warf sie ihr Morgenkleid über und ging majestätischen Schritts zum Salon hinunter, woher das Geräusch kam.

Dort saß die Köchin mit rußgeschwärztem Gesicht auf dem schönen, mit ostindischem Kattun bezogenen Sofa neben Mrs. Raggles, der sie ein Glas Maraschino einschenkte. Der Page mit den zuckerhutförmigen Knöpfen, der sonst Beckys rosenfarbene Briefchen auszutragen und so munter um ihren kleinen Wagen herumzuspringen pflegte, war gerade damit beschäftigt, seine Finger in eine Schüssel mit Rahm einzutauchen. Der Diener war im Gespräch mit Raggles begriffen, der ein sehr bestürztes, betrübtes Gesicht machte – und ob-

wohl die Tür offen stand und Becky etwa ein halbdutzend-
mal aus ganz geringer Entfernung geschrien hatte, war
auch nicht einer von der Dienerschaft ihrem Ruf gefolgt.
»Trinken Sie noch ein Tröpfchen, Mrs. Raggles!« sagte die
Köchin in dem Augenblick, als Becky, von ihrem weißen
Morgenkleid umwallt, ins Zimmer trat.
»Simpson! Trotter!« rief die Herrin des Hauses in großem
Zorn. »Wie können Sie sich unterstehen, ruhig hier zu bleiben, wenn Sie mich rufen hören? Wie können Sie sich erdreisten, in meiner Gegenwart auf meinem Sofa zu sitzen?
Wo ist meine Kammerjungfer?« Der Page nahm in augenblicklichem Schreck seine Finger aus dem Mund. Die Köchin
aber ergriff das Glas Maraschino, das Mrs. Raggles nieder-
gesetzt hatte, schlürfte es aus und blickte über den kleinen
vergoldeten Rand hinweg Becky dreist an. Der Likör schien
der abscheulichen Rebellin Mut zu verleihen.
»Auf Ihrem Sofa! Na so was!« erwiderte die Köchin. »Ich
sitz hier auf Mrs. Raggles ihrem Sofa! Bleiben Sie man ruhig
sitzen, Mrs. Raggles. Ich sitz auf Mr. und Mrs. Raggles ihrem
Sofa, das sie sich für ihr ehrliches Geld gekauft haben und das
ihnen teuer genug zu stehen gekommen ist. Und ich denk
mir, wenn ich hier sitzen bleib, bis ich meinen Lohn bekommen hab, denn werd ich wohl recht lange sitzen müssen,
Mrs. Raggles; aber sitzen will ich hier, haha!« Damit goß
sie sich ein neues Glas Likör ein und trank es mit einer noch
häßlicheren spöttischen Miene aus.
»Trotter! Simpson! Werfen Sie das betrunkene Frauenzimmer hinaus!« kreischte Mrs. Crawley.
»Fällt mir nicht ein!« sagte der Diener Trotter. »Tun Sie es
doch selbst! Bezahlen Sie uns unsern Lohn, dann können Sie
mich auch hinauswerfen. Wir werden uns schnell genug davonmachen.«
»Wollt ihr mich hier alle beleidigen?« schrie Becky wütend.
»Wenn Oberst Crawley nach Hause kommt, werde ich …«

Hier brach die Dienerschaft in ein wieherndes Gelächter aus, in das jedoch Raggles, der noch immer ein sehr melancholisches Gesicht machte, nicht einstimmte. »Der kommt nicht wieder«, hob Mr. Trotter von neuem an. »Er schickte nach seinen Sachen, aber ich wollte sie nicht herausgeben, obgleich Mr. Raggles es wollte, und ich denke mir, er ist jetzt so wenig ein Oberst, wie ich es bin. Er ist fort, und ich glaube, Sie werden ihm nachfolgen. Sie sind alle beide nichts Besseres als Schwindler. Schreien Sie mich nicht an, das lasse ich mir nicht gefallen! Bezahlen Sie uns unseren Lohn, sage ich! Bezahlen Sie uns unseren Lohn!« Aus Mr. Trotters erhitztem Gesicht und seiner undeutlichen Sprache war zu ersehen, daß auch er zu alkoholischen Reizmitteln gegriffen hatte.

»Mr. Raggles«, sagte Becky, die ihrer vor Wut kaum noch mächtig war, »Sie werden doch gewiß nicht dulden wollen, daß dieser betrunkene Mensch mich beleidigt?« – »Halten Sie jetzt gefälligst das Maul, Trotter!« sagte der Page Simpson. Die klägliche Lage seiner Gebieterin ging ihm zu Herzen, und es gelang ihm, einen heftigen Protest des Dieners gegen das Prädikat ›betrunken‹ im Keime zu ersticken.

»Ach, Madame«, erwiderte Raggles, »ich hätte nie gedacht, daß ich diesen Tag erleben würde. Ich habe die Familie Crawley von meiner Geburt an gekannt. Dreißig Jahre lang bin ich bei Miß Crawley Haushofmeister gewesen, und ich habe mir nicht träumen lassen, daß mich einer von der Familie zugrunde richten würde … jawohl, zugrunde richten«, sagte der arme Kerl mit Tränen in den Augen. »Werden Sie mich bezahlen? Sie haben vier Jahre in diesem Hause gewohnt. Sie haben alle meine Sachen benutzt, selbst mein Tafelgeschirr und meine Wäsche. Sie sind mir für Milch und Butter zweihundert Pfund schuldig, und ich habe Ihnen immer frisch gelegte Eier für Ihre Omelette und Sahne für Ihren Wachtelhund besorgen müssen.«

»Ob ihr eigen Fleisch und Blut etwas zu essen hatte, darum

306

hat sie sich nicht gekümmert«, fiel die Köchin ein. »Wenn ich nicht gewesen wäre, hätte das Kind oft hungern müssen.«
»Und jetzt ist er auf der Armenschule, Köchin«, sagte Mr. Trotter mit einem trunkenen Lachen; der biedere Raggles aber setzte in kläglichem Ton die Aufzählung seiner Kümmernisse fort. Alles, was er sagte, war die reine Wahrheit. Becky und ihr Mann hatten ihn an den Bettelstab gebracht. In der nächsten Woche wurden Wechsel von ihm fällig, und er hatte kein Geld, um sie einzulösen. Es stand ihm bevor, ausgepfändet und aus seinem Laden und Hause vertrieben zu werden, weil er der Familie Crawley Vertrauen geschenkt hatte. Seine Tränen und Klagen machten Becky nur noch ärgerlicher.
»Ihr scheint euch alle gegen mich verschworen zu haben«, sagte sie bitter. »Was verlangt ihr eigentlich? Heut am Sonntag kann ich euch nicht bezahlen! Kommt morgen wieder her, und ich will alle eure Forderungen berichtigen. Ich glaubte, Oberst Crawley hätte mit euch abgerechnet. Nun, so wird er es morgen tun. Ich versichere euch ehrenwörtlich, daß er, als er heute früh das Haus verließ, fünfzehnhundert Pfund in seiner Brieftasche hatte. Er hat mir kein Geld hier gelassen. Wendet euch an ihn! Gebt mir einen Hut und einen Schal, damit ich ausgehen und ihn suchen kann! Wir haben heute früh einen Streit miteinander gehabt. Ihr scheint das alle zu wissen. Ich gebe euch mein Wort darauf, daß ihr alle euer Geld bekommen werdet. Er hat eine gute Anstellung erhalten. Laßt mich gehen und ihn suchen!«
Diese kühne Behauptung hatte die Wirkung, daß Raggles und die anderen Anwesenden einander verwundert und erstaunt anblickten, während Becky sich entfernte. Sie stieg die Treppe hinauf und kleidete sich diesmal ohne die Hilfe ihrer französischen Kammerjungfer an. Hierauf ging sie in Rawdons Zimmer und sah, daß dort ein Koffer und eine Reisetasche gepackt und zum Abholen bereitstanden; ein

dabeiliegender mit Bleistift geschriebener Zettel besagte, daß sie ausgehändigt werden sollten, sobald sie verlangt werden würden. Sodann begab sie sich in die Mansardenstube der Französin. Dort war alles leer und alle Schubkasten ausgeräumt. Sie dachte an die Schmucksachen, die am Boden liegengeblieben waren, und wußte nun sicher, daß das Mädchen davongegangen sei. »Mein Gott, mein Gott, hat wohl je ein Mensch solches Unglück gehabt wie ich?« sagte sie. »So nahe am Ziel zu sein, und auf einmal alles zu verlieren! Ist wirklich alles zu spät? Nein, es gibt noch eine Möglichkeit.«

Sie zog sich an und verließ, diesmal unbelästigt, aber allein, das Haus. Es war vier Uhr. Sie schritt eilig die Straßen hinunter (sie hatte kein Geld, einen Wagen zu bezahlen) und hielt nicht eher an, bis sie zu Sir Pitt Crawleys Haus in der Great Gaunt Street kam. Sie fragte, ob Lady Jane Crawley daheim sei, und erhielt die Antwort, sie sei in der Kirche. Darüber war Becky weiter nicht traurig. Sir Pitt war in seinem Studierzimmer und hatte Befehl gegeben, er wolle nicht gestört werden. Aber sie mußte ihn sehen; sie schlüpfte an dem Schildwache stehenden Diener vorbei und stand in Sir Pitts Zimmer, bevor der erstaunte Baronet auch nur seine Zeitung hatte hinlegen können.

Er wurde sehr rot und fuhr mit höchst beunruhigter, erschrockener Miene vor ihr zurück.

»Sehen Sie mich nicht so an!« bat sie. »Ich bin unschuldig, Pitt! Lieber Pitt, Sie waren einst mein Freund! Bei Gott, ich bin unschuldig, wenn auch der Schein gegen mich spricht! Alles ist gegen mich! Und, ach! gerade in dem Augenblick, da alle meine Hoffnungen sich verwirklichen sollten, da wir das Glück nur zu ergreifen brauchten!«

»So ist es wahr, was ich hier lese?« fragte Sir Pitt, den ein Artikel in seiner Zeitung außerordentlich überrascht hatte.

»Ja, es ist wahr! Lord Steyne hat es mir am Freitagabend auf jenem verhängnisvollen Ball erzählt. Schon seit sechs Monaten hatte man ihm wiederholt eine Anstellung für Rawdon versprochen. Mr. Martyr, der Kolonialsekretär, hatte ihm vorgestern gesagt, daß die Sache nun abgemacht sei. Aber da erfolgte die unglückselige Festnahme und der schreckliche Zusammenstoß. Meine Schuld besteht nur darin, daß ich mich zu eifrig in Rawdons Interesse bemüht habe. Ich habe Lord Steyne unzählige Male vorher allein empfangen. Ich gebe zu, daß ich Geld hatte, von dem Rawdon nichts wußte. Aber wissen Sie nicht, wie leichtsinnig er mit dem Geld umgeht, und konnte ich wagen, es ihm anzuvertrauen?« Und in dieser Weise fuhr sie fort, ihrem verlegenen Schwager eine vollkommen zusammenhängende Geschichte vorzuerzählen.

Der Inhalt ihres Berichts war etwa folgender: Becky gestand mit größter Offenheit, aber mit tiefer Zerknirschung, sie habe Lord Steynes besondere Freundlichkeit gegen sie bemerkt (bei der Erwähnung dieses Umstandes errötete Sir Pitt), und da sie ihrer Tugend sicher gewesen sei, habe sie beschlossen, die Zuneigung des großen Pairs zu ihrem und ihrer Familie Vorteil auszunutzen. »Ich hoffte, Ihnen die Pairswürde verschaffen zu können, Pitt«, sagte sie (der Schwager errötete wieder). »Wir haben darüber gesprochen. Ihr Genie und Lord Steynes Einfluß machten es mehr als wahrscheinlich, hätte nicht dieses entsetzliche Unglück all unseren Hoffnungen ein jähes Ende bereitet. Aber ich gestehe, daß es in erster Linie meine Absicht war, meinen teuren Mann, den ich liebe, obwohl er mich schlecht behandelt und verdächtigt hat, zu helfen und ihn aus der Armut und dem uns bedrohenden Elend zu erretten. Ich sah Lord Steynes Zuneigung zu mir«, sagte sie mit niedergeschlagenen Augen. »Ich gestehe, daß ich alles tat, was in meinen Kräften stand, um mich ihm angenehm zu machen und – soweit das eine anständige Frau darf – seine ... seine Achtung zu gewinnen.

Erst Freitag früh traf die Nachricht vom Tode des Gouverneurs von Coventry Island ein, und Mylord sicherte diesen Posten sogleich meinem lieben Mann. Es sollte eine Überraschung für ihn werden – er sollte es heute in der Zeitung lesen. Selbst nach der schrecklichen Verhaftungsgeschichte – die Lord Steyne großmütig zu ordnen versprach, wodurch ich gewissermaßen verhindert wurde, meinerseits meinem Gatten zu Hilfe zu kommen – scherzte und lachte Mylord mit mir darüber und sagte, mein lieber Rawdon werde sich schon getröstet fühlen, wenn er in dem greulichen Schuldgefängnis seine Ernennung durch die Zeitung erführe. Und dann … dann kam er nach Hause. Sein Argwohn war erregt … es kam zu der schrecklichen Szene zwischen Mylord und meinem bösen, bösen Rawdon. O mein Gott, was soll nun werden? Pitt, lieber Pitt, haben Sie Mitleid mit mir, und versöhnen Sie uns!« Bei diesen Worten warf sie sich auf die Kniee und ergriff, in Tränen ausbrechend, Pitts Hand, die sie leidenschaftlich küßte.

In dieser Stellung wurden die beiden von Lady Jane überrascht, die nach ihrer Rückkehr aus der Kirche sofort nach dem Zimmer ihres Mannes geeilt war, als sie gehört hatte, daß sich Mrs. Rawdon Crawley dort bei ihm befinde.

»Ich bin erstaunt, daß diese Frau die Dreistigkeit besitzt, unser Haus zu betreten«, sagte Lady Jane, an allen Gliedern zitternd und ganz weiß im Gesicht. (Sie hatte gleich nach dem Frühstück ihre Kammerjungfer nach der Curzon Street geschickt, und diese hatte sich mit Raggles und Rawdon Crawleys Dienstboten in Verbindung gesetzt, die ihr von dem Geschehenen viel mehr erzählt hatten, als sie selber wußten, und noch viele andere Geschichten dazu.) »Wie kann Mrs. Crawley es wagen, das Haus einer … einer anständigen Familie zu betreten?«

Erstaunt über den Kampfesmut, den seine Frau auf einmal

an den Tag legte, fuhr Sir Pitt zurück. Becky blieb auf den Knieen liegen und hielt Sir Pitts Hand fest.

»Sagen Sie ihr, daß sie nicht alles weiß! Sagen Sie ihr, daß ich unschuldig bin, lieber Pitt!« schluchzte sie.

»Wirklich, liebe Frau, ich glaube, du tust Mrs. Crawley unrecht«, sagte Sir Pitt zu Rebekkas großer Erleichterung. »Ich halte sie in der Tat für eine ...«

»Für was?« rief Lady Jane, wobei ihre helle Stimme bebte und ihr Herz ungestüm klopfte. »Für ein gottloses Weib – eine herzlose Mutter – eine treulose Gattin? Sie hat ihren lieben kleinen Knaben nie geliebt. Er hat sich oft hierher geflüchtet und mir erzählt, wie hart sie gegen ihn sei. Sie ist niemals in eine Familie gekommen, ohne darin Unheil zu stiften und die heiligsten Bande durch ihre argen Schmeichelkünste und Lügen zu lockern. Sie hat ihren Mann betrogen, wie sie jeden betrogen hat, mit dem sie in Beziehung gekommen ist. Ihre Seele ist schwarz von Eitelkeit, Weltlust und Verbrechen jeder Art. Ich zittere, wenn ich diese Frau nur anrühre. Ich halte meine Kinder von ihr fern. Ich ...«

»Aber Jane!« rief Sir Pitt aufspringend. »Das ist wirklich eine Sprache ...«

»Ich bin dir stets ein braves, treues Weib gewesen«, fuhr Lady Jane unerschrocken fort. »Ich habe den Schwur, den ich am Traualtar leistete, gehalten und bin so gehorsam und sanft gewesen, wie es einer Gattin ziemt. Aber der pflichtschuldige Gehorsam hat seine Grenzen, und ich erkläre, daß ich diese ... diese Frau nicht noch einmal unter meinem Dach dulden will. Wenn sie unser Haus betritt, so werde ich es mit meinen Kindern verlassen. Sie ist nicht wert, mit Christenmenschen an einem Tisch zu sitzen! Du ... du mußt wählen zwischen ihr und mir!« Hiermit rauschte Lady Jane, ganz erschrocken über ihre eigene Kühnheit, aus dem Zimmer und ließ Sir Pitt in nicht geringer Verwunderung zurück.

Was Becky betrifft, so fühlte sie sich nicht verletzt, sondern eher belustigt. »Das war die Rache für die Brillantspange, die Sie mir geschenkt haben«, sagte sie zu Sir Pitt, indem sie ihm die Hand reichte; und bevor sie ihn verließ (natürlich paßte Lady Jane am Fenster ihres Ankleidezimmers im oberen Stockwerk auf, wann dies geschehen würde), hatte ihr der Baronet versprochen, seinen Bruder aufzusuchen und sich zu bemühen, ob er nicht eine Versöhnung zustande bringen könne.

Rawdon fand im Kasino ein paar junge Offiziere des Regiments beim Frühstück versammelt und ließ sich ohne Mühe überreden, an der Mahlzeit teilzunehmen und sich gleich den jungen Herren mit gebratenen, scharf gepfefferten Hühnerkeulen und Sodawasser zu stärken. Darauf entspann sich ein Gespräch, wie es dem Tage und dem Alter der Tischgenossen angemessen war. Sie sprachen über das nächste Taubenschießen in Battersea, wobei teils auf Roß, teils auf Osbaldiston gewettet wurde – über Mademoiselle Ariane von der Französischen Oper, die von ihrem Liebhaber verlassen war und sich nun von Panther Carr trösten ließ – sowie über den Boxkampf zwischen dem Fleischer und dem Meister von Tutbury und über die Wahrscheinlichkeit, daß dabei Betrug im Spiel gewesen sei. Der junge Tandyman, ein Held von siebzehn Jahren, der sich die größte Mühe gab, sich einen Schnurrbart anzuzüchten, hatte den Kampf mit angesehen und sprach in höchst fachmännischer Weise über den Hergang und über die Leistungsfähigkeit der beiden Kämpfer. Er hatte den Fleischer selbst in seinem Wagen zum Ring gefahren und den ganzen vorhergehenden Abend mit ihm verbracht. Und wenn alles mit rechten Dingen zugegangen wäre, so hätte seiner Ansicht nach der Fleischer gewinnen müssen. Aber die alten Gauner vom Wettausschuß hätten dahintergesteckt, und er, Tandyman, werde

nicht bezahlen, nein, zum Teufel, er werde nicht bezahlen.
– Noch vor einem Jahr hatte der junge Fähnrich, der jetzt
ein solcher Sachverständiger auf dem Gebiet des Boxens war,
eine Vorliebe für Süßigkeiten gehabt und in Eton die Rute
bekommen.

So drehte sich das Gespräch um Tänzerinnen, Boxkämpfe,
Trinkgelage und Halbweltdamen, bis Macmurdo kam, sich
zu den jungen Leuten setzte und sich an ihrer Unterhaltung
beteiligte. Der alte Bursche schien nicht der Meinung zu
sein, daß er sich wegen ihrer Jugendlichkeit besonderen
Zwang auferlegen müsse; denn er gab einige Geschichten
zum besten, die noch gepfefferter waren als die, die die jungen Sumpfhühner sich zu erzählen wußten, und er ließ sich
davon weder durch seine eigenen grauen Haare noch durch
die bartlosen Gesichter seiner Zuhörer abhalten. Der alte
Mac war wegen seiner guten Geschichten berühmt. Er war
nicht gerade ein Gesellschafter für Damen, das heißt seine
Freunde luden ihn lieber zum Dinner bei ihren Liebchen als
bei ihren Müttern ein. Es konnte kaum eine bescheidenere
Existenz geben als die seinige; aber er war mit ihr, so wie sie
eben war, ganz zufrieden und lebte in seiner gutherzigen,
schlichten und anspruchslosen Weise weiter.

Als Mac sein reichliches Frühstück beendet hatte, waren
auch die meisten andern mit ihrer Mahlzeit fertig. Der junge
Lord Varinas rauchte eine gewaltige Meerschaumpfeife, während Rittmeister Hugues sich an einer Zigarre gütlich tat.
Der hitzige kleine Tandyman hielt seinen Bullenbeißer zwischen den Beinen und würfelte dabei (denn er mußte sich
immer mit irgendeinem Spiel beschäftigen) leidenschaftlich
mit Rittmeister Deuceace um Geld. Mac und Rawdon brachen nach dem Klub auf – selbstverständlich ohne mit einem
Wort die Angelegenheit anzudeuten, die sie beschäftigte.
Beide hatten sich im Gegenteil sehr munter an der Unterhaltung beteiligt. Warum hätten sie sie auch stören sollen?

Essen, Trinken, Lieben und Lachen vertragen sich auf dem Jahrmarkt der Eitelkeit mit allen möglichen anderen Beschäftigungen. Als Rawdon und sein Freund die St. James Street entlanggingen und das Klubhaus erreichten, strömten die Menschenscharen eben aus der Kirche.

Die alten Stutzer und Stammgäste, die sonst gaffend und grinsend an dem großen Vorderfenster des Klubs stehen, hatten ihren Posten noch nicht eingenommen, und das Lesezimmer war fast leer. Es war ein Herr anwesend, den Rawdon nicht kannte, und ein anderer, dem er noch eine Kleinigkeit von einer Whistpartie her schuldig war, weshalb er ihm lieber aus dem Weg ging. Ein dritter las die Sonntagsnummer des ›Royalisten‹ (eines wegen seiner Skandalsucht und seiner Treue gegen Kirche und König berühmten Blattes). Dieser blickte mit einem gewissen Interesse zu Crawley auf und sagte: »Ich beglückwünsche Sie, Crawley!«

»Was meinen Sie damit?« fragte der Oberst.

»Es steht im ›Observer‹ und auch im ›Royalisten‹, erwiderte Mr. Smith.

»Was denn?« rief Rawdon, dem das Blut ins Gesicht stieg. Er glaubte, sein Zusammenstoß mit Lord Steyne stehe bereits in den Zeitungen. Smith blickte ihn verwundert an und lächelte über die Aufregung, die der Oberst zeigte, als er die Zeitung ergriff und zitternd zu lesen begann.

Mr. Smith und Mr. Brown (der Herr, an den Rawdon die Spielschuld hatte) hatten kurz vor dem Eintritt des Obersten gerade über ihn gesprochen.

»Das ist gerade noch zur rechten Zeit gekommen«, sagte Smith.

»Ich glaube, Crawley hatte nicht einen Schilling mehr in der Tasche.«

»Dies ist ein Wind, der jedem etwas Gutes zuweht«, bemerkte Mr. Brown. »Er kann nicht abreisen, ohne mir die fünfundzwanzig Guineen zu bezahlen, die er mir schuldig ist.«

314

»Wie hoch ist das Gehalt?« fragte Smith.

»Zwei- oder dreitausend Pfund«, antwortete der andere. »Aber das Klima ist so furchtbar ungesund, daß keiner sein Gehalt lange genießt. Liverseege ist nach achtzehn Monaten gestorben, und sein Vorgänger ist, wie ich hörte, schon nach sechs Wochen draufgegangen.«

»Manche Leute sagen, sein Bruder wäre ein sehr gescheiter Mensch. Ich habe aber immer gefunden, daß er ein recht langweiliger Patron ist«, sagte Smith. »Aber er muß doch bedeutenden Einfluß besitzen, daß er dem Oberst die Stelle hat verschaffen können.«

»Der!« rief Brown höhnisch. »Bewahre! Lord Steyne hat sie ihm verschafft.«

»Wie meinen Sie das?«

»Ein tugendhaftes Weib ist eine Krone für ihren Mann«, erwiderte der andre rätselhaft und las seine Zeitung weiter.

Rawdon aber las im ›Royalisten‹ folgende erstaunliche Mitteilung: ›Gouverneurposten in Coventry Island. Seiner Majestät Schiff Yellowjack, Kapitän Jaunders, hat Briefe und Zeitungen von Coventry Island gebracht. Seine Exzellenz Sir Thomas Liverseege ist dem in Swamptown herrschenden Fieber zum Opfer gefallen. Sein Verlust wird in der blühenden Kolonie sehr schmerzlich empfunden. Wir hören, daß der Posten des Gouverneurs dem Oberst Rawdon Crawley, Ritter des Bathordens, einem hervorragenden Waterloo-Kämpfer, angeboten worden ist. Wir brauchen nicht nur Männer von anerkannter Tapferkeit, sondern auch Männer von verwaltungsmäßiger Begabung, um die Angelegenheiten unserer Kolonien zu leiten; und wir zweifeln nicht, daß der Herr, den das Kolonialamt dazu ausersehen hat, die in Coventry Island eingetretene beklagenswerte Lücke auszufüllen, sich für den Posten, den er einnehmen wird, vortrefflich eignet.‹

»Coventry Island! Wo liegt das? Wer hat die Regierung auf

dich hingewiesen? Du mußt mich als deinen Sekretär mitnehmen, alter Junge!« sagte Rittmeister Macmurdo lachend.
Und während Crawley und sein Freund noch ganz verwundert und verblüfft mit der Zeitung dasaßen, brachte der
Klubdiener dem Oberst eine Karte herein, auf der in ge-
stochener Schrift der Name Wenham stand. Mr. Wenham
wünsche den Oberst Crawley zu sprechen.
Der Oberst und sein Gefährte gingen zu dem Herrn hinaus,
von dem sie richtig vermuteten, daß er ein Abgesandter
Lord Steynes sei. »Wie geht es Ihnen, Crawley? Ich freue
mich, Sie zu sehen«, sagte Mr. Wenham mit freundlichem
Lächeln, indem er mit großer Herzlichkeit Crawleys Hand
ergriff.
»Sie kommen vermutlich im Auftrag von …«
»Ganz richtig«, fiel Mr. Wenham ein.
»Nun also, dies ist mein Freund Rittmeister Macmurdo von
der Grünen Leibgarde.«
»Sehr erfreut, Ihre Bekanntschaft zu machen, Rittmeister«,
sagte Mr. Wenham und begrüßte bereitwillig die Neben-
person mit demselben freundlichen Lächeln und Händeschütteln wie die Hauptperson. Mac hielt ihm einen Finger
seiner im Reithandschuh steckenden Hand hin und machte
ihm über seine steife Krawatte hinweg eine sehr kühle Verbeugung. Vielleicht verdroß es ihn, daß er sich mit einem
Zivilisten ins Einvernehmen setzen sollte, und war der Ansicht, daß Lord Steyne ihm auch wenigstens einen Obersten
hätte schicken können.
»Da Macmurdo von mir bevollmächtigt ist und meine Absichten kennt«, sagte Crawley, »wird es das beste sein, wenn
ich mich zurückziehe und die beiden Herren miteinander
allein lasse.«
»Selbstverständlich«, stimmte ihm Macmurdo bei.
»Keineswegs, mein lieber Oberst«, versetzte dagegen Mr.
Wenham. »Als ich so frei war, um eine Unterredung zu

bitten, dachte ich ausschließlich an Sie, obwohl mir natürlich auch die Anwesenheit Rittmeister Macmurdos sehr willkommen sein wird. In der Tat hoffe ich zuversichtlich, lieber Rittmeister, daß unsere Besprechung zu einem durchaus angenehmen Ergebnis führen wird, jedenfalls zu einem ganz anderen Ausgang, als ihn mein Freund Oberst Crawley zu erwarten scheint.«

»Hm!« sagte Rittmeister Macmurdo, und im stillen dachte er: ›Hol der Teufel diese Zivilisten, sie denken immer nur ans Ausgleichen und Schwatzen.‹ Mr. Wenham nahm sich einen Stuhl, der ihm nicht angeboten worden war, zog eine Zeitung aus der Tasche und hob von neuem an:

»Sie haben diese erfreuliche Nachricht wohl schon heute morgen in den Zeitungen gelesen, Oberst? Wenn Sie, wie ich voraussetze, das Amt annehmen, so hat die Regierung einen höchst wertvollen Beamten gewonnen und Sie selbst eine vorzügliche Stelle. Dreitausend Pfund jährlich, entzückendes Klima, prächtiger Statthalterpalast, völlig freie Hand in der Verwaltung der Kolonie und sichere Beförderung. Ich beglückwünsche Sie von ganzem Herzen. Ich setze voraus, meine Herren, daß Sie wissen, wem mein Freund diese Begünstigung zu verdanken hat?«

»Ich will mich hängen lassen, wenn ich es weiß«, erwiderte der Rittmeister, während sein Auftraggeber dunkelrot wurde.

»Einem Mann, der nicht nur einer der größten in unserm Staat, sondern auch einer der hochherzigsten und gütigsten von der Welt ist: meinem vortrefflichen Freund, dem Marquis von Steyne!«

»Ich will ihn zum Teufel schicken, ehe ich die Stelle annehme«, knurrte Rawdon.

»Sie zürnen meinem edlen Freund«, fuhr Mr. Wenham ruhig fort, »und nun bitte ich Sie im Namen der Vernunft und der Gerechtigkeit: sagen Sie mir, warum!«

»Warum?« rief Rawdon überrascht.

»Warum? Donnerwetter!« rief auch der Rittmeister und stieß mit seinem Stock auf den Boden.

»Allerdings Donnerwetter!« versetzte Mr. Wenham mit dem liebenswürdigsten Lächeln. »Aber betrachten Sie die Sache doch bitte einmal als Mann von Welt – als ehrlicher Mann, und prüfen Sie, ob Sie nicht unrecht gehabt haben. Sie kommen von einer Reise heim und finden … nun was? Lord Steyne, der in Ihrem Hause in der Curzon Street mit Mrs. Crawley zu Abend speist. Ist daran etwas Auffälliges oder Ungewöhnliches? Hatte er nicht unzählige Male vorher dasselbe getan? Bei meiner Ehre und auf mein Wort als Gentleman« – hier legte Mr. Wenham seine Hand auf die Weste, als ob er im Parlament eine Rede hielte – »erkläre ich, daß ich Ihren Verdacht für ungeheuerlich und gänzlich unbegründet halte und daß Sie dadurch nicht nur einen Ehrenmann, der Ihnen sein Wohlwollen durch tausend Freundlichkeiten bewiesen hat, sondern auch eine durchaus makellose, unschuldige Dame beleidigen.«

»Sie wollen doch nicht etwa behaupten, daß … daß Crawley sich geirrt hat?« fragte Mr. Macmurdo.

»Ich glaube, daß Mrs. Crawley ebenso unschuldig ist wie meine eigene Frau«, erwiderte Mr. Wenham mit starkem Nachdruck. »Ich glaube, daß mein Freund hier, durch eine sinnlose Eifersucht mißleitet, sich nicht nur gegen einen schwächlichen alten Mann von hohem Rang, seinen beständigen Freund und Wohltäter, sondern auch gegen seine Gattin, gegen seine eigene kostbare Ehre, gegen den künftigen Ruf seines Sohnes und gegen seine eigenen Lebensaussichten in höchst bedauerlicher Weise vergeht.

Ich will Ihnen erzählen, was sich begeben hat«, fuhr Mr. Wenham in sehr ernstem Ton fort. »Heute morgen wurde ich zu Lord Steyne gerufen und fand ihn – was Sie, lieber Oberst, mir ohne weiteres glauben werden – in einem so bemitleidenswertem Zustand, wie es bei einem bejahrten, kränklichen Herrn nach einem persönlichen Zusammenstoß mit einem Mann von Ihrer Körperkraft nur natürlich ist. Ich sage es Ihnen ins Gesicht, Oberst Crawley: Sie haben den Vorteil, den Ihnen Ihre Stärke gab, in grausamer Weise ausgenutzt. Mein edler, vortrefflicher Freund litt nicht nur körperlich, sondern auch sein Herz blutete. Ein Mann, dem er sein Wohlwollen zugewandt, den er mit Wohltaten überhäuft hatte, hatte ihm die garstigste, unwürdigste Behandlung zuteil werden lassen. Nehmen Sie gleich diese Ernennung, die in den heutigen Zeitungen veröffentlicht wird – was war sie anders als ein Beweis seiner Güte gegen Sie? Als ich Seine Gnaden heute morgen besuchte, fand ich ihn in einem wirklich erbarmungswürdigem Zustand und ebenso begierig wie Sie, den ihm angetanen Schimpf blutig zu rächen. Ich denke, Sie wissen, daß er Beweise seines Mutes gegeben hat, Oberst Crawley?«

»Mut hat er«, antwortete der Oberst; »das hat nie jemand bestritten.«

»Das erste, was er mir auftrug, war, eine Herausforderung zu schreiben und sie Ihnen zu überbringen. ›Einer von uns beiden‹, sagte er, ›darf die Beleidigung von gestern abend nicht überleben.‹«

Crawley nickte. »Jetzt kommen Sie zur Sache, Wenham«, bemerkte er.

»Ich tat mein möglichstes, um Lord Steyne zu beruhigen. ›O Gott, Sir‹, sagte ich, ›wie sehr bedaure ich, daß meine Frau und ich nicht Mrs. Crawleys Einladung zum Abendessen angenommen haben!‹«

»Sie hatte Sie zum Abendbrot eingeladen?« fragte Rittmeister Macmurdo.

»Jawohl, nach der Oper. Hier ist die Einladungskarte ... halt ... nein, dies ist ein anderes Papier ... ich glaubte, ich hätte die Karte bei mir. Aber es tut ja nichts zur Sache, und ich gebe Ihnen jedenfalls mein Wort darauf, daß alles sich so verhält. Wenn wir der Einladung gefolgt wären – woran wir nur durch die Kopfschmerzen meiner Frau, an denen sie namentlich im Frühjahr heftig leidet, verhindert wurden –, so hätte es bei Ihrer Heimkehr keinen Streit, keine Beleidigung und keinen Verdacht gegeben. Und so sind tatsächlich die Kopfschmerzen meiner armen Frau daran schuld, daß Sie im Begriff stehen, zwei Ehrenmänner der höchsten Gefahr auszusetzen und zwei der ältesten, angesehensten Familien des Königreichs in Schande und Kummer zu stürzen.«

Mr. Macmurdo blickte seinen Freund mit sehr verdutzter Miene an, und Rawdon fühlte mit einer Art von Wut, daß ihm seine Beute entschlüpfte. Er glaubte kein Wort von der ganzen Geschichte – aber wie sollte er ihre Unwahrheit nachweisen?

Mr. Wenham fuhr mit jener Beredsamkeit, die er im Parlament so oft betätigt hatte, fort: »Ich saß wohl eine Stunde oder noch länger an Lord Steynes Bett und bat und beschwor ihn, von einem Zweikampf Abstand zu nehmen. Ich machte ihn darauf aufmerksam, daß die Umstände auf jeden Fall verdächtig gewesen seien. Sie waren tatsächlich verdächtig. Ich gebe zu: jeder in Ihrer Lage hätte sich wohl dadurch täuschen lassen. Ich wies ihn darauf hin, daß ein Mann, der vor Eifersucht brenne, bei solchem Anlaß wie ein Irrsinniger handle und als solcher zu betrachten sei. Ich sagte ihm, daß ein Duell zwischen Ihnen beiden allen Beteiligten zur Unehre gereichen würde, daß in diesen Zeiten, wo die abscheulichsten revolutionären Grundsätze und die gefährlichsten gleichmacherischen Lehren im Volke verbreitet werden, ein Mann von der hohen Stellung Seiner Gnaden nicht das Recht habe, einen öffentlichen Skandal heraufzubeschwören, und daß die große Menge ihn trotz seiner Unschuld stets für schuldig halten würde. Kurz gesagt, ich bat ihn inständig, die Herausforderung nicht zu übersenden.«

»Ich glaube kein Wort von der ganzen Geschichte«, sagte Rawdon zähneknirschend. »Ich glaube, daß dies eine verdammte Lüge ist und daß Sie stark dabei beteiligt sind, Mr. Wenham. Kommt die Herausforderung nicht von ihm, bei Gott, so soll sie von mir kommen.«

Mr. Wenham wurde bei dieser heftigen Unterbrechung durch den Oberst leichenblaß und warf einen ängstlichen Blick nach der Tür.

Aber er fand einen Helfer an Rittmeister Macmurdo. Dieser erhob sich mit einem Fluch und tadelte Rawdon wegen seiner Heftigkeit. »Du hast die Sache in meine Hände gelegt und sollst handeln, wie es mir angemessen scheint, nicht wie es dir beliebt. Du hast kein Recht, Mr. Wenham in solcher Weise zu beleidigen – und Gott verdamm mich, Mr. Wenham, Sie können beanspruchen, daß er Sie um Entschuldigung bittet. Was die Herausforderung an Lord Steyne betrifft, so such dir einen andern, der sie überbringt – ich habe keine Lust dazu! Wenn Mylord seine Prügel ruhig hinnehmen will, na, so laß ihn, zum Donnerwetter! Und hinsichtlich der Geschichte mit … mit Mrs. Crawley bin ich der Ansicht, daß überhaupt nichts bewiesen ist – daß deine Frau so unschuldig ist, wie es Mr. Wenham von ihr behauptet – und daß du jedenfalls ein verdammter Narr wärest, wenn du die Stelle nicht annähmst und das Maul hieltest!«

»Rittmeister Macmurdo, Sie sprechen wie ein verständiger Mann«, rief Mr. Wenham, der sich außerordentlich erleichtert fühlte. »Ich will alles vergessen, was Oberst Crawley in augenblicklicher Erregung gesagt hat.«

»Daß Sie das tun würden, habe ich mir auch gedacht«, bemerkte Rawdon höhnisch.

»Halt's Maul, alter Esel!« sagte der Rittmeister gutmütig. »Mr. Wenham ist kein Mann, der sich duelliert, und außerdem hat er ganz recht!«

»Meiner Meinung nach«, sagte der Steynesche Abgesandte, »sollte man über diese Angelegenheit tiefstes Schweigen beobachten. Kein Wort darüber sollte in die Öffentlichkeit dringen. Ich spreche sowohl im Interesse meines Freundes wie im Interesse Oberst Crawleys, der sich darauf versteift, mich als seinen Feind anzusehen.«

»Ich denke mir, Lord Steyne wird keine Lust haben, viel darüber zu reden,« meinte Rittmeister Macmurdo, »und ich sehe keinen Grund, warum wir es tun sollten. Man mag die Sache auffassen, wie man will: einen häßlichen Beigeschmack hat sie auf jeden Fall, und je weniger man davon spricht, um so besser ist es. Ihre Partei hat Prügel bekommen, nicht die unsrige; und wenn Sie sich dabei beruhigen wollen, na, dann könnten wir es auch tun, denke ich.«

Darauf griff Mr. Wenham nach seinem Hut, und Rittmeister Macmurdo ging mit dem Abgesandten Lord Steynes zur Tür hinaus, so daß Rawdon mit seiner Wut allein blieb. Als die beiden draußen waren, blickte Macmurdo den Vertreter der Gegenpartei scharf an, wobei sein rundes, vergnügliches Gesicht einen Ausdruck annahm, der eher alles andere als Hochachtung bekundete.

»Es kommt Ihnen nicht darauf an, der Sache einen kleinen Dreh zu geben, Mr. Wenham«, sagte er.

»Sie schmeicheln mir, Rittmeister Macmurdo«, antwortete dieser lächelnd. »Aber auf Ehre und Gewissen: Mrs. Crawley hatte uns wirklich zum Abendessen nach der Oper eingeladen.«

»Natürlich! und Mrs. Wenham hatte wieder einmal Kopfschmerzen. Was ich sagen wollte: ich habe hier eine Tausendpfundnote, die ich Ihnen gegen Quittung übergeben möchte. Ich werde die Banknote in einen an Lord Steyne gerichteten Briefumschlag stecken. Mein Freund soll sich nicht mit ihm schlagen. Aber sein Geld wollen wir nicht behalten!«

»Es war alles nur ein Mißverständnis, alles nur ein Miß-

verständnis, mein lieber Herr«, sagte der andre mit der allerunschuldigsten Miene. Als Rittmeister Macmurdo Mr. Wenham nun an die Treppenstufen des Klubs geleitete, betrat
zufällig im gleichen Augenblick Sir Pitt das Haus. Die beiden
Herren waren oberflächlich miteinander bekannt. Während
der Rittmeister mit dem Baronet nach dem Zimmer zurückging, worin sich dessen Bruder befand, erzählte er ihm im
Vertrauen, daß er die Angelegenheit zwischen Lord Steyne
und dem Oberst in Ordnung gebracht habe.
Sir Pitt freute sich natürlich sehr über diese Nachricht und
beglückwünschte seinen Bruder herzlich zu dem friedlichen
Ausgang der Sache, wobei er über die Unsitte des Duells
und das Unbefriedigende dieser Art von Sühne passende
moralische Bemerkungen machte.
Nach dieser Vorrede bot er seine ganze Beredsamkeit auf,
um eine Versöhnung zwischen Rawdon und seiner Frau
zustande zu bringen. Er wiederholte die Angaben, die ihm
Becky gemacht hatte, wies darauf hin, daß diese aller Wahrscheinlichkeit nach der Wahrheit entsprächen, und erklärte,
daß er selbst fast an Beckys Schuldlosigkeit glaube.
Aber Rawdon wollte nichts davon hören. »Sie hat diese
ganzen zehn Jahre lang Geld vor mir verborgen gehalten«,
sagte er. »Noch gestern abend schwur sie, sie habe keins von
Steyne erhalten. Sie wußte, daß alles zwischen uns aus sein
würde, sobald ich es fände. Wenn sie nicht geradezu schuldig
ist, Pitt, so ist sie doch wenigstens so gut wie schuldig, und
ich will sie nie wiedersehen – nie!« Der Kopf sank ihm auf
die Brust nieder, während er das sagte, und er sah ganz gebrochen und tieftraurig aus.
»Armer alter Junge!« sagte Macmurdo kopfschüttelnd.

Rawdon Crawley widerstrebte eine Zeit lang dem Gedanken, die Stelle anzunehmen, die ihm ein so verhaßter Gönner
verschafft hatte. Er dachte sogar daran, den Knaben aus der

Schule herauszunehmen, in die er durch Lord Steynes Fürsprache Aufnahme gefunden hatte. Indessen ließ er sich
durch seines Bruders und Macmurdos Bitten bewegen, sich
diese Wohltaten gefallen zu lassen; hierzu bestimmte ihn
namentlich der Hinweis seines Freundes, wie wütend Steyne
sein würde, wenn er sich sagen müßte, daß er selbst seinem
Feind zu seinem Glück verholfen habe.

Als der Marquis von Steyne sich nach seinem Unfall zum
erstenmal wieder in der Öffentlichkeit zeigte, näherte sich
ihm der Kolonialsekretär höflich und dankte ihm verbindlich dafür, daß er ihm und dem Staat einen so vortrefflichen
Beamten vorgeschlagen habe. Mit welchen freudigen Gefühlen Lord Steyne diesen Dank entgegennahm, kann man
sich leicht vorstellen.

Über den geheimnisvollen Zusammenstoß zwischen ihm und
Oberst Crawley wurde, wie Wenham es als zweckmäßig bezeichnet hatte, von den Sekundanten und den beiden Hauptbeteiligten tiefstes Schweigen bewahrt. Trotzdem bildete
dieses Ereignis noch am gleichen Abend das Tischgespräch
in fünfzig verschiedenen Häusern der vornehmen Welt. Der
kleine Cackleby allein nahm an sieben Abendgesellschaften
teil und erzählte in jeder die Geschichte mit neuen Erläuterungen und Verbesserungen. Mrs. Washington White
schwelgte ordentlich darin! Die Gemahlin des Bischofs von
Ealing war aufs äußerste empört darüber, und der Bischof
ging noch an demselben Abend nach Gaunt House und trug
seinen Namen in das Gästebuch ein. Der kleine Southdown
war betrübt, noch mehr natürlich sei 1e Schwester Lady Jane.
Lady Southdown berichtete die Begebenheit ihrer anderen
Tochter am Kap der Guten Hoffnung. Die Sache war mindestens drei Tage lang das Stadtgespräch, und eine Mitteilung
darüber in den Zeitungen wurde nur durch Mr. Waggs Bemühungen verhindert, der von Mr. Wenham einen Wink erhalten hatte.

Die Gerichtsvollzieher und Ausbieter fielen über den armen Raggles in der Curzon Street her. Und wo war unterdessen die ehemalige schöne Bewohnerin dieses kleinen Hauses? Wer kümmerte sich darum oder fragte nach ihr, nachdem ein paar Tage ins Land gegangen waren? War sie schuldig oder nicht? Wir alle wissen, wie liebreich die Welt ist und wie das Urteil auf dem Jahrmarkt der Eitelkeit lautet, wenn eine Sache zweifelhaft ist. Manche sagten, sie sei Lord Steyne nach Neapel nachgereist, während andere behaupteten, Seine Gnaden habe, sobald ihm Beckys Ankunft zu Ohren gekommen sei, jene Stadt verlassen und sei nach Palermo geflohen; einige wußten zu erzählen, sie lebe in Bierstadt und sei Hofdame der Königin von Bulgarien geworden, und nach zwei anderen Darstellungen sollte sie sich entweder in Boulogne aufhalten oder in einem Fremdenheim in Cheltenham wohnen.

Rawdon setzte ihr ein leidlich anständiges Jahrgeld aus, und wir dürfen überzeugt sein, daß sie eine Frau war, die sich auch mit knappen Mitteln einzurichten verstand. Crawley würde vor seiner Abreise aus England gern seine Schulden bezahlt haben, wenn es ihm gelungen wäre, sich in eine Lebensversicherung einzukaufen oder auf sein Gehalt hin Geld aufzunehmen. Aber das Klima von Coventry Island war so verrufen, daß beide Absichten mißlangen. Er übersandte jedoch seinem Bruder pünktlich eine bestimmte Abzahlungssumme und schrieb regelmäßig mit jeder Post an sein Söhnchen. Er versorgte Macmurdo mit Zigarren und schickte an Lady Jane große Mengen von Muscheln, Cayennepfeffer, eingemachten Früchten, Guavengelee und anderen Kolonialerzeugnissen. Seinem Bruder sandte er die ›Swamptown Gazette‹, in der der neue Gouverneur mit großer Begeisterung gepriesen wurde, während der Schriftleiter des ›Swamptown Sentinel‹, dessen Frau keine Einladung zu einer Festlichkeit im Gouvernementspalaste erhalten hatte, Seine

Exzellenz für einen Tyrannen erklärte, gegen den Nero ein auf-
geklärter Philanthrop gewesen sei. Der kleine Rawdon ließ
sich gern diese Zeitungen geben und las, was über Seine Exzellenz darin stand.

Seine Mutter machte nie einen Versuch, ihren Sohn zu sehen.
Die Sonntage und die Ferien verlebte er bei seiner Tante. Er
kannte bald jedes Vogelnest in Queen's Crawley und ritt oft
die Hetzjagden mit, bei denen Sir Huddlestones Hunde eingesetzt wurden, die er bei seinem ersten, ihm unvergeß-
lichen Besuch in Hampshire so bewundert hatte.

EINUNDZWÄNZIGSTES KAPITEL
Der kleine George wird ein Gentleman

Der kleine George Osborne war nun ein vollberechtigtes
Familienmitglied in dem Hause seines Großvaters am Russell
Square, wo er das Zimmer seines Vaters bewohnte und als
mutmaßlicher Erbe des ganzen Reichtums galt. Sein hübsches Äußeres, sein forsches Wesen und seine weltmänni-
schen Umgangsformen gewannen ihm das Herz seines Großvaters. Mr. Osborne war auf ihn so stolz, wie er es nur auf
den älteren George gewesen.

Dem Kinde wurde ein noch größeres Herrenleben gestattet
und mehr Nachsicht gewährt, als ehedem seinem Vater.
Osbornes Geschäft hatte sich in den letzten Jahren sehr günstig entwickelt, wodurch sein Reichtum und sein Ansehen
in der City noch bedeutend gestiegen waren. In früherer
Zeit war er froh gewesen, daß er den älteren George in eine
gute Privatschule bringen konnte, und die Offiziersbestal-
lung, die er seinem Sohne kaufte, war für ihn eine Quelle
nicht geringen Stolzes gewesen. Aber für den kleinen George und dessen zukünftige Lebensgestaltung steckte sich
der alte Mann weit höhere Ziele. Er wollte, wie er beständig
sagte, aus dem kleinen Burschen einen Gentleman machen.

Im Geiste sah er ihn schon als Studenten, als Parlamentsmitglied, vielleicht gar als Baronet. Er meinte, er werde ruhig sterben können, wenn er seinen Enkel auf dem sicheren Wege zu solchen Ehren sähe. Unterrichten lassen wollte er ihn nur von einem ganz hervorragenden Gelehrten, nicht von einem der gewöhnlichen Pfuscher und Schulmeister – nein, nein! Noch vor wenigen Jahren pflegte er auf alle Pfaffen, Bücherwürmer und ähnliches Gelichter wütend zu schimpfen und sie als eine Bande von Schwindlern und Hohlköpfen zu bezeichnen, die sich ihren Lebensunterhalt nicht anders verdienen könnten als dadurch, daß sie jungen Leuten Lateinisch und Griechisch einpaukten – und die dabei noch hochmütige Gesellen seien, die sich erlaubten, auf einen britischen Kaufmann und Gentleman stolz herabzublicken, der so viel Geld habe wie fünfzig von ihnen zusammen. Jetzt dagegen sprach er oft mit ernster Miene sein Bedauern darüber aus, daß seine eigene Erziehung vernachlässigt worden sei, und setzte dem kleinen George wiederholt mit hochtrabenden Reden die Notwendigkeit und Vortrefflichkeit einer klassischen Bildung auseinander.

Bei Tisch pflegte der Großvater den Kleinen zu fragen, was er den Tag über gelesen habe; er zeigte großes Interesse für den Bericht, den der Knabe von seinen Studien gab, und tat so, als verstände er alles, was George darüber erzählte. Aber er machte dabei zahllose Schnitzer und verriet oft seine Unwissenheit. Das trug natürlich nicht dazu bei, die Achtung des Kindes vor seinem Großvater zu erhöhen. Seine schnelle Auffassungsgabe und der bessere Unterricht, den er genoß, ließen den Knaben sehr bald erkennen, daß sein Großvater ein Dummkopf sei, und er begann ihn infolgedessen zu beherrschen und auf ihn herabzublicken. Denn so bescheiden und beschränkt seine frühere Erziehung auch gewesen war, hatte sie doch mehr dazu beigetragen, aus dem kleinen George einen Gentleman zu machen, als es alle Pläne seines

Großvaters vermochten. Er war von einer liebevollen, schwachen, zärtlichen Mutter erzogen worden, die keinen andern Stolz kannte als ihn und deren Herz so rein, deren Wesen so sanft und bescheiden war, daß sie nichts anderes als eine wahre Dame sein konnte. Ihre stete Beschäftigung bildeten freundliche Dienstleistungen und stille Pflichterfüllung, und wenn sie auch nie etwas besonders Geistreiches sagte, so sprach oder dachte sie dafür auch nichts Unfreundliches und Böses. Unschuldig und ungekünstelt, liebevoll und herzensrein, wie unsere arme kleine Amelia war, mußte jedermann sie für eine echte Dame halten.

Der junge George fühlte sich dieser sanften, nachgiebigen Natur gegenüber als Herr und Gebieter, und der Gegensatz, in dem ihre Schlichtheit und Feinfühligkeit zu der plumpen Großtuerei des einfältigen alten Mannes stand, mit dem er danach in Berührung kam, führte dazu, daß er auch ihn vollständig in seiner Gewalt hatte. Wäre er ein Kronprinz gewesen, so hätte man ihn nicht besser dazu erziehen können, von sich selbst eine hohe Meinung zu haben.

Während seine Mutter sich zu jeder Stunde des Tages und, wie ich glaube, auch während vieler Stunden ihrer traurigen, einsamen Nächte nach ihm sehnte und an ihn dachte, genoß der junge Herr viele Vergnügungen und Freuden, die ihn seinerseits die Trennung von Amelia sehr leicht ertragen ließen. Wenn kleine Knaben, die zur Schule gehen sollen, weinen, so tun sie das, weil sie sich nach einem sehr unbehaglichen Ort begeben müssen. Nur sehr wenige weinen aus reinem Trennungsschmerz. Wenn du bedenkst, daß die Tränen in deinen Kinderaugen beim Anblick eines Stücks Pfefferkuchen versiegten und daß ein Rosinenkuchen dich für den Schmerz über den Abschied von deiner Mama und deinen Schwestern entschädigte: o mein Freund und Bruder, dann brauchst du auf deine eigenen edlen Empfindungen nicht allzu stolz zu sein!

328

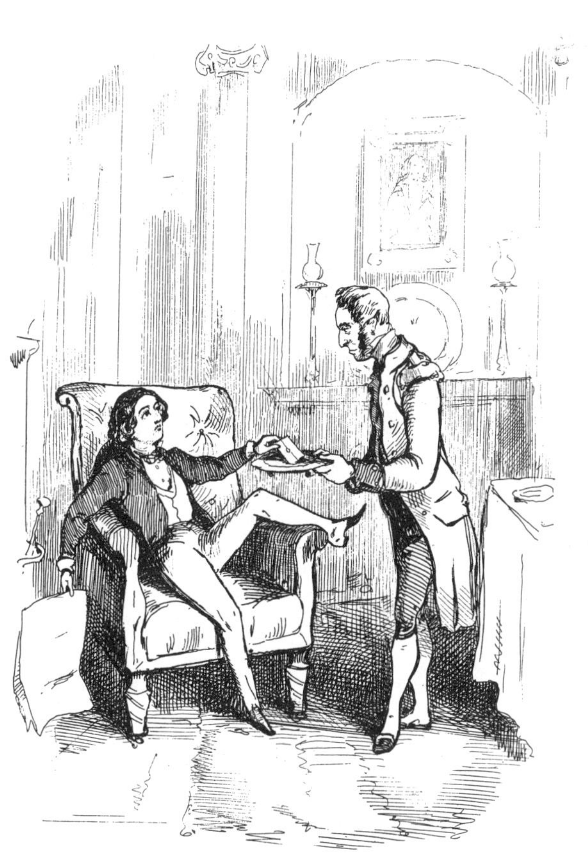

Dem jungen Herrn George Osborne wurde also jede Annehmlichkeit und jedes Vergnügen zuteil, das ihm ein reicher, freigebiger Großvater gewähren konnte. Der Kutscher erhielt die Weisung, das schönste Pony für ihn zu kaufen, das für Geld zu haben sei. Auf diesem lernte George zunächst in einer Reitschule reiten, und nachdem er zur Zufriedenheit des Lehrers ohne Steigbügel traben und über die Schranken setzen konnte, wurde er von dort durch die New Road nach dem Regent's Park und dann nach dem Hyde Park geführt, wo er stattlich einherritt, von Martin, dem Kutscher, in geziemendem Abstand begleitet. Der alte Osborne, der sich jetzt nicht mehr so viel wie früher mit dem Geschäft in der City abplagte, sondern vieles seinen jüngeren Teilhabern überließ, fuhr oft mit Miß Osborne in derselben vornehmen Gegend spazieren. Wenn dann der kleine George mit stolzer Miene und abwärts gerichteten Fersen herangaloppiert kam, pflegte sein Großvater die Tante des Jungen mit dem Ellbogen anzustoßen und zu sagen: »Sieh mal, Jane!« Und er lachte und wurde ganz rot vor Vergnügen, wenn er aus dem Wagenfenster dem Knaben zunickte, während der Reitknecht den Wagen und der hintenauf stehende Diener den jungen Herrn grüßte. Auch der Wagen seiner Tante Mrs. Frederick Bullock, dessen Schlag und Pferdegeschirr das Familienwappen mit den goldenen Bullenköpfen aufwies und aus dessen Fenstern drei käsegesichtige, aufgeputzte kleine Bullocks starrten, war täglich auf dem Ring des Hyde Parks zu sehen. Mrs. Frederick Bullock schoß, wenn sie ihrem Neffen begegnete, Blicke des bittersten Hasses nach dem kleinen Emporkömmling, der, die Hand in die Seite gestemmt und den Hut auf ein Ohr geschoben, stolz wie ein Lord vorüberritt. Obgleich George kaum elf Jahre alt war, trug er doch schon Hosenstrippen und wunderhübsche kleine Stiefel wie ein Mann. Er hatte vergoldete Sporen, eine Peitsche mit goldenem Knopf, eine schöne Nadel in der Krawatte und die hübschesten kleinen ziegenledernen Handschuhe, die bei Lamb in der Conduit Street zu haben waren. Seine Mutter hatte ihm ein paar Halstücher geschenkt und ihm eigenhändig mit großer Sorgfalt ein paar Hemden genäht; aber als ihr Samuel zu der verwitweten Mutter auf Besuch kam, waren sie durch viel feinere Wäsche ersetzt. Ihre bescheidenen Gaben waren beiseite gelegt worden; ich glaube, Miß Osborne hatte sie dem Sohn des Kutschers gegeben. Amelia suchte sich einzureden, daß sie sich über den Tausch freue. Und sie war auch wirklich ganz entzückt und glücklich darüber, daß der Knabe so schön aussah.

Sie hatte sich eine kleine Silhouette von ihm für einen Schilling anfertigen lassen und sie neben einem andern Porträt über ihrem Bett aufgehängt. Eines Tages kam der Knabe, um seinen gewöhnlichen Besuch zu machen, die kleine Straße in Brompton entlang geritten, und wie immer stürzten alle Bewohner an die Fenster, um ihn in seinem Glanz zu bewundern. Als er bei seiner Mutter im Zimmer war, zog er mit großem Eifer und strahlender Miene ein Etui von rotem Saffian aus seinem eleganten, weißen Überrock und reichte es ihr hin.

»Ich habe es für mein eigenes Geld gekauft, Mama«, sagte er. »Ich dachte, es würde dir Freude machen.«

Amelia öffnete das Etui, stieß einen kleinen Schrei des Entzückens aus, schloß den Knaben in ihre Arme und küßte ihn unzählige Male. Es war ein sehr hübsch ausgeführtes Miniaturbild von ihm selbst, das ihn aber nach Ansicht der Mutter natürlich nicht halb so hübsch wiedergab, wie er wirklich war. Sein Großvater hatte gewünscht, ein Bild des Knaben von der Hand eines Künstlers zu besitzen, dessen Arbeiten ihm in einem Schaufenster der Southampton Row aufgefallen waren; und George, der über recht viel Geld verfügte, hatte den Einfall, den Maler zu fragen, wieviel wohl eine Kopie des kleinen Bildes kosten würde, wobei er bemerkte, er wolle sie von seinem eigenen Geld bezahlen und habe vor, sie seiner Mutter zu schenken. Der Maler, dem diese Denkart gefiel, stellte die Kopie für einen mäßigen Preis her; und selbst der alte Osborne ließ, als er die Sache erfuhr, ein befriedigtes Brummen hören und schenkte dem Knaben noch einmal so viele Sovereigns, wie dieser für das Bildchen bezahlt hatte.

Aber was war des Großvaters Vergnügen im Vergleich mit Amelias maßloser Freude? Dieser Liebesbeweis ihres Jungen entzückte sie so, daß sie glaubte, kein Kind in der Welt habe ein so gutes Herz wie ihr Sohn. Noch viele Wochen nachher machte der Gedanke an seine Liebe sie glücklich. Sie schlief besser, wenn sie das Bild unter ihr Kopfkissen gelegt hatte; und wie oft küßte sie es und weinte und betete, wenn sie es betrachtete. Jede kleine Freundlichkeit derer, die sie liebte, erfüllte ihr schüchternes Herz mit Dankbarkeit. Seit der Trennung von ihrem Sohn hatte sie noch nie eine solche Freude und einen solchen Trost gehabt.

In seinem neuen Heim herrschte der junge Herr George wie ein Lord. Beim Dinner forderte er die Damen mit der größten Seelenruhe zum Weintrinken auf und schlürfte seinen Champagner mit einer Selbstverständlichkeit, die seinen alten Großvater entzückte. »Schauen Sie ihn nur an!« pflegte der alte Mann mit freudestrahlendem, purpurrotem Gesicht zu sagen, indem er seinen Tischnachbar mit dem Ellbogen anstieß, »haben Sie je so ein Kerlchen gesehen? Meiner Treu, nächstens wird er noch Rasierzeug verlangen, um sich den Bart abzunehmen. Ich will verdammt sein, wenn er das nicht tut!«

Die Streiche des kleinen Burschen bereiteten jedoch Mr. Osbornes Freunden nicht so viel Vergnügen wie dem alten Herrn. Der Friedensrichter Mr. Coffin war keineswegs erfreut, wenn der kleine George sich in die Unterhaltung mischte und ihm seine Geschichten verdarb. Dem Oberst

Fogey machte es keinen Spaß, den Jungen halb betrunken zu sehen. Die Gemahlin des Justizrats Mr. Toffy fühlte sich ihm nicht zu besonderem Dank verpflichtet, als er ihr durch einen Stoß seines Ellbogens ein Glas Portwein über ihr gelbes Atlaskleid kippte und über das Mißgeschick noch lachte, und ebensowenig gefiel es ihr, daß George ihren dritten Sohn – einen jungen Herrn, der ein Jahr älter war als der junge Osborne und gerade zu den Ferien nach Hause gekommen war – auf dem Russell Square ›verdrosch‹. Georges Großvater dagegen war ganz entzückt hierüber, gab dem Knaben ein paar Sovereigns für diese Heldentat und stellte ihm für die Zukunft die gleiche Belohnung in Aussicht für jeden Knaben, der älter und größer wäre als er und trotzdem von ihm verdroschen werden würde. Es ist schwer zu sagen, welchen Nutzen sich der alte Mann von diesen Kämpfen versprach. Er hatte eine unbestimmte Vorstellung, daß durch solche Prügeleien die Knaben abgehärtet würden und daß andere zu beherrschen eine nützliche Fertigkeit sei, die sie lernen müßten. Die englische Jugend ist seit undenklichen Zeiten in diesem Geist erzogen worden, und wir haben Hunderte und selbst Tausende von Männern, die derartige von Kindern gegen Kinder verübte Ungerechtigkeit, Quälerei und Roheit verteidigen und preisen.

Stolz auf seinen Sieg über den jungen Herrn Toffy und auf das Lob, das er dafür geerntet hatte, sehnte sich George natürlich nach weiteren Triumphen. Als er eines Tages in einem recht stutzerhaften neuen Anzug in der Nähe von St. Pancras umherstolzierte und ein Bäckerjunge spöttische Bemerkungen über sein Aussehen machte, warf der jugendliche Patrizier sogleich mit hohem Kampfesmut seine elegante Jacke ab, gab sie dem ihn begleitenden Freund (dem jungen Herrn Todd aus der Great Coram Street, Russell Square, dem Sohn des jüngeren Teilhabers der Firma Osborne & Co.) zur Verwahrung und versuchte, den kleinen

Bäcker zu verdreschen. Aber diesmal war ihm das Kriegsglück nicht hold, denn der Bäckerjunge verdrosch George, und dieser kam mit einem kläglichen blauen Auge und einer Halskrause heim, die über und über mit dem seiner mißhandelten Nase entflossenen Rotwein befleckt war. Er erzählte seinem Großvater, er habe mit einem Riesen gekämpft, und erschreckte seine arme Mutter in Brompton durch lange und durchaus nicht authentische Berichte über die Schlacht.

Der junge Todd aus der Coram Street, Russell Square, war Georges vertrauter Freund und Bewunderer. Sie vergnügten sich gemeinsam damit, Bilderbogen und Theaterpuppen auszutuschen, Kekse und Himbeertörtchen zu essen, im Regent's Park oder auf dem Serpentine-Teich bei günstigem Wetter Schlittschuh zu laufen und ins Theater zu gehen, wohin sie auf Mr. Osbornes Anordnung oft von Rowson, der dem jungen George zur persönlichen Bedienung zugewiesen war, geführt wurden und wo sie dann mit diesem sehr behaglich auf dem Saalplatz saßen.

In Begleitung des erwähnten Herrn besuchten sie alle bedeutenderen Theater der Hauptstadt; sie kannten die Namen aller Schauspieler von Drury Lane bis Sadler's Wells und brachten vor einem aus ihren jugendlichen Freunden und der Familie Todd bestehenden Zuhörerkreis auf ihrem Puppentheater viele der gesehenen Stücke zur Aufführung. Der Bediente Rowson, der ein gutmütiger Mensch war, pflegte, wenn er bei Kasse war, seinen jungen Herrn nach dem Theater mit Austern und einem Glas Schlummerpunsch zu bewirten. Wir dürfen indes überzeugt sein, daß Mr. Rowson auch seinerseits aus der Freigebigkeit seines jungen Herrn Vorteil zog, der seinem Diener für die Genüsse, in die er von ihm eingeweiht wurde, dankbar war.

Ein berühmter Schneider aus dem Westend wurde herbeigerufen und beauftragt, den kleinen George ohne Rücksicht auf die Kosten mit Anzügen auszurüsten. So ließ denn Mr. Woolsey aus der Conduit Street seiner Phantasie freien Lauf und schickte dem Jungen hochelegante Beinkleider, Westen und Jacken eigener Erfindung in solcher Menge zu, daß man damit eine ganze Schule voll kleiner Stutzer hätte ausstatten können. George hatte kleine weiße Westen für Abendgesellschaften, kleine ausgeschnittene Samtwesten für Dinners und einen reizenden kleinen türkischen Schlafrock – mit einem Wort, er hatte die Gewohnheiten eines vornehmen Herrn. Er kleidete sich alle Tage zum Dinner um, ›wie ein richtiger Stutzer aus Westend‹, pflegte sein Großvater zu sagen. Der ihm besonders zugeteilte Diener war ihm beim Umkleiden behilflich, kam, wenn er klingelte, und brachte ihm die für ihn eingegangenen Briefe immer auf einer silbernen Schale.

Nach dem Frühstück saß George meist im Speisezimmer in einem Lehnstuhl und las wie ein Erwachsener die ›Morning Post‹. »Wie er schon schimpfen und fluchen kann!« sagten die Diener, entzückt über seine Frühreife. Diejenigen, die sich an seinen Vater, den Hauptmann, erinnerten, erklärten, der junge George sei in jeder Beziehung ganz der Papa. Mit seiner Geschäftigkeit, seinem befehlshaberischen Wesen und seinem Schelten – alles mit Gutherzigkeit gepaart – brachte er Leben in das sonst so stille Haus.

Georges wissenschaftliche Ausbildung wurde einem benachbarten Gelehrten und Privatpädagogen anvertraut, in dessen Werbeschrift es hieß, er bereite junge Herren aus vornehmem Stande für die Universität, die Staatslaufbahn und die gelehrten Berufe vor, wobei sein Erziehungssystem die an alten Unterrichtsanstalten noch gebräuchlichen entwürdigenden körperlichen Mißhandlungen ausschließe, und in seiner Familie fänden die Schüler alle Annehmlichkeiten einer verfeinerten Geselligkeit in Verbindung mit der Traulichkeit einer gemütlichen Häuslichkeit. Das war die Art, in der der Reverend Lawrence Veal von der Hart Street, Blooms-

bury, der Hauskaplan des Grafen von Bareacres, im Verein
mit seiner Gattin Zöglinge anzulocken suchte.

Durch solche Ankündigungen und eifrige persönliche Bemühungen gelang es dem Hauskaplan und seiner Gattin
meistens, ein paar Schüler im Hause zu haben, die ein sehr
hohes Pflegegeld bezahlten und von denen man daher
glaubte, daß sie vorzüglich untergebracht wären. Zu der
Zeit, als George in die Anstalt eingeführt wurde, waren vier
Kostschüler vorhanden: ein großer, mahagonifarbener, woll-
haariger Westindier mit sehr geckenhaftem Benehmen, der
nie von jemand Besuch bekam – ein ungeschlachter junger
Mensch von dreiundzwanzig Jahren, dessen Erziehung vernachlässigt worden war und den nun Mr. und Mrs. Veal
mit den Sitten und Gebräuchen der gebildeten Welt bekannt machen sollten – und zwei Söhne des Obersten Bangles von der Ostindischen Kompanie.

George war gleich einer größeren Anzahl anderer Knaben
nur ein Tagesschüler: er kam morgens unter der Obhut seines Freundes Mr. Rowson und ritt nachmittags, wenn schönes Wetter war, auf seinem Pony, von dem Reitknecht gefolgt, wieder nach Hause. In der Schule erzählte man sich,
der Reichtum seines Großvaters sei ungeheuer. Der Reverend Mr. Veal pflegte dem kleinen George persönlich Schmeicheleien darüber zu sagen und ihn darauf hinzuweisen, daß
er zu einer hohen Stellung berufen sei, auf deren erhabene
Pflichten er sich durch Fleiß und Folgsamkeit beizeiten vorbereiten müsse, da nur der Mann gut befehlen könne, der in
der Jugend gehorchen gelernt habe. Im Anschluß hieran ermahnte er George, keine Süßigkeiten in die Schule mitzu-
bringen, da er damit die Gesundheit der beiden jungen Herren Bangles schädige, die an dem feinen, reichbesetzten
Tisch von Mr. Veal alles bekämen, was sie bedürften.

Was das Lernen betraf, so war das Curriculum, wie Mr. Veal
es gern nannte, sehr umfangreich, und die jungen Herren in

der Hart Street hatten die Möglichkeit, von jeder bekannten
Wissenschaft etwas zu lernen. Der Reverend Mr. Veal besaß
ein Planetarium, eine Elektrisiermaschine, eine Drehbank,
ein Theater (im Waschhaus), ein kleines Zimmer für chemi-
kalische Versuche und – um mit ihm selbst zu reden – eine
›ausgewählte Bibliothek von sämtlichen Werken der besten
Schriftsteller aller Zeiten und Nationen‹. Er führte die Knaben in das Britische Museum und hielt ihnen dort über die
Altertümer und die naturhistorischen Gegenstände Vor-
träge, so daß sich, wenn er sprach, immer ein großer Kreis
von Zuhörern um ihn sammelte und ganz Bloomsbury ihn
als einen Mann von höchster Gelehrsamkeit anstaunte.
Wenn er sprach (und er tat dies fast immer), bemühte er
sich, die schönsten und längsten Wörter anzuwenden, die
im Lexikon zu finden waren; denn er dachte ganz richtig,
daß es einen nicht mehr koste, eine Sache mit einem hübschen, langen und volltönenden Namen zu belegen als mit
einem kurzen und dürftigen.

So sagte er zum Beispiel einmal zu George in der Schule:
»Als ich mich gestern abend nach einer genußreichen, wis-
senschaftlichen Unterhaltung mit meinem vortrefflichen
Freund Doktor Bulders – einem ausgezeichneten Archäologen, meine Herren, einem ausgezeichneten Archäologen –
auf dem Heimweg befand, bemerkte ich, daß die Fenster der
beinahe fürstlichen Wohnung Ihres hochverehrten Großvaters am Russell Square wie für eine Festlichkeit erleuchtet waren. Treffe ich das Richtige mit meiner Vermutung,
daß Mr. Osborne gestern abend einen Kreis auserlesener,
geistig hochstehender Persönlichkeiten an seiner prächtigen
Tafel bewirtete?«

Der kleine George, der viel Humor besaß und Mr. Veal mit
viel Witz und Geschick vor dessen eigenen Augen nachzuahmen pflegte, erwiderte, daß Mr. Veal mit seiner Vermutung
durchaus das Richtige treffe.

336

»Dann, meine Herren, will ich wetten, daß die Freunde, denen die Ehre zuteil wurde, Mr. Osbornes Gastfreundschaft zu genießen, keinen Grund gehabt haben, sich über die Bewirtung zu beklagen. Auch ich habe schon mehr als einmal mich dieser Gunst zu erfreuen gehabt. (Beiläufig bemerkt, Master Osborne, Sie sind heute morgen ein wenig zu spät gekommen und haben sich in dieser Beziehung schon mehrmals etwas zuschulden kommen lassen.) Wie gesagt, ich selbst, meine Herren, bin trotz meiner bescheidenen Lebensstellung nicht für unwürdig befunden worden, an der vornehmen Gastlichkeit in Mr. Osbornes Hause Anteil zu erhalten. Und obgleich ich an den festlichen Tafeln der Großen und Vornehmen der Welt gespeist habe – denn ich glaube, daß ich meinen vortrefflichen Freund und Gönner, den hochehrenwerten Grafen George von Bareacres, hierzu rechnen darf –, so kann ich Ihnen doch die Versicherung geben, daß der Tisch des englischen Kaufmanns durchaus ebenso reich besetzt und die Aufnahme eine ebenso ansprechende und vornehme war. Mr. Bluck, bitte, wollen Sie die Stelle im Eutropius noch einmal übersetzen, bei der wir durch Master Osbornes verspätete Ankunft unterbrochen wurden.«

Diesem großen Mann wurde Georges Ausbildung für einige Zeit anvertraut. Amelia wurde von seinen Phrasen ganz benommen, hielt ihn aber für ein Wunder von Gelehrsamkeit. Die arme Witwe schloß mit Mrs. Veal Freundschaft, wozu sie ihre persönlichen Gründe hatte. Es machte ihr Freude, in diesem Hause zu sein und ihren George zu sehen, wenn er zur Schule kam. Sie ließ sich gern zu Mrs. Veals einmal im Monat stattfindenden conversazioni einladen, bei denen der Professor seine Zöglinge und deren Freunde mit dünnem Tee und gelehrten Gesprächen bewirtete. Die arme kleine Amelia versäumte nie eine dieser Unterhaltungen und hielt sie für einen köstlichen Genuß, solange George an ihrer Seite

saß. Sie kam dazu selbst beim schlechtesten Wetter von
Brompton herbei; und wenn die Gäste sich verabschiedet
hatten und auch George sich mit seinem Begleiter Mr. Rowson entfernt hatte, umarmte sie Mrs. Veal mit Tränen der
Dankbarkeit für den entzückenden Abend, ehe sie ihren
Mantel und Schal anlegte, um den Heimweg anzutreten.

Was die Kenntnisse betrifft, die sich George unter diesem
redegewandten, in hundert Wissenschaften bewanderten
Lehrer aneignete, so mußten sie nach den wöchentlichen
Zensuren, die er seinem Großvater nach Hause brachte, sehr
achtbar sein. Die Namen von zwanzig oder mehr nützlichen
Zweigen des Wissens waren auf den Zeugnissen vorgedruckt, und die Fortschritte des Zöglings auf jedem Gebiet
wurden von dem Professor daneben vermerkt. Im Griechischen wurde George als ἄριστος bezeichnet, im Lateinischen
als optimus, im Französischen stand très bien usw.; und
jeder Schüler erhielt am Ende des Jahres in jedem Fache einen
Preis. Sogar Mr. Swartz, der wollhaarige junge Herr, sowie
Mr. Bluck, der zurückgebliebene dreiundzwanzigjährige
Jüngling vom Lande, und der junge Master Todd, der bereits erwähnte faule Taugenichts, erhielten kleine Bücher
für achtzehn Pence mit dem aufgedruckten Wort ›Athene‹
und einer hochtrabenden lateinischen Widmung von der
Hand des Professors.

Die Familie des jungen Herrn Todd stand zu dem Hause
Osborne in einem entschiedenen Abhängigkeitsverhältnis.
Der alte Herr hatte Todd vom Lehrling zum jüngeren Teilhaber der Firma aufsteigen lassen.

Mr. Osborne war der Pate des jungen Master Todd, während Miß Osborne Miß Maria Todd aus der Taufe gehoben
hatte und ihrem Schützling alljährlich ein Gebetbuch, eine
Sammlung von Traktätchen, einen Band sehr armseliger
kirchlicher Poesie oder ein anderes derartiges Zeichen freundlicher Gesinnung verehrte. Miß Osborne nahm die Todds

ab und zu auf eine Spazierfahrt mit; war jemand bei ihnen krank, so brachte Miß Osbornes Diener Gelees und andere Leckerbissen vom Russell Square nach der Coram Street. Die Coram Street zitterte vor dem Russel Square und blickte ehrerbietig zu ihm empor; und Mrs. Todd, die eine große Geschicklichkeit im Ausschneiden von Papierverzierungen für Hammelkeulen besaß und Blumen, Enten und dergleichen aus Rüben und Karotten mit sehr achtungswerter Kunst zu schnitzen verstand, pflegte nach dem ›Square‹ zu gehen, wie man sich bei Todds ausdrückte, und bei den Vorbereitungen zu großen Dinners behilflich zu sein, ohne je daran zu denken, selbst an dem Festmahl teilzunehmen. Wenn ein Gast in der elften Stunde absagen ließ, wurde Todd aufgefordert mitzuspeisen. Mrs. Todd und Maria kamen abends herüber, schlüpften nach leisem Klopfen ins Haus und befanden sich, wenn Miß Osborne mit den anderen Damen den Salon betrat, bereits im Zimmer, um auf Wunsch Klavier zu spielen und zu singen, bis die Herren heraufkamen. Die arme Maria Todd! Wie lange mußte sie in der Coram Street sich mit diesen Duetten und Sonaten abquälen und sich die Finger müde trommeln, ehe sie sie am Russell Square der Gesellschaft vortragen konnte!

So schien es vom Schicksal bestimmt zu sein, daß George über alle, mit denen er in Berührung kam, herrschen und daß Freunde, Verwandte und Dienstboten das Knie vor dem kleinen Burschen beugen sollten. Wir müssen gestehen, daß er sich sehr willig in diese Ordnung der Dinge fügte. Wer hätte das an seiner Stelle nicht getan? George machte es Vergnügen, den Herrn zu spielen, und er besaß auch vielleicht eine natürliche Begabung dafür.

Am Russell Square fürchtete sich jeder vor Mr. Osborne, und Mr. Osborne fürchtete sich vor George. Das kecke, selbstbewußte Wesen des Knaben und die hochmütige Art, in der er über Bücher und Wissen sprach – seine Ähnlichkeit

mit seinem Vater (dem unversöhnten Toten in Brüssel),
flößten dem alten Herrn eine gewisse Scheu ein und verliehen
dem Knaben ein Übergewicht. Der alte Mann schrak oft zusammen, wenn in dem Benehmen oder in der Redeweise des
kleinen Burschen, ihm selbst unbewußt, ein ererbter Zug
zum Vorschein kam, und es war ihm dann, als ob Georges
Vater wieder vor ihm stünde. Er suchte seine Härte gegen
den älteren George durch Nachsicht gegen den Enkel wieder gutzumachen. Die Leute waren erstaunt über die Sanftmut, die er dem Knaben gegenüber an den Tag legte. Mit
Miß Osborne knurrte und fluchte er wie gewöhnlich; aber
er lächelte, wenn George zu spät zum Frühstück kam.

Miß Osborne, Georges Tante, war eine verwelkte alte Jungfer, der eine mehr als vierzigjährige Langeweile und schlechte
Behandlung jeden Lebensmut geraubt hatten. Sie zu beherrschen war für den lebhaften, gewitzten Knaben ein leichtes. Wenn George etwas von ihr haben wollte, ob es sich um
die Töpfe mit Eingemachtem in ihren Speiseschränken oder
um die zersprungenen und vertrockneten Farben in ihrem
alten Malkasten handelte, den sie einst als junges blühendes
Mädchen benutzt hatte – so ergriff er einfach von dem gewünschten Gegenstand Besitz und kümmerte sich nachher
nicht weiter um seine Tante.

Seinen übrigen Umgangskreis bildeten ein großtuerischer
alter Schulmeister, der ihm schmeichelte, und ein Schmarotzer, der zwar älter war als er, sich aber von ihm durchprügeln ließ. Der guten Mrs. Todd machte es besondere
Freude, ihn mit ihrer jüngsten Tochter Rosa Jemima, einem
reizenden Kind von acht Jahren, zusammenzubringen. Das
kleine Pärchen sehe so hübsch zusammen aus, pflegte sie zu
sagen (aber natürlich nicht zu den Leuten am ›Square‹); und
im stillen dachte die zärtliche Mutter: ›Wer weiß, was noch
geschehen kann? Passen sie nicht sehr nett zueinander?‹

Der niedergebeugte alte Großvater von mütterlicher Seite

war dem kleinen Tyrannen gleichfalls untertan. Er konnte nicht umhin, einem Knaben achtungsvoll zu begegnen, der so schöne Kleider trug und mit einem Reitknecht ausritt. George seinerseits hörte beständig, wie Mr. Osborne, John Sedleys erbarmungsloser alter Feind, sich über diesen in groben Schmähungen und gemeinen Spottreden erging. Osborne pflegte ihn den alten Bettler, den alten Kohlenmann, den alten Bankerottierer zu nennen und ihn noch mit vielen anderen derartigen rohen Schimpfnamen zu bezeichnen. Wie konnte der kleine George vor einem so heruntergekommenen Mann Achtung haben? Wenige Monate, nachdem er zu seinem Großvater Osborne übergesiedelt war, starb Mrs. Sedley. Zwischen ihr und dem Knaben hatte nur sehr geringe Zuneigung bestanden, und so gab er sich denn auch keine Mühe, großen Kummer zu zeigen. Er besuchte seine Mutter nach dem Todesfall in einem schönen neuen Traueranzug und war sehr ärgerlich, daß er nicht ins Theater gehen durfte, um ein Stück zu sehen, auf das er sich gefreut hatte.

Die Krankheit der alten Dame hatte der Tochter viel Arbeit gemacht und war Amelia dadurch vielleicht zum Segen geworden. Was wissen die Männer von dem Märtyrertum der Frauen? Wir würden verrückt werden, wenn wir auch nur den hundertsten Teil der täglichen Qualen auszustehen hätten, die von so vielen Frauen geduldig ertragen werden. Unaufhörliche Sklaverei, die keinen Lohn findet – beständige Sanftmut und Freundlichkeit, die mit ebenso beständiger Grausamkeit vergolten wird – Liebe, Arbeit, Geduld und treue Fürsorge, die nicht einmal durch ein gutes Wort anerkannt werden: alles dies wird von unzähligen Frauen ruhig ertragen, die mit so heiteren Mienen umhergehen, als ob sie nichts fühlten. Die notwendige Folge hiervon ist, daß diese zärtlichen Sklavinnen sich aufs Nachgeben und Heucheln verlegen müssen.

Vom Sitzen im Lehnstuhl hatte Amelias Mutter zum Liegen im Bett übergehen müssen, das sie nicht mehr verließ und von dem ihre Tochter sich nur dann entfernte, wenn sie ausging, um George zu sehen. Aber selbst diese seltenen Besuche mißgönnte ihr die alte Frau – sie, die einst in den Tagen des Glücks eine so liebevolle, freundliche, gutherzige Mutter gewesen, jetzt aber durch Armut und Siechtum verbittert und gebrochen war. Die Krankheit und das kalte Benehmen der Mutter drückten Amelia nicht nieder, sondern befähigten sie vielmehr, leichter ihr anderes Leid zu tragen, da die unaufhörlichen Anforderungen der Kranken sie hinderten, daran zu denken. Amelia ertrug die Unfreundlichkeit ihrer Mutter mit vollkommener Sanftmut. Sie strich ihr das zerwühlte Kissen glatt, hatte auf die Klagereden der Schlaflosen stets eine milde Antwort bereit, beruhigte die Leidende mit den besten Trostworten, die ihr frommes, kindliches Gemüt ihr eingab, und drückte ihr zuletzt die Augen zu, die sie einst so zärtlich angeblickt hatten.

Seitdem verwendete sie all ihre Zeit und Zärtlichkeit darauf, den vereinsamten alten Vater zu trösten und zu pflegen, der von dem Schlag, der ihn getroffen hatte, wie betäubt war und nun ganz allein in der Welt dastand. Seine Frau, seine Ehre, sein Vermögen – die drei Dinge, die ihm das Liebste gewesen waren, hatte er verloren. Nur Amelia war noch da, um mit ihren sanften Armen den wankenden, tiefgebeugten alten Mann zu stützen und zu halten. Wir beabsichtigen nicht, diese Leidensgeschichte eingehender zu behandeln: sie würde gar zu traurig und langweilig werden. Ich sehe, wie die Leute auf dem Jahrmarkt der Eitelkeit schon jetzt darüber gähnen. Also d'avance!

Eines Tages, als die jungen Herren bei dem Reverend Mr. Veal im Unterrichtszimmer versammelt waren und der Hauskaplan des hochehrenwerten Grafen von Bareacres sich wie

342

gewöhnlich in hochtrabenden Reden erging, fuhr ein hübscher Wagen an dem mit einer Athenestatue geschmückten Tor vor, und zwei Herren stiegen heraus. Die jungen Bangles stürzten ans Fenster, von der unbestimmten Hoffnung beseelt, daß ihr Vater aus Bombay angekommen sei. Der große, ungeschlachte, dreiundzwanzigjährige Schüler mit der vernachlässigten Erziehung, dem eine Stelle im Eutropius heimliche Tränen entlockt hatte, drückte seine Nase an der Fensterscheibe platt und beobachtete, wie der Diener vom Bock sprang und den Insassen den Schlag öffnete.

»Es ist ein Dicker und ein Dünner«, sagte Mr. Bluck, als donnernd an der Haustür geklopft wurde.

Jedermann war höchst interessiert – vom Hauskaplan, der hoffte, es kämen Väter künftiger Zöglinge zu ihm, bis auf George, der sich über jeden Vorwand freute, sein Buch hinlegen zu können.

Der Junge in der schäbigen Livree mit den blinden Kupferknöpfen, der sich immer in den engen Rock hineinzwängen mußte, um die Tür zu öffnen, kam in das Unterrichtszimmer und meldete: »Zwei Herren wünschen mit Master Osborne zu sprechen.« Der Professor hatte mit dem jungen Herrn an diesem Morgen einen kleinen Streit gehabt, den eine Meinungsverschiedenheit über das Mitbringen von Knallbonbons in die Schule hervorgerufen hatte; aber sein Gesicht nahm jetzt seinen gewöhnlichen Ausdruck liebenswürdiger Freundlichkeit an, als er sagte: »Master Osborne, ich gebe Ihnen volle Erlaubnis, hinauszugehen und mit Ihren soeben angekommenen Freunden zu sprechen, und bitte Sie, ihnen meine und meiner Frau achtungsvollste Empfehlungen auszurichten.«

George ging in das Empfangszimmer und sah dort zwei Fremde, die er mit zurückgeworfenem Kopf in seiner gewöhnlichen hochmütigen Art musterte. Der eine war wohlbeleibt und hatte einen Schnurrbart; der andere, der einen blauen Rock trug, war lang und mager und hatte ein braunes Gesicht und graumeliertes Haar.

»Mein Gott, wie ähnlich er ihm ist!« sagte der lange Herr ganz betroffen. »Kannst du erraten, George, wer wir sind?«

Das Gesicht des Knaben wurde rot – wie gewöhnlich, wenn ihn etwas erregte, und seine Augen leuchteten auf. »Den andern kenne ich nicht,« sagte er, »aber ich sollte meinen, Sie müßten Major Dobbin sein.«

Es war wirklich unser alter Freund. Seine Stimme zitterte vor Freude, als er den Knaben begrüßte, seine beiden Hände in die seinen nahm und ihn an sich zog.

»Deine Mutter hat dir von mir erzählt, nicht wahr?« fragte er. »Ja, das hat sie«, antwortete George. »Unzählige Male!«

ZWEIUNDZWANZIGSTES KAPITEL
Heimkehr aus Indien

Zu den vielen Gründen, mit denen der alte Osborne seinen persönlichen Stolz rechtfertigte und die er sich zu seiner Erquickung gern vergegenwärtigte, gehörte auch der Umstand, daß Sedley, sein ehemaliger Nebenbuhler, Feind und Wohltäter, in seinen letzten Tagen so gebeugt und gedemütigt war, daß er sich gezwungen sah, geldliche Unterstützung von dem Mann anzunehmen, der ihn am meisten geschädigt und beleidigt hatte. Der weltlich gesinnte Mann, der mit seinen Unternehmungen Erfolg gehabt hatte, verwünschte den alten Bettler und unterstützte ihn von Zeit zu Zeit. Wenn er George Geld für seine Mutter einhändigte, gab er dem Knaben durch Andeutungen in seiner brutalen, rohen Art zu verstehen, daß Georges Großvater von mütterlicher Seite nur ein elender alter Bankerottierer und Almosenempfänger sei und daß John Sedley dem Mann, dem er schon so viel Geld schulde, für die Hilfe, die er ihm jetzt großmütig gewähre, dankbar sein müsse. George brachte die von so

344

hochmütigen Worten begleiteten Almosen seiner Mutter und dem gebeugten alten Witwer, den zu pflegen und zu trösten jetzt Amelias Hauptaufgabe war. Der kleine Bursche spielte den Gönner des schwachen, in all seinen Hoffnungen getäuschten alten Mannes.

Vielleicht bewies Amelia darin einen Mangel an ›gebührendem Stolz‹, daß sie sich dazu verstand, diese Wohltaten von dem Feind ihres Vaters anzunehmen. Aber auf ›gebührenden Stolz‹ hatte diese arme junge Frau nie großen Wert gelegt. Sie war von Natur ein schlichtes, schutzbedürftiges Wesen, und seit sie erwachsen war oder seit ihrer unglücklichen Heirat mit George Osborne war es ihr Los gewesen, Armut und Erniedrigung, Entbehrungen und harte Worte ertragen zu müssen und freundliche Dienste zu leisten, ohne Dank dafür zu ernten. O meine Brüder, ihr seht täglich, daß Leute, die besser sind als ihr, unter solcher Schmach ausharren und ohne Murren die Unbilden des Schicksals ertragen – daß sie sanft und unbemitleidet, arm und um ihrer Armut willen sogar verachtet sind: aber steigt ihr wohl jemals von der Höhe eures Glücks zu diesen armen, müden Bettlern herab, um ihnen die Füße zu waschen? Schon der bloße Gedanke an sie ist euch widerwärtig und erscheint euch gemein. ›Klassenunterschiede sind notwendig, es muß Reiche und Arme geben‹, sagt der reiche Mann, indem er seinen Wein schlürft – und es ist schon viel, wenn er dem unter dem Fenster sitzenden Lazarus die Fleischreste von seinem Tisch hinausschickt. Freilich hat er recht; aber bedenkt, wie geheimnisvoll und unberechenbar das Lotteriespiel des Lebens ist, das dem einen Purpur und köstliche Leinwand gewährt und dem andern Lumpen als Kleidung und Hunde als Tröster zuteilt.

So muß ich also gestehen, daß Amelia ohne Reue, ja im Gegenteil mit einer Art von Dankbarkeit die Brosamen, die ihr Schwiegervater ihr dann und wann zukommen ließ, annahm und damit ihren eigenen Vater ernährte. Sobald diese junge Frau – meine Damen, sie ist erst dreißig Jahre alt, und ich erlaube mir daher, sie noch als eine junge Frau zu bezeichnen – ihre Pflicht recht begriffen hatte, war es ihre Art, sich aufzuopfern und alles, was sie besaß, dem Gegenstand ihrer Liebe zu Füßen zu legen. In wie vielen Nächten hatte sie sich, als George noch bei ihr war, die Finger für ihn wund gearbeitet, ohne daß es ihr gedankt worden wäre! Wieviel Tadel, Spott, Mangel und Armut hatte sie um ihrer Eltern willen ertragen! Und trotz all dieser stillen Entsagung und diesen ungesehenen Opfern achtete sie sich selbst nicht höher, als sie von der Welt geachtet wurde, sondern hielt sich in ihrem Herzen, wie ich glaube, für ein armseliges, geringwertiges kleines Geschöpf, dem es im Leben immer noch besser gehe, als es verdiene. O ihr armen Frauen! Ihr armen, stillen Märtyrerinnen und Opfer, deren Leben eine Reihe von Drangsalen ist, die ihr in euren Schlafzimmern auf Folterbetten liegt und täglich im Salon euer Haupt auf den Block legt! Jeder Mann, der eure Qualen beobachtet oder in die dunklen Räume hineinblickt, in denen ihr gemartert werdet, muß euch bemitleiden…und…und Gott danken, daß er einen Bart hat! Als ich vor vielen Jahren der Irrenanstalt in Bicêtre bei Paris einen Besuch abstattete, sah ich, wie jemand von unserer Gesellschaft einem armen Unglücklichen, den die lange Einkerkerung und körperliche Leiden ganz niedergebeugt hatten, ein Tütchen voll Schnupftabak im Werte von einem halben Penny schenkte. Diese Freundlichkeit war zuviel für den armen epileptischen Menschen. Er weinte in einem qualvollen Übermaß von Entzücken und Dankbarkeit. Ich glaube, lieber Leser, wenn jemand dir oder mir eine jährliche Rente von tausend Pfund schenkte oder uns das Leben rettete, so würden wir nicht so ergriffen sein. Und so wirst du auch finden, daß du eine Frau, die du gehörig drangsalierst, durch eine Freundlichkeit, die dir einen halben Penny kostet, so zu Tränen rühren kannst, als ob du ein Engel wärest, der ihr die größten Wohltaten erwiese.

Einige solcher kleiner Gaben waren das Beste, was das Geschick der armen Amelia gewährte. Ihr Leben war nach einem glückverheißenden Anfang zu einer elenden Gefangenschaft und einer dauernden, unwürdigen Knechtschaft geworden. Der kleine George besuchte sie mitunter in ihrem Gefängnis und brachte einen schwachen Schimmer der Ermutigung hinein. Der Russell Square war gleichsam die Grenze ihres Gefängnisses. Sie konnte wohl gelegentlich dorthin gehen, mußte aber zur Nacht immer wieder in ihre Zelle zurück, um trübselige Pflichten zu erfüllen, am Bett undankbarer Kranker zu wachen und die peinigende Tyrannei zänkischer und verbitterter alter Leute zu ertragen. Wie viele Tausende von Menschen – vorwiegend Frauen – gibt es, die zu solch einer langen Sklaverei verdammt sind – die Krankenpflegerinnen ohne Lohn, Barmherzige Schwestern ohne den Heiligenschein romantisch-sentimentaler Aufopferung sind – die unbemitleidet arbeiten, fasten, wachen und leiden – und unbeachtet und ungekannt dahinwelken! Der unerforschlichen, furchbaren Weisheit, die die Lose der Menschen verteilt, gefällt es, die Sanftmütigen, Guten und Weisen zu demütigen und niederzudrücken und die Selbstsüchtigen, Törichten und Gottlosen zu erhöhen. O mein Bruder, sei bescheiden in deinem Glück! Sei freundlich gegen die, die weniger glücklich und doch vielleicht verdienstvoller sind als du! Bedenke, daß du kein Recht hast, hochmütig auf sie herabzublicken – du, dessen Tugend ein Mangel an Versuchung, dessen Erfolg vielleicht nur ein Zufall, dessen Rang wohl möglich nur ein Erbe deiner Vorfahren und dessen Wohlstand wahrscheinlich eine satirische Laune des Schicksals ist!

Amelias Mutter wurde auf dem Kirchhof in Brompton begraben, an einem ebenso regnerischen, trüben Tage wie der, an dem Amelia zum ersten Male dort gewesen war, um sich mit George trauen zu lassen. Unwillkürlich drängte sich ihr diese Erinnerung auf. Ihr kleiner Sohn saß in einem prächtigen neuen Traueranzug neben ihr. Sie erkannte die alte Kirchendienerin und den Küster wieder. Ihre Gedanken weilten, während der Geistliche die Gebete las, in weit entlegenen Zeiten. Hätte sie nicht Georges Hand in der ihrigen gehalten, so wäre sie vielleicht gern an Stelle ihrer Mutter... hier hielt sie wie gewöhnlich beschämt in ihren selbstsüchtigen Gedanken inne und betete im stillen um Kraft zur Erfüllung ihrer Pflicht.

Sie war nun fest entschlossen, all ihre Fähigkeiten aufzubieten, um ihren alten Vater glücklich zu machen. Sie arbeitete und quälte sich ab wie eine Sklavin, flickte und stopfte, sang ihm ihre Lieder, spielte mit ihm Puff, las ihm die Zeitung vor, kochte ihm seine Lieblingsgerichte, ging regelmäßig mit ihm in den Gärten von Kensington oder in den Alleen von Brompton spazieren, hörte seine Geschichten mit unermüdlichem Lächeln und liebevoller Heuchelei mit an oder saß, in Träumereien versunken und mit ihren eigenen Gedanken und Erinnerungen beschäftigt, an seiner Seite, wenn der alte, schwache Mann, der fortwährend klagte, sich auf den Parkbänken sonnte und von dem ihm widerfahrenen Unrecht und seinen Sorgen redete. Wie traurig und unbefriedigend waren dabei die Gedanken der Witwe! Die Kinder, die die Abhänge und die breiten Wege des Parks heraufund hinunterliefen, erinnerten sie an George, der ihr genommen war. Auch den ersten George hatte sie hergeben müssen, und so war in beiden Fällen ihre selbstsüchtige, schuldhafte Liebe heimgesucht und bitter bestraft worden. Sie bemühte sich, zu denken, daß sie ihre Strafe verdient habe, weil sie eine elende Sünderin sei. Solchen Grübeleien verfiel sie, weil sie ganz allein in der Welt stand.

Ich weiß sehr wohl, daß die Schilderung solch einer einsamen Gefangenschaft unerträglich langweilig ist, wenn darin nicht einige erheiternde oder humoristische Zwischenfälle vorkommen: zum Beispiel ein mildgesinnter Kerkermeister – ein schalkhafter Festungskommandant – eine Maus, die aus ihrem Loch hervorschlüpft und mit Latudes Bart spielt – oder ein unterirdischer Gang, den sich Trenck mit seinen Fingernägeln und einem Zahnstocher gegraben hat. Aber über Amelias Gefangenschaft kann der Verfasser leider nichts Derartiges berichten. Der Leser denke sie sich während dieser Zeit ihres Lebens sehr traurig, aber immer bereit, auf eine Anrede mit freundlichem Lächeln zu antworten – in sehr niedrigen, ärmlichen, um nicht zu sagen gemeinen Verhältnissen lebend – und wie sie ihrem alten Vater zuliebe Lieder singt, Puddings bereitet, Karten spielt und Strümpfe ausbessert. Darum, lieber Leser, wollen wir nicht fragen, ob sie eine Heldin ist oder nicht – oder wie alt, zänkisch und heruntergekommen wir selber sind –, sondern uns nur wünschen, daß wir in unseren letzten Tagen eine so freundliche, weiche Schulter finden, an die wir uns lehnen dürfen, und eine so linde Hand, die uns Gichtgeplagten die Kissen glatt streicht! Der alte Sedley gewann seine Tochter nach dem Tode seiner Frau sehr lieb, und Amelia fand einen Trost darin, an dem alten Mann ihre Pflicht zu erfüllen.

Aber wir werden diese beiden Menschen nicht mehr lange in einer so niedrigen und verachteten Lebensstellung lassen. Es stehen ihnen wohl bessere Tage bevor, wenigstens was ihr irdisches Wohlergehen betrifft. Der scharfsinnige Leser hat vielleicht schon erraten, wer der wohlbeleibte Herr war, der mit unserem alten Freund Major Dobbin den kleinen George in seiner Schule aufsuchte. Es war ebenfalls ein alter Bekannter, der nach England zurückgekehrt war, und zwar gerade zu einer Zeit, da seine Ankunft seinen dort wohnenden Verwandten sehr willkommen und nützlich sein mußte.

Nachdem es dem Major Dobbin mit leichter Mühe gelungen war, von seinem gutmütigen Vorgesetzten wegen dringender Privatangelegenheiten Urlaub zu einer Reise nach Madras zu erlangen, um sich von dort erforderlichenfalls nach Europa einzuschiffen, reiste er ohne Unterbrechung Tag und Nacht, bis er das Ziel seiner Landreise erreicht hatte, und hatte diesen Weg mit solcher Geschwindigkeit zurückgelegt, daß er in Madras mit hohem Fieber ankam. Die ihn begleitenden Diener brachten ihn in diesem Zustand in das Haus eines Freundes, bei dem er bis zu seiner Abreise nach Europa zu bleiben beschlossen hatte; und viele, viele Tage lang glaubte man, daß er nie mehr weiter reisen würde als bis zum St.-Georgs-Kirchhof, wo die Truppen über seinem Grabe eine Salve abgeben würden und wo schon so mancher tapfere Offizier fern von seiner Heimat begraben liegt. Während der arme Mensch sich fiebernd auf seinem Lager wälzte, hörten ihn seine Wärter von Amelia phantasieren. Der Gedanke, daß er sie nie wiedersehen sollte, bedrückte ihn in seinen lichten Stunden. Er glaubte, sein letzter Tag sei gekommen, und traf die nötigen ernsten Vorbereitungen für diesen Fall, indem er seine weltlichen Angelegenheiten in Ordnung brachte und das kleine Vermögen, das er besaß, denen hinterließ, denen er vor allen anderen etwas Gutes zu erweisen wünschte. Der Freund, in dessen Hause er untergebracht war, diente als Testamentszeuge. Dobbin sprach den Wunsch aus, mit einer kleinen braunen Haarkette begraben zu werden, die er um den Hals trug und die er, wenn wir die Wahrheit bekennen sollen, sich von Amelias Kammerjungfer in Brüssel hatte geben lassen, als man der jungen Witwe während der Krankheit, in die sie nach dem Tode Georges bei Mont St.-Jean verfallen war, das Haar hatte abschneiden müssen.

Er genas jedoch und kam wieder zu Kräften, erlitt aber dann einen Rückfall, da er einer solchen Behandlung mit Ader-

lässen und Quecksilbersublimat unterworfen worden war,
daß das Überstehen dieser Kur bewies, wie stark seine Konstitution war. Als man ihn an Bord des von Kalkutta kommenden, in Madras anlegenden Ostindienfahrers Ramchunder, der unter Kapitän Bragg stand, brachte, war er fast ein Skelett und so schwach und hinfällig, daß der Freund, der ihn während seiner Krankheit gepflegt hatte, prophezeite, der brave Major werde die Reise nicht überstehen, sondern eines Morgens, in eine Hängematte und eine Flagge gewikkelt, über Bord gehen und die Reliquie, die er auf seinem Herzen trug, mit sich auf den Meeresgrund hinabnehmen. Aber mochte es nun die Seeluft sein oder eine in seinem Innern wieder erwachende Hoffnung: genug, von dem Tage an, da das Schiff seine Segel ausspannte, um der Heimat zuzusteuern, begann sich das Befinden unseres Freundes zu bessern, und er war vollständig gesund – wenn auch mager wie ein Windhund – noch ehe die Reisenden das Kap erreicht hatten. »Kirk hat diesmal noch umsonst auf seine Ernennung zum Major gerechnet«, sagte er lächelnd; »er erwartet gewiß, seine Beförderung im Armeeblatt zu lesen, wenn das Regiment nach Hause kommt.« Es muß nämlich bemerkt werden, daß, während der Major krank in Madras lag, nachdem er es so sonderbar eilig gehabt hatte, dorthin zu kommen, das tapfere ...te Regiment, das viele Jahre außerhalb Englands Dienst getan hatte und nach seiner Rückkehr aus Westindien durch den Feldzug von Waterloo um seinen wohlverdienten Aufenthalt in der Heimat gekommen und dann von Flandern nach Ostindien geschickt worden war, nun den Befehl zur Heimkehr erhalten hatte. Und der Major hätte mit seinen Kameraden zusammen fahren können, wenn er ihre Ankunft in Madras hätte abwarten wollen.
Vielleicht hatte er keine Lust, sich in seinem erschöpften Zustand wieder in Glorvinas Obhut zu begeben. »Ich glaube,

Miß O'Dowd würde mich ins Grab gebracht haben, wenn
wir sie an Bord gehabt hätten,« sagte er lachend zu einem
Mitreisenden, »und sobald sie es erreicht hätte, daß man
mich ins Meer versenkte, wäre sie über Sie hergefallen und
hätte Sie als gute Prise nach Southampton geführt – darauf
können Sie sich verlassen, mein lieber Joseph!«
Jener Mitreisende an Bord des Ramchunder war nämlich in
der Tat kein anderer als unser dicker Freund Joseph Sedley.
Er hatte zehn Jahre in Bengalen zugebracht. Die unaufhörlichen Dinners und Gabelfrühstücke, der reichliche Genuß
von Ale und Rotwein, die anstrengende Arbeit des Amtes
und der viele Kognaksoda, den er zur Erfrischung hatte genießen müssen: das alles war nicht ohne Wirkung auf Waterloo-Sedley geblieben. Die Ärzte erklärten es für notwendig,
daß er nach Europa reise, und da er seine volle Zeit in Indien abgedient und ein schönes Gehalt bezogen hatte, durch
das er in der Lage gewesen war, eine beträchtliche Summe
zurückzulegen, stand es ihm frei, ob er endgültig heimkehren und dort mit einer guten Pension leben oder nach einiger
Zeit wieder nach Indien zurückkehren und dort wieder den
dienstlichen Rang einnehmen wollte, zu dem ihn seine Erfahrung und seine außerordentlichen Talente berechtigten.
Er war etwas dünner als zu der Zeit, da wir ihn zum letzten
Mal gesehen haben, hatte aber an würdevollem und majestä-
tischem Auftreten noch gewonnen. Den Schnurrbart, den
er sich nach seinen Heldentaten bei Waterloo zugelegt hatte,
hatte er sich wieder wachsen lassen und stolzierte nun mit
einer prächtigen, goldbetreßten Samtmütze und vielen Ju-
welenringen auf dem Schiffsdeck umher. Das Frühstück
nahm er in seiner Kabine ein und kleidete sich dann für seinen Spaziergang auf dem Achterdeck so sorgfältig an, als ob
er sich in der Bond Street oder auf dem Korso in Kalkutta
zeigen wollte. Er brachte einen eingeborenen Diener mit,
der sein Kammerdiener und Pfeifenträger war und das Sed-

leysche Wappen in Silber an seinem Turban trug. Dieser orientalische Diener hatte unter Joseph Sedleys Tyrannei ein elendes Dasein. Joseph war auf sein Äußeres so eitel wie eine Frau und brauchte zum Ankleiden so viel Zeit wie eine verwelkende Schöne. Die jüngeren Mitreisenden – der junge Chaffers vom 150. Regiment und der arme kleine Ricketts, der nach seinem dritten Fieberanfall in die Heimat zurückkehrte, pflegten ihn bei der gemeinsamen Tafel auszuholen und zur Erzählung wunderbarer Geschichten über seine im Kampf mit Tigern und mit Napoleon vollbrachten Heldentaten zu veranlassen. Seine große Stunde kam, als er das Grab des Kaisers in Longwood besuchte und den genannten Herren und den jungen Schiffsoffizieren (Major Dobbin war nicht dabei) die ganze Schlacht bei Waterloo beschrieb und ziemlich deutlich zu verstehen gab, daß ohne seine, Joseph Sedleys, Tätigkeit Napoleon nie nach St. Helena gekommen wäre.

Nach der Rückkehr von St. Helena zeigte er sich äußerst freigebig und opferte zum allgemeinen Besten eine Menge von Vorräten – Rotwein, Fleischkonserven und große Fässer mit Sodawasser, die er zu seinem persönlichen Gebrauch auf die Seereise mitgenommen hatte. Damen waren nicht an Bord, und da der Major dem Zivilisten den Vortritt ließ, war dieser die Hauptperson am Tisch und wurde von Kapitän Bragg und den Offizieren des Ramchunder mit der Achtung behandelt, die seinem Rang gebührte. Während eines zweitägigen Sturmes zog er sich fluchtartig in seine Kabine zurück und ließ die Fensterluken schließen; er blieb diese Zeit über in seiner Koje liegen und las die ›Waschfrau von Finchley Common‹, die Lady Emily Hornblower, die Gemahlin des Reverend Silas Hornblower, auf ihrer Reise von England nach dem Kap, wo der hochwürdige Herr Missionar war, an Bord des Ramchunder zurückgelassen hatte. Für seine gewöhnliche Lektüre hatte er jedoch mehrere Novellen und Schauspiele mitgenommen, die er an die übrigen Reisenden verlieh. So machte er sich bei jedermann durch seine Freundlichkeit und Herablassung beliebt.

An manchem Abend, während das Schiff die brausende dunkle See durchschnitt und droben der Mond und die Sterne schienen und die Glocke das Zeichen zur Ablösung der Wachen gab, saßen Mr. Sedley und der Major bis in die Nacht hinein auf dem Achterdeck des Schiffs und plauderten von der Heimat, wobei der Major seine indische Zigarre rauchte und der Zivilist aus der Huka paffte, die sein Diener ihm stopfen mußte.

Bei diesen Unterhaltungen war die Beharrlichkeit und Schlauheit zu bewundern, mit der der Major das Gespräch immer wieder auf Amelia und ihren kleinen Sohn zu lenken verstand. Joseph, der über die üble Lage seines Vaters und dessen unverblümte Bitten um Unterstützung einigermaßen verärgert war, wurde von Dobbin dadurch besänftigt, daß er ihn auf das Mißgeschick und das hohe Alter seines Vaters hinwies. Der Major meinte, Joseph werde wohl kaum Neigung dazu verspüren, mit dem alten Paar zusammenzuleben, dessen ganze Lebensweise doch sicherlich sehr von der eines jüngeren, an andere Gesellschaft gewöhnten Mannes – bei dieser Schmeichelei verbeugte sich Joseph – abwiche; aber dann machte er ihn darauf aufmerksam, wie vorteilhaft es für ihn sein würde, wenn er nicht wie bisher eine bloße Junggesellenwohnung, sondern einen eigenen Haushalt in London haben würde. Seine Schwester Amelia würde mit ihrer Eleganz, ihrer Liebenswürdigkeit und ihren vornehmen Umgangsformen gerade die geeignetste Persönlichkeit sein, um einem solchen Hause vorzustehen. Er erzählte von den einstigen Erfolgen Mrs. Osbornes in Brüssel und London, wo sie von den angesehensten Leuten bewundert worden sei; und dann deutete er an, daß es Josephs Aufgabe sei, George in eine gute Schule zu schicken und einen tüchtigen

Mann aus ihm zu machen, da seine Mutter und deren Eltern
ihn sicher verziehen würden. Kurz, der schlaue Major
brachte den Zivilisten zu dem Versprechen, für Amelia und
ihr schutzloses Kind zu sorgen. Er wußte noch nichts von
den Ereignissen, die sich unterdessen in der kleinen Familie
Sedley zugetragen hatten, und daß der armen Amelia die
Mutter durch den Tod, der Sohn durch den Reichtum entführt worden war. Tatsache aber ist, daß dieser verliebte
Herr in mittleren Jahren täglich und stündlich an Mrs. Osborne dachte und nur darauf sann, ihr Gutes zu tun. Er umschmeichelte, beweihräucherte, verhätschelte und umbuhlte
Joseph Sedley mit einer Ausdauer und Herzlichkeit, deren
er sich wahrscheinlich selbst nichr recht bewußt war; aber
wer unverheiratete Schwestern oder Töchter besitzt, erinnert sich wohl, wie ungewöhnlich liebenswürdig sich die
Herren gegen die männlichen Verwandten benehmen, wenn
sie den weiblichen Familienmitgleidern den Hof machen,
und vielleicht ließ sich dieser Schwerenöter Dobbin durch
ähnliche Beweggründe zu seiner Heuchelei veranlassen!
Der wahre Hergang ist folgender. Major Dobbin kam sehr
krank an Bord des Ramchunder, und auch während der drei
Tage, die das Schiff auf der Reede von Madras lag, erholte er
sich nicht. Selbst als sein alter Bekannter Mr. Sedley auf dem
Schiff erschien und sie einander wiedererkannten, schien ihn
dies nicht sonderlich zu erfreuen. Eine Änderung trat erst
nach einem Gespräch ein, das sie eines Tages führten, als der
Major in sehr mattem Zustand aufs Vordeck gebracht und
dort niedergelegt worden war. Er sagte damals, er glaube,
daß scin Schicksal besiegelt sei. Er habe seinem Patenkind in
seinem Testament eine kleine Summe vermacht, und er
hoffe, Mrs. Osborne werde ihm ein freundliches Andenken
bewahren und in der Ehe, die sie zu schließen im Begriff
stehe, ihr Glück finden. »Ehe schließen? Kein Gedanke daran!« antwortete Joseph und fügte hinzu, daß er Briefe von

ihr erhalten habe, in denen von einer geplanten Vermählung
keine Rede gewesen sei. Vielmehr habe auch sie merkwürdigerweise geschrieben, daß Major Dobbin sich verheiraten
wolle und daß sie hoffe, er werde glücklich werden. Der Major wünschte zu wissen, welches Datum Sedleys Briefe aus
Europa trügen. Der Zivilist holte sie – sie waren zwei Monate
jünger als die, welche der Major erhalten hatte. Der Schiffsarzt aber wünschte sich Glück zu der Behandlung, die er bei
seinem neuen Patienten angewandt hatte, der ihm von seinem Amtsbruder in Madras mit sehr geringen Hoffnungen
übergeben worden war; denn von jenem Tage an, genau
von dem Tage an, da der Schiffsarzt mit der Medizin gewechselt hatte, wurde es mit Major Dobbin besser. So ging
es zu, daß der verdienstvolle Hauptmann Kirk sich in seiner
Hoffnung, Major zu werden, getäuscht sah.
Als sie St. Helena hinter sich hatten, war Major Dobbin bereits so kräftig und vergnügt, daß sich alle Mitreisenden
darüber verwunderten. Er tollte mit den Seekadetten, focht
mit den Steuerleuten auf Stöcke, lief die Strickleitern wie ein
Schiffsjunge hinauf und sang eines Abends zur Erheiterung
der ganzen Gesellschaft, die nach dem Abendessen beim
Grog zusammensaß, ein komisches Lied. Kurz, er zeigte sich
so heiter, lebhaft und liebenswürdig, daß selbst Kapitän
Bragg, der anfänglich eine geringe Meinung von ihm gehabt
und ihn für einen ziemlich trübseligen Burschen gehalten
hatte, gestehen mußte, daß der Major zwar ein zurückhal-
tender, aber kenntnisreicher und verdienstvoller Offizier sei.
»Besonderen Schliff hat er ja nicht, weiß der Teufel, Roper«,
bemerkte Bragg zu seinem Ersten Steuermann. »Er würde
nicht in den Gouverneurspalast passen, wo Lord William
und seine Gemahlin so liebenswürdig waren, mir vor der
ganzen Gesellschaft die Hand zu schütteln, und der Lord
mich sogar vor den Augen des Höchstkommandierenden
aufforderte, ihm Bescheid zu trinken. Nein, besonderen

Schliff hat er nicht, aber trotzdem hat er doch was Bemerkenswertes an sich.« – Durch dieses Urteil bewies Bragg, daß er nicht nur ein tüchtiger Schiffskapitän, sondern auch ein feiner Menschenkenner war.

Als aber zu der Zeit, da der Ramchunder nur noch zehn Tagereisen von England entfernt war, eine Windstille eintrat, wurde Dobbin so ungeduldig und übellaunig, daß alle in Erstaunen gerieten, die vorher seine Lebhaftigkeit und Munterkeit bewundert hatten. Seine Laune besserte sich erst, als eine frische Brise aufkam; und als der Lotse an Bord kam, geriet er in höchste Erregung. Guter Gott, wie klopfte ihm das Herz, als die beiden freundlichen Türme von Southampton am Horizont auftauchten!

DREIUNDZWANZIGSTES KAPITEL
Unser Freund, der Major

Unser Major hatte sich an Bord des Ramchunder so beliebt gemacht, daß in dem Augenblick, als er und Mr. Sedley in das ersehnte Boot stiegen, das sie an Land bringen sollte, die ganze Schiffsmannschaft – Matrosen und Offiziere, allen voran der große Kapitän Bragg – ein dreifaches Hurra für Major Dobbin ausbrachte, der sehr rot wurde und zum Zeichen des Dankes mit dem Kopf nickte. Joseph, der wahrscheinlich das Hurra auf sich bezog, nahm seine goldbetreßte Mütze ab und schwenkte sie majestätisch gegen seine Freunde. So wurden sie denn an die Küste gerudert und landeten höchst würdevoll am Bollwerk, von wo sie sich nach dem Hotel Royal George begaben.

Zwei Dinge sind es, die stets das Auge des Reisenden grüßen, der aus fremden Ländern zurückkehrt und das Gastzimmer dieses Hotels betritt: eine prächtige Rinderkeule und eine silberne Kanne, die den Gedanken an echt englisches Ale und Porter erweckt; und dieser Anblick ist so stärkend und labend, daß jeder, der so ein bequemes, wohleingerichtetes, behagliches englisches Gasthaus betritt, Lust bekommen muß, sich hier ein paar Tage aufzuhalten. Dennoch begann Dobbin aber sofort von einer Eilpost zu reden und war kaum in Southampton angelangt, als er auch schon auf der Landstraße nach London zu sein wünschte. Joseph dagegen wollte nichts davon hören, noch an diesem Abend weiterzureisen. Warum sollte er die Nacht in einem Postwagen zubringen statt in dem großen, breiten, weichen Daunenbett, das schon bereitstand, an die Stelle der schrecklichen, engen, kleinen Koje zu treten, in die sich der stattliche Herr aus Bengalen während der Seereise hatte hineinzwängen müssen? Ehe nicht sein Gepäck ausgeladen war, und ehe er nicht seinen ostindischen Tabak herausbekommen hatte, war für ihn gar nicht an Weiterreise zu denken. So sah sich der Major gezwungen, die Nacht über noch dazubleiben, und schickte an seine Familie einen Brief ab, der seine Ankunft ankündigte. Auch von Joseph erbat er sich das Versprechen, daß er an seine Angehörigen schreiben werde. Joseph versprach es, hielt aber sein Versprechen nicht.

Der Kapitän, der Schiffsarzt und einige Mireisende kamen ins Hotel und speisten mit unseren beiden Freunden zusammen. Joseph ließ ein erlesenes Mahl auffahren und versprach, am nächsten Tage mit dem Major nach London zu fahren. Der Wirt sagte, es sei eine wahre Freude für ihn, zu sehen, wie Mr. Sedley seinen ersten Krug Porter trinke. Wenn ich Zeit hätte und mich auf Abschweifungen einlassen dürfte, so würde ich ein besonderes Kapitel über den ersten auf englischem Boden getrunkenen Krug Porter schreiben. Ach, wie gut der schmeckt! Es lohnt sich, die Heimat für ein Jahr zu verlassen, nur um hinterher diesen Genuß zu haben!

Als Major Dobbin am nächsten Morgen erschien, war er wie gewöhnlich sehr sauber rasiert und gekleidet. Es war allerdings noch sehr früh am Tage, sodaß niemand im Hause auf

358

war, mit Ausnahme jenes wunderbaren Hausknechts, der, wie es scheint, überhaupt keinen Schlaf nötig hat. Als der Major die halbdunklen Flure entlang schritt, konnte er das Schnarchen der verschiedenen Insassen des Hauses hören. Dann schlich der schlaflose Hausknecht von Tür zu Tür und sammelte überall die Blücher-, Wellington- und Oxforder Stiefel ein, die dort standen. Hierauf erhob sich Josephs indischer Diener und begann, den gewichtigen Kleidervorrat seines Herrn in Bereitschaft zu setzen und seine Pfeife zu stopfen. Nun standen auch die Dienstmädchen auf, und als sie auf dem Gang dem dunkelfarbigen Diener Josephs begegneten, kreischten sie auf, weil sie ihn für den Teufel hielten. Er und Dobbin stolperten auf den Gängen über die Scheuereimer der Mädchen. Als der erste unrasierte Kellner erschien und die Haustür aufriegelte, glaubte der Major, nun sei die Zeit zur Abfahrt gekommen, und befahl, sofort einen Eilpostwagen zu bestellen, damit sie abreisen könnten.
Dann lenkte er seine Schritte zu Mr. Sedleys Zimmer und schlug die Vorhänge des großen, breiten Daunenbettes zurück, in dem Mr. Joseph schnarchte. »Stehen Sie auf, Sedley!« rief der Major. »Es ist Zeit, daß wir fortkommen. In einer halben Stunde wird der Wagen vor der Tür sein.«
Joseph fragte brummend unter dem Deckbett hervor, was denn die Uhr sei; als er aber dem errötenden Major, der selbst dann nicht lügen konnte, wenn es für ihn vorteilhaft war, das Geständnis abgepreßt hatte, welche frühe Stunde es noch sei, brach er in eine Flut nicht wiederzugebender Schimpfreden aus, durch die er dem Major zu verstehen gab, er wolle verdammt sein, wenn er jetzt aufstände. Der Major möge sich zum Henker scheren – er werde überhaupt nicht mit Dobbin reisen – und es sei höchst unfreundlich und unanständig, einen Menschen so im Schlaf zu stören. Hierauf mußte sich der verlegene Major zurückziehen, und Joseph setzte seinen unterbrochenen Schlummer fort.

Bald darauf kam der Wagen, und der Major wollte nicht länger warten.

Wäre er ein englischer Edelmann auf einer Vergnügungsreise oder ein Zeitungsberichterstatter mit Depeschen gewesen (Regierungsboten pflegen gemächlicher zu reisen), so hätte er es nicht eiliger haben können. Die Postillone wunderten sich über die Trinkgelder, mit denen er um sich warf. Wie freundlich und grün sah das Land aus, als der Wagen in rascher Fahrt von einem Meilenstein zum andern dahinrollte und durch nette Landstädte fuhr, wo die Wirte herauskamen, um die Reisenden lächelnd und mit vielen Verbeugungen zu begrüßen. Sie kamen an hübschen Wegewirtshäusern vorüber, deren Schilder an den davorstehenden Ulmen hingen und vor denen sich Pferde und Fuhrleute im Schatten der Bäume erfrischten, und an alten Schlössern und Parks und ländlichen Weilern, die sich eng an altersgraue Kirchen schmiegten, vorbei – mit einem Wort: durch die reizende, freundliche englische Landschaft! Gibt es in der ganzen Welt eine, die ihr gleichkäme? Den heimkehrenden Reisenden blickt sie so traulich an, als ob sie ihm die Hand schütteln wollte, während er sie durcheilt. Major Dobbin fuhr auf seinem Wege von Southampton bis London an all diesem vorüber, ohne auf viel mehr als die Meilensteine an der Straße zu achten. Sicherlich hatte er ein brennendes Verlangen, seine Eltern in Camberwell wiederzusehen.

Die Zeit, die er für die Fahrt von Piccadilly nach seinem alten Absteigequartier Slaughters Kaffeehaus gebrauchte, das er getreulich wieder aufsuchte, erschien ihm endlos lang. Viele Jahre waren vergangen, seit er dieses Haus zuletzt gesehen hatte, seit er und George als junge Männer dort manches Fest gefeiert, manches Gelage veranstaltet hatten. Jetzt war er ein alter Junggeselle geworden. Sein Haar war ergraut, und ebenso waren manche Leidenschaften und Gefühle seiner Jugend verblaßt. Dort aber stand noch der alte

Kellner an der Tür – in demselben fettfleckigen schwarzen Anzug, mit demselben Doppelkinn und schwammigen Gesicht, mit demselben riesigen Bündel von Petschaften auf der Weste. Da stand er und klimperte noch ebenso wie früher mit dem Geld in seinen Taschen und begrüßte den Major, als ob dieser nur eine Woche lang fortgewesen sei. »Bring die Sachen des Majors auf Nummer 23, das ist sein altes Zimmer«, sagte John, ohne die geringste Überraschung zu zeigen. »Gebratenes Huhn zu Dinner, nicht wahr? Sie sind noch unverheiratet? Hier wurde erzählt, Sie hätten drüben geheiratet. Der schottische Arzt von Ihrem Regiment war hier. Nein, es war Hauptmann Humby vom 33., das mit Ihrem Regiment in Garnison stand. Wünschen Sie warmes Wasser? Warum kommen Sie mit der Eilpost? Ist Ihnen die gewöhnliche Postkutsche nicht schnell genug?« – Hiermit führte der treue Kellner, der jeden Offizier, der das Haus besuchte, kannte und sich seiner erinnerte und dem zehn Jahre nicht mehr bedeuteten als ein Tag, Dobbin in sein altes Zimmer, worin sich noch das große Bett mit der Wolldecke, der schäbige, jetzt noch schmutziger gewordene Teppich und all die alten, schwarzen, mit verblichenem Kattun überzogenen Möbel befanden, deren sich der Major aus seiner Jugend noch entsann.

Er erinnerte sich, wie George am Tage vor seiner Trauung in diesem Zimmer auf und ab gegangen war, an seinen Nägeln gekaut und geschworen hatte, daß sein Vater nachgeben müsse, daß er selbst sich aber nicht die Bohne daraus machen würde, wenn er es nicht täte. Dobbin sah ihn vor sich, wie er damals hereinkam und die Tür von diesem Zimmer ebenso schallend zuwarf wie vorher die seinige nebenan.

»Jünger sind Sie nicht geworden«, bemerkte John, seinen Freund aus früheren Tagen ruhig musternd.

Dobbin lachte. »Zehn Jahre und ein Fieber machen einen Menschen nicht jünger, John«, erwiderte er. »Aber Sie, Sie bleiben immer jung ... oder vielmehr. Sie bleiben immer alt, gleich alt.«

»Was ist denn aus Hauptmann Osbornes Witwe geworden?« fragte John. »Er war ein hübscher junger Kerl. Herrgott, wie er mit dem Geld um sich warf! Er ist nie wieder hierher gekommen seit dem Tage, da er von hier zur Trauung fuhr. Er ist mir noch bis auf diesen Augenblick drei Pfund schuldig. Sehen Sie hier, ich habe es in meinem Buch stehen: ›den 10. April 1815, Hauptmann Osborne, drei Pfund.‹ Ich möchte gern wissen, ob sein Vater es mir bezahlen würde.« Bei diesen Worten zog er ein ledernes Notizbuch hervor, in dem er auf einem fettigen, vergilbten Blatt unter vielen anderen hingekritzelten, auf frühere Besucher des Hauses bezüglichen Bemerkungen auch sein Darlehen an den Hauptmann verzeichnet hatte.

Nachdem John seinen Gast in das Zimmer geführt hatte, zog er sich mit völliger Seelenruhe zurück. Major Dobbin aber wählte, nicht ohne über seine eigene Torheit zu erröten und zu lächeln, aus seinem Koffer den schönsten und kleidsamsten Anzug aus, den er besaß; und als er dann in dem trüben kleinen Spiegel auf dem Waschtisch sein gelbes Gesicht und sein graues Haar betrachtete, mußte er lachen.

›Ich freue mich, daß der alte John mich nicht vergessen hat‹, dachte er. ›Ich hoffe, auch sie wird mich wiedererkennen.‹ Er verließ das Gasthaus und lenkte seine Schritte wieder nach Brompton.

Jeder, auch der kleinste Umstand seines letzen Zusammenseins mit Amelia stand dem treuen Mann vor der Seele, während er ihrem Hause zuschritt. Seit er zum letztenmal in Piccadilly gewesen war, waren der Bogen und die Achillesstatue errichtet worden; und so hatten noch hundert andere Veränderungen stattgefunden, die sein Auge und sein Geist nur flüchtig und obenhin wahrnahmen. Er begann zu zittern, als er die Bromptoner Allee entlang ging, jene ihm wohlbe-
362

kannte Allee, die zu der Straße führte, wo sie wohnte. Stand sie im Begriff, sich zu verheiraten oder nicht? Wenn er sie mit ihrem kleinen Sohn treffen sollte – guter Gott, was sollte er dann tun? Er sah eine Frau mit einem fünfjährigen Kind auf sich zukommen ... war es Amelia? Er erbebte bei dem bloßen Gedanken an die Möglichkeit. Als er endlich in die Straße kam, wo sie wohnte, und die Pforte des zu ihrem Hause gehörigen Vorgartens erreichte, mußte er sich an dieser festhalten und einen Augenblick stehenbleiben. Er hätte das Pochen seines eigenen Herzens hören können. ›Gott der Allmächtige segne sie, was auch immer geschehen ist!‹ dachte er. ›Wer weiß, ob sie nicht vielleicht von hier fortgezogen ist‹, sagte er zu sich selbst und schritt durch die Pforte.

Das Fenster ihres einstigen Wohnzimmers stand offen, und in dem Raum war niemand zu sehen. Der Major glaubte jedoch das Klavier und das darüberhängende Bild zu erkennen, die beide ihren alten Platz behalten hatten, und seine Aufregung wuchs. Mr. Clapps Messingschild befand sich noch an der Tür neben dem Klopfer, den Dobbin in Bewegung setzte.

Ein gesund aussehendes Mädchen von sechzehn Jahren mit hellen Augen und roten Backen kam auf sein Klopfen herbei und sah den Major, der sich mit dem Rücken gegen den Türpfosten lehnte, aufmerksam an.

Er war bleich wie ein Geist und konnte kaum die Worte herausstammeln: »Wohnt hier Mrs. Osborne?«

Sie blickte ihm einen Augenblick scharf ins Gesicht; dann wurde sie ebenfalls blaß und sagte: »Herrgott, das ist ja Major Dobbin!« Sie streckte ihm zitternd ihre beiden Hände hin. »Erinnern Sie sich meiner nicht mehr?« sagte sie. »Ich nannte Sie immer Major Zuckerpflaume.« Hierauf nahm der Major (und ich glaube, es war das erstemal in seinem Leben, daß er sich so aufführte) das Mädchen in seine Arme und küßte es. Vor Aufregung begann sie zu lachen und zu weinen, rief, so laut sie konnte, »Mama, Papa!« und veranlaßte dadurch die braven Leute, herbeizulaufen, die den Major bereits vom Küchenfenster aus gesehen hatten und nun erstaunt waren, ihre Tochter auf dem kleinen Flur in den Armen eines großen, schlanken Mannes in blauem Rock und weißen Leinwandhosen zu finden.

»Ich bin ein alter Freund«, sagte er, wobei er leicht errötete. »Entsinnen Sie sich meiner nicht, Mrs. Clapp? Was haben Sie immer für schöne Kuchen zum Tee gebacken! Erinnern Sie sich meiner noch, Clapp? Ich bin Georges Pate und eben aus Indien zurückgekommen.« Und nun folgte ein allgemeines Händeschütteln; Mrs. Clapp war außerordentlich gerührt und erfreut und rief noch auf dem Flur den lieben Gott ein über das andere Mal an, ihr beizustehen.

Die Wirtsleute führten den braven Major in das Sedleysche Wohnzimmer, in dem er sich an jedes einzelne Möbelstück erinnerte, von dem alten Klavier mit den Bronzeverzierungen, einem ehemals sehr hübschen kleinen Instrument von Stothard, bis zu dem Ofenschirm und dem alabasternen Miniaturgrabstein, in dessen Mitte Mr. Sedleys goldene Uhr tickte. Und als er sich hier auf den Lehnstuhl des abwesenden Mieters gesetzt hatte, da erzählten ihm Vater, Mutter und Tochter, die sich dabei unzähligemal durch allerlei Ausrufe in ihrem Bericht unterbrachen, das, was wir bereits von Amelias Erlebnissen wissen, was ihm aber noch neu und überraschend war: nämlich von Mrs. Sedleys Tode, von Georges Versöhnung mit seinem Großvater Osborne, von dem schrecklichen Schmerz, den die Trennung von ihm der Witwe bereitet habe, und von vielen anderen Einzelheiten aus ihrem Leben. Zwei- oder dreimal wollte er schon nach der Heiratsangelegenheit fragen, fand aber nicht den Mut dazu. Er mochte diesen Leuten nicht sein Herz aufdecken. Zuletzt wurde ihm mitgeteilt, daß Mrs. Osborne mit ihrem

Papa einen Spaziergang im Park von Kensington mache, wohin sie an schönen Nachmittagen nach Tisch mit dem alten Herrn immer zu gehen pflege, der jetzt sehr schwach und grämlich sei und ihr das Leben schwer mache, obwohl sie sich wirklich wie ein Engel gegen ihn benehme.

»Ich bin in Eile«, sagte der Major, »und habe heute abend noch notwendige Geschäfte zu erledigen. Ich möchte aber doch Mrs. Osborne gern sehen. Vielleicht ist Miß Polly so freundlich, mit mir zu kommen und mir den Weg zu zeigen.«
Miß Polly war über diesen Vorschlag freudig überrascht. Sie kenne den Weg recht wohl, sagte sie, und wolle ihn dem Major gern zeigen. Sie habe selbst oft Mr. Sedley dorthin begleitet, wenn Mrs. Osborne nach dem Russell Square gegangen wäre, und sie wisse die Bank, auf der er gern sitze. Sie lief in ihr Zimmer und erschien sehr bald wieder mit ihrem besten Hut, dem gelben Schal ihrer Mutter und einer großen Achatbrosche, die sie sich ebenfalls von ihrer Mama geborgt hatte, um eine würdige Begleiterin des Majors zu sein. Darauf reichte der Offizier im blauen Rock und mit den hirschledernen Handschuhen der jungen Dame seinen Arm, und sie gingen in sehr heiterer Stimmung davon. Er war froh, bei dem Wiedersehen, vor dem ihm doch einigermaßen bange war, eine wohlmeinende Seele zur Seite zu haben. Er legte seiner Begleiterin noch tausend weitere Fragen über Amelia vor; sein gutes Herz blutete bei dem Gedanken, daß sie sich von ihrem Sohn hatte trennen müssen. Er fragte, wie sie es ertrage – ob sie ihn oft sehe – ob es Mr. Sedley in geldlicher Hinsicht jetzt einigermaßen gut gehe. Polly beantwortete alle diese Fragen, die Major Zuckerpflaume an sie richtete, so gut sie konnte.
Während sie so miteinander gingen, trug sich ein Ereignis zu, das trotz seiner Geringfügigkeit doch dem Major Dobbin das größte Vergnügen bereitete. Ein blasser junger Mann mit dünnem Backenbart und steifem, weißem Halstuch kam

en sandwich, das heißt an jedem Arm mit einer Dame, die Allee herunter. Die eine der beiden Damen war eine große, gebieterisch aussehende Frau von mittleren Jahren, deren Züge und Hautfarbe denen des neben ihr gehenden Geistlichen sehr glichen. Die andere eine kümmerliche kleine Person mit dunklem Teint, die einen schönen neuen Hut mit weißen Bändern, ein hübsches Seidenkleid und am Gürtel eine kostbare goldene Uhr trug. Obwohl der Herr an sich schon durch die beiden Damen genug behindert war, war er doch außerdem noch mit einem Sonnenschirm, einem Schal und einem Korb beladen, so daß seine Arme vollständig in Anspruch genommen waren und er schlechterdings außerstande war, seinen Hut zu ziehen, um den Knicks zu erwidern, mit dem Miß Polly ihn begrüßt hatte.

Er neigte also zur Antwort auf ihren Gruß nur sanftmütig den Kopf, während die beiden Damen in gönnerhafter Weise dankten und gleichzeitig dem Mann mit dem blauen Rock und dem Bambusstock, der Miß Polly begleitete, einen strengen Blick zuwarfen.

»Wer ist das?« fragte, durch den Anblick dieser Gruppe belustigt, der Major, nachdem er zur Seite getreten war, um die drei vorbeizulassen. Miß Polly sah ihn schelmisch an.

»Das ist unser Hilfsprediger, der Reverend Mr. Binny« (hier zuckte der Major zusammen), »und seine Schwester Miß Binny. Herrgott, wie hat die uns in der Sonntagsschule gequält! Und die andere Dame – die kleine mit den Schielaugen und der schönen Uhr – ist Mrs. Binny, eine geborene Grits. Ihr Vater war Kolonialwarenhändler und hatte auch in den Kensington Gravel Pits einen kleinen Ausschank, das ›echt goldene Teekännchen‹. Im vergangenen Monat haben sie sich geheiratet und sind jetzt eben erst von Margate zurückgekommen. Sie besitzt ein Vermögen von fünftausend Pfund; aber sie und Miß Binny, die die Heirat zustande gebracht hat, haben sich schon miteinander verzankt.«

366

Hatte der Major vorher geguckt, so fuhr er jetzt zurück und stieß seinen Bambusstock so heftig auf den Boden, daß Miß Clapp »Herrgott!« rief und dann lachte. Er stand einen Augenblick schweigend da und blickte mit offenem Mund dem sich entfernenden jungen Paare nach, während Miß Polly dessen Geschichte erzählte; aber nach der Mitteilung von der Heirat des hochehrwürdigen Herrn hörte er nichts mehr davon. Der Kopf schwindelte ihm vor Glückseligkeit. Nach dieser Begegnung strebte er mit verdoppelter Geschwindigkeit dem ersehnten Ziel zu, aber ihm bangte so sehr vor dem Wiedersehen, nach dem er sich diese ganzen zehn Jahre lang gesehnt hatte, daß der Weg ihm zu kurz deuchte, als sie die Bromptoner Allee durchschritten hatten und durch das kleine alte Portal in den Kensingtoner Park eintraten.

»Da sind sie«, sagte Miß Polly, und wieder fühlte sie an dem Druck auf ihren Arm, wie der Major zurückfuhr. Sie durchschaute plötzlich die ganze Sache. Sie kannte diese Liebesgeschichte genau so gut, als ob sie sie in einem ihrer Lieblingsromane, ›Fanny, die Waise‹ oder ›Die schottischen Häuptlinge‹, gelesen hätte.

»Vielleicht sind Sie so freundlich, voranzugehen und es ihr zu sagen«, meinte der Major. Und Polly lief voran, so daß ihr gelber Schal im Winde hinter ihr her flog.

Der alte Sedley saß auf einer Bank, hatte sein Taschentuch über die Knie gebreitet und erzählte wie gewöhnlich irgendeine alte Geschichte aus alten Zeiten – eine Geschichte, die Amelia schon manch liebes Mal vorher gehört und mit geduldigem Lächeln aufgenommen hatte. Sie hatte neuerdings gelernt, durch Lächeln oder andere Zeichen der Teilnahme sich den Anschein zu geben, als ob sie den Erzählungen des alten Mannes lauschte, während sie in Wirklichkeit an ihre eigenen Angelegenheiten dachte. Als Polly herbeigesprungen kam und Amelia sie erblickte, stand sie erschrocken von

der Bank auf. Ihr erster Gedanke war daß ihrem George
etwas zugestoßen wäre; aber der Anblick der freudig erregten, glückseligen Miene der Botin zerstreute diese Furcht in
dem ängstlichen Mutterherzen.

»Eine Neuigkeit, eine Neuigkeit!« rief Major Dobbins Abgesandte. »Er ist gekommen! Er ist gekommen!«

»Wer ist gekommen?« fragte Emmy, die immer noch an
ihren Sohn dachte.

»Sehen Sie einmal dorthin«, erwiderte Miß Clapp, indem sie
sich umdrehte und mit dem Finger nach einer bestimmten
Richtung deutete. Und als Amelia ihre Blicke dorthin lenkte,
sah sie Dobbins hagere Gestalt und langen Schatten über
den Rasen heranschreiten. Nun schrak Amelia ihrerseits zusammen, errötete und fing natürlich zu weinen an. Bei allen
freudigen Erlebnissen dieses törichten kleinen Geschöpfs
mußten ihre Wasserwerke spielen.

Er sah sie an (o wie zärtlich!), als sie mit ausgestreckten
Händen ihm entgegeneilte, um ihn zu begrüßen. Sie hatte
sich nicht verändert; nur ein wenig blasser und stärker war
sie geworden. Aber ihre Augen, ihre guten, vertrauensvollen
Augen waren dieselben geblieben. In ihrem weichen, braunen Haar waren kaum drei Silberfäden sichtbar. Sie gab ihm
ihre beiden Hände, während sie errötend und durch Tränen
lächelnd zu seinem ehrlichen, biederen Gesicht aufblickte.
Er nahm die beiden kleinen Hände fest in die seinigen. Für
einen Augenblick war er unfähig, ein Wort herauszubringen.
Warum schloß er sie nicht in seine Arme und schwur ihr, sie
nie wieder zu verlassen? Sie hätte nachgeben müssen – sie
hätte nicht anders gekonnt als ihm zu folgen.

»Ich … ich habe Ihnen noch einen andern Besuch anzukündigen«, sagte er nach einer kleinen Weile.

»Mrs. Dobbin?« fragte Amelia zurückweichend. Warum
sprach er nur nicht?

»Nein«, erwiderte er und ließ ihre Hände los. »Wer hat

Ihnen diese Lügen erzählt? Ich meinte Ihren Bruder Joseph, der mit mir auf demselben Schiff gefahren und heimgekehrt ist, um Sie alle glücklich zu machen.«

»Papa, Papa!« rief Emmy. »Hier ist eine gute Nachricht! Unser Joseph ist in England. Er ist hergekommen, um für dich zu sorgen. Und hier ist Major Dobbin.«

Mr. Sedley erhob sich hastig, zitterte heftig und suchte seine Gedanken zu sammeln. Dann trat er auf den Major zu und machte ihm eine altmodische Verbeugung, nannte ihn Mr. Dobbin und sprach die Hoffnung aus, daß sich sein würdiger Vater, Sir William, bester Gesundheit erfreue. Er habe vor, Sir William nächstens aufzusuchen, da dieser ihn vor kurzem mit einem Besuch beehrt habe. In Wahrheit war Sir William vor acht Jahren zum letztenmal bei dem alten Herrn gewesen – das war der Besuch, den Mr. Sedley zu erwidern beabsichtigte.

»Es hat ihn arg mitgenommen«, flüsterte Emmy, als Dobbin auf den alten Mann zuging und ihm herzlich die Hand schüttelte.

Obgleich der Major an diesem Abend noch so dringende Geschäfte in London hatte, fand er sich doch bereit, sie zu verschieben, als Mr. Sedley ihn einlud, mit zu ihnen nach Hause zu kommen und eine Tasse Tee bei ihnen zu trinken. Amelia schob ihren Arm unter den ihrer jungen Freundin mit dem gelben Schal und ging mit dieser auf dem Heimweg voran, so daß Mr. Sedley Dobbins Fürsorge überlassen blieb. Der alte Mann ging sehr langsam und erzählte eine Menge alter Geschichten von sich und seiner armen Bessy, von seinem früheren Wohlstand und seinem Bankerott. Seine Gedanken ergingen sich, wie das bei altersschwachen Leuten gewöhnlich der Fall ist, in weit zurückliegende Zeiten. Von der Gegenwart wußte er, abgesehen von der großen Katastrophe, deren Wirkung er fühlte, nur wenig. Der Major war froh, daß er ihn reden lassen konnte. Seine Augen waren unverwandt auf die Gestalt vor ihm gerichtet – die liebe kleine Gestalt, die allzeit vor seinem geistigen Blick gestanden hatte, die stets der Leitgedanke seiner Gebete gewesen war und von der er Tag und Nacht geträumt hatte.

Amelia war den ganzen Abend über sehr glücklich, heiter und geschäftig und erfüllte nach Dobbins Urteil ihre Pflichten als Wirtin bei dem kleinen Mahl in größter Anmut und Würde. Während sie so im Zwielicht saßen, folgte er ihr überallhin mit den Augen. Wie oft hatte er diesen Augenblick herbeigesehnt und sie sich in weiter Ferne unter heißem Himmel und auf ermüdenden Märschen vorgestellt, wie sie sanften, zufriedenen Gemüts freundlich für die Bedürfnisse ihrer bejahrten Eltern sorge und die Armut durch liebevolle Hingabe lindere – gerade wie er sie jetzt mit eigenen Augen sah. Ich will nicht behaupten, daß sein Geschmack auf der höchsten Höhe stand oder daß große Geister verpflichtet wären, mit einem so hausbackenen Glück zufrieden zu sein, wie es unserm schlichten alten Freunde genügte. Aber seine Wünsche, ob beifallswert oder nicht, waren nun einmal von dieser Art, und wenn Amelia es war, die ihm einschenkte, so war er bereit, ebenso viele Tassen Tee zu trinken wie Doktor Johnson.

Als Amelia diese Neigung zum Teetrinken an ihm wahrnahm, bestärkte sie ihn lachend darin und machte ein äußerst schelmisches Gesicht, als sie ihm eine Tasse nach der andern reichte. Allerdings wußte sie nicht, daß der Major noch nicht zu Mittag gegessen hatte und daß in Slaughters Kaffeehaus immer noch der Tisch für ihn gedeckt stand und in derselben Nische freigehalten wurde, in der er und George so oft gegessen und getrunken hatten, als sie selbst noch ein ganz junges Ding und eben erst aus Miß Pinkertons Schule heimgekehrt war.

Das erste, was Mrs. Osborne dem Major zeigte, war Georges Miniaturbild. Sobald sie nach Hause gekommen waren, lief sie die Treppe hinauf, um es zu holen. Es war natürlich nicht halb so hübsch, wie der Knabe wirklich war; aber war es nicht ein edler Zug von ihm, daß er auf den Gedanken gekommen war, es für seine Mutter malen zu lassen? Solange ihr Vater noch wach war, redete sie nicht viel von George; Gespräche über Mr. Osborne und den Russell Square ärgerten den alten Mann, der wahrscheinlich nicht ahnte, daß er schon seit einigen Monaten hauptsächlich von der Freigebigkeit seines reichen Nebenbuhlers lebte, und der seine gute Laune verlor, wenn von seinem Feinde gesprochen wurde.

Dobbin erzählte ihm alles, was sich an Bord des Ramchunder begeben hatte, und vielleicht sogar noch etwas mehr. Er schilderte in übertriebenen Ausdrücken Josephs wohlwollende Gesinnung gegen seinen Vater und seine Absicht, diesem für seine letzten Tage ein behagliches Leben zu ermöglichen. In Wirklichkeit hatte der Major während der Reise seinem Fahrtgenossen diese Pflicht sehr nachdrücklich zu Gemüte geführt und ihm das Versprechen abgenötigt, daß er für seine Schwester und deren Kind sorgen wolle. Er besänftigte Josephs Ärger über die Wechsel, die der alte Herr auf ihn gezogen hatte, berichtete ihm unter Lachen von seinen eigenen trüben Erfahrungen in dieser Beziehung und von der erlesenen Weinsendung, mit der ihn der alte Mann beglückt hatte, und versetzte Mr. Joseph, der durchaus kein böser Mensch war, wenn man ihn bei guter Laune erhielt und ihm ein wenig schmeichelte, dadurch in eine recht gute Stimmung gegen seine Verwandten in Europa.

Ja, ich schäme mich, berichten zu müssen, daß der Major es mit der Wahrheit so wenig genau nahm, daß er dem alten Mr. Sedley erzählte, zur Rückkehr nach Europa sei Joseph hauptsächlich durch den Wunsch, seinen Vater wiederzusehen, veranlaßt worden.

Zu seiner gewohnten Stunde nickte Mr. Sedley auf seinem Lehnstuhl ein; und nun konnte Amelia nach Herzenslust reden und erzählen. Ihre Mitteilungen bezogen sich ausschließlich auf den kleinen George. Von ihrem Schmerz darüber, daß sie ihn hatte hingeben müssen, sprach sie überhaupt nicht; denn obgleich dieser guten Frau die Trennung von dem Kinde fast das Leben gekostet hatte, meinte sie doch, es sei sehr schlecht von ihr, sich über den Verlust so zu grämen. Dafür sprach sie aber desto mehr von ihrem Sohn, von seinen Tugenden, seinen Talenten und seinen Aussichten für das Leben. Sie schilderte seine engelhafte Schönheit und führte aus der Zeit, da er noch bei ihr gewohnt hatte, eine Fülle von Beispielen seiner vornehmen, hochherzigen Denkungsart an. Sie erzählte, daß eine königliche Prinzessin im Kensington-Park stehengeblieben sei und ihn bewundert habe – daß jetzt großartig für ihn gesorgt werde – daß er ein Pony und einen Reitknecht habe – daß er sehr klug und geweckt sei und einen erstaunlich belesenen, liebenswürdigen Lehrer in der Person des Reverend Lawrence Veal besitze. »Der Mann weiß alles, geradezu alles«, sagte Amelia. »Die Abendgesellschaften bei ihm sind ganz entzückend. Ihnen, der Sie selbst so gelehrt sind und so viel gelesen haben und so klug und gebildet sind (schütteln Sie nur nicht den Kopf, und sagen Sie nicht nein – er hat es immer von Ihnen gesagt) – Ihnen werden Mr. Veals Gesellschaften auch gewiß sehr gefallen. Sie finden immer am letzten Dienstag im Monat statt. Mr. Veal sagt, es gebe keinen Posten beim Gericht oder in der Staatsverwaltung, auf den George nicht Anspruch erheben dürfe. Sehen Sie hier!« und bei diesen Worten ging sie zu dem Schubfach im Klavier und holte einen von George verfaßten Aufsatz hervor. Dieses geniale Werk, das sich noch heute im Besitz von Georges Mutter befindet, lautete folgendermaßen:

Über die Selbstsucht. – Von allen Lastern, die den menschlichen Charakter entehren, ist die Selbstsucht das häßlichste und verächtlichste. Eine ungebührliche Liebe zur eigenen

372

Person führt zu den schrecklichsten Verbrechen und verursacht das größte Unglück sowohl in den Staaten wie auch in den Familien. Wie ein selbstsüchtiger Mann seine Familie in Armut bringt und oft ins Verderben stürzt, so bringt ein selbstsüchtiger König Verderben über sein Volk und verwickelt es oft in Kriege.

Beispiele: Die Selbstsucht Achills verursachte, wie der Dichter Homer bemerkt, den Grichen tausendfaches Weh: μυρί' Ἀχαιοῖς ἄλγε' ἔθηκεν (Homers Ilias A 2). Die Selbstsucht des verstorbenen Napoleon Bonaparte hat unzählige Kriege in Europa hervorgerufen und bewirkte, daß er selbst auf einer elenden Insel starb, der Insel St. Helena im Atlantischen Ozean.

Wir sehen aus diesen Beispielen, daß wir nicht ausschließlich unser eigenes Interesse und ·unsern Ehrgeiz zu Rate ziehen dürfen, sondern das Wohl anderer ebensosehr wie unser eigenes berücksichtigen müssen.

George S. Osborne

Athene House, 24. April 1827.

»Sehen Sie nur, was für eine Hand er schreibt!« sagte die entzückte Mutter. »Und was sagen Sie dazu, daß er in seinem Alter schon Stellen aus dem Griechischen zitiert? O William«, fügte sie hinzu, indem sie dem Major ihre Hand hinhielt, »welch einen Schatz hat mir der Himmel an diesem Knaben gegeben! Er ist der Trost meines Lebens, und er ist das Ebenbild des .. des Dahingegangenen!«

›Darf ich ihr zürnen, weil sie ihm treu ist?‹ dachte William. ›Darf ich auf meinen im Grabe ruhenden Freund eifersüchtig sein oder mich dadurch gekränkt fühlen, daß ein Herz wie das ihrige nur einmal lieben kann und dann fürs ganze Leben liebt? O George, George! wie wenig hast du doch den Schatz zu würdigen verstanden, den du besaßest!‹ Diese Gedanken gingen dem guten William blitzschnell durch den Kopf, während er Amelias Hand in der seinen hielt und sie ihre Augen mit dem Taschentuch bedeckte.

»Lieber Freund,« sagte sie und drückte die Hand, in der die ihrige lag, »wie gut, wie freundlich sind Sie immer gegen mich gewesen? Sehen Sie, der Papa regt sich. Sie werden morgen hingehen und George besuchen, nicht wahr?«

»Morgen nicht«, erwiderte der arme alte Dobbin. »Morgen habe ich Geschäfte zu erledigen.« Er mochte nicht eingestehen, daß er noch nicht bei seinen Eltern und seiner lieben Schwester Ann gewesen sei – eine Unterlassungssünde, um derentwillen sicherlich jeder wohlerzogene Mensch den Major tadeln wird. Bald darauf empfahl er sich und hinterließ seine Anschrift für den Fall, daß Joseph ankäme. So war denn der erste Tag vorüber, und er hatte sie gesehen.

Als er nach Slaughters Kaffeehaus zurückkehrte, war das gebratene Huhn natürlich kalt geworden, und er aß es in diesem Zustand als Abendbrot. Da er wußte, daß seine Angehörigen sehr früh schlafenzugehen pflegten und daß es unangebracht sein würde, sie zu so später Stunde in ihrem Schlummer zu stören, so ging Major Dobbin an diesem Abend noch in eine Vorstellung zu halben Preisen ins Haymarket-Theater, und wir wollen hoffen, daß er sich da gut unterhalten hat.

VIERUNDZWANZIGSTES KAPITEL
Das alte Klavier

Der Besuch des Majors hatte den alten John Sedley in einen Zustand großer Aufregung versetzt, und seine Tochter konnte ihn nicht dazu bringen, sich an diesem Abend seinen gewohnten Beschäftigungen und Vergnügungen zu widmen. Er verbrachte die Zeit damit, in seinen Schubladen und Mappen herumzukramen, mit zitternden Händen seine Papiere aufzubinden und sie für Josephs Ankunft zu ordnen

374

und zurechtzulegen. Er hatte alles in bester Ordnung: seine Bänder und Schnüre, seine Quittungen und seinen Briefwechsel mit Rechtsanwälten und Geschäftsleuten und die Schriftstücke, die sich auf seine verschiedenen Pläne bezogen – zum Beispiel auf das Wein-Unternehmen, das infolge eines ganz unberechenbaren Zufalls trotz einem glückverheißenden Beginn gescheitert war – auf den Kohlenhandel, der bei genügendem Kapital das erfolgreichste Unternehmen von der Welt gewesen wäre – auf das Sägemühlen- und Sägemehlpatent usw. usw. Den ganzen Abend verbrachte er bis zu sehr später Stunde damit, diese Schriftstücke bereitzulegen, wobei er mit einer flackernden Kerze in den zitternden Händen fortwährend aus einem Zimmer ins andere wankte. »Hier sind die Papiere über den Wein, hier die über das Sägemehl, hier die über die Kohlen. Dies sind die Abschriften meiner Briefe nach Kalkutta und Madras nebst den Antworten von Major Dobbin, Ritter des Bathordens, und von Mr. Joseph Sedley. Er wird bei mir keine Unregelmäßigkeiten finden, Emmy«, sagte der alte Herr.
Emmy lächelte. »Ich glaube nicht, Papa, daß Joseph Wert darauf legen wird, diese Papiere zu sehen«, erwiderte sie.
»Du verstehst nichts von Geschäften, liebes Kind«, antwortete der Vater, indem er mit wichtiger Miene den Kopf schüttelte. Und wir müssen allerdings zugeben, daß Emmy auf diesem Gebiet, von dem manche Leute nur zu viel verstehen, tatsächlich sehr unwissend war. Alle diese wertlosen Schriftstücke legte der alte Sedley auf einem Seitentisch zurecht, bedeckte sie sorgfältig mit einem reinen Taschentuch aus ostindischer Seide – einem Geschenk von Major Dobbin – und schärfte dem Dienstmädchen und der Hauswirtin aufs strengste ein, ja nicht diese Papiere anzurühren, die dort zur Prüfung für den morgen eintreffenden Mr. Joseph Sedley geordnet seien, der im Dienst der bengalischen Abteilung der ehrenwerten Ostindischen Kompanie stehe.

Amelia fand ihn am nächsten Morgen sehr früh auf; er war geschäftiger denn je, fieberte heftig und zitterte stärker als sonst. »Ich habe nicht viel geschlafen, liebe Emmy«, sagte er. »Ich mußte an meine arme Bessy denken. Wenn sie doch noch lebte, damit sie noch einmal in Josephs Wagen ausfahren könnte! Sie hatte früher ihren eigenen und nahm sich sehr stattlich darin aus.« Seine Augen füllten sich mit Tränen, die über sein gefurchtes altes Gesicht herunterrannen. Amelia wischte sie ihm lächelnd ab und küßte ihren alten Vater. Sie band sein Halstuch in einen hübschen Knoten und befestigte seine Busennadel in seiner besten Hemdkrause. So saß er nun in seinem sonntäglichen Traueranzuge da und wartete seit sechs Uhr morgens auf die Ankunft seines Sohnes.

In Southampton gibt es in der High Street einige elegante Kleiderläden, in deren schönen Schaufenstern prächtige Westen aller Art aus Seide und Samt, goldfarbene und scharlachrote, mit Abbildungen der neuesten Moden aushängen. Auf den Bildern erblickt man wunderschöne Herren, die kleine Knaben mit übermäßig großen Augen und lockigem Haar an der Hand halten und durch ihre Augengläser nach Damen in Reitkostümen hinschielen, die an der Achillesstatue beim Apsley House vorbeisprengen. Obgleich Joseph mit den prächtigsten Westen versehen war, die in Kalkutta zu haben waren, glaubte er doch, daß er nicht nach London reisen könne, ohne sich vorher noch mit ein paar von diesen Kleidungsstücken ausgestattet zu haben. Er wählte sich eine scharlachrote, mit goldenen Schmetterlingen bestickte Atlasweste und eine schwarz und rot gewürfelte Samtweste mit weißen Streifen und einem Umschlagkragen. Hiermit sowie mit einer kostbaren blauseidenen Halsbinde und einer goldenen Nadel, die einen Reiter aus rosa Emaille darstellte, der über ein Gattertor mit fünf Querstangen hinwegsetzte, glaubte er seinen Einzug in London einigermaßen würdig halten zu können. Denn Josephs frühere Schüchternheit und
376

täppische, schamhafte Verlegenheit war einem zuversicht-
licheren, mutigeren Bewußtsein seines eigenen Wertes gewichen. »Ich scheue mich nicht, einzugestehen,« sagte Waterloo-Sedley manchmal zu seinen Freunden, »daß ich gern
gut gekleidet gehe.« Und wenn er sich auch etwas unbehaglich fühlte, wenn ihn auf den Bällen im Gouverneurspalast die Damen ansahen und er sich unter ihren Blicken
errötend und beunruhigt abwandte, so tat er dies doch
hauptsächlich aus Furcht, sie könnten um seine Liebe wer-
ben, denn vom Heiraten aber wollte er schlechterdings nichts
wissen. Jedoch gab es, wie ich mir habe sagen lassen, in ganz
Kalkutta keinen solchen Stutzer wie den Waterloo-Sedley:
er hatte die schönste Kutsche, gab die besten Junggesellen-
dinners und hatte das kostbarste Silberzeug in der ganzen
Stadt.

Um die gewünschten Westen für einen Mann von seiner
Größe und Würde anzufertigen, brauchte der Schneider
mindestens einen Tag. Einen Teil dieser Zeit verwandte
Joseph darauf, einen Diener für sich und seinen Inder zu mieten und den Makler zu unterrichten, der sein Gepäck ausladen lassen sollte.

Am dritten Tage fuhr er endlich gemächlich in seiner neuen
Weste nach London ab. Der Inder saß, in einen Schal gehüllt,
zitternd und zähneklappernd auf dem Bock neben dem neuen
europäischen Diener. Im Innern des Wagens schmauchte
Joseph von Zeit zu Zeit seine Pfeife und sah so majestätisch
aus, daß die kleinen Jungen hurra schrieen und viele Leute
dachten, er müsse ein Generalgouverneur sein. Als er in die
netten Landstädte kam, lehnte er natürlich die ergebensten
Einladungen der Gastwirte, auszusteigen und eine Erfrischung zu sich zu nehmen, durchaus nicht ab. Nachdem er
in Southampton ein reichliches Frühstück aus Fisch, Reis
und harten Eiern bestehend, genossen hatte, fühlte er sich
in Winchester bereits wieder so nüchtern, daß er ein Glas

Sherry für nötig hielt. In Alton stieg er auf Anraten seines Dieners aus und kostete das Ale, um dessentwillen dieser Ort berühmt ist. In Farnham hielt er an, um das bischöfliche Schloß zu besichtigen und ein leichtes Dinner aus geschmortem Aal, Kalbskoteletten und Veitsbohnen nebst einer Flasche Rotwein einzunehmen. Auf der Fahrt durch die Heide von Bagshot war es so kalt, daß der Inder immer stärker mit den Zähnen klapperte, und Sahib Joseph sich durch ein Glas Grog erwärmen mußte. Kurz, als er in London einfuhr, war er so voll von Wein, Bier, Fleisch, eingemachten Früchten und Kirschbranntwein wie die Kabine eines Stewards auf einem Paketdampfer. Es war Abend, als sein Wagen donnernd an der kleinen Tür in Brompton vorfuhr, wohin sich der gute Sohn und Bruder zuerst begab, bevor er die Zimmer aufsuchte, die Mr. Dobbin in Slaughters Kaffeehaus für ihn bestellt hatte.

An allen Fenstern der Straße erblickte man neugierige Gesichter. Das kleine Dienstmädchen stürzte zur Gartentür. Die Clappschen Damen sahen aus dem Küchenfenster. Emmy stand in größter Aufregung auf dem Flur zwischen den dort hängenden Hüten und Röcken, und der alte Sedley saß im Wohnzimmer und zitterte am ganzen Leibe. Joseph stieg mit majestätischer Würde über den knarrenden, schwankenden Tritt aus seiner Postkutsche aus, unterstützt von dem neuen in Southampton angenommenen Diener und dem frostzitternden Inder, dessen braunes Gesicht jetzt vor Kälte bläulich angelaufen war und die Farbe eines Puterlappens angenommen hatte. Dieser Orientale erregte sogleich gewaltiges Aufsehen auf dem Flur, denn Mrs. und Miß Clapp, die wahrscheinlich herausgekommen waren, um an der Stubentür zu horchen, fanden den zitternden Loll Jewab auf der Bank unter den Mänteln, wo er auf eine merkwürdige klägliche Art stöhnte und seine gelben Augäpfel und seine weißen Zähne zeigte.

Wie der Leser sieht, haben wir sehr geschickt die Tür zugemacht, hinter der das Wiedersehen zwischen Joseph, seinem alten Vater und seiner armen kleinen, sanften Schwester vor sich ging. Der alte Mann war sehr ergriffen, seine Tochter natürlich ebenfalls; auch Joseph konnte sich einer tieferen Empfindung nicht erwehren. Während einer zehnjährigen Abwesenheit wird auch der selbstsüchtigste Mensch sich gern der Heimat und der früheren Familienbande erinnern. Die Entfernung verklärt beides. Das lange Denken an diese verlorenen Freuden läßt ihren Reiz und ihre Süßigkeit größer erscheinen. Joseph war aufrichtig froh, seinen Vater wiederzusehen und ihm die Hand schütteln zu können, obwohl einst eine gewisse Kälte zwischen ihnen beiden geherrscht hatte, und ebenso freute er sich über das Wiedersehen mit seiner kleinen Schwester, die ihm als ein so hübsches, freundlich lächelndes Wesen in der Erinnerung stand. Mit Schmerz sah er die Veränderung, die mit dem gebeugten alten Mann unter der Einwirkung der Zeit, des Kummers und des Unglücks vorgegangen war. Emmy war in ihrer schwarzen Kleidung vor die Tür gekommen, um ihn flüsternd von dem Tode der Mutter zu benachrichtigen und ihn zu bitten, dem Vater gegenüber nichts davon zu erwähnen. Indes erwies sich diese Vorsichtsmaßregel als unnötig, denn der alte Sedley fing selbst sofort von diesem traurigen Ereignis zu sprechen an, verbreitete sich ausführlich darüber und vergoß reichliche Tränen dabei. Dieser Anblick ging dem Sohn wirklich zu Herzen und ließ ihn für einige Zeit weniger an sich selbst denken, als sonst seine Gewohnheit war.

Das Ergebnis dieses Wiedersehens mußte sehr zufriedenstellend gewesen sein; denn als Joseph wieder in seine Postkutsche gestiegen und nach seinem Gasthaus abgefahren war, umarmte Emmy ihren Vater zärtlich, blickte ihn triumphierend an und fragte ihn, ob sie nicht immer gesagt habe, daß Joseph ein gutes Herz habe.

In der Tat hatte Joseph Sedley – gerührt durch die kümmerlichen Verhältnisse, in denen er seine Angehörigen gefunden hatte – in der durch das erste Wiedersehen hervorgerufenen Gefühlsaufwallung erklärt, daß er sie vor Not und Entbehrung schützen und, solange er in England bleiben werde, sein Haus und seine ganze Habe mit ihnen teilen wolle – und daß Amelia sich als Herrin an der Spitze seiner Tafel sehr gut ausnehmen werde … bis sie wieder einen eigenen Tisch habe.

Sie hatte dazu traurig den Kopf geschüttelt und wie gewöhnlich ihre Zuflucht in Tränen gesucht. Sie wußte, was er meinte. Sie und ihre junge Vertraute, Miß Polly, hatten über diesen Gegenstand gleich nach dem Besuch des Majors ausführlich gesprochen; denn länger konnte sich Polly bei ihrer Lebhaftigkeit nicht enthalten, über die von ihr gemachte Entdeckung zu plaudern und das Zusammenzucken und freudige Erschrecken zu beschreiben, durch das Major Dobbin sich verraten hatte, als Mr. Binny mit seiner jungen Frau vorbeiging und er erfuhr, daß er in ihm keinen Nebenbuhler mehr zu fürchten habe. »Haben Sie nicht gesehen, wie er an allen Gliedern zitterte, als Sie ihn fragten, ob er verheiratet sei, und er darauf antwortete: ›Wer hat Ihnen diese Lüge erzählt?‹ O Madame,« sagte Polly, »er verwandte kein Auge von Ihnen, und ich glaube bestimmt, daß er vor Sehnsucht nach Ihnen grau geworden ist.«

Aber Amelia warf einen Blick nach ihrem Bett, über dem die Porträts ihres Gatten und ihres Sohnes hingen, und erwiderte ihrer jungen Freundin, sie solle nie wieder über diese Sache reden. Major Dobbin sei ihres Gatten liebster Freund und ihr und Georges überaus gütiger, liebevoller Beschützer gewesen. Sie liebe ihn wie einen Bruder; aber eine Frau, die mit solch einem Engel – hier wies sie auf das Bild an der Wand – verheiratet gewesen sei, könne niemals an eine andere Verbindung denken. Die arme Polly seufzte: sie überlegte, was sie wohl tun würde, wenn der arme junge Mr. Tomkins aus der Apotheke, der in der Kirche immer so nach ihr hinschaute und durch die bloße Kraft seiner Blicke ihr furchtsames Herzchen in solche Erregung versetzt hatte, daß es bereit war, sich sofort zu ergeben, – was sie wohl tun würde, wenn der stürbe. Sie wußte, daß er schwindsüchtig war; seine Backen waren so rot, und er hatte eine so ungewöhnlich schmale Brust.

Es soll damit nicht gesagt sein, daß Emmy, nachdem sie auf die Leidenschaft des braven Majors aufmerksam gemacht worden war, ihn in irgendeiner Weise zurückgestoßen hätte oder ungehalten über ihn gewesen wäre. Die Neigung eines so treuen, ehrenhaften Mannes konnte keine Frau beleidigen. Desdemona war nicht böse auf Cassio, obgleich kaum zu bezweifeln ist, daß sie die Leidenschaft des Leutnants für sie wahrnahm – und ich für mein Teil glaube, daß in dieser traurigen Angelegenheit noch manches andere vorgegangen war, wovon der biedere Mohr nichts wußte. Miranda selbst war gegen Caliban sehr freundlich, und höchstwahrscheinlich aus demselben Grunde. Sie wollte das arme Scheusal natürlich nicht ermutigen – durchaus nicht! Und ebensowenig wollte Emmy ihrem Anbeter, dem Major, irgendwelche Hoffnungen machen. Sie wollte ihm die freundschaftliche Achtung schenken, die er um seiner vortrefflichen Eigenschaften und seiner Treue willen verdiente; sie wollte ihn mit der größten Herzlichkeit und Unbefangenheit behandeln, bis er ihr einen Antrag machen würde; und dann, dann würde es immer noch Zeit für sie sein, zu sprechen und seinem Wunsch, der nie in Erfüllung gehen konnte, ein Ende zu machen.

Sie schlief daher in jener Nacht nach dem Gespräch mit Miß Polly sehr ruhig und fühlte sich trotz Josephs langem Ausbleiben glücklicher als sonst. ›Ich freue mich, daß er nicht diese Miß O’Dowd heiraten will‹, dachte sie. ›Oberst O’Dowd kann unmöglich eine Schwester haben, die für einen so vorzüglichen Menschen wie Major William gut genug wäre.‹ Welches Mädchen aus ihrem kleinen Bekanntenkreise würde denn, so fragte sie sich, eine gute Frau für ihn abgeben? Miß Binny nicht – die war zu alt und hatte keinen angenehmen Charakter. Miß Osborne? Gleichfalls zu alt! Die kleine Polly wiederum war zu jung. Mrs. Osborne vermochte, ehe sie einschlief, keine passende Lebensgefährtin für den Major zu finden.

Am nächsten Morgen wurde die kleine Familie von dem Zustand unsicheren Wartens dadurch befreit, daß der Postbote einen Brief Josephs brachte, worin dieser seiner Schwester mitteilte, daß er sich von seiner Reise etwas angegriffen fühle und nicht imstande sei, an diesem Tage weiterzureisen; er wolle aber Southampton am nächsten Tage in aller Frühe verlassen und werde am Abend bei Vater und Mutter eintreffen. Als Amelia ihrem Vater den Brief vorlas, stockte sie bei den letzten Worten. Ihr Bruder wußte offenbar noch nicht, was sich in der Familie ereignet hatte. Er konnte ja auch nichts davon wissen. Denn obwohl der Major richtig vermutet hatte, daß sein Reisegenosse sich in dem kurzen Zeitraum von vierundzwanzig Stunden nicht in Bewegung setzen, sondern irgendeine Entschuldigung für die Verzögerung seiner Fahrt finden werde, so hatte er doch nicht an ihn geschrieben, um ihn von dem Unglück, das die Familie Sedley betroffen hatte, zu benachrichtigen, da sein Gespräch mit Amelia bis weit über die Poststunde hinaus gedauert hatte.

An demselben Morgen empfing auch Major Dobbin in Slaughters Kaffeehaus von seinem Freund in Southampton einen Brief, in dem Joseph seinen lieben Dob bat, er möge ihm seinen Zorn über die Störung am letzten Morgen nicht übelnehmen, denn er habe scheußliche Kopfschmerzen gehabt und habe gerade im ersten Schlaf gelegen. Und dann

382

ersuchte er ihn, doch bei Slaughters für ihn und seine Bedienung ein paar gute Zimmer zu bestellen. Der Major war nämlich während der Seereise unserem Joseph, der eine Zuneigung zu ihm gefaßt und sich wie eine Klette an ihn gehängt hatte, unentbehrlich geworden. Die anderen Fahrtgenossen waren schon nach London abgereist. Der junge Ricketts und der kleine Chaffers fuhren noch an demselben Tage mit der Landkutsche ab, wobei Ricketts auf dem Bock saß und von Botley ab selbst die Pferde lenkte. Der Doktor war zu seiner Familie nach Portsea, Bragg nach London zu seinen Mitreedern gereist; und der Erste Steuermann hatte mit dem Ausladen des ›Ramchunder‹ zu tun. So fühlte sich denn Mr. Joseph in Southampton sehr einsam und lud an diesem Tage den Wirt des ›Royal George‹ ein, ein Glas Wein mit ihm zu trinken; und das geschah zu derselben Stunde, als Major Dobbin am Tisch seines Vaters, Sir William, saß und seine Schwester ihm das Geständnis abnötigte – denn Unwahrheiten zu sagen, war dem Major unmöglich –, daß er bereits Mrs. George Osborne besucht hatte.

Joseph war in der Saint Martin's Lane so gut untergebracht, er konnte dort seine Huka mit solchem Behagen rauchen und, wenn er Lust hatte, so bequem nach den Theatern stolzieren, daß er sich vielleicht dafür entschieden hätte, ganz in Slaughters Kaffeehaus wohnen zu bleiben, wenn nicht sein Freund, der Major, dagewesen wäre. Dieser Herr ließ dem Bengalen nicht eher Ruhe, bis dieser sein Versprechen, seinem Vater und seiner Schwester eine neue Häuslichkeit zu schaffen, zur Ausführung gebracht hatte. Joseph fügte sich jedem, der es darauf absah, ihn zu leiten; und Dobbin wiederum nahm überaus eifrig jedermanns Interesse – nur nicht sein eigenes – wahr. So kam es, daß der Zivilist den harmlosen Listen dieses gutmütigen Diplomaten sehr bald zum Opfer fiel und sich willig zeigte, alles, was sein Freund für gut befand, zu tun, zu kaufen, zu mieten oder abzutreten. Loll Jewab, mit dem die Gassenbuben in der Saint Martin's Lane erbarmungslos ihre Späße zu treiben pflegten, sobald er sein dunkles Gesicht auf der Straße blicken ließ, wurde mit dem Ostindienfahrer ›Lady Kicklebury‹, zu dessen Aktionären Sir William Dobbin gehörte, nach Kalkutta zurückgeschickt, nachdem er zuvor Josephs europäischen Diener in der Kunst, Curries und Pilaws zu bereiten und die Pfeifen instand zu halten, unterwiesen hatte. Es war für Joseph eine ihm nie langweilig werdende, angenehme Beschäftigung, den Bau eines eleganten Wagens zu beaufsichtigen, den er und der Major in dem benachbarten Long Acre bestellt hatten. Hierzu mietete er ein Paar schöne Pferde, mit denen er nun stolz im Park spazierenfuhr oder seinen indischen Freunden Besuche machte. Amelia saß bei diesen Ausfahrten nicht selten neben ihm, und oft konnte man auch Major Dobbin auf dem Rücksitz des Wagens sehen. Zu anderen Zeiten benutzten ihn der alte Sedley und seine Tochter; auch Miß Clapp begleitete häufig ihre Freundin, und wenn sie so, mit dem berühmten gelben Schal angetan, im Wagen saß, machte es ihr das größte Vergnügen, von dem jungen Herrn in der Apotheke gesehen zu werden, dessen Gesicht gewöhnlich über den Fenstervorsetzern sichtbar wurde, wenn sie vorbeifuhren.

Bald nach Josephs erstem Erscheinen in Brompton fand in diesem bescheidenen Häuschen, in dem die Sedleys die letzten zehn Jahre ihres Lebens zugebracht hatten, eine traurige Szene statt. Josephs Wagen erschien eines Tages und führte den alten Sedley und seine Tochter auf Nimmerwiederkehr hinweg. Die Tränen, die die Wirtin und ihre Tochter bei diesem Ereignis vergossen, waren so echte Tränen des Kummers, wie sie nur je im Laufe dieser Geschichte geweint worden sind. Aus der ganzen langen Zeit ihrer Bekanntschaft und ihres nahen Verkehrs mit Amelia konnten sie sich

384

nicht erinnern, auch nur ein einziges böses Wort von ihr gehört zu haben. Sie war immer lieb und freundlich, immer dankbar und sanft gewesen, selbst wenn Mrs. Clapp heftig geworden war und wegen der Mietzahlung gedrängt hatte. Nun, da das gute Geschöpf für immer fortging, machte sich die Wirtin bittere Vorwürfe, daß sie jemals rauh und unfreundlich gegen sie gewesen sei. Und wie weinte sie, als sie am Fenster mit Oblaten einen Zettel mit der Ankündigung befestigte, daß die kleinen, so lange von der Familie Sedley bewohnten Zimmer zu vermieten seien! Solche Mieter würden sie nie wieder bekommen, das war ganz klar. Die spätere Zeit bewies die Richtigkeit dieser trüben Prophezeiung, und Mrs. Clapp rächte sich für die Verschlechterung des Menschengeschlechts dadurch, daß sie von den Teebüchsen und Hammelkeulen ihrer Mieter unbarmherzige Kontributionen erhob. Die meisten von diesen murrten und schimpften darüber; einige bezahlten nicht; keiner blieb lange wohnen. Die Wirtin hatte allen Grund, sich nach den alten lieben Freunden, die sie verlassen hatten, zurückzusehnen.

Miß Pollys Schmerz beim Abschied von Amelia war so groß, daß ich keinen Versuch machen will, ihn zu schildern. Von ihrer Kindheit an war sie täglich mit ihr zusammen gewesen und hatte sich mit so leidenschaftlicher Zuneigung an diese liebe, gute Dame angeschlossen, daß sie, als die große Kutsche kam, um Amelia zu einem Leben des Glanzes davonzuführen, ohnmächtig in die Arme ihrer Freundin sank, die selbst kaum weniger gerührt war als das gutherzige Mädchen. Amelia liebte sie wie eine Tochter. Elf Jahre lang war Polly ihr eine treue Freundin und Gefährtin gewesen. Die Trennung war auch ihr sehr schmerzlich. Es wurde aber natürlich verabredet, daß Polly recht oft zu Besuch in das große neue Haus kommen solle, wohin Mrs. Osborne jetzt übersiedelte und wo sie, wie Polly fest überzeugt war, sich niemals so glücklich fühlen würde wie vorher in der ›bescheidenen Hütte‹, wie Miß Clapp das kleine Haus in der Sprache ihrer Lieblingsromane nannte.

Wir wollen hoffen, daß sie sich in dieser Voraussagung irrte. Glückliche Tage hatte die arme Emmy in dieser bescheidenen Hütte nur sehr wenige erlebt. Ein düsteres Geschick hatte dort auf ihr gelastet. Nachdem sie das Haus verlassen hatte, trug sie niemals Verlangen, dorthin zurückzukehren oder die Wirtin wiederzusehen, die, wenn sie die Miete nicht erhalten hatte und übler Laune war, sie gepeinigt und bei guter Laune mit einer kaum minder widerwärtigen plumpen Vertraulichkeit behandelt hatte. Ihr unterwürfiges Gebaren und übermäßige Liebenswürdigkeit jetzt, da es Emmy gut ging, gefielen Amelia ebensowenig. Mrs. Clapp floß bei einem Rundgang durch das neue Haus von Ausdrücken des Staunens und der Bewunderung über, pries jedes Möbel- und Ausstattungsstück, befühlte Mrs. Osbornes Kleider und schätzte deren Preis ein. Für eine so liebe Dame, beteuerte sie, könne nichts zu gut sein. Aber wenn Emmy die gemeine Schmeichlerin hörte, die ihr jetzt so den Hof machte, so mußte sie immer an die rohe Tyrannin denken, die ihr so manchmal das Leben schwer gemacht hatte – an die sie sich mit der Bitte um Stundung hatte wenden müssen, wenn die Miete rückständig war – die über ihre Verschwendung ein Geschrei erhob, wenn sie für ihre kränklichen Eltern einmal etwas Besseres zum Essen oder Trinken gekauft hatte – die ihr Elend gesehen und sie mit Füßen getreten hatte!

Niemand hatte je von diesen Kümmernissen etwas gehört, die eine Zeitlang das Los dieser armen kleinen Frau gewesen waren. Sie hatte sie vor ihrem Vater geheimgehalten, dessen leichtsinnige Unternehmungen die Hauptschuld an diesem Leid trugen. Sie hatte die üblen Folgen seiner törichten Handlungen zu tragen und war in der Tat so sanft und demütig, daß sie schon von der Natur zu einem Opferlamm geschaffen zu sein schien.

Ich hoffe aber, daß sie in Zukunft nicht mehr oft solche rauhe Behandlung zu erdulden haben wird. Und da es nach dem Sprichwort für jeden Kummer auch einen Trost gibt, so möchte ich hier erwähnen, daß die arme Polly, die bei der Trennung von ihrer Freundin in eine Art von Weinkrampf verfiel, dem jungen Mann aus der Apotheke zur medizinischen Behandlung anvertraut wurde und sich unter seiner Pflege bald wieder erholte. Emmy schenkte, als sie von Brompton fortzog, ihrer jungen Freundin die gesamte Ausstattung der Wohnung, mit Ausnahme der beiden Bilder, die über ihrem Bett gehangen, und des Klaviers – des lieben, alten Klaviers, das jetzt ein kläglicher alter Klapperkasten geworden war, das sie aber aus persönlichen Gründen liebte. Sie war noch ein Kind, als sie zum ersten Mal darauf gespielt hatte; es war ein Geschenk ihrer Eltern. Später war es ihr, wie sich der Leser wohl erinnert, zum zweiten Mal geschenkt worden, als ihres Vaters Geschäft zusammenbrach und das Instrument aus dem Schiffbruch gerettet wurde.

Major Dobbin war gerade damit beschäftigt, die Einrichtung von Josephs neuem Haus zu überwachen, die er durchaus so hübsch und bequem wie nur möglich haben wollte, als der Karrenwagen aus Brompton ankam, der die Koffer und Schachteln der Auswanderer aus diesem Dorf und mit ihnen zu des Majors größter Freude auch das alte Klavier brachte. Amelia wollte es in ihrem Wohnzimmer haben, einem netten Stübchen im zweiten Stock, das neben dem ihres Vaters lag und in dem auch der alte Herr abends zu sitzen pflegte.

Als nun die Träger mit dem alten Klimperkasten erschienen und Amelia die Anweisung gab, daß er in dem vorerwähnten Zimmer aufgestellt werden sollte, war Dobbin ganz entzückt. »Ich freue mich, daß Sie das Klavier behalten haben«, sagte er mit weicher Stimme. »Ich fürchtete schon, Sie machten sich nichts daraus.«

»Ich schätze es höher als alles, was ich sonst in der Welt besitze«, erwiderte Amelia.
»Wirklich, Amelia?« rief der Major. Da er nämlich, wenn
auch ungenannt, selbst der Spender des Klaviers war, war er
nie auf den Gedanken gekommen, Emmy könne irgendeinen andern für den Geber halten, sondern nahm als selbstverständlich an, daß sie wisse, daß das Geschenk von ihm
stamme. »Wirklich, Amelia?« sagte er, und schon zitterte
die wichtige Frage, die große Lebensfrage auf seinen Lippen,
da antwortete Emmy: »Wie könnte ich anders? Hat *er* es
mir nicht gegeben?«
»Das wußte ich nicht«, sagte der arme alte Dobbin mit ent-
täuschter Miene.
Emmy beachtete das in dem Augenblick nicht weiter, und
der betrübte Ausdruck, den das Gesicht des ehrlichen Dobbin annahm, fiel ihr nicht sogleich auf; aber eine Weile nachher kam es ihr zum Bewußtsein. Und da ging ihr zu ihrem
unbeschreiblichen Schmerz und zugleich zu ihrer peinlich-
sten Beschämung die Erkenntnis auf, daß William der Spender des Klaviers sei und nicht George, wie sie geglaubt hatte.
Es war nicht Georges Gabe – die einzige, die sie von ihrem
Geliebten erhalten zu haben glaubte, die sie vor all ihren anderen Besitztümern als teuerstes Andenken und größtes
Kleinod hochgehalten hatte! Sie hatte zu ihm wie zu einem
lebenden Wesen von George gesprochen; sie hatte seine
Lieblingsmelodien auf ihm gespielt und lange Abendstun-
den damit verbracht, den Tasten, so gut es ihre schwache
Kunst vermochte, wehmütige Weisen zu entlocken und
stille Tränen darüber zu vergießen. Es war nicht Georges
Vermächtnis. Es war nun wertlos. Als der alte Sedley sie das
nächste Mal zum Spielen aufforderte, erwiderte sie, das Klavier sei schrecklich verstimmt, und außerdem habe sie Kopfschmerzen und könne nicht spielen.
Dann aber machte sie sich wie gewöhnlich selbst Vorwürfe

wegen ihrer Empfindlichkeit und Undankbarkeit und beschloß, dem guten William wegen der Geringschätzung seines Klaviers, die sie zwar nicht ihm gegenüber zum Ausdruck gebracht, aber doch empfunden hatte, Abbitte zu tun. Als sie einige Tage nachher zusammen im Salon saßen, wo Joseph nach Tisch sehr behaglich eingeschlummert war, sagte Amelia zu Major Dobbin mit etwas unsicherer Stimme: »Ich habe Sie wegen etwas um Verzeihung zu bitten.«

»Weswegen denn?« fragte er.

»Wegen…wegen des kleinen Tafelklaviers. Ich habe Ihnen nie dafür gedankt, als Sie es mir gaben, vor vielen, vielen Jahren, ehe ich mich verheiratete. Ich glaubte, jemand anders hätte es mir geschenkt. Ich danke Ihnen, William.« Sie streckte ihm die Hand hin; aber das Herz blutete der armen kleinen Frau, und ihre Augen füllten sich natürlich wieder einmal mit Tränen.

Doch William konnte nicht länger an sich halten. »Amelia, Amelia,« sagte er, »ich habe es für Sie gekauft. Ich liebte Sie damals, wie ich es noch heute tue. Ich muß Ihnen das sagen! Ich glaube, ich habe Sie von der ersten Minute an geliebt, da ich Sie sah – damals, als George mich in Ihr Haus brachte, um mir die Amelia zu zeigen, mit der er verlobt war. Sie waren noch ein sehr junges Mädchen und trugen ein weißes Kleid und lange Locken. Sie kamen singend die Treppe herunter – erinnern Sie sich wohl noch daran? – und wir gingen dann nach Vauxhall. Seit jener Zeit habe ich nur an *ein* weibliches Wesen auf Erden gedacht, und das waren Sie! Ich glaube, in diesen zwölf Jahren ist kein Tag vergangen, an dem ich nicht an Sie gedacht hätte. Ich wollte es Ihnen sagen, ehe ich nach Indien ging; aber Sie zeigten eine solche Gleichgültigkeit, daß ich nicht den Mut fand zu sprechen. Sie fragten nichts danach, ob ich dablieb oder fortging.«

»Ich war sehr undankbar«, sagte Amelia.

»Nein, nur gleichgültig«, fuhr Dobbin im Ton der Verzweiflung fort. »Ich habe nichts an mir, was einer Frau andere Gefühle einflößen könnte. Ich weiß, was Sie jetzt empfinden. Sie sind durch die Entdeckung hinsichtlich des Klaviers in innerster Seele verletzt – verletzt dadurch, daß es von mir herrührt und nicht von George. Ich habe das nicht recht überlegt, sonst würde ich nie so gesprochen haben. Ich muß Sie meinerseits um Verzeihung dafür bitten, daß ich einen Augenblick lang ein Narr gewesen bin und gemeint habe, so viele Jahre treuer Ergebenheit hätten Sie vielleicht mir günstig gestimmt.«

»Jetzt sind Sie es, der grausam ist«, erwiderte Amelia mit einer gewissen Lebhaftigkeit. »George ist mein Gatte, wie er hier war, so auch jetzt, da er im Himmel ist. Wie könnte ich einen andern als ihn lieben? Ich gehöre ihm jetzt ebenso an wie damals, als Sie mich zum ersten Mal sahen, lieber William. Er war es, der mir sagte, wie gut und edel Sie wären, und mich lehrte, Sie wie einen Bruder zu lieben. Sind Sie mir und meinem Sohn nicht alles gewesen – unser teuerster, treuester, gütigster Freund und Beschützer? Wären Sie einige Monate früher gekommen, so hätten Sie mir vielleicht diese...diese schreckliche Trennung ersparen können. Oh, sie hat mich fast das Leben gekostet, William...aber Sie kamen nicht, sosehr ich auch Ihr Kommen ersehnte und darum betete. Und da haben sie mir auch ihn genommen. Ist er nicht ein herrlicher Knabe, William? Bleiben Sie sein Freund und der meinige...« Hier versagte ihr die Stimme, und sie verbarg ihr Gesicht an seiner Schulter.
Der Major umfaßte sie, drückte sie wie ein Kind an sich und küßte sie auf die Stirn. »Ich will für Sie immer derselbe bleiben, liebe Amelia«, sagte er. »Ich strebe nach nichts anderem als nach Ihrer Liebe, und ich glaube, auf andere Weise kann ich sie nicht erreichen. Lassen Sie mich nur in Ihrer Nähe bleiben und Sie oft sehen.«
»Ja, recht oft«, versetzte Amelia. So stand es denn dem guten

William frei, sie anzusehen und anzuschmachten – wie ein armer Schuljunge, der kein Geld hat, seufzend nach den schönen Dingen auf dem Brett der Kuchenfrau blickt.

FÜNFUNDZWANZIGSTES KAPITEL
Rückkehr in die vornehme Welt

Das Glück beginnt nun wieder unserer Amelia zu lächeln. Wir freuen uns, sie aus der niedrigen Sphäre, in der sie bisher ein unwürdiges Dasein führte, herausbringen und in feinere Kreise einführen zu dürfen – freilich nicht in so großartige und vornehme Kreise wie die, in denen unsere andere Freundin, Mrs. Becky, sich bewegt hat, die aber doch entschieden Anspruch darauf erheben können, für hochanständig angesehen zu werden. Josephs Freunde waren alle aus den drei ostindischen Präsidentschaften, und sein neues Haus lag in dem behaglichen anglo-indischen Stadtteil, dessen Mittelpunkt der Moira Place ist. Der Minto Square, die Great Clive Street, die Warren Street, die Hastings Street, der Ochterlony Place, der Plassy Square, die Assaye Terrace (denn das schöne Wort ›Gärten‹ wurde im Jahre 1827 noch nicht dazu benutzt, Häuser mit Stuckbekleidung und davorliegenden asphaltierten Terrassen zu bezeichnen) – wer kennt nicht diese hochachtbaren Wohnsitze ostindischer Aristokraten, die sich von den Geschäften zurückgezogen haben – diesen Stadtteil, den Mr. Wenham kurz ›das schwarze Loch‹ nannte? Josephs Lebensstellung war nicht hoch genug, um ihn zu einem Hause am Moira Place zu berechtigen, wo nur ehemalige Mitglieder des ostindischen Rates und Teilhaber ostindischer Firmen wohnen können (die Bankerott machen, nachdem sie ihren Frauen hunderttausend Pfund verschrieben haben und sich dann als verhältnismäßig arme Leute auf einen Landsitz zurückziehen, wo sie von viertausend Pfund Jahreseinnahme leben). Er mietete ein bequemes Haus zweiten oder dritten Ranges in der Gillespie Street und kaufte die Teppiche, die kostbaren Spiegel und die schönen, nach den Entwürfen eines bekannten Innenarchitekten angefertigten Möbel aus der Konkursmasse Mr. Scapes, der vor kurzem in die große Firma Fogle, Fake & Cracksman in Kalkutta als Teilhaber eingetreten war. Der arme Scape hatte siebzigtausend Pfund, die er sich in einem langen, ehrenhaften Leben erworben hatte, eingezahlt und war an Mr. Fakes Stelle getreten, der sich nach einem Landsitz mit einem fürstlichen Park in Sussex zurückgezogen hatte (die Fogles sind schon längst aus der Firma ausgeschieden, und Sir Horace Fogle wird nächstens als Baron Bandanna in den Pairsstand erhoben werden). Also, wie gesagt, Scape war Teilhaber des großen Handelsgeschäfts von Fogle und Fake geworden – zwei Jahre bevor dieses mit einem Fehlbetrag von einer Million Konkurs anmeldete und die halbe Bevölkerung Indiens ins Verderben und Elend stürzte.

Der ehrliche Scape, der in seinem fünfundsechzigsten Lebensjahre als ruinierter Mann dastand, ging gebrochenen Herzens nach Kalkutta, um die Geschäfte des Hauses abzuwickeln. Sein Sohn Walter wurde von der Schule in Eton weggenommen und in eine Schreibstube gesteckt. Florence Scape, Fanny Scape und ihre Mutter verschwanden nach Boulogne, und wir werden nichts mehr von ihnen hören. Kurz gesagt, Joseph kam in ihr früheres Haus, kaufte ihre Teppiche und Möbel und bewunderte sich selbst in den Spiegeln, die früher die freundlichen, hübschen Gesichter der Scapeschen Damen zurückgeworfen hatten. Die Kaufleute, die die Familie Scape beliefert hatten und alle redlich bezahlt worden waren, gaben ihre Karten ab und zeigten sich sehr beflissen, auch den neuen Haushalt zu versorgen. Die stattlichen Männer in weißen Westen, die bei Scapes Dinners aufgewartet hatten, im Privatberuf aber Gemüsehändler, Laufboten und Milchmänner waren, boten gleichfalls ihre Dienste an und bemühten sich um die Gunst des Haushofmeisters. Mr. Chummy, der Schornsteinfeger, der ›bei den letzten drei Familien gekehrt hatte‹, suchte sich nicht nur bei dem Haushofmeister einzuschmeicheln, sondern auch bei dessen Untergebenem, dem Burschen, dessen Obliegenheit es war, ganz mit Knöpfen bedeckt und mit Streifen an den Beinkleidern hinter Mrs. Amelia herzugehen, sobald sie das Haus verlassen wollte.

Es war ein bescheidener Haushalt. Der Haushofmeister war zugleich Josephs Kammerdiener und nie stärker betrunken, als es sich für den Haushofmeister einer kleinen Familie schickt, der den Wein seines Herrn gebührend zu schätzen weiß. Emmy erhielt eine Kammerjungfer, die auf Sir William Dobbins vor der Stadt gelegenem Gute aufgewachsen war. Es war ein gutmütiges Mädchen, dessen freundliches, bescheidenes Wesen Mrs. Osborne entwaffnete, die zuerst bei dem Gedanken, einen Dienstboten nur für ihre eigene Person zu haben, ganz erschrocken gewesen war und nicht im geringsten mit Bedienten umzugehen verstand, da sie diese immer im Ton größter Ergebenheit und Höflichkeit anredete. Dieses Mädchen machte sich der Familie auch dadurch sehr nützlich, daß sie den alten Mr. Sedley recht geschickt pflegte, der sich fast immer in den ihm zugewiesenen Räumen aufhielt und sich nie an dem heiteren Leben beteiligte, das sich im übrigen Hause entwickelte.

Sehr viele Damen statteten jetzt Mrs. Osborne Besuche ab. Lady Dobbin und ihre Töchter waren entzückt über die glückliche Veränderung ihrer Lage und machten ihr ihre Aufwartung. Miß Osborne vom Russel Square kam in ihrer großen Karosse, die mit einer grellroten Wagendecke und mit dem Wappen des Herzogs von Leeds geschmückt war. Joseph galt für ungeheuer reich. Der alte Osborne hatte nichts dagegen, daß George nicht nur sein Vermögen, sondern auch das seines Onkels erbte. »Donnerwetter,« sagte er, »wir wollen aus dem kleinen Mann etwas Anständiges machen, und ich will ihn noch im Parlament sehen, ehe ich sterbe. Du kannst hinfahren und seiner Mutter einen Besuch machen, Jane, wenn sie auch mir persönlich nicht vor Augen kommen soll.« So ging es zu, daß auch Miß Osborne zu Emmy kam. Emmy freute sich natürlich sehr, sie zu sehen und dadurch ihrem Sohne näher zu kommen. Der Knabe erhielt jetzt weit häufiger als vorher Erlaubnis, seine Mutter zu besuchen. Er aß ein paarmal in der Woche in der Gillespie Street und beherrschte dort die Dienerschaft und seine Verwandten geradeso wie am Russell Square.

Gegen Major Dobbin benahm er sich jedoch immer sehr ehrerbietig und zeigte sich, wenn dieser Herr zugegen war, überhaupt bescheidener in seinem Betragen. Er war ein gescheiter Junge und achtete den Major. George mußte notgedrungen das schlichte Wesen seines Freundes, seine gute Laune, sein vielseitiges Wissen, das so ganz ohne Prahlerei zutage trat, seine grundsätzliche Wahrheits- und Gerechtigkeitsliebe bewundern. Er war im Laufe seines Lebens noch keinem solchen Mann begegnet und fand instinktiv Gefallen an einem echten Gentleman. Oft schmiegte er sich zärtlich an seinen Paten, und seine größte Freude war, mit Dobbin in den Parks spazieren zu gehen und seinen Worten zu lauschen. William erzählte dem Knaben von seinem Vater, von Indien und Waterloo und von vielen anderen Dingen, nur von sich selbst sprach er nie. Wenn George sich besonders naseweis und dünkelhaft benahm, machte der Major sich über ihn in einer Weise lustig, die Mrs. Osborne für sehr grausam hielt. Als ihn der Major eines Tages mit ins Theater genommen hatte und der Knabe sich weigerte, ins Parkett zu gehen, weil das unfein sei, brachte er ihn in eine Loge, ließ ihn dort und ging selbst ins Parkett hinunter. Dort hatte er noch nicht lange gesessen, als er fühlte, daß sich ein Arm unter den seinigen schob und eine kleine Hand

394

in einem eleganten Glacéhandschuh leise seinen Arm drückte. George hatte das Törichte seines Benehmens eingesehen und war aus den oberen Gefilden herabgestiegen. Ein zärtliches, wohlverdientes Lächeln erhellte das Gesicht und die Augen des alten Dobbin, als er den reuigen kleinen Verschwender anblickte. Er liebte den Knaben, wie er alles liebte, was zu Amelia gehörte. Wie entzückt war sie, als sie dieses Beispiel von Georges braver Gesinnung hörte! Ihre Augen sahen Dobbin freundlicher an als je zuvor. Es schien ihm, als errötete sie, nach dem sie ihn so angesehen hatte.

George wurde nie müde, den Major seiner Mutter gegenüber zu loben. »Ich habe ihn gern, Mama, weil er so furchtbar viel weiß; und er ist nicht wie der alte Veal, der immer so prahlt und solche langen Worte gebraucht, weißt du. Die Jungen in der Schule nennen ihn Phrasenhans. Ich habe ihm den Namen gegeben – ist er nicht prächtig? Aber Dob liest lateinisch so gut wie englisch und französisch, und alles andere kann er ebenso gut; und wenn wir zusammen ausgehen, erzählt er mir Geschichten von Papa, aber nie von sich selbst. Und doch habe ich bei Großpapa gehört, wie Oberst Buckler sagte, er wäre einer der tüchtigsten Offiziere in der Armee und hätte sich riesig ausgezeichnet. Großpapa war ganz überrascht und sagte: ›Na, so ein Kerl! Ich hatte gedacht, der könnte nicht bis drei zählen!‹ – aber ich, Mama, ich weiß, daß er das kann, glaubst du das nicht auch?« Emmy lachte und meinte, das werde der Major wohl können.

Während zwischen George und dem Major eine aufrichtige Freundschaft bestand, müssen wir leider bekennen, daß zwischen dem Knaben und seinem Onkel von großer Liebe nichts zu merken war. George wußte dadurch, daß er die Backen aufblies, die Hände in die Westentaschen steckte und sagte: »Gott steh mir bei, es ist gar nicht zu glauben!« Joseph so lebenswahr nachzuäffen, daß es unmöglich war, das Lachen zu unterdrücken. Die Diener platzten beim Dinner

los, wenn der kleine Bengel etwas, was nicht auf dem Tisch
war, verlangte und dabei dieses Gesicht machte und diese
Lieblingsredensart gebrauchte. Selbst Dobbin stieß manchmal unwillkürlich ein kurzes Lachen über die gelungene
Nachahmung aus. Wenn George seinen Onkel nicht in dessen Gegenwart nachahmte, so wurde der kleine Schlingel
davon nur durch Dobbins ernste Mahnungen und Amelias
ängstliche Bitten abgehalten. Und da der würdige Zivilist
sich einer dunklen Ahnung nicht erwehren konnte, daß der
Junge ihn für einen Esel hielt und dazu neigte, sich über ihn
lustig zu machen, so pflegte er in Georges Gegenwart außerordentlich ängstlich zu sein und sich infolgedessen natürlich
doppelt feierlich und würdevoll zu benehmen. Sobald er erfuhr, daß der junge Herr in der Gillespie Street bei seiner
Mutter zum Dinner erwartet wurde, erinnerte sich Joseph
gewöhnlich, daß er sich mit irgend jemand verabredet hatte,
im Klub zu speisen. Vielleicht war niemand über seine Abwesenheit sonderlich betrübt. An solchen Tagen ließ sich
auch Mr. Sedley meist überreden, aus seinem Zufluchtsort
in den oberen Räumen herabzukommen, und es wurde dann
im engsten Familienkreise gespeist, woran auch Major Dobbin fast immer teilnahm. Er war der ami de la maison; er
war des alten Sedley Freund, Emmys Freund, Georges
Freund, Josephs Ratgeber und Helfer. »Er könnte ebensogut in Madras sein, so wenig bekommen wir von ihm zu
sehen«, bemerkte Miß Ann Dobbin in Camberwell. Ja, liebste
Miß Ann, ist Ihnen denn die Ursache davon nicht klar geworden? Daß Sie eben nicht diejenige sind, die der Major
gern heiraten möchte?

Joseph Sedley führte ein Leben würdevollen Müßigganges,
wie das einer so hervorragenden Persönlichkeit zukam. Das
erste, was er sich angelegen sein ließ, war natürlich, Mitglied des Orientalischen Klubs zu werden. Dort verbrachte
er seine Vormittage in Gesellschaft anderer indischer Freun-

de, dort speiste er, oder er brachte von dort Gäste zum Essen
mit nach Hause.

Amelia fiel die Aufgabe zu, diese Herren und ihre Damen zu
empfangen und zu unterhalten. Sie hörte von ihnen, wie
bald Smith in den Rat kommen werde – wie viele hunderttausend Rupien Jones mit nach England gebracht habe – daß
die Firma Thomson in London sich geweigert habe, die von
der Firma Thomson, Kobobjee & Co. in Bombay auf sie gezogenen Wechsel einzulösen, und daß man allgemein glaube,
das Haus in Kalkutta müsse ebenfalls Bankerott machen –
wie unbesonnen, gelinde gesagt, das Benehmen der Mrs.
Brown (der Gattin Browns von der irregulären Ahmednug-
gar-Miliz) dem jungen Swankey von der Leibgarde gegenüber gewesen sei, mit dem sie bis in die Nacht hinein auf
dem Verdeck zusammengesessen und bei einem gemeinschaftlichen Spazierritt am Kap allein zurückgeblieben sei –
daß Mrs. Hardyman ihre dreizehn Schwestern, Töchter
eines Landgeistlichen, des Reverend Felix Rabbits, mit nach
Indien genommen und elf davon verheiratet habe, sieben sogar an Beamte in höheren Stellungen – daß Hornby wütend
sei, weil seine Frau in Europa bleiben wolle – und daß
Trotter zum Steuereinnehmer in Ummerapoora ernannt sei.
Solche und ähnliche Gespräche wurden bei allen großen Dinners im Kreise der Indier geführt. Überall gab es dieselbe
Unterhaltung, dieselben silbernen Schüsseln, dieselben
Hammelrücken, dieselben gekochten Truthähne und Vor-
gerichte. Kurz nach der Nachspeise kam die Politik an die
Reihe, während die Damen sich in den Salon zurückzogen
und dort von ihren körperlichen Leiden und von ihren Kin-
dern sprachen.

Mutato nomine ist es überall dieselbe Geschichte. Reden
nicht die Frauen der Rechtsanwälte von Prozessen, die Of-
fiziersdamen vom Regiment, die Pastorenfrauen von Sonntagsschulen und Hilfspredigern? Sprechen nicht die aller-

vornehmsten Damen von dem kleinen Klüngel, zu dem sie gehören? Warum sollten da unsere indischen Freunde nicht auch ihren eigenen Gesprächsstoff haben? Nur muß ich zugeben, daß er für einen Nichteingeweihten, der dabeisitzen und ihn mitgenießen muß, besonders langweilig ist.

Es dauerte nicht lange, so hatte Emmy ein Visitenbuch, fuhr regelmäßig aus und machte Besuche bei verschiedenen sehr hochgestellten Damen. Wir brauchen nicht viel Zeit, um uns an veränderte Lebensumstände zu gewöhnen. Täglich fuhr der Wagen in der Gillespie Street vor, und der Page mit den vielen Knöpfen sprang mit Emmys und Josephs Besuchskarten auf den Bock und wieder herunter. Zu bestimmten Stunden fuhr Emmy nach dem Klub, um Joseph zu einer Spazierfahrt abzuholen, oder sie überredete den alten Sedley, sich in den Wagen zu setzen, und durchstreifte mit ihm den Regent's Park. Die Kammerjungfer und der Wagen, das Visitenbuch und der knopfgeschmückte Page wurden ihr bald ebenso vertraut wie die bescheidene Lebensweise in Brompton. Sie fand sich in das eine so gut wie in das andere hinein. Hätte das Schicksal bestimmt, daß sie eine Herzogin sein sollte, so hätte sie auch die mit dieser Stellung verbundenen Pflichten erfüllt. Der weibliche Teil von Josephs Bekanntenkreis erklärte sie für eine ganz nette junge Frau; sehr viel sei ja zwar nicht an ihr, aber immerhin sei sie ganz nett, hieß es.

Die Männer fanden wie gewöhnlich Gefallen an ihrer ungekünstelten Freundlichkeit und ihrem einfachen, feinen Benehmen. Die schmucken jungen indischen Stutzer (fabelhafte Gecken mit prächtigen Uhrketten und Schnurrbärten, die ihre wild dahinsausenden Kabriolette selbst lenkten, die Säulen der Theater waren und in den Hotels in Westend wohnten) bewunderten trotz ihrem verwöhnten Geschmack Mrs. Osborne, machten ihr mit großem Eifer ihre Verbeugung, wenn sie im Park spazierenfuhr, und fühlten sich hoch geehrt, wenn sie ihr einen Vormittagsbesuch machen durften. Sogar Swankey von der Leibgarde, dieser gefährliche Jüngling, der größte Lebemann unter allen auf Urlaub befindlichen Offizieren der indischen Armee, wurde eines Tages von Major Dobbin bei einem Tete-a-Tete mit Amelia betroffen, der er gerade mit vielem Humor und großer Beredsamkeit eine Wildschweinjagd beschrieb. Er sprach nachher von einem verdammten königlichen Offizier, der sich immer in dem Haus herumtreibe – ein langer, magerer, wunderlich aussehender, ältlicher Kerl, der aber einen trokkenen Witz habe und andere Leute mundtot mache.

Hätte der Major etwas mehr persönliche Eitelkeit besessen, so wäre er auf einen so gefährlichen jungen Stutzer wie diesen bezaubernden bengalischen Hauptmann eifersüchtig geworden. Aber Dobbin war eine zu schlichte und edle Natur, um in Amelia irgendwelchen Zweifel zu setzen. Es freute ihn, daß die jungen Leute ihr huldigten und andere sie bewunderten. War sie nicht, seit sie erwachsen war, fortwährend verfolgt und unterschätzt worden? Er sah mit herzlichem Vergnügen, wie eine freundliche Behandlung all ihre guten Eigenschaften zutage treten ließ und wie ihr Lebensmut sich unter den neuen besseren Verhältnissen allmählich wieder hob. Jeder, der sie hochschätzte, bestätigte damit das richtige Urteil des Majors – vorausgesetzt, daß man bei einem von der Liebe verblendeten Manne überhaupt von richtigem Urteil sprechen kann.

Als getreuer Untertan seines Königs ging Joseph selbstverständlich zu Hofe, vorher zeigte er sich jedoch in vollem Staat im Klub, von wo ihn Dobbin in einer sehr schäbigen alten Uniform abholte. Seit diesem Besuch war er, der immer schon ein unentwegter Anhänger und Bewunderer Georgs IV. gewesen war, ein so unerschütterlicher Tory und Pfeiler des Staates, daß er auch in Amelia drang, sie möchte sich ebenfalls an einem großen Empfangstag bei Hofe vorstellen. Er hatte sich merkwürdigerweise in den Glauben

hineingelebt, daß die Erhaltung des Staatswohls zu einem
wesentlichen Teil von seiner Mitwirkung abhänge und daß
der König nicht glücklich sein werde, wenn er nicht Joseph
Sedley und seine Angehörigen im St. James-Palast um sich
geschart sehe.
Emmy lachte. »Soll ich die Familiendiamanten anlegen, Joseph?« fragte sie.
›Ich wollte, du erlaubtest mir, dir welche zu kaufen‹,
dachte der Major. ›Ich möchte diejenigen sehen, die für dich
zu kostbar wären.‹

SECHSUNDZWANZIGSTES KAPITEL
Worin zwei Lichter ausgelöscht werden

Es kam ein Tag, an dem die Reihe wohlanständiger Vergnügungen und ehrbarer Lustbarkeiten, die Mr. Joseph Sedleys
Familie sich gestattete, durch ein Ereignis unterbrochen
wurde, wie es sich fast in jedem Haus einmal zuträgt.
Wenn meine lieben Leser in ihren Häusern die Treppe vom
Salon zu dem Flur hinaufsteigen, an dem die Schlafstuben
liegen, so haben sie wohl schon gerade vor sich einen kleinen
Bogen in der Mauer bemerkt, der die aus dem zweiten ins
dritte Stockwerk zu den Kinder- und Dienstbotenzimmern
führende Treppe erhellt und auch noch einem andern nützlichen Zweck dient, über den die Leute des Leichenbesorgers Auskunft geben können. Sie setzen nämlich den Sarg
einen Augenblick auf diesem Bogen ab oder schieben ihn so
vorsichtig hindurch, daß sie den kalten Insassen des schwarzen Gehäuses nicht in seiner Ruhe stören.
Von diesem Mauerbogen im zweiten Stockwerk eines Londoner Hauses überblickt man das ganze Treppenhaus, und
er beherrscht diesen Hauptweg aller Bewohner. Auf dieser
Treppe huscht die Köchin vor Tagesanbruch hinunter, um
ihre Töpfe und Pfannen in der Küche zu scheuern. Hier
400

schleicht der junge Herr auf Zehenspitzen hinauf, nachdem
er sich nach einer im Klub verlebten lustigen Nacht im Mor-
gengrauen selbst die Tür aufgeschlossen und seine Stiefel im
Hausflur ausgezogen hat. Hier rauscht das junge Fräulein,
mit Seidenbändern und duftigem Musselin geschmückt,
strahlend und schön herunter, um auf den Ball zu fahren und
Eroberungen zu machen; der kleine Tommy aber rutscht als
ein Verächter der Gefahr und der Treppenstufen das Geländer hinab, das er jedem anderen Beförderungsmittel vor-
zieht. Hier führt der zärtliche Gatte an dem Tage, an dem der
Arzt seiner reizenden Pflegebefohlenen das Treppensteigen
gestattet, die lächelnde junge Mutter mit Unterstützung
der Kinderfrau starken Armes Stufe um Stufe hinab; und
hier schlurft John, der Hausknecht, mit tropfender Talg-
kerze gähnend hinauf, um sein Lager aufzusuchen und vor
Sonnenaufgang die Stiefel einzusammeln, die in den Fluren
auf ihn warten. Diese Treppe, auf der Säuglinge getragen,
alte Leute mit stützender Hand geführt, Gäste zum Ballsaal
geleitet werden – auf der der Geistliche zur Taufe, der Arzt
nach dem Krankenzimmer und die Leute des Leichenbesorgers nach dem oberen Stockwerk gehen: welch ein Memento
des Lebens, des Todes und der Eitelkeit ist sie und jener
Mauerbogen für einen besinnlichen Menschen, der auf dem
Treppenabsatz sitzend das Treppenhaus überblickt! Auch
zu uns, lieber Freund im bunten Narrenkleid, auch zu uns
wird auf dieser Treppe der Arzt einst zum letzten Mal heraufkommen. Die Krankenwärterin wird durch die Bettvorhänge blicken, ohne daß du es bemerkst, und dann wird sie
ein Weilchen die Fenster öffnen und frische Luft hereinlas-
sen. Hierauf wird man alle Läden auf der Vorderseite des
Hauses herunterlassen und in den Hinterzimmern wohnen;
man wird den Notar und andere schwarz gekleidete Leute
holen lassen und so weiter. Deine und meine Komödie wird
dann ausgespielt sein, und wir werden dem Trompeten-

geschmetter, dem Geschrei und den Gauklerkünsten dieser
Welt weit, o so weit entrückt sein! Wenn wir vornehme
Leute sind, wird man über unserer letzten Wohnung ein
Trauerwappen mit vergoldeten Engeln und einer Inschrift
anbringen, die besagt, daß im Himmel Ruhe und Frieden ist.
Dein Sohn wird das Haus neu herrichten lassen oder es auch
vielleicht vermieten und in ein feineres Stadtviertel ziehen.
Dein Name wird in den nächstjährigen Verzeichnissen deiner
Klubs unter den ›verstorbenen Mitgliedern‹ stehen. Wie
sehr man auch um dich trauern mag, so wird doch deine
Witwe Wert darauf legen, daß ihr Trauerkostüm gut sitze –
die Köchin wird heraufschicken oder selbst heraufkommen,
um zu fragen, was es zum Dinner geben soll – die Hinterbliebenen werden bald ohne allzu große Gemütsbewegung
dein Porträt über dem Kaminsims betrachten, und dieses
wird in kurzer Zeit seinen Ehrenplatz dem Bild des regierenden Sohnes überlassen müssen.
Welche Toten werden wohl am innigsten und leidenschaftlichsten beweint? Ich glaube, diejenigen, die am wenigsten
Liebe zu den Hinterbliebenen empfunden haben. Der Tod
eines Kindes ruft einen so heftigen Kummer und so heiße
Tränen hervor, wie dein Hinscheiden, mein lieber Leser, sie
nie verursachen wird. Der Tod eines kleinen Kindes, das
dich kaum gekannt hat und dich nach einer achttägigen Abwesenheit vergessen würde, trifft dich schwerer als der Verlust deines nächsten Freundes oder deines erstgeborenen
Sohnes, der ein Mann ist wie du und selbst schon Kinder hat.
Gegen Juda und Simeon können wir hart und streng sein;
aber für Benjamin, unseren Jüngsten, strömen wir über von
Liebe und Mitleid. Und wenn du alt bist, wie es mancher
Leser dieses Buches vielleicht schon ist oder einmal sein
wird – alt und reich – oder alt und arm – so wirst du wohl
eines Tages im stillen denken: ›Die Leute um mich herum
sind ja sehr gut gegen mich; aber sie werden sich nicht allzu-

sehr grämen, wenn ich dahingegangen bin. Ich bin sehr reich, und sie möchten meine Hinterlassenschaft haben – oder sehr arm, und sie sind es müde, mich noch länger zu unterhalten.‹

Die Trauerzeit für Mrs. Sedleys Tod war eben erst zu Ende gegangen, und Joseph hatte kaum Zeit gehabt, seine schwarze Kleidung abzulegen und sich wieder in den prächtigen Westen zu zeigen, die er so sehr liebte, als es der Umgebung Mr. Sedleys klar wurde, daß ein zweites trauriges Ereignis bevorstehe, das heißt, daß der alte Mann im Begriff sei, seine Frau in jenem dunklen Land aufzusuchen, wohin sie ihm vorangegangen war. »Der Gesundheitszustand meines Vaters«, bemerkte Joseph Sedley mit würdevollem Ernst im Klub, »macht es mir unmöglich, in dieser Saison größere Gesellschaften zu geben; aber wenn Sie, lieber Chutney, so ganz ohne alle Umstände um halb sieben zu mir kommen und mit ein paar alten Freunden an einem einfachen Dinner teilnehmen wollen, so werde ich mich immer freuen, Sie zu sehen.« So dinierten Joseph und seine Bekannten still für sich und tranken ihren Rotwein, während oben in dem Stundenglas des alten Mannes der Lebenssand ablief. Der Haushofmeister brachte ihnen auf leisen Sohlen ihren Wein, und nach dem Essen setzten sie sich zu einer Partie Whist zusammen, an der sich auch der hinzukommende Major Dobbin manchmal beteiligte. Gelegentlich kam auch wohl Mrs. Osborne herunter, nachdem ihr Pflegling für die Nacht versorgt und in jenen leichten unruhigen Schlummer verfallen war, der dem Lager des Greisenalters zu nahen pflegt.

Während seiner Krankheit schloß sich der alte Mann immer inniger an seine Tochter an. Er mochte seine Fleischbrühe und seine Medizin kaum aus einer andern Hand nehmen. Ihn zu pflegen, wurde jetzt fast ihre einzige Lebensaufgabe. Sie ließ ihr Bett dicht neben die Tür stellen, die in sein Zimmer führte, so daß sie bei dem leisesten Geräusch, das von

dem Lager des ungeduldigen Kranken zu ihr drang, munter
wurde. Doch müssen wir, um gegen ihn gerecht zu sein, gestehen, daß er auch manche Stunde lang wach lag und sich
still und regungslos verhielt, um seine freundliche, aufmerksame Pflegerin nicht zu wecken.

Er liebte seine Tochter jetzt vielleicht zärtlicher, als er es
jemals seit den Tagen ihrer Kindheit getan hatte. In der
Ausübung freundlicher Dienste und in der Erfüllung der
Pflichten kindlicher Liebe zeigte sich dieses einfache Geschöpf von seiner glänzendsten Seite. ›Sie gleitet so still wie
ein Sonnenstrahl herein‹, dachte Mr. Dobbin, wenn er sie in
ihres Vaters Zimmer ein und aus gehen sah und beobachtete,
wie eine heitere Freundlichkeit ihr Gesicht erhellte, während sie sich anmutig und geräuschlos hin und her bewegte.
Wer hat nicht schon die Gesichter der Frauen von diesem
lieblichen, engelhaften Schimmer der Liebe und des Mitleids leuchten sehen, wenn sie ihre Kinder warten oder im
Krankenzimmer tätig sind?

Eine geheime Fehde, die mehrere Jahre lang gedauert hatte,
wurde so durch eine stillschweigende Versöhnung beigelegt. In diesen letzten Stunden vergaß der alte Mann, gerührt von ihrer Liebe und Güte, all seinen Groll gegen sie
und alle die Beschuldigungen, die er und seine Frau in mancher langen Nacht gegen sie erhoben und miteinander erörtert hatten: daß sie alles für ihren Knaben hingegeben –
daß sie sich um ihre alten, unglücklichen Eltern nicht gekümmert, sondern nur an ihr Kind gedacht – daß sie sich
närrisch und töricht, ja geradezu gottlos benommen habe,
als George ihr genommen worden sei. Der alte Sedley vergaß diese Anklagen, als er seine letzte Rechnung abschloß,
und ließ der sanften, nie klagenden kleinen Märtyrerin Gerechtigkeit widerfahren. Als sie sich eines Nachts in sein
Zimmer stahl, fand sie ihn wach, und nun legte ihr der alte
gebrochene Mann seine Beichte ab. »Ach, Emmy, ich glaube,

404

daß wir sehr unfreundlich und ungerecht gegen dich gewesen sind«, sagte er und streckte ihr seine kalte, kraftlose Hand hin. Sie kniete nieder und betete an seinem Lager, und er tat das gleiche, ohne ihre Hand loszulassen. Möchten auch wir, lieber Freund, wenn die Reihe an uns kommt, jemand haben, der so mit uns betet!

Vielleicht zog, wenn er wach in seinem Bett lag, sein früheres Leben an seinem geistigen Auge vorüber: sein hoffnungsvolles Ringen in der Jugend, sein Erfolg und sein Wohlergehen in den Mannesjahren, das Unglück in seinem späteren Alter und seine gegenwärtige hilflose Lage! Keine Möglichkeit, sich an dem Geschick zu rächen, das ihn zu Boden geworfen hatte – weder ein Name noch Geld als Hinterlassenschaft – ein verbrauchtes, nutzloses Leben voll Niederlagen und Enttäuschungen – und dies das Ende! Ich möchte wohl wissen, lieber Leser, welches ist das bessere Los: glücklich und berühmt zu sterben oder arm und enttäuscht? Zu besitzen und seinen Besitz hergeben zu müssen, oder aus dem Leben zu scheiden, nachdem man gespielt und das Spiel verloren hat? Es muß ein eigentümliches Gefühl sein, wenn in unserm Leben ein Tag kommt, da wir uns sagen: ›Morgen werden Erfolg und Mißerfolg gleichgültig für mich sein. Die Sonne wird aufgehen, und alle die Millionen von Menschen werden sich wie gewöhnlich ihrer Arbeit oder ihrem Vergnügen widmen; aber ich werde dem Gewühl entronnen sein.‹

Und so ging auch die Sonne an einem Morgen auf, an dem die ganze Welt aufstand, um ihren mannigfachen Beschäftigungen und Vergnügungen nachzugehen – mit Ausnahme des alten John Sedley, der hinfort nicht mehr mit dem Geschick kämpfen, auch nicht mehr hoffen oder Pläne schmieden, sondern eine stille, völlig unbekannte Wohnung auf einem Kirchhof in Brompton an der Seite seiner alten Gattin beziehen sollte.

Major Dobbin, Joseph und George begleiteten seine irdischen Überreste in einer schwarz ausgeschlagenen Kutsche zum Grabe. Joseph kam eigens zu diesem Zweck von dem ›Hotel zum Hosenbandorden‹ in Richmond herüber, wohin er sich nach dem beklagenswerten Ereignis zurückgezogen hatte. Es war ihm peinlich gewesen, mit der L… unter diesen Umständen… nun, man versteht schon – im Hause zu bleiben. Aber Emmy blieb und tat ihre Pflicht wie gewöhnlich. Man konnte nicht eigentlich sagen, daß sie von Schmerz überwältigt gewesen wäre; sie war eher feierlich als traurig. Sie betete, daß ihr eigenes Ende ebenso ruhig und schmerzlos sein möchte, und gedachte mit ehrfurchtsvoller Zuversicht der Worte, in denen ihr Vater ihr während seiner Krankheit von seinem Glauben, seiner Ergebung und seiner Hoffnung auf ein Jenseits gesprochen hatte.

Ja, ich möchte doch meinen: alles genau erwogen, ist dies die beste von den beiden Arten zu sterben. Angenommen, du wärest sehr reich und begütert und sprächest an deinem letzten Tage: ›Ich bin sehr reich und stehe in gutem Ansehen. Ich habe mein ganzes Leben lang in der besten Gesellschaft gelebt und stamme, Gott sei Dank, aus einer höchst achtbaren Familie. Ich habe meinem König und meinem Vaterland in Ehren gedient. Ich habe mehrere Jahre im Parlament gesessen, wo, wie ich wohl sagen darf, meine Reden aufmerksam angehört und recht gut aufgenommen wurden. Ich bin keinem einen Schilling schuldig, sondern habe im Gegenteil meinem alten Studienfreund Jack Lazarus fünfzig Pfund geliehen, um die ihn meine Testamentsvollstrecker nicht drängen sollen. Ich hinterlasse jeder meiner Töchter zehntausend Pfund – eine anständige Mitgift für ein Mädchen. Mein Silbergeschirr, meine Möbel und mein Haus in der Baker Street nebst einem hübschen Jahrgeld vermache ich meiner Witwe auf Lebenszeit; meinen Landbesitz, meine Wertpapiere und meinen Keller mit auserlesenen Weinen aber soll mein Sohn erben. Ich hinterlasse meinem Kammerdiener eine jährliche Rente von zwanzig Pfund, und ich glaube, daß niemand nach meinem Tode etwas Begründetes gegen meinen Charakter wird vorbringen können.‹ Nehmen wir dagegen an, dein Schwanengesang lautete ganz anders, und du sagtest: ›Ich bin ein armer, alter Mann, der viel Unglück und Enttäuschungen erfahren hat und dessen Leben völlig verfehlt gewesen ist. Ich hatte weder Verstand noch Glück und bekenne, daß ich unzählige Irrtümer und Fehler begangen habe. Ich gestehe, daß ich oft meine Pflicht versäumt habe. Ich kann meine Schulden nicht bezahlen. Hilflos und demütig liege ich auf meinem Sterbebett und bete um Verzeihung für meine Schwächen und werfe mich mit zerknirschtem Herzen der göttlichen Gnade zu Füßen.‹ Welche dieser beiden Reden, meinst du wohl, würde für den Fall deines Todes die beste sein? Die des alten Sedley war von der letzten Art, und in dieser demütigen Gemütsverfassung, die Hand seiner Tochter in der seinen, sanken Leben und Enttäuschung und Eitelkeit unter ihm hinweg.

»Du siehst,« sagte der alte Osborne zu George, »was Tüchtigkeit, Fleiß, kluger Unternehmungsgeist und dergleichen zustande bringen. Betrachte mich und mein Bankguthaben – und dann betrachte deinen armen Großvater Sedley und sein elendes Scheitern! Und doch war er vor zwanzig Jahren ein besserer Mann als ich – wohl um zehntausend Pfund besser.«

Außer diesen Leuten und Mr. Clapps Familie, die von Brompton hereinkam, um einen Beileidsbesuch zu machen, gab es keine Menschenseele mehr, die sich noch um den alten John Sedley kümmerte oder sich überhaupt seiner Existenz erinnerte.

Als der alte Osborne seinen Freund, den Oberst Buckler (wie wir bereits durch den kleinen George erfahren haben)

zum erstenmal von den Verdiensten des Majors Dobbin
sprechen hörte, zeigte er einen spöttischen Unglauben und
sprach seine Verwunderung darüber aus, wie ein solcher
Mensch überhaupt Verstand besitzen oder sich irgendwelchen Ansehens erfreuen könne. Aber dann hörte er auch verschiedene andere Personen aus seinem Bekanntenkreis das
Lob des Majors verkünden. Sir William Dobbin hatte eine
hohe Meinung von seinem Sohn und erzählte viele Beispiele
von dem Wissen, der Tapferkeit und dem guten Ruf der
Majors. Endlich erschien sein Name auch in den Verzeichnissen der Gäste mehrerer hochvornehmer Gesellschaften,
und dieser Umstand übte eine wunderbare Wirkung auf den
alten Aristokraten am Russell Square aus.

Des Majors Stellung als Vormund des unter der Obhut seines Großvaters stehenden George machte einige Zusammenkünfte zwischen den beiden Herren notwendig; und bei
einer dieser Unterredungen geschah es, daß der alte Osborne
als scharfsichtiger Geschäftsmann bei der Durchsicht der
Abrechnungen des Majors mit seinem Mündel und mit dessen Mutter eine Entdeckung machte, die ihn außerordentlich verblüffte und ihn zugleich peinlich und angenehm berührte: daß nämlich ein Teil des Geldes, von dem die arme
Witwe und das Kind gelebt hatten, aus William Dobbins
eigener Tasche geflossen war.

Dobbin, mit Fragen über diesen Punkt in die Enge getrieben
und von Natur unfähig zu lügen, errötete, stotterte allerlei
und legte schließlich ein Bekenntnis ab. »Die Heirat«, sagte
er – hier verfinsterte sich das Gesicht seines Gegenübers –
»war zum großen Teil mein Werk. Ich glaubte, mein armer
Freund sei so weit gegangen, daß ein Rücktritt von seiner
Verlobung ihm zur Unehre gereicht und Mrs. Osbornes Tod
herbeigeführt haben würde. Als sie daher ohne Hilfsmittel
zurückgeblieben war, hielt ich es für meine Pflicht, was ich an
Geld übrig hatte, zu ihrer Unterstützung zu verwenden.«
408

»Major Dobbin,« sagte Mr. Osborne, indem er ihn fest ansah und ebenfalls sehr rot wurde, »Sie haben mir ein schweres Leid angetan, aber erlauben Sie mir, Ihnen zu sagen, Sir, daß Sie ein anständiger Mensch sind. Hier ist meine Hand, Sir, obgleich ich nie gedacht hätte, daß mein Fleisch und Blut aus Ihrer Tasche lebte.« Und die beiden schüttelten einander die Hände, wobei Major Dobbin sehr verlegen war, weil seine heuchlerisch verheimlichten Wohltaten so ans Tageslicht gekommen waren.

Er bemühte sich, den alten Mann milder zu stimmen und ihn mit dem Andenken seines Sohnes auszusöhnen. »Er war ein so prächtiger Mensch,« sagte er, »daß wir ihn alle liebten und für ihn alles getan haben würden. Ich, der damals noch ein junger Mann war, fühlte mich durch die Zuneigung, die er zu mir gefaßt hatte, über die Maßen geschmeichelt und war stolzer darauf, an seiner Seite gesehen zu werden als an der Seite des Höchstkommandierenden. Ich habe nie jemand kennengelernt, der ihm an Kühnheit und Wagemut und anderen militärischen Tugenden gleichgekommen wäre.« Und Dobbin erzählte dem alten Vater von der Tapferkeit und den übrigen trefflichen Eigenschaften seines Sohnes alle Geschichten, die er im Gedächtnis hatte. »Und der kleine George ist ihm so ähnlich«, fügte der Major hinzu.

»Ja, er ist ihm so ähnlich, daß ich darüber manchmal geradezu erschrecke«, erwiderte der Großvater.

Einigemal kam der Major zu Mr. Osborne zum Dinner (es war während der Krankheit des alten Mr. Sedley), und als die beiden nach dem Essen zusammensaßen, drehte sich ihr ganzes Gespräch um den dahingeschiedenen Helden. Der Vater prahlte nach seiner Gewohnheit mit ihm und war augenscheinlich der Meinung, daß seine Erzählungen von den Taten und der Tapferkeit seines Sohnes ihm selbst zum Ruhm gereichten. Aber jedenfalls gedachte er jetzt des armen Burschen in einer viel freundlicheren und versöhnlicheren Weise, als er es bisher getan hatte, und das christliche Herz des guten Majors freute sich über diese Anzeichen der Wiederkehr einer friedlichen und wohlwollenden Gesinnung. Am zweiten Abend nannte der alte Osborne den Major schon William, gerade wie zu der Zeit, als Dobbin und George noch Knaben waren, und der brave Dobbin nahm dieses Zeichen der Versöhnung mit Freuden wahr.

Als Miß Osborne am nächsten Tage beim Frühstück mit der ihrem Alter und ihrem Charakter eigentümlichen Bitterkeit eine geringschätzige Bemerkung über des Majors äußere Erscheinung und Benehmen zu machen wagte, unterbrach sie der Hausherr. »Du wärest glücklich gewesen, Jane, wenn du ihn hättest einfangen können! Aber die Trauben sind jetzt sauer! Haha! Major William ist ein prächtiger Mensch!«

»Das ist er, Großpapa«, sagte George beifällig, trat dicht an den alten Herrn heran, faßte ihn bei seinem großen grauen Backenbart, lachte ihn fröhlich an und küßte ihn. Am Abend erzählte er diese Geschichte seiner Mutter, die ihm völlig zustimmte. »Ja, das ist er wirklich«, sagte sie. »Dein lieber Vater hat es auch immer gesagt. Er ist einer der besten, rechtschaffensten Menschen, die es gibt.« Zufällig trat Dobbin kurz nach diesem Gespräch ins Zimmer, und dies war vielleicht der Grund, weshalb Amelia errötete. Und der junge Schlingel vermehrte ihre Verlegenheit noch dadurch, daß er dem Major den anderen Teil der Geschichte erzählte. »Hören Sie, Dob,« sagte er, »ich weiß ein sehr nettes Mädchen, das Sie gern heiraten möchte. Sie hat viel Moos, trägt falsche Locken und schilt die Dienstboten von früh bis spät.«

»Nun, wer ist denn das?« fragte Dobbin.

»Es ist Tante Jane«, antwortete der Knabe. »Großpapa hat es gesagt. Und wissen Sie, Dob, das wäre doch fabelhaft, wenn Sie mein Onkel würden.« In diesem Augenblick rief aus dem anstoßenden Zimmer die klägliche Stimme des alten Sedley nach Amelia, und das Lachen hörte auf.

Daß die Gesinnung des alten Osborne sich änderte, war ganz deutlich. Er fragte George manchmal nach seinem Onkel und lachte, wenn der Knabe nachmachte, wie Joseph ›Gott steh mir bei!‹ sagte und seine Suppe schlürfte. Aber dann sagte er doch: »Es ist nicht gerade sehr ehrerbietig, mein Junge, wenn ihr Grünschnäbel eure Verwandten nachäfft. Jane, wenn du heute ausfährst, so gib doch meine Karte bei Mr. Sedley ab, hörst du? Er und ich haben keinen Streit miteinander.«

Joseph sandte auch seinerseits eine Karte, und er und der Major wurden darauf zu einem Dinner eingeladen, das sicherlich das glänzendste und langweiligste war, das Mr. Osborne je gegeben hatte. Jedes Stück des der Familie gehörigen Silbergeschirrs war zur Schau gestellt und die beste Gesellschaft geladen. Mr. Sedley führte Miß Osborne zu Tisch, und sie war sehr liebenswürdig gegen ihn, während sie mit dem Major, der in einiger Entfernung von ihr sehr schüchtern neben Mr. Osborne saß, kaum ein Wort wechselte. Joseph erklärte die Schildkrötensuppe mit großer Feierlichkeit für die beste, die er je gegessen habe, und fragte Mr. Osborne, woher er seinen Madeira bezöge.

»Es sind noch ein paar Flaschen von dem Sedleyschen Wein«, flüsterte der Haushofmeister seinem Herrn zu. »Ich habe ihn schon lange, und er hat mich ein hübsches Sümmchen gekostet«, sagte Mr. Osborne laut zu seinem Gast und flüsterte dann seinem Nachbarn zur Rechten zu, er habe ihn ›bei der Versteigerung des alten Kerls‹ erstanden.

Mehr als einmal erkundigte er sich bei dem Major nach Mrs. George Osborne, und dies war ein Thema, über das der Major sehr beredt sein konnte, wenn er wollte. Er erzählte dem alten Osborne von ihren Leiden, von ihrer heißen Liebe zu ihrem Gatten, dessen Andenken sie immer noch heilig halte, von der zärtlichen, aufopferungsvollen Art, in der sie ihre Eltern unterstützt und ihren Knaben hingegeben habe, sobald ihr dies als ihre Pflicht erschienen sei. »Sie können sich keine Vorstellung davon machen, was sie gelitten hat, Sir,« sagte der ehrliche Dobbin, und die Stimme zitterte ihm dabei, »und ich hoffe zuversichtlich, daß Sie sich mit ihr wieder aussöhnen werden. Wenn sie Ihnen Ihren Sohn genommen hat, so hat sie Ihnen dafür den ihrigen gegeben; und wie sehr Sie auch Ihren George geliebt haben mögen, so können Sie doch sicher sein, daß sie den ihrigen zehnmal mehr liebt.«

»Bei Gott, Sie sind ein guter Kerl!« Das war alles, was Mr. Osborne darauf erwiderte. Es war ihm nie in den Sinn gekommen, daß es der Witwe schmerzvoll gewesen sein könne, sich von dem Knaben zu trennen, oder daß dessen jetzige glückliche Lebenslage imstande sei, sie zu betrüben.

Der Major benachrichtigte Amelia, daß eine Aussöhnung in nächster Zeit mit Sicherheit zustande kommen werde, und das Herz klopfte ihr bereits heftig bei dem Gedanken an die bevorstehende schreckliche Begegnung mit Georges Vater.

Aber diese Begegnung sollte nie stattfinden. Die langwierige Krankheit und der Tod des alten Sedley kamen dazwischen, und hiernach war eine Zusammenkunft für einige Zeit unmöglich. Dieser Untergang und andere Ereignisse mochten wohl nicht ohne Eindruck auf Mr. Osborne geblieben sein. Er war in der letzten Zeit recht hinfällig geworden und stark gealtert, und sein Geist arbeitete innerlich. Er hatte seinen Notar rufen lassen und wahrscheinlich etwas an seinem Testament geändert. Der Arzt, der ihn besuchte, sprach sich dahin aus, daß er körperlich angegriffen und seelisch erregt sei. Er riet zu einem kleinen Aderlaß und zu einem Aufenthalt an der See; aber der alte Osborne machte von keinem dieser Mittel Gebrauch.

Eines Tages kam er nicht zur üblichen Zeit zum Frühstück herunter; und als der Diener, dem dies auffiel, in sein Ankleidezimmer ging, fand er ihn, vom Schlage getroffen, vor seinem Waschtisch liegen. Miß Osborne wurde benachrichtigt, die Ärzte gerufen, George aus der Schule zurückgeholt, Aderlasser und Schröpfer kamen. Osborne erlangte das Bewußtsein teilweise zurück, war aber trotz mehrfachen qualvollen Anstrengungen nicht mehr imstande zu sprechen. Nach vier Tagen starb er. Die Ärzte stiegen die Treppe hinunter, die Leute des Leichenbesorgers hinauf, und die Läden aller Fenster, die nach den Anlagen des Russell Square hinausgingen, wurden geschlossen. Bullock kam in größter Hast aus der City herbeigestürzt. »Wieviel Geld hat er dem Jungen hinterlassen? Doch nicht etwa die Hälfte? Er wird doch wohl jedem von uns dreien gleich viel vermacht haben?« Es war ein aufregender Augenblick!

Was mochte es gewesen sein, was der arme alte Mann ein paarmal vergebens zu sagen versucht hatte? Ich hoffe, er wollte sagen, daß er, ehe er die Welt verlasse, Amelia zu sehen und sich mit dem lieben, treuen Weibe seines Sohnes zu versöhnen wünsche. Höchstwahrscheinlich war es dies; denn sein Testament zeigte, daß der Groll, den er so lange gehegt hatte, aus seinem Herzen gewichen war.

In der Tasche seines Schlafrocks fand man den Brief mit dem großen roten Siegel, den ihm George von Waterloo geschrieben hatte. Er mußte auch die anderen auf seinen Sohn bezüglichen Papiere durchgesehen haben; denn der Schlüssel des Schubkastens, in dem er sie verwahrte, befand sich gleichfalls in seiner Tasche, und es stellte sich heraus, daß die Siegel und Umschläge erbrochen waren, was er aller Wahrscheinlichkeit nach an dem Abend vor dem Schlaganfall getan hatte, an dem der Haushofmeister ihm den Tee in sein Arbeitszimmer gebracht und ihn damit beschäftigt gefunden hatte, in der großen, roten Familienbibel zu lesen.

Bei der Testamentseröffnung zeigte es sich, daß die Hälfte des Vermögens dem kleinen George, der Rest zu gleichen

Teilen den beiden Schwestern hinterlassen war. Dem Schwiegersohn, Mr. Bullock, war es freigestellt, die Geschäfte des Handelshauses für gemeinschaftliche Rechnung der Erben weiterzuführen oder auszuscheiden. Eine jährliche Rente von fünfhundert Pfund, die aus Georges Vermögen entnommen werden sollte, war seiner Mutter, ›der Witwe meines geliebten Sohnes George Osborne‹, bestimmt, die die Vormundschaft über den Knaben wieder übernehmen sollte.

›Major William Dobbin, der Freund meines geliebten Sohnes‹, war zum Testamentsvollstrecker ernannt; ›und da er‹, so besagte das Schriftstück weiter, ›aus reiner Güte und Freundschaft meinen Enkel und die Witwe meines Sohnes zu der Zeit, als sie jeder anderen Hilfe entbehrten, aus seinem Privatvermögen unterstützt hat, so danke ich ihm hiermit herzlich für seine liebevolle Zuneigung zu ihnen und bitte ihn, von mir eine Summe in der Höhe anzunehmen, wie sie zum Kauf eines Oberstleutnantspatents erforderlich ist, oder auch in einer andern ihm geeignet erscheinenden Weise über dieses Geld zu verfügen.‹

Als Amelia hörte, daß sich ihr Schwiegervater vor seinem Tode noch mit ihr ausgesöhnt habe, war sie sehr gerührt und für die ihr gemachte reiche Zuwendung dankbar. Als sie aber weiter erfuhr, daß George ihr zurückgegeben werde und durch wen das zuwege gebracht sei, daß Williams Güte ihr in ihrer Armut Beistand geleistet habe und daß er es gewesen sei, der ihr ihren Gatten und ihren Sohn gegeben habe – oh, da sank sie auf ihre Knie und flehte des Himmels Segen auf dieses treue, gute Herz herab. Sie beugte sich nieder und demütigte sich und küßte jener schönen, großmütigen Liebe gleichsam die Füße.

Aber Dankbarkeit war alles, womit sie eine so bewundernswürdige Hingebung und so wertvolle Wohltaten erwidern konnte – nur Dankbarkeit! Wenn sie an eine andere Art der Vergeltung dachte, so erhob sich Georges Bild aus dem

Grabe und sagte: ›Du gehörst mir, einzig und allein mir, jetzt und für alle Zeit!‹

William kannte ihre Gefühle – hatte er nicht sein ganzes Leben damit verbracht, diese zu erraten?

Als der Inhalt von Mr. Osbornes Testament allgemein bekannt wurde, war es erbaulich zu sehen, wie Mrs. George Osborne in der Wertschätzung der Leute, die ihren Bekanntenkreis bildeten, auf einmal stieg. Die Dienstboten in Josephs Haushalt, die ihre bescheidenen Befehle nicht als verbindlich zu betrachten, sondern zu erwidern pflegten, sie würden ›den Herrn fragen‹, ob sie gehorchen sollten oder nicht, dachten jetzt gar nicht mehr daran, sich erst noch an eine höhere Stelle zu wenden. Die Köchin hörte auf, über Amelias schäbige alte Kleider zu spotten, und die anderen murrten nicht mehr, wenn Amelia klingelte, und zögerten nicht mehr wie früher, ihrem Ruf zu folgen. Der Kutscher, der sonst darüber gebrummt hatte, daß seine Pferde schon wieder heraus sollten und seine Kutsche zu einem Krankenwagen für den alten Kerl und Mrs. Osborne gemacht werde, fuhr sie jetzt mit der größten Bereitwilligkeit. Er schwebte in größter Angst, daß er durch Mr. Osbornes Kutscher verdrängt werden könnte, und fragte, was denn solche Kutscher vom Russell Square für Stadtkenntnis besäßen und ob die überhaupt dazu taugten, vor einer Dame auf dem Bock zu sitzen. Josephs männliche und weibliche Bekannten fingen plötzlich an, sich für Emmy zu interessieren, und die Beileidskarten auf dem Tisch im Flur vermehrten sich gewaltig. Joseph selbst, der sie bisher als eine gutmütige, harmlose Bettlerin betrachtet hatte, der er Kost und Obdach zu geben verpflichtet sei, erwies jetzt ihr und ihrem reichen kleinen Sohn, seinem Neffen, die größte Achtung. Er war eifrig darauf bedacht, ›dem lieben, armen Frauchen‹ nach all ihren Leiden und Prüfungen etwas Abwechselung und Vergnügen zu verschaffen, und begann sogar beim Frühstückstisch zu erscheinen und sich angelegentlich zu erkundigen, wie sie über den Tag zu verfügen gedenke.

In ihrer Eigenschaft als Georges Vormünderin stellte sie es unter Zustimmung des Majors, ihres Mitvormundes, ihrer Schwägerin Miß Osborne anheim, in dem Haus am Russell Square so lange wohnen zu bleiben, als es ihr beliebe. Aber die Dame erklärte dankend, sie könnte sich nicht überwinden, in diesem Haus mit seinen traurigen Erinnerungen allein wohnen zu bleiben, und reiste, von einigen ihrer alten Dienstboten begleitet, in tiefer Trauer nach dem Badeort Cheltenham ab. Die übrigen Bedienten wurden in freigebiger Weise abgelohnt und entlassen. Der treue alte Haushofmeister, dem Mrs. Osborne den Vorschlag machte, in ihrem Dienst zu bleiben, lehnte dies ab und zog es vor, seine Ersparnisse für den Kauf eines Wirtshauses zu verwenden, und wir wollen hoffen, daß er damit gute Geschäfte machte.

Nachdem Miß Osborne darauf verzichtet hatte, am Russell Square wohnen zu bleiben, stand auch Mrs. Osborne nach einer Beratung mit Joseph und Dobbin davon ab, in das finstere alte Haus zu ziehen. Das Haus wurde ausgeräumt. Die prächtigen Möbel, die gewaltigen Kronleuchter und die düsteren öden Spiegel wurden verpackt, die wunderbare Rosenholzeinrichtung des Salons mit Stroh umwickelt, die Teppiche zusammengerollt und verschnürt, die kleine auserlesene Bibliothek schön eingebundener Bücher in zwei große Weinkisten verstaut und alle diese Sachen auf mehreren riesigen Wagen nach der Gewerbehalle gefahren, wo sie bis zu Georges Großjährigkeit aufbewahrt werden sollten. Die großen, schweren, schwarzen Kasten mit Silbergeschirr wanderten zu dem angesehenen Bankgeschäft von Stumpy und Rowdy, um dort bis zu dem gleichen Zeitpunkt im Keller zu lagern.

Eines Tages besuchte Emmy, in tiefe Trauer gekleidet, mit

George das öde Haus, das sie seit ihrer Mädchenzeit nicht mehr betreten hatte. Der Platz davor, wo die jetzt bereits abgefahrenen Möbelwagen beladen worden waren, war mit Stroh bestreut. Sie gingen in die großen, kahlen Zimmer, deren Wände noch die Spuren zeigten, wo Gemälde und Spiegel gehangen hatten. Dann gingen sie die große, öde Treppe hinauf in die oberen Zimmer und in das Gemach, in dem, wie George flüsternd bemerkte, Großpapa gestorben sei. Endlich kamen sie in das noch eine Treppe höher liegende Zimmer Georges. Der Knabe war noch immer an ihrer Seite; aber sie dachte an einen andern. Sie wußte, daß dies Zimmer ebenso seinem Vater, wie nachher ihm gehört hatte.

Sie trat an eins der offenen Fenster – eins von denen, nach denen sie in der ersten Zeit, nachdem man ihr das Kind genommen, so oft mit blutendem Herzen hinaufgeblickt hatte – und als sie hinausschaute, konnte sie von hier aus über die Bäume des Russell Square hinweg das alte Haus sehen, wo sie selbst geboren war und so viele glückselige Jugendtage verlebt hatte. Und nun trat ihr alles wieder vor die Seele: die vergnügten Ferientage, die freundlichen Gesichter, die sorglose, heitere Vergangenheit – und dann die langen Leiden und Prüfungen, die sie seitdem niedergedrückt hatten, Sie dachte an dies alles und zugleich an den Mann, der ihr treuer Beschützer, ihr guter Genius, ihr einziger Wohltäter, ihr zärtlicher, großmütiger Freund gewesen war.

»Sieh, Mutter,« rief George, »hier ist G. O. mit einem Diamanten in die Scheibe geritzt. Das habe ich vorher noch nie gesehen, und ich habe es auch nicht selbst getan.«

»Es war deines Vaters Zimmer – lange, lange, bevor du geboren wurdest, George«, sagte sie und errötete, als sie den Knaben küßte.

Sie war sehr schweigsam, als sie nach Richmond zurückfuhren, wo sie sich für einige Zeit ein Haus gemietet hatten. Dorthin kamen die lächelnden, geschäftigen Notare oft hinüber, um ihr Besuche abzustatten (die sie selbstverständlich auf Rechnung setzten), und dort war auch natürlich ein Zimmer für Major Dobbin eingerichtet, der häufig herübergeritten kam, um geschäftliche Angelegenheiten seines kleinen Mündels zu erledigen.

George wurde nun auf unbestimmte Zeit aus Mr. Veals Schule herausgenommen und diesem Herrn der Auftrag erteilt, eine Inschrift für eine schöne Marmortafel zu entwerfen, die in der Findelhauskirche unter Hauptmann George Osbornes Denkmal angebracht werden sollte.

Mrs. Bullock, Georges Tante, bewies, obwohl sie durch den kleinen Unhold um die Hälfte der Summe gekommen war, die sie von ihrem Vater erwartet hatte, dennoch ihre christliche Gesinnung dadurch, daß sie sich mit der Mutter und dem Knaben aussöhnte. Roehampton liegt nicht weit von Richmond; und eines Tages fuhr die Kutsche mit dem goldenen Bullenwappen auf dem Schlage und den blassen, verkümmerten Kindern darin bei Amelias Haus in Richmond vor, und die Familie Bullock drang in den Garten ein, wo Amelia ein Buch las, Joseph in einer Laube behaglich Erdbeeren in Wein tauchte und der Major in einer indischen Jacke George seinen Rücken zum Hinüberspringen darbot. Der Knabe flog über Dobbins Kopf gerade in den kleinen Vortrupp der Bullockschen Mädchen hinein, die mit gewaltigen schwarzen Schleifen an den Hüten und breiten schwarzen Schärpen ihre in Trauer gekleidete Mama begleiteten.

›Er paßt im Alter gerade für Rosa‹, dachte die zärtliche Mutter und blickte auf das liebe Kind, ein ungesund aussehendes kleines Fräulein von sieben Jahren.

»Rosa, geh hin und gib deinem lieben Vetter einen Kuß!« sagte Mrs. Frederick. »Kennst mich nicht, George? Ich bin deine Tante!«

»Ich kenne dich ganz gut«, erwiderte George; »aber ich bin
418

kein Freund vom Küssen.« Und damit wich er vor den Gehorsamsliebkosungen seines Bäschens zurück.

»Bringe mich zu deiner lieben Mama, du drolliges Kind!« sagte Mrs. Frederick; und so sahen sich die Damen nach mehr als fünfzehnjähriger Trennung wieder. Solange Emmy in Armut und Sorgen lebte, war es der andern niemals in den Sinn gekommen, sie zu besuchen; aber jetzt, da sich ihre Vermögensverhältnisse erheblich gebessert hatten, kam ihre Schwägerin, als ob das selbstverständlich sei, zu ihr.

Und ebenso machten es viele andere Leute. Unsere alte Freundin, die ehemalige Miß Swartz, kam von Hampton Court mit ihrem Gatten und ihrer in schwefelgelben Röcken steckenden Dienerschaft angerasselt und war gegen Amelia von derselben stürmischen Zärtlichkeit wie früher. Sie würde wohl immer freundlich zu Amelia gewesen sein, wenn sie sie hätte sehen können – die Gerechtigkeit muß man ihr widerfahren lassen. Aber que voulez-vous? In dieser großen Stadt hat man keine Zeit, nach seinen Freunden auf die Suche zu gehen. Wenn sie aus der Reihe treten, verschwinden sie, und wir marschieren ohne sie weiter. Wer wird je auf dem Jahrmarkt der Eitelkeit vermißt?

So fand sich Emmy, um es kurz zu machen, noch ehe die Trauerzeit für Mr. Osbornes Tod abgelaufen war, im Mittelpunkt eines sehr vornehmen Kreises, dessen Mitglieder überzeugt waren, daß jeder, der dazu gehöre, dies als ein großes Glück empfinden müsse. Unter den Damen war kaum eine, die nicht einen Pair zum Verwandten gehabt hätte, wenn auch ihr Mann vielleicht nur ein Drogenhändler in der City war. Einige der Damen waren richtige gelehrte Blaustrümpfe, die Mrs. Somervilles physikalische und astronomische Schriften lasen und die Royal Institution besuchten; andere wieder waren streng evangelisch und hielten sich zu Exeter Hall. Wir müssen bekennen, daß Emmy sich inmitten ihrer Wortgefechte ganz rat- und hilflos fühlte und die paar Male, wo sie nicht umhin gekonnt hatte, Mrs. Frederick Bullocks freundliche Einladungen anzunehmen, schreckliche Pein ausstand. Diese Dame hatte es sich in den Kopf gesetzt, sie zu begönnern, und den liebenswürdigen Entschluß gefaßt, für ihre weitere Bildung zu sorgen. Sie suchte für Amelia Schneiderinnen und Putzmacherinnen aus und erteilte ihr Lehren für ihren Haushalt und für ihr Benehmen. Alle Augenblicke kam sie von Roehampton herübergefahren und unterhielt ihre Freundin mit fadem Modegeschwätz und ödem Hofklatsch. Joseph hörte es gern mit an, aber der Major pflegte, sobald diese Frau mit ihrer gezierten Vornehmheit erschien, brummend davonzugehen. Er schlief auf einem der prächtigsten Dinners, die der Bankier Frederick Bullock gab – dieser suchte es nämlich noch immer zu erreichen, daß die Verwaltung des Osborneschen Vermögens Stumpy & Rowdy entzogen und ihm selbst übertragen werde –, gleich nach dem Essen unter den Augen des kahlköpfigen Wirtes ein, während Amelia, die kein Latein verstand und nicht wußte, wer den letzten glänzenden Leitartikel in der ›Edinburgh Review‹ geschrieben hatte, und Mr. Peels seltsame Winkelzüge in der Angelegenheit des verhängnisvollen Gesetzesvorschlags über die Gleichberechtigung der Katholiken weder lobte noch tadelte, stumm unter den Damen in dem großen Empfangszimmer saß, von dessen Fenstern aus man die samtartigen Rasenplätze, die sauberen Kieswege und die glitzernden Gewächshäuser überblicken konnte.

»Sie scheint gutherzig, aber beschränkt zu sein,« urteilte Mrs. Rowdy, »und der Major macht den Eindruck, als sei er sehr épris.«

»Es fehlt ihr gänzlich am bon ton«, sagte Mrs. Hollyock. »Sie werden es nie fertigbringen, meine Liebe, ihr den rechten Schliff zu geben.«

»Sie ist schrecklich unwissend oder gleichgültig«, bemerkte Mrs. Glowry mit einer Grabesstimme und einem traurigen

Schütteln ihres Kopfes und Turbans. »Ich fragte sie, ob sie mit Mr. Jowls glaube, daß der Papst im Jahre 1836 gestürzt werden würde, oder mit Mr. Wapshot, daß dies im Jahre 1839 geschehen werde, und sie antwortete mir: ›Der arme Papst! Ich will hoffen, daß ihm nichts geschieht. Was hat **er** denn getan?‹«

»Sie ist die Witwe meines Bruders, meine lieben Freundinnen,« erwiderte Mrs. Frederick, »und deshalb sind wir alle verpflichtet, wie ich meine, ihr bei ihrem Eintritt in die Gesellschaft freundlich entgegenzukommen und sie zu beraten. Sie können sich wohl denken, daß wir, deren getäuschte Hoffnungen ja allgemein bekannt sind, hierbei keine eigennützigen Absichten verfolgen.«

»Die arme liebe Mrs. Bullock!« sagte Mrs. Rowdy zu Mrs. Hollyock, als sie zusammen abfuhren, »immer muß sie Pläne und Ränke schmieden. Sie möchte gern, daß Mrs. Osbornes Guthaben von unserem Geschäft auf das ihrige übertragen wird; und die Art, in der sie dem Jungen schmeichelt und ihm immer den Platz neben der triefäugigen kleinen Rosa anweist, ist geradezu lächerlich.«

»Und ich wünschte, daß die Glowry an ihren Traktätchen, dem ›Mann der Sünde‹ und der ›Schlacht bei Armageddon‹, erstickte!« rief die andere, indes der Wagen über die Putney-Brücke rollte.

Diese Art von vornehmer Gesellschaft war für Emmy eine gar zu arge Strafe, und alle hüpften vor Freude, als eine Reise ins Ausland vorgeschlagen wurde.

SIEBENUNDZWANZIGSTES KAPITEL
Am Rhein

Die oben erzählten alltäglichen Begebenheiten lagen schon einige Wochen zurück, das Parlament war geschlossen, der Sommer vorgerückt, und die ganze gute Gesellschaft von

421

London stand im Begriff, die Stadt zu verlassen, um ihre jährliche Vergnügungs- oder Erholungsreise anzutreten, als eines schönen Morgens das Dampfschiff ›Der Batavier‹ mit einer großen Schar englischer Flüchtlinge an Bord den Landeplatz an den Tower Stairs verließ. Auf dem Achterdeck war das Zeltdach aufgespannt, und auf den Bänken und Gängen drängten sich zu Dutzenden rosige Kinder und geschäftige Kindermädchen – Damen in den hübschesten rosa Hüten und hellen Sommerkleidern – Herren in Reisemützen und Leinwandjacken, die eben angefangen hatten, sich für die bevorstehende Reise den Schnurrbart wachsen zu lassen – und stattliche, schmucke Veteranen mit gestärkten Halstüchern und sauber gebürsteten Hüten, wie sie seit der Beendigung des letzten Krieges Europa überschwemmt und das nationale ›Goddam‹ in jede Stadt des Festlands eingeführt haben. Die Menge von Hutschachteln, Schreibtäschchen und Toilettekästen war erstaunlich groß. Unter den Fahrgästen gab es Leute der verschiedensten Art: muntere junge Studenten aus Cambridge, die mit ihrem Tutor eine Studienreise nach Nonnenwerth oder Königswinter unternehmen wollten – irische Herren mit sehr forschen Backenbärten und vielen Brillanten, die fortwährend von Pferden sprachen und ungemein höflich gegen die mitreisenden jungen Damen waren, die im Gegensatz hierzu von den Cambridger Jünglingen und ihrem blassen Tutor mit mädchenhafter Schüchternheit gemieden wurden – alte Müßigänger von der Pall Mall, die nach Ems oder Wiesbaden gingen, um sich durch eine Brunnenkur von den Folgen der Dinners der Saison zu befreien und sich durch ein bißchen Roulette und Trente-et-quarante die nötige Aufregung zu verschaffen, da waren ferner: der alte Methusalem, der eine junge Frau genommen hatte, und Hauptmann Papillon von der Garde, der ihr den Sonnenschirm und die Reiseführer trug – der junge May, der mit seiner Frau, die eine verwitwete Mrs. Winter und eine Schulfreundin seiner Großmutter war, eine Hochzeitsreise machte – Sir John und Gemahlin mit einem Dutzend Kinder und den dazugehörigen Kindermädchen – und endlich die hocharistokratische Familie Bareacres, die in der Nähe des Steuerrades für sich allein saß, jeden anstarrte und mit niemand sprach. Ihre mit Grafenkronen geschmückten und mit blanken Koffern bepackten Wagen standen eng zusammengedrängt auf dem Vorderdeck unter einem Dutzend anderer Fuhrwerke, so daß es schwierig war, sich zwischen ihnen durchzuwinden und die armen Insassen der Vorderkajüte kaum Raum zur Bewegung hatten. Diese bestanden aus einigen prächtig gekleideten Herren aus Houndsditch, die ihren eigenen Mundvorrat mitführten und die Hälfte der lebenslustigen Gesellschaft im großen Salon hätten auskaufen können – einigen braven jungen Männern mit Schnurrbärten und Mappen, die sich zum Skizzieren hinsetzten, bevor sie noch eine halbe Stunde an Bord waren – ein paar französischen Kammerfrauen, die entsetzlich seekrank wurden, als das Schiff nur eben erst an Greenwich vorbeigefahren war – und etlichen Reitknechten, die bei den Verschlägen der ihrer Obhut anvertrauten Pferde herumlungerten oder sich bei den Schaufelrädern über das Geländer lehnten und davon sprachen, wer für das St.-Leger-Rennen die besten Aussichten habe, und was sie mit ihren Wetten beim Goodwood-Rennen gewinnen oder verlieren würden.

Nachdem die Kuriere mit ihrem Umherrennen auf dem Schiff fertig waren und ihre verschiedenen Herren in den Kabinen oder auf dem Deck untergebracht hatten, fanden sie sich zusammen, um zu schwatzen und zu rauchen; die hebräischen Herren gesellten sich zu ihnen und besahen sich die Wagen. Da standen Sir Johns große Kutsche, in der dreizehn Personen Platz hatten, Lord Methusalems Equipage, Lord Bareacres' Kalesche, Britschka und Gepäckwagen, die bezahlen mochte, wer da wollte. Es war ein Wunder, wo der

Lord das bare Geld hernahm, um die Reisekosten zu bestreiten. Die hebräischen Herren wußten, auf welche Art er dazu gelangt war. Sie wußten, wieviel Geld Seine Gnaden augenblicklich in der Tasche hatte, wieviel Zinsen er dafür bezahlte und wer es ihm geliehen hatte. Endlich war da auch ein sehr netter, hübscher Reisewagen, über den sich die Herren in Vermutungen ergingen.

»À qui cette voiture-là?« fragte ein Kurier mit Ohrringen und einer großen Geldtasche aus Saffian einen andern ebenso ausgestatteten.

»C'est à Kirsch, je bense – je l'ai vu toute à l'heure – qui brenait des sangviches dans la voiture«, antwortete der Kurier in einem schönen Deutsch-Französisch.

Gleich darauf tauchte Kirsch aus dem Innern des Schiffes auf, wo er den mit dem Verstauen des Reisegepäcks beschäftigten Schiffsleuten Anweisungen, untermischt mit Flüchen aus verschiedenen Sprachen, zugeschrien hatte, und trat herzu, um seinen Kollegen Auskunft zu geben. Er teilte ihnen mit, das betreffende Gefährt gehöre einem Nabob aus Kalkutta und Jamaika, einem ungeheuer reichen Menschen, der ihn für diese Reise gemietet habe. In diesem Augenblick erregte ein junger Herr die Aufmerksamkeit der Redenden. Er war von der Brücke zwischen den Radkasten fortgewiesen worden, hatte sich von dort auf das Dach von Lord Methusalems Kutsche hinabgelassen und dann seinen Weg über andere Kutschen und Koffer hinweg genommen, bis er auf seine eigene geklettert war, von wo er unter dem lauten Beifall der zuschauenden Kuriere geschickt durch das Fenster in das Innere der Kutsche hinabstieg.

»Nous allons avoir une belle traversée, monsieur George«, sagte der Kurier, indem er sein Gesicht zu einem Lächeln verzog und seine mit einer goldenen Tresse verzierte Mütze lüftete.

»Hol der Teufel Ihr Französisch!« sagte der junge Herr; »wo

sind die Zwiebäcke, he?« Mr. Kirsch beantwortete diese
Frage in einem so guten Englisch, wie es ihm möglich war;
denn obgleich er mit allen Sprachen bekannt war, war er
doch mit keiner einzigen wirklich vertraut, sondern sprach
alle gleich geläufig und gleich fehlerhaft.

Der befehlshaberische junge Herr, der eifrig seine Zwiebäcke
verzehrte – und es war allerdings hohe Zeit, daß er seinem
Magen etwas anbot; denn seit er in Richmond gefrühstückt
hatte, waren schon volle drei Stunden vergangen –, war
unser junger Freund George Osborne. Seine Mama und sein
Onkel Joseph befanden sich auf dem Achterdeck in Gesellschaft eines Herrn, der oft mit ihnen zusammen war; und die
vier waren im Begriff, eine Sommerreise zu machen.

Joseph saß in diesem Augenblick auf dem mit einem Zeltdach überspannten Achterdeck ganz in der Nähe von dem
ihm gegenübersitzenden Grafen von Bareacres und seiner
Familie, deren Verhalten die Aufmerksamkeit des Bengalen
fast ausschließlich in Anspruch nahm. Das vornehme Paar
sah beinahe noch jünger aus als in dem ereignisreichen Jahre
1815, in dem Joseph es in Brüssel gesehen zu haben sich erinnerte (in Indien hatte er allerdings immer angegeben, er
sei sehr gut mit ihnen bekannt). Das Haar der Lady, das damals schwarz gewesen war, zeigte jetzt ein schönes Gold-
braun, während der früher rote Backenbart des Lords jetzt
von tiefschwarzer Farbe war und im Sonnenlicht purpurn
und grünlich schillerte. Aber wie sie sich auch verändert
hatten, fesselten die Bewegungen des vornehmen Paares
Josephs Blicke vollständig. Die Gegenwart eines Lords übte
auf ihn eine Art von Bezauberung aus und ließ ihn nichts
anderes wahrnehmen.

»Die Leute da scheinen Sie ja mächtig zu interessieren«,
sagte Dobbin, der ihn beobachtet hatte, lachend. Auch Amelia lachte. Sie trug einen Strohhut mit schwarzen Bändern
und war auch im übrigen in Trauer gekleidet; aber die frohe,

festtägliche Geschäftigkeit, die die Reise mit sich brachte, gefiel ihr und regte sie an, so daß sie ganz besonders glücklich aussah.

»Was für ein himmlisch schöner Tag«, sagte Emmy und fügte dann die sehr originelle Bemerkung hinzu: »Ich hoffe, wir werden eine ruhige Überfahrt haben.«

Joseph machte eine verächtliche Handbewegung, während er gleichzeitig weiter nach den ihm gegenübersitzenden vornehmen Herrschaften hinschielte. »Wenn du solche Reisen gemacht hättest wie unsereiner,« sagte er, »würdest du dich nicht viel um das Wetter kümmern.« Aber obwohl er ein so weitgereister Mann war, verbrachte er die Nacht in mehr als kläglichem Zustand in seinem Wagen, wo ihn sein Kurier mit Grog und allen möglichen anderen Stärkungsmitteln pflegte.

Zur richtigen Zeit landete die glückliche Gesellschaft am Kai von Rotterdam, von wo ein anderer Dampfer sie nach Köln brachte. Hier wurde die Familie mitsamt ihrem Wagen ausgeschifft, und Joseph fühlte sich nicht wenig geschmeichelt, sich in den Kölner Zeitungen unter den angekommenen Fremden als ›Herr Graf Lord von Sedley nebst Begleitung aus London‹ aufgeführt zu finden. Er hatte seinen Hofanzug mitgenommen und darauf bestanden, daß auch Dobbin seine beste Uniform einpacken solle; denn, wie er erklärte, beabsichtigte er, sich an einigen fremden Höfen vorstellen zu lassen und den Herrschern derjenigen Länder, die er mit einem Besuche beehren würde, seine Aufwartung zu machen.

An jedem Ort, wo die Gesellschaft Halt machte und sich eine Möglichkeit dazu bot, gab Mr. Joseph seine eigene Karte und die des Majors bei ›unserm Gesandten‹ ab, wie er sich ausdrückte. Nur mit großer Mühe ließ er sich davon abhalten, dem englischen Konsul in der Freien Reichsstadt Judenstadt seine Aufwartung im Dreimaster und eng anliegenden Beinkleidern zu machen, als dieser gastfreie Beamte unsere Reisenden zum Dinner eingeladen hatte. Er führte ein Reisetagebuch und verzeichnete darin mit großer Sorgfalt die Mängel und Vorzüge der verschiedenen von ihnen besuchten Gasthäuser und der von ihm genossenen Weine und Speisen.

Was Emmy betrifft, so war sie sehr heiter und glücklich. Dobbin trug ihr gewöhnlich ihren Feldstuhl und ihr Skizzenbuch und bewunderte die Zeichnungen der harmlosen kleinen Künstlerin so sehr, wie sie früher noch nie bewundert worden waren. Sie saß auf dem Verdeck der Dampfer und zeichnete Felsen und Burgen, oder sie bestieg einen Esel und ritt zu alten Raubritterschlössern hinauf, wobei sie immer von ihren beiden Adjutanten George und Dobbin begleitet wurde. Sie lachte, ebenso wie der Major selbst, über die komische Figur, die er mit seinen langen Beinen auf dem Esel machte. Er war der Dolmetscher der Gesellschaft, da er als Militär gute Kenntnisse im Deutschen besaß; und er und der begeisterte George vergegenwärtigten sich die Feldzüge am Rhein und in der Pfalz auf das lebhafteste in allen Einzelheiten. George machte infolge der eifrigen Unterhaltung, die er mit Herrn Kirsch auf dem Kutschbock führte, im Laufe weniger Wochen erstaunliche Fortschritte im Hochdeutschen und konnte sich bald mit den Kellnern und Postillonen in einer Weise verständigen, die seine Mutter entzückte und seinen Vormund belustigte.

Mr. Joseph nahm an den Nachmittagsausflügen seiner Reisegefährten nur selten teil. Nach dem Essen pflegte er ausgiebig zu schlafen oder sich in den Lauben der hübschen Wirtshausgärten zu sonnen. O ihr schönen Gärten am Rheinufer! Ihr reizenden Bilder voll Frieden und Sonnenschein, ihr stolzen, purpurn schimmernden Berge, deren Gipfel sich in dem prächtigen Strome spiegeln – wer hätte euch je gesehen, ohne diese Szenen freundlicher Ruhe und Schönheit in dank-

barer Erinnerung zu bewahren. Es tut einem wohl, die Feder
ein Weilchen niederzulegen und an das schöne Rheinland zu
denken. An solchen Sommerabenden kommen die Kuhher-
den brüllend und mit ihren Glocken läutend von den Bergen
herab zu der alten Stadt mit ihren alten Gräben, Toren,
Türmen und Kastanienbäumen, die lange, bläuliche Schatten
über die Wiesen werfen. Der Himmel und der Fluß unten
flammen in Purpur und Gold; der Mond ist schon aufgegan-
gen und wendet sein blasses Antlitz nach Westen. Die Sonne
verschwindet hinter den hohen, von Burgen gekrönten Bergen; die Nacht bricht plötzlich herein, und der Fluß wird
dunkler und dunkler. Die Lichter aus den Fenstern in den
alten Mauern tanzen zitternd auf dem Wasser, und auch in
den Dörfern, die auf dem jenseitigen Ufer am Fuß der Berge
liegen, schimmern friedliche Lichter.
Joseph pflegte also nach Tisch mit einem seidenen Taschentuch überm Gesicht sehr viel zu schlafen. Er fühlte sich überhaupt sehr behaglich hier und las alle englischen Neuigkeiten
und jede Zeile in Galignanis vortrefflicher Zeitung (möge
der Segen aller Engländer, die je im Ausland waren, auf den
Begründern und Eigentümern dieses Piratenblattes ruhen!).
Aber ob er nun wachen oder schlafen mochte; seine Freunde
vermißten ihn nicht sehr. Ja, sie waren sehr glücklich.
Abends gingen sie oft in die Oper – in jene gemütlichen, anspruchslosen, lieben alten Opernhäuser der deutschen Städte,
wo auf der einen Seite der Adel sitzt und weint oder Strümpfe
strickt und auf der anderen die Bürgerschaft ihren Platz hat
– wo Seine Durchlaucht der Herzog und seine durchlauchtige Familie, alle sehr dick und gutmütig aussehend, die
große Mittelloge einnehmen, während im Parkett die sehr
eleganten Offiziere mit ihren Wespentaillen, strohgelben
Schnurrbärten und ihrem Hungersold sitzen. Hier fand
Emmy den schönsten Genuß und wurde zum ersten Mal in
die Wunderwerke Mozarts und Cimarosas eingeführt. Des
428

Majors musikalischen Geschmack und seine Kunst im Flöte-
spielen haben wir bereits rühmend erwähnt. Aber vielleicht
bestand sein Hauptvergnügen bei diesen Theaterbesuchen
darin, Emmys Entzücken beim Anhören der Opern zu beobachten. Eine neue Welt der Liebe und Schönheit ging ihr
auf, als sie diese göttlichen Kompositionen kennenlernte.
Sie besaß ein überaus feines Gefühl – wie hätte sie da den
Weisen eines Mozart gegenüber gleichgültig bleiben können? Die zärtlichen Stellen im Don Juan versetzten sie in
einen solchen Wonnerausch, daß sie sich manchmal, ehe sie
ihr Nachtgebet sprach, fragte, ob es nicht sündhaft sei, ein
solches Entzücken zu empfinden wie das, mit dem die Klänge
von ›Vedrai Carino‹ und ›Batti, batti‹ ihr sanftes Herzchen
erfüllten. Aber der Major, den sie über diesen Punkt als ihren
geistlichen Ratgeber befragte – und der doch selbst ein
frommes, gottesfürchtiges Gemüt besaß –, antwortete ihr,
ihn persönlich mache jede Schönheit der Kunst oder der
Natur glücklich und zugleich dankbar; und das Vergnügen,
das man beim Anhören guter Musik oder beim Anblick der
Sterne am Himmel, einer schönen Landschaft oder eines
schönen Gemäldes empfinde, sei eine Wohltat, für die wir
dem Himmel ebenso aufrichtig danken könnten wie für jedes
andere irdische Gut. Und als Amelia einige schwache Einwendungen machte – die gewissen religiösen Schriften wie
die ›Waschfrau von Finchley Common‹ und anderen Geistes-
erzeugnissen dieser Art entstammten, mit denen Mrs. Osborne während ihres Aufenthalts in Brompton versorgt worden war –, erzählte er ihr eine orientalische Fabel von der
Eule, die da meinte, daß der Sonnenschein den Augen schade
und daß man die Nachtigall gewaltig überschätze. »Es liegt
in der Natur des einen Wesens, zu singen, und in der des
andern, zu krächzen,« sagte er lachend, »und mit einer so
lieblichen Stimme, wie Sie sie besitzen, müssen Sie notgedrungen zur Nachtigallenpartei gehören.«

Ich verweile gern bei diesem Abschnitt von Amelias Leben
und bei dem Gedanken, daß sie heiter und glücklich war.
Der Leser weiß, daß sie von dieser Seite des Daseins bisher
noch nicht allzuviel zu kosten bekommen und noch keine
Gelegenheit gehabt hat, ihren Geschmack und ihren Verstand zu bilden. Bisher haben geistig niedriger stehende
Personen die Herrschaft über sie ausgeübt. Das ist das Los
vieler Frauen; und da eine jede Angehörige des zarten Geschlechts die Nebenbuhlerin der übrigen Geschlechtsgenossinnen ist, so pflegen sie in ihren von christlicher Liebe erfüllten Urteilen übereinander Schüchternheit als Beschränkt-
heit und Sanftmut als Dummheit zu bezeichnen, während
die Schweigsamkeit – die doch in Wirklichkeit nur eine
schüchterne Ablehnung und ein stiller Protest gegen die auf-
dringlichen Meinungen der herrschsüchtigen Umgebung ist
– überhaupt keine Gnade vor den Augen des weiblichen
Ketzergerichts findet. Sollte der Zufall mich oder dich, mein
lieber gebildeter Leser, heute abend in eine Gesellschaft von
Grünkramhändlern führen, so würde unser Beitrag zur Unterhaltung wahrscheinlich nicht besonders glänzend sein;
und wenn anderseits ein Grünkramhändler sich unter die
hochgebildeten Gäste deines Teetisches verirren würde, wo
jeder etwas Geistreiches vorbringt und jede Dame von Stand
und gutem Ruf ihre Freundinnen in der ergötzlichsten Weise
herunterreißt, so würde der Fremde wahrscheinlich auch
nicht sehr gesprächig sein und sich weder angeregt fühlen
noch selbst anregend wirken.
Wir müssen auch bedenken, daß die arme Amelia in ihrem
bisherigen Leben noch nie mit einem echten Gentleman zusammengetroffen war. Vielleicht kommen solche Männer
auch seltener vor, als mancher von uns meint. Wer von uns
wüßte in seinem Bekanntenkreis viele Männer dieser Art zu
bezeichnen – Männer, deren Streben edel, deren Wahrhaftig-
keit und Treue standhaft und makellos ist – deren Wesen

einfach erscheint, weil ihnen alles Gemeine fremd ist – und die der Welt ehrlich, mit der gleichen mannhaften Sympathie für die Großen wie für die Kleinen ins Gesicht blicken? Wir alle kennen Hunderte von Männern, die gutsitzende Kleider tragen, und einige Dutzend solcher, die vortreffliche Umgangsformen haben, und endlich ein paar glückliche Sterbliche, die zu den allervornehmsten Kreisen gehören – aber wie vielen echten Gentlemen sind wir begegnet? Nehme jeder von uns ein Blättchen Papier zur Hand und stelle eine Liste von ihnen auf!

Was mich betrifft, so setze ich meinen Freund, den Major, ohne jedes Bedenken auf mein Verzeichnis. Er hatte allerdings sehr lange Beine und ein gelbes Gesicht, und er lispelte ein wenig, was einem anfänglich etwas lächerlich erschien. Aber seine Denkart war rechtschaffen, sein Verstand scharf, sein Leben anständig und rein und sein Herz warm und schlicht. Er hatte freilich auch sehr große Hände und Füße, die die beiden George Osbornes ins Lächerliche zu ziehen pflegten; und vielleicht waren ihre Spöttereien daran schuld, daß die arme kleine Emmy den Wert ihres Freundes unterschätzte. Aber haben wir uns nicht alle in dem Urteil über unsere Helden irreführen lassen und unsere Meinungen über sie hundertmal geändert? Emmy fühlte in dieser glücklichen Zeit, daß ihre Ansichten über die Verdienste des Majors eine bedeutende Wandlung durchmachten.

Vielleicht war dies für sie beide die glücklichste Zeit ihres Lebens, ohne daß sie sich dessen bewußt wurden. Aber wem ergeht es nicht ähnlich? Wer von uns kann auf eine bestimmte Zeit hinweisen und sagen: das war der Höhepunkt, der Gipfel menschlicher Freude?

Jedenfalls fühlte sich aber unser Paar recht zufrieden und genoß seine Sommerreise mit so viel Vergnügen, wie nur irgend ein Paar, das England in diesem Jahre verließ. George ging immer mit ins Theater, aber nach der Vorstellung Emmy den Schal umzulegen, war das Amt des Majors; und auf den Spaziergängen und Ausflügen pflegte der kleine Bursche voranzulaufen und bald eine Turmtreppe, bald einen Baum zu erklettern, während das gesetztere Paar unten blieb, der Major mit der größten Seelenruhe und Geduld seine Zigarre rauchte und Emmy die Landschaft oder die Ruine zeichnete. Eben auf dieser Reise war es, daß ich, der Verfasser dieser Geschichte, an der jedes Wort wahr ist, das Vergnügen hatte, die Herrschaften zum erstenmal zu sehen und ihre Bekanntschaft zu machen.

Meine erste Begegnung mit Oberst Dobbin und seiner Gesellschaft fand in der kleinen, gemütlichen, großherzoglichen Residenzstadt Pumpernickel statt – das heißt an demselben Ort, wo sich Sir Pitt Crawley in vergangenen Tagen, ehe noch die Nachricht von der Schlacht bei Austerlitz alle englischen Diplomaten aus Deutschland verscheucht hatte, als Attaché so ausgezeichnet hatte. Sie waren mit ihrem Wagen und ihrem Kurier im Hotel ›Zum Erbprinzen‹, dem besten Gasthof der Stadt, eingekehrt, und die ganze Gesellschaft speiste an der Table d'hote. Jedem fiel Josephs majestätisches Wesen und die Kennermiene auf, mit der er den Johannisberger, den er zum Essen bestellt hatte, schlürfte oder vielmehr einsog. Der kleine Knabe hatte, wie wir beobachteten, gleichfalls prächtigen Appetit und vertilgte Schinken, Braten, Kartoffeln, Preißelbeerkompott, Salat, Pudding, gebratenes Geflügel und Konfekt mit einer Gelassenheit, die seiner Nation alle Ehre machte. Nach ungefähr fünfzehn verschiedenen Speisen beschloß er seine Mahlzeit mit Gebäck, von dem er sich sogar noch etwas mit hinausnahm; denn ein paar junge Herren, die mit am Tisch saßen und denen seine Unbefangenheit und sein nettes, keckes, ungekünsteltes Wesen Spaß machten, veranlaßten ihn, eine Handvoll Makronen in die Tasche zu stecken, die er dann auf dem Wege zum

Theater verzehrte, wohin in diesem heiteren, geselligen deutschen Städtchen jedermann ging. Die Dame in Schwarz, die Mutter des Knaben, lachte und errötete und machte ein sehr vergnügtes, wenn auch etwas verlegenes Gesicht, als ihr Sohn während der Mahlzeit seine mannigfachen Heldentaten und Schelmenstreiche vollführte. Ich erinnere mich noch, wie der Oberst (ich nenne ihn so, weil er zu diesem Rang bald darauf befördert wurde) den Knaben in seiner trockenen, witzigen Weise aufzog, indem er ihn auf Gerichte aufmerksam machte, die er noch nicht gekostet habe, und ihn dringend bat, seinem Appetit doch ja keinen Zwang aufzuerlegen, sondern sich von diesen oder jenen Speisen zum zweitenmal zu nehmen.

An diesem Abend fand im herzoglichen Hoftheater zu Pumpernickel ein Gastspiel statt, das heißt Frau Schröder-Devrient, die damals in der Blüte ihrer Schönheit und auf der Höhe ihrer Kunst stand, gab die Rolle der Heldin in der wundervollen Oper Fidelio. Von meinem Sperrsitzplatz aus konnte ich meine vier Freunde von der Table d'hote in der Loge sehen, die Schwendler, der Wirt des ›Erbprinzen‹, für seine vornehmsten Gäste hielt; und ich konnte nicht umhin, den tiefen Eindruck zu bemerken, den die große Sängerin und die herrliche Musik auf die Dame machten, die vondem dicken Herrn mit dem Schnurrbart Mrs. Osborne genannt wurde. Während des ergreifenden Chors der Gefangenen, über den sich die prachtvolle Stimme der Sängerin in bezaubernder Harmonie erhob, zeigte das Gesicht jener Dame einen solchen Ausdruck des Staunens und des Entzückens, daß sogar der kleine Fipps, der eingebildete Attaché, darüber verblüfft war und, indem er sein Glas auf sie richtete, in seiner näselnden Sprechweise ausrief: »Bei Gott, es ist wirklich ein Genuß, eine Frau zu sehen, die einer solchen Erregung fähig ist.« Und in der Kerkerszene, wo Fidelio, auf ihren Gatten zustürzend, ruft: ›Nichts, nichts, mein Florestan!‹

verlor Amelia völlig die Herrschaft über sich und verbarg
ihr Gesicht hinter ihrem Taschentuch. Alle Frauen im Hause
schluckten in diesem Augenblick Tränen; aber daß mir gerade
diese auffiel, geschah vermutlich deshalb, weil ich vom Schicksal dazu ausersehen war, ihre Geschichte zu schreiben.
Am folgenden Tage wurde ein anderes Werk von Beethoven
zur Aufführung gebracht: ›Die Schlacht bei Vittoria.‹ Am
Anfang dieses Tonstücks wird das schnelle Vorrücken der
Franzosen angedeutet, dann folgen Trommel- und Trompe-
tenschall, Kanonendonner und das Ächzen der Sterbenden,
und den Schluß bildet God save the King als großartig brau-
sendes Triumphlied.
Es mochten etwa zwanzig Engländer im Hause anwesend
sein; aber als diese geliebte, wohlbekannte Melodie einsetzte, da erhoben sie sich alle – wir jungen Leute auf dem
Sperrsitz – Sir John Bullminster und seine Gemahlin (die in
Pumpernickel ein Haus gemietet hatten, um hier ihre neun
Kinder erziehen zu lassen) – der dicke Herr mit dem Schnurrbart – der lange Major in den weißen Leinwandhosen – die
Dame mit dem kleinen Knaben, gegen die er sich so liebenswürdig benahm – und selbst der Kurier Kirsch auf der Gale-
rie. Alle standen sie kerzengerade an ihren Plätzen und gaben
sich damit als Angehörige der lieben alten britischen Nation
zu erkennen. Der Legationssekretär Tapeworm aber erhob
sich in seiner Loge, verbeugte sich und lächelte geziert, als
ob er das ganze britische Reich vertreten wolle. Tapeworm
war der Neffe und Erbe des alten Marschalls Tiptoff, der in
dieser Geschichte kurz vor der Schlacht bei Waterloo als
Chef des …ten Regiments, bei dem Major Dobbin diente,
erwähnt wurde, und der in diesem Jahre in hohen Ehren an
den Folgen eines Aspiks von Kiebitzeiern starb, worauf Seine
Majestät das Regiment dem Obersten Sir Michael O'Dowd,
Komtur des Bathordens, zu verleihen geruhte, der es schon
vorher auf vielen glorreichen Schlachtfeldern geführt hatte.

434

Tapeworm mußte wohl dem Oberst Dobbin schon in dem Hause des Marschalls, der damals Dobbins Oberst war, begegnet sein; denn er erkannte ihn an diesem Abend im Theater wieder und kam mit der größten Herablassung aus seiner Loge herbei, um seinem wiedergefundenen Freund vor aller Augen die Hand zu schütteln.

»Nun sieh einer nur diesen schlauen Patron, den Tapeworm an!« flüsterte Fipps, der vom Sperrsitz aus seinen Chef beobachtete. »Wo es eine hübsche Frau gibt, muß er sich immer gleich heranschlängeln.« – Aber ich möchte wissen, wozu die Diplomaten überhaupt da wären, wenn nicht dazu.

»Habe ich die Ehre, mit Mrs. Dobbin zu sprechen?« fragte der Legationssekretär mit einschmeichelndem Lächeln.

George lachte laut auf und sagte: »Donnerwetter, das ist ein guter Witz!« Emmy und der Major erröteten – wir konnten es vom Sperrsitz aus sehen.

»Diese Dame ist Mrs. George Osborne,« erwiderte der Major, »und dies ist ihr Bruder, Mr. Sedley, ein ausgezeichneter Beamter im bengalischen Zivildienst. Ich bitte um Erlaubnis, ihn Euer Gnaden vorstellen zu dürfen.«

Mylord lächelte so bezaubernd, daß Joseph ganz hingerissen davon war. »Wollen Sie in Pumpernickel längeren Aufenthalt nehmen?« fragte der hohe Diplomat. »Es ist ein langweiliger Ort, aber ein paar nette Leute würden uns sehr willkommen sein, und wir würden versuchen, Ihnen das Leben hier möglichst angenehm zu machen. Mr. … hm, Mrs. … hm, ich werde mich beehren, Ihnen morgen in Ihrem Hotel meinen Besuch zu machen.« Damit entfernte er sich und schickte über die Schulter noch einen siegesgewiß lächelnden Blick zurück, dem, wie er meinte, Mrs. Osborne schlechterdings nicht würde widerstehen können.

Nachdem die Vorstellung beendet war, trieben wir jungen Leute uns in der Flurhalle umher und sahen die vornehme Gesellschaft abfahren. Die Herzoginwitwe fuhr in ihrer klappernden alten Kutsche davon, begleitet von zwei treuen, verwelkten Hofdamen und einem kleinen, tabakschnupfenden, storchbeinigen Kammerherrn, der eine braune Perücke und einen grünen, mit Orden bedeckten Gehrock trug, auf dem der Stern und das große gelbe Band des Pumpernickelschen St.-Michaels-Ordens besonders hervorstachen. Die Trommeln wirbelten, die Wache präsentierte, und der alte Wagen rollte davon.

Dann kam Seine Durchlaucht, der Herzog, mit seiner durchlauchtigen Familie und den hohen Hof- und Staatsbeamten. Er verbeugte sich huldvoll gegen jedermann, und unter den Ehrenbezeigungen der Wache fuhren die durchlauchtigen Kutschen bei dem flackernden Schein der von scharlachrot gekleideten Läufern getragenen Fackeln nach dem alten Herzogsschloß, das sich mit seinen Türmen und Zinnen auf dem Schloßberg erhebt. In Pumpernickel kannte jeder jeden. Kaum hatte sich ein Fremder dort sehen lassen, so begab sich auch schon der Minister der auswärtigen Angelegenheiten oder irgendein anderer hoher oder niedriger Staatsbeamter zum ›Erbprinzen‹ und erkundigte sich nach dem Namen des neuen Ankömmlings.

Wir beobachteten auch, wie unsere Reisegesellschaft das Theater verließ. Tapeworm hatte sich soeben in seinen Mantel gehüllt, mit dem sein riesiger Leibjäger stets auf ihn warten mußte, und war dann, dem edlen Don Juan möglichst ähnlich sehend, fortgegangen. Die Gattin des Premierministers hatte sich gerade in ihre Sänfte gequetscht und ihre Tochter, die reizende Ida, ihre Kapuze und ihre Überschuhe angelegt, als die englische Gesellschaft herauskam: der Knabe gähnte furchtbar, der Major gab sich die größte Mühe, den Schal über Mrs. Osbornes Kopf festzuhalten, und Mr. Sedley suchte majestätisch auszusehen, indem er seinen Klapphut schief aufs Ohr gesetzt und eine Hand in den Ausschnitt seiner großen weißen Weste gesteckt hatte. Wir grüßten unsere Bekannten von der Table d'hote durch Abnehmen der Hüte, und die Dame belohnte uns dafür mit einem kleinen Lächeln und einem Knicks, wofür jeder dankbar sein konnte.

Die Kutsche des Hotels wartete unter Oberaufsicht des geschäftigen Herrn Kirsch, um die Gesellschaft nach Hause zu bringen; aber der dicke Herr sagte, er wolle zu Fuß gehen und auf dem Heimweg seine Zigarre rauchen; so fuhren denn die übrigen drei, uns zunickend und zulächelnd, ohne Mr. Sedley ab, während Kirsch mit der Zigarrentasche hinter seinem Gebieter herging.

Wir schlossen uns den beiden an und sprachen mit dem wohlbeleibten Herrn über die Vorzüge dieses Ortes. Wir sagten ihm, der Aufenthalt hier sei für Engländer sehr angenehm. Es gebe Schützenfeste und Treibjagden; ferner eine Menge von Bällen und anderen Festlichkeiten an dem gastfreien Hofe. Die Gesellschaft sei im allgemeinen gut, das Theater vortrefflich und das Leben billig.

»Und unser Legationssekretär scheint ein sehr liebenswürdiger, leutseliger Herr zu sein«, bemerkte unser neuer Freund. »Mit einem solchen Vertreter unseres Landes und – und mit einem guten Arzt kann ich mir die Stadt als einen sehr empfehlenswerten Aufenthaltsort denken. Gute Nacht, meine Herren!« Nach diesen Worten stieg Joseph mit seinen knarrenden Stiefeln die Treppe hinauf, um sich schlafen zu legen, und hinter ihm her schritt Kirsch mit einem Leuchter. Wir jungen Leute überließen uns der leisen Hoffnung, daß die hübsche junge Frau sich bewegen lassen würde, einige Zeit in der Stadt zu bleiben.

Ein so höfliches Benehmen wie das Lord Tapeworms mußte notwendigerweise auf Mr. Sedley den günstigsten Eindruck machen, und er sprach gleich am nächsten Morgen beim Frühstück seine Ansicht dahin aus, daß Pumpernickel der angenehmste Ort sei, den sie auf ihrer Reise besucht hätten. Josephs Beweggründe und geheime Absichten waren nicht schwer zu durchschauen, und Dobbin, dieser Heuchler, lachte im stillen, als er aus der schlauen Miene des Zivilisten und der Geläufigkeit, mit der er über Tapeworm Castle und die anderen Mitglieder dieser Familie sprach, den Schluß zog, daß Joseph bereits am Morgen seinen auf die Reise mitgenommenen Adelskalender zu Rate gezogen hatte. Ja, Joseph behauptete sogar, er habe den hochehrenwerten Grafen von Bagwig, den Vater des Lords, schon einmal gesehen; er sei ganz sicher; er habe ihn beim – beim Lever getroffen. Ob Dobbin sich dessen nicht erinnere? Und als der Diplomat, seinem Versprechen getreu, der Gesellschaft seinen Besuch machte, empfing ihn Joseph mit einer solchen Fülle untertäniger Ehrenbezeigungen, wie sie dem kleinen Legationssekretär bisher wohl nur selten zuteil geworden waren. Als Seine Exzellenz erschien, gab Joseph seinem Kurier Kirsch einen Wink, worauf dieser gemäß der vorher erhaltenen Weisung hinausging und für einen aus verschiedenartigem kaltem Fleisch, Gelee und anderen Delikatessen bestehenden Imbiß sorgte, der auf mehreren Tragbrettern hereingebracht wurde und dem der vornehme Gast auf Josephs dringende Bitten unbedingt zusprechen mußte.

Solange Tapeworm die Möglichkeit hatte, Mrs. Osbornes schöne Augen zu bewundern, wobei er gleichzeitig im stillen feststellte, daß ihr frischer Teint das Tageslicht außerordentlich gut vertrug, ließ er sich Mr. Sedleys Aufforderung zu etwas längerem Verweilen gern gefallen. Er richtete an Joseph ein paar geschickte Fragen über Indien und die Tänzerinnen jenes Landes. Dann erkundigte er sich bei Amelia nach dem schönen Knaben, den sie bei sich gehabt habe, und beglückwünschte die erstaunte kleine Frau zu dem gewaltigen Aufsehen, das sie im Theater erregt habe. Dobbin versuchte er dadurch zu bezaubern, daß er mit ihm von dem letzten Krieg und von den Heldentaten sprach, die das Pumpernickelsche Truppenaufgebot unter dem Oberbefehl des damaligen Erbprinzen, jetzigen Herzogs von Pumpernickel, vollbracht habe.

Lord Tapeworm hatte eine gute Portion von der seiner Familie eigenen ritterlichen Höflichkeit geerbt und hegte die glückliche Zuversicht, daß fast jedes weibliche Wesen, dem er einen freundlichen Blick zuwarf, auch sofort in ihn verliebt sei. Er verließ Emmy in der Überzeugung, daß er durch seinen Witz und seine anziehenden Eigenschaften ihr Herz gewonnen habe, und ging nach seiner Wohnung, um ihr ein hübsches, kleines Briefchen zu schreiben. Aber sie war nicht von ihm bezaubert, sondern nur erstaunt über sein Grinsen, sein geziertes Lächeln, sein parfümiertes Batisttaschentuch und seine Lackstiefel mit den hohen Absätzen. Sie verstand nicht die Hälfte von den Schmeicheleien, die er ihr sagte. Sie hatte bei ihrer geringen Erfahrung noch nie einen Frauenanbeter von Beruf kennengelernt und hielt den Lord mehr für einen sonderbaren als für einen angenehmen Menschen; sie bewunderte ihn nicht, sondern war nur über ihn verwundert. Joseph dagegen war entzückt. »Wie überaus leutselig Seine Gnaden ist!« sagte er. »Wie überaus freundlich von Seiner Gnaden, zu sagen, daß er mir seinen Arzt schicken wolle! Kirsch, tragen Sie unverzüglich unsere Karten zum Grafen von Schlüsselback; es wird dem Major und mir das größte Vergnügen bereiten, so bald wie möglich bei Hofe unsere Aufwartung zu machen. Legen Sie meine und des

Majors Uniform heraus, Kirsch! Es ist eine Pflicht der Höflichkeit, die jeder Engländer den von ihm besuchten Ländern erweisen sollte, daß er den Fürsten dieser Länder ebenso wie den Vertretern seines eigenen Landes seine Aufwartung macht.«

Als Tapeworms Arzt Doktor von Glauber, Leibarzt Seiner Durchlaucht des Herzogs, kam, überzeugte er Joseph schnell, daß die Pumpernickeler Mineralquellen und seine, des Doktors, besondere Behandlung ihm unfehlbar wieder zu einer jugendlichen Schlankheit verhelfen würden. »Im vergangenen Jahr«, sagte er, »kam General Bulkeley, ein Engländer, hierher, der noch einmal so dick war wie Sie, Sir. Nach drei Monaten schickte ich ihn ganz dünn wieder nach Hause, und schon am Ende des zweiten Monats hat er mit meiner Tochter, der Baroneß Glauber, getanzt.«

Josephs Entschluß war gefaßt. Die Quellen, der Arzt, der Hof und der englische Geschäftsträger: das alles übte einen so unwiderstehlichen Reiz auf ihn aus, daß er sich vornahm, den Herbst in diesem entzückenden Ort zu verleben. Wie er versprochen hatte, stellte der Legationssekretär schon am nächsten Tage Joseph und den Major, die von dem Hofmarschall Graf von Schlüsselback zum Empfang beim Fürsten geleitet wurden, dem Herzog Viktor Aurelius XVII. vor.

Sie wurden sogleich zu einem Hofdiner geladen; und als ihre Absicht, länger in der Stadt zu bleiben, bekannt geworden war, beeilten sich die vornehmsten Damen, bei Mrs. Osborne Besuch zu machen. Daß von diesen Damen keine, auch die ärmste nicht, dem Range nach weniger als eine Baronin war, versetzte Joseph in helles Entzücken. Er schrieb an seinen Freund Chutney, er möge im Klub erzählen, daß die ostindischen Beamten in Deutschland in hoher Achtung stünden, daß er seinem Freund, dem Grafen von Schlüsselback, zeigen wolle, wie man in Indien ein Wildschwein absteche, und daß seine hohen Gönner, der Herzog und die
440

Herzogin, ungemein gütig und liebenswürdig gegen ihn seien.

Auch Emmy wurde der herzoglichen Familie vorgestellt; und da Trauerkleidung bei Hofe an gewissen Tagen nicht gestattet ist, so erschien sie in einem rosa Kreppkleid mit einem Brillantschmuck am Mieder, den ihr Bruder ihr geschenkt hatte. In diesem Festgewand sah sie so reizend aus, daß der Herzog und die Hofgesellschaft sie sehr bewunderten – gar nicht zu reden von dem Major, der sie vorher kaum je im Gesellschaftskleid gesehen hatte und beteuerte, sie sehe aus, als wäre sie noch nicht fünfundzwanzig Jahre alt.

In diesem Kleid tanzte sie mit Major Dobbin auf einem Hofball die Polonäse, während Mr. Joseph die Ehre hatte, bei diesem leichten Tanz die alte Gräfin von Schlüsselback zu führen, die zwar einen Buckel, aber dafür sechzehn tadellose Ahnen besaß und mit der Hälfte der regierenden Häuser in Deutschland verwandt war.

Pumpernickel liegt inmitten eines anmutigen Tals, das von einem glitzernden Fluß, dem Pump, bewässert und fruchtbar gemacht wird. Der Pump ergießt sich dann irgendwo in den Rhein; aber ich habe die Karte nicht zur Hand und kann daher die Stelle nicht genauer bezeichnen. An manchen Stellen ist der Fluß groß genug, um einen Kahn zu tragen, an anderen hinreichend stark, um eine Mühle zu treiben. In Pumpernickel selbst baute der Urgroßvater des regierenden Herzogs, der große, berühmte Viktor Aurelius XIV., eine prächtige Brücke, auf der sich sein eigenes Standbild erhebt, das von Wassernymphen und Sinnbildern des Sieges, des Friedens und der Fülle umgeben ist. Seinen Fuß hat er einem am Boden liegenden Türken auf den Nacken gesetzt (die Geschichte erzählt, daß er bei dem Entsatz von Wien unter Sobieski einen Janitscharen durchbohrte); aber ungerührt von dem Todeskampf des Mohammedaners, der sich in grauenhafter Weise zu seinen Füßen windet, lächelt der

Fürst freundlich und deutet mit seinem Marschallstab nach dem Aureliusplatz hin, wo er einen neuen Palast zu erbauen begonnen hatte, der das Wunder seiner Zeit geworden wäre, wenn der hochherzige Fürst nur die Geldmittel zu seiner Vollendung gehabt hätte. Aber die Vollendung von Monplaisir – die braven Deutschen nennen es Monblaisir – mußte aus Mangel an barem Geld unterbleiben, und so befinden sich denn jetzt dieses Schloß und der zugehörige Park in ziemlich verwahrlostem Zustand und sind nur ungefähr zehnmal so groß, als nötig wäre, um den Hofstaat des regierenden Fürsten zu beherbergen.

Der Garten sollte nach dem ursprünglichenPlan mit dem von Versailles wetteifern, und zwischen den Terrassen und kunstvoll zurechtgestutzten Baumgruppen befinden sich noch einige mit allegorischen Figuren gezierte Wasserkünste von gewaltiger Größe, die an Festtagen erstaunlich spritzen und schäumen und mit ihrem Getöse den Beschauer erschrecken. Da ist ferner die Trophoniushöhle, in der die bleiernen Tritonen nicht nur Wasser speien, sondern mittels eines künstlichen Mechanismus auch das entsetzliche Stöhnen aus ihren Bleimuscheln ertönen lassen. Außerdem gibt es da noch das Nymphenbad und den Niagarafall, den die Leute aus der Umgegend über die Maßen bewundern, wenn sie zu dem bei Eröffnung des Landtags stattfindenden Jahrmarkt oder zu den Festen in die Stadt kommen, mit denen dieses glückliche Völkchen die Geburts- und Hochzeitstage seiner regierenden Fürsten feiert.

Aus allen Städten des Herzogtums, das sich fast zehn Meilen weit erstreckt: aus Bolkum, das, an seiner westlichen Grenze gelegen, dem Nachbarstaat Preußen Trotz bietet – aus Grogwitz, wo der Fürst ein Jagdschloß hat und wo seine Besitzungen von denen des benachbarten Fürsten von Potzenthal durch den Pumpfluß getrennt werden – aus all den kleinen Dörfern, die neben diesen drei großen Städten über das

glückliche Herzogstum verstreut sind, – aus den Bauern-
höfen und Mühlen längs dem Pumpfluß kommen dann
Scharen von Menschen in roten Frauenröcken und Samt-
häubchen oder mit dreieckigen Hüten und Pfeifen im Munde
nach der Residenz zusammengeströmt, um an den Vergnügungen des Jahrmarktes und den dort veranstalteten Festlichkeiten teilzunehmen. Dann ist der Besuch des Theaters
ohne Eintrittsgeld gestattet; dann spielen die Wasser in
Monplaisir (es ist ein wahres Glück, daß man beim Zusehen
Gesellschaft hat, denn allein würde man durch den Anblick
zu sehr erschreckt werden); dann kommen Gaukler und
Kunstreiter (man weiß noch sehr wohl, wie Seine Durchlaucht einstmals von einer Kunstreiterin bezaubert wurde,
und man glaubt, la petite vivandière, wie sie genannt wurde,
sei eine französische Spionin gewesen), und das entzückte
Volk darf durch alle Räume des herzoglichen Palastes wandern und das glatte Parkett und die kostbaren Wandbehänge
und die Spucknäpfe an den Türen all der zahllosen Zimmer
bewundern. Es gibt in Monplaisir einen Pavillon, den Viktor
Aurelius XV., ein großer, aber gar zu vergnügungssüchtiger
Fürst, hat erbauen lassen, und der ein wahres Wunderwerk
sittenloser Eleganz sein soll. Ein Wandgemälde stellt die
Geschichte von Bacchus und Ariadne dar, und der Tisch
kann mittels einer Winde in das Zimmer hinein- und heraus-
geschafft werden, so daß die Gesellschaft ohne Anwesenheit
von Dienern speisen konnte. Aber Barbara, die Witwe Aurelius' XV., eine sittenstrenge, gottesfürchtige Prinzessin aus
dem Hause Bolkum, die nach dem Tode ihres mitten aus
seinen Vergnügungen dahingerafften Gemahls während der
glorreichen Minderjährigkeit ihres Sohnes die Regentschaft
führte, ließ den Pavillon schließen.
Das Theater von Pumpernickel ist in jenem Teile Deutsch-
lands bekannt und berühmt. Es büßte etwas von seinem
Glanz ein, als der jetzige Herzog in seiner Jugend darauf

bestand, daß seine eigenen Opern dort aufgeführt werden
sollten, und als die Herzogin Sophie Familienlustspiele
schrieb, die sehr langweilig anzuhören gewesen sein müssen.
Aber der Herzog läßt seine Musik jetzt nur noch im vertrauten Kreise aufführen, und die Herzogin unterhält mit
ihren Theaterstücken nur noch die vornehmen Fremden,
die ihren freundlichen kleinen Hof besuchen.

Die Hofhaltung wird in sehr behaglicher und glänzender
Weise geführt. Werden Bälle gegeben, so ist für je vier
Gäste, selbst wenn hundert Personen anwesend sind, ein
Diener in scharlachrotem Rock mit goldenen Tressen zur
Aufwartung da, und jeder Gast speist von silbernen Tellern.
Beständig werden Festlichkeiten und Vergnügungen veran-
staltet, und der Herzog hat genau so seine Kammerherren
und Stallmeister und die Herzogin ihre Oberhofmeisterin
und ihre Ehrendamen wie andere, mächtigere Fürsten.

Die Staatsverfassung ist oder war ein gemäßigter Despotis-
mus, beschränkt durch eine Kammer, die nach Belieben einberufen oder auch nicht einberufen wurde. Ich habe jedenfalls während meines Aufenthalts in Pumpernickel nie etwas
davon gehört, daß sie eine Sitzung abgehalten hätte. Die
Armee bestand aus einem prächtigen Musikkorps, das auch
bei Theateraufführungen mitwirkte, und es war ein sehr
reizvoller Anblick, die braven Burschen dort in türkischen
Kostümen, geschminkt und mit hölzernen Krummsäbeln,
oder auch als römische Krieger mit Klappenhörnern und
Posaunen über die Bühne marschieren zu sehen, nachdem
man ihnen den ganzen Vormittag auf dem Aureliusplatz zugehört hatte, wo sie gegenüber dem Café, in dem wir früh-
stückten, ihre Platzkonzerte veranstalteten. Außer den Mu-
sikern gab es noch einen prächtigen und sehr großen Stab
von Offizieren und, wie ich glaube, auch einige Gemeine.
Neben den ordnungsmäßigen Schildwachen wurden noch
drei oder vier als Husaren gekleidete Leute zum Wachdienst

im Schloß verwendet. Aber ich habe sie nie zu Pferde gesehen – und in der Tat: wozu hatte man auch im tiefsten Frieden Kavallerie nötig? Und wohin in aller Welt hätten die Husaren reiten sollen?

Jedermann in Pumpernickel – das heißt jeder Adlige, denn den Bürgerlichen konnten wir selbstverständlich keine Beachtung weiter schenken – besuchte seinen Nachbarn. Ihre Exzellenz Frau von Burst empfing einmal wöchentlich; Ihre Exzellenz Frau von Schnurrbart hatte gleichfalls ihren Abend; im Theater fanden zweimal in der Woche Vorstellungen statt; und der Hof geruhte gnädigst, einmal zu empfangen. Und so konnte man sein Leben tatsächlich zu einem vollständigen Kreislauf von Vergnügungen der anspruchslosen Pumpernickeler Art gestalten.

Daß es in diesem Ort auch Fehden gab, kann allerdings niemand leugnen. Die Wogen der Politik gingen in Pumpernickel sehr hoch, und die Parteien waren sehr gegeneinander erbittert. Es gab eine Strumpff- und eine Lederlungpartei, von denen die eine durch unseren Legationssekretär und die andere durch den französischen Geschäftsträger, Monsieur de Macabau, unterstützt wurde. Tatsächlich brauchte unser Vertreter sich nur für Frau Strumpff zu erklären, die entschieden die größere Sängerin von den beiden war, da ihre Stimme um drei Töne höher hinauf reichte als die ihrer Nebenbuhlerin, der Frau Lederlung – ich sage, unser Vertreter brauchte überhaupt nur eine Meinung auszusprechen, um den französischen Diplomaten sofort zum Widerspruch zu veranlassen.

Die ganze Stadt war in diese beiden Parteien gespalten. Die Lederlung war sicherlich eine niedliche kleine Person, und ihre Stimme – soviel sie davon besaß – klang sehr angenehm. Anderseits ließ sich nicht verheimlichen, daß die Strumpff über die erste Jugend und Schönheit hinaus und auf alle Fälle zu dick war. Wenn sie zum Beispiel in der letzten Szene der

›Nachtwandlerin‹ im Nachthemd mit einer Lampe in der Hand aus dem Fenster steigen und über den Mühlensteg gehen mußte, konnte sie sich nur mit Mühe durch das Fenster hindurchquetschen, und die Planke knackte und bog sich unter ihrem Gewicht. Aber wie schmetterte sie dafür auch das Finale der Oper heraus, und mit welcher Glut warf sie sich in Elvinos Arme – es fehlte nicht viel, daß sie ihn erstickt hätte! Die kleine Lederlung dagegen – aber genug von diesem Geschwätz! Tatsache ist, daß diese beiden Frauen gewissermaßen die beiden Flaggen der französischen und der englischen Partei in Pumpernickel waren und die Gesellschaft, je nachdem sie der einen oder der anderen dieser beiden großen Nationen ihre Sympathie zuwandte, sich in zwei Heerlager spaltete.

Wir hatten auf unserer Seite den Minister des Innern, den Oberstallmeister, den Privatsekretär des Herzogs und den Hofmeister des Prinzen; zur französischen Partei dagegen gehörten: der Minister des Auswärtigen, die Gemahlin des Ortskommandanten, der unter Napoleon gedient hatte, sowie der Hofmarschall und seine Gemahlin, die großen Wert darauf legte, die allermodernsten Kleider aus Paris zu bekommen, und diese nebst ihren Hauben immer durch Monsieur de Macabaus Kurier erhielt. Sein Kanzleisekretär war der kleine Grignac, ein junger Mensch von geradezu satanischer Bosheit, der in alle Albums, die es in der Stadt gab, Karikaturen von Tapeworm zeichnete.

Die französische Partei hatte ihr Hauptquartier und ihre Table d'hote im Pariser Hof, dem zweiten Hotel der Stadt; und obgleich die Herren der beiden Parteien natürlich genötigt waren, im öffentlichen Leben höflich gegeneinander zu sein, so hieben sie doch mit messerscharfen satirischen Bemerkungen aufeinander ein – ähnlich wie jene beiden Kämpfer, die ich in Devonshire sich gegenseitig die Schienbeine zerbleuen sah, ohne daß einer von ihnen mit einem

Gesichtsmuskel seinen Schmerz verraten hätte. Keiner von beiden, weder Tapeworm noch Macabau, schickte jemals einen Bericht an seine Regierung, ohne darin seinen Gegner aufs grimmigste anzugreifen. So schrieben wir zum Beispiel: ›Die Interessen Großbritanniens werden nicht nur in dieser Stadt, sondern in ganz Deutschland gefährdet, wenn der gegenwärtige französische Geschäftsträger in seinem Amt bleibt. Dieser Mensch hat einen so nichtswürdigen Charakter, daß er sich vor keiner Lüge scheut und vor keinem Verbrechen zurückschreckt, um seine Absichten zu erreichen. Er vergiftet die Gesinnung des Hofes gegen den Vertreter Englands, stellt das Verhalten Großbritanniens im gehässigsten und abscheulichsten Lichte dar und findet dabei leider eine Rückendeckung an einem Minister, dessen Unwissenheit und Geldnot ebenso stadtbekannt wie sein Einfluß verhängnisvoll ist.‹ Unsere Widersacher dagegen sagten: ›Monsieur de Tapeworm setzt sein System insularer Unverschämtheit und gemeiner Lüge gegen die größte Nation der Welt fort. Gestern hat man ihn in geringschätziger Weise über Ihre Königliche Hoheit, die Frau Herzogin von Berry, sprechen hören; bei einer früheren Gelegenheit schmähte er den heldenmütigen Herzog von Angoulême und wagte die Beschuldigung anzudeuten, daß Seine Königliche Hoheit, der Herzog von Orleans, eine Verschwörung gegen den erhabenen Lilienthron plane. Er streut sein Geld verschwenderisch überall dahin aus, wo es seinen dummen Drohungen nicht gelingt, Furcht zu erregen. Durch das eine oder das andere Mittel hat er einige Helfershelfer am hiesigen Hofe gewonnen. Kurzum: Nicht eher wird Pumpernickel friedlich, Deutschland ruhig, Frankreich geachtet und Europa zufrieden sein, bis wir diese giftige Viper zertreten haben, und so weiter.‹ Wenn die eine oder die andere Partei einen besonders gepfefferten Bericht abgeschickt hatte, wurde der Inhalt natürlich bald allgemein bekannt.

Ehe noch der Winter weit vorgeschritten war, hatte Emmy einen Gesellschaftsabend eingerichtet, an dem sie mit ebensoviel Anstand wie Würde Gäste bei sich empfing. Sie hatte sich einen französischen Lehrer genommen, der ihr über ihre reine Aussprache und ihr leichtes Lernen viel Schmeichelhaftes sagte. In Wirklichkeit hatte sie diese Sprache schon vor sehr langer Zeit erlernt und sich später eine tüchtige grammatische Grundlage verschafft, so daß sie imstande gewesen war, George im Französischen zu unterrichten. Auch Frau Strumpff kam zu ihr, um ihr Gesangstunde zu geben, und Emmy sang so gut und mit so reiner Stimme, daß der Major, der gegenüber unter dem Premierminister wohnte, immer seine Fenster öffnete, um die Stunde mit anzuhören. Einige von den deutschen Damen, die sehr empfindsam sind und einen recht einfachen Geschmack haben, verliebten sich in sie und fingen auf einmal an, sie mit ›du‹ anzureden. Dies sind ja alles Einzelheiten von sehr alltäglicher Art; aber sie beziehen sich auf glückliche Zeiten. Der Major übernahm es, George selbst zu unterrichten; er las mit ihm Cäsar und trieb mit ihm Mathematik. Außerdem hielten sie sich noch einen deutschen Lehrer. Abends ritten Dobbin und George meist neben Emmys Wagen her, wobei diese immer sehr ängstlich war und jedesmal erschrocken aufschrie, sobald eines der Pferde ein wenig unruhig wurde. Auf diesen Spazierfahrten wurde sie gewöhnlich von einer ihrer teuren deutschen Freundinnen und von Joseph begleitet, der auf dem Rücksitz der Kutsche schlief.

Dieser war auf dem besten Wege, sich in die Gräfin Fanny von Butterbrod, ein sehr sanftes, weichherziges und bescheidenes junges Wesen, zu verlieben, das Stiftsdame war und einem gräflichen Geschlecht entstammte, aber kaum zehn Pfund jährliches Einkommen besaß. Fanny ihrerseits erklärte, daß Amelias Schwägerin zu werden das schönste Glück sei, das der Himmel ihr bescheren könne. So hätte

Joseph vielleicht das Wappenschild und die Krone der Gräfin neben seinem eigenen Wappen auf seinem Wagen und auf seinen Eßbestecken anbringen lassen können, wenn nicht gewisse Ereignisse und die großen Festlichkeiten dazwischengekommen wären, die anläßlich der Vermählung des Erbprinzen von Pumpernickel mit der lieblichen Prinzessin Amelia von Humburg-Schlippenschloppen veranstaltet wurden. Bei dieser Feier wurde eine Pracht entfaltet, wie man sie in diesem deutschen Städtchen seit den Tagen des verschwenderischen Viktor XIV. nicht mehr gesehen hatte. Alle benachbarten Prinzen, Prinzessinnen und Fürstlichkeiten wurden zu dem Feste eingeladen. Der Preis für eine Übernachtung stieg in Pumpernickel auf eine halbe Krone; und die Armee wurde völlig aufgebraucht durch die Stellung von Ehrenwachen für die Hoheiten, die durchlauchtigen Herrschaften und die Exzellenzen, die von allen Seiten eintrafen. Die Vermählung der Prinzessin fand in ihres Vaters Residenz statt, wobei der Graf von Schlüsselback den Erbprinzen von Pumpernickel vertrat. Unzählige Schnupftabaksdosen wurden verschenkt – wie wir von dem Hofjuwelier hörten, der sie lieferte und nachher wieder zurückkaufte – und der St.-Michaels-Orden von Pumpernickel wurde scheffelweise an den Hofadel von Schlippenschloppen ausgeteilt, während ganze Reisekörbe mit den Bändern und Sternen des Schlippenschloppener Ordens vom Rade der heiligen Katharina für unsere Edelleute eintrafen. Der französische Geschäftsträger erhielt beide Orden. »Er ist mit Bändern geschmückt wie ein Pfingstochse«, sagte Tapeworm, dem seine Dienstvorschriften die Annahme von Orden untersagten. »Mag er sich immerhin mit Ordensbändern behängen – aber auf wessen Seite ist der Sieg?« Tatsächlich war diese Vermählung nämlich ein Triumph der englischen Diplomatie, denn die französische Partei hatte ihr Äußerstes getan, um eine Heirat mit einer Prinzessin aus dem Hause Potztausend-Donner-

wetter zustande zu bringen, welchem Plan wir uns selbstverständlich nach Kräften widersetzten.
Zu den Hochzeitsfestlichkeiten wurde jedermann eingeladen. Blumengewinde wurden quer über die Straße gezogen und Triumphbogen errichtet, um die junge Braut zu
bewillkommnen. Dem großen St.-Michaels-Brunnen ent-
strömte ein recht saurer Wein, während der Brunnen auf
dem Artillerieplatz schäumendes Bier spendete. Die großen
Wasser spielten, und im Park und in den Gärten waren für
die glückliche Landbevölkerung Stangen errichtet, an denen
sie nach Belieben in die Höhe klettern konnte, um sich Uhren, silberne Gabeln, Preiswürste mit roten Schleifen und
ähnliche schöne Dinge herunterzuholen. George, der zum
Entzücken der Zuschauer an dem Mast hinaufgeklettert und
dann mit der Geschwindigkeit eines Wasserfalls wieder her-
abgerutscht war, erbeutete eine solche Wurst. Er hatte diese
Heldentat aber nur um des Ruhmes willen getan und gab die
Wurst einem Bauernburschen, der sie vor ihm beinahe gegriffen hatte und nun, über sein Mißgeschick heulend, am
Fuße der Stange stand.
Die französische Gesandtschaft hatte bei der Festbeleuchtung sechs Lampen mehr angebracht als wir; aber unser
Leuchtbild, das den Einzug des jungen Paares und die Flucht
der Zwietracht – die eine sehr komische Ähnlichkeit mit den
Zügen des französischen Geschäftsträgers hatte – darstellte,
überstrahlte das französische vollständig; und ich bezweifle
nicht, daß Tapeworm es diesem Umstand verdankte, daß er
bald darauf befördert wurde und das Kreuz des Bathordens
erhielt.
Scharen von Fremden strömten zu den Festlichkeiten herbei,
und natürlich waren auch Engländer darunter. Außer den
Hofbällen wurden auch öffentliche Bälle im Rathaus und in
der Redoute veranstaltet, und im Rathaus hatte man für die
Dauer der Festwoche einer der großen deutschen Spielban-

ken von Ems oder Aachen gestattet, ein Zimmer für Trente-et-quarante und Roulette einzurichten. Den Offizieren und den Einwohnern der Stadt war die Beteiligung an diesen Spielen verboten; aber Fremde, Bauern, Damen, und wer sonst noch Geld gewinnen oder verlieren wollte, waren zugelassen.

Unter anderen kam auch der kleine Taugenichts George Osborne, dessen Taschen stets mit Geld gefüllt waren und dessen Angehörige dem großen Hoffest beiwohnten, in Begleitung des Herrn Kirsch, des Kuriers seines Onkels, auf den Rathausball. Da er früher nur einmal in Baden-Baden in einen Spielsaal hatte hineinsehen können, wo er aber an Dobbins Arm gehangen und deshalb natürlich nicht hatte spielen dürfen, so fühlte er sich um so lebhafter zu dieser Unterhaltung hingezogen und trieb sich bei den Tischen umher, wo die Bankhalter und die Spieler an der Arbeit waren. Auch Frauen spielten; manche von ihnen waren maskiert, was in diesem tollen Karnevalstrubel während der Dauer der Festlichkeiten gestattet war.

Eine Frau mit hellem Haar, einem tief ausgeschnittenen, aber nicht mehr sehr neu aussehenden Kleid und einer schwarzen Maske, durch deren Schlitze ihre Augen seltsam hindurchfunkelten, saß mit einer Karte, einer Nadel und einigen Gulden vor sich an einem der Roulettetische. Wenn der Bankhalter die Farbe und die Zahl ausrief, stach sie mit großer Sorgfalt und Regelmäßigkeit ein Loch in die Karte und wagte ihr Geld nur dann auf eine Farbe, wenn Rot oder Schwarz eine bestimmte Anzahl von Malen herausgekommen waren. Es war sehr reizvoll, sie zu beobachten.

Aber trotz all ihrer Mühe und Sorgfalt riet sie falsch, und die letzten zwei Gulden wurden einer nach dem andern von der Harke des Bankhalters, der mit seiner unerbittlichen Stimme die gewinnende Farbe und Nummer ausrief, hinweggeholt. Sie seufzte, zuckte mit den Schultern, die ohnehin schon zu weit aus ihrem Kleid herausragten, stieß die Nadel durch die Karte in den Tisch und trommelte eine kleine Weile mit den Fingern auf ihm. Dann schaute sie um sich und erblickte das offene Gesicht Georges, der den Vorgang unverwandt verfolgte. Der kleine Schlingel! Was hatte der hier zu suchen?

Sie sah den Knaben durch die Maske hindurch mit ihren blitzenden Augen scharf an und sagte: »Monsieur n'est pas joueur?«

»Non, madame«, antwortete der Knabe. Aber sie mußte an seiner Aussprache erkannt haben, aus welchem Lande er stammte; denn sie fuhr mit einem leichten ausländischen Beiklang auf englisch fort: »Sie haben nie gespielt – wollen Sie mir da einen kleinen Gefallen tun?«

»Womit?« fragte George, der von neuem errötete. Herr Kirsch war ganz von dem Spiel gefesselt und achtete nicht auf seinen jungen Herrn.

»Setzen Sie dies für mich, wenn Sie so gut sein wollen – setzen Sie es auf eine beliebige Zahl!« Bei diesen Worten zog sie aus ihrem Busen eine Börse und aus dieser ein Goldstück – die einzige darin befindliche Münze – und reichte es George hin. Der Knabe lachte und erfüllte ihren Wunsch.

Die betreffende Zahl kam wirklich heraus. Man sagt, es gebe eine geheime Macht, die das für Anfänger so einrichte.

»Ich danke Ihnen«, sagte sie, indem sie das gewonnene Geld an sich zog. »Ich danke Ihnen. Wie heißen Sie?«

»Ich heiße Osborne«, antwortete George und suchte schon in seinen eigenen Taschen nach ein paar Talern, um selbst sein Glück auf die Probe zu stellen, als der Major in Uniform und Joseph en marquis, vom Hofball kommend, erschienen. Nicht wenige Leute, die die Festlichkeit im Schloß langweilig fanden, waren vor ihrer Beendigung fortgegangen und nach dem Rathaus übergesiedelt, wo ihnen das muntere Treiben mehr Spaß machte. Aber der Major und Joseph hatten sich vermutlich erst nach Hause begeben und dort

452

die Abwesenheit des Knaben entdeckt; denn der Major trat sofort auf George zu, faßte ihn bei der Schulter und zog ihn schnell von dem Ort der Versuchung hinweg. Als er sich dann weiter in dem Zimmer umschaute, sah er Kirsch in der oben erwähnten Weise beschäftigt, ging auf ihn zu und fragte ihn, wie er sich unterstehen könne, Mr. George an einen solchen Ort zu führen.

»Laissez-moi tranquille!« entgegnete Herr Kirsch, der vom Spiel und Wein stark erregt war. »Il faut s'amuser, parbleu! Je ne suis pas au service de Monsieur.«

Da der Major sah, in welchem Zustand sich der Mann befand, hatte er keine Lust, sich weiter mit ihm einzulassen, sondern begnügte sich damit, George fortzuziehen und Joseph zu fragen, ob er nicht auch mit weggehen wolle. Dieser stand dicht neben der maskierten Dame, die jetzt mit ziemlich viel Glück spielte, und sah dem Spiel mit großem Interesse zu.

»Wäre es nicht das beste, Joseph, wenn Sie mit mir und George nach Hause gingen?« sagte der Major.

»Ich will noch hierbleiben und mit dem nichtsnutzigen Kirsch nach Hause gehen«, erwiderte Joseph; und aus Rücksicht auf die Gegenwart des Knaben machte Dobbin auch dem eigenwilligen Joseph keine weiteren Vorstellungen, sondern verließ ihn und ging mit George nach Hause.

»Hast du gespielt?« fragte der Major, als sie draußen waren und sich auf dem Heimweg befanden.

»Nein!« antwortete der Knabe.

»Gib mir dein Ehrenwort, daß du es nie tun wirst!«

»Warum?« versetzte der Junge. »Es scheint doch eine sehr nette Unterhaltung zu sein.« Aber nun setzte ihm der Major in einer sehr herzlichen, nachdrücklichen Weise auseinander, warum er es nicht tun dürfe; und er würde seinen Warnungen durch einen Hinweis auf das Beispiel von Georges eigenen Vater noch mehr Kraft verliehen haben, wenn ihm seine

Ehrenhaftigkeit nicht verboten hätte, etwas zu sagen, wodurch das Andenken des Toten getrübt worden wäre. Sobald er den Knaben nach Hause gebracht hatte, begab er sich zur Ruhe und sah auch das Licht in Georges Stübchen, das neben dem Amelias lag, bald erlöschen. In Amelias Zimmer wurde es erst eine halbe Stunde später dunkel. Ich weiß nicht, was den Major veranlaßte, darauf so genau zu achten. Joseph war indessen noch am Spieltisch zurückgeblieben. Obwohl kein Gewohnheitsspieler, war er doch der kleinen Aufregung, die dieser Sport mit sich bringt, nicht abgeneigt; und er hatte ein paar Napoleons bei sich, die in den gestickten Taschen seiner Staatsweste klimperten. Er setzte eine dieser Münzen über die schöne Schulter der vor ihm sitzenden Spielerin auf dieselbe Farbe, die sie besetzt hatte, und sie gewannen. Sie machte eine kleine Bewegung, um ihm an ihrer Seite Platz zu machen, und nahm ihre Schleppe von dem neben ihr stehenden leeren Stuhl.

»Kommen Sie und bringen Sie mir Glück«, sagte sie wieder mit jener ausländischen Aussprache, die sich stark von dem unverstellten, echt englischen »Thank you« unterschied, womit sie sich für Georges glücklichen Freundschaftsdienst bedankt hatte. Der beleibte Herr sah sich zuerst um, ob ihn auch keine Person höheren Standes beobachte; dann setzte er sich hin und murmelte: »Ah, wirklich – also gut – Gott steh mir bei! Ich habe viel Glück – ich werde Ihnen gewiß Glück bringen.« Solche und andere höfliche und verlegene Redensarten stammelnd, nahm er den Platz an ihrer Seite ein.

»Spielen Sie viel?« fragte die fremde Maske.

»Ich setze ab und zu ein paar Napoleons«, erwiderte Joseph mit stolzer Miene und warf ein Goldstück auf den Tisch.

»Sie spielen nicht um des Gewinnes willen«, sagte die Maske mit ihrer hübschen französischen Aussprache. »Ich auch nicht. Ich spiele, um zu vergessen; aber ich kann es nicht.

Ich kann die alten Zeiten nicht vergessen, Monsieur. Ihr kleiner Neffe ist ganz das Ebenbild seines Vaters; und Sie – Sie haben sich nicht verändert. Aber nein, Sie haben sich doch verändert! Jeder verändert sich – jeder vergißt. Keiner hat ein Herz!«

»Mein Gott, wer sind Sie?« fragte Joseph, stark beunruhigt.

»Können Sie es nicht erraten, Joseph Sedley?« sagte die kleine Frau in traurigem Ton; und dann nahm sie ihre Maske ab und sah ihn an. »Sie haben mich vergessen!«

»Barmherziger Himmel! Mrs. Crawley!« keuchte Joseph.

»Rebekka«, sagte sie, indem sie ihre Hand auf die seinige legte; aber auch während sie ihn ansah, verfolgte sie doch die ganze Zeit über den Gang des Spiels.

»Ich wohne im ›Elefanten‹«, fuhr sie fort. »Fragen Sie dort nach Madame de Raudon! Ich habe heute meine liebe Amelia gesehen. Wie hübsch und glücklich sie aussah! Und Sie ebenfalls! Alle, alle – nur ich nicht; denn ich bin elend und unglücklich, Joseph Sedley!« Und indem sie sich mit einem zerrissenen Spitzentaschentuch die Augen wischte, schob sie wie durch eine zufällige Handbewegung ihr Geld von dem roten auf das schwarze Feld.

Aber Rot gewann wieder, und sie verlor den ganzen Einsatz. »Kommen Sie fort!« sagte sie. »Begleiten Sie mich ein wenig, wir sind ja alte Freunde – nicht wahr, lieber Mr. Sedley?«

Herr Kirsch, der unterdes sein ganzes Geld verloren hatte, folgte seinem Herrn hinaus in den Mondschein, wo die Festbeleuchtung im Verlöschen und das Leuchtbild über unserer Gesandtschaft kaum noch erkennbar war.

Wir müssen über einen Teil von Mrs. Rebekka Crawleys
Lebensgeschichte in jener nur andeutenden, taktvoll zarten
Weise hinweggehen, die die Welt nun einmal verlangt – die
moralische Welt, die vielleicht gegen das Laster selbst nichts
Besonderes einzuwenden hat, aber einen unüberwindlichen
Widerwillen dagegen empfindet, es beim rechten Namen
genannt zu hören. Es gibt auf dem Jahrmarkt der Eitelkeit
Dinge, die wir selber tun und sehr genau kennen, von denen
wir aber nie reden – wie die Ahrimanianer den Teufel anbeten, ohne je seinen Namen auszusprechen. Gebildete Kreise
ertragen es ebensowenig, eine wahrheitsgetreue Schilderung
des Lasters zu lesen, als eine wahrhaft feine Engländerin oder
Amerikanerin es duldet, daß jemand vor ihren keuschen
Ohren das Wort ›Hose‹ in den Mund nimmt. Und doch,
meine verehrte Dame, sehen wir beides alle Tage vor unseren Augen in der Welt herumlaufen, ohne uns darüber sonderlich zu empören. Wenn Sie dabei jedesmal erröten wollten, würden Sie eine nette Gesichtsfarbe davon bekommen!
Aber Ihr Schamgefühl fühlt sich zum Glück nur verletzt,
wenn die häßlichen Namen dieser Dinge genannt werden.
Daher ist der Verfasser dieser Geschichte stets darauf bedacht gewesen, sich der herrschenden Mode ergebungsvoll
zu unterwerfen und auf das Vorhandensein des Bösen nur in
einer leisen, zarten und angenehmen Weise hinzudeuten, so
daß niemand dadurch in seinen feinfühligen Empfindungen
beleidigt werden kann. Wer könnte behaupten, daß wir
unsere Becky, die doch gewiß einige Laster besitzt, nicht in
durchaus anständigen und unanstößigen Formen dargestellt
hätten? Mit bescheidenem Stolz fragt der Verfasser alle seine
Leser, ob er bei der Beschreibung dieser singenden und lächelnden, schmeichelnden und lockenden Sirene jemals die

Gesetze des Anstandes vergessen und den greulichen
Schwanz des Ungeheuers über dem Wasser hat sichtbar werden lassen. Nein! Wer da Lust hat, mag in die Flut, die ja
ziemlich durchsichtig ist, hinabblicken und beobachten, wie
dieser Schwanz sich dort in seiner teuflischen Häßlichkeit
und Schlüpfrigkeit zwischen toten Gebeinen und Leichna-
men windet, den Grund aufpeitscht und sich wieder zusam-
menrollt! Aber ist – so frage ich – nicht über dem Wasser-
spiegel alles sauber, schicklich und angenehm gewesen, und
hat der strengste Sittenrichter auf dem Jahrmarkt der Eitelkeit
ein Recht, pfui zu rufen? Wenn aber die Sirene verschwindet
und zu den Toten hinabtaucht, dann wird das Wasser über
ihr natürlich trübe, und es ist dann verlorene Mühe, neugierig hinabzuschauen! Sie sehen hübsch genug aus, diese
Sirenen, wenn sie auf einem Felsen sitzen, Harfe spielen und
singen, sich ihr Haar kämmen und dir winken, daß du herankommen und ihnen den Spiegel halten möchtest. Aber verlaß dich darauf, daß diese Seejungfern nichts Gutes treiben,
wenn sie in ihr heimisches Element hinuntergleiten, und daß
man am besten tut, die Augen abzuwenden, wenn diese sa-
tanischen Kannibalinnen der See drunten in der Tiefe ihre
eingepökelten Opfer verspeisen! Ebenso kann man auch
überzeugt sein, daß Becky in der Zeit, da sie nicht auftritt,
mit nicht besonders schönen Dingen beschäftigt ist und daß
es tatsächlich am klügsten ist, möglichst wenig über ihr Tun
und Treiben zu sagen.
Wenn wir über das Leben, das Becky nach dem unheilvollen
Ereignis in der Curzon Street einige Jahre lang führte, ausführlich berichten wollten, so würden die Leute dies Buch
mit einiger Berechtigung für unpassend erklären können.
Die Handlungen sehr eitler, herzloser und vergnügungssüchtiger Menschen sind oft recht unschicklich (gleich vielen der deinigen, mein Freund mit dem ernsten Gesicht und
dem makellosen Ruf – doch das nur beiläufig!); wie aber

müssen erst die Taten einer Frau beschaffen sein, die weder
Religion noch Liebe noch Charakter besitzt? Ich möchte
fast glauben, daß es in Mrs. Beckys Leben eine Zeit gab, da
sie, wenn nicht von Reue, so doch von einer Art Verzweiflung gepackt wurde, da sie ihre persönliche Würde völlig
vernachlässigte und sich nicht einmal mehr um ihren Ruf
kümmerte.

Diese Selbstaufgabe und Entwürdigung trat nicht unmittelbar nach ihrem Unglück, sondern erst allmählich und nach
vielen Kämpfen ein, in denen sie versucht hatte, sich über
Wasser zu halten – so wie sich ein Mensch, der über Bord
gefallen ist, an ein Treibholz klammert, solange er noch
irgendwelche Hoffnung haben kann, es aber fahren und sich
in die Tiefe sinken läßt, wenn er einsieht, daß jeder weitere
Kampf vergeblich sein würde.

Während ihr Gatte seine Vorbereitungen zur Abreise nach
dem Ort seiner künftigen Tätigkeit als Gouverneur traf,
blieb sie noch in London und soll mehrmals den Versuch
gemacht haben, mit ihrem Schwager, Sir Pitt Crawley, zusammenzukommen, um ihn noch mehr zu ihren Gunsten zu
stimmen, als sie dies bereits bei ihrer letzten Begegnung
getan hatte. Als Sir Pitt und Mr. Wenham eines Tages zusammen nach dem Unterhaus gingen, bemerkte Wenham
Mrs. Rawdon, die schwarz verschleiert in der Nähe des Par-
lamentsgebäudes umherschlich. Als ihre Augen denen des
Mr. Wenham begegneten, stahl sie sich fort; und auch ihre
ferneren Anschläge auf den Baronet blieben erfolglos.
Wahrscheinlich trat Lady Jane hindernd dazwischen. Ich
habe mir erzählen lassen, daß sie ihren Gatten durch den
Mut, den sie bei diesem Streit bewies, und durch ihre feste
Entschlossenheit, alle Beziehungen zu Mrs. Becky abzubrechen, in das größte Erstaunen versetzte. Aus eigenem Antrieb lud sie Rawdon ein, nach der Gaunt Street zu kommen
und dort bis zu seiner Abreise nach Coventry Island zu

wohnen; denn sie sagte sich, wenn sie ihn als Wächter habe, werde Becky nicht versuchen, den Eintritt in ihr Haus zu erzwingen. Auch musterte sie eifrig die Aufschriften aller für Sir Pitt eingehenden Briefe, ob er und seine Schwägerin auch nicht auf diese Weise miteinander in Verbindung stünden. Natürlich hätte Rebekka trotzdem an ihn schreiben können, wenn sie es gewollt hätte; aber sie machte keinen neuen Versuch, Sir Pitt in seinem eigenen Hause zu sprechen oder sich schriftlich an ihn zu wenden, sondern fügte sich nach einigem Zögern seinem Verlangen, daß der Briefwechsel über ihren ehelichen Zwist nur durch die Rechtsanwälte geführt werden solle.

Die Sache war nämlich die, daß man Pitts Gesinnung gegen sie vergiftet hatte. Kurze Zeit nach Lord Steynes Unfall war Wenham bei dem Baronet gewesen und hatte ihm eine solche Schilderung von Mrs. Beckys Leben entworfen, daß der parlamentarische Vertreter von Queen's Crawley aufs höchste davon betroffen war. Wenham wußte alles, was sie betraf: was ihr Vater gewesen war – in welchem Jahre ihre Mutter als Ballettänzerin aufgetreten war – was für ein Vorleben sie selbst gehabt und wie sie sich während ihrer Ehe benommen hatte. Da ich aber nicht daran zweifle, daß der größte Teil dieser Mitteilungen erlogen und nur eine Eingebung selbstsüchtigen Übelwollens war, so will ich sie hier nicht wiederholen. Das Ergebnis war indessen, daß Becky seitdem in der Achtung eines Landedelmanns und Verwandten, der ihr einst recht wohlgesinnt gewesen war, tief, sehr tief gesunken war.

Die Einkünfte des Gouverneurs von Coventry Island sind nicht groß. Einen Teil derselben legte Seine Exzellenz zur Bezahlung gewisser Schulden und Verbindlichkeiten beiseite; und da der Aufwand, der mit seiner hohen Stellung notwendig verbunden war, ebenfalls bedeutende Summen verschlang, so wurde es Rawdon bald klar, daß er seiner

Frau nicht mehr als dreihundert Pfund jährlich geben konnte. Diese Rente bot er ihr unter der Bedingung an, daß sie sich schriftlich verpflichte, ihn nie wieder zu behelligen; andernfalls drohte er ihr mit einem öffentlichen Skandal und gerichtlicher Scheidung. Aber Mr. Wenham, Lord Steyne, Rawdon selbst und überhaupt jedermann lag am meisten daran, Rebekka aus dem Lande zu schaffen und eine so unerquickliche Geschichte zu vertuschen.

Wahrscheinlich wurde Rebekka durch die Besprechungen mit den Rechtsanwälten ihres Gatten so in Anspruch genommen, daß sie vergaß, sich um ihren Sohn, den kleinen Rawdon, zu kümmern, und nicht einmal den Versuch machte, ihn zu besuchen. Der junge Herr war völlig der Obhut seiner Tante und seines Onkels anvertraut worden, von denen Lady Jane immer schon einen hervorragenden Platz im Herzen des Kindes eingenommen hatte. Seine Mama schrieb ihm, als sie England verlassen hatte, einen hübschen Brief aus Boulogne, worin sie ihn ermahnte, recht fleißig zu sein, und ihm mitteilte, daß sie eine Reise nach dem Kontinent antrete und sich während dieser öfters das Vergnügen machen würde, an ihn zu schreiben. Sie ließ jedoch ein ganzes Jahr lang nichts von sich hören und erinnerte sich erst wieder an ihn, als Pitts einziger Sohn, der schon immer gekränkelt hatte, an Keuchhusten und Masern gestorben war. Da allerdings schrieb Rawdons Mama einen sehr zärtlichen Brief an ihren teuren Sohn, der durch dieses Ereignis der Erbe von Queen's Crawley geworden und dadurch in noch engere Beziehung zu der gütigen Frau getreten war, deren sanftes, gutes Herz ihm immer schon Kindesrechte gewährt hatte. Rawdon Crawley, der jetzt zu einem großen, hübschen Burschen herangewachsen war, errötete, als er den Brief las. »Oh, Tante Jane«, sagte er, »du bist meine Mutter – und nicht die andere da!« Aber er schrieb trotzdem einen freundlichen, achtungsvollen Brief an Mrs. Rebekka, die damals in einem

Hôtel garni in Florenz wohnte. Doch wir wollen nicht vorgreifen.

Unsere liebe Becky flüchtete zuerst nicht weit. Sie ließ sich an der französischen Küste in Boulogne, dem Zufluchtsort so mancher verbannten englischen Unschuld, nieder und lebte dort in der Art einer vornehmen Witwe mit einer femme de chambre in einem Hotel, in dem sie ein paar Zimmer gemietet hatte. Sie speiste an der Table d'hote, wo man sie sehr nett fand und wo sie ihre Tischnachbarn in jenem lässigen, vornehmen Plauderton, der auf Leute von geringer Bildung so großen Eindruck macht, mit Geschichten von ihrem Schwager Sir Pitt und ihren hohen Londoner Bekannten unterhielt. Bei vielen von den Gästen galt sie für eine bedeutende Persönlichkeit. Sie gab kleine Teegesellschaften in ihren eigenen Räumen und beteiligte sich an den harmlosen Vergnügungen des Ortes, die darin bestanden, daß man in der See badete, im offenen Wagen ausfuhr, Spaziergänge auf den Dünen machte und das Theater besuchte. Mrs. Burjoice, die Gattin eines Druckereibesitzers, die den Sommer über mit ihren Kindern im Hotel wohnte und zum Wochenende jedesmal von ihrem Mann besucht wurde, erklärte Becky für eine allerliebste Frau, bis Burjoice, dieser kleine Schwerenöter, ihr allzu große Aufmerksamkeiten zu erweisen anfing. Aber es war natürlich nichts an der Sache, außer daß Becky immer liebenswürdig, freundlich und gefällig war – besonders Männern gegenüber.

Wie gewöhnlich reisten am Ende der Saison die Leute scharenweise ins Ausland, und Becky hatte reichlich Gelegenheit, aus der Art, wie sich ihre vornehmen Londoner Bekannten gegen sie benahmen, die Meinung der ›Gesellschaft‹ über sie kennenzulernen. Als sie eines Tages sittsam auf dem Hafendamm von Boulogne spazierenging – die hellen Klippen von Albion leuchteten aus der Ferne über das tiefblaue Meer herüber –, traf sie mit Lady Partlet und deren Töchtern

zusammen. Als die Lady ihrer ansichtig wurde, rief sie durch
eine Schwenkung ihres Sonnenschirms alle ihre Töchter um
sich zusammen und verließ den Damm, wobei sie der armen
kleinen Becky, die dort allein stehenblieb, grimmige Blicke
zuwarf.

Ein andermal war Becky dabei, als das Paketboot ankam. Ein
scharfer Wind hatte geweht, und es machte Becky immer
viel Spaß, die komischen, trübseligen Gesichter der Fahr-
gäste zu beobachten, wenn sie das Schiff verließen. Zufällig
war an diesem Tage Lady Slingstone darunter. Diese Dame
war an Bord schrecklich krank gewesen, so daß sie nun sehr
erschöpft und kaum imstande war, über die Laufbrücke zum
Hafendamm hinaufzugehen. Aber ihre ganze Energie kehrte
in dem Augenblick zurück, als sie Becky gewahrte, die unter
einem rosa Hütchen spöttisch hervorlächelte. Sie warf ihr
einen so geringschätzigen und verächtlichen Blick zu, daß
die meisten anderen Frauen darunter zusammengeknickt
wären, und ging dann ohne Beistand in das Zollhaus. Becky
lachte nur; aber ich glaube nicht, daß es ihr von Herzen
kam. Sie fühlte, daß sie allein stand – ganz allein – und daß
die in der Ferne schimmernden Klippen Englands für sie un-
übersteigbar waren.

Auch das Benehmen der Männer gegen sie hatte sich in
eigentümlicher Weise verändert. Grinstone zeigte seine Zähne
und lachte ihr mit einer Vertraulichkeit ins Gesicht, die ihr
nicht gefallen konnte. Der kleine Bob Suckling, der noch vor
drei Monaten die Unterwürfigkeit selbst gewesen und
manchmal wer weiß wie weit im Regen gelaufen war, um
ihre Equipage aus der langen Wagenreihe von Gaunt House
heranzuholen, stand eines Tages im Gespräch mit Fitzoof
von der Garde, dem Sohn des Lords Heehaw, auf der Mole,
als Becky dort ihren Spaziergang machte. Der kleine Bob
nickte ihr, ohne an seinen Hut zu fassen, über die Schulter
zu und setzte seine Unterhaltung mit dem Erben von Hee-
462

haw fort. Tom Raikes versuchte, mit der Zigarre im Mund, in ihr Wohnzimmer im Hotel einzudringen; sie machte ihm die Tür vor der Nase zu und würde sie verschlossen haben, wenn er nicht seine Finger dazwischen gehabt hätte. Sie begann zu fühlen, daß sie in der Tat recht allein dastand. »Wenn er hier wäre«, sagte sie sich, »würden diese Feiglinge es nicht wagen, mich zu beleidigen.« Sie dachte an ›ihn‹ mit großer Wehmut und vielleicht sogar mit Sehnsucht: an seine ehrliche, dumme, beständige Freundlichkeit und Treue – seinen nimmermüden Gehorsam – seine gute Laune – seine Tapferkeit und seinen Mut. Wahrscheinlich weinte sie; denn als sie zum Dinner hinunter kam, trug sie eine erzwungene Lustigkeit zur Schau und hatte sich etwas mehr geschminkt als sonst.
Sie schminkte sich jetzt regelmäßig; und außer dem Kognak, der auf ihre Hotelrechnung gesetzt wurde, ließ sie sich heimlich noch welchen von ihrem Mädchen holen.
Indessen waren ihr die Beleidigungen der Männer vielleicht noch nicht einmal so unerträglich wie die Teilnahme, die ihr gewisse Damen bekundeten. Mrs. Crackenbury und Mrs. Washington White kamen auf ihrer Reise nach der Schweiz durch Boulogne. Die Gesellschaft wurde von Oberst Horner, dem jungen Beaumoris und natürlich auch von dem alten Crackenbury und dem Töchterchen von Mrs. White begleitet. *Diese* Damen vermieden nicht den Verkehr mit Becky. Sie kicherten, schnatterten, schwatzten, bedauerten, trösteten und spielten sich als ihre Gönnerinnen auf, bis sie Becky fast toll vor Wut gemacht hatten. ›Sich von solchen Weibern begönnern zu lassen!‹ dachte sie, als jene sie zum Abschied geküßt hatten und sich lächelnd entfernten. Sie hörte, wie Beaumoris auf der Treppe schallend lachte, und wußte genau, was diese Heiterkeit zu bedeuten hatte.
Bald nach diesem Besuch widerfuhr ihr etwas Unangenehmes. Becky, die jede Woche pünktlich ihre Rechnung bezahlt, sich gegen jeden im Hause liebenswürdig benommen, der

Wirtin stets freundlich zugelächelt, die Kellner mit ›Monsieur‹ angeredet und die Zimmermädchen für eine gewisse, ihr von jeher anhaftende Knauserigkeit im Geldpunkt durch höfliche Redensarten und Entschuldigungen entschädigt hatte – diese Becky, sage ich, empfing von dem Wirt die Aufforderung, daß sie ausziehen solle, da man ihm gesagt habe, daß sie in sein Hotel ganz und gar nicht hineinpasse und daß englische Damen sich weigern könnten, mit ihr an einem Tisch zu sitzen. So sah sie sich denn genötigt, eine Mietswohnung zu nehmen, wo sie sich durch die Einsamkeit und Langeweile sehr bedrückt fühlte.

Trotz all diesen Widerwärtigkeiten verlor sie den Mut noch nicht, sondern versuchte, sich einen guten Ruf zu verschaffen und die üble Nachrede zum Schweigen zu bringen. Sie ging sehr regelmäßig in die Kirche und sang dort lauter als alle anderen. Sie beteiligte sich an der Fürsorge für die Witwen ertrunkener Fischer und steuerte Handarbeiten und Zeichnungen für die Mission im Quashyboo-Lande bei. Sie wurde Mitglied einer Bürgergesellschaft, wollte aber auf den Bällen nicht mittanzen. Kurz, sie tat alles, was wohlanständig war; und darum verweilen wir bei diesem Teil ihrer Laufbahn lieber als bei den folgenden, weniger angenehmen Kapiteln ihrer Lebensgeschichte. Sie sah, daß die Leute sie mieden, und lächelte sie trotzdem immer noch mit mühseliger Anstrengung an; niemand konnte ihr ansehen, welche Qualen der Demütigung sie innerlich erduldete.

Alles in allem genommen, war ihre Geschichte doch immer noch unaufgeklärt. Parteien mit verschiedener Meinung standen einander gegenüber. Einige Leute, die sich die Mühe machten, der Sache auf den Grund zu gehen, sagten, daß sie der schuldige Teil sei; andere dagegen beteuerten, sie sei so unschuldig wie ein Lamm und die ganze Schuld trage ihr schändlicher Mann. Sie brachte viele Menschen dadurch auf ihre Seite, daß sie über die Trennung von ihrem Sohn weinte und den leidenschaftlichsten Schmerz zur Schau trug, wenn sein Name erwähnt wurde oder sie jemand sah, der ihm ähnlich war. Das Herz der guten Mrs. Alderney, die gewissermaßen die Königin der englischen Gesellschaft in Boulogne war und von allen dort sich aufhaltenden Engländern die meisten Dinners und Bälle gab, gewann Becky dadurch, daß sie in Tränen ausbrach, als der junge Herr Alderney von Doktor Swishtails Unterrichtsanstalt heimkehrte, um die Ferien bei seiner Mutter zu verleben. »Er und mein Rawdon sind im gleichen Alter und einander so ähnlich«, sagte Becky mit tränenerstickter Stimme. In Wirklichkeit aber bestand zwischen den Knaben ein Altersunterschied von fünf Jahren und keine größere Ähnlichkeit als zwischen meinem verehrten Leser und seinem ergebensten Diener. Als Wenham nach Kissingen reiste, um sich dort Lord Steyne anzuschließen, klärte er Mrs. Alderney über diesen Punkt auf. Er sagte ihr, daß er den kleinen Rawdon viel besser beschreiben könne als seine Mama, die ihn offenkundig hasse und nie besuche, und daß der Junge auch nicht neunjährig und brünett wie der kleine Alderney, sondern dreizehnjährig und blond sei. Kurz, er brachte die betreffende Dame dazu, ihre Gutmütigkeit zu bereuen.

Sooft sich Becky mit unglaublicher Mühe und Arbeit einen kleinen Bekanntenkreis geschaffen hatte, kam jemand und fuhr mit rauher Hand dazwischen, so daß sie ihr ganzes Werk von neuem beginnen mußte. Es war eine schweres Dasein: sehr schwer, sehr einsam und trübselig!

Da war zum Beispiel eine Mrs. Newbright, die sich ihrer eine Zeitlang annahm, weil sie von ihrem schönen Gesang in der Kirche und von ihren zutreffenden Ansichten über religiöse Gegenstände, über die Mrs. Becky in früheren Tagen in Queen's Crawley eine gründliche Belehrung erhalten hatte, angezogen wurde. Becky nahm von Mrs. Newbright nicht nur Traktätchen an, sondern sie las sie auch. Sie nähte fla-

nellene Unterröcke für die Quashyboo-Weiber, baumwollene
Nachtmützen für die Kokosnuß-Indianer, malte Kamin-
schirme für die Bekehrung des Papstes und der Juden, nahm
mittwochs an der von Mr. Rowls, donnerstags an der von
Mr. Huggleton abgehaltenen Betstunde teil, wohnte sonntags zweimal dem Gottesdienst in der Kirche bei und hörte
außerdem noch am Abend die Predigt des Darbyiten Mr.
Bawler an – aber es war alles umsonst! Mrs. Newbright hatte
Anlaß, mit der Gräfin von Southdown über den Wärmfla-
schenfonds für die Fidschi-Insulaner – dessen Verwaltung den
beiden Damen als Vorstandsmitgliedern dieser bewundernswerten, wohltätigen Stiftung oblag – in Schriftwechsel
zu treten, und da sie dabei ihre ›liebe Freundin‹, Mrs. Rawdon Crawley, erwähnt hatte, schrieb ihr die verwitwete Gräfin darauf über Becky einen Brief, der so viele Einzelheiten,
Andeutungen, Tatsachen, Unwahrheiten und Anschuldigungen enthielt, daß die Freundschaft zwischen Mrs. Newbright und Mrs. Crawley sofort aufhörte und die ganze
fromme Gesellschaft von Tours, wo sich dieses Unglück er-
eignete, unverzüglich jeden Verkehr mit der Verworfenen
abbrach. Wer englische Kolonien im Ausland kennt, der
weiß, daß wir unsern Stolz, unsere Pillen und Vorurteile,
unsere Harveysaucen, unsern Cayennepfeffer und unsere
sonstigen Waren in die Fremde mitnehmen und uns überall,
wo wir uns niederlassen, ein kleines England bilden.
So flüchtete Becky unstet von einer Kolonie zur andern – von
Boulogne nach Dieppe – von Dieppe nach Caen – von Caen
nach Tours. Überall gab sie sich die größte Mühe, sich den
Schein einer achtbaren Dame zu geben; aber überall wurde
sie eines schönen Tages entlarvt und von den echten Krähen
durch Schnabelhiebe aus dem Käfig vertrieben.
An einem dieser Orte fand sie eine Gönnerin in Mrs. Hook
Eagles, einer Frau, die einen tadellosen Ruf sowie ein Haus
am Portman Square besaß und in Dieppe in demselben Hotel
466

wohnte, in dem Becky Zuflucht gesucht hatte. Die beiden Damen lernten einander zuerst beim Baden kennen und erneuerten dann ihre Bekanntschaft an der Table d'hote im Hotel. Wie jedermann hatte natürlich auch Mrs. Eagles etwas von der Steyneschen Skandalgeschichte gehört, aber nach einem Gespräch mit Becky erklärte sie, daß Mrs. Crawley ein Engel, ihr Gatte ein roher Mensch, Lord Steyne bekanntermaßen ein Wüstling und die ganze gegen Mrs. Crawley erhobene Anklage eine gemeine und gottlose Machenschaft des Schurken Wenham sei. »Wenn du ein mutiger Mann wärest,« sagte sie zu ihrem Gatten, »so würdest du den Elenden bei eurer nächsten Begegnung im Klub ohrfeigen!« Aber Eagles, der Gatte von Mrs. Eagles, war ein ruhiger alter Herr, der sich mit Geologie beschäftigte und nicht groß genug war, um an die Ohren anderer Leute heranzureichen.

Mrs. Eagles nahm nun Mrs. Rawdon unter ihren Schutz, ließ sie bei sich in ihrem Hause in Paris wohnen, überwarf sich mit der Gemahlin des englischen Gesandten, weil diese ihren Schützling nicht empfangen wollte, und tat alles, was in der Macht einer Frau lag, um Becky auf dem Pfade der Tugend zu erhalten und ihren guten Ruf zu schützen.

Becky benahm sich anfangs durchaus anständig und ordentlich; aber nach kurzer Zeit wurde sie des spießbürgerlichen, tugendhaften Lebens von Herzen überdrüssig. Ein Tag verlief wie der andere: immer dieselbe Langeweile und Behaglichkeit – dieselbe Spazierfahrt durch denselben dummen Bois de Boulogne – dieselbe Gesellschaft am Abend – dieselbe Blairsche Predigt am Sonntag – dieselbe Opernvorstellung, die sie immer wieder besuchten! Becky starb schon beinahe vor Langerweile, als zu ihrem Glück der junge Mr. Eagles aus Cambridge ankam. Sowie nämlich die Mutter sah, welchen Eindruck Becky auf den Jüngling machte, gab sie ihrer kleinen Freundin sogleich den Laufpaß.

Darauf versuchte sie mit einer Freundin einen gemeinsamen Haushalt zu führen; aber sie stritten sich bald und gerieten in Schulden. Dann entschied sie sich dafür, in einem Pensionat zu leben, und wohnte eine Zeitlang in dem berühmten Hause der Madame de Saint-Amour in der Rue Royale in Paris, wo sie ihre Reize und Zauberkünste an den schäbigen Stutzern und den zweifelhaften Schönen erprobte, die die Salons ihrer Wirtin besuchten. Becky liebte die Geselligkeit und konnte ohne diese ebensowenig leben wie ein Opiumesser ohne seine Pastillen. So fühlte sie sich während ihres Aufenthalts im Pensionat leidlich glücklich. »Die Frauen sind hier ebenso unterhaltend wie die in Mayfair,« sagte sie zu einem alten Londoner Freund, mit dem sie zusammentraf, »nur ihre Kleider sind nicht ganz so frisch. Die Männer tragen gewaschene Handschuhe und sind zweifellos arge Schurken, aber doch immerhin nicht schlimmer als Jack Soundso und Tom Soundso. Die Wirtin ist etwas gewöhnlich; indes glaube ich nicht, daß sie so gewöhnlich ist wie Lady...« Hier nannte sie den Namen einer hochangesehenen Dame, die in der vornehmen Welt den Ton angab; aber ich würde lieber sterben als diesen Namen hier wiederholen. In der Tat, wenn die Räumlichkeiten der Madame de Saint-Amour abends erleuchtet waren und man die Herren mit Orden und Ordensbändern an den Ekartétischen und in einiger Entfernung von ihnen die Damen dasitzen sah, so konnte man eine Weile glauben, daß man sich in guter Gesellschaft befinde und daß Madame eine wirkliche Gräfin sei. Viele Leute glaubten es, und Becky war eine Zeitlang eine der gefeiertsten Damen in den Salons der Gräfin.

Aber wahrscheinlich spürten sie ihre alten Gläubiger vom Jahre 1815 auf und veranlaßten sie, Paris zu verlassen; denn die kleine Frau sah sich gezwungen, ziemlich plötzlich aus dieser Stadt zu fliehen und nach Brüssel abzureisen.

Wie gut sie diesen Ort in der Erinnerung hatte! Sie lächelte, als sie nach dem kleinen, einst von ihr bewohnten Zwischenstock hinaufblickte und an die Familie Bareacres dachte, wie sie, zur Flucht gerüstet, in ihrem Wagen im Torweg des Hotels gesessen und nach Pferden geschrien hatte. Sie fuhr nach Waterloo und Laeken, wo ihr George Osbornes Denkmal einen starken Eindruck machte. Sie fertigte eine kleine Skizze davon an. »Der arme Kupido!« sagte sie, »wie schrecklich war er in mich verliebt, und was war er für ein Narr! Ich möchte wohl wissen, ob die kleine Emmy noch lebt. Sie war ein gutes kleines Geschöpf. Und dann ihr dicker Bruder! Ich habe das komische Bild des fetten Menschen noch unter meinen Papieren. Es waren gute, einfältige Leute.«

Nach Brüssel kam Becky mit einer Empfehlung von Madame de Saint-Amour an deren Freundin Madame la Comtesse de Borodino, Witwe jenes napoleonischen Generals, des berühmten Grafen von Borodino, der seiner Frau bei seinem Tode nichts als eine Table d'hote und einen Ekartétisch hinterlassen hatte. Stutzer und Lebejünglinge zweiten Ranges, Witwen, die immer einen Prozeß führen, und sehr einfältige Engländer, die sich einbilden, sie könnten in solchen Häusern die ›feine Gesellschaft des Kontinents‹ kennenlernen, setzten ihr Geld an Madame de Borodinos Spieltisch ein oder speisten an ihrer Tafel. Die ritterlichen jungen Herren bewirteten die ganze Tischgesellschaft mit Champagner, ritten mit den Damen aus oder mieteten Wagen und Pferde zu Ausflügen auf das Land, legten Geld zusammen, um Logen im Schauspielhaus oder in der Oper zu nehmen, wetteten an den Ekartétischen über die schönen Schultern der Damen hinweg und schrieben an ihre Eltern in Devonshire, daß es ihnen geglückt sei, in die gute Gesellschaft des Auslandes Eingang zu finden.

Hier war Becky, ebenso wie in Paris, eine Königin der Pensionate und glänzte in den feinsten derartigen Häusern. Sie nahm sowohl den Champagner wie die Sträuße, die Landausflüge und die Theaterlogen an; aber was sie allem andern vorzog, war das Ekarté am Abend – und sie spielte sehr verwegen. Anfangs wagte sie nur ganz niedrige Einsätze, dann spielte sie um Fünffrankstücke, dann um Napoleons, dann um Banknoten. Als sie nicht mehr imstande war, ihr monatliches Pensionsgeld zu bezahlen, pumpte sie die jungen Herren an. Nun war sie wieder bei Kasse und benahm sich hochfahrend gegen Madame de Borodino, der sie vorher geschmeichelt und schöngetan hatte. Eine Zeitlang befand sie sich in schrecklicher Not und spielte um Zehnsousstücke. Dann ging ihre vierteljährliche Rente ein, und sie bezahlte Madame de Borodinos Rechnung und versuchte wieder ihr Glück im Kartenspiel mit Monsieur de Rossignol oder dem Chevalier de Raff.

Es ist traurig, aber wahr, daß Becky, als sie Brüssel verließ, ihrer Wirtin, Madame de Borodino, das Pensionsgeld für drei Monate schuldig blieb. Und die Gräfin verfehlte nicht, jeden Engländer, der ihr Pensionat besucht, von dieser Tatsache zu unterrichten und ihm mit der Beteuerung, daß Madame Rawdon eine vipère sei, zu erzählen, wie Becky gespielt und getrunken habe – wie sie dem Reverend Muff, dem englischen Geistlichen, zu Füßen gefallen sei und ihn um Geld angefleht habe – wie sie den jungen Lord Noodle, den Schüler des Reverend Muff, umgarnt, auf ihr Zimmer mitgenommen und ihm dort bedeutende Summen beim Ekarté abgenommen habe – und wie sie außer diesen Sittenverletzungen noch unzählige andere Schändlichkeiten begangen habe.

So zog unsere kleine Landstreicherin umher und schlug ihr Zelt in den verschiedensten Städten Europas auf – ruhelos wie Odysseus oder Bampfylde Moore Carew. Ihre Neigung zu einem unsteten Lebenswandel und zum Umgang mit wenig achtbaren Menschen trat immer stärker hervor. Es dauerte nicht lange, so war sie eine regelrechte Zigeunerin geworden und gesellte sich zu Leuten, mit denen meine verehrten Leser gewiß um keinen Preis der Welt etwas zu tun haben möchten. Es gibt keine einigermaßen bedeutende Stadt in Europa, die nicht eine kleine Kolonie von englischen Glücksrittern besäße. Es sind dies Männer, deren Namen in bestimmten Zeiträumen in den Sitzungen des Strafgerichts verlesen werden: junge Herren, zum Teil aus sehr guten Familien, die aber nichts von ihnen wissen wollen – Stammgäste der Billardzimmer und Kneipen und Herumtreiber auf den ausländischen Wettrennen und in den Spielhäusern. Sie bevölkern die Schuldgefängnisse – sie trinken und prahlen – sie zanken und prügeln sich – sie verschwinden, ohne zu bezahlen – sie duellieren sich mit französischen und deutschen Offizieren und betrügen Mr. Spooney beim Ekarté. Dann fahren sie mit dem erbeuteten Geld in prächtigen Britschkas nach Baden-Baden, wo sie von neuem ihr unfehlbares ›System‹, das ihnen große Gewinne bringen soll, versuchen und als schäbige Großtuer und bettelhafte Stutzer mit leeren Taschen die Spieltische umschleichen, bis es ihnen gelingt, einen jüdischen Bankier mit einem gefälschten Wechsel zu beschwindeln oder bis sie einen neuen Mr. Spooney finden, den sie ausplündern können. Der stete Wechsel von Glanz und Elend, den diese Leute erfahren, mutet den Beobachter sehr sonderbar an; ihr Leben muß sehr aufregend sein. Becky – sollen wir es gestehen? – entschied sich für diese Lebensweise – und keineswegs ungern! Sie zog mit diesen Zigeunern von Stadt zu Stadt. Die glückliche Mrs. Rawdon war an jedem Spieltisch in Deutschland bekannt. In Florenz führte sie mit Madame de Cruchecassée einen gemeinschaftlichen Haushalt. Wie man sagt, wurde sie aus München ausgewiesen, und mein Freund, Mr. Frederick Pigeon, behauptet, er sei in ihrer Wohnung in Lausanne durch ein Narkotikum schläfrig gemacht worden und habe dann achthundert Pfund an Major Loder und den ehrenwer-

ten Mr. Deuceace verloren. Meine Leser sehen wohl ein, daß
wir zwar einiges über diesen Teil von Beckys Lebensgeschichte mitteilen müssen, im übrigen aber gut daran tun,
möglichst wenig davon zu verraten.

Mrs. Crawley soll auch, wenn es ihr besonders schlecht ging,
hier und da Konzerte und Musikstunden gegeben haben.
Jedenfalls veranstaltete eine Madame de Raudon unter Mitwirkung von Herrn Spoff, erstem Pianisten des Gospodars
der Walachei, in Wildbad eine matinée musicale; und mein
kleiner Freund Mr. Eaves, der jeden kannte und auf seinen
Reisen überallhin gekommen war, erzählte mir wiederholt,
daß im Jahre 1830, als er sich in Straßburg aufhielt, dort in
der ›Weißen Dame‹ eine gewisse Madame Rebecque aufgetreten sei und Anlaß zu einem fürchterlichen Theater-
skandal gegeben habe. Sie sei von den Besuchern ausge-
zischt worden – teils wegen der Unzulänglichkeit ihrer Leistungen, hauptsächlich aber infolge des übel angebrachten
Beifalls einiger Personen im Parkett, wo die Offiziere der Garnison zu sitzen pflegten. Eaves war der festen Überzeugung,
daß die unglückliche Debütantin niemand anders als Mrs.
Rawdon Crawley gewesen sei.

Sie war tatsächlich nichts Besseres als eine Landstreicherin.
Wenn sie ihr Geld erhielt, spielte sie; und wenn sie es ver-
spielt hatte, so mußte sie sich kümmerlich durchschlagen.
Wer kann sagen, wie und durch welche Mittel ihr das gelang? Sie soll einmal in Petersburg gewesen, aber von der
Polizei kurzerhand ausgewiesen worden sein, so daß an dem
Gerücht, sie sei nachher in Teplitz und Wien als Spionin in
russischen Diensten tätig gewesen, unmöglich etwas Wahres sein kann. Ich habe mir sogar sagen lassen, daß sie in
Paris eine Verwandte von sich entdeckt habe, und zwar
keine Geringere als ihre Großmutter mütterlicherseits, die
aber keineswegs eine Montmorency, sondern eine häßliche
alte Logenschließerin an einem Boulevardtheater war. Die

Begegnung der beiden, von der auch andere Personen Kenntnis erlangt zu haben scheinen, worauf wir an anderer Stelle zurückkommen werden, muß sehr rührend gewesen sein. Aber der Verfasser dieser Geschichte kann darüber nichts Näheres mit Sicherheit berichten.

In Rom traf es sich einmal, daß Mrs. de Rawdons halbjährliche Rente gerade zu der Zeit, als Becky sich dort aufhielt, bei dem ersten Bankier der Stadt eingezahlt worden war; und da dieser Handelsfürst jeden, der bei ihm ein Guthaben von mehr als fünfhundert Skudi hatte, zu seinen Winterbällen einlud, so wurde auch Becky mit einer Einladungskarte beehrt und erschien auf einer der glänzenden Abendgesellschaften, die Fürst Polonia und seine Gemahlin veranstalteten. Die Fürstin war ein Sprößling der Familie Pompili, die in gerader Linie von dem zweiten König von Rom und seiner Gemahlin Egeria aus dem Hause Olympus abstammte; dagegen hatte der Großvater des Fürsten, Allessandro Polonia, Seifenkugeln, Parfüms, Tabak und Taschentücher verkauft, Botengänge für vornehme Herren gemacht und Geld in kleinen Posten ausgeliehen. Die ganze vornehme Gesellschaft von Rom drängte sich zu den Salons des Bankiers: Fürsten, Herzöge, Gesandte, Künstler, Geiger, Monsignori, junge Bären mit ihren Führern – kurz Männer jeden Ranges und Standes. Seine prächtigen Säle strahlten von Licht und waren mit glänzenden Goldrahmen – die Gemälde enthielten – und mit Antiken von zweifelhafter Echtheit geschmückt; und die gewaltige vergoldete Krone samt dem Wappen des fürstlichen Besitzers – einem goldenen Pilz in rotem Felde (von der Farbe der Taschentücher, die sein Großvater einst verkaufte), funkelte neben der silbernen Quelle der Familie Pompili auf dem Dach, den Türen und Wandfeldern des Hauses sowie über den großen samtenen Baldachinen, die zum Empfang von Päpsten und Kaisern bereitstanden.

Becky, die mit der Post von Florenz angekommen war und
in einem sehr bescheidenen Gasthaus wohnte, erhielt also,
wie gesagt, eine Karte für die Abendgesellschaft des Fürsten
Polonia und begab sich, nachdem sie sich von ihrem Mädchen mit besonderer Sorgfalt hatte ankleiden lassen, am Arm
des Majors Loder, in dessen Gesellschaft sie damals gerade
reiste, auf diesen schönen Ball. (Major Loder war derselbe
Mann, der im folgenden Jahr in Neapel den Fürsten Ravioli
erschoß und von Sir John Buskin verprügelt wurde, weil er
außer den vier Königen, die beim Ekarté gebraucht wurden,
noch vier andere in seinem Hut versteckt hatte.) Dieses
Paar betrat Arm in Arm die Festräume; und Becky sah zahlreiche alte Gesichter wieder, deren sie sich aus glücklicheren
Tagen erinnerte, als sie zwar auch nicht mehr unschuldig,
aber doch noch nicht entlarvt war. Major Loder kannte sehr
viele Fremde – Männer mit kühnen, bärtigen Gesichtern,
schmutzigen Ordensbändern im Knopfloch und sehr wenig
sichtbarer Wäsche. Er wurde aber augenscheinlich von seinen Landsleuten gemieden. Auch Becky kannte einige Damen: französische Witwen, zweifelhafte italienische Gräfin-
nen, die von ihren Männer schlecht behandelt worden waren – doch pfui! wozu sollen wir, die wir uns auf dem Jahrmarkt des Lebens in der besten Gesellschaft bewegt haben,
von solchem Auswurf und Abschaum der Menschheit reden?
Wenn wir spielen, wollen wir es mit sauberen Karten tun
und die Finger von diesem schmutzigen Pack lassen. Aber
jeder, der einmal zu dem großen Heer der Reisenden gehörte,
hat gewiß diese zügellosen Freischärler gesehen, die wie
Nym und Pistol[1] hinter der Hauptmacht herziehen, die Farben des Königs tragen und sich brüsten, von ihm bestallt zu
sein, aber auf eigene Faust plündern und gelegentlich am
Wege aufgeknüpft werden.

1. Ehemals Genossen Falstaffs, dann Soldaten in der Armee Heinrichs V. in Shakespeares ›Heinrich IV.‹ und ›Heinrich V.‹.

Becky hing also an Major Loders Arm, und sie wanderten gemeinsam durch die Säle und tranken viele Gläser Champagner am Anrichtetisch, wo die Gäste, und namentlich die Freischar des Majors, wütend um die Erfrischungen kämpften. Als das Paar genug davon hatte, drangen sie weiter vor, bis sie den am Ende der Zimmerflucht liegenden roten Samtsalon der Fürstin mit der Venusstatue und den großen, in Silber gefaßten venezianischen Spiegeln erreichten, wo die fürstliche Familie mit ihren vornehmsten Gästen an einem runden Tisch speiste. Es war gerade solch ein erlesenes kleines Festmahl wie das, an dem Becky einst bei Lord Steyne teilgenommen hatte – und da saß er an Polonias Tisch, und sie erblickte ihn!

Die Schnittwunde, die ihm der Diamantschmuck auf seiner weißen, kahlen, glänzenden Stirn beigebracht hatte, hatte ein brennend rotes Mal hinterlassen; sein rötlicher Backenbart war jetzt purpurrot gefärbt, wodurch sein bleiches Gesicht noch bleicher erschien. Er trug die Halskette des Goldenen Vlieses, das blaue Brustband und das Knieband des Hosenbandordens und seine übrigen Ehrenzeichen. Er war vornehmer als alle anderen Anwesenden, obgleich ein regierender Herzog und eine königliche Hoheit mit ihren Gemahlinnen zugegen waren. Neben dem Lord saß die schöne Gräfin von Belladonna, geborene de Glandier, deren Gemahl – der Graf Paolo della Belladonna, der durch seine ausgezeichneten Insektensammlungen berühmt geworden ist – schon seit langer Zeit als Gesandter am Hofe des Kaisers von Marokko weilte.

Als Becky dieses ihr so vertraute, berühmte Gesicht erblickte – wie gemein erschien ihr da plötzlich Major Loder, und wie abscheulich war ihr da der Tabakgeruch dieses widerwärtigen Hauptmanns Rook! In einem Augenblick war sie wieder die feine Dame und bemühte sich, so auszusehen und zu empfinden, als ob sie wieder in Mayfair wäre. ›Diese Frau sieht

dumm und übellaunig aus‹, dachte sie, ›die kann ihn gewiß
nicht reizen. Nein, er muß sich bei ihr langweilen, und das
hat er bei mir nie getan.‹ Hundert solche erregenden Hoffnungen, Befürchtungen und Erinnerungen durchzuckten ihr
kleines Herz, als sie mit ihren strahlendsten Augen, deren
Glanz durch die bis an die Lider aufgetragene Schminke noch
erhöht wurde, den großen Edelmann anblickte. An einem
Abend, an dem Lord Steyne den Hosenbandorden anlegte,
pflegte er auch sein vornehmstes Wesen anzunehmen und
wie ein großer Fürst, der er ja auch war, auszusehen und zu
reden. Becky bewunderte ihn, wie er, hochmütig lächelnd,
in ungezwungener, würdevoller und stattlicher Haltung dasaß. Ach, bon dieu, welch ein angenehmer Gesellschafter er
doch war, was für einen glänzenden Witz, welche köstliche
Unterhaltungsgabe und was für ein weltmännisches Benehmen er doch besaß! Und für diesen Mann hatte sie den
nach Zigarren und Kognak duftenden Major Loder und den
Hauptmann Rook mit seinen Jockeiwitzen und seinen Boxer-
ausdrücken eingetauscht! ›Ich bin neugierig, ob er mich erkennen wird‹, dachte sie. Lord Steyne plauderte gerade
lächelnd mit einer sehr vornehmen Dame, die neben ihm
saß, als er plötzlich aufsah und Becky erblickte.
Sie zitterte am ganzen Leibe, als sich ihre Augen begegneten,
aber sie zwang sich zu ihrem lieblichsten Lächeln und
machte ihm einen kleinen, schüchternen, flehenden Knicks.
Er starrte sie einen Augenblick so entsetzt an, wie Macbeth
dreingeschaut haben mag, als Banquos Geist plötzlich an
seiner Abendtafel erschien; und er saß mit offenem Munde
da, bis der schauderhafte Major Loder sie fortzog.
»Kommen Sie in den Speisesaal, Mrs. Rawdon!« sagte dieser Herr. »Wenn ich sehe, wie diese vornehme Bande futtert,
bekomme ich selbst Heißhunger. Wollen mal hingehen und uns
an den Champagner des alten Knaben heranmachen!« Becky
dachte, der Major habe davon bereits viel zuviel genossen.
476

Am folgenden Tage ging sie auf dem Monte Pincio, dem
Hyde Park der römischen Müßiggänger, spazieren – vielleicht in der Hoffnung, dort Lord Steyne noch einmal zu
sehen. Aber sie traf dort einen andern Bekannten, nämlich
Monsieur Fiche, den Kammerdiener des Lords, der auf sie
zutrat, indem er ihr herablassend zunickte und einen Finger
an den Hut legte. »Ich wußte, daß ich Madame hier finden würde«, sagte er; »ich bin Ihnen von Ihrem Hotel
aus nachgegangen. Ich habe Ihnen einen Rat zu geben, Madame.«

»Von dem Marquis von Steyne?« fragte Becky, die sich ein
möglichst würdevolles Ansehen zu geben versuchte und vor
Hoffnung und Erwartung innerlich bebte.

»Nein,« erwiderte der Kammerdiener, »der Rat kommt von
mir selbst. Rom ist sehr ungesund.«

»In dieser Jahreszeit nicht, Monsieur Fiche – erst nach
Ostern.«

»Ich sage Ihnen, Madame, es ist jetzt ungesund. Für manche
Leute herrscht hier immer Malaria. Diese abscheuliche
Sumpfluft tötet zu jeder Jahreszeit eine Menge Menschen.
Sehen Sie, Madame Crawley, Sie waren immer bon enfant,
und ich nehme an Ihrem Ergehen aufrichtigen Anteil – pa-
role d'honneur! Lassen Sie sich warnen! Gehen Sie von Rom
fort, sage ich Ihnen – sonst werden Sie krank werden und
sterben!«

Becky lachte; aber es war ein Lachen aus Wut und Zorn.
»Was?« sagte sie. »Soll ich arme kleine Frau ermordet werden? Wie romantisch! Hält sich Mylord Bravos statt der
Kuriere, und führt er Stilette im Gepäckwagen mit sich?
Bah! ich werde hierbleiben, und wäre es auch nur, um ihn zu
ärgern! Ich habe Freunde, die mich beschützen werden, solange ich hier bin.«

Nun war die Reihe zu lachen an Monsieur Fiche. »Die Sie
beschützen werden?« sagte er. »Wer sollte das sein? Der Ma-

jor, der Hauptmann und jeder von den Spielern, mit denen Madame verkehrt, würde Sie für hundert Louisdor ums Leben bringen. Wir wissen über Major Loder – der übrigens ebensowenig ein Major ist, wie ich Mylord der Marquis bin – Dinge, die ihn auf die Galeeren oder an einen noch schlimmeren Ort bringen würden. Wir wissen alles und haben überall Freunde. Wir wissen, mit wem Sie in Paris verkehrt und was für Verwandte Sie dort gefunden haben. Ja, Madame mag starr vor Staunen sein, aber es ist so! Wie kam es, daß kein Vertreter der englischen Regierung auf dem Kontinent Madame empfangen wollte? Sie haben jemand beleidigt, der nie vergibt und dessen Zorn sich verdoppelte, als er Sie erblickte. Er war gestern abend, als er nach Haus kam, wie ein Wahnsinniger. Madame de Belladonna machte ihm Ihretwegen eine Szene und hatte einen ihrer Wutanfälle.«

»Ah, so steckt also Madame de Belladonna dahinter?« fragte Becky ein wenig erleichtert; denn die vorher erhaltene Mitteilung hatte sie doch recht erschreckt.

»Nein, die spielt dabei keine Rolle – die ist immer eifersüchtig. Ich sage Ihnen, es handelt sich um Monseigneur. Sie haben unrecht getan, ihm wieder in den Weg zu treten. Und wenn Sie hier bleiben, werden Sie es bereuen. Beherzigen Sie, was ich Ihnen sage! Gehen Sie fort! Da ist Mylords Wagen!« Bei den letzten Worten ergriff er Becky am Arm und eilte, sie mit sich ziehend, in eine Seitenallee hinein, während Lord Steynes Equipage, mit glänzenden Wappen geschmückt und von edelsten Pferden gezogen, die Fahrstraße entlang gewirbelt kam. In den Kissen lehnte Madame de Belladonna, eine mürrisch und verdrießlich blickende Schönheit, die einen King Charles auf dem Schoß trug und einen weißen Sonnenschirm schützend über ihrem Haupt hielt. Neben ihr saß, lang ausgestreckt, der alte Steyne mit fahlem Gesicht und geisterhaften Augen. Haß, Zorn oder Begierde ließen diese Augen auch jetzt noch zuweilen aufleuchten;

aber gewöhnlich hatten sie keinen Glanz und schienen es
müde zu sein, eine Welt anzuschauen, deren Vergnügungen
und Schönheit für die abgestumpften Sinne des sündhaften
alten Mannes keinen Reiz mehr hatten.

»Monseigneur hat sich von der heftigen Erschütterung, die
er in jener Nacht erlitt, nie wieder erholt«, flüsterte Monsieur Fiche Mrs. Crawley zu, als der Wagen vorbeifuhr und
sie hinter den Büschen, die sie verbargen, nach ihm spähte.
›Das ist wenigstens ein Trost!‹ dachte Becky.

Ob Mylord wirklich mörderische Absichten gegen Mrs.
Becky hegte, deren Ausführung aber sein Gehilfe nicht übernehmen wollte, oder ob Monsieur Fiches Auftrag einfach
dahin ging, Mrs. Crawley aus der Stadt zu verscheuchen, in
der der Lord den Winter zu verleben beabsichtigte und wo ihr
Anblick dem vornehmen Edelmann außerordentlich unangenehm gewesen wäre – das ist ein Punkt, der sich nie hat
klarstellen lassen. Die Drohung tat jedoch bei der kleinen
Frau ihre Wirkung, und sie machte keinen Versuch mehr,
ihrem alten Gönner vor die Augen zu treten.

Alle Welt weiß von dem traurigen Ende dieses Edelmanns,
das in Neapel zwei Monate nach der Französischen Revolution im Jahre 1830 erfolgte, als der sehr ehrenwerte George
Gustavus, Marquis von Steyne, Graf von Gaunt und von
Gaunt Castle, Pair von Irland, Viscount Hellborough, Baron
Pitchley und Grillsby, Ritter des Hosenbandordens, des
Goldenen Vlieses von Spanien, des russischen St.-Nikolaus-
Ordens erster Klasse und des türkischen Halbmondordens,
erster Lord des Puderkabinetts und Kammerherr der Hinter-
treppe, Oberst des Milizregimentes Gaunt, des Leibregi-
mentes des Prinzregenten, Kurator des Britischen Museums,
Ehrenmitglied des Trinity House, Mitdirektor der White-
friarsstiftung und Doktor des Zivilrechts – einer Reihe von
Schlaganfällen erlag, die, wie die Zeitungen berichteten,
durch den tiefschmerzlichen Eindruck herbeigeführt wur-

den, den der Sturz der alten französischen Monarchie auf das
Gemüt Seiner Gnaden ausgeübt hatte.

In einer Wochenschrift erschien ein längerer Aufsatz, in dem
mit beredten Worten seine Tugenden, seine Hochherzig-
keit, seine Talente und seine guten Taten besprochen wurden. Sein Herz sei so weich, seine Anhänglichkeit an das er-
lauchte bourbonische Haus, mit dem verwandt zu sein er
sich habe rühmen können, so groß gewesen, daß er nicht
imstande gewesen sei, das Unglück seiner erhabenen Verwandten zu überleben. Sein Körper wurde in Neapel begraben, aber sein Herz – dieses Herz, das stets nur großmütige
und edle Gefühle gehegt hatte – wurde in einer silbernen
Urne nach Gaunt Castle gebracht. »An ihm«, sagte Mr.
Wagg, »haben die Armen und die schönen Künste einen frei-
gebigen Gönner, die Gesellschaft eine ihrer glänzendsten
Zierden und England einen seiner größten Patrioten und
Staatsmänner verloren.«

An sein Testament knüpften sich viele Streitigkeiten. Die
Erben machten den Versuch, von Madame de Belladonna
die Auslieferung des berühmten Diamanten zu erzwingen,
der den Namen ›das Judenauge‹ führte und den der Lord
stets am Zeigefinger getragen hatte; es wurde behauptet,
sie habe ihm dieses Juwel nach seinem viel beklagten Hinscheiden vom Finger gezogen. Aber der vertraute Freund
und Diener des Lords, Monsieur Fiche, bezeugte, daß Madame de Belladonna zwei Tage vor dem Tod des Marquis
sowohl den Ring wie auch die Banknoten, die Juwelen und
die italienischen und französischen Staatspapiere geschenkt
bekommen hatte, die sich im Schreibsekretär Seiner Gnaden
befunden hatten und die die Erben von der zu Unrecht beschuldigten Frau herausverlangten.

Am Tage nach der Begegnung am Spieltisch kleidete sich Joseph mit ungewöhnlicher Sorgfalt und Gewähltheit an. Ohne es für nötig zu befinden, irgendein Mitglied seiner Familie auch nur mit einem Wort von den Begebenheiten des vorhergehenden Abends zu unterrichten oder zur Teilnahme an seinem Spaziergang aufzufordern, ging er schon zu früher Tagesstunde aus, und bald darauf konnte man ihn an der Tür des Hotels zum Elefanten Erkundigungen einziehen sehen. Infolge der Festlichkeiten war das Haus voller Gäste. Um die Tische auf der Straße saßen bereits viele Menschen herum, die rauchten und das ortsübliche Dünnbier tranken, und die Gaststuben waren von Tabaksqualm erfüllt. Nachdem Mr. Joseph sich in seiner würdevollen Weise und in seinem unbeholfenen Deutsch nach der von ihm gesuchten Person erkundigt hatte, mußte er nach der empfangenen Auskunft zu den höchsten Räumen des Hauses hinaufsteigen – vorüber an den Zimmern des ersten Stocks, wo einige reisende Händler wohnten, die ihre Schmucksachen und Seidenstoffe zur Besichtigung ausgelegt hatten – vorüber am zweiten Stock, den der Generalstab der Spielbank inne hatte – vorüber auch an den Gemächern des dritten Stocks, wo eine berühmte böhmische Seiltänzer- und Gauklergesellschaft hauste – und immer höher hinauf bis zu den kleinen Dachstuben, wo unter Studenten, Hausierern, Handwerksburschen, Händlern und Landleuten, die zum Fest hereingekommen waren, auch Becky ein kleines Nest gefunden hatte – eine so schmutzige kleine Zufluchtsstätte, wie sie nur je einer Schönheit zum Versteck gedient hat.
Becky fand an diesem Leben Geschmack. Sie wußte mit jeder Sorte von Menschen, mit der sie dabei in Berührung kam, umzugehen: mit Hausierern, Spielern, Akrobaten, Studenten,

kurz, mit allen möglichen Leuten. Sie hatte von ihrem
Vater und ihrer Mutter, die beide aus Neigung und unter
dem Zwang der äußeren Umstände eine Art Zigeunerleben
geführt hatten, eine unruhige, unstete Natur geerbt. War
kein Lord zur Stelle, mit dem sie hätte sprechen können, so
machte es ihr das größte Vergnügen, mit seinem Kurier zu
plaudern. Der Lärm, die Unruhe, das Trinken und Rauchen,
das Geschwätz der jüdischen Händler, das großspurige,
prahlerische Wesen der armen Akrobaten, das geheimnisvolle Gerede der Angestellten der Spielbank, das Singen und
wichtigtuerische Benehmen der Studenten und das ganze
geräuschvolle Treiben dieses Ortes hatten der kleinen Frau
gefallen und ihre Nerven angenehm gekitzelt – selbst als es
ihr schlecht ging und sie kein Geld hatte, um ihre Rechnung
zu bezahlen. Wieviel angenehmer mußte ihr dieses alles jetzt
sein, da ihre Börse mit dem Geld gefüllt war, das der kleine
George am vorhergehenden Abend für sie gewonnen hatte!
Als Joseph keuchend mit seinen knarrenden Stiefeln die letzte
Treppe hinaufgestiegen war und den Flur erreicht hatte,
war er zunächst ganz außer Atem und mußte sich den
Schweiß vom Gesicht abtrocknen. Dann begann er sich nach
dem Zimmer Nr. 92 umzusehen, wo er die von ihm ge-
suchte Person finden sollte. Die Tür des gegenüberliegenden
Zimmers Nr. 90 stand offen; ein Student in Kanonenstiefeln
und einem schmutzigen Schlafrock lag auf dem Bett und
rauchte aus einer langen Pfeife, während ein anderer mit langen blonden Locken in einer sehr eleganten, aber gleichfalls
schmutzigen Hausjacke vor Nr. 92 auf den Knien lag und
der darin befindlichen Person in flehendem Ton etwas durch
das Schlüsselloch zurief.
»Gehen Sie weg!« sagte eine wohlbekannte Stimme, bei
deren Klang ein Zittern durch Josephs Körper lief. »Ich erwarte jemand. Ich erwarte meinen Großvater. Er darf Sie
hier nicht sehen.«

»Engelhafte Engländerin!« schrie der kniende Student mit
den hellblonden Locken und dem großen Siegelring, »haben
Sie Mitleid mit uns! Bestimmen Sie, wann Sie mit uns zu-
sammen sein wollen! Speisen Sie mit mir und Fritz in dem
Wirtshaus im Park! Wir wollen uns gebratene Fasanen und
Porter, Plumpudding und französischen Wein geben lassen.
Wir sterben, wenn Sie es uns abschlagen!«

»Jawohl, wir sterben!« bestätigte der junge Mann, der gegenüber auf dem Bett lag. Dieses Gespräch hörte Joseph mit
an, ohne es jedoch zu verstehen, weil er die Sprache, in der es
geführt wurde, nie gelernt hatte.

»Njuméro kattervän dus, si vous plaît«, sagte Joseph mit seiner vornehmsten Miene, sobald er wieder zu Atem gekommen war.

»Katterfän tus!« rief der Student aufspringend und rannte in
sein eigenes Zimmer, wo er die Tür hinter sich zuschloß. Joseph hörte, wie er mit seinem auf dem Bett liegenden Kameraden lachte.

Der Herr aus Bengalen stand noch ganz bestürzt über diesen
Zwischenfall da, als sich die Tür von Nr. 92 ohne sein Zutun
öffnete und Beckys Köpfchen schelmisch und munter heraus-
guckte. Sie erblickte Joseph. »Ah, Sie sind es!« sagte sie und
kam heraus. »Wie sehnlich ich Sie erwartet habe! Halt! Noch
nicht! In einer Minute dürfen Sie hereinkommen.« Schnell
schob sie ein Schminktöpfchen, eine Kognakflasche und einen
Teller mit Fleischresten in das Bett, strich sich das Haar glatt
und ließ dann ihren Besuch ein.

Statt eines Morgenrocks trug sie einen roten Domino, der
etwas verschossen und schmutzig und hier und da auch mit
Pomade befleckt war. Aber ihre Arme leuchteten aus den
losen Ärmeln des Gewandes sehr weiß und schön heraus,
und dieses war so geschickt um ihre Hüften zusammenge-
zogen, daß es die schlanke Gestalt der Trägerin nicht übel
zur Geltung brachte. Sie ergriff Josephs Hand und zog ihn

in ihre Dachstube. »Kommen Sie herein!« sagte sie. »Kommen Sie und erzählen Sie mir etwas! Setzen Sie sich da auf den Stuhl!« Bei diesen Worten drückte sie dem Zivilisten leise die Hand und nötigte ihn, sich niederzulassen. Sie selbst setzte sich auf das Bett – natürlich nicht auf die Flasche und den Teller – und begann nun mit ihrem alten Verehrer zu plaudern.

»Wie wenig die Jahre Sie verändert haben!« begann sie, indem sie ihn mit zärtlicher Anteilnahme betrachtete. »Ich würde Sie überall wiedererkannt haben. Welch ein Trost ist es doch, wenn man unter lauter Fremden wieder einmal das offene, ehrliche Gesicht eines alten Freundes erblickt!« Josephs Gesicht trug, um die Wahrheit zu sagen, in diesem Augenblick ganz und gar nicht den Ausdruck der Offenheit und Ehrlichkeit, sondern sah vielmehr sehr beunruhigt und verlegen aus. Er musterte das wunderliche kleine Gemach, in dem er seine alte Flamme wiedergefunden hatte. Eines ihrer Kleider hing über dem Bett, ein anderes an einem Türhaken. Ihr Hut verdeckte zur Hälfte den Spiegel, und auf dem Tischchen davor stand ein Paar allerliebster kleiner Goldkäferschuhe. Auf dem Nachttisch lag ein französischer Roman neben einer billigen Talglichtkerze. Becky hatte auch diese ins Bett stecken wollen, aber in der Eile nur die kleine Papiertüte ergriffen, mit der sie vor dem Einschlafen das Licht auszulöschen pflegte.

»Ich würde Sie überall wiedererkannt haben«, wiederholte sie. »Gewisse Dinge vergißt eine Frau niemals. Und Sie waren der erste Mann, den ich jemals – den ich jemals sah.«

»Ich? Wirklich?« erwiderte Joseph. »Gott steh mir bei! Das ist doch nicht Ihr Ernst!«

»Als ich mit Ihrer Schwester von Chiswick kam, war ich fast noch ein Kind«, antwortete Becky. »Wie geht es dem lieben, guten Wesen? Oh, ihr Gatte war ein böser, arger Mann, und natürlich war ich es, gegen die sich die Eifersucht der lieben armen Amelia richtete. Als ob ich mir aus dem etwas gemacht hätte, du lieber Gott, während doch ein andrer da war – aber nein – wir wollen nicht von alten Zeiten sprechen!« Sie führte ihr Taschentuch mit dem zerrissenen Spitzenbesatz über die Augen.

»Ist dies nicht ein seltsamer Aufenthaltsort für eine Frau, die in einer ganz anderen Welt gelebt hat?« fuhr sie fort. »Ich habe so viel Leid und Unrecht erduldet, Joseph Sedley, ich habe so schrecklich leiden müssen, daß ich manchmal dem Wahnsinn nahe bin. Ich habe nirgends Ruhe, sondern wandre immer unstet und unglücklich umher. Alle meine Freunde sind falsch gegen mich gewesen, alle! Es gibt keinen redlichen Menschen auf der Welt. Ich war das treueste Weib, das je gelebt hat, obgleich ich meinen Mann nur aus Ärger darüber heiratete, daß ein anderer – aber schweigen wir davon! Ich war ihm treu; aber er trat mich mit Füßen und verließ mich! Ich war die zärtlichste Mutter. Ich hatte nur ein Kind – meinen Liebling, meine einzige Hoffnung, meine ganze Freude! Ich hielt meinen Knaben mit der Liebe einer Mutter an mein Herz gedrückt – er war mein Leben, der Inhalt meiner Gebete, mein ein und alles – und er wurde mir genommen, wurde mir entrissen!« Sie preßte mit einer leidenschaftlichen Gebärde der Verzweiflung die Hand aufs Herz und verbarg ihr Gesicht für einen Augenblick in den Kissen des Betts.

Die darunter befindliche Kognakflasche stieß klirrend an den Teller mit der kalten Bratwurst. Beide waren offenbar durch diesen Schmerzensausbruch tief bewegt. Max und Fritz standen vor der Tür und horchten verwundert auf Mrs. Beckys Seufzen und Schluchzen. Auch Joseph war sehr erschrocken und gerührt, als er seine alte Flamme in solchem Zustand sah. Und nun begann sie sofort ihre Geschichte zu erzählen – eine so klare, schlichte, kunstlose Geschichte, daß, wer sie anhörte, felsenfest überzeugt sein mußte: wenn es je einen weiß gekleideten Engel gab, der dem Himmel entschlüpfte, um hienieden das Opfer der teuflischen Ränke boshafter Feinde zu werden, so war es dieses fleckenlose Wesen, diese unglückliche, unschuldige Märtyrerin, die hier Joseph gegenüber auf dem Bett saß – auf dem Bett, in dem die Kognakflasche versteckt war!

Sie hatten dann eine sehr lange, freundschaftliche und vertrauliche Unterredung, in deren Verlauf Joseph Sedley so beiläufig erfuhr – aber in einer Weise, die ihn nicht im geringsten kopfscheu machen oder ihm anstößig sein konnte –, daß Beckys Herz zuerst in seiner bezaubernden Nähe stärker zu pochen gelernt habe – daß George Osborne ihr allerdings in einer nicht zu rechtfertigenden Weise den Hof gemacht habe, wodurch wohl Amelias Eifersucht und die kleine Entfremdung zwischen den beiden Freundinnen zu erklären sei – daß aber Becky selbst den unglücklichen Offizier nicht im geringsten ermutigt, sondern nie aufgehört habe, an Joseph seit dem ersten Tag ihrer Begegnung zu denken, obgleich natürlich ihre Pflichten als Gattin hätten vorgehen müssen – Pflichten, die sie stets erfüllt habe und auch in Zukunft erfüllen werde, entweder bis zu ihrem Todestag oder bis zu dem Zeitpunkt, da das sprichwörtlich schlechte Klima, in dem Oberst Crawley lebe, sie von einem Ehejoch befreien werde, das ihr durch die Grausamkeit dieses Mannes verhaßt geworden sei.

Als Joseph fortging, war er überzeugt, daß sie nicht nur die bezauberndste, sondern auch die tugendhafteste aller Frauen sei, und er überlegte alle möglichen Mittel, ihr zu helfen. Ihre Verfolgungen, sagte er zu ihr, sollten ein Ende finden. Sie müsse in die Gesellschaft zurückkehren, deren Zierde sie gewesen sei. Er werde sehen, was dazu unternommen werden müsse. Sie müsse dieses Haus verlassen und eine ruhige Wohnung beziehen. Amelia müsse kommen und sie besuchen und als Freundin für sie sorgen. Er wolle die Sache ordnen
486

und sich mit dem Major beraten. Becky weinte beim Abschied Tränen aufrichtiger Dankbarkeit und drückte dem wohlbeleibten Herrn die Hand, als er sich ritterlich niederbeugte, um die ihrige zu küssen.

Becky geleitete Joseph mit so viel Höflichkeit und Anmut zur Tür ihres Dachstübchens, als ob dieses ein Palast wäre, in dem sie die Honneurs zu machen habe. Sobald aber der gewichtige Herr die Treppe hinabgestiegen und verschwunden war, kamen Max und Fritz mit der Pfeife im Mund aus ihrem Versteck hervor; und nun machte sich Becky den Spaß, Joseph vor diesen beiden Zuschauern nachzuäffen, während sie gleichzeitig ihr Brot mit Wurst aß und dazwischen immer einen Schluck von ihrem geliebten Grog trank.

Joseph begab sich mit feierlicher Miene in Dobbins Wohnung und machte ihn mit der rührenden Geschichte, die er soeben vernommen hatte, bekannt, ohne jedoch die Begegnung am Spieltisch vom vorhergehenden Abend zu erwähnen. Und während Becky ihr unterbrochenes déjeuner à la fourchette beendete, steckten die beiden Herren die Köpfe zusammen und berieten, wie man ihr am besten aus der Not helfen könne.

Wie war es zugegangen, daß sie in diese kleine Stadt gekommen war? Wie kam es, daß sie keine Freunde hatte und allein umherzog? Die kleinen Schuljungen lernen aus ihrem ersten lateinischen Lesebuch, daß der Abstieg auf dem Pfad zum Avernus sehr leicht ist. Wir wollen diese Lücke in der Geschichte ihres Niedergangs überspringen. Sie war jetzt nicht schlechter als in den Tagen ihres Glücks, nur in ihren äußeren Lebensumständen etwas heruntergekommen.

Mrs. Amelia aber war eine Frau von so weicher, törichter Gemütsart, daß, wenn sie hörte, jemand sei unglücklich, ihr Herz sofort inniges Mitleid mit dem Dulder empfand, und da sie selbst nie eine Todsünde geplant oder begangen hatte, so besaß sie auch nicht jenen Abscheu vor der Schlechtigkeit, der erfahrenere Moralphilosophen auszeichnet. Wenn sie jeden, mit dem sie zu tun hatte, durch ihre Freundlichkeit und Höflichkeit verwöhnte – wenn sie ihre Dienstboten wegen jedes Klingelrufs um Verzeihung bat – wenn sie sich bei dem Verkäufer, der ihr ein Stück Seidenzeug vorlegte, für seine Mühewaltung entschuldigte oder dem Straßenkehrer einen Knicks und eine schmeichelhafte Bemerkung über den sauberen Zustand seines Bezirks machte (und all solcher Torheiten war sie fähig): wieviel mehr mußte der Gedanke, daß eine alte Bekannte von ihr unglücklich sei, ihr das Herz bewegen! Und davon, daß jemand sein Unglück verdient haben könnte, wollte sie nie etwas hören. In einer Welt, die unter ihrer Gesetzgebung stände, würde es gewiß nicht sehr ordentlich zugehen; aber es gibt nicht viele Frauen von ihrer Art – wenigstens nicht unter den tonangebenden. Diese Frau würde, glaube ich, nicht nur alle Gefängnisse, Strafen, Handschellen und Peitschenhiebe, sondern auch Armut, Krankheit und Hunger in der Welt abgeschafft haben. Ja, wir müssen es gestehen, sie war ein so sanftmütiges Geschöpf, daß sie sogar eine tödliche Beleidigung vergessen konnte!

Als der Major von Joseph das rührende Abenteuer erfuhr, das diesem soeben begegnet war, zeigte er, wie wir leider bekennen müssen, nicht halb soviel Teilnahme wie der Herr aus Bengalen. Dobbins Empfindung war im Gegenteil ziemlich unangenehmer Art; und er machte mit Bezug auf die arme, unglückliche Frau folgende höchst unpassende Bemerkung: »So ist die kleine Hexe also wieder zum Vorschein gekommen?« Er hatte sie nie leiden können, sondern ihr von dem ersten Augenblick an, da ihre grünen Augen den seinigen begegnet und ihnen dann ausgewichen waren, gründlich mißtraut.

»Dieser kleine Teufel richtet überall, wo er sich zeigt, Unheil an«, sagte der Major unehrerbietig. »Wer weiß, was für ein Leben sie geführt hat! Und was hat sie hier im Ausland so allein zu suchen? Reden Sie mir nicht von Verfolgern und Feinden! Eine ordentliche Frau hat immer Freunde und lebt nie von ihrer Familie getrennt. Warum hat sie ihren Mann verlassen? Er mag ja ein unehrenhafter, schlechter Kerl gewesen sein, wie Sie sagen. Das war er von jeher. Ich erinnere mich des verdammten Gauners recht wohl und der Art, in der er den armen George zu betrügen und auszuplündern pflegte. War da nicht so eine Skandalgeschichte, als das Ehepaar auseinanderging? Mir ist, als hätte ich so etwas gehört«, sagte Major Dobbin, der sich um Klatsch nicht viel kümmerte; und Joseph bemühte sich vergebens, ihn davon zu überzeugen, daß Mrs. Becky eine durchaus tugendhafte Frau sei, die schweres Unrecht erlitten habe.

»Nun gut, wir wollen Mrs. George fragen«, antwortete der schlaue, diplomatische Major. »Gehen wir gleich hin und ziehen wir sie zu Rate! Sie werden wohl zugeben, daß sie jedenfalls ein gutes Urteil hat und weiß, was in solchen Sachen das richtige ist.«

»Hm! Emmy ist ja ziemlich verständig«, erwiderte Joseph, der zufällig nicht in seine Schwester verliebt war.

»Ziemlich verständig? Bei Gott, Sir, sie ist die vollkommenste Dame, die ich je in meinem Leben kennengelernt habe!« brauste der Major auf. »Ich wiederhole, wir wollen gleich zu ihr gehen und sie fragen, ob man dieses Weib besuchen soll oder nicht. Mit ihrem Urteil will ich mich zufrieden geben.« Der schändliche, hinterlistige Major glaubte nämlich seiner Sache sicher zu sein. Emmy hatte, wie er sich erinnerte, einst eine sehr heftige und berechtigte Eifersucht gegen Rebekka gehegt und ihren Namen nur mit Schauder und Widerwillen ausgesprochen. ›Eine eifersüchtige Frau vergibt nie‹, dachte Dobbin; und so gingen denn die beiden über die Straße nach Mrs. Georges Wohnung hinüber, wo diese gerade bei Frau Strumpff Gesangstunde hatte und in aller Seelenruhe ein Liedchen trillerte.

Als diese Dame sich verabschiedet hatte, brachte Joseph die Angelegenheit in der ihm eigenen geschraubten Redeweise zur Sprache. »Liebe Amelia,« fing er an, »ich habe soeben ein höchst merkwürdiges – ja, Gott steh mir bei! ein höchst merkwürdiges Abenteuer erlebt. Eine alte Freundin – ja, eine höchst interessante alte Freundin von dir – eine Freundin aus alten Zeiten, wie ich wohl sagen kann, ist soeben hier angekommen, und es wäre mir sehr lieb, wenn du ihr einen Besuch machen wolltest.«

»Eine Freundin!« erwiderte Amelia. »Wer ist es denn? Bitte, Major Dobbin, machen Sie mir meine Schere nicht entzwei!« Der Major wirbelte nämlich dieses Werkzeug an der kleinen Kette, an der es vom Gürtel ihrer Herrin herabhing, im Kreise umher und brachte dadurch seine eigenen Augen in Gefahr.

»Es ist eine Frau, die mir sehr zuwider ist«, sagte der Major mürrisch, »und die zu lieben auch Sie keinen Anlaß haben.«

»Es ist Rebekka. Ganz gewiß ist es Rebekka!« rief Amelia errötend und in großer Erregung.

»Sie haben recht wie immer«, antwortete Dobbin. Erinnerungen an Brüssel und Waterloo, an alte, längst vergangene Zeiten, an Kümmernisse und Qualen stürmten auf Amelias sanftes Herz ein und riefen darin einen schrecklichen Aufruhr hervor.

»Bringen Sie mich nicht mit ihr zusammen!« fuhr Emmy fort. »Ich kann sie nicht sehen!«

»Das habe ich Ihnen ja vorhergesagt«, sagte Dobbin zu Joseph.

»Sie ist sehr unglücklich und – und mehr dergleichen«, bat Joseph beharrlich. »Sie ist sehr arm und schutzlos. Und sie ist krank gewesen – sehr krank – und ihr Mann, der Schurke, hat sie verlassen.«

»Oh!« sagte Amelia.

»Sie hat keinen Freund auf der Welt«, fuhr Joseph nicht ungeschickt fort, »und sie sagte zu mir, sie glaube, auf dich rechnen zu können. Es geht ihr so jämmerlich, Emmy! Sie ist vor Kummer beinah wahnsinnig gewesen. Ihre Geschichte hat mich tief ergriffen – auf mein Ehrenwort, das hat sie getan! Ich kann wohl sagen, daß eine so grausame Verfolgung noch nie mit so engelhafter Geduld ertragen wurde. Ihre Familie ist schrecklich grausam gegen sie gewesen.«

»Das arme Geschöpf!« sagte Amelia.

»Und sie sagt, wenn sie keinen Freund finden könne, möchte sie am liebsten sterben«, redete Joseph mit leiser, zitternder Stimme weiter. »Gott steh mir bei! Weißt du, daß sie versucht hat, sich das Leben zu nehmen? Sie führt Opium mit sich – ich habe die Flasche in ihrem Zimmer gesehen – einem erbärmlichen, kleinen Zimmer – in einem Gasthaus dritten Ranges, dem ›Elefanten‹, ganz oben unter dem Dach. Ich bin selbst dort gewesen.«

Dies schien auf Emmy keinen Eindruck zu machen. Sie lächelte sogar ein wenig. Vielleicht stellte sie sich vor, wie Joseph die Treppe hinaufgekeucht sein mochte.

»Sie ist ganz außer sich vor Kummer«, hob er von neuem an. »Es ist ganz furchtbar zu hören, was die Frau für Qualen erduldet hat. Sie hatte einen kleinen Knaben, der in gleichem Alter wie George ist.«

»Ja, ja, ich glaube mich zu erinnern«, bemerkte Emmy. »Nun?«

»Er war das schönste Kind, das man je gesehen hat,« sagte Joseph – der ebenso dick wie leicht gerührt war und den Beckys Geschichte sehr erschüttert hatte – »ein wahrer Engel, der seine Mutter zärtlich liebte. Die Schurken rissen ihr das schreiende Kind aus den Armen und haben ihr nie gestattet, es wiederzusehen.«

»Lieber Joseph!« rief Emmy und sprang plötzlich auf. »Wir wollen augenblicklich hingehen und sie besuchen!« Sie lief in ihr anstoßendes Schlafzimmer, band sich in größter Hast den Hut auf den Kopf, kam mit dem Schal auf dem Arm wieder heraus und forderte Dobbin auf, sie zu begleiten.

Er trat zu ihr und legte ihr den Schal – es war ein weißer Kaschmirschal, den er ihr selbst aus Indien mitgebracht hatte – um die Schultern. Er sah, daß ihm nichts übrig blieb, als zu gehorchen. Sie schob ihre Hand unter seinen Arm, und sie gingen fort.

»Es ist Nummer 92, vier Treppen hoch«, sagte Joseph, der wohl keine große Lust hatte, noch einmal die Treppen hinaufzusteigen. Aber er stellte sich an das Fenster seines Wohnzimmers, von dem aus er den Platz, an dem der ›Elefant‹ liegt, überblicken konnte, und er sah die beiden über den Markt gehen.

Es war nur gut, daß auch Becky sie von ihrer Dachstube aus erspähte; denn sie und die beiden Studenten schwatzten und lachten dort sehr ungezwungen miteinander. Die Musensöhne machten ihre Witze über das Aussehen von Beckys ›Großpapa‹, dessen Ankunft und Abschied sie beobachtet hatten. So aber fand Becky noch Zeit, sie hinauszuschicken und ihr Stübchen in Ordnung zu bringen, ehe der Wirt des ›Elefanten‹, der Mrs. Osborne als eine am herzoglichen Hofe sehr in Gunst stehende Dame kannte und sie mit dementsprechender Hochachtung behandelte, die beiden Besucher die Treppe zum Dachgeschoß hinauf geleitete, wobei er Mylady und den Herrn Major durch fortwährende höfliche Redensarten zum Aufstieg ermutigte.

»Gnädige Frau, gnädige Frau!« rief der Wirt, indem er an Beckys Tür klopfte. Er hatte sie noch tags zuvor nur mit ›Madame‹ angeredet und war keineswegs höflich gegen sie gewesen.

»Wer ist da?« fragte Becky und steckte den Kopf heraus. Dann tat sie einen kleinen Schrei: da stand Emmy, vor Aufregung zitternd – und neben ihr Dobbin, der lange Major, mit seinem Stock!

Er stand ruhig da und beobachtete die Szene mit lebhaftem Interesse. Aber Emmy eilte mit offenen Armen auf Rebekka zu, vergab ihr augenblicklich alles und umarmte und küßte sie von ganzem Herzen. Ach, du arme Unglückliche, wie lange mochte es schon her sein, daß deine Lippen zum letztenmal so reine Küsse empfangen hatten?

EINUNDDREISSIGSTES KAPITEL
Amantium irae

Eine solche Herzlichkeit und Güte, wie sie Amelia bewies, mußte selbst auf das Herz einer so hartgesottenen kleinen Sünderin wie Becky Eindruck machen. Sie erwiderte Emmys Liebkosungen und freundliche Worte mit einem Gefühle, das der Dankbarkeit nahe verwandt war, und mit einer Rührung, die, wenn sie auch nicht lange vorhielt, doch in diesem Augenblick beinahe echt war. Das schreiende Kind, das man angeblich aus ihren Armen gerissen, war ein guter Einfall von ihr gewesen. Dieses herzzerreißende Unglück war es, wodurch Becky ihre Freundin wiedergewonnen hatte, und selbstverständlich war dies einer der ersten Punkte, worüber unsere arme, einfältige kleine Emmy mit ihrer wiedergefundenen Freundin zu sprechen begann.

»Also dein liebes Kind haben sie dir genommen?« rief die kleine Törin. »O Rebekka, meine arme, liebe, schwergeprüfte Freundin! Ich weiß, was es heißt, einen Sohn zu verlieren, und ich vermag es denen nachzufühlen, die einen verloren haben! Aber so Gott will, wird dir der deinige wiedergegeben werden, wie eine barmherzige Vorsehung mir den meinen zurückgeschenkt hat!«

»Das Kind – mein Kind? O ja, meine Qualen waren furchtbar«, gestand Becky, vielleicht nicht ohne einige Gewissensbisse. Es war ihr doch peinlich, daß sie auf so viel argloses Vertrauen gleich wieder mit Lügen erwidern mußte. Aber

dies ist eben der Fluch der ersten Unwahrheit. Sobald eine
Lüge fällig wird, muß man schon eine neue Wahrheitsfäl-
schung begehen, um die erste glaubhaft erscheinen zu lassen,
und so vermehrt sich unvermeidlich die Zahl deiner im Umlauf befindlichen Lügen, und die Gefahr der Entdeckung
wächst mit jedem Tag.

»Meine Qualen,« fuhr Becky fort, »als man ihn mir entriß,
waren schrecklich. Ich glaubte, ich müßte sterben. Aber
zum Glück bekam ich eine Gehirnentzündung. Der Arzt
gab mich auf, doch ich erholte mich wieder. Und nun bin ich
hier – arm und verlassen.«

»Wie alt ist er?« fragte Emmy.

»Elf«, antwortete Becky.

»Elf?« rief die andere. »Aber er wurde ja doch im gleichen
Jahr geboren wie mein George, und der ist jetzt –«

»Ich weiß, ich weiß!« fiel Becky ein, die in der Tat das Alter
des kleinen Rawdon völlig vergessen hatte. »Der viele Kummer ist daran schuld, daß ich so manches vergessen habe,
liebe Amelia. Ich bin sehr verändert, zuweilen halb irre. Er
war elf Jahre alt, als man ihn mir nahm. Gott segne sein süßes
Gesichtchen! Ich habe es seitdem nie wieder gesehen.«

»War er blond oder brünett?« fragte die törichte kleine
Emmy weiter. »Zeige mir doch eine Locke von ihm!«

Becky mußte beinahe über Emmys Einfalt lachen. »Heute
nicht, Liebste! Ein andermal, wenn meine Koffer aus Leipzig,
von wo ich hierher gekommen bin, eintreffen werden. Auch
ein kleines Bild von ihm will ich dir zeigen, das ich in glücklichen Tagen gezeichnet habe.«

»Arme Becky, arme Becky!« sagte Emmy. »Wie dankbar,
wie dankbar muß ich dem Himmel sein!« (Ich zweifle allerdings, ob jene Betätigung der Frömmigkeit, zu der wir in
früher Jugend von unseren Müttern und anderen weiblichen
Wesen angehalten werden, nämlich dem Himmel dankbar
zu sein, weil es uns besser geht als anderen, eine sehr ver-

494

nünftige Religionsübung ist.) Und dann dachte sie wie gewöhnlich, daß ihr Sohn doch der hübscheste, beste, klügste Knabe auf der ganzen Welt sei.

»Du sollst meinen George sehen«, war das Beste, was Emmy ersinnen konnte, um Becky zu trösten. Wenn irgend etwas ihr wohltun konnte, so mußte es das sein.

So plauderten die beiden Frauen eine Stunde oder noch länger miteinander, und Becky benutzte diese Gelegenheit dazu, ihrer neuen Freundin in aller Ausführlichkeit und Vollständigkeit eine eigenartige Darstellung ihrer Lebensgeschichte zu geben. Sie setzte ihr auseinander, daß ihre Heirat mit Rawdon Crawley von dessen Familie stets mit sehr feindseligen Augen angesehen worden sei. Ihre Schwägerin, ein hinterlistiges Weib, habe ihren Gatten gegen sie aufgehetzt. Er habe häßliche Bekanntschaften gemacht, die ihr sein Herz entfremdet hätten. Sie aber habe um des Kindes willen nicht nur Armut, sondern auch Vernachlässigung und Kälte von seiten des Mannes, den sie so heiß geliebt habe, geduldig ertragen. Schließlich habe sie sich durch die ärgste Beschimpfung gezwungen gesehen, eine Trennung von ihrem Gatten zu verlangen, da der Elende sich nicht gescheut habe, von ihr zu verlangen, sie solle ihren guten Ruf zum Opfer bringen, damit er durch die Vermittlung eines sehr vornehmen und einflußreichen, aber sittenlosen Mannes, des Marquis von Steyne, eine bessere Stellung erlangen könne. Der schändliche Bösewicht!

Über diesen Teil ihrer ereignisreichen Geschichte berichtete Becky mit dem feinsten weiblichen Zartgefühl und mit tugendhaftester Entrüstung. Nachdem sie durch diese Beleidigung gezwungen worden sei, aus dem Hause ihres Gatten zu fliehen, habe der Nichtswürdige sich dadurch gerächt, daß er ihr das Kind genommen habe. So sei sie nun heimatlos geworden und müsse arm und elend, ohne Beschützer und ohne Freunde in der Welt umherziehen.

Emmy nahm diese Geschichte, die ihr sehr ausführlich erzählt wurde, so auf, wie es sich jeder, der mit ihrem Charakter bekannt ist, leicht denken kann. Sie bebte vor Empörung bei dem Bericht über das Benehmen des schändlichen Rawdon und des sittenlosen Steyne. Ihre Augen drückten bei jedem Satz, in dem Becky schilderte, wie ihre aristokratischen Verwandten sie verfolgt hätten und ihr Mann sich von ihr abgewandt habe, ihre Bewunderung für das Verhalten ihrer Freundin aus. Becky schmähte ihren Mann nicht. Sie sprach eher mit Kummer als mit Zorn von ihm. Sie hatte ihn zu zärtlich geliebt – und war er nicht der Vater ihres Kindes? Als Becky ihre Trennung von ihrem Sohn beschrieb, verbarg Emmy ihr Gesicht hinter ihrem Taschentuch, so daß die vollendete kleine Schauspielerin mit der Wirkung, die ihr Spiel auf ihre Zuhörerin ausübte, höchst zufrieden sein konnte.

Während die Damen in ihrem Gespräch begriffen waren, stieg Amelias treuer Begleiter, der Major – der natürlich ihre Unterredung nicht stören, aber auch nicht länger auf dem engen Treppenflur, dessen Decke ihm den Hut abscheuerte, hin und her wandern mochte – zum Erdgeschoß des Hauses hinab und begab sich in das große Gastzimmer, von dem aus die Treppe hinaufführte. Dieser Raum war stets von Tabaksqualm erfüllt und reichlich mit Bier bespritzt. Auf einem schmutzigen Tisch standen einige Dutzend gleichartiger Messingleuchter mit Talglichtern für die Zimmergäste, deren Schlüssel in Reihen über den Leuchtern hingen. Emmy war errötend durch diesen Raum hindurchgegangen, wo sich eine bunt zusammengewürfelte Gesellschaft befand: Tiroler Handschuhhändler und Leinwandkrämer aus den Donaufürstentümern mit ihren Packen – Studenten, die sich mit belegten Butterbroten stärkten – Müßiggänger, die auf den von Bier schlüpfrigen Tischen Karten oder Domino spielten – Akrobaten, die in den Pausen zwischen den einzelnen Vor-
496

stellungen eine Erfrischung zu sich nahmen – kurz, der ganze fumus und strepitus eines deutschen Wirtshauses zur Jahrmarktszeit. Der Kellner brachte dem Major einen Krug Bier, als ob das eine ganz selbstverständliche Sache wäre; und dieser zog eine Zigarre hervor, um sich mit diesem schädlichen Kraut und einer Zeitung so lange zu unterhalten, bis seine Schutzbefohlene herunterkommen und seine Dienste wieder in Anspruch nehmen würde.

Bald darauf traten auch Max und Fritz mit schief aufgesetzten Mützen, klirrenden Sporen und langen, reich mit aufgemalten Wappen und dicken Troddeln verzierten Pfeifen herein. Sie hängten den Schlüssel von Nummer 90 an das Brett und bestellten sich Bier und Butterbrot. Die beiden ließen sich in der Nähe des Majors nieder und begannen eine Unterhaltung, von der er, ohne daß er es wollte, einen Teil mit anhörte. Das Gespräch drehte sich hauptsächlich um ›Füchse‹ und ›Philister‹, um Duelle und Kommerse in der benachbarten Universitätsstadt Schoppenhausen, von welcher berühmten Stätte der Wissenschaften sie kürzlich im Eilwagen – anscheinend in Gesellschaft Beckys – herübergekommen waren, um den Hochzeitsfestlichkeiten in Pumpernickel beizuwohnen.

»Die kleine Engländerin scheint hier en bays de gonnaissance zu sein«, sagte Max, der Französisch konnte, zu seinem Kameraden Fritz. »Als der fette Großpapa fort war, kam eine hübsche kleine Landsmännin zu ihr. Ich habe gehört, wie sie in dem Zimmer der kleinen Frau zusammen schwatzten und flennten.«

»Wir müssen Karten zu ihrem Konzert kaufen«, erwiderte Fritz. »Hast du Geld, Max?«

»Pah!« versetzte der andere, »das Konzert ist ein Konzert in nubibus! Hans hat mir erzählt, sie hätte in Leipzig eins angekündigt, und die Burschen hätten viele Karten dazu genommen; aber sie sei ohne gesungen zu haben abgereist.

Gestern in der Post behauptete sie, ihr Klavierspieler wäre in
Dresden krank geworden. Meiner Meinung nach kann sie
gar nicht singen. Ihre Stimme ist so brüchig wie deine, du
alter bierdurstiger Maulaufreißer!«

»Ja, brüchig ist sie. Ich habe gehört, wie sie an ihrem Fenster
eine schreckliche englische Ballade von einer auf dem Balkon
stehenden Rose übte.«

»Saufen und singen vertragen sich nicht miteinander«, bemerkte der rotnasige Fritz, der offenbar dem erstgenannten
Vergnügen den Vorzug gab. »Nimm ihr auf keinen Fall
Karten ab! Sie hat gestern abend Geld im Trente-et-quarante
gewonnen. Ich habe beobachtet, wie ein kleiner englischer
Knabe für sie setzen mußte. Wir wollen dein Geld hier oder
im Theater ausgeben, oder wir wollen sie im Aureliusgarten
mit französischem Wein und Kognak bewirten; aber Karten
wollen wir nicht kaufen. Wie denkst du darüber? Trinken
wir noch ein Seidel?« Und nachdem sie beide nacheinander
ihre blonden Schnurrbärte in das fade Getränk versenkt
hatten, wirbelten sie diese wieder in die Höhe und bummel-
ten auf den Jahrmarkt hinaus.

Der Major, der die beiden jungen Studenten den Schlüssel
von Nummer 90 hatte aufhängen sehen und ihre Unterhaltung mit angehört hatte, konnte nicht im Zweifel darüber
sein, daß sich ihr Gespräch auf Becky bezog. ›Dieser kleine
Weibsteufel treibt doch wieder sein altes Spiel‹, dachte er
und lächelte in Erinnerung an alte Zeiten, wo er ihr ver-
zweifeltes Liebäugeln mit Joseph und das lächerliche Ende
dieses Abenteuers miterlebt hatte. Er und George hatten
nachher oft darüber gelacht, bis einige Wochen nach Georges
Hochzeit auch dieser sich in den Netzen der kleinen Circe
verfing und mit ihr ein Verhältnis anknüpfte, das sein Kamerad allerdings argwöhnte, aber zu übersehen vorzog. William
fühlte sich zu sehr in tiefster Seele verletzt und schämte sich
zu sehr für seinen Freund, als daß er dieses schmachvolle Ge-
498

heimnis hätte ergründen mögen, wiewohl George ihm einmal, und zwar offenbar in einer Anwandlung von Reue, eine Andeutung darüber gemacht hatte. Es war am Morgen der Schlacht bei Waterloo, als die beiden jungen Männer im strömenden Regen zusammen vor der Front ihrer Soldaten standen und die dunklen Massen der Franzosen beobachteten, die die gegenüberliegenden Höhen besetzt hielten. »Ich habe mich in eine törichte Liebelei mit einer Frau eingelassen«, sagte George. »Ich bin froh, daß wir abmarschiert sind. Wenn ich falle, wird Emmy hoffentlich nie etwas von der Sache erfahren. Ich bereue ernstlich, die Geschichte angefangen zu haben!« Es war für William ein angenehmer Gedanke, und er hatte es auch oft der Witwe des armen George zum Trost erzählt, daß Osborne nach dem Abschied von seiner Frau und nach dem am ersten Tage stattgefundenen Kampf bei Quatre Bras zu seinen Kameraden ernst und liebevoll von seinem Vater und von seiner Frau gesprochen hatte. Diese Tatsache hatte William auch in seinen Gesprächen mit dem älteren Osborne nachdrücklich hervorgehoben und dadurch bewirkt, daß sich der alte Herr noch kurz vor seinem Tode mit dem Andenken seines Sohnes aussöhnte.
›Also dieser kleine Teufel setzt sein schändliches Treiben immer noch fort!‹ dachte William. ›Ich wünschte, sie wäre hundert Meilen von hier fort! Sie bringt überall, wohin sie kommt, Unglück mit sich.‹ Und indem er seinen Kopf mit beiden Händen stützte und die Pumpernickeler Zeitung von der vergangenen Woche ungelesen vor seiner Nase liegen hatte, hing er diesen trüben Ahnungen und unerfreulichen Gedanken nach. Da berührte jemand seine Schulter mit einem Sonnenschirm, und als er aufblickte, sah er Mrs. Amelia vor sich stehen.
Diese Frau hatte eine besondere Art, Major Dobbin zu tyrannisieren – denn auch die schwächsten Menschen üben gern über jemand eine Herrschaft aus. Sie schickte ihn hier-

hin und dorthin und ließ ihn dies und das holen und tragen, gerade als ob er ein großer Neufundländer wäre. Er sprang sozusagen auf ihren Befehl ins Wasser und trottete mit ihrem Strickbeutel im Maul hinter ihr her. Diese Geschichte hat ihren Zweck ganz und gar verfehlt, wenn der Leser noch nicht gemerkt hat, daß der Major ein verliebter Narr war.

»Warum haben Sie nicht auf mich gewartet, um mich die Treppe hinab zu begleiten?« fragte sie, indem sie den Kopf ein wenig zurückwarf und einen sehr spöttischen Knicks machte.

»Ich konnte auf dem Gang nicht aufrecht stehen«, antwortete er mit einem Blick, der in komischer Weise um Entschuldigung bat; und in seiner Freude darüber, daß er ihr seinen Arm reichen und sie aus diesem schrecklichen, verqualmten Raume hinausführen durfte, würde er weggegangen sein, ohne an den Kellner zu denken, wenn ihm nicht der junge Mann nachgelaufen wäre und ihn an der Schwelle des ›Elefanten‹ angehalten hätte, um sich von ihm das Bier, das der Major nicht getrunken hatte, bezahlen zu lassen. Emmy lachte, nannte ihn einen ganz schlechten Menschen, der den Wirt um die Zeche prellen wolle, und machte wirklich ein paar Scherze über das Verhalten des Majors und das Dünnbier. Sie war sehr angeregt und heiter und trippelte mit flinken Schritten über den Marktplatz. Sie wollte sofort mit Joseph sprechen. Der Major lachte über diese heftige Sehnsucht, die Mrs. Amelia bekundete; denn es kam allerdings nicht oft vor, daß sie ihren Bruder ›sofort‹ zu sprechen verlangte.

Sie fanden den Zivilisten in seinem Wohnzimmer im ersten Stock. Während Mrs. Osborne in dem Dachstübchen mit ihrer Freundin geplaudert und der Major unten im Gastzimmer auf dem schlüpfrigen Tisch einen Marsch getrommelt hatte, war Joseph fortwährend im Zimmer auf und ab gegangen, hatte an seinen Nägeln gekaut und wohl hundertmal über den Marktplatz hinweg nach dem ›Elefanten‹ gespäht; denn auch er brannte darauf, mit Emmy zu sprechen.

»Nun?« fragte er.

»Das arme, liebe Geschöpf! Was hat sie alles erdulden müssen!« antwortete Emmy.

»Gott steh mir bei, ja!« sagte Joseph und schüttelte dabei den Kopf, daß seine Backen wie Gelee zitterten.

»Sie kann das Zimmer der Payne bekommen, und die kann eine Treppe höher ziehen«, fuhr Emmy fort. Die Payne war Mrs. Osbornes englische Kammerjungfer, eine schon etwas ältliche Dienerin, der der Kurier pflichtschuldigst den Hof machte und die der kleine George mit Erzählungen von deutschen Räubern und Gespenstern schrecklich zu ängstigen pflegte. Sie tat den ganzen Tag über fast nichts anderes, als daß sie brummte, ihre Herrin triezte und alle Augenblicke die Absicht kundgab, am nächsten Morgen nach ihrem Heimatdorf Clapham abzureisen.

»Sie kann das Zimmer der Payne erhalten«, wiederholte Emmy.

»Was? Sie wollen doch nicht etwa sagen, daß Sie dieses Weib ins Haus zu nehmen beabsichtigen?« rief der Major erregt und sprang von seinem Stuhl auf.

»Das will ich allerdings«, erwiderte Amelia im harmlosesten Tone von der Welt. »Werden Sie nur nicht zornig und zerbrechen Sie nicht die Möbel, Major Dobbin! Natürlich wollen wir sie zu uns nehmen!«

»Natürlich, liebe Emmy!« fügte Joseph hinzu.

»Das arme Geschöpf!« fuhr Emmy fort. »Was hat sie nicht alles zu leiden gehabt! Ihr schändlicher Bankier hat Bankerott gemacht und ist davongegangen. Ihr Mann, der abscheuliche Bösewicht, hat sie verlassen und ihr das Kind weggenommen!« (Bei diesen Worten ballte sie ihre kleinen Fäuste und hielt sie mit drohender Gebärde dem Major vor die Nase, so daß er über den Anblick dieses furchtlosen Heldenweibes ganz entzückt war.) »Das arme, gute Ding steht nun ganz allein da und ist gezwungen, Gesangstunden zu geben, um sich ihr Brot zu verdienen – und da sollten wir sie nicht zu uns nehmen?«

»Nehmen Sie bei ihr Stunden, meine liebe Mrs. George«, rief der Major; »aber nehmen Sie sie nicht ins Haus! Ich bitte Sie inständig, tun Sie das nicht!«

»Puh!« sagte Joseph.

»Das sagen Sie, der Sie immer gut und freundlich sind oder es wenigstens immer waren? Ich bin erstaunt über Sie, Major William!« antwortete Amelia. »Wann soll man ihr denn helfen, wenn man es nicht jetzt tut, wo sie so unglücklich ist? Jetzt ist der richtige Augenblick, um ihr nützlich zu sein. Sie ist die älteste Freundin, die ich gehabt habe, und da sollte ich nicht –«

»Sie ist nicht immer Ihre Freundin gewesen, Amelia«, unterbrach sie der Major, in Zorn geratend. Diese Anspielung war jedoch mehr, als Emmy ertragen konnte! Sie sah dem Major mit einem beinahe grimmigen Blick ins Gesicht und sagte: »Schämen Sie sich, Major Dobbin!« Nachdem sie diesen Schuß abgefeuert hatte, verließ sie in majestätischer Haltung das Zimmer und warf heftig die Tür hinter sich und ihrer beleidigten Würde zu.

»Darauf anzuspielen!« sagte sie, als sie allein war. »Oh, es war grausam von ihm, mich daran zu erinnern!« Sie blickte zu Georges Bild auf, das dort wie gewöhnlich über dem Porträt des Knaben hing. »Es war grausam von ihm! Wenn *ich* es vergeben hatte, durfte *er* dann davon sprechen? Nein! Und dabei weiß ich aus seinem eigenen Mund, wie sündhaft und grundlos meine Eifersucht war und daß du rein warst. Ja, du warst rein, mein Heiliger im Himmel!«

Zitternd vor Aufregung und Empörung ging sie im Zimmer auf und ab. Sie lehnte sich an die Kommode, über der das Bild ihres Gatten hing, und schaute es lange, lange an. Seine

Augen schienen mit einem vorwurfsvollen Ausdruck auf sie herabzublicken, der immer strenger wurde, je länger sie hinsah. Die alten, teuren Erinnerungen an jenen weit zurückliegenden, kurzen Liebesfrühling stürmten wieder auf sie ein. Die Wunde, die im Laufe der Jahre nur oberflächlich vernarbt war, brach wieder auf und schmerzte – und so bitter! Sie konnte die Vorwürfe des Gatten, dessen Bild sie vor sich hatte, nicht ertragen. Nein, es durfte nicht sein! Niemals, niemals!

Armer Dobbin, armer alter William! Jenes unglückselige Wort hatte das Werk vieler Jahre vernichtet – hatte das mühevolle Gebäude eines langen Lebens voll Liebe und Treue zerstört – ein Gebäude, das auf dem unsichtbaren Grund verheimlichter Leidenschaften, unzähliger Seelenkämpfe und nie bekannt gewordener Opfer errichtet worden war. Ein kleines Wort war gesprochen worden, und der schöne Palast der Hoffnung stürzte zusammen! Ein Wort – und der Vogel, den er sein ganzes Leben hindurch an sich zu locken versucht hatte, flog davon!

Obgleich William aus Amelias Blicken ersehen hatte, daß eine gefährliche Spannung eingetreten war, fuhr er dennoch fort, Sedley in den entschiedensten Ausdrücken vor Rebekka zu warnen; und er beschwor ihn inständig, ja leidenschaftlich, sie nicht aufzunehmen. Er bat ihn, wenigstens vorher Erkundigungen über sie einzuziehen, und erzählte ihm, daß er gehört habe, sie verkehre mit Spielern und übel beleumundeten Leuten. Er wies ihn darauf hin, daß sie schon früher viel Unheil angerichtet habe – daß sie und Crawley den armen George ins Verderben gelockt hätten – und daß sie jetzt nach ihrem eigenen Geständnis, und wahrscheinlich aus triftigen Gründen, von ihrem Gatten getrennt lebe. Was für eine gefährliche Gesellschafterin werde sie für seine Schwester sein, die von weltlichen Dingen nichts verstehe! William beschwor Joseph mit dem Aufgebot aller seiner Be-

redsamkeit und mit weit mehr Beharrlichkeit, als dieser
ruhige Herr sonst an den Tag zu legen pflegte, Rebekka seinem Hause fernzuhalten.

Wäre er mit geringerer Heftigkeit oder mit größerer Geschicklichkeit verfahren, so hätte er mit seinen Bitten vielleicht Erfolg bei Joseph gehabt. Aber der Zivilist war durch
das überlegene Wesen, das der Major seiner Meinung nach
ihm gegenüber beständig herauskehrte, arg verstimmt. Er
hatte darüber sogar schon mit Herrn Kirsch, dem Kurier,
gesprochen, dessen Rechnungen Major Dobbin während dieser Reise prüfte, und dieser hatte seinem Herrn durchaus
beigestimmt. Joseph setzte nun zu einer Erwiderung an, in
der er großspurig erklärte, daß er seine Ehre selbst verteidigen könne und sich jede Einmischung anderer in seine An-
gelegenheien verbitte – kurz, er lehnte sich heftig gegen den
Major auf. Aber plötzlich wurde das Gespräch, das ziemlich
lange und stürmisch war, auf eine höchst einfache Art unterbrochen – nämlich durch den Eintritt Beckys und des Hausknechts vom ›Elefanten‹, der ihr sehr dürftiges Gepäck trug.
Sie begrüßte ihren künftigen Hausherrn mit ehrerbietiger
Herzlichkeit und machte dem Major Dobbin, in dem ihr
Instinkt sie sofort einen Feind erkennen ließ, der gegen sie
gesprochen habe, einen scheuen, aber freundlichen Knicks.
Das mit ihrer Ankunft verbundene Geräusch und Hinundherlaufen rief auch Amelia aus ihrem Zimmer herbei. Sie ging
auf Becky zu und umarmte sie mit der größten Wärme, wobei sie dem Major nur insofern Beachtung schenkte, als sie
ihm einen zornigen Blick zuwarf – vielleicht den ungerech-
testen und verächtlichsten Blick, der je von den Augen der
armen kleinen Frau ausgegangen war. Aber sie hatte dafür
ihre geheimen Gründe und hatte sich fest vorgenommen,
ihm zu zürnen. Dobbin aber, der sich weniger über seine
Niederlage als über das ihm widerfahrene Unrecht ärgerte,
verabschiedete sich mit einer Verbeugung, die ebenso hoch-

mütig war wie der Knicks, mit dem die kleine Frau ihn zu entlassen geruhte.

Als er gegangen war, bemühte sich Emmy mit besonderer Lebhaftigkeit und Zärtlichkeit um Rebekka und entfaltete bei der Unterbringung ihres Gastes einen Eifer und eine Geschäftigkeit, wie man sie an unserer ruhigen kleinen Freundin nur selten wahrnehmen konnte. Aber wenn eine Ungerechtigkeit einmal begangen werden soll – besonders von schwachen Leuten –, so ist es schon das beste, daß sie möglichst schnell ausgeführt wird; und Emmy war der Ansicht, daß sie durch ihr gegenwärtiges Benehmen nicht nur ein hohes Maß von Festigkeit und Schicklichkeitsgefühl, sondern auch die höchste Verehrung für den seligen Hauptman Osborne bekunde.

Der kleine George kam zur Essenszeit von den Festlichkeiten nach Hause und bemerkte, daß wie gewöhnlich vier Gedecke aufgelegt waren, ein Platz aber von einer Dame eingenommen war statt von Major Dobbin. »Nanu, wo ist Dob?« fragte der junge Herr in seiner gewöhnlichen ungezierten Ausdrucksweise. »Major Dobbin wird wohl anderswo speisen«, antwortete sein Mutter. Dann zog sie den Knaben an sich, küßte ihn mehrmals zärtlich, strich ihm das Haar aus der Stirn und stellte ihn Mrs. Crawley vor. »Dies ist mein Sohn, Rebekka«, sagte sie in einem Ton, als ob sie damit sagen wollte: ›Gibt es auf der Welt einen Jungen, der ihm gleicht?‹ Becky betrachtete ihn mit Entzücken und drückte ihm zärtlich die Hand: »Das liebe Kind!« sagte sie; »er ist ganz wie mein ...« Sie konnte vor Rührung nicht weitersprechen; aber Amelia verstand ebenso gut, als ob sie es ausgesprochen hätte, daß Becky an ihren eigenen innig geliebten Sohn dachte. Indessen übte die Gesellschaft ihrer Freundin eine tröstende Wirkung auf Mrs. Crawley aus, und sie ließ sich das Essen sehr gut schmecken.

Während der Mahlzeit hatte sie mehrmals Anlaß zu spre-

chen, wobei George sie ansah und aufhorchte. Beim Nach-
tisch hatte Emmy das Zimmer verlassen, um noch einige
häusliche Anordnungen zu treffen. Joseph war in seinem
Lehnstuhl über der Galignanischen Zeitung eingenickt. Ge-
orge und die neue Hausgenossin saßen dicht nebeneinander.
Er hatte sie mehrmals mit schlauem Blick angesehen; endlich
legte er den Nußknacker hin und sagte:
»Hören Sie mal!«
»Nun, was möchtest du?« fragte Becky lachend.
»Sie sind die Dame mit der Maske, die ich beim Rouge et
noir gesehen habe.«
»Sst, du kleiner, schlauer Kerl!« sagte Becky, indem sie seine
Hand ergriff und küßte. »Dein Onkel war auch da, und deine
Mama darf nichts davon wissen.«
»Nein, bewahre!« antwortete der kleine Bursche.
»Du siehst, wir sind schon ganz gute Freunde«, sagte Becky zu
Emmy, die in diesem Augenblick wieder hereinkam; und man
muß zugeben, daß Mrs. Osborne eine ebenso verständige wie
liebenswürdige Dame als Hausgenossin aufgenommen hatte.

William, der sehr empört war, obwohl er den gegen ihn im
Werke befindlichen Verrat noch nicht einmal in seinem ganzen Umfange kannte, lief wild in der Stadt umher, bis er auf
den Legationssekretär Tapeworm stieß, der ihn zum Dinner
einlud. Während sie bei Tisch saßen, nahm der Major Anlaß,
den Sekretär zu fragen, ob er eine gewisse Mrs. Rawdon
Crawley kenne, die, wie er glaube, in London einiges Aufsehen erregt habe; und nun erzählte Tapeworm, der selbstverständlich mit allen Londoner Klatschgeschichten vertraut
und außerdem auch noch ein Verwandter von Lady Gaunt
war, dem erstaunten Major eine solche Geschichte von Becky
und ihrem Gatten, daß der Frager ganz versteinert dasaß,
während der Verfasser dieses Buches, der sich zufällig an
demselben Tisch befand und das Vergnügen hatte, die Ge-

schichte mit anzuhören, den notwendigen Stoff zu seiner
Erzählung sammelte. Über Tufto, Steyne, die Crawleys und
ihre Geschichte, kurz über alles, was Becky und ihr bisheri-
ges Leben betraf, berichtete die böse Zunge dieses Diplomaten. Er wußte alles, was in der Welt vorging, und noch ein
gut Teil mehr. Mit einem Wort, er machte dem harmlosen
Major die überraschendsten Enthüllungen. Als Dobbin erzählte, daß Mrs. Osborne und Mr. Sedley Becky in ihr Haus
genommen hätten, brach er in lautes Gelächter aus, das den
Major ganz bestürzt machte, und fragte, ob sie nicht lieber
nach dem Gefängnis schicken und ein paar von den Herren
mit rasierten Köpfen und gelben Jacken, die paarweise zu-
sammengekettet die Straßen von Pumpernickel fegten, in
Kost und Wohnung nehmen wollten, damit sie bei dem kleinen
Schlingel George die Stelle von Hofmeistern versähen.
Diese Auskunft versetzte den Major in nicht geringes Staunen und Entsetzen. Es war am Morgen dieses Tages – vor
der Begegnung mit Rebekka – verabredet gewesen, daß
Amelia am Abend den Hofball besuchen sollte. Dort glaubte
der Major die Möglichkeit zu haben, ihr das Gehörte mitzuteilen. Er begab sich also nach Hause, legte seine Uniform
an und ging zu Hofe in der Hoffnung, dort Mrs. Osborne zu
treffen. Aber sie erschien nicht. Als er nach seiner Wohnung
zurückkehrte, waren im Sedleyschen Hause schon alle Lichter ausgelöscht. Er konnte Emmy also erst am nächsten
Morgen sprechen. Ich weiß nicht, wie es mit seiner Nachtruhe stand, da er dieses schreckliche Geheimnis mit ins Bett
nehmen mußte.
Am nächsten Morgen schickte er so früh, als es sich mit dem
Anstand vertrug, seinen Diener mit einem Briefchen hinüber, in dem er sie dringend um eine Unterredung bat. Er
erhielt den Bescheid, daß Mrs. Osborne sich sehr unwohl
befinde und ihr Schlafzimmer nicht verlassen könne.
Auch sie hatte die ganze Nacht über wach gelegen. Sie hatte

über eine Sache nachgedacht, die ihr Herz schon hundertmal vorher in Aufregung versetzt hatte. Hundertmal war sie schon so weit gewesen nachzugeben, aber jedesmal war sie wieder vor einem Opfer zurückgeschreckt, das nach ihrem Gefühl über ihre Kräfte ging. Sie konnte sich nicht dazu entschließen – trotz seiner Liebe und Treue und trotz ihrer eigenen gern zugestandenen Freundschaft, Achtung und Dankbarkeit. Was vermögen Wohltaten oder Treue und Verdienste? Eine Mädchenlocke, ein Barthaar bringen sofort die andere Waagschale zum Sinken. Und so wogen sie auch bei Emmy nicht schwerer als bei anderen Frauen. Sie hatte versucht, hatte gewünscht, ihnen ein höheres Gewicht zu geben; aber es war nicht gegangen. Und nun hatte die erbarmungslose kleine Frau einen Vorwand gefunden und beschlossen, sich frei zu machen.

Als der Major endlich am Nachmittag bei Amelia vorgelassen wurde, empfing er statt der freundlichen und herzlichen Begrüßung, an die er nun schon seit langer Zeit gewöhnt war, einen steifen Knicks und eine kleine im Handschuh steckende Hand, die unmittelbar, nachdem sie ihm gereicht war, wieder zurückgezogen wurde.

Rebekka war ebenfalls im Zimmer anwesend und kam ihm lächelnd mit ausgestreckter Hand entgegen. Dobbin trat einigermaßen verlegen zurück. »Ich – ich bitte um Verzeihung, Madame,« sagte er, »aber ich fühle mich verpflichtet, Ihnen zu sagen, daß ich nicht als Ihr Freund hierher gekommen bin.«

»Puh! Zum Henker, machen Sie keine Geschichten!« rief Joseph, der sehr beunruhigt war und dringend wünschte, daß ihm eine unangenehme Szene erspart bleiben möchte.

»Ich möchte wohl wissen, was Major Dobbin gegen Rebekka vorzubringen hat«, sagte Amelia mit leiser, aber deutlicher und nur ein wenig zitternder Stimme, während ihre Augen einen sehr entschlossenen Ausdruck annahmen.

»Nein, ich will so etwas in meinem Hause nicht haben«, fuhr
Joseph mit seinem Einspruch fort. »Ich sage Ihnen, ich will
es nicht, und ich ersuche Sie, Dobbin, dergleichen zu unterlassen.« Zitternd und dunkelrot werdend sah er sich rings
um, pustete einmal heftig und ging auf die Tür zu, die nach
seinem Zimmer führte.

»Lieber Freund«, sagte Rebekka mit engelhafter Milde,
»hören Sie doch an, was Major Dobbin gegen mich vorzubringen hat!«

»Ich will es nicht hören, sage ich«, kreischte Joseph in den
höchsten Tönen, schlug seinen Schlafrock zusammen und
verließ das Zimmer.

»Wir sind hier jetzt nur zwei Frauen«, sagte Amelia. »Jetzt
können Sie sprechen, Sir.«

»Dieses Benehmen gegen mich dürfte sich kaum für Sie ge-
ziemen«, antwortete der Major stolz; »auch glaube ich nicht
daß es meine Gewohnheit ist gegen Frauen roh zu sein. Es
ist für mich kein Vergnügen, die Pflicht zu erfüllen, um
derentwillen ich hergekommen bin.«

»Bitte, erledigen Sie es möglichst schnell, Major Dobbin!«
sagte Amelia, die immer mehr in eine gereizte Stimmung
hineingeriet. Dobbins Gesicht nahm einen sehr wenig freundlichen Ausdruck an, als sie in dieser gebieterischen Weise
sprach.

»Ich kam, um zu sagen – und da Sie hierbleiben, Mrs. Crawley, muß ich es in Ihrer Gegenwart sagen –, daß Sie meines
Erachtens zur Aufnahme in diese mir befreundete Familie
nicht geeignet sind. Eine Dame, die von ihrem Manne getrennt lebt, die unter falschem Namen reist, die öffentliche
Spielsäle besucht ...«

»Ich war dort auf den Ball gegangen«, rief Becky dazwischen.
»... ist keine passende Gesellschaft für Mrs. Osborne und
ihren Sohn«, fuhr Dobbin fort; »und ich kann hinzufügen,
daß es hier Leute gibt, die über Sie Bescheid wissen und über

Ihr Betragen Dinge zu wissen behaupten, die ich vor – vor Mrs. Osbornes Ohren nicht einmal erwähnen möchte.«

»Sie haben eine sehr anständige, angemessene Art, jemand zu verleumden, Major Dobbin«, erwiderte Rebekka. »Sie belasten mich mit einer schweren Anklage, ohne doch auszusprechen, welches Ihr Inhalt ist. Was wird mir zum Vorwurf gemacht? Untreue gegen meinen Gatten? Ich weise diese Anklage verächtlich zurück und behaupte, daß niemand sie beweisen kann – auch Sie nicht. Meine Ehre ist so fleckenlos wie die des erbittertsten Feindes, der mich je verleumdet hat. Oder klagen Sie mich deswegen an, weil ich arm, verlassen und unglücklich bin? Ja, dieser Vergehen bin ich schuldig und werde täglich dafür gestraft. Laß mich gehen, Emmy! Ich brauche mir nur vorzustellen, daß ich dir nicht begegnet wäre, und ich bin heute nicht schlechter daran als gestern. Ich brauche mir nur vorzustellen, daß die Nacht vorüber ist und die arme Wanderin sich wieder auf den Weg machen muß. Erinnerst du dich wohl noch an das Lied, das wir in alten Tagen, in lieben alten Tagen manchmal sangen? Ich bin seitdem fortwährend umhergewandert, eine arme Ausgestoßene – verachtet, weil ich unglücklich bin, und beschimpft, weil ich allein dastehe! Laß mich gehen! Mein Aufenthalt hier stört die Pläne dieses Herrn.«

»Das tut er in der Tat, Madame«, sagte der Major. »Wenn ich in diesem Hause irgendwelche Autorität besitze …«

»Autorität? Nein, keine!« rief Amelia heftig. »Rebekka, du bleibst bei mir! Ich werde dich nicht verlassen, weil du verfolgt worden bist, oder dich beschimpfen, weil – weil Major Dobbin es für gut befindet, dies zu tun. Komm mit, liebe Rebekka!« Die beiden Frauen wandten sich der Tür zu. William öffnete sie ihnen. Als sie aber hinausgehen wollten, ergriff er Amelias Hand und sagte: »Wollen Sie noch einen Augenblick bleiben und mit mir sprechen?«

»Er will mit dir unter vier Augen reden«, bemerkte Becky

mit der Miene einer Märtyrerin. Amelia drückte ihr als Antwort die Hand.

»Mein Ehrenwort, Sie sind es nicht, worüber ich sprechen möchte«, sagte Dobbin. »Kommen Sie zurück, Amelia!« Sie kam zurück. Dobbin machte Mrs. Crawley eine Verbeugung, als er die Tür hinter ihr schloß. Gegen den Spiegel gelehnt, sah Amelia den Major an. Ihr Gesicht und ihre Lippen waren ganz weiß.

»Ich habe vorhin in der Erregung gesprochen«, begann er nach einer kurzen Pause. »Ich habe das Wort ›Autorität‹ falsch angewandt.«

»Ja, das haben Sie getan!« antwortete Amelia, während ihr die Zähne aufeinanderschlugen.

»Wenigstens kann ich Anspruch darauf erheben, gehört zu werden«, fuhr Dobbin fort.

»Es ist sehr edel von Ihnen, daß Sie mich daran erinnern, wie sehr wir Ihnen verpflichtet sind«, erwiderte sie.

»Der Anspruch, den ich meine, ist der, der mir von Georges Vater verliehen wurde.«

»Ja, und Sie haben sein Andenken beschimpft! Ja, das haben Sie gestern getan. Sie wissen es wohl. Und das werde ich Ihnen nie vergeben. Nie!« sagte Amelia. Sie stieß jeden dieser kurzen Sätze heftig, vor Zorn und Erregung zitternd, hervor.

»Das sagen Sie doch wohl nicht im Ernst, Amelia?« versetzte William traurig. »Sie werden doch nicht meinen, daß diese Worte, die mir in einem Augenblick der Übereilung entfahren sind, schwerer ins Gewicht fallen als ein ganzes Leben voll treuer Hingebung. Ich glaube nicht, daß Georges Andenken durch die Art, wie ich von dem Toten gesprochen habe, beschimpft worden ist, und wenn wir dahin gelangt sind, Vorwürfe miteinander auszutauschen, so verdiene ich wenigstens keinen von seiner Witwe und von der Mutter seines Sohnes. Denken Sie darüber später nach, wenn

– wenn Sie Muße dazu haben werden, und Ihr Gewissen wird diese Anklage zurückziehen! Das tut es schon in diesem Augenblick!« Amelia senkte den Kopf.

»Auch meine gestrigen Worte«, fuhr er fort, »sind nicht die wahre Ursache Ihrer Erregung. Das ist nur der Vorwand, Amelia, oder ich müßte Sie ja fünfzehn Jahre lang vergeblich geliebt und beobachtet haben. Habe ich nicht in dieser Zeit alle Empfindungen Ihrer Seele lesen und Ihre Gedanken durchschauen gelernt? Ich weiß, wessen Ihr Herz fähig ist. Es kann treu an einer Erinnerung hängen und ein Phantasiegebilde lieben, aber es ist nicht imstande, eine solche Liebe zu empfinden, wie die meinige sie verdient und wie ich sie einer edelmütigeren Frau abgewonnen haben würde. Nein, Sie sind der Liebe, die ich Ihnen geweiht hatte, nicht würdig! Ich habe es längst gewußt, daß der Preis, um dessentwillen ich mein Leben eingesetzt hatte, den Gewinn nicht wert war und daß ich ein törichter und verliebter Narr war, die ganze Kraft und Glut meines Gefühls für den kleinen, unbedeutenden Rest von Liebe hingeben zu wollen, den Sie noch übrig haben. Ich will diesen Handel nicht länger fortsetzen. Ich trete zurück. Ich mache Ihnen keinen Vorwurf. Sie besitzen ein sehr gutes Herz und haben Ihr Bestes getan. Aber es war Ihnen nicht möglich – es war Ihnen schlechterdings unmöglich, sie zu der Höhe der Liebe zu erheben, die ich für Sie empfand und die zu besitzen und zu erwidern eine edelmütigere Frau vielleicht stolz gewesen wäre. Leben Sie wohl, Amelia! Ich habe Ihren Kampf beobachtet. Lassen Sie ihn enden! Wir sind beide seiner müde.«

Erschrocken und schweigend stand Amelia da, als William auf diese Weise plötzlich die Kette, an der sie ihn gehalten hatte, zerriß und ihr seine Unabhängigkeit und Überlegenheit zum Bewußtsein brachte. Er hatte so lange zu ihren Füßen gelegen, daß die arme kleine Frau sich daran gewöhnt hatte, auf ihm herumzutreten. Sie wollte ihn nicht heiraten, aber sie wünschte ihn für sich zu behalten. Sie wollte ihm nichts geben, verlangte aber, daß er ihr alles gebe. Es ist dies eine Art des Handels, die in der Liebe nicht selten vorkommt.

Williams Ausfall hatte sie ganz überwältigt und niedergeschmettert. Ihr eigener Angriff war schon längst vorbei und zurückgeschlagen.

»Soll das heißen – daß Sie – daß Sie fortgehen wollen, William?« fragte sie.

Er lachte bitter. »Ich ging schon einmal fort und kam nach zwölf Jahren wieder«, antwortete er. »Damals waren wir noch jung, Amelia. Leben Sie wohl! Ich habe schon einen zu großen Teil meines Lebens auf dieses Spiel verwandt.«

Während sie so miteinander sprachen, hatte sich die in Mrs. Osbornes Zimmer führende Tür ein ganz klein wenig geöffnet. Becky hatte nämlich die Hand auf dem Drücker gehabt und ihn in dem Augenblick, als Dobbin ihn losließ, wieder herumgedreht; so hörte sie jedes Wort des Gespräches, das zwischen den beiden stattfand. ›Was für ein edles Herz der Mann hat,‹ dachte sie, ›und was für ein schändliches Spiel die Frau mit diesem Herzen treibt!‹ Sie bewunderte Dobbin. Sie grollte ihm nicht wegen seines feindlichen Auftretens gegen sie. Das war ein offener Zug im Spiel gewesen, und es war dabei alles ehrlich zugegangen. ›Ach!‹ dachte sie, ›wenn ich mir einen solchen Mann hätte erobern können – einen Mann mit einem guten Herzen und mit einem guten Verstand! Aus seinen großen Füßen würde ich mir wahrhaftig nichts gemacht haben!‹ Plötzlich kam ihr ein Einfall. Sie lief in ihr Zimmer und schrieb ihm ein paar Zeilen, in denen sie ihn bat, noch einige Tage dazubleiben und die Abreise aufzuschieben, da sie ihm bei Amelia gute Dienste leisten könne.

Der Abschied war vorüber. Der arme William ging wieder zur Tür und verschwand. Die kleine Witwe aber, die dies alles angerichtet hatte, hatte ihren Willen durchgesetzt und den Sieg errungen und konnte sich nun darüber freuen, soviel sie wollte. Mögen die Damen sie um ihren Triumph beneiden!

Zur romantischen Stunde des Dinners erschien der junge Herr George und machte wieder eine Bemerkung darüber, daß ›der alte Dob‹ nicht da sei. Die Tischgesellschaft nahm ihre Mahlzeit schweigend ein. Josephs Appetit war unvermindert; aber Emmy aß gar nichts.

Nach dem Essen rekelte sich George auf den Kissen in dem großen, weit vorspringenden Erker, von dessen Glasfenstern aus man nicht nur die eine Seite des Marktplatzes mit dem ›Elefanten‹, sondern auch das gegenüberliegende Haus des Majors überblicken konnte. Seine Mutter saß, mit einer Arbeit beschäftigt, neben ihm. Da bemerkte der Knabe plötzlich Anzeichen einer besonderen Bewegung vor dem Hause des Majors auf der gegenüberliegenden Seite der Straße.

»Hallo!« rief er, »da ist ja Dobs Ratterkasten! Sie bringen ihn aus dem Hof heraus.« Der betreffende ›Ratterkasten‹ war ein Wagen, den der Major für sechs Pfund Sterling gekauft hatte und dessentwegen er viel geneckt worden war.

Emmy zuckte ein wenig zusammen, sagte aber nichts.

»Hallo!« fuhr George fort, »da kommt Franz mit Gepäck; und Kunz, der einäugige Postillion, führt seine drei Schimmel auf den Markt. Sieh nur mal seine Stiefel und seine gelbe Jacke an! Sieht er nicht zu verdreht aus? Aber was ist das? Sie spannen ja die Pferde an Dobs Wagen! Will er denn fort?«

»Ja,« antwortete Emmy, »er macht eine Reise.«

»Eine Reise? Und wann kommt er wieder zurück?«

»Er – er kommt nicht wieder zurück«, erwiderte Emmy.

»Er kommt nicht wieder zurück?« rief George und sprang auf, um wegzulaufen. »Bleib hier!« schrie Joseph. »Bleib hier!« wiederholte seine Mutter mit sehr traurigem Gesicht. Der Knabe blieb stehen. Dann rannte er im Zimmer umher, kniete sich auf den Fenstersitz und sprang wieder herunter – kurz, er zeigte alle Merkmale von Unbehaglichkeit und Neugier.

Die Pferde waren angespannt, das Gepäck festgebunden. Franz brachte seines Herrn Degen, Stock und Regenschirm, die zusammengebunden waren, heraus und legte sie in den Wagenkasten, während Dobbins Schreibmappe und sein altes blechernes Hutfutteral unter den Sitz geschoben wurden. Dann kam Franz mit dem mit rotem Kamelott gefütterten, fleckigen, blauen Mantel heraus, der seinen Eigentümer in den letzten fünfzehn Jahren so manches Mal eingehüllt und – um mit einem damals sehr beliebten Lied zu reden – ›manchen Sturm erlebt‹ hatte. Er war für den Feldzug von Waterloo neu angeschafft worden und hatte George und William in der Nacht von Quatre Bras bedeckt.

Der alte Burcke, der Hauswirt, kam heraus, dann Franz mit weiteren Gepäckstücken – den letzten – und endlich Major William, den Burcke zum Abschied umarmen wollte. Der Major wurde von allen Leuten, mit denen er zu tun hatte, vergöttert. Nur mit Mühe vermochte er sich diesem Liebesbeweis des Wirtes zu entziehen.

»Donnerwetter, ich will zu ihm!« schrie George. »Gib ihm dies!« sagte Becky eifrig und steckte dem Knaben einen Zettel in die Hand. In einem Augenblick war er die Treppe hinuntergestürmt und quer über die Straße gerannt. Der gelbe Postillion knallte sachte mit seiner Peitsche.

William, der sich aus den Armen seines Wirtes befreit hatte, war in den Wagen gestiegen. George sprang nach ihm hinein, schlang – wie die am Fenster Stehenden genau beobachten konnten – seine Arme um den Hals des Majors und begann ihn mit einer Menge von Fragen zu bestürmen. Sodann faßte er in seine Westentasche und gab ihm ein Blatt Papier. William griff hastig danach und schlug es mit zitternden Händen auseinander. Aber im nächsten Augenblick veränderte sich seine Miene; er zerriß das Papier und warf die Fetzen aus dem Wagen. Dann küßte er George auf die Stirn, und der Knabe, der sich beide Fäuste vor die Augen hielt,

wurde von Franz aus dem Wagen gehoben. Er blieb noch neben dem Wagen stehen, wobei er eine Hand auf den Schlag legte. »Fort, Schwager!« rief der Major. Der gelbe Postillion knallte gewaltig mit der Peitsche; Franz sprang auf den Bock; die Schimmel zogen an, und Dobbin ließ den Kopf auf die Brust sinken. Er blickte nicht auf, als sie unter Amelias Fenster vorbeikamen, und George, der allein auf der Straße zurückgeblieben war, brach vor allen Leuten in Tränen aus.
Emmys Mädchen hörte ihn in der Nacht von neuem schluchzen und brachte ihm eingemachte Aprikosen, um ihn zu trösten. Sie vereinigte ihre Wehklagen mit den seinigen. Alle armen, bescheidenen, ehrlichen und guten Menschen, die ihn kannten, liebten den gütigen, schlichten Herrn.
Und Emmy? Hatte sie nicht ihre Pflicht getan? Sie hatte Georges Bild, um sich damit zu trösten.

ZWEIUNDDREISSIGSTES KAPITEL
*Berichtet über Geburten, Trauungen
und Todesfälle*

Welches auch immer Beckys besonderer Plan sein mochte, durch den Dobbins treue Liebe mit Erfolg gekrönt werden sollte, so meinte die kleine Frau doch, daß sie guttue, ihn zunächst geheimzuhalten, und da ihr in der Tat keines Menschen Wohl so nahe lag wie ihr eigenes, so hatte sie viele Dinge zu überlegen, die sie selbst betrafen und ihr bedeutend wichtiger erschienen als Major Dobbins Lebensglück.
Sie befand sich plötzlich und unerwartet in einer netten, behaglichen Wohnung – umgeben von wohlmeinenden Freunden, gutherzigen, harmlosen Menschen, wie sie sie seit langer Zeit nicht getroffen hatte, und mochte sie auch durch den Zwang der Verhältnisse und eigene Neigung eine Nomadin sein, so gab es doch Augenblicke, da ihr eine Rast willkommen war. Wie der abgehärtetste Araber, der je auf

dem Höcker eines Dromedars durch die Wüste dahinjagte, von Zeit zu Zeit gern unter den Dattelpalmen einer Oase ausruht oder die Städte besucht, um durch die Basare zu wandern, sich in den Bädern zu erfrischen und in den Moscheen zu beten, ehe er sich wieder auf seine Raubzüge begibt: so erschienen auch dieser kleine Ismaeliterin Josephs Zelte und Fleischtöpfe sehr verlockend. Sie pflöckte ihre Stute an, hängte ihre Waffen auf und wärmte sich behaglich an seinem Feuer. Diese Ruhepause in ihrem unsteten, friedlosen Leben war ihr unaussprechlich süß und angenehm.

Da sie so für ihre eigene Person zufrieden war, bemühte sie sich nach Kräften, auch ihre ganze Umgebung zufriedenzustellen, und wir wissen, daß sie in der Kunst, sich angenehm zu machen, ein hervorragendes Talent besaß und große Erfolge erzielte. Was Joseph betrifft, so hatte sie schon bei der kurzen Unterredung in der Dachstube des Gasthauses ›Zum Elefanten‹ Mittel und Wege gefunden, sich einen großen Teil seiner alten Zuneigung zurückzuerobern. Im Laufe einer Woche wurde der Zivilist ihr geschworener Sklave und leidenschaftlicher Bewunderer. Er schlief nicht mehr nach dem Essen, wie er es sonst in der weniger anregenden Gesellschaft Amelias getan hatte. Er fuhr mit ihr in seinem offenen Wagen spazieren. Er gab ihr zu Ehren kleine Gesellschaften und veranstaltete Festlichkeiten. Der Legationssektretär Tapeworm, der so erbarmungslos alle möglichen Schlechtigkeiten von ihr erzählt hatte, kam einmal, um mit Joseph zu speisen, und von da an täglich, um Becky seine Aufwartung zu machen. Die arme Emmy, die nie sehr gesprächig gewesen und nach Dobbins Abreise noch trüber und schweigsamer war als je, geriet ganz in den Hintergrund, seit dieses sie weit überragende Genie auf der Bühne erschienen war. Der französische Geschäftsträger war ebenso entzückt von ihr wie sein englischer Nebenbuhler. Die deutschen Damen, die, namentlich Engländerinnen gegen-

über, nie übermäßig heikel in Fragen der Moral sind, waren
von der Klugheit und dem Witz der allerliebsten Freundin
Mrs. Osbornes ganz bezaubert; und obwohl Becky nicht die
Erlaubnis nachsuchte, bei Hofe erscheinen zu dürfen, hörten
doch die hohen, durchlauchtigen Herrschaften von ihrem
hinreißenden Wesen und waren sehr gespannt darauf, sie
kennenzulernen. Als bekannt wurde, daß sie einer alten
englischen Adelsfamilie angehöre und daß ihr Gatte Garde-
oberst, Exzellenz und Gouverneur einer Insel sei und von
seiner Gemahlin nur wegen einer jener unbedeutenden Miß-
helligkeiten getrennt lebe, die in einem Lande, wo man noch
›Werthers Leiden‹ liest und Goethes ›Wahlverwandtschaf-
ten‹ für ein erbauliches moralisches Buch hält, nicht schwer
ins Gewicht fallen: da weigerte sich niemand in der höchsten Gesellschaft des kleinen Herzogtumes, sie zu empfangen, und die Damen waren sogar noch eifriger, ihr das ›Du‹
anzubieten und ihr ewige Freundschaft zu schwören, als sie
vorher bereit gewesen waren, dieselben unschätzbaren Wohltaten Amelia zukommen zu lassen. Die Begriffe Liebe und
Freiheit werden eben von den biederen Deutschen in einer
Weise aufgefaßt, für die die braven Leute in Yorkshire und
Somersetshire kein rechtes Verständnis haben, und in manchen hochgebildeten, philosophischen deutschen Städten
könnte eine Dame sich soundso oft verheiraten und wieder
scheiden lassen, ohne dadurch ihre gesellschaftliche Stellung
einzubüßen. Seitdem Joseph ein eigenes Haus hatte, war es
darin noch nie so abwechslungsreich zugegangen wie jetzt
durch Rebekkas Gegenwart. Sie sang, sie spielte Klavier, sie
lachte, sie plauderte in zwei oder drei Sprachen, sie machte
durch ihre Anziehungskraft das Haus zu einem der begehr-
testen; aber sie redete Joseph ein, daß es seine eigenen großen gesellschaftlichen Talente und Geistesgaben seien, wodurch die vornehme Gesellschaft des Ortes veranlaßt werde,
sich um ihn zu sammeln.

518

Was Emmy betrifft, die nur insofern noch die Herrin des
Hauses war, als es ihr oblag, die Rechnungen zu bezahlen, so
entdeckte Becky bald das beste Mittel, sie zu trösten und ihr
zu gefallen. Sie sprach mit ihr beständig von Major Dobbin,
dem Emmy den Abschied gegeben hatte, und trug kein Bedenken, ihre Bewunderung für diesen vortrefflichen, hochherzigen Mann zum Ausdruck zu bringen und ihrer Freundin zu sagen, daß sie ihn höchst grausam behandelt habe.
Emmy verteidigte ihr Benehmen und bewies, daß ihr dies
nur durch die reinsten religiösen Grundsätze aufgezwungen
worden sei – und daß eine Frau, die sich einmal vermählt
habe – und zwar mit einem solchen Engel, wie ihr Gatte es
gewesen – für alle Ewigkeit gebunden sei. Doch hatte sie
nichts dagegen, daß Becky den Major vor ihren Ohren nach
Herzenslust lobte, ja sie brachte sogar selbst wohl ein dutzendmal am Tage das Gespräch auf Dobbin.
Mit Leichtigkeit fand Becky Mittel, die Gunst Georges und
der Dienerschaft zu gewinnen. Amelias Kammerjungfer war,
wie bereits bemerkt, dem edelmütigen Major von ganzem
Herzen ergeben. Obgleich sie anfangs Becky nicht hatte leiden können, weil diese die Ursache zu seiner Trennung von
ihrer Herrin geworden war, hatte sie sich doch später mit
Mrs. Crawley ausgesöhnt, da diese sich als Williams glühend-
ste Bewundrerin und Fürsprecherin erwies. Und bei den
nächtlichen Beratungen, die die beiden Damen nach ihren
Abendgesellschaften abhielten und bei denen Miß Payne die
gelben Locken der einen und die weichen, braunen Flech-
ten der anderen ausbürstete, legte dieses Mädchen immer
ein gutes Wort für den lieben, prächtigen Herrn Major ein.
Amelia aber ärgerte sich über die Fürsprache ihrer Kammerjungfer ebensowenig wie über Rebekkas Bewunderung für
diesen Mann. Sie veranlaßte George, regelmäßig an ihn zu
schreiben und in einer Nachschrift jedesmal freundliche
Grüße von der Mama zu bestellen. Wenn sie jetzt abends das

Bild ihres Gatten anblickte, sah es sie nicht mehr vorwurfsvoll an – vielleicht machte umgekehrt sie ihm Vorwürfe,
weil es an Williams Abreise schuld war.

Emmy fühlte sich nach ihrem heldenhaften Opfer nicht sonderlich glücklich. Sie war sehr zerstreut, nervös, schweigsam, und man konnte ihr schwer etwas recht machen. Ihre
Angehörigen hatten sie noch nie so reizbar gesehen. Sie wurde
blaß und kränklich. Sie sang jetzt häufig gewisse Lieder (eines
davon war ›Einsam bin ich, nicht alleine‹, jenes zärtliche Lie-
beslied von Weber, das beweist, daß in den altmodischen
Zeiten, da Sie, meine jungen Damen, noch kaum geboren
waren, die Menschen auch schon zu lieben und zu singen verstanden) – sie sang, sage ich, gewisse Lieder, die der Major
gern gehört hatte; und wenn sie sie in der Dämmerstunde
im Salon sang, brach sie manchmal mitten im Gesang ab und
ging in ihr anstoßendes Zimmer, wo sie ohne Zweifel bei
dem Bilde ihres Gatten Trost suchte.

Bei Dobbins Abreise waren einige Bücher dageblieben, in die
sein Name eingeschrieben war – zum Beispiel ein deutsches
Wörterbuch, auf dessen erstem Blatt ›William Dobbin,… stes
Regiment‹ zu lesen war; ferner ein Reisehandbuch mit seinen Anfangsbuchstaben und so noch ein paar andere Bände,
die ihm gehörten. Emmy räumte diese Bücher weg und legte
sie auf die Kommode, wo unter den Bildern der beiden Georges ihr Arbeitskästchen, ihre Schreibmappe, ihre Bibel und
ihr Gesangbuch ihre Plätze hatten. Auch seine Handschuhe
hatte der Major mitzunehmen vergessen, und tatsächlich
fand George, als er einige Zeit nachher in der Schreibmappe
seiner Mutter herumkramte, sie dort sauber zusammengefaltet in dem sogenannten Geheimfach auf.

Da Emmy sich aus dem Gesellschaftsleben nichts machte,
sondern sich dabei sehr langweilte, so bestand ihr Hauptvergnügen an den Sommerabenden darin, lange Spaziergänge
mit George zu machen. Während Rebekka dann bei Joseph

zurückblieb, pflegten Mutter und Sohn auf ihrer Wande-
rung von dem Major zu sprechen, und zwar in einer Weise,
die selbst den Knaben zum Lächeln brachte. Sie sagte ihm,
ihrer Meinung nach sei Major William der beste, der gütigste, sanfteste, tapferste und bescheidenste Mann von der
Welt. Immer und immer wieder erzählte sie ihm, daß sie alles,
was sie besäßen, der liebevollen Fürsorge dieses treuen Freundes zu verdanken hatten – daß er sich ihrer in ihrer Armut
und ihrem Unglück angenommen und sie beschützt habe,
als sie von aller Welt verlassen gewesen seien – daß ihn alle
seine Kameraden bewunderten, obgleich er nie von seinen
tapferen Taten rede – und daß Georges Vater zu ihm in einem
vertraulicheren Verhältnis gestanden habe als zu irgendeinem anderen Menschen und der gute William ihm stets
ein zuverlässiger Freund gewesen sei. »Ja, schon als dein
Papa noch ein kleiner Knabe war,« sagte sie, »hat er mir oft
erzählt, daß William ihn in der Schule, die sie beide besuchten, gegen einen herrschsüchtigen Mitschüler verteidigt
habe; und ihre Freundschaft hat von jenem Tage an bis zu
dem letzten, als dein lieber Vater fiel, ununterbrochen fort-
gedauert.«

»Hat Dobbin den Mann getötet, der meinen Papa erschlagen hat?« fragte George. »Das hat er gewiß getan, oder er
hätte es gewiß getan, wenn er ihn hätte erwischen können –
nicht wahr, Mutter? Wenn ich erst einmal Soldat bin, dann
werde auch ich die Franzosen hassen – aber gehörig!«

Mit solchen Gesprächen verbrachten Mutter und Sohn einen
großen Teil ihrer Zeit. Die harmlose Frau hatte den Knaben
zu ihrem Vertrauten gemacht. Er war Williams Freund wie
jeder, der den Major gut kannte.

Übrigens hatte Mrs. Becky, die nicht für weniger gefühlvoll
gelten wollte als Amelia, ebenfalls in ihrem Zimmer ein Porträt aufgehängt – zur Verwunderung und Belustigung der
meisten Leute, die es sahen, und zum Entzücken des Origi-

nals, das niemand anders war als unser Freund Joseph. Als die kleine Frau den Sedleys die Ehre erwies, bei ihnen einzuziehen, war sie mit einer auffällig kleinen, schäbigen Ausrüstung erschienen und hatte sich vielleicht der Dürftigkeit ihrer Koffer und Schachteln geschämt; daher sprach sie oft in prahlerischer Weise von ihrem Gepäck, das sie in Leipzig zurückgelassen habe und sich von dort nachschicken lassen müsse. Lieber Leser! wenn dir ein Reisender beständig etwas von seinem großartigen Gepäck vorerzählt, das er zufällig nicht bei sich habe, dann hüte dich vor ihm! Man kann zehn gegen eins wetten, daß er ein Betrüger ist.

Weder Joseph noch Emmy kannten diese wichtige Lebensregel. Es schien ihnen unerheblich, ob Becky wirklich eine Menge schöner Kleider in ihren bisher noch unsichtbaren Koffern besaß; jedenfalls versorgte Emmy, da die augenblickliche Ausstattung der wiedergewonnenen Freundin nur sehr dürftig war, sie aus ihren eigenen Beständen oder nahm sie zu der besten Schneiderin der Stadt mit und versah sie dort mit allem Nötigen. Jetzt trug Becky keine zerrissenen Kragen und verschossenen Seidenfähnchen mehr, die ihr von den Schultern herabrutschten! Mit ihrer neuen Lebensstellung änderte sie auch ihre Gewohnheiten. Der Schminktopf wurde in den Ruhestand versetzt; auch ein anderes Reizmittel, an das sie sich gewöhnt hatte, schaffte sie ab oder genoß es nur noch in aller Heimlichkeit – zum Beispiel wenn Emmy mit ihrem Jungen an Sommerabenden spazieren gegangen war und Joseph sie aufforderte, ein Glas Grog mit ihm zu trinken. Aber wenn sie dieser gefährlichen Neigung nicht mehr frönte, so tat dies der Kurier. Vor dem schurkischen Kirsch war die Flasche nie sicher, aber merkwürdigerweise konnte er hinterher nie genau sagen, wieviel er sich davon eigentlich zu Gemüte geführt hatte. Zuweilen war er selbst ganz überrascht, wie schnell Mr. Sedleys Kognak abnahm. Aber das ist ein heikler Gegenstand. Jedenfalls trank Becky aber nicht mehr so viel, wie sie es vor ihrer Aufnahme in diese anständige Familie getan hatte.

Endlich trafen die Koffer, von denen vorher so viel Wesens gemacht worden war, aus Leipzig ein. Sie waren aber weder groß noch glänzend; auch bemerkte man nicht, daß Becky, als sie nun angekommen waren, irgendwelche Kleider oder Schmucksachen daraus auspackte. Aber aus einem dieser Koffer, der eine Menge von Papieren enthielt – es war derselbe, den Rawdon damals durchwühlt hatte, als er so wütend nach Beckys verstecktem Geld suchte –, holte sie mit heiterer Miene ein Bild heraus, das sie in ihrem Zimmer aufhängte und dann Joseph zeigte. Es war das mit Bleistift gezeichnete Porträt eines Herrn, dessen Gesicht den Vorzug hatte, mit rosa Farbe ausgemalt zu sein. Er ritt auf einem Elefanten, und im Hintergrund erblickte man ein paar Kokospalmen und eine Pagode. Es war eine Szene aus dem Orient.

»Gott steh mir bei! Das ist ja mein Bild!« rief Joseph aus. Er war es wirklich – in blühender Jugend und Schönheit, angetan mit einer Nankingjacke nach der Mode von 1804! Es war das alte Bild, das immer in dem Haus am Russell Square gehangen hatte.

»Ich habe es auf der Versteigerung gekauft«, sagte Becky mit einer Stimme, die vor Rührung zitterte. »Ich war hingegangen, um zu sehen, ob ich meinen gütigen Freunden irgendwie nützlich sein könnte. Ich habe mich nie von diesem Bilde getrennt und will es auch nie tun.«

»Wirklich nicht?« rief Joseph, und auf seinem Gesicht malte sich unbeschreibliches Entzücken und befriedigtes Selbstgefühl. »Haben Sie es tatsächlich um meinetwillen so wert gehalten?«

»Sie wissen recht gut, daß es so war«, erwiderte Becky. »Aber wozu sollen wir davon sprechen? Wozu daran denken? Wozu in die Vergangenheit zurückblicken? Es ist jetzt zu spät!«

Die Unterhaltung an diesem Abend war für Joseph äußerst
genußreich. Emmy kam nur herein, um gute Nacht zu sagen; dann ging sie, da sie sehr müde und unwohl war, zu
Bett. Joseph und seine schöne Gefährtin aber hatten noch
ein entzückendes Tête-à-tête; und Amelia, die im anstoßenden Zimmer wach im Bett lag, konnte hören, wie Rebekka
ihm die alten Lieder von 1815 vorsang. Wunderbarerweise
schlief auch er in dieser Nacht ebensowenig wie Amelia.
Es war Juni und folglich Hochsaison in London. Joseph, der
den unvergleichlichen Galignani, den besten Freund des
Engländers im Ausland, täglich las, pflegte den Damen beim
Frühstück Auszüge aus dieser Zeitung zum besten zu geben.
Allwöchentlich enthält dieses Blatt einen vollständigen Bericht über die Veränderungen beim Heer, für die Joseph als
ein Mann, der den Militärdienst aus eigener Erfahrung
kannte, sich besonders interessierte. Eines Tages las er daraus folgendes vor: »Ankunft des ...ten Regiments. Graves-
end, den 20. Juni. Der Ostindienfahrer ›Ramchunder‹ ist,
mit 14 Offizieren und 132 Gemeinen dieses tapferen Regiments an Bord, heute morgen in den Fluß eingelaufen. Das
Regiment ist vierzehn Jahre von England fern gewesen, denn
ein Jahr nach der ruhmreichen Schlacht bei Waterloo, an der
es tätigen Anteil nahm, wurde es eingeschifft und hat sich
später im birmanischen Kriege ausgezeichnet. Der Oberst
des Regiments, Sir Michael O'Dowd, Ritter des Bathordens,
ein verdienter Veteran, nebst seiner Gemahlin und Schwester landete hier gestern mit den Hauptleuten Posky, Stubble,
Macraw, Malony – den Leutnants Smith, Jones, Thompson,
F. Thomson und den Fähnrichen Hicks und Grady. Das
Musikkorps an der Landungsbrücke spielte die National-
hymne, und die Volksmenge begrüßte jubelnd die tapferen
Veteranen, als sie sich in Waytes Hotel begaben, wo ein
prächtiges Festmahl für die Verteidiger Alt-Englands bereitstand. Während des Festessens, das, wie wir nicht erst

zu sagen brauchen, in Waytes bestem Stile hergerichtet war, dauerte das Hurrarufen draußen so begeistert fort, daß Lady O'Dowd und der Oberst auf den Balkon hinaustraten und ein Glas von Waytes bestem Rotwein auf die Gesundheit ihrer Landsleute leerten.«

Ein andermal las Joseph die kurze Nachricht vor, daß Major Dobbin sich seinem Regiment in Chatham angeschlossen habe; und etwas später machte er die Damen mit einem Bericht bekannt, aus dem hervorging, daß folgende Personen bei Hofe vorgestellt worden waren: Oberst Sir Michael O'Dowd, Lady O'Dowd (durch Mrs. Molloy Malony von Ballymalony) und Miß Glorvina O'Dowd (durch Lady O'Dowd). Dicht darunter stand Dobbins Name unter den Oberstleutnants; denn der alte Marschall Tiptoff war während der Überfahrt des ...ten Regiments von Madras nach England gestorben, und der König hatte geruht, den Oberst Sir Michael O'Dowd bei seiner Rückkehr nach England zum Range eines Generalmajors mit der Bestimmung zu befördern, daß er als Chef des ausgezeichneten Regiments, das er so lange befehligt hatte, weitergeführt werden solle.

Amelia hatte von einigen dieser Vorgänge bereits vorher Kenntnis erhalten. Der Briefwechsel zwischen George und seinem Vormund hatte keineswegs aufgehört; ja, William hatte seit seiner Abreise sogar ein paarmal an sie selbst geschrieben – aber in einem Ton, der, ohne etwas Gezwungenes zu haben, so kühl klang, daß die arme Frau nun ihrerseits fühlte, daß sie ihre Macht über ihn verloren hatte und daß er frei war, wie er es gesagt hatte. Er hatte sie verlassen, und sie fühlte sich unglücklich. Die Erinnerung an die zahllosen Dienste, die er ihr erwiesen hatte, und an seine edle, zärtliche Liebe drängte sich ihr jetzt auf und gestaltete sich zu Vorwürfen, die ihr Tag und Nacht keine Ruhe ließen. Ihrer Gewohnheit gemäß hing sie unausgesetzt diesen Erinnerungen nach. Sie erkannte nun die Reinheit und Schönheit dieser Zuneigung und schalt sich selbst, weil sie einen solchen Schatz verständnislos weggeworfen habe.

Es war jetzt in der Tat mit Williams Liebe vorbei. Er hatte sie völlig aufgebraucht. Er war selbst überzeugt, daß er sie nicht mehr so liebe, wie er sie früher geliebt hatte, und daß er sie nie wieder so lieben könnte: eine Liebe wie die, die er ihr so viele Jahre hindurch in unwandelbarer Treue entgegengebracht hatte, kann nicht weggeworfen und zerbrochen und dann wieder so zusammengeflickt werden, daß kein Riß davon zurückbleibt. Die unbesonnene kleine Tyrannin hatte seine Liebe zerstört. Nein! er mußte immer wieder denken: ›Ich selbst habe mich getäuscht und mir hartnäckig mit eitlen Hoffnungen geschmeichelt. Wäre sie der Liebe, die ich ihr bot, wert gewesen, so hätte sie sie schon längst erwidert. Es war ein törichter Irrtum. Ist nicht unser ganzes Leben eine Kette solcher Irrtümer? Und gesetzt, ich hätte sie mir errungen, würde ich nicht am Tage nach meinem Sieg enttäuscht gewesen sein? Warum sollte ich mich jetzt abhärmen oder mich meiner Niederlage schämen?‹ Je mehr er über diese lange Spanne seines Lebens nachdachte, um so deutlicher erkannte er, daß er sich getäuscht hatte. ›Ich will mich wieder ins Geschirr begeben und meine Pflicht in dem Stande tun, in den der Himmel mich gestellt hat‹, dachte er. »Ich will darauf aufpassen, daß die Rekruten ihre Knöpfe ordentlich blank putzen und die Sergeanten keine Fehler in ihren Rechnungen machen. Ich will meine Mahlzeiten im Kasino einnehmen und zuhören, wenn der schottische Regimentsarzt seine Geschichten erzählt. Wenn ich alt und dienstuntauglich sein werde, will ich in den Ruhestand treten und mich von meinen alten Schwestern auszanken lassen. ›Ich habe gelebt und geliebet‹, wie das Mädchen im Wallenstein sagt. Ich bin fertig. Bezahle die Rechnung, Franz, und bring mir eine Zigarre! Und erkundige dich, was heute im Theater gegeben wird! Morgen fahren wir mit dem ›Batavier‹ ab.«

Die vorstehende Rede, von der Franz nur den Schluß hörte, hielt der Major, während er in Rotterdam die Boompjes entlang spazierte. Der ›Batavier‹ lag im Hafen. Dobbin konnte den Platz auf dem Achterdeck sehen, wo er und Emmy bei der glücklichen Herreise gesessen hatten. Was mochte diese kleine Mrs. Crawley ihm zu sagen gehabt haben? »Ach was! Morgen wollen wir in See gehen und nach England, nach der Heimat, zu unserer Pflicht zurückkehren!«

Sobald der Juni zu Ende war, pflegten die Mitglieder der kleinen Hofgesellschaft von Pumpernickel sich nach deutscher Sitte zu zerstreuen und nach hundert verschiedenen Badeorten zu reisen, wo sie Brunnen tranken – auf Eseln ritten – im Kursaal ihr Glück im Spiel versuchten, wenn sie Geld und Lust dazu hatten – mit vielen anderen Leuten ihrer Art an der Table d'hote speisten – und auf diese Weise den Sommer mit Nichtstun verbrachten. Die englischen Diplomaten gingen nach Teplitz und Kissingen; ihre französischen Nebenbuhler schlossen ihre Kanzlei zu und eilten nach ihrem geliebten Boulevard de Gand. Auch die durchlauchtige regierende Familie reiste ins Bad oder zog sich auf ihre Jagdschlösser zurück. Jeder, der irgendwelchen Anspruch darauf erhob, zur besseren Gesellschaft zu gehören, ging fort, und mit ihnen natürlich auch der Hofarzt Doktor von Glauber und seine Gattin. Die Badesaison war alljährlich die einträglichste Zeit in seiner Praxis. Er vereinigte dann das Geschäft mit dem Vergnügen und ging in der Regel nach Ostende, das viel von Deutschen besucht wird und wo er und seine Frau sich ab und zu mal eine Welle über den Kopf gehen ließen. Der Doktor betrachtete Joseph, seinen interessanten Patienten, als eine regelrechte Milchkuh und überredete ihn leicht, zur Kräftigung sowohl seiner eigenen Gesundheit wie der seiner reizenden Schwester, die tatsächlich sehr angegriffen war, den Sommer in jener häßlichen Hafenstadt zuzubrin-

gen. Emmy war es ziemlich einerlei, wohin sie ging. George
aber hüpfte vor Freude, als er von der geplanten Veränderung hörte. Becky erhielt selbstverständlich den vierten
Platz in dem schönen Landauer, den Mr. Joseph gekauft
hatte; und die beiden Dienstboten mußten auf dem Bock
sitzen. Rebekka hatte vielleicht üble Ahnungen hinsichtlich
der Freunde, die sie dort treffen konnte und die möglicherweise häßliche Geschichten von ihr erzählen würden – aber
pah! sie war stark genug, ihre Stellung zu behaupten. Der
von ihr ausgeworfene Anker hatte in Josephs Herzen so fest
gefaßt, daß schon ein starker Sturm nötig war, um ihn los-
zureißen. Die Geschichte mit dem Bilde hatte ihn völlig besiegt. Becky nahm ihren Elefanten von der Wand und legte
ihn in die kleine Schatulle, die sie vor vielen Jahren von Amelia geschenkt bekommen hatte. Auch Emmy packte ihre
Laren, das heißt ihre beiden Porträts; und schließlich nahm
die Gesellschaft in einem ebenso teuren wie unbehaglichen
Hotel in Ostende Wohnung.

Hier begann Amelia nun Bäder zu nehmen, um ihre Gesundheit dadurch zu kräftigen; und wenn Becky auch von vielen
ehemaligen Bekannten, denen sie hier begegnete, geschnitten wurde, so merkte doch Mrs. Osborne, die sie begleitete
und keinen kannte, nichts von der Behandlung, die der
Freundin zuteil wurde, die sie sich mit so verständigem Urteil zur Gefährtin erwählt hatte. Becky selbst aber hielt es
natürlich nicht für angezeigt, sie auf das aufmerksam zu machen, was vor ihren arglosen Augen vorging.

Einige von Mrs. Rawdon Crawleys Bekannten zeigten sich
jedoch sehr bereitwillig, mit ihr wieder anzuknüpfen – vielleicht bereitwilliger, als sie selbst es wünschte. Zu diesen
gehörten der sogenannte Major Loder und Hauptmann
Rook, die täglich auf dem Hafendamm zu sehen waren, wo
sie rauchten und die Damen anstarrten, und die sich sehr
bald zu Mr. Joseph Sedleys gastlicher Tafel und gewähltem

Umgangskreis Zutritt zu verschaffen wußten. Sie ließen sich
einfach nicht abweisen, drangen in das Haus ein, ob Becky
anwesend war oder nicht, gingen in Mrs. Osbornes Salon, den
sie mit dem Duft ihrer Röcke und Schnurrbärte erfüllten, nannten Joseph ›alter Knabe‹, luden sich selbst bei ihm zum Dinner
ein und saßen dort stundenlang lachend und trinkend.
»Was meinen sie nur?« fragte George, der diese Herren
durchaus nicht leiden konnte, seine Mutter. »Ich habe gehört, wie der Major gestern zu Mrs. Crawley sagte: ›Nein,
nein, Becky, Sie sollen den alten Knaben nicht für sich allein
behalten. Wir müssen auch was davon abbekommen, oder
hol mich der Teufel, ich verpetze Sie!‹ Was meinte der Major damit, Mama?«
»Major! Nenne den Menschen nicht Major!« antwortete
Emmy. »Ich weiß wirklich nicht, was er damit gemeint hat.«
Seine Gegenwart und die seines Freundes flößten der kleinen
Frau eine schreckliche Furcht und einen unerträglichen Widerwillen ein. Sie sagten ihr in halbtrunkenem Zustand
plumpe Schmeicheleien und warfen ihr bei Tisch unziemliche Blicke zu. Und der Hauptmann bemühte sich um ihre
Gunst mit einer Zudringlichkeit, die sie mit Ekel und Schrek-
ken erfüllte, so daß sie nie mit ihm zusammen sein mochte,
wenn sie nicht George bei sich hatte.
Um Rebekka Gerechtigkeit widerfahren zu lassen, müssen
wir aber auch erwähnen, daß sie keinem dieser Männer erlaubte, mit Amelia allein zu bleiben; denn der Major war
ebenfalls ledig und hatte geschworen, er wolle sie zur Frau
gewinnen. Zwei Schurken kämpften um diese harmlose Unschuld und wetteiferten an ihrem eigenen Tisch um sie; und
wenn Amelia auch die Absichten dieser Kerle nicht ahnte,
so war ihr doch in ihrer Gegenwart ängstlich und unheimlich
zumute, und sie wünschte sehnlich, ihnen zu entfliehen.
Sie bat und beschwor Joseph, wieder mit ihr nach England zu
fahren. Er wollte nicht. Er war zu schwerfällig in seinen Ent-

schlüssen, hing zu sehr an seinem Arzt und war vielleicht auch durch andere Bande gefesselt. Becky trug jedenfalls kein Verlangen, nach England zu reisen.

Endlich faßte Amelia einen großen Entschluß; sie wagte den großen Sprung! Sie schrieb einen Brief an einen Freund, den sie jenseits des Kanals besaß – einen Brief, von dem sie niemand ein Wort sagte und den sie eigenhändig unter ihrem Schal nach der Post trug, ohne daß jemand etwas davon merkte. Doch sah sie sehr erhitzt und erregt aus, als George ihr begegnete, und am Abend küßte sie ihn wiederholt und beugte sich lange über ihn. Nach der Rückkehr von ihrem Gange verließ sie ihr Zimmer nicht mehr. Becky glaubte, sie fürchte sich vor Major Loder und dem Hauptmann.

›Sie darf nicht hier bleiben‹, sagte sich Becky. ›Sie muß fort, das törichte Närrchen! Sie jammert immer noch um ihren Mann, den eingebildeten Laffen, der schon fünfzehn Jahre unter der Erde liegt, was ein wahrer Segen ist! Sie soll keinen von diesen Männern heiraten. Es ist zu schändlich von Loder! Nein, sie soll das Bambusrohr heiraten – ich will die Sache noch heute abend in Ordnung bringen.‹

Becky trug also ihrer Freundin Amelia eine Tasse Tee auf ihr Zimmer und fand diese vor ihren beiden Porträts in sehr trübseliger und reizbarer Stimmung. Sie stellte die Tasse vor sie hin.

»Danke schön!« sagte Amelia.

»Hör einmal zu, Amelia!« begann Becky, indem sie vor ihr im Zimmer auf und ab ging und sie mit einer Art geringschätziger Freundlichkeit ansah. »Ich möchte dir etwas sagen. Du mußt von hier fort, um den Unverschämtheiten dieser Männer aus dem Wege zu gehen. Ich mag es nicht mit ansehen, daß sie dich belästigen; und wenn du hier bleibst, werden sie dir sicher zu nahe treten. Ich sage dir, es sind Schurken, die ins Gefängnis gehören. Woher ich sie kenne, tut nichts zur Sache. Ich kenne eben jeden. Joseph kann dich nicht beschützen; der ist zu fett und schwächlich und braucht

530

selbst einen Beschützer. Du bist ebensowenig imstande, in der Welt auf eigenen Füßen zu stehen wie ein Säugling. Du mußt heiraten, sonst gehst du mitsamt deinem prächtigen Jungen zugrunde. Du mußt einen Mann haben, du Närrin! Und einer der besten Männer, die ich kenne, hat dir schon hundertmal seine Hand angeboten, und du hast ihn zurückgewiesen, du törichtes, herzloses, undankbares kleines Geschöpf!«

»Ich habe versucht, ihn zu vergessen, ich habe es wirklich mit aller Kraft versucht, Rebekka,« antwortete Amelia in einem Tone, der um Entschuldigung bat, »aber ich vermochte es nicht.« Und sie beendete den Satz damit, daß sie zu dem Bild ihres Gatten emporblickte.

»Den hast du nicht vergessen können!« rief Becky, »diesen selbstsüchtigen Hansnarren, diesen ungebildeten Maulaffen, diesen aufgeblasenen Gecken, der weder Witz noch Benehmen noch Herz besaß und den dein Freund mit dem Bambusrohr ebenso weit überragt wie die Königin Elisabeth dich selbst! Weißt du was! Der Bursche war deiner überdrüssig und hätte dich sitzen lassen, wenn ihn nicht Dobbin gezwungen hätte, sein Wort zu halten. Das hat er mir selbst gestanden. Er hat sich nie etwas aus dir gemacht. Er hat sich wer weiß wie oft vor meinen Ohren über dich lustig gemacht und schon in der ersten Woche nach eurer Verheiratung eine Liebelei mit mir anzuknüpfen versucht.«

»Das ist nicht wahr! Das ist nicht wahr, Rebekka!« rief Amelia und sprang auf.

»Sieh dir einmal das hier an, du Törin!« sagte Becky, immer noch in bester Laune, zog ein kleines Blatt Papier aus dem Gürtel, faltete es auseinander und warf es Emmy in den Schoß. »Du kennst ja seine Handschrift. Das hat er mir geschrieben. Er wollte mit mir auf und davon gehen – gab mir das Briefchen vor deiner Nase, und den Tag darauf wurde er erschossen – was er nicht besser verdiente!«

Emmy hörte nicht mehr, was sie sagte. Sie blickte unverwandt auf den Brief. Es war derselbe, den George auf dem Ball der Herzogin von Richmond in den Strauß gesteckt und auf diese Weise Becky überreicht hatte. Es war so, wie Becky es gesagt hatte: der törichte junge Mann hatte sie tatsächlich aufgefordert, mit ihm zu fliehen.

Emmys Kopf sank auf die Brust, und sie weinte so ziemlich die letzten Tränen, von denen wir in dieser Geschichte zu berichten haben. Ihr Kopf sank auf die Brust, während ihre Hände sich gleichzeitig zu den Augen erhoben; und so ließ sie eine Weile ihren Gefühlen freien Lauf, indes Becky dabeistand und sie betrachtete. Wer könnte in ihr Herz blicken und von diesen Tränen sagen, ob sie süß oder bitter waren? Was war größer – ihr Schmerz über den Sturz des Götzenbildes, das sie ihr Leben lang verehrt hatte und das jetzt zerschmettert zu ihren Füßen lag – oder ihre Entrüstung über die Mißachtung und Verhöhnung ihrer Liebe – oder endlich ihre Freude über die Beseitigung der Schranke, die ihre Gewissenhaftigkeit zwischen ihr und ihrer neuen, wahren Neigung errichtet hatte? ›Jetzt besteht für mich kein Verbot mehr‹, dachte sie. ›Jetzt darf ich ihn von ganzem Herzen lieben. Oh, ich will es, ich will es tun, wenn er es mir nur erlaubt und mir vergibt!‹ Ich glaube, dies Gefühl war stärker als alle anderen Empfindungen, die ihr sanftes kleines Herz bewegten.

Sie weinte tatsächlich nicht so heftig, als Becky erwartet hatte. Diese suchte sie zu trösten und küßte sie – ein Zeichen freundlicher Teilnahme, das bei Mrs. Becky selten vorkam. Sie behandelte Emmy wie ein Kind und strich ihr liebkosend über das Haar. »Und nun«, sagte sie, »wollen wir Feder und Tinte nehmen und ihm schreiben, daß er augenblicklich kommen soll!«

»Ich – ich habe schon heute morgen an ihn geschrieben«, erwiderte Emmy, stark errötend.

Becky lachte hell heraus. »Un biglietto,« sang sie mit Rosina, »eccolo quà!« Das ganze Haus widerhallte von ihrem schmetternden Gesang.

Zwei Tage nach dieser kleinen Szene stand Amelia frühmorgens auf und wollte durchaus mit George einen Spaziergang auf dem Deich machen, obgleich es regnerisches, stürmisches Wetter war und sie in der Nacht fast gar nicht geschlafen, sondern immer dem Heulen des Windes gelauscht und alle Reisenden zu Lande und zu Wasser bedauert hatte. Sie ging auf dem Deich auf und ab und spähte, während der Regen ihr ins Gesicht schlug, westwärts über die dunkle Flut und die mächtigen Wellen, die schäumend und sich überschlagend ans Ufer gerollt kamen. Mutter und Sohn sprachen nicht viel; nur von Zeit zu Zeit richtete der Knabe einige freundliche und ermutigende Worte an seine furchtsame Begleiterin.

»Ich hoffe, er fährt bei solchem Wetter nicht über«, sagte Emmy.

»Ich wette zehn gegen eins, daß er es doch tut«, antwortete George. »Sieh nur, Mutter, dort ist der Rauch vom Dampfer!« Der Rauch war wirklich schon ziemlich deutlich zu sehen.

Aber wenn auch der Dampfer kam, so konnte doch Dobbin unter Umständen nicht an Bord sein. Vielleicht hatte er den Brief gar nicht erhalten – vielleicht wollte er auch nicht kommen. Hundert Befürchtungen drangen nacheinander auf das kleine Herz ein – so schnell wie die Wellen, die gegen den Deich heranstürmten.

Bald nach der Rauchwolke kam auch das Schiff in Sicht. George besaß ein zierliches kleines Fernrohr, mit dem er in sehr geschickter Weise des Dampfers habhaft wurde. Auch machte er sachverständige seemännische Bemerkungen über die Fahrweise des Schiffes, als dieses näher und näher kam und sich im Wasser hob und senkte. Das Signal ›Englischer Dampfer in Sicht‹ stieg flatternd an dem Mast auf der Mole empor; und ich glaube, daß Amelias Herz in ähnlicher Weise flatterte.

Emmy versuchte, über Georges Schulter durch das Fernrohr zu sehen, konnte aber nicht damit zurechtkommen. Sie sah nur einen schwarzen, länglichen Gegenstand, der vor ihren Augen auf und ab tanzte.

George nahm das Glas wieder selbst zur Hand und musterte das Schiff. »Wie es stampft!« sagte er. »Schwapp, da geht eine Welle über seinen Bug! Außer dem Steuermann sind nur zwei Leute auf dem Verdeck. Einer liegt am Boden, und dann ist da ein… Mann mit einem Mantel… und einem… hurra! es ist Dob, wahrhaftig!« Er schob das Fernrohr zusammen und umarmte seine Mutter. Was diese Dame betrifft, so wollen wir das, was sie tat, mit den Worten eines allbeliebten Dichters angeben: δακρυόεν γελάσασα. Sie war fest überzeugt, daß es William sei. Es konnte kein anderer sein. Wenn sie vorhin gesagt hatte, sie hoffe, er werde nicht kommen, so war dies alles nur Heuchelei gewesen. Selbstverständlich erwartete sie, daß er kommen werde! Was konnte er auch anderes tun? Sie wußte, daß er kommen werde.

Das Schiff kam schnell näher und näher. Als sie nach dem Landungsplatz am Kai gingen, um es dort zu empfangen, zitterten der armen Emmy die Knie so stark, daß sie kaum vorwärts kommen konnte. Sie hätte niederknien mögen, um Gott zu danken. ›Oh,‹ dachte sie, ›mein ganzes Leben lang will ich Gott dafür dankbar sein!‹

Es war so schlechtes Wetter, daß der Kai bei der Ankunft des Schiffes fast menschenleer war; man sah kaum einen Hoteldiener, der nach den wenigen Fahrgästen des Dampfers fahndete. Auch George, der kleine Schlingel, war spurlos verschwunden, als der Herr mit dem alten rotgefütterten Man-

tel das Ufer betrat; und so kam es, daß die folgende Szene
sich fast ohne Zeugen abspielte:
Eine Dame mit einem triefenden weißen Hut und einem
Schal lief dem Major mit ausgestreckten Händen entgegen
und war im nächsten Augenblick vollständig in den Falten
des alten Mantels verschwunden, wo sie eine seiner Hände
ununterbrochen mit heißen Küssen bedeckte, während er
die andere Hand vermutlich dazu brauchte, die Dame an sein
Herz zu drücken – an das sie mit ihrem Kopf gerade heran-
reichte – und sie vor dem Umfallen zu bewahren. Sie murmelte etwas wie »Vergib – lieber William – lieber, lieber,
liebster Freund!« worauf wieder ungezählte Küsse folgten,
und benahm sich unter dem Mantel überhaupt in einer ganz
närrischen Weise.
Als Emmy endlich darunter wieder hervorkam, hielt sie noch
immer eine von Williams Händen fest und blickte zu seinem
Gesicht auf, das den Ausdruck stiller Trauer, zärtlicher Liebe
und innigen Mitleids trug. Sie verstand den stummen Vorwurf, der darin lag, und senkte den Kopf.
»Es war hohe Zeit, daß du mich riefst, liebe Amelia«, sagte er.
»Nun wirst du nie wieder fortgehen, William!«
»Nein, niemals!« antwortete er und drückte die gute kleine
Seele noch einmal an sein Herz.
Als sie aus dem Zollhaus heraustraten, stürmte George mit
seinem Fernrohr auf sie zu und begrüßte den Ankömmling
mit fröhlichem Lachen. Dann tanzte er um das Paar herum
und vollführte auf dem Heimweg zahlreiche scherzhafte
Possen.
Joseph war noch nicht aufgestanden, und Becky ließ sich
nicht blicken, obwohl sie die Ankunft der drei durch die
Vorhänge beobachtet hatte. George rannte fort, um nach
dem Frühstück zu sehen. Emmy, deren Schal und Hut im
Flur in den Händen der Payne zurückgeblieben waren, trat
jetzt an William heran, um ihm beim Aufknöpfen seines

Mantels zu helfen. Wir aber, lieber Leser, wollen, wenn es dir recht ist, mit George gehen und ebenfalls nach dem Frühstück für Oberst Dobbin sehen. Das Schiff ist im Hafen. Dobbin hat den Preis errungen, um den er sein ganzes Leben lang gekämpft hat. Das Täubchen ist ihm endlich zugeflogen. Da ruht es dicht an seinem Herzen – mit dem Köpfchen auf seiner Schulter – und schnäbelt und girrt und bewegt flatternd die weichen, ausgebreiteten Schwingen. Dies ist es, wonach er seit achtzehn Jahren jeden Tag und jede Stunde verlangt hat. Dies ist es, wonach er sich gesehnt hat. Hier ist der Gipfel – das Ende – die letzte Seite des letzten Kapitels! Lebe wohl, guter Oberst! Gott segne dich, wackerer William! Lebe wohl, liebe Amelia! Grüne von neuem, du zarte kleine Schlingpflanze, an der rauhen alten Eiche, an die du dich klammerst!

Vielleicht war es ein unbehagliches Gefühl dem freundlichen, arglosen Geschöpf gegenüber, das sich ihrer als erstes im Leben angenommen hatte – oder vielleicht war es auch ihre Abneigung gegen derartige empfindsame Szenen: genug, Rebekka begnügte sich mit ihrem Anteil an dem Geschehen und trat dem Oberst Dobbin und der Dame, die er heiratete, nicht mehr unter die Augen. Sie gab an, ›besondere Geschäfte‹ riefen sie nach Brügge, und reiste dorthin ab. So waren nur George und sein Onkel bei der Trauung zugegen. Als diese vorüber war und George sich mit seinen Eltern, die zunächst allein auf Reisen gegangen waren, wieder vereinigt hatte, kehrte Mrs. Becky – ›nur auf ein paar Tage‹ – zurück, um den einsamen Junggesellen Joseph Sedley zu trösten. Dieser zog, wie er sagte, das Leben auf dem Kontinent vor und lehnte es daher ab, bei seiner Schwester und deren Gatten zu wohnen.
Emmy war von Herzen froh darüber, daß sie an ihren Gatten geschrieben hatte, ehe sie noch Georges Brief gelesen oder

von ihm gewußt hatte. »Mir war die Sache längst bekannt,« sagte William, »aber konnte ich mich dieser Waffe gegen das Andenken des armen George bedienen? Das war es eben, was mich so schmerzte, als du…«

»Sprich nie wieder von jenem Tage!« rief Emmy so zerknirscht und demütig, daß William das Gespräch auf etwas anderes lenkte und von Glorvina und der guten alten Peggy O'Dowd zu erzählen begann, mit denen er gerade zusammengesessen habe, als der Brief, der ihn zurückrief, ihm zugegangen sei. »Wenn du mich nicht gerufen hättest,« fügte er lachend hinzu, »wer weiß, welchen Namen Glorvina jetzt führen würde!«

Gegenwärtig heißt sie Glorvina Posky – jetzt Mrs. Major Posky. Sie nahm den Major nach dem Tode seiner ersten Frau, da sie sich vorgenommen hatte, nur innerhalb des Regiments zu heiraten. Auch Lady O'Dowd hängt so sehr an dem Regiment, daß sie erklärt, wenn ihrem Mick etwas zustoßen sollte, würde sie zurückkommen und einen von den Offizieren heiraten. Aber der Generalmajor erfreut sich der besten Gesundheit und führt in O'Dowdstown ein vornehmes Leben, wo er sich eine Koppel Jagdhunde hält und – wenn man allenfalls von seinem Nachbar Hoggarty von Castle Hoggarty absieht – der erste Mann in seiner Grafschaft ist. Seine Gemahlin tanzt noch immer Galoppwalzer und bestand auf dem letzten Ball beim Vizekönig von Irland darauf, diesen Tanz mit dem Landesstallmeister auszuführen. Sie und Glorvina behaupteten einmütig, Dobbin habe sich gegen die letztgenannte Dame ganz schändlich benommen; aber da Posky anbiß, tröstete sich Glorvina, und ein schöner Turban aus Paris besänftigte Lady O'Dowds Zorn.

Nachdem Oberst Dobbin seinen Abschied genommen hatte, was er unmittelbar nach seiner Verheiratung tat, mietete er sich ein hübsches kleines Landhaus in Hampshire, nicht weit von Queen's Crawley, wo Sir Pitt mit seiner Familie nach der Annahme der Reformbill dauernd wohnte. Von der Erlangung der Pairswürde konnte nicht mehr die Rede sein, da der Baronet seine beiden Sitze im Parlament eingebüßt hatte. Dieser Fehlschlag hatte nicht nur seinen Geldbeutel, sondern auch seinen Lebensmut und seine Gesundheit empfindlich geschwächt, und er prophezeite den nahen Untergang Englands.

Lady Jane und Mrs. Dobbin wurden gute Freundinnen; fortwährend fuhren die Ponywagen zwischen dem Schloß und dem Landhaus ›Immergrün‹, das der Oberst von seinem im Ausland weilenden Freund Major Ponto gemietet hatte, hin und her. Lady Jane stand Pate bei Mrs. Dobbins erstem Kind, das ihren Namen erhielt und von dem Reverend James Crawley getauft wurde, der die Pfarrstelle seines Vaters bekommen hatte. Auch zwischen den beiden Jungen, George und Rawdon, bestand eine recht innige Freundschaft. Sie gingen in den Ferien zusammen auf die Jagd, traten in dasselbe College in Cambridge ein und zankten sich um Lady Janes Tochter, in die sie natürlich beide verliebt waren. Eine Heirat zwischen George und dieser jungen Dame war lange Zeit ein Lieblingsplan der beiden Mütter; doch habe ich gehört, daß Miß Crawley selbst ihrem Vetter den Vorzug gab.

Mrs. Rawdon Crawleys Name wurde in keiner der beiden Familien mehr erwähnt, und es lagen allerdings Gründe vor, weshalb alle es für richtig hielten, von ihr zu schweigen. Denn überallhin, wohin sich Mr. Joseph Sedley begab, reiste sie mit, und der betörte Mann schien vollständig ihr Sklave geworden zu sein. Die Rechtsanwälte des Obersten benachrichtigten diesen, daß sein Schwager sein Leben sehr hoch versichert habe; daraus ließ sich mit großer Wahrscheinlichkeit schließen, daß er Geld aufgenommen hatte, um Schulden zu bezahlen. Auch hatte er sich seinen Urlaub von der Ostindischen Kompanie verlängern lassen, da sich sein Gesundheitszustand tatsächlich von einem Tage zum andern verschlechterte.

Als Amelia von der Versicherung hörte, beunruhigte sie sich und bat ihren Mann, nach Brüssel zu reisen, wo sich Joseph damals aufhielt, und dort Erkundigungen über die Sache einzuziehen. Der Oberst verließ seine Häuslichkeit nur ungern; denn er hatte sich ganz in seine ›Geschichte des Pandschabs‹ vergraben, die ihn auch jetzt noch beschäftigt, und war in großer Sorge um sein Töchterchen, das er abgöttisch liebt und das gerade die Windpocken durchgemacht hatte. Trotzdem reiste er nach Brüssel und fand Joseph in einem der Riesenhotels dieser Stadt, in dem er sich eingemietet hatte. Mrs. Crawley, die sich eine eigene Equipage hielt, Gesellschaften gab und auf sehr großem Fuße lebte, hatte eine andere Flucht von Zimmern in dem gleichen Hotel inne.

Der Oberst hatte selbstverständlich nicht den Wunsch, mit dieser Dame zusammenzukommen, und hielt es für zweckmäßig, seinen Schwager von seiner Ankunft in Brüssel nur ganz verschwiegen durch seinen Diener in Kenntnis zu setzen. Joseph ließ darauf den Obersten bitten, ihn an diesem Abend zu besuchen, da dann Mrs. Crawley auf einer Abendgesellschaft sei und sie beide allein miteinander sein würden. Der Oberst fand seinen Schwager in einem Zustand bedauernswerter körperlicher Schwäche und in schrecklicher Angst vor Rebekka, obwohl er sehr eifrig war, sie zu loben. Sie habe ihn während einer ganzen Reihe unerhörter Krankheiten mit bewundernswerter Treue gepflegt und sich geradezu wie eine Tochter gegen ihn benommen. »Aber – aber – um Gottes willen, zieht her und wohnt in meiner Nähe und – und – besucht mich einmal!« winselte der unglückliche Mann.

Die Stirn des Obersten verfinsterte sich, als er dies hörte. »Das können wir nicht, Joseph«, erwiderte er. »In Anbetracht der Umstände kann Amelia dich nicht besuchen.«

»Ich schwöre dir – ich schwöre dir auf die Bibel,« keuchte

Joseph und machte Miene, das Heilige Buch zu küssen, »daß sie so unschuldig ist wie ein Kind, so fleckenlos wie deine eigene Frau.«

»Mag sein,« erwiderte der Oberst düster, »aber Emmy kann nicht zu dir kommen. Sei ein Mann, Joseph! Brich dieses unziemliche Verhältnis ab! Komm nach Hause zu deiner Familie! Wir hören, daß deine Vermögensverhältnisse sich in keinem guten Zustand befinden.«

»In keinem guten Zustand?« rief Joseph. »Wer hat solche Verleumdungen erzählt? Mein ganzes Geld ist höchst vorteilhaft angelegt. Mrs. Crawley – das heißt – ich meine – es ist zu den besten Zinsen angelegt.«

»Also hast du keine Schulden? Warum hast du denn dann dein Leben versichert?«

»Ich dachte – ich wollte ihr ein kleines Geschenk machen – im Falle, daß mir etwas zustieße – und du weißt ja, wie bedenklich es mit meiner Gesundheit steht – nichts als gewöhnliche Dankbarkeit also. Dennoch beabsichtige ich, euch mein ganzes Vermögen zu hinterlassen. Ich kann die Versicherungsbeiträge von meinem Einkommen bezahlen – wahrhaftig, ich kann es!« rief Williams haltloser Schwager.

Der Oberst beschwor Joseph, unverzüglich zu fliehen. Er riet ihm, nach Indien zurückzukehren, wohin ihm Mrs. Crawley nicht folgen würde – kurz, kein Mittel unversucht zu lassen, um eine Verbindung zu lösen, die für ihn die verhängnisvollsten Folgen haben könne.

Joseph rang die Hände und beteuerte, er wolle nach Indien zurück. Er wolle alles tun, nur müsse man ihm Zeit lassen, und Mrs. Crawley dürfe nichts davon erfahren. »Sie – sie würde mich umbringen, wenn sie es erführe. Du weißt nicht, was für eine schreckliche Frau sie ist!« stöhnte der arme Teufel.

»Nun also, warum willst du denn nicht gleich mit mir kommen?« erwiderte Dobbin; aber Joseph hatte nicht den Mut dazu. Er bat Dobbin, am nächsten Morgen wiederzukom-

men. Er dürfe aber unter keinen Umständen sagen, daß er schon einmal dagewesen sei, und müsse jetzt fortgehen, da Becky zurückkommen könne. Dobbin verließ ihn mit trüben Ahnungen.

Er sah ihn tatsächlich nicht wieder; denn drei Monate später starb Joseph Sedley in Aachen. Es stellte sich heraus, daß sein ganzes Vermögen durch unglückliche Spekulationen verlorengegangen war und nur noch in wertlosen Aktien verschiedener schwindelhafter Gesellschaften bestand. Der einzige wirkliche Besitz, den er hinterließ, waren die zweitausend Pfund, mit denen er sein Leben versichert hatte und die er zu gleichen Teilen seiner ›geliebten Schwester Amelia, Gattin des Oberst Dobbin, und seiner unschätzbaren Freundin und Pflegerin Rebekka, Gattin des Oberstleutnants Rawdon Crawley‹, vermacht hatte; die letztgenannte Dame hatte er zur Testamentsvollstreckerin ernannt.

Der Rechtsbeistand der Versicherungsgesellschaft erklärte, dies sei einer der verdächtigsten Fälle, die ihm je vorgekommen seien. Er sprach davon, daß er eine Abordnung nach Aachen schicken wolle, um die Todesursache feststellen zu lassen; und die Gesellschaft verweigerte die Auszahlung der Versicherungssumme. Aber Mrs. oder Lady Crawley, wie sie sich jetzt nannte, kam sofort mit ihren Rechtsanwälten nach London und forderte die Gesellschaft sehr entschieden auf, Zahlung zu leisten. Sie und ihre Berater bestanden auf einer Untersuchung; sie erklärten, daß sie das Opfer einer schändlichen Verschwörung sei, die sie ihr ganzes Leben lang verfolgt habe; und sie setzten sich endlich durch. Das Geld wurde ausgezahlt und Beckys Ruf durch Zurückziehung der Verdächtigungen wiederhergestellt; aber Oberst Dobbin sandte seinen Anteil an der Hinterlassenschaft an die Versicherungsgesellschaft zurück und lehnte es mit großer Entschiedenheit ab, mit Rebekka irgendwelche Beziehungen zu unterhalten.

Sie war und wurde nie Lady Crawley, obgleich sie fortfuhr, sich so zu nennen. Seine Exzellenz Oberst Rawdon Crawley starb, allgemein beliebt und tief betrauert, auf Coventry Island am Gelben Fieber, genau sechs Wochen vor dem Hinscheiden seines Bruders Sir Pitt. Das Gut ging infolgedessen auf den jetzigen Baronet Sir Rawdon Crawley über.

Dieser hat es ebenfalls abgelehnt, seine Mutter wiederzusehen. Er gewährte ihr jedoch ein reichliches Jahrgeld, und sie scheint auch außerdem sehr wohlhabend zu sein. Der Baronet lebt mit Lady Jane und ihrer Tochter ständig in Queen's Crawley, während Rebekka, die sogenannte ›Lady Crawley‹, sich hauptsächlich in Bath und Cheltenham aufhält, wo eine sehr starke Partei von vornehmen Leuten sie für eine arg verkannte Frau hält. Sie hat natürlich auch Feinde. Aber wer hätte das nicht? Ihr Leben ist die beste Antwort auf die gegen sie gerichteten Beschuldigungen. Sie beschäftigt sich mit frommen Werken. Sie geht regelmäßig in die Kirche, und nie ohne einen Diener. Ihr Name steht auf allen Wohltätigkeitslisten. Die ›armen Obstverkäuferinnen‹, die ›alleinstehenden Waschfrauen‹ und die ›notleidenden Brezelmänner‹ finden in ihr eine großmütige, hilfsbereite Freundin. Sie ist immer als Helferin auf den Basaren tätig, die zum Besten dieser unglücklichen Wesen veranstaltet werden. Als Emmy und der Oberst mit ihren Kindern vor einiger Zeit nach London kamen und einen dieser Basare besuchten, sahen sie sich ihr plötzlich gegenüber. Sie schlug demütig die Augen nieder und lächelte, als die kleine Gesellschaft vor ihr zurückwich. Emmy enteilte am Arm Georges – der mittlerweile ein schneidiger junger Herr geworden ist –, während der Oberst seine kleine Jane auf den Arm nahm, die er über alles in der Welt liebt – sogar mehr als seine ›Geschichte des Pandschabs‹.

›Er liebt sie mehr als mich‹, denkt Emmy mit einem Seufzer. Aber er hat nie zu Emmy ein Wort gesprochen, das nicht

542

gütig und freundlich gewesen wäre, und ist stets bemüht
gewesen, alle ihre Wünsche zu erfüllen.

Ach! Vanitas vanitatum! Wer von uns ist auf dieser Welt
glücklich? Wer von uns hat, was er wünscht, oder ist, wenn
er es hat, zufrieden? – Kommt, Kinder, wir wollen die Puppen in den Kasten tun; denn unser Stück ist aus.

NACHWORT

Als William Makepeace Thackeray (1811–1863) seinen
Roman *Vanity Fair* (»Jahrmarkt der Eitelkeit«) veröffentlichte, war er kein Unbekannter mehr auf der literarischen
Bühne Englands in den 30er und 40er Jahren des 19.
Jahrhunderts. Mit der *Yellowplush Correspondence* (1837–
1838) und der Sammlung satirischer Porträts in *The Snobs
of England* (1846–1847) hatte er sich einen Namen als
scharfzüngiger Gesellschaftskritiker gemacht, verschiedene
Reisebücher (*The Paris Sketch Book*, 1840; *The Irish Sketch
Book*, 1843) ließen sein Talent für knappe, aber treffsichere
und humorvoll pointierte literarische Skizzen mit moralkri-
tischer Tendenz erkennen, der Roman *The Luck of Barry
Lyndon* (1844) verschaffte ihm endgültig einen Platz in der
vorderen Reihe der zeitgenössischen englischen Roman-
ciers. Gewiß war er mit diesem Erfolg noch nicht aus dem
Schatten seines populären Rivalen Charles Dickens heraus-
getreten, aber ein Anfang war gemacht worden. Der endgültige Durchbruch, der ihn, mit den Worten Charlotte
Brontës, als »ersten der modernen Meister« (»the first of
modern masters«)[1] etablierte, glückte ihm dann mit der
Veröffentlichung des Romans *Vanity Fair* (1848).
Die Vorarbeiten zu diesem Roman müssen spätestens im
Jahre 1845 begonnen haben, als Thackeray den Entwurf der
ersten vier und des sechsten Kapitels dem Verleger Colburn

---

[1] *Letter to W. S. Williams*, 14. August 1848, in: *Thackeray. The critical heritage*, edd.
Geoffrey Tillotson and Donald Hawes, London 1968, p. 52.

vorlegte. Dieser zeigte sich jedoch an dem Projekt nicht interessiert. Es dauerte zwei Jahre, bis der Roman schließlich in Fortsetzungen, die jeweils drei bis vier Kapitel umfaßten, bei Bradbury und Evans unter dem Titel *Pen and Pencil Sketches of English Society* erscheinen konnte. Dieser Modus der Veröffentlichung eines längeren Erzählwerkes, der mit Dickens' *Pickwick Papers* (1836–1837) in Mode gekommen war, verlangte außerordentliche Arbeitsdisziplin, denn der Autor mußte innerhalb eines eng gesteckten zeitlichen Rahmens und ohne Rücksicht auf sonstige Verpflichtungen die Fortsetzung für die jeweils nächste Nummer niederschreiben. Gleichzeitig zwang die Technik des Fortsetzungsromans zu neuen Überlegungen hinsichtlich der Konstruktion des Ganzen; weniger das einzelne Kapitel als vielmehr die abgeschlossene monatliche Nummer mußte eine gewisse kompositorische Einheit bilden. Insbesondere der Schluß der Nummer beanspruchte die Aufmerksamkeit des Autors. Die Erzeugung erzählerischer Spannung, die den Leser ungeduldig auf die Fortsetzung im folgenden Monat warten ließ, gehörte zu den bevorzugten Kunstmitteln für seine wirkungsvolle Gestaltung. Fortsetzung Nummer IV entließ den zeitgenössischen Leser beispielsweise mit einem Paukenschlag: der illiterate und grobschlächtige Sir Pitt Crawley geht auf die Knie und macht der konsterniert dreinschauenden Becky Sharp aus dieser Pose gespielter Unterwürfigkeit einen Heiratsantrag, den die Auserwählte mit dem einfachen, den Leser aufs höchste überraschenden Argument zurückweist: »Oh, Sir Pitt... Oh, Sir... ich... ich bin *schon verheiratet*«.[2] Der viktorianische Leser, der zu diesem Zeitpunkt nicht darüber informiert war, daß Becky bereits verheiratet ist, mußte sich bis zur

[2] *Jahrmarkt der Eitelkeit. Ein Roman ohne einen Helden.* Übers. v. H. Röhl, vol. 1, Wiesbaden 1958, p. 236. Im Original: »O Sir Pitt!... O sir – I – I'm *married already*«. *Vanity Fair.* Introduction by M. R. Ridley, London 1963, p. 140.

folgenden Nummer gedulden, um zu erfahren, daß ihr
Mann der Sohn (!) des Brautwerbers ist, nämlich kein
anderer als Rawdon Crawley.

Im Jahre 1848 veröffentlichte Thackeray seinen Fortset-
zungsroman in Buchform und gab ihm einen neuen Titel:
Vanity Fair (»Jahrmarkt der Eitelkeit«). Der belesene Zeitge-
nosse fühlte sich gewiß an eine Episode aus Bunyans 1678
publizierter Allegorie *The Pilgrim's Progress* (»Des Pilgers
Wanderschaft«) erinnert, wo Christian auf seinem Wege die
Stadt »Vanity« passiert und den dort abgehaltenen Markt
besucht, auf dem zahllose Waren, käufliche Ämter und
Würden sowie irdische Vergnügungen feilgeboten werden. Der Untertitel, den Thackeray seinem Werk gab,
nämlich »A Novel without a Hero« (»Ein Roman ohne
Held«), verrät etwas von seiner Gestaltungsabsicht. In
der Tat besitzt die überaus komplexe Handlung zwei
kompositionelle Zentren, die von den beiden weiblichen
Hauptfiguren Becky Sharp und Amelia Sedley gebildet
werden. Der strukturelle Zusammenhang zwischen beiden
Handlungssträngen wird nicht allein durch die (vielfach
aufgelockerte) Parallelität der Handlungsführung hergestellt, sondern entsteht in stärkerem Maße aus der Spannung zwischen den gegensätzlichen Charakteren, Weltan-
schauungen und moralischen Normen der Figuren: Becky
erscheint dem Leser attraktiv, ebenso intelligent wie intri-
gant, rücksichtslos in ihrem ehrgeizigen Streben nach
materiellem Besitz und sozialem Aufstieg; Amelia dagegen
ist naiv, häuslich, eine passive Natur, loyal in ihren emo-
tionalen Bindungen, und doch von frommer Einfalt, teilweise mit unübertrefflicher Blindheit für die Wirklichkeit
geschlagen.

Die Linien beider Lebensgeschichten laufen am Anfang des
Romans parallel, divergieren dann und treffen später an
signifikanten Punkten des Geschehens wieder zusammen.

Beide Frauen verlassen gemeinsam »Miss Pinkerton's academy for young ladies« – Becky ist 19, Amelia 17 Jahre alt –, beide verbringen eine kurze Zeit zusammen im Hause der Sedleys, trennen sich aber bald und eröffnen die Jagd auf einen Ehemann. Becky, die inzwischen eine Stelle als Gouvernante im Hause des vulgären und illiteraten Aristokraten Sir Pitt Crawley angetreten hat, nutzt dort nicht nur ihre beruflichen Möglichkeiten zur Verbesserung ihrer Situation, sondern nimmt auch ihre Chance auf privates Glück wahr: sie heiratet den jüngeren Sohn ihres Arbeitgebers, nämlich Rawdon Crawley. Amelia, deren Aktien am Heiratsmarkt durch den Bankrott ihres Vaters erheblich gesunken waren, vermählt sich dennoch mit George Osborne, den ein wohlmeinender Freund, William Dobbin, zu diesem Entschluß freilich erst überreden mußte. Die Lebensgeschichten beider Frauen divergieren und konvergieren in der Folge häufig: Brighton (Kap. 22) – Brüssel (Kap. 29) – »Pumpernickel« (Kap. 63) – London (Kap. 67) sind die wichtigsten Stationen. Die erzählerische Spannung, die sich aus der parallelen Darstellung zweier unterschiedlicher Charaktere ergibt, wird durch die kontrastierende Strukturierung ihrer Lebensgeschichten noch erhöht. Dies wird besonders in der zweiten Hälfte des Romans deutlich. Während Beckys gesellschaftliche Erfolgskurve ihrem Höhepunkt zustrebt – Einführung am königlichen Hof (Kap. 48), Einladung zum Dinner ins Gaunt House (Kap. 49) –, verschlechtert sich die soziale Position Amelias beträchtlich: ihr Mann fällt in der Schlacht von Waterloo (Kap. 32), sie selbst und ihre Familie verarmen immer mehr, ihr Sohn Georgy kommt schließlich in die Obhut ihres Schwiegervaters (Kap. 50). Kurz darauf setzt die Gegenbewegung ein. Beckys Sturz von den Höhen ihres gesellschaftlichen Erfolgs beginnt mit der Aufdeckung ihrer Liaison mit Lord Steyne (Kap. 53), Amelias allmählicher Aufstieg kündigt sich mit der Rückkehr Dobbins aus Indien an (Kap. 56).

Kontrast und Parallelität in Handlungsführung und Figurenentwicklung gehören zu den wichtigsten Gestaltungsprinzipien des Romans. Thackeray hat es allerdings verstanden, das Mittel des Kontrasts im Hinblick auf die charakterologischen Eigenarten der beiden weiblichen Hauptfiguren differenziert zu handhaben. Ein weniger lebenserfahrener und talentierter Autor wäre gewiß der Gefahr der Schwarz-Weiß-Malerei nicht entgangen: Becky als verabscheuungswürdige Intrigantin, Amelia als idealisiertes Porträt viktorianischer Weiblichkeit. Thackerays Charakterisierungskunst ließ solche platten Kontrastklischees nicht zu. Die Sympathielenkung des Lesers ist weitaus subtiler und hintergründiger als in den gängigen Sensationsromanen. Wäre Amelia das positive Spiegelbild Beckys, dann erfüllte sie in der Tat die Funktion eines moralischen Korrektivs, mit dem sich der zeitgenössische Leser leicht hätte identifizieren können. Im Gegensatz zu Becky besitzt Amelia ein stilles und passives Naturell; sie ist liebesfähig, opferbereit, selbstlos und sieht ihr Wirkungsfeld eher im häuslichen als im gesellschaftlichen Raum. Gleichzeitig gehen ihr sowohl die angemessene rationale Einsicht in die Wirklichkeit als auch die Selbsterkenntnis ab. Sie ist allzu rasch bereit, sich von ihrem Mann (indirekt) einreden zu lassen, welches Opfer er gebracht habe, indem er sie zur Frau erwählte. Die blinde Anbetung des oberflächlichen und illoyalen George Osborne, die an Heiligenverehrung gemahnende Verklärung seines Bildes nach seinem Tode in der Schlacht von Waterloo, die Affenliebe, mit der sie ihren Sohn Georgy zu einem egoistischen und arroganten jungen Mann erzieht: all dies zeigt ihr grenzloses Idealisierungsstreben, ihr Illusionsbedürfnis und den Mangel an ungetrübter Wirklichkeitssicht.

Mangelndes Realitätsbewußtsein wird man dagegen Becky Sharp nicht vorwerfen können. Amelia erlebt die Welt als Illusion, Becky sieht die Wirklichkeit aus der Perspektive ihrer amoralischen Intelligenz. Sie lügt, stiehlt, betrügt, heuchelt, unterschlägt das für Miss Briggs bestimmte Geld und schiebt die Schuld daran ihrem Mann in die Schuhe, sie haßt ihren Sohn und gerät sogar in den Verdacht, den Bruder Amelias, Jos Sedley, vergiftet zu haben. Sie identifiziert Erfolg im Leben mit materiellem Wohlstand und gesellschaftlicher Reputation; Gefühlsbindungen können diesen Zielen dienlich sein, besitzen aber keinen Wert in sich selbst. Ganz im Gegensatz zu Emma Bovary träumt sie nicht von der Verwirklichung eines romantischen Lebensideals, sondern sie ist entschlossen, eine glanzvolle Position in der Gesellschaft zu erreichen.[3] Dabei hat diese ambitiöse Karrieristin etwas von der Anziehungskraft, die Miltons Satan in *Paradise Lost* auf den Leser ausübt. Sie ist außerordentlich attraktiv, voller Esprit und Vitalität, pragmatisch in ihrer Wirklichkeitssicht, geschmeidig im Verfolgen ihrer Ziele, angetrieben von einer unbändigen Energie. Thackeray hat es verstanden, das moralische Unbehagen, das viele ihrer Handlungen und Reaktionen beim Leser auslösen könnten, immer wieder – gleichsam kontrapunktisch – in Beziehung zu setzen zur Bewunderung für ihr Talent zum gekonnten Rollenspiel und ihrem untrüglichen Gespür für jede sich bietende Chance, die Torheit und Eitelkeit der Mitmenschen zu ihren Gunsten auszunutzen.

Ein besonders bezeichnendes Beispiel für diese Mischung aus moralischer Depravierung und intelligentem Taktieren findet sich im zweiten Teil des Romans, in dem Becky als heruntergekommene Abenteurerin ein vagabundierendes

---

[3] Cf. Edwin Muir, *Emma Bovary and Becky Sharp*, in: *Essays on Literature and Society*, London ²1965. Repr. 1966, p. 184.

Leben auf dem Kontinent führt. Glücksspiel und kurzlebige Affären mit Gelegenheitsbekanntschaften sind die Quellen ihres Einkommens, der Schminktopf garantiert den gewünschten äußeren Schein, die Brandyflasche macht die Situation auch dann noch erträglich, wenn die beiden zuerst genannten Möglichkeiten versagen sollten. Während eines Aufenthaltes in dem kleinen deutschen Herzogtum »Pumpernickel« trifft sie zufällig ihren alten, eben aus Indien zurückgekehrten Freund Jos Sedley. Sie empfängt ihn in der Mansarde eines Hotels, angetan mit einem rosafarbenen, angeschmutzten Gewand mit Domino-Muster. Wie präsentiert eine Frau, die bessere Zeiten gesehen hat und einst sogar dem König vorgestellt worden war und mit Damen diniert hatte, ihre jetzige Situation in einer schäbigen Unterkunft tief in der Provinz? Becky wählt instinktsicher jene Taktik, die bei dem gutgläubigen und unbedarften Jos am ehesten Erfolg verspricht: nach einleitenden Schmeicheleien für ihren Gesprächspartner spielt sie die Rolle des unschuldigen Opfers unseliger Umstände und falscher Freunde, die ihr in der Vergangenheit übel mitgespielt haben:

».. . Alle meine Freunde sind falsch gegen mich gewesen, alle! Es gibt keinen redlichen Menschen auf der Welt. Ich war das treueste Weib, das je gelebt hat, obgleich ich meinen Mann nur aus Ärger darüber heiratete, daß ein anderer – aber schweigen wir davon! Ich war ihm treu; aber er trat mich mit Füßen und verließ mich! Ich war die zärtlichste Mutter. Ich hatte nur ein Kind – meinen Liebling, meine einzige Hoffnung, meine ganze Freude! Ich hielt meinen Knaben mit der Liebe einer Mutter an mein Herz gedrückt – er war mein Leben, der Inhalt meiner Gebete, mein ein und alles – und er wurde mir genommen, wurde mir entrissen!« Sie preßte mit einer leidenschaftlichen Gebärde der Verzweiflung die Hand aufs Herz und verbarg ihr Gesicht für einen Augenblick in den Kissen des Betts.

*Die darunter befindliche Kognakflasche stieß klirrend an den Teller
mit der kalten Bratwurst.*[4]

Das ironisch stilisierte, sprachlich und gestisch perfekt
inszenierte Tableau erhält durch ein geschickt gesetztes
szenisches Detail seine hintergründige Bedeutung. Während Becky mit einer Gebärde gespielter Verzweiflung auf
ihr Bett niedersinkt, verrutscht die unter den Laken verborgene Weinbrandflasche und stößt mit einem klirrenden Laut
gegen einen Teller mit Wurst. Treffsicherer hätte man
kaum den Gegensatz zwischen ihrer aktuellen Lage und dem
verlogenen Bild, das sie von sich selbst entwirft, karikieren
können. Die Reaktion des Lesers wird wiederum raffiniert
in der Balance gehalten: dem Gefühl des Angewidertseins
über ihre schamlosen Lügengeschichten wirkt die amüsierte
Bewunderung über die Chuzpe entgegen, mit der diese Frau
einer Position äußerer und innerer Verkommenheit den
Anstrich moralischer Integrität und verfolgter Unschuld
verleiht. Man wird dem Urteil zustimmen können, das
Kathleen Tillotson in ihrer Interpretation des Romans über
diese zwielichtige und faszinierende Figur gefällt hat:

*Becky gehört – wie Chaucers Ablaßkrämer – zu jenen Charakteren,
denen unsere ästhetischen Sympathien gelten, während sie unseren
Moralvorstellungen größtenteils zuwiderlaufen.*[5]

Der epischen Breite des Romans, die sich in der Vielfalt des
Erzählgeschehens und der großen Zahl der beteiligten Figu-

---

[4] *Jahrmarkt der Eitelkeit*, ed. cit., vol. 2, p. 485. Im Original:
»All my friends have been false to me – all. There is no such thing as an honest man in the
world. I was the truest wife that ever lived, though I married my husband out of pique,
because somebody else – but never mind that. I was true, and he trampled upon me, and
deserted me. I was the fondest mother. I had but one child, one darling, one hope, one joy,
which I held to my heart with a mother's affection, which was my life, my prayer, my –my
blessing and they – they tore it from me – tore it from me;« and she put her hand to her
heart with a passionate gesture of despair, burying her face for a moment on the bed.
The brandy-bottle inside clinked up against the plate which held the cold sausage.« *Vanity
Fair*, ed. cit., pp. 662–663.

[5] »*Vanity Fair*«, in: *Novels of the Eighteen-Forties*, Oxford 1954, p. 246: »Becky is one of
those characters – like Chaucer's Pardoner – who can fully engage our aesthetic sympathies
while defying most of our moral ones«.

552

ren manifestiert, entspricht die Weitung des geographisch fixierten Raumes, in dem die Handlung angesiedelt ist, und die Dehnung der Zeitdimension. Die Schauplätze, an denen die Ereignisse lokalisiert sind, befinden sich z. T. in England (London, Brighton), z. T. auf dem Kontinent (Brüssel, Paris, der Rhein, die herzogliche Residenz »Pumpernikkel«). Wie weiträumig das Panorama ist, vor dem sich das bunte Treiben auf dem »Jahrmarkt der Eitelkeit« abspielt, erkennt man besonders deutlich, wenn man sich die Stationen anschaut, die Becky Sharp während ihres vagabundierenden Lebens (nach ihrer Abreise aus England) passiert: Boulogne, Dieppe, Caen, Tours, Paris, Brüssel, Florenz, Rom und sogar Petersburg. Die erzählte Zeit spannt sich vom Sommer 1813, also von den napoleonischen Kriegen, bis in die Jahre nach dem ersten Reformgesetz (1831) in England. Knapp die Hälfte der Handlung spielt im Zeitraum zwischen 1813 und 1815 und ist durch mannigfache Anspielungen und Querverbindungen mit der europäischen Geschichte in dieser Periode verknüpft. Im Zuge der wirtschaftlichen und monetären Turbulenzen, die Napoleons Hundert-Tage-Abenteuer nach seiner Rückkehr aus Elba in England ausgelöst hatten, verlor der alte John Sedley sein Vermögen und mußte Bankrott anmelden; die Schlacht von Waterloo, die der Erzähler aus der Perspektive der Etappe verfolgt, wirkt unmittelbar in das Erzählgeschehen hinein. Nach Waterloo wird die Chronologie der Ereignisse zunehmend unbestimmt. Der Leser erfährt nur wenige Daten, die den zeitlichen Rahmen markieren: die Geburt Rawdon Crawleys junior am 26. März 1816 (Kap. 34), der Tod des alten Sir Pitt Crawley am 14. September 1822 (Kap. 40), Dobbins Rückkehr nach England im Frühjahr 1827 (Kap. 58) und Lord Steynes Tod, wenige Monate nach der Juli-Revolution von 1830. Am Aufbau eines detaillierten Zeitgerüsts zeigt sich Thackeray offenbar ebenso wenig interessiert wie an der ausführlichen Beschreibung von Örtlichkeiten, die ihm Gelegenheit zu sozialkritischen Milieustudien oder zur atmosphärischen Spiegelung der Handlung geboten hätten.

Komplexität der Handlung, Fülle der beteiligten Figuren, Ausdehnung des Geschehens auf einen Zeitraum von etwa 20 Jahren, panoramatische Weitung des Raumes: all dies wirft die Frage auf, wie der Autor die unterschiedlichen Handlungsstränge, die untereinander durch zahlreiche Parallel- und Kontrastbeziehungen verbunden sind, auf der Ebene des gesamten Romans in eine künstlerisch zusammenhängende Form gebracht hat. Neben der Abstimmung der verschiedenen inhaltlichen und formalen Bedeutungsträger auf ein übergeordnetes Thema hat Thackeray Geschlossenheit und ästhetische Einheit des Romans vor allem durch eine personale Instanz erreicht, die dem Leser die dargestellte Wirklichkeit vermittelt: nämlich den Erzähler. Er stellt sich zu Beginn als »Manager of the Performance« vor, der sein Puppentheater präsentiert, dessen Figuren dem »Jahrmarkt des Lebens« entnommen sind. Indem Thackeray zur Kennzeichnung seiner Funktion als Erzähler die konventionelle Bühnenmetapher benutzt, verfolgt er eine doppelte Absicht: die Rolle des Spielleiters dokumentiert die äußerlich sichtbare Kontrolle über das Geschehen, die Gleichsetzung der Romanwelt und ihrer Figuren mit einem Jahrmarkt, auf dem eine Puppenbühne das Publikum anzieht, stimmt den Leser auf die künstlerische Absicht des Autors ein, der kein »neutrales« Abbild der Realität liefern will, sondern eine gleichnishafte, ästhetisch vermittelte »Vorstellung von Wirklichkeit« (»sentiment of reality«)[6] wiedergibt.

---

[6] [*Letter*] *to David Masson*, 6? May 1851, in: *The Letters and Private Papers of William Makepeace Thackeray*, collected and ed. by Gordon N. Ray, vol. II, *1841–1851*, Cambridge (Mass.) 1946, p. 772.

554

Von vornherein nimmt der Erzähler, obwohl er nicht als handelnde Person auftritt, sondern lediglich als Vermittlungsinstanz des dargestellten Geschehens fungiert, eine überlegene, den Informationsstand und die selektive Wirklichkeitssicht der Akteure weit übertreffende Position ein. Situationsüberlegenheit und ästhetische Distanz manifestieren sich in Form von Kommentaren, mit denen er dem Geschehen durch ständig wechselnde Einstellungen das Gepräge gibt. Nichts geschieht gleichsam von selbst, alles ist durch den Standpunkt des Erzählers vermittelt. Dieser Erzählmodus kann beim Leser nicht den Eindruck hinterlassen, als sei er mit einer »neutralen« Fiktion von Wirklichkeit konfrontiert, die es ihm erlaubt, sein Illusionsbedürfnis ungehemmt zu befriedigen. Ganz im Gegenteil hindern ihn die vielfältigen, häufig ironischen, satirischen, humorvollen oder komischen Brechungen des Geschehens von seiten des Erzählers an einer endgültigen, seine kritische Distanz aufhebenden Identifikation mit einer Figur oder Weltanschauung. Ließ sich der Leser eben noch vom Handeln einer Figur zu einem Werturteil provozieren, stellt der Erzähler später diese Festlegung wieder in Frage. Die Wirklichkeit der dargestellten Welt erscheint in diesem Roman nie als abgeschlossenes Konstrukt, sondern sie gewinnt ihre Authentizität paradoxerweise aus dem stets nach der jeweils eingestellten Perspektive wechselnden Schein von Realität. Dem Leser, der über weite Strecken des Romans geglaubt haben mag, Major Dobbin verkörpere das moralische Leitbild des edelmütigen Freundes und sei damit als positive Kontrastfigur zu den weniger uneigennützigen Zeitgenossen auf dem »Jahrmarkt der Eitelkeit« geschaffen, sieht gegen Ende des Romans seine Illusion jäh zerstört, denn im vorletzten Kapitel bekundet der Erzähler unverblümt:

Diese Geschichte hat ihren Zweck ganz und gar verfehlt, wenn der

Leser noch nicht gemerkt hat, daß der Major ein verliebter Narr war.[7]

Mit Recht kommt deshalb Wolfgang Iser in seiner wirkungsästhetischen Betrachtung des Romans zu dem Schluß:

Die ästhetische Wirkung von Vanity Fair *beruht darauf, die kritischen Möglichkeiten des Lesers so zu aktivieren, daß er die dargestellte gesellschaftliche Wirklichkeit nur als eine verwirrende Brechung scheinhaften Verhaltens erkennt, um das Aufdecken eines solchen Scheins als die eigentliche Wirklichkeit zu erfahren: So wird ihm seine Kritik selbst zur Realität.*[8]

Die Vermittlung der Geschichte durch einen Erzähler, der allwissend und allgegenwärtig in das Geschehen eingreift und damit ein bleibendes Orientierungszentrum für den Leser bildet, gehört also zu den Mitteln, die zur künstlerischen Geschlossenheit des Romans beitragen. Die wechselnden Einstellungen, mit denen er sich in den Erzählvorgang einblendet, beruhen auf moralischen und sozialen Normen und Konventionen, die von der real existierenden Welt des Autors auf die fiktive Welt des Romans übertragen werden. Sie sind abgestimmt auf das übergreifende, die verschiedenen Handlungsebenen und Figuren integrierende Thema, das in der Form eines moralkritischen Sinnbildes der Lebenswirklichkeit zur Darstellung gelangt: »Jahrmarkt der Eitelkeit«! Der thematische Schlüsselbegriff »Eitelkeit« bezeichnet mindestens drei eng miteinander verbundene Aspekte: das selbstgefällige, narzißtische Streben des einzelnen, von anderen wegen seiner (vermeintlichen) Vorzüge bewundert zu werden, die Nichtigkeit materiellen Besitzes und hervorgehobener gesellschaftlicher Position angesichts der Vergänglichkeit und schließlich – im

---

[7] *Jahrmarkt der Eitelkeit*, vol. 2, p. 500. Im Original: »This history has been written to very little purpose if the reader has not perceived that the Major was a spooney«.
Vanity Fair, ed. cit., p. 672.

[8] *Der implizite Leser. Kommunikationsformen des Romans von Bunyan bis Beckett*, München 1972, p. 184.

christlichen Kontext – die Hinfälligkeit irdischen Lebens, das ohne glaubende, hoffende und liebende Hinwendung zu Gott leer und unerfüllt bleibt. Mit Eitelkeit ist stets das egozentrische Bemühen um den Aufbau einer scheinhaften Existenz verbunden, die über die tatsächliche Situation des Individuums hinwegtäuschen soll. Die Verhaltensweise der meisten Figuren des Romans ist in unterschiedlichem Maße von dieser Haltung geprägt. Becky Sharp, eine ehrgeizige Frau »ohne Glauben – oder Liebe – oder Charakter«[9], die auf ihrem Weg nach oben kaltblütig Ehemann, Kind und Freunde opfert und dafür mit dem Verlust der bürgerlichen Existenz und ihrer sittlichen Integrität büßt; Amelia Sedley, der »zärtliche kleine Parasit«[10] (Kap. 67), egozentrisch und verblendet, in der sich die engstirnige und sentimentale Vergötterung George Osbornes, der ihrer Liebe ganz unwürdig ist, mit der Unfähigkeit paart, die lebenslange Zuneigung Dobbins zu erkennen. Wie steht es mit den übrigen Figuren, die in so großer Zahl den »Jahrmarkt der Eitelkeit« bevölkern? Da ist der grobschlächtige und ungebildete Landjunker Sir Pitt Crawley, der kaum des Schreibens mächtig ist, sich beim Trinken, Fluchen und Scherzen mit Bauernmädchen in seinem Element fühlt, aber dennoch aufgrund seiner Zugehörigkeit zur Aristokratie über gesellschaftliche Position, Amtswürden und Macht verfügt. Der alte Osborne, der seinen Sohn enterbt, weil er die Tochter seines inzwischen mittellosen früheren Freundes Mr. Sedley heiratet, dem er sein großes Vermögen zu verdanken hat. Sein snobistischer Sohn, aus dem gleichen Holz geschnitzt, hintertreibt die Ehepläne Beckys mit Jos Sedley, weil er keine ehemalige Gouvernante als Schwägerin dulden möchte und hält im übrigen Amelia nicht für eine »gleichwertige« Partie, weshalb er sie erst nach Drängen Dobbins

9 »... a woman without faith – or love – or character«. *Vanity Fair*, ed. cit., p. 645.
10 »... tender little parasite«. *Vanity Fair*, ed. cit., p. 695.

heiratet. Wo immer man hinschaut in diesem Roman, es
bestätigen sich die Worte des Predigers: »Nichtigkeit, nur
Nichtigkeit..., alles ist Nichtigkeit!«[11] Freilich ist sich der
Spielleiter, als der sich der Autor eingangs bezeichnet,
bewußt, daß nicht allein seine Puppen von diesem Motiv
bewegt werden, sondern er bezieht sich selbst und den Leser
am Ende des Romans in diese Erfahrung von der Nichtigkeit
aller Dinge mit ein:

*Ach! Vanitas vanitatum. Wer von uns ist auf dieser Welt
glücklich? Wer von uns hat, was er wünscht, oder ist, wenn er es
hat, zufrieden? – Kommt, Kinder, wir wollen die Puppen in den
Kasten tun; denn unser Stück ist aus.*[12]

Norbert Kohl

[11] Pred, 12, 8.
[12] *Jahrmarkt der Eitelkeit*, ed. cit., vol. 2, p. 543. Im Original:
»Ah! *Vanitas Vanitatum!* which of us is happy in this world? Which of us has his desire? or,
having it, is satisfied? – Come, children, let us shut up the box and the puppets, for our
play is played out«. *Vanity Fair*, ed. cit., p. 699.

ABKÜRZUNGSVERZEICHNIS

Apr.	= April
AUMLA	= *Journal of the Australasian Universities Language and Literature Association*
bes.	= besonders
Cal.	= California
CE	= *College English*
CollL	= *College Literature*
CritQ	= *Critical Quarterly*
DA	= *Dissertation Abstracts*
d. i.	= das ist
Diss.	= Dissertation
DNS	= *Die Neueren Sprachen*
ed. (Pl. edd.)	= edidit, ediderunt
EIC	= *Essays in Criticism*
EL	= Everyman's Library
ELH	= *Journal of English Literary History*
ELN	= *English Language Notes*
EML	= *English Men of Letters*
enl.	= enlarged
ES	= *English Studies*
H.	= Heft
Ill.	= Illinois
illus.	= illustration, illustrations
introd.	= introduction; introduced by
JNT	= *Journal of Narrative Technique*
Jr.	= Junior
LWU	= *Literatur in Wissenschaft und Unterricht*
Mass.	= Massachusetts
MLN	= *Modern Language Notes*
MP	= *Modern Philology*

Nachw.   = Nachwort
N.C.   = North Carolina
NCF   = *Nineteenth-Century Fiction*
Neuphil. Mitt.   = *Neuphilologische Mitteilungen*
N.F.   = Neue Folge
N.J.   = New Jersey
Nov.   = November
N & Q   = *Notes and Queries*
n. s.   = new series
N.Y.   = New York
o.J.   = ohne Jahr
OUP   = Oxford University Press
p. (Pl. pp.)   = pagina, page, Seite
PBSA   = *Papers of the Bibliographical Society of America*
Ph. D.   = Doctor of Philosophy
PLL   = *Papers on Language and Literature*
PMLA   = *Publications of the Modern Language Association of America*
PP   = *Philologica Pragensia*
PQ   = *Philological Quarterly*
Pr.   = Press
PULC   = *Princeton University Library Chronicle*
reiss.   = reissued
REL   = *Review of English Literature*
repr.   = reprinted, reprint
rev.   = revised, revidiert
RSWSU   = *Research Studies of Washington State University*
SAQ   = *South Atlantic Quarterly*
SB   = *Studies in Bibliography*
seq. (Pl. seqq.) = sequens (sequentes) der, die, das folgende
SEL   = *Studies in English Literature, 1500–1900*
ser.   = series
SNNTS   = *Studies in the Novel* (North Texas State Univ.)
Sp.   = Spalte
Suppl.   = Supplement
transl.   = translated
TSL   = *Tennessee Studies in Literature*
TSLL   = *Texas Studies in Literature and Language*
übers.   = übersetzt
übertr.   = übertragen
Univ.   = University

UP	=	University Press
Verl.	=	Verlag
VIJ	=	*Victorians Institute Journal*
VN	=	*Victorian Newsletter*
vol. (Pl. vols.)	=	volume(s)
VS	=	*Victorian Studies*

AUSGEWÄHLTE BIBLIOGRAPHIE

I. BIBLIOGRAPHIEN UND FORSCHUNGSBERICHTE

Melville, Lewis (d.i. Lewis S. Benjamin): *The Bibliography of William Makepeace Thackeray 1829–1899*, in: *The Life of William Makepeace Thackeray*, vol. II, London: Hutchinson 1890, pp. 289–341.

A Thackeray Library. First editions and first publications, portraits, water colors, etchings, drawings, and manuscripts, collected by Henry Sayre van Duzer, New York: privately printed 1919.

Stevenson, Lionel: *William Makepeace Thackeray*, in: *Victorian Fiction. A guide to research*, ed. Lionel Stevenson, Cambridge (Mass.): Harvard UP 1964, pp. 154–187.

White, Eduard M.: *Thackeray's Contributions to »Fraser's Magazine«*, SB 19, 1966, pp. 67–84.

Flamm, Dudley: *Thackeray's Critics. An annotated bibliography of British and American criticism, 1836–1901*, Chapel Hill (N.C.): Univ. of North Carolina Press 1967.

[Stevenson, Lionel]: *William Makepeace Thackeray 1811–63*, in: *The New Cambridge Bibliography of English Literature*, ed. George Watson, vol. 3: *1800–1900*, Cambridge: At the University Press 1969, Sp. 855–864.

Pollard, Arthur: *Thackeray*, in: *The English Novel. Select bibliographical guides*, ed. A. E. Dyson, London: OUP 1974, pp. 164–178.

Olmsted, John C.: *Thackeray and his Twentieth-Century Critics. An annotated bibliography 1900–1975*, New York: Garland 1977. (= Garland Reference Library of the Humanities. 62)

II. BRIEFE

A Collection of Letters of W. Thackeray, 1847–1855. With portraits and reproductions of letters and drawings, [ed. J. O. Brookfield], London: Smith, Elder 1887.

Thackeray's Letters to an American Family. With an introd. by Lucy W. Baxter and original drawings by Thackeray, London: Smith, Elder 1904.

Some Family Letters of William Makepeace Thackeray, together with recollections by his kinswoman, Blanche Warre Cornish, Boston/New York: Houghton Mifflin 1911.

The Letters and Private Papers of William Makepeace Thackeray, ed. Gordon N. Ray, 4 vols., Cambridge (Mass.): Harvard UP 1946.

III. VANITY FAIR

Textausgaben

Vanity Fair. A novel without a hero, London: Bradbury & Evans 1847–48. Erstausgabe. 20 Nummern in 19. Erschien in Fortsetzungen.

Vanity Fair. A novel without a hero. With illus. on steel and wood by the author, London: Bradbury & Evans 1848.

Vanity Fair. A novel without a hero. With illus. by the author, New York: Harper [1848].

Vanity Fair. A novel without a hero, 3 vols., Leipzig: Tauchnitz 1848. (= Collection of British Authors. 157–159)

Vanity Fair. With illus. by the author, London: Bradbury & Evans 1853.

Vanity Fair. A novel without a hero, London: Smith, Elder 1868.

Vanity Fair. A novel without a hero, London: Smith, Elder 1874.

Vanity Fair. A novel without a hero. With illus. by the author, New York: J. B. Alden 1883.

Vanity Fair. A novel without a hero, London: Smith, Elder 1886.

Vanity Fair. A novel without a hero. With all the original illus. by the author, 2 vols., Manchester: W. H. White 1891.

Vanity Fair. A novel without a hero. Illustrated cabinet edition, New York: Merrill & Baker [1896].

Vanity Fair. A novel without a hero, London/New York: Nelson [1899].

Vanity Fair. A novel without a hero. With an introd. by Stephen Gwynn, 3 vols., London: Methuen 1899.

Vanity Fair. A novel without a hero. With illus. by the author, London: Macmillan 1901.

Vanity Fair, ed. Walter Jerrold. With illus. by Charles E. Brock, 3 vols., London: Dent 1901.

Vanity Fair. A novel without a hero, ed. George Saintsbury, New York: OUP 1908.

Vanity Fair. A novel without a hero. With an introduction by the Hon. Whitelaw Reid, London: Dent 1908.

Vanity Fair. A novel without a hero, ed. George Saintsbury. With 193 illus., London: OUP [1912]. (= The Oxford Thackeray. 11).

Vanity Fair. Illus. in colour by Lewis Baumer, London: Hodder & Stoughton [1913].

Thackeray's »Vanity Fair«. With introd. and notes by Michael Macmillan, London: Macmillan 1922. (= Macmillan's English Classics)

Vanity Fair. A novel without a hero. With sixteen coloured illus. by Charles Crombie, New York: Dodd, Mead 1924; London: Harrap 1924.

Vanity Fair. A novel without a hero. Introd. by G. K. Chesterton. Illus. by John Austen, Oxford: OUP 1931.

Vanity Fair. A novel without a hero, ed. Paul Elmer More, Garden City (New York): Doubleday, Doran 1935.

Vanity Fair. With reproductions of the original illus. by Thackeray and with an introductory biographical sketch of the author by Basil Davenport, New York: Dodd, Mead 1943.

Vanity Fair. A novel without a hero. Introd. by Joseph Warren Beach, New York: Modern Library 1950.

Vanity Fair. A novel without a hero, London & Glasgow: Collins 1954.

Vanity Fair. Introd. by John W. Dodds, New York: Rinehart 1955.

Vanity Fair. A novel without a hero. With illus. by the author, London: Macdonald 1958.

Vanity Fair. Introd. by M. R. Ridley, London/New York: Dent/ Dutton 1961. (= EL. 298)

Vanity Fair. A novel without a hero. With an afterword by V. S. Pritchett, New York: New American Library 1962. (= A Signet Classic).

Vanity Fair. A novel without a hero, ed. with an introduction and
notes by Geoffrey and Kathleen Tillotson, London: Methuen
1963.
Vanity Fair. A novel without a hero, London: Pan Books 1967.
Vanity Fair, ed. J. I. M. Stewart, Harmondsworth: Penguin 1968.
Vanity Fair. A novel without a hero, ed. F. E. L. Priestley, Toronto:
Macmillan 1969.

Deutsche Übersetzungen

Der Markt des Lebens. Ein Roman ohne einen Helden. Übers. v. A.
Diezmann, 6 vols., Leipzig: Teubner 1848.
Der Jahrmarkt des Lebens. Übers. von W. E. Drugulin, 6 vols.,
Grimma 1849. (= Europäische Bibliothek der neuen belletristi-
schen Literatur. 186–191).
Der Jahrmarkt des Lebens. Ein Roman ohne Helden. Deutsch von Fr.
Dobbert, 2 vols., Halle a. d. S.: Otto Hendel [1898].
Der Jahrmarkt des Lebens. Ein Roman ohne Helden. Mit Benutzung von
W. E. Drugulins Übersetzung hg. von Wilhelm Lange, 2 vols.,
Leipzig: Reclam o. J. [1921]. (= Reclam 1471/78a).
Der Jahrmarkt der Eitelkeit. Zum ersten Male vollständig ins Deut-
sche übertragen von Heinrich Conrad, Berlin: Propyläen-Verl.
o. J. (= Gesammelte Werke des William M. Thackeray. vols.
2–4).
Jahrmarkt der Eitelkeit. Ein Roman ohne Helden. Übertr. von Hansi
Bochow-Blüthgen, Berlin: Wegweiser-Verl. 1949. Gekürzt.
Jahrmarkt der Eitelkeit und des Lebens. Ein Roman ohne Helden. Übers.
von Botho-Henning Elster, 2 vols., Düsseldorf: Deutscher Bü-
cherbund 1953.
Jahrmarkt der Eitelkeit. Übertr. von Mira Koffka. Mit einem Essay
›Zum Verständnis des Werkes‹ und einer Bibliographie von
Fritz Wölcken, Hamburg: Rowohlt 1957. »Geringfügig« ge-
kürzt.
Jahrmarkt der Eitelkeit. Ein Roman ohne einen Helden. Übertr. von H.
Röhl, 2 vols., Wiesbaden: Insel-Verl. 1958.
Jahrmarkt der Eitelkeit. Ein Roman ohne einen Helden. Aus dem
Englischen übers. von Elisabeth Schnack, Zürich: Manesse
1959.
Jahrmarkt der Eitelkeit. Roman ohne Helden. Übers. von Chr. Fr.
Grieb (1851), 2 vols., Berlin: Rütten & Loening 1964. (=
Bibliothek der Weltliteratur)

Jahrmarkt der Eitelkeit. Übers. von Katja Mann. Mit einem Nachw. von Walther Martin, Leipzig: List-Verl. [1967].

Jahrmarkt der Eitelkeit oder Ein Roman ohne Held. Aus dem Englischen übertr. von Theresia Mutzenbecher, mit den Illustrationen des Autors zu der Erstausgabe von 1848, München: Deutscher Taschenbuch Verl. 1975.

IV. SEKUNDÄRLITERATUR

Biographie und Kritik

Jeaffreson, J. Cordy: *Novels and Novelists. From Elizabeth to Victoria,* vol. II, London: Hurst and Blackett 1858, pp. 262–281.

Trollope, Anthony: *Thackeray,* London: Macmillan 1879. (= EML. 10).

Conrad, Hermann: *William Makepeace Thackeray. Ein Pessimist als Dichter,* Berlin: Reimer 1887. *Vanity Fair:* pp. 56–80.

Jack, Adolphus A. J.: *Thackeray. A study,* London: Macmillan 1895. Repr. Port Washington (N. Y.): Kennikat Pr. 1970. *Vanity Fair:* pp. 74–98.

Chesterton, G. K. and Lewis Melville (d.i. Lewis S. Benjamin): *Thackeray,* London: Hodder & Stoughton 1903.

Whibley, Charles: *William Makepeace Thackeray,* Edinburgh/London: Blackwood 1903. *Punch* and *Vanity Fair:* pp. 77–120.

Saintsbury, George: *A Consideration of Thackeray,* London: OUP 1931. Der Text besteht aus den Einleitungen der Oxford Edition der Werke Thackerays (1908).

Elwin, Malcolm: *Thackeray. A personality,* London: Cape 1932. Reiss. New York: Russell & Russell 1966.

Las Vergnas, Raymond: *William Makepeace Thackeray. L'homme – Le penseur – Le romancier,* Paris: H. Champion 1932.

Behmenburg, Werner: *Der Snobismus bei Thackeray. Ein geistesgeschichtlich-soziologischer Beitrag zur Englandkunde,* Diss., Düsseldorf: Nolte 1933.

Ellis, G. U.: *Thackeray,* London: Duckworth 1933. (= Great lives [ser.]).

Cecil, Lord David: *Thackeray,* in: *Early Victorian Novelists. Essays in revaluation,* London: Constable 1934. Reiss. 1964, pp. 58–88.

Hurst, Hilda: *Ironischer und sentimentaler Realismus bei Thackeray,*

Hamburg: Friederichsen, de Gruyter 1938. *Vanity Fair:* pp. 94–101.

Goodell, Margaret M.: *Three Satirists of Snobbery: Thackeray–Meredith–Proust.* With an introductory chapter on the history of the word snob in England, France and Germany, Hamburg: Friederichsen, de Gruyter 1939. (= Britannica. 17) *Vanity Fair:* pp. 88–98.

Dodds, John W.: *Thackeray. A critical portrait*, New York: OUP 1941. Reiss. New York: Russell & Russell 1963. *Vanity Fair:* pp. 107–136.

Stevenson, Lionel: *The Showman of Vanity Fair. The life of William Makepeace Thackeray*, London: Chapman & Hall 1947.

Ennis, Lambert: *Thackeray. The sentimental cynic*, Evanston (Ill.): Northwestern UP 1950. Repr. New York: AMS Pr. 1970. *Vanity Fair:* pp. 136–149.

Greig, J. Y. T.: *Thackeray. A reconsideration*, London: OUP 1950. *Vanity Fair:* pp. 102–117.

Ray, Gordon N.: *The Buried Life. A study of the relation between Thackeray's fiction and his personal history*, London: OUP 1952, pp. 30–47.

Lester, John A., Jr.: *Thackeray's Narrative Technique*, PMLA 69, 1954, pp. 392–409.

Tillotson, Geoffrey: *Thackeray the Novelist*, Cambridge: UP 1954. Repr. 1963. *Vanity Fair:* pp. 209–220 und passim.

Ray, Gordon N.: *Thackeray*, 2 vols., London: OUP 1955–1958. – Vol. 1: *The Uses of Adversity* (1811–1846); vol. 2: *The Age of Wisdom.*

Brander, Laurence: *Thackeray*, London: Longmans 1959, ²1964. (= Writers and their Work. 110). *Vanity Fair:* pp. 19–23.

Loofbourow, John: *Thackeray and the Form of Fiction*, Princeton (N.J.): Princeton UP 1964. *Vanity Fair:* pp. 23–32, 42–50, 77–91.

Kleis, John Ch.: *The Narrative Persona in the Novels of Thackeray*, Ph. D. thesis, Univ. of Pennsylvania, 1966. – DA 27: 5, 1966, p. 1370-A.

Brogan, James E.: *The Character of Society in the Panoramic Novels of Thackeray and Dickens*, Ph. D. thesis, Yale Univ., 1968. – DA 29, 1968/69, p. 592 – A.

Irelan, Nancy L.: *Fool, the Week-Day Historian. The narrator of »Vanity Fair«*, Ph. D. thesis, Univ. of Oklahoma, 1968. – DA 29, 1968/69, p. 2676 – A.

Szudra, Klaus-Udo: *William Makepeace Thackeray*, Leipzig: Reclam 1968. (= Reclams Universal-Bibliothek. 343) Biographie.

Tillotson, Geoffrey and Donald Hawes (edd.): *Thackeray. The critical heritage*, London: Routledge & Kegan Paul 1968. *Vanity Fair:* pp. 51–87.

Welsh, Alexander (ed.): *Thackeray. A collection of critical essays*, Englewood Cliffs (N. J.): Prentice-Hall 1968. Enth. Beiträge von Kathleen Tillotson, G. Armour Craig und John Loofbourow über *Vanity Fair.*

Williams, Ioan: *Thackeray*, London: Evans 1968. (= Literature in perspective). *Vanity Fair:* pp. 57–76.

Verch, Maria: *Der Künstler und die Kunst im Werke Thackerays*, Diss., Berlin 1969.

Wheatley, James H.: *Patterns in Thackeray's Fiction*, Cambridge (Mass.): M.I.T.Pr. 1969. *Vanity Fair:* pp. 56–93.

Jacoby, John B.: *A Study of Gentility in the Novels of William Makepeace Thackeray*, Ph. D. thesis, Stanford Univ., 1971. – DA 32, 1972, p. 5792-A.

McMaster, Juliet: *Thackeray. The major novels*, Manchester: UP 1971. *Vanity Fair:* pp. 1–49.

Mauskopf, Charles: *Thackeray's Concept of the Novel. A study of conflict*, PQ 50, 1971, pp. 239–252.

Hardy, Barbara: *The Exposure of Luxury. Radical themes in Thackeray*, London: Owen 1972.

Kiely, Robert: *Victorian Harlequin. The function of humour in Thackeray's critical and miscellaneous prose*, in: *Veins of Humour*, ed. Harry Levin, Cambridge (Mass.): Harvard UP 1972, pp. 147–166. (= Harvard English Studies. 3)

Varcoe, George: *The Intrusive Narrator. Fielding, Thackeray and the English novel*, Diss., Uppsala 1972.

Cooper, Donald M.: *Common Vision. A study of Thackeray's realism*, Ph. D. thesis, Univ. of Virginia, 1973. – DA 34, 1973/74, p. 1852-A.

Lubin, Sister Alice M.: I. *Southwell's Religious Complaint Lyric.* II. *Becky Sharp's Role Playing in »Vanity Fair«.* III. *Grotesques in the Fictions of Flannery O'Connor*, Ph. D. thesis, Rutgers Univ., 1973. – DA 34, 1973/74, pp. 2569–2570-A.

Sullivan, Karen L.: *The Muse of Fiction. Fatal women in the novels of W. M. Thackeray, Thomas Hardy, and John Fowles*, Ph. D. thesis, John Hopkins Univ., 1973. – DA 36: 11, 1976, p. 7447-A.

Rawlins, Jack P.: *Thackeray's Novels. A fiction that is true*, Berkeley (Cal.): Univ. of California Pr. 1974. *Vanity Fair:* pp. 1–35.

Sutherland, John A.: *Thackeray at Work*, London: Athlone Pr. 1974. *Vanity Fair:* pp. 11–44.

Eberhardt, Wolfgang: *Fontane und Thackeray*, Heidelberg: Winter Verl. 1975.

Carey, John: *Thackeray. Prodigal genius*, London: Faber 1977. *Vanity Fair:* pp. 177–201.

Forster, Margaret (ed.): *William Makepeace Thackeray. Memoirs of a Victorian gentleman*, London: Secker & Warburg 1978.

Phillipps, Kenneth C.: *The Language of Thackeray*, London: Deutsch 1978.

Vanity Fair

Maurice, Arthur B.: *Thackeray's Becky*, Bookman 10, Nov., 1899, pp. 239–244.

Howells, W. D.: *Thackeray's Bad Heroines*, in: *Heroines of Fiction*, vol. 1, New York/London: Harper 1903 [1901], pp. 190–202.

Maurice, Arthur B.: *Famous Novels and their Contemporary Critics. IV. »Vanity Fair«*, Bookman 17, 1903, pp. 280–283.

Walter, Erwin: *Entstehungsgeschichte von W. M. Thackerays »Vanity Fair«*, Berlin: Mayer & Müller 1908. (= Palaestra. 79).

Peck, Harry T.: *Thackeray and »Vanity Fair«*, in: *Studies in Several Literatures*, New York: Dodd, Mead 1909, pp. 149–161. Repr. Freeport (N.Y.): Books for Libraries Pr. 1968.

Shafer, Sara A.: *A Foot-Note to »Vanity Fair«*, Dial 49, 1910, p. 369.

Canning, Albert S. G.: *Thackeray's »Vanity Fair«*, in: *Dickens & Thackeray Studied in Three Novels*, Port Washington (N.Y.): Kennikat Pr. 1967 [1911], pp. 123–313.

[Thackeray's Theory of »Vanity Fair«], Bookman 34, 1911, pp. 10–14.

Ely, Catherine B.: *The Psychology of Becky Sharp*, MLN 35, 1920, pp. 31–33.

Lubbock, Percy: *The Craft of Fiction*, London 1965 [1921], bes. pp. 94–109.

Sandwith, Mrs. Harold: *Becky Sharp and Emma Bovary. A comparative study*, Nineteenth Century 91, 1922, pp. 57–67.

Winterich, John T.: *Romantic Stories of Books: XVIII: »Vanity Fair«*, Publisher's Weekly 115, Apr. 20, 1929, pp. 1923–1928.
Forman, W. Courthope: *The Real Gaunt House of »Vanity Fair«*, N & Q 160, June 6, 1931, pp. 401–403.
Baucke, Ludwig: *Die Erzählkunst in Thackeray's »Vanity Fair«*, Diss., Hamburg: Friederichsen, de Gruyter 1932.
Sitwell, Osbert: *Thackeray and »Vanity Fair«*, in: *Penny Foolish. A book for tirades & panegyrics*, London: Macmillan 1935, pp. 303–307. Repr. Freeport (N.Y.): Books for Libraries Pr. 1967.
Lederer, Clara: *»Vanity Fair« after One Hundred Years*, The Trollopian 3, 1948, pp. 159–161.
Randall, David A.: *Notes towards a Correct Collation of the First Edition of »Vanity Fair«*, PBSA 42, 1948, pp. 95–109.
Muir, Edwin: *Emma Bovary and Becky Sharp*, in: *Essays on Literature and Society*, London: Hogarth Pr. 1949. Repr. 1966, pp. 182–194.

1950 seqq.

Ray, Gordon N.: *»Vanity Fair«. One version of the novelist's responsibility*, in: *Essays by Divers Hands*. Being the Transactions of the Royal Society of Literature of the United Kingdom. New ser. XXV, 1950, pp. 87–101. Repr. in: Austin Wright (ed.), *Victorian Literature. Modern essays in criticism*, London: OUP 1961, pp. 342–357.
Kettle, Arnold: *Thackeray: »Vanity Fair« (1847–48)*, in: *An Introduction to the English Novel*, vol. 1, London: Hutchinson 1976 [1951], pp. 146–159.
Chesterton, G. K.: *»Vanity Fair«*, in: Dorothy Collins (ed.): *A Handful of Authors. Essays on books and writers*, London/New York: Sheed and Ward 1953. Repr. New York: Kraus 1969, pp. 56–65.
Ghent, Dorothy van: *On »Vanity Fair«*, in: *The English Novel. Form and function*, New York: Harper & Row 1967 [1953], pp. 171–186.
Tillotson, Kathleen: *»Vanity Fair«*, in: *Novels of the Eighteen-Forties*, Oxford: Clarendon Pr. 1954, pp. 224–256.
Baker, Joseph E.: *»Vanity Fair« and the Celestial City*, NCF 10, 1955/56, pp. 89–98.
Sherbo, Arthur: *A Suggestion for the Original of Thackeray's Rawdon Crawley*, NCF 10, 1955/56, pp. 211–216.

Spilka, Mark: *A Note on Thackeray's Amelia*, NCF 10, 1955/56, pp. 202–210.

O'Connor, Frank: *Thackeray: »Vanity Fair«*, in: *The Mirror in the Roadway. A study of the modern novel*, New York: Knopf 1956, pp. 111–124. Repr.: Freeport (N.Y.): Books for Libraries Pr. 1970.

Fraser, Russell A.: *Pernicious Casuistry. A study of character in »Vanity Fair«*, NCF 12, 1957/58, pp. 137–147.

Broich, Ulrich: *Die Bedeutung der Ironie für das Prosawerk W. M. Thackerays – unter besonderer Berücksichtigung von »Vanity Fair«*, Diss., Bonn 1958.

Tillyard, E. M. W.: *The Epic Strain in the English Novel*, London: Chatto & Windus 1958. *Vanity Fair:* pp. 117–119.

Craig, G. Armour: *On the Style of »Vanity Fair«*, in: Harold C. Martin (ed.), *Style in Prose Fiction*. English Institute Essays 1958, New York: Columbia UP 1959, pp. 87–113.

Tilford, John E., Jr.: *The Degradation of Becky Sharp*, SAQ 58, 1959, pp. 603–608.

1960 seqq.

Hagan, John: *A Note on the Napoleonic Background of »Vanity Fair«*, NCF 15, 1960/61, pp. 358–361.

Taube, Myron: *The Character of Amelia in the Meaning of »Vanity Fair«*, VN 18, 1960, pp. 1–8.

Greene, D. J.: *Becky Sharp and Lord Steyne – Thackeray or Disraeli*, NCF 16, 1961, pp. 157–164.

Johnson, E. D. H.: *»Vanity Fair« and »Amelia«. Thackeray in the perspective of the eighteenth century*, MP 59, 1961, pp. 100–113.

Ray, Gordon N.: *Vanity Fair. One version of the novelist's responsibility*, in: Austin Wright (ed.): *Victorian Literature. Modern essays in criticism*, London: OUP 1961, pp. 342–357.

Sharp, M. C.: *Sympathetic Mockery. A study of the narrator's character in »Vanity Fair«*, ELH 29, 1962, pp. 324–336.

Drew, Elizabeth: *William Makepeace Thackeray: »Vanity Fair«*, in: *The Novel. A modern guide to fifteen English masterpieces*, New York: Norton 1963, pp. 111–126.

Hendy, Andrew von: *Misunderstandings about Becky's Characterization in »Vanity Fair«*, NCF 18, 1963, pp. 279–283.

Hollingsworth, Keith: »Vanity Fair« and »George de Barnwell«, in: *The Newgate Novel 1830–1847. Bulwer, Ainsworth, Dickens, & Thackeray.* With illus. by George Cruikshank, Hablot K.

Browne, & W. M. Thackeray, Detroit: Wayne State UP 1963, pp. 202–222.

Mathison, John K.: *The German Sections of »Vanity Fair«*, NCF 18, 1963, pp. 235–246.

Stewart, D. H.: *»Vanity Fair«. Life in the void*, CE 25, 1963/4, pp. 209–214.

Taube, Myron: *Contrast as a Principle of Structure in »Vanity Fair«*, NCF 18, 1963, pp. 119–135.

Taube, Myron: *Thackeray at Work. The significance of two deletions from »Vanity Fair«*, NCF 18, 1963, pp. 273–279.

Dyson, A. E.: *»Vanity Fair«. An irony against heroes*, CritQ 6, 1964, pp. 11–31.

Karl, Frederick R.: *Thackeray's »Vanity Fair«. All the world's a stage*, in: *An Age of Fiction. The nineteenth century British novel*, New York: Farrar, Straus and Giroux 1964, pp. 177–203.

Plunkett, P. M., S. J.: *Thackeray's »Vanity Fair«, chapter 51*, Explicator 23, 1964, item 19.

Talon, Henri A.: *Thackeray's »Vanity Fair« Revisited. Fiction as truth*, in: John Butt (ed.), *Of Books and Humankind.* Essays and poems presented to Bonamy Dobrée, London: Routledge & Kegan Paul 1964, pp. 117–148.

Harden, Edgar F.: *The Fields of Mars in »Vanity Fair«*, TSL 10, 1965, pp. 123–132.

Stevens, Joan: *Thackeray's »Vanity Fair«*, REL 6, no. 1, 1965, pp. 19–38.

Wilkinson, Ann Y.: *The Tomeavesian Way of Knowing the World. Technique and meaning in »Vanity Fair«*, ELH 32, 1965, pp. 370–387.

Worth, George J.: *More on the German Sections of »Vanity Fair«*, NCF 19, 1965, pp. 402–404.

Hannah, Donald: ›*The Author's Own Candles‹. The significance of the illustrations to »Vanity Fair«*, in: G. R. Hibbard (ed.), *Renaissance and Modern Studies.* Presented to Vivian de Sola Pinto in celebration of his seventieth birthday, London: Routledge & Kegan Paul 1966, pp. 119–127.

Harden, Edgar F.: *The Function of Mock-Heroic Satire in »Vanity Fair«*, Anglia 84, 1966, pp. 178–195.

Blodgett, Harriet: *Necessary Presence. The rhetoric of the narrator in »Vanity Fair«*, NCF 22, 1967, pp. 211–223.

Harden, Edgar F.: *The Discipline and Significance of Form in »Vanity Fair«*, PMLA 82, 1967, pp. 530–541.

Paris, Bernard J.: *The Psychic Structure of »Vanity Fair«*, VS 10, 1967, pp. 389–410. – Rev. and enl. in: Bernard J. Paris, *A Psychological Approach to Fiction. Studies in Thackeray, Stendhal, George Eliot, Dostoevsky, and Conrad*, Bloomington/London: Indiana UP 1974, pp. 71–132.

Sudrann, Jean: *»The Philosopher's Property«. Thackeray and the use of time*, VS 10, 1967, pp. 359–388.

Loomis, Chauncey C., Jr.: *Thackeray and the Plight of the Victorian Satirist*, ES 49, 1968, pp. 1–19.

Taube, Myron: *The Puppet Frame of »Vanity Fair«*, ELN 6, 1968, pp. 40–42.

McCullen, Maurice L., Jr.: *Sentimentality in Thackeray's »Vanity Fair«*, Cithara 9, 1969, pp. 56–66.

Reinhold, Heinz: *William Makepeace Thackeray. »Vanity Fair«*, in: Franz K. Stanzel (ed.): *Der englische Roman*, vol. 2, Düsseldorf: Bagel 1969, pp. 71–111.

Sundell, M. G. (ed): *Twentieth-Century Interpretations of »Vanity Fair«. A collection of critical essays*, Englewood Cliffs (N.J.): Prentice-Hall 1969.

1970 seqq.

Milner, Ian: *Theme and Moral Vision in Thackeray's »Vanity Fair«*, PP 13, 1970, pp. 177–185.

Patten, Robert L.: *The Fight at the Top of the Tree. »Vanity Fair« versus »Dombey and Son«*, SEL 10, 1970, pp. 759–773.

Rogers, Katharine M.: *A Defense of Thackeray's Amelia*, TSLL 11, 1970, pp. 1367–1374.

Steig, Michael: *»Barnaby Rudge« and »Vanity Fair«. A note on a possible influence*, NCF 25, 1970–71, pp. 353–354.

Thomsen, Christian W.: *Lord Steyne. Ein Beitrag zur ironischen Charaktergestaltung und zur Sozialsatire in Thackerays »Vanity Fair«*, DNS 19 (N.F.), 1970, pp. 625–635.

Krump, Jacqueline: *No Better Satires. Thackeray's use of letters in »Vanity Fair«*, RSWSU 39, 1971, pp. 284–296.

Krump, Jacqueline: *Thackeray Nods over the Piano in »Vanity Fair«*, RSWSU 39, 1971, pp. 228–229.

Lozes, Jean: *Le snob et le gentleman*, Caliban 8, 1971, pp. 39–47.

Rogers, Henry N.: *Three Novels of William Makepeace Thackeray. A critical analysis*, Ph. D. thesis, Rice Univ., 1971. – DA 32: 4, 1971, p. 2069-A.

Sutherland, John A.: *The Handling of Time in »Vanity Fair«*, Anglia 89, 1971, pp. 349–356.
Wilkenfeld, Roger B.: *»Before the Curtain« and »Vanity Fair«*, NCF 26, 1971, pp. 307–318.
Moler, Kenneth L.: *Evelina in Vanity Fair. Becky Sharp and her patrician heroes*, NCF 27, 1972, pp. 171–181.
Segel, Elizabeth Towne: *Truth and Authenticity in Thackeray*, JNT 2, 1972, pp. 46–59.
Sutherland, John A.: *A Date for the Early Composition of »Vanity Fair«*, ES 53, 1972, pp. 47–52.
Sutherland, John A.: *A Plan for »Vanity Fair«*, PULC 34, 1972, pp. 27–33.
Swanson, Roger M.: *»Vanity Fair«: The Double Standard*, in: George Goodin (ed.), *The English Novel in the Nineteenth Century. Essays on the literary mediation of human values*, Urbana (Ill.): Univ. of Illinois Pr. 1972, pp. 126–144. (= Illinois Studies in Language and Literature. 63)
Sutherland, [John] A.: *The Expanding Narrative of »Vanity Fair«*, JNT 3, 1973, pp. 149–169.
Sutherland, John A.: *Thackeray's »Vanity Fair«*, Explicator 32, 1973, item 7.
Basch, Françoise: *»Vanity Fair« – The Siren and the Ladder*, in: *Relative Creatures. Victorian women in society and the novel 1837–67*. Transl. by Anthony Rudolf, London: A. Lane 1974, pp. 229–242.
Dixon, Terrell F.: *Puppetry and the Art of »Vanity Fair«*, Forum (Houston) 12, 1974, pp. 24–29.
Haefner, Gerhard: *William Makepeace Thackeray, »Vanity Fair«. Zur Wirkungsstruktur des realistischen Romans*, LWU 7, 1974, pp. 198–209.
Higdon, David L.: *Pipkins and Kettles in »Vanity Fair«*, VN 45, 1974, pp. 25–26.
McKendy, Thomas F.: *»Catherine«, ›Punch's Prize Novelists‹, and »Vanity Fair«. Thackeray as parodist*, Ph. D. thesis, Univ. of Michigan, 1974. – DA 35: 11, 1975, p. 7261-A.
Phillipps, K. C.: *Thackeray's Proper Names*, Neuphil. Mitt. 75, 1974, pp. 444–452.
Stevens, Joan: *Thackeray's Pictorial Capitals*, Costerus 2 (n.s.). Suppl. vol. I: *Thackeray*, 1974, pp. 113–140.
Stevens, Joan: *»Vanity Fair« and the London Skyline*, Costerus 2 (n.s.). Suppl. vol. I: *Thackeray*, 1974, pp. 13–41. Der Beitrag ist

die überarbeitete Fassung eines Aufsatzes, der ursprünglich erschien in: AUMLA 27, 1967, pp. 18–36.

Sutherland, John A.: *A »Vanity Fair« Mystery. The delay in publication*, Costerus 2 (n.s.). Suppl. vol. I: *Thackeray*, 1974, pp. 185–191.

Wolff, Cynthia G.: *Who is the Narrator of »Vanity Fair« and where is he Standing?* CollL 1, 1974, pp. 190–203.

1975 seqq.

Hagan, John: *»Vanity Fair«. Becky brought to book again*, SNNTS 7, 1975, pp. 479–506.

Lerner, Laurence: *Thackeray and Marriage*, EIC 25, 1975, pp. 279–303.

Lougy, Robert E.: *The Structure of »Vanity Fair«*, PMLA 90, 1975, pp. 924–925. Entgegnung auf den kritischen Beitrag von Peter L. Shillingsburg, PMLA 90, 1975, p. 924.

Martin, Bruce K.: *»Vanity Fair«. Narrative ambivalence and comic form*, TSL 20, 1975, pp. 37–49.

Lougy, Robert E.: *Vision and Satire. The warped looking glass in »Vanity Fair«*, PMLA 90, 1975, pp. 256–269.

Sheets, Robin A.: *Art and Artistry in »Vanity Fair«*, ELH 42, 1975, pp. 420–432.

Shillingsburg, Peter L.: *The Structure of »Vanity Fair«*, PMLA 90, 1975, p. 924. Bezieht sich auf Robert E. Lougys Aufsatz über »Vanity Fair« in: PMLA 90, 1975, pp. 256–269.

Burns, Wayne: *Thackeray's Amelia and Dobbin or »Vanity Fair« without Becky Sharp*, Recovering Literature: Criticism 5, 1976, pp. 5–17.

Goodwin, K. L.: *Towards an Ideal Edition of »Vanity Fair«*, N & Q 23 (n.s.), 1976, pp. 54–55.

Harden, Edgar F.: *Thackeray and his Publishers. Two uncollected letters concerning »Vanity Fair« and »Esmond«*, PLL 12, 1976, pp. 167–176.

Klein, J. T.: *The Dual Center. A study of narrative structure in »Vanity Fair«*, CollL 4, 1977, pp. 122–128.

Margulies, Jay W.: *»Vanity Fair«. No prizes worth winning*, RSWSU 45, 1977, pp. 1–13.

Redwine, Bruce: *The Uses of Memento Mori in »Vanity Fair«*, SEL 17, 1977, pp. 657–672.

Rogers, Winslow: *Thackeray and Fielding's »Amelia«*, Criticism 19, 1977, pp. 141–157.

Shillingburg [sic], Peter L.: *K. L. Goodwin's »Ideal« Edition of »Vanity Fair«*, N & Q 222, 1977, pp. 363–365.

Stevenson, Richard C.: *The Problem of Judging Becky Sharp. Scene and narrative commentary in »Vanity Fair«*, VIJ 6, 1977, pp. 1–8.

Williamson, Jerry W.: *Thackeray's Mirror*, TSL 22, 1977, pp. 133–153. Bezieht sich auf die Illustrationen zu »Vanity Fair«.

Pollard, Arthur (ed.): *Thackeray: »Vanity Fair«. A casebook*, London: Macmillan 1978.

INHALT
DES ZWEITEN BANDES

Erstes Kapitel: Wie man ohne Einkommen gut leben kann . . 5
Zweites Kapitel: Fortsetzung 18
Drittes Kapitel: Eine Familie in sehr bescheidenen
    Verhältnissen 41
Viertes Kapitel: Ein zynisches Kapitel 63
Fünftes Kapitel: Becky wird von der Familie anerkannt 77
Sechstes Kapitel: Worin Becky das Schloß ihrer Ahnen
    wieder besucht 91
Siebentes Kapitel: Welches von der Familie Osborne handelt . 109
Achtes Kapitel: Worin der Leser das Kap umschiffen muß . . 120
Neuntes Kapitel: Zwischen London und Hampshire 135
Zehntes Kapitel: Zwischen Hampshire und London 150
Elftes Kapitel: Kämpfe und Prüfungen 164
Zwölftes Kapitel: Gaunt House 177
Dreizehntes Kapitel: Worin der Leser in die allerbeste
    Gesellschaft eingeführt wird 190
Vierzehntes Kapitel: Worin wir drei Gänge und eine
    Nachspeise genießen 208
Fünfzehntes Kapitel: Enthält ein gewöhnliches Ereignis . . . 219
Sechzehntes Kapitel: Worin eine Scharade aufgeführt wird,
    die dem Leser vielleicht Kopfzerbrechen verursacht oder
    auch nicht 233
Siebzehntes Kapitel: Worin Lord Steyne sich von seiner
    liebenswürdigsten Seite zeigt 259
Achtzehntes Kapitel: Eine Befreiung und eine
    Katastrophe 275
Neunzehntes Kapitel: Der Sonntag nach der Schlacht 289

Zwanzigstes Kapitel: Worin derselbe Gegenstand weiter
    behandelt wird 302
Einundzwanzigstes Kapitel: Der kleine George wird ein
    Gentleman 326
Zweiundzwanzigstes Kapitel: Heimkehr aus Indien 344
Dreiundzwanzigstes Kapitel: Unser Freund, der Major 357
Vierundzwanzigstes Kapitel: Das alte Klavier 374
Fünfundzwanzigstes Kapitel: Rückkehr in die vornehme
    Welt 391
Sechsundzwanzigstes Kapitel: Worin zwei Lichter
    ausgelöscht werden 400
Siebenundzwanzigstes Kapitel: Am Rhein 421
Achtundzwanzigstes Kapitel: Worin wir einer alten
    Bekannten begegnen 438
Neunundzwanzigstes Kapitel: Ein Vagabundenleben 456
Dreißigstes Kapitel: Geschäft und Vergnügungen 481
Einunddreißigstes Kapitel: Amantium irae 493
Zweiunddreißigstes Kapitel: Berichtet über Geburten,
    Trauungen und Todesfälle 516

Nachwort von Norbert Kohl 545
Abkürzungsverzeichnis 559
Ausgewählte Bibliographie 562

Zu dieser Ausgabe

insel taschenbuch 485: Originaltitel: *Vanity Fair. A novel without a hero*. Der Roman erschien erstmals zwischen 1847 und 1848 in Heftform, mit den Illustrationen des Autors. Dem vorliegenden deutschen Text wurde eine Übertragung aus dem Nachlaß von H. Röhl zugrunde gelegt.

- Anne Elliot. Übersetzt von Margarete Rauchenberger. Mit
  Illustrationen von Hugh Thomson. it 511. 549 Seiten
- Lady Susan. Ein Roman in Briefen. Übersetzt von Ange-
  lika Beck. it 1192. 253 Seiten
- Mansfield Park. Übersetzt von Angelika Beck. Mit Illustra-
  tionen von Hugh Thomson. it 1503. 579 Seiten
- Stolz und Vorurteil. Übersetzt von Margarete Rauchenber-
  ger. Mit Illustrationen von Hugh Thomson und mit einem
  Essay von Norbert Kohl. it 787. 439 Seiten
- Verstand und Gefühl. Übersetzt von Angelika Beck. Mit
  Illustrationen von Hugh Thomson. it 1615. 449 Seiten

Charlotte Brontë
- Jane Eyre. Eine Autobiographie. Überetzt von Helmut
  Kossodo. Mit einem Essay und einer Bibliographie heraus-
  gegeben von Norbert Kohl. it 813. 645 Seiten
- Der Professor. Übersetzt von Gottfried Röckelein.
  it 1354. 373 Seiten
- Shirley. Übersetzt von Johannes Reiher und Horst Wolf.
  it 1145 Seiten. 715 Seiten
- Über die Liebe. Herausgegeben von Elsemarie Maletzke.
  Übertragen von Eva Groepler und Hans J. Schütz.
  it 1249. 80 Seiten
- Villette. Übersetzt von Christiane Agricola. it 1447. 777 Seiten

Emily Brontë
- Die Sturmhöhe. Übersetzt von Grete Rambach. Großdruck.
  it 2348. 598 Seiten

Lewis Carroll
- Alice hinter den Spiegeln. Übersetzt von Christian Enzensberger. Mit Illustrationen von John Tenniel. it 97. 145 Seiten
- Alice im Wunderland. Übersetzt von Christian Enzensberger. Mit Illustrationen von John Tenniel. it 42. 138 Seiten

Kate Chopin
- Das Erwachen. Roman. Übersetzt von Ingrid Rein.
  it 2149. 222 Seiten

Daniel Defoe
- Glück und Unglück der berühmten Moll Flanders. Übersetzt von Martha Erler. Mit Illustrationen von William Hogarth und einem Essay von Norbert Kohl. it 707. 440 Seiten
- Robinson Crusoe. Übersetzt von Hannelore Novak. Mit Illustrationen von Ludwig Richter. it 41. 404 Seiten

Charles Dickens
- Bleak House. Übersetzt von Richard Zoozmann. Mit Illustrationen von Phiz. it 1110. 1031 Seiten
- David Copperfield. Mit Illustrationen von Phiz. it 468. 1245 Seiten
- Eine Geschichte aus zwei Städten. Mit Illustrationen von Phiz. it 1033. 506 Seiten
- Nikolaus Nickleby. Mit Illustrationen von Phiz. it 1304. 1022 Seiten
- Oliver Twist. Übersetzt von Reinhard Kilbel. Mit einem Nachwort von Rudolf Marx und Illustrationen von George Cruikshank. it 242. 607 Seiten
- Die Pickwickier. Mit Illustrationen von Robert Seymour, William Buss und Phiz. it 896. 1006 Seiten

D. H. Lawrence
- Liebesgeschichten. Übersetzt von Heide Steiner. it 1678. 308 Seiten

Katherine Mansfield
- Eine indiskrete Reise. Erzählungen. Ausgewählt von Franz-Friedrich Hackel. Übersetzt von Heide Steiner. Großdruck. it 2364. 214 Seiten